鲁迅著作分类全编

乙编三卷

书信全编

[上]

鲁迅 著

陈漱渝 王锡荣 肖振鸣 编

SPM 南方出版传媒 广东人民出版社

·广州·

图书在版编目（CIP）数据

书信全编：上中下卷 / 鲁迅著；陈漱渝，王锡荣，肖振鸣编 . — 广州：广东人民出版社，2019.7

（鲁迅著作分类全编）

ISBN 978-7-218-13447-5

Ⅰ．①书… Ⅱ．①鲁… ②陈… ③王… ④肖… Ⅲ．①鲁迅书简－书信集 Ⅳ．① I210.7

中国版本图书馆 CIP 数据核字（2019）第 056162 号

SHUXIN QUANBIAN:SHANG ZHONG XIA JUAN

书信全编：上中下卷

鲁迅 著　　陈漱渝 王锡荣 肖振鸣　编

版权所有　翻印必究

出 版 人：肖风华

特邀策划：房向东
责任编辑：严耀峰　马妮璐
责任技编：周 杰　易志华
装帧设计：周伟伟

出版发行：广东人民出版社
地　　址：广东省广州市海珠区新港西路 204 号 2 号楼（邮政编码：510300）
电　　话：（020）85716809（总编室）
传　　真：（020）85716872
网　　址：http://www.gdpph.com
印　　刷：山东临沂新华印刷物流集团有限责任公司
开　　本：787mm×1092mm　1/16
印　　张：89.5　**字　数：**1074 千
版　　次：2019 年 7 月第 1 版　2019 年 7 月第 1 次印刷
定　　价：179.00 元（全三册）

如发现印装质量问题，影响阅读，请与出版社（020－85716808）联系调换。
售书热线：（020）85716826

导读

　　书信不仅是作者的心声，也是时代的折光，历史的缩影；涉猎广博、文采斐然的书信，更是知识的宝库，文学的瑰宝。在中国历史上，有广为传诵的尺牍名作《司马迁报任安书》《乐毅报燕王书》。在西方，不少名作家同时也是书信高手，比如兰姆（1775—1834）、济慈（1795—1821）的书信就跟他们的作品一样受到读者的珍爱。

　　在特定的意义上，人类的思维过程是由"外向化"逐渐朝着"私向化"、看重"内在世界"转化的过程。用个人历史心理学的观点来衡量，书信这种文体跟传记、自传几乎具有同样重要的价值；但就展现个体心理和内心体验的作用而言，书信的涵容量甚至能超过传记和自传。如果说，私人日记是自我暴露和自我交流的手段，那么私人书信就是写信人与受信人之间的一种信息交流和情感交流。它能反映出个人日趋复杂的生命世界，以及由此引发的各种矛盾交错的情感状态和现实问题。

　　鲁迅书信当然也不例外。他的书信，展现出20世纪初期到20世纪30年代中国革命的历史横断面，介绍了他自己的生活状况、社会关系和思想历程，反映了他对社会、政治、历史、文艺等方面广泛而精辟的意见。因此，鲁迅书信的意义，远远超出了私人通信联络的范畴，而成为历史经验的教科书，成为中国现代革命史、思想史、文化史上的重要文献；同时也是编写鲁迅传记、年谱及研究鲁迅作品的第一手的珍贵资料。对于鲁迅的很多书信，我们完全可以作为杂文来阅读。又由于从作家的尺牍上，往往能看到比他的作品更加明晰的意见，所以鲁迅的书信在他的整个作品中占有十分独特的地位。

鲁迅一生中留下了大量的书简。他自己就说过："每天至少写四五封信。"（1934年6月24日致王志之）但目前仅存1388封，2175页，大约只占他全部书信的四分之一。在近200位中外受信者（包括单位、部门）中，绝大部分是初初上阵的文学青年。本书所收书信，全部据现存鲁迅书信手稿重新校勘，又增补了新发现的重要书信。所收《两地书》中鲁迅致许广平部分据原稿发排。鲁迅的日文书信全部进行了重译。

作为能够驾驭各种文体的享有世界声誉的文学家，鲁迅书信中有对文艺创作的一系列真知灼见，其深刻性与广泛性不逊于任何一部文艺理论专著。比如他的书信中将文学反映社会而又影响社会的互动关系，比喻为从芝麻中榨油而又能浸润芝麻一样（1933年12月20日致徐懋庸）。他希望战斗的作者能置身于斗争的旋涡中；倘不能，也可以表现自己熟悉的平常的社会状态。不过选材要严，开掘要深，不可将一点琐屑的没有意思的事填成一篇，以创作丰富自乐（用现在的名词，大约就叫"玩文学"）。在内容与形式的关系上，鲁迅明确反对徒然玩弄技巧，但他又历来重视技巧修养，要求内容的充实与技巧并进（1935年2月4日致李桦）。在谈到木刻创作时，鲁迅强调指出："木刻是一种做某用的工具，是不错的，但万不要忘记它是艺术。它之所以是工具，就因为它是艺术的缘故。"（1935年6月16日致李桦）

这一段书信，对于我们辩证理解文艺的社会教化功能和艺术审美功能是有普遍指导意义的。

鲁迅书信中涉及很多中外名家作品。从中国古代的孔子到近代的章太炎、现代的瞿秋白；从俄国的果戈理到美国的赛珍珠……鲁迅都对其人其文做出了看似随意实则经过深思熟虑的评价。比如他肯定李商隐的作品"清词丽句"，但同时批评他"用典太多"（1934年12月20日致杨霁云）；他批评周作人"颇昏"，但又肯定他的五十自寿诗"诚有讽世之意"（1934年4月30日致曹聚仁）。这些评价都是剀切公允，一语破的。

在鲁迅书信中，我们还可以读到鲁迅对他作品的自评。我们无须对鲁迅的自评全部认同；从接受美学的理论来看，作品在流传中所产生的社会效应又绝非作者创作时所能够预料，但毫无疑义，这些自评往往正是我们打开鲁迅作品思想艺术宝库的钥匙。比如鲁迅在书信中谈到阅读《资治通鉴》对创作《狂人日记》的深刻启示（1918年8月20日致许寿裳），谈到创作《阿Q正传》"实不以滑稽或哀怜为目的"（1930年10月13日致王乔南），谈到小说《伤逝》并非自叙（1926年12月29日致韦素园），谈到散文诗《野草》的"技术并不坏，但心情太颓唐了"（1934年10月9日致萧军），谈到他的杂文集中以《二心集》"比较锋利"（1935年4月23日致萧军、萧红），谈到《华盖集》以及其续编"虽大抵和个人斗争，但实为公仇，决非私怨"（1913年5月22日致杨霁云），谈到《野草·过客》的主题是"反抗绝望"（1925年4月11日致赵其文）……对于任何忠实的读者和公允的批评家来说，鲁迅的上述自评无论如何都是必须高度重视、深刻领会的。

鲁迅的为人处世之道中有很重要的一条，就是要首先区分敌友。

他说："装假固然不好，处处坦白，也不成，这要看是什么时候。和朋友谈心，不必留心，但和敌人对面，却必须刻刻防备。我们和朋友在一起，可以脱掉衣服，但上阵要穿甲。"（1935年3月13日致萧军、萧红）鲁迅书信，就鲜明地体现了上述原则。对于政敌，鲁迅采取了高度警戒和决不调和的态度，为仇为友，了了分明。而对于文学青年，鲁迅采取的是热情坦诚的态度，推心置腹，率意而谈，内容从大事要闻到治学心得、人生体验，乃至恋爱、婚姻、避孕、节育，使受信人仿佛面对的不是前辈、长者，而是和蔼可亲的密友。

鲁迅对文学青年的关怀是细致入微、十分全面的。在书信中他毫无保留地向青年传授创作经验、学习方法以及斗争艺术。他谆谆告诫要坚忍、认真、韧长（1933年10月7日致胡今虚），既不可"自负"，又不应"自卑"（1935年4月12日致萧军）。他希望青年作家博采众家，取其所长，而后形成独具个性的创作风格（1933年8月13日致董永舒）。在跟旧社会的斗争过程中，他希望青年作家进行"散兵战，堑壕战，持久战"（1935年10月4日致萧军），而不能赤膊上阵，专一冲锋。这些教导，对于培养和保存文学战线的新生力量无疑具有十分重要的作用。

从广义上说，每一封书信都是作者的自传。鲁迅书信亦如此。其中不仅有对家世和往事的忆叙，而且还提供了大量日常生活的细节，是最生动、最真实的鲁迅生活片断。更为珍贵的是，这些书信还提供了一个个心灵的窗口，我们可以从中瞻仰到鲁迅崇高的内心世界。在1927年9月25日致台静农信中，鲁迅谢绝提名当诺贝尔文学奖的候选人。在1934年5月25日致陶亢德信中，他谢绝记者访问及提供书斋、夫人、公子的照片。在1936年5月8日致李霁野信中，他以自己一生太平凡为理由拒写自传，也不热心于别人为他立传。在1936

年9月28日致捷克汉学家普实克信中，他拒收自己所有作品外文译本的稿酬。在1935年12月14日致周剑英信中，鲁迅宣布自己的"人生计划"就是"随时为大家想想，谋点利益"。在1935年4月23日致萧军、萧红信中，鲁迅将那种一心谋私的人物比喻为"白蚁"："凡有被他遇见的，都用做生活的材料，一路吃过去，象白蚁一样，而遗留下来的，却只是一条排泄的粪。"读着这些感人至深的书信，我们的灵魂同时得到了净化和升华。

在全部鲁迅书信当中，《两地书》所收书简极具特色。这是鲁迅跟许广平之间婚前和婚后的书面交谈，好比是铁和石撞击，迸发出耀眼的火花；又好比是急流与岩石撞击，飞沫溅起，在阳光下映出彩虹。这批书信中有时代苦闷的互诉，也有斗争经验的交流，在对社会、人生诸多问题进行广泛探讨和深刻评论的字里行间，流淌着前行者和追随者之间情感的暖流……

鲁许之间的通信，始于1925年3月11日，终于1932年10月26日，7年间共存160多封。1932年下半年，他们将这批信增删修改，选取其中的135封编为《两地书》，交上海青光书局出版，受到了读者的喜爱。此后又收入鲁迅先生纪念委员会编印的《鲁迅全集》和《鲁迅三十年集》。中华人民共和国成立后，人民文学出版社多次发行了《两地书》的重印本和注释本。1984年，湖南人民出版社出版《鲁迅景宋通讯集——〈两地书〉的原信》，首次披露了《两地书》原信164封。这个版本既区别于加工后的《两地书》，又比河北人民出版社出版的《鲁迅致许广平书简》增加了许广平的书信部分。跟《两地书》修订本比较起来，《两地书》原信（主要是许广平书简）个别文字有些芜杂，或欠准确；还有些文字直接涉及时人或时政，在当时易招忌讳。然而今天读来，《两地书》原信则显得更真实，细节更丰富，心理活动的展示也更加细腻。

　　鲁迅书信手稿中还有日文书信七十多封，用日本汉学家竹内实的话来说，就是"一丝不苟，恳切周到"，只有个别处有改动，如鲁迅1934年12月29日致增田涉信，将"为出版物写点文章"改为"为报刊写点文章"，这是特例。

　　鲁迅的日本友人中，跟他通信最多的是增田涉。现已出版的《鲁迅增田涉师弟答问集》，是鲁迅与日本汉学家增田涉1932年至1935年间的质疑应答书简，计80多件。其中第一部分是增田涉翻译魔女社版《支那小说史》时跟鲁迅之间的书面问答。第二部分是增田涉编译改造社版《世界幽默全集》第12卷时跟鲁迅之间的书面问答。第三部分是增田涉翻译岩波书店、岩波文库版《鲁迅全集》和鲁迅的杂文《小品文的危机》时跟鲁迅之间的书面问答。原信几乎都不署日期。

　　增田涉是1931年通过内山完造引荐而结识鲁迅的。他当年还是一位青年学者，中文水平有限，曾有半年多时间经常去鲁迅寓所求教，归日本后决定将《中国小说史略》译成日文，但疑难之处很多。由于远隔重洋，只有通过书信问答方式解决。比如，增田涉问："'瓦舍'可以理解为街名吗？"鲁迅为了使这位日本翻译家了解宋代的都市状况，作了以下浅显易为日本人理解的回答："宋朝都会十分可怜，多数是草屋。瓦屋寥寥无几，大多在繁华地区。因此，瓦舍具有繁华街市之意，并成为地名，恰如东京银座。"为了增强直观效果，鲁迅还用绘图方式解说一些外国人不易理解的中国名词，如"鸦黄""地炉""花枪""桩橛泥犁""报君知""楅扇""碌碡"……对于中文造诣较高的人来说，《鲁迅增田涉师弟答问集》并无重要的学术参考价值。但正如增田涉的友人、日本汉学家松枝茂盛夫所说，这是一本"情爱"的书："读罢此书，最令人感动的无过于这两位异国师生之间的绝对信赖关系。增田涉君犹如投入母亲怀抱撒娇的孩子，而给予温暖及搂抱的则是鲁迅先生。即便对那些稚拙的问题，他也决不含糊，诚恳而又耐心地详加解释。鲁迅先生此种诲人不倦的态度，令人敬佩不已。当时正值鲁迅先生夜以继日地用文章向各种敌人作斗争的时刻。百忙之中，他以欢快、诙谐的笔调写下这些解答，我们从中仿佛瞥见了鲁迅先生的音容笑貌……在这本书中有其他书籍所没有的东西。这些东西远远超过知识和学问，它比知识、学问更生动、更美丽、更珍贵。"(《鲁迅增田涉师弟答问集·序》)

在阅读鲁迅书信的时候，人们自然会对历尽艰辛，以生命保存这宗文学遗产的鲁迅夫人许广平油然而生感念之情。早在1936年12月，许广平就登报呼吁远近好友帮助，把鲁迅书信借来拍照留底。她在《为征集鲁迅先生书信启事》中写道："敬启者：鲁迅先生给认识的和不认识的各方面人士所写的回信，数量甚大，用去了先生的一部分生命。其中或抒写心绪，或评论事象，或报告生活事故，不但热忱不苟的精神和多方面的人事关系，将为制作先生传记时之必要材料，而且，不囿于形式地随想随写的思想讨论和世态描画，亦将为一代思想史文艺史底宝贵文献，故广平以为有整理成册、公于大众的必要。现已开始负责收集，凡保有先生亲笔信者，望挂号寄下，由文平依原信拍照后，负责寄还，如肯把原信和先生的遗稿遗物永存纪念，愿不收回，当更为感谢。此为完成先生的文学遗产的工作之一，受惠者不特一人，想定为诸位所热心赞助。寄件请交'上海商务印书馆编译所周建人转交'为祷。"经过许广平的努力，先后征集到鲁迅书信800多封，计通信者70多位。

1937年6月，许广平以上海三闲书屋的名义初次出版了《鲁迅书简》（影印本），内收有代表性的书信 69 封，计收信者约 50 人。影印本分甲、乙、丙三种装帧，印制十分精美。为了实现影印全部鲁迅书信的愿望，许广平还不惜与商务印书馆签订了严严的契约。但由于1937 年 8 月 13 日上海战事发生，全部影印之约，遂付之虚议。

抗日战争时期，在日寇铁蹄践踏的上海，许广平为保存鲁迅书信手稿付出了极大的努力。1944 年秋和 1945 年春，许广平跟友人一道，用数月的时间将鲁迅书信复写抄录三份，拟将一份留上海，一份存北京，另一份托人带往解放区。为了不使书信抄件被损，许广平将其藏在煤堆底下，有时甚至一日数迁。正如她自己所说："此中甘苦，诚不堪道。"（《鲁迅书简·编后记》）

抗战胜利后，许广平将征集的全部鲁迅书信认真考订编排，编成《鲁迅书简》（铅印本），于 1946 年 10 月用鲁迅全集出版社的名义出版。《鲁迅书简》（铅印本）将存有原件的书信列入正编，将据出版物抄录的书信收入附编，共收书信 855 封和断片 3 则。正编受信人77 人，附编受信人 5 人。这部《鲁迅书简》，为我们今天编订较为完备的鲁迅书信集奠定了坚实的基础。许广平在《鲁迅书简·编后记》中，再次呼吁保存鲁迅书信的朋友继续惠借书信，使鲁迅书信的再版本不断充实完备。今后鲁迅佚文的新发现恐怕是一件十分艰难的事情，但鲁迅书信的征集和发现还存在相当大的可能性。我们希望这种期盼能通过各方面的努力成为现实，使这部鲁迅书信集在再版时更臻完备。

目　录

一九二一年

一九二二年

一九二五年

一九二六年

一九二七年

一九二八年

一九二九年

一九〇四年

041008 致蒋抑卮

拜启者：前尝由江户奉一书，想经察入。尔来索居仙台，又复匝月，形不吊影，弥觉无聊。昨忽由任君克任寄至《黑奴吁天录》一部及所手录之《释人》一篇，乃大欢喜，穷日读之，竟毕。拳拳盛意，感莫可言。树人到仙台后，离中国主人翁颇遥，所恨尚有怪事奇闻由新闻纸以触我目。曼思故国，来日方长，载悲黑奴前车如是，弥益感喟。闻素民已东渡，此外浙人颇多，相隔非遥，竟不得会。惟日本同学来访者颇不寡，此阿利安人亦殊懒与酬对，所聊慰情者，厪我旧友之笔音耳。近数日间，深入彼学生社会间，略一相度，敢决言其思想行为决不居我震旦青年上，惟社交活泼，则彼辈为长。以乐观的思之，黄帝之灵或当不馁欤。此地颇冷，晌午较温。其风景尚佳，而下宿则大劣。再觅一东樱馆，绝不可得。即所谓旅馆，亦殊不宏。今此所居，月只八円。人哗于前，日射于后。日日食我者，则例为鱼耳。现拟即迁土樋町，此亦非乐乡，不过距校较近，少免奔波而已。事物不相校觲，辄昧善恶。而今而后，吾将以乌托邦目东樱馆，即贵临馆亦不妨称华严界也。

校中功课大忙，日不得息。以七时始，午后二时始竣。树人晏起，正与为觲。所授有物理，化学，解剖，组织，独乙种种学，皆奔逸至迅，莫暇应接。组织、解剖二科，名词皆兼用腊丁，独乙，日必暗记，脑力顿疲。幸教师语言尚能领会，自问苟偬幸卒业，或不至为杀人之医。解剖人体已略视之。树人自信性颇酷忍，然目睹之后，胸中亦殊作恶，形状历久犹灼然陈于目前。然观已，即归寓大啮，健饭如恒，差足自喜。同校相处尚善，校内待遇不劣不优。惟往纳学费，则拒不受，彼既不收，我亦不逊。至晚即化为时計，入我怀中，计亦良得也。

仙台久雨，今已放晴，遥思吾乡，想亦久作秋气。校中功课，只求记忆，不须思索，修习未久，脑力顿锢。四年而后，恐如木偶人矣。　兄之耳谅已全愈，殊念。秋气萧萧，至祈摄卫，倘有余暑，乞时赐教言，幸甚，幸甚。临楮草草，不尽所言，容后续上。此颂

抑卮长兄大人进步。

　　　　　　　　　　弟树人　言　八月二十九日

再，如来函，可寄"日本陆前国仙台市土樋百五十四番地宫川方"为要。

前曾译《物理新诠》，此书凡八章，皆理论，颇新颖可听。只成其《世界进化论》及《原素周期则》二章，竟中止，不暇握管。而今而后，只能修死学问，不能旁及矣，恨事！恨事！

一九一〇年

100815 致许寿裳

季黻君监：手毕自杭州来，始知北行，令仆益寂。协和未识安在？闻其消息不？嗟乎！今年秋故人分散尽矣，仆无所之，惟杜海生理府校，属教天物之学，已允其请，所入甚微，不足自养，靡可骋力，姑厐足于是尔。前校长蒋姓，去如脱兔，海生检其文件，则凡关于教务者，竟无片楮，即时间表亦复无有，君试思天下有如此学校不？仆意此必范霭农所毁，以窘来者耳。斯人状如地总能如是也。北京风物何如？暇希见告。致文漱信，亦希勿忘。他处有可容足者不？仆不愿居越中也，留以年杪为度。入秋顿凉，幸自摄卫。

仆树　上　七月十一日

今至杭为起孟寄月费，因寄此书。留二三日，便回里矣。

树　　又及

101115 致许寿裳

季黻君监：不审何日曾获手书，娄欲作答而忘居址，逮邵明之归，乃始询得。顾校中又复有事，不遑暇矣。今兹略闲，率写数语。君之近状，闻诸邵蔡两君，早得梗概。凡事已往，可不必言；来日正长，希冀在是。译学馆学生程度何若？厥目之坚，犹南方不？君之讲学，过于渊深，若欲与此辈周旋，后宜力改。中国今日冀以学术干世，难也。仆自子英任校长后，暂为监学，少所建树，而学生亦尚相安。五六日前，乃复因考大哄：盖学生咸谓此次试验，虽有学宪之命，实乃出于杜海生之运动，爰有斯举，心尚可原杜君太用手段，学生不服，亦非无故。今已下令全体解散，去其谋主，若胁从者，则许复归。计尚有百余人，十八日可以开校。此次荡涤，邪秽略尽，厥后倘有能者治理，可望复兴。学生于仆，尚无间言；顾身为屠伯，为受斥者设身处地思之，不能无恻然。颇拟决去府校，而尚无可之之地也。起孟在日本，厥状犹前，来书常存问及君，又译 Jokai 所为小说，约已及半。仆荒落殆尽，手不触书，惟搜采植物，不殊曩日，又翻类书，荟集古逸书数种，此非求学，以代醇酒妇人者也。欲言者似多，而欲写则又无有，故止于此，容后更谭。倘有暇，甚望与我简毕。

弟树　顿首　十月十四日

101221 致许寿裳

季黻君监：三四十日以前曾奉尺牍，意其已氏左右。木瓜之役，倏忽匝岁，别亦良久，甚以为怀。故乡已雨雪，近稍就晸，而风雨如磐，未肯霁也。府校迩来大致粗定，薿躬穷奇，所至颠沛，一遭于杭，两遇于越，夫岂天而既厌周德，将不令我索立于华夏邪？然据中以言，则此次风涛，别有由绪，学生之哄，不无可原。我辈之挤加纳于清风，责三矢于牛人，亦复如此。今年时光已如水逝，可不更言及。明年子英极欲力加治理，促之中兴。内既坚实，则外界之九千九百九十九种恶口，当亦如秋风一吹，青蝇绝响；即犹未已，而心不愧怍，亦可告无罪于ペスタロッチ先生矣。惟奠大山川，必巨斧凿，老夫臣树人学殖荒落，不克独胜此负荷，故特驰书，乞临此校，开拓越学，俾其曼衍，至于无疆，则学子之幸，奚可言议。武林师校杨星耜为教长，曩曾一面，呼謈称冤，如堕阿鼻；顾此府校，乃不如彼师校之难，百余学生，亦尚从令，独有外界，时能射人，然可不顾，苟余情之洵芳，固无惧于憔悴也。希君惠然肯来，则残腊未尽，犹能良觌，当为一述吾越学界中鱼龙曼衍之戏。倘能先赐德音，犹所说豫大庆。闻北方多风沙，诸惟珍重，言不尽思，再属珍重而已。

仆树人 上 十一月二十日

一九一一年

110102 致许寿裳

季茀君监：得十一月望简毕，甚以说释。闻北方土地多湑淖，而越中亦迷阳遍地，不可以行。明年以后，子英欲设二监学，分治内外。发电以后，更令仆作函招致。顾速君来越，意所不欲。然以自为监学，不得显语，则聊作数言而不坚切。此函意已先达左右。仆归里以来，经二大涛，幸不颠陨，顾防守攻战，心力颇瘁。今事已了，正可整治，而子英渐已孤行其意。至于明年，恐或莫可收拾。于是仆亦决言不治明年之事。惟此监学一职，未得继者，甚以为难。与子英共事，助之往往可气，舍之又复可怜，左右思惟，不知所可。君倘来此，当亦如斯。惟仆于子英谊亦朋友，故前不驰书相阻，今既谢绝，可明告矣。越中理事，难于杭州。技俩奇觚，鬼蜮退舍。近读史数册，见会稽往往出奇士，今何不然？甚可悼叹！上自士大夫，下至台隶，居心卑险，不可施救，神赫斯怒，湮以洪水可也。无趾之书，已译有法人某之《比较文章史》，又有 Mechinicoff 之《人性论》，余均未详。君书咸存起孟处，价亦月拂不懈，力尚能及，可不必寄与也。吾乡书肆，几于绝无古书，中国文章，其将殒落。闻北京琉璃厂颇有典籍，想当如是，曾一览否？李长吉诗集除王琦注本外，当有别本，北京可能蒐得。如有而直不昂，希为致一二种。倘见协和，望代存问，旧友云散，恨何可言？君此后与俅男语或通讯时，宜少慭，彼喜昭告于人，以鸣得意。斯人与巽头同在以斧斯之之迥者也。此地已寒，北京当更甚。校课竣后，尚希以简毕来。仆治校事约须廿四五方了，假时当有暇作闲话也。

仆树　顿首　十二月初二日

110206 致许寿裳

季黻君左右：过年又已十日，今年是亥岁。观云当内妾，且月获五十金已上矣。去年得朱君遏先书，来集《小学答问》刊资，今附上。仆拟如前约，君将如何，希示。若与直接问讯，则可致书于嘉兴南门内徐家埭，或嘉兴中学堂。今年仍无所之，子英令续任，因诺暂理，然不受约书，图可随时逭遁。文薮谅终无复书，别处更无方术。君今年奚适？久不得消息，甚念甚念，假时希以书来。敬祝

曼福。

树人　上言　正月八日

110307 致许寿裳

季黻君监：得手书如见故人，甚以为喜。复知去年所奉书不达左右，

则颇恨邮局，彼辈坚目人，不知置仆书于何地矣。师范收入意当菲薄，然教习却不可不为，对付今人只得如此对付古人或亦只得如此。燮和之事已定否？倘与相见，希为言，仆颇念之。卖田之举去年已实行，资亦早罄，迩方析分公田，仆之所得拟即献诸善人，事一成当即为代付刊资也。绍兴府校教员，今年颇聘得数人，刘楫先亦在是，杭州师校学生则有祝颖，沈养之，薛丛青，叶联芳，是数人于学术颇可以立，然大氐憧憧往来吴越间，不识何作。今遂无一存者，仅余俞乾三，宋琳二子，以今年来未播迁耳。起孟来书，谓尚欲略习法文，仆拟即速之返，缘法文不能变米肉也，使二年前而作此语，当自击，然今兹思想转变实已如是，颇自闵叹也。俅南善扬人短与在东京时大不同矣，君若与书札往来，宜留意。此事似已奉闻，或尚未，均已忘却，故更以告。越中棘地不可居，倘得北行，意当较善乎？敬承
曼福。

周树人　上　二月初七日

110412 致许寿裳

季黻君监：得三月二日手毕，发读忻尉。月入八十，居北京自不易易，倘别有兼事，斯有济耳。协和自暌隔后，仅来一书，言离甚病，并令赓译质学，义不可却，已寄两帖，而信息遂杳，今乃知已移入陆军小学，大可欢喜。此不特面朱可退，即其旋行之疾，亦必已矣。越校甚不易治，人人心中存一界或，诸嵊为甚，山会则颇坦然，此殆气禀有别。希冀既亡，居此何事。三四月中，决去此校，拟杜门数日，为协和译书，至完乃走日本，速启孟偕返，此事了后，当在夏杪，比秋恐

又家食，今年下半年，尚希随时为仆留意也。《小学答问》刊资已寄去，计十五圆，与仆相等，闻板已刻成，然方寄日本自校，故未印墨。此款今可不必见还，近方售尽土地，尚有数文在手。倘一思将来，足以寒心，顾仆颇能自遏其思，俾勿深入，读《恨赋》未终而鼾声作，法豪将为我师矣。迩又拟立一社，集资刊越先正著述，次第流布，已得同志数人，亦是蚊子负山之业，然此蚊不自量力之勇，亦尚可嘉。若得成立，当更以闻。北京琉璃厂肆有异书不？时欲入夏，幸力自摄。

仆树　上　三月十四日

并希时通消息，信可寄舍间或绍城塔子桥僧立小学堂周乔峰。

110420 致许寿裳

季黻君监：不数日前曾奉一函，意已先尘左右。昨得手札，属治心学，敬悉一是。今年更得兼任，至为欢忻。以微事相委，本亦当效绵力，顾境遇所迫，尚有不能已于言者。仆今年在校，卒卒鲜暇，事皆贵末猥杂，足浊脑海，然以饭故，不能立时绝去，思之所及，辄起叹唱；与去年在师校时，课事而外更无余事者，有如天渊。而协和忽以书来，命赓前译，且须五月中告成，已诺之矣。然执笔必在夜十时以后，所余尚二百余叶，未知如何始克告竣，惟糊涂译去，更不思惟以乱心曲矣。若无此事，心学固可执笔，今兹则颇无奈何，可不秋季再行应命？然亦希别择简洁之本，自加删存，指定孰则应留，孰则应去。若以是巨册令仆妄加存薙，则素不治心学，殊无所措其手足，有如业骑之人，操楫而涉汪洋，纵出全力，亦当不达彼岸也。如何？希昭察之。复试又在即，故友当又渐渐相聚，闻杭州师校欲请君主讲，

有无消息？诺不？此承

曼福。

仆树　顿首　三月二十二日

110731 致许寿裳

季茀君监：两月前乘间东行，居半月而返，不访一友，亦不一游览，厪一看丸善所陈书，咸非故有，所欲得者极多，遂索性不购一书。闭居越中，与新颢气久不相接，未二载遽成村人，不足自悲悼耶。比返后又半月，始得手示，自日本辗转而至。属购之书已不可致，惟杂志少许及无趾之书，则已持归，可一小箧，余数册未出，已函使直寄北京。又昨得遢先书并《小学答问》一大缚，君应得十五部，因即以一册邮上，其它暂存仆所，如何处置，尚俟来命遢先云刻资共百五十金，印三百部计五十金，奉先生一百部，其二百则分与出资者，计一金适得一部云。越中学事，惟从横家乃大得法，不才如仆，例当沙汰。中学事难财绌，子英方力辞，仆亦决拟不就，而家食既难，它处又无可设法，京华人才多于鲫鱼，自不可入，仆颇欲在它处得一地位，虽远无害，有机会时，尚希代为图之。协和自四月以来即无消息，其近状如何，亦乞示及。写利初愈，不能多作书，余待后述。倘有暇，尚祈以尺书见投。此颂

曼福。

树人　上　闰六月初六日

起孟及ノブ子已返越，即此问候，稍后数日当以书相谭。

又及

1111 ○○ 致张琴孙

琴孙先生左右:

逖启者,比者华土光复,共和之治可致,地方自治,为之首涂。诸君子责在辅化,董理维持,实焉攸赖,其任甚重。仆等不敏,未足与语治。惟臆测所及,或有足备省察者,敢不一陈之乎?

侧惟共和之事,重在自治,而治之良否,则以公民程度为差。故国民教育,实其本柢。上论学术,未可求全于凡众。今之所急,惟在能造成人民,为国柱石,即小学及通俗之教育是也。今绍城学校略具,问学之士,不患无所适从。独小学寥落无几,此甚所惑也。曩闻有建立区学之议,当由自治局主持其事,顾亦迟迟未闻后命。诸君子经营乡国,在务其远者大者,或未暇及此。顾教育一端,甚关国民前途。故区区之事,亦未可缓。

城区小学,合官私所立,虽有十数。而会稽二区独阙。二区之地,广袤数里,儿童待学者,为数不少。昔日小学,仅有僧立第一及第二两校,容纳之数,不过百人,久不足于用。今复以经费支拙,后先停闭。从此区中仅存家塾,更无小学,非特学年儿童,无地入学,即旧日生徒亦将星散,任其荒嬉;有愿续学者,惟有复入私塾,或不辞远道,寄学他处而已。以国民义务之小学,昔者制既不完,今又并不完者而无之,至于使人欲自就学而无方,是非有司及区人之责耶?

仆等世居二区,僧立校又昔由建人将事,故深不乐见区中学事,陵夷至此。所幸议会方开,硕士慎箧,因此不辞冒昧,陈其悃愊。倘见省览,希即首先提议,组织区学,简任高明,速日开学。造福地方,至非浅鲜,此仆等所深有望于诸君子者也。

专此披陈,聊备采择,诸惟朗鉴不宣。

周树建人 顿首

一九一六年

161209 致许寿裳

季市君足下：别后于四日到上海，七日晨抵越中，途中尚平安。虽于所见事状，时不惬意，然兴会最佳者，乃在将到未到时也。故乡景物颇无异于四年前，臧否不知所云。日来耳目纷扰，无所可述。在沪时闻蔡先生在越中，报章亦云尔；今日往询其家，则言已往杭州矣。在此曾一演说，听者颇不能解，或者云：但知其欲填塞河港耳。朱渭侠忽于约十日前逝去，大约是伤寒后衰弱，不得复元，遂尔奄忽，然大半亦庸医速之矣。杭车中遇未生，言章师在外亦颇困顿。浙图书馆原议以六千金雇匠人刻《章氏丛书》，字皆仿宋，物美而价廉。比来两遭议会质问，谓此书何以当刻，事遂不能进行。国人识见如此，相向三叹。闻本年越中秋收颇佳，但归时问榜人，则云实恶，大约疑仆是南归收租人，故以相谩，亦不复究竟之矣。此颂

曼福。

仆树人　顿首　十二月九日

铭伯先生前乞致意问候，不别具。

一九一七年

170125 致蔡元培

鹤顾先生左右：蒙　书，祗悉。商君所学系英文，其国文昔在中学校时颇能作论文，成绩往往居前列，惟入大学后，未必更留意于此。今若令作平常疏记论述文字，当亦能堪，但以授人，则虑尚有间耳。专此布达，敬请

道安。

晚周树人　谨上　一月廿五日

170308 致蔡元培

鹤顾先生左右：前被　书，属告起孟，并携言语学美学书籍，便即转致。顷有书来，言此二学均非所能，略无心得，实不足以教人，若勉强敷说，反有辱殷殷之意。虑到后面陈，多稽时日，故急函谢，切望转达，以便别行物色诸语。今如说

奉闻，希

鉴察。专此，敬请

道安。

晚周树人　谨上　三月八日

170513 致蔡元培

鹤顾先生左右：谨启者：起孟于前星期发热，后渐增。今日延医诊

视，知是瘄子。此一星期内不能外出受风，希

赐休暇为幸。专此，敬请

道安。

晚周树人　谨状　五月十三日

一九一八年

180104 致许寿裳

季市君足下：一别忽已过年，当枯坐牙门中时，怀想弥苦。顷蒙书，藉审梗概，又据所闻，则江西厅较之不上不落之他厅，尚差胜，聊以慰耳。来论谓当灌输诚爱二字，甚当；第其法则难，思之至今，乃无可报。吾辈诊同胞病颇得七八，而治之有二难焉：未知下药，一也；牙关紧闭，二也。牙关不开尚能以醋涂其腮，更取铁钳摧而启之，而药方则无以下笔。故仆敢告不敏，希别问何廉臣先生耳。若问鄙意，则以为不如先自作官，至整顿一层，不如待天气清明以后，或官已做稳，行有余力时耳。再此间闻老虾公以不厌其欲，颇暗中作怪，虽真否未可知，不可不防。陈君地窃谓当早为设法，缘寿山请托极希，亦当聊塞其请也。《新青年》以不能广行，书肆拟中止；独秀辈与之交涉，已允续刊，定于本月十五出版云。罗遗老出书不少，如明器，印铢之类，俱有图录，惜价贵而无说，亦一憾事。孙氏《名原》亦印出，中多木丁未刻，观之令人怅然，而一薄本需银一元，其后人惰于校刻而勤于利，可叹。

仆迄今未买，他日或在沪致之，缘可七折，而今又不急急也。起孟讲义已别封上。

树 言 一月四日

部中对 君尚无谣言。兽道已在秘书处行走，自遇兽道，可谓还治其身矣。吉黑二厅，闻迄今尚未得一文，颇困顿。女官公则厌厌无生意，略无动作。今日赴部，有此公之腹底演说，只闻新年二字，余乃倾听亦不可辨，然仆亦不复深究也。诸友中大抵如恒。惟季上于十月初病伤寒，迄今未能出动；其女亦病，已痊；其夫人亦病，于年杪逝去，可谓不幸也矣。协和博负钱七八十，今日见之，目眶下陷，自言非因失眠，实缘小病，每微病而目眶便陷，彼家人人如此，似属遗传云云，仆亦不复深究之矣。此颂
曼福。

树 顿首 作附笔候

180310 致许寿裳

季市君足下：数日前蒙 书，谨悉。《文牍汇编》第三，今无其书，亦无付印朕兆。所物色之人，条件大难，何可便得，善于公牍已不凡，而况思路明晰者哉？故无以报命。若欲得思路胡涂者，则此间触目都是，随时可以奉献也。子英通信处是大路俊诚陞记箔庄转交，陈君尚无事。所需书目，起孟写出三种如别纸，惟其价目，今或因战事已稍增。又第三种较深，今之学生，虑未能读，可以从缓。《新青年》第二期已出，别封寄上。今年群益社见贻甚多，不取值，故亦不必以

值见返耳。日前在《时报》见所演说，甚所赞成，但今之同胞，恐未必能解。仆审现在所出书，无不大害青年，其十恶不赦之思想，令人肉颤。沪上一班昏虫又大捣鬼，至于为徐班侯之灵魂照相，其状乃如鼻烟壶。人事不修，群趋鬼道，所谓国将亡听命于神者哉！近来部中俸泉虽不如期，尚不至甚迟，但纸券暴落，人心又不宁一，困顿良不可言。家叔旷达，自由行动数十年而逝，仆殊羡其福气。至于善后，则殆无从措手。既须谋食，更不暇清理纠葛，倘复纷纭，会当牺牲老屋，率眷属拱手让之耳。专此并颂

曼福。

仆周树人　顿首　三月十日

180529 致许寿裳

季市君足下：顷蒙书，祗悉，便赴文书科查检案卷，有上海高等实业学堂系南洋商务学堂改称，江南实业学堂，而南洋高等实业学堂则无有。又查上海江南两学堂名册，亦不见魏公之名。此宗案卷从前清移交，有无阙失，不可知。总之此公则不见于现存经传中，非观其文凭难辨真妄。然既善于纠缠，则纵令真为南洋高等实业学堂最优卒业，肄业年限为一百年，亦无足取耳。部中近事多而且怪，怪而且奇，然又毫无足述，述亦难尽，即述尽之乃又无谓之至，如人为虮子所叮，虽亦是一件事，亦极不舒服，却又无可叙述明之，所谓"现在世界真当仰东石杀者"之格言，已发挥精蕴无余，我辈已不能更赘矣。《新青年》第五期大约不久可出，内有拙作少许。该杂志销路闻大不佳，而今之青年皆比我辈更为顽固，真是无法。此复，敬颂

曼福。

仆树人　顿首　八〔五〕月廿九日

180619 致许寿裳

季市君足下：日前从　铭伯先生处得知　夫人逝去，大出意外。朋友闻之亦悉惊叹。夫节哀释念，固莫如定命之谭，而仆则仍以为不过偶然之会，吊慰悉属肤辞，故不欲以陈言相　闻。度在明达，当早识聚离生死之故，不俟解于人言也。惟经理孺子，首是要事，不知将何以善其后耶？《新青年》第五期及启孟讲义前日已寄上。溽暑尚自珍摄。

仆树　顿首　六月十九日

180705 致钱玄同

玄同兄：来信收到了。你前回说过七月里要做讲义、所以《新青年》让别人编、明年自己连编两期、何以现在又要编了？起孟说过想译一篇小说、篇幅是狠短的、可是现在还未寄来。大约一到家里、内政外交、种种庶务、总须几天才完、渺无消息、也不足奇、想来廿日以内、总可以译好的。至于敝人的一篇、却恐怕有点靠不住、因为敝人嘴里要做的东西、向来狠多、然而从来未尝动手、照例类推、未免不做的点、在六十分以上了。

中国国粹、虽然等于放屁、而一群坏种、要刊丛编、却也毫不足怪。该坏种等、不过还想吃人、而竟奉卖过人肉的侦心探龙做祭酒、大有自觉之意。即此一层、已足令敝人刮目相看、而猗欤羞哉、尚在其次也。敝人当袁朝时、曾戴了冕帽出无名氏语录、献爵于 至圣先师的老太爷之前、阅历已多、无论如何复古、如何国粹、都已不怕。但该坏种等之创刊屁志、系专对《新青年》而发、则略以为异、初不料《新青年》之于他们、竟如此其难过也。然既将刊之、则听其刊之、且看其刊之、看其如何国法、如何粹法、如何发昏、如何放屁、如何做梦、如何探龙、亦一大快事也。国粹丛编万岁！老小昏虫万岁！！蚊虫咬我，就此不写了。

鲁迅　七月五日

180820 致许寿裳

季市君足下：早蒙书，卒卒不即复。记前函曾询部中《最新法令汇编》，当时问之雷川，乃云无有。前答未及，今特先陈。 夫人逝去，孺子良为可念，今既得令亲到赣，复有教师，当可稍轻顾虑。人有恒言："妇人弱也，而为母则强。"仆为一转曰："孺子弱也，而失母则强。"此意久不语人，知 君能解此意，故敢言之矣。《狂人日记》实为拙作，又有白话诗署"唐俟"者，亦仆所为。前曾言中国根柢全在道教，此说近颇广行。以此读史，有多种问题可以迎刃而解。后以偶阅《通鉴》，乃悟中国人尚是食人民族，因成此篇。此种发见，关系亦甚大，而知者尚寥寥也。京师图书分馆等章程，朱孝荃想早寄上。然此并庸妄人钱稻孙，王丕谟所为，何足依据。而通俗图书馆者尤可笑，几于不通。仆以为有权在手，便当任意作之，何必参考愚说耶？教育博物馆等素未究，必无以奉告。惟于通俗图书馆，则鄙意以为小说大应选择；而科学书等，实以广学会所出者为佳，大可购置，而世多以其教会所开而忽之矣。覃孝方之辞职，闻因为一校长所打，其所以打之者，则意在排斥外省人而代以本省人。然目的仅达其半，故覃去而 X 至，可谓去虎进狗矣。部中风气日趋日下，略有人状者已寥寥不多见。若夫新闻，则有エバ之健将牛献周金事在此娶妻，未几前妻闻风而至，乃诱后妻至奉天，售之妓馆，已而被诉，今方在囹圄，但尚未判决也。作事如此，可谓极人间之奇观，达兽道之极致，而居然出于教育部，宁非幸欤！历观国内无一佳象，而仆则思想颇变迁，毫不悲观。盖国之观念，其愚亦与省界相类。若以人类为着眼点，则中国若改良，固足为人类进步之验（以如此国而尚能改良故）；若其灭亡，亦是人类向上之验，缘如此国人竟不能生存，正是人类进步之故也。大约将来人道主义终当胜利，中国虽不改进，欲为奴隶，而他人更不欲用奴隶；则虽渴想请安，亦是不得主顾，止能侘傺而死。如是数代，则请安磕头之瘾渐淡，终必难免于进步矣。此仆之所为乐也。此布，即颂

曼福。

仆树人　顿首　八月廿日

一九一九年

190116 致许寿裳

季市君足下：日前蒙书，谨悉。仆于其先又寄上《新青年》五卷之第三四两本，今度已达。来书问童子所诵习，仆实未能答。缘中国古书，叶叶害人，而新出诸书亦多妄人所为，毫无是处。为今之计，只能读其记天然物之文，而略其故事，因记述天物，弊止于陋，而说故事，则大抵谬妄，陋易医，谬则难治也。汉文终当废去，盖人存则文必废，文存则人当亡，在此时代，已无幸存之道。但我辈以及孺子生当此时，须以若干精力牺牲于此，实为可惜。仆意　君教诗英，但以养成适应时代之思想为第一谊，文体似不必十分决择，且此刻颂习，未必于将来大有效力，只须思想能自由，则将来无论大潮如何，必能与为沆瀣矣。少年可读之书，中国绝少，起孟素来注意，亦颇有译述之意，但无暇无才无钱，恐成绩终亦甚鲜。主张用白话者，近来似亦日多，但敌亦群起，四面八方攻击者众，而应援者则甚少，所以当做之事甚多，而万不举一，颇不禁人才寥落之叹。大学之《模范文选》，本系油印，近闻已付排印，俟成后奉寄，不必得模胡之旧印矣。大学学生二千，大抵暮气甚深，蔡先生来，略与改革，似亦无大效，惟近来出杂志一种曰《新潮》，颇强人意，只是二十人左右之小集合所作，间亦杂教员著作，第一卷已出，日内当即邮寄奉上其内以傅斯年作为上，罗家伦亦不弱，皆学生。仆年来仍事嬉游，一无善状，但思想似稍变迁。明年，在绍之屋为族人所迫，必须卖去，便拟挈眷居于北京，不复有越人安越之想。而近来与绍兴之感情亦日恶，殊不自知其何故也。闻燮和言李牧斋贻书于女官首领，说君坏话者已数次，但不知燮和于何处得来，或エバ等作此谣言亦未可定此是此公长技，对于ライブチヒ亦往往如此。要之，我辈之与遗老，本不能志同道合，其啧有烦言，正是应有之事，记之聊供一哂耳。项在部作此笺答，而　惠书在寓中，故所答或有未尽，请　恕为幸。专此，敬颂

曼福。

仆树　顿首　一月十六日

《新潮》第一册项已寄出，并闻。同日

190130 致钱玄同

明信片收到了。点句和署名两件事，都可照来信办理。昨天看见《新潮》第二册内《推霞》上面的小序，不禁不敬之心，油然而生，勃然而长；倘若跳舞再不高明，便要沛然莫之能御了。相应明信片达，请烦查照，至纫公谊。此致

玄同兄

树　一月卅日

190216 致钱玄同

玄同兄：

今天仲密说，悠悠我思有一篇短文，是回骂上海什么报的，大约想登在《每周评论》上，因为该评论出的快，而《新青年》出的慢。

我想该文可以再抄一篇，也登入《新青年》六卷二号《随感录》，庶几出而又出，传播更广，用副我辈大骂特骂之盛意，不知吾兄大人阁下以为何如？

弟庚言　载拜　二月十六日

190419 致周作人

二弟览：十五所寄函已到。家事殊无善法，房子亦未有，且俟汝到京再议。《沙漠里之三梦》本拟写与李守常，然偶校原书，似问答中有两条未译，不知何故。此亦止能俟到京后写与尹默矣。

丸善之代金引换小包已到，计二包，均于今日取出。《欧洲文学之ベリオドス》计十一本，所阙者为第十二本（The Later 19 センチユ一リ一）。不知尚未出板，抑丸善偶无之，可就近问讯，或补买旧书。又书上写明每本 5s net，而丸善每本乃取四元十五钱，亦相差太远，似可以质问之也。今将其帐附上，又结算书一件亦附上，记汝曾言当亲向彼店清算也。

见上海告白，《新青年》二号已出，但我尚未取得，已函托爬翁矣。大学无甚事，新旧冲突事，已见于路透电，大有化为"世界的"之意。闻电文系节述世与禽男函文，断语则云：可见大学有与时俱进

之意，与从前之专任アルトス吐デント办事者不同云云。似颇"阿世"也。

博文馆所出《西洋文艺丛书》，有ズ　デルマン所著之《罪》一本，我想看看，汝回时如从汽船，则行李当不嫌略重，望买一本来。

此外无甚事，我当不必再寄信于东京。汝何时从东京出发，望定后函知也。

兄树　上　四月十九日夜

安特来夫之《七死刑囚物語》日译本如尚可得，望买一本来，勿忘为要。

二十日又及

汝前函言到上海后当与我一信，而此信至今未到也。

二十一日晨

190428 致钱玄同

玄同兄：

送上小说一篇，请　您鉴定改正了那些外国圈点之类，交与编辑人；因为我于外国圈点之类，没有心得，恐怕要错。

还有人名旁的线，也要请看一看。譬如里面提起一个花白胡子的人，后来便称他花白胡子，恐怕就该加直线了，我却没有加。

鲁迅　四月八〔二十八〕日

十九期《每周评论》附录中有鲁逊做的文章一篇，此人并非舍弟，合并声明。

190430 致钱玄同

心异兄：

"鄙见"狠对，据我的"卓识"，极以为然。

仲密来信说，于夷歪五月初三四便走，写信来不及。

速斋班辈最大，并无老兄，所以遯庐当然不是"令兄"。

近来收到"杂志轮读会"的一卷书，大约是仲密的。我想：这书恐怕不能等他回来再送，所以要打听送给何人，以便照办；曾经信问尹默，尚无回信，大约我信到否不可知。兄知道该怎么送吗？请告诉我。

迅　夏正初一而夷歪三十足
见夷狄之不及我天朝矣

190704 致钱玄同

心翁先生：子秘是前天出发的。和他通信，应该写"东京府下、巢鸭町上驹込三七九羽太方〇〇〇收"。他大约洋历八月初可到北京，"仇偶"和"半仇子女"也一齐同来，不到"少兴府"了。"卜居"还没有定，只好先租；这租房差使，系敝人承办，然而尚未动手，懒之故也。

《鑫苍载》还没有见过，实在有背"先睹为快"之意。

贵敝宗某君的事，恐怕很难；许君早已不管图书馆事，现任系一官气十足的人，和他说不来。

听说世有可来消息，真的吗？

俟　上　七月四日

190807 致钱玄同

心异兄：——

仲密寄来《访新村记》一篇，可以登入第六期内。但文内几处，还须斟酌，所以应等他到京后再说。他大约十日左右总可到，一定来得及也。特此先行通知。

又此篇决不能倒填年月，登载时须想一点方法才好。

鲁迅　八月七日

190813 致钱玄同

玄同兄：两封来信都收到了。子秘已偕□妻□子到京、现在住在山会邑馆间壁曹宅里面、门牌是第五号。

关于《新村》的事、两面都登也无聊、我想《新青年》上不登也罢、因为只是一点记事、不是什么大文章、不必各处登载的。

黄棘不是孙伏公、单知道他住在鲁镇、不知道别的、伏即福源、来信说的都对、写信给他、直寄"或 ｒ ⑪ □"就是、他便住在那里、バーラートル是一种鱼肝油、并非专医神经的药、但身体健了、神经自然也健、所以也可吃得的、这药有两种、一种红包瓶外包纸颜色、对于肺病格外有效、一种蓝包是普通强壮剂、为神经起见、吃蓝包的就够了。

迅　八月十三日

一九二〇年

200103 致周心梅

心梅老叔大人尊右：

谨启者，在越首途不遑走辞，而既劳大驾，又承厚惠，感歉俱集。自杭至宁，一路幸托福荫，旅况俱适。当日渡江，廿九日午抵北京。自家母以下，并皆安善堪舒。

绮注在绍时，曾告南山头佃户二太娘来城立认票，讵知游约不至。只得请吾叔收租时再催促之。寄存之物，兹开单附上。单系临发时所记录，仓卒间恐有错误，请老叔暇中费心一查对可也。

专此布达，敬请
崇安。

侄 树建人 拜启 一月三日

200504 致宋崇义

知方同学兄足下：

日前蒙惠书，祗悉种种。

仆于去年冬季，以挈眷北来，曾一返越中，往来匆匆，在杭在越之诸友人，皆不及走晤；迄今犹以为憾！

比年以来，国内不靖，影响及于学界，纷扰已经一年。世之守旧者，以为此事实为乱源；而维新者则又赞扬甚至。全国学生，或被称为祸萌，或被誉为志士；然由仆观之，则于中国实无何种影响，仅是一时之现象而已；谓之志士固过誉，谓之乱萌，亦甚冤也。

南方学校现象，较此间似尤奇诡，分教员为四等，可谓在教育史上开一新纪元，北京尚无此举，惟高等工业抬出校长，略堪媲美而已。然此亦只因无校长提倡，故学生亦不发起；若有如姜校长之办法，则现象当亦相同。世之论客，好言南北之别，其实同是中国人，脾气无甚大异也。

近来所谓新思潮者，在外国已是普遍之理，一入中国，便大吓人；提倡者思想不彻底，言行不一致，故每每发生流弊，而新思潮之本身，固不任其咎也。

要之，中国一切旧物，无论如何，定必崩溃；倘能采用新说，助其变迁，则改革较有秩序，其祸必不如天然崩溃之烈。而社会守旧，新党又行不顾言，一盘散沙，无法粘连，将来除无可收拾外，殆无他道也。

今之论者，又惧俄国思潮传染中国，足以肇乱，此亦似是而非之谈，乱则有之，传染思潮则未必。中国人无感染性，他国思潮，甚难移殖；将来之乱，亦仍是中国式之乱，非俄国式之乱也。而中国式之乱，能否较善于他式，则非浅见之所能测矣。

要而言之，旧状无以维持，殆无可疑；而其转变也，既非官吏所希望之现状，亦非新学家所鼓吹之新式：但有一塌胡涂而已。

中国学共和不像，谈者多以为共和于中国不宜；其实以前之专制，何尝相宜？专制之时，亦无忠臣，亦非强国也。

仆以为一无根柢学问，爱国之类，俱是空谈；现在要图，实只在熬苦求学，惜此又非今之学者所乐闻也。此布，敬颂

曼福！

仆树　顿首　五月四日

200816 致蔡元培

子民先生左右：

今晨趋谒，值已赴法政学校，为怅。舍弟建人，从去年来京在大学听讲，本系研究生物学，现在哲学系。日愿留学国外，而为经济牵连无可设法。比闻里昂华法大学成立在迩，想来当用若干办事之人，因此不揣冒昧，拟请先生量予设法，俾得借此略求学问，副其素怀，实为至幸。

专此布达，敬请

道安。

周树人　谨上　八月十六日

200821 致蔡元培

孑民先生左右：

适蒙书祗悉。舍弟建人，未入学校。初治小学，后习英文，现在可看颇深之专门书籍。其所研究者为生物学，曾在绍兴为师范学校及女子师范学校博物学教员三年。此次志愿专在赴中法大学留学，以备继续研究。第以经费为难，故私愿即在该校任一教科以外之事务，足以自给也。

专此布达，敬请
道安。

周树人　谨状　八月廿一日

201214 致青木正儿（日本）

拜启　大函拜览，《支那学》亦续收到，甚为感谢。

我先前在胡适君处读过你在《支那学》上写的关于中国文学革命的论文。衷心感谢以同情和希望所作的公正评论。

我写的小说极为幼稚。只因悲于本国如同冬天，无歌无花，为破除寂寞而写者。我想恐怕没有令日本读书界能看到生命与价值的东西吧。今后写还是想写的，但前途暗淡。因为这种环境，更陷于讽刺和诅咒亦未可知。

在中国的文学艺术界实有不胜寂寞之感，创作之新芽虽似略见萌生，但能否成长，殊不可知。《新青年》最近也十分倾向于社会问题，文学方面的东西减少了。

研究中国的白话文，在当今其实是困难的事情。因为刚刚提倡，并无一定的规则，各人以随心所欲的文句与词汇来写的。钱玄同君等虽早就提倡编纂字典，但尚未着手。倘编成，我想应该方便多了吧。

　　我用这么蹩脚的日文给你写信，敬请原谅。

青木正儿先生

周树人　十一［十二］月十四日

一九二一年

210103 致胡适

适之先生：

寄给独秀的信，启孟以为照第二个办法最好，他现在生病，医生不许他写字，所以由我代为声明。

我的意思是以为三个都可以的，但如北京同人一定要办，便可以用上两法，而第二个办法更为顺当。至于发表新宣言说明不谈政治，我却以为不必，这固然小半在"不愿示人以弱"，其实则凡《新青年》同人所作的作品，无论如何宣言，官场总是头痛，不会优容的。此后只要学术思想艺文的气息浓厚起来——我所知道的几个读者，极希望《新青年》如此，——就好了。

树　一月三日

210115 致胡适

适之先生：

今天收到你的来信。《尝试集》也看过了。

我的意见是这样：

《江上》可删。

《我的儿子》全篇可删。

《周岁》可删；这也只是寿诗之类。

《蔚蓝的天上》可删。

《例外》可以不要。

《礼！》可删；与其存《礼！》，不如留《失〔希〕望》。

我的意见就只是如此。

启明生病，医生说是肋膜炎，不许他动。他对我说，"《去国集》是旧式的诗，也可以不要了。"但我细看，以为内中确有许多好的，所以附着也好。

我不知道启明是否要有代笔的信给你，或者只是如此。但我先写我的。

我觉得近作中的《十一月二十四夜》实在好。

树　一月十五日夜

210630 致周作人

二弟览：昨得来信了。所要的书，当于便中带上。

母亲已愈。芳子殿今日上午已出院；土步君已断乳，竟亦不吵闹，此公亦一英雄也。ハグ［が］公昨请山本诊过，据云不像伤风（只是平常之咳），然念の爲メ，明日再看一回便可，大约星期日当可复来山中矣。

近见《时报》告白，有邹咹之《周金文存》卷五六皆出版，又《广仓砖录》中下卷亦出版，然则《艺术丛编》盖当赋《关雎》之次章矣，以上二书，当于便中得之。

汝身体何如，为念，示及。我已译完《右衛門の最期》，但跋未作，蚊子乱咬，不易静落也。夏目物［語］决译《一夜》，《夢十夜》太长，其《永日物語》中或可选取，我以为《クレイグ先生》一篇尚可也。

电话已装好矣。其号为西局二八二六也。

兄树　六月卅日

210713 致周作人

二弟览：Karásek 的《斯拉夫文学史》，将窠罗泼泥子街收入诗人中，竟于小说全不提起，现在直译寄上，可修改酌用之，末尾说到“物语”，大约便包括小说在内者乎？这所谓“物语”，原是 Erzählǔng，不能译作小说，其意思只是“说话”“说说谈谈”，我想译作“叙述”，或“叙事”，似较好也。精神（Geist）似可译作“人物”。

《时事新报》有某君（忘其名）一文，大骂自然主义而欣幸中国已有象征主义作品之发生。然而他之所谓象征作品者，曰冰心女士的《超人》，《月光》，叶圣陶的《低能儿》，许地山的《命命鸟》之类，这真教人不知所云，痛杀我辈者也。我本也想抗议，既而思之则“何必”，所以大约作罢耳。

大学编译处由我以信并印花送去，而彼但批云"不代转"云云，并不开封，看我如何的说，殊为不届。我想直接寄究不妥。不妨暂时阁起，待后再说，因为以前之印花税亦未取，何必为"商贾"忙碌乎。然而"商贾"追索，大约仍向该处，该处倘再有信来，则我当大骂之耳。

我想汪公之诗，汝可略一动笔，由我寄还，以了一件事。

由世界语译之波兰小说四篇，是否我收全而看过，便寄雁冰乎？信并什曼斯キ小说已收到，与德文本略一校，则三种互有增损，而德译与世界语译相同之处较多，则某姑娘之不甚可靠确矣。德译者S.Lopuszánski，名字如此难拼，为作者之同乡无疑，其对于原语必不至于误解也。惜该书无序，所以关于作者之事，只在《斯拉夫文学史》中有五六行，稍缓译寄。来信有做体操之说，而我当时未闻，故以电话问之，得长井答云：先生未言做伸䠙伸开之体操，只须每日早昼晚散步三次（我想昼太热，两次也好了），而散步之程度，逐渐加深，而以不ッカレル为度。又每日早晨，须行深呼吸，不限次数，以不ッカレル为度，此很要紧。至于对面有疑似肺病之人，则于此间无妨，但若神经ノセイ，觉得可厌，则不近其窗下可也（此节我并不问，系彼自言）云云。汝之所谓体操，未知是否即长井之所谓深呼吸耶，写出备考。

树　上　十三夜

Dr. Josef Karásek：《Slavische Literaturgeschichte》，II Teil，§ 16.《最新的波兰的诗》（Asnyk, Konopnicka.）Mária Konopnicka（1846）在许多的点上（多クノ点ニ於イテ），是哲学的，对于クラシク典雅世界有着特爱的一个确实的男性的精神（Geist），略与Asnyk相同。后一事伊识之于伊大利和希腊，而于古式（Antik形式）中

035

赋以生命，伊又如 Asnyk，是一个缜密的体式和响亮的言辞的好手（Meisterin），此外则倘伊高呼"祖国"以及到了雄辩的语调的时候，其奋发也近于波希米亚的女诗人 Krásnohorská。Konopnicka 是"女人的苦楚和哀愁"的诗人，计其功绩，是在"用了民族的神祠（Nationale Pantheon）——饶富其民众"。伊以叙述移住民生活的，尚未完成的叙事诗（Epopöe）《在巴西之 Balzar 氏》，引起颇大的惊异来。伊又于运用历史的大人物如 Moses，Hus，Galileo 等时，证明其宽博活泼的境地。形成伊"诗的认识"的高点者，为"断片"中的"Credo"。在伊的国人的区别上，则 Konopnicka 于斯拉夫世界最有兴趣，而尤在 Ceche，Kroate，Slovene，并且喜欢译那些的诗歌（特于 Vrchlicky——伊虽然也选译过 Hamerling, Heyse 和 Ackermann 的集）；至于物语，则伊在 Görz 的旅行记载中，是特抱了对于南斯拉夫的特爱而作的。但 Konopnicka 也识得诺尔曼的海岸，诗人之外又为动人的物语家，也做文学的论说和 Essay，虽然多为主观的，却思索记述得都奇特。伊的文学的祝典，不独在波兰，却在波希米亚也行庆祝，那里是 Konopnicka 的诗歌，已由翻译而分明入籍的了。

210716 致周作人

二弟览：《犹太人》略抄好了，今带上，只不过带上，你大约无拜读之必要，可以原车带回的。作者的事实，只有《斯拉夫文学史》中的几行（且无诞生年代），别纸抄上；其小说集中无序。

这篇跋语，我想只能由你出名去做了。因为如此三四校，老三似乎尚无此大作为。请你校世界语译，是狠近理的。请我校德译，未免太巧。如你出名，则可云用信托我，我造了一段假回信，录在别纸，或录入或摘用就好了。

德译虽亦有删略，然比英世本似精神得多，至于英世不同的句子，德亦往往不与英世同，而较为易解，大约该一句原文本不易懂，而某女士与巴博士因各以意为之也。

树　上　七月十六日夜

抄跋之格子和白纸附上。

Dr.Josef Karásek《斯拉夫文学史》II.§17.最新的波兰的散文。

Adam Szymanski 也经历过送往西伯利亚的流人的运命，是一个身在异地而向祖国竭尽渴仰的，抒情的精灵（人物）。从他那描写流人和严酷的极北的自然相抗争的物语（叙事，小说）中，每飘出深沉的哀痛。他并非多作的文人，但是每一个他的著作事业的果实，在波兰却用了多大的同情而领受的。

所寄译稿，已用 S.Lopuszánski 之德译本对比一过，似各本皆略有删节，今互相补凑，或较近于足本矣。……德译本在 Deva Roman-Sammlung 中，亦以消闲为目的，而非注重研究之书，惟因译者亦波兰人，知原文较深，故胜于英译及世界语译本处颇不少，今皆据以改正；此外单字之不同者尚多，既以英译为主则不复一一改易也*。

*即就开首数叶而言：如英译之在半冰冻的土地里此作在冰硬的土地里；陈放着 B 的死尸此作躺着 B 的渣（躯壳）；被雪洗濯的 B 的面貌此作除去积雪之后的 B 的面貌；霜雪依然极严洌此作霜雪更其严洌了；如可怜的小狗此作如可怜的小动物……

210727 致周作人

二弟览：

《一茶》已寄出。波兰小说酬金已送支票来，计三十元；老三之两篇（ソログーブ及犹太人）为五十元，此次共用作医费。有宫竹心者寄信来，今附上。此人似尚非伪，我以为《域外小说集》及《欧文史》似可送与一册（《域》甚多，《欧》则书屋中有二本，不知此外尚有不要者否），此外借亦不便，或断之，如何希酌，如由我复，则将原信寄回。

丛文阁已印行エロシェンコ之小说集《夜アク前ノ歌》，拟与《貘ノ舌》共注文，不知以丸善为宜，抑不如天津之东京堂（？）乎？又如决定某处，则应先寄钱抑便代金引换耶？

树　七月廿七日灯下

210729 致宫竹心

竹心先生：

周作人因为生了多日的病，现在住在西山碧云寺，来信昨天才带给他看，现在便由我替他奉答几句。

《欧洲文学史》和《域外小说集》都有多余之本，现在各各奉赠一册，请不必寄还。

此外我们全没有。只是杜威博士的讲演，却有从《教育公报》拆出的散叶，内容大约较《五大讲演》更多，现检出寄上，请看后寄还，但不拘多少时日。

借书处本是好事，但一时恐怕不易成立。宣武门内通俗图书馆，新出版书大抵尚备，星期日不停阅（星期一停），然不能外借，倘　先生星期日也休息，便很便利了。

　　　　　　　　　　　　　　　周树人　七月廿九日

210731 致周作人

二弟览：

今日得信并译稿一篇。孙公因家有电报来云母病，昨天回去了；据云多则半月便来北京。他虽云稿可以照常寄，但我想不如俟他来后再寄罢。

好在《晨报》之款并不急，前回雄鸡烧烤费，也已经花去，现在我辈文章既可卖钱，则赋还之机会多多也矣。

潘公的《风雨之下》实在不好，而尤在阿塞之开通，已为改去不少，俟孙公来京后交与，请以"情面"登之。《小说月报》拟稍迟寄与，因季黻要借看也。

关于哀禾者，《或外小说集》附录如次：

哀禾本名勃罗佛尔德（Brofeldt），一八六一年生于列塞尔密（Lisalmi，芬兰的内地），今尚存，为芬兰近代文人之冠。一八一九〔九一？〕年游法国，归而作《孤独》一卷，为写实派大著，又《木片集》一卷，皆小品。

关于这文的议论，容日内译上，因为须翻字典，而现在我项尚硬也。

土步已好，大约日内可以退院了。

《小说月报》也无甚好东西。百里的译文，短如羊尾，何其徒占一名也。

此间日日大雨，想山中亦然。其实北京夏天，本应如此，但前两年却少雨耳。

树　上　七月卅一日

寄上《文艺复兴史》，《东方》各一本；又红毛书三本。

Ernst Brausewetter《北方名家小说》（Nordische Meisternovellen）中论哀禾的前几段：

芬兰近代诗的最重要最特别的趋向之一，是影响于芬兰人民的欧洲文明生活的潮流的反映，这事少有一个诗人，深深的攫住而且富于诗致的展布开来，能如站在他祖国的精神的运动中间，为《第一芬兰日报》的领袖之一的哀禾（J.Brofeldt 的假名，一个芬兰牧师的儿子）的。

就在公布的第一册，他发表三篇故事，总题为《国民生活》的之中，他试在《父亲怎样买洋灯》和《铁路》这两篇故事里，将闯入的文明生活的势力，用诗的意象来体现了。最初的石油灯和最初的铁路，及于少年和老人的效力有种种的不同。人看出开创的进步来，但从夸口的仆人的状态上，也看出一切文化在最初移植时偕与俱来的无可救药的势力。而终在老仆 Peka 这人物上，对于古老和过去，都罩上了 Romantik 的温厚的微光。正如 Geijerstam 所美妙的指出说，"哀禾对于人生的被轻蔑的个性，有着柔和的眼光。这功效，是他能觉着交感，不特对于方来的新，而且也对于方去的故。"但这些故事的奇异的艺术的效力，却也属于能将这些状态纳在思想和感觉态度里的哀禾的才能。

210806 致周作人

二弟览：得四日函俱悉，雁冰令我做新犹太事，实无异请庆老爷讲化学，可谓不届之至；捷克材料我尚有一点，但查看太费事，所以也不见得做也。

译稿中有数误字我决不定，所以将原稿并疑问表附上，望改定原车带回，至于可想到者，则我已径自校正矣。

貓公冒雨出走，可称雪凉，而雄鸡乱啼亦属可恶，我以为可于夜间令鹤招赶打之，如此数次，当亦能敬畏而不来也。

对于バンダン滑倒公不知拟用何文，我以为《无画之画帖》便佳，此后再添童话若干，便可出单行本矣。

五日信并稿已到，我拟即于日内改定寄去，该号既于十月方出，何以如此之急急耶。

脚短想比貓公较静，我以为《日華公論》文，不必大出力，而从缓亦可，因与脚短公说话甚难，易于出力不讨好也。你跋中引培因语，然则序文拟不单译耶。

哀禾著作

一页前四行	或略早……	或字费解应改
二〃五	我应许你	应许二字不妥应酌改
〃后一	火且上来	且字当误
十四前七	我全忙了	忘之误乎？
〃后六	很轻密	蓂？

《伊伯拉亨》

八页前九行	沙烬	灰？

《巴尔干小说》目录中，Caragiale（罗马尼亚）的《复活祭之烛》，我是有的，但作者名字，我的《世界文学史》中全没有。Lazarević的《盗》，我也有，但题目是《媒トシテノ盗》。Sandor-Gjalski 的两篇，就是我所有的他的小说集的前两篇，这人是克洛谛亚第一流文人，《斯拉夫文学史》中有十来行说他的事。而 Vetendorf，Friedensthal，Netto 三位，则无可考，大约是新脚色也。

他们翻译，似专注意于最新之书，所以略早出板的如レルモントフ，シユンキウヱチ之类，便无人留意，也是维新维得太过之故。我这回拟译的两篇，一是 Vazov 的《Welko 的出征》，已经译了大半；一是 Minna Canth 的《疯姑娘》；Heikki 的《母亲死了的时候》因为有删节，所以不译也。

勃加利亚语 Welko= 狼，译婿注云"等于 Jerwot 和塞尔维亚的 Wuk，在俄 =Wolk，在波兰 =Wilk"。这 W 字不知应否俱改 V 字；又 Jerwot 是什么国，你知道否？

兄树　上　八月六日

210816 致宫竹心

竹心先生：

来信早收到了；因为琐事多，到今天才写回信，非常之抱歉。杜威的讲演现在并不需用，尽可以放着，不必急急的。

我也很愿意领教，但要说定一个时间，却不容易。如在本月中，我想最好是上午十时至十二时之间，到教育部见访，但除却星期日。下午四至六时，亦或在家，然而也不一定，倘此时惠临，最好先以电话一问，便免得徒劳了。我的电话号数是"西局二八二六"，电话簿子上还未载。

先生兄妹俱作小说，很敬仰，倘能见示，是极愿意看的。

周树人　八月十六日

210817 致周作人

二弟览：老三回来，收到信并《在希腊岛》，我想这登《晨报》，固然可惜，但《东方》也头里惑罗卜，不如仍以《小说月报》的被压民族号为宜，因其中有新希腊小说也。或者与你的《波兰文观》同时寄去可耳。

你译エフタクリチス小说已多，若将文言的两篇改译，殆已可出全本耶？

子佩代买来《新青年》九の一一本（便中当带上），据云九の二亦已出，而只有一本为分馆买之，拟尚托出往寻。每书坊中殆必不止一本，而不肯多拿出者，盖防侦探，虑其一起拿去也。

九ノ一后（编辑室杂记）有云：本社社员某人因患肋膜炎不能执笔我们很希望他早日痊愈本志次期就能登出他的著作。我想：你也不能不给他作或译了，否则《说报》之类中太多，而于此没有，也不甚好。

我想：老三于显克微支不甚有趣味，不如不译，而由你选译之，现在可登《新青年》，将来可出单行本。老三不如再弄他所崇拜之Sologub也。

星期我或上山，亦未可知，现在未定，大约十之九要上山也。

我译 Vazov，M.Canth 各一篇已成，现与齐寿山校对，大约本星期中可誉清耳。

兄树　十七日夜

210825 致周作人

二弟览：廿三日信已到。城内现在也冷，大约与山中差不多。我译カラセク《斯拉夫文学史》译得要命了，出力多而成绩恶，可谓黄胖捣年糕，但既动手，也不便放下，只好译下去，名词一纸，望注回。你为《新青年》译イバネヅ也好，其实我以为ゴーゴル，显克ヴェチ等也都好，雁冰他们太骛新了。前天沈尹默绍介张黄，即做《浮世绘》的，此人非常之好，神经分明，听说他要上山来，不知来过否？

《或曰ノ一休》略翻诸书未见，或其新作乎？我们选译日本小说，即以此为据，不知好否？

闻孙公一星期内可来，系许羡苏说，不知何据也。

《小说月报》八号尚未来，也不知上海出否，沪报自铁路断后，遂不至（最后者十四日）。中国似大要实用新村主义而老死不相往来矣。

我们此后译作，每月似只能《新》，《小》，《晨》各一篇，以免果有不均之诮。《新》九の二已出，今附上，无甚可观，惟独秀随感究竟爽快耳。

《支那学》不来，大约不送矣，尹默说，青木派亦似有点谬。

余后谈。

兄树　八月廿五日夜

210826 致宫竹心

竹心先生：

昨天蒙访，适值我出去看朋友去了，以致不能面谈，非常抱歉。此后如见访，先行以信告知为要。

先生进学校去，自然甚好，但先行辞去职业，我以为是失策的。看中国现在情形，几乎要陷于无教育状态，此后如何，实在是在不可知之数。但事情已经过去，也不必再说，只能看情形进行了。

小说已经拜读了，恕我直说，这只是一种 sketch，还未达到结构较大的小说。但登在日报上的资格，是十足可以有的；而且立意与表现法也并不坏，做下去一定还可以发展。其实各人只一篇，也很难于批评，可否多借我几篇，草稿也可以，不必誊正的。我也极愿意介绍到《小说月报》去，如只是简短的短篇，便绍介到日报上去。

先生想以文学立足，不知何故，其实以文笔作生活，是世上最苦的职业。前信所举的各处上当，这种苦难我们也都受过。上海或北京的收稿，不甚讲内容，他们没有批评眼，只讲名声。其甚者且骗取别人的文章作自己的生活费，如《礼拜六》便是，这些主持者都是一班上海之所谓"滑头"，不必寄稿给他们的。两位所做的小说，如用在报上，不知用什么名字？再先生报考师范，未知用何名字，请示知8

肋膜炎是肺与肋肉之间的一层膜发了热，中国没有名字，他们大约与肺病之类并在一起，统称痨病。这病很费事，但致命的不多。《小说月报》被朋友拿散了，《妇女杂志》还有（但未必全），可以奉借。

不知先生能否译英文或德文，请见告。

周树人　八月廿六日

210829 致周作人

二弟览：

　　老三来，接到稿并信，仲甫信件当于明日寄去矣。我大为捷克所害，"黄胖搋年糕""头里惡罗卜"悔之无及，但既已动手，只得译之。

　　雁冰译南罗达作之按语，译著作家 Céch 作珊区，可谓粗心。

　　《日本小说集》目如此已甚好，但似尚可推出数人数篇，如加能；又佐藤春夫似尚应添一篇别的也。

　　张黄今天来，大菲薄谷崎润一，大约意见与我辈差不多，又大恶数泡メイ。而亦不满夏目，以其太低個云。

　　又云郭沫若在上海编《创造》（？）。我近来大看不起沫若田汉之流。又云东京留学生中，亦有喝加菲（因アブサン之类太贵）而自称デカーダン者，可笑也。

　　西班牙话已托潘公查过，今附上。

兄树　八月廿九日

210830 致周作人

二弟览：

昨寄一信，想已达。

大打特打之盲诗人之著作已到，今呈阅。虽略露骨，但似尚佳，我尚未及细看也。如此著作，我亦不觉其危险之至，何至于兴师动众而驱逐之乎。我或将来译之，亦未可定。

捷克文有数个原字（大约近似俄文）如此译法，不知好否？汝或能有助言也。

Narodni Listy 都市新闻

Potické besedy 诗座

Vaclav z Michalovic 书名，但不知 z 作何解。

兄树　上　八月卅日

210903 致周作人

二弟览：

今因齐寿山先生到西山之便，先寄上《净土十要》一部，笔三支，《妇女杂志》八号尚未到。

老三昨已行。姊姊昨已托山本检查，据云无病，其所以瘦者，因正在"长起来"之故，今日已又往校矣。孙公有信来，因津浦火车之故，已"搁起"在浦镇十日矣云云。明日当有人上山，余再谈。

兄树　上　九月三日午后

210904 致周作人

二弟览：

昨日齐寿老上西山，托寄《净土十要》一部，笔三支并信，自然应该已经收到了。

エロ样之童话我未细看，但我想多译几篇，或者竟出单行本，因为陈义较浅，其于硬眼或较有益乎。

此间科学会开会，南京代表云，"不宜说科学万能！"此语甚奇。不知科学本非万能乎？抑万能与否未定乎？抑确系万能而却不宜说乎？这是中国科学家。

五日起大学系补课而非开学，仍由我写请假信乎，望将收信处见告如"措词"见告亦可。

寄潘垂统之《小说月报》已可付邮乎？望告地址。

附上孙公信，可见彼之"搁起"情形也。

兄树　上　九月四日

210904 致周作人

二弟览：

某君之《西班牙主潮》送上。《小说月报》前六本尚在季市处，倘某君书中无伊巴ネヅ生年，则只能向图书馆查之，因季市足疾久未到部也。

中秋寺赏俟问齐公后答。

女高师尚无补课信来，但此间之信，我未能全寓目，以意度之，当尚未有耳，因男高师亦尚无之也。

山本云：因自動車走至御宅左近而破，所以今日未去，三四日内当御伺フ云云。其自動車故障一节虽未识确否，而日内御伺，则当无疑也。

土步君昨日身热，今日已全退，盖小伤风也。

胡适之有信来（此信未封，可笑！），今送上。据说则尚有一信，孙公藏而居于浦镇也。彼欲印我辈小说，我想我之所作于《世界丛书》不宜，而我们之译品，则尚太无片段，且多已预约，所以只能将来别译与之耳。

《时事新报》乞文，我以为可以不应酬也。

捷克罗卜，已于今日勉强毖完，无甚意味，所以也不寄阅，雁冰又曾约我讲小露西亚，我实在已无此勇气矣。

商务印书馆之《妇女杂志》及《小说月报》，现在只存《说》第八（以前者俱无）大约生意甚旺也。

余后详。

兄树　上　九月四日夜

210905 致宫竹心

竹心先生：

前日匆匆寄上一函想已到。

《晨报》杂感本可随便寄去，但即登载恐也未必送报，他对于我们是如此办的。寄《妇女杂志》的文章由我转去也可以，但我恐不能改窜，因为若一改窜，便失了原作者的自性，很不相宜，但倘觉得有不妥字句，删改几字，自然是可以的。

鲁迅就是姓鲁名迅，不算甚奇。唐俟大约也是假名，和鲁迅相仿。然而《新青年》中别的单名还有，却大抵实有其人。《狂人日记》也是鲁迅作，此外还有《药》《孔乙己》等都在《新青年》中，这种杂志大抵看后随手散失，所以无从奉借，很抱歉。别的单行本也没有出版过。

《妇女杂志》和《小说月报》也寻不到以前的，因为我家中人数甚多，所以容易拖散。昨天问商务印书馆，除上月份之外，也没有一册，我日内去问上海本店去，倘有便教他寄来。《妇女杂志》知已买到，现在寄上《说报》八月份一本，但可惜里面恰恰没有叶，落两人的作品。

周树人　九月五日

210905 致周作人

二弟览：

伊巴涅支说的末一叶已收到了。

大学已有开课信来，我明日当写信去。女师尚无，此回开课，只说补课，尚未提及新学年功课，我想倘他来信，只要照例请假便可（由我写去），不必与说此后之事也。如何复我。

中秋节寺赏据齐寿山说如下：

大门	四吊	二门	六吊
南门即后门？	六吊如不常走则四吊已够	方丈院听差	三或四元以上

兄树　上　九月五日夜

210908 致周作人

二弟览：

イバネヅの生年，《小说月报》中亦无，且并"五十余岁"之说而无之。

此公大寿，盖尚未为史家所知，跋中已改为"现年五十余岁"矣。

查字附上，其中一个无着，岂拉丁乎？至于Tuleries则系我脱落一i字，其为"瓦窑"无疑也。

光典信附上，因为信面上还有"如在西山赶紧转寄"等等急煞活煞的话。现代少年胜手而且我佟，真令人闭口也。署签"断乎不可"！

我看你译小说，还可以随便流畅一点（我实在有点好讲声调的弊病），前回的《炭画》生硬，其实不必接他，从新起头亦可也。

孙公已到矣。

我十一本想上山，而是日早上须在

圣庙敬谨执事，所以大约不能上山矣。

余后谈。

兄树 上 九月八日夜

210911 致周作人

二弟览：

你的诗和伊巴涅支小说，已寄去。报上又说仲甫走出了，但记者诸公之说，不足深信，好在函系挂号，即使行卫不明，亦仍能打回来也。

现在译好一篇工口君之《沼ノホトリ》拟予孙公，此后则译《狭ノ籠》可予仲甫也。你译的"清兵衞卜胡盧"当给孙公否，见告。

淮滨寄庐信寄上，此公何以无其"长辈"之信而自出鹿爪シイ之言殊奇。旁听不知容易否，我辈自无工夫，或托孙公一办，倘难，则由我回复之可也。

表现派剧，我以为本近儿戏，而某公一接脚，自然更难了然。其中有一篇系开幕之后有一只狗跑过，即闭幕，殆为接脚公写照也。

批评中国创作，《读卖》中似无之，我从五至七月皆翻过（内中自然有缺）皆不见，重君亦不记得，或别种报上之文乎？

コホリコ·コ之蓄道德云云，即指庐山叙旧而发，闻晨报社又收到该大学全体署名一信，言敝同人中虽有别名"ピンシン"者，而未曾收到该项诗歌，然则被赠者当系别一ピンシン云云，大约不为之登出矣。夫被赠无罪，而如此断断，殊可笑，与女人因被调戏而上吊正无异，诚哉如柏拉图所言，"不完全则宁无"也。

兄树　上　十一日下午

210917 致周作人

二弟览：三弟今日有信，今寄上。

查武者小路的《或日ノ一休》系戏剧，于我辈之小说集不合，尚须别寻之。此次改定之《日本小说》目录，既然如此删汰，则我以为漱石只须一篇《一夜》，鸥外亦可减去其一，但《沉默之塔》太轻ィ，当别译；而若嫌页数太少，则增加别人著作（如武者，有岛之类）可也。该书自然以今年出版为合，但不知来得及否耳。

我自从挤出捷克文学后，现在大被补课所轧，因趣味已无而须做讲义，是大苦也。此次已去补一次，高师不甚缺少，而大学只有听讲者五枚，可笑也。女师之熊仍不走，我以为倘有信来，大可不必再答，即续假亦可不请，听其自然，盖感情已背，无可弥缝，而熊系魔子，亦难喻以理或动之以情也。

我为《新青年》译《狭ノ籠》已成，中有ラヤジ拟加注，查德文字典

云"Rádscha, or Rájh= 土著的东印度侯爵",未知即此否,以如何注法为合,望告知。至于老三之一篇,则须两星期方能抄成,拟一同寄去,因豫算稿子,你已有两次,可以直用至第五期也。

中秋无月。今日《晨报》亦停。潘太太之作尚佳,可以删去序文,寄与《说报》,潘公之《风雨之下》,经改题而去其浪漫チク之后,亦尚不恶也。但宫小姐之作,则据老三云:因有"日货"字样,故章公颇为踌躇。此公常因女人而バンダン,则神经过敏亦固其所,拟令还我,转与孙公耳。

《说报》于我辈之稿费,尚不寄来,殊奇。我之《小露西亚文学观》系九日寄出,已告结束矣,或者以中秋之故而迟迟者乎。家中俱安,勿念。余后谈。

兄树　上　九月十七日

211015 致宫竹心

竹心先生:

　　来信收到了。本星期日的下午,我大约在寓,可以请来谈。

　　《救急法》可以姑且送到商务馆去试一试,也请一并带来。

　　余面谈。

周树人　十月十五日

一九二二年

220104 致宫竹心

竹心先生：

今天收到来信。

丸善详细地址是：日本东京市、日本桥区、通三丁目、丸善株式会社。

大学的柴君，我们都不认识他。

前回的两篇小说，早经交与《晨报》，在上月登出了。此项酬金，已将　先生住址开给该馆，将来由他们直接送上。

周树人　启　一月四日

220216 致宫竹心

竹心先生：

去年接到来信，《晨报》社即去催，据云即送，于年内赶到，约早已照办了。

至于地方一层，实在毫无法想了。因为我并无交游，只认得几个学校，而问来问去，现在的学校只有减人，毫不能说到荐人的事，所以已没有什么头路。

先生来信说互助，这实在很有道理。但所谓互助者，也须有能助的力量，倘没有，也就无法了。而现在的时势，是并不是一个在教育界的人说一句话做一点事能有效验的。

以上明白答复，自己也很抱歉。至于其余，恕不说了：因为我并没有判定别人的行为的权利，而自己也不愿意如此。

周树人　上　二月十六日

220814 致胡适

适之先生：

关于《西游记》作者事迹的材料，现在录奉五纸，可以不必寄还。《山阳志遗》末段论断甚误，大约吴山夫未见长春真人《西游记》也。

昨日偶在直隶官书局买《曲苑》一部上海古书流通处石印，内有焦循《剧说》引《茶余客话》说《西游记》作者事，亦与《山阳志遗》所记略同。从前曾见商务馆排印之《茶余客话》，不记有此一条，当是节本，其足本在《小方壶斋丛书》中，然而舍间无之。

《剧说》又云，"元人吴昌龄《西游》词与俗所传《西游记》小说小异"，似乎元人本焦循曾见之。既云"小异"，则大致当同，可推知射阳山人演义，多据旧说。又《曲苑》内之王国维《曲录》亦颇有与

《西游记》相关之名目数种，其一云《二郎神锁齐天大圣》，恐是明初之作，在吴之前。

倘能买得《射阳存稿》，想当更有贵重之材料，但必甚难耳。明重刻李邕《娑罗树碑》，原本系射阳山人所藏，其诗又有买得油渍云林画竹题，似此君亦颇好擦骨董者也。

同文局印之有关于《品花》考证之宝书，便中希见借一观。

树　上　八月十四日

220821 致胡适

适之先生：

前回承借我许多书，后来又得来信。书都大略看过了，现在送还，谢谢。

大稿已经读讫，警辟之至，大快人心！我很希望早日印成，因为这种历史的的提示，胜于许多空理论。但白话的生长，总当以《新青年》主张以后为大关键，因为态度很平正，若夫以前文豪之偶用白话入诗文者，看起来总觉得和运用"僻典"有同等之精神也。

现在大稿亦奉还，李伯元八字已钞在上方。

《七侠五义》的原本为《三侠五义》，在北京容易得，最初似乎是木聚珍板，一共四套廿四本。问起北京人来，只知道《三侠五义》，而南方人却只见有曲园老人的改本，此老实在可谓多此一举。

《纳书楹曲谱》中所摘《西游》，已经难以想见原本。《俗西游》中的《思春》，不知是甚事。《唐三藏》中的《回回》，似乎唐三藏到西夏，一回回先捣乱而后皈依，演义中无此事。只有补遗中的《西游》似乎和演义最相近，心猿意马，花果山，紧箍咒，无不有之。《揭钵》虽演义所无，但火焰山红孩儿当即由此化出。杨掌生笔记中曾说演《西游》，扮女儿国王，殆当时尚演此剧，或者即今也可以觅得全曲本子的。

树人　上　八月二十一日

再《西游》中两提"无支祁"一作巫枝祇，盖元时盛行此故事，作《西游》者或亦受此事影响。其根本见《太平广记》卷四六七《李汤》条。

一九二三年

230108 致蔡元培

孑民先生左右：谨启者，汉石刻中之人首蛇身象，就树人所收拓本觅之，除武梁祠画象外，亦殊不多，盖此画似多刻于顶层，故在残石中颇难觏也。今附上三枚：

一　南武阳功曹乡啬夫文学掾平邑□郎东阙画象南阙有记云章和元年十一月十六日。　在山东费县平邑集。　此象颇清楚，然亦有一人抱之，左右有朱鸟玄武。

（未摹）

二　嘉祥残画象旧为城内轩辕氏所藏，今未详所在。象已漫漶，亦有一人持之。

三　未知出处画象从山东来。　此象甚特别，似二人在树下，以尾相缭，惜一人已泐。

周树人　启上　一月八日

230612 致孙伏园

伏园兄：

今天《副镌》上关于爱情定则的讨论只有不相干的两封信，莫非竟要依了钟孟公先生的"忠告"，逐渐停止了么？

我以为那封信虽然也不失为言之成理的提议，但在变态的中国，很可以不依，可以变态的办理的。

先前登过的二十来篇文章，诚然是古怪的居多，和爱情定则的讨论无甚关系，但在别一方面，却可作参考，也有意外的价值。这不但可以给改革家看看，略为惊醒他们黄金色的好梦，而"足为中国人没有讨论的资格的左证"，也就是这些文章的价值之所在了。

我交际太少，能够使我和社会相通的，多靠着这类白纸上的黑字，所以于我实在是不为无益的东西。例如"教员就应该格外严办"，"主张爱情可以变迁，要小心你的老婆也会变心不爱你，"之类，着想都非常有趣，令人看之茫茫然惘惘然；倘无报章讨论，是一时不容易听到，不容易想到的，如果"至期截止"，杜塞了这些名言的发展地，岂不可惜？

钟先生也还是脱不了旧思想，他以为丑，他就想遮盖住，殊不知外面遮上了，里面依然还在腐烂，倒不如不论好歹，一齐揭开来，大家看看好。往时布袋和尚带着一个大口袋，装些零碎东西，一遇见人，便都倒在地上道，"看看，看看。"这举动虽然难免有些发疯的嫌疑，然而在现在却是大可师法的办法。

至于信中所谓揭出怪论来便使"青年出丑"，也不过是多虑，照目下的情形看，甲们以为可丑者，在乙们也许以为可宝，全不一定，正无须乎替别人如此操心，况且就在上面的一封信里，也已经有了反证了。

以上是我的意见：就是希望不截止。若夫究竟如何，那自然是由你自定，我这些话，单是愿意作为一点参考罢了。

迅　六月十二日

231024 致孙伏园

伏园兄：

昨天接两信，前后相差不过四点钟，而后信称前信曰"昨函"，然则前寄之一函，已为送之者压下一日矣，但好在并无关系，不过说说而已。

昨下午令部中信差将《小说史》上卷末尾送上，想已到。现续做之文，大有越做越长之势，上卷恐须再加入一篇，其原稿为八十六七叶，始可与下卷平均，现拟加之篇姑且不送上，略看排好后之情形再定耳。

昨函谓一撮毛君及其夫人拟见访，甚感甚感。但记得我已曾将定例声明，即一者不再与新认识的人往还，二者不再与陌生人认识。我与一撮毛君认识大约已在四五年前，其时还在真正"章小人 nin"时代，当然不能算新，则倘蒙枉顾，自然决不能稍说魇话。然于其夫人则确系陌生，见之即与定例第二项违反，所以深望代为辞谢，至托至托。此事并无他种坏主意，无非熟人一多，世务亦随之而加，于其在病院也有关心之义务，而偶或相遇也又必当有恭敬鞠躬之行为，此种虽系小事，但亦为"天下从此多事"之一分子，故不如销声匿迹之为愈耳。

树人　上　十月廿四日

再者，廿三函并书皮标本顷亦已到。我想不必客气，即用皇帝所用之黄色可也，今附上，余者暂存，俟面缴。

面上印字之样子，拟亦自定一款式，容迟日奉上，意者尚不急急也。

树　又上　廿四

231210 致许寿裳

季市兄：

前见《校刊》，知兄已递辞呈，又患失眠，此信本该不作，然实无奈，故写此以待，因闻诗荃兄言兄当以明日到京也。

此次教部裁员，他司不知，若在社会司，则办事员之凡日日真来办事者皆去矣，留者之徒，弟仅于发薪时或偶见其面，而平时则杳然，如此，则天下事可知也。复次之胡闹，当在附属机关，弟因此颇为子佩忧，现在年数劳绩皆不论，更有何可说。前闻女师校有管注册者已去，而位尚虚，殊欲切为子佩谋之，但不知兄在辞中，尚可为不？倘可，并且无他窒碍，则专以此为托也。

附上讲稿一卷，明已完，此后仅清代七篇矣。然上卷已付排印，下卷则起草将完，拟以明年二月间出。此初稿颇有误，本可不复呈，但先已俱呈，故不中止耳。已印者日内可装成，其时寄上。

弟树人　上　十二月十日夜

231228 致胡适

适之先生：

今日到大学去，收到手教。

《小说史略》竟承通读一遍（颇有误字，拟于下卷附表订正），惭愧之至。论断太少，诚如所言；玄同说亦如此。我自省太易流于感情之伦，所以力避此事，其实正是一个缺点；但于明清小说，则论断似较上卷稍多，此稿已成，极想于阳历二月末印成之。百二十回本《水浒传》曾于同寮齐君家借翻一过，据云于保定书坊得之，似清翻明本，有图，而于评语似多所刊落，印亦尚佳，恐不易再得。齐君买得时，云价只四元。此书之田虎王庆诸事，实不好，窃意百回本当稍胜耳。百十五回本《水浒传》上半，实亦有再印之价值，亚东局只印下半，殊可惜。至于陈忱后书，其实倒是可印可不印。我于《小说史》印成后，又于《明诗综》见忱名，注云"忱，字遐心，乌程人"。止此而已，诗亦止一首，其事迹莫考可知。《四库书目》小说类存目有《读史随笔》六卷，提要云："陈忱撰，忱字遐心，秀水人……"即查《嘉兴府志·秀水·文苑传》，果有陈忱，然字用亶，顺治时副榜，又尝学诗于朱竹垞，则与雁宕山樵非一人可知，《四库提要》殊误。

我以为可重印者尚有数书，一是《三侠五义》，须用原本，而以俞曲园所改首回作附。一是董说《西游补》，但不能雅俗共赏。一是《海上花列传》，惜内用苏白，北人不解，但其书则如实描写，凡述妓家情形者，无一能及他。

闻先生已看定西山某处为养息之地，不知现在何处？我现搬在"西四砖塔胡同六十一号"，明年春天还要搬。

作《红楼梦索隐》之王沈二人，先生知其名（非字）否？

迅 上 十二月二十八日夜

一九二四年

240105 致胡适

适之先生：

前两天得到 手教并《水浒两种序》。序文极好，有益于读者不鲜。我之不赞成《水浒后传》，大约在于托古事而改变之，以浇自己块垒这一点，至于文章，固然也实有佳处，先生序上，已给与较大的估价了。

《西游补》送上，是《说库》中的，不知道此外有无较好的刻本。

自从《海上繁华梦》出而《海上花》遂名声顿落，其实《繁华梦》之度量技术，去《海上花》远甚。此书大有重印之价值，不知亚东书局有意于此否？我前所见，是每星期出二回之原本，上有吴友如派之绘画，惜现在不可复得矣。

迅 上 一月五日

240111 致孙伏园

伏园兄：

惠书已到，附上答王君笺，乞转寄，以了此一件事。

钦文兄小说已看过两遍，以写学生社会者为最好，村乡生活者次之；写工人之两篇，则近于失败。如加淘汰，可存二十六七篇，更严则可存二十三四篇。现在先存廿七篇，兄可先以交起孟，问其可收入《文艺丛书》否？而于阴历年底取回交我，我可于是后再加订正之。

总之此集决可出版，无论收入与否。但须小加整理而已。

《小白兔》一篇尚好，但所记状态及言论，过于了然（此等议论，我亦听到过），成集时易被注意，似须改得稍晦才是。又《传染病》一篇中记打针（注射）乃在屁股上，据我所知，当在大腿上，改为屁股，地位太有参差，岂现在针法已有改变乎？便中望一询为荷。

迅　上　一月十一日夜

240209 致胡适

适之先生：

前回买到百廿回本《水浒传》的齐君告诉我，他的本家又有一部这样的《水浒传》，板比他的清楚（他的一部已颇清楚），但稍破旧，须重装，而其人知道价值，要卖五十元，问我要否。我现在不想要。不知您可要么？

听说李玄伯先生买到若干本百回的《水浒传》，但不全。先生认识他么？我不认识他，不能借看。看现在的情形，百廿回本一年中便知道三部，而百回本少听到，似乎更难得。

树人　二月九日

240226 致李秉中

秉中兄：

我的时间如下，但星期一五六不在内。

午后一至二时　　在寓

　　　三至六时　　在教育部（亦可见客）

　　　六时后　　　在寓

星期日大抵在寓中。

树人　上　二月二十六日

240330 致钱玄同

玄同兄：

不佞之所以与师大注册部捣乱者，因其一信措辞颇怪，可以疑为由某公之嗾使，而有此不敬之行为。故即取东大国学院御定之"成仁主义"，提出"不教而诛"之手续，其意在惩罚某公，而非与注册部有斤斤较量之意者也。

然昨有学生来，言此种呆信，确出注册部呆鸟所作，其中并无受某公嗾使或藉以迎合之意云云也。然则我昨之所推度者，乃不中的焉矣。故又即取东大国学院又御定之"乐天主义"，而有打消辞意之行为者也。诸承关照，感荷者焉。杨公则今晨于寓见之者哉。

弟树　三月卅日夜

240502 致胡适

适之先生：

多天不见了。我现在有两件事情要烦扰你：

一、《西游补》已用过否？如已看过，请掷还，只要放在国文教员什么室就是。

二、向商务馆去卖之小说稿，有无消息？如无，可否请作信一催。

以上，劳驾之至！

树人　上　五月二日

240526 致李秉中

庸倩兄：

今天得来信，俱悉。

《边雪鸿泥记》事件，我早经写信问过，无复，当初疑其忙于招待"太翁"，所以无暇；近又托孙伏园面问，未遇，乃写信问，仍无复，则不知其何故也。或者已上秘魔厓修道，抑仍在北京著书，皆不可知。来信令我作书再催并介绍，今写则写矣，附上，但即令见面，恐其不得要领，仍与未见无异，"既见君子，云胡不喜"，非此之谓也。

况我又不善简牍，不能作宛转动听之言哉。

至于款项，倘其借之他人，则函牍往反，而且往返再三，而终于不得要领，必与卖稿无异，昔所经验，大概如斯。不如就自己言，较为可靠，我现在手头所有，可以奉借二十元，余须待端午再看，颇疑其时当有官俸少许可发，则再借三十元无难，但此等俸钱，照例必于端午前一日之半夜才能决定有无，故此时不能断言。

但如 贵债主能延至阳历六月底，则即令俸泉不发，亦尚有他法可想。

前所言之二十元如不甚急，当于星期五持至北大面交。

树人 五月二十六日之夜

240527 致胡适

适之先生：

自从在协和礼堂恭聆 大论之后，遂未再见，颇疑已上秘魔厓，但或者尚在北京忙碌罢，我也想不定。

《边雪鸿泥记》一去未有消息，明知 先生事忙，但尚希为一催促，意在速售，得钱用之而已。

友人李庸倩君为彼书出主，亦久慕 先生伟烈，并渴欲一瞻丰采。所以不揣冒昧，为之介绍，倘能破著作工夫，略赐教言，诚不胜其欣幸惶恐屏营之至！

树人 上 五月二十七日

240606 致胡适

适之先生：

前四天收到来信和来还的书；还有两本送给我的书，谢谢。

昨天经过钟鼓寺，就到尊寓奉访，可惜会不着，实在不侥幸。

那一部小说的出主在上礼拜极想见一见先生，嘱我写一封绍介信，我也就冒昧地写给他了。但他似乎到现在没有去罢。

至于那一部小说，本来当属于古董之部，我因为见商务馆还出《秦汉演义》，出《小说世界》，与古董还可以说有缘，所以想仰托洪福，塞给他，去印了卖给嗜古的读者，而替该书的出主捞几文钱用。若要大张旗鼓，颂为二十世纪的新作品，则小子不敏，实不敢也。

总之，该书如可当古董卖，则价不妨廉，真姓名亦大可由该馆随意改去；而其中多少媟语，我以为亦可删，这宗明人积习，此刻已无须毕备。而其宗旨，则在以无所不可之方法卖得钱来。——但除了我做序。

况且我没有做过序，做起来一定很坏，有《水浒》《红楼》等新序在前，也将使我永远不敢献丑。

但如用无所不可法而仍无卖处，则请还我，但屡次搅扰，实在抱歉之至也！

鲁迅　六月六日

240828 致李秉中

庸倩兄：

来信已到。款须略停数日。教育部有明日领取支票之谣，倘真，则下月初可有，否则当别设法，使无碍于往曹州度孔家生活耳。

树人　八月廿八日夜

240924 致李秉中

庸倩兄：

　　回家后看见来信。给幼渔先生的信，已经写出了，我现在也难料结果如何，但好在这并非生死问题的事，何妨随随便便，暂且听其自然。

　　关于我这一方面的推测，并不算对。我诚然总算帮过几回忙，但若是一个有力者，这些便都是些微的小事，或者简直不算是小事，现在之所以看去很像帮忙者，其原因即在我之无力，所以还是无效的回数多。即使有效，也〔不〕算什么，都可以毫不放在心里。

　　我恐怕是以不好见客出名的。但也不尽然，我所怕见的是谈不来的生客，熟识的不在内，因为我可以不必装出陪客的态度。我这里的客并不多，我喜欢寂寞，又憎恶寂寞，所以有青年肯来访问我，很使我喜欢。但我说一句真话罢，这大约你未曾觉得的，就是这人如果以我为是，我便发生一种悲哀，怕他要陷入我一类的命运；倘若一见之后，觉得我非其族类，不复再来，我便知道他较我更有希望，十分放心了。

　　其实我何尝坦白？我已经能够细嚼黄连而不皱眉了。我很憎恶我自己，因为有若干人，或则愿我有钱，有名，有势，或则愿我陨灭，死亡，而我偏偏无钱无名无势，又不灭不亡，对于各方面，都无以报答盛意，年纪已经如此，恐将遂以如此终。我也常常想到自杀，也

069

常想杀人，然而都不实行，我大约不是一个勇士。现在仍然只好对于愿我得意的便拉几个钱来给他看，对于愿我灭亡的避开些，以免他再费机谋。我不大愿意使人失望，所以对于爱人和仇人，都愿意有以骗之，亦即所以慰之，然而仍然各处都弄不好。

我自己总觉得我的灵魂里有毒气和鬼气，我极憎恶他，想除去他，而不能。我虽然竭力遮蔽着，总还恐怕传染给别人，我之所以对于和我往来较多的人有时不免觉到悲哀者以此。

然而这些话并非要拒绝你来访问我，不过忽然想到这里，写到这里，随便说说而已。你如果觉得并不如此，或者虽如此而甘心传染，或不怕传染，或自信不至于被传染，那可以只管来，而且敲门也不必如此小心。

> 树人　廿四日夜

240928 致李秉中

庸倩兄：

看了我的信而一夜不睡，即是又中我之毒，谓不被传染者，强辩而已。

我下午五点半以后总在家，随时可来，即未回，可略候。

> 鲁迅　九月廿八夜

241020 致李秉中

庸倩兄：

　　来信收到。我近来至于不能转动，明日还想去一设法，但希望仍必极少，因为凡和我熟识可以通融之人，其景况总与我差不多也。但我总要凑成二十之数，于礼拜四为止办妥，届时希一莅我寓为幸。

　　　　　　　　　　　　　　鲁迅　十月二十日夜

　　其实钱之结果，礼拜三即可知。我想，如不得已，则旧债之若干份，可由我担保，其法如何，望礼拜三晚来一谈。

241126 致钱玄同

玄同兄：

　　尝闻《醒世姻缘》其书也者，一名《恶姻缘》者也，孰为原名，则不得而知之矣。间尝览之，其为书也，至多至烦，难乎其终卷矣，然就其大意而言之，则无非以报应因果之谈，写社会家庭之事，描写则颇仔细矣，讥讽则亦或锋利矣，较之《平山冷燕》之流，盖诚乎其杰出者也，然而不佞未尝终卷也，然而殆由不佞粗心之故也哉，而非此书之罪也夫！

　　若就其板本而论之，则窃尝见其二种矣。一者维何，木板是也；其价维何，二三块矣。二者维何，排印是耳，其价维何，七八毛乎。此皆名《醒世姻缘》者也。若夫明板，则吾闻其语矣，而未见其书也，假其有之，或遂即尚称《恶姻缘》者也乎哉？

　　且夫"杨树达"事件之真相，于今盖已知之矣，有一学生之文章，当发表于《语丝》第三之期焉耳。而真杨树达先生乃首先引咎而道歉焉，亦殊属出我意表之外，而不胜其一同"惶而且恐之至得很"而且又加以"顿首顿首"者也而已夫。

祝你健康者也。

"……即鲁迅"　十一月二十六日

一九二五年

250112 致钱玄同

庙讳先生：

　　"先生"之者，因庙讳而连类尊之也。由此观之，定名而乌可不冠冕堂皇也乎？而《出了象牙之塔》"原名为何"者，《象牙ノ塔ヲ出テ》也。而"价钱若干"者，"定价金贰円八拾钱"也；而所谓"金"者，日本之夷金也。而"哪里有得买"者，"京桥区尾张町二丁目十五番地福永书店"也。然而中国则无之矣；然而"东单牌楼北路西、东亚公司"则可代购之矣；然而付定钱一半矣；然而半月可到矣；然而更久亦难定矣。呜呼噫嘻，我不得而知之也。东亚公司者，夷店也；我亦尝托其代买也；彼盖当知"哪里有得买"也，然而并以"福永书店"告之，则更为稳当也。然而信纸已完也。于是乎鲁迅乃只得顿首者也。

〔一月十二日〕

250217 致李霁野

霁野兄：

　　来信并文稿，《黑假面人》译本，又信一封，都收到了。

　　《语丝》是他们新潮社里的几个人编辑的。我曾经介绍过两三回文稿，都至今没有消息，所以我不想寄给他们了。《京报副刊》和《民众文艺》都可以登，未知可否，如可，以那一种为合，待回信办理。

　　《黑假面人》稍迟数日，看过一遍，当寄去，但商务馆一个一个的算字，所以诗歌戏剧，几乎只得比白纸稍贵而已。文中如有费解之处，再当函问，改正。

　　《往星中》做得较早，我以为倒好的。《黑假面人》是较与实社会接触得切近些，意思也容易明了，所以中国的读者，大约应该赞成这一部罢。《人的一生》是安特来夫的代表作，译本错处既如是之多，似乎还可以另翻一本。

鲁迅　二月十七日

250311 致许广平

广平兄：

　　今天收到来信，有些问题恐怕我答不出，姑且写下去看。

　　学风如何，我以为和政治状态及社会情形相关的，倘在山林中，该可以比城市好一点，只要办事人员好。但若政治昏暗，好的人也不能做办事人员，学生在学校中，只是少听到一些可厌的新闻，待到出校和社会接触，仍然要苦痛，仍然要堕落，无非略有迟早之分。所以我的意思，倒不如在都市中，要堕落的从速堕落罢，要苦痛的速速苦痛罢，否则从较为宁静的地方突到闹处，也须意外地吃惊受苦，其苦痛之总量，与本在都市者略同。

学校的情形，向来如此，但一二十年前，看去仿佛较好者，因为足够办学资格的人们不很多，因而竞争也不猛烈的缘故。现在可多了，竞争也猛烈了，于是坏脾气也就彻底显出。教育界的清高，本是粉饰之谈，其实和别的什么界都一样，人的气质不大容易改变，进几年大学是无甚效力的，况且又有这样的环境，正如人身的血液一坏，体中的一部分决不能独保健康一样，教育界也不会在这样的民国里特别清高的。

所以，学校之不甚高明，其实由来已久，加以金钱的魔力，本是非常之大，而中国又是向来善于运用金钱诱惑法术的地方，于是自然就成了这现象。听说现在是中学校也有这样的了，间有例外者，大概即因年龄太小，还未感到经济困难或花费的必要之故罢。至于传入女校，当是近来的事，大概其起因，当在女性已经自觉到经济独立的必要，所以获得这独立的方法，不外两途，一是力争，一是巧取，前一法很费力，于是就堕入后一手段去，就是略一清醒，又复昏睡了。可是这不独女界，男人也都如此，所不同者巧取之外，还有豪夺而已。

我其实那里会"立地成佛"，许多烟卷，不过是麻醉药，烟雾中也没有见过极乐世界。假使我真有指导青年的本领——无论指导得错不错——我决不藏匿起来，但可惜我连自己也没有指南针，到现在还是乱闯，倘若闯入深坑，自己有自己负责，领着别人又怎么好呢，我之怕上讲台讲空话者就为此。记得有一种小说里攻击牧师，说有一个乡下女人，向牧师历诉困苦的半生，请他救助，牧师听毕答道，"忍着罢，上帝使你在生前受苦，死后定当赐福的。"其实古今的圣贤以及哲人学者所说，何尝能比这高明些，他们之所谓"将来"，不就是牧师之所谓"死后"么？我所知道的话就是这样，我不相信，但自己也并无更好解释。章锡琛的答话是一定要胡涂的，听说他自己在书铺子里做伙计，就时常叫苦连天。

我想，苦痛是总与人生联带的，但也有离开的时候，就是当睡熟之际。醒的时候要免去若干苦痛，中国的老法子是"骄傲"与"玩世不恭"，我自己觉得我就有这毛病，不大好。苦茶加"糖"，其苦之量如故，只是聊胜于无"糖"，但这糖就不容易找到，我不知道在那里，只好交白卷了。

以上许多话，仍等于章锡琛，我再说我自己如何在世上混过去的方法，以供参考罢——

一、走"人生"的长途，最易遇到的有两大难关。其一是"岐路"，倘若墨翟先生，相传是恸哭而返的。但我不哭也不返，先在岐路头坐下，歇一会，或者睡一觉，于是选一条似乎可走的路再走，倘遇见老实人，也许夺他食物充饥，但是不问路，因为我知道他并不知道的。如果遇见老虎，我就爬上树去，等它饿得走去了再下来，倘它竟不走，我就自己饿死在树上，而且先用带子缚住，连死尸也决不给它吃。但倘若没有树呢？那么，没有法子，只好请它吃了，但也不妨也咬它一口。其二便是"穷途"了，听说阮籍先生也大哭而回，我却也像岐路上的办法一样，还是跨进去，在刺丛里姑且走走，但我也并未遇到全是荆棘毫无可走的地方过，不知道是否世上本无所谓穷途，还是我幸而没有遇着。

二、对于社会的战斗，我是并不挺身而出的，我不劝别人牺牲什么之类者就为此。欧战的时候，最重"壕堑战"，战士伏在壕中，有时吸烟，也唱歌，打纸牌，喝酒，也在壕内开美术展览会，但有时忽向敌人开他几枪。中国多暗箭，挺身而出的勇士容易丧命，这种战法是必要的罢。但恐怕也有时会迫到非短兵相接不可的，这时候，没有法子，就短兵相接。

总结起来，我自己对于苦闷的办法，是专与苦痛捣乱，将无赖手段当作胜利，硬唱凯歌，算是乐趣，这或者就是糖罢。但临末也还是归结到"没有法子"，这真是没有法子！

以上，我自己的办法说完了，就是不过如此，而且近于游戏，不像步步走在人生的正轨上（人生或者有正轨罢，但我不知道），我相信写了出来，未必于你有用，但我也只能写出这些罢了。

鲁迅　三月十一日

250315 致梁绳祎

生为兄：

前承两兄过谈，甚快，后以琐事丛集，竟未一奉书。前日乃蒙惠简，俱悉。关于中国神话，现在诚不可无一部书，沈雁冰君之文，但一看耳，未细阅，其中似亦有可参考者，所评西洋人诸书，殊可信。中国书多而难读，外人论古史或文艺，遂至今不见有好书也，惟沈君于古书盖未细检，故于康回触不周山故事，至于交臂失之。

京师图书馆所藏关于神话之书，未经目睹，但见该馆报告，知其名为《释神》，著者之名亦忘却。倘是平常书，尚可设法借出，但此书是稿本，则照例编入"善本"中（内容善否，在所不问），视为宝贝，除就阅而外无他途矣，只能他日赴馆索观，或就抄，如亦是撮录古书之作，则止录其所引之书之卷数已足，无须照写原文，似亦不费多大时日也。但或尚有更捷之法，亦未可知，容再一调查，奉告。

中国之鬼神谈，似至秦汉方士而一变，故鄙意以为当先搜集至六朝（或唐）为止群书，且又析为三期，第一期自上古至周末之书，其根柢在巫，多含古神话，第二期秦汉之书，其根柢亦在巫，但稍变为"鬼道"，又杂有方士之说，第三期六朝之书，则神仙之说多矣。今集神话，自不应杂入神仙谈，但在两可之间者，亦止得存之。

内容分类，似可参照希腊及埃及神话之分类法作之，而加以变通。不知可析为（一）天神，（二）地祇（并幽冥界），（三）人鬼，（四）物魅否？疑不能如此分明，未尝深考，不能定也。此外则天地开辟，万物由来（自其发生之大原以至现状之细故，如乌鸦何故色黑，猴臀何以色红），苟有可稽，皆当搜集。每一神祇，又当考其（一）系统，（二）名字，（三）状貌性格，（四）功业作为，但恐亦不能完备也。

沈君评一外人之作，谓不当杂入现今杂说，而仆则以为此实一个问题，不能遽加论定。中国人至今未脱原始思想，的确尚有新神话发生，譬如"日"之神话，《山海经》中有之，但吾乡（绍兴）皆谓太阳之生日为三月十九日，此非小说，非童话，实亦神话，因众皆信之也，而起源则必甚迟。故自唐以迄现在之神话，恐亦尚可结集，但此非数人之力所能作，只能待之异日，现在姑且画六朝或唐（唐人所见古籍较今为多，故尚可采得旧说）为限可耳。

鲁迅　三月十五日

250318 致许广平

广平兄：

这回要先讲"兄"字的讲义了。这是我自己制定，沿用下来的例子，就是：旧日或近来所识的朋友，旧同学而至今还在来往的，直接听讲的学生，写信的时候我都称"兄"。其余较为生疏，较需客气的，就称先生，老爷，太太，少爷，小姐，大人……之类。总之我这"兄"字的意思，不过比直呼其名略胜一筹，并不如许叔重先生所说，真含有"老哥"的意义。但这些理由，只有我自己知道，则你一见而大惊力争，盖无足怪也。然而现已说明，则亦毫不为奇焉矣。

现在的所谓教育，世界上无论那一国，其实都不过是制造许多适应环境的机器的方法罢了，要适如其分，发展各各的个性，这时候还未到来，也料不定将来究竟可有这样的时候。我疑心将来的黄金世界里，也会有将叛徒处死刑，而大家尚以为是黄金世界的事，其大病根就在人们各各不同，不能像印版书似的每本一律。要彻底地毁坏这种大势的，就容易变成"个人的无政府主义者"，《工人绥惠略夫》里所描写的绥惠略夫就是。这一类人物的运命，在现在，——也许虽在将来，是要救群众，而反被群众所迫害，终至于成了单身，忿激之余，一转而仇视一切，无论对谁都开枪，自己也归于毁灭。

社会上千奇百怪，无所不有；在学校里，只有捧线装书和希望得到文凭者，虽然根柢上不离"利害"二字，但是还要算好的。中国大约太老了，社会里事无大小，都恶劣不堪，像一只黑色的染缸，无论加进什么新东西去，都变成漆黑，可是除了再想法子来改革之外，也再没有别的路。我看一切理想家，不是怀念"过去"，就是希望"将来"，对于"现在"这一个题目，都交了白卷，因为谁也开不出药方。其中最好的药方，即所谓"希望将来"的就是。

"将来"这回事，虽然不能知道情形怎样，但有是一定会有的，就是一定会到来的，所虑者到了那时，就成了那时的"现在"。然而人们也不必这样悲观，只要"那时的现在"比"现在的现在"好一点，就很好了，这就是进步。

这些空想，也无法证明一定是空想，所以也可以算是人生的一种慰安，正如信徒的上帝。我的作品，太黑暗了，因为我只觉得"黑暗与虚无"乃是"实有"，却偏要向这些作绝望的抗战，所以很多着偏激的声音。其实这或者是年龄和经历的关系，也许未必一定的确的，因为我终于不能证实：惟黑暗与虚无乃是实有。所以我想，在青年，须是有不平而不悲观，常抗战而亦自卫，荆棘非践不可，固然不得不践，但若无须必践，即不必随便去践，这就是我所以主张"壕堑战"的原因，其实也无非想多留下几个战士，以得更多的战绩。

子路先生确是勇士，但他因为"吾闻君子死冠不免"，于是"结缨而死"，则我总觉得有点迂。掉了一顶帽子，有何妨呢，却看得这么郑重，实在是上了仲尼先生的当了。仲尼先生自己"厄于陈蔡"，却并不饿死，真是滑得可观。子路先生倘若不信他的胡说，披头散发的战起来，也许不至于死的罢，但这种散发的战法，也就是属于我所谓"壕堑战"的。

时候不早了，就此结束了。

鲁迅　三月十八日

250323 致许广平

广平兄：

仿佛记得收到来信有好几天了，但是今天才能写回信。

"一步步的现在过去"，自然可以比较的不为环境所苦，但"现在的我"中，既然"含有原来的我"，而这"我"又有不满于时代环境之心，则苦痛也依然相续。不过能够随遇而安——即有船坐船云云——则比起幻想太多的人们来，可以稍为安稳，能够敷衍下去而已。总之，人若一经走出麻木境界，即增加苦痛，而且无法可想，所谓"希望将来"，就是自慰——或者简直是自欺——之法，即所谓"随顺现在"者也一样。必须麻木到不想"将来"也不知"现在"，这才和中国的时代环境相合，但一有知识，就不能再回到这地步去了。也只好如我前信所说，"有不平而不悲观"，也即来信之所谓"养精蓄锐以待及锋而试"罢。

来信所说"时代环境的落伍者"的定义，是不对的。时代环境全都迁流，并且进步，而个人始终如故，毫无进步，这才谓之"落伍者"。倘是对于时代环境，怀着不满，望它更好，待较好时，又望它更更好，即不当有"落伍者"之称。因为世界上改革者的动机，大低〔抵〕就是这对于时代环境的不满的缘故。

这回教次的下台，我以为似乎是他自己的失策，否则，不至于此的。至于妨碍《民国日报》，乃是北京官场的老手段，实在可笑。停止一种报章，（他们的）天下便即太平么？这种漆黑的染缸不打破，中国即无希望，但正在准备毁坏者，目下也仿佛有人，只可惜数目太少。然而既然已有，即可望多起来，一多，就好玩了，——但是这自然还在将来；现在呢，就是准备。

我如果有所知道，当然不至于客气的，但这种满纸"将来"和"准备"的"教训"，其实不过是空言，恐怕于"小鬼"无甚好处，至于时间，那倒不要紧的，因为我即不写信，也并不做着什么了不得的事。

鲁迅　三月廿三日

250331 致许广平

广平兄：

现在才有写回信的工夫，所以我就写回信。那一回演剧时候，我之所以先去者，实与剧的好坏无关，我在群集里面，向来坐不久的。那天观众似乎不少，筹款目的，该可以达到一点了罢。好在中国现在也没有什么批评家，鉴赏家，给看那样的戏剧，已经尽够了，严格的说起来，则那天的看客，什么也不懂而胡闹的很多，都应该用大批的蚊烟，将它们熏出的。

近来的事件，内容大抵复杂，实不但学校为然。据我看来，女学生还要算好的，大约因为和外面的社会不大接触之故罢，所以还不过谈谈衣饰宴会之类。至于别的地方，怪状更是层出不穷，东南大学事件就是其一，倘细细剖析，真要为中国前途万分悲哀。虽至小事，亦复如是，即如《现代评论》的"一个女读者"的文章，我看那行文造语，总疑心是男人做的，所以你的推想，也许不确。世上的鬼蜮是多极了。

说起民元的事来，那时确是光明得多，当时我也在南京教育部，觉得中国将来很有希望。自然，那时恶劣分子固然也有的，然而他总失败。一到二年二次革命失败之后，即渐渐坏下去，坏而又坏，遂成了现在的情形。其实这不是新添的坏，乃是涂饰的新漆剥落已尽，于是旧相又显了出来，使奴才主持家政，那里会有好样子。最初的革命是排满，容易做到的，其次的改革是要国民改革自己的坏根性，于是就不肯了。所以此后最要紧的是改革国民性，否则，无论是专制，是共和，是什么什么，招牌虽换，货色照旧，全不行的。

但说到这类的改革，便是真叫作无从措手。不但此也，现在虽想将"政象"稍稍改善，尚且非常之难。在中国活动的现有两种"主义者"，外表都很新的，但我研究他们的精神，还是旧货，所以我现在无所属，但希望他们自己觉悟，自动的改良而已。例如世界主义者，而同志自己先打架；无政府〔主〕义者的报馆，而用护兵守门，真不知是怎么一回事。土匪也不行，河南的单知道烧抢，东三省的渐趋于保护雅片，总之是抱"发财主义"的居多，梁山泊劫富济贫的事，已成为书本子上的故事了。军队里也不好，排挤之风甚盛，勇敢无私的一定孤立，为敌所乘，同人不救，终至阵亡，而巧滑骑墙，专图地盘者反很得意。我有几个学生在军中，倘不同化，怕终不能占得势力，但若同化，则占得势力又于将来何益。一个就在攻惠州，虽闻已胜，而终于没有信来，使我常常苦痛。

我又无拳无勇，真没有法，在手头的只有笔墨，能写这封信一类的不得要领的东西而已。但我总还想对于根深蒂固的所谓旧文明，施行袭击，冀于将来有万一之希望。而且留心看看，居然也有几个不问成败而要战斗的人，虽然意见和我并不尽同，但这是前几年所没有遇到的。我所谓"正在准备破坏者目下也仿佛有人"的人，不过这么一回事。要成联合战线，还在将来。

希望我做点什么事的人，颇有几个了，但我自己知道，是不行的。凡做领导的人，一须勇猛，而我看事情太仔细，一仔细，即多疑虑，不易勇往直前；二须不惜用牺牲，而我最不愿使别人做牺牲（这其实还是革命以前的种种事情的刺激的结果），也就不能有大局面。所以，其结果，终于不外乎用空论来发牢骚，印一通书籍杂志。你如果也要发牢骚，请来帮我们，倘曰"马前卒"，则吾岂敢，因为我实无马，坐在人力车上，已经是阔气的时候了。

投稿到报馆里，是碰运气的，一者编辑先生总有些胡涂，二者投稿一多，确也使人头昏眼花。我近来常看稿子，不但没有空闲，而且人也疲乏了，此后想不再给人看，但除了几个熟识的人们。你投稿虽不写什么"女士"，我写信也改称为"兄"，但看那文章，总带些女性。我虽然没有细研究过，但大略看来，似乎"女士"的〖的〗说话的句子排列法，就与"男士"不同，所以写在纸上，一见可辨。

北京的印刷品现在虽然比先前多，但好的却少。《猛进》很勇，而论一时的政象的文字太多。《现代评论》的作者固然多是名人，看去却显得灰色。《语丝》虽总想有反抗精神，而时时有疲劳的颜色，大约因为看得中国的内情太清楚，所以不免有些失望之故罢。由此可知见事太明，做事即失其勇，庄子所谓"察见渊鱼者不祥"，盖不独谓将为众所忌，且于自己的前进亦有碍也。我现在还要找寻生力军，加多破坏论者。

鲁迅　三月卅一日

250408 致赵其文

××兄：

那一种普通的"先生"的称呼，既然你觉得不合适，我就改作这样的写。多谢你将信寄还我，那是一个住在东斋的和你同姓的人问的，我匆忙中误为一人了。

你那一篇小说，大约本星期底或下星期初可以登出来。

你说"青年的热情大部分还在"，这使我高兴。但我们已经通信了好几回了，我敢赠送你一句真实的话，你的善于感激，是于自己有害的，使自己不能高飞远走。我的百无所成，就是受了这癖气的害，

《语丝》上《过客》中说："这于你没有什么好处"，那"这"字就是指"感激"。我希望你向前进取，不要记着这些小事情。

鲁迅　四月八日夜

250408 致刘策奇

策奇先生：

您在《砭群》上所见的《击筑遗音》，就是《万古愁曲》，叶德辉有刻本，题"崑山归庄玄恭"著，在《双梅景闇丛书》中，但删节太多，即如指斥孔老二的一段，即完全没有。又《识小录》（在商务印书馆的《涵芬楼秘籍》第一集内）卷四末尾，亦有这歌，云"不知何人作"，而文颇完具，但与叶刻本字句多异，且有彼详而此略的。《砭群》上的几段，与两本的字句又有不同，大约又出于别一抄本的了。知道先生留心此道，聊举所见以备参考。

鲁迅　四月八日

250408 致许广平

广平兄：

我先前收到五个人署名的印刷品，知道学校里又有些事情，但并未收到薛先生的宣言，只能从学生方面的信中，猜测一点。我的习性不大好，每不肯相信表面上的事情，所以我疑心薛先生辞职的意思，恐怕还在先，现在不过借题发挥，自以为去得格外好看。其实"声势汹汹"的罪状，未免太不切实，即使如此，也没有辞职的必要的。如果自己要辞职而必须牵连几个学生，我觉得这办法有些恶劣。但我究竟不明白内中的情形，要之，那普通所想得到的，总无非是"用阴谋"与"装死"，学生都不易应付的。现在已没有中庸之法，如果他的所谓罪状不过"声势汹汹"，殊不足以制人死命，有那一回反驳的信，已经可以了。此后只能平心静气，再看后来，随时用质直的方法对付。

这回演剧，每人分到二十余元，我以为结果并不算坏，前年世界语学校演剧筹款，却赔了几十元。但这几个钱，自然不够旅行，要旅行只好到天津。其实现在何必旅行，江浙的教育，表面虽说发达，内情何尝佳，只要看母校，即可以推知其他一切。不如买点心，日吃一元，反有实益。

大同的世界，怕一时未必到来，即使到来，像中国现在似的民族也一定在大同的门外，所以我想无论如何，总要改革才好。但改革最快的还是火与剑，孙中山奔波一世，而中国还是如此者，最大原因还在他没有党军，因此不能不迁就有武力的别人。近几年似乎他们也觉悟了，开起军官学校来，惜已太晚。中国国民性的堕落，我觉得不是因为顾家，他们也未尝为"家"设想。最大的病根，是眼光不远，加以"卑怯"与"贪婪"，但这是历久养成的，一时不容易去掉。我对于攻打这些病根的工作，倘有可为，现在还不想放手，但即使有效，也恐很迟，我自己看不见了。由我想来，——这只是如此感到，说不出理由，——目下的压制和黑暗还要增加，但因此也许可以发生较激烈的反抗与不平的新分子，为将来的新的变动的萌蘖。

"关起门来长吁短叹"，自然是太气闷了，现在我想先对于思想习惯加以明白的攻击，先前我只攻击旧党，现在我还要攻击青年。但政府似乎已在张起压制言论的网来，那么，又须准备"钻网"的法子，——这是各国鼓吹改革的人照例要遇到的。我现在还在寻有反抗和攻击的笔的人们，再多几个，就来"试他一试"，但那效果，仍然还在不可知之数，恐怕也不过聊以自慰而已。所以一面又觉得无聊，又疑心自己有些暮气，"小鬼"年青，当然是有锐气的，可有更好，更有聊的法子么？

我所谓"女性"的文章，倒不专在"唉，呀，哟，……"之多。就是在抒情文，则多用好看字样，多讲风景，多怀家庭，见秋花而心伤，对明月而泪下之类。一到辩论之文，尤易看出特别。即举出对手之语，从头至尾，一一驳去，虽然犀利，而不沉重，且罕有正对"论敌"的要害，仅以一击给与致命的重伤者。总之是只有小毒而无剧毒，好作长文而不善于短文。

做金心异的公子是最不危险的，因为他已经承认"应该多听后辈的教训"，而且也决不敢以"诗礼"教其子，所以也无须"远"。他的公子已经比他长得多，衣服穿旧之后，即剪短给他穿，他似乎已经变了"子"的"后辈"，不成问题了。

《猛进》昨已送上五期，想已收到。此后如不被禁止，我当寄上，因为我这里有好几份。

鲁迅　四月八日

万璞女士的举动似乎不很好，听说她办报章时，到加拉罕那里去募捐，说如果不给，她就要对于俄国说坏话云云。

250411 致赵其文

××兄：

我现在说明我前信里的几句话的意思，所谓"自己"，就是指各人的"自己"，不是指我。无非说凡有富于感激的人，即容易受别人的牵连，不能超然独往。

感激，那不待言，无论从那一方面说起来，大概总算是美德罢。但我总觉得这是束缚人的。譬如，我有时很想冒险，破坏，几乎忍不住，而我有一个母亲，还有些爱我，愿我平安，我因为感激他的爱，只能不照自己所愿意做的做，而在北京寻一点糊口的小生计，度灰色的生涯。因为感激别人，就不能不慰安别人，也往往牺牲了自己，——至少是一部分。

又如，我们通了几回信，你就记得我了，但将来我们假如分属于相反的两个战团里开火接战的时候呢？你如果早已忘却，这战事就自由得多，倘你还记着，则当非开炮不可之际，也许因为我在火线里面，忽而有点踌躇，于是就会失败。

《过客》的意思不过如来信所说那样，即是虽然明知前路是坟而偏要走，就是反抗绝望，因为我以为绝望而反抗者难，比因希望而战斗者更勇猛，更悲壮。但这种反抗，每容易蹉跌在"爱"——感激也在内——里，所以那过客得了小女孩的一片破布的布施也几乎不能前进了。

鲁迅　四月十一日

250414 致许广平

广平兄：

有许多话，那天本可以口头答复，但我这里从早到夜，总有几个各样的客在座，所以只能论天气之好坏，风之大小。因为虽是平常的话，但偶然听了一段，即容易莫名其妙，还不如仍旧写回信。

学校的事，也许暂时要不死不活罢。昨天听人说，章太太不来，另荐了两个人，一个也不来，一个是不去请。还有某太太却很想做，而当局似乎不敢请教。听说评议会的挽留倒不算什么，而问题却在不能得人。当局定要在"太太类"中选择，固然也过于拘执，但别的一时可也没有，此实不死不活之大原因也，后事如何，且听下回分解可耳。

来信所述的方法，我实在无法说是错的，但还是不赞成，一是由于全局的估计，二是由于自己的偏见。第一，这不是少数人所能做，而这类人现在很不多，即或有之，更不该轻易用去；还有，即有一两类此的事件，实不足以震动国民，他们还很麻木，至于坏种，则警备甚严，也未必就肯洗心革面，假使接连而起，自然就好得多，但怕没有这许多人；还有，此事容易引起坏影响，例如民二，袁世凯也用这方法了，党人所用的多青年，而他的乃是用钱雇来的奴子，试一衡量，还是这一面吃亏。但这时党人之间，也曾用过雇工，以自相残杀，于是此道乃更坠落。现在即使复活，我以为虽然可以快一时之意，而与大局是无关的。第二，我的脾气是如此的，自己没有做，就不大赞成。我有时也能辣手评文，也常煽动青年冒险，但有相识的人，我就不能评他的文章，怕见他的冒险，明知道这是自相矛盾的，也就是做不出什么事情来的死症，然而终于无法改良，奈何不得，我不愿意，由他去罢。

"无处不是苦闷，苦闷，（此下还有六个和……）"我觉得"小鬼"的"苦闷"的原因是在"性急"。在进取的国民中，性急是好的，但生在麻木如中国的地方，却容易吃亏，纵使如何牺牲，也无非毁灭自己，于国度没有影响。我记得先前在学校演说时候也曾说过，要治这麻木状态的国度，只有一法，就是"韧"，也就是"锲而不舍"。逐渐的做一点，总不肯休，不至于比"轻于一掷"无效的。但其间自然免不了"苦闷，苦闷，（此下还有六个并……）"可是只好便与这"苦闷……"反抗。这虽然近于劝人耐心做奴隶，其实很不同，甘心乐意的奴隶是无望的，但如怀着不平，总可以逐渐做些有效的事。

我有时以为"宣传"是无效的，但细想起来，也不尽然。革命之前，第一个牺牲者我记得是史坚如，现在人们都不大知道了，在广东一定是记得的人较多罢，此后接连的有好几人，而爆发却在湖北，还是宣传的功劳。当时和袁世凯妥协，种下病根，其实却还是党人实力没有充实之故。所以鉴于前车，则此后的第一要图，还在充足实力，此外各种言动，只能稍作辅佐而已。

文章的看法，也是因人不同的，我因为自己爱作短文，爱用反语，每遇辩论，辄不管三七二十一，就迎头一击，所以每见和我的办法不同者便以为缺点。其实畅达也自有畅达的好处，正不必故意减缩（但繁冗则自应删削），例如玄同之文，即颇汪洋，而少含蓄，使读者览之了然，无所疑惑，故于表白意见，反为相宜，效力亦复很大。我的东西却常招误解，有时竟出于意料之外，可见意在简练，稍一不慎，即易流于晦涩，而其弊有至于不可究诘者焉。（不可究诘四字颇有语病，但一时想不出适当之字，姑仍之。意但云"其弊颇大"耳。）

前天仿佛听说《猛进》终于没有定妥，后来因为别的话岔开，没有问下去了。如未定，便中可见告，当寄上。我虽说忙，其实也不过"口头禅"，每日常有闲坐及讲空话的时候，写一个信面，尚非大难事也。

鲁迅　四月十四日

250422 致许广平

广平兄：

十六和廿日的信，都收到了，实在对不起，到现在才一并回答。几天以来，真所谓忙得不堪，除些琐事以外，就是那可笑的"□□周刊"。这一件事，本来还不过一种计画，不料有一个学生对邵飘萍一说，他就登出广告来，并且写得那么夸大可笑。第二天我就代拟了一个别的广告，硬令登载，又不许改动，他却又加了几句无聊的案语，做事遇着隔膜者，真是连小事情也碰头。至于我这一面，则除百来行稿子以外，什么也没有，但既然受了广告的鞭子的强迫，也不能不跑了，于是催人去做，自己也做，直到此刻，这才勉强凑成，而今天就是交稿的日子。统看全稿，实在不见得高明，你不要那么热望，过于热望，要更失望的。但我还希望将来能够比较的好一点。如有稿子，也望寄来，所论的问题也不拘大小。你不知定有《京报》否，如无，我可以使人将《莽原》——即所谓□□周刊——寄上。

但星期五，你一定在学校先看见《京报》罢。那"莽原"二字，是一个八岁的孩子写的，名字也并无意义，与《语丝》相同，可是又仿佛近于"旷野"。投稿的人名都是真的；只有末尾的四个都由我代表，然而将来在文章上恐怕也仍然看得出来，改变文体，实在是不容易的事。这些人里面，做小说的和能翻译的居多，而做评论的没有几个，这实在一个大缺点。

再说到前信所说的方法，就方法本身而论，自然是没有什么错处的，但效果在现今的中国却收不到。因为施行刺激，总须有若干人有感动性才有应验，就是所谓须是木材，始能以一颗小火燃烧，倘是沙石，就无法可想，投下火柴去，反而无聊。所以我总觉得还该耐心挑拨煽动，使一部分有些生气才好。去年我在西安夏期讲演，我以为可悲的，而听众木然，我以为可笑的，而听众也木然，都无动，和我的动作全不生关系。当群众的心中并无可以燃烧的东西时，投火之无聊至于如此。别的事也一样的。

薛先生已经复职，自然极好，但来来去去，似乎太劳苦一点了。至于今之教育当局，则我不知其人。但看他挽孙中山对联中之自夸，与完全"道不同"之段祺瑞之密切，为人亦可想而知。所闻的历来举止，似是大言无实，欺善怕恶之流而已。要之在这昏浊的政局中，居然出为高官，清流大约决无这种手段，由我看来，王九龄要比他好得多罢。校长之事，部中毫无所闻，此人之来，以整顿教育自命，或当别有一反从前一切之新法（他是不满于今之学风的），但是否又是大言，则不得而知，现在鬼鬼祟祟之人太多，实在无从说起。

我以前做些小说短评之类，难免描写或批评别人，现在不知道怎么，似乎报应已至，自己忽而变了别人的文章的题目了。张王两篇，也已看过，未免说得我太好些。我自己觉得并无如此"冷静"，如此能干，即如"小鬼"们之光降，在未得十六来信以前，我还没有悟出已被"探捡"而去，倘如张君所言，从第一至第三，全是"冷静"，则该早经知道了。但你们的研究，似亦不甚精细，现在试出一题，加以考试：我所坐的有玻璃窗的房子的屋顶，似什么样子的？后园已经去过，应该可以看见这个，仰即答复可也！

星期一的比赛"韧性"，我又失败了，但究竟抵抗了一点钟，成绩还可以在六十分以上。可惜众寡不敌，终被逼上午门，此后则遁入公园，避去近于"带队"之苦。我常想带兵抢劫，无可讳言，若一变而为带女学生游历，未免变得离题太远，先前之逃来逃去者，非怕"难为""出轨"等等，其实不过是想逃脱领队而已。

琴心问题，现在总算明白了。先前，有人说是欧阳兰，有人说是陆晶清，而孙伏园坚谓俱不然，乃是一个新出的作者。盖投稿非其自写，所以是另一种笔迹，伏园以善认笔迹自负，岂料反而上当。二则所用的红信封绿信纸将伏园善识笔迹之眼睛吓昏，遂愈加疑不到欧阳兰身上去了。加以所作诗文，也太近于女性。今看他署着真名之文，也是一样色彩，本该容易猜破，但他人谁会想到他为了争一点无聊的名声，竟肯如此钩心斗角，无所不至呢。他的"横扫千人"的大作，今天在《京报副刊》似乎露一点端倪了，所扫的一个是批评廖仲潜小说的芳子，但我现在疑心芳子也就是廖仲潜，实无其人，和琴心一样的。第二个是向培良（也是我的学生），则识力比他坚实得多，琴心的扫帚，未免太软弱一点。但培良已往河南去办报，不会有答复的了，这实在可惜，使我们少看见许多痛快的议论。闻京报社里攻击欧阳的文章还有十多篇，有一篇署名"S弟"的颇好，大约几天以后要登出来。

《民国公报》的实情如何，我不知道，待探听了再回答罢。普通所谓考试编辑多是一种手段，大抵因为荐条太多，无法应付，便来装作这一种门面，故作禀公选用之状，以免荐送者见怪，其实却是早已暗暗定好，别的应试者不过陪他变一场戏法罢了。但《民国公报》是否也如是，却尚难决（我看十分之九也这样），总之，先去打听一回罢。我的意见，以为做编辑是不会有什么进步的，我近来因常与周刊之类相关，弄得看书和休息的工夫也没有了，因为选用的稿子，常须动笔改削，倘若任其自然，又怕闹出错处来。还是"人之患"较为从容，即使有时逼上午门，也不过费两三个时间而已。

鲁迅　四月二十二日夜

250428 致许广平

广平兄：

来信收到了。今天又收到一封文稿，拜读过了，后三段是好的，首一段累坠一点，所以看纸面如何，也许将这一段删去。但第二期上已经来不及登，因为不知"小鬼"何意，竟不题作者名字。所以请你捏造一个，并且通知我，并且必须于下星期三上午以前通知，并且回信中不准说"请先生随便写上一个可也"之类的油滑话。

现在的小周刊，目录必在角上者，是为订成本子之后，读者容易翻检起见，倘要检查什么，就不必全本翻开，才能够看见每天的细目。但也确有隔断读者注意的弊病，我想了另一格式，如下：

录目	莽	处通
	原	等讯

则目录既在边上，容易检查，又无隔断本文之弊，可惜《莽原》第一期已经印出，不能便即变换了，但到二十期以后，我想"试他一试"。至于印在末尾，书籍尚可，定期刊不合宜，擅起此种"心理作用"，应该记大过二次。

《莽原》第一期的作者和性质，都如来信所言，但长虹不是我，乃是我今年新认识的。意见也有一部分和我相合，而是安那其主义者。他很能做文章，但大约因为受了尼采的作品的影响之故罢，常有太晦涩难解处；第二期登出的署著 C.H. 的，也是他的作品。至于《棉袍里的世界》所说的"掠夺"问题，则敢请少爷不必多心，我辈赴贵校教书，每月明明写定"致送修金十三元五角正"。既有"十三元五角"而且"正"，则又何"掠夺"之有也欤哉！

割舌之罚，早在我的意中，然而倒不以为意。近来整天的和人谈话，颇觉得有点苦了，割去舌头，则一者免得教书，二者免得陪客，三者免得做官，四者免得讲应酬话，五者免得演说；从此可以专心做报章文字，岂不舒服。所以你们应该趁我还未割去舌头之前听完《苦闷之象征》，前回的不肯听讲而逼上午门，也就应该记大过若干次。而我的六十分，则必有无疑。因为这并非"界限分得太清"之故，我无论对于什么学生，都不用"冲锋突围而出"之法也。况且，窃闻小姐之类，大抵容易"潸然泪下"，倘我挥拳打出，诸君在后面哭而送之，则这一篇文章的分数，岂非当在〇分以下？现在不然，可知定为六十分者，还是自己客气的。

但是这次试验，我却可以自认失败，因为我过于大意，以为广平少爷未必如此"细心"，题目出得太容易了。现在也只好任凭占卦抽签，不再辩论，装作舌头已经割去之状。惟报仇题目，却也不再交卷，因为时间太严。那信是星期一上午收到的，午后即须上课，更无作答的工夫，一经上课，则无论答得如何正确，也必被冤为"临时豫备夹带然后交卷"，倒不如拼出，交了白卷便宜。

今天《京报》上，不知何以琴心问题忽而寂然了，听说馆中还有琴心文四篇，及反对他的十几篇，或者都就此中止，也未可知。今天但有两种怪广告，——欧阳兰及"宇铨先生"——后一种更莫名其妙。《北大日刊》上又有一个欧阳兰启事，说是要到欧洲去了。

中国现今文坛（？）的状态，实在不佳，但究竟做诗及小说者尚有人。最缺少的是"文明批评"和"社会批评",我之以《莽原》起哄,大半也就为得想引出些新的这样的批评者来,虽在割去敝舌之后,也还有人说话,继续撕去旧社会的假面。可惜现在所收的稿子,也还是小说多。

鲁迅　四月二十八日

250503 致许广平

广平兄:

四月三十日的信收到了。闲话休提,先来攻击朱老夫子的《假名论》罢。

夫朱老夫子者,是我的老同学,我对于他的在窗下孜孜研究,久而不倦,是十分佩服的,然此亦惟于古学一端而已,若夫评论世事,乃颇觉其迂远之至者也。他对于假名之非难,不过最偏的一部分,如以此诬陷毁谤个人之类,才可谓之"不负责任的推诿的表示"。倘在人权尚无确实保障的时候,两面的众寡强弱,又极悬殊,则又作别论才是。例如子房为韩报仇,以君子看来,是应该写信给秦始皇,要求两人赤膊决斗,才觉合理的,然而博浪一击,大索十日而终不可得,后世亦不以为非者,知公私不同,而强弱之势亦异,一匹夫不得不然之故也。况且,现在的有权者,是什么东西呢?他知道什么责任呢?《民国日报》案故意拖延月余,才来裁判,又决罚至如此之重,而叫喊几声的人独要硬负片面的责任,如孩子脱衣以入虎穴,岂非大愚么?朱老夫子生活于平安中,所做的是《萧梁旧史考》,负责与否,没有大关系,也并[没]有什么意外的危险,所以他的侃侃而谈,仅可以供他日共和实现之后的参考，若今日者，则我以为只要目的是正的——这所谓正不正，又只专凭自己判断——即可用无论什么手段，而况区区假名真名之小事也哉，此我所以指窗下为活人之坟墓，而劝人们不必多看中国之书者也！

本来还要更长更明白的骂几句，但因为有所顾忌，又哀其胡子之长，就此收束罢。那么，话题一转，而论"小鬼"之假名问题。那两个"鱼与熊掌"，虽为足下所喜，我以为用于论文，却不相宜，因为以真名招一个无聊的麻烦，固然犯不上，但若假名太近滑稽，则足以减少论文的重量，所以也不很好。你这许多名字中，既然"非心"总算还未用过，我就以"编辑"兼"先生"之威权，给你写上这一个罢。假如于心不甘，赶紧发信抗议，还来得及，但如星期二夜为止并无痛哭流涕之抗议，即以默认论，虽驷马也难于追回了。而且此后的文章，也应细心署名，不得以"因为忙中"推诿！

试验题目出得太容易了，自然也算得我的失策，然而也未始没有补救之法的。其法即称之为"少爷"，刺之以"细心"，则效力之大，也抵得记大过二次，现在果然慷慨激昂的来"力争"了，而且写至九行之多，可见费力不少。我的报复计画，总算已经达到了一部分，"少爷"之称，姑且准其取消罢。

我看"宇铨先生"的新广告，他是本知道波微并不是崔女士的，先前的许多信，想来不过是装傻。但这人的本相，却不易查考，因为北大学生的信，都插在门口，所以即非学生，也可以去取，单看通信地址，其实不能定为何校学生。惟看他的来信上的邮局消印，却可以大略推知住在何处。我看见几封上署"女师大"的"琴心"的信面，都是东城邮局的消印，可见琴心其实是住在东城。

历来的《妇周》，几乎还是一种文艺杂志，议论很少，有几篇也不很好。前一回某君在一篇论文里解释"姜"字的意义，实在是笑话。请他们诸公来"试他一试"，也不坏罢。然而咱们的《莽原》也很窘，寄来的多是小说与诗，评论很少，倘不小心，也容易变成文艺杂志的。我虽然被称为"编辑先生"，非常骄气，但每星期被逼作文，却很感痛苦，因为这简直像先前学校中的星期考试。你如有议论，敢乞源源寄来，不胜荣幸感激涕零之至！

缝纫先生听说又不来了，要寻善于缝纫的，北京很多，本不必发电号召，奔波而至，她这回总算聪明。继其后者，据现状以观，总还是太太类罢。其实这倒不成为什么问题，不必定用毛瑟，因为"女人长女校"，还是社会的公意，想章士钊和社会奋斗，是不会的，否则，也不成其为章士钊了。老爷类也没有什么相宜的人，名人不来，来也未必一定能办好。我想校长之类，最好请无大名而真肯做事的人做。然而，目下无之。

我也可以"不打自招"：东边架上一盒盒的，确是书籍。但我已将废去考试法不同，倘有必须报复之处，即尊称之曰"少爷"，就尽够了。

鲁迅　五月三日

250517 致李霁野

霁野兄：

前几天收到一篇《生活！》我觉得做得很好；但我略改了几个字，都是无关紧要的。

可是，结末一句说：这喊声里似乎有着双关的意义。我以为这

"双关"二字，将全篇的意义说得太清楚了，所有蕴蓄，有被其打破之虑。我想将它改作"含着别样"或"含着几样"，后一个比较的好，但也总不觉得恰好。这一点关系较大些，所以要问问你的意思，以为怎样？

鲁迅　五月十七日

西城宫门口、西三条、二十一号

250518 致许广平

广平兄：

　　两信均收到，一信中并有稿子，自然照例"感激涕零"而阅之。小鬼"最怕听半截话"，而我偏有爱说半截话的毛病，真是无可奈何。本来想做一篇详明的《朱老夫子论》呈政，而心绪太乱，又没有工夫。简截地说一句罢，就是：他历来所走的都是最稳的路，不做一点小小的冒险事，所以他的话倒是不负责任的，待到别人被祸，他不作声了。

　　群众不过如此，由来久矣，将来也不过如此。公理也和事之成败无关。但是，女师之教员也太可怜了，只见暗中活动之鬼，而竟没有站出来说话的人。我近来对于黎先生之赴西山，也有些怀疑了，但也许真真恰巧，疑之者倒是我自己的神经过敏。

　　我现在愈加相信说话和弄笔的都是不中用的人，无论你说话如何有理，文章如何动人，都是空的。他们即使怎样无理，事实上却著著得胜。然而，世界岂真不过如此而已么？我还要反抗，试他一试。

　　提起牺牲，就使我记起前两三年被北大开除的冯省三。他是闹讲义风潮之一人，后来讲义费撤去了，却没有一个同学再提起他。我那时曾在《晨报副刊》上做过一则杂感，意思是牺牲为群众祈福，祀了神道之后，群众就分了他的肉，散胙。

听说学校当局有打电报给家属之类的举动，我以为这些手段太毒辣了。教员之类该有一番宣言，说明事件的真相，几个人也可以的。如果没有一个人肯负这一点责任（署名），那么，即使校长竟去，学籍也恢复了，也不如走罢，全校没有人了，还有什么可学？

鲁迅　五月十八日

250530 致许广平

广平兄：

午回来，看见留字。现在的现象是各方面黑暗，所以有这情形，不但治本无从说起，便是治标也无法，只好跟着时局推移而已。至于《京报》事，据我所闻却不止秦小姐一人，还有许多人运动，结果是两面的新闻都不载，但久而久之，也许会反而帮它们（男女一群，所以只好用"它"），办报的人们，就是这样的东西。（其实报章的宣传于实际上也没有多大关系。）

今天看见《现代评论》，所谓西滢也者，对于我们的宣言出来说话了，装作局外人的样子，真会玩把戏。我也做了一点寄给《京副》，给他碰一个小钉子。但不知于伏园饭碗之安危如何。牠们是无所不为的，满口仁义，行为比什么都不如。我明知道笔是无用的，可是现在只有这个，只有这个而且还要为鬼魅所妨害。然而只要有地方发表，我还是不放下，或者《莽原》要独立，也未可知。独立就独立，完结就完结，都无不可。总而言之，笔舌常存，是总要使用的，东滢西滢，都不相干也。

西滢文托之"流言"，以为此次风潮是"某系某籍教员所鼓动"，那明是说"国文系浙籍教员"了。别人我不知道，至于我之骂杨荫榆，却在此次风潮之后，而"杨家将"偏来诬赖，可谓卑劣万分。但浙籍也好，夷籍也好，既经骂起，就要骂下去，杨荫榆尚无割舌之权，总还要被骂几回的。

文已改好，但邮寄不便，当于便中交出，好在现尚不用。所云团体，我还未打听，但我想，大概总就是前日所说的一个。其实也无须打听，这种团体，一定有范围，尚服从公决的。所以只要自己决定，如要思想自由，特立独行，便不相宜。如能牺牲若干自己的意见，就可以。只有"安那其"是没有规则的，但在中国却有首领，实在希奇。

现在老实说一句罢，"世界岂真不过如此而已么？……"这些话，确是"为对小鬼而说的"。我所说的话，常与所想的不同，至于何以如此，则我已在《呐喊》的序上说过：不愿将自己的思想，传染给别人。何以不愿，则因为我的思想太黑暗，而自己终不能确知是否正确之故。至于"还要反抗"，倒是真的，但我知道这"所以反抗之故"，与小鬼截然不同。你的反抗，是为希望光明到来罢？（我想，一定是如此的。）但我的反抗，却不过是偏与黑暗捣乱。大约我的意见，小鬼很有几点不大了然，这是年龄，经历，环境等等不同之故，不足为奇。例如我是诅咒"人间苦"而不嫌恶"死"的，因为"苦"可以设法减轻而"死"是必然的事，虽曰"尽头"，也不足悲哀。而你却不高兴听这类话，——但是，为什么吞藤黄的？这就比不做"痛哭流涕的文字"还"该打"！又如来信说，"凡有死的同我有关的，同时我就诅咒所有与我无关的。……"而我正相反，同我有关的活着，我就不放心，死了，我就安心，这意思也在《过客》中说过：都与小鬼的不同。其实，我的意见原也不容易了然，因为其中本有着许多矛盾，教我自己说，或者是"人道主义"与"个人的无治主义"的两种思想的消长起伏罢。所以我忽而爱人，忽而憎人；做事的时候，有时确为别人，有时却为自己玩玩，有时则竟因为希望将生命从速消磨，所以故意拚命的做。此外或者还有什么道理，自己也不甚了然。但我对人说话时，却总拣择光明些的说出，然而偶不留意，就露出阎王并不反对，而小鬼反不乐闻的话来。总而言之，我为自己和为别人的设想，是两样的。所以者何，就因为我的思想太黑暗，但是究竟是否真确，不得而知，所以只能在自身试验，不能邀请别人。其实小鬼希望父兄长存，而自己会吞藤黄，也是如此。

《莽原》实在有些穿棉花鞋了，但没有撒泼文章，真是无法。自己呢，又做惯了晦涩的文章，一时改不过来，初做时立志要显豁，而后来往往仍以晦涩结尾，实在可气之至！现在除附《京报》分送外，另售千五百，看的人也算不少。待"闹潮"略有结束，你这一匹"害群之马"多来发一点议论罢。

鲁迅　五月三十日

250602 致许广平

广平兄：

拆信案件，或者它们有些受了冤，因为卅一日的那一封，也许是我自己拆过的。那时已经很晚，又写了许多信，所以自己不大记得清楚，但记得将其中之一封拆开（从下方），在第一张上加了一点细注。

如你所收的第一张上有小注，那就确是我自己拆过的了。

至于别的信，我却不能代牠们辩护。其实私拆函件，本是中国惯技，（我也早料到的，历来就已豫防，）但是这类技俩，也不过心劳日拙而已。听说明的方孝孺就被永乐灭十族，其一是"师"，但也许是齐东野语，我没有考查过这事的真伪。可是从西滢的文字上看来，此辈一得志，怕要"灭系"，"灭籍"了。

明明将学生开除，而布告文中文其词曰"出校"，我当时颇叹中国文字之巧。今见上海印捕击杀学生，而路透电则云，"若干人不省人事"，可谓异曲同工，但此系中国报译文，不知原文如何。

其实我并不很喝酒，饮酒之害，我是深知道的。现在也还是不喝的时候多，只要没有人劝喝。多住些时，亦无不可的。

汪先生的宣言发表了，而引"某女士"言以为重，可笑。他们大抵爱用"某"字，不知何也。又观其意似乎说"某籍某系"想将学校解散，也是一种奇谈，黑幕中人面目渐露，亦殊可观，可惜他又要"南归"了。

迅　六月二日

250613 致许广平

广平兄：

六月六日的信并文稿早收到了，但我久没有复。今天又收到十二日信。其实我并不做什么事，而总是忙，拿不起笔来，偶然在什么周刊上写几句，也不过是敷衍，近几天尤其甚。这原因大概是因为"无聊"，人到无聊，便比什么都可怕，因为这是从自己发生的，不大有药可救。喝酒是好的，但也很不好。等暑假时闲空一点，我很想休息几天，什么也不做，什么也不看，但不知道可能够。

第一，小鬼不要变成狂人，也不要发脾气了。人一发狂，自己或者没有什么，——俄国的梭罗古勃以为倒是幸福，——但从别人看来，却似乎一切都已完结。所以我倘能力所及，决不肯使自己发狂，实未发狂而有人硬说我有神经病，那自然无法可想。性急就容易发脾气，最好要酌减"急"的角度，否则，要防自己吃亏，因为现在的中国，总是阴柔人物得胜。

上海的风潮，也出于意料之外。可是今年的学生的动作，据我看来是比前几回进步了。不过这些表示，真所谓"就是这么一回事"。试想：北京全体（？）学生而不能去一章士钊，女师大大多数学生而不能去一杨荫榆，何况英国和日本。但在学生一方面，也只能这么做，唯一的希望，就是等候意外飞来的"公理"。现在"公理"也确有点飞来了，而且，说英国不对的，还有英国人。所以无论如何，我总觉得鬼子比中国人文明，货只管排，而那品性却很有可学的地方。这种敢于指摘自己国度的错误的，中国人就很少。

所谓"经济绝交"者，在无法可想中，确是一个最好的方法，但有附带条件，要耐久，认真。这么办起来，有人说中国的实业就会借此促进，那是自欺欺人之谈。（前几年排斥日货时，大家也那么说，然而结果不过做成功了一种"万年糊"。草帽和火柴发达的原因，尚不在此。那时候，是连这种万年糊也不会做的，排货事起，有三四个学生组织了一个小团体来制造，我还是小股东，但是每瓶八枚铜子的糊，成本要十枚，而且总敌不过日本品。后来，折本，闹架，关门。现在所做的好得多，进步得多了，但和我辈无关也。）因此获利的却是美法商人。我们不过将送给英日的钱，改送美法，归根结蒂，二五等于一十。但英日却究竟受损，为报复计，亦足快心而已。

可是据我看起来，要防一个不好的结果，就是白用了许多牺牲，而反为巧人取得自利的机会，这种事在中国也常有的。但在学生方面，也愁不得这些，只好凭良心做去，可是要缓而韧，不要急而猛。中国青年中，有些很有太"急"的毛病，——小鬼即其一，——因此，就难于耐久（因为开首太猛，易于将力气用完），也容易碰钉子，吃亏而发脾气：此不佞所再三申说者也，亦自己所实验者也。

前信反对"喝酒"，何以这回自己"微醉？"了？大作中好看的字面太多一点，拟删去些，然后"赐列第□期《莽原》"。

伏园的态度我日益怀疑，因为似乎已与西滢大有联络。其登载几篇反杨之稿，盖出于不得已。今天在《京副》上，至于指《猛进》，《现代》，《语丝》为"兄弟周刊"，简直有卖《语丝》以与《现代》拉拢之观。或者《京副》之专载沪事，不登他文，也还有别种隐情，（但这也许是我的妄猜）《晨副》即不如此。

我明知道几个人做事，真出于"为天下"是很少的。但人于现状，总该有点不平，反抗，改良的意思。只这一点共同目的，便可以合作。即使含些"利用"的私心，也不妨，利用别人，又给别人做点事，说得好看一点，就是"互助"。但是，我总是"罪孽深重，祸延"自己，每每终于发见纯粹的利用，连"互"字也安不上，被用之后，只剩下耗了气力的自己而已。我的时常无聊，就是为此，但我还能将一切忘却，休息一时之后，从新再来，即使明知道后来的运命未必会胜于过去。

本来有四张信纸已可写完，而牢骚发出第五张上去了。时候已经不早，非结束不可。止此而已罢。

六月十三夜　迅

然而，这一点空白，也还要用空话来填满。欧阳兰据说不到欧洲去了。我近来收到一封信，署名"捏蚊"，云要加入《莽原》，大约就是"雪纹"（也即欧阳兰）。这回《民众文艺》上所登的署名"聂文"的，我想也是她（？）。有麟粗心，没有看出。它们又在闹琴心式的玩艺了。

这一点空白，即以这样填满。

250622 致章廷谦

矛尘兄：

很早的时候，乔峰有信来要我将上海的情形顺便告诉三太太，因为她有信去问。但我有什么"便"呢。今天非写回信不可了，这一件委托，也总得消差，思之再三，只好奉托你暗暗通知一声，其语如下——本来这样的消息也无须"暗暗"，然而非"暗暗"不可者，所谓呜呼哀哉是也。

鲁迅　六月廿二日

250628 致许广平

训词：

你们这些小姐们，只能逃回自己的窠里之后，这才想出方法来夸口；其实则胆小如芝麻（而且还是很小的芝麻），本领只在一齐逃走。为掩饰逃走起见，则云"想拿东西打人"，辄以"想"字妄加罗织，大发挥其杨家勃谿式手段。呜呼，"老师"之"前途"，而今而后，岂不"棘矣"也哉！

不吐而且游白塔寺，我虽然并未目睹，也不敢决其必无。但这日二时以后，我又喝烧酒六杯，蒲桃酒五碗，游白塔寺四趟，可惜你们都已逃散，没有看见了。若夫"居然睡倒，重又坐起"，则足见不屈之精神，尤足为万世师表。总之：我的言行，毫无错处，殊不亚于杨荫榆姊姊也。

又总之：端午这一天，我并没有醉，也未尝"想"打人；至于"哭泣"，乃是小姐们的专门学问，更与我不相干。特此训谕知之！

此后大抵近于讲义了。且夫天下之人，其实真发酒疯者，有几何哉，十之九是装出来的。但使人敢于装，或者也是酒的力量罢。然而世人之装醉发疯，大半又由于倚赖性，因为一切过失，可以归罪于醉，自己不负责任，所以虽醒而装起来。但我之计划，则仅在以拳击"某籍"小姐两名之颧骨而止，因为该两小姐们近来倚仗"太师母"之势力，日见跋扈，竟有欺侮"老师"之行为，倘不令其喊痛，殊不足以保架子而维教育也。然而"殃及池鱼"，竟使头罩绿纱及自称"不怕"之人们，亦一同逃出，如脱大难者然，岂不为我所笑？虽"再游白塔寺"，亦何能掩其"心上有杞天之虑"的狼狈情状哉。

今年中秋这一天，不知白塔寺可有庙会，如有，我仍当请客，但无则作罢，因为恐怕来客逃出之后，无处可游，扫却雅兴，令我抱歉之至。

"……者"是什么？

"老师" 六月二十八日

那一首诗，意气也未尝不盛，但此种猛裂［烈］的攻击，只宜用散文如"杂感"之类，而造语还须曲折，否，即容易引起反感。诗歌较有永久性，所以不甚合于做这样题目。

沪案以后，周刊上常有极锋利肃杀的诗，其实是没有意思的，情随事迁，即味如嚼蜡。我以为感情正烈的时候，不宜做诗，否则锋铓太露，能将"诗美"杀掉。这首诗有此病。

我自己是不会做诗的，只是意见如此。编辑者对于投稿，照例不加批评，现遵来信所嘱，妄说几句，但如投稿者并未要知道我的意见，仍希不必告知。

迅　六月二十八日

250629 致许广平

广平兄：

昨夜，或者今天早上，记得寄上一封信，大概总该先到了。刚才接到二十八日函，必须写几句回答，便是小鬼何以屡次诚恐惶恐的赔罪不已，大约也许听了"某籍"小姐的什么谣言了罢，辟谣之举，是不可以已的。

第一，酒精中毒是能有的，但我并不中毒。即使中毒，也是自己的行为，与别人无干。且夫不佞年届半百，位居讲师，难道还会连喝酒多少的主见也没有，至于被小娃儿所激么？这是决不会的。

第二，我并不受有何种"戒条"，我的母亲也并不禁止我喝酒。我到现在为止，真的醉只有一回半，决不会如此平和。

然而"某籍"小姐为粉饰自己的逃走起见，一定将不知从那里拾来的故事（也许就从"太师母"那里得来的）加以演义，以致小鬼也不免赔罪不已了罢。但是，虽是"太师母"，观察也不会对，虽是"太太师母"，观察也不会对。我自己知道，那天毫没有醉，并且并不胡涂，击"房东"之拳，案小鬼之头，全都记得，而且诸君逃出时可怜之状，也并不忘记，——虽然没有目睹游白塔寺。

所以，此后不准再来道歉，否则，我"学笈单洋，教鞭 17 载"，要发宣言以传布小姐们胆怯之罪状了。看你们还敢逞能么？

来稿有过火处，或者须改一点。"假日本人……"等话，大约是反对往执政府请愿，所以说的罢。总之，这回以打学生手心之马良为总指挥，就可笑。

《莽原》第 10 期，与《京报》（旧历六日）同时罢工了，发稿是星期三，当时并未想到须停刊，所以并将目录在别的周刊上登载了。现在正在交涉，要他们补印，还没有头绪；倘不能补，则旧稿便在本星期五出版。

《莽原》的投稿，就是小说太多，议论太少。现在则并小说也少，大约大家专心爱国，到民间去，所以不做文章了。

迅　六，二九，晚。

250709 致许广平

广平仁兄大人阁下敬启者，前蒙投赠之

大作，就要登出来，而我或将被作者暗暗咒骂。因为我连题目也已改换，而所以改换之故，则因为原题太觉怕人故也。收束处太没有力量，所以添了两句，想来亦未必与

尊意背驰，但总而言之：殊为专擅。尚希

曲予

海涵，免施

贵骂，勿露"勃谿"之技，暂羁"害马"之才，仍复源源投稿，以光敝报，不胜侥幸之至！

至于大作所以常被登载者，实在因为《莽原》有些"闹饥荒"之故也。

我所要多登的是议论，而寄来的偏多小说，诗。先前是虚伪的"花呀""爱呀"的诗，现在是虚伪的"死呀""血呀"的诗。呜呼，头痛极了！所以倘有近于议论的文章，即易于登出，夫岂"骗小孩"云乎哉！

又，新做文章的人，在我所编的报上，也比较的易于登出，此则颇有"骗小孩"之嫌疑者也。但若做得稍久，该有更进步之成绩，而偏又偷懒，有敷衍之意，则我要加以猛烈之打击。小心些罢！

肃此布达敬请

"好说话的"安！

"老师"谨训　七·九·

报言章士钉将辞，屈映光继之，此即浙江有名之"兄弟向来素不吃饭"人物也，与士钉盖伯仲之间，或且不及，所以我总以为不革内政，即无一好现象，无论怎样游行示威。

250712 致钱玄同

玄同兄：

久闻大名，如雷贯耳……

"恭维"就此为止。所以如此"恭维"者，倒也并非因为想谩骂，乃是想有所图也。"所图"维何？且夫窃闻你是和《孔德学校周刊》大有关系的，于这《周刊》有多余么？而我则缺少第五六七期者也，你如有余，请送我耳，除此以外，则不要矣，倘并此而无之，则并此而不要者也。

这一期《国语周刊》上的沈从文，就是休芸芸，他现在用了各种名字，玩各种玩意儿。欧阳兰也常如此。

孔　顿首　七月十二日

250715 致许广平

京报的话　　　　　　　　　　　　　　　　　　　　鲁迅

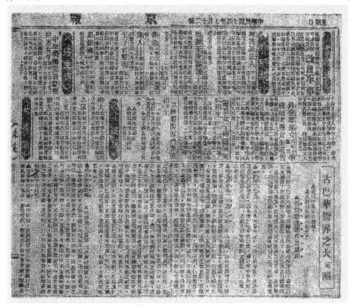

"愚兄"呀！我还没有将我的模范文教给你，你居然先已发明了么？你不能暂停"害群"的事业，自己做一点么？你竟如此偷懒么？你一定要我用"教鞭"么？？！！

七，一五

250716 致许广平

“愚兄”：

你的“勃谿”程度高起来了，“教育之前途棘矣”了，总得惩罚一次才好。

第一章 “嫩棣棣”之特征。

1. 头发不会短至二寸以下，或梳得很光，或炮得蓬蓬松松。
2. 有雪花膏在于面上。
3. 穿莫名其妙之材料（只有她们和店铺和裁缝知道那些麻烦名目）之衣；或则有绣花衫一件藏在箱子里，但于端节偶一用之。
4. 嚷；哭……（未完）

第二章 论“七·一六，”之不误。

“七·一六，”就是今天，照“未来派”写法，丝毫不错。“愚兄”如执迷于俗中通行之月份牌，可以将那封信算作今天收到就是。

第三章 石驸马大街确在“宣外”。

且夫该街，普通皆以为在宣内，我平常也从众写下来。但那天因为看见天亮，好看到见所未见，大惊小怪之后，不觉写了宣外。然而，并不错的，我这次乃以摆着许多陶器的一块小方地为中心，就是“宣内”。邮差都从这中心出发，所以向桥去的是往宣外，向石驸马街去的也是往宣外，已经送到，就是不错的确证。你怎么这样粗心，连自己住在那里都不知道？该打者，此之谓也欤！

112

第四章 "其妙"在此。

《京报的话》承蒙费神一通，加以细读，实在劳驾之至。一张信纸分贴前后者，前写题目，后写议论，仿"愚兄"之办法也，惜未将本文重抄，实属偷懒，尚乞鉴原。至于其中有"刁作谦之伟绩"，则连我自己也没有看见。因为"文艺"是"整个"的，所以我并未细看，但将似乎五花八门的处所剪下一小"整个"，封入信中，使勃豀者看了许多工夫，终于"莫名其抄"，就算大仇已报。现在居然"姑看作'正经'"，我的气也有些消了。

第五章 "师古"无用。

我这回的"教鞭"，系特别定做，是一木棒，端有一绳，略仿马鞭格式，为专打"害群之马"之用。即使蹲在桌后，绳子也会弯过去，虽师法"哥哥"，亦属完全无效，岂不懿欤！

第六章 "模范文"之分数。

拟给九十分。其中给你五分：抄工三分，末尾的几句议论二分。其余的八十五分，都给罗素。

第七章 "不知是我好疑呢？还是许多有可以

令人发疑的原因呢？"（这题目长极了！）

答曰："许多有可以令人发疑的原因"呀！且夫世间以他人之文，冒

113

为己作而告人者，比比然也。我常遇之，非一次矣。改"平"为"萍"，尚半冒也。虽曰可笑，奈之何哉？以及"补白"，由它去罢。

第九章　结论。

肃此布复，顺颂
嚷祉。

第十章　署名。

鲁迅。

第十一章　时候。

中华民国十四年七月十六日下午
七点二十五分八秒半。

250720 致钱玄同

心异兄：

来信并该旬刊三期，均经敝座陆续"查照收取"，特此照会，以见敝座谢谢之意焉。

且夫"孥孥阿文"，确尚无偷文如欧阳公之恶德，而文章亦较为能做做者也。然而敝座之所以恶之者，因其用一女人之名，以细如蚊虫之字，写信给我，被我察出为阿文手笔，则又有一人扮作该女人之弟来访，以证明实有其妹。然则亦大有数人"狼狈而为其奸"之概矣。总之此辈之于著作，大抵意在胡乱闹闹，无诚实之意，故我在《莽原》已张起电气网，与欧阳公归入一类也耳矣。

其实也，S妹似乎不会做文章者也。其曰S妹之文章者，盖即欧阳公之代笔焉耳。他于《莽原》，也曾以化名"捏蚊"者来捣乱，厥后此名亦见于《妇周刊》焉。《民众》误收之聂文，亦此人也。捏蚊聂文，即雪纹耳，岂不可恶也哉！

《甲寅》周刊已出，广告上大用"吴老头子"及"世"之名以冀多卖，可怜也哉。闻"孤松"公之文大可笑。然则文言大将，盖非白话邪宗之敌矣。此辈已经不值驳诘，白话之前途，只在多出作品，使内容日见充实而已，不知吾兄以为然耶否耶？否耶然耶欤乎？

迅　顿首　七月廿日

250729 致许广平

广平兄：

在好看的天亮，还未到来之前，再看了一遍大作，我以为还不如不发表。这类题目，其实，在现在，只能我做的，因为大概要受攻击。然而我不要紧，一则，我自有还击的方法，二则现在做"文学家"似乎有些做厌了，仿佛要变成机械，所以倒很愿意从所谓"文坛"上摔下来。至于如诸君之雪花膏派，则究属"嫩"之一流，犯不上以一篇文章而得攻击或误解，终至于"泣下沾襟"。

那上半篇，如在小说，或回想的文章中，毫不为奇，但在论文中，而给现在的中国读者看，还太直白；至于下半篇，实在有点迂。我本来说：这种骂法，是"卑劣"的，而你却硬诬赖我"引以为荣"，真是可恶透了。

其实，对于满抱着传统思想的人们，也还大可以这样骂。看目下有些批评文章，外表虽然没有什么，而骨子里却还是"他妈的"思想，对于这样批评的批评，倒不如直捷爽快地骂出来，就是"即以其人之道，还治其人之身"，于人我均属合适。我常想：治中国应该有两种方法，对新的用新法，对旧的用旧法。例如"遗老"有罪，即该用清朝的法律：打屁股。因为这是他所佩服的。民国革命时，对于任何人都宽容——那时称为"文明"——但待到第二次革命失败，许多旧党对于革命党却不"文明"了：杀。假使那时（元年）的新党不"文明"，许多东西早已灭亡，那里会再来发挥他们的老手段。现在以"他妈的"骂背着祖宗的木主自傲的人，夫岂太过也欤哉！

还有一篇，今天已经发出去，但将两段并作一个题目了：《五分钟与半年》。这多么漂亮呀。

天只管下雨，绣花衫不知如何，放晴的时候，赶紧晒一晒罢。千切千切！

迅　七月二十九或三十日，随便。

250823 致台静农

静农兄：

两回得信，因事忙未复，歉甚。《懊悔》早交给语丝社，现已印出了。

这次章士钊的举动，我倒并不为奇，其实我也太不像官，本该早被免职的了。但这是就我自己一方面而言。至于就法律方面讲，自然非控诉不可，昨天已经在平政院投了诉状了。

兄不知何时回北京？

迅　上　八月二十三日

250929 致许钦文

钦文兄：

七日信早到，因忙未复，后来生病了，大约是疲劳与睡眠不足之故，现在吃药，大概就可以好罢。

商务馆制板，既然自以为未必比北京做得好，那么，成绩就可疑了，三色板又不相宜。所以我以为不如仍交财部印刷局制去，已嘱乔峰将原底子寄来。

《苏俄的文艺论战》已出版，别封寄上三本。一本赠兄，两本赠璇卿兄，请转交。

十九日所寄封面画及信均收到，请转致璇卿兄，给我谢谢他。我的肖像是不急的，自然还是书面要紧。现在我已与小峰分家，《乌合丛书》归他印（但仍加严重的监督），《未名丛刊》则分出自立门户；虽云自立，而仍交李霁野等经理。《乌合》中之《故乡》已交去；《未名》中之《出了象牙之塔》已付印，大约一月半可成。还有《往星中》亦将付印。这两种，璇卿兄如不嫌其烦，均请给我们作封面，但须知道内容大略，今天来不及了，一两日后当开出寄上。

时局谈不胜谈，只能以不谈了之。内子进病院约有五六天现已出来，本是去检查的，因为胃病；现在颇有胃癌嫌疑，而是慢性的，实在无法（因为此病现在无药可医），只能随时对付而已。

迅 上 九月二十九日

璇卿兄处给我问候问候。

250930 致许钦文

钦文兄：

昨天寄上一信并三本书，大约已到了。那时匆匆，不及细写。还有一点事，现在补写一点。

《未名丛刊》已别立门户，有两种已付印，一是《出了象牙之塔》，一是《往星中》。这两种都要封面，想托璇卿兄画之。我想第一种即用璇卿兄原拟画给我们之普通用面已可，至于第二种，则似以另有一张为宜，而译者尤所希望也。如病已很复原，请一转托，至于其书之内容大略，别纸开上。

《苦闷之象征》就要再版，这回封面，想用原色了。那画稿，如可寄，乞寄来，想仍交财部印刷局印。即使走点样，总比一色者较特别。

记得前回说商务馆印《越王台》，要多印一千张，未知是否要积起来，俟将来出一画集。倘如此，则《大红袍》及《苦闷的象征》封面亦可多印一千张，以备后日汇订之用。纸之大小想当如《东方杂志》乎？

我其实无病，自这几天经医生检查了一天星斗，从血液以至小便等等。终于决定是喝酒太多，吸烟太多，睡觉太少之故。所以现已不喝酒而少吸烟，多睡觉，病也好起来了。

《故乡》稿已交去，选而又选，存卅一篇，大约有三百页。

迅　九月卅日

《往星中》四幕戏剧

作者　安特来夫。全然是一个绝望厌世的作家。他那思想的根柢是：一，人生是可怕的（对于人生的悲观）；二，理性是虚妄的（对于思想的悲观）；三，黑暗是有大威力的（对于道德的悲观）。

内容　一个天文学家，在离开人世的山上的天文台上，努力于与星界的神秘的交通；而其子却为了穷民之故去革命，因此入了狱。于是天文台上的人们的意见便分为两派：活在冷而平和的"自然"中呢，还是到热，然而满有着苦痛和悲惨的人间世去？但是，其子入狱之后，受了虐待，遂发狂，终于成为白痴了，其子之未婚妻，却道情愿"回到人生去"，在"活死尸"之旁度过一世：她是愿意活在"诗的"，"罗漫的"，"情感"的境界里的。

而天文学家则并非只要活在"有限的人世"的人；他要生活在无限的宇宙里。对于儿子的被虐，以为"就如花儿匠剪去了最美的花一般。花是被剪去了，但花香则常在地面上。"但其子的未婚妻却不能懂这远大的话，终于下山去了。

"（祝你）幸福呵！我的辽远的未知之友呀！"天文学者抬起两手，向了星的世界说。

"（祝你）幸福呵！我所爱的苦痛的兄弟呀！"她伸下两手，向着地上的世界说。

〜〜〜〜

我以为人们大抵住于这两个相反的世界中，各以自己为是，但从我听来，觉得天文学家的声音虽然远大，却有些空虚的。这大约因为作者以"理想为虚妄"之故罢。然而人间之黑暗,则自然更不待言。

以上不过聊备参考。　璇卿兄如作书面,不妨毫不切题,自行挥洒也。

迅　上　九月卅日

251108 致许钦文

钦文兄:

屡得来信。《苦闷之象征》封面,商务馆估价单已寄来,云"彩印五色"盖即三色版也每三千张价六十元。明日见小峰时,当与酌定。至于添印,纸之大小并无不自由,不过纸大,则四围多些空白而已。(我去信时,对于印刷的办法,是要求将无画处之网目刻去,则画是五色,而无画处仍是空白,可以四围没有边线。对于这一层,他们没有答复。)

《故乡》稿,一月之前,小峰屡催我赶紧编出,付印,我即于两三日后与之,则至今校稿不来。问之,则云正与印刷局立约。我疑他虑我们在别处出版,所以便将稿收去,压积在他手头,云即印者,并非诚意。

《未名丛刊》面已到,未知是否即给《出了象牙之塔》者否?请一问璇卿兄。又还有二件事,亦请一问——

1. 书名之字,是否以用与画同一之颜色为宜,抑用黑字?

2.《乌合丛书》封面,未指定写字之地位,请指出。

我病已渐愈,或者可以说全愈了罢,现已教书了。但仍吃药。医生禁喝酒,那倒没有什么;禁劳作,但还只得做一点;禁吸烟,则苦极矣,我觉得如此,倒还不如生病。

北京冷起来了。

迅　上　十一月八日

260223 致章廷谦

矛尘兄：

廿元，四角，《唐人说荟》两函，俱收到。谢谢！

记得日前面谈，我说《游仙窟》细注，盖日本人所为，无足道。昨见杨守敬《日本访书志》，则以为亦唐人作，因其中所引用书，有非唐后所有者。但唐时日本人所作，亦未可知。然则倘要保存古董之全部，则不删亦无不可者也耳。奉闻备考。

迅　二月廿三日

260225 致许寿裳

季市兄：

昨得洙邻兄函，言："案已于昨日开会通过完全胜利大约办稿呈报得批登公报约尚须两星期也"云云。特以奉闻，并希以电话告知幼渔兄为托。

树人　二月二十五日

260227 致陶元庆

璇卿兄：

已收到寄来的信和画，感谢之至。

但这一幅我想留作另外的书面之用，因为《莽原》书小价廉，用两色板的面子是力所不及的。我想这一幅，用于讲中国事情的书上最合宜。

我很希望 兄有空，再画几幅，虽然太有些得陇望蜀。

鲁迅 二月二十七日

260310 致翟永坤

永坤先生：

二月份有稿费两元，应送至何处，请示知，以便送上。

鲁迅 三月十日
西四、宫门口、西三条、二十一号

260409 致章廷谦

矛尘兄：

承示甚感。

五十人案，今天《京报》上有名单，排列甚巧，不像谣言，且云陈任中甚主张之。日前许季黻曾面问陈任中，而该陈任中一口否认，甚至于说并无其事，此真"娘东石杀"之至者也。

但此外却一无所闻，我看这事情大约已经过去了。非奉军入京，或另借事端，似乎不能再发动。至于现在之事端，则最大者盖惟飞机抛掷炸弹，联军总攻击，国直议和三件，而此三件，大概皆不能归咎于五十人煽动之故也欤。

迅 上 四月九日

我想调查五十人的籍贯和饭碗，有所议论，请你将所知者注入掷下，劳驾，劳驾！

其实只有四十八人，未知是遗漏，还是仿九六足串大钱例，以卌算卌也。

260501 致韦素园

素园兄：

日前得来函，在匆忙中，未即复。关于我的小说，如能如来信所说，作一文，我甚愿意而且希望。此可先行发表，然后收入本子中。但倘如霁野所定律令，必须长至若干页，则是一大苦事，我以为长短可以不拘也。

昨看见张凤举，他说Dostojewski的《穷人》，不如译作"可怜人"之确切。未知原文中是否也含"穷"与"可怜"二义。倘也如英文一样，则似乎可改，请与霁野一商，改定为荷。

迅 五，一

260511 致陶元庆

璇卿兄：

给我画的像，这几天才寄到，去取来了。我觉得画得很好。我很感谢。

那洋铁筒已经断作三段，因为外面有布，所以总算还相连，但都挤得很扁。现在在箱下压了几天，平直了，不过画面上略有磨损的地方，微微发白，如果用照相缩小，或者看不出来。

画面上有胶，嵌在玻璃框上，不知道泛潮时要粘住否？应该如何悬挂才好，便中请
示知。

鲁迅　五月十一日

260527 致翟永坤

永坤兄：

女师大今年听说要招考，但日期及招考那几班，我却不知，大概不远便可以在报上看见了。

旁听生也有的，但仍须有试验（大概只考几样），且须在开学两月以内才行。

迅　五月廿七日

260617 致李秉中

秉中兄：

收到你的来信后，的确使我"出于意表之外"地喜欢。这一年来，不闻消息，我可是历来没有忘记，但常有两种推测，一是在东江负伤或战死了，一是你已经变了一个武人，不再写字，因为去年你从梅县给我的信，内中已很有几个空白及没有写全的字了。现在才知道你已经跑得如此之远，这事我确没有预先想到，但我希望你早早从休养室走出，"偷着到啤酒店去坐一坐"，我以为倒不妨，但多喝酒究竟不好。去年夏间，我因为各处碰钉子，也很大喝了一通酒，结果是生病了，现在已愈，也不再喝酒，这是医生禁止的。他又禁止我吸烟，但这一节我却没有听。

从去年以来，我因为喜欢在报上毫无顾忌地发议论，就树敌很多，章士钊之来咬，乃是报应之一端，出面的虽是章士钊，其实黑幕中大有人在。不过他们的计划，仍然于我无损，我还是这样，因为我目下可以用印书所得之版税钱，维持生活。今年春间，又有一般人大用阴谋，想加谋害，但也没有什么效验。只是使我很觉得无聊，我虽然对于上等人向来并不十分尊敬，但尚不料其卑鄙阴险至于如此也。

多谢你的梦。新房子尚不十分旧，但至今未加修葺，却是真的。我大约总该老了一点，这是自然的定律，无法可想，只好"就这样罢"。直到现在，文章还是做，与其说"文章"，倒不如说是"骂"罢。但是我实在困倦极了，很想休息休息，今年秋天，也许要到别的地方去，地方还未定，大约是南边。目的是：一，专门讲书，少问别事（但这也难说，恐怕仍然要说话），二，弄几文钱，以助家用，因为靠版税究竟还不够。家眷不动，自己一人去，期间是少则一年，多则两年，此后我还想仍到热闹地方，照例捣乱。

"指导青年"的话，那是报馆替我登的广告，其实呢，我自己尚且寻不着头路，怎么指导别人。这些哲学式的事情，我现在不很想它了，近来想做的事，非常之小，仍然是发点议论，印点关于文学的书。酒也想喝的，可是不能。因为我近来忽然还想活下去了。为什么呢？说起来或者有些可笑，一，是世上还有几个人希望我活下去，二，是自己还要发点议论，印点关于文学的书。

我现在仍在印《莽原》，以及印些自己和别人的翻译及创作。可惜没有钱，印不多。我今天另封寄给你三本书，一是翻译，两本是我的杂感集，但也无甚可观。

我的住址是"西四，宫门口，西三条胡同，二十一号"，你信面上写的并不大错，只是门牌多了五号罢了。即使我已出京，信寄这里也可以，因为家眷在此，可以转寄的。

你什么时候可以毕业回国？我自憾我没有什么话可以寄赠你，但以为使精神堕落下去，是不好的，因为这能使自己受苦。第一着须大吃牛肉，将自己养胖，这才能做一切事。我近来的思想，倒比先前乐观些，并不怎样颓唐。你如有工夫，望常给我消息。

　　　　　　　　　　　　　　　　　迅　六月十七日

260621 致韦素园、韦丛芜

　　沙滩新开路五号

韦素园
　丛芜先生：

　　《穷人》如已出，请给我十二本。

126

这几天生小病，但今日已渐愈，《莽原》稿就要做了。

《关于鲁迅》已校了一点，至多，不过一百二十面罢。

二十一日　　后面还有

来信顷已收到。《外套》校后，即付印罢，社中有款，我以为印费亦不必自出。像不如在京华印，比较的好些。

巴特勒特的谈话，不要等他了，我想，丛芜亦不必再去问他。

序文我当修改一点，和目录一同交给北京书局，书面怎样，后来再商。

迅　又言　廿一日午后

260704 致魏建功

建功兄：

品青兄来信，说　兄允给我校《太平广记》中的几篇文章，现在将要校的几篇寄上。其中抄出的和剪贴的几篇，卷数及原题都写在边上。其中的一篇《枕中记》，是从《文苑英华》抄出的，不在校对之内。

我的底子是小版本，怕多错字，现在想用北大所藏的明刻大字本来校正它。我想可以径用明刻本来改正，不必细标某字明本作某。

那一种大字本是何人所刻，并乞查　示。

迅　上　七月四日

260709 致章廷谦

矛尘兄：

来信收到。但我近来午后几乎都不在家，非上午，或晚八时左右，便看不见也，如枉驾，请勿在十二至八时之间。

《游仙窟》上作一《痴华鬘》似的短序，并不需时，当然可以急就。但要两部参考书，前些日向京师图书馆去借，竟没有，不知北大有否，名列下，请一查，并代借。如亦无，则颇难动手，须得后才行，前途颇为渺茫矣。

该《游仙窟》如已另抄，则敝抄当已无用，请便中带来为荷。

迅　七，九

计开

一、杨守敬《日本访书志》

二、森立之《经籍访古志》

案以上二部当在史部目录类中。

260713 致韦素园

李稿已无用，陈稿当寄还，或从中选一篇短而较为妥当的登载亦可。

布宁小说已取回，我以为可以登《莽原》。

《外套》已看过，其中有数处疑问，用？号标在上面。

我因无暇作文，只译了六页。

《关于鲁迅……》已出版否？

迅　七，一三

260714 致章廷谦

矛尘兄：

　　来信已到。《唐人说荟》如可退还，我想大可以不必买，编者"山阴莲塘居士"虽是同乡，然而实在有点"仰东硕杀"，所收的东西，大半是乱改和删节的，拿来玩玩，固无不可，如信以为真，则上当不浅也。近来商务馆所印的《顾氏文房小说》，大概比他好得多。

　　《唐人说荟》里的《义山杂纂》，也很不好。我有从明抄本《说郛》刻本《说郛》也是假的。抄出的一卷，好得多，内有唐人俗语，明人不解，将他改正，可是改错了。如要印，不如用我的一本。后面有宋人续的两种，可惜我没有抄，如也印入，我以为可以从刻本《说郛》抄来，因为宋人的话，易懂，明人或者不至于大改。

　　　　　　　　　　　　　　　　　　　　　　迅　七，十四

　　龚颐正《续释常谈》：

　　　　"李商隐《杂纂·七不称意》内云'少（去声）阿妳'。"

260719 致魏建功

建功兄：

　　给我校对过的《太平广记》，都收到齐了，这样的热天做这样的麻烦事，实在不胜感谢。

　　到厦门，我总想拖延到八月中旬才动身，其实很有些琐事须小收束，也非拖到那时不可。不过如那边来催，非早去不可，便只好早走。

　　　　　　　　　　　　　　　　　　　　迅　上　七月十九日

260727 致章廷谦

矛尘兄：

　　书目中可用之处，已经抄出，今奉还，可以还给图书馆了。

迅　七，二七

260727 致陶元庆

璇卿兄：

　　《沈钟》的大小，是和附上的这一张纸一样。他们想于八月十日出版，不知道可以先给一画否？

迅上　七月二十七日

260730 致章廷谦

矛尘兄：

　　得廿八日信，知道你又摔坏了脚，这真是出于我的"意表之外"，赶紧医，而且小心不再摔坏罢。

　　我的薪水送来了，钱以外是一张收条，自己签名。这样看来，似乎并非代领，而是会计科送来的。但无论如何，总之已经收到了，是谁送来的，都不成其为问题。

　　至于你写给北新小板的收书条，我至今没有见。

迅　七，卅

260731 致陶冶公

冶公兄：

兄拟去之地，近觅得两人可作介绍，较为切实。但此等书信，邮寄能否达到，殊不可必，除自往投递外，殊无善法也。未知　兄之计画是否如此，待示进行。此布，即颂

时绥

弟树人　上　七月卅一日

260808 致韦素园

素园兄：

《关于鲁迅……》须送冯文炳君二本（内有他的文字），希即令人送去。但他的住址，我不大记得清楚，大概是北大东斋，否则，是西斋也。

下一事乞转告丛芜兄：

《博徒别传》是《Rodney Stone》的译名，但是 C.Doyle 做的。《阿Q正传》中说是迭更司作，乃是我误记，英译中可改正；或者照原误译出，加注说明亦可。

迅　八月八日

260810 致陶元庆

璇卿兄：

　　《彷徨》书面的锌版已制成，今寄上草底，请将写"书名""人名"的位置指出，仍寄敝寓，以便写入，令排成整版。

鲁迅　八月十日

260815 致许广平

景宋"女士"学席：程门

　　飞雪，贻误多时。愧循循之无方，幸

　　骏才之易教。而乃年届结束，南北东西；虽尺素之能通，

　　或

　　下问之不易。言念及此，不禁泪下四条。吾

生倘能赦兹愚劣，使师得备薄馔，于月十六日午十二时，假宫

　　门口西三条胡同二十一号周宅一叙，俾罄愚诚，不胜厚

　　幸！顺颂

时绥。

师鲁迅　谨订　八月十五日早

260904 致许广平

广平兄：

　　我于九月一日夜半上船，二日晨七时开，四日午后一时到厦门，

一路无风，船很平稳。这里的话，我一字都不懂，只得暂到客寓，打电话给林玉堂，他便来接，当晚即移入学校居住了。

我在船上时，看见后面有一只轮船，总是不远不近地走着，我疑心是"广大"。不知你在船中，可看见前面有一只船否？倘看见，那我所悬拟的便不错了。

此地背山面海，风景佳绝，白天虽暖——约八十七八度——夜却凉。四面几无人家，离市面约有十里，要静养倒好的。普通的东西，亦不易买。听差懒极，不会做事也不肯做事，邮政也懒极，星期六下午及星期日都不办事。

因为教员住室尚未造好——据说一月后可完工，但未必确——所以我暂住在一间很大的三层楼上，上下虽不便，眺望却佳。学校开课是二十日，还有许多天可闲。

我写此信时，你还在船上，但我当于明天发出，则你一到校，此信也就到了。你到校后望即见告，那时再写较详细的情形罢，因为现在我初到，还不知道什么。

迅　九月四日夜

260907 致许寿裳

季市兄：

四日下午到厦门，即迁入校中，因未悉大略，故未发信，今稍观察，知与我辈所推测者甚为悬殊。玉堂极被掣肘，校长有秘书姓孙，无锡人，可憎之至，鬼祟似皆此人所为，我与兀士等三人，虽已有聘书，而孙伏园等四人已到两星期，则校长尚未签字，与以切实之定议，是作态抑有中变，未可知也。

在国文系尚且如此，则于他系有所活动，自然更难。兄事曾商量数次，皆不得要领，据我看去，是没有结果的。臥士于合同尚未签字，或者亦不久居，我之行止，临时再定。

此地风景极佳，但食物极劣，语言一字不懂，学生止四百人，寄宿舍中有京调及胡琴声，令人聆之气闷。离市约十余里，消息极不灵通，上海报章，到此常须一礼拜。

迅　上　九月七日之夜

260913 致许广平

（明信片背面）

从后面（南普陀）所照的厦门大学全景。

前面是海，对面是鼓浪屿。

最右边的是生物学院与国学院，第三层楼上有 * 记的便是我所住的地方。

昨夜发飓风，拔木发屋，但我没有受损害。

迅　九，十一。

（明信片正面）

想已到校；已开课否？此地二十日上课。

十三日

260914 致许广平

广平兄：

依我想，早该得到你的来信了，然而还没有。大约闽粤间的通邮，不大便当，因为并非每日都有船。此地只有一个邮局代办所，星期六下午及星期日不办事，所以今天什么信件也没有——因为是星期——且看明天怎样罢。

我到厦门后便发一信（五日），想早到。现在住了已经近十天，渐渐习惯起来了，不过言语仍旧不懂，买东西仍旧不便。开学在二十日，我有六点钟功课，就要忙起来，但未开学之前，却又觉得太闲，有些无聊，倒望从速开学，而且合同的年限早满。学校的房子尚未造齐，所以我暂住在国学院的陈列所里，是三层楼上，眺望风景，极其合宜，我已写好一张有这房子照相的明信片，或者将与此信一同发出。季巿的事没有结果，我心中很不安，然而也无法可想。

十日之夜发飓风，十分利害，林玉堂的住宅的房顶也吹破了，门也吹破了。粗如笔干的铜闩也都挤弯，毁东西不少。我所住的屋子只破了一扇外层的百叶窗，此外没有损失。今天学校近旁的海边漂来不少东西，有卓子，有枕头，还有死尸，可见别处还翻了船或漂没了房屋。

此地四无人烟，图书馆中书籍不多，常在一处的人，又都是"面笑心不笑"，无话可谈，真是无聊之至。海水浴倒是很近便，但我多年没有浮水了；又想，倘使害马在这里，恐怕一定不赞成我这种举动，所以没有去洗；以后也不去洗罢，学校有洗浴处的。夜间，电灯一开，飞虫聚集甚多，几乎不能做事，此后事情一多，大约非早睡而一早起来做不可。

九月十二日夜　迅。

今天（十四日）上午到邮政代办所去看看，得到你六日八日的两封来信，高兴极了。此地的代办所太懒，信件往往放在柜台上，不送来，此后来信可于厦门大学下加"国学院"三字，使他易于投递，且看如何。这几天，我是每日去看的，昨天还未见你的信，因想起报载英国鬼子在广州胡闹，入口船或者要受影响，所以心中很不安，现在放心了。看上海报，北京已解严，不知何故；女师大已被合并为女子学院，师范部的主任是林素园（小研究系），而且于四日武装接收了，真令人气愤，但此时无暇管也无法管，只得暂且不去理会它，还有将来呢。

回上去讲我途中的事，同房的是一个五十多岁的广东人，姓魏或韦，我没有问清楚，似乎也是民党中人，所以还可谈，也许是老同盟会员罢。但我们不大谈政事，因为彼此都不知道底细；也曾问他从厦门到广州的走法，据说最好是从厦门到汕头，再到广州，和你所闻的客栈中人的话一样，我将来就这么走罢。船中的饭菜顿数，和"广大"一样，也有鸡粥，船也平稳，但无耶稣教徒，比你所遭遇的好得多了。小船的倾侧，真太危险，幸而终于"马"已登陆，使我得以放心。我到厦时亦以小船搬入学校，浪也不小，但我是从小惯于坐小船的，所以一点也没有什么。

我前信似乎说过这里的听差很不好，现在熟识些了，觉得殊不尽然。大约看惯了北京的听差的唯唯从命的，即易觉得南方人的倔强，其实是南方的阶级观念，没有北方之深，所以便是听差，也常有平等言动，现在我和他们的感情已经好起来了，觉得并不可恶。但茶水很不便，所以我现在少喝茶了，或者这倒是好的。烟卷似乎也比先前少吸。

我上船时，是建人送我去的，并有客栈里的茶房。当未上船之前，我们谈了许多话。谈到我的事情时，据说伏园已经宣传过了。（怎么这样地善于推测，连我也以为奇）所以上海的许多人，见我的一行组织，便多已了然，且深信伏园之说。建人说：这也很好，省得将来自己发表。

建人与我有同一之景况，在北京所闻的流言，大抵是真的。但其人在绍兴，据云有时到上海来。他自己说并不负债，然而我看他所住的情形，实在太苦了，前天收到八月分的薪水，已汇给他二百元，或者可以略作补助。听说他又常喝白干，我以为很不好，此后想勒令喝蒲桃酒，每月给与酒钱十元，这样，则三天可以喝一瓶了，而且是每瓶一元的。

我已不喝酒了；饭是每餐一大碗（方底的碗，等于尖底碗的两碗），但因为此地的菜总是淡而无味（校内的饭菜是不能吃的，我们合雇了一个厨子，每月工钱十元，每人饭菜钱十元，但仍然淡而无味），所以还不免吃点辣椒末，但我还想改良，逐渐停止。

我的功课，大约每周当有六小时，因为玉堂希望我多讲，情不可却。其中两点是小说史，无须豫备；两点是专书研究，须豫备；两点是中国文学史，须编讲义。看看这里旧存的讲义，则我随便讲讲就很够了，但我还想认真一点，编成一本较好的文学史。你已在大大地用功，豫备讲义了罢，但每班一小时，八时相同，或者不至于很费力罢。此地北伐顺利的消息也甚多，极快人意。报上又常有闽粤风云紧张之说，在此却看不出；不过听说鼓浪屿上已有很多寓客，极少空屋了，这屿就在学校对面，坐舢板一二十分钟可到。

迅。九月十四日午。

260916 致韦素园

素园兄：

　　到厦后寄一明信片，想已到。昨得四日来信，此地邮递甚迟，因为从上海到厦门的邮件，每星期只有两三回，此地又是一离市极远之地，邮局只有代办所（并非分局），所以京，沪的信，往往要十来天。

　　收到寄野的信，说廿七动身，现在想已到了。

　　《莽原》请寄给我一本（厦门大学国学院），另外十本，仍寄西三条二十一号许羡苏先生收。

　　此地秋冬并不潮湿，所以还好，但五六天前遇到飓风，却很可怕（学校在海边），玉堂先生的家，连门和屋顶都吹破了，我却无损失。它吹破窗门时，能将粗如筷子的螺丝钉拔出，幸而听说这样的风，一年也不过一两回。

　　林先生太忙，我看不能做文章了。我自然想做，但二十开学，要忙起来，伏处孤岛，又无刺激，竟什么意思也没有，但或译或做，我总当寄稿。

迅　九月十六日

260920 致韦素园

素园兄：

　　寄上稿子四张，请察收。

　　《关于鲁迅……》及《出了象牙之塔》，请各寄三本来，用挂号为妥。

到此地也并不较闲，再谈罢。

迅　九，二十

260920 致许广平

广平兄：

　　十三日发的给我的信，已经收到了。我从五日发了一信之后，直到十三四日才发信；十三以前，我只是等着等着，并没有写信，这一封才是第三封。前天，我寄了《彷徨》和《十二个》各一本。

　　看你所开的职务，似乎很繁重，住处亦不见佳。这种四面"碰壁"的住所，北京没有，上海是有的，在厦门客店里也看见过，实在使人气闷。职务有定，除自己心知其意，善为处理外，更无他法；住室总该有一间较好才是，否则，恐怕要瘦下。

　　本校今天行开学礼，学生在三四百人之间，就算作四百人罢，分为预科及本科七系，每系分三年级，则每级人数之寥寥，亦可想而知。此地不但交通不便，招考极严，寄宿舍也只容四百人，四面是荒地，无屋可租，即使有人要来，也无处可住，而学校当局还想本校发达，真是梦想。大约早先就是没有计画的，现在也很散漫，我们来后，便都搁在须作陈列室的大洋楼上，至今尚无一定住所。听说现正赶造着教员的住所，但何时造成，殊不可知。我现在如去上课，须走石阶九十六级，来回就是一百九十二级，喝开水也不容易，幸而近来倒已习惯，不大喝茶了。我和兼士及顾颉刚，是早就收到聘书的，此外还有几个人，已经到此，而忽然不送聘书，玉堂费了许多力，才于前天送来；玉堂在此似乎也不大顺手，所以季黻的事，竟无法开口。

我的薪水不可谓不多，教科是五或六小时，也可以算很少，但所谓别的"相当职务"，却太繁，有本校季刊的作文，有本院季刊的作文，有指导研究员的事（将来还有审查），合计起来，很够做做了。学校当局又急于事功，问履历，问著作，问计画，问年底有什么成绩发表，令人看得心烦。其实我只要将《古小说钩沈》拿出去，就可以做为研究教授三四年的成绩了，其余都可以置之不理，但为了玉堂好意请我，所以我除教文学史外，还拟指导一种编辑书目的事，范围颇大，两三年未必能完，但这也只能做到那里算那里了。

　　在国学院里的，顾颉刚是胡适之的信徒，另外还有两三个，似乎是顾荐的，和他大同小异，而更浅薄，一到这里，孙伏园便要算可以谈谈的了。我真想不到天下何其浅薄者之多。他们语言无味，夜间还唱留声机，什么梅兰芳之类。我现在唯一的方法是少说话；他们的家眷到来之后，大约要搬往别处去了罢。从前在女师大的黄坚是一个职员兼林玉堂的秘书，一样浮而不实，将来也许会生风作浪，我现在也竭力地少和他往来。此外，教员内有一个熟人，是往陕西去时认识的，并不坏；集美中学内有师大旧学生五人，都是先前的国文系，昨天他们请我们吃饭，算作欢迎，他们是主张白话的，在此似乎有点孤立，吃苦。

　　这一星期以来，我对于本地更加习惯了，饭量照旧，这几天而且更能睡觉，每晚总可以睡九十小时；但还有点懒，未曾理发，只在前晚用安全剃刀刮了一回髭须而已。我想从此整理为较有条理的生活；大约只要少应酬，关起门来，是做得到的。此地的点心很好；鲜龙眼已吃过了，并不见佳，还是香蕉好。但我不能自己去买东西，因为离市有十里，校旁只有一个小店，东西非常之少，店中人能说几句"普通话"，但我懂不到一半。这里的人似乎很有点欺生，因为是闽南了，所以称我们为北人，我被称为北人，这回是第一次。

现在的天气正像北京的夏末，虫类多极了，最利害的是蚂蚁，有大有小，无处不至，点心是放不过夜的。蚊子倒不多，大概是我在三层楼上之故；生疟疾的很多，所以校医常给我们吃金鸡那霜。霍乱已经减少了；但那街道，却真是坏，其实是在绕着人家的墙下，檐下走，无所谓路的。

兼士似乎还要回京去，他叫我代他的职务，我不答应他。最初的布置，我未与闻，中途接手，一班极不相干的人，指挥不灵，如何措手，还不如关起门来，"自扫门前雪"罢，况且我的工也已够多了。

章锡箴托建人写信给我，说想托你给《新女性》做一点文章，嘱我转达。不知可有这兴致？如有，可以先寄我，我看后转寄去。《新女性》的编辑，近来似乎是建人了，不知何故。那第九（？）期，我已寄上，想早到了。

我从昨日起，已停止吃青椒，而改为胡椒了，特此奉闻。再谈

迅。九月二十日下午

260922 致许广平

广平兄：

十七日的来信，今天收到了。我从五日发信后，只在十三日发一信片，十四日发一信，中间间隔，的确太多，致使你猜我感冒，我真不知怎样说才好。回想那时，也有些傻气，我到此以后，因为正听见英人在广州肇事，因疑你所坐的船，亦将为彼等所阻，所以只盼望来信，连寄信的事也拖延了。这结果，却使你久不得我的信。

现在十四的信，总该早到了罢。此后，我又于同日寄《新女性》一本，于十八日寄《彷徨》及《十二个》各一本，于二十日寄信一封（信面却写了廿），想来都该到在此信之前。

我在这里，不便则有之，身体却好。此地无人力车，只好坐船或步行，现在已经练得走扶梯百余级，毫不费力了。眠食也都好，每晚吃金鸡那霜一粒，别的药一概未吃。昨日到市去，买了一瓶麦精鱼肝油，拟日内吃它。因为此地得开水颇难，所以不能吃散拿吐瑾。但十天内外，我要移住教员寄宿舍去了，那时情形又当与在此不同，或者易得开水罢。（教员寄宿舍有两所，一所住单身人者曰博学楼，一所住有夫人者曰兼爱楼，不知何人所名，颇可笑。）

教科也不算忙，我只六时，开学之结果，专书研究二小时无人选，只剩了文学史，小说史各二小时了。其中只有文学史须编讲义，大约每星期四五千字即可。看这里旧有的讲义和别人的办法，我本只要随便讲讲便够，但感林玉堂的好意，我还想好好的编一编，功罪在所不计。

这学校化钱不可谓不多，而并无基金，也无计画，办事散漫之至，我看是办不好的。

昨天中秋，有月，玉堂送来一筐月饼，大家分吃了，我吃了便睡，我近来睡得早了。

迅　九月二十二日下午

260926 致许广平

广平兄：

十八日之晚的信，昨天收到了。我十三日所发的明信片既然已经收到，我惟有希望十四日所发的信也接着收到。我惟有以你现在一定已经收到了我的几封信的事，聊自慰解而已。至于你所寄的七，九，十二，十七的信，我却都收到了，大抵是我或孙伏园从邮务代办处去寻来的，他们很乱，堆成一团，或送或不送，只要人去说要拿那几封，便给拿去，但冒领的事倒似乎还没有。我或伏园是每日自去看一回。

看厦大的国学院，越看越不行了。顾颉刚是自称只佩服胡适陈源两个人的，而潘家洵陈万里黄坚三人，皆似他所荐引。黄坚（江西人）尤善兴风作浪，他曾在女师大，你知道的罢，现在是玉堂的襄理，还兼别的事，对于较小的职员，气焰不可当，嘴里都是油滑话。我因为亲闻他密语玉堂："谁怎样不好"等等，就看不起他了。前天就很给他碰了一个钉子，他昨天借题报复，我便又给他碰了一个大钉子，而自己则辞去国学院兼职，我是不与此辈共事的；否则，何必到厦门。

我原住的房屋，须陈列物品了，我就须搬。而学校之办法甚奇，一面催我们，却并不指出搬到那里，此地又无客栈，真是无法可想。后来指给我一间了，又无器具，向他们要，而黄坚又故意刁难起来（不知何意，此人大概是有喜欢给别人为难的脾气的），要我开账签名，所以就给他碰了钉子而又大发其怒。大发其怒之后，器具就有了，又添了一个躺椅；总务长亲自监督搬运。因为玉堂邀请我一场，我本想做点事，现在看来，恐怕不行的，能否到一年，也很难说，所以我已决计将工作范围缩小，希图在短时日中，可以有点小成绩，不算来骗别人的钱。

此校用钱并不少，也很不得法，而有许多悭吝举动，却令人难耐。即如今天我搬房时，就又有一件。房中有两个电灯，我当然只用一个的，而有电机匠来必要取去其一个玻璃泡，止之不可。其实对于一个教员，薪水已经化了这许多了，多点一个电灯或少点一个，又何必如此计较呢？取下之后，我就即刻发见了一件危险事，就是他只是宝贝似的将电灯泡拿走，并不关闭电门。如果凑巧，我就也许竟会触电。将他叫回来，他才关上了，真是麻木万分。

至于我今天所搬的房，却比先前的静多了，房子颇大，是在楼上。前回的明信片上，不是有照相么？中间一共五座，其一是图书馆，我就住在那楼上，间壁是孙伏园与张颐（今天才到，也是北大教员），那一面本是钉书作场，现在还没有人。我的房有两个窗门，可以看见山。今天晚上，心就安静得多了，第一是离开了那些无聊人，也不必一同吃饭，听些无聊话了，这就很舒服。今天晚饭是在一个小铺里买了面包和罐头牛肉吃的，明天大概仍要叫厨子包做。又自雇了一个当差的，每月连饭钱十二元，懂得两三句普通话。但恐怕很有点懒。如果再没有什么麻烦事，我想开手编《中国文学史略》了。来听我的讲义的学生，一共有二十三人（内女生二人），这不但是国文系全部，而且还含有英文，教育系的。这里的动物学系，全班只有一人，天天和教员对坐而听讲。

但是我也许还要搬。因为现在是图书馆主任请假着，玉堂代理，所以他有权。一旦本人回来，或者又有变化也难说。在荒地中开学校，无器具，无房屋给教员住，实在可笑。至于搬到那里去，现在是无从捉摸的。

这是我住过的地方　　寄宿舍　　图书馆　　礼堂　　讲堂　　寄宿舍

孙张

这两个是我的住房的窗　　这边是杂志阅览所

现在的住房还有一样好处，就是到平地只须走扶梯二十四级，比原先要少七十二级了，然而"有利必有弊"，那"弊"是看不见海，只能见轮船的烟通。

今夜的月色还很好，在楼下徊徘了片时，因有风，遂回，已是十一点半了。我想，我的十四的信，到二十，二十一或二十二总该寄到了罢，后天（二十七）也许有信来，先来写了这两张，待二十八日寄出。

二十二日曾寄一信，想已到了。

迅。二十五日之夜

今天是礼拜，大风，但比起那一回来，却差得远了。明天未必一定有从粤来的船，所以昨天写好的两张信，我决计于明天一早寄出。

昨天雇了一个人，叫作流水，然而是替工；今天本人来了，叫作春来，也能说几句普通话，大约可以用罢。今天又买了许多器具，大抵是铝做的，又买了一只小水缸，所以现在是不但茶水饶足，连吃散拿吐瑾也不为难了。（我从这次旅行，才觉到散拿吐瑾是补品中之最麻烦者，因为它须兼用冷水热水两种，别的补品不如此。）

有人看见我这许多器具，以为我在此要作长治久安之计了，殊不知其实不然。我仍然觉得无聊。我想，一个人要生活必需有生活费，人生劳劳，大抵为此。但是，有生活而无"费"，固然痛苦；在此地则似乎有"费"而没有了生活，更使人没有趣味了。我也许敷衍不到一年。

今天忽然有瓦匠来给我刷墙壁了，懒懒地乱了一天。夜间大约也未必能静心编讲义，玩一整天再说罢。

迅　九月二十六日晚七点钟

260930 致许广平

广平兄：

廿七日寄上一信，到了没有？今天是我在等你的信了，据我想，你于廿一二大约该有一封信发出，昨天或今天要到的，然而竟还没有到。所以我等着。

我所辞的兼职，（研究教授）终于辞不掉，昨晚又将聘书送来了，据说林玉堂因此一晚睡不着。使玉堂睡不着，我想，这是对他不起的，所以只得收下，将辞意取消。玉堂对于国学院，虽然很热心，但由我看来，希望不多，第一是没有人才，第二是校长有些掣肘（我觉得这样）。但我仍然做我该做的事，从昨天起，已开手编中国文学史讲义，今天编好了第一章；眠食都好，饭两浅碗，睡觉是可以有八或九小时。

从前天起，开始吃散拿吐瑾，只是白糖无法办理。这里的蚂蚁可怕极了，小而红的，无处不到。我现在将糖放在碗里，将碗放在贮水的盘中，然而倘若偶然忘记，则顷刻之间，满碗都是小蚂蚁，点心也这样；这里的点心很好，而我近来却怕敢买了，买来之后，吃过几个，其余的竟无处安放，我住在四层楼上的时候，常将一包点心和蚂蚁一同抛到草地里去。

风也很厉害，几乎天天发，较大的时候，使人疑心窗玻璃就要吹破，若在屋外，则走路倘不小心，也可以被吹倒的。现在就呼呼地吹着。我初到时，夜夜听到波声，现在不听见了，因为习惯了，再过几时，风声也会习惯的罢。

现在的天气，同我初来时差不多，须穿夏衣，用凉席，在太阳下行走，即遍身是汗。听说这样的天气，要继续到十月（阳历？）底。

九月二十八日夜　H.M.

146

今天下午收到廿四发的来信了，我所料的并不错，粤中学生情形如此，却真出于我的"意表之外"，北京似乎还不至此。你自然只能照你来信所说的做，但看那些职务，不是忙得连一点闲空都没有么？我想做事自然是应该做的，但不要拚命地做才好。此地对于外面情形，也不大了然。北伐军是顺手的，看今天的报章，登有上海电（但这些电甚什来路，却不明），总结起来：武昌还未降，大约要攻击；南昌猛扑数次，未取得。孙传芳已出兵。吴佩孚似乎在郑州，现正与奉天方面暗争保定大名。

我之愿"合同早满"者，就是愿意年月过得快，快到民国十七年，可惜到此未及一月，却如过了一年了。其实此地对于我的身体，仿佛倒好，能吃能睡，便是证据，也许肥胖一点了罢。不过总有些无聊，有些不满足，仿佛缺了什么似的，但我也以转瞬便是半年，一年，……聊自排遣，或者开手编讲义，来排遣排遣，所以眠食是好的。我在这里的心绪，还不能算不安，还可以毋须帮助，你可以给学校做点事再说。

中秋的情形，前信说过了，在黑龙江的谢君的事，我早向玉堂提过，没有消息。看这里的情形，似乎喜欢用外江佬，据说是倘有不合，外江佬卷铺盖就走了，从此完事；本地人却永在近旁，容易结仇云。这也是一种特别的哲学。谢君令兄的事，我趁机还当一提；相见不如且慢，因为我在此不大有事情，倘他来招呼我，我也须回看他，反而多一番应酬也。

伏园今天接孟余一电，招他往粤办报。他去否似尚未定。这电报是廿三发的，走了七天，同信一样慢，真奇。至于他所宣传的，是说：L家不但常有男学生，也常有女学生，有二人最熟，但L是爱长的那个的。他是爱才的，而她最有才气，所以他爱她。但在上海，听了这些话并不为奇。

此地所请的教授，我和兼士之外，还有顾颉刚。这人是陈源，我是早知道的，现在一调查，则他所荐引之人，在此竟有七人之多，玉堂与兼士，真可谓胡涂之至。此人颇阴险，先前所谓不管外事，专看书云云的舆论，乃是全都为其所欺。他颇注意我，说我是名士派，可笑。好在我并不想在此挣子孙帝王万世之业，不管他了。只是玉堂们真是呆得可怜。

齐寿山所要的书，我记得是小板《说文解字注》（段玉裁的？）但我却未闻广东有这样的板。我想是不必给他买的，他说了大约已忘记了。他现在不在家，大概是上天津了，问何时回来，他家里的人答道不一定。（季黻来信说如此）

我到邮政代办处的路，大约有八十步，再加八十步，才到便所，所以我一天总要走过三四回，因为我须去小解，而它就在中途，只要伸首一窥，毫不费事。天一黑，我就不到那里去了，就在楼下的草地上了事。此地的生活法，就是如此散漫，真是闻所未闻。我因为多来了几天，渐渐习惯，而且骂来了一些用具，又自买了一些用具，又自雇了一个用人，好得多了；近几天有几个初来的教员，被迎进在一间冷房里，口干则无水，要小便则须远行，还在"茫茫若丧家之狗"哩。

听讲的学生倒多起来了，大概有许多是别科的。女生共五人。我决定目不邪视，而且将来永远如此，直到离开厦门，和 HM 相见。东西不大乱吃，只吃了几回香蕉，自然比北京的好。但价亦不廉，此地有一所小店，我去买时，倘五个，那里的一个老婆子就要"吉格浑"（一角钱），倘是十个，便要"能（二）格浑"了。究竟是确要这许多呢，还是欺我是外江佬之故，我至今还不得而知。好在我的钱原是从厦门骗来的，拿出"吉格浑""能格浑"去给厦门人，也不打紧。

我的功课现在有五小时了，只有两小时须编讲义，然而颇费事，因为文学史的范围太大了。我到此之后，从上海又买了约一百元书。建已有信来，讶我寄他之钱太多，他已迁居，而与一个无锡人同住，我想这是不好的，但他也不笨，想不至于上当。

要睡觉了，已是十二时，再谈罢。

九月三十日之夜　迅

261003 致章廷谦

矜尘兄：

来信早到，本应早复，但因未知究竟在南在北，所以迟迟。昨接乔峰信，今天又见罗常培君，知道已由上海向杭，然则确往道墟而去矣，故作答。

且夫厦大之事，很迟迟，虽云办妥，而往往又需数日，总而言之，有些散漫也。但今川资既以需时一周之电汇而到，则此事已无问题；而且聘请一端，亦已经校长签字，则一到即可取薪水矣，此总而言之，所望令夫人可以荣行之时，即行荣行者也。

若夫房子，确是问题，我初来时，即被陈列于生物院四层楼上者三星期，欲至平地，一上一下，扶梯就有一百九十二级，要练脚力，甚合式也。然此乃收拾光棍者耳。倘有夫人，则当住于一座特别的洋楼曰"兼爱楼"，而可无高升生物院之虑矣。惟该兼爱楼现在是否有空，则殊不可知。总之既聘教员，当有住所，他们总该设法。即不配上兼爱楼如不佞，现亦已在图书馆楼上霸得一间房子，一上一下，只须走扶梯五十二级矣。

但饭菜可真有点难吃，厦门人似乎不大能做菜也。饭中有沙，其色白，视之莫辨，必吃而后知之。我们近来以十元包饭，加工钱一元，于是而饭中之沙免矣，然而菜则依然难吃也，吃它半年，庶几能惯欤。又开水亦可疑，必须自有火酒灯之类，沸之，然后可以安心者也。否则，不安心者也。

夜深了，将来面谈罢。

迅 上 十，三，夜

261004 致韦丛芜、韦素园、李霁野

素园
丛芜 兄：
霁野

前回寄上文稿一篇（《旧事重提》之六），想已早到。十九日的来信，今已收到了。别人的稿子，一篇也没有寄来。

我竟什么也做不出。一者这学校孤立海滨，和社会隔离，一点刺激也没有；二者我因为编讲义，天天看中国旧书，弄得什么思想都没有了，而且仍然没有整段的时间。

此地初见虽然像有趣，而其实却很单调，永是这样的山，这样的海。便是天气，也永是这样暖和；树和花草，也永是这样开着，绿着。我初到时穿夏布衫，现在也还穿夏布衫，听说想脱下它，还得两礼拜。

在上海时看见章雪村，他说想专卖《未名丛刊》（大约只是上海方

面），我没有答应他，说须得大家商量，以后就不提了。近来不知道他可曾又来信？他的书店，大概是比较的可靠的。但应否答应他，应仍由北京方面定夺。

迅　十，四

261004 致许寿裳

季黻兄：

　　十九日来函，于月底已到。思一别遂已匝月，为之怅然。此地虽是海滨，背山面水，而少住几日，即觉单调；天气则大抵夜即有风。

　　学校颇散漫，盖开创至今，无一贯计画也。学生止三百余人，因寄宿舍满，无可添招。此三百余人分为预科及本科，本科有七门，门又有系，每系又有年级，则一级之中，寥落可知。弟课堂中约有十余人，据说已为盛况云。

　　语堂亦不甚得法，自云与校长甚密，而据我看去，殊不尽然，被疑之迹昭著。国学院中，佩服陈源之顾颉刚所汲引者，至有五六人之多，前途可想。女师大旧职员之黄坚，亦在此大跋扈，不知招之来此何为者也。

　　兄何日送家眷南行？闻中日学院已成立，幼渔颇可说话，但未知有无教员位置，前数日已作函询之矣。兄可以自己便中面询之否？

　　此间功课并不多，只六小时，二小时须编讲义，但无人可谈，寂寞极矣。为求生活之费，仆仆奔波，在北京固无费，尚有生活，今乃有费而失了生活，亦殊无聊。或者在此至多不过一年可敷衍欤？上月因嫌黄坚，曾辞国学院兼职，后因玉堂为难，遂作罢论。

北京想已凉，此地尚可著夏衣，但较之一月前确已稍凉矣。专此顺颂

曼福。

树　上　十月四日

261004 致许广平

广平兄：

一日寄出一信并《莽原》两本，早到了罢。今天收到九月廿九的来信了，忽然于十分的邮票大发感慨，真是孩子气。花了十分，比寄失不是好得多么？我先前闻粤中学生情形，颇出于"意表之外"，今闻教员情形，又出于"意表之外"，我先前总以为广东学界状况，总该比别处好的多，现在看来，似乎也只是一种幻想。你初作事，要努力工作，我当然不能说什么，但也须兼顾自己，不要"鞠躬尽瘁"才好。至于作文，我怎样鼓舞，引导呢？我说：大胆做来，先寄给我！不够么？好否我先看，即使不好，现在太远，不能打手心，只得记账了，这就已可以放胆写来，无须畏缩了。称人"嫩弟"之罪，亦一并记在账上。

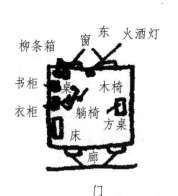

看起放大的住室来，似乎比我的阔些。我的房如上图，器具寥寥，皆以奋斗得来者也，所以只有半屋。但自从买了火酒灯之后，我也忙了一点，因为凡有饮用之水，我必煮沸一回才用，因为忙，无聊也仿佛减少了。酱油已买，也

常吃罐头牛肉，何尝省钱！火腿我却不想吃，在西三条时吃厌了。在上海时，我和建人因为吃不多，只叫了一碗虾仁炒饭，不料又惹出影响，至于不在先施公司多买东西，孩子之神经过敏，真令人无法可想。相距又远，鞭长不及马腹，也还是姑且记在账上罢。

我在此常吃香蕉，柚子，都很好；至于杨桃，却没有见过，又不知道是甚么名字，所以也无从买，鼓浪屿也许有罢，但我还未去过，那地方无非像租界，我也无甚趣味，终于懒下来了。此地雨倒不多，只有风，现在还热，可是荷叶却干了，一切花，我大概不认识；羊是黑的。防止蚂蚁，我现也用四面围水之法，总算白糖已经安全；而在桌上，则昼夜总有十余匹爬着，拂去又来，没有法子。

我现在专取闭关主义，一切教职员，少与往来，也少说话。此地之学生似尚佳，清早便运动，晚亦常有；阅报室中也常有人，对我之感情似亦好，多说文科今年有生气了，我自省自己之懒惰，殊为内愧。小说史有成书；所以我对于编文学史讲义，不愿草率，现已有两章付印了，可惜此地藏书不多，编起来很不便。

西三条有信来，都平安的，煤已买，每吨至二十元。学校还未开课，北大学生去缴学费，而当局不收，可谓客气，然则开学之毫无把握可知。女师大的事，没有听到什么，单知道教员大抵换了男师大的，历史兼国文主任是白月恒（字眉初），黎锦熙也去教书了，大概暂时当是研究系势力，总之，环境如此，女师大是不会单独弄好的。

季黻要送家眷回南，自己行踪未定，我曾为之写信向中日学院（在天津）设法，但恐亦无效。他也想赴广东，而无介绍，去看寿山，则他已经不在家了。此地总无法想，玉堂也不能指挥如意，许多人的聘书，校长压了多日才发下来。他是尊孔的，对于我和兼士，倒还没有什么，但因为化了这许多钱，汲汲乎要有成效，如以好草喂牛，要挤好牛乳一般。玉堂也略有此意，所以不日要开展览会，除学校自买之泥人而外，还要将我的石刻拓片挂出。其实这些古董，此地人那里会懂，无非胡里胡涂，忙碌一番而已。

在此地似乎刺戟少些，所以我颇能睡，但也做不出文章来，北京来催，只好不理；这几天觉得心绪也平稳些，大约有些习惯了。开明书店想我有书给他印，我还没有。对于北新，则我还未将《华盖集续篇〔编〕》整理给他，因为没有工夫。长虹和这两店，闹起来了，因为要钱的事。沉钟社和创造社，也闹起来了，现已以文章口角。创造社伙计内部，也闹起来了，已将柯仲平逐走，原因我不知道。

迅　十,四,夜。

261007 致书素园

素园兄：

寄来的书籍一包，收到了。承给我《外套》三本，谢谢。

今寄上《莽原》稿一篇，请收入。到此仍无闲暇，做不出东西。

从《莽原》十九期起，每期请给我两本。我前回曾经通信声明，这信大约没有到。但以前的不必补寄，只要从十九期起就好了。

《旧事重提》我还想做四篇，尽今年登完，但能否如愿，也殊难说，因为在此琐事仍然多。

迅　上　十月七日夜

261010 致章廷谦

矛尘兄：

　　侧闻　大驾过沪之后，便奉一书于行素堂，今得四日来信，略答于下——

　　你同斐君太太将要担任什么一节，今天去打听，据云玉堂已自有详函去了，所以不好再问。记得前曾窃闻：太太教官话，老爷是一种干事。至于何事之干，则不得而知。

　　厦大方面和我的"缘分"，有好的，有坏的，不可一概论也。但这些都无大关系，一听他们之便而已。至于住处，却已搬出生物之楼而入图书之馆，楼只两层，扶梯亦减为二十六级矣。饭菜仍不好。你们两位来此，倘不自做菜吃，怕有"食不下咽"之虞。

　　北京大捕之事，此间无消息。不知何日之事乎？今天接到钦文九月卅日从北京来之信，绝未提起也。

　　　　　　　　　　　　　　　　　　　迅　上　十月十日

261010 致许广平

广平兄：

　　十月四日得九月廿九日来信后，即于五日寄一信，想已收到了。人间的纠葛真多，兼士直到现在，未在应聘书上签名，前几天便拟于国学研究院成立会开毕之后，便回北京去，因为那边也有许多事待他料理。玉堂就大不谓然，甚至于说了许多气话（对我）。然而兼士却非去不可。我便从中调和：先令兼士在应聘书上签名，然后请假到北

155

京去一趟，年内再来厦门一次，算是在此半年。兼士有些可以了，玉堂却又坚执不允，非他在此整半年不可。我只好退开。过了两天，玉堂也可以了，大约也觉得除此更无别路了罢。现在此事只要经校长允许后，便要告一结束了。兼士大约十五左右动身，闻先将赴粤一看，再向上海。伏园恐怕也同行，是否便即在粤，抑接洽之后，仍再回厦门一次，则不得而知，孟余请他是办副刊，他已经答应了，但何时办起，则似未定。

从我想，兼士当初是未尝不豫备常在这里的，待到厦门一看，觉交通之不便，生活之无聊，就不免"归心如箭"了。这实在是无可奈何的事，叫我如何劝得他。

这里的学校当局，虽出重资聘请教员，而未免视教员如变把戏者，要他空拳赤手，显出本领来。即如这回开展览会，我就吃苦不少。当开会之先，兼士要我的碑碣拓片去陈列，我答应了。但我只有一张小书桌和小方桌，不够用，只得摊在地上，一一选出。待到拿到会场去时，则除孙伏园自告奋勇，同去陈列之外，没有第二人帮忙，寻校役也寻不到。于是只得二人陈列，高处则须桌上放一椅子，由我站上去。弄至中途，黄坚硬将孙伏园叫去了，因为他是"襄理"（玉堂的），有叫孙伏园去之权力。兼士看不过去，便自来帮我，他喝了一点酒，跳上跳下，晚上便大吐了一通。襄理的位置，正如明朝的太监，可以倚靠权势，胡作非为，而受害的却不是他，是学校。昨天因为黄坚对书记下条子（上谕式的），下午同盟罢工了，后事不知如何。玉堂信用此人，可谓昏极。我前回辞国学院研究教授而又中止者，因恐怕兼士玉堂为难也，现在看来，总非坚决辞去兼职不可，人亦何苦因为太为别人计，而自轻自辱至此哉。

此地的生活也实在无聊，外省的教员，几乎无一人作长久之计。

156

兼士之去，固无足怪。但我比兼士随便些，又因为见玉堂的兄弟（他有二兄一弟都在厦大）及太太，都很为我们的生活操心；学生对我尤好，只恐怕我在此住不惯，有几个本地人，甚至于星期六不回家，豫备星期日我要往市上去玩，他们好同去作翻译，所以只要没有什么大下不去的事，我总想至少在此讲一年，否则，我也许早跑到广州或上海去了。（但还有几个很欢迎我的人，是想我开口攻击此地的社会等等，他们来跟着开枪。）

今天是双十节，却使我欢喜非常，本校先行升旗礼，三呼万岁，于是有演说，运动，放鞭炮。北京的人，似乎厌恶双十似的，沉沉如死，此地这才像双十节。我因为听北京过年的鞭炮听厌了，对鞭炮有了恶感，这回才觉得却也好听。中午同学生上饭厅，吃了一碗不大可口的面（大半碗是豆芽菜），晚上是恳亲会，有音乐和电影，电影因为电力不足，不甚了然，但在此已视同宝贝了。教员太太将最新的衣服都穿上了，大约在这里，一年中另外也没有什么别的聚会了罢。

听说厦门市上今天也很热闹，商民都自动的地挂旗结彩庆贺，不像北京那样，听警察吩咐之后，才挂出一张污秽的五色旗来。此地人民的思想，我看其实是"国民党的"的，并不老旧。

自从我到此之后，各种寄给我的期刊很杂乱，忽有忽无。我有时想分寄给你，但不见得期期有，勿疑为邮局失落，好在这类东西，看过便罢，未必保存，完全与否亦无什么关系。

我来此已一月余，只做了两篇讲义，两篇稿子给《莽原》；但能睡，身体似乎好些。今天听到一种传说，说孙传芳的主力兵已败，没有什么可用的了，不知确否。我想一二天内该可以得到来信，但这信我明天要寄出了。

迅　十月十日

261015 致韦素园

素园兄：

九月卅日的信早收到了，看见《莽原》，早知道你改了号，而且推知是因为林素园。但写惯了，一写就又写了素园，下回改正罢。

《莽原》我也总想维持下去。但不知近来销路何如？这几天做了两篇，今寄上，可以用到十一月了，续稿缓几时再寄。这里虽然不欠薪，然而如在深山中，竟没有什么作文之意。因为太单调，而小琐事却仍有的，加以编讲义，弄得人如机器一般了。

《坟》的上面，我还想做一篇序并加目录，但序一时做不出来，想来一时未必印成，将来再说罢。

听说北新要迁移了，不知迁了没有？寄小峰一笺，请即加封寄去为荷。

批评《彷徨》的两篇文章，已见过了，没有什么意思。

此后寄挂号信，用社名便当呢？还是用你的号便当？你的新号（漱园）的印章，已刻了么？

迅　十，一五，夜

261015 致许广平

广平兄：

昨天刚寄出一封信，今天就收到你五日的来信了。你这封信，在船上足足躺了七天多，因为有一个北大学生来此做编辑员的，就于五日从广州动身，船因避风或行或止，直到今天才到，你的信大概就与

158

他同船的。一封信的往返,来回就须二十天,真是可叹。

我看你的职务太烦剧了,薪水又这么不可靠,衣服又须如此变化,你够用么?我想一个人也许应该做点事,但也无须乎劳而无功。天天看学生的脸色办事,于人我都无益,就是敝精神于无用之地,你说寻别的事并不难,然则何必一定要等到学期之末呢?忙自然不妨,但倘若连自己休息的时间都没有,那可是不值得的。

我的能睡,是出于自然的,此地虽然不乏琐事,但究竟没有北京的忙,即如校对等事,在此就没有。酒是自己不想喝,我在北京,太高兴和太愤懑时就喝酒,这里虽仍不免有小刺戟,然而不至于"太",所以可以无须喝了,况且我本来没有瘾。少吸烟卷,可不知道是怎么一回事,大约因为编讲义,只要调查,不须思索之故罢。但近几天可又多吸了一点,因为我连做了四篇《旧事重提》。这东西还有两篇便完,拟下月再做;从明天起,又要编讲义了。

钟少梅的事,我先前也知道一点,似乎是在《世界日报》上看见的,赵世德的事却没有载。人心真是难测。兼士尚未动身,他连替他的人也还未弄妥,本来我最相宜,但我早拒绝了,不再自投于这样口舌是非之地。他因为急于回北京,听说不往广州了;伏园似乎还要去一趟。今天又得李遇安从大连来信,知道他往广州,但不知道他去作何事。

广东多雨,天气和厦门竟这么不同么?这里不下雨,不过天天有风,而风中很少灰尘,所以并不讨厌。我自从买了火酒灯以后,开水不生问题了,但饭菜总不见佳。从后天起要换厨子了,然而大概总还是差不多的罢。

迅　十月十二日夜

八日的信,今天收到了;以前九月廿四,廿九,十月五日的信,

159

也都收到。看你收入和做事的比例，实在太不值得了，与其如此，岂不是还是拿几十元的地方好些么？你不知能即另作他图否？那里可能即别有机会否？我以为如此情形，努力也都是白费的。

"经过一次解散而去的"，自然要算有福，倘我们在那里，当然要气愤得多。至于我在这里的情形，我信中都已陆续说出，辞去研究教授之后（我现在还想辞），还有国文系教授，所以于去留并不发生问题。我在此地其实也是卖身，除为了薪水之外，再没有别的什么，但我现在或者还可以暂时敷衍，再看情形。当初我也未尝不想起广州，后来一听情形，就暂时不作此想了，你看陈惺农尚且站不住，何况我呢。

其实我在这里不大高兴的原因，首先是在周围多是语言无味的人，不足与语，令我觉得无聊。他们倘让我独自躲在房里看书，倒也罢了，偏又常常给我小刺戟。我也未尝不自己在设法消遣，例如大家集资看影戏，我也加入的，在这里要看影戏，也非请来做不可，一晚六十元。

你收入这样少，够用么？我希望你通知我。

伏园不远要到广州去看一看，但我的事绝不想他留心，所以我也不要他在顾先生面前说。我的离开厦门，现在似乎时机未到，看后来罢。其实我在此地，很有一班人当作大名士看，和在北京的提心吊胆时候一比，平安得多，只要自己的心静一静，也未尝不可暂时安住。但因为无人可谈，所以将牢骚都在信里对你发了，你不要以为我在这里苦得很。其实也不然的。身体大概比在北京还要好点。

今天本地报上的消息很好，但自然不知道可确的。一，武昌已攻下；二，九江已取得；三，陈仪（孙之师长）等通电主张和平；四，樊钟秀已取得开封，吴逃保定（一云郑州）。但总而言之，即使要打折扣，情形很好总是真的。

迅　十月十五夜

261016 致许广平

广平兄：

今天（十六日）刚寄一信，下午就收到双十节的来信了。寄我的信，是都收到的。我一日所寄的信，既然未到，那就恐怕已和《莽原》一同遗失。我也记不清那信里说的是什么了，由它去罢。

我的情形，并未因为怕害马神经过敏而隐瞒，大约一受刺激，便心烦，事情过后，即平安些。可是本校情形实在太不见佳，顾颉刚之流已在国学院大占势力，周览（鲠生）又要到这里来做法律系主任了，从此现代评论色彩，将弥漫厦大。在北京是国文系对抗着的，而这里的国学院却弄了一大批胡适之陈源之流，我觉得毫无希望。你想：坚士至于如此胡涂，他请了一个顾颉刚，顾就荐三人，陈乃乾，潘家洵，陈万里，他收了；陈万里又荐两人，罗某，黄某，他又收了。这样，我们个体，自然被排斥。所以我现在很想至多在本学期之末，离开厦大。他们实在有永久在此之意，情形比北大还坏。

另外又有一班教员，在作两种运动：一是要求永久聘书，没有年限的；一是要求十年二十年后，由学校付给养老金终身。他们似乎要想在这里建立他们理想中的天国，用橡皮做成的。谚云"养儿防老"，不料厦大也可以"防老"。

我在这里又有一事不自由，学生个个认得我了，记者之类亦有来访，或者希望我提倡白话，和旧社会大闹一通，或者希望我编周刊，鼓吹本地新文艺，而玉堂之流又要我在《国学季刊》上做些"之乎者也"，还有学生周会去演说，我真没有这三头六臂。今天在本地报上载着一篇访我的记事，记者对于我的态度，以为"没有一点架子，也没有一点派头，也没有一点客气，衣服也随便，铺盖也随便，说话也不装腔作势……"觉得很出意料之外。这里的教员是外国博士很多，他们看惯了那俨然的模样的。

今天又得了朱家骅君的电报，是给兼士玉堂和我的，说中山大学已改职（当是"委"字之误）员制，叫我们去指示一切。大概是议定学制罢。兼士急于回京，玉堂是不见得去的。我本来大可以借此走一遭，然而上课不到一月，便请假两三星期，又未免难于启口，所以十之九总是不能去了，这实是可惜，倘在年底，就好了。

无论怎么打击，我也不至于"秘而不宣"，而且也被打击而无怨。现在柚子是不吃已有四五天了，因为我觉得不大消化。香蕉却还吃，先前是一吃便要肚痛的，在这里却不，而对于便秘，反似有好处，所以想暂不停止它，而且每天至多也不过四五个。

一点泥人和一点拓片便开展览会，你以为可笑么？还有可笑的呢。陈万里并将他所照的照片陈列起来，几张古壁画的照片，还可以说是与"考古"相关，然而还有什么牡丹花，夜的北京，北京的刮风，苇子……。倘使我是主任，就非令撤去不可；但这里却没有一个人觉得可笑，可见在此也惟有陈万里们相宜。又国学院从商科借了一套历代古钱来，我一看，大半是假的，主张不陈列，没有通过；我说"那么，应该写作'古钱标本'。"后来也不实行，听说是恐怕商科生气。后来的结果如何呢？结果是看这假古钱的人们最多。

这里的校长是尊孔的，上星期日他们请我到周会演说，我仍说我的"少读中国书"主义，并且说学生应该做"好事之徒"。他忽而大以为然，说陈嘉庚也正是"好事之徒"，所以肯兴学，而不悟和他的尊孔冲突。这里就是如此胡里胡涂。

H.M. 十月十六日之夜。

261019 致韦素园

漱园兄：

今天接十月十日信片，知已迁居。

我于本月八日寄出稿子一篇，十六日又寄两篇（皆挂号），而皆系寄新开路，未知可不至于失落否？甚念，如收到，望即示知。

否则即很为难，因我无草稿也。

迅 十，十九

261020 致许广平

广平兄：

伏园今天动身了。我于十八日寄你一信，恐怕就在邮局里一直躺到今天，将与伏园同船到粤罢。我前几天几乎也要同行，后来中止了。要同行的理由，小半自然也有些私心，但大部分却是为公，我以为中山大学既然需我们商议，应该帮点忙，而且厦大也太过于闭关自守，此后还应与他大学往还。玉堂正病着，医生说三四天可好，我便去将此意说明，他亦深以为然，约定我先去，倘尚非他不可，我便打电报叫他，这时他病已好，可以坐船了。不料昨天又有了变化，他不但自己不说去，而且对于我的自去也借口阻挠，说最好是向校长请假。教员请假，向来应归主任管理的，现在这样说，明明是拿难题给我做。我想了一通，就中止了。此外还有一个原因，大概因为与南洋相距太近之故罢，此地实在太斤斤于银钱，"某人多少钱一月"等等的话，谈话中常听见；我们在此，当局者也日日希望我们做许多工作，发表许多成绩，像养牛之每日挤牛奶一般。某人每日薪水几元，大约是大家念念不忘的。我一行，至少需两星期，有许多人一定以为我白白骗去了他们半月薪水，或者玉堂之不愿我旷课，也是此意。我已收了三月的薪水，而上课才一月，自然不应该又请假，但倘计画远大，就不必斤斤于此，因为将来可以尽力之日正长。然而他们是眼光不远的，我也不作久远之想，所以我便不走，拟于本年中为他们作一篇季刊上的文章，给他们到学术讲演会去讲演一次，又将我所辑的《古小说钩沈》献出，则学校可以觉得钱不白化，而我也可以来去自由了。至于研究教授，则自然不再去辞，因为即使辞掉，他们也仍要想法使你做别的工作，使利息与国文系教授之薪水相当，不会给我便宜的，倒是任它拖着的好。

关于银钱的推测，你也许以为我神经过敏，然而这是的确的。当兼士要走的时候，玉堂托我挽留，不得结果。玉堂便愤愤地对我道：他来了这几天就走，薪水怎么报销。兼士从到至去，那时诚然不满二月，但计画规程，立了国学院基础，费力最多，以厦大而论，给他三个月薪水，也不算多。今乃大有索还薪水之意，我听了实在倒抽了一口冷气。现在是说妥当了，兼士算应聘一年，前薪不提，此后是再来一两回；不在此的时候不支薪，他月底要走了。

此地研究系的势力，我看要膨涨起来，当局者的性质，也与此辈相合。理科也很忌文科，正与北大一样。闽南与闽北人之感情如水火，有几个学生很希望我走，但并非对我有恶意，乃是要学校倒楣。

这几天此地正在欢迎两个名人。一个是太虚和尚到南普陀来讲经，于是佛化青年会提议，拟令童子军捧花，随太虚行踪而散之，以示"步步生莲花"之意。但此议似未实行，否则和尚化为潘妃，倒也有趣。一个是马寅初博士到厦门来演说，所谓"北大同人"，正在发昏章第十一，排班欢迎。我固然是"北大同人"之一，也非不知银行可以发财，然而于"铜子换毛钱，毛钱换大洋"学说，实在没有什么趣味，所以都不加入，一切由它去罢。

（二十日下午）

写了以上的信之后，躺下看书，听得打四点的下课钟了，便到邮政代办所去看，收得了十五日的来信。我那一日的信既已收到，那很好。邪视尚不敢，而况"瞪"乎？至于张先生的伟论，我也很佩服，我若作文，也许这样说的；但事实怕很难，我若有公之于众的东西，那是自己所不要的，否则不愿意。以己之心，度人之心，知道私有之念之消除，大约当在二十五纪，所以决计从此不瞪了。

这里近三天凉起来了，可穿夹衫，据说到冬天，比现在冷得不多，但草却已颇有黄了的，蚂蚁已用水防止，纱厨太费事了，我用的是一盘贮水，上加一杯，杯上放一箱，内贮食物，蚂蚁倒也无法飞渡。至于学生方面，对我还是好的，他们想出一种文艺刊物，我已为之看稿，大抵尚幼稚，然而初学的人，也只能如此，或者下月要印出来。至于工作，我不至于拼命，我实在懒得多了，时常闲着玩，不做事。

你不会起草章程，并不足为能力薄弱之证据。草章程是别一种本领，一须多看章程之类，二须有法律趣味，三须能顾到各种事件。我就最厌恶这东西，或者也非你所长罢。然而人又何必定须会做章程呢？即使会做，也不过一个"做章程者"而已。

研究系比狐狸还坏，而国民党则太老实，你看将来实力一大，他们转过来来拉拢，民国便会觉得他们也并不坏。今年科学会在广州开会，即是一证，该会还不是多是灰色的学者么？科学在那里？而广州则欢迎之矣。现在我最恨什么"学者只讲学问，不问派别"这些话，假如研究造炮的学者，将不问是蒋介石，是吴佩孚，都为之造么？国民党有力时，对于异党宽容大量，而他们一有力，则对于民党之压迫陷害，无所不至，但民党复起时，却又忘却了，这时他们自然也将故态隐藏起来。上午和兼士谈天，他也很以为然，希望我以此提醒众人，但我现在没有机会，待与什么言论机关有关系时再说罢。我想伏园未必做政论，是办副刊，孟余们的意思，大约以为副刊的效力很大，所以想大大的干一下。

北伐军得武昌，得南昌，都是确的；浙江确也独立了，上海近旁也许又要小战，建人又要逃难，此人也是命运注定的，不大能够安逸的。但走几步便是租界，不成问题。

重九日这里放一天假，我本无功课，毫无好处，登高之事，则厦门似乎不举行。肉松我不要吃，不去查考了。我现在买来吃的，只是点心和香蕉；偶然也买罐头。

明天要寄你一包书，都是另另碎碎的期刊之类，历来积下，现在一总寄出了。内中的一本《域外小说集》，是北新新近寄来的，夏季你要，我托他们去买，回说北京没有，这回大约是碰见了，所以寄来的罢，但不大干净，也许是久不印，没有新书之故。现在你不教国文了，已没有用，但他们既然寄来，也就一并寄上，自己不要，可以给人的。

166

我已将《华盖集续编》编好，昨天寄去付印了。

（季黻终于找不到事做，真是可怜。我不得已，已托伏园面托孟余）

迅。二十日灯下。

261023 致章廷谦

矛尘兄：

十五日信收到了，知道斐君太太出版延期，为之怃然。其实出版与否，与我无干，用"怃然"殊属不合，不过此外一时也想不出恰当的字。总而言之，是又少拿多少薪水，颇亦可惜之意也。至于瞿英乃之说，那当然是靠不住的，她的名字我就讨厌，至于何以讨厌，却说不出来。

伏园"叫苦连天"，我不知其何故也。"叫苦"还是情有可原，"连天"则大可不必。我看此处最不便的是饭食，然而凡有太太者却未闻叫苦之声。斐君太太虽学生出身，然而煎荷包蛋，燉牛肉，"做鸡蛋糕"，当必在六十分以上，然则买牛肉而燉之，买鸡蛋而糕之，又何惧食不甘味也哉。

至于学校，则难言之矣。北京如大沟，厦门则小沟也，大沟污浊，小沟独干净乎哉？既有鲁迅，亦有陈源。但你既然"便是黄连也决计吞下去"，则便没有问题。要做事是难的，攻击排挤，正不下于北京，从北京来的人们，陈源之徒就有。你将来最好是随时预备走路，在此一日，则只要为"薪水"，念兹在兹，得一文算一文，庶几无咎也。

我实在熬不住了，你给我的第一信，不是说某君首先报告你事已弄妥了么？这实在使我很吃惊于某君之手段，据我所知，他是竭力反对玉堂邀你到这里来的，你瞧！陈源之徒！

玉堂还太老实，我看他将来是要失败的。

兼士星期三要往北京去了。有几个人也在排斥我。但他们很愚，不知道我一走，他们是站不住的。

这里的情形，我近来想到了很适当的形容了，是："硬将一排洋房，摆在荒岛的海边"。学校的精神似乎很像南开，但压迫学生却没有那么利害。

我现在寄居在图书馆的楼上，本有三人，一个搬走了，伏园又去旅行，所以很大的洋楼上，只剩了我一个了，喝了一瓶啤酒，遂不免说酒话，幸祈恕之。

　　　　　　　　　　迅　上　十月二十三日灯下

斐君太太尊前即此请安不另，如已出版，则请在少爷前问候。

261023 致许广平

广平兄：

我今天（二十一）上午刚发一信，内中说到厦门佛化青年会欢迎太虚的笑话，不料下午便接到请柬，是南普陀寺和闽南佛学院公宴太虚，并请我作陪，自然也还有别的人。我决计不去，而本校的职员硬邀我去，说否则他们以为本校看不起他们。个人的行动，会涉及全校，真是窘极了，我只得去，只穿一件蓝洋布大衫而不戴帽，乃敝人近日之服饰也。罗庸说太虚"如初日芙蓉"，我实在看不出这样，只是平平常常。入席，他们要我与太虚并排上坐，我终于推掉，将一个哲学教员供上完事。太虚倒并不专讲佛事，常论世俗事情，而作陪之教员们，偏好问他佛法，真是其愚不可及，此所以只配作陪也欤。其时又有乡下女人来看，结果是跪下大磕其头，得意之状可掬而去。

这样，总算白吃了一餐素斋。这里的酒席，是先上甜菜，中间咸菜，末后又上一碗甜菜，这就完了，并无饭及稀饭，我吃了几回，都是如此，听说这是厦门特别习惯，福州即不然。

散后，一个教员和我谈起，知道那些北京同来的小鬼之排斥我，渐渐显著了，因为从他们的口气里，他已经听得出来，而且他们似乎还同他去联络（他也是江苏人，去年到此，我是前年在陕西认识的）。他于是叹息，说：玉堂敌人颇多，对于国学院不敢下手者，只因为兼士和我两人在此；兼士去而我在，尚可支持，倘我亦走，则敌人即无所顾忌，玉堂的国学院就要开始动摇了。玉堂一失败，他们也站不住了。而他们一面排斥我，一面又个个接家眷，准备作长久之计，真是胡涂云云。我看这是确的，这学校，就如一坐梁山泊，你枪我剑，好看煞人。北京的学界在都市中挤轧，这里是在小岛上挤轧，地点虽异，挤轧则同。但国学院中的排挤现象，反对者还未知道（他们以为小鬼们是兼士和我的小卒，我们是给他们来打地盘的），将来一知道，就要乐不可支。我于这里毫无留恋，吃苦的还是玉堂，玉堂一失势，他们也就完，现在还欣欣然自以为得计，真是愚得可怜。我和玉堂交情，还不到可以向他说明这些事情的程度，即使说了，他是否相信，也难说的。我所以只好一声不响，做我的事，他们想攻倒我，一时也很难，我在这里到年底或明年，看我自己的高兴。至于玉堂，大概是爱莫能助的了。

二十一日灯下

十九的信和文稿，都收到了。文是可以用的，据我看来。但其中的句法有不妥处，这是小姐的老毛病，其病根在于粗心，写完之后，大约自己也未必再看一遍。过一两天，改正了寄去罢。

兼士拟于廿七日动身向沪，不赴粤；伏园却已走了，问陈惺农一定可以知道他住在那里。但我以为你殊不必为他出力，他总善于给别人一点长远的小麻烦。我不是雇了一个工人么？他却给这工人的朋友绍介，去包"陈源之徒"的饭，我叫他不要多事，也不听。现在是陈源之徒对我骂饭菜坏，工人是因为帮他朋友，我的事不大来做了。我总算出了十二块钱给他们雇了一个厨子的帮工，还要听费话。今天听说他们要不包了，真是感激之至。

季黻的事，除嘱那该死的伏园面达外，昨天又和兼士合写了一封信给孟余他们，可做的事已做，且听下回分解罢。孟余的"后转"，大约颇确而实不然，兼士告诉我，孟余的肺病，近来颇重，人一有这种病，便容易灰心，颓唐，那状态也近于后转；但倘苦重起来，则党中损失也不少，我们实在担心，最要的是要休息保养，但大概未必做得到罢。至于我的别处的位置，可从缓议，因为我在此虽无久留之心，但现在也还没有决去之必要，所以倒非常从容。既无"患得患失"的念头，心情也自然安闲，决非欲"骗人安心，所以这样说"的，切祈明鉴为幸。

理科诸公之攻击国学院，这几天已经开始了，因国学院屋未造，借用生物学院屋，所以他们第一着是讨还房屋。此事和我辈毫不相关，就含笑而旁观之，看一堆泥人儿搬在露天之下，风吹雨打，倒也有趣。此校大概很和南开相像，而有些教授，则惟校长之喜怒是伺，妒别科之出风头，中伤挑眼，无所不至，妾妇之道也。我以北京为污浊，乃至厦门，现在想来，可谓妄想，大沟不干净，小沟就干净么？

此胜于彼者，惟不欠薪水而已。然而"校主"一怒，亦立刻可以关门也。

我所住的这么一坐大洋楼上，到夜，就只住着三个人，一张颐教授（上半年在北大，似亦民党，人很好），一伏园，一即我。张因不便，住到他朋友那里去了，伏园又已走，所以现在就只有我一人。但我却可以静坐着默念 HM，所以精神上并不感到寂寞。年假之期又已近来，于是就比先前沉静了。我自己计算，到此刚五十天，而恰如过了半年。但这不只我，兼士们也这样说，则生活之单调可知。

我新近想到了一句话，可以形容这学校的，是"硬将一排洋房，摆在荒岛的海边上"。然而虽然是这样的地方，人物却各式俱有，正如一点水，用显微镜看，也是一个大世界。其中有一班"姜妇"们，上面已说过了，还有希望得爱，以九元一盒的糖果送人的老外国教授；有和著名的美人结婚，三月复离的青年教授；有以异性为玩艺儿，每年一定和一个人往来，先引之而终拒之的密斯先生；有打听糖果所在，群往吃之的好事之徒……世事大概差不多，地的繁华和荒僻，人的多少，都没有多大关系。

浙江独立，是确的了，今天听说陈仪的兵已与卢香亭开仗，那么，陈在徐州也独立了，但究竟确否，却不能知。闽边的消息倒少听见，似乎周荫人是必倒的，而民军已到漳州。

长虹和韦素园又闹起来了，在上海出版的《狂飙》上大骂，又登了一封给我的信，要我说几句话。他们真是吃得闲空，然而我却不愿意陪着玩了，先前也陪得够苦了，所以拟置之不理。（闹的原因是因为《莽原》上不登培良的一篇剧本。）我的生命，实在为少爷们耗去了好几年，现在躲在岛上了，他们还不放。但此地的几个学生，已组织了一种出版物，叫做《波艇》，要我看稿，已经看了一期，自然是幼稚，但为鼓动空气计，所以仍然怂恿他们出版。逃来逃去，还是这样。

此地天气凉起来了，可穿夹衣。明天是星期，夜间大约要看影戏，是林肯一生的故事。大家集资招来的，共六十元，我出了一元，可坐特别座。林肯之类的事，我是不大要看的，但在这里，能有好的影片看么？大家所知道而以为好看的，至多也不过是林肯的一生之类罢了。

这信将于明天寄出，开学以后，邮政代办所也办公半天了。

H.M.　十月二十三日灯下

261028 致许广平

广平兄：

廿三日得十九日信及文稿后，廿四日即发一信，想已到。廿二日寄来的信，昨天收到了。闽粤间往来的船，当有许多艘，而邮递信件的船，似乎专为一个公司所包办，惟它的船才带信，所以一星期只有两回，上海也如此，我疑心这公司是太古。

我不得许可，不见得用对付三先生之法，请放心。但据我想，自己是恐怕未必开口，真是无法可想。这样食少事繁的生活，怎么持久？但既然决心做一学期，又有人来帮忙，做做也好，不过万不要拚命。人自然要办"公"，然而总须大家都办，倘人们偷懒，而只有几个人拚命，未免太不"公"了，就该适可而止，可以省下的路少走几趟，可以不管的事少做几件，这并非昧了良心，自己也是国民之一，应该爱惜的，谁也没有要求独独几个人应该做得劳苦而死的权利。

我这几年来，常想给别人出一点力，所以在北京时，拚命地做，

172

不吃饭，不睡觉，吃了药校对，作文。谁料结出来的，都是苦果子。一群人将我做广告自利，不必说了；便是小小的《莽原》，我一走也就闹架。长虹因为他们压下（压下而已）了投稿，和我理论，而他们则时时来信，说没有稿子，催我作文。我才知道牺牲一部分给人，是不够的，总非将你磨消完结，不肯放手。我实在有些愤怒了，我想至二十四期止，便将《莽原》停刊，没有了刊物，看他们再争夺什么。

　　我早已有点想到，亲戚本家，这回要认识你了，不但认识，还要要求帮忙，帮忙之后，还要大不满足，而且怨愤，因为他们以为你收入甚多，即使竭力地帮了，也等于不帮。将来如果偶需他们帮助时，便都退开，因为他们没有得过你的帮助，或者还要下石，这是对于先前啬啬的罚。这种情形，我都曾一一尝过了，现在你似乎也正在开始尝着这况味。这很使人苦恼，不平，但尝尝也好，因为更可以知道所谓亲戚本家是怎么一回事，知道世事就更真切了。倘永是在同一境遇，不忽而穷忽而有点收入，看世事就不能有这么多变化。但这状态是永续不得的，经验若干时之后，便须斩钉截铁地将他们撇开，否则，即使将自己全部牺牲了，他们也仍不满足，而且仍不能得救。

　　以上是午饭前写的，现在是四点钟，已经上了两堂课，今天没有事了。兼士昨天已走，早上来别，乃云玉堂可怜，如果可以敷衍，就维持维持他。至于他自己呢，大概是不再来，至多，不过再来转一转而已。伏园已有信来，云船上大吐，（他上船之前吃了酒，活该！）现寓长堤广泰来客店，大概我信到时，他也许已走了。浙江独立已失败，前回所闻陈仪反孙的话，可见也是假的。外面报上，说得甚热闹，但我看见浙江本地报，却很吞吐其词，似乎独立之初，本就灰色似的，并不如外间所传的轰轰烈烈。福建事也难明真相，有一种报上说周荫人已为乡团所杀，我想也未必真。

这里可穿夹衣，晚上或者可加棉坎肩，但近几天又无需了，今天下雨，也并不凉。我自从雇了一个工人之后，比较的便当得多。至于工作，其实也并不多，闲工夫尽有，但我总不做什么事，拿本无聊的书，玩玩的时候多，倘连编三四点钟讲义，便觉影响于睡眠，不易睡着，所以我讲义也编得很慢，而且少爷们来催我做文章时，大抵置之不理，做事没有上半年那么急进了，这似乎是退步，但从别一面看，倒是进步也难说。

楼下的后面有一片花圃，用有刺的铁丝拦着，我因为要看它有怎样的拦阻力，前几天跳了一回试试。跳出了，但那刺果然有效，刺了我两个小伤，一股上，一膝旁，不过并不深，至多不过一分。这是下午的事，晚上就全愈了，一点没有什么。恐怕这事将受训斥；然而这是因为知道没有危险，所以试试的。倘觉可虑，就很谨慎。这里颇多小蛇，常见打死着，腮部大抵不膨大，大概是没有什么毒的。但到天暗，我已不到草地上走，连晚上小解也不下楼去了，就用磁的唾壶装着，看没有人时，即从窗口泼下去。这虽然近于无赖，然而他们的设备如此不完全，我也只得如此。

玉堂病已好了。黄坚已往北京去接家眷，他大概决计要这里安身立命。我身体是好的，不吸酒，胃口亦佳，心绪比先前较安帖。

迅　十月二十八日

261029 致陶元庆

璇卿兄：

今天收到二十四日来信，知道又给我画了书面，感谢之至。惟我临走时，曾将一个武者小路作品的别的书面交给小峰，嘱他制板印刷，作为《青年的梦》的封面。现在不知可已印成，如已印成，则你给我画的那一个能否用于别的书上，请告诉我。小峰那边，我也写信问去了。

《彷徨》的书面实在非常有力，看了使人感动。但听说第二板的颜色有些不对了，这使我很不舒服。上海北新的办事人，于此等事太不注意，真是无法可想。但第二版我还未见过，这是从通信里知道的。

很有些人希望你给他画一个书面，托我转达，我因为不好意思贪得无厌的要求，所以都压下了。但一面想，兄如可以画，我自然也很希望。现在就都开列于下：

一 《卷葹》 这是王品青所希望的。乃是淦女士的小说集，《乌合丛书》之一。内容是四篇讲爱的小说。卷葹是一种小草，拔了心也不死，然而什么形状，我却不知道。品青希望将书名"卷葹"两字，作者名用一"淦"字，都即由你组织在图画之内，不另用铅字排印。此稿大约日内即付印，如给他画，请直寄钦文转交小峰。

二 《黑假面人》 李霁野译的安特来夫戏剧，内容大概是一个公爵举行假面跳舞会，连爱人也认不出了，因为都戴着面具，后来便发狂，疑心一切人永远都戴着假面，以至于死。这并不忙，现在尚未付印。

三 《坟》 这是我的杂文集，从最初的文言到今年的，现已付印。可否给我作一个书面？我的意思是只要和"坟"的意义绝无关系的装饰就好。字是这样写：
鲁迅
坟
1907—25 （因为里面的都是这几年中所作）请你组织进去或另用铅字排印均可。

以上两种是未名社的，《黑假面人》不妨从缓，因为还未付印。《坟》

如画成，请寄厦门，或寄钦文托其转交未名社均可。

还有一点，董秋芳译了一本俄国小说革命以前的，叫作《争自由的波浪》，稿在我这里，将收入《未名丛刊》中了，可否也给他一点装饰。

一开就是这许多，实在连自己也觉得太多了。

鲁迅　十月二十九日

261029 致李霁野

霁野兄：

十四日的来信，昨天收到了，走了十五天。《坟》的封面画，自己想不出，今天写信托陶元庆君去了，《黑假面人》的也一同托了他。近来我对于他有些难于开口，因为他所作的画，有时竟印得不成样子，这回《彷徨》在上海再版，颜色都不对了，这在他看来，就如别人将我们的文章改得不通一样。

为《莽原》，我本月中又寄了三篇稿子，想已收到。我在这里所担的事情太繁，而且编讲义和作文是不能并立的，所以作文时和作了以后，都觉无聊与苦痛。稿子既然这样少，长虹又在捣乱见上海出版的《狂飙》，我想：不如至廿四期止，就停刊，未名社就专印书籍。一点广告，大约《语丝》还不至于拒绝罢。据长虹说，似乎《莽原》便是《狂飙》的化身，这事我却到他说后才知道。我并不希罕"莽原"这两个字，此后就废弃它。《坟》也不要称《莽原丛刊》之一了。至于期刊，则我以为有两法，一，从明年一月起，多约些做的人，改名另出，以免什么历史关系的牵扯，倘做的人少，就改为月刊，但稿须精选，至于名目，我想，"未名"就可以。二，索性暂时不出，待大家有兴致做的时候再说。《君山》单行本也可以印了。

这里就是不愁薪水不发。别的呢，交通不便，消息不灵，上海信的往来也需两星期，书是无论新旧，无处可买。我到此未及两月，似乎住了一年了，文字是一点也写不出。这样下去是不行的，所以我在这里能多久，也不一定。

《小约翰》还未动手整理，今年总没工夫了，但陶元庆来信，却云已准备给我画封面。

总之，薪水与创作，是势不两立的。要创作，还是要薪水呢？我现在一时还决不定。

此信不要发表。

迅　上　十，二九，夜

《坟》的序言，将来当做一点寄上。

（此信的下面，自己拆过了重封的。）

261029 致许广平

广平兄：

前日（廿七）得廿二日的来信后，写一回信，今天上午自己拿到邮局去，刚投入邮箱，局员便将二十二日发的快信交给我了。这两封信是同船来的，论理本应该先收到快信，但说起来实在可笑，这里的情形是异乎寻常的。平常信件，一到就放在玻璃箱内，我们倒早看见；至于挂号的呢，却秘而不宣，一个局员躲在房里，一封一封上账，又写通知单，叫人带印章去取。这通知单也并不送来，仍旧供在玻璃箱内，等你自己走过看见快信也同样办理，所以凡挂号信和"快"信，一定比普通信收到得迟。

我暂不赴粤的情形，记得又在二十一日的信里说过了；现在伏园已有信来，并未有非我即去不可之意，既然开学在明年三月，则年底去也还不迟。我自然也有非即去不可之心，虽然并不全为公事。但事实的牵扯实在也太利害，就是，走开三礼拜后，所任的事搁下太多，倘此后一一补做，则工作太重，倘不补，就有沾了便宜的嫌疑。假如长在这里，自然可以慢慢地补做，不成问题，但我又并不作长久之计，而况还有玉堂的苦处呢。

至于我下半年那里去，那是不成问题的。上海，北京，我都不去，倘无别处可去，就仍在这里混半年。现在的去留，专在我自己，外界的鬼祟，一时还攻我不倒。我很想吃杨桃，其所以熬着者，为己，只有一个经济问题，为人，就只怕我一走，玉堂要立刻被攻击，所以有些彷徨。人就能为这样的小问题所牵制，实在可叹。

才发信，没有什么事了，再谈罢。

迅 十，二九，夜

261101 致许广平

"林"兄：

十月廿七日的信，今天收到了；十九，二十二，二十三的信，也都收到。我于廿四，廿九，卅日均发信，想已到。至于刊物，则查载在日记上的，是廿一，廿四各一回，什么东西，已经忘记，只记得有一回内中有《域外小说集》。至于十，六的刊物，则日记上不载，不知道是否失载，还是其实是廿一所发，而我将月日写错了。只要看你是否收到廿一寄的一包，就知道，倘没有，那是我写错的了；但我仿佛又记得六日的是别一包，似乎并不是包，而是三本书对叠，像普通寄期刊那样的。

伏园已有信来，据说季巿的事很有希望，学校的别的事情却没有提。他大约不久当可回校，我可以知道一点情形，如果中大很想我去，我到后于学校有益，那我便于开学之前到那边去。此处别的都不成问题，只在对不对得住玉堂，但玉堂也太胡涂——不知道还是老实——无药可救。昨天谈天，有几句话很可笑。我之讨厌黄坚，有二事，一，因为他在食饭时给我不舒服；二，因为他令我一个人挂拓本，不许人帮忙。而昨天玉堂给他辨解，却道他"人很爽直"，那么，我本应该吃饭受气，独自陈列，他做的并不错，给我帮忙和对我客气的，倒都是"邪曲"的了。黄坚是玉堂的"襄理"，他的言动，是玉堂应该负责的，而玉堂似乎尚不悟。现黄坚已同兼士赴京，去接家眷去了，已大有永久之计，大约当与国学院同其始终罢。

顾颉刚在此专门荐人，图书馆有一缺，又在计画荐人了，是胡适之的书记。但昨听玉堂口气，对于这一层却似乎有些觉悟，恐怕他不能达目的了。至于学校方面，则这几天正在大敷衍马寅初；昨天浙江学生欢迎他，硬要拖我同去照相，我严辞拒绝，他们颇以为怪。呜呼，我非不知银行之可以发财，其如"道不同不相为谋"何。明天是校长赐宴，陪客又有我，他们处心积虑，一定要我去和银行家扳谈，苦哉苦哉！但我在知单上只［写］了一个"知"字，不去可知矣。

据伏园信说，副刊十二月开手，那么他到厦之后，两三礼拜便又须去了，也很好。

十一月一日午后

但我对于此后的方针，实在很有些徘徊不决，就是：做文章呢，还是教书？因为这两件事，是势不两立的。作文要热情，教书要冷静。兼做两样时，倘不认真，便两面都油滑浅薄，倘都认真，则一时使热血沸腾，一时使心平气和，精神便不胜困惫，结果也还是两面不讨好。看外国，做教授的文学家，是从来很少有的，我自己想，我如写点东西，大概于中国怕不无小好处，不写也可惜；但如果使我研究一种关于中国文学的事，一定也可以说出别人没有见到的话来，所以放下也似乎可惜。但我想，或者还不如做些有益于目前的文章，至于研究，则于余暇时做，不过如应酬一多，可又不行了。

　　研究系应该痛击，但我想，我大约只能乱骂一通，因为我太不冷静，他们的东西一看就生气，所以看不完，结果就只好乱打一通了。季黻是很细密的，可惜他文章不辣。办了副刊鼓吹起来，或者会有新手出现。

　　你的一篇文章，删改了一点寄出去了。建人近来似乎很忙，写给我的信都只草草的一点，我疑心他的朋友又到上海了，所以他至于无心写信。

　　此地这几天很冷，可穿夹袍，晚上还可以加棉背心。我是好的，胃口照常，但菜还是不能吃，这在这里是无法可想的。讲义已经一共做了五篇，从明天起想做季刊的文章了，我想在离开此地之前，给做一篇季刊的文章，给在学术讲演会讲演一次，其实是没有什么人听的。

迅　十一月一日灯下。

261104 致许广平

广平兄：

　　昨天刚发一信，现在也没有什么话要说，不过有一些小闲事，可以随便谈谈。我又在玩。——我这几天不大用功，玩着的时候多——所以就随便写它下来。

　　今天接到一篇来稿，是上海大学的曹轶欧（女生）寄的，其中讲起我在北京穿着洋布大衫在街上走，看不出是有名的文学家的事。下面注道："这是我的朋友 P 京的 HM 女校生亲口对我说的。"P 自然是北京，但那校名却奇怪，我总想不出是那一个学校来，莫非就是女师大，和我们所用的是同一意义么？

　　今天又知道一件事，一个留学生在东京自称我的代表去见盐谷温氏，向他要他所印的书，自然说是我要的，但书尚未钉成，没有拿去。他怕事情弄穿，事后才写信到我这里来认错。你看他们的行为是多么荒唐，无论什么都要利用，可怕极了。

　　今天又知道一件事。先前顾颉刚要荐一个人到国学院，（是给胡适抄写的，冒充清华校研究生，）但没有成。现在这人终于来了，住在南普陀寺。为什么住到那里去的呢？因为伏园在那寺里的佛学院有几点钟功课（每月五十元），现在请人代着，他们就想挖取这地方。从昨天起，顾颉刚已在大施宣传手段，说伏园假期已满（实则未满）而不来，乃是在那边已经就职，不来的了。今天又另派探子，到我这里来探听伏园消息，我不禁好笑，答得极其神出鬼没，似乎不来，似乎并非不来，而且立刻要来，于是乎终于莫名其妙而去。你看研究系下的小卒就这么阴险，无孔不入，真是可怕可恨。不过我想这实在难对付，譬如要我对付，就必须将别的事情放下，另用一番心机，本业抛荒，所做的事就浮浅了。研究系学者之浅薄，就因为分心于此等下流事情之故也。

十一月三日大风之夜，迅。

十月卅日的信，今天收到了。马又要发脾气，我也无可奈何。事情也只得这样办，索性解决一下，较之天天对付，劳而无功自然好得多。叫我看戏目，我就看戏目；在这里也只能看戏目；不过总希望不要太做得力尽筋疲，一时养不转。

今天有从中大寄给伏园的信到来，那么，他早动身了，但尚未到，也许到汕头，福州游观去了罢。他走后给我两封信，关于我的事，一字不提。今天看见中大的考试委员（？）名单，文科中人多得很，他也在内，郭，郁也在，大约正不必再需别人，我似乎也不必太放在心上了。

关于我所用的听差的事，说起来话长了。初来时确是好的，现在也许还不坏。但自从伏园要他的朋友给大家包饭之后，他就忙得很，不大见面。后来他的朋友因为有几个人不大肯付钱（这是据听差说的），一怒而去，几个人就算了，而还有几个人要他续办，此事由伏园开端，我也无法禁止，也无从一一去接洽，劝他们另寻别人。现在这听差是忙，钱不够，我的饭钱和他的工钱都已预支一月以上，又伏园临走宣言：他不在时仍付饭钱。然而是一句话，现在这一笔账也在向我索取。我本来不善于管这些琐事，所以常常弄得头昏眼花。这些代付和预支的款，将来如能取回，则无须说，否则，在十月一月之内，我就是每日早上得一盆脸水，吃两顿饭，共需大洋约五十元。这样贵的听差，那里用得下去呢。解铃还仗系铃人，所以这回伏园回来，我仍要他将事情弄清楚，否则，我大概只能不再雇人了。

明天是季刊交稿的日期，所以昨夜我写信一张后，即动手做文章，别的东西不想动手研究了，便将先前弄过的东西东抄西撮，到半夜，今天一上半天，做好了，有四千字，并不吃力，从此就预备玩几天；默念着一个某君，尤其是独坐在电灯下，窗外大风呼呼的时候。这里已可穿棉坎肩，似乎比广州冷。我先前同兼士往市上，见他买鱼肝油，便趁热闹也买了一瓶。近来散拿吐瑾吃完了，就试用鱼肝油，这几天胃口仿佛渐渐好起来似的，我想再试几天看，将来或者就吃鱼肝油（麦精的，即"帕勒塔"）也说不定。

迅。十月〔十一月〕四日灯下。

261104 致韦素园

漱园兄：

杨先生的文，我想可以给他登载，文章是絮烦点，但这也无法，自然由作者负责，现在要十分合意的稿，也很难。

寄上《坟》的序和目录，又第一页上的一点小画，请做锌板，至于那封面，就只好专等陶元庆寄来。序已另抄拟送登《语丝》，请不必在《莽原》发表。这种广告性的东西，登《莽原》不大好。

附上寄小峰的一函，是要紧的，请即叫一个可靠的人送去。

迅　十一，四

261107 致韦素园

漱园兄：

十月廿八及卅日信，今日俱收到。长虹的事，我想这个广告也无聊，索性完全置之不理。

关于《莽原》封面，我想最好是请司徒君再画一个，或就近另设法，因为我刚寄陶元庆一信，托他画许多书面，实在难于再开口了。

丛书及《莽原》事，最好是在京的几位全权办理。书籍销售似不坏，当然无须悲观。但大小事务，似不必等我决定，因为我太远。

此地现只能穿夹衣。薪水不愁，而衣食均不便，——须自经理，又极不便，话也一句不懂，连买东西都难。又无刺戟，思想都停滞了，毫无做文章之意。这样下去，是不行的，所以我现在心思颇活动，想走到别处去。

迅　十一，七

261108 致许广平

广平兄：

昨上午寄出一信，想已到。下午伏园就回来了，关于学校的事，他不说什么，问了的结果，所知道的是（1）学校想我去教书，但并无聘书；（2）季黻的事尚无结果，最后的答复是"总有法子想"；（3）他自己除编副刊外，也是教授，已有聘书；（4）学校又另电请几个人，内有顾颉刚。顾之反对民党，早已显然，而广州则电邀之，对于热心办事如季黻者，说了许多回，则懒懒地不大注意，似乎当局者于看人一端，很不了然，实属无法。所以我的行止，当看以后的情形再定，但总当于阴历年假去走一回，这里阳历只放几天，阴历却有三礼拜。

李遇安前有信来，说访友不遇，要我给他设法介绍，我即给了一封绍介于陈惺农的信，从此无消息。这回伏园说遇诸途，他早在中大做职员了，也并不去见惺农，这些事真不知是怎么的，我如在做梦。

他带一封信来，并不提起何以不去见陈，但说我如往广州，创造社的人们很喜欢，似乎又与那社的人在一处，真是莫名其妙。

伏园带了杨桃回来，昨晚吃过了。我以为味并不十分好，而汁多可取，最好是那香气，出于各种水果之上。又有"桂花蝉"和"龙虱"，样子实在好看，但没有一个人敢吃；厦门有这两种东西，但不吃。你吃过么？什么味道？

以上是午前写的，写到那地方，须往外面的小饭店去吃饭。因为我的听差不包饭了，说是本校的厨房要打他，（这是他的话，确否殊不可知）我们这里虽吃一点饭也就如此麻烦。在店里遇见容肇祖（东莞人，本校讲师）和他的满口广东话的太太。对于桂花蝉之类，他们俩的主张就不同，容说好吃的，他的太太说不好吃的。

六日灯下

从昨天起，吃饭又发生问题了，须上小馆子或买面包来，这种问题都得自己时时操心，所以也不大静得下。我本可以于年底将此地决然舍去，但所迟疑的怕广州比这里还烦劳，认识我的少爷们也多，不几天就忙得如在北京一样。

中大的薪水比厦大少，这我倒并不在意。所虑的是功课多，听说每周最多可至十二小时，而作文章一定也万不能免，即如伏园所办的副刊，我一定也就是被用的器具之一，倘再加别的事情，我就又须吃药做文章了。前回因莽原社来信说无人投稿，我写信叫停刊，现在回信说不停，因为投稿又有了好几篇。我为了别人，牺牲已不可谓不少，现在从许多事情观察起来，只觉得他们对于我凡可以使役时便竭力使役，可以诘责时便竭力诘责，将来可以攻击时便自然竭力攻击，因此我于进退去就，颇有戒心，这或者也是颓唐之一端，但我觉得也是环境造成的。

其实我也还有一点野心，也想到广州后，对于研究系加以打击，至多无非我不能到北京去，并不在意；第二是同创造社连络，造一条战线，更向旧社会进攻，我再勉力做一点文章，也不在意。但不知怎的，看见伏园回来吞吞吐吐之后，就很心灰意懒了。但这也不过是这一两天如此，究竟如何，还当看后来的情形。

今天大风，为一点吃饭的小事情而奔忙；又是礼拜，陪了半天客，无聊得头昏眼花了，所以心绪不大好，发了一通牢骚。望勿以为虑，静一静又会好的。

迅。十一月七日灯下

明天想寄给你一包书，没有什么好的，自己如不要，可以分给别人。

昨天信上发了一通牢骚后，又给《语丝》做了一点《厦门通信》，牢骚已经发完，舒服得多了。今天已经说好一个厨子包饭，每月十元，饭菜还可以吃，大概又可以敷衍半月一月罢。

昨夜玉堂来打听广东情形，我们因劝其将此处放弃，明春同赴广州，他想了一会说，我来时提出的条件，学校一一允许，怎能忽而不干呢？他大约决不离开这里的了，所以我看他对于国学院现状，似乎颇满足，既无决然舍去之心，亦无彻底改造之意，不过小小补苴，混下去而已。他之不能活动，而必须在此，似与太太很有关系，太太之父在鼓浪屿，其兄在此为校医，玉堂之来，闻系彼力荐，今玉堂之二兄一弟，亦俱在校，大有生根之概，自然不能动弹了。

浙江独立早已灰色，夏超确已死了，是为自己的兵所杀的，浙江的警备队，全不中用。今天看报，知九江已克，周凤岐（浙兵师长）降，也已见于路透电，定是确的，则孙传芳仍当声势日蹙耳，我想浙江或当还有点变化。

H.M. 十一月八日午后

261109 致许广平

广平兄:

　　昨天上午寄出一包书并一封信,下午即得五日的来信,我想如果再等信来而后写,恐怕要隔许多天了,所以索性再写几句,明天付邮,任它和前信相接,或一同寄到罢。

　　校事也只能这么办。但不知近来如何?但如忙则无须详叙,因为我对于此事并不怎样放在心里,因为这一回的战斗,情形已和对杨荫榆不同也。

　　伏园已到厦,大约十二月中再去。遇安只托他带给我函函胡胡的一封信,但我已研究出,他前信说无人认识是假的。《语丝》第百一期上徐祖正做的《送南行的爱而君》的 L 就是他,给他好几封信,绍介给熟人(＝创造社中人),所以他和创造社人在一处了,突然遇见伏园,乃是意外之事,因此对我便只好吞吞吐吐。"老实"与否,可研究之。我又已探明他现在的地位,是中大委员会的速记员,和委员们很接近的,并闻,以备参考。

　　忽而写信来骂,忽而自行取消的黎锦明也和他在一处,我这几天忽儿对于到广州教书的事,很有些踌躇了,觉得情形将和在北京时相同,厦门当然难以久留,此外也无处可去,实在有些焦躁。我其实还敢于站在前线上,但发见称为"同道"的暗中将我作傀儡或背后枪击我,却比被敌人所伤更其悲哀。长虹和素园的闹架还没有完,长虹迁怒于《未名丛刊》,连厨川白村的书也忽然不过是"灰色的勇气"了。听说小峰也并不能将约定的钱照数给家里,但家用却并没有不足。我的生命,被他们乘机另碎取去的,我觉得已经很不少,此后颇想不蹈这覆辙了。

　　突又发起牢骚来,这回的牢骚似乎日子发得长一点,已经有两三天，但我想明后天就要平复了，不要紧的。

这里还是照先前一样，并没有什么；只听说漳州是民军就要入城了。克复九江，则甚［其］事当甚确。昨天又听到一消息，说陈仪入浙后，也独立了，这使我很高兴，但今天无续得之消息，必须再过几天，才能知道真假。

中国学生学什么意大利，以趋奉北政府，还说什么"树的党"，可笑可恨。别的人就不能用更粗的棍子对打么？伏园回来说广州学生情形，似乎和北京的大差其远，这很出我意外。

迅　十一月九日灯下

261109 致韦素园

漱园兄：

昨才寄一信，下午即得廿九之信片。我想《莽原》只要稿，款两样不缺，便管自己办下去。对于长虹，印一张夹在里面也好，索性置之不理也好，不成什么问题。他的种种话，也不足与辩，《莽原》收不到，也不能算一种罪状的。

要鸣不平，我比长虹可鸣的要多得多多；他说以"生命赴《莽原》"了，我也并没有从《莽原》延年益寿，现在之还在生存，乃是自己寿命未尽之故也。他们不知在玩什么圈套。今年夏天就有一件事，是尚钺的小说稿，原说要印入《乌合丛书》的。一天高歌忽而来取，说尚钺来信，要拿回去整理一番。我便交给他了。后来长虹从上海来信，说"高歌来信说你将尚钺的稿交还了他，不知何故？"我不复。一天，高歌来，抽出这信来看，见了这话，问道，"那么，拿一半来，如何？"我答："不必了。"你想，这奇怪不奇怪？然而我不但不写公开信，并且没有向人说过。

《狂飙》已经看到四期，逐渐单调起来了。较可注意的倒是《幻洲》《莽原》在上海减少百份，也许是受它的影响，因为学生的购买力只有这些，但第二期已不及第一期，未卜后来如何。《莽原》如作者多几个，大概是不足虑的，最后的决定究竟是在实质上。

迅　十一，九，夜

261111 致韦素园

漱园兄：

饶超华的《致母》，我以为并不坏，可以给他登上，今寄回；其余的已直接寄还他了。

小酩的一篇太断片似的，描写也有不足，以不揭载为是，今亦寄回。

《莽原》背上可以无须写何人所编，我想，只要写"莽原合本^{空一}1"就够了。

我本想旅行一回，后来中止了，因为一请假，则荒废的事情太多。

迅　十一月十一日

261113 致韦素园

漱园兄：

前天写了一点东西，拟放在《坟》之后面，还想在《语丝》上先发表一回（本来《莽原》亦可，但怕太迟，离本书的发行已近，而纸面亦可惜），今附上致小峰一笺，请并稿送去，印后仍收回，交与排《坟》之印局。倘《坟》之出版期已近，则不登《语丝》亦可，请酌定。

首尾的式样，写一另纸，附上。

目录上也须将题目添上，但应与以上之本文的题目离开一行。

迅　十一，十三

另页起

空　半　格　　　空　一　行

上空四格3〔1〕写在坟后面

空　一　行

5 在听到我的杂文已经印成一半的消息的时候，我曾经……

结尾的样子。

作结——

空　　一　　行

不知印本每行多少　　　　　既晞古以遗累，信简礼而薄葬。
字，如30字则比四
行上空6格；如36　空　格　彼裘绂于何有，贻尘谤于后王。
字，则空8格　　　　　　嗟大恋之所存，故虽哲而不忘。
　　　　　　　　　　　　覧遗籍以慷慨，献兹文而凄伤！

空　　一　　行
　　　　　　　　　　　　　　　　　　下空
5 一九二六，十一，十一，夜。四格

5 鲁 迅 下空八格

190

261113 致李小峰

小峰兄：

　　有一篇《坟》的跋，不知《语丝》要一印否？如要，请即发表。排后并请将原稿交还漱园兄，并嘱手民，勿将原稿弄脏。

迅　十一，十三

261115 致许广平

广平兄：

　　十日寄出一信后，次日即得七日来信，略略一懒，便迟到今天才写回信了。

　　对于侄子的帮助，你的话是对的。我愤激的话多，有时几乎说："宁我负人，毋人负我。"然而自己也觉得太过，做起事来或者且正与所说的相反。人也不能将别人都作坏人看，能帮也还是帮，不过最好是"量力"，不要拚命就是了。

　　"急进"问题，我已经不大记得清楚了，这意思，大概是指"管事"而言，上半年还不能不管事者，并非因为有人和我淘气，乃是身在北京，不得不尔，譬如挤在戏台面前，想不看而退出，是不甚容易的。至于不以别人为中心，也很难说，因为一个人的中心并不一定在自己，有时别人倒是他的中心，所以虽说为人，其实也是为己，所以不能"以自己为定夺"的事，往往有之。

　　我先前为北京的少爷们当差，耗去生命不少，自己是知道的。但到这里，又有一些人办了一种月刊，叫作《波艇》，每月要做些文章。

也还是上文所说，不能将别人都作坏人看，能帮还是帮的意思。不过先前利用过我的人，知道现已不能再利用，开始攻击了。长虹在《狂飙》第五期尽力攻击，自称见过我不下百回，知道得很清楚，并捏造了许多会话（如说我骂郭沫若之类）。其意盖在推倒《莽原》，一方面则推广《狂飙》消路，其实还是利用，不过方法不同。他们专想利用我，我是知道的，但不料他看出活着他不能吸血了，就要杀了煮吃，有如此恶毒。我现在拟置之不理，看看他技俩发挥到如何。现在看来，山西人究竟是山西人，还是吸血的。

校事不知如何，如少暇，简略地告知几句便好。我已收到中大聘书，月薪二百八，无年限的，大约那计画是将以教授治校，所以认为非研究系的，不至于开倒车的，不立年限。但我的行止如何，一时也还不易决定。此地空气恶劣，当然不愿久居，然而到广州也有不合的几点。（一）我对于行政方面，素不留心，治校恐非所长。（二）听说政府将移武昌，则熟人必多离粤，我独以"外江佬"留在校内，大约未必有味；而况（三）我的一个朋友，或者将往汕头，则我虽至广州，与在厦门何异。所以究竟如何，当看情形再定了，好在开学当在明年三月初，很有考量的余地。

我又有种感触，觉得现在的社会，可利用时则竭力利用，可打击时则竭力打击，只要于他有利。我在北京是这么忙，来客不绝，但倘一失脚，这些人便是投井下石的，反面不识还是好人；为我悲哀的大约只有两个，我的母亲和一个朋友。所以我常迟疑于此后所走的路：（1）积几文钱，将来什么都不做，苦苦过活；（2）再不顾自己，为人们做一点事，将来饿肚也不妨，也一任别人唾骂；（3）再做一点事，（被利用当然有时仍不免），倘同人排斥我了，为生存起见，我便不问什么事都敢做，但不愿失了我的朋友。第三［二］条我已实行过两年多了，终于觉得太傻。前一条当托庇于资本家，须熬；末一条则颇险，也无把握（于生活），所以实在难于下一决心，我也就想写信和我的朋友商量，给我一条光。

昨天今天此地都下雨，天气稍凉。我仍然好的，也不怎么忙。

迅　十一月十五日灯下。

261116 致章廷谦

矛尘兄：十一日的信，今天收到了。令夫人尚未将成绩发表，殊令局外人如不佞者亦有"企予望之"之意矣。所愿此信到时，早已诞育麟儿，为颂为祝也。敝厦一切如常，鼓浪屿亦毫不鼓浪，兄之所闻，无一的确；家眷分居，亦无其事，岂陈源已到绍兴，遂至"流言"如此之多乎哉？伏园已回，下月初或将复往。小峰已寄来《杂纂》一册，但非精装本耳。此地天气渐凉，可穿两件夹衣。今日又收到小峰七日所发信，皆闲谈也，并闻。

迅　上　十一月十六日之夜

261118 致许广平

广平兄：

十六日寄出一信，想已到。十二日发的信，今天收到了。校事已见头绪，很好，总算结束了一件事。至于你此后所去的地方，却叫我很难下批评。你脾气喜欢动动，又初出来办事，向各处看看，办几年事；历练历练，本来也很好的，但于自己，却恐怕没有好处，结果变成政客之流。你大概早知道我有两种矛盾思想，一是要给社会上做点事，一是要自己玩玩。所以议论即如此灰色。折衷起来，是为社会上做点事而于自己也无害，但我自己就不能实行，这四五年来，毁损身心不少。我不知道你自己是要在政界呢还是学界。伏园下月中旬当到粤，我想如中大女生指导员之类有无缺额，或者（由我）也可以托他问一问，他一定肯出力的。季黻的事，我也要托他办。

曹某大约不是少爷们冒充的，因为回信的住址是女生宿舍。中山生日的情形，我以为于他本身是无关的，我的意思是"身后名，不如即时一杯酒"。但于别人有益。即如这里，竟没有这样有生气的盛会，只有和尚自做水陆道场，男男女女上庙拜佛，真令人看得索然气尽。默坐电灯下，还要算我的生趣，何得"打"之，莫非并"默念"也不准吗？近来只做了几篇付印的书的序跋，虽多牢骚，却有不少真话。还想做一篇记事，将五年来少爷们利用我，给我吃苦的事，讲一个大略，不过究竟做否，现在还未决定。至于真正的用功，却难，这里无须用功，也不是用功的地方。国学院也无非装面子，不要实际。对于指导教员的成绩，常要查问，上星期我气起来，对校长说，我的成绩是辑古小说十本，早已成功，只须整理，学校如如此急急，便可付印，我一面整理就是。于是他们便没有后文了。他们只是空急，并不准备付印。

我先前虽已决定不在此校，但时期是本学期末抑明年夏天，却没有定。现在是至迟至本学期末非走不可了。昨天出了一件可笑可叹的事。下午有恳亲会，我向来不赴这宗会的，而玉堂的哥哥硬拉我去。（玉堂有二兄一弟在校内。这是第二个哥哥，教授兼学生指导员，每开会，他必有极讨人厌的演说）我不得已，去了。不料会中他又演说，先感谢校长给我们吃点心，次说教员吃得多么好，住得多么舒服，薪水又这么多，应该大发良心，拚命做事。而校长之如此体贴我们，真如父母一样……。我真就要跳起来，但立刻想到他是玉堂的哥哥，我一翻脸，玉堂必大为敌人所笑，我真是"哑子吃苦瓜"，说不出的苦，火焰烧得我满脸发热。照这里的人看起来，出来反抗的该是我了，但我竟不动，而别一个教员起来驳斥他，闹得不欢而散。

还有希奇的事情。教员里面，竟有对于驳斥他的教员，不以为然的。莫非真以儿子自居，我真莫名其妙。至于玉堂的哥哥，今天开学生周会，他又在演说了，依然如故。他还教"西汉哲学"哩，冤哉西汉哲学，苦哉玉堂。

昨天的教职员恳亲会，是第三次，我却初次到，见是男女分房的，不但分坐。

我才知道在金钱下的人们是这样的，我决定要走了，但为玉堂面子计，决不以这一事作口实，且须于学期之类作一结束。至于到何处，一时难定，总之无论如何，年假中我总要到广州走一遭，即使无噉饭处，厦门也决不居住的了。又我近来忽然对于做教员发生厌恶，于学生也不愿意亲近起来，接见这里的学生时，自己觉得很不热心，不诚恳。

我还要忠告玉堂一回，劝他离开这里，到武昌或广州做事。但看来大大半是无效的，他近来看事情似乎颇胡涂，又牵连的人物太多，非大失败，大概是决不走的。我的计画，也不过聊尽同事一场的交情而已。结果一定是他怪我舍他而去，使他为难。

迅。十八，夜。

261120 致许广平

广平兄：

十九日寄出一信；今天收到十五,六,七日来信了，一同来的。看来广州有事做，所以你这么忙，这里是死气沉沉，也不能改革，学生也太沉静，数年前闹过一次，激烈的都走出，在上海另立大夏大学了。我决计至迟于本学期末（阳底［历］正月底）离开这里，到中山大学去。

中大的薪水是二百八十元，可以不搭库券。据朱骝仙对伏园说，另觅兼差，照我现在的收入数也可以想法的，但我却并不计较这一层，实收百余元，大概也已够用，只要不在不死不活的空气里就够了。我想我还不至于完在这样的空气里，到中大后大概也不难择一不很繁杂吃力，而较有益于学校或社会的事。至于厦大，其实是不必请我的，因为我虽颓唐，而他们还比我颓唐得多。

玉堂今天辞职了，因为减缩豫算的事。但只辞国学院秘书，未辞文科主任。我已乘间令伏园达我的意见，劝他不必烂在这里，他无回话。我还要亲自对他说一回。但我看他的辞职是不会准的，不过有此一事，则我有辞可借，比较容易脱身。

从昨天起，我的心又平静了。一是因为决定赴粤，二是因为决定对长虹们给一打击。你的话并不错的；但我之所以愤慨，却并非因为他们以平常待我，而在他日日吮血，一觉到我不肯给他们吮了，便想一棒打杀，还将肉作罐头卖以获利。这回长虹笑我对章士钊的失败道"于是遂戴其纸糊的'思想界的权威者'之假冠，而入于身心交病之状态矣"。但他八月间在《新女性》登广告，却云"与思想先驱者鲁迅合办《莽原》"，自己加我"假冠"，又因别人所加之"假冠"而骂我，真是不像人样。我之所以苦恼，是因我平生言动，即使青年来杀我，我总不愿意还手，而况是常常见面的人。因为太可恶，昨天竟决定了，虽是什么青年，我也不再留情面，于是作一启事，将他利用我的名字，而对于别人用我名字的事，则加笑骂等情状，揭露出来，比他的长文要刻毒些。且毫不客气，刀锋正对着他们的所谓"狂飙社"，即送登《语丝》，《莽原》，《新女性》，《北新》四种刊物。我已决定不再彷徨，拳来拳对，所以心里也舒服了。

其实我大约也终于不见得因为小障碍而不走路，不过因为神经不好，所以容易说愤话。小障碍能绊倒我，我不至于要离开厦门了。但我也极愿意知道还在开垦的路，可惜现在不能知道，非不愿，势不可也。本校附近是不能暂时停留的，市上，则离校有五六里，客栈坏极，有一窗门之屋，便称洋房，中间只有一床一桌一凳，别的什么也没有，倘有人访我，不但安身，连讲话的便利也没有。好在我还不至于怎样天鹅绒，所以无须有"劳民伤财"之举，学期结末也快到了。况且我的心也并不"空虚"，有充实我的心者在。

你说我受学生的欢迎，足以自慰吗？我对于他们不大敢有希望，我觉得特出者很少，或者竟没有。但我做事是还要做的，希望是在未见面的人们，或者如你所说："不要认真"。所以我的态度其实毫不倒退，一面发牢骚，一面编好《华盖续编》，做完《旧事重提》，编好《争自由的波浪》（董秋芳译小说），《卷葹》，都寄出去了。至于有一个人，我自然足以自慰的，且因此增加我许多勇气，但我有时总还虑他为我而牺牲。并且也不能"推及一二以至无穷"，有这样多的么？我倒不要这样多，有一个就好了。

说起《卷葹》，又想到一件事了。这是淦女士做的，共四篇，皆在《创造》上发表过。这回送来印入《乌合丛书》，是因为创造社印成丛书，自行发卖，所以这边也出版，借我来抵制他们的，凡未在那边发表过者，一篇也不在内。我明知这也是被人利用，但给她编定了。你看，这种皮［脾?］气，怎么好呢？

我过了明天礼拜，便要静下来，编编讲义，大约至汉末止，作一结束。余闲便玩玩。待明年换了空气，再好好做事。今天来客太多，无工夫可写信，写了这两张，已经夜十二点半了，心也不静。

和这信同时，我还想寄一束杂志，计《新女性》十一月号，《北新》十一，二，《语丝》一百三，四。又九，七，八两本，则因为上回所寄是切边的，所以补寄毛边者两本，但你大概是不管这些的，不过我的皮［脾］气如此，所以仍寄。

迅。十一月廿日。

261120 致韦素园

漱园兄：

《旧事重提》又做了一篇，今寄上。这书是完结了。明年如何？如撰者尚多，仍可出版，我当另寻题目作文，或登《小约翰》，因另行整理《小约翰》的工夫，看来是没有的了。

我到上海看见狂飙社广告后，便对人说：我编《莽原》，《未名》，《乌合》三种，俱与所谓什么狂飙运动无干，投稿者多互不相识，长虹作如此广告，未免过于利用别人了。此语他似乎今已知道，在《狂飙》上骂我。我作了一个启事，给开一个小玩笑。今附上，请登入《莽原》。又登《语丝》者一封，请即叫人送去为托。

迅　十一月二十日

261121 致韦素园

漱园兄：

十三日来信收到了。《坟》的序，跋；《旧事重提》第十（已完），俱已寄出，想必先此信而到了。

《野草》向登《语丝》，北新又印《乌合丛书》，不能忽然另出。《野草丛刊》亦不妥。我想不如用《未名新集》，即以《君山》为第一本。《坟》独立，如《小说史略》一样。

未名社的事，我以为有两途：（1）专印译，著书；（2）兼出期刊。《莽原》则停刊。

如出期刊，当名《未名》，系另出，而非《莽原》改名。但稿子是一问题，当有在京之新进作者作中坚，否则靠不住。刘，张未必有稿，沅君一人亦难支持，我此后未必能静下，每月恐怕至多只能做一回。与其临时困难，不如索性不出，专印书，一点广告，大约《语丝》上还肯登的。

我在此也静不下，琐事太多，心绪很乱，即写回信，每星期须费去两天。周围是像死海一样，实在住不下去，也不能用功，至迟到阴历年底，我决计要走了。

迅　十一，廿一日

261121 致章廷谦

矛尘兄：

前得十日信后，即于十七日奉上一函，想已到。今日收到十二日来信了，路上走了十天，真奇。你所闻北京传来的话，都是真的，伏将于下月初动身，我则至多敷衍到本学期末，广大的聘书，我已接收了。玉堂对你，毫无恶意，他且对伏园说过几次，深以不能为你的薪水争至二百为歉。某公之阴险，他亦已知，这一层不成问题，所虑者只在玉堂自己可以敷衍至何时之问题耳，盖因他亦常受掣肘，不能如志也。所以你愈早到即愈便宜，因为无论如何，川资总可挣到手，一因谣言，一因京信，又迟迟不行，真可惜也。

某公之阴谋，我想现在已可以暂不对你了。盖彼辈谋略，无非欲多拉彼辈一流人，而无位置，则攻击别人。今则在厦者且欲相率而去，大小饭碗，当空出三四个，他们只要有本领，拿去就是。无奈校长并不听玉堂之指挥，玉堂也并不听顾公之指挥，所以陈乃乾不来之后，顾公私运了郑某来厦，欲以代替，而终于无法，现住和尚庙里，又欲挖取伏园之兼差（伏曾为和尚之先生，每星期五点钟），因伏园将赴广，但又被我们抵制了。郑某现仍在，据说是在研究"唯物史观之中国哲学史"云。试思于自己不吃之饭碗，顾公尚不能移赠别人，而况并不声明不吃之川岛之饭碗乎？他们自己近来似乎也不大得意，大约未必再有什么积极的进攻。他们的战将也太不出色，陈万里已经专在学生会上唱昆腔，被大家"优伶蓄之"了。

我的意见是：事已至此，你们还是来。倘令夫人已生产，你们一同来，倘尚无消息，你就赶紧先来，夫人满月后，可托人送至沪，又送上船，发一电，你去接就是了。但两人须少带笨重器具，准备随时可走。总而言之，勿作久长之计，只要目前有钱可拿，便快快来拿，拿一月算一月，能拿至明年六月，固好，即不然，从速拿，盘川即决不会折本，若回翔审慎，则现在的情形时时变化，要一动也不能动了。

其实呢，这里也并非一日不可居，只要装聋作哑。校中的教员，谋为"永久教员"者且大有其人。我的脾气太不好，吃了三天饱饭，就要头痛，加以一卷行李一个人，容易作怪，毫无顾忌。你们两位就不同，自有一个小团体，只要还他们应尽的责任，此外则以薪水为目的，以"爱人呀"为宗旨，关起门来，不问他事，即偶有不平，则于回房之后，夫曰：某公是畜生！妇曰：对呀，他是虫豸！闷气既出，事情就完了。我看凡有夫人的人，在这里都比别人和气些。顾公太太已到，我觉他比较先前，瘟得多了，但也许是我的神经过敏。

若夫不佞者，情状不同，一有感触，就坐在电灯下默默地想，越想越火冒，而无人浇一杯冷水，于是终于决定曰：仰东硕杀！我蹩来带者！其实这种"活得弗靠活"，亦不足为训，所以因我要走而以为厦大不可一日居，也并非很好的例证。至于"糟不可言"，则诚然不能为讳，然他们所送聘书上，何尝声明要我们来改良厦大乎？薪水不糟，亦可谓责任已尽也矣。

迅　上　十一月二十一日

261122 致陶元庆

璇卿兄：

给我的信昨天收到了。画尚未到，大概因为挂号的，照例比信迟。收到后当寄给钦文去。

《争自由的波浪》我才将原稿看好付邮，或者这几天才到北京，即使即刻付印，也不必这么急。秋芳着急，是因为他性急的缘故。

未名社以社的名义托画，又须于几日内画成，我觉得实在不应该，他们是研究文艺的，应当知道这道理，而做出来的事还是这样，真可叹。《卷葹》的封面，他们先前托我转托，我没有十分答应，后来终于写上了。近闻他们托司徒乔画了一张。

兄如未动手，可以作罢，如已画，则可寄与，因为其一可以用在里面的第一张上，使那书更其美观。

我只是一批一批的索画，实在抱歉而且感激。

这里有一个德国人，叫Ecke，是研究美学的，一个学生给他看《故乡》和《彷徨》的封面，他说好的。《故乡》是剑的地方很好。《彷徨》只是椅背和坐上的图线，和全部的直线有些不调和。太阳画得极好。

迅　上　十一月二十二日

261123 致李霁野

霁野兄：

十四日发出的快信，今天收到了，比普通的信要迟一天。因为这里只有一个邮政代办处，不分送，要我们自己去留心。一批信到，他就将刊物和平常信塞在玻璃柜内，给各人自己拿去。这才慢慢地将宝贵的——包裹，挂号信，快信——一批在房里打开，一张一张写通知票，将票又塞在玻璃柜内，我们见票，取了印章去取信，所以凡是快信，一定更慢，外边不知道这情形，时常上当的。

《莽原丛刊》，我想改作《未名新集》；《坟》不在内，独立，如《中国小说史略》一般。该集以《君山》为第一部。至于半月刊，我想，应以你们为中坚，如大家都有兴趣，或译或作，就办下去，半依，沅君们的帮忙，都不能作为基本的。至于我，却很难说，因为仍不能用功，我确拟于年底离开这里。这里是死海一样，不愁没饭吃，而令人头痛之事常有，往往反而不想吃饭，宁可走开。此后之生活状态如何，此时实难预测，大约总是仍不能关起门来用功的。我现在想，一月一回，该可以作，因为倘没有文思，做出来也是无聊的东西，如近来这几月，就是如此。

你们青年且上一年阵试试看，卖不去也不要紧，就印千五百，倘再卖不去，就印一千，五百，再卖不去，关门未迟。如果以为如此不妥，那就停刊罢。

倘不停，我想名目也不必改了，还是《莽原》。《莽原》究竟不是长虹家的。我看他《狂飙》第五期上的文章，已经堕入黑幕派了，已无须客气。我已作了一个启事，寄《北新》，《新女性》，《语丝》，《莽原》，和他开一个小玩笑。

《莽原》的合本，我以为最好至廿四期出全了，一齐发卖。

"圣经"两字，使人见了易生反感，我想就分作两份，称"旧约"及"新约"的故事，何如？

六斤家只有这一个钉过的碗，钉是十六或十八，我也记不清了。总之两数之一是错的，请改成一律。记得七斤曾说用了若干钱，将钱数一算，就知道是多少钉。倘其中没有七斤口述的钱数（手头无书，记不清了），则都改十六或十八均可。

关于《创世纪》的作者，随他错去罢，因为是旧稿。人猿间确没有深知道连锁，这位 Haeckel 博士一向是常不免"以意为之"的。

陶元庆君来信言《坟》的封面已寄出但未到，嘱我看后寄给钦文。用三色版印，钦文于校三色板多有经验，我想就托他帮忙罢。只要知道这书大约多少厚，便可以付京华印书面。

迅　十一月二十三日

261126 致许广平

广平兄：

二十一日寄一信，想已到。十七日所发之又一简信，二十二日收到了；包裹尚未来，大约包裹及书籍之类，照例比普通信件迟，我想明天大概要到，或者还有信，我等着。我还想从上海买一合较好的印色来，印在我到厦后所得的书上。

近日因为校长要减少国学院预算，玉堂颇愤慨，要辞主任，我因进言，劝其离开此地，他极以为然。我亦觉此是脱身之机会。今天和校长开谈话会，乃提出强硬之抗议，且露辞职之意，不料校长竟取消前议了，别人自然大满足，玉堂亦软化，反一转而留我，谓至少维持一年，因为教员中途难请云云。又我将赴中大消息，此地报上亦揭载，大约是从广州报上来的，学生因亦有劝我教满他们一年者。这样看来，年底要脱身恐怕麻烦得很，我的豫计，因此似乎也无从说起了。

我自然要从速走开此地，但结果如何，殊难预料。我想这大半年中，HM 不如不以我之方针为方针，而到于自己相宜的地方去，否则也许做了很牵就，非意所愿的事务，而结果还是不能常见。我的心绪往往起落如波涛，这几天却很平静。我想了半天，得不到结论，但以为，这一学期居然已经去了五分之三，年底已不远，可以到广州看一回，此时即使仍不能脱离厦大，再熬五个月，似乎也还做得到，此后玉堂便不能以聘书为口实，可以自由了。自然，以后如何，我自然也茫无把握。

今天本地报上的消息很好，泉州已得，浙陈仪又独立，商震反戈攻张家口，国民一军将至潼关，此地报纸大概是民党色采，消息或倾于宣传，但我想，至少泉州攻下总是确的。本校学生民党不过三十左右，其中不少是新加入者，昨夜开会，我觉他们都不经训练，不深沉，甚至于连暗暗取得学生会以供我用的事情都不知道，真是奈何奈何。开一回会，徒令当局者注意，那夜反民党的职员却在门外窃听。

二十五日之夜，大风时。

写了一张之（刚写了这五个字，就来了一个学生，一直坐到十二点）后，另写了一张应酬信，还不想睡，再写一点罢。伏园下月准走，十二月十五左右，一定可到广州了。他是大学教授兼编辑，位置很高，但大家正要用他，也无怪其然。季黻的事，则至今尚无消息，不知何故，我同兼士曾合发一信，又托伏园面说，又写一信，都无回音，其实季黻的办事能力，比我高得多多。

我想 HM 正要为社会做事，为了我的牢骚而不安。实在不好，想到这里，忽然静下来了，没有什么牢骚。其实我在这里的不方便，仔细想起来，大半在于言语不通，例如前天厨房又不包饭了，我竟无法查问是厨房自己不愿包，还是听差和他冲突，叫我不要他办了。不包则不包亦可。乃同伏园去到一个福州馆，要他包饭，而馆中只有面，问以饭，曰无有，废然而返。今天我托一个福州学生去打听，才知道无饭者，乃适值那时无饭，并非永远无饭也，为之大笑。大约明天起，当在该福州馆包饭了。

仍是二十五日之夜，十二点半。

此刻是上午十一时，到邮务代办处去看了一回，没有信；而我这信要寄出了，因为明天大约有从厦赴粤之船，倘不寄，便须待下星期三这一只了。但我疑心此信一寄，明天便要收到来信，那时再写罢。

记得约十天以前，见报载新宁轮由沪赴粤，在汕头被盗劫，纵火。不知道我的信可有被烧在内。我的信是十日之后，有十六，十九，二十一等三封。

此外没有什么事了，下回再谈罢。

迅。十一月二十六日。

午后一时经过邮局门口，见有别人的东莞来信，而我无有，那么，今天是没有信的了，就将此发出。

261128 致许广平

广平兄：

二十六日寄出一信，想当已到。次日即得二十三日来信，包裹的通知书，也一并送到了，即刻向邮政代办处取得收据，星期六下午已来不及，星期日不办事，下星期一（廿九日）可以取来，这里的邮政，就是如此费事。星期六这一天（廿七），我同玉堂往集美学校演说，以小汽船来往，还耗去一整天；夜间会客，又耗去许多工夫，客去正想写信，间壁的礼堂走了电，校役吵嚷，校警吹哨，闹得石破天惊，究竟还是物理学教员有本领，进去关住了总电门，才得无事，只烧焦了几块木头。我虽住在并排的楼上，但因为墙是石造的，知道不会延烧，所以并不搬动，也没有损失，不过因为电灯俱熄，洋烛的光摇摇而昏暗，于是也不能写信了。

我一生的失计，即在历来并不为自己生活打算，一切听人安排，因为那时豫计是生活不久的。后来预计并不确中，仍须生活下去，于是遂弊病百出，十分无聊。后来思想改变了，而仍是多所顾忌，这些顾忌，大部分自然是为生活，几分也为地位，所谓地位者，就是指我历来的一点小小工作而言，怕因我的行为的剧变而失去力量。但这些瞻前顾后，其实也是很可笑的，这样下去，更将不能动弹。第三法最为直截了当，其次如在北京所说则较为安全，但非经面谈，一时也决不下，总之我以前的办法，已是不妥，在厦大就行不通，所以我也决计不再敷衍了，第一步我一定于年底离开此地，就中大教授职。但我极希望那一个人也在同地，至少也可以时常谈谈，鼓励我再做有益于人的工作。

昨天我向玉堂提出以本学期为止，即须他去的正式要求，并劝他同走。对于我走这一层，略有商量的话，终于他无话可说了，所以前信所说恐怕难于脱身云云，已经不成问题，届时他只能听我自便。他自己呢，大约未必走，他很佩服陈友仁，自云极愿意在他旁边学学。但我看他仍然于厦门颇留恋，再碰几个钉子，则来年夏天可以离开。

此地无甚可为，近来组织了一种期刊，而作者不过寥寥数人，或则受创造社影响，过于颓唐（比我颓唐得多），或则太大言无实；又在日报上添了一种文艺周刊，恐怕不见得有什么好结果。大学生都很沉静，本地人文章，则"之乎者也"居多，他们一面请马寅初写字，一面请我做序，真是殊属胡涂。有几个因为我和兼士在此而来的，我们一走，大约也要转学到中大去。

离开此地之后，我必须改变我的农奴生活；为社会方面，则我想除教书外，或者仍然继续作文艺运动，或更好的工作，待面谈后再定。我觉得现在 HM 比我有决断得多，我自到此地以后，仿佛全感空虚，不再有什么意见，而且时有莫名其妙的悲哀，曾经作了一篇我的杂文集的跋，就写着那时的心情。十二月末的《语丝》上可以发表，一看就知道。自己也知道这是须改变的，我现在已决计离开，好在已只有五十天，为学生编编文学史讲义，作一结束（大约讲至汉末止），时光也容易度过的了，明年从新来过罢。

遇安既知通信的地方，何以又须详询住址，举动颇为离奇，或者是在研究 HM 是否真在羊城，亦未可知。因他们一群中流言甚多，或者会有 HM 在厦门之说也。

校长给三主任的信，我在报上早见过了，现未知如何？能别有较好之地，自以离开为宜，但不知可有这样相宜的处所？

迅　十一月廿八日十二时。

261128 致韦素园

漱园兄：

十六日来信，今天收到了。我后又续寄《坟》跋一，《旧事重提》一，想已到。《狂飙》第五期已见过，但未细看，其中说诳挑拨之处似颇多，单是记我的谈话之处，就是改头换面的记述，当此文未出之前，我还想不到长虹至于如此下劣。这真是不足道了。关于我在京（从五六年前起）所遇的事，我或者也要做一篇记述发表，但未一定，因为实在没有工夫。

明年的半月刊，我恐怕一月只能有一篇，深望你们努力。我曾有信给季野，你大约也当看见罢。我觉得你，丛芜，霁野，均可于文艺界有所贡献，缺点只是疏懒一点，将此点改掉，一定可以有为。但我以为丛芜现在应该静养。

《莽原》改名，我本为息事宁人起见。现在既然破脸，也不必一定改掉了，《莽原》究竟不是长虹的。这一点请与霁野商定。

迅　十一月廿八日

《坟》的封面画，陶元庆君已寄来，嘱我看后转寄钦文，托他印时校对颜色，我已寄出，并附一名片，绍介他见你，接洽。这画是三色的，他于印颜色版较有经验，我想此画即可托他与京华接洽，并校对。因为是石印，大约价钱也不贵的。

261130 致章廷谦

矛尘兄：

廿六信今天到。斐君太太已发表其蕴蓄，甚善甚善。绍兴东西，并不想吃，请无须"带奉"，但欲得木版有图之《玉历钞传》一本，未知有法访求否？此系善书，书坊店不出售，或好善之家尚有存者。我因欲看其中之"无常"画像，故欲得之。如无此像者，则不要也。

伏园复往，确系上任；我暂不走，拟敷衍至本学期之末，而后滚耳，其实此地最讨厌者，却是饭菜不好。

小峰在北京，何以能"直接闻之于厦大"，殊不可解。兄行期当转告玉堂。

迅　上　十一月卅日

261202 致许广平

广平兄：

上月二十九日寄一信，想已收到了。廿七日发来的信，今天已到。同时伏园也接陈醒［惺］农信，知道政府将移武昌，他和孟余都将出发，报也移去，改名《中央日报》。叫伏园直接往那边去，因为十二月下旬须出版，所以伏园大概不再往广州。广州情状，恐怕比较地要不及先前热闹了。

至于我呢，仍然决计于本学期末离开这里而往广州中大，教半年书看看再说。一则换换空气，二则看看风景，三则……。要活动，明年夏天又可以活动的，倘住得便，多教几时也可以。不过"指导员"一节，无人先为设法了。

你既然不宜于"五光十色"之事，教几点钟书如何呢？要豫备足，则钟点可以少一些。办事与教书，在目下都是淘气之事，但我们舍此亦无事可为。我觉得教书与办别事实在不能并行，即使没有风潮，也往往顾此失彼。你不知此后可别有教书之处（国文之类），有则可以教几点钟，不必多，每日匀出三四点钟来看书，也算豫备，也算自己玩玩，就好了；暂时也算是一种职业。你大约世故没有我深之故，似乎思想比我明晰些，也较有决断，研究一种东西，不会困难的，不过那粗心要纠正。还有一种吃亏之处是不能看别国书，我想较为便利是来学日本文，从明年起我想勒令学习，反抗就打手心。

至于中央政府迁移而我到广州，于我倒并没有什么。我并非追踪政府，却是别有追踪。中央政府一移，许多人一同移去，我或者反而可以闲暇些，不至于又大欠文章债，所以无论如何，我还是到中大去的。

包裹已经取来了，背心已穿在小衫外，很暖，我想这样就可以过冬，无需棉袍了。印章很好，没有打破，我想这大概就是称为"金星石"的，并不是玻璃。我已经写信到上海去买印泥，因为盒内的一点油太多，印在书上是不合式的。

计算起来，我在此至多也只有两个月了，其间编编讲义，烧烧开水，也容易混过去。何况还有默念，但这默念之度常有加增的倾向，不知其故何也，似乎终于也还是那一个人胜利了。厨子的菜又不能吃，现在是单买饭，伏园自己做一点汤，且吃罐头。伏园十五左右当去，我是什么菜都不会做的，那时只好仍包菜，但好在其时离放学已只四十多天了。

阅报，知女师大失火，焚烧不多，原因是学生自己做菜，烧坏了两个人：杨立侃，廖敏。姓名很生，大约是新生，你知道吗？她们后来都死了。

以上是午后四点钟写的，因琐事放下，后来是吃饭，陪客，现已是夜九点钟了。在钱下呼吸，实在太苦，苦还不妨，受气却难耐。大约中国在最近几十年内，怕未必能够做若干事，即得若干相当的报酬，干干净净。（写到这里，又放下了，因为有人来，我这里是毫无躲避处，有人进来就进来，你看如此住处，岂能用功）往往须费额外的力，受无谓的气，无论做什么事，都是如此。我想此后只要以工作赚得生活费，不受意外的气，又有点自己玩玩的余暇，就可以算是幸福了。

我现在对于做文章的青年，实在有些失望，我想有希望的青年似乎大抵打仗去了，至于弄弄笔墨的，却还未看见一个真有几分为社会的，他们多是挂新招牌的利己主义者。而他们却以为他们比我新一二十年，我真觉得他们无自知之明，这也就是他们之所以"小"的地方。

上午寄出一束刊物，是《语丝》《北新》各两本，《莽原》一本。《语丝》上有我的一篇文章，不是我前信所说发牢骚的那一篇；那一篇还未登出，大概当在一〇八期。

迅　十二月二日之夜半。

261203 致许广平

广平兄：

今天刚发一信，也许这信要一同寄到罢。你或者初看以为又有什么要事了，其实并不，不过是闲谈。前回的信，我半夜放在邮筒中；这里邮筒有两个，一在所内，五点后就进不去了，夜间便只能投入所外的一个。而近日邮政代办所里的伙计是新换的，满脸呆气，我觉得他连所外的一个邮筒也未必记得开，我的信不知送往总局否，所以再写几句，俟明天上午投到所内的一个邮筒里去。

我昨夜的信里是说：伏园也得醒［惺］农信，说国民政府要搬了，叫他直接上武昌去，所以他不再往广州。至于我则无论如何，仍于学期末离开厦门而往中大，因为我倒并不一定要跟随政府，熟人如伏园辈不在一处，或者反而可以清闲些。但你如离开师范，不知在原地可有做事之处，我想还不如教一点国文，钟点以少为妙，可以多预备。大略不过如此。

政府一搬，广东的"外江佬"要减少了，广东被"外江佬"刮了许多未［天］，此后也许要向"遗佬"报仇，连累我未曾搜刮的外江佬吃苦，但有害马保镳，所以不妨胆大。《幻洲》上有一篇东西，很称赞广东人，所以我愿意去看看，至少也住到夏季。大约说话是一点不懂，和在此相同，但总不至于连买饭的处所也没有。我还想吃一回蛇，尝一点龙虱。

到我这里来空谈的人太多，即此一端也就不宜久居于此。我到中大后，拟静一静，暂时少与别人往来，或用点功，或玩玩。我现在身体是好的，能吃能睡，但今天我发见我的手指有点抖，这是吸烟太多了之故，近来我吸到每天三十支了，我从此要减少。我回忆在北京因节制吸烟之故而令一个人碰钉子的事，心里很难受，觉得脾气实在坏得可以。但不知怎的，我于这一点不知何以自制力竟这么薄弱，总是戒不掉。但愿明年有人管束，得渐渐矫正，并且也甘心被管，不至于再闹脾气的了。

我明年的事，自然是教一点书；但我觉得教书和创作，是不能并立的，郭沫若郁达夫之不大有文章发表，其故盖亦由于此。所以我此后的路还当选择，研究而教书呢，还是仍作游民而创作？倘须兼顾，即两皆没有好成绩。或者研究一两年，将文学史编好，此后教书无须预备，则有余暇，再从事于创作之类也可以。但这也并非紧要问题，不过随便说说。

《阿Q正传》的英译本已经出版了，译得似乎并不坏，但也有一点小错处，你要否？如要，当寄上，因为商务馆有送给我的。

写到这里，还不到五点钟，也没有什么别的事了，就此封入信封，赶今天寄出罢。

迅 十二月三日下午。

261205 致韦素园

漱园兄：

十一月二十八日信已到。《写在〈坟〉后面》登《莽原》，也可以的。《坟》能多校一回，自然较好；封面画我已寄给许钦文了，想必已经接洽过。

《君山》多加插画，很好。我想：凡在《莽原》上登过而印成单行本的书，对于定《莽原》全年的人，似应给以特别权利。倘预定者不满百人，则简直各送一本，倘是几百，就附送折价（对折？）券

（或不送而只送券亦可），请由你们在京的几位酌定。我的《旧事重提》（还要改一个名字）出版时，也一样办理。

《黑假面人》费了如许工夫，我想卖掉也不合算，倘自己出版，则以《往星中》为例，半年中想亦可售出六七百本。未名社之立脚点，一在出版多，二在出版的书可靠。倘出版物少，亦觉无聊。所以此书仍不如自己印。霁野寒假后不知需款若干，可通知我，我当于一月十日以前将此款寄出，二十左右便可到北京，作为借给他的，俟《黑假面人》印成，卖去，除掉付印之本钱后，然后再以收来的钱还我就好了。这样，则未名社多了一本书，且亦不至于为别的书店去作苦工，因为我想剧本卖钱是不会多的。

对于《莽原》的意见，已经回答霁野，但我想，如果大家有兴致，就办下去罢。当初我说改名，原为避免纠纷，现长虹既挑战，无须改了，陶君的画，或者可作别用。明年还是叫《莽原》，用旧画。退步须两面退，倘我退一步而他进一步，就只好拔出拳头来。但这仍请你与霁野酌定，我并不固执。至于内容，照来信所说就好。我的译作，现在还说不定什么题目，因为正编讲义，须十日后才有暇，那时再想。我不料这里竟新书旧书都无处买，所以得材料就很难，或者头几期只好随便或做或译一点，待离开此地后，倘环境尚可，再来好好地选译。我到此以后，琐事太多，客也多，工夫都耗去了，一无成绩，真是困苦。将来我想躲起来，每星期只定出日期见一两回客，以便有自己用功的时间，倘这样下去，将要毫无长进。

留学自然很好，但既然对于出版事业有兴趣，何妨再办若干时。我以为长虹是泼辣有余，可惜空虚。他除掉我译的《绥惠略夫》和郭译的尼采小半部而外，一无所有。所以偶然作一点格言式的小文，似乎还可观，一到长篇，便不行了，如那一篇《论杂交》，直是笑话。

他说那利益，是可以没有家庭之累，竟不想到男人杂交后虽然毫无后患，而女人是要受孕的。

在未名社的你们几位，是小心有余，泼辣不足。所以作文，办事，都太小心，遇见一点事，精神上即很受影响，其实是小小是非，成什么问题，不足介意的。但我也并非说小心不好，中国人的眼睛倘此后渐渐亮起来，无论创作翻译，自然只有坚实者站得住，《狂飙》式的恫吓，只能欺骗一时。

长虹的骂我，据上海来信，说是除投稿的纠葛之外，还因为他与开明书店商量，要出期刊，遭开明拒绝，疑我说了坏话之故。我以为这是不对的，由我看来，是别有两种原因。一，我曾在上海对人说，长虹不该擅登广告，将《乌合》《未名》都拉入什么"狂飙运动"去，我不能将这些作者都暗暗卖给他。大约后来传到他耳朵里去了。二，我推测得极奇怪，但未能决定，已在调查，将来当面再谈罢，我想，大约暑假时总要回一趟北京。

前得静农信，说起《卷葹》，我为之叹息，他所听来的事，和我所经历的是全不对的。这稿子，是品青来说，说愿出在《乌合》中，已由小峰允印，将来托我编定，只四篇。我说四篇太少；他说这是一时期的，正是一段落，够了。我即心知其意，这四篇是都登在《创造》上的，现创造社不与作者商量，即翻印出售，所以要用《乌合》去抵制他们，至于未落创造社之手的以后的几篇，却不欲轻轻送入《乌合》之内。但我虽这样想，却答应了。不料不到半年，却变了此事全由我作主，真是万想不到。我想他们那里会这样信托我呢？你不记得公园里钱饯那一回的事吗？静农太老实了，所以我无话可答。不过此事也无须对人说，只要几个人（丛，霁，静）心里知道就好了。

迅　十二月五日

261206 致许广平

广平兄：

三日寄出一信，并刊物一束，系《语丝》等五本，想已到。今天得二日来信，可谓快矣。对于廿六日函中的一段议论，我于廿九日即发一函，想当我接到此函时，那边亦已寄到，知道我已决计离开此地，所以我也无须多说了。其实我这半年来并不发生什么"奇异感想"，不过"我不太将人当作牺牲么"这一种思想——这是我一向常常想到的思想——却还有时起来，一起来，便沉闷下去，就是所谓"静下去"，而间或形于词色。但也就悟出并不尽然，故往往立即恢复，二日得中央政府迁移消息后，即连夜发一信（次日又发一信），说明我的意思与廿九日信中所说并无变更，实未曾有愿意害马"终生被播弄于其中而不自拔"之意，当初仅以为在社会上阅历几时，可以得较多之经验而已，并非我将永远静着，以至于冷眼旁观，将害马卖掉，而自以为在孤岛中度寂寞生活，咀嚼着寂寞，即足以自慰自赎也。

但廿六日信中的事，已成过去，也不必多说了，到年底或可当作闲谈的材料。广大的钟点虽然较多，但我想总可以设法教一点担子较轻的功课，以求有休息的余暇，况且抄录材料等等，又可以有忙［帮］我的人，所以钟点倒不成问题，每周二十时左右者，大概是纸面文章，未必实做。

你们的学校，真是好像"湿手捏了干面粉"，粘缠极了。虽说"天下兴亡，匹夫有责"，但当局不讲信用，专责"匹夫"，使几个人挑着重担，未免太任意将人做牺牲。我想事到如此，别的都可不管了，以自己为主，觉得耐不住，便即离开；倘因生计关系及别的关系，须敷衍若干时，便如我之在厦大一样，姑且敷衍敷衍，"以德感""以情维系"等等，只好置之度外，一有他处可去，也便即离开，什么都不管它。

伏园须直往武昌去了，不再转广州，前信似已说过。昨（五日）有人〔到〕从汕头到此地（据云系民党），说陈启修因为泄漏机密，被党部捕治了。我和伏园正惊疑，拟电询，今日得你信，知二日看见他，则以日期算来，此人是造谣言的，但何以要造如此谣言，殊不可解。

前一束刊物不知到否？记得前回也有一次，久不到，而在学校的刊物中找来。三日又寄一束，到否也是问题。此后寄书，殆非挂号不可。《桃色之云》再版已出了，拟寄上一册，但想写上几个字，并用新印，而印泥才向上海去带，大约须十日后才来，那时再寄罢。

> 迅 十二月六日之夜。

261208 致韦素园

漱园兄：

十二月一日的快信，今天收到了。关于《莽原》的事，我于廿九，本月五日所发两信，均经说及，现在不必重说。总之：能办下去，就很好了。我前信主张不必改名，也就因为长虹之骂，商之霁野，以为何如？

《范爱农》一篇，自然还是登在 24 期上，作一结束。来年第一期，创作大约没有了，拟译一篇《说"幽默"》，是日本鹤见祐辅作的，虽浅，却颇清楚明白，约有十面，十五以前可寄出。此后，则或作译，殊难定，因为此间百事须自己经营，繁琐极了，无暇思索；译呢，买不到一本新书，没有材料。这样下去，是要淹死在死海里了，薪水虽不欠，又有何用？我决计于学期末离开，或者可以较有活气。那时再看。倘万不得已，就用《小约翰》充数。

我对于你们几位，毫无什么意见；只有对于目寒是不满的，因为他有时确是"无中生有"的造谣，但他不在京了，不成问题。至于长虹，则我看了他近出的《狂飙》，才深知道他很卑劣，不但挑拨，而且于我的话也都改头换面，不像一个男子所为。他近来又在称赞周建人了，大约又是在京时来访我那时的故技。

《莽原》印处改换也好。既然销到二千，我想何妨增点页数，每期五十面，纸张可以略坏一点（如《穷人》那样），而不加价。因为我觉得今年似乎薄一点。

迅　十二月八日

261211 致许广平

广平兄：

本月六日接到三日来信后，次日（七日）即发一信，想已到。我推想昨今两日当有信来，但没有；昨天是星期，没有信件到校的了。我想或者是你校事太忙没有发，或者是轮船误了期。

从粤，从沪，到此的信，一星期两回；从此向沪向粤的船，似乎也是一星期两回。但究竟是星期几呢，我终于推算不出，又仿佛并不一定似的。

计算从今天到一月底，只有五十天了，已不满两月，我到此，是已经三个月又一星期了。现在倒没有什么事。我每天能睡八九小时，但是仍然懒；有人说我胖了一点了，也不知确否？恐怕也未必。对于学生，我已经说明了学期末要离开。有几个因我在此而来的，大约也要走。至于厦门学生，无药可医，他们整天读《古文观止》。

伏园就要动身，仍然十五左右；但也许仍从广州，取陆路往武昌。

我想一两日内，当有信来，我的廿九日的信的回信也应该就到了。那时再写罢。

迅　十二月十一日夜

261212 致许广平

广平兄：

今天早上寄了一封信。现在是虽是星期日，邮政代办所也开半天了。我今天也起得早，因为平民学校成立大会要我演说，我说了五分钟，又恭听校长辈之胡说至十一时，溜出会场，再到代办所去一看，果然已有三封信在：两封是七日发的，一封是八日发的。

金星石虽然中国也有，但看印盒的样子，还是日本做的，不过这也没有什么关系。"随便叫它曰玻璃"，则可谓胡涂，玻璃何至于这样脆？若夫"落地必碎"，则凡有印石，大抵如斯，岂独玻璃为然。可惜的是包印章者，当时竟未细心研究，因为注意移到包裹之白包上去了，现在还保存着。对于这，我倒立刻感觉到是用过的。特买印泥，亦非多事，因为非如此，则不舒服也。

此地冷了几天，但夹袍亦已够，大约穿背心而无棉袍，足可过冬了。背心我现穿在小衫外，较之穿在夹袄之外暖得多，或者也许还有别种原因。我之失败，我现在细想，是只能承认的。不过何至于"没出色"？天下英雄，不失败者有几人？恐怕人们以为"没出色"者，在他自己正以为大有"出色"，失败即胜利，胜利即失败，总而言之，就是这样，莫名其妙。置首于一人之足下，甘心什倍于戴王冠，久矣夫，已非一日矣……。

近来对于厦大一切，已不过问了，但他们还常要来找我演说，一演说，则与当局者的意见，一定是相反的，此校竟如教会学校或英国人所开的学校；玉堂现在亦深知其不可为，有相当机会，什九是可以走的。我手已不抖，前信竟未说明。至于寄给《语丝》的那篇文章，因由未名社转寄，被他们截留了，登在《莽原》第廿三期上。其中倒没有什么未尽之处。当时著作的动机，一是愤慨于自己为生计起见，不能不戴假面；二是感得少爷们于我，见可利用则尽情利用，倘觉不能利用则便想一棒打杀，所以很有些哀怨之言。寄来时当寄上；不过这种心情，现在也已经过去了。我时时觉得自己很渺小；但看少爷们著作，竟没有一个如我，敢自说是戴着假面和承认"党同伐异"的，他们说到底总必以"公平"自居。因此，我又觉得我或者并不渺小；现在故意要轻视我和骂倒我的人们的眼前，终于黑的妖魔似的站着L.S.两个字，大概就是为此。

我离厦门后，恐怕有几个学生要随我转学，还有一个助教也想同我走，因为我的金石的研究于他有帮助。我在这里常有学生来谈天，弄得自己的事无暇做；倘这样下去，是不行的。我将来拟在校中取得一间房，算是住室，作为预备功课及会客之用，而实不住。另在外面觅一相当地方，作为创作及休息之用，庶几不至于起居于节，饮食不时，再蹈在北京时之覆辙。但这可待到粤时再说，无须"未雨绸缪"。总之：我的意见，是想少陪无聊之访问之客而已。倘在学校，大家可以直冲而入，殊不便也。

现在我们的饭是可笑极了，外面仍无好的包饭处，所以还是从本校厨房买饭，每人每月三元半，伏园做菜，辅以罐头。而厨房屡次宣言：不买菜，他要连饭也不卖了。那么，我们为买饭计，必须月出十元，一并买他不能吃之菜。现在还敷衍着，伏园走后，我想索性一并买菜，以免麻烦，好在他们也只能讹去我十余元了。听差则欠我二十元，其中二元，是他兄弟急病时借去的，我以为他可怜，说这二元不要他还了，算是欠我十八元；他便第二日又来借二元，仍是二十元。伏园订洋装书，每本要他一元。厦门人对于"外江佬"，似乎颇欺侮。

以中国人的脾气而论，倒后的著作，是没有人看的，他们见可利用则尽量利用，遇可骂则尽量地骂，虽一向怎样常常往来，也即刻翻脸不识，看和我往还的少爷们的举动，便可推知。只要作品好，大概十年或数十年后，便又有人看了，但这大抵只是书坊老板得益，至于作者，也许早被逼死了，不再有什么相干。遇到这样的时候，我以为走外国也行；为争存计，无所不为也行，倒行逆施也行；但我还没有细想过，好在并不急迫，可以慢慢从长讨论。

"能食能睡"，是的确的，现在还如此，每天可以睡至八九小时，然而人还是懒，这大约是气候之故。我想厦门的气候，水土，似乎于居人都不宜，我所见的人们，胖子很少，十之九都黄瘦，女性也很少美丽活泼的，加以街道污秽，空地上就都是坟，所以人寿保险的价格，居厦门者比别处贵。我想国学院倒大可以缓办，不如作卫生运动，一面将水，土壤，都分析分析，讲个改善之方。

此刻已经夜一时了，本来还可以投到所外的箱子里去，但既有命令，就待至明晨罢，真是可惧。

迅　十二月十二日

261216 致许广平

广平兄：

昨（十三日）寄一信；今天则寄出期刊一束，怕失少，所以挂号，非因特别宝贵也。内计《莽原》一本；《新女性》一本，有大作在内；《北新》两本，其十四号或前已寄过，亦未可知，记不清楚了，如重出，则可不要其一；又《语丝》两期，我之发牢骚文，即登在内，盖先被未名社截留，到底又被小峰夺过去了，所以终于还在《语丝》上。

慨自二十三日之信发出之后，几乎大不得了，伟大之钉子，迎面碰来，幸而上帝保佑，早有廿九日之信发出，声明前此一函，实属大逆不道，合该取消，于是始蒙褒为"傻子"，赐以"命令"，作善者降之百祥，幸何如之。现在对于校事，一切不问，但编讲义，拟至汉末为止，作一结束，授课已只有五星期，此后便是考试了。但离开此地，恐当在二月初，因为一月薪水，是要等着拿走的。

朱家骅又有信来，催我速去，且云教员薪水，当设法加增。但我还是只能于二月初出发。至于伏园，却于二十左右要走了，大约先至粤，再从陆路入武汉。今晚语堂饯行，亦颇有活动之意，而其太太则不大谓然，以为带着两个孩子，常常搬家，如何是好。其实站在她的地位上来观察，的确也困苦的，旅行式的家庭，大抵的女性确乎也大都过不惯。但语堂则颇激烈，后事如何，只得"且听下回分解"了。

狂飙社中人，一面骂我，一面又要用我了。培良要我寻地方，尚钺要将小说印入《乌合丛书》。我想，我先前种种不客气，大抵施之于同辈及地位相同者，至于对少爷们，则照例退让，或者自甘牺牲一点。不料他们竟以为可欺，或纠缠，或责骂，反弄得不可开交。现在是方针要改变了，都置之不理。我常叹中国无"好事之徒"，所以什么也没有人管，现在看来，做好事之徒实在不容易，我略管闲事，便弄得这么麻烦。现在我将门关上，且看他们另向何处寻这类的牺牲。

《妇女之友》第五期上，有沄沁给你的一封公开信，见了没有？内中也没有什么，不过是对于女师大再被毁坏的牢骚。我看《世界日报》，似乎程干云还在那里；罗静轩却只得滚出了，报上有一封她的公开信，说卖文也可以过活。我想：怕很难罢。

今天白天有雾，器具都有点潮湿；蚊子很多，过于夏天，真是奇怪。叮得可以，要躲进帐子里去了。下次再写。

十四日灯下。

天气今气［天］仍热，但大风，蚊子却忽而很少了，真不知是怎么一回事。于是编了一篇讲义。印泥已从上海寄来，所以此刻就在《桃色的云》上写了几个字，将那"玻璃"印和印泥都第一次用在这上面；预备《莽原》第二十三期到来时，一同寄出。但因为天气热，印泥软，所以印得不大好，不过那也不要紧。必须如此办理，才觉舒服，虽被斥为"多事"，都不再辩，横竖已经失败，受点申斥算得什么。

本校并无新事发生。惟顾颉刚是日日夜夜布置安插私人；黄坚从北京到了，一个太太，四个小孩，两个用人，四十件行李，大有"山河永固"之意。我的要走已经宣传开去，大半是我自己故意说的。下午一个广大的学生来，他是本地人，问我广大来聘，我已应聘的话，可是真的。我说都真。他才高兴，说，我来厦门，他们都以为奇，但大概系不知内容之故，想总是住不久的，今果然，云云。可见能久在厦大者，必须不死不活的人才合宜，大家都以为我还不至于此。此人本是厦大学生，因去年的风潮而转广大，所以深知情形。

十五夜。

十二日的来信，今天（十六）上午就收到了，也算快的。我想广厦间的邮信船大约每周有二次，假如星期二五开的罢，那么，星期一四发的信便快，三六发的就慢了，但我终于研究不出那船期是星期几。

贵校的情形，实在不大高妙，也如别处的学校一样，恐怕不过是不死不活，不上不下。一接手，一定为难。倘使直截痛快，或改革，或被攻倒，爽快，或苦痛，那倒好了，然而大抵不如此。就是办也办不好，放也放不下，不爽快，也并不大苦痛，只是终日浑身不舒服，那种感觉，我们那里有一句俗语，叫作"穿'湿布衫'"，就是有如将没有晒干的小衫，穿在身体上。我所经过的事，无不如此，近来的作文印书，即是其一。我想接手之后，随俗敷衍，你一定不能；改革呢，能够固然好，即使因此失职，然而未必有改革之望罢。那就最好是不接手，倘难却，就仿"前校长"的方法：躲起来。待有结束后另觅事做。

政治经济，我觉得你是没有研究的，幸而只有三星期。我也有这类苦恼，常不免被逼去做"非所长""非所好"的事。然而往往只得做，如在戏台下一般，被挤在中间，退不开去了，不但于己有损，事情也做不好；而别人看见推辞，却以为客气，仍坚执要你去做。这样地玩"杂耍"一两年，就都只剩下油滑学问，失了专长，而也逐渐被社会所弃，变了"药渣"了，虽然也曾煎熬了请人喝过汁。一变药渣，便什么人都来践踏，连先前吃过汁的人也来践踏；不但践踏，还要冷笑。

牺牲论究竟是谁的"不通"而该打手心，还是一个疑问。人们有自志取舍，和牛羊不同，仆虽不敏，是知道的。然而这"自志"又岂出于天然，还不是很受一时代的学说和别人的情形的影响的么？那么，那学说是否真实，那人是否好人，配受赠与，也就成为问题。我先前何尝不出于自愿，在生活的路上，将血一滴一滴地滴过去，以饲别人，虽自觉渐渐瘦弱，也以为快活。而现在呢，人们笑我瘦了，除掉那一个人之外。连饮过我的血的人，也都在嘲笑我的瘦了，这实在使我愤怒。我并没有略存求得好报之心，不过觉得他们加以嘲笑，是太过的。我的渐渐倾向个人主义，就是为此；常常想到像我先前那样以为"自所甘愿即非牺牲"的人，也就是为此；常欲人要顾及自己，也是为此。但这是我的思想上如此，至于行为，和这矛盾的却很多，所以终于是言行不一致，好在不远就有面承训谕的机会，那时再争斗罢。

我离厦门的日子，还有四十多天，说三十多，少算了十天了，然则性急而傻，似乎也和"傻气的傻子"差不多，"半斤八两相等也"。伏园大约一两日内启行，此信或者也和他同船出发。从今天起，我们兼包饭菜了；先前单包饭的时候，饭很少，每人只得一碗半（中小碗），饭量大的，兼吃两人的也不够，今天是多一点了，你看厨房多么可怕。这里的仆役，似乎都和当权者有些关系，换不掉的，所以无论如何，只能教员吃苦。即如这厨子，是国学院听差中之最懒而最可恶的，兼士费了许多力，才将他弄走，而他的地位却更好了。他那时的主张，是：他是国学院的听差，所以别人不能使他做事。你想，国学院是一所房子，能叫他做事的么？

我上海买书很便当，那两本当即去寄，但到后还是即寄呢，还是年底面呈？

迅　十六日下午

261219 致沈兼士

兼士兄：

　　十四日奉一函，系寄至天津，想已达。顷得十四日手书，具悉种种。厦校本系削减经费，经语堂以辞职力争后，已复原，但仍难信，可减可复，既复亦仍可减耳。语堂恐终不能久居，近亦颇思他往，然一时亦难定，因有家室之累。亮公则甚适，悠悠然。弟仍定于学期末离去；此校国文科第一年级生，因见沪报而来者，恐亦多将相率转学，留者至多一人而已。季巿多日无信，弟亦不知其何往，殊奇。孙公于今日上船；程某（前函误作郑）渴欲补缺，顾公语语堂，谓得　兄信，如此主张，而不出信相示，弟颇疑之。黄坚到厦，向语堂言兄当于阴历新年复来，而告孙公则云不来，其说颇不可究诘。语堂究竟忠厚，似乎不甚有所知，然亦无法救之，但冀其一旦大悟，速离此间，乃幸耳。文学史稿编制太草率，至正月末约可至汉末，挂漏滋多，可否免其献丑，稍积岁月，倘得修正，当奉览也。丁公亦大有去志；而矛尘大约将到矣；陈石遗忽来，居于镇南关，国学院中人纷纷往拜之。专此，敬颂
提福

弟迅　十二月十九日上午

261220 致许广平

广平兄：

　　十六日得十二日信后，即复一函，想已到。我猜想一两日内当有信到，但此刻还没有，就先写几句，预备明天发出。

伏园前天晚上走了，昨晨开船。你也许已见过。有否可做的事，我已托他问朱家骅，但不知如何。季黻南归，杳无消息，真是奇怪，所以他的事也无从计画。

我这里是什么事也没有发生，不过前几天很阔了一通。将伏园的火腿用江瑶柱煮了一大锅，吃了。我又从杭州带来两斤茶叶，每斤二元，喝着。伏园走后，庶务科便派人来和我商量，要我搬到他所住过的小房子里去。我便很和气的回答他：一定可以，不过可否再迟一个月的样子，那时我一定搬。他们满意而去了。

其实教员的薪水，少一点倒不妨的，只是必须顾到他的居住饮食，并给以相当的尊敬。可怜他们全不知道，看人如一把椅子或一个箱子，搬来搬去，弄不完。于是凡有能忍受而留下的便只有坏种，别有所图，或者是奄奄无生气之辈。

我走后，这里的国文一年级，明年学生至多怕只剩一个人了，其余的是转学到武昌或广州。但学校当局是不以为意的，这里的目的是与其出事，不如无人。顾颉刚的学问似乎已经讲完，听说渐渐讲不出。陈万里只能在会场上唱昆腔，真是受了所谓"俳优蓄之"的遭遇。但这些人正和此地相宜。

我很好，手指早已不抖，前信已声明。厨房的饭又克减了，每餐只有一碗半，幸我还够吃，又幸而只有四十天了。北京上海的信虽有来的，而印刷物多日不到，不知其故何也。再谈。

迅　十二月二十日午后

现已夜十一时，终不得信，此信明天寄出罢。

二十日夜

261223 致许广平

广平兄：

　　十九日信今天到：十六的信没有收到，怕是遗失了，所以终于不知寄信的地方，此信也不知能收到否？我于十二上午寄一信，此外尚有十六,二十一两信，均寄学校。

　　前日得郁达夫和遇安信，十四日发的，似于中大颇不满，都走了。次日又得中大委员会十五来信，言所定"正教授"只我一人，催我速往，那么，恐怕是主任了。但我只能结束了学期才走，拟即复信说明，但伏园大概已经替我说过。至于主任，我想不做，只要教教书就够了。

　　这里一月十五考起，看卷完毕，当在廿五左右，等薪水，所以至早恐怕要在一月廿八九才可以动身罢。我想先住客栈，此后如何，看情形再定，此时不必先酌定。

　　电灯坏了，洋烛所余无几，只得睡了。如此信收到，告我更详细的地名，可写信面。

　　　　　　　　　　　　迅　十二月廿三夜

怕此信失落，另写一信寄学校。

261223 致许广平

广平兄：

　　今日得十九来信，十六日信终于未到，所以我不知你住址，但照信面所写的发了一信，不知能到否？因此另写一信，挂号寄学校，冀两信有一信可到。

前日得郁达夫及遇安信，说当于十五离粤，似于中大颇不满。又得中大委员会信，十五发，催我速往，言正教授只我一人。然则当是主任。拟即作复，说一月底才可以离厦，或者伏园已替我说明了。

我想不做主任，只教书。

厦校一月十五考试，阅卷及等薪水等等，恐至早须二十八九才能动身。我拟先住客栈，此后则看形情再定。

我除十二，十三，各寄一信外，十六，二十一，又俱发信，不知收到否？

电灯坏了，洋烛已短，又无处买添，只得睡觉，这学校真可恨极了。

此地现颇冷，我白天穿夹袍，夜穿皮袍，其实棉被已够，而我懒于取出。

迅。十二月廿三夜

告我通信地址。

261224 致许广平

广平兄：

昨日（廿三）得十九日信，而十六信待到今晨未至，以为遗失的了，因写两信，一寄高第街，照信封上所写；一挂号寄学校，内容是一样的，上午寄出，想该有一封可以收到。但到下午，十六日发的一封信竟收到了，一共走了九天，真是奇特的邮政。

学校现状，可见学生之愚，和教职员之巧，独做傻子，实在不值得，实不如暂逃回家，不闻不问。这种事我遇过好几次，所以世故日深，而有量力为之，不拚死命之说。因为别人太巧，看得生气也。伏园想早到粤，已见过否？他曾说要为你向中大一问。

郁达夫已走了，有信来。又听说成仿吾也要走。创造社中人，似乎与中大有什么不协似的，但这不过是我的推测。达夫遇安则信上确有怨言。我则不管，旧历年底仍往粤，倘薪水能早取，就仅一个月略余几天了，容易敷衍过去。

中大委员会来信言正教授止我一个，不知何故。如是，则有做主任的危险，那种烦重的职务，我是不干的，大约当俟到后再看。现在在此倒还没有什么不舒服，因为横竖不远就走，什么都心平气和了。今晚去看了一回电影。川岛夫妇已到；我处常有学生来，也不大能看书，有几个还要转学广州，他们总是迷信我，真无法可想。长虹则专一攻击我，面红耳赤，可笑也，他以为将我打倒，中国便要算他。

陈仪独立是不确的，廿二日被孙缴械了，此人真无用。而国民一军则似乎确已过陕州而至观音堂，北京报上亦载。

北京报又记傅铜等十教授与林素园大闹，辞职了，继任教务长（？）是高一涵。群犬终于相争，而得利的还是现代评论派，正人君子之本领如此。罗静轩已走出，报上有一篇文章，可笑。

玉堂大约总弄不下去，然而国学院是不会倒的，不过是不死不活。一班江苏人正与此校相宜，黄坚与校长尤洽，他们就会弄下去。后天校长请客，我在知单上写了一个"敬谢"，这是在此很少先例的，他由此知道我无留意，听说后天要来访我，我当避开。再谈。

迅。十二月二十四日灯下。

（电灯）修好了。

261228 致许寿裳

季茀兄：

　　今日得廿一日来信，谨悉一一，前得北京信，言兄南旋，未携眷属，故信亦未寄嘉兴，曾以一笺托诗荃转寄，今得来书，似未到也。

　　此间多谣言，日前盛传公侠下野，亦未知其确否，故此函仍由禾转，希即与一确示。

　　厦大虽不欠薪，而甚无味，兼士早走，弟亦决于本学期结束后赴广大，大约居此不过尚有一月耳，盼复，余容续陈。

　　　　　　　　　　　　　　树人　上　十二月二十八日

261229 致韦素园

漱园兄：

　　二十日的来信，昨天收到了。《莽原》第二十三期，至今没有到，似已遗失，望补寄两本。

　　霁野学费的事，就这样办罢。这是我先说的，何必客气。我并非"从井救人"的仁人，决不会吃了苦来帮他，正不必不安于心。此款大约至迟于明年（阳历）一月十日以前必可寄出，惟邮寄抑汇寄则未定。

　　《阶级与鲁迅》那一篇，你误解了。这稿是我到厦门不久，从上海先寄给我的；作者姓张，住中国大学，似是一个女生（倘给长虹知道，又要生气），问我可否发表。我答以评论一个人，无须征求本人同意，如登《语丝》，也可以。因给写了一张信给小峰作绍介。其时还在《莽原》投稿发生纠葛之前，但寄来寄去，登出时却在这事之后了。况且你也未曾和我"捣乱"，原文所指，我想也许

231

是《明珠》上的人们罢。但文中所谓 H.M. 女校，我至今终于想不出是什么学校。

至于关于《给——》的传说，我先前倒没有料想到。《狂飙》也没有细看，今天才将那诗看了一回。我想原因不外三种：一，是别人神经过敏的推测，因为长虹的痛哭流涕的做《给——》的诗，似乎已很久了；二，是《狂飙》社中人故意附会宣传，作为攻击我的别一法；三，是他真疑心我破坏了他的梦，——其实我并没有注意到他做什么梦，何况破坏——因为景宋在京时，确是常来我寓，并替我校对，抄写过不少稿子《坟》的一部分，即她抄的，这回又同车离京，到沪后她回故乡，我来厦门，而长虹遂以为我带她到了厦门了。倘这推测是真的，则长虹大约在京时，对她有过各种计划，而不成功，因疑我从中作梗。其实是我虽然也许是"黑夜"，但并没有吞没这"月儿"。

如果真属于末一说，则太可恶，使我愤怒。我竟一向在闷胡卢中，以为骂我只因为《莽原》的事。我从此倒要细心研究他究竟是怎样的梦，或者简直动手撕碎它，给他更其痛哭流涕。只要我敢于捣乱，什么"太阳"之类都不行的。

我还听到一种传说，说《伤逝》是我自己的事，因为没有经验，是写不出这样的小说的。哈哈，做人真愈做愈难了。

厦门有北新之书出售，而无未名的。校内有一人（朴社的书，是他代卖的）很可靠，我想大可以每种各寄五本不够，则由他函索，托他代售，折扣之例等等，可直接函知他，寄书时只要说系我绍介就是了。明年的《莽原》，亦可按期寄五本。人名地址是——

福建厦门大学

毛简先生（他号瑞章，但寄书籍等，以写名为宜。他是图书馆的办事员，和我很熟识）。

迅　十二,二九。

261229 致许寿裳

季茀兄：

昨寄一函，已达否？此间甚无聊，所谓国学院者，虚有其名，不求实际。而景宋故乡之大学，催我去甚亟。聘书且是正教授，似属望甚切，因此不能不勉力一行，现拟至迟于一月底前往，速则月初。伏园已去，但在彼不久住，仍须他往，昨得其来信，言兄教书事早说妥，所以未发聘书者，乃在专等我去之后，接洽一次也。现在因审慎，聘定之教员似尚甚少云。信到后请告我最便之通信处，来信寄此不妨，即我他去，亦有友人收转也。此布，即颂

曼福。

树人 上 十二月廿九日

261229 致许广平

广平兄：

廿五日寄一函，想已到。今天以为当得来信，而竟没有，别的粤信，都到了。伏园已寄来一函，今附上，可借知中大情形。季黻与你的地方，大概都极易设法。我一面已写信通知季黻，他本在杭州，目下不知怎样。

看来中大似乎等我很急，所以我想就与玉堂商量，能早走则早走，自然另外也还有原因。此外，则厦大与我，太格格不入，所以我也不必拘拘于约束，为之收束学期也。但你信只管发，即我已走，也有人代收寄回。

厦大是废物，不足道了。中大如有可为，我也想为之出一点力，但自然以不损自己之身心为限。我来厦门，本意是休息几时，及有些预备，而有些人以为我放下兵刃了，不再有发表言论的便利，即翻脸攻击，自逞英雄；北京似乎也有流言，和在上海所闻者相似，且说长虹之攻击我，乃为此。用这样的手段，想来征服我，是不行的。我先前的不甚竞争，乃是退让，何尝是无力战斗。现在就偏出来做点事，而且索性在广州，住得更近点，看他们卑劣诸公其奈我何？然而这也是将计就计，其实是即使并无他们的闲话，也还是到广州的。

再谈。

迅　十二月廿九日灯下

261231 致辛岛骁（日本）

拜启　日前，《斯文》三册及《三国志演义》拔萃承蒙惠赠，谢谢。

到厦门以来已寄上两函，但中国的邮政颇为混乱，很怀疑你能否收到。

此地的学校没趣而无聊。昨日终于辞职，一周内去广州。

我看厦门就像个死岛，对隐士倒是适合的。

一到广州，即先去中山大学讲课。不过，是否呆得长，尚未可知。校址为"文明路"。

先行奉告敝人的去向。草草

鲁迅　十二月卅一日

辛岛兄

一九二七年

270102 致许广平

广平兄：

　　自从十二月廿三四日得十九，六信后，久不得信，真是好等，今天上午（一月二日）总算接到十二月廿四的来信了。伏园想或已见过，他到粤所说的事情，我已于三十日所寄函中将他的信附上，收到了罢。至于刊物，十一月廿一日之后，我又寄过两次，一是十二月三日，大约已遗失；一是十二月十四日，挂号的，也许还会到。学校门房行为如此，真可叹，所以工人地位升高，总还须有教育才行。幸而那些刊物不过是些期刊之流，没有什签名盖印的，失掉了倒也还没有什么。

　　毛咸这人听说倒很好的，他有本家在这里；信中的话，似乎也恳切，伏园至多大约不过作了一个小怪，随他去；但连人家的名字都写错，可谓粗心。云章似乎好名，他被《狂飙》批评后，还写信去辩，真是上当。至于长虹，则现在竭力攻击我，似乎非我死他便活不成，想起来真好笑。近来也很回敬了他几杯辣酒。我从前竭力帮忙，退让，现在躲在孤岛上，他们以为我精力都被他们用尽，不行了，翻脸

235

就攻击。其实还太早了一些，以他们的一点破碎的思想的力量，还不能将我打死。不过使我此后见人更有戒心。

前天，十二月卅一日，我已将正式的辞职书提出，截至当日止，辞去一切职务。这事很给厦大一点震动，因为我在此，与学校的名气有些相关，他们怕以后难于聘人，学生也要减少，所以颇为难。为虚名计，想留我，为干净，省得捣乱计，愿放走我。但无论如何，总取得后者的结果的。因为我所不满意的是校长，所以无可调和。今天学生会也举代表来留，自然是具文而已，接着大概是送别会，那时是听，我的攻击厦大的演说。他们对于学校并不满足，但风潮是不会有的，因为四年前曾经失败过一次。

我这一走，搅动了空气不少，总有一二十个也要走的学生，他们或往广州，或向武昌，倘有二十余人，就是十分之一，因为这里一总只有二百余人。这么一来，我到广州后，便又粘带了十来个学生，大约又将不胜其烦，即在这里，也已经应接不暇。但此后我想定一会客时间，否则，是不得了的，将有在北京那时的一样忙碌。将来攻击我的人，也许其中也有。

上月的薪水，听说后天可发；我现在是在看试卷，两三天可完。此后我便收拾行李；想于十日前，至迟十四五日以前，离开厦门，坐船向广州。但其时恐怕已有学生跟着的了，须为之转学安顿。所以此信到后，不必再寄信来，其已经寄出的，也无妨，因为有人代收。至于器具，我除几种铝制的东西之外，没有什么，当带着，恭呈钧览。

不到半年，总算又将厦门大学捣乱了一通，跑掉了。我的旧性似乎并不很改。听说这回我的搅乱，给学生的影响颇不小；但我知道，校长是决不会改悔的。他对我虽然很恭敬，但我讨厌他，总觉得他不像中国人，像英国人。

玉堂想到武昌，他总带［待］不久的。至于现代系人，却可以在，他们早和别人连络了。

我近来很沉静而大胆，颓唐的气息全没有了，大约得力于有一个人的训示。我想二十日以前，一定可以见面了。你的作工的地方，那是当不成问题，我想同在一校无妨，偏要同在一校，管他妈的。

今天照了一个照相，是在草木丛中，坐在一个洋灰的坟的祭桌上，像一个皇帝，不知照得好否，要后天才知道。

迅　一月二日下午。

270105 致许广平

广平兄：

伏园想已见过了，他于十二月廿九日给我一封信，今裁出一部分附上，未知以为何如。我想助教是不难做的，并不必授功课，而给我做助教，尤其容易，我可以少摆教授架子。

这几天"名人"做得太苦了，赴了几处送别会，都有我那照例的古怪演说。这真奇怪，我的辞职消息一传出，竟惹起了不小的波动，许多学生颇愤慨，有些人很慨叹，有些人很恼怒。有的是借此攻击学校，而被攻击的是竭力要将我的人说得坏些，因以减轻罪孽。所以谣言颇多，我但袖手旁观着，煞是好看。这里是死海，经这一搅，居然也有小乱子，总算还不愧为"挑剔风潮"的学匪。然而于学校，是仍然无益的，这学校除彻底扫荡之外，没有良法。

不过于物质上，也许受点损失。伏园走后，十二月上半月的薪水，不给他了。我的十二月份薪水，也未给，因为他们恨极，或许从中捣鬼。我须看他几天，所以十日以前，大约一定走不成，当在十五日前后。不过拿不到也不要紧，这一个对于他们狐鬼的打击，足以偿我的损失而有余了，他们听到鲁迅两字，从此要头痛。

学生至少有二十个被我带走。我确也不能不走了，否则害人不浅。因为我在这里，竟有从河南中州大学转学而来的，而学校是这样，我若再给他们做招牌，岂非害人，所以我一面又做了一则通信，登《语丝》，说明我已离厦。我不知何以忽然成为偶象，这里的几个学生力劝我回骂长虹，说道，你不是你自己的了，许多青年等着听你的话。我为之吃惊，我成了他们的公物，那是不得了的，我不愿意。我想，不得已，再硬做"名人"若干时之后，还不如倒下去，舒服得多。

此信以后，我在厦门大约不再发信了，好在不远就到广州。中大的职务，我似乎并不轻，我倒想再暂时肩着"名人"的招牌，好好的做一做试试看。如果文科办得还像样，我的目的就达了。我近来变了一点态度，于诸事都随手应付，不计利害，然而也不很认真，倒觉得办事很容易，也不疲劳。

再谈。

迅。一月五日午后

270106 致许广平

广平兄：

五日寄一信，想当先到了。今天得十二月卅日信，所以再写几句。

238

伏园为你谋作助教，我想并非捉弄你的，观我前回附上之两信便知，因为这是李遇安的遗缺，较好。北大和厦大的助教，平时并不授课；厦大是教授请假半年或几月时，间或由助教代课，但这样是极少的事，我想中大当不至于特别罢，况且教授编而助教讲，也太不近情理，足下所闻，殆谣言也。即非谣言，亦有法想，似乎无须神经过敏。未发聘书，想也不至于中变，其于季黻亦然，中大似乎有许多事等我到才做似的。我的意思，附中聘书可无须受，即有中变，我当勒令朱找出地方来。

至于引为同事，恐牵连到自己，那我可不怕。我被各人用各色名号相加，由来久了，所以无论被怎么说都可以。这回我的去厦，这里也有各种谣言，我都不管，专用徐世昌哲学：听其自然。

害马又想跑往武昌去了，谋事逼之欤？十二月卅日写的信，而云"打算下半年在广州"，殊不可解，该打手心。

我十日以前走不成了，因为十二月分薪水，要明后天才能取得。但无论如何，十五日以前是必动身的。他们不早给我薪水，使我不能早走，失策了。校内似乎要有风潮，现在正在酝酿，两三日内怕要爆发，但已由挽留运动转为改革厦大运动，与我不相干。不过我早走，则学生们少一刺激，或者不再举动，现在是不行了。但我却又成为放火者，然而也只得听其自然，放火者就放火者罢。

这一两天内苦极，赴会和饯行，说话和喝酒，大约这样的还有两三天。自从被勒做"名人"以来，真是苦恼。这封信是夜三点写的，因为赴会后回来是十点钟，睡了一觉起来，已是三点了。

这些请吃饭的人，有的是佩服我的，在这里，能不顾每月四百元的钱而捣乱的人，已经算英雄。有的是憎而且怕我的，想以酒食封我的嘴，所以席上的情形，煞是好看，简直像敷衍一个恶鬼一样。前天学生送别会上，为厦大未有之盛举，有唱歌，有颂词，忽然将我造成一个连自己也想不到的大人物，于是黄坚也称我为"吾师"，而宣言曰"我乃他之学生也，感情自然很好的"。令人绝倒。今天又办酒给我饯行。

这里的恶势力，是积四五年之久而弥漫的，现在学生们要借我的四个月的魔力来打破它，不知结果如何。

迅。一月六日灯下

270108 致韦素园

漱园兄：

上午寄出译稿两篇，未知能与此信同到否？又由中国银行汇出洋一百元，则照例当较此信迟到许多天，到时请代收，转交霁野。

我于这三四日内即动身，来信可寄广州文明路中山大学。我本拟学期结束后再走，而种种可恶，令人不耐，所以突然辞职了。不料因此引起一点小风潮，学生忽起改良运动，现正在扩大，但未必能改良，也未必能改坏。

总之这是一个不死不活的学校，大部分是许多坏人，在骗取陈嘉庚之钱而分之，学课如何，全所不顾。且盛行妾妇之道，"学者"屈膝于银子面前之丑态，真是好看，然而难受。

迅　一月八日

270110 致韦素园

漱园兄：

　　八日汇出钱百元，九日寄一函，想已到。今日收到十二月卅日来信。　兄咯血，应速治，除服药打针之外，最好是吃鱼肝油。

　　章矛尘已到了，退回之《莽原》，请仍寄给他。《坟》想已出，应送之处，开出一单附上。

　　这里的风潮似乎要扩大。我大约于十四五才能走，因为一时没有船。

　　《莽原》稿已又寄出两篇，二月份可无虑了；三月者当续寄。

迅　一月十日灯下

张凤举

徐耀辰（祖正）

刘半农

以上三人，未名社想必知道他的住址

常维钧

马　珏（后门内东板桥五十号，或：孔德学校）

冯文炳（大约在北大，问北新局，当知）

陈炜谟

冯　至

上两人是沈钟社里的，不知尚在京否？如知地址，希邮寄。此外也记不起什么了，此外如霁野，丛芜，静农，你……，自然应各送一本，不待说明。

270111 致许广平

广平兄：

　　五日与七日的两函，今天（十一）上午一同收到了。这封挂号信，却并无要事，不过我因为想发议论，倘被遗失，未免可惜，所以宁可做得稳当些。

　　这里的风潮似乎还在蔓延，不过结果是不会好的。有几个人还想利用这机会高升，或则向学生方面讨好，或则向校长方面讨好，真令人看得可叹。我的事情大略已了，本可以动身了，而今天有一只船，来不及坐，其次，只有星期六有船，所以于十五日才能走。这封信大约要和我同船到粤，但姑且先行发出。我大概十五上船，也许十六才开，则到广州当在十九或二十日。我拟先住广泰来栈，和骝先接洽之后，便姑且搬入学校，房子是大钟楼，据伏园来信说，他所住的一间就留给我。

　　助教是伏园去谋来的，俺何敢自以为"恩典"，容易"爆发"也好，容易"发暴"也好，我就是这样，横竖种种谨慎，还是被人逼得不能做人。我就来自画招供，自说消息，看他们其奈我何。我对于"来者"，先是抱给与的普惠，而惟独其一，是独自求得的心情。（这一段也许我误解了原意，但已经写下，不再改了。）这其一即使是对头，是敌手，是枭蛇鬼怪，要推我下来，我即甘心跌下来，我何尝愿意站在台上。我就爱枭蛇鬼怪，我要给他践踏我的特权。我对于名誉，地位，什么都不要，我只要枭蛇鬼怪够了。但现在之所以只透一点消息于人间者，（一）为己，是还念及生计问题；（二）为人，是可以暂以我为偶象，而作改革运动。但要我兢兢业业，专为这两事牺牲，是不行了。我牺牲得够了，我从前的生活，都已牺牲，而受者还不够，必要我奉献全部的生命。我现在不肯了，我爱"对头"，我反抗他们。

这是你知道的，我这三四年来，怎样地为学生，为青年拚命，并无一点坏心思，只要可给与的便给与。然而男的呢，他们互相嫉妒，争起来了，一方面不满足，就想打杀我，给那方面也无所得。看见我有女生在坐，他们便造流言。这些流言，无论事之有无，他们是在所必造的，除非我和女人不见面。他们貌作新思想，其实都是暴君酷吏，侦探，小人。倘使顾忌他们，他们更要得步进步。我蔑视他们了。我有时自己惭愧，怕不配爱那一个人；但看看他们的言行思想，便觉得我也并不算坏人，我可以爱。

那流言，最初是韦漱园通知我的，说是沉钟社中人所说，《狂飙》上有一首诗，太阳是自比，我是夜，月是她。今天打听川岛，才知此种流言早已有之，传播的是品青，伏园，衣萍，小峰，二太太……。他们又说我将她带在厦门了，这大约伏园不在内，而送我上车的人们所流布的。黄坚从北京接家眷来此，又将这流言带到厦门，为攻击我起见，广布于人，说我之不肯留，乃为月亮不在之故。在送别会上，陈万里且故意说出，意图中伤。不料完全无效，风潮并不稍减。我则十分坦然，因为此次风潮，根株甚深，并非由我一人而起。况且如果是"夜"，当然要有月亮，倘以此为错，是逆天而行也。

现在是夜二时，校中暗暗熄了电灯，帖出放假条告，当被学生发见，撕掉了。从此将从驱逐秘书运动，转为毁坏学校运动。

《生财有大道》那一篇，看笔法似乎是刘半农做的。老三不回去了，听说今年总当回京一次，至迟以暑假为度。但他不至于散布流言。我现在真自笑我说话往往刻薄，而对人则太厚道，我竟从不疑及衣萍之流到我这里来是在侦探我；并且今天才知道我有时请他们在客厅里坐，他们也不高兴，说我在房里藏了月亮，不容他们进去了。我托羡苏买了几株柳，种在后园，拔去了几株玉蜀黍，母亲也大不以为然，向八道湾鸣不平，听说二太太也大放谣言，说我纵容学生虐待她。现在是往来很亲密了，老年人容易受骗。所以我早说，我一出西三条，能否复返，是一问题，实非神经过敏之谈。

但这些都由它去，我自走我的路。不过这回厦大风潮，我又成了中心，正如去年之女师大一样。许多学生，或则跟到广州，或往武昌，为他们计，是否还应该留几片铁甲在身上，再过一年半载，此刻却还未能决定。这只好于见到时商量。不过不必连助教都怕做，对语都避忌，倘如此，那真成了流言的囚人了。

　　　　　　　　　　　　　　　　迅。一月十一日。

270112 致翟永坤

永坤兄：

去年底的来信，今天收到。此地很无聊，肚子不饿而头痛。我本想在此关门读书一两年，现知道已属空想。适逢中山大学邀我去，我就要去了，大约十五日启行。

至于在那里可以住多少时，现在无从悬断，倘觉得不合适，那么至多也不过一学期。此后或当漂流，或回北京，也很难说，须到夏间再看了。但无论如何，目下总忙于编讲义，不能很做别的。

　　　　　　　　　　　　　　　迅　一，十二

来信问我在此的生活，我可以回答：没有生活。学校是一个秘密世界，外面谁也不明白内情。据我所觉得的，中枢是"钱"，绕着这东西的是争夺，骗取，斗宠，献媚，叩头。没有希望的。近来因我的辞职，学生们发生了一个改良运动，但必无望，因为这样的运动，三年前已经失败过一次了。这学校是不能改良，也不能改坏。

此地没有霜雪，现在虽然稍冷，但穿棉袍尽够。梅花已开了，然而菊花也开着，山里还开着石榴花，从久居冷地的人看来，似乎"自然"是在和我们开玩笑。

迅　又及

270115 致林文庆

文庆先生足下：

前蒙惠书，并嘱刘楚青先生辱临挽留，闻命惭荷，如何可言。而屡叨盛饯，尤感雅意，然自知薄劣，无君子风，本分不安，速去为是。幸今者征轮在望，顷即成行。肃此告辞，临颖悚息。聘书两通并还。

周树人　启　一月十五日

270117 致许广平

广平兄：

现在是十七夜十时，我在"苏州"船中，泊在香港海上。此船大约明晨九时开，午后四时可到黄浦，再坐小船到长堤，怕要八九点钟了。

这回一点没有风浪，平稳如在长江船上，明天是内海，更不成问题。想起来真奇怪，我在海上，竟历来不大遇到风波，但昨天也有人躺下不能起来的，或者我比较的不晕船也难说。

我坐的是"唐餐间",两人一房,一个人到香港上去了,所以此刻是独霸一间。至于到广州后先住那一个客栈,此刻不能决定。因为有一个侦探性的学生跟住我。这人大概是厦大校长所派,侦探消息的,因为那边的风潮未平,他怕我帮助学生,在广州活动。我在船上用各种方法斥拒,至于疾声厉色,令他不堪。但是不成功,他终于嬉皮笑脸,谬托知己,并不远离。大约此后的手段是和我住同一客栈,时时在我房中,探听中大情形。所以明天我当相机行事,能将他撇下便撇下,否则再设法。

此外还有三个学生,是广东人,要进中大的,我已通知他们一律戒严,所以此人在船上,是不能探得消息。

迅　(一月十七日)

270126 致韦素园

漱园兄:

我十八日到校了,现即住在校内,距开学尚有一个月,所以没有职务上的事。但日日忙于会客及赴会演说,也很苦恼,这样下去,还是不行,须另设法避免才好。

本地出版物,是类乎宣传品者居多;别处出版者,《现代评论》倒是寄卖处很多。北新刊物也常见,惟未名社者不甚容易见面。闻创造社中人说,《莽原》每期约可销四十本。最风行的是《幻洲》,每期可销六百余。

旧历年一过,北新拟在学校附近设一售书处,我想:未名社书亦可在此出售,所以望即寄《坟》五十本,别的书各二十本,《莽原》合本五六部，二卷一号以下各十本来，挂号，"中山大学大钟楼，周……"收。待他们房子租定后，然后直接交涉。

这里很繁盛，饮食倒极便当；在他处，听得人说如何如何，追来一看，还是旧的，不过有许多工会而已，并不怎样特别。但民情，却比别处活泼得多。

买外国书还是不便当，这于我有损，现正在寻找，可有这样的书店。

迅　一，廿六

270129 致许寿裳

季茀兄：

十九日信已到，现校中只缺豫科教授，大家俱愿以此微职相屈，望兄不弃，束装即来。所教何事，今尚未定，总之都甚容易，又须兼教本科二三小时，月薪为二百四十，合大洋约二百上下，以到校之月起算，甚望于二月（阳历）间到校。可以玩数天，开学则三月二日也。

此间生活费颇贵，然一人月用小洋百元足够，食物虽较贵而质料殊佳；惟房租贵，三小间约月需二十元上下。弟现住校中，来访者太多，殊不便，将来或须赁屋，亦未可知。

信到后乞即示行期。又如坐太古船，则"四川""新宁""苏州"等凡以 S 起头者皆较佳。"唐餐楼"每人约二十五六元。

来信仍寄校中。

迅　上　一月二十九夜

270131 致许寿裳

季茀兄：

昨刚发信绍，沪，今晨得二十三日来信，俱悉。兄之聘书，已在我处，为预科教授，月薪二百四十元，合大洋不过二百上下。此间生活费，有百元足矣，不至于苦。

至于所教功课，现尚无从说起，因为一切尚无头绪。总之，此校的程度是并不高深的，似乎无须怎样大预备。

开学是三月二日，但望兄见信即来。可以较为从容，谈谈。所教功课，也许在本科也有几点钟。

校中要我做文科主任，我尚未答应。

从沪开来的轮船，太古公司者，"苏州"，"新宁"，"四川"等凡以Ｓ起首者最好。听说"苏州"尤佳。我坐的是"唐餐楼"（胜于官舱），价二十五元左右。

余面谈。

> 迅 上 正月三十一日

270207 致李霁野

季野兄：

一月十五日来信已到。漱园病已愈否？

《每日评论》附赠《莽原》，很像附送"美女月份牌"之类，我以为不合适。有麟曾函问我，我亦如此答复他。

兄所需学费，已在厦门汇出，想已到了？

> 迅 二，七

248

270221 致李霁野

霁野兄：

二月一日信前天才收到。学费已到否，念念。

柏烈威先生要译《阿Q正传》及其他，我是当然可以的。但王希礼君已经译过，不知于他（王）何如？倘在外国习惯上不妨有两种译本，那只管译印就是了。（我也没有与王希礼君声明，不允第二人译。）L夫人画如允我们转载，自然很好。

我现在真太忙了，连吃饭工夫也没有。前几天到香港讲演了两天，弄得头昏。连第廿九期《莽原》稿也还未作，望这（29）一期暂缺我的。

迅　二月廿一日

270225 致章廷谦

矛尘兄：

廿日及以前的信，都收到了。伏园已于十日动身，从湖南走，大约月底可到武昌。

中大定于三月二日开学，里面的情形，非常曲折，真是一言难尽，不说也罢。我是来教书的，不意套上了文学系（非科）主任兼教务主任，不但睡觉，连吃饭的工夫也没有了。这样下去，是不行的，我想设法脱卸这些，专门做教员，不知道将来（开学后）可能够。但即使做教员，也不过是五日京兆，坐在革命的摇篮之上，随时可以滚出的。不过我以为教书可比办事务经久些，近来实也跑得吃力了。

绍原有电来索旅费，今天电汇了。红鼻，先前有许多人都说他好，可笑。这样的人，会看不出来。大约顾孟余辈，尚以他为好货也。孟余目光不大佳。

兄事，我曾商之骝先，校中只有教务助理员位置了，月薪小洋百，半现半库券（买起来，大概八折），兄及夫人如来此，只足苦苦地维持生活。我曾向骝先说，请兄先就此席；骝先且允当为别觅地方。兄如可以，望即函知。且于三月间来此。但于"按月发给"办法，不有妨乎？厦大薪水，总以尽量取得为宜。

本校考试，二十八日是最末一次，而朱斐们还不来，我虽已为报名，不知二十七可能到。倘不到，则上半年不能入校，真做了牺牲了，可叹。

我在这里，被抬得太高，苦极。作文演说的债，欠了许多。阴历正月三日从毓秀山跳下，跌伤了，躺了几天。十七日到香港去演说，被英国人禁止在报上揭载了。真是钉子之多，不胜枚举。

我想不做"名人"了，玩玩。一变"名人"，"自己"就没有了。

季黻已来此地。

兄究竟行止何如（对于广州），乞示复。寄玉堂一笺，希便中转交。

迅　二，二五

斐君兄均此不另。

250

270303 致刘随

前度先生：

　　惠函敬悉。讲演稿自然可以答应　先生在日报发表，今寄还。其中僭改了几处，乞鉴原为幸。顺祝

康健

　　　　　　　　　　　　　　　　　　　鲁迅　三月三日

270315 致韦丛芜

丛芜兄：

　　来信收到。贺你的重了六磅。

　　《格利佛游记》可以照来信办，无须看一遍了，我也没有话要说，否则邮寄往返，怕我没有工夫，压起来。

　　《莽原》只要能支持就好，无须社之流，我以为不妥当，我一向对于投稿《晨副》的人的稿子，是不登的。

　　密斯朱来访过一次，我还无暇去回看他。岭南大学想我去讲点东西，只听到私人对我表示过，我还没有答应他。但因近几天拉了一个他们的教员兼到中大来，所以我也许去讲一点，作为交换。

　　我这一个多月，竟如活在旋涡中，忙乱不堪，不但看书，连想想的工夫也没有。

　　　　　　　　　　　　　　　　　　　迅　三月十五日

270317 致李霁野

霁野兄：

昨天收到受过检查的二月廿四日来信。漱园已渐愈，甚喜。我太忙，每天胡里胡涂的过去，文章久不作了，连《莽原》的稿子也没有寄，想到就很焦急。但住在校内，是不行的，从早十点至夜十点，都有人来找。我想搬出去，晚上不见客，或者可以看点书及作文。明天我想去寻房子。

北京的出版物久没有收到。《莽原》只收到第二卷第一三期各一本。前天看见创造社中人，说第三期一到，就卖完了，我问他到了多少本，他不说。他们忽云不销，忽云行，莫名其妙。我所做的东西，买者甚多，前几天至涨到照定价加五成，近已卖断。而无书，遂有真笔板之《呐喊》出现，千本一星期卖完《坟》如出版，可寄百本来。

迅　三，一五

《坟》六十本，《象牙之塔》十五本，今日已到，纸包无一不破，书多破损。而北新之包，则一无破者。望此后寄书，可往北新参考其包装之法，以免损失。

十七。

270404 致江绍原

绍原先生：

惠函收到，来校后适值外出，不能面谈为怅。英文功课一节，弟意仍以为只能请勉为其难，必不至于"闹笑话"。中大教员，非其专门而在校讲授者不少，不要紧的；起初因为预备功课之类，自然要忙，但后来就没有什么了。总之要请打消惠函中所说之意，余容明日面谈。

迅　四月四日

270409 致李霁野

霁野兄：

三月十一日所发信，到四月八日收到了，或者因为经过检查等周折，所以这么迟延。我于四日寄出文稿一封，挂号的，未知已收到否？

《阿Q正传》单行本，如由未名社出，会引出一点问题，所以如何办法，我还得想一想。又，书后面的《未名丛书》广告，我想，凡北新所印的，也须列入，因为他们广告上，也列入未名社所印的书。

前回寄来的书籍，《象牙之塔》，《坟》，《关于鲁迅》三种，俱已卖完，望即续寄。《莽原》合本也即卖完，要者尚多，可即寄二十本来，此事似前信也说过。这里的学生对于期刊，多喜欢买合本，因为零本忽到忽不到，不容易买全。合本第二册，似可即订，成后寄卅本来。

《穷人》卖去十本，可再寄十本来。《往星中》及《外套》各卖去三本。

《白茶》及《君山》如印出，望即各寄二十本来。《黑假面人》也如此。

托罗兹基的文学批评如印成，我想可以销路较好。

《旧事重提》我稿已集齐，还得看一遍，名未定，但这是容易的。

至于《小约翰》稿，则至今未曾动手，实在可叹。

上星期我到岭南大学去讲演，看见密斯朱。她也不大能收到《莽原》。

我似乎比先前不忙一点，但这非因事情减少，乃是我习惯了一点之故。《狂飙》停刊了，他们说被我阴谋害死的，可笑。现在又要出一种不知什么。尚钺有信来，对于我的《奔月》，大不舒服，其实我那篇不过有时开一点小玩笑，而他们这么头痛，真是禁不起一点风波。

漱园丛芜处希代致意，不另写信了。静农现在何处？

迅　四，九

信如直寄燕大，信面应如何写法？

270409 致台静农

静农兄：

三月廿三日来信，今天收到了。至于"前信"，我忘却了收到与否，因为我在开学之初，太忙，遗忘了许多别的事情。

《莽原》稿子，已于四日寄出一篇，可分两期登；此后只要有暇，当或译或作。第五六期，我都没有收到，第一期收到四本，第二期两本，第三四期没有，但我从发卖的二十本中见过了。

《白茶》，《君山》，《黑假面人》一出版，望即寄各二十本来。此外还有需要的书，详今晨所发的寄霁野信由未名社转中，望参照付邮。《莽原》合本，来问的人还不少。其实这期刊在此地是行销的，只是没有处买。第二卷另本，也都售罄，可以将从第一期至最近出版的一

期再各寄十本来，但以挂号为稳，因此地邮政，似颇腐败也。（以后每期可寄卅本）

《象牙之塔》出再版不妨迟，我是说过的，意思是在可以移本钱去印新稿。但如有印资，则不必迟。其中似有错字，须改正，望寄破旧者一本来，看过寄还，即可付印。

《旧事重提》我想插画数张，自己搜集。但现在无暇，当略迟。

我的最近照相，只有去年冬天在厦门所照的一张，坐在一个坟的祭桌上，后面都是坟（厦门的山，几乎都如此）。日内当寄上，请转交柏君。或用陶君所画者未名社似有亦可，请他自由决定。

迅　四，九，夜

270420 致李霁野

寄野兄：

四日寄小说稿一篇，想已到。此地的邮局颇特别，文稿不能援印刷品例，须当作信的。此后又寄一信，忘记了日子。

今日看见几张《中央副刊》，托罗茨基的书，已经译傅东华译载了不少了，似乎已译完。我想，这种书籍，中国有两种译本就怕很难销售。你的译文如果进行未多，似乎还不如中止。但这也不过是我一个人的意见。

我在厦门时，很受几个"现代"派的人排挤，我离开的原因，一半也在此。但我为从北京请去的教员留面子，秘而不说。不料其中之一，终于在那里也站不住，已经钻到此地来做教授。此辈的阴险性质是不会改变的，自然不久还是排挤，营私。我在此的教务，功课，已

255

经够多的了，那可以再加上防暗箭，淘闲气。所以我决计于二三日内辞去一切职务，离开中大。

此后何往，还未定；或者仍暂留此地，改定《小约翰》，俟暑假后再说。因为此刻已无处可以教书（开学已久），我也想暂时不教书，休息一时再说，这一年来，实在忙得太苦了。来信可寄"广州芳草街四十四号二楼北新书屋"（非局字）收转。书籍亦径寄"北新书屋"收。这是一间小楼，卖未名社和北新局出板品的地方。

《莽原》第五六期各十本及给我之各二本，今天收到了。广东没有文艺书出版，所以外来之品，消场还好。《象牙之塔》卖完了，连样本都买了去。

这里现亦大讨其赤，中大学生被捕者有四十余人，别处我不知道，报上亦不大纪载。其实这里本来一点不赤，商人之势力颇大，或者远在北京之上。被捕者盖大抵想赤之人而已。也有冤枉的，这几天放了几个。

再谈。

迅　四，二十，夜

静农
漱园　兄均此不另。
丛芜

270426 致孙伏园

寄给我的报，收到了五六张，零落不全。我的《无声的中国》，已看见了，这是只可在香港说说的，浅薄的很。我似乎还没有告诉你我到香港的情形。讲演原定是两天，第二天是你。你没有到，便由我代替了，题目是《老调子已经唱完》。这一篇在香港不准登出来，我只得在《新时代》上发表，今附上。梁式先生的按语有点小错，经过删改的是第一篇，不是这一篇。

我真想不到，在厦门那么反对民党，使兼士愤愤的顾颉刚，竟到这里来做教授了，那么，这里的情形，难免要变成厦大，硬直者逐，改革者开除。而且据我看来，或者会比不上厦大，这是我新得的感觉。我已于上星期四辞去一切职务，脱离中大了。我住在上月租定的屋里，想整理一点译稿，大约暂时不能离开这里。前几天也颇有流言，正如去年夏天我在北京一样。哈哈，真是天下老鸦一般黑哉！

270515 致章廷谦

矛尘兄：

前天（十三），接到四月廿七日信；同时也接到五月三日信，即日转寄绍原了。

你要我的稿子，实在是一个问题，因为我现在无话可说。我现在正在整理《小约翰》的译稿，至快须下月初头才完，倘一间断，就难免因此放下，再开手就杳杳无期了。但也许可以译一点别的寄上，不过不能就有。

转载《莽原》的文章，自然可以的，但以我的文字为限。至于别人的，我想应该也可以，但如我说可以，则他们将来或至于和我翻脸时，就成了我的一条罪状。罪状就罪状，本来也无所不可，不过近于无聊。我想，你转载就转载，不必问的，如厦门的《民钟报》，即其例也。

我到此只三月，竟做了一个大傀儡。傅斯年我初见，先前竟想不到是这样人。当红鼻到此时，我便走了；而傅大写其信，给我，说他已有补救法，即使鼻赴京买书，不在校；且宣传于别人。我仍不理，即出校。现已知买书是他们的预定计划，实是鼻们的一批大生意，因为数至五万元。但鼻系新来人，忽托以这么大事，颇不妥，所以托词于我之反对，而这是调和办法，则别人便无话可说了。他们的这办法，是我即不辞职，而略有微词，便可以提出的。

　　现在他们还在挽留我，当然无效，我是不走回头路的。季黻也已辞职，因为我一走，傅即探他的态度，所以也不干了。

　　据伏园上月廿七日来信云：玉堂已经就职了。所"就"何"职"，却未详。大约是外交上事务罢。骝先已做了这里的民政厅长，当然不回浙。我也不想回浙，但未定到那里去，教界这东西，我实在有点怕了，并不比政界干净。

　　广东也没有什么事，先前戒严，常听到捕人等事。现在似乎戒〔解〕严了，我不大出门，所以不知其详。

　　你前信所问的两件事，关于《小说旧闻钞》的，已忘了书名。总之：倘列名于引用书目中的，皆见过。如在别人的文内引用，那我就没有见过。

　　我想托你办一件要公。即：倘有暇，请为我在旧书坊留心两种书，即《玉历钞传》和《二十四孝图》，要木板的，中国纸印的更好。如有板本不同的，不妨多买几种。

迅　上五月十五日灯下

斐君兄均此致候不另。

270530 致章廷谦

矛尘兄：

我滚出中大以后，似乎曾寄两信，一往道圩，一往杭，由郑介石转。但是否真是如此，记不清楚了，也懒得查日记，好在这些也无关紧要，由它去罢。

十来天以前见绍原，知道你因闻季和我已"他亡"，急欲知其底细，当时因为他已写信，我又忙于整理译稿，所以无暇写信。其实是我固在此地，住白云楼上吃荔支也。不过事太凑巧，当红鼻到粤之时，正清党发生之际，所以也许有人疑我之滚，和政治有关，实则我之"鼻来我走"与鼻不两立，大似梅毒菌，真是倒楣之至之宣言，远在四月初上也。然而顾傅为攻击我起见，当有说我关于政治而走之宣传，闻香港《工商报》，即曾说我因"亲共"而逃避云云，兄所闻之流言，或亦此类也欤。然而"管他妈的"可也。

中大当初开学，实在不易，因内情纠纷，我费去气力不少。时既太平，红鼻莅至，学者之福气可谓好极。日前中大图书馆征求家谱及各县志，厦大的老文章，又在此地应用了，则前途可想。骊先其将如玉堂也欤。绍原似乎也很寂寞，该校情形，和北大很不同，大约他也看不惯。

前天听说中大内部又发生暗潮了，似是邹（鲁）派和朱派之争，也即顾傅辈和别人之争，也即本地人和非本地人之争，学生正在大帖标语，拥朱驱邹。后事如何，未知分解。鼻以此地已入平静时代而来，才来而平静时代即有"他亡"之慨，人心不古，诚堪浩叹。幸我已走出，否则又将被人推出去冲锋，如抱犊山之洋鬼子，岂不冤乎冤哉而且苦乎。

敝人身体甚好，可惜，此地热了，但我想别处必也热，所以姑且在此逗留若干天再说。荔支已上市，吃过两三回了，确比运到上海者好，以其新鲜也。

纸完了，信也完了罢。

迅　五，卅

斐君兄及小燕兄均此请安不另。

270612 致章廷谦

矛尘兄：

五月卅日的信，昨天收到了。《玉历钞传》还未到。我早搬出中大，住在一间洋房里，所以信寄芳草街者，因为我那时豫计该街卖书处之关门，当在我的寓所［？］之后。季黻先也住在这里，现在他走了，六日上船的，故五月卅日以前有人在杭州街上所见之人，必非季黻也。倘在六月十五以后，则我不能决矣。

鼻之口中之鲁迅，可恶无疑，而且一定还有其他种种。鼻之腹中，有古史，有近史，此其所以为"学者"；而我之于鼻，则除乞药揸鼻一事外，不知其他，此其所以非"学者"也。难于伺候哉此鼻也，鲁迅与之共事，亦可恶，不与共事，亦可恶，仆仆杭沪宁燕而宣传其可恶，于是乎鲁迅之可恶彰闻于天下矣，于是乎五万元之买书成为天经地义矣。岂不懿欤！休哉！

我很感谢你和介石向孑公去争，以致此公将必请我们入研究院。然而我有何物可研究呢？古史乎，鼻已"辨"了；文学乎，胡适之已"革命"了，所余者，只有"可恶"而已。可恶之研究，必为孑公所大不乐闻者也，其实，我和此公，气味不投者也，民元以后，他所赏识者，袁希涛蒋维乔辈，则十六年之顷，其所赏识者，也就可以类推了。

绍原，我想，他是在这里的。钱之不我许，是的确的。他很冤枉，因为系我绍介，有人说他鲁迅派。其实我何尝有什么派，一定介绍同派呢。而广东人和"学者"们，倘非将一人定为某一派，则心里便不舒服，于是说他也要走。还有人疑心我要运动他走。其实我是不赞成他走的，连季黻辞职时（因为走时，傅斯年探听他什么态度），我也反对过。而别人猜测我，都与我的心思背驰，因此我觉得我在中国人中，的确有点特别，非彼辈所能知也。

我之"何时离粤"与"何之"问题，一时殊难说。我现在因为有国库券，还可取几文钱，所以住在这里，反正离开也不过寓沪，多一番应酬。我这十个月中，屡次升沉，看看人情世态，有趣极了。我现已编好两部旧稿，整理出一部译的小说。此刻正在译一点日本人的论文，预备寄给你的，但日内未必完工，因为太长。每日吃鱼肝油，胖起来了，恐怕还要"可恶"几年哩。至于此后，则如暑假前后，咱们的"介石同志"打进北京，我也许回北京去，但一面也想漂流漂流，可恶一通，试试我这个人究竟受得多少明枪暗箭。总而言之，现在是过一天算一天，没有一定者也。

"出亡"的流言，我想是故意造的，未必一定始于愈之，或者倒是鼻一流人物。他们现在也大有此意，而无隙可乘，因为我竟不离粤，否则，无人质证，此地便流言蜂起了，他们只在香港的报上造一点小谣言，一回是说我因亲共而躲避，今天是说我已往汉口（此人是现代派，我疑是鼻之同党），我已寄了一封信，开了一点小玩笑，但不知可能登出，因为这里言论界之暗，实在过于北京。

在这月以内，如寄我信，可寄"广九车站，白云楼二十六号二楼许寓收转"，下月则且听下回分解可也。

迅　上　［六月十二日］

斐君兄均此不另　小燕兄亦均此不另。

270623 致章廷谦

矛尘兄：

十四日信今日已到。浙江的研究院，一定当在筹备与未筹备之间；"教育厅则确已决定俟下半年并入浙江大学"，既闻命矣。然而浙江大学安在哉？

乔峰来函谓前得一电，以土步病促其急归，因（一）缺钱，（二）须觅替人接事，不能如电遄赴，发信问状，则从此不得音信。盖已犯罪于八道湾矣。顷观来信，则土步之病已愈，而乔峰盖不知，拚命谋生，仍不见谅，悲夫。

鼻又赴沪，此人盖以"学者"而兼"钻者"矣，吾卜其必将蒙赏识于"孑公"。顷得季芾来信，已至嘉兴，信有云："浙省亦有办大学之事，……我想傅顾不久都会来浙的。"语虽似奇，而亦有理。我从上帝之默示，觉得鼻之于粤，乃专在买书生意及取得别一种之"干脩"，下半年上堂讲授，则殆未必，他之口吃，他是自己知道的。所以也许对于浙也有所图也，如研究教授之类。

中大又聘容肇祖之兄容庚为教授，也是口吃的。广东中大，似乎专爱口吃的人。

傅近来颇骂适之，不知何故。据流言，则胡于他先有不敬之语云。（谓傅所学之名目甚多，而一无所成。）

中大对于绍原，是留他的。但自然不大舒服。傅拜帅而鼻为军师，阵势可想而知。他颇有愿在浙江谋事之口风，但我则主张其先将此间聘书收下，因为浙江大学，先就渺茫，他岂能吸西北风而等候哉？他之被谥为"鲁迅派"，我早有所闻，其实他们是知道他并不是的。所以用此流言者，乃激将法，防其入于"鲁迅派"也。所以"谥"之而已，不至于排斥他。

我当于三四天内寄上译稿一束，大约有二三万字罢，如以为可用，可先在副刊上一用，但须留版权，因为这是李老板催我译的，他将来想出版。

我在此，须编须译的事，大抵做完了，明日起，便做《唐宋传奇集考证》。此后何往，毫无主意，或者七月间先到上海再看。回北京似亦无聊，又住在突出在后园的灰棚里给别人校刊小说，细想起来，真是何为也哉！但闽粤行后，经验更丰，他日畅谈，亦一快也。

迅　六，廿三

斐君兄均此。

小燕弟亦均此。

270630 致李霁野

霁野兄：

六月六十二日信，都收到了。季黻早已辞职回家。凤举我到此后，曾寄他一信，没有回信，所以也不便再写信了。

托罗茨基的书我没有带出，现已写信给密斯许，托她在寓中一寻，如寻到，当送上。

从北新书屋寄上钱百元，寄款时所写的寄银人和收银人，和信面上所写者同。

这里的北新书屋，我想关闭了，因为我不久总须走开，所以此信到后，请不必再寄书籍来了。

我看看各处的情形，觉得北京倒不坏，所以下半年也许回京去。

这几天我生病，这一类热病，闽粤很多的，几天可好，没有什么要紧。

迅 六，卅

论坛　　　　　　　　中国的学者　　　　　　　（达）

学者在国家的地位。只如湖山花鸟。供人们欣赏的么。那么。学者只是国家的妆饰品。说不到实用上去。人们对于学者的崇拜。也只在他的文学艺术上罢了。然而欧美近代的文明。何一非学者的脑力所构成。人们对于学者。不但是文学艺术上的崇拜。而给予人类以精神和物质。也足令世界人类。永远纪念着。但是中国的学者。又怎样呢。我们以为中国也许没有学者罢。若是我国也有学者。那么在最近的过去时期中。多少也给我们开辟一处思想的新领域。而使人们得了一种新倾向。但是我们中国的所谓学者。大半是开倒车。人们也许承认康有为辜鸿铭一流人。是学者罢。然而他们的思想是这样的。我们要靠他领导时。只好向后转。最可惜者。现代诗人邓南遮。在一度参加战争之后。便减少了人们的热望么。若说丁文江们。充军阀杀人的刽子手。这简直变了恶魔了。那么。中国的学者。还是埋头伏案。做他学者的生活好了。若向政治上混。终会给政治的炉火。变换了气质。这又何苦来呢。

这是一九二七年（注意：二十世纪已经过了 1/4 以上！）六月九

日香港的《循环日报》的社论。

硬拉 D'Annunzio 入籍而骂之，真是无妄之灾。然而硬将外人名字译成中国式的人们，亦与有罪焉。我们在中国谈什么文艺呢？呜呼邓南遮！

附注：——

　　但该报发如此之"新"的议论，是少有的。前几天转载严修们反对跳舞的信，还有许多空白字。你想，严先生之文而还以为有违碍字样，则方正可知。

六，九，夜

270630 致台静农

静农兄：

七日信早到。《白茶》至今未到，大约又不知怎么了罢，可叹。

京中传说，顾吉刚在广大也辞职，是为保持北大的地位的手段。顾吉刚们的言行如果能使我相信，我对于中国的前途还要觉得光明些。

迅　六，卅

270707 致章廷谦

矛尘兄：

我于不记得那一天寄上一信，随后又寄译稿一卷，想已到。至于六月廿一的来信，则前几天早收到了；《玉历钞传》亦到，可惜中无活无常，另外又得几本有的，而鬼头鬼脑，没有"迎会"里面的那么可爱，也许终于要自己来画罢。

前几天生热病，就是玉堂在厦，生得满脸通红的躺在床上的那一流，我即用 Aspirin 及金鸡那霜攻击之，这真比鼻之攻击我还利害，三天就好了，昨天就几乎已经复原，我于是对于廖大夫忽有不敬之意。但有一事则尚佩服，即鼻请其治红，彼云"没有好方子，只要少吃饭就会好的"是也。此事出在你尚未到厦之前，伏园之代为乞药于远在广州之毛大夫者以此，因鼻不愿"少吃饭"也。玉堂无一信来；春台亦谓久不得其兄信，我则日前收到一封，系五十日以前所发，不但已经检查，并且曾用水浸过而又晒干，寄信如此费事，则失落之多可想，而非因"东皮"而不理亦可想矣。

我国文已日见其不通，昨作了一点《游仙窟》序，自觉不好，姑且"手写"寄上，而"手写"亦不佳。不如仍用排印，何如？其本文，则校正了一些，当与此信同时寄出。前闻坚士说，日本有影印之旧本一卷，寄赠北大，此当是刻本之祖，我想将来可借那一本来照样石印，或并注而印成阔气之本子，那时我倘不至于更加不通，当作一较为顺当之序或跋也。

看我自己的字，真是可笑，我未曾学过，而此地还有人勒令我写中堂，写名片，做"名人"做得苦起来了。我的活无常画好后，也许有人要我画扇面，但我此后拟专画活无常，则庶几不至于有人来领教，我想，这东西是大家不大喜欢的。

绍原前几天已行，你当已见过，再见时乞代致候。我亦无事报告，但闻傅主任赴香港，不知奔波何事；何主任（思源）赴宁，此地的《国民新闻》编辑即委了别人了。

下半年中大文科教员，闻有丁山，容肇祖，鼻，罗常培，盖即除去你，我，玉堂之厦大国学研究院耳，一笑。

中大送五月的薪水来，其中自然含有一点意思。但鲁迅已经"不好"，则收固不好，不收亦岂能好，我于是不发脾气，松松爽爽收下了。此举盖颇出于他们意料之外；而我则忽而大阔，买四十元一部之书，吃三块钱一合之饼干，还吃糯米糍（荔支），龙牙蕉，此二种甚佳，上海无有，绍原未吃，颇可惜。

春台小峰之争，盖其中还有他们的纠葛，但观《北新周刊》所登广告，则确已多出关于政治之小本子广州近来，亦惟定价两三角之小本子能多销，盖学生已穷矣，而陈翰笙似大有关系，或者现代派已侵入北新，亦未可知，因凡现代派，皆不自开辟，而袭取他人已成之局者也。近日有钟敬文要在此开北新分局，小峰令来和我商量合作，我已以我情愿将"北新书局［屋］"关门，而不与闻答之。钟之背后有鼻。他们鬼祟如此。天下那有以鬼祟而成为学者的。我情愿"不好"，而且关门，虽将愈"不好"，亦"听其自然"也耳。

迅　七，七（洋七夕）

斐君兄均此不另。

（再：顷闻中大情形颇改变，鼻辈计划，恐归水泡矣。骦亦未必稳。洋七夕之夜。）

陈西滢张奚若也来此地活动，前天我们在丁惟汾先生处看见，丁先生要我将他们领到胡汉民处，我说有事，便跑出来了，出来告诉□□，于是□□在《市民日报》大骂驱逐投机分子陈西滢，倒也有趣，现在不知道他们活动的怎样。

七月七日发

吧儿狗也终于"择主而事"了。

267

270712 致江绍原

绍原先生：

一别遂将十日，真所谓"隙驷不留尺波电逝"者欤？寄给我的讲义，前四天已收到，大约颇在邮局里躺了好几天也。

前几天中大有些人颇惶惶，因为留先曾电阻聘定的地质学者，令其缓来。我以为这些都是地质调查所中人物，今民厅将卸，则止之殊不足怪。

而他们似乎仍惶惶，以为冥冥之中有敌进攻，不特教厅不稳，即校副亦危，将来当厄于第 n 次之清党。傅之赴港，乃觅何，商方略也。而何之某报编辑，则确已归于乌有。然闻校事幸尚有李支持。说者谓此支持，可以延至年底。不知确否？

近一两天平静些了，偶有"拥护正副校长"云云之贴纸出现，但即被撕。

顾购书教授致此地某君信，内有云（大意），"因鲁迅未离广州，所以或不复去，蔡先生留我在南京做事。"我不过不与同校，他扩大了：不与同省。伟哉！然而此中可参中大消息。季黻之预言，已渐实现了。

我因已允往市教育局之"学术讲演会"讲几点钟，所以须八月间才能走。此举无什么深意，不过小出风头，给几个人不高兴而已。有人不高兴，我即高兴，我近来良心之坏已至如此。

冯大帅不知何时可以打进北京，倘八月间能坐津浦快车而到前门，岂不快哉！

迅　启上　七,十二。

见川岛时，希告以近事。但他不深知细情，恐怕亦无甚么趣味也。

270717 致章廷谦

矛尘兄：

三日来信，昨收到。副刊，你自然总有一天要不编的，但我尚不料会如此之快，殆所谓革命时代，一切变动不居者也。十来天以前，严既澄先生给我一信，说他在办《三五日报》副刊，要我投稿，现在就想托你带我的译稿去访他一回（报馆在青年路，新六号），问他要否？如要，就交与。将来之稿费（来信言有稿费），并托你代收，寄与乔峰。但倘或不要，或该报又已改组，或严公又已不编，则自然只能作罢，再想第二法。

你近一年来碰钉子已非一次，而观来信之愤慨，则似于"国故"仍未了然，此可慨也。例如，来信因介石之不获头绪，季茀之没有地方，而始以为"令人灰心"，其实浙江是只能如此的，不能有更好之事，我从钱武肃王的时代起，就灰心了。又例如，广大电聘三沈二马陈朱皆不至，来信颇有以广大为失败之口吻。其实是，这里当发电时，就明知他们不来，也希望他们不来的，不过借作聘请罗常培容庚辈之陪衬而已。倘来，倒不妙了。

倘或三沈二马之流，竟有不知趣者，而来广大。那后事如何呢？这也极容易预言的。傅顾辈去和他们商量大计，不与闻，则得不管事之名；与闻，则变成傀儡，一切坏事，归他负担。倘有独立的主张，则被暗地里批评到一钱不值。

绍原似颇嫌广大，但我以为浙更无聊。所谓研究院者，将来当并"自然科学"而无之。他最好是下半年仍在粤，但第一须搬出学校，躲入一屋，对于别人，或全不交际，或普作泛泛之交际，如此，则几个月之薪水，当可以有把握的。至于浙之大学，恕我直言，骗局而已，即当事诸公，请他们问问自己，岂但毫无把握，可曾当作一件事乎？

不过到九月间，此地如何，自然也是一个疑问。我看不透，因为我不熟此地情形，但我想，未必一如现在。

我想赠你一句话：专管自己吃饭，不要对人发感慨。（此所谓"人"者，生人不必说，即可疑之熟人，亦包括在内。）并且积下几个钱来。

我到杭玩玩与否，此刻说不定，因为我已经近于"刹那主义"，明天的事，今天就不想。但临时自然要通知你。现在我已答应了这里市教育局的夏期学术讲演，须八月才能动身了。此举无非游戏，因为这是鼻辈所不乐闻的。以几点钟之讲话而出风头，使鼻辈又睡不着几夜，这是我的大获利生意。

这里的"北新书屋"我拟于八月中关门，因为钟敬文（鼻之傀儡）要来和我合办，我则关门了，不合办。此后来信，如八月十日前发，可寄"广九车站旁，白云楼二十六号二楼，许寓收转"，以后寄乔峰收转。

半农不准《语丝》发行，实在可怕，不知道他何从得到这样的权力的。我前几天见他删节 Hugo 文的案语（登《莽原》11 期），就觉得他"狄克推多"得骇人，不料更甚了。《语丝》若停，实在可惜，但有什么法子呢？北新内部已经鱼烂，如徐志摩陈什么（忘其名）之侵入，如小峰春台之争，都是坍台之征。我近来倒已寄了几回译作去了，倘要完结，也另外无法可想，只得听之。人毁之而我补救之，"人"不太便宜，我不太傻么？

迅　上　七，十七

斐君兄均此问好不另。

革命时代，变动不居，这里的报纸又开始在将我排入"名人"之列了，这名目是鼻所求之不得的，所以我倒也还要做几天玩玩。

270727 致江绍原

绍原先生：

今夜偶阅《夷白斋诗话》（明顾元庆著，收在何文焕辑刊之《历代诗话》中），见有一则，颇可为"撒园荽"之旁证，特录奉：——

南方谚语有"长老种芝麻，未见得。"余不解其意。偶阅唐诗，始悟斯言其来远矣。诗云："蓬鬓荆钗世所稀，布裙犹是嫁时衣。胡麻好种无人种，合是归时底不归？"胡麻，即今芝麻也，种时，必夫妇两手同种，其麻倍收。长老，言僧也，必无可得之理，故云。

鲁迅　七，二七

270728 致章廷谦

矛尘兄：

十九日来信，廿八日收到了，快极。广州我想未必比杭州热，二百八九十度罢。

季茀尚无信来，但看这名目，似乎就无聊。夫浙江之不能容纳人才，由来久矣，现今在外面混混的人，那一个不是曾被本省赶出？我想，便是茭白之流，也不会久的，将一批一批地挤出去，终于止留下旧日的地头蛇。我常叹新官僚不比旧官僚好，旧者如破落户，新者如暴发户，倘若我们去当听差，一定是破落户子弟容易侍候，若遇暴发户子弟，则贱相未脱而遽大摆其架子，其蠢臭何可向迩哉。夫汉人之为奴才，三百多年矣，一旦成为主人，自然有手足无措之概，茭白辈其标本也。

给丁山电中之"才年"，盖影射耳，似我非我，可以欺丁山，而我亦不能抗议。此种计画，鼻盖与闻其事的，而对绍原故作恐慌者，以欺绍原，表明于中大内情，他丝毫不知道也。其问我何以不骂他者，亦非真希望我骂，不过示人以不怕耳，外强中干者也。无人骂之，尚且要失眠，而况有人骂之乎？我未曾骂，尚且念念于我之骂，而况我竟骂之乎？骂是我总要骂的，但当与骂吧儿狗之方法不同。至于写入小说，他似乎还不配，因为非大经艺术化，则小说中有此辈一人，即十分可厌也。你要知道∠的小玩艺，是很容易的。只要看明末清初苏州一带地方人的互相标榜和攻讦的著作就好了。

况且以"才"署名，亦大可笑，我给别人的信，从未有自称为"才"者。蠢才乎，天才乎，杀才乎，奴才乎？其实我函电署名，非"树"则"迅"，傅与鼻是知道的。

吧儿跑到南京了，消息如别纸，今附上。

《游仙窟》我以为可以如此印：这一次，就照改了付印。至于借得影本后，还可以连注再印一回，或排或影（石印），全是旧式，那时候，则作札记一篇附之。至于书头上附印无聊之校勘如《何典》者，太"小家子"相，万不可学者也。

译稿之处置，前函已奉告，但如他们不要或尚未送去，则交小峰亦可。但，这一篇，于周刊是不相宜的，我选择材料时，有点区别，所以《北新》如可免登，则以不登为宜。而我也可以从别方面捞几个零钱用。

小峰和春台之战，究竟是如何的内情，我至今还不了然；即伏园与北新之关系，我也不了然。我想，小 and 春之间，当尚有一层中间

272

之隔膜兼刺戟品；不然，不至于如此。我以为这很可惜，然而已经无可补救了。至于春台之出而为叭儿辈效力，我也觉得不大好，何至于有深仇重怨到这样呢？

北京我本想去，但有一件事，使我迟疑。我的一个旧学生，新近逃到南京了，因为替马二在北京办报，其把柄为张髯所得。他筹办时，对我并不声明给谁办的，但要我一篇文章，登第一期，而且必待此文到后才出版。敝文刚到，他便逃了。因此，我很疑心，他对于马二，不会说这报是我主持的么？倘如此，则我往北京，也不免有请进"优待室"之虑，所以须待到沪后，打听清楚才行。而西三条屋中，似乎已经增添了人，如"大太太"的兄弟之类，我回去，亦无处可住也。至于赴杭与否，那时再看。

倘至九月而现状不变，我以为绍原不如仍到此地来，以装傻混饭；在浙与宁，吃饭必更费力也，但我觉得到九月时，情形如何，是一问题。南京也有人来叫我去编什么期刊，我已谢绝了。前天，离敝寓不远，市党部后门炸了一个炸弹，但我却连声音也无所闻，直至今天看香港报才知道的。

迅　上　七，二八，夜

斐君兄均此不另。

270731 致章廷谦

矛尘兄：

廿九日寄一函，已达否？鼻在杭盖已探得我八月中当离粤，今日得其来信，阅之不禁失笑，即作一复，给他小开玩笑。今俱录奉，以作笑资。季黻尚无信来，兄如知其住址，乞转送一阅为荷。

迅　七，卅一

270802 致江绍原

绍原先生：

日前录奉诗话一条，乃与"撒园荽"有关者，想已达览。七月二十二日来函，顷已奉到。支持家者，谓济深也。昨日之香港《循环报》两则，剪下附上，然则前之所闻，似非无因了，而留先之教授不妨兼做官之说，殆已自动的取消乎？

梦麟之叹，鼻之宣传之力也，其劳劳于攻我之状可想。但仅博得梦麟之感慨，不亦微乎其微哉。致丁山电用"材年"者，鼻盖与闻其事，今之故作张皇，则所以表明他非幕中人。不过是小玩意，旧例不少，观明末野史，则现状之可藉以了然者颇多。何思源名氏，我未曾在意中，何得与之为难，其实鼻亦明知之，其云云者，是搆陷之一法，不足与辩也。

鼻盖在杭闻我八月中当离粤，昨得其一函，廿四写，廿六发，云：九月中当到粤给我打官司，令我勿走，"听候开审"。命令未来之被告，使他恭候月余，以俟打渺渺茫茫之官司，可谓天开奇想。实则他知我必不恭候，于是可指我为畏罪而逃耳。因复一函，言我九月已在沪，可就近在杭州起诉云，两信稿都已录寄川岛矣。鼻专在这些小玩意上用工夫，可笑可怜，血奔鼻尖而至于赤，夫岂"天实为之"哉。

中国士大夫之好行小巧，真应"大发感慨"，明即以此亡。而江浙尤为此种小巧渊薮。我意现状如无大异，先生何妨仍来此地，孟德固有齐鲁方士夸诞遗风，然并不比鼻更可怕，在江浙，恐鼻族尤多，不会更好的。在此与孟德辈不即不离，似当尚可居若干月；但第一著则须搬出钟楼也。

有人言见黎国昌坐在注册科办事；又有人言闻孟德将改为图书馆主任。总而言之，中大举棋无定，终必一榻胡涂。

季茀之职衔颇新颖，大约是清闲之官乎。

广州倒并不热。日前有飓风，海上死人不少，而香港一带因有备，却无大损，科学之力如此。我正在慢慢准备启行，但太古船员正罢工，不知本月中能解决否，若坐邮船，则行李太多，很不便也。

青梅酒长久不喝了。荔支已过，杨桃上市，此物初吃似不佳，惯则甚好，食后如用肥皂水洗口，极爽。秋时尚有，如来此，不可不吃，特先为介绍。

迅　启上　八月二日

⊙许崇清有留任教育厅长消息

广东省政府决于今（八月一日）日改组、新委各厅长亦自当同时就职、但闻新任教育厅长朱家骅、再向中央力辞不干、以便专心办理中大、今日当不随同就职、届时教育厅政务、依旧由许崇清留任、至将来教育厅长一职、有无变更仍须静候中央明令发表云。

⊙李文范接任民政厅之红示

昨三十日民政厅前贴出纸示云、为布告事、现奉中华民国国民政府令开、任命李文范兼广东民政厅厅长等因、兹定于八月一日下午二时接印视事、除分别呈报令行外、合行布告所属一体知照、厅长李文范、七月三十日。

270808 致章廷谦

矛尘兄：

七月卅日信，今天到了。我不知道《五三日报》内情，现既如此，请你不要给他了罢，交与小峰。但我以为登《北新》实不宜，书小而文长，登《语丝》较好，希转告。合于《北新》的，我当另寄。

鼻信已由前函奉告，是要我在粤恭候，何尝由我定。我想该鼻未尝发癫，乃是放刁，如泼妇装作上吊之类；倘有些癫，则必是中大的事有些不顺手也。谢早不在此，孙林处信不能通，好在被告有我在，够了。大约即使得罪于鼻，尚当不至于成为弥天重犯，所以我也不豫备对付他，静静地看其发疯，较为有趣。他用这样的方法吓我是枉然的；他不知道我当做《阿Q正传》到阿Q被捉时，做不下去了，曾想装作酒醉去打巡警，得一点牢监里的经验。

我本决于月底走了，房子已回复，而招商无船，太古公司又罢工，从香港转，则行李太多，很不便，所以至此刻止，还未决定怎么办。倘不能走，则当函告赤鼻，叫他到这里来告，或到别处去，也要通知他。《中央副刊》我未见，不知登的是那一封；但打起官司来，我在法庭上还有话，也许比玉堂的"启事"有趣。

据报上说，骥先要专心办中大了，有人见他和人游东山，有一种

"优游态度"云。而旧教厅长，今又被派为委员了，则骝先之并教厅而做不成可知。中大内部不知如何，殊难测。然上月被力逐之教务副主任，现在有人见其日日坐在注册部办事，并无"优游态度"，则殊不可解。大约一切事情，都胡里胡涂，没有一定办法，所谓"东倒吃羊头，西倒吃猪头"，苟延而已。

令尊大人的事真险，好在现在没有事了。其实"今故"是发源于"国故"的，我曾想提出古事若干条，要可以代表古今一切玩艺儿的，作为教本，给如川岛一流的小孩子们看，但这事太难，我读书又太少，恐怕不会成功了。例如，江浙是不能容人才的，三国时孙氏即如此，我们只要将吴魏人才一比，即可知曹操也杀人，但那是因为和他开玩笑。孙氏却不这样的也杀，全由嫉妒。我之不主张绍原在浙，即根据《三国志演义》也。广东还有点蛮气，较好。

这里倒并不很热，常有大风，盖海上正多飓风也。我现想编定《唐宋传奇集》，还不大动手，而大吃其水果，物美而价廉。周围的事情是真多，竟会沿路开枪而茶店里掷炸弹，一时也写不完。我希望不远可以面谈，因为我须"听候开审"，总得到杭州的。

迅　上　八月八日夜

斐君兄均此致候。

270817 致章廷谦

矛尘兄：

日前寄一函，意专在阻止将敝稿送于姨副，故颇匆匆。这几天我是专办了收束伏翁所办的书店一案，昨天弄完了，除自己出汗生痱

277

子外，还请帮忙人吃了一回饭，计花去小洋六元，别人做生意而我折本，岂不怪哉！

遥想一月以前，一个獐头鼠目而赤鼻之"学者"，奔波于"西子湖"边而发挥咱们之"不好"，一面又想出起诉之"无聊之极思"来，湖光山色，辜负已尽，念及辄为失笑。禹是虫，故无其人；据我最近之研究：迅盖禽也，亦无其人，鼻当可聊以自慰欤。案迅即卂，卂实即隼之简笔，与禹与禺，也与它无异，如此解释，则"準"字迎刃而解，即从水，隼声，不必附会从"淮"之类矣。我于文字亦颇有发明，惜无人与我通信，否则亦可集以成"今史辨"也。

近偶见该《古史辨》，惊悉上面乃有自序一百多版。查汉朝钦犯司马蚳，因割掉卵胝而发牢骚，附于偌大之《史记》之后，文尚甚短，今该学者不过鼻子红而已矣，而乃已浩浩洋洋至此，殆真所谓文豪也哉。禹而尚在，也只能忍气吞声，自认为并无其人而已。

此地下半年之中大文科，实即去年之厦大而攙走了鼻所不喜之徒，而傅乃大贴广告，谓足为全国模范。不过这是半月以前的事，后来如何，须听下回分解矣。我诸事大略已了，本即可走，而太古公司洋鬼子，偏偏罢工，令我无船可坐；此地又渐热，在西屋中九蒸九晒，炼得遍身痱子。继而思之，到上海恐亦须挤在小屋中，不会更好，所以也就心平气和，"听其自然"，生痱子就生痱子，长疙瘩就长疙瘩，无可无不可也。总之：一有较便之船，我即要走；但要我苦心孤诣，先搬往番鬼所管之香港以上邮船，则委实懒于奋发耳。好在近来鼻之起诉计划，当亦有所更改或修正，我亦无须急急如律令矣。

《语丝》中所讲的话，有好些是别的刊物所不肯说，不敢说，不能说的。倘其停刊，亦殊可惜，我已寄稿数次，但文无生气耳。见新月社书目，春台及学昭姑娘俱列名，我以为太不值得。其书目内容及形式，一副徐志摩式也。吧儿辈方携眷南下，而情状又变，近当又皇皇然若丧家，可怜也夫。

迅　八，十七。

斐君兄及小燕弟均此致候。

270817 致江绍原

绍原先生：

先前寄过几封信，想已到。细目记不清了，只记得有一封是钞一段关于种胡麻的古书的。

很久以前，得汪馥泉先生来信，要我作一篇文章和写一个书面，且云成后可请先生转寄。文章之做，尚未有期，但将书面寄上，乞转寄为荷。如此之字而可写书面，真是可笑可叹，我新近还写了一幅小中堂，此种事非到广东盖不易遇也。

报载骝先到香港，不知何也，大约是漫游欤？

近来因结束书店，忙了几天。本可走了，而太古公司无船，坐邮船嫌行李多，坐货船太苦，所以还在观望；总之：一有相宜之船，便当走耳。但日期还说不定。

天气似乎比先前热了，我因常晒在西窗下，所以已经弄得满身小疙瘩，虽无性命之忧，而亦颇以为窘也。变化繁多，中大下半年不知如何，我疑未必能维持现状。

支持家评留先云，政治非其所长，教育幼稚。其终于"专心办学"而取"优游状态"者，大约即因此之故。

迅　上　八，十七。

270919 致翟永坤

永坤兄：

八月廿二，廿八日两信，今天（九月十九）一同收到了，一个学生给我送来的。你似乎还没有知道，中山大学的一切职务，我于三月间早已辞去了，在此已经闲住了六个月，现在是肚子饿而头昏。我本来早想走，但先前是因为别的原因，后来是太古船员罢工，没有船，总是走不成。现在听说有船了，所以我想于本月之内动身。

我先到上海，无非想寻一点饭，但政，教两界，我想不涉足，因为实在外行，莫名其妙。也许翻译一点东西卖卖罢。北大改组的事已在报上看见了。此地自从捉去了若干学生不知道数目，几十或百余罢以后，听说很乐观，已成为中国第一个大学。

这里新闻是一定应该有的，可惜我不大知道，也知不清楚。

《鲁迅在广东》我没有见过，不知道是怎样的东西，大约是集些报上的议论罢。但这些议论是一时的，彼一时，此一时，现在很两样。

时光的确快，记得我们在马路上见了之后，已经一年多了，我漂流了两省，幻梦醒了不少，现在是胡胡涂涂。想起北京来，觉得也并不坏，而且去年想捉我的"正人君子"们，现已大抵南下革命了，大约回去也不妨。不过有几个学生，因为是我的学生，所以学校还未进妥近来有些这样的情形，连和我熟识的学生，也会有人疑心他脾气和我相似，喜欢揭穿假面具，所以看得讨厌。我想陪着他们暂时漂流，到他们有书读了，我再静下来。

看看二十来篇作品的工夫，总可以有的。但近一年来，我全没给人选文章。有一个高长虹，先前叫我给他选了一本文章，后来他在报上说，我将他最好的几篇都选掉了，因为我妒贤嫉能，怕他出名，所以将好的故意压下。从此以后，我便不做选文的事，有暇便自己玩玩。你如不相信高长虹的话，可以寄来，我有暇时再看，但诗不必寄，因为我不懂这一门。稿寄"上海，新闸路，仁济里北新书局李小峰"收转。

这里还是夏天，穿单衣，一做事便流汗。去年我在厦门时，十一月上山去，看见石榴花，用惯于北方的眼睛看来，好像造物在和我开玩笑。

鲁迅　九月十九夜

270919 致章廷谦

矛尘兄：

久不得来信，大约你以为我早动身了，而岂知我至今尚九蒸九晒于二楼之上也哉！听说太古船员诸公已复工，则我真将走成，现已理行李两天，拟于廿七八搬入客栈，遇有船则上之也。

自然先到上海，其次，则拟往南京，不久留的，大约至多两三天，因为要去看看有麟，有一点事，但不是谋饭碗，孑公复膺大学院长，饭仍是蒋维乔袁希涛口中物也。复次当到杭州，看看西湖北湖之类，而且可以畅谈。但这种计画，后来也许会变更，此刻实在等于白说。

此地已较凉。梁漱溟已为委员，我看他是要阔的。市民正拟欢迎张发奎将军，牌楼搭得空前之好。各种厅长多已换。黄埔学校已停办。截至今日止，如此而已。

中大今日（或明日，记不清了）开学，行授旗式，旗乃校旗也，青天白日外加红边，新定的。何日开课，未闻。绍原先生已行了罢。该校的安否，大概很与政局相关的，所以本学期如何，实在说不清。但他若取中立之状态，则无妨。

《语丝》的一四一，二两期，终于没有收到，大概没收了。这里的一部分青年已将郁达夫看作危险人物，大奇。广西禁《洪水》与《独秀文存》。汕头之创造社被封。北新出了一本《鲁迅在广东》，好些人向我来要，而我一向不知道。关于出版界之所闻，大略如此。

新月书店的目录，你看过了没有？每种广告都飘飘然，是诗哲手笔。春台列名其间，我觉得太犯不上也。最可恶者《闲话》广告将我升为"语丝派首领"，而云曾与"现代派主将"陈西滢交战，故凡看《华盖集》者，也当看《闲话》云云。我已作杂感寄《语丝》以骂之，此后又做了四五篇。

凤举说燕大要我去教书，已经回复他了，我大约还须漂流几天。我一去，一定又有几个学生要同去，这是我力所不及的，别人容易误会为我专是呼朋引类。我也许此后不能教书了。但可玩玩时，姑且玩玩罢。

在二楼上，近来又编好了一部《唐宋传奇集》。到上海后，当为新作家选小说，共有三部。此后，真该玩玩了，一面寻饭碗。

迅 上 九月十九夜

斐君太太前均此请安。燕兄及在绍兴的某兄均此致候。

270922 致台静农、李霁野

静农
霁野 兄:

《朝华夕拾》改定稿,已挂号寄上,想已到。

静农兄九月八日信,前天收到了。小说要出,很好。可寄上海北新李小峰收转。来信同。

这里的生活费太贵,太古船已有,我想于月底动身了,到上海去。那边较便当,或者也可以卖点文章。这里是什么都不知道。可看的刊物也没有。

先前是时时想走,现在是收拾行李(有十来件,讨厌极了),《莽原》久不做了。现在写了一点,今寄上。以后想写几回这样的东西。

附上四张照相,是一月前照的,R女士如要,请交去。如已无用,便中希送西三条寓。

前回来信说寄来的《二十四孝》之类之中,有几本是维钧兄的。我即函询那几种,终无回信,大约我的信失落了。今仍希告我,以便先行邮还。因为带着走,不大便当。

我很好,请勿念。我想,上船之期,大约本月廿八九罢。

此地居然也凉起来了,有些秋意。

密斯朱寿恒闻已结婚。今年的岭南大学,听说严极了,学生及职教员好发议论的,就得滚蛋。收回中国自办了。

迅 九,二十二夜。

270925 致台静农

静农兄：

九月十七日来信收到了。请你转致 半农先生，我感谢他的好意，为我，为中国。但我很抱歉，我不愿意如此。

诺贝尔赏金，梁启超自然不配，我也不配，要拿这钱，还欠努力。世界上比我好的作家何限，他们得不到。你看我译的那本《小约翰》，我那里做得出来，然而这作者就没有得到。

或者我所便宜的，是我是中国人，靠着这"中国"两个字罢，那么，与陈焕章在美国做《孔门理财学》而得博士无异了，自己也觉得好笑。

我觉得中国实在还没有可得诺贝尔赏金的人，瑞典最好是不要理我们，谁也不给。倘因为黄色脸皮人，格外优待从宽，反足以长中国人的虚荣心，以为真可与别国大作家比肩了，结果将很坏。

我眼前所见的依然黑暗，有些疲倦，有些颓唐，此后能否创作，尚在不可知之数。倘这事成功而从此不再动笔，对不起人；倘再写，也许变了翰林文字，一无可观了。还是照旧的没有名誉而穷之为好罢。

未名社出版物，在这里有信用，但售处似乎不多。读书的人，多半是看时势的，去年郭沫若书颇行，今年上半年我的书颇行，现在是大卖戴季陶讲演录了蒋介石的也行了一时。这里的书，要作者亲到而阔才好，就如江湖上卖膏药者，必须将老虎骨头挂在旁边似的。

还有一些琐事，详寄季野信中，不赘。

迅　上　九月二十五日

270925 致李霁野

霁野兄:

十二日信已到,内无致共和附信。

《白茶》或者只十三,是我弄错的,此事只可如此了结。

北新书屋账等一二天再算详账云云,而至今未有照办者,因为我太忙。能结账的只有我一个人。其实是早已结好,约欠八十元。我到邮局去汇款时,因中央银行挤兑之故,票价骤落,邮局也停止汇兑了,只得中止,一直到现在。这一笔款只能待我到上海时再寄。

廿九日有船,倘买得到船票,就坐这船,十月六七可到上海。

这里的文艺,很销沈,昨天到创造社去一看,知道未名社的书都卖完了,只剩许多《莽原》。投稿于《莽原》之饶超华君,前回寄回的照相中,坐在我和伏园之间的就是他。回家路经汕头,被捕,现在似乎已释出。他是除了做那样的诗之外,全无其他的,而也会遭灾,则情形可想。但那是小地方;广州市比较地好一点。

书面的事,说起来很难,我托了几个人,都无回信。本地,是无法可想的,似乎只能画一个军人骑在马上往前跑。就是所谓"革命! 革命! "《朝华夕拾》我托过春台,没有画来,他与北新闹开,不知怎的和新月社去联合了。让我再想一想看。

《象牙之塔》的封面,上一次太印在中间了,下面应该不留空白。这回如来得及,望改正。

《莽原》稿已寄上一篇,我本想多写几篇这一类的东西,但开始走路之后,不知能有工夫否? 此地万不愿住,或在上海小住,未知是否可能,待到后再看。此地大学,已成了现代派的大本营了。

关于诺贝尔事,详致静农函中,兹不赘。

285

创造社和我们，现在感情似乎很好。他们在南方颇受迫压了，可叹。看现在文艺方面用力的，仍只有创造，未名，沈钟三社，别的没有，这三社若沈默，中国全国真成了沙漠了。南方没有希望。

迅　九，二五。

续收到十三日来信了。共和的收单，似乎应未名社收，今仍寄回。

271004 致台静农、李霁野

静农
霁野　兄：

昨天到上海，看见图样五张。蔼覃的照相，我以为做得很不好看。我记得原底子并不如此，还有许多阴影，且周围较为毛糙。望照原本重做一张，此张不要。我前信言削去边者，谓削去重照后之板边，非谓连阴影等皆削去之也。总之希重做一张，悉依原来的样子。

此书封面及《朝华夕拾》书面，已托春台去画，成后即寄上。于书之第一页后面，希添上"孙福熙作书面"一行。

我现住旅馆，两三日内，也许往西湖玩五六天，再定何往。

迅　十，四。

271014 致台静农、李霁野

静农
霁野　兄：

书账早已结好，和寄来的一张差不多。因为那边的邮局一时停止汇兑，所以一直迟至现在。今从商务馆汇上八十元，请往琉璃厂一取（最好并带社印）。这样，我所经手的书款，算是清结了。

《小约翰》及《朝华夕拾》两书面，本拟都托春台画，但他现在生病，所以只好先托其画《小约翰》的一张，而今尚未成（成后即寄上）。《朝华夕拾》第一页的后面，且勿印"孙福熙作书面"字样。

到此已将十日，不料熟人很多，应酬忙得很。邀我做事的地方也很有，但我想关起门来，专事译著。

狂飙社中人似乎很有许多在此，也想活动，而活动不起来，他们是自己弄得站不住的。

这里已很冷了。报上说北京已下雪，想是真的。

来信仍由原处转。

迅　十月十四日

271017 致李霁野

霁野兄：

前两天寄一函并书款八十元，想已到。六日来信，今天收到了，空字已补好，今寄上。书面已托孙春台画好，因须用细网目铜板，恐北京不能做，拟在上海将板做好，邮寄北京。

我到此地，因为熟人太多，比以前更忙于应酬了。忽然十多天，已经过去，什么事也没有做。

光华书店，我看他做法不大规矩，是不可靠的。

《朝华夕拾》后记中之《曹娥》一图，描得不好。如原底子尚在，请将这一图改用铜板，那么，线虽细，也无妨了。

《莽原》第十六七期尚未见。我缺第三期，希即一并寄来。三期一本，十六七期各二本。此后信件，可寄"上海宝山路商务印书馆编译所周建人先生代收"。

《莽原》这名称，先前因为赌气，没有改。据我的意思，从明年一月起，可以改称《未名》了，因为《狂飙》已消声匿迹。而且《莽原》开初，和长虹辈有关系，现在也犯不上再用。长虹辈此地有许多人尚称他们为"莽原小鬼"，所以《莽原》之名也不甚有趣。但这是我个人的意思，请大家决定。

静农的小说稿，已收到了，希转告。

前回寄来的书中，那几种是维钧的，亦望告知，以便寄还。

迅　十，十七，夜

271020 致李霁野

霁野兄：

《小约翰》封面铜板已做好，已托北新代寄，大约数日后可到。今将标本寄上，纸用黄色，图用紫色。

孙春台病已愈，《朝华夕拾》封面已将开始绘画。书之第一页后可以印上"孙福熙作书面"字样了。

迅　十，廿。

板费五元请便中交西三条密斯许。

271021 致江绍原

绍原先生：

两日不见，如隔六秋。

季茀有信来，先以奉阅。我想此事于 兄相宜，因为与人斗争之事或较少。但不知薪水可真拿得到否耳。

迅 顿首 十月廿一日

太太前乞叱名请安。

271021 致廖立峨

立莪兄：

十二日的来信，昨天收到了，先寄的另一封信，亦已收到。我于七日曾发一信，后又寄《野草》一本，想亦已到。

我到上海已十多天，因为熟人太多，一直静不下，几乎日日喝酒，看电影。我想，再过一星期，大约总可以闲空一点。倘若这样下去，是不好的，书也不看，文章也不做。

这里的情形，我觉得比广州有趣一点，因为各式的人物较多，刊物也有各种，不像广州那么单调。我初到时，报上便造谣言，说我要开书店了，因为上海人惯于用商人眼光看人。也有来请我去教国文的，但我没有答应。

现在我住在"宝山路，东横浜路，景云里二十九号"，此后有信可以直接寄此。这里是中国界，房租较廉，只要不开战，是不要紧的。

中大校长赴港，我已在报上看见，张之迈辈即刻疑神疑鬼，实在可怜。其实他们是不要紧的，会变化，那里会吃亏。至于我回广东，却连自己还没有想到过。

林语堂先生已见过，现回厦门接他的太太去了，听说十来天后再来上海。许寿裳先生在南京大学院做秘书，他们要请我译书，但我还没有去的意思。

江绍原先生已经见过，他今天回杭州去了，当暂住在他太太的家里。听说大学院要请他做编译，我想，这于他倒颇相宜的。

广州中大今年下半年大约不见得比上半年好。我想，你最好是自己多看看书。靠教员，是不行的，即使将他们的学问全都学了来，也不过是"瞠目呆然"。倘遇有可看的书，我当寄上。

顾孟余回广州之说，上海倒没有听到。《中央日报》不办了。南京另组织了一个中央日报筹备处，其中大抵是"现代派"。

我本很想静下来，专做译著的事，但很不容易。闹惯了，周围不许你静下。所以极容易卷入旋涡中。等许多朋友都见过了，周围清静一些之后，再看情形，倘可以用功，我仍想读书和作文章。

广平姊也住在此，附笔道候。她有好几个旧同学在此，邀她于〔去〕办关于妇女的刊物，还没有去。

迅　十月廿一日

271031 致江绍原

绍原先生：

两惠函，其一内有译稿者，均收到。稿当去寻买主去。

季弗所谈事迄今无后文，但即有后文，我亦不想去喫，我对于该方面的感觉，只觉得气闷之至，不可耐。

既已去矣，又何必再电粤方。昨有学生见骝先坐黄包车而奔波于途，殆即在追挽校长欤。

近日又常是演讲之类，殊苦。

迅　上　十月卅一日

太太前仍叱名请安。

271103 致李霁野

霁野兄：

十月廿六日信，今天收到了。蔼覃像已付印，四五日内可成，成即寄上。

《象牙之塔》，《莽原》，你的稿子，尚未到。

《莽原》的确少劲，是因为创作，批评少而译文多的缘故。我想，如果我们各定外国文艺杂志一两份，此后专向纯文艺方面用力，一面绍介图画之类，恐怕还要有趣些。但北京方面，制版之类是不方便的。本来我也可以在此编辑，因为我原想躲起来用用功。但看近来情形，各处来访问，邀演讲，邀做教员的很多，一点也静不下，时常使我想躲到乡下去。所以我或者要离开上海也难说。

《小约翰》书面版已于廿一寄出，想已到。

还说《莽原》，用报纸似乎太难看，用较好一点而比以前便宜一点的，如何？至于减少页数，那自然无所不可。

狂飙社的人们，似乎都变了曾经最时髦的党了。尚钺坏极，听说在河南，培良在湖南，高歌长虹似乎在上海。这一班人，除培良外，都是极坏的骗子。长虹前几天去访开明书店章君，听说没见他。

附上文一篇，是旧作而收回的，可用于《莽原》。

迅　十一，三。

271107 致章廷谦

矛尘兄：

六日来信已到。我到沪以来，就玩至现在，其间又有演讲之类，颇以为苦。近日又因不得已，担任了劳动大学国文每周一小时，更加颇以为苦矣。杭州芦花，闻极可观，心向往之，然而又懒于行，或者且待看梅花欤。

《游仙窟》既有善本，自然以用善本校后付印为佳。《唐宋传奇集》方在校印，拟先出上册，成后即寄奉。

北新捕去李（小峰之堂兄）王（不知何人）两公及搜查，闻在十月二十二，《语丝》之禁则二十四。作者皆暂避，周启明盖在日本医院欤。查封北新，则在卅日。今天乔峰得启明信，则似已回家，云《语丝》当再出三期，凑足三年之数，此后便归北新去接办云云。卅日发，大约尚未知查封消息也。他之在北，自不如来南之安全，但我对于此事，殊不敢赞一辞，因我觉八道湾之天威莫测，正不下于张作霖，倘一搭嘴，也许罪戾反而极重，好在他自有他之好友，当能互助耳。

季茀本云南京将聘绍原，而迄今无续来消息，岂蔡公此说，所以敷衍季茀者欤，但其实即来聘，亦无聊。语堂先曾回厦门，今日已到沪，来访，而我外出，不知其寓何所；似无事。有学生告我，在上海见傅斯年于路上，不知确否。倘真，则此公又在仆仆道途，发挥其办事手腕矣。

我独据一间楼，比砖塔胡同时好得多，因广东薪水，尚未用完也。但应酬，陪客，被逼作文之事仍甚多，不能静，殊苦。本想从事译书，今竟不知可能如愿。

迅 上 十一月七日

夫人均此问候。

271107 致江绍原

绍原先生：

五日来信并稿已到。译稿小峰愿接受，登《北新》半月刊。俟注之后半到，即送去。

北京之北新局于十月廿二日被搜查，捕去两人，一小峰之堂兄；一姓王，似尚与他案有关。《语丝》于廿四日被禁；北新局忽又于卅日被封。我疑此事仍有章士钊及护旗运动中人在捣鬼。

有学生告诉我，见傅斯年于上海之道上。岂此公亦来追留校长欤？

迅 启上 十一月七日

闻广东中大英语系主任为刘奇峰，不知何如人也。

271114 致江绍原

绍原先生：

先后收到《宗教史研究》两回，小品两回共四则；但小注后半，则至今未收到，恐失落亦未可知。且稍待，抑更补写乎，请酌定。

日本语之 NoRito，是"祝词"。

弟到此已月余，日惟应酬，陪客，演说，无聊之极。瘦矣，而毫无成绩。颇欲杜门译书，但无把握也。

今虽讨赤，而对于宗教学，恐仍无人留心。观读书界大势，将来之有人顾问者，殆仍惟文艺之流亚。不知兄有意一试之否？如前回在《语丝》上所谈之《达旖丝》，实是一部好书，倘译成中文，当有读者，且不至于白读也。半农译法国小说，似有择其短者而译之之趋势。我以为不大好。

迅　顿首　十一月十四日

太太前亦顿首

271116 致李霁野

霁野兄：

四日来信，收到了。小说稿及《象牙之塔》，早已到。

《莽原》仍用好纸而减页数，甚好。闻开明书店云，十八九合册十本，早售完，而无续来，不知何不多寄些？

《小约翰》作者照像，托春台带去印的，而他忽回家，大约不日当回上海，取来寄京。现在向我索取者甚多。我想，较快的办法，是此书之内容及封面印成后，望即将书面及书之散页，寄我五十份（仍由周建人代收）；一面我将照相留下五十份。待散页一到，在此装钉，便快得多了。希成后即寄为要。

我冬天不回京，在此亦静不下，毫无成绩，真不知如何是好。

迅　十一，十六

271118 致翟永坤

永坤兄：

你的十月十，二六两信，并两回的稿子，我都收到了，待我略闲，当看一看。惟设法出版，须在来年，因为这里的书铺现在经济状况都不大好。

那一本旧的小说，也已收到。构想和行文，都不高明，便是性欲的描写，也拙劣得很，是一部没有什么价值的书。我想，这大约是明朝人做的，本是一篇整篇，后来另一人又将他分开，加上回目，变成章回体的。至于里面用元人名字，这是明人做小说的常有的事，他们不敢讲本朝，所以往往假设为元人。

我近半年来，教书的趣味，全没有了，所以对于一切学校的聘请，全都推却。只因万不得已，在一个学校里担任了一点钟，但还想辞掉他。

文章也做不出来。现在是在校印《唐宋传奇集》，这是古文，我所选编的，今年可出上册，明年出下册。

听说《语丝》在北京被禁止了，北新被封门。正人君子们在此却都很得意，他们除开了新月书店外，还开了一个衣服店，叫"云裳"，

"云想衣裳花想容"，自然是专供给小姐太太们的。张竞生则开了一所"美的书店"，有两个"美的"女店员站在里面，其门如市也。

我想译点书糊口，但现在还未决定译那一种。

迅　上　十一月十八日

271120 致江绍原

绍原先生：

来信，并《廿五年来之早期基督教研究》的注，都收到了。关于要编的两种书的计划，我实在并无意见。《血与天癸……》，我想，大抵有些人看看的；至于《二十世纪之宗教学研究》，则商务馆即使肯收，恐怕也不过是情面。尚志学会似乎已经消声匿迹了。

其实，偌大的中国，即使一月出几本关于宗教学的书，那里算多呢。但这些理论，此刻不适用。所以我以为　先生所研究的宗教学，恐怕暂时要变成聊以自娱的东西。无论"打倒宗教"或"扶起宗教"时，都没有别人会研究。

然则不得已，只好弄弄文学书。待收得版税时，本也缓不济急，不过除此以外，另外也没有好办法。现在是专要人的性命的时候，倘想平平稳稳地吃一口饭，真是困难极了。我想用用功，而终于不能，忙得很，而这忙，是于自己很没有益处的。

中国此刻还不能看戏曲，他们莫名其妙。以现状而论，还是小说。还有，大约渐要有一种新的要求，是关于文艺或思想的 Essye。不过以看去不大费力者为限。我想先生最好弄这些。

英文的随笔小说之流，我是外行，不能知道。但如要译，可将作者及书名开给我，我可以代去搜罗。

我不知道先生先前所爱看的是那一些作品，但即以在《语丝》发表过议论的Thais而论，我以为实在是一部好书。但我的注意并不在飨宴的情形，而在这位修士的内心的苦痛。非法朗士，真是作不出来。这书有历史气，少年文豪，是不会译的（讲得好听点，是不屑译），先生能译，而太长。我想，倘译起来，可以先在一种月刊上陆续发表，而留住版权以为后日计。

此外，则须选作者稍为中国人所知，而作品略有永久性的。英美的作品我少看，也不大喜欢。但闻有一个U.Sinclaire（不知错否），他的文学论极新，极大胆。先生知之否？又J.London的作品，恐怕于中国的现在也还相宜。

广东似乎又打起来了。沪报言戴校长已迁居香港，谢绝宾客。中校的一群学者，不知安否，殊以为念也。

迅　启上　十一月二十夜

太太前均此请安

271122 致陶元庆

璇卿兄：

《唐宋传奇集》书面用之赭色样本，今日送来了。今并原样一同寄上。对否？希示复。

鲁迅　十一月廿二。

271206 致李小峰

小峰兄：

　　我对于一切非美术杂志的陵乱的插画，一向颇以为奇，因为我猜不出是什么意义。近来看看《北新》半月刊的插画，也不免作此想。

　　昨天偶然看见一本日本板垣鹰穗做的，以"民族底色彩"为主的《近代美术史潮论》，从法国革命后直讲到现在，是一种新的试验，简单明了，殊可观。我以为中国正须有这一类的书，应该介绍。但书中的图画，就有一百三四十幅，在现今读者寥寥的出版界，纵使译出，恐怕也没一个书店敢于出版的罢。

　　我因此想到《北新》。如果每期全用这书中所选的图画两三张，再附译文十叶上下，则不到两年，可以全部完结。论文和插画相联络，没有一点白费的东西。读者也因此得到有统系的知识，不是比随便的装饰和赏玩好得多么？

　　为一部关于美术的书，要这么年深月久地来干，原是可叹可怜的事，但在我们这文明国里，实在也别无善法。不知道《北新》能够这么办否？倘可以，我就来译论文。

鲁迅　十二月六日

271206 致蔡元培

孑民先生几下，谨启者：久违

　　雅范，结念弥深，伏知

　　贤劳，未敢趋谒。兹有荆君有麟，本树人旧日学生，忠于国事，服务已久，近知江北一带，颇有散兵，半是北军旧属，既失渠率，迸散江湖，出没不常，亦为民患。荆君往昔之同学及同乡辈，间亦流落其中，得悉彼辈近态，本非夙心，倘有所依，极甘归命，因思招之使来，略加编练，则内足以纾内顾之劳，外足以击残余之敌。其于党国，诚为两得。已曾历访数处，贡其款诚，尤切希一聆先生教示，以为轨桌。辄不揣微末，特为介绍，进谒

台端，倘蒙假以颜色，俾毕其词，更赐

指挥，实为万幸。肃此布达，敬请

道安。

后学周树人　启上　十二月六日

271209 致江绍原

绍原先生：

《百卅孝图》尚在，其所绘"拖鞍"之法如下：——

迅　上　十二月九日

271209 致章廷谦

矛尘兄：

四日信早到了。语堂在此似乎是为开明编英文字典。伏园则在办一种周刊，曰：《贡献》（实在客气之至）。又听说要印书，但不知其详，因为极少见。

《语丝》移申第一期，听说十二可出。有几篇投稿，我看了一遍则有之，若云"编辑"，岂敢也哉！我近来就是做着这样零星的事，真不知如何是好。

新年能来申谈谈，极所盼望。若夫校对，则非一朝一夕可毕，我代校亦可也。

池鱼故事，已略有所闻。其实在天下做人，本来大抵就如此。此刻此地，大家正互相斥为城门，真令我辈为鱼者，莫名其妙，只能用绍兴先哲老话："得过且过"而已。

绍原欲卖文，我劝其译文学，上月来申，说是为买书而来的。月初回去了，闻仍未买，不知何也。大约卖文之处，已稍有头绪欤？

太史之类，不过傀儡，其实是不在话下的。他们的话听了与否，不成问题，我以为该太史在中国无可为。

《莽原》有从头到尾的合订本，但他们不寄我一本，亦久无信来，或已独立欤？《华续》，《野草》他日寄上《野草》初版，面题"鲁迅先生著"，我已令其改正，所以须改正本出，才以赠人。《唐宋传奇集》上册今天才校了，出版大约尚须几天。出时奉寄。下册稿已付印局。

迅　上　十二，九，夜。

周启明信三张附还。

271219 致邵文熔

明之吾兄：

一别遂已如许年，南北奔驰，彼此头白，顷接惠书，慰甚喜甚。

弟从去年出京，由闽而粤，由粤而沪，由沪更无处可往，尚拟暂住，岁腊必仍在此也。时事纷纭，局外人莫名其妙（恐局中人亦莫名其妙），所以近两月来，凡关涉政治者一概不做。昨由大学院函聘为特约撰述员，已应之矣。

约一星期前，在此晤公侠，得略知兄近状，亦并知子英景况，但未询其住址，故未通信。弟初到沪时，曾拟赴杭一游，后以忙而懒，天气亦渐冷，而彼处大人物或有怕我去抢饭碗之惧，遂不果行。离乡一久，并故乡亦不易归矣。

专此布达，顺颂

曼福不尽。

弟周树人　启上　十六年十二月十九日

271226 致章廷谦

矛尘兄：

廿五日信收到。《语丝》四卷三期已付印，来稿大约须入第四期了。

伏园和小峰的事，我一向不分明。他们除作者版税外，分用净利，也是今天才知道的。但我就从来没有收清过版税。即如《桃色的云》的第一版卖完后，只给我一部分，说因当时没钱，后来补给，然

301

而从此不提了。我也不提。而现在却以为我"可以做证人"，岂不冤哉！叫我证什么呢？

譬如他们俩究竟何时合作，何时闹开，我就毫不知道。所以是局外人，不能开口。但我所不满足的，是合作时，将北新的缺点对我藏得太密，闹开以后，将北新的坏处宣传得太多。

不过我要说一句话，我到上海后，看看各出版店，大抵是营利第一。小峰却还有点傻气。前两三年，别家不肯出版的书，我一绍介，他便付印，这事我至今记得的。虽然我所绍介的作者，现在往往翻脸在骂我，但我仍不能不感激小峰的情面。情面者，面情之谓也，我之亦要钱而亦要管情面者以此。

新月书店我怕不大开得好，内容太薄弱了。虽然作者多是教授，但他们发表的论文，我看不过日本的中学生程度。真是如何是好。

明年商务印书馆也要开这样的新书店，这一流的书局，要受打击了。倘不投降，即要竞争，请拭目以俟之。

绍原经济情形，殊可虑。但前两星期，有一个听差（我想，是蔡"公"家的人）送大学院的聘书到我这里来，也有绍原的一份，但写明是由胡适之转的。问他何时送去；他说已送去过了，胡博士说本人不在沪，不收。我本想中途截取转寄，但又以为不好，中止了。后来打听季茀，他说大约已经寄杭了，星期二（十九）付邮的。莫非还不到么？倘到，则其中有一批钱，可以过年。

迅　上　十二月廿六日

斐君太太小燕密斯均此请安。

一九二八年

280131 致李霁野

霁野兄：

　　十六日来信，昨天收到了。《小约翰》未到。《莽原》第21，22期，至今没有收到。现在邮政容易失落，我想此后以挂号为妥。

　　《小约翰》的装订，我想可以在北京就近随便办理，能怎样便怎样，不必再和我商量，因为相隔太远，结果也无非多费几回周折，多延一点时光，于实际没有用的。

　　《朝华夕拾》上的插图，我在上海无处觅，我想就用已经制好的那一个罢，不必换了。但书面我想不再请人画。瑠璃厂淳菁阁（？）似乎有陈师曾画的信笺，望便中给我买几张（要花样不同的）寄来。我想选一张，自己写一个书名，就作为书面。

　　此地下雪，无火炉，颇冷。

迅　一，卅一。

280205 致李霁野

霁野兄：

一月廿四日信已到，《小约翰》两包，也已经收到了。

有一样事情不大好，记得我曾函托，于第一页后面，须加"孙福熙作书面"字样，而今没有，是对不起作者的，难以送给他。现在可否将其中的一部分（四五百部）的第一张另印，加上这一行，以图补救？

望即将现在所订那样的（即去年底寄给我的）《小约翰》，再寄给我十多本。如第一页另印本成功时，再将另印本寄给我十本，就够了。

司徒乔在上海，昨天见过了。

由北京分送的《小约翰》，另纸开上。

迅　二，五。

280222 致李霁野

霁野兄：

二月十四日来信收到。Eeden 照相五十张我早寄出了，挂号的，现想已到。《朝华夕拾》应如何印法，我毫无意见，因为我不知道情形，仍请就近看情形决定。

你的稿子寄上，我觉得都可以用的。静农的稿子停几天看后再寄。《坟》我这里一本也没有了，但我以为可以迟点再印。

《未名》的稿，实在是一个问题，因为我在上海，环境不同，又须看《语丝》外来稿及译书，而和《未名》生疏了——第一期尚未见——所以渐渐失了兴味，做不出文章来。所以我想可否你去和在京的几个人——如凤举，徐耀辰，半农先生等——接洽，作为发表他们作品的东西，这才便当。等我的译著，恐怕是没有把握的。就如《语丝》，一移上海，便少有在京的人的作品了。

丛芜兄现不知在何处，有一信，希转寄。

迅　二月廿二日

280224 致台静农

静农兄：

十五日信收到。你的小说，已看过，于昨日寄出了。都可以用的。但"蟪蛄"之名，我以为不好。我也想不出好名字，你和霁野再想想罢。

中国文学史略，大概未必编的了，也说不出大纲来。我看过已刊的书，无一册好。只有刘申叔的《中古文学史》，倒要算好的，可惜错字多。

说起《未名》的事来，我曾向霁野说过，即请在京的凤举先生等作文，如何呢？我离远了，偶有所作，都为近地的刊物逼去。而且所收到的印本断断续续，也提不起兴趣来。我也曾想过，倘移上海由我编印，则不得不做，也许会动笔，且可略添此地学生的译稿。但有为难之处，一是我究竟是否久在上海，说不定；二是有些译稿，须给译费，因为这里学生的生活很困难。

我在上海，大抵译书，间或作文；毫不教书，我很想脱离教书生活。心也静不下，上海的情形，比北京复杂得多，攻击法也不同，须一一对付，真是糟极了。日前有友人对我说，西湖曼殊坟上题着一首七绝，下署我名，诗颇不通。今天得一封信似是女人，说和我在"孤山别后，不觉多日了"，但我自从搬家入京以后，至今未曾到过杭州。这些事情，常常有，一不小心，也可以遇到危险的。

曹译《烟袋》，已收到，日内寄回，就付印罢，中国正缺少这一类书。

迅　二，二四。

280226 致李霁野

霁野兄：

昨天将陈师曾画的信纸看了一遍，无可用。我以为他有花卉，不料并无。只得另设法。

《烟袋》已于昨夜看完了，我以为很好，应即出版。但第一篇内有几个名词似有碍。不知在京印无妨否？倘改去，又失了精神。倘你以为能付印（因我不明那边的情形），望即来函，到后当即将稿寄回。否则在此印，而仍说未名社出版，（文艺书籍，本来不必如此，但中国又作别论。）以一部分寄京发卖。如此，则此地既无法干涉，而倘京中有麻烦，也可以推说别人冒名，本社并不知道的。如何，望即复。如用后法，则可将作者照相及书面（我以为原书的面即可用）即寄来。

迅　二，二六。

280301 致李霁野

霁野兄：

译稿很好，今寄还。我想，以后来稿，大可不必寄来看，以免多费周折。《未名》一期未见。

此外，廿二来信中的问题，前信均已答复了，此不赘。

迅　三，一。

《坟》我这里已无，如须改正，最好寄一本给我。

280306 致章廷谦

矛尘兄：

三日来信，昨天收到的。《唐宋传奇》照这样，还不配木刻，因为各本的字句异同，我还没有注上去。倘一一注出，还要好一点。

游杭之举，恐怕渺茫；虽羡五年陈之老酒，其如懒而忙何，《游仙窟》不如寄来，我可以代校。

曼墓题诗，闻之叶绍钧。此君非善于流言者，或在他人之墓，亦未可知。但此固无庸深究也。

垂问二事：前一事我不甚知，姑以意解答如下：——

河东节，意即河东腔，犹中国之所谓"昆腔"，乃日本一地方的歌调。

西鹤，人名，多作小说，且是淫书，日本称为"好色本"，但文章甚好。古文，我曾看过，不大懂，可叹。

《游仙窟》以插画为书面，原是好的，但不知内有适用者否记得刻本中之画，乃杂采各本而成，非本书真的插画。待看后再说。

钦文所闻种种迫害，并不足奇。有几种刊物（如创造社出版的东西），近来亦大肆攻击了。我倒觉得有趣起来，想试试我究竟能够挨得多少刀箭。

写得太潦草了，实在是因为喝了一杯烧酒，死罪死罪！

迅　三,六。

斐君兄均此致候不另。

280306 致章廷谦

矛尘兄：

午后寄一信，想已到。现续查得"河东节"的意思如下：——

"河东节"，一名"江户节"；江户者，东京之旧称也。乃江户人十寸见姓河东名所创唱戏的腔调。然则河东乃是人名，犹中国之有梅派，谭派矣。

迅　三,六

280314 致李霁野

霁野兄：

三月二七日信都已到。《未名》$1_2 3$ 期也收到了。

《烟袋》稿昨托北新寄去，今日当已寄出。

小说译稿是好的，今寄上。我想这些稿子，以后不必再寄来由我看过，其中或有几个错字，你改正改正就是了。

《文学与革命》我想此地当有人买，未名社的信用颇好，《小约翰》三百本，六七天便卖完了。

黄纸，我觉得不能用于《朝花夕拾》书面，另看机会罢。

我记得十七本的《一千一夜》，孔德买有一部。大约价要百元以上。

迅 三，十四。

280314 致章廷谦

矛尘兄：

十日信已到。我不去杭州，一者因为懒，二者也忙一点，但是，也许会去，不过不一定耳。

《游仙窟》有好本子，那是好极了。译文还未登出，大约不远了罢。

"犬缛" ——这真是大上手民之当了——我的稿子上是"犬儒"=Cynic，它那"刺"便是"冷嘲"。

达夫那一篇文，的确写得好；他的态度，比忽然自称"第四阶级文学家"的好得多了。但现在颇有人攻击他，对我的更多。五月间，我们也许要再出一种期刊玩一下子。

中国文人的私德，实在是好的多，所以公德，也是好的多，一动也不敢动。白璧德 and 亚诺德，方兴未艾，苏夫人殊不必有杞天之虑也。该女士我大约见过一回，盖即将出"结婚纪念册"者欤？

斐君太太当已临盆，所得是女士抑男士欤，希见告。

迅　三，十四。

280316 致李霁野

霁野兄：

《坟》及《未名》4，《革命和文学》四本都已到，能再寄我四五本更好，以一包之度为幸。如用纪念邮票，这里要被罚。

《黄花集》中应查之人，尚查不出，过几天再说罢。现在这里寄稿也麻烦，不准封。

《朝华夕拾》封面已托陶君去画，成即寄上。

小峰之兄（仲丹）昨在客店陪客，被人用手枪打死。大约是来打客人的。他真死得冤枉。

今天我寓邻近巡警围捕绑票匪，大打其盒子炮和手枪，我的窗门被击一洞，巡警（西洋人）死一人，匪死二人。我无伤。

迅　三，十六。

280331 致李霁野

霁野兄：

《朝华夕拾》封面，今天陶君已画来，但系三色，怕北京印不好，便托他去印，计二千，成即寄上。不知够否？倘不够，当续印。其款当向北新去取，于未名社书款中扣除。

该书第一页上，望加上"陶元庆作书面"字样。

迅　三，卅一。

280331 致章廷谦

矛尘兄：

廿二四信均收到；致小峰信等已面交。恭悉已有"弄璋"之喜，敬贺敬贺。此非重男轻女，只因为自己是男人，略有党见，所以同性增加，甚所愿也。至于所提出之问题，我实不知有较妥之品，大约第一原因，多在疏忽，因此事尚无万全之策，而况疏忽也乎哉。北京狄博尔 Dr. 好用小手术，或加子宫帽，较妥；但医生须得人，不可大意，随便令三脚猫郎中为之。我意用橡皮套于男性，较妥，但亦有缺点，因能阻碍感觉也。

《游仙窟》事件，我以为你可以作一序，及周启明之译文，我的旧序，不如不用，其中材料，你要采用便可用。至于印本，我以为不必太讲究；我现在觉得，"印得好"和"新式圈点"是颇难并立的。该《窟》圈点本印行后，既有如许善本，我以为大可以连注印一本旧式装订的阔气本子也。但圈点则无须矣。

现在不做甚么事，而总是忙。有麟之捧风眠，确乎肉麻，然而今则已将西湖献之矣了。

迅　三，卅一。

尊夫人令爱令郎均此致候。

280409 致李秉中

秉中兄：

昨日收到一函一信片，又《美术大观》一本，感谢之至。现尚无何书需买，待需用而此间无从得时，当奉闻。

记得别后不久，曾得来信，未曾奉复。其原因盖在以"结婚然否问题"见询，难以下笔，迁延又迁延，终至不写也。此一问题，盖讨论至少已有二三千年，而至今未得解答，故若讨论，仍如不言。但据我个人意见，则以为禁欲，是不行的，中世纪之修道士，即是前车。但染病，是万不可的。十九世纪末之文艺家，虽曾赞颂毒酒之醉，病毒之死，但赞颂固不妨，身历却是大苦。于是归根结蒂，只好结婚。结婚之后，也有大苦，有大累，怨天尤人，往往不免。但两害相权，我以为结婚较小。否则易于得病，一得病，终身相随矣。

现状，则我以为"匪今斯今，振古如兹"。二十年前身在东京时，学生亦大抵非陆军则法政，但尔时尚有热心于教育及工业者，今或希有矣。兄职业我以为不可改，非为救国，为吃饭也。人不能不吃饭，因此即不能不做事。但居今之世，事与愿违者往往而有，所以也只能做一件事算是活命之手段，倘有余暇，可研究自己所愿意之东西耳。自然，强所不欲，亦一苦事。然而饭碗一失，其苦更大。我看中国谋生，将日难一日也。所以只得混混。

此地有人拾"彼间"牙慧，大讲"革命文学"，令人发笑。专挂招牌，不讲货色，中国大抵如斯。

今日寄上书三本，内一本为《唐宋传奇集》上册。缺页之本，弃之可矣。

迅　上　四月九日

280413 致江绍原

绍原先生：

今天奉到十二日来信。《须发爪》早收到了，感谢感谢。但纸张不大好，大约还是北京的罢。我想，再版时须用得好一点。

《语丝》向来不转载已经印出之刊物，这小册子又太长，不好送去，今寄还。

杭州之另一"鲁迅"，已曾前闻。但他给一个学生信，则云在上海的一个是冒充的。又有一个"周树人"，冒充司长，在徐州被捕，见沪报。不知怎地，今年连真假姓名都交了"华盖运"了。

迅　启上　四月十三日

280504 致章廷谦

矛尘兄：

廿八信早到。近来忙一点，略说几句罢：——

大学院一案，并无其事，不知是何人所造谣言。所以说不到"去不去"。

《游仙窟》序只用我的，也可以，并无异议。

语堂夫妇前天已见过，口信并未交出。但杭州之好，我是知道的。

和达夫同办的杂志，须六月间才可以出。

顾傅被反对于粤，我无所闻。

对于《贡献》，渺视者多。

第四阶级文学家对于我，大家拚命攻击。但我一点不痛，以其打不着致命伤也。以中国之大，而没有一个好手段者，可悲也夫。

闻成仿吾作文，用别的名字了，何必也夫。

衣萍的那一篇自序，诚然有点……今天天气，哈哈哈……

迅　上　五月四日

令夫人令爱令郎均此不另。

280504 致李金发

金发先生道鉴：

手示谨悉。蒙嘱撰文，本来极应如命，但关于艺术之事，实非所长，在《北新》上，亦未尝大登其谈美术的文字，但给译了一本小书而已。一俟稍有一知半解，再来献丑罢。至于将照相印在刊物上，自省未免太僭。希
鉴原为幸。

弟鲁迅　五月四日

280530 致章廷谦

矛尘兄：

还是得七日的信以后，今天才复。

要达夫作文的事，对他说了。他说"可以可以"。但是"可以"也颇宽泛的，我想，俟出版后，才会切实。至于我呢，自然也"可

以"的，但其宽泛，大约也和达夫之"可以"略同。

我并不"做"，也不"编"。不过忙是真的。（一）者，《思想，山水，人物》才校完，现在正校着月刊《奔流》，北新的校对者靠不住，——你看《语丝》上的错字，缺字有多少——连这些事都要自己做。（二）者，有些生病，而且肺病也说不定，所以做工不能像先前那么多了。

革命文学家的言论行动，我近来觉得不足道了。一切伎俩，都已用出，不过是政客和商人的杂种法术，将"口号""标语"之类，贴上了杂志而已。

但近半年来，大家都讲鲁迅，无论怎样骂，足见中国倘无鲁迅，就有些不大热闹了。

月刊《奔流》，大约六月廿日边可出。

迅　上　五，卅

斐君太太均此问候。

280601 致李小峰

收到印品及洋百元。谢谢。

附上语丝稿两种，又寄语堂信等一件，请转送为荷，此上小峰先生。

六月一日

280606 致章廷谦

矛尘兄：

一日的信，前天到了。朱内光医生，我见过的，他很细心，本领大约也有，但我觉得他太小心。小心的医生的药，不会吃坏，可是吃好也慢。

上海的医生，我不大知道。欺人的是很不少似的。先前听说德人办的宝隆医院颇好，但现在不知如何。我所看的是离寓不远的"福民医院"，日人办，也颇有名。看资初次三元，后每回一元，药价大约每日一元。住院是最少每日四元。

不过医院大规模的组织，有一个通病，是医生是轮流诊察的，今天来诊的是甲，明天也许是乙，认真的还好，否则容易模模胡胡。

我前几天的所谓"肺病"，是从医生那里探出来的，他当时不肯详说，后来我用"医学家式"的话问他，才知道几乎要生"肺炎"，但现在可以不要紧了。

我酒是早不喝了，烟仍旧，每天三十至四十支。不过我知道我的病源并不在此，只要什么事都不管，玩他一年半载，就会好得多。但这如何做得到呢。现在琐事仍旧非常之多。

革命文学现在不知怎地，又仿佛不十分旺盛了。他们的文字，和他们一一辩驳是不值得的，因为他们都是胡说。最好是他们骂他们的，我们骂我们的。

北京教育界将来的局面，恐怕是不大会好的。我不想去做事，否则，前年我在燕京大学教书，不出京了。

老帅中弹，汤尔和又变"孤哀子"了。

迅 上 六月六日

280710 致翟永坤

永坤兄：

从到上海以来，接到你给我的信好几回了；《荒岛》也收到了几本，虽然不全。说起来真可笑，我这一年多，毫无成绩而总没闲空，第一是因为跑来跑去，静不下。一天一天，模模糊糊地过去了，连你的信也没有复，真是对不起。

我现在只译一些东西，一是应酬，二是糊口。至于创作，却一字也做不出来。近来编印一种月刊叫《奔流》，也是译文多。

你的小说稿积压多日了，不久想选一选，交给北新。

北京我很想回去看一看，但不知何时。至于住呢，恐怕未必能久住。我于各处的前途，大概可以援老例知道的。

鲁迅　七月十日

280717 致钱君匋

君匋先生：

顷奉到惠函并书面二包，费神谢谢。印费多少，应如何交付，希见示，当即遵办。

《思想，山水，人物》中的 Sketch Book 一字，完全系我看错译错，最近出版的《一般》里有一篇文章（题目似系《论翻译之难》）指摘得很对的。但那结论以翻译为冒险，我却以为不然。翻译似乎不能因为有人粗心或浅学，有了误译，便成冒险事业，于是反过来给误译的人辩护。

鲁迅　七月十七日

280717 致李霁野

霁野兄：

六日信收到。

《朝花夕拾》封面昨刚印好，共二千张，当于明日托舍弟由商务馆寄上。

Van Eeden 的照相，前回的板仍不很好，这回当将德译原书寄上，可于其中照出制板用之样子悉仍原本，并印姓名。书用毕，希交还西三条寓。

我现并无什么东西出版，只有一本《思想，山水，人物》，当于日内并《小约翰》德译本一同寄上。

《坟》的校正本及素园译本都于前几天寄出了，几个人仍无从查考，因为无原文。

迅　上　七月十七日

280718 致章廷谦

矛尘兄：

昨天午前十时如已　贲临敝寓，则只见钦文或并钦文而并不见，不胜抱歉之至。因为天气仍热，窃思逗留下去，也不过躲在馆中，蒸神仙鸭而已，所以决心逃去，于清晨上车了。沿路有风，近沪遇雨，今天虽晴，但殊不如西湖之热矣。

敝沪一切如常。敝人似已复元，但一到，则不免又有许多"倭支葛搭"之事恭候于此，——但这由他去罢。将《抱经堂书目》和上海两三书店之书目一较其中所开之价值，廉者不多，较贵者反而多，我辈以为杭州地较僻，书价亦应较廉，实是错了念头，而自己反成阿木林也。

李老板未见，《奔流》2似尚未出。现已包好《小约翰》两本，拟挂号寄出，庶不至于再"付洪乔"也欤。

迅　启上　七月十八日

斐君小燕诸公均此致候不另柬。

　还有奉托者，如见

介石兄，乞代我讲几句好话，如破费他许多宝贵光阴，后来不及走辞，诚恐惶恐，死罪死罪之类……

280722 致韦素园

素园兄：

七月二日信片收到。

《美术思潮论》系在《北新》半月刊上附印，尚未成书，成后寄上。《思想，山水，人物》未注意，不知销路如何。

以史底惟物论批评文艺的书，我也曾看了一点，以为那是极直捷爽快的，有许多昧暧难解的问题，都可说明。但近来创造社一派，却主张一切都非依这史观来著作不可，自己又不懂，弄得一榻胡涂，但他们近来忽然都又不响了，胆小而要革命。

凡关于苏俄文艺的书，两广两湖，都不卖，退了回来。

我生活经费现在不困难，但琐事太多，几乎每日都费在这些事里，无聊极了。

上海大热，夜又多蚊，不能做事。这苦处，大约西山是没有的。

迅　上　七月廿二日

280725 致康嗣群

嗣群先生：

收到来信并诗。《语丝》误字，已去更正。

这回惠寄的诗，奉还一首；其一拟发表，但在《语丝》或《奔流》尚未定。

我不解英文，所以于英文书店，不大知道。先前去看了几家，觉得还是"别发洋行"书籍较多，但自然还是大概是时行小说。这些书铺之设，都是为他们商人设想，要买较高的文艺书，恐怕是不容易的。

我想，要知道英国文学新书，不如定一份《Bookman》（要伦敦出的那一种），看有什么书出，再托"别发"或"商务印书馆"向英国去带，大约三个月后，可以寄到。至于先前所出的书，也可以带，但须查明出版所，颇为麻烦。

蚊子大咬，不能安坐了，草草。

鲁迅　七，二五。

280802 致章廷谦

矛尘兄：

七月廿四的信，早收到了，实在因为白天汗流，夜间蚊咬，较可忍耐的时间，都用到《奔流》上去了，所以长久没有奉复。

斐君兄的饭碗问题，现状如何？如在西湖边设法可得，我以为殊不必远赴北平。那边虽曰北平，而同属中国，由我看来，恐未必能特别光明。而况搬来搬去，劳民伤财，于实际殊不值得也。况且倭支葛搭，安知无再见入关之事——但这也许因为我神经过敏——耶？

这里，前几天大热，后有小雨，稍凉。据天文台报告，云两三天前有旋风，但终于没有，而又热起来矣。

介公未见，大约已飞奔北平。至于不佞，也想去一趟，因为是老太太的命令，不过时候未定；但久住则未必，回想我在京最穷之时，凡有几文现钱可拿之学校，都守成坚城，虽一二小时的功课也不可得，所以虽在今日，也宁可流宕谋生耳。

要奉托一件事：——

案查《抱经堂书目》，有此一书：

"《金文述》十六本　十六元"

窃思在北京时，曾见有一种书，名《奇觚室吉金文述》，刘心源撰，二十卷（？），石印。而价甚贵，需二十余元。所以现要托　兄便中去一看，如系此书，并不缺，且书尚干净，则请购定寄下为荷。

迅　上　八月二日之夜

斐君兄小燕弟均此问候。

当我开手写信时，Miss 许云"给我带一笔"，但写到此地，

则已睡觉了，所以只好如言"带一笔"云尔。

280815 致章廷谦

矛尘兄：

　　十四日来信，今天收到了。饭碗问题，我想这样好；介石北去，未必有什么要领罢。沈刘两公，已在小峰请客席上见过，并不谈起什么。我总觉得我也许有病，神经过敏，所以凡看一件事，虽然对方说是全都打开了，而我往往还以为必有什么东西在手巾或袖子里藏着。但又往往不幸而中，岂不哀哉。

　　《品花宝鉴》我不要。那一部《金文述》见《抱经堂书目》第三期第三十三页第十一行，全文如下——

　　"《奇觚室吉金文述》三十卷　刘心源　石印本　十本　十六元"但如已经卖掉，也就罢了。

　　这里总算凉一点了，因为《奔流》，终日奔得很忙，可谓自讨苦吃。

　　创造社开了咖啡店，宣传"在那里面，可以遇见鲁迅郁达夫"，不远在《语丝》上，我们就要订正。田汉也开咖啡店，广告云，有"了解文学趣味之女侍"，一伙女侍，在店里和饮客大谈文学，思想起来，好不肉麻煞人也。

　　　　　　　　　　　　　　　迅　上　八月十五日

斐君兄小燕弟，还有在厦门给我补过袍子的大嫂，均此

请安。

280819 致章廷谦

矛尘兄：

前天收到十六日信，昨天，抱经堂所寄的《吉金文述》也到了，不错的，就是这一部。我上回略去了一个"吉"字，遂至往返了好几回。

今日问小峰，云《游仙窟》便将付印。曲园老之说，录入卷首，我以为好的；但是否在中国提及该《窟》的"嚆矢"，则是疑问。查"东瀛"有河世宁者，曾录《御制（纂?）全唐诗》失收之诗，为《全唐诗逸》X卷，内有该《窟》诗数首；此书后经鲍氏刻入《知不足斋丛书》第卅（？）集中。刻时或在曲老之前，亦未可知，或者曲老所见者是此书而非该《窟》全本也。

"许小姐——一作 Miss Shu"已为"代候"。桂花将开，西湖当又有一番景况，也很想一游。但这回大约恐怕懒于动身了，因为桂花开后，菊花又开，若以看花为旅行之因，计非终年往来于沪杭线上不可。拟细想一想，究竟什么花最为好看，然后再赴西湖罢。

杭州天气已如新秋，可羡。上海只微凉了几天，今天又颇热了。

迅　启上　八月十九日

斐君小燕诸公，均此致候不另。

280919 致章廷谦

矛尘兄：

十五日来信早收到了。上海大水，微有所闻，据云法租界深可没膝；但敝里却并无其事，惟前两天连雨，略有积水，雨止即退，殆因地势本高，非吾华神明之胄，于治水另有心得也。盖禹是一个虫，已有明证矣。

杭既暂有饭碗，敝意以为大可不必北行。学校诸要人已见昨报，百年长文，半农长豫，傅斯年白眉初长师范，此在我辈视之，都所谓随便都好者也。玄伯欲"拉"，"因有民众"之说，听来殊为可骇，然则倘"无"，则不"拉"矣。嗟乎，无民众则将饿死，有民众则将拉死，民众之于不佞，何其有深仇夙怨欤？！

据报，云蔡公已至首善，但力辞院长，荐贤自代，将成事实。贤者何？易公培基也。而院则将改为部云。然则季黻不知如何，而石君之事，恐更谈不到矣。

《奔流》据说卖二千余，已不算少。校则托"密斯许"，而我自看末校。北新校对，是极不可靠的，观《语丝》错字脱字之多可见，我曾加以注意，无效。凡对小峰所说，常无效，即如《游仙窟》，我曾问过两回，至今不送校。前几天听说中国书店已排好矣，但这于北新是无碍的，可分寻销路，而至今仍不送校。北新办事，似愈加没有头绪了，如《语丝》35 36出版时，将25 26送给我，还他之后，则待37出后，一并送来，夫岂有对于本刊负责记者，而不给其看新出之报者乎。

乔峰因腹泻，未往公司，大约快好了，那时当嘱其买《说郛》邮寄。钱我这里有，不必寄来。

　　　　　　　　　　　　　　迅　上　九月十九日

斐君兄均此。

有人为鼻宣传，云将赴浙教书，盖空气作用也，所以诱致他处之聘书耳。

281012 致章廷谦

矛尘兄：

久违了。

《游仙窟》初校后，印局同盟罢工，昨天才又将再校送来，还要校一回才好。该印局字模，亦不见佳。

《说郛》于邮局罢工前一天寄出，今已复工五六日，大约寄到了罢，为念。其价计十六元一角五分，暂存兄处，将托代买书或茶叶，现在尚未想定也。

梦翁高升；据京报，评梅死了。

迅　上〔十月十二日〕

斐君兄均此请安。

又记数日前寄上《朝花夕拾》两本，想亦已到。

281018 致章廷谦

矛尘兄：

十一，十五两信均到。《游仙窟》诗，见《全唐诗逸》，此书大约在《知不足斋丛书》卅集中，总之当在廿五集以后，但恐怕并无题跋；荫翁考据亦不见出色，我以为可不必附了。

《夜读抄》已去问小峰，但原稿恐未必尚存，且看"后来分解"耳。小峰似颇忙，不知何故。《语丝》之不到杭，据云盖被扣，但近来该《丝》错字之多，实可惊也。

顾傅钟诸公之挤来挤去，亦复可惊，此辈天性之好挤，似出常人之上，古之北大，不如是也。石君食贫于北，原亦不坏，但后之北平学界，殆亦不复如革命以前，挤，所不免矣。

不佞之所以"异"者，自亦莫名其妙，近来已不甚熬夜，因搬房之初，没有电灯，因而早睡，尚馀习惯也。和我对楼之窗门甚多，难知姚公在那一窗内，不能"透视"而问之，悲夫。

许女士仍在三层楼上，据云大约不久须回粤嫁妹。但似并不十分一定，"存查"而已。

买书抑买茶叶，问题非小，一时殊难决定，再想几天，然后奉告罢。

迅　上　十月十八日

斐君太太均此请安　令爱均吉。

281031 致赵景深

景深先生：

顷检出《百孝图说》已是改订板了，投炉者只有李娥，但是因铸军器而非钟，不知是怎么一回事。今将全部奉借，以便通盘检查——那图上的地下，明明有许多军器也。

迅　启上　十月卅一夜

281104 致赵景深

景深先生：

见还的书，收到了，并信。

外国人弄中国玩意儿，固然有些渺茫，但这位《百孝图说》作者俞公，似乎也不大"忠实"的。即如"李娥投炉"，他引《孝苑》；这部书我未见过，恐怕至早是明朝书，其中故事，仍据古书而没其出处——连字句大有改窜也说不定的。看他记事，似乎有一个沟渎，即因李娥事而得名，所以我想，倘再查《吴地记》（唐陆广微作）《元和郡县志》（唐李吉甫作）《太平寰宇记》（宋乐史作）等，或者可以发见更早的出典。

鲁迅　十一月四日

281104 致罗暟岚

暟岚先生：

　　来稿是写得好的，我很佩服那辛辣之处。但仍由北新书局寄还了；因为近来《语丝》比在北京时还要碰壁，登上去便印不出来，寄不出去也。

迅　上　十一月四日

281107 致章廷谦

矛尘兄：

　　却说《夜读抄》经我函催后，遂由小峰送来，仍是《语丝》本，然则原稿之已经不见也明矣。小峰不知是忙是窘，颇憔悴，我亦不好意思逼之，只得以意改定几字，算是校正，直到今天，总算校完了。

他所选定之印刷局，据云因为四号字较多。但据我看来，似并不多，也不见得好，排工也不好，不听指挥，所以校对殊不易。现在虽完，不过是了了人事。我想，书要印得好，小印刷局是不行的，由一个书店印，也不行的。

看看水果店之对付水果，何等随便，使果树看见，它一定要悲哀，我觉得作品也是如此，这真是无法可想。为要使《奔流》少几个错字，每月的工夫几乎都消费了，有时想想，也觉不值得。

我现在校完了杂感第四本《而已集》，大约年内可以出版的。

迅　上　十一月七日

斐君兄均此致候不另。

281128 致章廷谦

矛尘兄：

十二，廿四两信都收到。季茀我想是不会到北京去的，但他赴首都以后，讫今未有信来，不知住在何地。来函所说的事，倘见面（他似乎时常来沪），或得他来信后，即当转达。

抱经堂的书，《西厢记》非希见之书，《目莲记》既然眼睛已方，则和我所有的非万历本，大约也相差无几，不要它了。该堂将我住址写下，而至今不将书目寄来，可见嘴之不实，因此不佞对之颇有恶感，不想和他交易了。

《说郛》钱请不必急于交还，茶叶也非必要。或者要买一点图书馆的书，但将来再说罢。

王国维的著作，分为四集，名《王忠悫公遗书》或《观堂遗书》，我买了二三四共三集，初集因较贵未买，现在上海一时没有了。不知杭州有否？如有，买以见寄亦可，价大约是十四元。

成公舍我为大学秘书长，校事可知。闻北京各校，非常纷纭，什么敢死队之类，亦均具备，真是无话可说也。

迅　上　十一月廿八日

斐君兄均此奉候。

281212 致郁达夫

达夫先生：

来信今天收到，稿尚未发，末一段添上去了。这回总算找到了"卑污的说教人"的出典，实在关细非轻。

原稿上 streptococcus 用音译，但此字除"连锁球菌"外，无第二义，我想不如译意，所以改转了。这菌能使乳糖变成乳酸，又人身化脓及病"丹毒"时，也有这菌，我疑心是在指他的夫人或其家属。

又第 11 段上有"Nekassov 的贫弱的诗"一句，不知那人名是否 Nekrassov 而漏写了一个 r？或者竟是英译本也无（r）此字，则请一查日本译，因这人名不常见也。

迅　启上　十二月十二日夜

密斯王均此致候。

281227 致章廷谦

矛尘兄：

　　季黻昨已见过，当将那事说给他，他说当面询蔡先生后，以所答相告，那时当再函知。

　　《山雨》曾见过——近久不见——此种事甚无聊。秋天以来，中国文人，大有不骂我便不漂亮之概，而现在则又似减退矣，世风不古，良可慨也。因骂声减，而拉我作文者又多，其苦实比被骂厉害万倍。

　　玄同之话，亦不足当真者也；凤举玄同，以为然与否，亦不足注意者也。我近来脾气甚坏，《语丝》被禁于浙而毫不气，一大群人起而攻之而亦不气，盖坏而近于道矣。

　　《王忠悫公遗集》印于北方，盖罗遗老之辈所为，中国书店但代售耳。振铎早回，既编《说报》，又教文学，计三校云。

　　托兄给我在前回买过茶叶的那"翁隆盛"买"龙井明前"（每斤二元五角六分）"龙井旗枪"（一元四角四分）各一斤，见寄。如果店铺也肯寄，即托他们寄，付与寄费就好了。杭沪之间，似乎还有信局似的东西，寄物件很方便的。

　　　　　　　　　　　　　迅　启上　十二月廿七日

　斐君兄均此奉候。

281229 致翟永坤

永坤兄：

　　得十一月廿六日来信，迟复为歉。惠函所云小说，惟《盛夏之夜》一篇，遍觅未见，但另□□□□一篇，亦系草稿，或尚未用，今已和《断碣》等四篇一并另封挂号寄上。我因居处不大，所以书籍稿件，无法布置，至于常易散失，实为困难。所以成集之稿，希暂勿见寄，因虑失落也。

陶冶公我是熟识的，现在想已全愈了罢。

鲁迅　十二月廿九日

281230 致陈濬

子英先生大鉴：敬启者，前日奉到惠函，季市则亦于是日下午来寓，尚未见寄宁之函。因与谈及编制字典事，其言谓：国学研究所中尚未拟办此种事业，教育部之编译员则已经截止，云云。然则事殊难成也。谅季市当亦有函为答，今第先以奉闻耳。其实在今笔墨生涯，亦殊非生活之道，以此得活者，岂诚学术才力有以致之欤？种种事故，综错滋多，虽曰著作，实处荆棘。弟在广州之谈魏晋事，盖实有慨而言。"志大才疏"，哀北海之终不免也。迩来南朔奔波，所阅颇众，聚感积虑，发为狂言。自料或与　兄之意见有睽异之处，幸在知己，尚希　恕之。要之一涉目前政局，便即不尬不尴。瞬届岁暮，凡百一新，弟之处境，亦同鸡肋矣。此布，即请
近安不尽。

弟树人　启上　十二月卅日

331

一九二九年

290106 致章廷谦

矛尘兄：

在去年十二月卅一日的来信未到之前两天，即"国历"一月一日上午，该巽伯已经光降敝寓了，惜我未起，不能接见，当蒙留下"明前"与"旗枪"各一包无误。至于《赌徒日记》，则至今未见，盖小峰老板事忙易忘，所以不以见示，推想起来，当将印入第二期矣。《奔》5洪乔之事，亦已函告他，但能否不被忘却，殊不可知，此则不能不先行豫告者耳。

赌徒心理的变幻，应该写写的，你"颇有经验"，我也并不觉其"混账"——惟有一节，却颇失敬，即于"至尊"之下，加以小注，声明并非香烟，盖不佞虽不解"麻酱"，而究属老支那人，"至尊"之为∴和∷，实属久已知道者也，何至于点火而吸之哉。

《全上古……文》，北京前四年市价，是连史纸印，一百元。今官堆纸而又蛀过（虽然将来会收拾好），价又六十五，其实已经不廉，我以为大可不必买。况且兄若不想统系底研究中国文学史，无需此物倘要研究实又不够。内中大半是小作家，是断片文字，多不合用，倒不如花十来块钱，拾一部丁福保辑的《汉魏六朝名家集》，随便翻翻为合算。倘要比较的大举，则《史》，《汉》，《三国》；《蔡中郎集》，嵇，阮，二陆机云，陶潜，庾开府，鲍参军如不想摆学者架子，不如看清人注本，何水部，都尚有专集，有些在商务馆《四部丛刊》中，每部不到一元也，于是到唐宋类书：《初学记》，《艺文类聚》，《太平御览》中，再去找寻。要看为和尚帮忙的六朝唐人辩论，则有《弘明集》，《广弘明集》也。要而言之，《全上古……文》实在是大而无当的书，可供陈列而不适于实用的。

青龙山者，在江苏句容县相近，离南京约百余里，前清开过煤矿，我做学生时，曾下这矿洞去学习的。后来折了本，停止了。Kina当是 Kind 之误。"回资啰……"我也不懂，盖古印度语（殆即所谓"梵语"乎），是咒语，绍兴请和尚来放焰口的时候，它们一定要念好几回的，焰口的书上也刻着，恐怕别处也一样。

冬假中我大约未必动，研究之结果，自觉和灵峰之梅，并无感情，倒是和糟鸡酱鸭，颇表好感。然而如此冷天，皮袍又已于去夏在"申江"蛀掉，岂能坐车赴杭，在西子湖边啃糟鸡哉。现在正在弄托尔斯泰记念号，不暇吃饭也。

《游仙窟》似尚未出，北新近来殊胡里胡涂，虽大扩张，而刊物上之错字愈多矣。嘤嘤书屋久不闻嘤嘤之声，近忽闻两孙公将赴法留学，世事瞬息万变，我辈消息不灵，所以也莫名其妙。上海书店有四十余家，一大队新文豪骂了我大半年，而年底一查，拙作销路如常，捏捏脚膀，胖了不少，此则差堪告慰者也。

迅　启上　一月六夜

斐君兄均此致候不另。

Miss 许亦祈我写一句代候。

290123 致孙用

孙用先生：

　　蒙寄译诗，甚感。但极希望　先生许我从中择取四首于《奔流》中发表，余二首附回，希　谅察为幸。

鲁迅　一月廿三日

290215 致孙用

孙用先生：

　　来信收到，诗句已照改了，于《奔流》九期上可以登出。

　　译诗能见寄一观，或择登期刊，都可以的。惟绍介全部出版稍难，因为现在诗之读者不多，所以书店不大踊跃。但我可以向北新问一问，倘他们愿印，当再奉告，此后可以直接交涉也。

鲁迅　二月十五日

290221 致史济行

天行先生：

　　见寄两信，均收到了。有人讲"新文学"，原也好的，但还是钞"旧"的《语丝》，却更不好，而且可笑。

　　《语丝》并不停刊。

　　我与艺大，毫无关系。去做教务长的谣言，这里也有。我想，这是他们有意散布的，是一种骗青年的新花样。

迅　上　二月廿一日

290309 致章廷谦

矛尘兄：

久违了。这回是要托你仍在"翁隆盛"买三斤茶，计开：——

上上贡龙　　一斤　　二元二角四分

龙井雨前　　一斤　　一元三角六分

龙井芽茶　　一斤　　一元二角

但这回恐怕未必这样凑巧，马巽伯又要到上海来，由他拎到寓所。我想，该茶叶店如也可以代寄，那就托他们代寄罢。否则，如无便人，托你付邮。

迅　上　三月九日

斐君兄均此致候。

290315 致章廷谦

矛尘兄：

前天得来信。次日，该前委员莅寓，当蒙交到茶叶三斤。但该委员非该巽伯可比，当经密斯许竭诚招待，计用去龙井茶价七斤，殊觉肉痛。幸该员系由宁回平；则第三次带茶来沪之便人，决非仍是该委员可知，此尚可聊以自慰者也。

鼻君似仍颇仆仆道途，可叹。此公急于成名，又急于得势，所以往往难免于"道大莫能容"。据我看来，如此紧张，饭是总有得吃的，然而"着实要阔起来"，则恐未必，大概总是红着鼻子起忙头而已。

李公小峰，似乎很忙，信札不复，也是常事。其一，似乎书局中人，饭桶居多，所以凡事无不散漫。其二，则泰水闻已仙逝，李公曾前去奔丧，离沪数天，现已回来。但不知泰山其尚存否乎？若其未崩，则将来必又难免于忙碌也。总之，以北新之懒散，而上海新书店之蜂起，照天演公例而言，是应该倒灶的。但不料一切新书店，也一样散漫，死样活气，所以直到现在，北新依然为新书店魁首，闻各店且羡而妒之，呜呼噫嘻，此岂非奇事而李公小峰的福气也欤！

例如《游仙窟》罢，印了一年，尚无着落。我因听见郑公振铎等，亦在排印，乃力催小峰，而仍无大效。后来看见《文学周报》上大讲该《窟》，以为北新之本，必致落后矣。而不料现在北新本小峰已给我五本了居然印行，郑公本却尚未出世，《文周》之大讲，一若替李公小峰登广告也者。呜呼噫嘻，此实为不佞所不及料，而自悔其性急之为多事者也。

石君之炎，问郎中先生以"为什么发炎？"是当然不能答复的。郎中先生只知道某处在发炎，发炎有时须开刀而已，炎之原因，大概未必能够明白。他不问石君以"你的腿上筋为什么发炎"，还算是好的。

这几句是正经话了：且夫收口之快慢，是和身体之健壮与否大有关系的。石君最好是吃补剂——如牛奶，牛肉汁，鸡汤之类，而非桂圆莲子之流也——那么，收口便快了但倘脓未去尽，则不宜吃。这一端，不大思索的医生，每每不说，所以请你转告他。

听说，已经平和了，报上所说，全是谣言。敝寓地域之水电权，似已收回，现在每月须吃海潮灌在水中的自来水一回，做菜无须再加盐料。今日上半天无水，下午有了，而夜间电灯之光，已不及一支洋蜡烛矣。

迅　启上　三月十五日

斐君兄均此致候。

290322 致李霁野

寄野兄：

三，十三日来信收到。

柏烈伟先生要译我的小说，请他随便译就是，我并没有一点不愿意之处，至于那几篇好，请他选定就了，他是研究文学的，恐怕会看得比我自己还清楚。

至于在罗太太那里的照相，是那几张，则连我自己也忘记了，大约还是两三年前的事罢。想法去讨，大可以不必。这种东西，我本无用，她也无用，一任罗太太抛入字纸篓去罢。

和北新交涉款项的事，我想最好是不要叫我去交涉。因为关于交易的事，我一向都不在内，现在忽而出现，引起的麻烦恐怕比豫想还要多。他们从此也可以将各种问题，对我交涉。那时我还是推脱，还是也办理呢？这么一来，便成为事情的夹层中的脚色了。

关于未名社，我没有什么意见要说。离北平远，日子也久了，说起来总不免隔膜。但由我所感到，似乎办事的头绪有些纷歧。例如我离京时，约定对于《未名半月刊》，倘做不出，便寄译文的，我就履行这话。但后有信来，说不要译文，那么，我只好不寄了，因为我并无创作。然而后来又有责我不做文章的信，说我忘却了未名社，其实是我在这里一印《奔流》，第一期即登《未名丛刊》的广告的，何尝忘记。还有，丛芜忽有《独立丛刊》寄给我，叫我交小峰，后来又讨回去了，而未名社也不见有这书印出，也不知道是怎么一回事。这些都是小事情，不足为奇，不过偶然想到，举例而已。

《未名丛刊》中要印的两种短篇，我以为很好的，——其中的《第四十一》，我在日译本上见过——稿子可以不必寄来，多费时光。听说未名社的信用，在上海并不坏，只要此后有书，而非投机之品，那该总能销行的罢。去年这里出了一种月刊叫《未明》，是影射《未名》的，但弄不好，一期便完了。

《小约翰》二版大约还未卖完罢。倘要三版时，望通知我，我要换一张封面画。

迅　上　三月廿二夜

290322 致韦素园

素园兄：

二月十五日给我的信，早收到了。还记得先前有一封信未复。因为信件多了，一时无从措手，一懒，便全部懒下去了。连几个熟朋友的信，也懒在内，这是很对不起的，但一半也因为各种事情曲折太多，一时无从说起。

关于 Gorki 的两条，我想将来信摘来登在《奔流》十期上。那纪念册不知道见了没有，我想，看看不妨，译是不可的。即如你所译的卢氏论讬尔斯泰那篇，是译起来很费力的硬性文字——这篇我也曾从日文重译，给《春潮》月刊，但至今未印出——我想你要首先使身体好起来，倘若技痒，要写字了，至多也只好译译《黄花集》上所载那样的短文。

我所译的 T. iM，篇幅并不多，日译是单行本，但我想且不出它。L. 还有一篇论 W. Hausenstein 的，觉得很好，也许将来译它出来，并出一本。

上海的市民是在看《开天辟地》（现在已到"尧皇出世"了）和《封神榜》这些旧戏，新戏有《黄慧如产后血崩》（你看怪不怪？），有些文学家是在讲革命文学。对于 Gorky，去年似乎有许多人要译他的著作，现在又不听见了，大约又冷下去了。

你说《奔流》绍介外国文学不错，我也是这意思，所以每期总要放一两篇论文。但读者却最讨厌这些东西，要看小说，看下去很畅快的小说，不费心思的。所以这里有些书店，已不收翻译的稿子，创作倒很多。不过不知怎地，我总看不下去，觉得将这些工夫，去看外国作品，所得的要多得多。

我近来总是忙着看来稿，翻译，校对，见客，一天都被零碎事化去了。经济倒还安定的，自从走出北京以来，没有窘急过。至于"新生活"的事，我自己是川岛到厦门以后，才听见的。他见我一个人住在高楼上，很骇异，听他的口气，似乎是京沪都在传说，说我携了密斯许同住于厦门了。那时我很愤怒。但也随他们去罢。其实呢，异性，我是爱的，但我一向不敢，因为我自己明白各种缺点，深恐辱没了对手。然而一到爱起来，气起来，是什么都不管的。后来到广东，将这些事对密斯许说了，便请她住在一所屋子里——但自然也还有别的人。前年来沪，我也劝她同来了，现就住在上海，帮我做点校对之类的事——你看怎样，先前大放流言的人们，也都在上海，却反而哑口无言了，这班孱头，真是没有骨力。

但是，说到这里为止，疑问之处尚多，恐怕大家都还是难于"十分肯定"的，不过我且说到这里为止罢，究竟如何，且听下回分解罢。

不过我的"新生活"，却实在并非忙于和爱人接吻，游公园，而苦于终日伏案写字，晚上是打牌声，往往睡不着，所以又很想变换变换了，不过也无处可走，大约总还是在上海。

迅　上　三月廿二夜

现在正在翻译 Lunacharsky 的一本《艺术论》，约二百页，下月底可完。

290323 致许寿裳

季市兄：

二十二日来信收到。中国能印玻璃版的，只有商务，中华，有正。而末一家则似不为人印，或实仍托别家印，亦未可知也。有日本人能印，亦不坏，前曾往问，大如来信之笺中红匡者，每张印三百张起码，计三元，不收制板费，倍大作每张二分计，纸（中国的）每张作四分计，则每一张共六分，倘百页一本，本钱即需六元矣。但还有一问题，即大张应以照相缩小，不知当于何处为之，疑商务馆或当有此设备，然而气焰万丈，不能询之。

关于儿童观，我竟一无所知。在北京见嘱以来，亦曾随时留心，而竟无所得。类书中记得《太平御览》有《幼慧》一门，但不中用。中国似向未尝想到小儿也。

寿老毫无消息。前几天却已见过他的同乡，则连其不在南京亦不知也。天气渐暖，倘津浦车之直达者可通，拟往北京一行，以归省，且将北大所有而我所缺之汉画照来，再作后图。阅报，知国文系主任，仍属幼渔，前此诸公之劳劳，盖枉然矣。

此布，并颂

曼福。

迅　启上　三月廿三夜

290407 致韦素园

素园兄：

三月卅日信，昨收到。L的《艺术论》，是一九二六年，那边的艺术家协会编印的，其实不过是从《实证美学的基础》及《艺术与革命》中各取了几篇，并非新作，也不很有统系。我本想，只要译《实证美学之基础》就够了，但因为这书名，已足将读者吓退，所以选现在这一本。

创造社于去年已被封。有人说，这是因为他们好赖债，自己去运动出来的。但我想，这怕未必。但无论如何，总不会还账的，因为他们每月薪水，小人物四十，大人物二百。又常有大小人物卷款逃走，自己又不很出书，自然只好用别家的钱了。

上海去年嚷了一阵革命文学，由我看来，那些作品，其实都是小资产阶级观念的产物，有些则简直是军阀脑子。今年大约要改嚷恋爱文学了，已有《惟爱丛书》和《爱经》豫告出现，"美的书店"（张竞生的）也又开张，恐怕要发生若干小 Sanin 罢，但自然仍挂革命家的招牌。

我以为所谓恋爱，是只有不革命的恋爱的。革命的爱在大众，于性正如对于食物一样，再不会缠绵菲恻，但一时的选择，是有的罢。读众愿看这些，而不肯研究别的理论，很不好。大约仍是聊作消遣罢了。

迅　上　四月七日

290420 致李霁野

霁野兄：

十日信收到。不要译稿，并不是你说的，年月已久，不必研究了罢。

《朝华夕拾》封面，全是陶元庆君去印的，现在他不在上海，我竟不知道在那里印，又无别人可托，所以已于前日将锌板三块，托周建人寄回，请照原底在北京印，附上样张一枚。至于价值，我只记得将账两张，托小峰拨汇（他钱已交来），似乎有一二十元但已记不清，现若只有六元多，那也许他失落一张账，弄错了。

《小约翰》封面样张，今寄上，我想可作锌板两块，一画一字，底下的一行，只要用铅字排印就可以了。纸用白的，画淡黑色，字深黑。

《四十一》早出最好。上海的出版界糟极了，许多人大嚷革命文学，而无一好作，大家仍大印吊膀子小说骗钱，这样下去，文艺只有堕落，所以绍介些别国的好著作，实是最要紧的事。

迅　上　四月二十日

此后有书出版时，新的希给我五本，再版的是不必寄了。

又及

5 书面

M. M. Behrens—Goldf luegelein:

Elf und Vogel.

"孙福熙画书面"这一页改如右

290504 致舒新城

新城先生：

惠函今天奉到。"猹"字是我据乡下人所说的声音，生造出来的，读如"查"。但我自己也不知道究竟是怎样的动物，因为这乃是闰土所说，别人不知其详。现在想起来，也许是獾罢。

鲁迅　五月四日

290515 致许广平

乖姑！小刺猬！

在沪宁车上，总算得了一个坐位；渡江上了平浦通车，也居然定着一张卧床。这就好了。吃过一元半的夜饭，十一点睡觉，从此一直睡到第二天十二点钟，醒来时，不但已出江苏境，并且通过了安徽界蚌埠，到山东界了。不知道刺猬可能如此大睡，我怕她鼻子冻冷，不能这样。

车上和渡江的船上，遇见许多熟人，如马幼渔的侄子，齐寿山的朋友，未名社的一伙；还有几个阔人，说是我的学生，但我不识他们了。那么，我的到北平，昨今两日，必已为许多人所知道。

今天午后到前门站，一切大抵如旧，因为正值妙峰山香市，所以倒并不冷静。正大风，饱餐了三年未吃的灰尘。下午发一电，我想，倘快，则十六日下午可达上海了。

家里一切如旧，母亲精神形貌仍如三年前，她说，害马为什么不同来呢？我答以有点不舒服。其实我在车上曾想过，这种震动法，于乖姑是不相宜的。但母亲近来的见闻范围似很窄，她总是同我谈八道湾，这于我是毫无关心的，所以我也不想多说我们的事，因为恐怕于她也不见得有什么兴趣。平常似常常有客来住，多至四五个月，连我的日记本子也都打开过了，这非常可恶，大约是姓车的男人所为。他的女人，廿六七又要来了，那自然，这就使我不能多住。

不过这种情形，我倒并不气，也不高兴，久说必须回家一趟，现在是回来了，了却一件事，总是好的。此刻是十二点，却很静，和上海大不相同。我不知乖姑睡了没有？我觉得她一定还未睡着，以为我正在大谈三年来的经历了。其实并未大谈，我现在只望乖姑要乖，保养自己，我也当平心和气，渡过预定的时光，不使小刺猬忧虑。

今天就是这样罢，下回再谈。

五月十五夜

290517 致许广平

小刺猬：

　　昨天从老三转上一信，想已到。今天下午我访了未名社一趟，又去看幼渔，他未回，马珏是因疮进病院多日了。一路所见，倒并不怎样萧条，大约所减少的不过是南方籍的官僚而已。

　　关于咱们的故事，闻南北统一以后，此地忽然盛传，研究者也很多，但大抵知不确切。上午，令弟告诉我一件故事。她说，大约一两月前，某太太对母亲说，她做了一个梦，梦见我带了一个孩子回家，自己因此很气忿。而母亲大不以气忿之举为然，因告诉她外间真有种种传说，看她怎样。她说，已经知道。问何从知道。她说，是二太太告诉她的。我想，老太太所闻之来源，大约也是二太太。而南北统一后，忽然盛传者，当与陆晶清之入京有关。我因以小白象之事告知令弟，她并不以为奇，说，这是也在意中的。午前，我就告知母亲，说八月间，我们要有小白象了。她很高兴，说，我想也应该有了，因为这屋子里，早应该有小孩子走来走去。这种"应该"的理由，和我们是另一种思想，但小白象之出现，则可见世界上已以为当然矣。

　　不过我却并不愿意小白象在这房子里走来走去，这里并无抚育白象那么广大的森林。北平倘不荒芜下去，似乎还适于居住，但为小白象计，是须另选处所的。这事俟将来再议。

　　北平很暖，可穿单衣了。明天拟去访徐旭生。此外再看几个熟人，另外也无事可做。我觉得日子实在太长，但愿速到月底，不过那时，恐怕须走海道了。

　　这里和上海不同，寂静得很。尹默风举，往往终日倾心政治，尹默之汽车，昨天和电车冲突，他臂膊碰肿了，明天拟去看他，并还草帽。台静农在和孙祥偈讲恋爱,日日替她翻电报号码(因为她是新闻通信员),忙不可当。林卓凤在西山调养胃病。

我的身体是好的,和在上海时一样,据潘妈说,模样和出京时相同。我在小心于卫生,勿念;但刺猬也应该留心保养,令我放心。我相信她正是如此。

附笺一纸,可交与赵公。又告诉老三,我当于一两日内寄书一包(约四五本)给他,其实是托他转交赵公的,到时即交去。

迅　五月十七夜

290521 致许广平

小刺猬:

听说上海北平之间的信件,最快是六天,但我于昨天(十八)晚上姑且去看看信箱——这是我们出京后所设的——竟得到了十四日发的小刺猬信,这使我怎样地高兴呀。未曾四条胡同,尤其令我放心,我还希望你善自消遣,能食能睡。写给谢君的信,是很好的,但说得我太好了一点。看现在的情形,我们的前途似乎毫无障碍,但即使有,我也决计要同小刺猬跨过它而前进的,绝不畏缩。

母亲的记忆力坏了些了,观察力注意力也略减,有些脾气,近于小孩子了。对于我们的感情是好的。也希望老三回来,但其实是毫无事情。

前天马幼渔来看我,要我往北大教书,当即谢绝。同日又看见李秉中,他是万不料我也在京的,非常高兴。他们明天在来今雨轩结婚,听听口气,两人的感情似乎好起来了。我想于上午去公园一趟,今天托令弟买了绸子衣料一件,价十一元余,作为贺礼带去。女的是女大的学生，音乐系。

林卓凤问令弟，听说鲁迅有要好的人了，结过婚了没有？但未提那"人"是谁。令弟答以不知道。这是细事，不足深考，顺便谈谈而已。她往西山养病，自云胃病，我想，恐怕是肺病罢，否则，何必到西山去养呢。

昨晚探到你的来信后，正看着，车家的男女又来了，见我已回，大吃一惊，男的便到客栈去，女的今天也走了。我对他们很冷淡，因为我又知道了车男寓客厅时，又曾将我的书厨的锁弄破，开开了门。

（以上十九日之夜十一点写。）

二十日上午，小刺猬十六日所发的信也收到了，也很快。但老三汇款之信，至今未到，大约因为挂号之故罢。小刺猬的生活法，据报告，很使我放心。我也好的，看见的人，都说我样子比出京时稍好，精神则好得多了。这里天气很热，已穿纱衣，我于空气中的灰尘，已不习惯，大约就如鱼之在浑水里一般，此外却并无不舒服。

昨天午前往中央公园贺李秉中，他很高兴。在那里看见刘文典，谈了一通。新人一到，我就走了。她比李短一点，并不美，但也不丑，适中的人。下午访沈尹默，略谈了一些时，又访兼士，凤举，徐祖正，徐旭生，都没有会见。就这样的过了一天。夜九点钟，就睡着了，直至今天七点才醒。上午想理些带出的书籍，但头绪纷繁，无从下手，也许终于理不成功的，恐怕《中国字体变迁史》也不是在上海所能作罢。

今天下午我仍要出去访人，明天是往燕大讲演，我这回本来不想多说话，但因为在那边是现代派太出风头了，所以想去讲几句。倘交通如故，我于月初要走了，但决不冒险，千万不要担心，因为我是知道冒险主权，并不是全权在我的。《冰块》留下两本，其余可送赵公们。《奔流》来稿，可请赵公写回信寄还他们，措辞和上次一样。小刺猬，你千万好好保养，下回再谈。

（以上二十一日午后一时写。）

你的小白象

290522 致许广平

小刺猬：

二十一日午后发了一封信，晚上便收到十七日来信，今天上午又收到十八日来信，每信五天，好像交通十分准确似的。但我赴沪时想坐船，据凤举说，倭船并不坏，二等六十元，不过比火车为慢而已。至于风浪，则夏季一向很平静。但究竟如何，则须俟十天以后看情形决定。不过我是总想于六月四五日动身的，所以此信到时，倘是廿八九，那就不必写信来了。

我到北平，已一星期，其间无非是吃饭睡觉，访人，陪客，此外无事可为。文章是没有一句。昨天访了几个教育部旧同事，都穷透了，没有事做，又不能回家。今天和张凤举谈了两点钟天，傍晚往燕京大学讲演了一点钟，听的人很多。我照例从成仿吾一直骂到徐志摩，燕大是现代派信徒居多——大约因为冰心在此之故——给我一骂，很吃惊。有些人说，燕大是有钱而请不到好教员，说我可以来此教书了。我答以我奔波多年，现已心粗气浮，不能教书了。小刺猬，我想，这些优缺，还是让他们绅士们去占有罢，咱们还是漂流几天再说的好。沈士远也在那里做教授，全家住在那里，但我并不去访他。

今天寄到一本《红玫瑰》，陈西滢和凌叔华的照片都登上了，胡适

348

之的诗载于《礼拜六》，他们的像见于《红玫瑰》，真是"物以类聚"。

云南腿已经将近吃完，是很好的，肉多，油也足，可惜这里的做法千篇一律，总是蒸。听说明天要吃蒋腿了，但大约也还是蒸。每天饭菜，大同小异，实在吃得厌烦了，不过饭量并不减，你不要神经过敏为要。鱼肝油带来的已吃完，买了一瓶，这里的价钱是二元二角。

吕云章未到西三条来，所以不知道她住在何处；小鹿也没有来过。

这里很热，可穿纱衫了，雨是久已不下，比之南方的梅天，真是大不相同。所有带来的夹衣，都已无用，何况绒衫。我从明天起，想去看牙齿，大约有一星期，总可以补好了。至于时局，若以询人，则因其人之派别，而所答不同，所以我也并不深究，总之，到下月初，京津车总该是可走的，那么，就可以了。

小刺猬，这里的空气，真是沉静，和上海的动荡烦扰，大不相同，所以我是平安的；但只因为欠缺一件事，因而也静不下，惟看来信，知道小刺猬在上海也很乖，于是也就暂自宽慰了。小刺猬要这样继续摄生，万勿疏懒才好。

转告老三：汇票到了，但取款须用印章，今名字写错，不知能取出否。两三天内当去一试，看结果再说。

小白象　五月廿二夜一时

290523 致许广平

小刺猬：

此刻是二十三日之夜十点半，我独自坐在靠壁的桌前，这旁边，先前是小刺猬常常坐着的，而她此刻却在上海。我只好来写信算谈天了。

今天上午，来了六个北大国文系的代表，要我去教书，我即谢绝了。后来他们承认我回上海，只要豫定下几门功课，何时来京，便何时开始，我也没有答应他们。我总结的话，是今之 L，已非三年前之 L，我有缘故，但此刻不说，将来或许会知道，总之是不想做教授了云云。他们只得回去，而希望我有一回讲演，我已约于下星期三去讲。

午后出街，将寄给乖而小的刺猬的信投入邮箱中。其次是往牙医寓，拔去一齿，毫不疼痛，他约我于廿七上午去补好，大约只要一次就可以了。其次是到商务印书馆，将老三的汇款取出，倒也并不麻烦。其次是走了三家纸铺，搜得中国纸的印笺数十种，化钱约七元，也并无什么妙品，如此信所用这一种，要算是很漂亮的了。还有两三家未去，便中当再去走一趟，大约再用四五元，即将琉璃厂略佳之笺收备矣。

计到北平，已将十日，除车钱外，自己只化了十五元，一半买信笺，一半是买碑帖的。至于旧书，则仍然很贵，所以一本也不买。

明天仍当出门，为侍桁的饭碗去设设法；将来又想往西山一趟，看看素园，听他朋友的口气，恐怕总是医不好的了。韦丛芜却长大了一点。待廿九日往北大讲演后，便当作回沪之准备，听说日本船有一只叫"天津丸"的，是从天津直航上海，并不绕来绕去，但不知向沪的时候，能否相值耳。

今天路过前门车站，看见很扎着些素彩牌坊了，但这些典礼，似乎只有少数人在忙。

我这次回来，正值暑假将近，所以很有几处想送我饭碗，但我对于此种地位，总是漠然。为安闲计，北平是不坏的，但因为和南方太不同了，所以几有世外桃源之感，我来此虽已十天，几乎毫无刺戟，略不小心，确有落伍之惧的。上海虽烦扰，但也别有生气。

再〔下〕次再谈罢。我是很好的。

小白象　五，二三。

290525 致许广平

小刺猬：

昨天上午寄老三信，内附上一函，想已收到了。十点左右有沉钟社的人来访我，至午邀我到中央公园吃饭，一直谈到五点才散。内有一人名郝荫潭，是女师大学生，但是新的，你未必认识，她说，马云也在回校读书了。这一类人，偏都回校来读书，可叹。中央公园昨天是开放的，但到下午为止，游人不多，风景大略如旧，芍药已开过，将谢了，此外"公理战胜"的牌坊上，添了许多蓝地白字的标语。

从公园回来以后，未名社的人来访我了，谈了一点钟。他们去后，就接到小刺猬的十九，二十所写的两函。自然，看来信，小刺猬是很乖的，鼻子不再冻冷，也令我放心。不过勒令我的鼻子垂下，却未免专制。我的鼻子，虽然有时不免为刺猬所拉下，但不至于常如橡皮象那样也。

我毫不"拼命干，写，做，想……"至今为止，什么也不干，写……昨天因为说话太多了，十点钟便睡觉，一点醒了一次，即刻又睡，再醒已是早上七点钟，躺到九点，便是现在，就起来写这信。

达夫们所说关于北新的话，大概即受玉堂们影响的。北新门市每日不到百元，一月已有一千余元，足够上海开支了，此外还有外埠批发，不至于支持不下。但这是就理论而言，至于事实，也许真糟，我在此所见的人，都说北新不给版税，不给回信，和北新感情很坏，这样下去，自然也很不好的。

至于开明之股本，则我们知道得很明白，号称六万元，而其中之二万五千，是章雪村弟兄之旧底子；一万是一个绍兴人的，他自己月取薪水百元，又荐了五个人，则其余之二万五千，也可想而知矣。大约达夫不知此种底细，所以听到从绍兴集了资本来，便疑为大有神秘也。

绍原的信，吞吞吐吐，其意思盖想他的译稿，由我为之设法出售，或给北新，或登《奔流》，而又要装腔作势，不肯自己开口。我是决不来做这样傻子的了，拟不答复，或者胡里胡涂的答几句。

此地天气很好，已穿纱衫。我是好的，能食能睡，加以小刺猬报告她的近状，知道非常之乖，更令我放心。今天尚无客来，这信安安静静写到这里，要说的也大略说过了，下次再谈罢。

五月廿五日上午十点正

290526 致许广平

小刺猬：

此刻是二十五日之夜的一点钟，我是十点钟睡着的，十二点醒来了，喝了两碗茶，还不想睡，就来写几句。今天下午，我出门时，将寄你的一封信，投入邮筒，接着看见邮局门外帖着条子道："奉安典礼放假两天。"那么，我的那一封信，须在二十七日才会上车的了。

所以我明天不再寄信，且待"奉安典礼"完毕之后罢。刚才我是被炮声惊醒的，数起来共有百余响，亦"奉安典礼"之一也。

我今天的出门，是为侍桁寻地方去的，和幼渔接洽，已有头绪，访凤举却未遇。途次往孔德学校，去看旧书，遇钱玄同，恶其噜苏，给碰了一个钉子，遂逡巡避去；少顷，则顾颉刚叩门而入，见我即踌躇不前，目光如鼠，终即退出，状极可笑也。他此来是为觅饭碗而来的，志在燕大，但未必请他，因燕大颇想请我；闻又在钻营清华，倘罗家伦不走，或有希望也。

傍晚往未名社闲谈，知道燕大学生又在运动我去教书，先令韦丛芜游说，我即拒绝。丛芜吞吞吐吐说，彼校国文系主任（幼渔之弟，但非马衡）早疑我未必肯去，因为在南边有唔唔唔……。我答以原因并不在"因为在南边有唔唔唔"，那是也可以同到北边的，我之谢绝，只因为不愿意做教员。因即告以我在厦门时长虹之流言，及现在你之在上海，惟于那一小白象事，却尚秘而不宣。

丛芜因告诉我，长虹写给冰心情书，已阅三年，成一大捆。今年冰心结婚后，将该捆交给她的男人，他于旅行时，随看随抛入海中，数日而毕云。

丛芜又指《冰块》之封面画告诉我云："这是我的朋友画的，燕大女生……很要好……"

明天是星期日，恐怕来访之客必多，我要睡了。现在已两点钟，遥想小刺猬或在南边也已醒来，但我想，因为她乖，一定也即睡着的。

（二十五夜）

星期日上午，是因为葬式的行列，道路几乎断绝交通，下午是可以走了，但只有宋紫佩一人来谈，所以我能够十分休息。夜十点入睡，此刻两点，又醒了，吸一支烟，照例是便能睡着的。明天十点要去镶牙，所以就将闹钟拨在九点上。

看现在的情形，下月之初，火车大概是还可以走的，倘如此，我想坐六月三日的通车回沪，即使有迟到之事，六日总该可以到了罢——如果不去访季黻。但这仍须俟临时再决定，因为距今还有十来天，倘觉不妥，便一定坐船。总之，我必当筹一稳妥之走法，打听明白，决不冒险，你可以放心。

明天想当有信来，但此信当于上午先行发出。

（二十六夜二点半）

你的

290527 致许广平

小刺猬：

今天——二十七日——下午，果然收到廿一日所发信。我十五日信所选的两张笺纸，确也有一点意思的，大略如你所推测。莲蓬中有莲子，尤是我所以取用的原因。但后来各笺，也并非幅幅含有义理，小刺猬不要求之过深，以致神经过敏为要。

阿ブ如此吃苦，实为可怜，但是出牙，则也无法可想，现在必已全好了罢。编辑费可先托老三取出，那边寄来之收条，则暂存，待我到时填写。你的大妹的头痛，我想还是身体衰弱之故，最好是吃补剂，如鱼肝油之类（我所吃的这一种），你可由这回的来款中划出百元之谱，买而寄之，我辈有余而她不足，补助亦所当为。寄以现款，原也很好，但大抵是要移作家用，不以自奉的，但倘能使之精神舒服，则听其自由支配，亦佳。一切由你酌定就是。

姑母来沪，即不发表亦将发见，自以发表为宜，结果如何，可以不必顾虑。我对于一切外间传言，即最消极也不过不辩，而大抵以是认之时为多，是是非非，都由他们去，总之我们是有小白象了。

计我回北平以来，已两星期，除应酬之外，读书作文，一点也不做，且也做不出来。那间后房，一切如旧，而小刺猬不坐在床沿上，是使我最觉得不满足的，幸而来此已两星期，距回沪之期渐近了。新租的屋，已说明为堆什物及寓客之用，客厅之书不动，也不住人。

今天已将牙齿补好，只化了五元，据云将就一二年，须全盘做过了。但现在试用，尚觉合式。晚间是徐旭生张凤举等在中央公园邀我吃饭，十时才回寓。总算为侍桁寻得了一个饭碗。同席约有十人，他们已都知道我因"唔唔唔"而不肯留北。

旭生说，今天女师大因两派对于一教员之排斥和挽留，甲以钱袋击乙之头，致乙昏厥过去，抬入医院。小姐们之挥拳，似以此为嚆矢云。

明天拟往东城探听船期，晚则幼渔邀我吃饭；后天北大讲演；大后天拟往西山看韦素园。这三天中较忙，大约未必能写什么详信了。

此刻小刺猬＝小莲蓬＝小莲子不知是睡着还是醒着。计此信到时，我在这里距启行之日也已不远了。这是使我高兴的。但我仍然静心保养，并不焦躁，小刺猬千万放心，并且也自保重为要。

你的小白象　五月廿七夜十二时

290528 致陶冶公

明日已约定赴北大讲演，后日须赴西山，此后便须南返，盛意只得谨以心领矣。

望潮兄

周树人　上　廿八日

290529 致许广平

小刺猬：

廿一日所发的信，是前天收到的，昨天写了一封回信（由老三转的）寄出。昨今两天，都未曾收到来信，我想，这一定是因为葬式的缘故，火车被耽搁了。

昨天下午去问日本船，知道从天津开行后，因须泊大连两三天，至快要六天才到上海。我看现在，坐车还很可以，所以想于六月三日动身，带便看看季黻，而于八日或九日回沪。如果到下月初发见不宜于坐车，那时再改走海道，不过到沪又要迟几天了。总之，我当看最妥当的方法办理，你可以放心。

昨天又买了些笺纸，这便是其一种，北京的信笺搜集，总算告一段落了。晚上是在幼渔家里吃饭，马珏还在生病，未见，病也不轻，但据说可以没有危险。谈了些天，回寓时已九点半。十一点睡去，一直睡到今天七点钟。

此刻是上午九点半，闲坐无事，写了这些。午后要到未名社去，七点起是在北大讲演。讲毕之后，似乎还有沈尹默之流邀袭，拉去吃饭。倘如此，则回寓时又要十点左右了。

小刺猬和小莲子，我是好的，很能睡，饭量和在上海时一样，酒喝得极少，不过壹小杯蒲陶酒而已。家里有一瓶别人送的汾酒，连瓶也没有开。倘如我的预计，那么，再有十天便可以面谈了。小莲蓬，愿你安好，保重为要。

你的 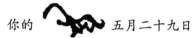 五月二十九日

290530 致许广平

小刺猬：

此刻是二十九夜十二点，原以为可得你的来信的了，因为我料定你于廿一日的信以后，必已发了昨今可到的两三信，但今未得，这一定是被奉安列车耽搁了，听说星期一的通车，还没有到哩。

今天上午来了一个客。下午到未名社去，晚上他们邀我去吃晚饭，在东安市场的森隆饭店；七点钟到北大第二院演讲一小时，听者有千余人，大礼堂为之满，大约北平寂寞已久，所以学生们很以这类事为新鲜了。八时尹默风举等又为我饯行，仍在森隆，不得不赴，但吃得少些，十一点才回寓。现已吃了三粒消化丸，写了这一张信，便将睡觉了，因为明天早晨，便当往西山看素园去。

听说，燕大的有几个教员，怕学生留我教书，发生恐怖了。你看，这和厦门大学何异？但我何至于"与鸡鹜争食"乎？

今天虽因得不到来信，略觉怅怅，但我知道迟延的原因，所以睡得着的，并遥祝小刺猬在上海也睡得安适。

二十九夜 

三十日午后二时，我从西山看韦素园回来，果然得到小刺猬的廿三及廿五日两封信，彼此都为邮局送信的忽迟忽早所捉弄，真是令人生气。但我知道小刺猬已经得到我的信，略得安慰，也就稍稍得到安慰了。

今天我是早晨八点钟上山的，用的是摩托车，并霁野等共五人。素园还不准起坐，也很瘦，但精神却好，他很喜欢，谈了许多闲天。据丛芜说，关于我们的事，他闻之于马季铭（燕大国文系主任），马则云周作人所说的。其实不过是怕我去抢饭碗，即我们不住一处，他们也当另觅排斥的理由。然而我流宕三年了，何至于忽而去抢饭碗呢，这些地方，我觉得他们实在比我小气。

今天得小峰信，云因战事，书店生意皆不佳，但汇给（由分店）我二百元，不过此款现在还未送来。

你廿五的信，今天到了，似交通尚好，但四五日后，却不一定了。三日能走则走，否则当改海道，不过到沪当在十日前后了。总之，我当择最稳当而舒服的走法，决不冒险，使我的小莲蓬担心的。现在精神也很好，千万放心，我决不肯将小刺猬的小白象，独在北平而有一点损失，使小刺猬心疼。

你的 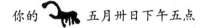 五月卅日下午五点

290601 致许广平

小莲蓬而小刺猬：

现在是三十日之夜一点钟，我快要睡了，下午已寄出一信，但我还想讲几句话，所以再写一点。

前几天，董秋芳给我一信，说他先前的事，要我查考鉴察。我那

有这些工夫来查考他的事状呢，置之不答。下午从西山回，他却等在客厅中，并且知道他还先向母亲房里乱攻，空气甚为紧张。我立即出而大骂之，他竟毫不反抗，反说非常甘心。我看他未免太无刚骨，然而他自说其实是勇士，独对于我，却不反抗。我说我却愿意人对我来反抗。他却道正因如此，所以佩服而不反抗者也。我也为之好笑，乃笑而送出之。大约此后当不再来缠绕了罢。

晚上来了两个人，一个是为孙祥偈翻电报之台，一个是帮我校《唐宋传奇集》之魏，同吃晚饭，谈得很畅快。和上午之纵谈于西山，都是近来快事。他们对于北平学界现状，俱颇不满。我想，此地之先前和"正人君子"战斗之诸公，倘不自己小心，怕就也要变成"正人君子"了。各种劳劳，从我看来，很可不必。我自从到北平后，觉得非常自在，于他们一切言动，甚为漠然；即下午之面斥董公，事后也毫不气忿，因叹在寂寞之世界里，虽欲得一可以对垒之敌人，亦不易也。

小刺猬，我们之相处，实有深因，它们以它们自己的心，来相窥探猜测，那里会明白呢。我到这里一看，更确知我们之并不渺小。

这两星期以来，我一点也不颓唐，但此刻遥想小刺猬之采办布帛之类，豫为小小白象经营，实是乖得可怜，这种性质，真是怎么好呢。我应该快到上海，去管住她。

（三十日夜一点半。）

小刺猬，三十一日早晨，被母亲叫醒，睡眠时间少了一点，所以晚上九点钟便睡去，一觉醒来，此刻已是三点钟了。冲了一碗茶，坐在桌前，遥想小刺猬大约是躺着，但不知是睡着还是醒着。五月三十一这天，没有什么事。但下午有三个日本人来看我所藏的关于佛教石刻拓本，颇诧异于收集之多，力劝我作目录。这自然也是我所能为之一，我以外，大约别人也未必做的了，然而我此刻也并无此意。

晚间，宋紫佩已为我购得车票，是三日午后二时开，他在报馆中，知道车还可以坐，至多，不过误点（迟到）而已。所以我定于三日启行，有一星期，就可以面谈了，此信发后，拟不再寄信，倘在南京停留，自然当从那里再发一封。

（六月一日黎明前三点）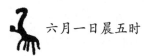

哥姑：

　　写了以上的几行信以后，又写了几封给人的回信，天也亮起来了，还有一篇讲演稿要改，此刻大约不能睡了，再来写几句。

　　我自从到此以后，综计各种感受，似乎我于新文学和旧学问各方面，凡我所着手的，便给别人一种威吓——有些旧朋友自然除外——所以所得到的非攻击排斥便是"敬而远之"。这种情形，使我更加大胆阔步，然而也使我不复专于一业，一事无成。而且又使小刺猬常常担心，"眼泪往肚子里流"。所以我也对于自己的坏脾气，常常痛心；但有时也觉得惟其如此，所以我配获得我的小莲蓬兼小刺猬。此后仍当四面八方地闹呢，还是暂且静静，作一部冷静的专门的书呢，倒是一个问题。好在我们就要见面了，那时再谈。

　　我的有莲子的小莲蓬，你不要以为我在这里时时如此彻夜呆想，我是并不如此的。这回不过因为睡够了，又有些高兴，所以随便谈谈。吃了午饭以后，大约还要睡觉。加以行期在即，自然也忙些。小米（小刺猬吃的），馇子面（同上），果脯等，昨天都已买齐了。

　　这信封的下端，是因为加添这一张，我自己拆过的。

六月一日晨五时

290611 致李霁野

霁野兄：

　　在车站上别后，五日午后便到上海，毫无阻滞。会见维钧，建功，九经，静农，目寒，丛芜，素园诸兄时，乞转告为荷。

　　在北平时，因怕上海书店不肯用三色版，所以未将 Lunacharsky 画像携来。到此后说起，他们说是愿意用的。所以可否仍请代借，挂号寄来，但须用硬纸板夹住，以免折皱。朝华社说，已将出版物寄上了。

迅　上　六月十一日

290616 致孙用

孙用先生：

　　蒙寄译稿四篇，其中散文两篇，我以为是很好的，拟登《奔流》上。惟译诗则因海涅诗现在已多有从原文直接翻译者，PETÖFI 诗又不全，故奉还，希察收为幸。

鲁迅　启上　六月十六日

290619 致李霁野

霁野兄：

　　到上海后曾寄一函，想早到。

　　今天朝华社中人来说，南洋有一可靠之文具店，要他们代办未名社书籍。计：我所译著的，每种一百本，此外的书籍，每种十本。如有存书，希即寄给合记收，并附代售章程一份。款子是靠得住的。

到这里后，依然忙碌不堪。北大讲稿，至今没有寄来。

听说现在又有一些人在组织什么，骨子是拥护五色旗的军阀之流。狂飙社人们之北上，我疑心和此事有关。长虹和培良大闹，争做首领，可见大概是有了一宗款子了。希留心他们的暗算（大约目下还不至于）。

迅　上　六月十九夜

290621 致陈君涵

君涵先生：

蒙赐译稿，甚感。我现在看了一点，以为是好的，虽然并未和别的任何译本对照。不过觉得直译之处还太多，因为剧本对话，究以流利为是。

但登载与否，却还难说。近来的刊物，也不得不顾及读者，所以长诗和剧本，不能时时登载。来稿请许我暂放几天，倘有时机，拟登出来——也许分成两期——否则再寄还。倘登载时，题目似不如径作"粗人"，其实俄国之所谓"熊"，即中国之称人为"牛"也。

《樱桃园》太长，更不宜于期刊，只能出单行本。

耿济之先生大家都知道他懂俄文，但我看他的译文，有时也颇疑心他所据的是英译本。即使所据的是原文，也未必就好，我曾将Gogol的《巡按使》和德译本对比，发见不少错误，且有删节。

上海出期刊的，有一种是一个团体包办，那自然就不收外稿。有一种是几个人发起的，并无界限。《奔流》即属于后一种。不过创刊时，没有稿子，必须预约几个作者来做基础，这几个便自然而然，变做有些优先权的人。这是《奔流》也在所不免。至于必须名人介绍之弊，却是没有的。

鲁迅　六月廿一日

290624 致陈君涵

君涵先生：

日前寄奉一函，想已达。顷知道北京未名社将有一本一幕剧出版（曹靖华），内之《蠢货》，即《粗野的人》，而且先曾发表过，所以　先生的译本，不能发表了。稿本应否寄回，候来示照办。

鲁迅　六月廿四日

290624 致李霁野

霁野兄：

十七日来信已到。《小约翰》五本，画片一张，也于同日收到了。

记得前几天曾发一信，通知南洋有人向合记（朝华社代办处）要未名社之书，想已到。此项书籍，现在又来催过，希即寄去为要。

未名社书，在南方信用颇好，倘迁至上海，当然可有更好之发展。所谓洋场气，是不足惧的，其中空虚无物（因为不过是"气"），还是敌不过认真，观现在滑头书铺，终于弄不好，即可见。自然也有以滑头立足的，但他们所有的，原是另一类读者。惟迁移时，恐颇需费用，我想，倘暂时在北京设一分发处（一个人，一间屋），将印成之书，全存在那里，北方各地，即从那里分寄，而但将纸版和总社迁移，到后着手于一切再版，就可以经济得多了。

迅　上　六月廿四日

290625 致章廷谦

矛尘兄：

　　廿四日惠函已到。我还是五日回上海的。原想二十左右才回，后来一看，那边，家里是别有世界，我之在不在毫没有什么关系，而讲演之类，又多起来，……所以早走了。

　　北京学界，我是竭力不去留心他。但略略一看，便知道比我出京时散漫，所争的都是些微乎其微。在杭州的，也未必比那边更"懒"。倘杭州如此毁人，我不知士远何为而光降也。

　　《抱经堂书目》已见过，并无非要不可的书。《金声玉振集》大约是讲"皇明"掌故的罢，现在很少见，但价值我却不知。茶叶曾买了两大箱，一时喝不完，完后当奉托。

　　与其胖也宁瘦，在兄虽也许如此，但这是应该由运动而瘦才好，以泻医胖，在医学上是没有这种办法的。

　　《游仙窟》的销场的确不坏，但改正错字之处，还是算了罢，出版者不以为意，读者不以为奇，作者一人，空着急亦何用？小峰久不见面，去信亦很少答复，所以我是竭力在不写信给他。玄同之类的批评，不值一顾。他是自己不动，专责别人的人。

北新经济似甚窘，有人说，将钱都抽出去开纱厂去了，不知确否。倘确，则两面均必倒灶也。

羡苏小姐没有回来。钦文的事，我想，兄最好替他加料运动一下。

迅　上　六月二十五日

斐君兄均此致候不另　小燕兄，？兄，？兄均吉！

290625 致白莽

白莽先生：

来信收到。那篇译文略略校对了一下，决计要登在《奔流》上，但须在第五六期了，因为以前的稿子已有。又，只一篇传，觉得太冷静，先生可否再译十来篇诗，一同发表。又，作者的姓名，现在这样是德国人改的。发表的时候，我想仍照匈牙利人的样子改正（他们也是先姓后名）——Petöfi Sándor。

《奔流》登载的稿件，是有稿费的，但我只担任编辑《奔流》，将所用稿子的字数和作者住址，开给北新，嘱其致送。然而北新办事胡涂，常常拖欠，我去函催，还是无结果，这时时使我很为难。这回我只能将数目从速开给他们，看怎样。至于编辑部的事，我不知谁在办理，所以无从去问，李小峰是有两月没有见面了，不知道他在忙什么。

《Cement》译起来，我看至少有二十万字，近来也颇听到有人要译，但译否正是疑问，现在有些人，往往先行宣传，将书占据起来，令别人不再译，而自己也终于不译，数月以后，大家都忘记了。即如来信所说的《Jungle》，大约是指北新豫告的那一本罢，我想，他们这本书是明年还是后年出版，都说不定的。

我想，要快而免重复，还是译短篇。

先回说过的两本书，已经带来了，今附上，我希望先生索性绍介他一本诗到中国来。关于 P 的事，我在《坟》中讲过，又《语丝》上登过他几首诗，后来《沈钟》和《朝华》上说过，但都很简单。

迅　上　六月廿五日

290629 致许寿裳

季市兄：

前几天有麟信来，要我介绍他于公侠，我复绝他了，说我和公侠虽认识，但尚不到荐人程度。今天他又有这样的信来，不知真否？倘真，我以为即为设法，也只要无关大计的事就好了。因为他虽和我认识有年，而我终于不明白他的底细，倘与以保任，偾事亦不可知耳。

树人　启上　六月廿九夜

290708 致李霁野

霁野兄：

六月二十七日信，早收到。目寒是和那一封信同日到的。我适外出，他将书两本信片二十张留下而去，未见。

《艺苑朝华》印得不佳，从欧洲人看来，恐怕可笑。我想，还是另想法子，将来再看。

未名社书早到了，听说买者很多，似乎上海颇缺。也有拿现钱来批发的，但要七折，所以没有给他。他说，北新卖七折，大约不是真话罢。但倘若预备欠钱不还，则七折也不可必。

此地书店，旋生旋灭，大抵是投机的居多。去年用"无产阶级"做招牌，今年也许要用"女作家"做招牌了，所登广告，简直像香烟广告一样。

现在需要肯切实出书，不欺读者的书店。我想，未名社本可以好好地干一下——信用也好——但连印书的款也缺，却令人束手。

所以这里的有些书店老板而兼作家者，敛钱方法直同流氓，不遇见真会不相信。许多较为老实的小书店，听说收账也难。合记是批发文具的，现在朝华社托他批发书，听说他就分发各处文具店代售，收款倒可靠。因为各处文具店老板，和书店老板性质不同，还没有那么坏。大约开书店，别处也如上海一样，往往有流氓性者也。

所以未名社如不搬亦可，则北京缩小为一间发行所，而上海托合记批发，似亦一法。但我未向他们问过，不知肯否。印书亦可以两处印，或北京印一千部，将纸版寄上海印此地所批发者，亦好北新店在北京时，即如此办。因此地印刷所脾气亦大，难交涉，且夏天太热，难于印书，或反不如北京为好也。

《未名》忽停，似可惜，倘能销至一千以上，似以不停为宜，但内容应较生动才好。停之故，为稿子罢，那却也为难。但我再想想罢。倘由我在沪编印，转为攻击态度（对于文学界），不知在京诸友，以为妥当否？因为文坛大须一扫，但多造敌人，则亦势所必至。

迅　上　七月八夜

290721 致章廷谦

矛尘兄：

十六日惠函早到。并蒙燕公不弃，赐以似爬似坐似蹲之玉照，不胜感谢，尚希转达，以罄下忱为荷。

查钦文来信，有"寒暑表"之评，虽未推崇，尚非诽谤。但又有云，"到我这里来商量相当避暑地点"，则可谓描摹入妙。盖钦文非避暑之人，"相当"岂易得之地，足见汗流浃背，无处可逃，故作空谈，聊以自慰也。但杭州虽热，再住一年亦佳，他处情形，亦殊不妙耳。

鼻公奔波如此，可笑可怜。我在北京孔德学校，鼻忽推门而入，前却者屡，终于退出，似已无吃官司之意。但乃父不知何名，似应研究，倘其字之本义是一个虫，则必无其人，但藉此和疑古玄同辈联络感情者也。

北新书局自云穷极，我的版税，本月一文不送，写信去问，亦不答，大约这样的交道，是打不下去的。自己弄得遍身痱子，而为他人作嫁，去做官开厂，真不知是怎么一回事矣。

上海大热，我仍甚忙，终日为别人打杂，近来连眼睛也有些坏了。我想，总得从速改革一下才好。

青岛大学已开。文科主任杨振声，此君近来似已联络周启明之流矣。此后各派分合，当颇改观。语丝派当消灭也。陈源亦已往青岛大学，还有赵景深沈从文易家钺之流云。

迅　上　七月廿一夜

斐君兄均此致候。

290731 致李霁野

霁野兄：

廿四日信昨收到。兼士的影片也收到了。《四十一》等未到，大约总是这几天了罢。

我说缩小北京范围，不过因为听说支持困难，所以想，这么一来，可以较省，另外并无深意，也不坚持此说。你既以为不相宜，自然作罢。至于移沪，则须细细计算，因为在这里撑起门面来，实在非在上海有经验者不行。

《关于鲁迅》之出售事，我从一客口中听到，他说是"未名社"的那一本，我所以前信如此说。既系另编，那是另一问题。说的人，大约也并无其他作用的。

我本也想明年回平，躲起来用用功，做点东西。但这回回家后，知道颇有几个人暗中抵制，他们大约以为我要来做教员。荐了一个人，也各处被挤。我看北京学界，似乎已经和现代评论派联合一气了。所以我想不再回去，何苦无端被祸。我出京之前，就是被挤得没饭吃了之故，其实是"落荒而走"了，流来流去，没有送命，那是偶然侥幸。

《未名》能够弄得热闹一点，自然很好，但若由我编，便须在上海付印，且俟那时再看罢。我近来终日做琐事，看稿改稿，见客，翻文应酬，弄得终日忙碌而成绩毫无，且苦极，明年起想改革一点，看看书。《奔流》每月就够忙，北新景象又不足与合作，如编《未名》，则《奔流》二卷止，我想不管了，其实也管不转。

合记寄售书籍，销行似颇好，听说他们发出去的书，欠账是能收到的。

迅　七，卅一。

290807 致韦丛芜

丛芜兄：

七月二十二日信早收到。《奔流》也许到第四期止，我不再编下去了。即编下去，一个人每期必登一两万字，也是为难的，因为先有约定的几个撰稿者。

北新近来非常麻木，我开去的稿费，总久不付，写信去催去问，也不复。投稿者多是穷的，往往直接来问我，或发牢骚，使我不胜其苦，许多生命，销磨于无代价的苦工中，真是何苦如此。

北新现在对我说穷，我是不相信的，听说他们将现钱搬出去开纱厂去了，一面又学了上海流氓书店的坏样，对作者刻薄起来。

寄来的一篇译文，早收到了。且已于上月底，将稿费数目，开给小峰，嘱他寄去。但我想，恐怕是至今未寄的罢。倘他将稿费寄了，而《奔流》还要印几期，那自然登《奔流》，否则，可以交给小峰，登《北新》之类。如终于不寄稿费，则或者到商务印书馆去卖卖再看。最好是你如收到稿费了，便即通知我一声。

鲁迅　八月七日

290811 致李小峰

小峰兄：

奉函不得复，已有多次。我最末问《奔流》稿费的信，是上月底，鹄候两星期，仍不获片纸只字，是北新另有要务，抑意已不在此等刊物，虽不可知，但要之，我必当停止编辑，因为虽是雇工，佣仆，屡询不答，也早该卷铺盖了。现已第四期编讫，后不再编，或停，或另请人接办，悉听尊便。

鲁迅　八月十一日

290817 致章廷谦

矛尘兄：

九日信早到。北大又纷纷扰扰，但这事情，我去过北平以后，是已经有些料到的，所谓三沈三马二周之类，也有今日，真该为现代评论派诸公所笑。

我看，现代派诸公，是已经和北平诸公中之一部分结合起来了。这是不大好的。但有什么法子呢。《新月》忽而大起劲，这是将代《现代评论》而起，为政府作"诤友"，因为《现代》曾为老段诤友，不能再露面也。

鼻公近来颇默默无闻，然而无闻，则教授做稳矣。其到处"服务"，不亦宜哉。

老板原在上海，但说话不算数，寄信不回答，愈来愈甚。我熬得很久了，前天乃请了一位律师，给他们开了一点玩笑，也许并不算小，后事如何，此刻也难说。老板今天来访我，然已无及，因为我的箭已经射出了。用种种方法骂我的潘梓年，也是北新的股东，你想可气不可气。

这里下了几天雨，凉起来了，我的痱子，也已经逐渐下野，不过太忙，还是终日头昏眼花，我常常想，真是何苦如此。

近来忽于打官司大有趣味，真是落伍之征。

迅　上〔八月十七日〕

斐君兄均此致候不另。

290820 致李霁野

霁野兄：

八月九日信早到。静农的一信一信片亦到，但他至今尚未来。

《41》五本，《文艺论断片》五本，亦已到。

合记是文具店，他所托的卖书处，也大概是互相交易的文具店，并且常派人去收账，所以未名社是不能直接交涉的。

未名社要登广告，朝花社可以代办。但我想，须于书籍正到上海发卖时，登出来，则更好。

北新脾气，日见其坏，我已请律师和他们开一个小玩笑，我实在忍耐不下去了。

上海到处都是商人气（北新也大为商业化了），住得真不舒服，但北京也是畏途，现在似乎是非很多，我能否以著书生活，恐怕也是一个疑问，北返否只能将来再看了。

《关于鲁迅及其著作》，不知北京尚有存书否？如有，希即寄一本往法国，地址录下。已寄与否，并希便中见告。

迅　上　八月二十夜

Monsieur Ki Tchejen,

10 rue Jules Dumien 10,

Paris（20e），

France.

290824 致章廷谦

矛尘兄：

廿三日信是当夜收到的。这晚达夫正从杭州来，提出再商量一次，离我的正式开玩笑只一天。我已答应了，由律师指定日期开议。因为我是开初就将全盘的事交付了律师的，所以非由他结束不可。

会议的人名中，由我和达夫主张，也写上了你，日子未知，大约是后天罢，但明天下午也难说。这是最后一次了，结果未可知，但据达夫口述，则他们所答应者，和我所提出的相去并不远——只要不是说过不算数。

迅　上　廿四日午后

290927 致谢敦南

敦南先生：

广平于九月廿六日午后三时腹痛，即入福民医院，至次日晨八时生一男孩。大约因年龄关系，而阵痛又不逐渐加强，故分娩颇慢。幸医生颇熟手，故母子均极安好。知蒙
先生暨
令夫人极垂锦注，特先奉闻。本人大约两三星期后即可退院，届时尚当详陈耳。专此布达，敬颂
曼福不尽。

鲁迅　启上　九月廿七午

290927 致李霁野

霁野兄：

九月十八日信已到。三十元收据，已托人去取，据云须月底才付款，当待数日，如竟取得，则交开明。

《未名月刊》事，我想，我是不能办的。因为我既不善于经营事务，而这样的一个办事人，亦无处可请，加以我是否专住上海，殊不可知，所以如来信所云，实非善法。倘编稿后由北京印行，不但多信件往来之烦，而关于论辩上的文章，亦易于失去时间性，编者读者，两无趣味。因此我对于《未名月刊》实无办法，不如仍由在北平同人主持，为较有条理也。

迅　上　九月廿七夜

291004 致李霁野

霁野兄：

三十元款取得期票，即付开明，当即取得收条，今寄上，希察收。

迅　上　十月四日

291016 致韦丛芜

丛芜兄：

八日函收到。《近卅年英文学》于《东方》,《小说月报》都去问过，没有头绪，北新既已收，好极了。日内当将稿送去。

小峰说年内要付我约万元，是确的，但所谓"一切照"我"的话办"，却可笑，因为我所要求者，是还我版税和此后书上要贴印花两条，其实是非"照"不可的。

到西山原也很好，但我想还是不能休养的。我觉得近几年跑来跑去，无论到那里，事情总有这样多，而且在多起来，到西山恐怕仍不能避免。我很想被"打倒"，那就省却了许多麻烦事，然而今年"革命文学家"不作声了，还不成，真讨厌。

仰卧——抽烟——写文章，确是我每天事情中的三桩事，但也还有别的，自己恕不细说了。

迅　上　十月十六夜

291020 致李霁野

霁野兄：

十六来信已到。来信所说《未名》，想是就月刊而言，我每期寄一点稿，是可以的，若必限定字数，就难说，因为也许为别的事情所牵，不能每月有一定的工夫。

北新纠葛，我是索取版税，现拟定陆续拨还，须于明年七月才毕，所以不到七月，还不能说是已"清"的。《奔流》停着，因为议定是将各投稿之稿费送来，我才动手编辑的先前许多投稿者，向我索取稿费，常常弄得很窘，而他们至今不送钱来，所以我也不编辑。昨我提议由我和达夫自来补完全卷，而小峰又不愿，他说半月以内，一定筹款云。

这几天上海有一种小报，说郑振铎将开什么社，绍介俄国文学，翻译者有耿济之曹靖华。靖华在内，我疑是谣言，我想他如有译作，大可由未名社出版，而版税则尽先筹给他。和投机者合作，是无聊的。

《未名》出起来，靖华能常寄稿件否？

迅　上　十月二十夜

291022 致江绍原

绍原先生：

惠示谨悉。《语丝》上的一篇杂感，当然是可以转载的，其中不知有误印字否，如有，希为改正，因为不见《语丝》，已有两月余了。又括弧中《全体新论》下，乞添入"等五种"三字。

《国人对于西洋医学方药之反应》，我以为于启发方面及观察中国社会状态及心理方面，是都有益处的。现在的缺点，是略觉散漫一点，将来成书时，卷首有一篇提纲和判断，那就好了。

迅　启上　十月廿二夜

291026 致章廷谦

矛尘兄：

廿三日来信早到。双十节前后，我本想去杭州的，而不料生了病，是一种喉症，照例是医得快，两天就好了。许则于九月廿六日进了医院，我预算以为十月十日，我一定可有闲空，而不料还是走不开，所以竟不能到杭州去。

许现在已经复原了，因为虽然是病，然而是生理上的病，所以经过一月，一定复原。但当出院回寓时，已经增添了一人，所以势力非常膨张，使我感到非常被迫压，现已逃在楼下看书了。此种豫兆，我以为你来上海时，必定看得出的，不料并不，可见川岛也终于不免有"木肤肤"之处。

"收心读书"，是很难的，我也从幼小时想起，至今没有做到，因为一自由，就很难有规则，一天一天的拖下去了。北京似乎不宜草率前去，看事情略定后再定行止，最佳，道路太远，又非独身，偶一奔波，损失不小也。青岛大学事诚如来信所猜，名单中的好些教授，现仍在上海。

小峰之款，已交了两期。第二期是期票，迟了十天，但在上海习惯，似乎并不算什么。至于《奔流》之款，则至今没有，问其原因，则云因为穷，而且打仗之故。我乃函告以倘若北新不能出版，我当自行设法印售，而小峰又不愿，要我再等他半月，那么，须等至十一月五日再看了。这一种杂志，大约小峰是食之无味，弃之不甘也。

杭州无新书，而上海则甚多，一到新学期，大家廉价，好像蜘蛛结网，在等从家里带了几文钱来的乡下学生，要将他吸个干净。我是从来不肯轻易买一本新书的。而其实也无好书；适之的《白话文学史》也不见得好。

迅 上 十月廿六夜

斐君兄均此致候不另。

291031 致李霁野

霁野兄：

今天寄出《文艺与批评》共五本，其中一本送兄，三本请分送静，丛，素三兄，还有一本，则请并像片一张，送给借我像片的那一位，这像片即夹在书册中。

朝华社内部有纠葛，未名社的书，不要寄给他们了，俟将来再看。

迅 上 十月卅一日

291108 致章廷谦

矛尘兄：

十月卅一日信早到。本应早答而竟迟迟者，忙也。斐君兄所经验之理想的衣服之不合用，顷经调查，知确有同一之现象。后来收到"未曾做过娘"的女士们所送之衣服几件，也都属于理想一类，似乎该现象为中国所通有也。

所谓忙者，因为又须准备吃官司也。月前雇一上虞女佣，乃被男人虐待，将被出售者，不料后来果有许多流氓，前来生擒，而俱为不佞所御退，于是女佣在内而不敢出，流氓在外而不敢入者四五天，上虞同乡会本为无赖所把持，出面索人，又为不佞所御退，近无后文，盖在协以谋我矣。但不佞亦别无善法，只好师徐大总统之故智，"听其自然"也。

小峰前天送来钱二百，为《奔流》稿费，馀一百则云于十一日送来。我想，杂志非芝麻糖，可以随便切几个钱者，所以拟俟收足后，再来动手。

北京已非善地，可以不去，以暂且不去为是。倘长此以往，恐怕要日见其荒凉，四五年后，必如河南山东一样，不能居住矣。近日之车夫大闹，其实便是失业者大闹，其流为土匪，只差时日矣。农院如"卑礼厚币"而来请，我以为不如仍旧去教，其目的当然是在饭碗，因为无论什么，总和经济有关，居今之世，手头略有余裕，便或出或处，自由得多，而此种款项，则须预先积下耳。

我和达夫则生活，实在并不行，我忙得几乎没有自己的工夫，达夫似乎也不宽裕，上月往安徽去教书，不到两星期，因为战事，又逃回来了。

迅　启上　十一月八日

斐君兄均此致候不另，密司许并嘱代笔问候。

291108 致孙用

孙用先生：

北新书局办事很迟缓，先生的九月廿四日信及《勇敢的约翰》，他们于本月六日才送给我的。译文极好，可以诵读，但于《奔流》不宜，因为《奔流》也有停滞现象，此后能否月出一册，殊不可知，所以分登起来，不知何时才毕，倘登一期，又觉太长，杂志便不能"杂"了。

作者是匈牙利大诗人，译文又好，我想可以设法印一单行本，约印一千，托一书局经售，版税可得定价百分之二十（但于售后才能

收），不知　先生以为可否？乞示。倘以为可，请即将原译本并图寄
下，如作一传，尤好（不知译本卷首有序否？），当即为张罗出版也。

鲁迅　启上　十一月八夜

如回信，请寄"上海宝山路商务印书馆编译所周建人君收转"

291110 致陈君涵

君涵先生：

　　前天才收到来信。那一篇《鬼沼》译本，询问数处，均未能出
版。因为不知道　先生那时的回乡，是暑假还是毕业，所以不敢乱
寄。今得来信，知仍在南京，午后已挂号寄上了，到希　察收。延搁
多日，歉甚歉甚。

鲁迅　十一月十日

291113 致汪馥泉

馥泉先生：

　　来函敬悉。关于小说史事，久不留心，所以现在殊无新意及新得
材料可以奉闻，歉甚。

　　清之吴县，疑即明之长洲，但手头无书可查，不能确说。请先生
一查《历代地理韵编》（在兆洛《李氏五种》内），大约于其中当得确
说耳。

迅　上　十一月十三日

291116 致李霁野

霁野兄:

　　有寄靖华兄一笺,托他一些事情,不知地址,今寄上,希兄转寄为荷。日前寄上《文学与批评》一包,并还作者像片一枚,想已收到了罢。

迅　上　十一,十六

291116 致韦丛芜

丛芜兄:

　　十日信收到。素园兄又吐些血,实在令我忧念,我想他应该什么事也不问,首先专心静养才是。

　　《奔流》是停滞着,二卷五期,现已陆续付印了,此后大约未必能月出一期,因为北新不能按期付给稿费。

　　我毫没有做什么值得提起的事,仍是打杂;也不想往北平去。周刊的事,我一点都不知道。

迅　上　十一月十六夜

291119 致孙用

孙用先生:

　　蒙赐函并《勇敢的约翰》世界语译本一本,均已收到。此书已和春潮书局说妥,将印入《近代文艺丛书》中了。

前次所寄的《过岭记》一篇，已定于《奔流》第五本上发表，兹寄上稿费十二元（留版权），希赴商务印书馆一取系托周建人，以他的名义汇出，并将收条填好，函寄"上海宝山路商务印书馆编译所周建人收转"迅收为荷。

鲁迅　十一月十九夜

291125 致孙用

孙用先生：

廿四惠示收到。《奔流》和"北新"的关系，原定是这样的：我选稿并编辑，"北新"退稿并酌送稿费。待到今年夏季，才知道他们并不实行，我就辞去编辑的责任。中间经人排解，乃约定先将稿费送来我处，由我寄出，这才动手编辑付印，第五本《奔流》是这新约成立后的第一次，因此中间已隔了三个月了。先生前一篇的稿费，我是早经开去的，现在才知道还是未送，模胡掉了。所以我想，先生最好是自己直接去问一问"北新"，倘肯自认晦气，模胡过去，就更好。因为我如去翻旧账，结果还是闹一场的。

鲁迅　十一月廿五日

291126 致王余杞

余杞先生：

函并大稿均收到。《奔流》稿费因第五本由我寄发，所以重复了。

希于便中并附笺一并交与"景山东街未名社李霁野"收为感。

　　《奔流》因北新办事缓慢，所以第六本是否续出或何时能出，尚不可知。倘仍续印，赐稿当为揭载也。

　　　　　　　　　　迅　启上　十一月二十六日

鲁迅著作分类全编

乙编三卷

〔中〕

书信全编

鲁迅 著

陈漱渝
王锡荣
肖振鸣 编

SPM 南方出版传媒·广东人民出版社

·广州·

目　录

一九三〇年

一九三一年

一九三二年

一九三三年

一九三四年

一九三〇年

300108 致郁达夫、王映霞

达夫
映霞 先生：

我们消息实在太不灵通，待到知道了 令郎的诞生，已经在四十多天之后了。然而祝意是还想表表的，奉上粗品两种，算是补祝弥月的菲敬，务乞

哂收为幸。

鲁 迅
许广平 启上 一月八日

300119 致李霁野

霁野兄：

十一日信今收到。素园又病，甚念。我近来做事多而进款少，另外弄来的钱，又即刻被各方面纷纷分散，今又正届阴历年关，所以很窘急。但我想，北京寓里，恐怕还有点赢余，今天我当写信告知许羡

苏女士，此信到后过一两天，兄可去一问就是。由我想来，大半是筹得出的。

朝华社之不行，我早已写信通知。这是一部分人上了一个人的当，现已将社停止了。我们有三种书交春潮书店出卖，并非全部，也并未议定六五折，北京所传不同，不知何故。据经手和未名社交涉的人说，对于未名社书款，所欠只四五元，不知确否？

我这回总算大上了当，不必说了。

未名社既然如此为难，据我想，还是停止的好。所有一切书籍和版权，可以卖给别人的。否则，因为收旧欠而添新股，添了之后，于旧欠并无必得的把握，无非又添上些新欠，何苦如此呢。这不是永远给分销处做牛马吗？

迅　一月十九日

300211 致许寿裳

季市兄：

午后寄上《萌芽》及《语丝》共一包，现在一想，《语丝》似乎弄错了。不知是否？

其中恐怕每期只一本，且有和先前重出的罢。重出者请弃去，毋须寄还。缺者请将期数便中示知，当补寄。

迅　启上　二月十一夜

300214 致孙用

孙用先生：

来信谨悉。

先生所译捷克文学作品，在《奔流》上是可以用的，但北新多方拖延出版，第五本付印多日，至今未印成，第六本则尚未来托编辑，所以续出与否，殊不可定。《萌芽》较急进，尚未暇登载较古之作品。先生之稿如不嫌积压，可待《奔流》决定时再说，或另觅相宜之杂志也。

《异香集》北新本愿承印，出版迟者，盖去年以来，书业经济，颇不活动之故。印成后向例取板权税几成我不知道，但仍须作者常常作信索取，因上海商业老脾气，不催便不付也。

迅　启上　二月十四日

300222 致章廷谦

矛尘兄：

廿日信廿二收到，我这才知道你久在绍兴，我因为忙于打杂，也久不写信了。海婴，我毫不佩服其鼻梁之高，只希望他肯多睡一点，就好。他初生时，因母乳不够，是很瘦的，到将要两月，用母乳一次，牛乳加米汤一次，间隔喂之（两回之间，距三小时，夜间则只吃母乳），这才胖起来。米之于小孩，确似很好的，但粥汤似比米糊好，因其少有渣滓也。

疑古玄同，据我看来，和他的令兄一样性质，好空谈而不做实事，是一个极能取巧的人，他的骂詈，也是空谈，恐怕连他自己也不相信他自己的话，世间竟有倾耳而听者，因其是昏虫之故也。至于鼻公，乃是必然的事，他不在厦门兴风，便在北平作浪，天生一副小娘脾气，磨了粉也不会改的。疑古亦此类，所以较可以情投意合。

疑古和半农，还在北平逢人便即宣传，说我在上海发了疯，这和林玉堂大约也有些关系。我在这里，已经收到几封学生给我的慰问信了。但其主要原因，则恐怕是有几个北大学生，想要求我去教书的缘故。

语丝派的人，先前确曾和黑暗战斗，但他们自己一有地位，本身又便变成黑暗了，一声不响，专用小玩意，来抖抖的把守饭碗。绍原于上月寄我两张《大公报》副刊，其中是一篇《美国批评家薛尔曼评传》，说他后来思想转变，与友为敌，终于掉在海里淹死了。这也是现今北平式的小玩意，的确只改了一个 P 字。

贱胎们一定有贱脾气，不打是不满足的。今年我在《萌芽》上发表了一篇《我和〈语丝〉的始终》，便是赠与他们的还留情面的一棍该杂志大约杭州未必有卖，今摘出附上，此外，大约有几个人还须特别打几棍，才好。这两年来，水战火战，日战夜战，敌手都消灭了，实在无聊，所以想再来闹他一下，顺便打几下无端咬我的家伙，倘若闹不死，明年再来用功罢。

今年是无暇"游春"了，我所经手的事太多，又得帮看孩子，没有法。小峰久不见，但版税是付的，《奔流》拖延着。

迅 上 二月廿二日

斐君兄均此致候。

斐君和小燕们姊弟，也十二分加大号的致意，自然川岛先生尤其不用说了，大家都好呀！ 广平敬候

300312 致李霁野

霁野兄：

三月五日信已到。春潮的文艺丛书，现在看来是"空城计"，他们并无资本，在无形中作罢了。

你的译稿，我很难绍介。现在这里出版物的编辑，要求用我的名义的很多，但他们是为营业起见，不愿我有实权，因为他们从我先前的历史看来，我是应该"被损害的"，所以对于我的交涉，比对于别人凶得多。

靖华的通信处希见示，因为我要托他买书。

迅 上 三月十二日

300321 致章廷谦

矛尘兄：

四日信早到。《萌芽》三本，已于前几日寄上。所谓"六个文学团体之五"者，原想更做几篇，但至今未做，而况发表乎哉。

自由运动大同盟，确有这个东西，也列有我的名字，原是在下面的，不知怎地，印成传单时，却升为第二名了（第一是达夫）。近来且往学校的文艺团体演说几回，关于文学的。我本不知"运动"的人，所以凡所讲演，多与该同盟格格不入，然而有些人已以为大出风头，有些人则以为十分可恶，谣诼谤骂，又复纷纭起来。半生以来，所负的全是挨骂的命运，一切听之而已，即使反将残剩的自由失去，也天下之常事也。

其实是，在杭州自己沉没，倘有平安饭吃，为自己计，也并不算坏事情。我常常当冲，至今没有打倒，也可以说是每一战斗，在表面上大抵是胜利的。然而，老兄，老实说罢，我实在很吃力，笔和舌，没有停时，想休息一下也做不到，恐怕要算是很苦的了。

　　达夫本有北上之说，但现在看来，怕未必。一者他正在医痔疮，二者北局又有变化，大约薪水未必稳妥，他总不肯去喝风的。所以，大约不去总有十层之八九。自由同盟上的一个名字，也许可以算是原因之三罢。

　　半农玄同之拜帅，不知尚有几何时？有枪的也和有笔的一样，你打我，我打你，交通大约又阻碍了。兄至今勾留杭州，也未始不是幸事。

　　　　　　　　迅　上　三月二十一夜
斐君兄均此致候。

300327 致章廷谦

矛尘兄：

　　廿五日来信，今天收到。梯子之论，是极确的，对于此一节，我也曾熟虑，倘使后起诸公，真能由此爬得较高，则我之被踏，又何足惜。中国之可作梯子者，其实除我之外，也无几了。所以我十年以来，帮未名社，帮狂飙社，帮朝花社，而无不或失败，或受欺，但愿有英俊出于中国之心，终于未死，所以此次又应青年之请，除自由同盟外，又加入左翼作家连盟，于会场中，一览了荟萃于上海的革命作家，然而以我看来，皆茄花色，于是不佞势又不得不有作梯子之险，但还怕他们尚未必能爬梯子也。哀哉！

果然，有几种报章，又对我大施攻击，自然是人身攻击，和前两年"革命文学家"攻击我之方法并同，不过这回是"罪孽深重，祸延"孩子，计海婴生后只半岁，而南北报章，加以嘲骂者已有六七次了。如此敌人，不足介意，所以我仍要从事译作，再做一年。我并不笑你的"懦怯和没出息"，想望休息之心，我亦时时有之，不过一近旋涡，自然愈卷愈紧，或者且能卷入中心，握笔十年，所得的是疲劳与可笑的胜利与无进步，而又下台不得，殊可慨也。

蔡先生确是一个很念旧知的人，倘其北行，兄自不妨同去，但世事万变，他此刻大约又未必去了罢。至于北京，刺戟也未必多于杭州，据我所见，则昔之称为战士者，今已蓄意险仄，或则气息奄奄，甚至举止言语，皆非常庸鄙可笑，与为伍则难堪，与战斗则不得，归根结蒂，令人如陷泥坑中。但北方风景，是伟大的，倘不至于日见其荒凉，实较适于居住。

徐夫人出典，我不知道，手头又无书可查。以意度之，也许是男子而女名者。不知人名之中，可有徐负（负＝妇），倘有，则大概便是此人了。

乔峰将上海情形告知北京，不知何意，他对我亦未言及此事。但常常慨叹保持饭碗之难，并言八道弯事情之多，一有事情，便呼令北去，动止两难，至于失眠云云。今有此举，岂有什么决心乎。要之北京（尤其是八道弯）上海，情形大不相同，皇帝气之积习，终必至于不能和洋场居民相安，因为目击流离，渐失长治久安之念，一有压迫，很容易视所谓"平安"者如敝屣也。

例如卖文生活，上海情形即大不同，流浪之徒，每较安居者为好。这也是去年"革命文学"所以兴盛的原因。我因偶作梯子，现已不能住在寓里（但信寄寓中，此时仍可收到），而译稿每千字十元，却已有人预约去了，但后来之兴衰，则自然仍当视实力和压迫之度矣。

迅　启上　三月二十七夜书于或一屋顶房中

斐君兄及小燕弟均此致候不另。

300412 致李秉中

秉中兄：

顷得由北平转到惠函，俱悉。《观光纪游》早收到，忘未裁答，歉甚歉甚。

《含秀居丛书》中国似未曾有人介绍，亦不知刊行几种，现在尚在刊行与否。其《草木春秋》及《禅真后史》，中国尚有而版甚劣，此丛书中者殆必根据旧印，想当较佳。至于《鼓掌绝尘》，则从来未闻其名，恐此土早已佚失，明人此类小说，佚存于日本者闻颇不少也。

我仍碌碌，但身体尚健，差堪告慰耳。此后如惠书，寄"上海闸北、宝山路、商务印书馆编译所、周乔峰收转"，较妥。

迅　启上　四月十二夜

令夫人均此致候不另。

300412 致方善境

善竟［境］先生：

蒙赐函及《新声》四期，顷已收到，谢谢！先生所作木刻，我以为是大可以发表的，至于木性未熟，则只要刻得多了，便可了然。中国刻工，亦能刻图，其器具及手法，似亦大可研究，以供参考。至于西洋木刻，其器具及刻法，似和中国大不相同，刀有多种，如凿，刻时则卧腕也。

孙用先生未曾见过，不知其详。通信处是"杭州邮局卜成中先生转"，我疑心两者即是一人，就在邮局办事的。《希望》顷已寄去。

ＰＫ先生亦未见过，据朋友说，他名徐耘阡，信寄"上海四马路开明书店转"，大约便能收到。

La Scienco Proleta 是日本文的杂志，仅在题目之下，有这样一行横文，那两个译者，都是并不懂得世界语的。

先生前回见寄的几个木刻，因未有相当的地方（《奔流》停滞，《朝华》停刊），所以至今未曾发表。近日始将芥川龙之介那一个，送到《文艺研究》去了，俟印成后，当寄奉也。

迅　启上　四月十二夜。

300420 致郁达夫

达夫先生：

Gorki 全集内容，价目，出版所，今钞呈，此十六本已需约六十元矣，此后不知尚有多少本。

将此集翻入中国，也是一件事情，最好是一年中先出十本。此十本中，我知道已有两种（四及五）有人在译，如先生及我各肯认翻两本，在我想必有书坊乐于承印也。

迅　启上　四月二十日

密斯王均此致候。

300427 致胡弦

胡弦先生：

来信并稿收到。稿已转交。

前次蒙寄之《赈灾委员》，确曾收到看过，但未用。至于寄还之法，当初悉托北新，后来因其每有不寄者，于是皆由我自寄，挂号与否，却无一定。现在寓中已无积压之稿，则先生所投小说，必已寄出，但由北新抑由自己，是否挂号，则已经毫不记得了。所以实已无从清查，办事纷纭，以致先生终于未曾收到此项稿件，实是抱歉之至。倘见察恕，不胜感荷。专此布复，即颂

刻安。

鲁迅　四月廿七。

300503 致李秉中

秉中兄：

前蒙寄《鼓掌绝尘》，早收到；后又得四月十八日惠书，具悉。天南遯叟系清末"新党"，颇和日人往来，亦曾游日，但所纪载，以文酒伎乐之事为多，较之《观光纪游》之留意大事，相去远矣。兄之关于《鼓掌绝尘》一文，因与信相连，读后仍纳信封中，友人之代为清理废纸者，不遑细察，竟与他种信札，同遭毁弃，以致无从奉璧，实不胜歉仄，尚希谅察为幸。

兄所问《大公报》副刊编辑人，和歌入门之书籍及较好之日本史三事，我皆不知。至于国内文艺杂志，则实尚无较可观览者。近来颇

流行无产文学，出版物不立此为旗帜，世间便以为落伍，而作者殊寥寥。销行颇多者，为《拓荒者》，《现代小说》，《大众文艺》，《萌芽》等，但禁止殆将不远。《语丝》闻亦将以作者星散停刊云。我于《仿徨》之后，未作小说，近常从事于翻译，间有短评，涉及时事，而信口雌黄，颇招悔尤，倘不再自检束，不久或将不能更居上海矣。

我于前年起，曾编《奔流》，已出十五本，现已停顿半年，似书店不愿更印也，不知何意。

结婚之事，难言之矣，此中利弊，忆数年前于函中亦曾为兄道及。爱与结婚，确亦天下大事，由此而定，但爱与结婚，则又有他种大事，由此开端，此种大事，则为结婚之前，所未尝想到或遇见者，然此亦人生所必经（倘要结婚），无可如何者也。未婚之前，说亦不解，既解之后，——无可如何。

国内颇纷纭多事，简直无从说起，生人箝口结舌，尚虞祸及，读明末稗史，情形庶几近之。

迅　启上　五月三日

令夫人均此致候不另。

300524 致章廷谦

矛尘兄：

在很以前，当我收到你问我关于"徐夫人"的信的时候，便发了一封回信，其中也略述我的近状。今天收到你廿二的来信，则这一封信好像你并未收到似的。又前曾寄《萌芽》第四期，后得邮局通知，云已被当局扣留。我的寄给你这杂志，可以在孔夫子木主之前起誓，本来毫无"煽动"之意，不过给你看看上海有这么一种刊物而已。现在当局既然如此小心，劳其扣下，所以我此后就不再寄了。

杭州和北京比起来，以气候与人情而论，是京好。但那边的学界，不知如何。兄如在杭有饭碗，我是不主张变动的，而况又较丰也哉。譬如倘较多十分之六，则即使失了饭碗，也比在北京可以多玩十分之六年也。但有一个紧要条件，总应该积存一点。

《骆驼草》已见过，丁武当系丙文无疑，但那一篇短评，实在晦涩不过。以全体而论，也没有《语丝》开始时候那么活泼。

捉人之说，曾经有之，避者确不只达夫一人。但此事似亦不过有些人所想望，而未曾实行。所以现状是各种报上的用笔的攻击，而对于不佞独多，搜集起来，已可以成一小本。但一方面，则实于不佞无伤，北新正以"画影图形"的广告，在卖《鲁迅论》，十年以来，不佞无论如何，总于人们有益，岂不悲哉。

这几年来又颇懂得了不少的"世故"，人事无穷，真是学不完也。伏园在巴黎唱歌，想必用法国话，我是——恕我直言——连伏园用绍兴话唱歌，也不信其学得好者也。

迅　上　五月廿四日

斐君小燕诸兄均此致候不另　景宋附问好。

300609 致李霁野

霁野兄：

六月三日的信，于九日收到。

Panferov 的《贫民组合》，就是那十个链环的《Brusski》，《贫民组合》是德文译本所改。后来我收到一个不相识的人的信，说他已在翻译，叫我不要译，我答应了，所以没有译。但他译不译也难说。

《溃灭》我有英德日三种译本，英译本我疑是从德译本重译的，虽然书上并未说明。德文本也叫《十九个》，连包纸上的画都一样。

Babel 的自传，《现代作家自传》中有的，但 Panferov 没有。

迅 上 六月九夜

300715 致许寿裳

季市兄：

南京夫子庙前，大约即今之成贤街，旧有江南官书局印书发售。官书局今必已改名，但不知尚有书可买否？乞一查。如有，希索取书目两份见寄为荷。仍由乔峰转。此颂

曼福！

令飞 顿首 七月十五日

300802 致方善境

善竟［境］先生：

六月廿一日来信收到。

芥川龙之介像，亦系锌板，但因制版不精，所以好像石印了。盖同是锌版，亦大有优劣，其优劣由于照相师及浸蚀师之技术，浸蚀太久则过瘦，太暂则过肥，而书店往往不察优劣，但求价廉，殊可

叹也。

木刻诚为现今切要之技术，但亦只能印数百张，倘须多印，仍要制成锌版。左联中现无此种人材。江小鹣之作，看之令人生丑感。《艺苑朝华》制板时，选择颇费苦心，但较之原画，仍远不及，现已出第五本，不知先生已见过否？我们每印千五百本，而售去只五百本，售去之款，又收不回来，第六本大约未必能出了。

学习木刻，在中国简直无法可想。但西洋则有专授木刻术之学校。小学生也作木刻，为手工之一种也。

此地杂志停滞之故，原因复杂。举其要端，则有权者先于邮局中没收（不明禁），一面又恐吓出版者。书局虽往往自云传播文化，其实是表面之词。一遇小危险，又难获利，便推托迁延起来，或则停刊了。《萌芽》第六期改名《新地》，已出版，此后恐将停刊。但又有一种月刊在付印，文艺性质较多，名《热风》。

左联对于世界语，尚未曾提及，来信之意，当转致。

《文艺研究》拟寄奉，但开示地址，系邮箱，不知书籍亦可投入否？希示。或见告可以寄书籍之地址。

迅　启上　八月二日

300903 致李秉中

秉中兄：

来信收到。结婚之后，有所述的现象，是必然的。理想与现实，一定要冲突。

以译书维持生计，现在是不可能的事。上海秽区，千奇百怪，译者作者，往往为书贾所诳，除非你也是流氓。加以战争及经济关系，书业也颇凋零，故译著者并蒙影响。预定译本，成后收受，现已无此种地方，即有亦不可靠。我因经验，与书坊交涉，有时用律师或合同，然仍不可靠也。

青木正儿的《明清戏曲史》，我曾一看，确是好的。但此种大部，我所知道的书局，没有能收受的地方。此地的新书坊，大都以营利（而且要速的）为目的，他们所出，是稿费廉的小书。

我近来不编杂志；仍居上海，报载为燕京大学教授，全系谣言。

迅　上　九月三日

300903 致孙用

孙用先生：

来信收到。近年以来，北新书局与我日见疏远，因为种种事情，冲突之处颇不少。先生之稿，可否稍待再看，因为我如去催，那对付法是相同的，前例已有多次了。

《勇敢的约翰》先亦已有书局愿出版，我因将原书拆开，豫备去制图，而对方后来态度颇不热心（上海书局，常常千变万化），我恐交稿以后，又如石沉大海，便作罢。但由我看来，先生的译文是很费力的，为赌气起见，想自行设法，印一千部给大家看看。但既将自主印刷，则又颇想插以更好的图，于是托在德之友人，转托匈牙利留学生，买一插画本，但至今尚无复信，有否未可知。

先生不知可否从另一方面，即托在匈之世界语会员，也去购买？

如两面不得，那就只好仍用世界语译本的图了。

所以那一本原书，虽已拆开，却无损伤。　先生如仅怕遗失，则我可负责保存。如需用，则当寄上，印时再说。仍希见复遵行也。

迅　启上　九月三日

300920 致曹靖华

究》上，此刊物亦又停顿，故后半未译，但很难懂，看的人怕不多。车氏及毕林斯基，中国近来只有少数人，知道他们的名字。

译书的霍乱症，现在又好了一点，因为当局不管好坏，一味力加迫压，译者及出版者见此种书籍之销行，发生困难，便去弄别的省力而可以赚钱的东西了。现已在查缉自由运动发起人"堕落文人"鲁迅等五十一人，听说连译作（也许连信件）也都在邮局暗中扣住，所以有一些人，就赶紧拨转马头，离开惟恐不速，于是翻译界也就清净起来，其实这倒是好的。

至于这里的新的文艺运动，先前原不过一种空喊，并无成绩，现在则连空喊也没有了。新的文人，都是一转眼间，忽而化为无产文学家的人，现又消沈下去，我看此辈于新文学大有害处，只有提出这一个名目来，使大家注意了之功，是不可没的。而别一方面，则乌烟瘴气的团体乘势而起，有的是意太利式，有的是法兰西派，但仍然毫无创作，他们的惟一的长处，是在暗示有力者，说某某的作品是收受卢布所致。我先前总以为文学者是用手和脑的，现在才知道有一些人，是用鼻子的了。

你的女儿的情形，倘不经西医诊断，恐怕是很难疗治的。既然不傻不痴，而到五六岁还不能说话，也许是耳内有病，因为她听不见，所以无从模仿，至于不能走，则是"软骨病"也未可知。打针毫无用处，海参中国虽算是补品，其实是效力很少（不过和吃鱼虾相仿佛），婴儿自己药片有点效，但以小病症为限。

不过另外此刻也没有法子，所以今天买了一打药片，两斤海参，托先施公司去寄，这公司有邮寄部，代办一切，甚便当的。不料他说罗山不通邮寄包裹，已有半年多了，再过两星期，也许会通（不知何故），因此这一包就搁在公司里，须过两星期再看。

过两星期后，我当再去问一声。

这里冷起来了。我也老下去了，前几天有几个朋友给我做了一回五十岁的纪念，其实是活了五十年，成绩毫无，我惟希望就是在文艺界，也有许多新的青年起来。

再谈罢，此祝

安吉。

弟周豫才　启九月二十日

（通讯地址仍旧）

301013 致王乔南

乔南先生：

顷奉到五日来信，谨悉种种。我的作品，本没有不得改作剧本之类的高贵性质，但既承下问，就略陈意见如下：——

我的意见，以为《阿Q正传》，实无改编剧本及电影的要素，因为一上演台，将只剩了滑稽，而我之作此篇，实不以滑稽或哀怜为目的，其中情景，恐中国此刻的"明星"是无法表现的。

况且诚如那位影剧导演者所言，此时编制剧本，须偏重女脚，我的作品，也不足以值这些观众之一顾，还是让它"死去"罢。

匆复，并颂

曼福。

迅　启上　十月十三日

再：我也知道先生编后，未必上演，但既成剧本，便有上演的可能，故答复如上也。

301020 致章廷谦

矛尘兄足下：启者，昨获　惠示，备悉种种。书单前已见过，后又另见一种，计有百种之多，但一时不易搜集，因出版所等，难以详知，故未能着手也。　嫂夫人想已日就痊可，但务希保重。弟粗安，可释锦注，孩子则已学步矣。专此奉达，顺请

秋安。

弟俟　顿首十月廿日

301114 致王乔南

乔南先生：

顷奉到六日来信，知道重编阿Q剧本的情形，实在恰如目睹了好的电影一样。

前次因为承蒙下问，所以略陈自己的意见。此外别无要保护阿

Q，或一定不许先生编制印行的意思，先生既然要做，请任便就是了。

至于表演摄制权，那是西洋——尤其是美国——作家所看作宝贝的东西，我还没有欧化到这步田地。它化为《女人与面包》以后，就算与我无干了。

电影我是不懂得其中的奥妙的。寄来的大稿，恐未曾留有底稿，故仍奉还。此复，即颂

时绥。

迅　启上　十一月十四夜。

301119 致崔真吾

真吾兄：

来信收到。

能教图案画的，中国现在恐怕没有一个，自陶元庆死后，杭州美术院就只好请日本人了。但我于日本人中，不认识长于此道的人。

上海也已经不像从前。离开广州，那里去呢？我想别处也差不多的。今年是"民族主义文学"家大活动，凡不和他们一致的，几乎都称为"反动"，有不给活在中国之概，所以我的译作是无处发表，书报当然更不出了。

书坊老板就都去找温暾作家，现在最行时的是赵景深汪馥泉，我们都躲着，——所以马君的著作，无法绍介。

八宝饭我不知道是那里买的。我单知道茶馆里的点心很好，如陆羽居，在山泉之类，但此种点心，上海现亦已有，例如新雅即是。

海婴已出了三个半牙齿，能说的话还只三四句，但却正在学走，

滚来滚去，领起来很吃力。

迅　上　十一月十九夜

301123 致孙用

孙用先生：

十九日来信，已收到。《勇敢的约翰》图画极好，可以插入，但做成铜版单色印，和画片比较起来，就很不成样子。倘也用彩色，则每张印一千枚，至少六十元，即全图须七百二十元，为现在的出版界及读书界能力所不及的。

又，到制版所去制版时，工人照例大抵将原底子弄污，这事我遇见过许多回，结果是原画被毁，而复制的又大不及原画，所以那十二张，恐怕要做"牺牲"。

《奔流》上用过的 Petöfi 像太不好，我另有一张，但也不佳。又世界语译者的照相，我觉得无须加入因为关系并不大，不知　先生以为何如？

《文学世界》我恐怕不能帮忙，我是不知道世界语的——我只认识 estas 一个字。

迅　启上　十一月二十三日

301206 致孙用

孙用先生：

十一月廿七日信，早到。《英雄的约翰》世界语译本及原译者照相，已于大前天挂号寄上，想已收到了。译本因为当初想用在《奔流》上，将图制版，已经拆开：这是很对不起的。

接到另外的十二张图画后，我想，个人的力量是不能印刷的了，于是拿到小说月报社去，想他们仍用三色版每期印四张，并登译文，将来我们借他的版，印单行本一千部。昨天去等回信，不料竟大打官话，说要放在他们那里，等他们什么时候用才可以——这就是用不用不一定的意思。

上海是势利之区，请　先生恕我直言："孙用"这一个名字，现在注意的人还不多。Petöfi 和我，又正是倒楣的时候。我是"左翼作家联盟"中之一人，现在很受压迫，所以先生此后来信，可写"……转周豫才收"，较妥。译文的好不好，是第二个问题，第一个问题是印出来时髦不时髦。

不过三色版即使无法，单色版总有法子想的，所以我一定可以于明年春天，将他印出。此复，即颂

近安。

迅　启上。〔十二月六日〕

《阿Q正传》的世界语译本，我没有见过，他们连一本也不送我，定价又太贵，我就随他了。

一九三一年

310121 致许寿裳

季黻吾兄左右：昨至宝隆医院看索士兄病，则已不在院中，据云：大约改入别一病院，而不知其名。拟访其弟询之，当知详细，但尚未暇也。近日浙江亲友有传其病笃或已死者，恐即因出院之故。恐 兄亦闻此讹言，为之黯然，故特此奉白。此布，即请

道安。

弟令斐　顿首一月二十一日

310123 致李小峰

小峰兄：

昨乔峰言见店友，知小报记者的创作，几已为在沪友人所信，北平且有电来问，盖通信社亦已电传全国矣。其实此乃一部分人所作之小说，愿我如此，以自快慰，用泄其不欲我"所作之《呐喊》，销行至六七万

本"之恨者耳。然众口铄金，危邦宜慎，所以我现在也不住在旧寓里了。

昨报又载搜索书店之事，而无现代及光华，可知此举正是"民族主义文学"运动之一，倘北新亦为他们出书，当有免于遭厄之望，但此辈有运动而无文学，则亦殊令出版者为难，盖官样文章，究不能令人自动购读也。倘见达夫先生，并乞传语平安为托。

迅　启上　一月廿三日午。

310202 致书素园

素园兄：

昨看见由舍弟转给景宋的信，知道这回的谣言，至于广播北方，致使兄为之忧虑，不胜感荷。上月十七日，上海确似曾拘捕数十人，但我并不详知，此地的大报，也至今未曾登载。后看见小报，才知道有我被拘在内，这时已在数日之后了。然而通信社却已通电全国，使我也成了被拘的人。

其实我自到上海以来，无时不被攻击，每年也总有几回谣言，不过这一回造得较大，这是有一些人，希望我如此的幻想。这些人大抵便是所谓"文学家"，如长虹一样，以我为"绊脚石"，以为将我除去，他们的文章便光焰万丈了。其实是并不然的。文学史上，我没有见过用阴谋除去了文学上的敌手，便成为文豪的人。

但在中国，却确是谣言也足以谋害人的，所以我近来搬了一处地方。景宋也安好的，但忙于照看小孩。我好像未曾通知过，我们有了一个男孩，已一岁另四个月，他生后不满两月之内，就被"文学家"在报上骂了两三回，但他却不受影响，颇壮健。

我新近印了一本 Gladkov 的《Zement》的插画，计十幅，大约不久可由未名社转寄 兄看。又已将 Fadejev 的《毁灭》（Razgrom）译完，拟即付印。中国的做人虽然很难，我的敌人（鬼鬼祟祟的）也太多，但我若存在一日，终当为文艺尽力，试看新的文艺和在压制者保护之下的狗屁文艺，谁先成为烟埃。并希 兄也好好地保养，早日痊愈，无论如何，将来总归是我们的。

迅　上　二月二日
景宋附笔问候

310204 致李秉中

秉中兄：

　　顷见致舍弟书，借知沪上之谣，已达日本。致劳殷念，便欲首途，感怆交并，非言可喻！

　　我自旅沪以来，谨慎备至，几于谢绝人世，结舌无言。然以昔曾弄笔，志在革新。故根源未竭，仍为左翼作家联盟之一员。而上海文坛小丑，遂欲乘机陷之以自快慰。造作蜚语，力施中伤，由来久矣。哀其无聊，付之一笑。上月中旬，此间捕青年数十人，其中之一，是我之学生。（或云有一人自言姓鲁）飞短流长之徒，因盛传我已被捕。通讯社员发电全国，小报记者盛造谰言，或载我之罪状，或叙我之住址，意在讽喻当局，加以搜捕。其实我之伏处牖下，一无所图，彼辈亦非不知。而沪上人心，往往幸灾乐祸。冀人之危，以为谈助。大谈陆黄恋爱于前，继以马振华投水，又继以萧女士被强奸案，今则轮到我之被捕矣。文人一摇笔，用力甚微，而于我之害则甚大。老母饮泣，挚友惊心。十日以来，几于日以发缄更正为事，亦可悲矣。今幸无事，可释远念。然而三告投杼，贤母生疑。千夫所指，无疾而死。生丁今世，正不知来日如何耳。东望扶桑，感怆交集。此布，即颂曼福不尽。

迅　启上　二月四日

令夫人均此致候。

310205 致荆有麟

有麟兄：

顷见致舍弟书，知道上海之谣，使　兄忧念，且为通电各处乞援，甚为感荷。

我自寓沪以来，久为一班无聊文人造谣之资料，忽而开书店，忽而月收版税万余元，忽而得中央党部文学奖金，忽而收苏俄卢布，忽而往墨斯科，忽而被捕，而我自己，却全不知道有这么一回事。其实这只是有些人希望我如此的幻想，据他们的小说作法，去年收了一年卢布，则今年当然应该被捕了，接着是枪毙。于是他们的文学便无敌了。

其实是不见得的。

我还不知道福州路在那里。

但世界如此，做人真难，谣言足以杀人，将来真会被捕也说不定。不过现在是平安的。特此奉闻，以释远念。并希告关心于我的诸友为荷。此颂
曼福

迅　启上　二月五日

310218 致李秉中

秉中兄：

九日惠函已收到。生丁此时此地，真如处荆棘中，国人竟有贩人命以自肥者，尤可愤叹。时亦有意，去此危邦，而眷念旧乡，仍不能绝裾径去，野人怀土，小草恋山，亦可哀也。日本为旧游之地，水木明瑟，诚足怡心，然知之已稔，遂不甚向往，去年颇欲赴德国，亦仅藏于心。今则金价大增，且将三倍，我又有眷属在沪，并一婴儿，相依为命，离则两伤，故且深自韬晦，冀延余年，倘举朝文武，仍不相容，会当相偕以泛海，或相率而授命耳。盛意甚感，但今尚无恙，请释远念，并善自珍摄为幸。此布，即颂

曼福不尽。

迅　启上　二月十八日

令夫人均此致候。

310224 致曹靖华

靖华兄：

元月十日信并《静静的顿河》一本已收到。兄之劈柴，不知已领到否？此事殊以为念。

《星花》此时只能暂且搁置。此时对于文字之压迫甚烈，各种杂志上，至于不能登我之作品，绍介亦很为难。一班乌烟瘴气之"文学家"，正在大作跳舞，此种情景，恐怕是古今他国所没有的。

但兄之《铁流》，不知已译好否？此书仍必当设法印出。我《毁

026

灭》亦早译好，拟即换姓名印行。

《铁流》木刻的图，如可得，亦希设法购寄。

看日本报，才知道本月七日，枪决了一批青年，其中四个（三男一女）是左联里面的，但"罪状"大约是另外一种。

很有些人要将我牵连进去，我所以住在别处已久，但看现在情形，恐怕也没有什么事了，希勿念为要。

弟豫才　上二月廿四日

310303 致山上正义（日本）

山上正义先生：

译文已拜读。我认为误译之处、可供参考之处，大致均记于另纸，并分别标出二者的号码，今随译文一并寄上。

关于序文——恕免我。请你写吧。只希望能在序文中说明：这个短篇系一九二一年十二月写的，是为某家报纸的"开心话"栏写的，其后不成想被推为代表作而译为各国语言，从而在本国作者因此大受憎恨——被少爷派、阿Q派——等等。

草草顿首

Lusin　三一年三月三日

1　既为"列传"，就必须和许多伟人一起排在正史里

2　（昔日道士写仙人之事时，多以"内传"为题名）

3　（林琴南氏曾译柯南·道尔的小说，取名《博徒列传》。这里是讽刺此事。写为迭更司，系作者之误）

4 （此系林琴南氏攻击白话时所写文章中的话）（"引车卖浆"，即拉车卖豆腐浆之谓，系指蔡元培氏之父。那时，蔡氏为北京大学校长，亦系主张白话者之一，故亦受攻击之矢）

5 抗辩之事也没有

6 自己去招殴打（因自己不好，而挨打）的大傻瓜

7 何况，又未尝散发过生日征求诗文的帖子［中国的所谓名人常干的事，其实是敛钱（贺礼）的手段］

8 （茂才即是"秀才"）

9 （主张使用罗马字母的是钱玄同。这里说是陈独秀，乃茂才公之误）

10 （庄，即村庄）

11 （翰林的第一名是状元）

12 （"阿Q真能做"，即"真是拼命干活"之意）

13 （在"懒洋洋的"下面，我认为仍以加上"瘦伶仃的"一句为好）

14 此二人都是文童的爹爹……

15 （参照12）

16 （癞疮疤，即因疥癣而变秃处的痕迹）

17 （参照16）

18 （同上）

19 （同上）

20 （指因营养不良，连头发颜色也变成茶褐色）

21 然而，结局，那却总是以失败告终（如果直译的话）

22 这是赌场的庄家常干的勾当。假如村民赢了，他们的一伙就来找碴斗殴，或者冒充官员抓赌，殴打村民，抢走他们赢得的钱

23

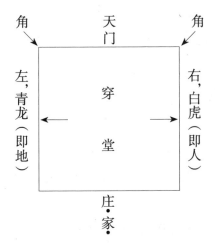

把赌注压在角及穿堂的人，则与两侧的胜负相同。

如两侧为一胜一负，则角及穿堂无胜负

24　哪天都……

25　(《小孤孀上坟》系戏剧名，译为《若後家の墓参》，如何？)

26　还是比人家……

27　我想，"牺牲"改成"牛"为好。对孔子供牛，对先儒则无牛

28　秃

29　同上

30　完全失体面之事（不光彩之事）

31　而且似乎并没把这话当作一回事

32　"至于他身旁……"系误译。实为他的仇人（对头）

33　"腿也直了"，是因为学西洋人走路姿势，和气派稍有不同

34　"老婆"为娼，非祖母

35 36　同上

37　果然，啪的一声，似乎确凿打在自己头上了

38　运气坏（迷信，据说如见到尼姑，便晦气一天）

39　扭住尼姑的面颊

40　扭住尼姑的面颊，拧了一下

41　感到不幸

42　……在脸上磨得滑腻了？

43　拧过一个女人的大腿

44　……而这回的小尼姑却未隔着什么

45　这全然是谋反啊！……老子连睡觉也因为你而没睡成（因为事情在夜里发生）

46　虽然没有昨天那样因赤膊冻得受不了……

47　只得扑上去

48　或者也许二十分

49　不知道对看的人来说是否满足。谁也没说什么。但阿Q仍然没人来雇用他

50　"一注钱"即很多的钱

51　同上

52　先行礼，接着说话

53　"新闻"就是"news"

54　王胡好几天晕头晕脑

55　赵家点的是使用油菜籽油的灯台

56　同上

57　那是老子禁止他再来的……（下面是"因为这次是老子叫他来的，不必担心"的意思）

58　看阿Q，看阿Q感动了没有

59　穿明朝崇正（实为祯）皇帝的丧服（"为明朝向清朝复仇"之意）

60　谋反，以至便是连他也反对

61 "悔不该酒醉错斩了郑贤弟"系戏剧《龙虎斗》中的文句。宋太祖赵匡胤被敌击败时唱的。后悔错斩了姓郑的义弟，削弱了自己。"我手执钢鞭将你打"系其敌人的唱词

62 "像我们这样的穷朋友是不要紧的吧……"

63 宁波式的床（奢侈的大床），不是南京床

64 "革命革命，革命再革命……"

65 "……他们已经来革命过了啊"

66 与满政府同

67 龙牌　以木板制成、四边刻有龙的纹饰的供于佛前之物，高约一尺五寸

68 译为"革命を許をない"或许好些

69 说是样子全变了，不像个人了

70 公，即先生。这里含有轻蔑之意

71 顶子，清朝官阶的标志，安在帽顶的东西。此处译为"官位のしるし"或好些

72 海仙即蟾蜍仙人

73 因此，自己是不会想在这小县城里做事业的
　　连自己都觉得瞧不起这个

74 指的是床，参照63

75 同上

76 载客往来于城镇和乡村的船，称为"航船"。七斤系人名，正与日本昔日称工匠为某匠某某等相似

77 第九章为一切的结束，或仍用"大团圆"为好

78 "我……那个……正想来投（申请加入）……"（因此长官误解为是来投案的）

310306 致李秉中

秉中兄：

二月二十五日来函，顷已奉到。家母等仍居北京，盖年事已老，习于安居，迁徙殊非所喜。五年前有人将我名开献段公，煽其捕治时，遂只身出走，流寓厦门。复往广州，次至上海，是时与我偕行者，本一旧日学生，曾共患难，相助既久，恝置遂难。兄由朔方归国，来景云里寓时，曾一相见，然初非所料，固当未尝留意也。

孩子生于前年九月间，今已一岁半，男也，以其为生于上海之婴孩，故名之曰海婴。我不信人死而魂存，亦无求于后嗣，虽无子女，素不介怀。后顾无忧，反以为快。今则多此一累，与几只书箱，同觉笨重，每当迁徙之际，大加擘画之劳。但既已生之，必须育之，尚何言哉。

近数年来，上海群小，一面于报章及口头盛造我之谣言，一面又时有口传，云当局正在索我甚急云云。今观兄所述友人之言，则似固未尝专心致志，欲得而甘心也。此间似有一群人，在造空气以图构陷或自快。但此辈为谁，则无从查考。或者上海记者，性质固如此耳。

又闻天津某报曾载我"已经刑讯",亦颇动旧友之愤。又另有一报,云我之被捕,乃因为"红军领袖"之故云。

此间渐暖,而感冒大流行。但眷属均好。北京亦安。我颇欲北归,但一想到彼地"学者",辄又却步。此布,即颂

曼福

迅　启上　三月六日

令夫人均此致候。

310403 致李秉中

秉中兄:

前由东京铺子寄到小孩衣裤各一事,知系　兄见惠之品,甚感谢。近来谣诼稍衰,故已于上月初旬移回旧寓,但能安居至何日,则殊不可知耳。贱躯仍如常,可释遥念。此布,即颂

曼福。

迅　启上　四月三日

令夫人均此致候。

310415 致李秉中

秉中兄:

三月廿九日来信,到已多日,适患感冒,遂稽答复。生今之世,而多孩子,诚为累坠之事,然生产之费,问题尚轻,大者乃在将来之

教育，国无常经，个人更无所措手，我本以绝后顾之忧为目的，而偶失注意，遂有婴儿，念其将来，亦常惘怅，然而事已如此，亦无奈何，长吉诗云：已生须已养，荷担出门去，只得加倍服劳，为孺子牛耳，尚何言哉。　兄之孩子，虽倍于我，但倘不更有增益，似尚力有可为，所必要者，此后当行节育法也。惟须不懈，乃有成效，因此事繁琐，易致疏失，一不注意，便又往往怀孕矣。求子者日夜祝祷而无功，不欲者稍不经意而辄妊，此人间之所以多苦恼欤。寓中均安，可释远念，但百物腾贵，弄笔者或杀或囚，书店（北新在内）多被封闭，文界子遗，有稿亦无卖处，于生活遂大生影响耳。此布，即颂

曼福。

迅　启上　四月十五日

令夫人均此致候。

310426 致李小峰

小峰兄：

顷舍弟交来大札并版税四百，于困难中，尚为筹款见寄，甚感甚感。

学校用书，近来各书局竞相出版，且欲销行，仍须运动，恐竞争亦大不易。北新又一向以出文艺书得名，此举能否顺利，似亦一问题也。我久想作文学史，然第一须生活安静，才可以研究，而目下情形，殊不可能，故一时实无从措手。且现在法律任意出入，虽文学史，亦难免不触犯反革命第 X 条也。

法院如此认真，不胜佩服，但近日太保阿书在杀头，则诸公似未闻见，其实，杀头虽非主义，而为法律所无，亦"不利于三民主义"者也。

印花俟检齐后，当交舍弟，并函闻。

在北新被封时以至今日之开，我竟毫不知其中经过情形，虽有传闻，而不可信。不知　兄现在是否有暇，且能见访一谈否？如有，则希于任何日之下午，直接莅寓为幸。

迅　上　六〔四〕月廿六日

310504 致孙用

孙用先生：

久疏问候了。上海文坛寂寥，书坊势利，杭州消息不灵，想不深知，但说起来太烦，恕不多谈了。《勇敢的约翰》至今为止，颇碰了几个钉子。自然，倘一任书坊用粗纸印刷，那是有出版之处的，但我不答应如此。

书坊专为牟利，是不好的，这能使中国没有好书。我现已筹定款项，决于本月由个人付印一千部。那十二张壁画，不得已只好用单色铜版（因经济关系），书中空白之处，仍想将世界语本中之三个插画印上，所以仍请即行寄下，以备制图为荷。

这回搬了几次，对不起得很，将　先生所寄的那一张对于壁画上的诗的指数失掉了。请再写给我一次，恐无底稿，故将每节之第一句录上：

No. 1.Ĉar sur la herbejo Ŝafgardisto nia……

"Perla korjuvero，Ilnjo，mia ĉio！"……

2. "Laste mi vin vidas，ho printemp' de koro，……

"Do nun，Ilnjo bela，trezor' de l' animo，……

3.Nokt'，rabband'，pistoloj hakaj，pikaj feroj，……

"Donu Di' vesperon de feliĉo plenan"……

4.Jen， husaroj venis， husartrupo bela，……

Multon per la lango diris la junulo，……

5.De l'ĉeval'li saltis， al knabin'li iris，……

"Ho savint'！ Pri l'nom'ne estu vort'demanda，……

6.Kaj la reĝoturnis sin al li jenvorte：……

Nun la reĝ'malfermis sian trezorejon，……

7.Skuis， turnis sin la birdo en aero，……

Kiom landojn flugis ili， scias Dio，……

8. "Do， se vi alvenis， bone， manĝu kun ni！……

Reĝ'da ŝtono rompis funtojn ĉirkaŭ kvin nun……

9.Maljunulinaĉoj svarme venis， iris，……

Balailoj estis en amas'sur tero，……

10.Iris la gigant'kun vado senripoza，……

"Kaj insulo kia"——sonis la demando，……

11.Helpu Di'！ Jen terurega gardo……

En la brust'de l'drako koron elesploris……

12.Tiu akvo estis mem la Vivoputo，……

Inter fea gent'， en rondo idilia，……

迅 上 二十年五月四日

信件请寄宝山路商务印书馆编辑所周乔峰转周豫才收

310613 致曹靖华

靖华兄：

先前寄我之《寂静的顿河》第四本，早已收到。我现有其第二本与第四本，不知第一第三，尚能得到否？如有，希各赐寄一本，但倘难得，就不必设法去寻，因为我不过看看其中的插画，并非必要也。

《铁的奔流》译稿一本，已于今天收到。现在正在排印《毁灭》，七月底可成，成后拟即排印此书，其成当在九月中旬，木刻既不能得，当将先前见寄之信片上之图印入。以上二书，兄要若干本，希便中示知为盼。

这里对于左翼文艺，是压迫无所不至，然而别的文艺，却全然空洞无物，所以出版界非常寂寥。我于去年冬天，印了十张《水门汀》的插画，但至今为中国青年所买者，还不到二十本。

婴儿自己药片及海参，于正月底寄出，至今未有回信，而小包也并未退回，不知是怎么一回事。

未名社竟弄得烟消云散，可叹。上月丛芜来此，谓社事无人管理，将委托开明书店（这是一个刻薄的书店）代理，劝我也遵奉该店规则。我答以我无遵守该店规则之必要，同人既不自管，我可以即刻退出的。此后就没有消息了。

此地已如夏天，弟平顺如常，可释远念，此颂

安健

弟 豫 上六月十三日夜

310623 致李秉中

秉中兄：

十六日信已到。前回的一封信，我见过几次转载，有些人还因此大做文章，或毁或誉。这是上海小报记者的老法门，他们因为不敢说

国家大事，只好如此。 兄不大和这种社会接近，故至于惊愕，我是见之已惯，毫不为奇的了。

对于发表信札的事，我于 兄也毫无芥蒂，自己的信之发表，究胜于别人之造谣，况且既已写出，何妨印出，那是不算一回什么事的。但上海小报，笑柄甚多，有一种竟至今尚不承认我没有被捕，其理由则云并未有亲笔去函更正也。

疑 兄"借光自照"，此刻尚不至于此。因为你尚未向上海书坊卖稿，和此辈争一口饮食，否则，即无此信，他们也总要讲坏话的。我向来对于有新闻记者气味的人，是不见，倘见，则不言，然而也还是谣言层出，有时竟会将舍弟的事，作为我的。大约因为面貌相似，认不清楚之故。惟近数月来，关于我的记事颇少见，大约一时想不出什么新鲜花样故也。

我安善如常，但总在老下去；密斯许亦健，孩子颇胖，而太顽皮，闹得人头昏。四月间北新书店被封，于生计颇感恐慌，现北新复开，我的书籍销行如故，所以没有问题了。

中国近又不宁，真不知如何是好。做起事来，诚然，令人心悸。但现在做人，我想，只好大胆一点，恐怕也就通过去了。 兄之常常觉得为难，我想，其缺点即在想得太仔细，要毫无错处。其实，这样的事，是极难的。凡细小的事情，都可以不必介意。一旦身临其境，倒也没有什么，譬如在围城中，亦未必如在城外之人所推想者之可怕也。此复，即颂

曼福。

迅 上 广平附笔致候 六月二十三夜

令夫人均此问候

310730 致李小峰

小峰兄:

下午得读来信。

未名社前几天给我一信,说我的存书,只有《小约翰》三百本了。盖其余三种,久已卖完而未印,而别人的存书却多。

《勇敢的约翰》已有一书店揽去付印,不必我自己印了。下月底想另印一种小说,届时当再奉托。

全集如翻印起来,可有把握,不至于反而吃亏,那是尽可翻印的,我并无异议。至于所译小说,我想且可不管,因为其中之大部分,是我豫定要译之《新俄新作家三十人集》中的东西,只要此书有廉价版,便足以抵制了。

《上海文艺之一瞥》我讲了一点钟,《文艺新闻》上所载的是记者摘记的大略,我还想自草一篇。但现在文网密极,动招罪尤,所以于《青年界》是否相宜,乃一疑问。且待我草成后再看罢。大约下一期《文艺新闻》所载,就有犯讳的话了。至于别的稿件,现实无有,因为一者我实不愿贻害刊物,二者不敢与目下作家争衡,故不执笔也。

附上校稿四张,请付印刷所。

迅 上 七月卅夜

310808 致李小峰

小峰兄:

今日得来信后,即将《朝花夕拾》一本持上,此书中有图板,去制版时，希坚嘱勿将底子遗失，因反面印有文字，倘失去，则寓中更无第二本也。

又此书只十行，此次印刷，似可改为每页十二行，行卅字，与《呐喊》等一律。

《象牙之塔》可先函嘱北平速印，印花当于明日即送乔峰处，希于十三日便道去取，另有北平翻版书两本，一并奉还并携印花收条。专卖北平之廉价版，我并可将版税减低为百分之二十。

迅 上 八月八夜

再：《热风》，《华盖》，《华续》，将出之《中国小说史略》及《象牙之塔》，均尚未有合同，希便中补下。似应有三份，前三种合一份，后二种各一份也。

310816 致蔡永言

永言兄：

七月廿六日信早收到，《士敏土》校正稿，则收到更在其前。雪兄如常，但其所接洽之出版所，似尚未十分确定。盖上海书店，无论其说话如何漂亮，而其实则出版之际，一欲安全，二欲多售，三欲不化本钱，四欲大发其财，故交涉颇麻烦也。但无论如何，印出是总可以印出的。

当印行时，插画当分插本文中，题语亦当照改，而下注原题，此原题与德译本亦不尽合，是刻者自题的。戈庚教授论文，可由我另译一篇附入。书拟如《奔流》之大，不能再大了。作者像我有底子，另做一块，所费亦甚有限。

大江书店之线订法，流弊甚多，我想只好仍用将线订在纸边之法。至于校对，则任何书店，几于无一可靠，有些人甚至于识字不多，点画小有不同，便不能辨了。此次印行时，可属密斯许校对，我相信可以比普通少错一点。

此复，即颂

近佳

迅　上　八月十六夜

绍兄均此致候不另。

题版题语能否毫无删改，须与出版者商量，采其意见。

310911 致李小峰

小峰兄：

昨遇舍弟，谈及种种，甚慰。

《小说史略》未知已出版否？出时希见赠二十本。

《旧时代之死》之作者之家族，现颇窘，几个友人为之集款存储，作孩子读书之用。该书八月应结版税，希为结算示知，或由我代取，或当由其旧友走取均可。

迅　上　九月十一日

310915 致李小峰

小峰兄：

今日收到八月份版税四百并《小说史略》二十本，谢谢！本月版税能早日见付，尤感。

未名社内情，我虽不详知，但诗人韦丛芜君，却似乎连说话也都是诗，往往不可信，今我已向开明提出抗议，他的取款不大顺利了，我这边的纸版，大约不久总要归还的。

至于代偿欠款，我以为犯不上。一者因为《小约翰》销路未必佳，《坟》也一半文言，不算什么；二者因为我想这两种之被扣，未必因为本书，而是由于新排之别种书籍之欠款，数目未必寥寥，倘去代付，那就成为替别人付账了。还是"由它去罢"。

印好之印花，已只剩了一千，拟去新印，但恐未必即能印出。《朝花》出版时，先用一千再说罢，倘那时尚未印好的话。

迅　上　九月十五夜

《旧时代》款，能速交下，最好。

310915 致孙用

孙用先生：

久不问候了。看见刊物上时有文字发表，藉知依然努力于译作。

近来出版界很销沈，许多书店都争做教科书生意，文艺遂没有什么好东西了，而出版也难，一不小心，便不得了……

《勇敢的约翰》有一个湖风书店印去了。它是小店，没有钱，所以插图十二幅及作者像一幅，是由我印给它的。但我希　先生给与印花壹千个，为将来算账地步，虽然能否算到不可知。

我想印花最好用（裁小）单宣，叠出方格，每张数十或百余，上加名印，如 印 之大，由他们去帖去。

原稿现已校毕，日内当与世界语译本三页，一同挂号寄上。但原稿已被印局弄得一塌胡涂了。我所加的格式，他们也不听。（这里是书局不听作者的话，印刷局也不听书局和作者的话的。）

　　将来寄印花时，地址可如寄奉原稿时所列。

　　此上，即颂

著祺。

　　　　　　　　　　　　　　迅　启上　九月十五夜

311005 致孙用

孙用先生：

　　惠函并印花一千枚，早已收到。诗集尚在排印，未校完。中国的做事，真是慢极，倘印 Zola 全集，恐怕要费一百年。

　　这回印诗，图十三张系我印与，制版连印各一千张共用钱二百三十元，印字及纸张由湖风书店承认，大约需二百元上下，定价七角，批发七折，作将来全数可以收回计，当得四百九十元。书店为装饰面子起见，愿意初版不赚钱，但先生初版版税，只好奉百分之十，实在微乎其微了。而且以现在出版界现状观之，再版怕也不易，所以这一本翻译，几乎是等于牺牲。

　　版税此地向例是卖后再算，但中秋前他们已还我制版费一部分，所以就作为先生版税，提前寄上，希便中向商务分馆一取汇款人用周建人名义，取得后并寄给我一收条，写明收到《勇敢的约翰》版税洋七十元，以便探得销完后向之索回垫款，因我在上海，信息较灵，易于措手也。倘幸而能够再版，那时另定办法罢。此上，即颂

著祺。

　　　　　　　　　　　　　　迅　启上　十月五夜

　　书大约十一月总可以印成了，先生欲得多少本，希便中示知。

311013 致崔真吾

真吾兄：

顷奉手示，谨悉种种。期刊未到，邮政模模胡胡，能否递到，是很难说的。

这一年来，我因搬来搬去，以致与朋友常难晤面，兄到上海，舍弟曾见告，但其时则已在回乡之后矣。侍桁兄久未晤，得来函后始知其已往中大了。

朝华社用过之锌版，星星社要用，我当然是可以的。请兄自向王先生函取。

翻版书北平确也不少，有我的全集，而其实只三百页，可笑。但广州土产当亦不免，我在五年前，就见过油印版的《阿Q正传》。

此地近来颇热闹，但想亦未必久的。我身体如常，可释远念。

此复，并颂

近佳

迅　启上　十月十三日

311027 致曹靖华

靖华兄：

十月八日信收到，它兄信已转交。地图一枚及信，早收到了，图样太小而不清楚，仍不能用，现已托人将集中之一张，改画单色，要比较的好些。赛氏集第一卷亦早到。大约一月以前，寄上《前哨》两份，不知到否？我恐怕寄不到。

"喀杰特"注，书中已改从它兄之说，现得来信，又怀疑起来，今且看它兄怎么决定，倘他有案语，就印一附张于后，不然，就随他去罢。我疑心此语本意是士官生，因为此种人多在反动军中，后来便以称一切反动派军队，也难说的。此书本文已校完，现正在校自传及注释等，下月之内，定可出版了。书中有插画四张，三色版之作者像及《铁流》图一张，地图一张，比之书局所印的营利之品，较为认真，也比德日译本为完备。《毁灭》则正要开印，除加上原本所有之插画外，亦有三色版作者像一张，但出版也要在十一月。此书是某书局印的，他们怕用我的名字，换了一个，又删去序跋，但我自印了五百部（用他们的版），有序跋，不改名的，寄上时当用这一种。

未名社开创不易，现在送给别人，实在可惜。那第一大错，是在京的几位，向来不肯收纳新分子进去，所以自己放手，就无接办之人了。其实，他们几位现在之做教授，就是由未名社而爬上去的，功成身退，当然留不住，不过倘早先预备下几个接手的青年，又何至于此。经济也一榻胡涂，据丛芜函说，社中所欠是我三千余元，兄千余元，霁野八百余元，须由开明书店买去存书及收来外埠欠款还付。后闻书已运沪，我向开明店取款，则丛芜已取八百元去，仅剩七百元，允给我，而尚未付；托友去取纸版，则三部中已有两部作了抵押品，取不来了。

合同另纸抄上，此非丛所通知，是我由书局方面抄来的。那时丛要留未名社之名，我因不愿在书店统治下，即声明退社，故我不在内。但这种合同，亦不可靠，听说他们现已不肯代售存书中之《烟袋》及《四十一》（未尝禁过），还有《文学与革命》（同上）三种，已在大加掣肘了。

出让的事情，素园是不知道的，怕他伤心，大家瞒着他，他现在还躺在病院里，以为未名社正在前进。此外，竟不知主动者是谁，据丛说，虽由他出面，而一味代行大家的公意。前因款事，去信未名社，问现在社中何人负责，丛答云："先前既有负责之人，现在自然必也有负责之人"，竟不说究竟是谁也。

我想译的小说集，已译的有了九篇，即 L.Lunz：《在沙漠上》；E.Zamiatin：《洞窟》；K.Fedin：《果树园》；S. Malashkin：《工人》；B.Pilniak：《苦艾》；V.Lidin；Zoshitchenko：《Victoria Kazhimirovna》；A.Yakovlev：《穷人》；Seifullina：《肥料》。此外未定。后来放下多日，近因校《铁流》，看看德译本，知道删去不少，从别国文重译，是很不可靠的。《毁灭》我有英德日三种译本，有几处竟三种译本都不同。这事情很使我气馁。但这一部书我总要译成它，算是聊胜于无之作。

我们如常，好的，请释念。

弟豫　启上十月二十七夜

311110 致曹靖华

靖华兄：

十月廿三日来信已收到，它兄信即转交。这以前的两信，也均收到的，希勿念。

霁野久不通信，恐怕有一年多了。惟丛芜偶有信来发牢骚，亦不写明住址，现在未名社发行部已取消，简直无从寄信。仅从开明书店听来，丛亦在天津教书。今天报上，则载天津混乱，学生走散，那么，恐怕他现又不在那里了。

未名社交与开明书店后，丛共取款千元去，但近闻又发生纠纷，因为此后他们又不履行条约。未名社似腐烂已久，去年我印 Gladkov

小说《Zement》之木刻十张，以四十部托其代售，今年因其停办，索回存书，不料寄回来的是整整齐齐的一包，连陈列也没有给我陈列，我实觉得非常可叹。

兄的短篇小说译稿，我想，不如寄来放在我这里罢，将在手头的。我一面当设法寄霁野信，请其将存稿寄来，看机会可在杂志上先登载一次，然后印成一册，明年温暖时，并希兄将《Transval》译完见寄。此地事无一定，书店也早已胆小如鼠，心凶如狼，非常难与商量。但稿子放在上海，究竟较易设法，胜于藏在北平箱子里也。

我到现在为止，都安好的。不过因为排日风潮，学生不很看书了，书店很冷落，我的版税大约就要受到影响，于是也影响于生活。但我想无论如何，也不能退入乡下，只能将生活状态收缩，明年还是住在上海的。不过明年我想往北京一趟，看看母亲。旧朋友是变化多端，几乎不剩一个了。

听日本人说，《阿Q正传》的俄译新版上，有Lunacharski序文，不知确否？如确，则甚望兄译其序文或买有此序文之书一本见寄。

我所译短篇，除前信所说之外，近又译成Zozulia之《A K与人性》Inber之《Lala的利益》各一篇，此外决定要译的，是孚尔玛诺夫之《赤色之英雄们》。

《毁灭》已在印刷，本月内定可出书；《铁流》已校完，十五六即可开始印刷，十二月中旬定可出书，地图还是用全集中的一张，但请人照画了一张，将山也改作黑色了。原文英国拼音和译名，则另印了一幅对照表。

这里已经冷起来，那边可想而知，没有火炉，真是很为难的，不知道这种情形，大约要几年才可以脱出而得到燃料？

此地学生们是正在大练义勇军之类，但不久自然就收场，这种情形，已见了好几次了。现在是因为排日，纸张缺乏，书店已多不复印书。

　　专此，并祝

安健

弟豫　启上十一月十日

311113 致孙用

孙用先生：

　　《勇敢的约翰》已印成，顷寄上十一本，计分三包。其中之一本，希费神转寄"旧贡院高级中学许钦文先生收"为感。

　　书款是不必寄还书店的，因为当时即已与他们约定，应送给译者十本。

　　这回的本子，他们许多地方都不照我的计划：毛边变了光边，厚纸改成薄纸，书面上的字画，原拟是偏在书脊一面的，印出来却在中央，不好看了。

　　定价他们也自己去增加了一角，这就和板税相关，但此事只好将来再与交涉。

　　不过在这书店都偷工减料的时候，这本却还可以说是一部印得较好的书；而且裴多菲的一种名作，总算也绍介到中国了。

　　此布，即颂

曼福！

迅　启上　十一月十三日

一九三二年

320105 致增田涉（日本）

拜启　去年惠函早已奉阅。绘画一事确实失败。放置的地方不好。然而，官吏连观赏之物也要喧哗，此天下之所以纷纭多事也。从另一面看，还是因为闲人太多，也就会有这种闲事了。

一月号《改造》未登出《某君传》。岂文章之过耶？乃因某君非风头人物也。证据是，Gandhi 即使赤膊也能出现在影片上。佐藤先生虽在《〈故乡〉译后记》中竭力介绍，又有什么用呢？

我看敝国即中国今年又将展开混战的新局面。但上海是安全的吧。丑剧是一时演不完的。政府好像有允许言论自由之类的话，但这是新的圈套，不可不更加小心。

握别以来，感到寂寞。什么工作也没有，也就是说现在是失业。上月全家患流感，总算全都好了。

今天寄上《铁流》和一些小报，想可与此信同时到达。《北斗》第四期也日内寄上。上京时希能见告，因这样就可以径寄东京寓所。

草草顿首

迅　启上　　一月五日夜

增田仁兄

320108 致曹靖华

靖华兄：

六日寄上一函，想已到。顷因罗山尚宅有信来，故转寄上，乞收。信中涉及学费之事，其实兄在未名社有版税千余元，足支五年，但我看是取不来的。因为我有三千余，与开明书店交涉至今，还是分文也得不到。

我想这一笔款，我力能设法，分两次寄去，兄只要买图画书五六十芦寄我作为还的就好了。如何，乞示。但如这样办，则请将收款人详细住址及姓名开示为要。

弟豫　启上一月八日

320116 致增田涉（日本）

拜启，一月十日惠函奉阅。

《十字街头》是左联的人们化名写的，恐怕不久就会被禁止。《铁流》的评论者正身不明，但从他懂得俄文来推测，像是在该国留过学的共产主义者。我的笔名是它音、阿二、佩韦、明瑟、白舌、遐观 etc.。

《域外小说集》之发行，是一九〇七或一九〇八年，我与周作人在日本东京时。那时中国流行林琴南氏用古文翻译的外国小说，文章确实很好，但误译很多，因我们对这点感到不满，想纠正之，才干起来的。然而大为失败。第一集（印一千册）卖了半年，总算卖掉二十册。印第二集时，数量减少，只印五百本，这样也最后只卖掉二十册，就此告终。总之，在那年（一九〇七或一九〇八）开始在那年结束，只出了薄薄的两集。那些余书——几乎全部是余书——在上海和书店一起烧掉了。所以今存的便已成珍本，不过谁也没有珍视它。如说内容，都是短篇：美国的爱伦·坡，俄国的迦尔洵、安德烈夫，波兰的显克微支（Henrik Sienkiewitz），法国的莫泊桑，英国的王尔德等的作品，译文很艰涩。

我也认为你还是到东京去写作为好。因为即使是胡乱写写也好。不乱写就不能成名。等到出名后，再把乱写的东西改正，那就好了。日本的学者或文学作者，大抵抱着成见来中国。来中国后，害怕遇到和他的成见相抵触的事实，于是就回避。因此来与不来是一样的。于是一辈子以乱写告终。

对于我的表兄弟的画，不必还什么礼。他在乡下过着悠闲日子，让他画几张画并不费事。而且他恐怕已感到满足，因为在藏于他心里的自传中，也许已经写下"我的画已传到东瀛了"吧。

Miss 许那里请什么也别送，即使你住到东京后。换言之，还是在文字上的"你好！"有味。我转达后，她一定会说："是吗？真是多谢！"就像对着电话筒频频施礼致意一样。前几天，令尊的明信片收到了。我因住在新旧历混用的国度里，连贺年片也没寄一张，还是请你代为说声"你好！"，还有令堂、令夫人和木实君。

鲁迅　顿首上一月十六夜

增田仁兄

320222 致许寿裳

季市兄：

　　因昨闻子英登报招寻，访之，始知兄曾电询下落。此次事变，殊出意料之外，以致突陷火线中，血刃塞途，飞丸入室，真有命在旦夕之概。于二月六日，始得由内山君设法，携妇孺走入英租界，书物虽一无取携，而大小幸无恙，可以告慰也。现暂寓其支店中，亦非久计，但尚未定迁至何处。倘赐信，可由"四马路杏花楼下，北新书局转"耳。此颂
曼福。

弟树　顿首二月二十二日

乔峰亦无恙，并闻。

320229 致李秉中

秉中兄：

　　三日前展转得一月二十五日来信，知令郎逝去，为之惨然。顷复由北平寄来一函，乃谂藐躬失踪之谣，致劳远念，甚感甚歉。上月二十八之事，出于意外，故事前毫无豫备，突然陷入火线中。中华连年战争，闻枪炮声多矣，但未有切近如此者，至二月六日，由许多友人之助，始脱身至英租界，一无所携，只自身及妇竖共三人耳。幸俱顽健，可释远念也。现暂寓一书店之楼上，此后仍寓上海，抑归北平，尚毫无头绪，或须视将来情形而定耳。所赐晶印，迄今未至，有无盖不可知。商务印书馆全部，亦已于二十九日焚毁，但舍弟亦无

恙，并闻。此复，即颂

俪祉

迅 启上 ［二月二十九日］

令夫人并此致候不另　令郎均吉。

此后赐信，可寄"上海四马路北新书局转"

320302 致许寿裳

季茀兄：

顷得二月二十六日来信，谨悉种种。旧寓至今日止，闻共中四弹，但未贯通，故书物俱无恙，且亦未遭劫掠。以此之故，遂暂蜷伏于书店楼上，冀不久可以复返，盖重营新寓，为事甚烦，屋少费巨，殊非目下之力所能堪任。倘旧寓终成灰烬，则拟挈眷北上，不复居沪上矣。

被裁之事，先已得教部通知，蔡先生如是为之设法，实深感激。惟数年以来，绝无成绩，所辑书籍，迄未印行，近方图自印《嵇康集》，清本略就，而又突陷兵火之内，存佚盖不可知。教部付之淘汰之列，固非不当，受命之日，没齿无怨。现北新书局尚能付少许版税，足以维持，希释念为幸。

今所恳望者，惟舍弟乔峰在商务印书馆作馆员十年，虽无赫赫之劢，而治事甚勤，始终如一，商务馆被燹后，与一切人员，俱被停职，素无储积，生活为难，商务馆虽云人员全部解约，但现在当必尚有蝉联，而将来且必仍有续聘，可否乞　兄转蕲蔡先生代为设法，俾有一栖身之处，即他处他事，亦甚愿服务也。

钦文之事，在一星期前，闻虽眷属亦不准接见，而死者之姊，且控其谋财害命，殊可笑，但近来不闻新消息，恐尚未获自由耳。

匆复，即颂

曼福。

弟树　启上三月二日

乔峰广平附笔致候

320315 致许寿裳

季市兄：

快函已奉到。诸事至感。在漂流中，海婴忽生疹子，因于前日急迁至大江南饭店，冀稍得温暖，现视其经过颇良好，希释念。昨去一视旧寓，除震破五六块玻璃及有一二弹孔外，殊无所损失，水电瓦斯，亦已修复，故拟于二十左右，回去居住。但一过四川路桥，诸店无一开张者，入北四川路，则市廛家屋，或为火焚，或为炮毁，颇荒漠，行人亦复寥寥。如此情形，一时必难恢复，则是否适于居住，殊属问题，我虽不惮荒凉，但若购买食物，须奔波数里，则亦居大不易耳。总之，姑且一试，倘不可耐，当另作计较，或北归，或在英法租界另觅居屋，时局略定，租金亦想可较廉也。乔峰寓为炸弹毁去一半，但未遭劫掠，故所失不多，幸人早避去，否则，死矣。此上，

即颂

曼福。

树　启上　三月十五日

320316 致开明书店

径启者，未名社存书归　贵局经售，已逾半年，且由惠函，知付款亦已不少，而鄙人应得之款，迄今未见锱铢，其分配之不均，实出意外，是知倘非有一二社员，所取过于应得，即经手人貌为率直，仿佛不知世故，而实乃狡黠不可靠也。故今特函请贵局此后将未付该社之款，全数扣留，并即交下，盖鄙人所付垫款及应得版税，数在四千元以上，向来分文未取，今之存书，当尽属个人所有，而实尚不足以偿清，收之桑榆，犹极隐忍，如有纠葛，自当由鄙人负责办理，决不有累贵局也。此请

开明书局执事先生台鉴

鲁迅　启　卅二年三月十六日

320320 致母亲

母亲大人膝下敬禀者，十七日寄奉一函，想已到。现男等已于十九日回寓，见寓中窗户，亦被炸弹碎片穿破四处，震碎之玻璃，有十一块之多。当时虽有友人代为照管，但究不能日夜驻守，故衣服什物，已有被窃去者，计害马衣服三件，海婴衣裤袜子手套等十件，皆系害马用毛线自编，厨房用具五六件，被一条，被单五六张，合共值洋七十元，损失尚算不多。两个用人，亦被窃去值洋二三十元之物件。惟男则除不见了一柄洋伞之外，其余一无所失，可见书籍及破衣服，偷儿皆看不入眼也。

老三旧寓，则被炸毁小半，门窗多粉碎，但老三之物，则除木器颇被炸破之外，衣服尚无大损，不过房子已不能住，所以他搬到法租界去了。

海婴疹子见点之前一天，尚在街上吹了半天风，但次日却发得很好，移至旅馆，又值下雪而大冷，亦并无妨碍，至十八夜，热已退净，遂一同回寓。现在胃口很好，人亦活泼，而更加顽皮，因无别个孩子同玩，所以只在大人身边吵嚷，令男不能安静。所说之话亦更多，大抵为绍兴话，且喜吃咸，如霉豆腐，盐菜之类。现已大抵吃饭及粥，牛乳只吃两回矣。

男及害马，全都安好，请勿念。淑卿小姐久不见，但闻其肚子已很大，不久便将生产，生后则当与其男人同回四川云。专此布达，恭请

金安。

男树　叩上三月二十日夜

320320 致李秉中

秉中兄：

惠函奉到。时危人贱，任何人在何地皆可死，我又往往适在险境，致令小友远念，感愧实不可言，但实无恙，惟卧地逾月，略觉无聊耳。百姓将无死所，自在意中，忆前此来函，颇多感愤之言，而鄙意颇以为不必，兄当冷静，将所学者学毕，然后再思其他，学固无止境，但亦有段落，因一时之刺激，释武器而奋空拳，于人于己，两无益也。此地已不闻枪炮声，故于昨遂重回旧寓，门窗虽为弹片毁

三四孔，碎玻璃十余枚，而内无损，当虚室时，偷儿亦曾惠临，计择去衣服什器约二十余事，值可七十元，但皆妇竖及灶下之物，其属于我者，仅洋伞一柄，书籍纸墨皆如故，亦可见文章之不值钱矣。当漂流中，孩子忽染疹子，任其风吹日炙，不与诊视，而竟全愈，顽健如常，照相久未照，惟有周岁时由我手抱而照者一张在此，日内当寄上，俟较温暖，拟照新片，尔时当续奉也。钦文事我亦不详，似是三角恋爱，二女相妒，以至相杀，但其一角，或云即钦文，或云另一人，则真所谓"议论纷纷莫衷一是"，不佞亦难言之矣。此颂

曼福。

迅　启上　三月二十夜

令夫人均此致候。

320322 致许寿裳

季巿兄：

　　近来租界附近已渐平静，电车亦俱开通，故我已于前日仍回旧寓，门墙虽有弹孔，而内容无损。但鼠窃则已于不知何时惠临，取去妇孺衣被及厨下什物二十余事，可值七十元，属于我个人者，则仅取洋伞一柄。一切书籍，岿然俱存，且似未尝略一翻动，此固甚可喜，然亦足见文章之不值钱矣。要之，与闸北诸家较，我寓几可以算作并无损失耳。今路上虽已见中国行人，而迁去者众，故市廛未开，商贩不至，状颇荒凉，得食物亦颇费事。本拟往北京一行，勾留一二月，怯于旅费之巨，故且作罢。暂在旧寓试住，倘大不便，当再图迁徙也。在流徙之际，海婴忽染疹子，因居旅馆一星期，贪其有汽炉耳。

而炉中并无汽，屋冷如前寓而费钱却多。但海婴则居然如居暖室，疹状甚良好，至十八日而全愈，颇顽健。始知备汽炉而不烧，盖亦大有益于卫生也。钦文似尚不能保释，闻近又发见被害者之日记若干册，法官当一一细读，此一细读，正不知何时读完，其累钦文甚矣。回寓后不复能常往北新，而北新亦不见得有人来，转信殊多延误，此后赐示，似不如由内山书店转也。

　　此上，即颂

曼福。

迅　启上　三月二十一夜

再者

　　十七日快信，顷已奉到，因须自北新去取，故迟迟耳。

　　乔峰事经蔡先生面商，甚为感谢，再使乔峰自去，大约王云五所答，当未必能更加切实，鄙意不如暂且勿去，静待若干日为佳也。

　　顷又闻钦文已释出，法官对于他，并不起诉，然则已脱干系矣。岂法官之读日记，竟如此其神速耶。

迅　上　二十二日下午

320328 致许钦文

钦文兄：

　　顷得二十四日来信，知已出来，甚慰。我们亦已于十九日仍回旧寓，但失去一点什物，约值六七十元，书籍一无失少。炸破之玻璃窗，亦已修好，一切如常，惟市面萧条，四近房屋多残破，店不开市，故购买食物，颇不便当耳。监所生活与火线生活太不同，殊难比较，但由我观之，无刘姊之"声请再议"，以火线生活为爽利，而大炮之来，难以逆料而决其"无妨"，则又不及监所生活之稳当也。此复，即颂近佳

迅　上　三月廿八日下午

320406 致李小峰

小峰兄：

搬回后已两星期余，虽略失窃，而损失殊有限，亦无甚不便，但买小菜须远行耳。

因颇拮据，故本月版税，希见付。或送来，或函知日时地点，走取亦可。折子并希结算清楚，一并交下为荷。

迅　上　四月六日

320407 致王育和

育和先生：

顷奉到来函并稿件一包，稿容读后奉闻，先答询问如下：

一、平复兄捐款，我不拟收回，希寄其夫人，听其自由处置。

二、建人现住"法界善钟路合兴里四十九号"，但亦系暂住，不拟久居。

三、敝寓未经劫掠，而曾经小窃潜入，窃去衣物约值六七十元，而书籍毫无损失，在火线下之房屋，所失只此，不可谓非大幸也。

先此布复，并颂

春祺。

迅　启上　四月七夜

320411 致许寿裳

季市兄：

四月二日惠函，至十一日始奉到，可谓慢矣。弟每日必往内山书店，此必非书店所搁也。乔峰因生计无着，暂寓"法界善钟路合兴里四十九号"友人处，倘得廉价之寓所，拟随时迁移，弟寓为"北四川路（电车终点）一九四 A 三楼四号"。旧寓损处，均已修好，与前无异矣。

当逃难中，子英曾来嘱代为借款，似颇闻我为富人之谣也，即却之，但其拮据可想，今此回绍，想亦为此耳。

此颂

曼福。

弟树　启上四月十一日

320413 致李小峰

小峰兄：

今日收到惠函并版税二百，当将收据交来客持回，谅早达览矣。印花据来函所开数目，共需九千，顷已一并备齐，希于便中倩人带收条来取为荷。

回寓之后，曾将杂感集稿子着手搜集，不料因为谣言之故，一个娘姨吓得辞工而去，致有许多杂务须自己去做，以致又复放下。但仍当进行，俟成后当奉闻。此六年中，杂文并不多，然拟分为两集，前半北新可印，后半恐不妥，故拟付小书店去印，不知兄以为何如？

文学史不过拾集材料而已，倘生活尚平安，不至于常常逃来逃去，则拟于秋间开手整理也。

迅 上 四月十三夜

320413 致内山完造（日本）

拜启，四月二日惠函奉阅。去日本小住一事起先我是十分神往的，但现在感到不妥，决定还是作罢为好。第一，现在离开中国，什么情况都无从了解，结果也就不能写作了。第二，为了生活而写作，就必定会变成"新闻记者"那样的人，无论从哪方面看都没有好处。再加上佐藤先生和增田兄大概也要为我的稿子多方奔走，这样一个累赘到东京去，实在不好。依我看，日本也还不是可以讲真话的地方，一不小心，说不定还会连累诸位。而且，倘若为了生活而去写些迎合读者的东西，那最后就要变成货真价实的"新闻记者"了。

对诸位的好意非常感谢。由于不知道增田君的地址，请代致意。特别是对佐藤先生。真不知用什么语言才能表达自己的谢意。我于三周前回到原住处。周围虽颇寂寞，但也无多大不便。不景气当然也间接殃及我们，不过先忍耐一下吧。等到万一炮弹再次飞来，又要逃走时再说。

书店仍每天都去，不过已无什么漫谈会了。还真是寂寞。您何时来上海？我这里盼望您早日归来，热切地。　　草草顿首

鲁迅　呈

密斯许同

内山兄

尊夫人也请代为问候，还有嘉吉兄和松藻女士。

320423 致曹靖华

靖华兄：

四月二日的来信，已收到，附笺即当转交。寄它之杂志两本，《文学报》数张，则于前天收到。但兄二月中所寄之短信两封，则未收到，一定是遗失了。弟在逃难时，因未将写好之信封带出，故不能寄信，三月十九日回寓后，始于二十一日寄奉一函，内附尚宅来信，不知已收到否？

这回的战事，我所损并不多，因为虽需逃费，而免了房租，可以相抵，但孩子染了疹子，颇窘，现在是好了。寓中被窃了一点东西去，小孩子的，所值无几。至于生活，则因书店销路日减，故版税亦随之而减，此后如何，殊不可知，倘照现状生活，尚足可支持半年，如节省起来，而每月仍有多少收入，则可支持更久，到本月止，北新是尚给我一点版税的，请勿念。自印之两部书，因战事亦大受影响，近方与一书店商量，将存书折半售去，倘成，则兄可得版税二百元，此款如何办理，寄至何处，希便中先示知。

纸张当于五月初购寄。日译《铁流》，已写信往日本去买两本，

一到即寄上，该书的译者，已于本月被捕了，他们那里也正在兴文字之狱。

书画仍可寄原处（内山书店），只要挂号，我想是不会少的，此外已无更为可靠之处了。我们现在身体均好，勿念。此上，并祝

安健。

弟豫　上四月二十三日

320423 致台静农

静农兄：

久未问候，因先前之未名社中人，我已无一个知道住址了。社址大约已取消，无法可转。今日始在无意中得知　兄之住址，甚喜。有致霁野兄一笺，乞转寄为感。我年必逃走一次，但身体顽健如常，可释远念也。此上，即颂

近祉。

迅　上　四月廿三夜

320423 致李霁野

霁野兄：

前接舍间来函，并兄笺，知见还百元，甚感。此次战事，我恰在火线之下，但当剧烈时，已避开，屋中四炮，均未穿，故损失殊少。在北京时也每年要听炮声，故并不为奇，但都不如这回之近耳。

早拟奉复，而不知信从何寄，今日始得一转信法，遂急奉闻，此颂

近祉。

迅　上　四月廿三夜

320424 致李小峰

小峰兄：

杂感上集已编成，为一九二七至二九年之作，约五六万字，名《三闲集》，希由店友便中来取，草目附呈。其下集尚须等十来天，名《二心集》。

版式可照《热风》，以一年为一份，连续排印，不必每篇另起一版。每行字数，为节省纸张起见，卅六字亦可；为抵制翻版计，另印一种报纸廉价版亦可，后两事我毫无成见。

此次因乔峰搬家，我已将所存旧纸版毁掉，只留三种，其《唐宋传奇》及《桃色的云》，我以为尚有可印之价值，但不知北新拟印否，希示，否则当另设法也。

迅　上　四月廿四日

印时须自校，其转寄之法，将来另商，因内山转颇不便，他们无人管也。

再：版税照上两月所收数目，无法维持生活，希月内再见付若干为幸。　廿五日又及

320427 致内山完造（日本）

拜启，日前大函谨收，并寄上回信，谅已到达。北四川路也一天天热闹起来。不过先生老不回来，漫谈似乎比战争还远，这实在令人惊叹。

我仍每天闲着。颇受不景气影响，但是也没有大不了的事。唯一难办的，是年轻的"阿妈"好像也做起发战争财的梦来，竟从我这里跳槽到 bar 去了。托其福，我近来只得帮着烧饭。

山本夫人和增田君经常见到吗？如见面，请代问好。特别是嘉吉兄和松藻女士。

我想给俄国木刻家送点日本纸，故请费神代买一些。纸如下：

西之内（白色）一百张

鸟之子（白色）一百张

还有，我想就托纸铺用挂号径寄俄国，会简便些吧。所以将难写的姓名地址一并奉上，请代贴一下。

我用纸交换木刻画。不过画会不会寄来，还是个问题。如果能来，则又可在秋天或夏天开个展览会。

令夫人也在东京吗？祈代问候。　　草草顿首

　　　　　　　　　　　　鲁迅启上　　四月廿七夜

邬其山兄

许也致候。

海婴尚不懂事，却很淘气了。

320503 致李秉中

秉中兄：

顷奉到十八日惠函，同时亦得家母来书，知蒙存问，且贶佳品，不胜感谢。三月二十八日函早到，以将回国，故未复，其实我之所谓求学，非指学校讲义而言，来书所述留学之弊，便是学问，有此灼见，则于中国将来，大半已可了然，然中国报纸，则决不为之发表。危言为人所不乐闻，大抵愿昏昏以死，上海近日新开一跳舞厅，第一日即拥挤至无立足之处，呜呼，尚何言哉。恐人民将受之苦，此时尚不过开场也。但徒忧无益，我意兄不如先访旧友，觅生计耳（作何事均可）。

我本拟北归，稍省费用，继思北平亦无噉饭处，而是非口舌之多，亦不亚于上海，昔曾身受，今遂踌躇。欲归省，则三人往返川资，所需亦颇不少，今年遂徘徊而终于不动，未可知也。此间已大有夏意，樱笋上市，而市况则萧条，但时病尚不及北平之盛，中国防疫无术，亦致命伤之一也，但何人肯虑及此乎？贱躯如常，眷属亦安健，可告慰。此复，即颂

佳胜。

迅　启上　五月三夜

令夫人并此致候，世兄均吉。

320509 致增田涉（日本）

拜启　五月一日惠函收到。我昨天也有一信奉上，因不明地址，故托山本夫人转交，不知已达览否？

节山先生实在是节山先生。日本人一旦中了中国毒，我想无论如何也会这样子。但"满洲国"并无孔孟之道。溥仪执政也非行王者仁政之人。我曾读过其人的白话作品，一点也不感到有什么了不起。

曼殊和尚的日语非常好，我以为几乎像日本人一样。

《古东多万》四月号已从山本夫人处得到。佐藤先生客气，没有全部拿出去，但其实十幅完全复制了也可以的。因为三闲书屋总是要垮台的。

又，据鎌田君说，船长山本先生将返航日本。这样，他夫人就不能来上海了。这也是一件寂寞的事。

出上先生在《文战》上写了文章。看五月号《普罗文学》，有中国左联写的信，批得很厉害。

我们都好，北京之行已作罢。我依旧消磨时光，毫无成绩可言。今后拟写小说或中国文学史。

上海的出版物（《北斗》《文艺新闻》《中国论坛》），今天送到内山书店托寄，但没有什么好材料。　草草顿首

迅　　上　五月九日

增田兄几下

320513 致增田涉（日本）

增田兄：

五月七日惠函收到。我也在五六日寄上一封信和出版物，未知到达否？目前上海好的（比较而言）出版物一点也没有。此次事件，战争的胜败，我这样的外行不懂，但在出版物方面是打了败仗。日本方

面，什么实战记等等，大量出版。但中国方面，非常少，而且非常乏味。

你在《世界幽默全集》中做中国部分，这很好，但也是极难的问题。到底，在中国有没有所谓"幽默"这个东西呢？好像没有。混账的东西，鄙野的东西好像很多。但也没有别的办法。你要的书，我月底前寄上。《水浒》等也从上海寄上。在日本卖，贵得发疯，价钱怕是成倍于中国吧。我的两篇作品要采用，没问题，当然同意。

中国没有幽默作家，大抵是讽刺作家。而令人发笑的精心之作，汉代以来也有一些，这回的全集中要收吗？如要收，少许选些寄给你吧。有点难翻译的。

迄今日本所介绍的中国文章，大抵是轻松的东西，易懂的东西。坚实却有趣的作品，如陶潜的《闲情赋》之类，一点也没翻译。能读那类作品的汉学家，自己也写难懂的汉文，不知是想让中国人读呢，还是想吓吓日本人？我想，这种前人未曾留意过的工作，是可以做的，但出版家恐怕会为难吧。

此次上海炮火，商务印书馆编辑人员的饭碗也打坏了约两千个，因此舍弟也明天要去外地，为找饭吃。

出上先生在《文战》写文章，看五月的《普罗文学》，被批得很厉害。

我本拟去北京，但终于作罢，照旧坐在这张旧桌子前。内山老板尚未回来。　草草顿首

隋洛文　五月十三日

320514 致李小峰

小峰兄：

昨得函并版税后，即托店友持归《二心集》稿子一本，内尚阙末一篇，因本将刊载《十字街头》而未印，以致稿子尚未取归也。此书北新如印，总以不用本店名为妥，如不印，则希从速将稿付还。

顷有友人托买书籍十余种，今拟托北新代为一加搜集，因冀折扣可以较多。其中之出版所不明者，买通行本即可，标点本要汪原放的，未知是否亚东出？价值大约不逾二十元，希北新先一垫付，或列入我之帐目下，或即于下次版税中扣除均可。但希即为一办，至迟于二十日左右，劳店友一送为荷。

见报知"女子书店"已开幕，足令男子失色，然而男子的"自传"却流行起来了。

迅 上 五月十四日

320514 致许寿裳

季市兄：

久未通启，想一切尚佳胜耶？乔峰事迄今无后文，但今兹书馆与工员，争持正烈，实亦难于措手，拟俟馆方善后事宜办竣以后，再一托蔡公耳。

此间商民，又复悄然归来，盖英法租界中，仍亦难以生活。以此四近又渐热闹，五月以来，已可得《申报》及鲜牛奶。仆初以为恢复旧状，至少一年，由今观之，则无需矣。

我景状如常，妇孺亦安善，北新书局仍每月以版税少许见付，故生活尚可支持，希释念。此数月来，日本忽颇译我之小说，友人至有函邀至彼卖文为活者，然此究非长策，故已辞之矣，而今而后，颇欲草中国文学史也。专布，并颂

曼福

弟树　启上五月十四夜

320522 致增田涉（日本）

增田兄：

五月十日惠函奉阅。我前信写到汉以来的"幽默"云云，取消。

今天，托内山书店寄上小说八种。郁达夫、张天翼两君之作是我特地选的。近代的作品如只选我的，总感到寂寞。如果这两册中有什么可取者，少许译一些……怎么样？

昨天遇到内山老板，精神如前，马上又在对着书橱整理什么了。而你送我的东西亦领收。赠品太好，使我不胜惶悚，深为感谢。"玩具"已被"密斯"许没收，烟具尚捏在我手中，但缺乏相称的"桌子"放它，有点为难。

那个小说的书款不必寄来。数目极小。托北新书局买书，我也不付现款。现金应尽可能捏在自己手中，这是积五十年研究之发明，请你也实行之。　草草顿首

洛文　五月二十二日

《水浒》四本

第三回《鲁智深大闹五台山》，或可称为"幽默"吧？

《镜花缘》四本

第二十二、二十三及三十三回，在中国是以为可笑的，但日本习惯不同，你看怎样？

《儒林外史》二本

实在翻译很难。第十二回的《侠客虚设人头会》（情节延续到十三回开头），或在十三回中也有可取之处，我想。

《何典》一本

作为滑稽之书，近来名气颇高，但其实是"江南名士"式的滑稽，颇为浅薄。因几乎全部以方言、俗语写成，连中国的北方人也难以理解。这次只是为了说明在中国还有这种书而寄上供你看看。

《达夫全集》第六卷一本

《二诗人》中有很多挖苦人的话，但我觉得有点"幽默"。"模特儿"是王独清与马某。

《今古奇观》二本

不记得在里面看到过"幽默"的东西。

《老残游记》一本

第四回到第五回的内容，可以认为是"幽默"吧，但在中国却是实事。

《小彼得》一本

作者是最近出现的，被认为有滑稽的风格。例如《皮带》《稀松（可笑）的恋爱故事》。

320531 致增田涉（日本）

拜启　五月二十一日惠函奉阅。看来，我寄去的小说颇和你买的重复。那些书毋须寄回中国，可由你处理，如送给同好之士等。

汉代以后的"幽默"作品不要了吧。太难懂，而且更不怎么"幽默"，选进去不协调。

木实君的玉照看到了。实在像你，当然，"恐怖主义"是另一回事。但从抱着两个玩偶看来，倒是个温顺的孩子。海婴是一件完整的玩具也没有的。他对玩具的理论是，"看了就拆掉"。

海婴这家伙在避难中患了麻疹，又顺利地自己好了。这次患"阿米巴赤痢"，已注射七次，"阿米巴"虽已灭亡，但肚泻还未见好。不过我想最近就会好的吧。

舍弟已任安徽大学教授。但近来在中国没有那样容易吃饭的地方，因此叫他去，一定有什么危险之处。现在去是去了，却备好了回来的路费。也许不久又得回上海。

我们托你的福，还是老样子。

今天托内山老板寄上《北斗》等刊物，也托福还是老样子，没有好的作品。草草顿首

鲁迅　五月三十一夜

增田兄

320602 致高良富子（日本）

高良先生几下：

谨启者，前月内山君到上海，送来先生惠寄之《唐宋元名画大观》一部。如此厚赠，实深惶悚，但来从远道，却之不恭，因即拜领。翻阅一过，获益甚多，特上寸笺，以申谢悃。

肃此，敬请

道安

鲁迅　启上　六月二日

320604 致李秉中

秉中兄：

　　顷得五月卅一日信片，知尚未南行，但我曾于五月二十左右寄一孺子相片，尚由朱寓收转，未见示及，因知未到也。舍间交际之法，实亦令人望而生畏，即我在北京家居时，亦常惴惴不宁，时时进言而从来不蒙采纳，道尽援绝，一叹置之久矣。南行不知究在何时，如赐信，此后希勿寄北新，因彼店路远而不负责，易于遗失，惟"北四川路底、施高塔路、内山书店转周豫才收"，为较妥也。倘见访，可问此店，当能知我之下落，北新则不知耳。此复，即颂

曼福。

迅　启上　六月四夜

　　令夫人均此致候　令郎均吉。

320605 致李霁野

霁野兄：

　　五月十三日来信，今日收到。信中问前几天所寄信，却未收到。但来信是十三写的，则曾收到亦未可知，但我信来即复，如兄不明收到与

否，那么，是我的回信失掉了。北新办事散漫，信件易于遗失，此后如有信，可寄"北四川路底，施高塔路，内山书店转周豫才"收，较为妥当。

雪峰先前对我说起，要编许多人的信件，每人几封，印成一本，向我要过前几年寄静农，辞绝取得诺贝尔奖金的信。但我信皆无底稿，故答以可问静农自取。孔君之说，想由此而来也。

我信多琐事，实无公开价值，但雪峰如确要，我想即由兄择内容关系较大者数封寄之可也。

此复，即颂

近佳。

迅　启上　六月五日

320605 致台静农

静农兄：

今日北新书店有人来，始以五月八日惠函见付，盖北新已非复昔日之北新，如一盘散沙，无人负责，因相距较远，我亦不常往，转寄之函，迟误者多矣。后如赐信，寄"北四川路底，施高塔路，内山书店转"，则入手可较速也。

沪上实危地，杀机甚多，商业之种类又甚多，人头亦系货色之一，贩此为活者，实繁有徒，幸存者大抵偶然耳。今年春适在火线下，目睹大戮，尤险，然竟得免，颇欲有所记叙，然而真所谓无从说起也。

中国旧籍亦尚寓目，上海亦有三四旧书店，价殊不昂于北平（此指我在北平时而言，近想未必大贬），故购求并不困难。若其搜罗异书，摩挲旧刻，恐以北平为宜，然我非其类也，所阅大抵常本耳。惟前几年《王忠悫公遗集》出版时，因第一集太昂，置未买，而先陆续得其第二至四集，迨全集印齐，即不零售，遂致我至今缺第一集。未知北平偶有此第一集可得否，倘有，乞为购寄，幸甚。

负担亲族生活，实为大苦，我一生亦大半困于此事，以至头白，前年又生一孩子，责任更无了期矣。

郑君锋铓太露而昧于中国社会情形，蹉跌自所难免。常惠建功二兄想仍在大学办事，时念及之。南游四年，于北平事情遂已一无所知，今春曾拟归省，但荏苒遂又作罢也。此复，即颂

曼福。

迅　上　六月五夜

320618 致许寿裳

季市兄：

文求堂所印《选集》，颇多讹脱，前曾为之作勘正表一纸，顷已印成寄来，特奉一枚，希察收。

乔峰有信来，言校务月底可了。城中居人，民兵约参半，颇无趣，故拟课讫便归，秋间最好是不复往。希兄于便中向蔡先生一谈，或能由商务馆得一较确之消息，非必急于入馆，但欲早得着落，可无须向别处奔波觅不可靠之饭啖耳。但如蔡先生以为现在尚非往询之时，则当然不宜催促也。此上，并颂

曼福。

树　启上　六月十八日

320618 致台静农

静农兄：

六月十二日信于昨收到，今日收到《王忠悫公遗集》一函，甚感甚感。小说两种，各两本，已于下午托内山书店挂号寄奉，想不久可到。两书皆自校自印，但仍为商店所欺，绩不偿劳，我非不知商人技俩，但以惮于与若辈斤斤计较，故归根结蒂，还是失败也。《铁流》时有页数错订者，但非缺页，寄时不及检查，希兄一检，如有错订，乞自改好，倘有缺页，则望见告，当另寄也。其他每一本可随便送人，因寄四本与两本邮资相差无几耳。

北平预约之事，我一无所知，后有康君函告，始知书贾又在玩此伎俩，但亦无如之何。至于自印之二书，则用钱千元，而至今收回者只二百，三闲书局亦只得从此关门。后来倘有余资，当印美术如《士敏土图》之类，使其无法翻印也。

兄如作小说，甚好。我在这几年中，作杂感亦有几十篇，但大抵以别种笔名发表。近辑一九二八至二九年者为《三闲集》，已由北新在排印，三○至三一年者为《二心集》，则彼不愿印行——虽持有种种理由，但由我看来，实因骂赵景深驸马之话太多之故，《北斗》上题"长庚"者，实皆我作——现出版所尚未定，但倘甘于放弃版税，则出版是很容易的。

"一二八"的事，可写的也有些，但所见的还嫌太少，所以写不写还不一定；最可恨的是所闻的多不可靠，据我所调查，大半是说谎，连寻人广告，也有自己去登，藉此扬名的。中国人将办事和做戏太混为一谈，而别人却很切实，今天《申报》的《自由谈》里，有一条《摩登式的救国青年》，其中的一段云——

"密斯张，纪念国耻，特地在银楼里定打一只镌着抗日救国四个字的纹银匣子；伊是爱吃仁丹的，每逢花前，月下，……伊总在抗日救国的银匣子里，摇出几粒仁丹来，慢慢地咀嚼。在嚼，在说：'女同胞听者！休忘了九一八和一二八，须得抗日救国！'"

　　这虽然不免过甚其辞，然而一二八以前，这样一类的人们确也不少，但在一二八那时候，器具上有着这样的文字者，想活是极难的，"抗"得轻浮，杀得切实，这事情似乎至今许多人也还是没有悟。至今为止，中国没有发表过战死的兵丁，被杀的人民的数目，则是连戏也不做了。

　　我住在闸北时候，打来的都是中国炮弹，近的相距不过一丈余，瞄准是不能说不高明的，但不爆裂的居多，听说后来换了厉害的炮火，但那时我已经逃到英租界去了。离炮火较远，但见逃难者之终日纷纷不断，不逃难者之依然兴高采烈，真好像一群无抵抗，无组织的羊。现在我寓的四近又已热闹起来，大约不久便要看不出痕迹。

　　北平的情形，我真是隔膜极了。刘博士之言行，偶然也从报章上见之，真是古怪得很，当做《新青年》时，我是万料不到会这样的。出版物则只看见了几本《安阳发掘报告》之类，也是精义少而废话多。上海的情形也不见佳，张三李四，都在教导学生，但有在这里站不住脚的，到北平却做了许多时教授，亦一异也。

　　专此，即颂

近祺。

　　　　　　　　　　　　迅　启　六月十八夜

320624 致曹靖华

靖华兄：

十一日寄上一信，想已到。十七日寄出纸一包，约计四百五十张，是挂号的，想不至于失落。本豫备了五百张，但因为太重，所以减少了。至于前信所说的二百小张，则只好作罢，因为邮局中也常有古怪脾气的人，看见"俄国"两个字就恨恨，先前已曾碰过几个钉子，这回将小卷去寄，他不相信是纸，拆开来看，果然是纸，本该不成问题了，但他拆的时候，故意（！）将包纸拆得粉碎，使我不能再包起来，只得拿回家。但包好了再去寄，不是又可以玩这一手的么？所以我已将零寄法停止，只寄小包了。

上海的小市民真是十之九是昏聩胡涂，他们好像以为俄国要吃他似的。文人多是狗，一批一批的匿了名向普罗文学进攻。像十月革命以前的 Korolenko 那样的人物，这里是半个也没有。

萧三兄已有信来了。

兄所寄的书，文学家画像等二本，是六月三日收到的，至今已隔了二十天，而同日寄出之《康宁珂夫画集》还没有到，那么，能到与否，颇可疑了。书系挂号，想兄当可以向列京邮局追问。但且慢，我当先托人向上海邮局去查一查，如无着落，当再写信通知，由兄去一查问，因为还有十二幅木刻，倘若失少，是极可惜的。

至今为止，收到的木刻之中，共有五家，其中的 Favorsky 和 Pavlinov 是在日本文的书上提起过了的，说 F. 氏是苏联插画家的第一个。但不知这几位以外，还有木刻家否？其作品可以弄到否？用何方法交换，希兄便中留心探访为托。

《铁流》在北平有翻板了，坏纸错字，弄得一榻胡涂。所以我已将纸版售给（板权不售）这里的光华书局，因为外行人实在弄不过书贾，只好让商人和商人去对垒。作者抽版税，印花由我代贴。

日文的《铁流》已绝版，去买旧的，也至今没有，据说这书在旧书店里很少见。但我有一本，日内当寄上，送与作者就是了。

我们都好的，请勿念。此上，即颂

安健。

弟豫　启上六月廿四夜

320626 致许寿裳

季市兄：

十八日寄奉一函，谅已达。顷阅报，知商务印书馆纠纷已经了结，此后当可专务开张之事，是否可请蔡先生再为乔峰一言，希兄裁酌定进止，幸甚感甚。此布，即颂

曼福。

弟树　顿首六月二十六日

320628 致增田涉（日本）

拜启　六月二十一日惠函奉阅。画了旁线之处大抵都已注释，即寄还。只有"不□癞儿"不明白。"□癞儿"谅是西洋语的音译，原文想不出。因为说"不□癞儿式的半个世界"，马马虎虎译为"不同的半个世界"如何？

这里家中都健康。只是海婴患上阿米巴赤痢，注射了十四次，现

在好了，又在淘气。我也为这孩子颇忙。如果对父母这样，就可入二十五孝了吧。

舍弟去安徽大学当教授，但已于前天回来。因薪金支付无望，居民是军队与居人各半，太讨厌了。正在设法再进商务印书馆，但尚未定。 草草顿首

迅　拜上　六月二十八日

增田兄足下

又及,《稀松的恋爱故事》的"稀松"，意为"轻松"，亦即"可笑"。

320702 致母亲

母亲大人膝下敬禀者，顷接到六月二十六日来信，敬悉一切。海婴现已全愈，且又胖起来，与生病以前相差无几，但还在吃粥，明后天就要给他吃饭了。他很喜欢玩耍，日前给他买了一套孩子玩的木匠家生，所以现在天天在敲钉，不过不久就要玩厌的。近来也常常领他到公园去，因为在家里也实在闹得令人心烦。附上照片一张，是我们寓所附近之处，房屋均已修好，已经看不出战事的痕迹来，站在中间的是害马抱着海婴，但因为照得太小，所以看不清楚了。上海已逐渐暖热，霍乱曾大流行，现已较少，大约从此可以消灭下去。男及害马均安好，请勿念。老三已经回到上海，下半年去否未定，男则以为如别处有事可做，总以不去为是，因为现在的学校，几乎没有一个可以安稳教书吃饭也。专此布达，恭请金安。

男树　叩上　害马及海婴随叩　七月二日

320702 致李霁野

霁野兄：

《黑僧》译稿早收到。大前天得二十五日来信，信的抄本，是今天收到的。

其时刚刚遇见雪峰，便交与他了，自己也不及看，让他去选择罢。攻击人的和我自己的私人生活，我以为发表也可以，因为即使没有这些，敌人也很会造谣攻击的，这种例子已经多得很。

"和《爱经》"三字，已经删掉了。此复，即颂

时祉。

迅　上　七月二夜

320705 致曹靖华

靖华兄：

六月十七日寄出纸一包，二十五日发一信，未知已收到否？

《康宁柯夫画集》及木刻十二张，至今没有收到，离开那三包寄到之日，已一个月多了，托人到上海邮政总局去查，也并无此书搁置，然则一定搁置或失落在别处了。请兄向列京邮局一查，因为倘若任其遗失，是很可惜的。

向东京去买日译本《铁流》，至今还得不到，是绝板了，旧书也难得，所以今天已托书店将我的一本寄上，送给作者罢，乞兄转寄。

上海已热起来，我们总算好的，但因天气及卫生设备不好，常不免小病，如伤风及肚泻之类，不过都不要紧，几天就好了。

此外没有什么事要说，下次再谈。

顺祝

安好。

弟豫　启上七月五日

320718 致增田涉（日本）

拜启，七月十日惠函奉阅。

《二诗人》的作者太喜欢用奇异的词语，故颇多费解处，已写信问过原作者，此次解释当不会错。

但你读时想必颇吃苦头。因为这种东西本来就难读，加上尚无确定文法的白话，自然更难了。

新的作品还未发现。目前在中国，笑已失去了。

山本夫人已回国。在沪时曾遇到四五次，且上过一次中国菜馆，但其议论并未多闻，因此进步 or 退步，难以断定。不过她似乎很厌恶东京的生活。

上海这一周来大热，室内也达九十三四度。一到夜里，蚊子还出来举行盛宴。因此，我这一向除浑身生痱子外，毫无成绩。

所幸妻子和孩子均好。内山书店的漫谈会少了，对手也没有，似乎连漫谈也不景气，被大炮轰溃了。　草草顿首

迅　上　七月十八日

增田兄足下

320801 致许寿裳

季市兄：

上午得七月卅日快信，俱悉种种，乔峰事蒙如此郑重保证，不胜感荷。其实此君虽颇经艰辛，而仍不更事，例如与同事谈，时作愤慨之语，而听者遂掩其本身不平之语，但掇彼语以上闻，借作取媚之资矣。顷已施以忠告，冀其一心于馁，三缄厥口，此后庶免于咎戾也。

王公胆怯，不特可哂，且亦可怜，忆自去秋以来，众论哗然，而商务馆刊物，不敢有抗日字样，关于此事之文章，《东方杂志》只作一附录，不订入书中，使成若即若离之状。但日本不察，盖仍以商务馆为排日之大本营，馆屋早遭炸焚，王公之邸宅，亦沦为妓馆，迄今门首尚有红灯赫耀，每于夜间散步过之，辄为之慨焉兴叹。倘有三闾大夫欤，必将大作《离骚》，而王公则豪兴而小心如故，此一节，仍亦甚可佩服也。

近日刊物上，常见有署名"建人"之文字，不知所说云何，而且称此名者，似不只一人，此皆非乔峰所作，顾亦不能一一登报更正，反致自扰也。但于便中，希向蔡先生一提，或乞转告云五，以免误会为幸。原笺附还。此复，即颂
曼福。

弟树　启上八月一日夜

蔡先生不知现寓何处，乞示知，拟自去向其一谢。同夜又及

320805 致李霁野、台静农、韦丛芜

霁野
静农 兄：
丛芜

　　顷收到八月二日来信，知道素园兄已于一日早晨逝世，这使我非常哀痛，我是以为我们还可以见面的，春末曾想一归北平，还想到仍坐汽车到西山去，而现在是完了。

　　说起信来，我非常抱歉。他原有几封信在我这里，很有发表的价值的，但去年春初我离开寓所时，防信为别人所得，使朋友麻烦，所以将一切朋友的信全都烧掉了，至今还是随得随毁，什么也没有存着。

　　我现在只好希望你们格外保重。

迅　上　八月五日

320809 致增田涉（日本）

　　拜启，四日惠函今天奉阅。令祖母逝世是悲伤事，但已八十八岁，实属很高寿了。即使不死，活着也够呛吧。

　　上海的暑热，一周前是九十五六度，最近是八十七八度，有时还要高些。我的痱子也时消时现。怎么说呢，还是觉得生存困难，不过尚未交"颚运"，还不至于死吧，我想。家里各位倒都好。

　　我今年只是玩，什么也没有干。

　　张天翼的小说过于诙谐，因此恐怕会引起读者的反感。但一经翻译，原文的讨厌味也许就减少了。

迅　拜　八月九日夜

增田兄

320812 致许寿裳

季市兄：

昨晨得手书，因于下午与乔峰往蔡先生寓，未遇。见其留字，言聘约在马先生处，今日上午，乔峰已往取得。蒙兄及蔡先生竭力设法，始得此席，弟本拟向蔡先生面达谢忱，而又不遇，大约国事鞅掌，外出之时居多，所以一时恐不易见，兄如相见时，尚乞转致谢意为托。

归途过大马路，见文明书局方廉价出售旧书，进而一观，则见太炎先生手写影印之《文始》四本，黯淡垢污，在无聊之群书中，定价每本三角，为之慨然，得二本而出，兄不知有此书否，否则当以一部奉呈，亦一纪念也。此上，即颂

曼福。

弟树　顿首八月十二日

320815 致台静农

静农兄：

八月十日信收到。素园逝去，实足哀伤，有志者入泉，无为者住世，岂佳事乎。忆前年曾以布面《外套》一本见赠，殆其时已有无常之感。今此书尚在行箧，览之黯然。

郑君治学，盖用胡适之法，往往恃孤本秘笈，为惊人之具，此实足以炫耀人目，其为学子所珍赏，宜也。我法稍不同，凡所泛览，皆通行之本，易得之书，故遂孑然于学林之外，《中国小说史

略》而非断代，即尝见贬于人。但此书改定本，早于去年出版，已嘱书店寄上一册，至希察收。虽曰改定，而所改实不多，盖近几年来，域外奇书，沙中残楮，虽时时介绍于中国，但尚无需因此大改《史略》，故多仍之。郑君所作《中国文学史》，顷已在上海豫约出版，我曾于《小说月报》上见其关于小说者数章，诚哉滔滔不已，然此乃文学史资料长编，非"史"也。但倘有具史识者，资以为史，亦可用耳。

年来伏处牖下，于小说史事，已不经意，故遂毫无新得。上月得石印传奇《梅花梦》一部两本，为毗陵陈森所作，此人亦即作《品花宝鉴》者，《小说史略》误作陈森书，衍一"书"字，希讲授时改正。此外又有木刻《梅花梦传奇》，似张姓者所为，非一书也。

上海曾大热，近已稍凉，而文禁如毛，缇骑遍地，则今昔不异，久见而惯，故旅舍或人家被捕去一少年，已不如捕去一鸡之耸人耳目矣。我亦颇麻木，绝无作品，真所谓食荠而已。早欲翻阅二十四史，曾向商务印书馆豫约一部，而今年遂须延期，大约后年之冬，才能完毕，惟有服鱼肝油，延年却病以待之耳。

此复，即颂

曼福。

迅　启上　八月十五夜。

320815 致李小峰

小峰兄：

印花已备好，可随时来取。

《三闲集》想不久可以出版，此书虽未有合同，但仍希送我二十本为幸。

迅　上　八月十五日

320817 致许寿裳

季市兄：

日前往蔡先生寓，未遇，此后即寄兄一函，想已达览。兹有恳者，缘弟有旧学生孔若君，湖州人，向在天津之河北省立女子师范学校办事，近来家中久不得来信，因设法探问，则知已被捕，现押绥靖公署军法处，原因不明。曾有同学往访，据云观在内情形，并不严重，似无大关系。此人无党无系，又不激烈，而遂久被缧绁，殊莫明其妙，但因青年，或语言文字有失检处，因而得祸，亦未可知。尔和先生住址，兄如知道，可否寄书托其予以救援，俾早得出押，实为大幸，或函中并列弟名亦可。在京名公，弟虽多旧识，但久不通书问，殊无可托也。此上，顺颂

曼福。

弟树　顿首八月十七日

320817 致杜海生

海生先生：

顷蒙惠书，甚感。所示数目，虽与未名社开示者差数十元，但

出入甚微，易于解决，故大体俱无问题。惟韦丛芜君住址，向来未尝见告，即未名社来信，亦不写地址或由别人代寄，似深防弟直接寄信者然。故现亦不欲与言，催其订约一节，仍希由开明书局与之交涉可也。此布，即请

道安。

弟周树人　顿首八月十七日

320817 致许寿裳

季市兄：

上午方寄奉一函，而少顷后即得惠书，商务印书馆编译处即在四马路总发行所三层楼上，前日曾一往看，警卫颇严，盖虞失业者之纷扰耳。乔峰已于上星期六往办公，其所得聘约，有效期间为明年一月止，盖商务馆已改用新法（殆即王云五之所谓"合理化"），聘馆员均以年终为限，则每于年底，馆中可以任意去留，不复如先前之动多掣肘也。

《文始》当于明日同此信一并寄出，价止三角，殊足黯然，近郭沫若有手写《金文丛考》，由文求堂出版，计四本，价乃至八元也。

上海近已稍凉，但弟仍一无所作，为喷饭计，拟整理弟与景宋通信，付书坊出版以图版税，昨今一看，虽不肉麻，而亦无大意义，故是否编定，亦未决也。此上，顺颂

曼福。

弟树　顿首八月十七日下午

320911 致曹靖华

靖华兄：

　　先前接到过六月卅日，七月十八日信，又儿童画一卷，《史略》一本（已转交），《星花》并稿各一本，我已记不起回信了没有。昨又收到《高尔基像》一本。

　　我在这一月中，曾寄出日译本《铁流》等一包，又《北斗》等杂志共二包，不知道收到了没有？

　　今年正月间炮火下及逃难的生活，似乎费了我精力不少，上月竟患了神经痛，右足发肿如天泡疮，医至现在，总算渐渐的好了起来，而进步甚慢，此大半亦年龄之故，没有法子。倘须旅行，则为期已近，届时能否成行，遂成了问题了。

　　纸张尚无结果，真令人发愁。我共寄了两大包，近日从日本又寄出两包（共二百张，总在六百启罗以上），都是很好的纸，而寄发也很费事。倘万无法想，最好是不要退回，而捐给美术家团体。

　　这里的压迫是透顶了，报上常造我们的谣。书店一出左翼作者的东西，便逮捕店主或经理。上月湖风书店的经理被捉去了，所以《北斗》不能再出。《文学月报》也有人在暗算。

　　近日与一书店接洽，出《新俄小说家二十人集》二本，兄之《星花》，即收在内，此外是它夫人译的两篇，柔石译的两篇，其余皆弟所译，有些是在杂志上发表过的，定于月底交稿。

　　《安得伦》尚无出版处，《二十人集》因纸数有定，放不下了。

　　今夏大热，因此女人小孩多病，但现已秋凉，大约就要好起来了。

致萧三兄一笺，希转寄。余后谈。此颂

安健。

弟豫　启九月十一夜。

320911 致萧三

萧三兄：

七月十五日信收到。致周连兄等信，已即转交。

这回的旅行，我本决改为一个人走，但上月底竟生病了，是右足的神经痛，赶紧医治，现在总算已在好了起来，但好得很慢，据医生说是年纪大而身体不好之故。所以能否来得及，殊不可知，因为现在是不能走陆路了，坐船较慢，非赶早身不可。至于旅费，我倒有法办的。

VITZ 的画，不知何时可以寄下，中国人还不知道他，我想绍介一下。

俄国书籍，不远将由一个日本书店在上海贩卖了。此上，即祝

安健。

豫　启上　九月十一夜

320920 致郑伯奇

伯奇先生：

《新俄小说家二十人集》译稿，顷已全部编好，分二本，上本名

《竖琴》，下本名《一天的工作》，今一并交上。

格式由书店酌定，但以一律为宜。例如人地名符号，或在左，或在右；一段之下，或空一格或不空，稿上并不一律，希于排印时改归划一。

版税请交内山老版。需译者版权证否？候示遵办。

此上，即颂

著安。

迅　启上　九月二十日

320928 致许寿裳

季市兄：

顷接来函，才知道我将书寄错了。因为那时有好几包，一不留心，致将地址开错，寄兄的是有我作序的信，却寄到别处去了。

现在将《淑姿的信》一本，另行寄上，内附邮票一批，日本者多，满邮只一枚，因该地无书出版，与内山绝少来往也。

此外各国邮票，当随时留心。

《三闲集》似的杂感集，我想不必赠蔡公，希将两本一并转寄"北平后门皇城根七十九号台静农收"为感。

上海渐凉，弟病亦日就痊可，可释念也。

此布，即颂

曼福。

树　顿首　九月廿八日

320928 致台静农

静农兄：

前几天我的《三闲集》出版，因寄上两本，一托转霁野，到今天才知道弄错了，因为那时包好了几包书，一不小心，将住址写错，你所收到的大约是《淑姿的信》，这是别人所要的，但既已寄错，现在即以赠兄罢。

至于《三闲集》，则误寄在别一处，现已托其直接寄奉，到希检收，倘只一本，则必是另一本直寄霁野了。

迅　上　九月廿八日

321002 致李小峰

小峰兄：

今天看《申报》，知《朝花夕拾》已出版，望照旧例送给我二十本，于便中交下。

年来每月所收上海及北平版税，不能云少，但亦仅足开支。不幸上月全寓生病，至今尚在服药，所以我想于本月多取若干，以备急用，可否希即示复为幸。

迅　上　十月二日

321002 致增田涉（日本）

增田兄：

九月二十七日信奉阅，画也一并收到。从礼节上说，本当恭维一番，但说实话，此画并不高明。

所谓中国的"幽默"是个难题，因"幽默"非中国之物。所谓西洋话语能包罗世界一切，也许是中了这种毒，书店才想出版这种书吧。那么只得酌量选译，别无他法。

我的小说，据说已全部由井上红梅氏翻译，十月中将由改造社出版。不过，读那种小说和读"幽默"的不是同一类人，因此没关系吧？

我们三人在九月间整个月都病了。虽是小病，还是看了医生，现在都好了。

二三日前，曾寄上《三闲集》一册，是没看头的东西。杂志之类仍大受压迫。草草顿首

鲁迅 十月二日

321014 致崔真吾

真吾兄：

昨收到九月二十八日信，书报共三本亦同时到。谢谢。

《贰心集》我已将稿子卖掉，现闻已排成，俟印出后当寄上。《三闲集》上月出版，已托书店寄上一本；又《朝花夕拾》一本，此书兄当已有，但因新排三板，故顺便同寄，内中毫无改动，大约不过多几个错字耳。

一切事都如旧，无可言；但我病了一月，顷已愈，可释念。出版

界仍寥寂。上月将所译短篇编成两本（内含别人译本数篇），付良友公司排印，出版恐须明年，此后我拟不译短篇小说了。

迅　上　十月十四日

321020 致李小峰

小峰兄：

昨费君来，收来信并代买书籍四种，甚感。印鉴九千，亦即托其持归，想已察入。

通信正在钞录，尚不到三分之一，全部约当有十四五万字，则抄成恐当在年底。成后我当看一遍并作序，也略需时，总之今年恐不能付印了。届时当再奉闻。

《青年界》内之"少仙"，是否即李少仙？他在前年有小说稿（中篇）一卷寄来，今尚在我处。兄知道他最近时的住处否？如知道，请即示知，以便寄还小说稿，因去年他尚来问起也。

迅　上　十月廿日

321025 致许寿裳

季市兄：

孔若君在津，不问亦不释，霁野（以他自己名义）曾去见尔和，五次不得见，孔家甚希望兄给霁野一绍介信，或能见面，未知可否？倘可，希直寄霁野，或由"北平后门皇城根台静农转"亦可。

弟阖寓均安，可告慰也。此颂

曼福。

弟树　顿首十月廿五日

日耳曼邮票三枚附呈。

321103 致许寿裳

季市兄：

顷接一日手书，敬悉。介函已寄静农，甚感。邮票已托内山夫人再存下，便中寄呈。顷得满邮一枚，便以附上。

此次回教徒之大举请愿，有否他故，所不敢知。其实自清朝以来，冲突本不息止，新甘二省，或至流血，汉人又油腔滑调，喜以秽语诬人，及遇寻仇，则延颈受戮，甚可叹也。北新所出小册子，弟尚未见，要之此种无实之言，本不当宣传，既启回民之愤怒，又导汉人之轻薄，彼局有编辑四五人，而悠悠忽忽，漫不经心，视一切事如儿戏，其误一也。及被回人代表诘责，弟以为惟有直捷爽快，自认失察，焚弃存书，登报道歉耳。而彼局又延宕数日（有事置之不理，是北新老手段，弟前年之几与涉讼，即为此），迨遭重创，始于报上登载启事，其误二也。此后如何，盖不可知。北新为绍介文学书最早之店，与弟关系亦深，倘遇大创，弟亦受影响，但彼局内溃已久，无可救药，只能听之而已。

上海已转寒，阖寓无恙，请释远念。此复，即颂

曼福。

弟树　顿首十一月三日

广平附笔问安。

321106 致郑伯奇

君平先生：

《竖琴》已校毕，今奉上，其中错误太多，改正之后，最好再给我看一遍（但必须连此次校稿，一同掷下）。

又，下列二点，希一并示知：

1. 内缺目录。不知是有意删去，抑系遗失？

2. 顶上或有横线（最初数页），或无，何故？

此上，即请

著安。

迅　启　十一月六日

321107 致增田涉（日本）

拜启　日前收到十月廿一日信，今天收到十一月三日信。现在将注释稿奉还。

你近来不学画，做翻译工作，我以为很好。收到画作时，颇想给予褒扬，但细加审阅后，便采取攻击方针。这实在抱歉，但也是没办法的事。

井上红梅氏翻译拙作一事，我也感到意外。该氏与我的路子不同。但他说要译，我也没办法。近来看到该氏大作《酒、鸦片、麻将》，更加慨叹。但既已译好，也没办法。今日《改造》登出的广告也拜读了，作者被写得很了不起，这也是可慨叹之事。这就是你写的《某君传》起了广告的作用，世间事是何等的微妙啊。

我感到《小说史略》也是危险的。

我的病已好，但孩子仍不断生病，也许现在住所朝北，对孩子不适宜。北新书局可能被政府封闭，这样一来将影响我的生活，为了糊口，也许不得不去外地吧。然而这也成了移地疗养。但那是明年春末的事，暂时还依旧坐在这玻璃窗下的桌子前面。 草草

迅　上　十一月七日之夜

增田兄几下

321107 致山本初枝（日本）

夫人：久疏问候。虽说不见得太忙，但悠悠忽忽地闲散着，也就成了这个结果。很早，馋鬼收到"drops"，其中内容通通吃光，又装进别的东西，又吃光，如此已干了四五回了。可我现在才道谢。实是懒物，尚请原谅。

近来，很想写点东西，可什么也写不了。被政府及其狗们禁锢了，几乎不能接触社会，加上孩子连续生病。也许寓所朝北，对孩子不适宜吧。但并未打算迁居。明年春天又要漂流吧，我想。不过那也不一定。

孩子是讨债鬼。一旦有了，种种麻烦就来了。你是怎么想的？我近一年里几乎一直为孩子而奔波。但既已生下，仍须抚育，亦即是报应，就无怨言了。

上海仍寂寞，内山书店的漫谈虽已不太热闹，但以我看，生意好像还是比别的店要好，老板也很忙。

我的小说被井上红梅氏译出，将由改造社出版。增田兄颇意外地

受到了打击，我也颇感意外。但他说要译，我也不能说不行。就这样被翻译了。你也一定会被榨取二元钱的吧，但请别怪罪我。增田君早点译就好了。

在中国，上海已转冷，北京据说已下雪。东京怎么样？我几乎全忘了东京天气的样子。你丈夫还在家看孩子吗？什么时候出来活动？我也是在家看孩子。这样互相也就不能见面了。倘使双方都出来漂流，也许会在某地相遇的。　草草顿首

鲁迅　十一月七日夜一时

321113 致许广平

乖姑：

我已于十三日午后二时到家，路上一切平安，眠食有加。

母亲是好的，看起来不要紧。自始至现在，止看了两回医生，我想于明天再请来看看。

你及海婴好吗，为念。

迅　上　十一月十三下午

321113 致许广平

乖姑：

到后草草寄出一信，先到否？看母亲情形，并无妨碍，大约因年老力衰，而饮食不慎，胃不消化，则突然精力不济，遂现晕眩状态。

明日当延医再诊，并问养生之法，倘肯听从，必可全愈也。

我一路甚好，每日食两餐，睡整夜，亦无识我者，但车头至廊坊附近而坏，至误点两小时，故至前门站时，已午后二时半矣。

北平似一切如旧，西三条亦一切如旧，我仍坐在靠壁之桌前，而止一人，于百静中，自然不能不念及乖姑及小乖姑，或不至于嚷"要Papa"乎。

其实我在此亦无甚事可为，大约俟疗至母亲可以自己坐立，则吾事毕矣。

存款尚有八百余，足够疗治之用，故上海可无须寄来，看将来用去若干，或任之，或补足，再定。

此地甚暖和，水尚未冰，与上海仿佛，惟木叶已槁而未落，可知无大风也。

你们母子近况如何，望告知，勿隐。

迅　十一月十三夜一时

321113 致内山完造（日本）

拜启　十一月十一日晨从上海出发，一路平安。列车在天津附近停约两小时，不过总算在十三日下午二时许抵达北京。到家已两点半了。

母亲已较先前好些。盖年迈血亏，加上胃不好，就立即衰弱下来。这里的同仁医院有盐泽博士在，明天请他诊断一下，请教些养生之法，我的任务就完了。

惠赠的被子已交给母亲，她非常喜欢，说谢谢厚礼。因谨转达。

我在火车上吃得好，睡得好，因此精神甚佳。草草

鲁迅　　十一月十三夜

内山先生几下

向夫人问好

321115 致许广平

乖姑：

十三十四各寄一信，想已到。今十五日午后得十二日所发信，甚喜。十一二《申报》亦到。你不太自行劳苦，正如我之所愿，海婴近如何，仍念。母亲说，以后不得称之为狗屁也。

昨请同仁医院之盐泽博士来，为母亲诊察，与之谈，知实不过是慢性之胃加答，因不卫生而发病，久不消化，遂至衰弱耳，决无危险，亦无他疾云云。今日已好得多了。明日仍当诊察，大约好好的调养一星期，即可起坐。但这老太太颇发脾气，因其学说为："医不好，则立刻死掉，医得好，即立刻好起"，故殊为焦躁也，而且今日头痛方愈，便已偷偷的卧而编毛绒小衫矣。

午后访小峰，知已回沪，版税如无消息，可与老三商追索之法，北平之百元，则已送来了。访齐寿山，门房云已往兰州，或滦州，听不清楚；访幼渔，则不在家，投名片而出。访人之事毕矣。

我很好，一切心平气和，眠食俱佳，可勿念。现在是夜二时，未睡，因母亲服泻药，起来需人扶持，而她不肯呼人，有自己起来之虑，故需轮班守之也，但我至三时亦当睡矣。此地仍暖，颇舒服，岂因我惯于北方，故不觉其寒欤。

迅　十五夜

十三日所发信十六下午到。海婴已愈否？但其甚乖，为慰。重看校稿，校正不少，殊可嘉尚，我不料其乖至于此也。

今日盐泽博士来，云母亲已好得多了，允许其吃挂面，但此后食品，须永远小心云云。我看她再有一星期，便可以坐立了。

我并不操心，劳碌，几乎终日无事，只觉无聊，上午整理破书，拟托子佩去装订，下午马幼渔来，谈了一通，甚快。此地盖亦乌烟瘴气，惟朱老夫子已为学生所排斥，被邹鲁聘往广州中大去了。

闻吕云章为师大校女生部舍监。

川岛因父病回家，孙在北平。

此地北新的门面，红墙白字，难看得很。

天气仍暖和，但静极，与上海较，真如两个世界，明年春天大家来玩个把月罢。某太太于我们颇示好感，闻当初二太太曾来鼓动，劝其想得开些，多用些钱，但为老太太纠正。后又谣传 H.M. 肚子又大了，二太太曾愤愤然来报告，我辈将生孩子而她不平，可笑也。

再谈。

L. 十一月十六日夜十时半

321120 致许广平

乖姑：

此刻是十九日午后一时半，我和两乖姑离开，已是九天了。现在闲坐无事，就来写几句。

十七日寄出一信，想已达。昨得十五日来信，我相信乖姑的话，所以很高兴，小乖姑大约总该好起来了。我也很好；母亲也好得多了，但她又想吃不消化的东西，真是令人为难，不过经我一劝，也就停止了。她和我谈的，大抵是二三十年前的和邻居的事情，我不大有兴味，但也只得听之。她和我们的感情很好，海婴的照片放在床头，逢人即献出，但二老爷的孩子们的照相则挂在墙上，初，我颇不平，但现在乃知道这是她的一种外交手段，所以便无芥蒂了。二太太将其父母迎来，而虐待得真可以，至于一见某太太，二老人也不免流涕云。

这几天较有来客，前天霁野、静农、建功来。昨天又来，且请我在同和居吃饭，兼士亦至，他总算不变政客，所以也不得意。今天幼渔邀我吃夜饭，拟三点半去，此外我想不应酬了。

周启明颇昏，不知外事，废名是他荐为大学讲师的，所以无怪攻击我，狗能不为其主人吠乎？刘复之笑话不少，大家都和他不对，因为他捧住李石曾之后，早不理大家了。

这里真是和暖得很，外出可以用不着外套，本地人还不穿皮袍，所以我带来的衣服，还不必都穿在身上也。

现在是夜九点半，我从幼渔家吃饭回来了，同席还是昨天那些人，所讲的无非是笑话。现在这里是“现代”派拜帅了，刘博士已投入其麾下，闻彼一作校长，其夫人即不理二太太，因二老爷不过为一教员而已云。

再谈。

迅。〔十一月二十日〕

321120 致许广平

乖姑:

今(廿日)晨刚寄一函,晚即得十七日信,海婴之乖与就痊,均使我很欢喜。我是极自小心的,每餐(午、晚)只喝一杯黄酒,饭仍一碗,惟昨下午因取书,触一板倒,打在脚趾上,颇痛,即搽兜安氏止痛药,至今晨已全好了。

那张照片,我确放在内山店,见其收入门口帐桌之中央抽斗中,上写"MR.K.Chow"者即是,后来我取信,还见过几次,今乃大索不得,殊奇。至于另一张,我已记不清放在那里,恐怕是在桌灯旁边的一叠纸堆里,亦未可知,可一查,如查得,则并附上之一条纸一并交出,否则,只好由它去了。

我到此后,紫佩,静农,寄野,建功,兼士,幼渔,皆待我甚好,这种老朋友的态度,在上海势利之邦是看不见的。我已应允他们于星期二(廿二)到北大、辅仁大学各讲演一回,又要到女子学院去讲一回,日子未定。至于所讲,那不消说是平和的,也必不离于文学,可勿远念。

此地并不冷,报上所说,并非事实,且谓因冷而火车误点,亦大可笑,火车莫非也怕冷吗。我在这里,并不觉得比上海冷(但夜间在屋外则颇冷),当然不至于感冒也。

母亲虽然还未起床,但是好的,我在此不过作翻译,余无别事,所以住至月底,我想走了,倘不收到我延期之信,你至二十六止,便可以不寄信来。

再谈。

"哥" 十一月二十日夜八点

我现在睡得早，至迟十一点，因无事也。

321123 致许广平

乖姑：

二十一日寄一函，想已到。昨得十九所寄信，今午又得二十日信，俱悉。关于信件，你随宜处分，甚好，岂但"原谅"，还该嘉奖的。

北京不冷，仍无需外套，真奇。我亦很好，昨天往北大讲半点钟，听者七八百，因我要求以国文系为限，而不料尚有此数；次即往辅仁大学讲半点钟，听者千一二百人，将夕，兼士即在东兴楼招宴，同席十一人，多旧相识，此地人士，似尚存友情，故颇欢畅，殊不似上海文人之反脸不相识也。

明日拟至女子学院讲半点钟，此外即不再往了。

母亲已日见其好起来，但仍看医生，我拟请其多服药几天也。坪井先生甚可感，有否玩具可得，拟至西安单市场一看再说，但恐必窳劣，无佳品耳。"雪景"亦未必佳。山本夫人拟买信笺送之，至于少爷，恐怕只可作罢。

我独坐靠墙之桌边，虽无事，而亦静不下，不能作小说，只可乱翻旧书，看看而已。夜眠甚安，酒已不喝，因赴宴时须喝，恐太多，故平时节去也。

云章为师大舍监，正在被逐，今剪报附上，她不知我在此也。

L. 十一月廿三下午

321125 致许广平

乖姑：

二十三日下午发一信，想已到。昨天到女子学院讲演，都是一些"毛丫头"，盖无一相识者。明日又有一处讲演，后天礼拜，而因受师大学生之坚邀，只得约于下午去讲。我本拟星期一启行，现在看来，恐怕至早于星期二才能走，因为紫佩以太太之病，忙得瘦了一半，而我在这几天中，忙得连往旅行社去的工夫也没有也。但我现在的意思，星二（廿九）是必走的。

二十二发的信，今日收到。观北新办法，盖还要弄下去，其对我们之态度，亦尚佳，今日下午我走过支店门口，店员将我叫住，付我百元，则小峰之说非谎，我想，本月版税，就这样算了罢。

川岛夫人好意可感，但她的住处，我竟打听不出来，无从面谒，只得将来另想办法了。

我今天出去，是想买些送人的东西，结果一无所得。西单商场很热闹了，而玩具铺只有两家，"雪景"无之，他物皆恶劣，不买一物，而被扒弄窃去二元余，盖我久不惯于围巾手套等，万分臃肿，举动木然，故贼一望而知为乡下佬也。现但有为小狗屁而买之小物件三种，皆得之商务印书馆，别人实无法可想，不得已，则我想只能后日往师大讲演后，顺便买些蜜饯，携回上海，每家两合，聊以塞责，而或再以"请吃饭"补之了。

现在这里的天气还不冷，无需外套，真奇。旧友对我，亦甚好，殊不似上海之专以利害为目的，故倘我们移居这里，比上海是可以较为有趣的。但看这几天的情形，则我一北来，学生必又要迫我去教书，终或招人忌恨，其结果将与先前之非离北京不可。所以，这就又费踌躇了。但若于春末来玩几天，则无害。

母亲尚未起床，但是好的，前天医生来，已宣告无须诊察，只连续服药一星期即得，所以她也很高兴了。我也好的，在家不喝酒，勿念为要。

吕云章还在被逐中，剪报附上，此公真是"倭支葛搭"的一世。我若于星期二能走，那么在这里就不再发信了。

"哥" 十一月廿六［五］夜八点半

321126 致许寿裳

季茀兄：

十日因得母病电，次日匆匆便回，昨得广平函，知承见访，而不得晤谈，至为怅怅。家母实只胃病，年老力衰，病发便卧，延医服药后，已就痊可，弟亦拟于月底回沪去矣。北新以文字获大咎，颇多损失，但日来似大有转圜之望，本月版税，亦仍送来，可见其必不关门也，知念特闻。此间尚暖，日间出门，可无需着外套，曾见幼渔，曾询兄之近况，亦见兼士，皆较前稍苍老矣，仲云亦见过，则在作教员也。专此布达，即颂

曼福。

弟令飞　顿首十一月廿六夜

321130 致台静农

静农兄：

廿八日破费了你整天的时光和力气，甚感甚歉。车中相识的人并不少，但无关系，三十日夜到了上海了，一路均好，特以奉闻。

迅　上　十一月卅夜

321202 致许寿裳

季市兄：

顷接一日惠函，谨悉种种。故都人口，已多于五六年前，房主至不敢明帖招帖，但景象如旧，商店多搭彩棚，作大廉售，而顾客仍寥寥。敝寓之街上，昔尚有小街灯，今也则无，而道路亦被煤球灰填高数尺矣。此次见诗英一回，系代学校来邀讲演者，但辞未往，旧友中只一访寿山，已往兰州，又访幼渔，亦见兼士，意气皆已不如往日。联合展览会之设，未及注意，故遂不往。北新版税，上月尚付我二百五十元，而是否已经疏解，则未详，大约纵令封禁，亦当改名重张耳。此次南来时，适与护教团代表同车，见送者数百人，气势甚盛，然则此事似尚未了，每当历代势衰，回教徒必有动作，史实如此，原因甚深，现今仅其发端，窃疑将来必有更巨于此者也。肃复，敬颂

曼福。

弟俟　顿首十二月二日

广平敬问安不另。

107

321212 致曹靖华

靖华兄：

上月因为母亲有病，到北平去了一趟，月底回上海，看见兄十月十，二十，廿七日三函，才知道并未旅行。我的游历，时候已过，事实上也不可能，自然只好作罢了。我病早愈，但在北平又被倒下之木板在脚上打了一下，跛行数日，而现在又已全愈，请勿念。女人孩子也都好的，生活在目前很可维持，明年自然料不定，但我想总还可以过得去。萧三兄诗稿至今未到，不知是否并未寄出？《粮食》稿早收到，尚未找到出版处，想来明年总有法想，因为上海一到年底付账期近，书店即不敢动弹也。

周连兄近来没有什么成绩可说，《北斗》已被停刊，现在我们编的只有《文学月报》，第三四期已出，日内当寄上。《小说二十人集》上卷已校毕，内系曹雪琴珂，伦支，斐定，理定，左祝黎，英培尔等短篇，《星花》亦编在内，此篇得版税七十元（二千部），已归入兄之存款项下，连先前的一共有三百二十元了，此项我存在银行内，倘要用，什么时候都可以取的。下卷是毕力涅克，赛夫林那，绥拉菲摩维支，聂维洛夫，班菲洛夫等之作，尚未排校，恐怕出版要在明年夏初了。该书出版后，我当寄兄每种十部，分赠作者。

《铁流》是光华书局再版的，但该局很不好，他将纸板取去，至今不付款，再版也径自印卖，不来取"印证"，我们又在重压之下，难以出头理论，算是上了一个当。再版书我当设法一问，倘取得，当以数册寄上。

Д.Бедный 的《НекогдаПлюнуть!》已由它兄译出登《文学月报》上，原想另出单行本，加上插图，而原书被光华书局失掉（我疑心是故意没收的），所以我想兄再觅一本，有插画的，即行寄下，以便应用。

又兄前寄我《Русские Писатели》，第二本一册，不知那第一本，现在还可以买到否？倘还有，亦祈买寄一册为望。

上海已经冷起来了，但较之兄所住的地方，自然比不上。这一次到北平去，静，霁都看见的，一共住了十六天，讲演了五次，我就回上海来了。那边压迫还没有这里利害，但常有关于日本出兵的谣言，所以住民也不安静。倘终于没有什么事，我们明年也许到那边去住一两年，因为我想编一本"中国文学史"，那边较便于得到参考书籍。

此致，即颂

安好。

弟豫 启上卅二年十二月十二日

附它兄信一张。

321213 致台静农

静农兄：

日前寄上书籍二包，又字一卷，不知已收到否？字写得坏极，请勿裱挂，为我藏拙也。

来函及小说两本又画报一份，均收到。照相能得到原印片一份，则甚感。大约问师大学生自治会中人，当能知道的。记文甚怪，中有"新的主人"云云，我实在没有说过这样一句话。

此上，即颂

近好。

迅 上 十二月十三夜

321215 致山本初枝（日本）

拜启：上月十日前后，到北京去了一趟，因为接到母亲病重的电报。到家问了医生，说是胃炎，并不要紧，于是我当了五六次翻译后，又回到上海。返上海后，又老样子忙忙碌碌。母亲当然已经痊愈，现已起床走动了。

北京同四年前无大变化，也不那么冷，但总觉得给人以严酷的感觉。

写信时用的笺纸已买来，托内山老板送上两盒，想来你正可用来写和歌，不知寄到否？可送给正路君的玩具也曾留意，但没看到合适的，只好再等别的好机会了。

回到上海就接到你的来信，谢谢。井上红梅氏寄来了一本他翻译的拙作。

上海还不太冷。我在北京待了十六天，作了五回讲演，让教授们颇为厌恶。但我很健康。

祝您全家健康。 草草

鲁迅　　十二月十五夜

山本初枝夫人几下

321219 致增田涉（日本）

拜启：十日惠函今日奉阅，所询问题即回复。

《幽默》的印数确实太少，因为时值不景气，人们无暇读"幽默"之类吧，我想。

我为家母生病曾于上月去北京一趟，住了两星期，病已好，故又回上海。暖气已开通，但天气不那么冷。入秋以来，孩子常常生病，令人操心。现在还在服药，肠炎似已变成慢性。现在的住所空气虽不太坏，但阳光照不进来，很不好。来年稍暖和时，拟即搬家。

井上氏译的《鲁迅全集》已出版，运到上海来了。译者也寄我一册，但略一翻阅，颇惊其误译之多。好像没有参照你和佐藤先生所译的，实在是过分的做法。

祝您全家幸福。　草草顿首

鲁迅　上　十二月十九夜

增田兄

321221 致王志之

志之兄：

十四日信收到。刊物出版后，当投稿，如"上海通信"之类。

小说当于明年向书店商量，因为现已年底，商人急于还账，无力做新事情，故不能和他谈起。

静农事殊出意外，不知何故？其妇孺今在何处？倘有所知，希示知。此间报载有教授及学生多人被捕，但无姓名。

我此次赴北平，殊不值得纪念，但如你的友人一定要出纪念册，则我希望二事：一，讲演稿的节略，须给我看一看，我可以于极短时期寄还，因为报上所载，有些很错误，今既印成本子，就得改正；二，倘搜罗报上文章，则攻击我的那些，亦须编入，如上海《社会新闻》之类，倘北平无此报，我当抄上。

此复，即颂

时祉。

迅　启　十二月廿一夜

321223 致李小峰

小峰兄:

前日蒙送来版税钱一百,甚感。

这半年来,沪寓中总是接连生病,加以北平,实在亏空得可以,北新书局又正有事情,我不好来多开口,于是只得自选了一本选集,并将书信集豫约给一个书店,支用了几百元版税,此集现在虽未编成,自然更未交去,但取还的交涉,恐怕是很难的,倘再扣住,也许会两面脱柄,像《二心集》一样。

北新的灾难也真多,而且近来好像已不为读书界所重视,以这么多年的辛苦造成的历史而至于如此,也实在可惜。不过我是局外人,不便多说。但此后若有一定的较妥的办法(这并非指对于我的版税而言,是指书店本身),我的稿子自然也不至于送来送去了。

迅　上　十二月廿三夜

321226 致张冰醒

冰醒先生:

来信收到,奖誉我太过,不敢当的。我本没有什么根本知识,只因偶弄笔墨,遂为一部份人所注意,实在惭愧得很。现在行止颇不自由,也不很做文章,即做,也很难发表,所以对于　先生的希望,真是无法奉酬,尚希
谅察为幸。

迅　启上　十二月廿六日

一九三三年

330102 致李小峰

小峰兄：

去年承见访，甚感，后来才知道并见付版税百五十元，未写收条，店友来时希带纸来，当签名。并希携下《三闲集》五本为荷。

书信集出版事，已与天马书店说过，已经活动，但我尚未与十分定实，因我鉴于《二心集》的覆辙，这地步是要留的。

现在不妨明白的说几句。我以为我与北新，并非"势利之交"，现在虽然版税关系颇大，但在当初，我非因北新门面大而送稿去，北新也不是因我的书销场好而来要稿的。所以至去年止，除未名社是旧学生，情不可却外，我决不将创作给与别人，《二心集》也是硬扣下来的，并且因为广告关系，和光华交涉过一回，因为他未得我的同意。不料那结果，却大出于我的意外，我只得将稿子售给第三家。

不过这事情已经过去了，北新又正在困难中，我倘可以帮忙，自然仍不规避，但有几条，须先决见示——

一、书中虽与政治无关系，但开罪于个人（名字自然是改成谜语了）之处却不少，北新虑及有害否？

二、因为编者的经济关系，版税须先付，但少取印花，卖一点，再来取一点，却无妨。

三、广告须先给我看一遍，加以改正。

四、因我支了版税而又将书扣住了，所以以后必须将另一作品给与天马书店。

以上四条，如北新都可承认，那么，可以付北新出版了，但现在还未抄完，我也得看一遍，所以交稿就必须在阴历过年之后了。

迅　上　一月二日

令夫人均此致候不另。

330108 致赵家璧

家璧先生：

《一天的工作》已校毕，今送上，但因错字尚多，故须再校一次。改正之后，希并此次送上之校稿，一并交下为荷。

此书仍无目录，似应照《竖琴》格式，即行补入也。

此上即颂

著安。

鲁迅　一月八日

330109 致王志之

志之兄：

　　去年十二月廿七日信早到，今寄上文稿一篇，并不是为《文学杂志》而做的，系从别处收回，移用。我在这里也没得闲，既不看书，那能作文，所以我希望在平的刊物，应以在平的作者为骨干，这才能够发展而且有特色，门类不完全一点倒不要紧。如果要等候别处的投稿，那就容易耽误出版。

　　译张君小说，已托人转告，我看他一定可以的，由我看来，他的近作《仇恨》一篇颇好（在《现代》中），但看他自己怎么说罢。冰莹女士近来似乎不但作风不好而已，她与左联亦早无关系，所以我不能代为催促。

　　文学家容易变化，信里的话是不大可靠的，杨邨人先前怎么激烈，现在他在汉口，看他发表的文章，竟是别一个人了。

　　《社会新闻》及其他数种，便中当寄上，现在想不急了也。

　　此复，即颂

近好。

豫　启　一月九日

　　文稿如可用，祈于题下代添我常用的"笔名"为荷。

330110 致郁达夫

　　字已写就，拙劣不堪，今呈上。并附奉笺纸两幅，希为写自作诗一篇，其一幅则乞于便中代请　亚子先生为写一篇诗，置先生处，他

日当走领也。此上，即请

著安。

迅　启上　一月十日

330115 致李小峰

小峰兄：

　　昨交上《两地书》稿上半，是横排的，我想此书不必与《呐喊》等一律。但版式恐怕不宜太小，因为一小，则本子就太厚，不成样子了。总之，以怎样大为好看，请兄酌定就是。

　　后半还在抄，大约须二月初（阳历）才完。

　　印的时候，我想用较好的纸，另印一百本，自备经费。纸用黄的，如北新有纸样，希便中带下一看，印后也不必装订，只要托装订局叠好，由我自己去订去。

迅　上　一月十五日

330116 致赵家璧

家璧先生：

　　稿已校毕，今送上。其中还有些错字，应改正。但这回只要请尊处校对先生一看就可以，不必再寄给我了。此布，即请

著安。

鲁迅　上　一月十六日

330119 致许寿裳

季市兄：

　　近日见蔡先生数次，诗笺已见付，谓兄曾允转寄，但既相见，可无须此周折也。乔峰已得续聘之约，其期为十四个月，前所推测，殊不中鹄耳。知念并闻。此上，即颂

曼福。

　　　　　　　　　　　　　　　　弟树　顿首一月十九夜

　　广平附笔请安。

330121 致宋庆龄、蔡元培

庆龄
孑民先生：

　　黄平被捕后，民权保障同盟曾致电中央抗议，见于报章，顷闻此人仍在天津公安局，拟请即电该局，主持公理，一面并在报端宣布电文，以免冥漠而死也。

　　肃布，敬请
文安。

　　　　　　　　　　　　　　　鲁迅　启上　一月二十一日

330201 致张天翼

一之兄：

　　自传今天收到。信是早收到了，改为这样称呼，已无可再让步。

其实"先生"之称，现已失其本谊，不过是唤语"密斯偷"之神韵译而已。

你的作品有时失之油滑，是发表《小彼得》那时说的，现在并没有说；据我看，是切实起来了。但又有一个缺点，是有时伤于冗长。将来汇印时，再细细的看一看，将无之亦毫无损害于全局的节，句，字删去一些，一定可以更有精采。

迅　上　二月一夜

330202 致王志之

志之兄：

来信收到。文章若大半须待此地，恐为难，因各人皆有琐事，不能各处执笔也。但北平现人心一时恐亦未必静，则待书店热心时再出，似亦无妨。

谢小姐和我们久不相往来，雪声兄想已知之，而尚托其转信，何也？她一定不来干这种事情的。

前函要张天翼君作小传并自选一篇小说，顷已得来信，所选为《面包线》，小传亦寄来，今附上，希转寄译者并告以篇名为荷。

此复，并问

近好

迅　启　二月二夜

330202 致许寿裳

季市兄：

　　来函及诗笺早收到。属写之笺，亦早写就，仍是旧作，因无新制也。邮寄不便，故暂置之。近印小说《二十家集》，上册已出，留置两本在此，当于相见时一并面呈。至于下册，据书店言，盖须至三月底云。此上，顺颂

曼福。

弟飞　顿首二月二夜

330205 致郑振铎

西谛先生：

　　昨乔峰交到惠赠之《中国文学史》三本，谢谢！

　　去年冬季回北平，在留黎厂得了一点笺纸，觉得画家与刻印之法，已比《文美斋笺谱》时代更佳，譬如陈师曾齐白石所作诸笺，其刻印法已在日本木刻专家之上，但此事恐不久也将销沉了。

　　因思倘有人自备佳纸，向各纸铺择优对于各派各印数十至一百幅，纸为书叶形，采色亦须更加浓厚，上加序目，订成一书，或先约同人，或成后售之好事，实不独为文房清玩，亦中国木刻史上之一大纪念耳。

　　不知先生有意于此否？因在地域上，实为最便。且孙伯恒先生当能相助也。

　　此布，并颂

曼福。

迅　启上　二月五日

330206 致赵家璧

家璧先生:

今天翻翻良友公司所出的书,想起了一件事——

书的每行的头上,倘是圈,点,虚线,括弧的下半(⌐,⌣)的时候,是很不好看的。我先前做校对人的那时,想了一种方法,就是在上一行里,分嵌四个"四开",那么,就有一个字挤到下一行去,好看得多了。不知可以告知贵处校对先生,以供采择否?此请

著祺。

鲁迅 上 二月六夜

330209 致曹靖华

靖华兄:

一月九日来函,今日收到。我于何日曾发信,自己也记不清楚了,今年似尚未寄过一信。至于书报,则在去年底曾寄《文学月报》等两包;又再版《铁流》等四本共一包。今年又寄上《竖琴》十本分两包,除赠兄一册外,乞分赠作家者也,但兄如不够用,可见示,当再寄上。

国内文坛除我们仍受压迫及反对者趁势活动外,亦无甚新局。但我们这面,亦颇有新作家出现;茅盾作一小说曰《子夜》(此书将来当寄上),计三十余万字,是他们所不能及的。《文学月报》出五六合册后,已被禁止。

《铁流》系光华书局出版,他将我的版型及存书取去,书已售完,

而欠我百余元至今不付。再版之版税，又只付五十元，以后即不付一文，现此书已被禁止，恐一切更有所藉口，不能与之说话矣。其实书是还是暗暗的出售的，不过他更可以推托，上海书坊，利用左翼作者之被压迫而赚钱者，常常有之。

兄之版税，存我处者共三百二十元（《铁流》初版二百元，再版五十元，《星花》七十元），上月得霁，静两兄来信，令寄尚佩芸五十元，又尚振声一百元，已于本月一日，由邮局汇出。所存尚有一百七十元，当于日内寄往河南尚宅也。

静兄因误解被捕，历十多天始保出，书籍衣服，恐颇有损失。近闻他的长子病死了，未知是否因封门，无居处，受冷成病之故，真是晦气。

我们是好的，经济亦不窘。我总只做些杂务，并无可以特别提出之译作。《二十人集》下本，大约三月底可出，一出即寄。杂志如有较可看的，亦当寄上，但只能积三四本寄一回，因须挂号，如此始较合算也。

《铁流》作者今年七十岁，我们曾发一电贺他，不知见于报章否？

前回曾发一信（忘记月日），托兄再买别德纳衣诗（骂托罗茨基的）之有图者一本，又《文学家像》第一本（第二本我已有）一本，未知已收到否，能得否？

它兄曾咯血数口，现已止，人是好的。他已将《被解放之 Don Quixote》译完，但尚未觅得出版处；现正编译关于文艺理论之论文。他有一信，今附上。

这里要温暖起来了。

此复，即颂

安好。

弟豫　上。二月九日之夜。

330210 致赵家璧

家璧先生：

　　来信收到。关于校对，是看了《暧昧》的时候想起的。至于我的两种译本，则已在复校时改正，所以很少这样的处所。

　　在北平的讲演，必不止一万字，但至今依然一字未录，他日写出，当再奉闻。此复并颂

时绥。

鲁迅　二月十日

330212 致台静农

静农兄：

　　六日来信收到，并照片四枚，谢谢。民权保障会大概是不会长寿的，且听下回分解罢。以酉为申，乃是误记，此种推算，久不关心，偶一涉笔，遂即以猢狲为公鸡也。今日寄《竖琴》六本，除赠兄一本外，余乞分送霁野，建功，维钧，马珏，及兼士先生之儿子（不知其名，能见告否？）为托。《文学月报》四期，已托人往书局去取，到后续寄，现所出者为五六合本，此后闻已被秘密禁止云。在辅大之讲演，记曾有学生记出，乞兄嘱其抄一份给我，因此地有人逼我出版在北平之讲演，须草成一小册与之也。寄罗山款百五十，已于本月一日由邮局汇出，但昨得靖华来函，令寄尚佩吾，故当于明日将余款全数寄去，了此一事耳。

　　此复，即颂

时绥。

迅　上　二月十二夜。

330213 致程琪英

琪英先生：

　　一九三二年十一月十四日发出的信，我是直到一九三三年二月十二日才收到的。先生出国已久，大约这里的事情统不知道了，这七八年来，真是变化万端，单就北新而论，就已被封过两回门，现在改为"青光书局"了，办事也很散漫，我想，来信是被他们压下了的。不知另有文稿寄来否？我没有收到。

　　我于《呐喊》出版后，又出过《彷徨》一本，及二三种小册子，几本杂感集，三四日内，当寄上几本；另外还有一点翻译，是不足道的。现在很少著作，且被剥夺了发表自由，前年，还曾通缉过我，但我没有被捕。

　　书收到后，望给我一个回信，通信处是：

　　上海，北四川路底内山书店转周豫才收。

迅　启上　二月十三日

330214 致李小峰

小峰兄：

　　校稿寄上，但须再看一回。上面还有两页，不知何以抽去，须即补排。

　　前次面谈拟自备纸张印一百部，现在不想印了，并闻。

迅　上　二月十四日

330223 致黎烈文

烈文先生：

　　《自由谈》未出萧伯纳专号之前，尚有达夫先生所作关于萧者一篇，近拟转录，而遍觅不得。不知　先生尚藏有此日之旧报或原稿否？倘能见借一抄，感甚。

　　此上即请

文安。

鲁迅　启上　二月廿三夜

　　倘蒙赐复，请寄

北四川路底、内山书店转、周豫才收。

330226 致李小峰

小峰兄：

　　我需要《呐喊》,《彷徨》,《热风》,《华盖集》及《续编》,《而已集》各一部共六本，希于店友送校稿时一并携下，其代价则于版税中扣除为荷。

　　记得《坟》之纸版，似已由北新从未名社取来，但记不真切。未知是否，希便中示及。

迅　上　二月廿六日

330226 致罗清桢

清桢先生：

顷奉到来函并木刻五幅，谢谢。此五幅中，《劫后余生》中蹲着的女人的身体，似乎太大了一点，此外都好的。《韩江舟子》的风景，极妙，惜拉纤者与船，不能同时表出，须阅者想像，倘将人物布置得远些，而亦同时看见所拉之船，那就一目了然了。

有一个日本朋友，即前年在上海最初教中国青年以木刻者，甚愿看中国作品，可否再给我一份，以便转寄。

弟一切如常，但比以前更受压迫，倘于大作有所绍介，则被绍介者会反而受害也说不定，现在的事情，无道理可说，不如暂时缄默，看有相宜之机会再动笔罢。

专此布复，即请

文安。

迅　上　二月二十六日

330301 致台静农

静农兄：

二月廿四信，讲稿并白话诗五本，今日同时收到。萧在上海时，我同吃了半餐饭，彼此讲了一句话，并照了一张相，蔡先生也在内，此片现已去添印，成后当寄上也。

他与梅兰芳问答时，我是看见的，问尖而答愚，似乎不足艳称，不过中国多梅毒，其称之也亦无足怪。

我们集了上海各种议，以为一书，名之曰《萧伯纳在上海》，已付印，成后亦当寄上。萧在初到时，与孙夫人（宋），林语堂，杨杏佛（？）谈天不少，别人皆不知道，登在第十二期《论语》上，今天也许出版了罢，北京必有，故不拟寄。我到时，他们已吃了一半饭，故未闻，但我的一句话也登在那上面。

看在上海的情形，萧是确不喜欢人欢迎他的，但胡博士的主张，却别有原因，简言之，就是和英国绅士（英国人是颇嫌萧的）一鼻孔出气。他平日所交际恭维者何种人，而忽深恶富家翁耶？

闻胡博士有攻击民权同盟之文章，在北平报上发表，兄能觅以见寄否？

《社会新闻》已看过，大可笑。但此物不可不看，因为由此可窥见狐鼠鬼蜮伎俩也。

我忙于打杂，小说一字未写。罗山已有信来，说款都收到了。霁野有信来，言有平报一份，由兄直接寄我，但我尚未收到。此复，即颂近祺。

迅　启上　三月一日

330301 致山本初枝（日本）

拜启　久疏问候，实在抱歉。不知何故，近来很忙，安定不下来。孩子的肠胃病虽已痊愈，但还磨人，影响工作。真想在哪儿借间屋子，每天去那里用功三四个小时呢。

得知正月里你遭贼偷。实在是倒霉的事。我的信札之类并没啥价值，随它去，偷去的看了一定会大怒吧。这对他也实在是倒霉的事。

增田君有信来，说已到东京，但《世界幽默全集》的翻译似乎失败了。前几天遇见改造社特派来的木村毅氏，问那本书的销路，说有两千部，译者的收入约两百日元。也就是说每张原稿不足一日元。

上月底因 Shaw 来上海，曾轰动一时。我也见了他，相互说了几句话。还照了相，一周后寄上。现在他已在东京，大概也要开欢迎会之类的吧。你去见了吗？我觉得他确实是位颇有风采的老人。

上海仍寂寞，谣言也多。我在去年底曾想在今年二月前须写出一个中短篇，但现已是三月，还一字未写。每天晃晃荡荡，加上五月苍蝇丛集般的杂务也多，以致毫无成绩。不过，用化名写了很多对社会的批评。因为已被发现是我写的，现正遭攻击中，但那就随它去了。

樱花盛开的时节好像到了，但，在东京也紧张吧，世间似乎怎么也不得安宁。幸自珍重。

草草

鲁迅　　三月一日、夜

山本初枝夫人几下

330301 致增田涉（日本）

二月十七日惠函早已收到，但世间怎么也不安宁，连我也变得忙碌而危险，加上孩子捣乱，遂使回信拖延至今，实在抱歉。

对佐藤先生非常感谢，遇到他时，请转达此微意。我虽也想写点创作，但在中国的现状下不行。最近应社会的需要写短评，因此更不自由了。但时势所迫，不得不如此，无可如何。去年曾想去北京暂歇，但看现在这情况，恐怕又不行了。

高明君，其实并不像他的名字那样。虽曾一度颇写东西，但此刻几乎被人遗忘了。如果佐藤先生的作品由此人翻译，也许其不幸当在我遇到井上红梅氏之上吧。

　　《文化月报》如出版，当即奉寄，不过第二期就被禁掉亦未可知。

　　Shaw来上海轰动一时。改造社特派木村毅氏来沪，大概写了很多文章吧。听说改造社准备出特刊。不过在我和木村氏未去前，S已与宋庆龄女士（孙逸仙夫人）谈了许多话，其记录将在三月号《论语》（上海的"幽默"杂志，其实绝不幽默）上刊载。出版后当即奉寄。去问一下改造社，由你译出登在其特刊上如何？

　　上海渐渐趋暖，我们仍平安，没有打算到别处去。你如来沪能见面。

　　地质学家清水先生已在电影院中见过一面。　草草

鲁迅　三月一日夜

增田涉兄

330302 致许寿裳

季市兄：

　　二月廿七日手书敬悉。关于儿童心理学书，内山书店中甚少，只见两种，似亦非大佳，已嘱其径寄，并代付书价矣。大约此种书出版本不多，又系冷色，必留意广告而特令寄取，始可耳。

　　旧邮票集得六枚，并附呈。

　　此复，顺颂

安康。

弟飞　顿首三月二日

330305 致姚克

姚克先生：

　　三月三日的信，今天收到了，同时也得了去年十二月四日的信。北新书局中人的办事，散漫得很，简直连电报都会搁起来。所以此后赐示，可寄"北四川路底、内山书店转、周豫才收"，较妥。

　　先生有要面问的事，亦请于本月七日午后二时，驾临内山书店北四川路底，施高塔路口，我当在那里相候，书中疑问，亦得当面答复也。

　　此复，顺颂

文安。

鲁迅　上　三月五日

330310 致赵家璧

家璧先生：

　　来信收到。我还没有写北平的五篇讲演，《艺术新闻》上所说，并非事实，我想不过是闹着玩玩的。小说封面包纸上的画像，只要用《竖琴》上用过的一幅就好，以省新制的麻烦。中国所出版的童话，实在应该加一番整顿，但我对于此道，素未留心，所以材料一点也没有，所识的朋友中，也不记得有搜集童话，俟打听一下再看罢。此颂

近祺。

迅　启上　三月十日

《白纸黑字》我见过英译本，其中所举的几个中国字，是错误的，倘译给中国，似乎应该给他改正。

129

330310 致李霁野

霁野兄:

　　挂号信早到,广告已登三天,但来信所说之登有广告之北平报,却待至今日,还未见寄到。我近日用度颇窘,拟得一点款子,可以补充一下,所以只好写这一封信,意思是希望那一种报能够早点寄给我,使我可以去试一试,虽然开明书店能否爽直的照付,也还是一个问题。

迅　上　三月十日。

330311 致开明书店

　　径启者:前得北平未名社广告稿一纸,嘱登沪报,即于二月廿八至三月二日共登《申报》紧要分类广告栏三天。顷复得该社员寄来北平《晨报》一张,内有同样广告;又收据一纸,计洋五百九十六元七角七分,嘱向

贵局取款。此款不知于何时何地见付,希速赐示,以便遵办为荷。此请

开明书店台鉴

鲁迅　三月十一日

通信处:北四川路底,内山书店转周豫才收。

330311 致台静农

静农兄：

七日函及另封之《晨报》一张，均于今日收到。

幼儿患肺炎，殊非轻易之病，近未知已愈否？

国中诸事，均莫名其妙，但想来北平终当无虑耳。今年本尚拟携孩子一省母，大局一变，此行亦当取消矣。

附奉照相一枚。《萧伯纳在上海》及《新俄小说二十人集》下本，月末亦均可出，出即寄奉也。此祝
平安。

迅　启上　三月十一夜。

330315 致李小峰

小峰兄：

费君来时，我适值出去了，今将印花送上，共八千个。

关于"北平五讲"之谣言甚多，愿印之处亦甚多，而其实则我并未整理。印成后，北新恐亦不宜经售，因后半尚有"上海三嘘"，开罪于文人学士之处颇不少也。天马亦不宜印，将来当仍觅不知所在之书店耳。

迅　上　三月十五夜

《两地书》请觅店刻三个扁体字（如《华盖集》书面那样），大小及长，均如附上之样张，即用于第一页及书面者。

又及

330320 致李小峰

小峰兄：

今晨已将校稿寄出，当已到。

寻不着的书店，其实就是我自己。这一回倘不自印，即非付天马不可，因为这是收回了《两地书》时候的约束。其实北新因为还未见原稿，故疑为佳，而实殊不然，大有为难之处，不下于《二心集》也。

有一本书我倒希望北新印，就是：我们有几个人在选我的随笔，从《坟》起到《二心》止，有长序，字数还未一定。因为此书如由别的书店出版，倒是于北新有碍的。

迅 上 三月二十晚

330322 致姚克

姚克先生：

来信收到。廿四日我于晚六时起有事情，但想来两个钟头也够谈的了。我于上海路很不熟，所以极希望 先生于是日三点半到内山书店来，一同前去。此复，即颂
文安。

鲁迅 上 三月廿二日

330325 致台静农

静农兄：

今日寄上《萧伯纳在上海》六本，请分送霁、常、魏、沈，还有

一本，那时是拟送马珏的，此刻才想到她已结婚，别人常去送书，似乎不大好，由兄自由处置送给别人罢。

《一天的工作》不久可以出版，当仍寄六本，办法同上，但一本则仍送马小姐，因为那上本是已经送给了她的。倘住址不明，我想，可以托　幼渔先生转交。

此上，即颂

安好。

迅　启　三月廿五夜。

330325 致李小峰

小峰兄：

《两地书》的校稿，并序目等，已于下午挂号寄上。

书面我想也不必特别设计，只要仍用所刻的三个字，照下列的样子一排——

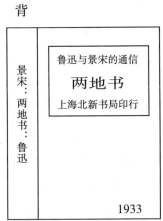

这就下得去了。但我现在还不知道书的大小（像《奔流》一样？）和字的样子，待第一面的校稿排来，我就可以作一张正式的样子寄上。

随笔集稿俟序作好，当寄上。

迅　启　三月廿五日

《两地书》不用我的印花，不知可有空白之板权印纸否？

如有，希代购三千，便中交下。　又及

330331 致李小峰

小峰兄：

校稿已另封挂号寄上。书面的样子今寄上，希完全照此样子，用炒米色纸绿字印，或淡绿纸黑字印。那三个字也刻得真坏（而且刻倒了），但是，由它去罢。

此书似乎不必有"精装"。孩子已养得这么大了，旧信精装它什么。但如北新另有"生意经"上之关系，我也并不反对。

《自由谈》我想未必会做得很长久，待有一段落，就由北新去印罢。

迅　上　三月卅一日

330401 致山本初枝（日本）

拜启　惠函收到，玩具两件亦早已收到。谢谢正路君。那个可爱的口琴（？）已给孩子，现在常吹，只是"摇摇"则已没收。那是因为海婴自己还不会玩，恐怕要我玩给他看也。

关于照片，你说得很对。与萧合照的一张，实在自己个子矮，令人生气，不过也没办法。

《改造》已读过，荒木君的文章上半篇不错。野口君文中说萧是个可怜的人，更不错。看看这样的漫游世界，不但不是漫游，简直是自讨苦吃。不过对他的批评，还是日本方面的好。在中国，好损人的家伙多，坏话颇不少。我因合拍了一张照片，也沾光被骂了一通。但那也无所谓，因为已习惯了。

我也有时想看看日本，但不喜欢让人家招待。也讨厌让便衣盯梢，只想同两三位知己走走。我是乡下长大的，总不喜欢西洋式的招待会或欢迎会。那就有点像画家去野外写生，被看热闹的人围住一样。

迄今所住的寓所是朝北的，因此家人老是生病。这回另外租了朝南的房子，一周内就搬去。那在千爱里旁边的后面，不是有个大陆新村吗，就在那里。离内山书店也不远。

上月遇见改造社的木村先生，问及《中国幽默全集》稿费事，说大概只有两百日元上下。那么，增田君也实在白辛苦了。我已寄他有关萧的材料，但好像井上红梅已译好交给改造社了。我觉得自己稍微动作快些就好了。 草草

鲁迅 上 四月一日

山本夫人几下

330402 致增田涉（日本）

拜启 三月十三日信早已收到。井上先生的机敏实在令人惊讶，但又令人遗憾，这位先生好像已不再去介绍鸦片和麻将之类而干别的了。这是麻烦事。

在上海报社找工作好像怎么也不行的，倘不和东京出版社订好特

约撰稿，生活当难以维持的吧，我想。

因住房朝北吧，孩子的病特别多，令人发愁。这次要搬个朝南的房子，离内山书店也不远。曾想去北京，但目前似乎还不行。

拜托你两件事：

一、三分钱的邮票请买十张。

二、德译 P.Gauguin《Noa Noa》请买一本，旧书也行（旧书足够了）。

我仍闲居，虽也常说今后应该开始用功，但恐怕还是靠不住。草草

　　　　　　　　　　　鲁迅　上　四月二日

增田兄足下

330405 致李小峰

小峰兄：

《两地书》校稿，今先将序目寄上。第一页上，写"上海北新书局印行"，与末页不同，应否改成一律（青光……），请　兄酌改。如改了，则封面亦应照改也。

其余校稿，三四日内再寄还。

我的《杂感选集》，选者还只送了一个目录来，须我自己拆出，抑他拆好送来，尚未知，且待数天罢。但付印时，我想先送他一注钱，即由我将来此书之版税中扣除，实亦等于买稿。能如此办否，希　示及。

　　　　　　　　　　　迅　上　四月五日

330413 致李小峰

小峰兄：

版税收到，收条当于星期六面交店友。

《杂感选集》已寄来，约有十四五万字，序文一万三四千字，以每页十二行，每行卅六字版印之，已是很厚的一本，此书一出，单行本必当受若干影响也。

编者似颇用心，故我拟送他三百元。其办法可仿《两地书》，每发行一千，由兄给我百元，由我转寄。此一千本，北新专在收账确实处发售，于经济当不生影响，如此办法，以三次为度。但此三千本，我只收版税百分之二十。

序文因尚须在刊物上发表一次，正在托人另抄，本文我也须略看一回，并标明格式，星六不及交出了，妥后即函告。

此书印行，似以速为佳。

迅　上　四月十三日

330416 致许寿裳

季市兄：

来信奉到。迁寓已四日，光线较旧寓为佳，此次过沪，望见访，并乞以新址转函明之为荷。又，明公住址，希于便中示及，因有数部书拟赠其女公子也。

傅公文已读过，颇哀其愚劣，其实倘欲攻击，可说之话正多，而乃竟无聊至此，以此等人为作家，可见在上者之无聊矣。

此上，即颂

曼福

弟飞　顿首　四月十六日

330419 致内山嘉吉（日本）

　　拜启　久疏问候。日前收到惠函和成城学园学生的木刻作品，谢谢。今日另封送上中国信笺十余张，虽非佳品，但到达后请转给那些木刻作者。

　　在中国，版画虽略作实用，但所谓创作版画则尚无人知。前年的学生一半不知去了哪里，一半去了监狱，因此没有发展。

　　我们至今住的房子朝北，对孩子不宜，已在一周前搬家。在施高塔路，仍在内山书店附近。终年为孩子忙碌，想来你们也一定今年非常忙吧？　草草顿首

鲁迅　四月十九日

内山嘉吉兄几下

问候令夫人并祝婴儿幸福。

330420 致姚克

莘农先生：

　　昨奉一柬，约于星期六（二十二日）下午六时驾临大马路石路知味观杭菜馆第七座一谈，未知已到否？届时务希与令弟一同惠临为

幸。专此布达，顺请

文安。

迅　启上　四月二十日下午

330420 致李小峰

小峰兄：

　　《杂感选集》的格式，本已用红笔批了大半，后来一想，此书有十七万余字（连序一万五千在内），若用每版十二行，行卅六字印，当有四百余页，未免太厚，不便于翻阅。所以我想不如改为横行，格式全照《两地书》，则不到三百页可了事，也好看。不知兄以为何如，俟　示办理。此上，即颂

时绥。

迅　启上　四月二十晚。

330426 致李小峰

小峰兄：

　　《杂感选集》已批好，希店友于便中来寓一取。又，序文亦已寄来，内中有稍激烈处，但当无妨于出版，兄阅后仍交还，当于本文印好后与目录一同付印刷局也。

迅　上　四月廿六夜。

330501 致施蛰存

蛰存先生：

　　来信早到。近因搬屋及大家生病，久不执笔，《现代》第三卷第二期上，恐怕不及寄稿了。以后倘有工夫坐下作文，我想，在第三期上，或者可以投稿。此复，即请

著安。

鲁迅　启上　五月一日

330503 致王志之

志之先生：

　　家兄嘱代汇洋贰拾元，今由邮局寄奉，希察收。汇款人姓名住址，俱与此信信封上所写者相同，并以奉闻，以免取款时口述有所歧异也。此上，即请

文安。

周乔峰　启上　五月三日

330503 致李小峰

小峰兄：

　　今天奉上《两地书》印花五百中，似缺少一个，今补上。

　　前几天因为孩子生病及忙于为人译一篇论文，所以无暇做短评。现在又做起来了，告一段落，恐尚需若干时候也。

迅　上　五三之夜

330503 致许寿裳

季市兄：

　　来函奉到。HM 诚如所测；白果乃黄坚，兄盖未见其人，或在北京曾见，而忘之也，小人物耳，亦不足记忆。

　　《自选集》一本仍在书架上，因书册太小，不能同裹，故留下以俟后日。

　　逸尘寓非十号，乃第一衖第九号也。

　　近又在印《杂感选集》，大小如《两地书》，六月可成云。

　　此复，即颂

曼福。

飞　顿首　五月三夜

330504 致黎烈文

烈文先生：

　　顷奉到三日惠函。《自由谈》已于昨今两日，各寄一篇，谅已先此而到。有人中伤，本亦意中事，但近来作文，避忌已甚，有时如骨鲠在喉，不得不吐，遂亦不免为人所憎。后当更加婉约其辞，惟文章势必至流于荏弱，而干犯豪贵，虑亦仍所不免。希　先生择可登者登之，如有被人扣留，则易以他稿，而将原稿见还，仆倘有言谈，仍当写寄，决不以偶一不登而放笔也。此复，即请

著安。

迅　启上　五月四日晚

330504 致黎烈文

烈文先生：

　　晚间曾寄寸函，夜里又做一篇，原想嬉皮笑脸，而仍剑拔弩张，倘不洗心，殊难革面，真是呜呼噫嘻，如何是好。换一笔名，图掩人目，恐亦无补。今姑且寄奉，可用与否，一听酌定，希万勿客气也。

　　此上，即请

著安。

干　　顿首　五月四夜

330507 致曹聚仁

聚仁先生：

　　惠函收到。守常先生我是认识的，遗著上应该写一点什么，不过于学说之类，我不了然，所以只能说几句关于个人的空话。

　　我想至迟于月底寄上，或者不至于太迟罢。

　　此复，即颂

著祺。

鲁迅　启上　五月七日

330508 致章廷谦

矛尘兄：

　　久不见，想安善。日内当托书店寄奉书籍四本，一以赠兄，馀三本在卷首亦各有题记，希代分送为荷。我们都好，可释远念也。此上即请文安。

树　顿首　五月八夜

斐君夫人前均此请安不另。

330509 致邹韬奋

韬奋先生：

今天在《生活》周刊广告上，知道先生已做成《高尔基》，这实在是给中国青年的很好的赠品。

我以为如果能有插图，就更加有趣味，我有一本《高尔基画像集》，从他壮年至老年的像都有，也有漫画。倘要用，我可以奉借制版。制定后，用的是那几张，我可以将作者的姓名译出来。此上，即请著安。

鲁迅　上　五月九日

330510 致许寿裳

季市兄：

日前寄上书籍一包，即上月所留下者，因恐于不及注意中遗失，故邮寄，包装颇厚，想必不至于损坏也。别有小说一本，纸张甚劣，但以其中所记系当时实情，可作新闻记事观，故顺便寄上一阅，讫即可以毁弃，不足插架也。

新寓空气较佳，于孩子似殊有益。我们亦均安，可释念。

明之通信处，便中仍希示知。此上，并颂

曼福。

弟飞　上五月十日

330510 致王志之

郑朱皆合作，甚好。我以为我们的态度还是缓和些的好。其实有一些人，即使并无大帮助，却并不怀着恶意，目前决不是敌人，倘若疾声厉色，拒人于千里之外，倒是我们的损失，也姑且不要太求全，因为求全责备，则有些人便远避了，坏一点的就来迎合，作违心之论，这样，就不但不会有好文章，而且也是假朋友了。

静农久无信来，寄了书去，也无回信，殊不知其消极的原因，但恐怕还是为去年的事罢。我的意见，以为还是放置一时，不要去督促。疲劳的人，不可再加重，否则，他就更加疲乏。过一些时，他会恢复的。

第二期既非我写些东西不可，日内当寄上一点。雁君见面时当一问。第一期诚然有些"太板"，但加入的人们一多，就会活泼的。

330511 致姚克

莘农先生：

十五日以后可有闲空。只要请先生指定一个日期及时间（下午），我当按时在内山书店相候。此复，即颂

时绥。

迅　启上　五月十一日

330514 致李小峰

小峰兄：

校稿还不如仍由我自己校，即使怎样草草，错字也不会比别人所校的多也。

《杂感集》之前，想插画像一张，照原大；又原稿一张，则应缩小一半。像用铜版，字用什么版，我无意见，锌版亦可。制后并试印之一张一同交下，当添上应加之字，再寄奉。

达夫兄到沪后，曾来访，但我适值出去了，没有看见。

迅　上　五月十四夜。

330519 致申彦俊（朝鲜）

彦俊先生：

来信奉到。仆于星期一（二十二日）午后二时，当在内山书店相候，乞惠临。至于文章，则因素未悉朝鲜文坛情形，一面又多所顾忌，恐未能著笔，但此事可于后日面谈耳。专此布复　敬颂
时绥

鲁迅　启上〔五月十九日〕

330520 致增田涉（日本）

《太平天国野史》今天已托内山老板寄上。迁居后房间朝南，似

对孩子好些，大人也健康如常，但琐事太多忙乱不堪。

我暂时仍住上海。《小说史略》如难以出版，就算了吧，如何？此书已旧，日本当前也不需要这种书吧？　草草顿首

迅　上　五月二十日

增田兄足下

330525 致周茨石

茨石先生：

来信收到了。灾区的真实情形，南边的坐在家里的人，知道得很少。报上的记载，也无非是"惨不忍睹"一类的含浑文字，所以倘有切实的纪录或描写出版，是极好的。

不过商量办报和看文章，我恐怕无此时间及能力，因为我年纪大起来，家累亦重，没有这工夫了。但我的意见，以为（1）如办刊物，最好不要弄成文学杂志，而只给读者以一种诚实的材料；（2）用这些材料做小说自然也可以的，但不要夸张及腹测，而只将所见所闻的老老实实的写出来就好。

此复，并颂
时绥。

鲁迅　上　五月二十五日

330527 致黎烈文

烈文先生：

　　来函收到。日前见启事，便知大碰钉子无疑。放言已久，不易改弦，非不为也，不能也。近来所负笔债甚多，拟稍稍清理，然后闭门思过，革面洗心，再一尝试，其时恐当在六月中旬矣。

　　以前所登稿，因早为书局约去，不能反汗，所以希给我"自由"出版，并以未登者见还，作一结束。将来所作者，则当不以诺人，任出单行本也。

　　此复，并颂
时绥。

迅　启上　五月廿七夜。

330530 致曹聚仁

聚仁先生：

　　生丁斯世，言语道断，为守常先生的遗文写了几句，塞责而已。可用与否，伏候
裁定。此布，并请
著安。

鲁迅　启上　五月三十日

330603 致曹聚仁

聚仁先生：

二日的惠函，今天收到了。但以后如寄信，还是内山书店转的好。乔峰是我的第三个兄弟的号，那时因为要挂号，只得借用一下，其实是我和他一月里，见面不过两三回。

《李集》我以为不如不审定，也许连出版所也不如胡诌一个，卖一通就算。论起理来，李死在清党之前，还是国民党的朋友，给他留一个纪念，原是极应该的，然而中央的检查员，其低能也未必下于邮政检查员，他们已无人情，也不知历史，给碰一个大钉子，正是意中事。到那时候，倒令人更为难。所以我以为不如"自由"印卖，好在这书是不会风行的，赤者嫌其颇白，白者怕其已赤，读者盖必寥寥，大约惟留心于文献者，始有意于此耳，一版能卖完，已属如天之福也。

我现在真做不出文章来，对于现在该说的话，好像先前都已说过了。近来只是应酬，有些是为了卖钱，想能登，又得为编者设想，所以往往吞吞吐吐。但终于多被抽掉，呜呼哀哉。倘有可投《涛声》的，当寄上；先前也曾以罗怃之名，寄过一封信，后来看见广告，在寻这人，但因为我已有《涛声》，所以未复。

看起来，就是中学卒业生，或大学生，也未必看得懂《涛声》罢，近来的学生，好像"木"的颇多了。但我并不希望《涛声》改浅，失其特色，不过随便说说而已。

专复，并颂

著祺。

鲁迅　上　六月三夜

330607 致黎烈文

烈文先生：

　　来函收到，甚感甚感。

　　夜间做了这样的两篇，虽较为滑头，而无聊也因而殊甚。不知通得过否？如以为可用，请一试。

　　此后也想保持此种油腔滑调，但能否如愿，却未详也。此上，
顺颂

著祺。

迅　启　六月七夜

330618 致姚克

莘农先生：

　　来信敬悉。近来天气大不佳，难于行路，恐须蛰居若干时，故不能相见。译文只能由　先生自行酌定矣。照片如能见寄一枚，甚感。

　　其实以西文绍介中国现状，亦大有益，至于发表中文，以近状言，易招危险，非详审不可。此事非数语能了，未知何日南归，尔时如我尚在沪，而又能较现在稍自由，当图畅叙也。专此奉复，顺颂
时绥。

迅　启上　六月十八夜

330618 致曹聚仁

聚仁先生：

惠书敬悉。近来的事，其实也未尝比明末更坏，不过交通既广，智识大增，所以手段也比较的绵密而且恶辣。然而明末有些士大夫，曾捧魏忠贤入孔庙，被以衮冕，现在却还不至此，我但于胡公适之之侃侃而谈，有些不觉为之颜厚有忸怩耳。但是，如此公者，何代蔑有哉。

渔仲亭林诸公，我以为今人已无从企及，此时代不同，环境所致，亦无可奈何。中国学问，待从新整理者甚多，即如历史，就该另编一部。古人告诉我们唐如何盛，明如何佳，其实唐室大有胡气，明则无赖儿郎，此种物件，都须褫其华衮，示人本相，庶青年不再乌烟瘴气，莫名其妙。其他如社会史，艺术史，赌博史，娼妓史，文祸史……都未有人著手。然而又怎能著手？居今之世，纵使在决堤灌水，飞机掷弹范围之外，也难得数年粮食，一屋图书。我数年前，曾拟编中国字体变迁史及文学史稿各一部，先从作长编入手，但即此长编，已成难事，剪取欤，无此许多书，赴图书馆抄录欤，上海就没有图书馆，即有之，一人无此精力与时光，请书记又有欠薪之惧，所以直到现在，还是空谈。现在做人，似乎只能随时随手做点有益于人之事，倘其不能，就做些利己而不损人之事，又不能，则做些损人利己之事。只有损人而不利己的事，我是反对的，如强盗之放火是也。

知识分子以外，现在是不能有作家的，戈理基虽称非知识阶级出身，其实他看的书很不少，中国文字如此之难，工农何从看起，所以新的文学，只能希望于好的青年。十余年来，我所遇见的文学青年真也不少了，而希奇古怪的居多。最大的通病，是以为因为自己是青年，所以最可贵，最不错的，待到被人驳得无话可说的时候，他就说是因为青年，当然不免有错误，该当原谅的了。而变化也真来得快，三四年中，三翻四覆的，你看有多少。

古之师道，实在也太尊，我对此颇有反感。我以为师如荒谬，不妨叛之，但师如非罪而遭冤，却不可乘机下石，以图快敌人之意而自救。太炎先生曾教我小学，后来因为我主张白话，不敢再去见他了，后来他主张投壶，心窃非之，但当国民党要没收他的几间破屋，我实不能向当局作媚笑。以后如相见，仍当执礼甚恭（而太炎先生对于弟子，向来也绝无傲态，和蔼若朋友然），自以为师弟之道，如此已可矣。

今之青年，似乎比我们青年时代的青年精明，而有些也更重目前之益，为了一点小利，而反噬构陷，真有大出于意料之外者，历来所身受之事，真是一言难尽，但我是总如野兽一样，受了伤，就回头钻入草莽，舐掉血迹，至多也不过呻吟几声的。只是现在却因为年纪渐大，精力就衰，世故也愈深，所以渐在回避了。

自首之辈，当分别论之，别国的硬汉比中国多，也因为别国的淫刑不及中国的缘故。我曾查欧洲先前虐杀耶稣教徒的记录，其残虐实不及中国，有至死不屈者，史上在姓名之前就冠一"圣"字了。中国青年之至死不屈者，亦常有之，但皆秘不发表。不能受刑至死，就非卖友不可，于是坚卓者无不灭亡，游移者愈益堕落，长此以往，将使中国无一好人，倘中国而终亡，操此策者为之也。

此复，并颂

著祺

鲁迅　启上　六月十八夜。

330619 致赵家璧

家璧先生：

蒙惠书并赐《白纸黑字》一册，甚感。

兹奉上印证四千枚，以应有一收条见付。此上，即颂

著祺。

鲁迅　六月十九日

330620 致林语堂

语堂先生：

顷奉到来札并稿。前函令打油，至今未有，盖打油亦须能有打油之心情，而今何如者。重重迫压，令人已不能喘气，除呻吟叫号而外，能有他乎？

不准人开一开口，则《论语》虽专谈虫二，恐亦难，盖虫二亦有谈得讨厌与否之别也。天王已无一枝笔，仅有手枪，则凡执笔人，自属全是眼中之钉，难乎免于今之世矣。专复，并请

道安。

迅　顿首　六月廿夜

尊夫人前并此请安。

330620 致榴花社

榴花艺社诸君：

十一日信及《榴花》第一期，今天都已收到。征求木刻，恐怕很难，因为木版邮寄，麻烦得很。而且此地盛行白色恐怖，仅仅主张保障民权之杨杏佛先生，且于前日遭了暗杀，闻在计画杀害者尚有十余人。我也不能公然走路，所以和别人极难会面，商量一切。但如作有小品文，则当寄上。

新文艺之在太原，还在开垦时代，作品似以浅显为宜，也不要激烈，这是必须察看环境和时候的。别处不明情形，或者要评为灰色也难说，但可以置之不理，万勿贪一种虚名，而反致不能出版。战斗当首先守住营垒，若专一冲锋，而反遭覆灭，乃无谋之勇，非真勇也。

此复，并颂

时绥。

鲁迅　六月二十日

330625 致李小峰

小峰兄：

近来收账既困难，此后之《两地书》印花先交半税，是可以的。但有附件二：一，另立景宋之账，必须于节边算清余款；二，我如有需用现款，以稿件在别处设法的时候，北新不提出要印的要求。

这几天因为须作随笔，又常有客来，所以杂感尚未编过，恐怕至早要在下月初了。这回的编法，系将驳我的杂感的文章，附在当篇之后，而又加以案语，所以要比以前的编法费事一些。但既已说由北新付印，另外决无枝节，不过迟早一点而已。

前回面索之锌板，一系 Pío Baroja 画像，系一小方块，下有签名；一乃 Gorky 画像，是线画，额边有红块一方。所以二人画像，版则有三块也。倘能检出，希便中带下为荷。

迅 上 六月廿五夜。

330625 致山本初枝（日本）

拜启 玉照拜收，谢谢。《明日》第四期也收到。作者们锐气不改啊。

上海已热，蚊子很多，常常叮我，现在还在叮。然而，身旁内山夫人送给我的杜鹃花正开着。所谓的苦中有乐，这就是吧？

但是，近来中国式的法西斯开始流行了。熟人中已有一人失踪，一人遭暗杀。此外，可能被暗杀的还有很多，但不管怎么说，我还活着。只要我还活着，就要拿起笔，去回答他们的手枪。只是不能自由地去内山书店漫谈，有些扫兴。去还是去的，不过是隔日一次。将来也许只有夜里才能去。但是，这种白色恐怖是没用的。总有一天会停止的吧。

搬家后孩子似乎很好，很活泼，肤色也变黑了。

井上红梅先生已来上海，看样子喝了不少酒。 草草顿首

鲁迅 拜呈 六月廿五夜

山本夫人几下

330625 致增田涉（日本）

明信片早已收到。

近来在上海，中国式的白色恐怖已经开始流行了。丁玲女士失踪（一说已被惨杀），杨铨氏（民权同盟干事）被暗杀。在"白名单"中，据说本人也获得入选之光荣，但不管怎样总算还在写信。

不过，我觉得活着也够麻烦的。

井上红梅君来上海，调查这恐怖事件，想写些什么吧。但这是很不容易了解真相的。

草草顿首

洛文　六月廿五夜

增田兄几下

330626 致王志之

志之兄：

来信收到。

书坊店是靠不住的，他们像估衣铺一样，什么衣服行时就挂什么，上海也大抵如此，只要能够敷衍下去，就算了。茅稿已寄谷兄，我怕不能作。

《十月》的作者是同路人，他当然看不见全局，但这确也是一面的实情，记叙出来，还可以作为现在和将来的教训，所以这书的生命是很长的。书中所写，几乎不过是投机的和盲动的脚色，有几个只是赶热闹而已，但其中也有极坚实者在内（虽然作者未能描写），故也能成功。这大约无论怎样的革命，都是如此，倘以为必得大半都是坚实正确的人们，那就是难以实现的空想，事实是只能此后渐渐正确起来的。所以这书在他本国，新版还很多，可见看的人正不少。

丁事的抗议，是不中用的，当局那里会分心于抗议。现在她的生死还不详。其实，在上海，失踪的人是常有的，只因为无名，所以无人提起。杨杏佛也是热心救丁的人之一，但竟遭了暗杀，我想，这事也必以模胡了之的，什么明令缉凶之类，都是骗人的勾当。听说要用同样办法处置的人还有十四个。

《落花集》出版，是托朋友间接交去的，因为我和这书店不熟，所以出版日期，也无从问起。序文我想我还是不做好，这里的叭儿狗没有眼睛，不管内容，只要看见我的名字就狂叫一通，做了怕反于本书有损。

我交际极少，所以职业实难设法。现在是不能出门，终日坐在家里。《两地书》一本，已托书店寄出。

此复，并颂

时绥。

豫　上　六月廿六夜

《年谱》错处不少，有本来错的（如我的祖父只是翰林而已，而作者却说是"翰林院大学士"，就差得远了），也有译错的（凡二三处）。又及。

330628 致台静农

静农兄：

顷得六月二十二日函，五月初之信及照相，早已收到，倥偬之际，遂未奉闻也。

上海气候殊不佳，蒙念甚感。时症亦大流行，但仆生长危邦，年逾大衍，天灾人祸，所见多矣，无怨于生，亦无怖于死，即将投我琼瑶，依然弄此笔墨，夙心旧习，不能改也，惟较之春初，固亦颇自摄养耳。

开明第一次款，久已照收，并无纠葛，霁兄曾来函询，因失其通信地址，遂无由复，乞转知；至第二次，则尚无消息。

立人先生大作，曾以一册见惠，读之既哀其梦梦，又觉其凄凄。昔之诗人，本为梦者，今谈世事，遂如狂酲；诗人原宜热中，然神驰宦海，则溺矣，立人已无可救，意者素园若在，或不至于此，然亦难言也。

此复，并颂

时绥。

豫　启上　六月廿八晚

330706 致罗清桢

清桢先生：

蒙赐函并惠木刻画集，感谢之至。

倘许有所妄评，则愚意以为《挤兑》与《起卸工人》为最好。但亦有缺点：前者不能确然显出银行，后者的墙根之草与天上之云，皆与全幅不称。最失败的可要算《淞江公园》池中的波纹了。

中国提倡木刻无几时，又没有参考品可看，真是令学习者为难，近与文学社商量，希其每期印现代木刻六幅，但尚未得答复也。

专此布复，并颂

时绥。

鲁迅　启上　七月六夜

330708 致黎烈文

烈文先生：

　　惠函收到。向来不看《时事新报》，今晨才去搜得一看，又见有汤增敭启事，亦在攻击曾某，此辈之中，似有一小风波，连崔万秋在内，但非局外人所知耳。

　　我与中国新文人相周旋者十余年，颇觉得以古怪者为多，而漂聚于上海者，实尤为古怪，造谣生事，害人卖友，几乎视若当然，而最可怕的是动辄要你生命。但倘遇此辈，第一切戒愤怒，不必与之针锋相对，只须付之一笑，徐徐扑之。吾乡之下劣无赖，与人打架，好用粪帚，足令勇士却步，张公资平之战法，实亦此类也，看《自由谈》所发表的几篇批评，皆太忠厚。

　　附奉文一篇，可用否希酌夺。不久尚当作一篇，因张公启事中之"我是坐不改名，行不改姓的人，纵令有时用其他笔名，但所发表文字，均自负责"数语，亦尚有文章可做也。

　　此复，即颂

著祺

家干　顿首　七月八日

330711 致曹聚仁

聚仁先生：

继杨杏佛而该死之榜，的确有之，但弄笔之徒，列名其上者实不过六七人，而竟至于天下骚然，鸡飞狗走者内智识阶级之怕死者半，盖怕死亦一种智识耳，孔子所谓知命者不立于岩墙之下也。而若干文虹（古本作氓），趁势造谣，各处恫吓者亦半。一声失火，大家乱窜，塞住大门，踏死数十，古已有之，今一人也不踏死，则知识阶级之故也。是大可夸，丑云乎哉？

《涛声》至今尚存，实在令人觉得古怪，我以为当是文简而旨隐，未能为大家所解，因而侦探们亦不甚解之故，八月大寿，当本此旨作一点祝辞。

近来只写点杂感，亦不过所谓陈言，但均早被书店约去，此外之欠债尚多，以致无可想法，只能俟之异日耳。

此复，并颂

时绥。

鲁迅　启上　七月十一日

330711 致母亲

母亲大人膝下敬禀者，七月四日的信，已经收到，前一信也收到了。

家中既可没有问题，甚好，其实以现在生活之艰难，家中历来之生活法，也还要算是中上，倘还不能相谅，大惊小怪，那真是使人为难了。现既特雇一人，专门伏侍，就这样试试再看罢。男一切如常，但因平日多讲话，毫不客气，所以怀恨者颇多，现在不大走出外面去，只在寓里看看书，但也仍做文章，因为这是吃饭所必需，无法停止也，然而因此又会遇到危险，真是无法可想。害马虽忙，但平安如常，可释远念。海婴是更加长大了，下巴已出在桌面之上，因为搬了房子，常在明堂里游戏，或到田野间去，所以身体也比先前好些。能讲之话很多，虽然有时要撒野，但也能听大人的话。许多人都说他太聪明，还欠木一点，男想这大约因为常与大人在一起，没有小朋友之故，耳濡目染，知道的事就多起来，所以一到秋凉，想送他到幼稚园去了。上海近数日大热，屋内亦有九十度，不过数日之后，恐怕还要凉的。专此布达，恭请

金安。

男树　叩上　七月十一日

广平及海婴同叩

330711 致山本初枝（日本）

拜启　惠函收到。上海已热，即使室内寒暑表也已升到九十度以上，但我们都好，孩子也活泼地吵闹着。正路君也放暑假了，大为顽皮吧？

日本景色美丽，常常怀念，但看来很难成行。如果我去了，不准登陆亦未可知。而且，我现在也不能离开中国。倘用暗杀就可以吓倒人，那暗杀者就会越发猖狂。他们造谣，说我已逃到青岛。因此我更非住在上海不可，并写文章骂他们，还要出版。试看最后到底是谁灭

亡。然而我提防着，内山书店也难得去。暗杀者大概不会到家里来的吧，请放心。

最近收到增田君的信，和他自己画的庭院、书斋及孩子的画。虽不漫谈，却在漫读，似乎过得还挺悠闲。从其画上看，增田君故乡的景色也非常美。

现在没有想要的书，有的话再拜托你。

我这次的住处非常好。前面有块空地，雨后蛙声大作，如在乡间，而且狗也在吠。现在已是午夜二时了。　草草顿首

鲁迅　上　七月十一日

山本夫人几下

330711 致增田涉（日本）

七月四日信收到。上海的寒暑表，室内七十度，室外七十七八度。尊画已比过去给我的南画（？）好得多了。令宅处于风景极佳之处，为何还那么想来上海呢？

看到木实君的画像，觉得比前年收到的照片漂亮多了。

但他那个"中国哥哥"海婴小家伙却很淘气，虽然不哭，可是爱闹，所幸不常在家。照片托内山老板寄上，去年九月满三岁时拍的，但这是最新的照片，此后还未拍过。与其照片一起送上书两本，无聊的东西，是为卖钱出版的。又《中国论坛》一册，其中记有丁玲的事。

丁修人、丁休人都错了，其实是应修人。此人是十年前杭州的湖畔诗社那个文学社团的一员，是诗人，曾用"丁九"笔名，取名"丁九"，以其容易写。

我们都健康，但不常到内山书店去。漫谈不能进行，很遗憾，但手枪子弹穿进脑袋则更遗憾。我大抵在家写些骂人的东西。 草草顿首

迅 上 七月十一日

增田兄桌下

令尊令堂、令夫人、令媛均吉

330714 致黎烈文

烈文先生：

昨得大札后，匆复一笺，谅已达。《大晚报》与我有夙仇，且勿论，最不该的是我的稿件不能在《自由谈》上发表时，他们欣欣然大加以嘲笑。后来，一面登载柳丝（即杨邨人）之《新儒林外史》，一面崔万秋君又给我信，谓如有辨驳，亦可登载。虽意在振兴《火炬》，情亦可原，但亦未免太视人为低能儿，此次亦同一手段，故仍不欲与其发生关系也。

曾大少真太脆弱，而启事尤可笑，谓文坛污秽，所以退出，简直与《伊索寓言》所记，狐吃不到葡萄，乃诋之为酸同一方法。但恐怕他仍要回来的，中国人健忘，半年六月之后，就依然一个纯正的文学家了。至于张公，则伎俩高出万倍，即使加以猛烈之攻击，也决不会倒，他方法甚多，变化如意，近四年中，忽而普罗，忽而民主，忽而民族，尚在人记忆中，然此反复，于彼何损。文章的战斗，大家用笔，始有胜负可分，倘一面另用阴谋，即不成为战斗，而况专持粪帚乎？然此公实已道尽途穷，此后非带些叭儿与无赖气息，殊不足以再有刊物上（刊物上耳，非文学上也）的生命。

做编辑一定是受气的，但为"赌气"计，且为于读者有所贡献计，只得忍受。略为平和，本亦一法，然而仍不免攻击，因为攻击之来，与内容其实是无甚关系的。新文人大抵有"天才"气，故脾气甚大，北京上海皆然，但上海者又加以贪滑，认真编辑，必苦于应付，我在北京见一编辑，亦新文人，积稿盈几，未尝一看，骂信蝟集，亦不为奇，久而久之，投稿者无法可想，遂皆大败，怨恨之极，但有时寄一信，内画生殖器，上题此公之名而已。此种战法，虽皆神奇，但我辈恐不能学也。

　　附上稿一篇，可用与否，仍希

裁夺。专此，顺请

暑安。

干　顿首　七月十四日

330718 致罗清桢

清桢先生：

　　先后两信均收到，后函内并有木刻五幅，谢谢。

　　高徒的作品，是很有希望的，《晚归》为上，《归途》次之，虽然各有缺点（如负柴人无力而柴束太小，及后一幅按远近比例，屋亦过小，树又太板等），而都很活泼。《挑担者》亦尚佳，惜扁担不弯，下角太黑。《军官的伴侣》中，三人均只见一足，不知何意？《五一纪念》却是失败之作，大约此种繁复图像，尚非初学之力所能及，而颜面软弱，拳头过大，尤为非宜，此种画法，只能用为象征，偶一驱使，而倘一不慎，即容易令人发生畸形之感，非有大本领，不可轻作也。

我以为少年学木刻，题材应听其十分自由选择，风景静物，虫鱼，即一花一叶均可，观察多，手法熟，然后渐作大幅。不可开手即好大喜功，必欲作品中含有深意，于观者发生效力。倘如此，即有勉强制作，画不达意，徒存轮廓，而无力量之弊，结果必会与希望相反的。

专此布复，并颂

时绥

鲁迅　启　七月十八夜

330718 致施蛰存

蛰存先生：

十日惠函，今日始收到。

近日大热，所住又多蚊，几乎不能安坐一刻，笔债又积欠不少，因此本月内恐不能投稿，下月稍凉，当呈教也。

此复并请

著安。

迅　启上　七月十八夜。

330722 致黎烈文

烈文先生：

晨寄一稿，想已达；下午得廿一日信，谨悉种种。

关于《自由谈》近日所论之二事，我并无意见可陈。但以为此二问题，范围太狭，恐非一般读者所欲快睹，尤其是剪窃问题，往复二次，是非已经了然，再为此辈浪费纸墨，殊无谓也。此后文章，似宜择不太专门者，而且论题常有变化为妙。

我意刊物不宜办。一是稿件，大约开初是不困难的，但后必渐少，投稿又常常不能用，其时编辑者就如推重车上峻坂，前进难，放手亦难，昔者屡受此苦，今已悟澈而决不作此事矣，故写出以备参考。二是维持，《自由谈》仅《申报》之一部分，得罪文虻，尚被诋毁如此，倘是独立刊物，则造谣中伤，禁止出版，或诬以重罪，彼辈易如反掌耳。

天热蚊多，不能安坐，而旧欠笔债，大被催逼，正在窘急中，俟略偿数款，当投稿也。

此复，即请

暑安。

干　顿首　七月二十二日

330729 致黎烈文

烈文先生：

偶成杂感一则，附奉，如觉题目太触目，就改为《晨凉漫记》罢。

惠函奉到。明末，真有被谣言弄得遭杀身之祸的，但现在此辈小虻，为害当未能如此之烈，不过令人生气而已，能修炼到不生气，则为编辑不觉其苦矣。不可不炼也。

此上，即请

道安。

干　上　七月廿九日

向未作过长篇，难以试作，玄先生恐也没有，其实翻译亦佳，《红萝卜须》实胜于澹果孙先生作品也。同日又及。

330801 致吕蓬尊

蓬尊先生：

蒙赐函指示种种，不胜感谢。

《十月》我没有加以删节，印本的缺少，是我漏译呢，还是漏排，却很难说了。至于《老屋》，是梭罗古勃之作，后记作安特来夫，是我写错的。

《一天的工作》再版已印出，所指之处，只好俟三版时改正。

靖华所译的那一篇，名《花园》，我只记得见过印本，故写为在《烟袋》中，现既没有，那大概是在《未名》（未名社期刊，现已停止）里罢，手头无书，说不清了。

此复，并颂

时绥。

鲁迅　启上　八月一日

330801 致何家骏、陈企霞

家骏
企霞　先生：

来信收到。连环图画是极紧要的，但我无材料可以介绍，我只能说一点我的私见：

一，材料，要取中国历史上的，人物是大众知道的人物，但事迹却不妨有所更改。旧小说也好，例如《白蛇传》（一名《义妖传》）就很好，但有些地方须加增（如百折不回之勇气），有些地方须削弱（如报私恩及为自己而水满金山等）。

二，画法，用中国旧法。花纸，旧小说之绣像，吴友如之画报，皆可参考，取其优点而改去其劣点。不可用现在流行之印象画法之类，专重明暗之木版画亦不可用，以素描（线画）为宜。总之：是要毫无观赏艺术的训练的人，也看得懂，而且一目了然。

还有必须注意的，是不可堕入知识阶级以为非艺术而大众仍不能懂（因而不要看）的绝路里。

专此布复，并颂

时绥。

鲁迅　上　八月一日

330801 致胡今虚

今虚先生：

你给我的七月三日的信，我是八月一日收到的，我现在就是通信也不大便当。

你说我最近二三年来，沈声而且隐藏，这是不确的，事实也许正相反。不过环境和先前不同，我连改名发表文章，也还受吧儿的告密，倘不是"不痛不痒，痛煞痒煞"的文章，我恐怕你也看不见的。《三闲集》之后，还有一本《二心集》，不知道见过没有，这也许比较好一点。

《三闲集》里所说的骂，是事实，别处我不知道，上海确是的，这当然是一部分，然而连住在我寓里的学生，也因而憎恶我，说因为住在我寓里，他的朋友都看他不起了。我要回避，是决非太过的，我至今还相信并非太过。即使今年竟与曾今可同流，我也毫没有忏悔我的所说的意思。

好的青年，自然有的，我亲见他们遇害，亲见他们受苦，如果没有这些人，我真可以"息息肩"了。现在所做的虽只是些无聊事，但人也只有人的本领，一部分人以为非必要者，一部分人却以为必要的。而且两手也只能做这些事，学术文章要参考书，小说也须能往各处走动，考察，但现在我所处的境遇，都不能。

我很感谢你对于我的希望，只要能力所及，我自然想做的。不过处境不同，彼此不能知道底细，所以你信中所说，我也很有些地方不能承认。这须身临其境，才可明白，用笔是一时说不清楚的。但也没有说清的必要，就此收场罢。

此复，并颂

进步

迅　上　八月一夜

330801 致科学新闻社

编辑先生：

今天看见《科学新闻》第三号。茅盾被捕的消息，是不确的；他虽然已被编入该杀的名单中，但现在还没有事。

这消息，最初载在《微言》中，这是一种匿名的叽儿所办，专造谣言的刊物，未有事时造谣，倘有人真的被捕被杀的时候，它们倒一声不响了；而这种造谣，也带着淆乱事实的作用。不明真相的人，是很容易被骗的。

关心茅盾的人，在北平大约也不少，我想可以更正一下。至于丁玲，毫无消息，据我看来，是已经被害的了，而有些刊物还造许多关于她的谣言，真是畜生之不如也。

鲁迅 上 八月一夜

330803 致黎烈文

烈文先生：

得七月卅一日信，也很想了一下，终于觉得不行。这不但这么一来，真好像在抢张资平的稿费，而最大原因则在我一时不能作。我的生活，一面是不能动弹，好像软禁在狱室里，一面又琐事却多得很，每月总想打叠一下，空出一段时间来，而每月总还是没有整段的余暇。做杂感不要紧，有便写，没有便罢，但连续的小说可就难了，至少非常常连载不可，倘不能寄稿时，是非常焦急的。

小说我也还想写，但目下恐怕不行，而且最好是有全稿后才开始登载，不过在近几日内总是写不成的。

此复，顺请

著祺

干 顿首 八月三日

330804 致赵家璧

家璧先生：

一日惠函，我于四日才收到。

译文来不及，天热，我又眼花，没有好字典，只得奉还，抱歉之至。序文用不着查什么，还可以作，但六号是来不及的，我做起来看，赶得上就用，赶不上可以作罢的。

书两本，先奉还，那一本我自己有。

此复，即请

著安。

迅　上　八月四日

330807 致赵家璧

家璧先生：

为《一个人的受难》写了一点序，姑且寄上，如不合用，或已太迟，请抛掉就是，因为自己看看，也觉得太草率了。

此上，即请

著安。

迅　启　八月七日

330809 致李霁野

霁野兄：

　　来信及款，今日收到。

　　靖回否似未定，近少来信。款能否寄去而本人收到，亦可疑，姑存我处，俟探明汇法后办理。

　　开明二次付款期，似系六月，三次为八月，但约稿不在手头，无从确言，总之，二次之期，则必已到矣。

　　丛近到上海一次，未见，但闻人传其言谈，颇怪云。

　　上海大热，房内亦九十度以上。我如常，勿念。

　　此复，并颂

时绥

　　　　　　　　　　　　　　　　　树　启　八月九夜

330810 致杜衡

杜衡先生：

　　惠示谨悉。《高尔基文选》已托人送上，谅已达览。译者曾希望卷头有作者像一张，不知书局有可移用者否？倘没有，当奉借照印。

　　不看外国小说已年余，现在无甚可译。对于《现代》六期，当寄随笔或译论一篇也。

　　此复，并颂

著安。

　　　　　　　　　　　　　　　　鲁迅　启上　八月十夜。

330813 致董永舒

永舒先生：

你给我的信，在前天收到。我是活着的，虽然不知道可以活到什么时候。

《雪朝》我看了一遍，这还不能算短篇小说，因为局面小，描写也还简略，但作为一篇随笔看，是要算好的。此后如要创作，第一须观察，第二是要看别人的作品，但不可专看一个人的作品，以防被他束缚住，必须博采众家，取其所长，这才后来能够独立。我所取法的，大抵是外国的作家。

但看别人的作品，也很有难处，就是经验不同，即不能心心相印。所以常有极要紧，极精采处，而读者不能感到，后来自己经验了类似的事，这才了然起来。例如描写饥饿罢，富人是无论如何都不会懂的，如果饿他几天，他就明白那好处。

《伟大的印象》曾在杂志《北斗》上登载过，这杂志早被禁止，现在已无从搜求。昨天托内山书店寄上七（？）本书，想能和此信先后而至，其中的《铁流》是原版，你所买到的，大约是光华书局的再版罢，但内容是一样的，不过纸张有些不同罢了。

高尔基的传记，我以为写得还好，并且不枯燥，所以寄上一本。至于他的作品，中国译出的已不少，但我觉得没有一本可靠的，不必购读。今年年底，当有他的《小说选集》和《论文选集》各一本可以出版，是从原文直接翻译出来的好译本，那时我当寄上。

此复，即颂

时绥。

鲁迅　启上　八月十三日

以后如有信，寄"上海北四川路底内山书店"收转，则比较的可以收到得快。　又及。

330814 致杜衡

杜衡先生：

十二日信昨收到。《高论》译者不知所在，无法接洽，但九月中距现在不过月余，即有急用，亦可设法周转，版税一层是可以不成问题的。高尔基像我原有一本，而被人借去，一时不能取回，现在如要插图，我以为可用五幅，因为论文是近作，故所取者皆晚年的——

1. 最近画像（我有）。

2. 木刻像（在《文学月报》或《北斗》中，记不清）。

3. 他在演讲（在邹韬奋编的《高尔基》内）。

4. 蔼理斯的漫画（在同书内）。

5. 库克尔涅克斯的漫画（我有）。

如现代愿用而自去找其三幅，则我当于便中将那两幅交上，但如怕烦，则只在卷头用一幅也不要紧，不过多加插画，却很可以增加读者兴趣的。

还有一部《高尔基小说选集》，约十二万字，其实是《论文集》的姊妹篇，不知先前曾经拿到现代去过没有？总之是说定卖给生活书店的了，而昨天得他们来信，想将两篇译序抽去，也因为一时找不到译者，无法答复。但我想，去掉译序，是很不好的，读者失去好指针，吃亏不少。不知现代能不能以和《论文集》一样形式，尤其是不加删改，为之出版？请与蛰存先生一商见告。倘能，我想于能和译者接洽时，劝其收回，交给现代，亦以抽版税法出版。

倘赐复，请寄××××××××××××××，较为便捷，因为周建人忙，倒不常和我看见的。此复，即颂

著安。

鲁迅　上　八月十四日

330820 致许寿裳

季市兄：

惠函诵悉。钦文一事已了，而另一事又发生，似有仇家，必欲苦之而后快者，新闻上记事简略，殊难知其内情，真是无法。蔡公生病，不能相渎，但未知公侠有法可想否？

敝寓均安，可释念。附奉旧邮票二纸，皆庸品也。

此上，并颂

曼福。

弟飞　顿首　八月二十日

330820 致杜衡

杜衡先生：

昨奉到十八日函。高氏像二种，当于便中持上。《小说集》系同一译者从原文译出，文笔流畅可观。已于昨日函生活书店索还原稿，想不会有什么问题。

《文艺理论丛书》第一本，我不能作序，一者因为我对于此事，不想与闻；二者则对于蒲氏学术，实在知道得太少，乱发议论，贻笑大方。此事只好等看见雪峰时，代为催促，但遇见他真是难得很。

第二本无人作序，只好将靖华的那篇移用，我是赞成的。第一本一时不能成功，其实将第二本先出版也可以。

《现代》用的稿子，尚未作，当于月底或下月初寄上不误。专此布复，即颂

著祺。

鲁迅　启上　八月二十日

330827 致杜衡

杜衡先生：

昨天才看见雪峰，即达来函之意，他说日内就送去。

生活书店经去索稿，他们忽然会照了译者的条件，不肯付还。那么，这稿子是拿不回来的了。

附上书两本，制版后可就近送交周建人。我的意见，以为最好是每像印一张，分插在全书之内，最不好看是都放在卷首，但如书店定要如此，随它也好。惟木刻一张，必须用黑色印，记得杂志上用的不是黑色，真可笑，这回万勿受其所愚。

又附上萧君译文一篇，于《现代》可用否？如不能用，或一时不能用，则请掷还，也交周建人就好。

我的短文，一并寄上。能用与否，尚乞裁定为幸。此请著安。

鲁迅　上　八月二十七日

330830 致开明书店

径启者：顷得未名社来函并收条。函今寄奉；其收条上未
填数目及日期，希即由

贵局示知，以便填写并如期走领为荷。此请

开明书店台鉴

鲁迅　启　八月卅日

回信请寄"北四川路底内山书店转周豫才收"。

330901 致曹聚仁

聚仁先生：

顷诵悉来信。《人之初》看目录恐只宜于小学生，推而广之，可
至店员。我觉得中国一般人，求知的欲望很小，观科学书出版之少可
知。但我极希望先生做出来，因为读者有许多层，此类书籍，也必
须的。

野草书屋系二三青年所办，我不知其详，大约意在代人买书，以
博微利，而亦印数种书，我因与其一人相识，遂为之看稿。近似亦无
发展，愿否由群众发行，见时当一问。其实他们之称野草书屋，亦颇
近于影射，令人疑为我所开设也。

对于群众，我或可以代拉几种稿子，此外恐难有所贡献。近年以
来，眼已花，连书亦不能多看，此于专用眼睛如我辈者，实为大害，
真令人有退步而至于无用之惧，昔日之日夜校译的事，思之如梦矣。
《自由谈》所载稿，倘申报馆无问题，大约可由群众出版，但须与北

新（由我）开一交涉，且至十二月底为结束，才出版。

　　言不尽意，将来当图面罄。此复，即颂

著祺。

迅　启上　九月一夜。

330907 致曹靖华

静农兄：

　　此信乞并款转靖兄。

靖兄：

　　本月三日信收到，《恐惧》稿亦早收到。今奉上洋五百二十七元，

内计：

《星花》版税（初版）补	三○.○○
《文学》第一期稿费	二八.○○
霁野寄来	二五五.○○
丛芜还来	二○○.○○
《文学》第三期稿费（佩译文）	一四.○○

　　凡存在我这里的，全都交出了。此地并无什么事，容后再谈。此

上，即颂

近好。

弟豫　顿首　九月七日

330907 致曹靖华

靖华兄：

　　三日信收到。霁兄款及丛芜还二百，连另碎稿费共五百二十七元，已托郑君面交静农兄，他于星期日（十日）由此动身，大约此信到后，不久亦可到北平了。剧本译稿亦已收到，一时尚无处出版，因为剧本比小说看的人要少，所以书店亦不大欢迎。木刻亦收到了。

　　大约两星期前，我曾寄书报两包与兄，不知兄在那边，有托人代收否？如有，可即发一信，就近分送别人，因为倘又寄回，也无聊得很。这些书报，那边难得，而这里是不算什么的。

　　兄如有兴致，休息之后，到此来看看也好。我的住址，可问代我收信之书店，他会带领的，但那时在动身之前，望豫先通知，我可以先告诉他，以免他不明白，而至于拒绝。

　　此上，即祝
安健。

弟豫　顿首　九月七夜

330907 致曹聚仁

聚仁先生：

　　前上一缄，想已达。今日看见野草书屋中人之一的张君，问以书籍由群众总发行事，他说可以的。他又说，因寄售事，原也常去接洽。但不知与他接洽者为何人。我想，可由先生通知店中人，遇他去时，与之商议就好了。

　　此上，即请

著安。

迅　顿首　九月七夜

330908 致开明书店

　　径启者：未名社之第三期款项，本月中旬似已到期，该社
亦已将收条寄来，但仍未填准确日期及数目。仍希

贵店一查见示，以便填入，如期领取为荷。

　　此请

开明书店大鉴。

鲁迅　启　九月八日

回函仍寄

北四川路底，内山书店转周豫才收。　又及。

330910 致杜衡

杜衡先生：

　　顷译成一短文，即以呈览，未识可用于《现代》否？倘不合用，
希即付还。

　　《高氏论文选集》的译者要钱用，而且九月中旬之期亦已届，请
先生去一催，将说定之版税赶紧交下，使我可以交代。又插图的底

子，原先也是从我这里拿去的，铜版制成后，亦请就近送交周君为荷。专此布达，即请

著安

鲁迅　启上　九月十日

330919 致许寿裳

季市兄：

　　十五日函，顷奉到。前一函亦早收得。钦文事剪报奉览。看来许之罪其实是"莫须有"的，大约有人欲得而甘心，故有此辣手，且颇有信彼为富家子弟者。世间如此，又有何理可言。

　　脚湿虽小恙，而颇麻烦，希加意。昨今上海大风雨，敝寓无少损，妇孺亦均安，请释念。

　　此复，即颂

曼福。

弟飞　顿首　九月十九日

宁报小评，只曾见其一。文章不痛不痒，真庸才也。

330920 致黎烈文

烈文先生：

　　译了一篇小说后，作短评遂手生荆棘，可见这样摩摩，那样摸摸的事，是很不好的。今姑寄上，《礼》也许刊不出去，若然，希寄回，

因为我不留稿底也。

　　此上即请

道安。

　　　　　　　　　　　　　　家干　顿首　九月二十夜

　　邵公子一打官司，就患"感冒"，何其嫩耶？《中央日报》上颇有为该女婿臂助者，但皆蠢才耳。　又及。

330921 致曹聚仁

聚仁先生：

　　前蒙赐盛馔，甚感。当日有一客（非杨先生，绍介时未听真，便中希示及）言欲买《金瓶梅词话》，因即函询在北平友人，顷得来信，裁出附呈，希转达，要否请即见告，以便作复。此书预约时为三十六元，今大涨矣。

　　此布，即请

著安。

　　　　　　　　　　　　　　迅　顿首　九月廿一夜。

　　旧诗一首，不知可登《涛声》否？

330924 致姚克

K.先生：

　　两信并梁君所作画像一幅，均收到。

适兄忽患大病，颇危，不能写信了。

上海常大风，天气多阴。

我安健如常，可释远念。

此复即请

旅安

L. 九月廿四日

330924 致增田涉（日本）

拜启　九月十六日惠函奉收。世间还很不平靖。虽有时外出，但已不如两三年前那样频繁。而贱躯仍健康，别人评论说有点胖了。内人和孩子也好，两三日前寄去海婴小家伙的照片，已收到了吧？

内山书店营业如旧，但漫谈的同伴已大为减少。也就是说，对我来说是寂寞的。

所提问题，另函奉复，但现在出版《中国小说史略》，不会落在时代后头吗？

世间将越来越困难吧，“郁郁不乐”总是不好的，我想。还是快活点，好吗？

鲁迅　上　九月二十四日

增田兄足下

330929 致罗清桢

清桢先生：

蒙赐示并木刻四幅，甚感。《起卸工人》经修改后，荒凉之感确已减少，比初印为好了。新作二幅均佳，但各有一缺点：《柳阴之下》路欠分明；《黄浦滩头》的烟囱之烟，惜不与云相连接。

我是常到内山书店去的，不过时候没有一定，先生那时如果先给我一信，说明时间，那就可以相见了。但事情已经过去，已没有法想，将来有机会再图面谈罢。

此复，即颂

时绥。

迅　启上　九月二十九日

330929 致胡今虚

今虚先生：

来信收到。彼此相距太远，情形不详，我不能有什么意见可说。至于改编《毁灭》，那是无论如何办法，我都可以的，只要于读者有益就好。何君所编的，我连见也没有见过。

我的意见，都写在《后记》里了，所以序文不想另作。但这部书有两种版本，大江书店本是没有序和后记的。我自印的一本中却有。不知先生所买的，是那一种。

后面附我的译文附言，自然无所不可。

此复即颂

时绥

迅　上　九月廿九日

通信处：

上海、北四川路底、内山书店转，周豫才收

其实××之与先前不同，乃因受极大之迫压之故，非有他也，
请勿误解为幸。　又及

330929 致郑振铎

西谛先生：

惠函收到。元谕用白话，我看大概是出于官意的，然则元曲之杂
用白话，恐也与此种风气有关，白话之位忽尊，便大踏步闯入文言营
里去了，于是就成了这样一种体制。

笺纸样张尚未到，一到，当加紧选定，寄回。印款我决筹四百，
于下月五日以前必可寄出，但乞为我留下书四十部（其中自存及送人
二十部，内山书店包销二十部），再除先生留下之书，则须募预约者，
至多不过五十部矣。关于该书：（一）单色笺不知拟加入否？倘有佳
作，我以为加入若干亦可。（二）宋元书影笺可不加入，因其与《留
真谱》无大差别也。大典笺亦可不要。（三）用纸，我以为不如用宣
纸，虽不及夹贡之漂亮，而较耐久，性亦柔软，适于订成较厚之书。
（四）每部有四百张，则是八本，我以为预约十元太廉，定为十二
元，尚是很对得起人也。

我当做一点小引，但必短如兔尾巴，字太坏，只好连目录都排印
了。然而第一叶及书签，却总得请书家一挥，北平尚多擅长此道者，

请先生一找就是。

以后印造，我想最好是不要和我商量，因为信札往来，需时间而于进行之速有碍，我是独裁主义信徒也。现在所有的几点私见，是（一）应该每部做一个布套，（二）末后附一页，记明某年某月限定印造一百部，此为第△△部云云，庶几足增声价，至三十世纪，必与唐版媲美矣。

匆复并请

著安。

迅　顿首　九月廿九夜

如赐函件，不如"上海、北四川路底、内山书店转、周豫才收"，尤为便捷。

330929 致山本初枝（日本）

拜启　实在久疏问候。日前送给孩子各种东西，多谢多谢。今天又拜领《明日》第五期，其中增田君大发议论，但我想对我过于谬奖了。因为太熟悉了吧。

上海是阴天、大雨、大风，前天才放晴。政情依然是恐怖，但没有目的，全是为恐怖而恐怖。内山书店常去，但不是每天，漫谈的人也寥若晨星，特别感到寂寞。我依旧被论敌攻击。去年以前说我拿俄国卢布，但现在又有人在杂志上写文章，说我通过内山老板之手，将秘密出卖给日本，拿了很多钱。我不去更正。过一年自然又会消失的。但是，在中国的所谓论敌中有那么卑劣的东西存在，实在言语道断也。

我们均好。我更悠闲了，或许比前年胖了些。孩子偶尔还患感冒，但已较前几年结实多了。因在家太闹，送去了幼稚园。但去了三四天，说老师不好，又不肯去。最近每天让他到野外去。那个老师我看也不好，抹了满脸脂粉，还是很难看。总之上海是寂寞的。想去北京，但自今年起，北京也恐怖，听说这两三个月逮捕的有三百人之多。所以，暂时恐怕还住在上海。　　草草顿首

鲁迅　九月廿九夜

山本夫人几下

331002 致姚克

莘农先生：

九月二十八日惠书收到。北京环境与上海不同，遍地是古董，所以西人除研究这些东西之外，就只好赏鉴中国人物之工贱而价廉了。人民是一向很沈静的，什么传单撒下来都可以，但心里也有一个主意，是给他们回复老样子，或至少维持现状。

我说适兄的事，是他遭了不幸，不在上海了。报上的文章，是他先前所投的。先生可以不必寄信，他的家一定也早不在老地方的。

上海大风雨了几天，三日前才放晴。我们都好的，虽然大抵觉得住得讨厌，但有时也还高兴。不过此地总不是能够用功之地，做不出东西来的。也想走开，但也想不出相宜的所在。

先生在北平住了这许多天了，明白了南北情形之不同了罢，我想，这地方，就是换了旗子，人民是不会愤慨的，他们和满洲人关系太深，太好了。

此复，即颂

时绥。

豫　顿首　十月二日

331002 致郑振铎

西谛先生：

笺样昨日收到，看了半夜，标准从宽，连"仿虚白斋笺"在内，也只得取了二百六十九种，已将去取注在各包目录之上，并笺样一同寄回，请酌夺。大约在小纸店中，或尚可另碎得二三十种，即请先生就近酌补，得三百种，分订四本或六本，亦即成为一书。倘更有佳者，能足四百之数，自属更好，但恐难矣。记得清秘阁曾印有模"梅花喜神谱"笺百种，收为附录，亦不恶，然或该板已烧掉乎。

齐白石花果笺有清秘，荣宝两种，画悉同，而有一张上却都有上款，写明为"△△制"，殊奇。细审之，似清秘阁版乃剽窃也，故取荣宝版。

李毓如作，样张中只有一家版，因系色笺，刻又劣，故未取。此公在光绪年中，似为纸店服役了一世，题签之类，常见其名，而技艺却实不高明，记得作品却不少。先生可否另觅数幅，存其名以报其一世之吃苦。吃苦而能入书，虽可笑，但此书有历史性，固不妨亦有苦工也。

书名。曰《北平笺谱》或《北平笺图》，如何？

编次。看样本，大略有三大类。仿古，一也；取古人小画，宜于笺纸者用之，如戴醇士，黄瘿瓢，赵㧑叔，无名氏罗汉，二也；特请人为笺作画，三也。后者先则有光绪间之李毓如，伯禾，锡玲，李伯霖，宣统末之林琴南，但大盛则在民国四五年后之师曾，茫父……时代。编次似可用此法，而以最近之《壬申》，《癸酉》笺殿之。

前信曾主张用宣纸，现在又有些动摇了，似乎远不及夹贡之好看。不知价值如何？倘一样，或者还不如将"永久"牺牲一点，都用夹贡罢。此上，即颂

著安。

迅　顿首　十月二夜。

331003 致郑振铎

西谛先生：

今日下午刚寄出一信并笺样一包，想能先到。今由开明书店汇奉洋肆百元，乞便中持收条向分店一取，为幸。

先生所购之信笺，如自己不要，内山书店云愿意买去，大约他自有售去之法，乞寄来，大约用寄书之法，分数包即可，并开明价目。内有缺张，或先生每种自己留下样张一枚，均无碍。我想可以给他打一个八折，与之。

用色纸印如"虚白斋笺"，及其他，倘能用一木板，先印颜色如原笺，则变化较多，颇有趣。不知能行否？但倘太费事，则只好作罢耳。

此布，即请

道安。

迅　顿首　十月三夜

附上收条一纸。

331007 致胡今虚

今虚先生：

二日信收到。《毁灭》已托内山书店寄上，想已到。另两种亦系我们自印，大约温州亦未必有，故一并奉呈。

《轻薄桃花》系改编本，我当然无所不可的（收入丛书）。但作序及看稿等，恐不能作，因我气力及时间不能容许也。

现在○○的各种现象，在重压之下，一定会有的。我在这三十年中，目睹了不知多少。但一面有人离叛，一面也有新的生力军起来，所以前进的还是前进。

弄文学的人，只要（一）坚忍，（二）认真，（三）韧长，就可以了。不必因为有人改变，就悲观的。

此复即颂

时绥。

迅　启上　十月七日

331007 致增田涉（日本）

信两封奉阅，所询问题，另纸同封寄上。

在中国，也有人说要以孔子之道治国。从此就要变成周朝了吧？那我也成了皇室了。做梦也未想到的幸运！

189

惠昙村离照相馆那么远吗？真令人有世外桃源之感。在上海，五步一咖啡馆，十步一照相馆，真是讨厌的地方。

海婴恶作剧得不行，怕会闹家庭革命。木实君想是比较温顺吧。

草草顿首

增田兄几下

隋洛文　十月七日

331008 致赵家璧

家璧先生：

惠函及木刻书三种又二十本均收到，谢谢。这书的制版和印刷，以及装订，我以为均不坏，只有纸太硬是一个小缺点；还有两面印，因为能够淆乱观者的视线，但为定价之廉所限，也是没有法子的事。

M.氏的木刻黑白分明，然而最难学，不过可以参考之处很多，我想，于学木刻的学生，一定很有益处。但普通的读者，恐怕是不见得欢迎的。我希望二千部能于一年之内卖完，不要像《艺术三家言》，这才是木刻万岁也。

此复，并颂

著安。

鲁迅　启上　十月八日

331009 致胡今虚

今虚先生:

　　十月六日信收到。我并未编辑《文艺》,亦未闻文艺研究社之事,自然更说不到主持。前函似已提及,特再声明,以免误解。此复,即颂

时绥。

迅　上　十月九日

331011 致郑振铎

西谛先生:

　　七日信顷收到。名目就是《北平笺谱》罢,因为"北平"两字,可以限定了时代和地方。

　　印色纸之漂亮与否,与纸质也大有关系,索性都用白地,不要染色罢。

　　目录的写法,照来信所拟,是好的。作者呢,还是用名罢,因为他的号在笺上可见。但"作"字不如直用"画"字,以与"刻"相对。

　　因画笺大小不一,而影响于书之大小,不能一律,这真是一个难问题。我想,只能用两法对付:(一)书用五尺纸的三开本(此地五尺宣纸比四尺者贵三分之一),则价贵三分之一,而大小当皆可容得下,体裁较为好看;(二)就只能如来信所说,另印一册,但当题为《北平笺谱别册》,而另有序目,使与小本者若即若离,但我以为纵使用费较昂,倘可能,不如仍用(一)法,因为这是"新古董",不

嫌其阔的。

笺上的直格，索性都不用罢。加框，是不好看的。页码其实本可不用，而于书签上刻明册数。但为切实计，则用用亦可，只能如来示所说，印在第二页的边上，不过不能用黑色印，以免不调和，而且倘每页用同一颜色，则每页须多加上一回印工，所以我以为任择笺上之一种颜色，同时印之，每页不尽同，倒也有趣。总之：对于这一点，我无一定主意，请先生酌定就是。

第一页及序目，能用木刻，自然最好。小引做后，即当寄呈。

此复，即颂

著安。

迅　上　十月十一日

331018 致陶亢德

亢德先生：

蒙示甚感。其实两者亦无甚冲突，倘有人骂，当一任其骂，或回骂之。

又其实，错与被骂，在中国现在，并不相干。错未必被骂，被骂者未必便错。凡枭首示众者，岂尽"汉奸"也欤哉。

专复并颂

著安。

鲁迅　上　十月十八夜。

331019 致郑振铎

西谛先生:

惠函,笺纸,版画会目,均收到。

蝴蝶装虽美观,但不牢,翻阅几回,背即凹进,化为不美观,况且价贵,我以为全部作此装,是不值得的。无已,想了三种办法——

一、惟大笺一本,作蝴蝶装,但仍装入于一函内。

二、惟大笺一本,作蝴蝶装,但略变通,仍用线订,与别数本一律,其法如订地图,于叠处粘纸,又衬狭条,令一样厚而订之,则外表全部一样了。

三、大笺仍别印为大册,但另名之曰《北平巨笺谱》,别作序目。

我想,要经久而简便,还不如仍用第三法了。倘欲整齐,则当采第二法,我以为第二法最好。请先生酌之。

笺纸当于夜间择定,明日付邮。

此复即请

道安

迅　顿首　十月十九日

331019 致郑振铎

西谛先生:

信一封及笺样一包,顷方发出。此刻一想,费如许气力,而板式不能如一,殊为憾事。故我想我所担任之四十部,将纸张放大,其价不妨加倍,倘来得及,希先生为我一嘱纸铺,但书有两种,较费事耳。其实我想先生自存之十部，亦以大本为宜。其廉价之一半，则以预约出售可耳。如何，乞即示及，倘可能，当即以款汇上耳。此致

即请

文安。

迅　顿首　十月十九夜

331021 致郑振铎

西谛先生：

十七日信收到。纸张大小，如此解决，真是好极了。信笺已于十九日寄回，并两封信，想已到。

清秘阁一向专走官场，官派十足的，既不愿，去之可也，于《笺谱》并无碍。

第二次应否续印，实是一个问题，因为如此，则容易被同一之事绊住，不能作他事。明年能将旧木刻在上海开一展览会，是极好的事，但我以为倘能将其代表作（图）抽印以成一书，如杨氏《留真谱》之类，一面在会场发卖，就更好（虽然不知道能卖多少）。倘无续印之决心，预告中似应删去数语（稿中以红笔作记），此稿已加入个人之见，另录附奉，乞酌定为荷。

我所藏外国木刻，只四十张，已在十四五开会展览一次，于正月再展览，似可笑。但中国青年新作品，可以收罗一二十张。但是，没有好的，即能平稳的亦尚未有。

《访笺杂记》是极有趣的故事，可以印入谱中。第二次印《笺谱》，如有人接办，则为纸店开一利源，亦非无益，盖草创不易，一创成，

则别人亦可踵行也。

　　此复即请

著安。

迅　顿首　十月二十一日

　　现在十月中旬，待登出广告，必在十二月初或中旬了，似不如改为正月十五截止，一面即出书，希酌。　同日又及

331021 致曹靖华

亚丹兄：

　　十七日来信收到。早先有人来沪，告诉我（他知道）郑君寄款已收到，但久未得兄来信，颇疑生病，现今知道我所猜的并不错，而在汤山所遇，则殊出意料之外，幸今一切都已平安，甚慰。我们近况都好，身子也好的，只是我不能常常出外。孩子先前颇弱，因为他是朝北的楼上养大的，不大见太阳光，自从今春搬了一所朝南房子后，好得多了。别特尼诗早收到。它兄多天没有见了，但闻他身子尚好。

　　《我们怎么写的》这书，我看上海是能有书店出版的，因为颇有些读者需要此等著作。不过这样的书店，很难得，至多也不过一两家，出版时还可得到若干版税。大多数的是不但要"利"，还要无穷之"利"，拿了稿子去，一文不付；较好的是无论多少字（自然十来万以上），可以预支版税五十或百元，此后就自印自卖，对于作者，全不睬理了。

　　兄未知何时来？我想初到时可来我寓暂歇，再作计较，看能不能住。此地也变化多端，我是连书籍也不放在寓里。最好是启行前数

天，给我一信，我当通知书店，兄到时只要将姓告知书店，他们便会带领了。至于房租，上海是很贵的，可容一榻一桌一椅之处，每月亦须十余元。

我现在校印《被解放的唐·吉诃德》，它兄译的。自己无著作，事繁而心粗，静不下。文学史尚未动手，因此地无参考书，很想回北平用一两年功，但恐怕也未必做得到。那些木刻，我很想在上海选印一本，绍介于中国。

此复即颂

时绥。

弟豫　顿首　十月二十一夜

令夫人均此致候。

331021 致王熙之

熙之先生：

九月十六日惠函收到，今天是十月二十一日，一个多月了，我们住得真远。儿歌当代投杂志，别一册俟寄到时，去问北新或别的书局试试看。

《自由谈》并非我所编辑，投稿是有的，诚然是用何家干之名，但现在此名又被压迫，在另用种种假名了。至六月为止的短评，已集成一书，日内当寄奉。

此复，即颂

学安。

鲁迅　启上　十月廿一夜。

331021 致姚克

Y.K. 先生：

十月六日的信，早收到了。但有问题要我答复的信，至今没有到。

S君所见的情形，我想来也是一定如此的，不数年，倘无战争，彼土之人，恐当凌驾我们之上。我们这里也腐烂得真可以，依然是血的买卖，现在是常常有人不见了。

《南行》并不是我作的，大概所署的是真姓名，因为此人的作品，后来就不见发表了，听说是受了恐吓。

我们是好的，但我比先前更不常出外。

此复，即颂

时绥。

　　　　　　　　　　　L. 启上　十月二十一夜

331023 致陶亢德

亢德先生：

惠函谨悉。我并非全不赞成《论语》的态度，只是其中有一二位作者的作品，我看来有些无聊。而自己的随便涂抹的东西，也不觉得怎样有聊，所以现在很想用一点功，少乱写。《自由谈》的投稿，其实早不是因为"文思泉涌"，倒是成为和攻击者赌气了。现在和《论语》关系尚不深，最好是不再漩进去，因为我其实不能幽默，动辄开罪于人，容易闹出麻烦，彼此都不便也。专此奉复，

并颂

著安。

鲁迅　上　十月廿三夜。

331026 致罗清桢

清桢先生：

来函并木刻《法国公园》收到，谢谢。这一枚也好的，但我以为一个工人的脚，不大合于现实，这是因为对于人体的表现，还未纯熟的缘故。

《黄浦滩风景》亦早收到。广东的山水，风俗，动植，知道的人并不多，如取作题材，多表现些地方色采，一定更有意思，先生何妨试作几幅呢。

照相另封寄上，这是今年照的，但太拘束了，所以并不好。日前寄上《一个人的受难》两本，想已收到了罢。

此复即请

文安。

迅　上　十月廿六日

印木刻究以中国纸为佳，因不至于太滑。　又及。

331027 致陶亢德

亢德先生：

　　惠函奉到。我前信的所谓"怕闹出麻烦"，先生误会了意思，我是说怕刊物因为我而别生枝节。其实现在之种种攻击，岂真为了论点不合，倒大抵由于个人，所以我想，假使《自由谈》上没有我们投稿，黎烈文先生是也许不致于这样的被诬陷的。

　　《从小说看来的支那民族性》，还是在北京时买得，看过就抛在家里，无从查考，所以出版所也不能答复了，恐怕在日本也未必有得买。这种小册子，历来他们出得不少，大抵旋生旋灭，没有较永久的。其中虽然有几点还中肯，然而穿凿附会者多，阅之令人失笑。后藤朝太郎有"支那通"之名，实则肤浅，现在在日本似已失去读者。要之，日本方在发生新的"支那通"，而尚无真"通"者，至于攻击中国弱点，则至今为止，大概以斯密司之《中国人气质》为蓝本，此书在四十年前，他们已有译本，亦较日本人所作者为佳，似尚值得译给中国人一看（虽然错误亦多），但不知英文本尚在通行否耳。专复顺请

著安。

迅　启上　十月廿七日

331027 致郑振铎

西谛先生：

　　十月二十二函奉到。广告两种昨收到，封皮已拆，似经检查，但

幸仍发下，当即全交内山，托其分配，因我在此交游极少也。大约《笺谱》之约罄，当无问题，而《清剧》恐较慢。

上海笺曾自搜数十种，皆不及北平；杭州广州，则曾托友人搜过一通，亦不及北平，且劣于上海，有许多则即上海笺也，可笑，但此或因为搜集者外行所致，亦未可定。总之，除上海外，而冀其能俨然成集，盖难矣。北平私人所用信笺，当有佳制，倘能亦作一集，甚所望也。

《文学季刊》一有风声，此间即发生谣言，谓因与文学社意见不合，故别办一种云云。上海所谓"文人"之堕落无赖，他处似乎未见其比，善造谣言者，此地亦称为"文人"；而且自署为"文探"，不觉可耻，真奇。《季刊》中多关于旧文学之论文，亦很好，此种论文，上海是不会有的，因为非读书之地。我居此五年，亦自觉心粗气浮，颇难救药，但于第一期，当勉力投稿耳。致建人信，后日当交去。

在上海开一中国旧木刻展览会，当极有益，惟惜阳历一月，天气太冷耳。前信谓我所有木刻，已曾展览，不宜再陈列，现在一想，似可用外国近代用木刻插画之书籍，一并陈列，以资参考。此种书籍，我约有十五种，倘再假得一二十种，也就可以了。

此复即请
道安。

迅　顿首　十月廿七夜

331027 致胡今虚

今虚先生：

十八日信收到。

《十月》已将稿售与神州国光社，个人不能说什么。但既系改编，他们大约也不能说是侵害版权的罢。

《第四十一》不知能否找到。近来少看书，别的一时也无从绍介。此外为我所不知者，亦无由作答也。

此复，即颂

时绥。

迅　上　十月廿七日

331028 致胡今虚

今虚先生：

二十三日信收到。前寄之书，皆为手头所有，也常赠友好，倒不必为此介怀。丛书取名，及改编本另换书名，先生以为怎样好都可以，实以能避禁忌为是。

年来所受迫压更甚，但幸未至窒息。先生所揣测的过高。领导决不敢，呐喊助威，则从不辞让。今后也还如此。可以干的，总要干下去。只因精力有限，未能尽如人意，招怨自然不免的了。

此复，即颂

时绥。

迅　上　十月二十八日

331030 致山本初枝（日本）

拜启，天已很冷，真有秋末之感了。上海已更加寂寞。

我找的书是法国人 Paul Gauguin 所著《Noa Noa》，系记他的 Tahiti 岛之行，《岩波文库》中也有日译本，颇有趣的。但我想读的是德译本，增田君曾代我从丸善到旧书店都寻遍了，终于没找到。于是他寄来法文本一册，我却看不懂。我想现在东京也没有吧，并且也不那么急需，所以不必拜托贵友。

自本周起，在中国，对全国出版物开始压迫。这是必然的事情，所以也并没什么惊讶。然而可能影响到我们的经济，从而也影响到生活吧。但这也没什么惊讶。　草草顿首

鲁迅　上　十月三十日

山本夫人几下

331031 致曹靖华

亚丹兄：

十月廿八日信收到。你的大女儿的病，我看是很难得好的，不过只能医一下，以尽人力。

我也以为兄在平，教一点书好，对学生讲义时，你的朋友的话是对的，他们久居北京，比较的知道情形，有经验。青年思想简单，不知道环境之可怕，只要一时听得畅快，说得畅快，而实际上却是大大的得不偿失。这种情形我亲历了好几回了，事前他们不相信，事后信亦来不及。而很激烈的青年，一遭压迫，即一变而为侦探的也有，我

在这里就认识几个，常怕被他们碰见。兄还是不要为热情所驱策的好罢。

《安得伦》我这里有，日内当寄上三四本，兄自看外，可以送人。《四十一》的后记曾在《萌芽》上登过，我本来有，但因搬来搬去，找不到了。《铁流》序早收到，暂时无处可以发表。

日内又要查禁左倾书籍，杭州的开明分店被封了，沪书店吓得像小鬼一样，纷纷匿书。这是一种新政策，我会受经济上的压迫也说不定。不过我有准备，半年总可以支持的，到那时再看。现正在出资印《被解放的吉诃德》，这么一来，一定又要折本了。

木刻望即寄下，因为弟亦先睹为快也。可买白纸数张，裁开，将木刻夹入，和报纸及封面之硬纸一同卷实（硬纸当于寄《安得伦》时一并附上，又《两地书》一本，以赠兄），挂号寄书店转弟收，可无虑。关于作者之材料，暇时希译示，因为无论如何，木刻是必当翻印的，中国及日本，皆少见此种木刻也。此复即颂
时绥。

弟豫　顿首　十月卅一夜。

令夫人均此致候。

331102 致陶亢德

亢德先生：

蒙惠函并示《青光》所登文，读之亦不能解，作者或自以为幽默或讽刺欤。日本近来殊不见有如厨川白村者，看近日出版物，有西胁顺三郎之《欧罗巴文学》，但很玄妙；长谷川如是闲正在出全集，此

人观察极深刻，而作文晦涩，至最近为止，作品止被禁一次，然而其弊是一般不易看懂，亦极难译也。随笔一类时有出版，阅之大抵寡薄无味，可有可无，总之，是不见有社会与文艺之好的批评家也。　此复即请

著安。

迅　上　十一月二日

331103 致郑振铎

西谛先生：

　　十，卅一函并笺样均收到，此次大抵可用，明日当另封挂号寄还。十二月可成书，尤好，但以先睹为快，或将我的一份，即由运送局送来，如何？倘以为是，当令内山绍介，写一信，临时并书一同交与，即可矣。

　　广告因以为未付印，故加入意见，重做了一遍，其实既已印好，大可不必作废而重印，但既已重印，也就无可多说了。

　　此次《笺谱》成后，倘能通行，甚好，然亦有流弊，即版皆在纸铺，他们可以任意续印多少，虽偷工减料，亦无可制裁。所以第一次我们所监制者，应加以识别。或序跋等等上不刻名，而用墨书，或后附一纸，由我们签名为记（样式另拟附上），此后即不负责。此非意在制造"新古董"，实因鉴于自己看了翻板之《芥子园》而恨及创始之王氏兄弟，不欲自蹈其覆辙也。

　　序已寄出，想当先此而到。签条托兼士写，甚好。还有第一页（即名"引首"的？）也得觅人写，请先生酌定，但我只不赞成钱玄

同，因其议论虽多而高，字却俗媚入骨也。

对于文字的新压迫将开始，闻杭州禁十人作品，连冰心在内，奇极，但系谣言亦难说，茅兄是会在压迫中的，而且连《国木田独步集》也指为反动书籍，你想怪不怪。开明之被封，我以为也许由于营业较佳之故，这回北新就无恙。前日潘公展朱应鹏辈，召书店老版训话，内容未详，大约又是禁左倾书，宣扬民族文学之类，而他们又不做民族文学稿子，在这样的指导下，开书店也真难极了。不过这种情形，我想也不会持久的。

我有苏联原版木刻，东洋颇少见，想用珂罗板绍介于中国，而此地印费贵，每板三元，记得先生言北平一元即可，若然，则四十板可省八十元，未知能拨冗给我代付印否，且即在北平装订成书。倘以为可，他日当将全稿草订成书本样子，奉托。

关于《文学季刊》事，前函已言，兹不赘。此复即请
著安

迅　上　十一月三夜。

331105 致姚克

Y.K.先生：

十月卅日信昨收到，关于来问及评传的意见，另纸录出附呈，希察。

评传的译文，恐无处登载，关于那本书的评论，亦复如此，但如有暇，译给我们看看，却极欢迎。前几天，这里的官和出版家及书店编辑，开了一个宴会，先由官训示应该不出反动书籍，次由施蛰

存说出仿检查新闻例，先检杂志稿，次又由赵景深补足可仿日本例，加以删改，或用××代之。他们也知道禁绝左倾刊物，书店只好关门，所以左翼作家的东西，还是要出的，而拔去其骨格，但以渔利。有些官原是书店股东，所以设了这圈套，这方法我看是要实行的，则此后出版物之情形可以推见。大约施、赵诸君，此外还要联合所谓第三种人，发表一种反对检查出版物的宣言，这是欺骗读者，以掩其献策的秘密的。

我和施蛰存的笔墨官司，真是无聊得很，这种辩论，五四运动时候早已闹过的了，而现在又来这一套，非倒退而何。我看施君也未必真研究过《文选》，不过以此取悦当道，假使真有研究，决不会劝青年到那里面去寻新字汇的。此君盖出自商家，偶见古书，遂视为奇宝，正如暴发户之偏喜摆士人架子一样，试看他的文章，何尝有一些"《庄子》与《文选》"气。

译名应该画一，那固然倒是急务。还有新的什物名词，也须从口语里采取。譬如要写装电灯，新文学家就有许多名词——花线，扑落，开关——写不出来，有一回我去理发，就觉得好几种器具不知其名。而施君云倘要描写宫殿之类，《文选》就有用，忽然为描写汉晋宫殿着想，真是"身在江湖，心存魏阙"了。

其实，在古书中找活字，是欺人之谈。例如我们翻开《文选》，何以定其字之死活？所谓"活"者，不外是自己一看就懂的字。但何以一看就懂呢？这一定是原已在别处见过，或听过的，既经先已闻见，就可知此等字别处已有，何必《文选》？

我们如常，《自由谈》上仍投稿，但非屡易笔名不可，要印起来，又可以有一本了，但恐无处出版，倘须删改，自己又不愿意，所以只得搁起来。新作小说则不能，这并非没有工夫，却是没有本领，多年和社会隔绝了，自己不在旋涡的中心，所感觉到的总不免肤泛，写出来也不会好的。

现在新出台的作家中，也很有可以注意的作品，倘使有工夫，我以为选译一本，每人一篇，绍介出去，倒也很有意义的。

上海也冷起来了，天常阴雨。文坛上是乌烟瘴气，与"天气"相类。适兄尚存，其夫人曾得一信，但详情则不知。

见S君夫妇，乞代致意。此复即颂

时绥。

豫　顿首　十一月五日

对于《评传》之意见

第一段第二句后，似可添上"九一八后则被诬为将中国之紧要消息卖给日本者"的话。（这是张资平他们造的，我当永世记得他们的卑劣险毒。）

第二段"在孩时"，父死我已十六七岁，恐当说是"少年时"了。

第三段"当教育总长的朋友……"此人是蔡元培先生，他是我的前辈，称为"朋友"，似不可的。

第五段"中国高尔基……"，当时实无此语，这好像是近来不知何人弄出来的。

第六段"《莽原》和《语丝》"，我只编《莽原》；《语丝》是周作人编的，我但投稿而已。

第七段"……交哄的血"，我写那几句的时候，已经清党，而非交哄了。

第八段"他们的贪酷"，似不如改作"一部分反动的青年们的贪酷……"较为明白。

第十段"……突兴并非因为政治上的鼓励，却是对于……"似不如改为"突兴虽然由于大众的需要，但有些作家，却不过对于……"

第十一至十二段 其中有不分明处。突兴之后，革命文学的作家（旧仇创造社，新成立的太阳社）所攻击的却是我，加以旧仇新月社，一同围攻，乃为"众矢之的"，这时所写的文章都在《三闲集》中。到一九三〇年，那些"革命文学家"支持不下去了，创，太二社的人们始改变战略，找我及其他先前为他们所反对的作家，组织左联，此后我所写的东西都在《二心集》中。

第十六段成的批评，其实是反话，讥刺我的，因为那时他们所主张的是"天才"，所以所谓"一般人"，意即"庸俗之辈"，是说我的作品不过为俗流所赏的庸俗之作。

第十七段 Sato 只译了一篇《故乡》，似不必提。《野草》英译，译者买［卖］给商务印书馆，恐怕去年已经烧掉了。《杂感选集》系别人所选，似不必提。

答来问

一、《小说全集》，日本有井上红梅（K.Inoue）这日本姓的腊丁拼法，真特别，共有四个音，即 I-no-u-e 译。

《阿Q正传》，日本有三种译本：（一）松浦珪三（K.Matsuura）译，（二）林守仁（S.J.Ling，其实是日人，而托名于中国者）译，（三）增田涉（W.Masuda，在《中国幽默全集》中）译。

又俄译本有二种，一种无译者名，后出之一种，为王希礼（B.A.Vasiliev）译。

法文本是敬隐渔译（四川人，不知如何拼法）。

二、说不清楚，恐怕《关于鲁迅及其著作》（台静农编）及《鲁迅论》（李何林编）中会有一点，此二书学校图书馆也许有的。

三、见过日本人的批评，但我想不必用它了。

此信到后，希见复以免念。　　临封又及

331108 致曹靖华

亚丹兄：

十月卅日寄上一信并书一包，想已到。

《四十一》后记已找到，但我看此书编好后，一时恐怕不易出版。此文还是寄上呢，还是仍留弟处？

看近日情形，对于新文艺，不久当有一种有组织的压迫和摧残，这事情是好像连几个书店也秘密与谋的。其方法大概（这是我的推测）是对于有几个人，加以严重的压迫，而对于有一部分人，则宽一点，但恐怕会有检查制度出现，删去其紧要处而仍卖其书，因为如此，则书店仍可获利也。

我们好的，勿念。此颂
时绥。

弟豫　顿首　十一月八日

331109 致吴渤

吴渤先生：

今天收到来信并稿子，夜间看完，虽然简略一点，但大致是过得去的。字句已略加修正。其中的"木目木刻",发音不便,"木目"又是日本话,不易懂,都改为"木面木刻"了。

插图也只能如此。但我以为《耕织图》索性不要了,添上苏联者两幅,原书附上,以便复制,刻法与已选入者都不同的,便于参考。

应洲的《风景》恐不易制版,木板虽只三块,但用锌板,三块却不够,只好做三色版,制版费就要十五六元,而结果仍当与原画不同。

野夫的两幅都好,但我以为不如用《黎明》,因为构图活泼,光暗分明,而且刻法也可作读者参考。

《午息》构图还不算散漫,只可惜那一匹牛,不见得远而太小,且有些像坐着的人了。但全图还有力,可以用的。

序文写了一点,附上。

《怒吼罢,中国!》上海有无英译本,我不知道。

此复即颂

时绥。

迅　上　十一月九夜。

331110 致曹聚仁

聚仁先生:

我要奉托一件事——

《大业拾遗记》云,"宇文化及将谋乱,因请放官奴,分直上下,诏许之,是有焚草之变。"炀帝遇弑事何以称"焚草之变"?是否有错字?手头无书,一点法子也没有。先生如有《隋书》之类,希一查见示为感。

　　此上即请

著安。

鲁迅　启上　十一月十日

331111 致郑振铎

西谛先生：

　　十一月七日信顷收到。最近的笺样，是三日寄出的，卷作一卷，用周乔峰名挂号，又有一信，不知现已到否？倘未到，则请重寄一份，以便挑选。

　　序文我想还是请建功兄写一写。签条则请兼士。

　　对于目录，我有一点异议，所以略有小捣乱，寄回希酌。排列的意见，是以无甚意思的"仿古"开端，渐至兴盛，而末册却又见衰颓之象，并且不至于看到末册，即以索然无味的"仿古"终，对于读者，亦较有兴趣也。

　　尚未收到之一批，倘收到，请先生裁择加入就好。

　　名印托刘小姐刻，就够好了。居上海久，眼睛也渐渐市侩化，不辨好坏起来，这里的印人，竟用楷书改成篆体，还说什么汉派浙派，我也就随便刻来应用的。至于印在书上的一方，那是西泠印社中人所刻，比较的好。

　　《灵宝刀图》的复印本，真如原版一样，我希望这书的早日印成，以快先睹。明纸印本，只能算作特别本（西洋版画，也常有一二十部用中国或日本纸的特制本），此外最好仍用宣纸，并另印极便宜纸张之本子若干，以供美术学生之用也。大约新派木刻家，有些人愿意参考的。数目也许并不多，但出版者也只能如此布置。我前印《士敏土之图》，原是供给中国的，不料买者寥寥，大半倒在西洋人日本人手里。

此书一出，《诗余画谱》可以不印了。我的意见，以为刻工粗拙者也可以收入一点，倘亦预约，希将章程见示。

板儿杨，张老西之名，似可记入《访笺杂记》内，借此已可知张□为山西人。大约刻工是不专属于某一纸店的，正如来札所测，不过即使专属，中国也竟可糊涂到不知其真姓名（况且还有绰号）。我用了一个女工，已三年多，知其姓许，或舒，或徐，而不知其确姓，普通但称之为"老阿姐"或"娘姨"而已。

"兴奋"我很赞成，但不要"太"，"太"即容易疲劳。这种书籍，真非印行不可。新的文化既幼稚，又受压迫，难以发达；旧的又只受着官私两方的漠视，摧残，近来我真觉得文艺界会变成白地，由个人留一点东西给好事者及后人，可喜亦可哀也。

《季刊》稿当做一点。

此复，即请
著安。

迅 上 十一月十一日

331112 致吴渤

吴渤先生：

来稿已看过，并序文及较详的回信，都作一包，放在内山书店，暇时希往一取为幸。

　　此致即颂

时绥。

迅　上　十一月十二日

331112 致母亲

母亲大人膝下敬禀者，十一月六日信已收到。心梅叔地址，系"绍兴
　　城内大路，元泰纸店"，不必写门牌，即可收到。修坟已择定旧
　　历九月廿八日动工，共需洋三十元，又有亩捐，约需洋二十元，
　　大约连太爷之祭田在内，已由男汇去五十元，倘略有不足，俟细
　　账开来后，当补寄，请勿念。上海天气亦已颇冷，但幸而房子朝
　　南，所以白天尚属温暖。男及害马均安好，但男眼已渐花，看书
　　写字，皆戴眼镜矣。海婴很好，脸已晒黑，身体亦较去年强健，
　　且近来似较为听话，不甚无理取闹，当因年纪渐大之故，惟每晚
　　必须听故事，讲狗熊如何生活，萝卜如何长大等等，颇为费去不
　　少工夫耳。余容续禀，专此，恭请

金安。

男树　叩上
广平及海婴随叩　十一月十二日

331112 致杜衡

杜衡先生：

十一月六日信，顷已收到，并插画原底五幅，稿费共四十八元，萧君之一部分，当为代寄。本月《现代》已见，内容甚丰满，而颇庞杂，但书店所出，又值环境如此，亦不得不然。至于出版界形势之险，恐怕不只现代，以后也许更甚，只有摧毁而无建设，是一定的。轻性的论文实在比做引经据典的论文难，我于评论素无修养，又因病而被医生禁多看书者已半年，实在怕敢动笔。而且此后似亦以不登我的文字为宜，因为现在之遭忌与否，其实是大抵为了作者，和内容倒无甚关系的。萧君离上海太远，未必能作关于文坛动态的论文，但他如有稿子寄来，当尽先寄与《现代》。

那一本《现实主义文学论》和《高尔基论文集》，不知何时可以出版？高的小说集，却已经出了半个多月了。专此奉复，并颂

时绥。

鲁迅　上　十一月十二日

331113 致陶亢德

亢德先生：

那一条新闻，登载与否在我是都可以的，不过我觉得这记事本身，实在也并无什么大意义，所以不如不要它。但倘以暴露杭州情形为目的，那么，登登也好的。

我在寓里不见客，此非他，因既见一客，后来势必至于非广见众

客不可，将没有工夫偷懒也。此一节，乞谅察为幸。专复即请
著安。

迅　上　十一月十三日

331113 致曹聚仁

聚仁先生：

　　顷得惠书，并录示《宇文化及传》，"焚草"之义已懂，感谢之至。前在《涛声》中，知有《鲁迅翁之笛》，因托友去买《十日谈》，尚未至。其实如欲讽刺，当画率群鼠而来，不当是率之而去，此画家似亦颇懵懂，见批评而悻悻，也当然的。不过凡有漫画家，思想大抵落后，看欧洲漫画史，分量最多的也是刺妇女，犹太人，乡下人，改革者，一切被压者的图画，相反的作者，至近代始出，而人数亦不多，邵公子治下之"艺术家"，本不足以语此也。

　　民权主义文学颇有趣，但恐无甚反应，现在当局之手段，除摧毁一切，不问新旧外，已一无所长，言议皆无益也，但当压迫日甚耳。此上即请
著安。

迅　启　十一月十三夜

331113 致增田涉（日本）

　　拜启　十月廿四日信已到手，因我没有《隋书》，"焚草之变"之

事不能确说，借书查明后，今天才将答复寄出，或可与此信同时到达吧。

对弄璋之喜，热烈庆贺。比木实君小三岁吧，看来你还不像生产人才的专家。我被海婴这家伙像五月苍蝇一样的现状惩罚够了，在罢工中，不想再做出品了。

再加上，最近我的一切作品，不问新旧，全被秘密禁止，在邮局里没收了。好像打算把我一家人饿死。如人口再繁殖，就更危险了。

但我们都好，到饥饿来时，再另想办法，总之，目前还不致无米之忧。

幽兰女士说想给你送一个雅号，叫鲁漫先生。　　草草

　　　　　　　　　　　　　洛文　上　十一月十三夜

增田兄几下

　尊府均吉

331114 致曹靖华

亚丹兄：

十日信上午收到，并作者传；木刻在下午也收到了，原封不动，毫无损坏，请勿念。取了这许多作品，对于作者，不知应否有所报酬，希示知，以便计划。

《四十一》后记今寄上，因为倘要找第二份，现在也不容易。恐寄失，所以挂号的。

此地对于作者，正在大加制裁，闻一切作品被禁者，有三十余

人，电影局及书店，已有被人捣毁，颇有令此辈自己逐渐饿死之意，出版界更形恐慌，大约此现象还将持续。

兄似不如弟前函所说，姑且教书，卖文恐怕此后不易也。

此复即颂

时绥。

弟豫　顿首　十一月十四日

331114 致山本初枝（日本）

拜启　前天拜领了惠函及玉照。正路君长大多了，你也较前丰满，山本先生也变得年轻了，这样看来，东京倒是个很好的地方。

上海依然很寂寞，到处呈现不景气的样子，与我初来时大不相同。加在文坛和出版界的压迫也日益严重，什么都禁止发行，连阿米契斯的《爱的教育》，国木田独步的小说选集也没收，简直令人不知道该笑呢还是该怒。我的全部作品，不论新旧，全遭禁止，好像要实行饿死我的仁政。但我想，无论如何也不死吧！

插图本《美代子》今天亦到。真是本好书，谢谢。中国几乎没有好事者，所以这类书非常难出版。最近我和一位朋友在印《北京诗笺谱》，预定明年一月出版，出后当即奉览。

"田鸡"即青蛙。堇不作食用。据书上说，有吃"蒲公英"的，不过只限于荒年。

字近期写好寄上。

养兰花是颇麻烦的事，我的曾祖栽培过许多，还特地为此盖了三间房子。不过这些房子全被我卖了，这委实是兰花的不幸。

我们托福都好。　草草顿首

鲁迅　十一月十四夜

山本夫人几下

331115 致徐懋庸

懋庸先生：

今天收到来信并《托尔斯太传》一本，谢谢。关于全部的文字，我不懂法文，一句话也不能说。至于所问的两个名字，Naoshi Kato 是加藤整，Teneromo 不像日本语，我在附录中寻了一下也寻不见，但也许太粗心了的缘故，希指明页数，当再看一看上下文。

还有几个日本人名，一并说明于下——

Jokai 这不像日本语，恐有误，日本姓只有 Sakai（堺）

H.S.Tamura（姓田村，H.S. 不可考）

Kenjiro Tokutomi（德富健次郎，即德富芦花，作《不如归》者，印本作 Kenjilro，多一 l.）

专复顺颂

文安。

迅　上　十一月十五夜

331115 致姚克

Y 先生：

九日函收到。《申报》上文章已见过，但也许经过删节的罢。近来报章文字，不宜切实，我的投稿，久不能登了。十二日艺华电影公司被捣毁，次日良友图书公司被毁一玻璃，各书局报馆皆得警告。记得抗日的时候，"锄奸团""灭奸团"之类甚多，近日此风又盛，似有以团治国之概。

先生要作小说，我极赞成，中国的事情，总是中国人做来，才可以见真相，即如布克夫人，上海曾大欢迎，她亦自谓视中国如祖国，然而看她的作品，毕竟是一位生长中国的美国女教士的立场而已，所以她之称许《寄庐》，也无足怪，因为她所觉得的，还不过一点浮面的情形。只有我们做起来，方能留下一个真相。即如我自己，何尝懂什么经济学或看了什么宣传文字，《资本论》不但未尝寓目，连手碰也没有过。然而启示我的是事实，而且并非外国的事实，倒是中国的事实，中国的非"匪区"的事实，这有什么法子呢？

看报，知天津已下雪，北平想必已很冷，上海还好，但夜间略冷而已。我们都好，但我总是终日闲居，做不出什么事来。上月开了一个德俄木刻展览会，下月还要开一个，是法国的书籍插画。校印的有《解放了的 Don Quixote》，系一剧本，下月可成，盖不因什么团而止者也。《伪自由书》已被暗扣，上海不复敢售，北平想必也没有了。此后所作，又盈一册，但目前当不复有书店敢印也。

专此布达，并颂

文安。

豫　顿首　十一月十五夜

331116 致吴渤

吴渤先生：

十五日信收到。翻印画册，当看看读者的需要，但倘准备折本，那就可以不管。譬如壁画二十五幅，如制铜版，必须销路多，否则，不如玻璃版。现在以平均一方尺的画而论，制版最廉每方寸七分（其实如此价钱，是一定制得不好的），一块即须七元，二十五块是一百七十五元，外加印费纸张，但可印数千至一万本。珂罗每一块制版连印工三元，二十五幅为七十五元，外加纸费，但每制一版，只能印三百本，再多每幅又须三元，所以倘觉得销路不多，不如用珂罗版。

倘用珂罗版，则不如用中国纸，四尺宣纸每张一角（多买可打折扣），开六张，每本作三十张算，纸价五角，印费两角五分，再加装订等等，不到一元，则定价二元，可不至于折本。再便宜一点的是"抄更纸"，这信纸就是，每一张不过一分，则一本三十张，三角就够了。但到中国纸铺买纸，须托"内行"一点的人去，否则容易吃亏。印刷所也须调查研究过，我曾遇过一家，自说能制珂罗版，而后来做得一榻胡涂，原底子又被他弄坏了。

还有顶要紧的，是代卖店，他们往往卖去了书，却不付款，我自印了好几回书，都由此倒灶的。

《怒吼罢，中国！》能印单行本，是很好的，但恐怕要被压迫，难以公然发卖，近来对于文学界的压迫，是很厉害的。这个剧本的作者，曾在北京大学做过教员，那时他的中文名字，叫铁捷克。

我是不会看英文的，所以小说无可介绍。日本因为当局的压迫，也没有什么好小说出来。

"刘大师"的那一个展览会，我没有去看，但从报上，知道是由他包办的，包办如何能好呢？听说内容全是"国画"，现在的"国画"，一定是贫乏的，但因为欧洲人没有看惯，莫名其妙，所以这回也许要"载誉归来"，像徐悲鸿之在法国一样。

此复即颂

时绥。

迅　上　十一月十六日

甲、Etching. 先用蜡涂铜版面，再以刀笔作画，划去其蜡，再加"强水"腐蚀，去蜡印之，则蚀处为线，先前有蜡处为平面。

乙、Dry Point. 不用蜡及强水，只以刀笔在铜版上直接作画，印之。

所以，倘我们译甲为"腐蚀铜版"，则乙可译为"雕刻铜版"。

丙、アクアテト =Aquatinta. 不留平面，而全使铜版成为粗面，由浓淡来显现形象之版。似可译为"粗面铜版"或"晕染铜版"。

丁、メゾチント版 =Mezzotinto. 不用线而用细点来表现形象之版。似可译为"点染铜版"。

戊、グラフィク版。凡一切版画，普通都称为 Graphik，这グラフィク版不知何意。或者就译为"真迹版"也可以。因为グラフィク原有"真迹"，"手迹"的意思。

331117 致徐懋庸

懋庸先生：

前几天寄上的一封信里，把一个日本人名弄错了，Naoshi Kato

不是加藤整，是加藤直士，这一回曾经查过，是不会错的了。（日本对于汉字之"直""整""直士""修"……，读法一样。）

还有 Jokai，什九是 Sakai＝"堺"之误，此人名利彦，号枯川，先曾崇拜托尔斯泰，而后来反对他的。

此致并颂

文祺。

迅　上　十一月十七日

331119 致徐懋庸

懋庸先生：

十六信收到。

Teneromo 当非日本人，但即为别国人，此姓亦颇怪。

Jokai 非"正介"，"正介"之日本读法，当为 Shoukai 或 Shōkai，或 Tadasuke，与 Jokai 相差更远，此字只可存疑矣。

九三页的两句话，据日译本，当作"莫斯科的住下（谓定居于莫斯科），什么都安排好了……"看起语气来，似较妥，因托尔斯泰之至莫斯科，其实不过卜居，并非就职的。

此复，即颂

著安

迅　上　十一月十九夜

331120 致郑振铎

西谛先生：

　　十六日信收到。所指"样本"，当系谓托叶先生转寄者，但我至今并未收到，明天当写信去一问。

　　荣录之笺只一枚，有无是不成问题的。

　　故宫博物馆之版虽贵，但印得真好，只能怪自己没有钱。每幅一元者，须看其印品才知道，因为玻璃版也大有巧拙的，例如《师曾遗墨》，就印得很不高明。

　　这一月来，我的投稿已被封锁，即无聊之文字，亦在禁忌中，时代进步，讳忌亦随而进步，虽"伪自由"，亦已不准，但《北平笺谱》序或尚不至"抽毁"如钱谦益之作欤？

　　此复即颂

著安。

迅　上　十一月廿日

331120 致曹聚仁

聚仁先生：

　　约二十天以前，曾将关于木刻之一文寄《申报》《自由谈》，久不见登载，知有异，因将原稿索回，始知所测并不虚。其实此文无关宏旨，但因为总算写了一通，弃之可惜，故以投《涛声》，未知可用否？倘觉得过于唠叨，不大相合，便请投之纸篓可也。此上即颂

著安。

迅　启　十一月廿日

331124 致萧三

萧兄:

今天寄出杂志及书籍共二包,《现代》和《文学》,都是各派都收的刊物,其中的森堡,端先,沙汀,金丁,天翼,起应,伯奇,何谷天,白薇,东方未明＝茅盾,彭家煌(已病故),是我们这边的。但因为压迫,这刊物此后还要白化,也许我们不能投稿了。

《文艺》几乎都是有希望的青年作家,但其中的尹庚,听说是被捕后白化了。第三期能否出版很难说。

豫　上。　十一月二十四日。

331125 致曹靖华

亚丹兄:

十九日信收到。寄来的书,我收到过三包,但册数不多,仅精装高氏集四本,演剧史,Pavlenko 小说,Shaginiyan 日记,Serafimovich 评传各一本,及零星小书七八本。这是十月中旬的事,此后就没有收到了。

风暴正不知何时过去,现在是有加无已,那目的在封锁一切刊物,给我们没有投稿的地方。我尤为众矢之的,《申报》上已经不能登载了,而别人的作品,也被疑为我的化名之作,反对者往往对我加以攻击。各杂志是战战兢兢,我看《文学》即使不被伤害,也不会有活气的。

对于木刻家所希望的,我想慢慢收集一点旧书寄去,并中国新作家的木刻（不过他们一定要发笑的），但不能每人一部，只得大家公有了。至于得到的木刻，我日日在想翻印，现在要踌躇一下的，只是经济问题，但即使此后窘迫，则少印几张就是，总之是一定要绍介。所以可否请兄就写信到那边去调查一点，简略的就好，那么，来回约两个月，明年二月便可付印了。关于 Kravtchenko 的，记得兄前寄我的《Graphika》里有一点，或者可以摘译。

小三无信来，中文《文学》尚未见，不知已出版否。我在印《被解放的 Don Quixote》，尚未成，但出版之后，当然不会"被解放"。

教书是很吃力的，不过还是以此敷衍一时的好。

它兄们都好。我个人和家族，也都如常，请勿念。

此上，即颂

近好。

弟豫　启　十一月二十五日

331125 致曹靖华

亚丹兄：

昨方寄一信，想已收到了。

前回所说的五个木刻作家中，其一是 Pavlinov，而非 Pavlov，恐收集材料时致误，故特寄信更正。

兄未回时，我曾寄杂志等两包，至今未见寄回，想必兄已发信，由那边的友人收阅了罢。如此，则最好。昨我又寄两包与小三，是接续前一回的。

此致即颂

近好。

弟　豫　上　十一月廿五日

令夫人及孩子们均此致候。

331202 致郑振铎

西谛先生：

顷得惠书，谨悉一切。序文甚好，内函掌故不少，今惟将觉得可以商榷者数处，记出寄还，希酌夺。叶先生处样张终无消息，写信去问，亦无回音，不知何故也，因亦不再写信。

"毛样"请不必寄来，因为内容已经看熟，成书后之状况，可以闭目揣摩而见之，不如加上序目，成为一部完书。否则，"毛样"放在寓中，将永远是"毛样"，又糟蹋了一部书也。

海上"文摊"之状极奇，我生五十余年矣，如此怪像，实是第一次看见，倘使自己不是中国人，倒也有趣，这真是所谓 Grotesque，眼福不浅也，但现在则颇不舒服，如身穿一件未曾晒干之小衫，说是苦痛，并不然，然〖不〗说是没有什么，又并不然也。

此复，即请
著安。

迅　上　十二月二日

331202 致增田涉（日本）

为什么"幽兰"不好，"幽蕙"就好，其理由不明白。但觉得所谓"散漫"居士却不坏。人才一多，也许愈趋于散漫。

《大阪朝日新闻》刊载的写真照片，确实形容枯槁，但实物并不那么枯槁。看来，所谓写真有时也不免写不真，恐怕那照相机本身枯槁了吧。

东南方面，略有动乱。为着抢骨头。从骨头的立场说，给甲狗啃和给乙狗啃都一样。因此上海无恙，堪称幸福。

法西斯正大肆活动着。我们没事……这也可说是幸福。

洛文　上　十二月二日

增田兄几下

331204 致陈铁耕

铁耕先生：

有一位外国女士，她要收集中国左翼作家的绘画，先往巴黎展览，次至苏联，要我通知上海的作者。但我于绘画界不熟悉，所以转托先生设法，最好将各作家的作品于十五日以前，送内山书店转交我，再由我转交她。

除绘画外，还须选各种木刻二份。

同样的信，我还写了一封给李雾城先生，请你们接洽办理。但如不便，则分头进行亦可。

此上即颂

时绥。

迅　上　十二月四日

331205 致罗清桢

清桢先生:

　　顷收到木刻一卷并来信,感谢之至。各种木刻,我以为是可以印行的,虽然一般读者,对于木刻还不十分注意,但总能供多少人的阅览。至于小引,我是肯做的,但近来对于我的各种迫压,非常厉害,也许因为我的一篇序文,反于木刻本身有害,这是应该小心的。

　　此后印画,我以为应该用中国纸,因为洋纸太滑,能使线条模胡。

　　我的照相,如未著手,希暂停。这一张照得太拘束,我可以另寄一二张,选相宜者为底本也。此复即颂

时绥。

迅　上　十二月五日

331205 致陶亢德

亢德先生:

　　惠示谨悉。纪念或新年之类的撰稿,其实即等于赋得"冬至阳生春又来,得阳字五言六韵",这类试帖,我想从此不做了。自然,假如大有"烟士披离纯",本可以藉此发挥,而我又没有,况且话要说得吞吞吐吐,很不快活,还是沈默着罢。此复,即颂

著安。

鲁迅　上　十二月五日

228

331205 致郑振铎

西谛先生：

昨日收到圣陶先生寄来之笺样，因即将其中之三幅，于夜间挂号寄上了。

前在上海面谈时，记得先生曾说大村西崖复刻之中国插画书籍，现已易得，后函东京搜求，则不得要领。未知其书之总名为何，北平能购到否？统希便中见示。倘在北平可得，则希代买一部见寄也。此上即请著安。

迅　顿首　十二月五日

331205 致姚克

Y 先生：

十一月廿九日信收到。谭女士我曾见过一回，上海我们的画家不多，我也极少往来，但已通知了两个相识者，请他们并约别人趁早准备，想来作品未必能多。她不知何时南来，倘能先行告知，使我可以豫先收集，届时一总交给她，就更好。

闽变而粤似变非变，恐背后各有强国在，其实即以土酋为傀儡之瓜分。倘此论出，必无碍；然而非闽非粤之处，又岂不如此乎，故不如沈默之为愈也。

上海还很和暖，无需火炉。出版界极沈闷，动弹不得。《自由谈》则被迫得恹恹无生气了。

此复即颂

时绥。

L　上　十二月五夜。

二,三两日,借日本基督教青年会开了木刻展览会,一半是那边寄来的,观者中国青年有二百余。

331206 致陈铁耕

铁耕先生:

前日寄上一函,想已到。今有复吴先生一信,乞即转寄为感。此颂

文祺。

迅　上　十二月六日

331206 致吴渤

吴渤先生:

来信收到。现在开一个展览会颇不容易,第一是地址,须设法商借,又要认为安全的地方;第二是内容,苏联的难以单独展览,就须请人作陪,这回的法国插画就是陪客。因为这些的牵掣,就发生种种缺点了。我所收集的苏联木刻,一共有八十多张,很想选取五十张,用玻璃版印成小本(大者不多,只能缩小),则于学者可以较展览会更加有益。现已写信到日本去探听印费(因为他们的制版术很好),倘使那价目为我力所能及,大约明年便当去印,于春末可以出版了。

《窗外》和《风景》，我是见过的。

关于稿子，我不能设法。一者我与书店没有直接交涉，二则我先前经手过此等事情不少，结果与先生所遇到的一样，不但不得要领，甚至于还失去稿子，夹在中间，非常为难，所以久不介绍了。

此复，即颂

时绥。

迅　上　十二月六日

再：K.Fedin 的《城市与年》（City and Year），大约英文有译本。

331207 致罗清桢

清桢先生：

前收到木刻七幅后，即复一函；顷又得惠函并肖像两幅，甚感。这一幅木刻，我看是好的，前函谓当另觅照相寄上，可以作罢了。我的照相原已公开，况且成为木刻，则主权至少有一大半已在作者，所以贵校同事与学生欲得此画，只要作者肯印，在我个人是可以的。但我的朋友，亦有数人欲得，故附奉宣纸少许，倘能用此纸印四五幅见寄，则幸甚。

其余的纸，拟请先生印《扫叶工人》，《哭儿》，《赌徒》，〔《哭儿》〕，《上海黄浦滩头》五幅见赐。因为我所有的，都是洋纸，滑而返光，不及中国纸印之美观也。

此复即颂

学安。

迅　启上　十二月七日

331209 致李小峰

小峰兄：

　　自上海不卖《伪自由书》后，向我来索取者不少，但我已无此书，故乞即托店友送五十本给我，其价即在版税中扣除可也。此上即颂

时绥。

　　　　　　　　　　　　　　　迅　启　十二月九夜

331213 致吴渤

吴渤先生：

　　十一日信顷收到。没有油画水彩，木刻也好。自然，现在的作品，是幼稚的，但他们决不会笑，因为他们不是中国"大师"一流人。我还想要求他们批评，则于此地的作者，非常有益。

　　学木刻的几位，最好不要到那边去，我看他们的办法，和七八年前的广东一样，他们会忽然变脸，倒拿青年的血来洗自己的手的。

　　《城市与年》是长篇，但我没有看过。有德译，无日译。作于十月革命后不久，大约是讲那时情形的罢。

　　《子夜》诚然如来信所说，但现在也无更好的长篇作品，这只是作用于智识阶级的作品而已。能够更永久的东西，我也举不出。

　　总之，绘画即使没有别的，希望集一点木刻，给我交去为要。

　　此致即颂

时绥。

　　　　　　　　　　　　　　　迅　上　十二月十三日

331219 致母亲

母亲大人膝下，敬禀者，十二月二日的来信，早已收到。心梅叔有信
　　寄老三，云修坟已经动工，细账等完工后再寄。此项经费，已由
　　男预先寄去五十元，大约已所差无几，请　大人不必再向八道湾
　　提起，免得因为一点小事，或至于淘气也。海婴仍不读书，专在
　　家里捣乱，拆破玩具，但比上半年懂事得多，且较为听话了。男
　　及害马均安好，并请勿念。上海天气渐冷，可穿棉袍，夜间更
　　冷，寓中已于今日装置火炉矣。余容续禀，专此布达，恭请
金安。

男树　叩上　十二月十九日

331219 致吴渤

吴渤先生：

　　木刻一卷并信，已收到。

　　某女士系法国期刊《Vu》的记者，听说她已在上海，但我未见，
大约她找我不到，我也无法找她。倘使终于遇不到，我可以将木刻直
接寄到那边去的。

　　此复，即颂
时绥。

迅　上　十二,十九。

331219 致何白涛

白涛先生：

　　十六日信并木刻三幅，今天收到了，谢谢。另外的一卷，亦已于前天收到，其中的几幅，我想抽掉，即克白兄的《暖》，《工作》及先生的《望》。

　　《望》的特色，专在表现一个人，只是曲着的一只袖子的刻法稍乱，此外是妥当的；但内容却不过是"等待"而无动作，所以显出沈静之感。我以为无须公开。

　　《牧羊女》和《午息》同类，那脸面却比较的非写实了，我以为这是受了几个德国木刻家的影响的，不知道是不是？但这样的表现法，只可偶一为之，不可常用。

　　《私斗》只有几个人略见夸张，大体是好的。

　　《雪景》的雪点太小了，不写明，则观者想不到在下雪，这一幅我也许不送去。但在原版上，大约还可以修改。

　　《小艇》的构图最好，但艇子的阴影，好像太多一点了。波纹的刻法，也可惜稍杂乱。各种关于波纹的刻法，外国是很多的，我们看得不多，所以只好摸暗路，这是在中国的不幸之处。

　　我以为中国新的木刻，可以采用外国的构图和刻法，但也应该参考中国旧木刻的构图模样，一面并竭力使人物显出中国人的特点来，使观者一看便知道这是中国人和中国事，在现在，艺术上是要地方色彩的。从这一种观点上，所以我以为克白兄的作品中，以《等着爹爹》一幅为最好。

　　此复即颂

时绥。

迅　上　十二月十九日

331219 致姚克

Y 先生：

十二夜的信早收到。谭女士至今没有见，大约她不知道我的住址，而能领她找我的人，现又不在上海，或者终于不能遇见也难说。我在这里，已集得木刻数十幅，虽幼稚，却总也是一点成绩，如果竟不相遇，我当直接寄到那边去。

《不是没有笑的》译文，已在《文艺》上登完，是两个人合译的，译者们的英文程度如何，我以为很难说。《生活周刊》已停刊，这就是自缢以免被杀；《文学》遂更加战战兢兢，什么也不敢登，如人之抽去了骨干，怎么站得住。《自由》更被压迫，闻常得恐吓信，萧的作品，我看是不会要的；编者也还偶来索稿，但如做八股然，不得"犯上"，又不可"连下"，教人如何动笔，所以久不投稿了。

台君为人极好，且熟于北平文坛掌故，先生去和他谈谈，是极好的。但是，罗兰的评语，我想将永远找不到。据译者敬隐渔说，那是一封信，他便寄给创造社——他久在法国，不知道这社是很讨厌我的——请他们发表，而从此就永无下落。这事已经太久，无可查考，我以为索性不必搜寻了。

那一次开展览会，因借地不易，所以会场不大好，绘画也只有百余幅，中国之观者有二百余人。历来所集木刻，颇有不易得者，开年拟选印五十种，当较开会展览为有益。闻此地青年，又颇有往闽者，其实我看他们的办法，与北伐前之粤不异，将来变脸时，当又是杀掉青年，用其血以洗自己的手而已。惜我不能公开作文，加以阻止。

所作小说，极以先睹为快。我自己是无事忙，并不怎样闲游，而一无成绩，盖"打杂"之害也，此种情境，倘在上海，恐不易改，但又无别处可去。幸寓中均平善；天气虽渐冷，已装起火炉矣。

中国寄挂号信件，收受者须盖印，倘寄先生信件，挂号时用英文名，不知备有印章否？便中乞示及。

此上，即颂

时绥。

L　启上　十二月十九夜。

331220 致曹靖华

亚丹兄：

十五日信收到，半月前的信，也收到的。编通俗文学的何君，是我们的熟人，人是好的，但幼稚一点，他能写小说，而这两本书，却编得不算好，因为为字数所限。至于吴，本是姓胡，他和我全不相识，忽然来信，说要重编《毁灭》，问我可以不可以。我非作者，不能禁第二人又编，回说可以的，不料他得此信后，便大施活动，好像和我是老朋友似的，与上海书坊去交涉，似乎他是正宗。我看此人的脾气，实在不大好，现已不和他通信了。

《安得伦》销去还不多，因为代售处不肯陈列，一者自然为了压迫，二者则因为定价廉，他们利益有限，所以不热心了。《出版消息》不知何人所办，其登此种消息，也许别有用意：请当局留心此书。

同样内容的书，或被禁，或不被禁，并非因了是否删去主要部分，内容如何，官僚是不知道的。其主要原因，全在出版者之与官场有无联络，而最稳当则为出版者是流氓，他们总有法子想。

兄所编的书，等目录到时，去问问看，但无论如何，阴历年内，书店是不收稿子的了。不过，现在之压迫，目的专在人名及其所属是那一翼，与书倒是不相干的。被说"犯禁"之后，即无可分辩，因为现在本无一定之"禁"，抗议也可以算作反革命也。

《当吉好特》还在排字，出版大约要在明年了。《母亲》，《我的大学》都是重译的，怕未必好，前一种已被禁。小说集是它兄译的，出版不久，书店即被搜查，书没收，纸版提去，大约有人去说了话。《一周间》译本有两种，一蒋光慈从俄文译，一戴望舒从法文译，我都未看过，但听人说，还是后一本好。

中国文学概论还是日本盐谷温作的《中国文学讲话》清楚些，中国有译本。至于史，则我以为可看（一）谢无量:《中国大文学史》，（二）郑振铎:《插图本中国文学史》（已出四本，未完），（三）陆侃如，冯沅君:《中国诗史》（共三本），（四）王国维:《宋元词曲史》，（五）鲁迅:《中国小说史略》。但这些都不过可看材料，见解却都是不正确的。

我们都还好。文稿很难发表，因压迫和书店卖买坏（买书的都穷了，有钱的不要看书），经济上自然受些影响，但目下还不要紧，勿念。

此复，即颂

时绥。

弟豫　上　十二月二十日

331220 致郑野夫

野夫先生:

木刻作品，我想选取五十种，明年付印是真的，无论如何，此事一定要做。

《水灾》能否出版，此刻不容易推测，大约怕未必有书店敢收受罢。但如已刻成，不妨去试问一下。此颂

时绥。

迅 上 十二月廿日

331220 致徐懋庸

懋庸先生：

十八日信收到。侍桁先生的最初的文章，我没有看他，待到留意时，这辩论快要完结了。据我看来，先生的主张是对的。

文章的弯弯曲曲，是韩先生的特长，用些"机械的"之类的唯物论者似的话，也是他的本领。但 先生还没有看出他的本心，他是一面想动摇文学上的写实主义，一面在为自己辩护。他说，沙宁在实际上是没有的，其实俄国确曾有，即中国也何尝没有，不过他不叫沙宁。文学与社会之关系，先是它敏感的描写社会，倘有力，便又一转而影响社会，使有变革。这正如芝麻油原从芝麻打出，取以浸芝麻，就使它更油一样。倘如韩先生所说，则小说上的典型人物，本无其人，乃是作者案照他在社会上有存在之可能，凭空造出，于是而社会上就发生了这种人物。他之不以唯心论者自居，盖在"存在之可能（二字妙极）"句，以为这是他顾及社会条件之处。其实这正是呓语。莫非大作家动笔，一定故意只看社会不看人（不涉及人，社会上又看什么），舍已有之典型而写可有的典型的么？倘其如是，那真是上帝，上帝创造，即如宗教家说，亦有一定的范围，必以有存在之可能为限，故火中无鱼，泥里无鸟也。所以韩先生实是诡辩，我以为可以置之不理，不值得道歉的。

艺术的真实非即历史上的真实，我们是听到过的，因为后者须有其事，而创作则可以缀合，抒写，只要逼真，不必实有其事也。然而他所据以缀合，抒写者，何一非社会上的存在，从这些目前的人，的事，加以推断，使之发展下去，这便好像豫言，因为后来此人，此事，确也正如所写。这大约便是韩先生之所谓大作家所创造的有社会底存在的可能的人物事状罢。

我是不研究理论的，所以应看什么书，不能切要的说。据我的私见，首先是改看历史，日文的《世界史教程》（共六本，已出五本），我看了一点，才知道所谓英国美国，犹如中国之王孝籍而带兵的国度，比年青时明白了。其次是看唯物论，日本最新的有永田广志的《唯物辨证法讲话》（白杨社版，一元三角），《史的唯物论》（ナウカ社版，三本，每本一元或八角）。文学史我说不出什么来，其实是 G.Brandes 的《十九世纪文学的主要潮流》虽是人道主义的立场，却还很可看的，日本的《春秋文库》中有译本，已出六本（每本八角），（一）《移民文学》一本，（二）《独逸の浪漫派》一本，（四）《英国ニ於ケル自然主义》，（六）《青春独逸派》各二本，第（三）（五）部未出。至于理论，今年有一本《写实主义论》系由编译而成，是很好的，闻已排好，但恐此刻不敢出版了。所见的日文书，新近只有《社会主义的レアリズムの问题》一本，而缺字太多，看起来很吃力。

中国的书，乱骂唯物论之类的固然看不得，自己不懂而乱赞的也看不得，所以我以为最好先看一点基本书，庶不致为不负责任的论客所误。

此复即颂

时绥。

迅　上　十二月二十夜。

331220 致郑振铎

西谛先生：

十五日信顷收到。《北平笺谱》尾页已于十四日挂号寄上，现在想必已到了。《生活》周刊已停刊，盖如闻将被杀而赶紧自缢；《文学》此地尚可卖，北平之无第六期，当系被暗扣，这类事是常有的。今之文坛，真是一言难尽，有些"文学家"，作文不能，禁文则绰有余力，而于是乎文网密矣。现代在"流"字排行中，当然无妨，我且疑其与织网不无关系也。

此上即请
道安。

迅　顿首　十二月二十日

331224 致黎烈文

烈文先生：

顷奉到惠函并《医学的胜利》一本，谢谢。这类的书籍，其实是中国还是需要的，虽是古典的作品，也还要。我们要保存清故宫，不过不将它当作皇宫，却是作为历史上的古迹看。然而现在的出版界和读者，却不足以语此。

明年的元旦，我看和今年的十二月卅一日也未必有大差别，要做八股，颇难，恐怕不见得能写什么。《自由谈》上的文字，如侍桁蛰存诸公之说，应加以蒲鞭者不少，但为息事宁人计，不如已耳。此后颇想少作杂感文字，自己再用一点功夫，惟倘有所得而又无大碍者，则当奉呈也。

　　此复，即请

著安。

迅　上　十二月廿四日

331226 致李小峰

小峰兄：

　　这是一个不相识者寄来的，因为来路远，故为介绍，不知北新刊物上，有发表的地方否？倘发表，就请将刊物给我一本，以便转寄。否则，务乞寄还原稿，因为倘一失少，我就不得了了。

迅　上　十二月廿六日

331226 致王熙之

熙之先生：

　　惠函收到。儿歌曾绍介给北新书局，但似未发表。此次寄来的较多，也只好仍寄原处，因为我和书店很少往来。

　　大作的诗，有几首是很可诵的，但内容似乎旧一点，此种感兴，在这里是已经过去了。现并我的一本杂感集，一并挂号寄上。

　　《自由谈》的编辑者是黎烈文先生，我只投稿，但自十一月起，投稿也不能登载了。此复即颂

时绥。

迅　上　十二月廿六日

331226 致罗清桢

清桢先生：

十二月十二日信并木刻，均已收到，感谢之至。宣纸印画不如洋纸之清楚，我想是有两种原因：一是墨太干，一是磨得太轻。我看欧洲人的宣纸印画，后面都是磨得很重的。大约如变换着种种方法，试验几回，当可得较好的结果。

较有意思的读物，我此刻真也举不出。我想：先生何不取汕头的风景，动植，风俗等，作为题材试试呢。地方色彩，也能增画的美和力，自己生长其地，看惯了，或者不觉得什么，但在别地方人，看起来是觉得非常开拓眼界，增加知识的。例如"杨桃"这多角的果物，我偶从上海店里觅得，给北方人看，他们就见所未见，好像看见了火星上的果子。而且风俗图画，还于学术上也有益处的。

此复，即颂

时绥。

鲁迅　上　十二月廿六日

331227 致台静农

静农兄：

下午从书店得所惠书，似有人持来，而来者何人，则不可考。《北平笺谱》竟能卖尽，殊出意外，我所约尚有余，当留下一部，其款亦不必送西三条寓，当于交书时再算账耳。印书小事，而郑君乃作如此风度，似少涵养，至于问事不报，则往往有之，盖不独对于靖兄为然也。

写序之事，传说与事实略有不符，郑君来函问托天行或容某（忘其名，能作简字），以谁为宜，我即答以不如托天行，因是相识之故。至于不得托金公执笔，亦诚有其事，但系指书签，盖此公夸而懒，又高自位置，托以小事，能拖延至一年半载不报，而其字实俗媚入骨，无足观，犯不着向悭吝人乞烂铅钱也。关于国家博士，我似未曾提起，因我未能料及此公亦能为人作书，惟平日颇嗤其摆架子，或郑君后来亦有所闻，因不复道耳。

北大堕落至此，殊可叹息，若将标语各增一字，作"五四失精神"，"时代在前面"，则较切矣。兄蛰伏古城，情状自能推度，但我以为此亦不必侘傺，大可以趁此时候，深研一种学问，古学可，新学亦可，既足自慰，将来亦仍有用也。

投稿于《自由谈》，久已不能，他处颇有函索者，但多别有作用，故不应。《申报月刊》上尚能发表，盖当局对于出版者之交情，非对于我之宽典，但执笔之际，避实就虚，顾彼忌此，实在气闷，早欲不作，而与编者是旧相识，情商理喻，遂至今尚必写出少许。现状为我有生以来所未尝见，三十年来，年相若与年少于我一半者，相识之中，真已所存无几，因悲而愤，遂往往自视亦如轻尘，然亦偶自摄卫，以免为亲者所叹而仇者所快。明年颇欲稍屏琐事不作，专事创作或研究文学史，然能否亦殊未可必耳。

专此布复，并颂
时绥。

豫　顿首　十二月廿七夜

331228 致陶亢德

亢德先生：

　　附上稿子两种，是一个青年托我卖钱的，横览九洲，觉得于《论语》或尚可用，故不揣冒昧，寄上一试。犯忌之处，改亦不妨。但如不要，则务希费　神寄还，因为倘一失去，则文章之价值即增，而我亦将赔不起也。此布即请
著安。

鲁迅　上　十二月廿八夜

331227 致增田涉（日本）

健康如常。

　　《大阪朝日新闻》预告中所刊照片过于年轻了，也许不是我的照片。但也有人说并非他人。到底如何，弄不清楚。

　　最近，戴上了老花眼镜。看书时字很大，一摘掉，字又变得很小。因此怀疑字的实际大小究竟如何。对自己的容貌，也是如此。

迅　上　十二月廿七夜

增田兄几下

331228 致王志之

志兄：

廿二日信已收到。前月得信后，我是即复一信的，既未收到，那是被遗失或没收了。《落花集》在现代搁置多日，又被送还，据云因曾出版，所以店主反对，争之甚力，而终无效云云，现仍在我处，暂时无法想。这回的稿子，当于明日寄给《论语》，并且声明，许其略改犯禁之处。惟近来之出版界，真是战战兢兢，所以能登与否，亦正难必，总之：且解〔听〕下回分解罢。

德哥派拉君之事，我未注意，此君盖法国礼拜六派，油头滑脑，其到中国来，大概确是搜集小说材料。我们只要看电影上，已大用菲洲，北极，南美，南洋……之土人作为材料，则"小说家"之来看支那土人，做书卖钱，原无足怪。阔人恭迎，维恐或后，则电影上亦有酋长飨宴等事迹也。

《募修孔庙疏》不必见寄，此种文字，所见已多，真多于"牛溲马勃"，而且批评文字，亦无处发表，盖庙虽未修，而礼教则已早重，故邪说无从盛行也。

上海尚未大冷，我们是好的。

此复，即颂

时绥。

迅 上 十二月廿八夜

3312 ○○致内山完造（日本）

1.

如按照（一）的版面大小，印珂罗版三百张，每张的制版及印刷费是多少钱?

2.

如用（二）的 AB 样张的纸，印珂罗版，原图空白处会印成什么样?

以上，请询洪洋社。

邬其山先生

L　顿首

一九三四年

340101 致梁以俅

以俅先生：

　　昨晚因有事，迟去了一点，先生已来过，真是抱歉之至。

　　今日下午往蔡宅，和管门人说不清楚，只得废然而返。

　　如先生尚留沪，希于四日午后两点钟仍至原处书店，我当自二点至三点止，在那里相候。

　　此上，即颂

时绥。

迅　启　一月一日

340105 致姚克

Y 先生：

　　梁君到后，约我两次，都参差了，没有遇见；我去寻他一次，约他一次，也都没有遇见，大约是在上海是不能看见的了。

谭女士终于没有看到，恐怕她已经走了，木刻我收集了五十余幅，拟直接寄到巴黎去，现将目录寄上，烦先生即为译成英文，并向S君问明谭女士在法国的通寄［信］地址，一并寄下，我就可以寄去。

此地是乌烟瘴气，各学校多被搜捕，听说弄去了三［？］余人，但详情也莫名其妙。

我们都好，请勿念。

此上，即请

时绥。

豫　顿首　一月五日

木刻目录

No. 1. 钟步清：三农夫

　　2. 〃　　　二个难民

　　3. 李雾城：某女工

　　4. 〃　　投宿

　　5. 〃　　天灾

　　6. 〃　　受伤者的呐喊

　　7. 何白涛：街头

　　8. 〃　　小艇

　　9. 〃　　私斗

　　10. 佩之：运＊　　＊图是一个挑夫，从船到岸，所以仍是"搬运"之意。

　　11. 洪野：搬运

12.代洛：斗争

13.野夫：灾民

14.　″　一九三三年五月一日（上海泥城桥）

15.　″　都会的早晨

16.　″　"嘿……嘿……嘿啰呵！"（建筑之第一声）

17.　″　回家

18.罗清桢：挤兑

19.　″　起卸工人

20.　″　等爸爸回来

21.　″　码头上

22.　″　扫叶工人（上海法国公园）

23.　″　看病

24.何白涛：牧羊女

25.　″　午息

26.陈耀唐：等着爸爸

27.　″　殉难者

28.　″　家庭

29.　″　世界语展览会

30.　″　白色恐怖

31—42.陈耀唐：丁玲作《法网》插画

43.没铭：殉难者

44.金逢孙：读报

45.张抨：中国的统治人物

46.　″　贫病之中

47.陈葆真：上海之十一月七日

48. 周金海：牺牲

49.　　〃　　　矿工

50. 梁宜庆（初中学生）：五一记念

51. 古云章　　〃　　　　挑担者

52. 陈荣生　　〃　　　　归途

53. 陈汝山　　〃　　　　"军官的伴侣"

54. F.S.　　　〃　　　　晚归

55. 野夫：母与子（石刻）

340106 致林语堂

语堂先生：

　　顷得亢德先生函，谓楚囚之稿，仅有少许可登，并以余稿见返。此公远在北平，难与接洽，但窃计所留字数，不过千余，稿费自属无几，而不佞则颇有擅卖他人蝼首之嫌疑，他日史氏笔伐，将云罪浮于桀，诚不如全躯以还之之为得计也。以是希于便中掷还所留之三纸为幸。

　　专此布达，并请

默安。

迅　顿首　一月六夜

令夫人令爱们尊前均此请安。

340106 致希仁斯基等（苏联）

亲爱的希仁斯基、亚历克舍夫、波查尔斯基、莫察罗夫、密德罗辛诸
同志：

收到你们的作品，高兴之至，谨致谢忱。尽管遇到了一些麻烦，
我们终于使这些作品得以在上海展出。参观者有中国年青的木刻家、
学习艺术的大学生，而主要的则是上海的革命青年。当然，展览会颇
获好评，简直轰动一时！连反动报刊对你们的成就亦不能保持沉默。
顷正筹划把这些作品连同其他苏联版画家的作品一并翻印，盖中国革
命青年深爱你们的作品，并将从中学习获益。遗憾的是我们对你们所
知甚少，可否请你们分别为我们撰写各自的传略，并代为设法找到法
复尔斯基和其他苏联著名版画家的传略。在此谨预致谢意。

兹奉上十三世纪及其后刊印的附有版画的中国古籍若干册。这
些都出于封建时代的中国"画工"之手。此外还有三本以石版翻印的
书，这些作品在中国已很少见，而那三本直接用木版印刷的书则更属
珍品。我想，若就研究中国中世纪艺术的角度看，这些可能会使你们
感到兴趣。如今此类艺术已濒于灭亡，老一辈艺人正在"消失"，青
年学徒则几乎根本没有。在上一世纪的九十年代，这种"版画家"就
已很难找到（顺便说说，他们虽也可称作版画家，实则并不作画，仅
只在木板上"复制"名画家的原作）；流传至今的只一种《笺谱》，且
只限于华北才有，那里的遗老遗少还常喜欢用它写毛笔字。但自版画
角度看，这类作品尚能引起人们的一定兴趣，因为它们是中国古代版
画的最后样品。现正纠合同好，拟刊印一部《北平笺谱》，约二月间
问世，届时当为你们寄上。

可惜我与苏联艺术家、木刻家协会无直接联系。希望我寄赠的能

为苏联全体版画家所共享。

新版画（欧洲版画）在中国尚不大为人所知。前年向中国年轻的左翼艺术家介绍了苏联和德国的版画作品，始有人研究这种艺术。我们请了一位日本版画家讲授技术，但由于当时所有"爱好者"几乎都是"左翼"人物，倾向革命，开始时绘制的一些作品都画着工人、题有"五一"字样的红旗之类，这就不会使那在真理的每一点火星面前都要发抖的白色政府感到高兴。不久，所有研究版画的团体都遭封闭，一些成员被逮捕，迄今仍在狱中。这只是因为他们"模仿俄国人"！学校里也不准举行版画展览，不准建立研究这种新艺术的团体。当然，你们一定明白，这种镇压措施会导致什么后果。难道"贵国"的沙皇能扼杀革命的艺术？中国青年正在这方面坚持自己的事业。

近来我们搜集到五十多幅初学版画创作的青年的作品，应法国《观察》杂志的记者绮达·谭丽德（《人道报》主编的夫人）之请，即将寄往巴黎展览，她答应在展览之后即转寄苏联。我想，今年夏天以前你们便可看到。务请你们对这些幼稚的作品提出批评。中国的青年艺术家极需要你们的指导和批评。你们能否借这机会写些文章或写些"致中国友人书"之类？至所盼望！来信（请用俄文或英文）写好后可由萧同志转交（萧同志即萧三，莫斯科国际革命作家联盟的工作人员，莫斯科红色教授学院的学生）。

希望能和你们经常保持联系。致以
革命的敬礼！

鲁迅　一九三四年一月六日

再：我本人不懂俄文，德文略知一二。此信是由我的朋友 H（曹亚丹同志不在上海）代译为俄文的。我殷切地盼望着你们的回信，但又担心自己不能阅读，因为代我翻译的这位朋友很难与我晤面，我们见面的机会极少。因此，倘有可能，请用德文或英文，因为比较容易找人翻译。文章则可以用俄文写，我可请曹君翻译。

此外，邮包中还附有几本新出的中国杂志，请连同下面的短简一并转寄给莫斯科的萧同志。

340108 致何白涛

白涛先生：

来函并木刻收到。这幅木刻，我看是好的，很可见中国的特色。我想，现在的世界，环境不同，艺术上也必须有地方色彩，庶不至于千篇一律。

先生要我设法旅费，我是可以的，但我现在手头没有现钱。所以附上一函，请于十五日自己拿至内山书店，我当先期将款办好，放在那里，托他们转交。

此复，即颂
时绥。

迅 上 一月八夜

340108 致增田涉（日本）

一九三三年十二月二十九日惠函及令郎照片拜见。我觉得令郎的照片比父亲更漂亮，这样的说法颇不好，但是照片比论说更是证据。总之，这证明人类在进步。世界也该是乐观的。

木实君看来也是颇有坚定主见的人，这也是应该乐观的。

中国尊重旧历也尊重新历，不知如何是好。我就哪个都过吧。既说是新年，炖只鸡吃吃，是个好主意吧。

所提问题，添写了解答寄还。另外，想改正的地方也有，一并寄上。

上海昨晚初雪，不冷。我所写的东西被封锁，不易发表，但不要紧。敝寓所有人都好，请放心。　草草顿首

迅　上　一月八夜

增田兄几下

令尊令堂、令夫人、令媛、令郎均吉

中国小说史略

第三二四页第三行，"实为常州人陈森书"之下，（添上括弧）加下列四句：

（作者手稿《梅花梦传奇》，自署"毗陵陈森"，则"书"字或误衍。）

又第三八页第四行，将"一为陵"改为"一为陔"。

又同页第六行，从"子安名未详"到第九行"然其故似不尽此"，改正如下：

子安名秀仁，福建侯官人，少负文名，而年二十八始入泮，即连举丙午（一八四六）乡试（乡试如及第即为举人），然屡应进士试不第，乃游山西、陕西、四川，终为成都芙蓉书院院长，因乱逃归，卒，年五十六（一八一九——一八七四），著作满家，世独传其《花月痕》（《赌棋山庄文集》五）。秀仁寓山西时，为太原知府保眠琴教子，所入颇丰，且多暇，而苦无聊，乃作小说，以韦痴珠自况，保偶

254

见之，大喜，力奖其成，遂为巨帙云（谢章铤《课余续录》一）。然所托似不止此。

又第一四页目录第七行"魏子安《花月痕》"改为"魏秀仁《花月痕》"。

340109 致萧剑青

剑青先生：

来函诵悉。我因为闲暇太少，实在没法看稿作序了。抱歉之至。

专复，即颂

时绥。

鲁迅 一月九日

340111 致郑振铎

西谛先生：

顷接六日信，甚喜。《北平笺谱》极希望能够早日出书，可以不必先寄我一部，只望令荣宝斋从速运来，因为这里也有人等着。至于我之二十部，实已不能分让，除我自藏及将分寄各国图书馆（除法西之意，德，及自以为绅士之英）者外，都早已约出，且还不够，正在筹划怎样应付也。天行写了这许多字，我想送他一部，如他已豫约，或先生曾拟由公物中送他，则此一节可取消，而将此一部让给别人；又，静农已向我约定一部，亦乞就近交与，所余十八部，则都运上海，不能折扣矣。

第二次印恐为难，因为大约未必再能集至一百人，一拖延，就散了。我个人的意见，以为做事万不要停顿在一件上（也许这是我年纪老起来了的缘故），此书一出，先生大可以作第二事，就是将那资本，来编印明代小说传奇插画，每幅略加解题，仿《笺谱》豫约办法。更进，则北平如尚有若干好事之徒，大可以组织一个会，影印明版小说，如《西游》，《平妖》之类，使它能够久传，我想，恐怕纸墨更寿于金石，因为它数目多。上海的邵洵美之徒，在发议论骂我们之印《笺谱》，这些东西，真是"前不见古人，后不见来者"，吃完许多米肉，搽了许多雪花膏之后，就什么也不留一点给未来的人们的——最末，是"大出丧"而已。

前几天，寄了一些原版《晚笑堂画传》之类给俄木刻家，《笺谱》出后，也要寄一部，他们之看中国，是一个谜，而知识甚少，他们画五六百年前的中国人，也戴红缨帽，且拖着一条辫子，站在牌楼之下，而远处则一定有一座塔——岂不哀哉。

《文学》二卷一号，上海也尚未见，听说又不准停刊，大约那办法是在利用旧招牌，而换其内容，所以第一着是检查，抽换。不过这办法，读者之被欺骗是不久的，刊物当然要慢慢的死下去。《文学季刊》未到，见过目录，但也如此麻烦，却得信后才知道，因为我总以为北平还不至于像上海的。我的意思，以为季刊比月刊较厚重，可以只登研究的文章，以及评论，随笔，书报绍介，而诗歌小说则从略，此即清朝考据家所走之路也。如此，则成绩可以容易地发表一部分。但上海《词学季刊》第三期，却有不振之状。

《大公报》及《国闻周报》要投稿，倒也并非不肯投。去年在上海投稿时，被删而又删，有时竟像讲昏话，不如沈默之为愈，所以近来索性不投了，但有时或有一两篇，那是只为了稿费。北边的容易犯讳，大概也不下于上海，还是不作的好罢。

此复即请

道安。

迅　顿首　一月十一夜。

340111 致山本初枝（日本）

拜启，谢谢你的来信。我们平安如故，上海也寂寞如故，而天气则冷了。

日本我一直想去，然而如果现在去的话，会不让我登陆吧？即使登陆，说不定也有便衣跟着。带着便衣去看樱花，实在是奇特的潇洒，因此我觉得暂时不去为好。

记得前些日子你来信中曾写到想去塔希提岛，但我想实物恐怕没有书本、画册、照片上看到的那样美吧。我为了写关于唐朝的小说，五六年前去过长安。去了一看意外的是，连天空都好像不是唐朝的天空，费尽心机用幻想描写的计划也完全被打破了，至今一个字也写不出。还是凭书本想的好。

我没有别的想要的东西，只有一件颇麻烦的事想托你。我自前年订阅版画杂志《白与黑》，因是限定版，订迟了，所以一至十一期，还有二十期、三十二期，总共十三册未能到手。倘贵友中有常到旧书店走动的，烦他代为留意购买。"白与黑社"在淀桥区西落合一之三七号，但除了第三十二期外，该社也无存书。不过这也不是什么非要不可的东西，倘没有，也不必拼命去找。

中国实在难以安定吧。上海白色恐怖越来越严重，青年连续失踪。我仍待在家里，不知是因没有把柄呢，还是年纪大了不要，总之是没事。没事那就活下去吧。

增田二世的相片我也收到了。我回信说比父亲漂亮，这对一世有些失敬，然而这个是事实。

鲁迅　上　一月十一日

山本夫人几下

340112 致台静农

静农兄：

《北平笺谱》大约已将订成，兄所要之一部，已函西谛兄在北平交出，另一部则托其交与天行兄，希就近接洽。这两部都是我送的，无须付钱。倘天行兄已预约，则可要求西谛退款，预约而不得者尚有人，他毫不为难也。专此，即颂

时绥。

迅　顿首　一月十二日

我们都好的。　　又及

340117 致萧三

E.S. 兄：

十一月二十四日来信，现已收到。一星期前，听说它兄要到内地去，现恐已动身，附来的信，一时不能交给他了。寄来之《艺术》

两本，早已收到。本月初，邮局送一张包皮来，说与内容脱开，倘能说出寄来之书名，可以交付，但因无人能知，只好放弃。以后如寄书报，望外面加缚绳子，以免擦破而落下为要。不过它兄既不在沪，则原文实已无人能看，只能暂时收藏，而我们偶然看看插画而已。

寄卓姊信，二月那一封是收到的，当即交去，并嘱回答；而六月那一封及英文信，则并未收到，零星之信件，我亦未过手一封（倘亦系寄我转交的话）。至于她之于兄，实并非无意，自然，不很起劲是有点的，但大原因，则实在由于压迫重，人手少，经济也极支绌。譬如寄书报，就很为难，个人须小心，托书店代寄，而这样的书店就不多，因为他们也极谨慎，而一不小心，实际上也真会惹出麻烦的。

书籍我收到过四次，约共二十余本，内有 M.Gorky 集，B.Shaw 集，演剧史等，但闻亚兄回时，亦有书籍寄出，托我代收者不少，所以这些已不知是兄的，还是亚兄的，要他看过才会明白了。

也在十一月二十四日，我寄上书籍杂志（《文学》从第一期起在内）两包，一月初寄列京木刻家中国画本时，附有杂志两本并它兄短信，托其转交，不知已收到否？今天又寄杂志五本共一包。现在的刊物是日见其坏了。《文艺》本系我们的青年所办，一月间已被迫停刊；《现代》虽自称中立，各派兼收，其实是有利于他们的刊物；《文学》编辑者，原有茅盾在内，但今年亦被排斥，法西斯谛将潜入指挥。本来停刊就完了，而他们又不许书店停刊，其意是在利用出名之招牌，而暗中换以他们的作品。至于我们的作家，则到处被封锁，有些几于无以为生。不过他们的办法，也只能暂时欺骗读者的，数期后，大家一知道，即无人购阅。《文学季刊》（今天寄上了）是北京新办的，我亦投稿（改名唐俟），而第一期已颇费周折，才能出版。此外，今年大约还有新的刊物二三种出版，俟出后当寄上。

大会我早想看一看，不过以现在的情形而论，难以离家，一离家，即难以复返，更何况发表记载，那么，一切情形，只有我一个人知道，不能传给社会，不是失了意义了么？也许还是照旧的在这里写些文章好一点罢。

Goethe 纪念号是收到的；《文学报》收到过两回，第一回它兄拿去了，它一去，这里遂再没有会看原文的人。此后寄书，望常选插图多的寄来，最好是木刻插图，便于翻印介绍，倘是彩色，就不易翻印了。

此复即请

春安。

豫　启上　一九三四年一月十七日

这信封是它兄写的，我不会写。此后来信时，望附来写好之信封二三个，以便寄回信。信可寄信箱，书籍之类也可以寄信箱吗？便中示及。　又及。

340117 致黎烈文

烈文先生：

蒙惠书并《妒误》，谢谢。书已读讫，译文如瓶泻水，快甚；剧情亦殊紧张，使读者非终卷不可，法国文人似尤长于写家庭夫妇间之纠葛也。

无聊文又成两篇，今呈上。《儿时》一类之文，因近来心粗气浮，颇不易为；一涉笔，总不免含有芒刺，真是如何是好。此次偶一不慎，复碰着盛宫保家婿，然或尚不至有大碍耶？

　　此上，即请

著安。

迅　顿首　一月十七夜。

340119 致吴渤

吴渤先生：

　　今天收到来信并《木刻创作法》稿，看现在的情形，恐怕一时无法可出，且待将来的形势，随时设法罢，但倘能印，其中的插画怎么办呢？

　　那奥国人的作品展览会我没有去看，一者因为我对于铜版知道得很少，二者报上说是外国风景，倘是风俗，我便去看了。至于中国的所谓"美术家"，当然不知天下有版画，我曾遇见一位名家，他连雕刀也没有看见过，但我看外国的美术杂志上，常有木刻学校招生的广告，此辈似乎连杂志也不看也。

　　关于各国，无甚消息。所集的中国木刻，已于前日寄往巴黎，并致函苏联木刻家，托其见后给我们批评，但不知何时始有消息。要印的木刻正在选择，并作后记，大约至快怕要在阳四五月才可出版了。此复，即颂

时绥。

迅　上　一月十九夜。

340122 致赵家璧

家璧先生：

顷查得丁玲的母亲的通信地址，是："湖南常德、忠靖庙街六号、蒋慕唐老太太"，如来信地址，与此无异，那就不是别人假冒的。

但又闻她的周围，穷本家甚多，款项一到，顷刻即被分尽，所以最好是先寄一百来元，待回信到后，再行续寄为妥也。专此布达，即请

著安。

迅　顿首　一月二十二日

340123 致姚克

姚克先生：

一月八日信早收到，并木刻四帧；后又得木刻目录英译，由令弟看原画修正后，打字见寄。现已并画邮寄谭女士。

梁君已见过，谈了一些时，他此刻当已北返了罢。

书籍被扣或信件被拆，这里也是日常茶饭事，谁也不以为怪。我在本年中，却只有一封母亲的来信恩赐"检讫"而已。《文学》编辑已改换，大约出版是要出版的，并且不准不出版（！），不过作者会渐渐易去，盖文人颇多，而其大作无人过问，所以要存此老招牌来发表一番，然而不久是要被读者发见，依然一落千丈的。《现代》恐怕也不外此例。

上海已下雪结冰，冷至水管亦冻者数日，则北平之冷可想矣。敝寓均安，我依然作打杂生活，大约今年亦未必有什么成绩也。此复即颂

时绥。

豫　顿首　一月二十三夜。

340124 致黎烈文

烈文先生：

有一友人，无派而不属于任何翼，能作短评，颇似尼采，今为绍介三则，倘能用，当能续作，但必仍由我转也。此上即请

著安。

迅　顿首　一月廿四夜。

340125 致姚克

Y先生：

昨上午方寄一函，下午便得十七来函，谨悉一切。画已寄出。钱君在上海时，曾嘱我便中绍介，事繁忘却，不及提，今既已晤面，甚善，他对于文坛情形，大约知道得较详细。

为 Osaka Asahi 所作文，不过应酬之作，但从外国人看来，或颇奇特，因实出于他们意料之外也。Mr.Katsura 不知所操何业，倘未深知底细，交际当稍小心，盖倘非留学生，则其能居留中国，必有职

务也。

先生作小说，极好。其实只要写出实情，即于中国有益，是非曲直，昭然具在，揭其障蔽，便是公道耳。

我顽健如常，正编外国木刻小品，拟付印。令弟见过三回，而未问住址，便中希以地址嘱其见告。又，此后如寄书籍，应寄何处？又，假如送司诺君书籍，照西洋例，其夫人亦应送一部否？此二事亦乞示及为幸。

此布，即颂

时绥。

豫　顿首　一月廿五夜

傅东华公患得患失，《文学》此后大约未必高明矣。

340127 致山本初枝（日本）

拜启，惠函收到，谢谢您的关心。上海也冷，据说广东福建交界处下了四十年一见的雪，今年似乎到处都冷。Tahiti 岛怎么样，我也怀疑。感谢芙美子女士的好意。下次如遇到，请转达谢意。前几天读了《面影》，也想登门拜访，但如果现在去日本的话很聒噪吧。被便衣盯着去看樱花，固然也别有趣味，但到底是讨厌的事。因此目前还没有去日本旅行的决心。

关于日本的浮世绘师，我年轻时喜欢北斋，而今则是广重，其次是歌麿其人。写乐被德国人大赞，因此读了二三册书想了解他，但最后还是不了解。然而，适合中国一般人眼光的，我想还是北斋，很早就想引入大量插图予以介绍，不过照目前读书界的状况首先就不行。

贵友所藏浮世绘请勿送我。本人也有数十张复制品，但年纪愈大愈忙，现在连拿出来看看的机会也几乎没有。况且，中国还没有欣赏浮世绘的人，本人的东西将来传给谁好，正在担心中。

增田一世仍孜孜不倦地翻译着《小说史略》，常常将不理解的地方写信来问，但如果没有书店出版就实在太惨了。为出版而有用的话，我写序也可以的。　草草顿首

鲁迅　一月二十七日

340129 致郑振铎

西谛先生：

下午晤璧兄，知即以夜车北上。顷检《北平笺谱》，则所缺凡五叶，即：

第四本师曾花果笺（淳）内缺黄蜀葵，

第五本俞明人物笺（淳）内缺倚窗美人，

第六本吴澂花卉笺（淳）内缺水仙，

又　　　　缺紫玉簪，

又　二十幅梅花笺（静）内缺一幅。

最前之四幅，前次见寄之样本中皆有之，可以拆下补入。惟梅花笺乞补寄，因不知所缺者为何人作，故别纸录所存之作者名备览。此上即颂

著安。

迅　顿首　一月二十九夜

所存梅花笺

一	桂浩度	二	萧愁	三	胡佩衡
四	齐白石	五	马晋	六	石雪
七	杨葆益	八	与恬	九	屈兆麟
十	袁匋盦	十一	待秋	十二	观岱
十三	吴宁祁	十四	苍虬居士	十五	修髯
十六	退翁	十七	汤定之	十八	陈煦
十九	陈年				

340209 致许寿裳

季市兄：

顷得惠函并有剪报，得读妙文，甚感。

卖脚气药处，系"上海大东门内大街，严大德堂"，药计二种，一曰脚肿丸，浮肿者服之；一曰脚麻丸，觉麻痹者服之。应视症以求药，每服似一元，大率二服便愈云。

上海天气渐温，敝寓均安好。此复，即颂

曼福。

弟飞　顿首　二月九日

340209 致郑振铎

西谛先生：

五日函及《北平笺谱》补页五张，已于今九日同时收到。分送印本办法，请悉如来函办理。英国亦可送给，以见并无偏心，至于德意，则且待他们法西结束之后可耳。第二次预约数目，未知如何？倘已届五十或一百，我并不反对再印，但只须与初版略示区别，如有余书，则当酌加书价出售，庶几与初版预约及再板预约者皆有区别也。

先前未见过《十竹斋笺谱》原本，故无从比较，仅就翻本看来，亦颇有趣，翻刻全部，每人一月不过二十余元，我预算可以担任，如先生觉其刻本尚不走样，我以为可以进行，无论如何，总可以复活一部旧书也。至于渐成《图版丛刊》，尤为佳事，但若极细之古刻，北平现在之刻工能否胜任，却还是一个问题，到这时候，似不妨杂以精良之石印或珂罗版也。

中国明人（忘其名）有《水浒传像》，今似惟日本尚存翻刻本，时被引用，且加赞叹，而觅购不能得，不知先生有此本否？亦一丛刊中之材料也。

上海之青年美术学生中，亦有愿参考中国旧式木刻者，而苦于不知，知之，则又苦于难得，所以此后如图版刻成，似可于精印本外，别制一种廉价本，前者以榨取有钱或藏书者之钱，后者则以减轻学生之负担并助其研究，此于上帝意旨，庶几近之。

我在这里其实并无正业，而又并无闲空，盖因"打杂"之故，将许多光阴，都虚掷于莫名其妙之中。《文学》第二期稿，创作恐不能著笔，至于无聊如《选本》那样之杂感，则当于二十五日以前，寄奉一则也。

　　专此布复，即请

道安。

迅　顿首　二月九日

340211 致陈烟桥

雾城先生：

　　二月九日的信并木刻一幅，已经收到了，谢谢。先前的信及木刻，也收到的，我并且即发回信，现在看来，是我的那一封回信寄失了。

　　《木刻作法》已托友人去买，但因邮寄没有西欧的顺当，所以一时怕未必能到，我想，夏季是总可以寄到的。书价大约不贵，也不必先付，而且也无法汇去，且待寄到后再说罢。

　　此复，即颂

时绥。

〔迅〕上〔二月十一日〕

340211 致姚克

姚克先生：

　　一月廿五日第一号信及二月五日信，均已收到。关于秦代的典章文物，我也茫无所知，耳目所及，也未知有专门的学者，倘查书，则夏曾佑之《中国古代史》（商务印书馆出版，价三元）最简明。生活状态，则我以为不如看汉代石刻中之《武梁祠画像》，此像《金石粹编》及《金石索》中皆有复刻，较看拓本为便，汉时习俗，实与秦无大异，循览之后，颇能得其仿佛也。至于别的种种，只好以意为之，如必俟一切研究清楚，然后下笔，在事实上是难以做到的。

北平之所谓学者，所下的是抄撮功夫居多，而架子却当然高大，因为他们误解架子乃学者之必要条件也。倘有绍介，我以为也不妨拜访几位，即使看不到"学"，却能看到"学者"，明白那是怎样的人物，于"世故"及创作，会有用处也。

《自由谈》上近已见先生之作一篇，别的几篇，恐怕原因多在为洪乔所误，因为尝闻黎叹无稿也。他在做编辑似甚为难，近新添《妇女园地》一栏，分明是瓜分《自由谈》之现象。我只偶投短文，每月不过二三篇，较长而略有关系之文章，简直无处发表。新出之期刊却多，但无可看者，其中之作者，还是那一班，不过改换名姓而已。检查已开始，《文学》第二期先呈稿十篇，被抽去其半，则结果之必将奄奄无生气可知，大约出至二卷六期后，便当寿终正寝了。《现代》想必亦将讲民族文学，或以莫名其妙之文字填塞耳。

此刻在上海作品可以到处发表，不生问题的作者，其实十之九是先前用笔墨竞争，久已败北的人，此辈藉武力而登坛，则文坛之怪象可想。自办刊物，不为读者所购读，则另用妙法，钻进已经略有信用的刊物里面去，以势力取他作者之地位而代之。从今年起，大约为施行此种战略时代，不过此法亦难久掩他人之目，想来不到半年，《现代》之类也就要无人过问了。

我旧习甚多，也爱中国笺纸，当作花纸看，这回辑印了一部《笺谱》，算是旧法木刻的结账。S 夫人既爱艺术，我想送她一部，但因所得之书有限，不能也送 S 君了。这在礼仪上，不知可否？倘无碍，则请先生用英文写给我应该写上之文字，以便照抄，邮寄。并嘱令弟以其住址见告，令弟之通信地址，亦希嘱其函知，因我不知地址，有事不能函询也。

上海已渐温暖，过旧历年之情形，比新历年还起劲。我们均安。

此上即颂

时绥。

弟豫　顿首　二月十一日

340212 致姚克

姚克先生：

昨方寄一函（第一），想已到。顷接第四号信，备悉一切。Sakamoto（＝坂本）系领事馆情报处人员，其实也可以说是一种广义的侦探，不必与之通信，或简直不必以通信地址告之也。

上海已颇温暖，我们均好，请释念。

此复即颂

时绥。

豫　顿首　二月十二夜

340212 致增田涉（日本）

木实君的玉照看到了。与以前的照片相比，觉得她已经长大不少而且漂亮了。于此大有时光飞驶之感，因而想到应当赶快写点什么。搬家以后，海婴很健康，但又非常捣蛋，在家时常有暴动之虑，真难办。

迅　上　二月十二夜

增田兄足下

340212 致山本初枝（日本）

拜启　日前领受《版画》四幅。这些木刻我在三四年前已收集了，但一及二两号当时连出版社也卖完了，遂未弄到手。这次承你厚意第一次收齐了，感谢之至。

上海已转暖，似乎确实春天来了，但对文学的压迫却只见加重。不过我们都好，请放心。　草草

鲁迅　上　二月十二夜

山本夫人几下

340214 致李小峰

小峰兄：

《两地书》评论除李长之的之外，我所有的只二长文〔杨邨人与

271

诰（天津报）〕及一二零星小语，都无扼要之谈，不成什么气候，这回还是不必附印罢。

迅 上 二月十四日

340215 致台静农

静农兄：

二月十一日来信昨收到。我的信竟入于被装裱之列，殊出意外，遗臭万年姑且不管，但目下之劳民伤财，为可惜耳。

亚兄以七日午后到沪，昨十四日晨乘轮船北归，此信到时，或已晤面，见时希转告，以一信通知到燕为荷。

西谛藏明版图绘书不少，北平又易于借得古书，所以我曾劝其选印成书，作为中国木刻史。前在沪闻其口谈，则似意在多印图而少立说。明版插画，颇有千篇一律之观，倘非拔尤绍介，易令读者生厌，但究竟胜于无有，所以倘能翻印，亦大佳事，胜于焚书卖血万万矣。此复，即颂时绥。

迅 顿首 二月十五日午后

340217 致黎烈文

烈文先生：

"古历"元旦前后，陆续寄奉"此公"短评数篇，而开年第一次，竟将拙作取列第一，不胜感幸。但文中似亦雕去不少，以至短如胡羊

尾巴，未尝留稿，自亦不复省记是何谬论，倘原稿尚在，希检还以便补入，因将来尚可重编卖钱也。此布即请

道安。

迅　顿首　二月十七日

340220 致姚克

姚克先生：

第五信收到。来论之关于诗者，是很对的。歌，诗，词，曲，我以为原是民间物，文人取为己有，越做越难懂，弄得变成僵石，他们就又去取一样，又来慢慢的绞死它。譬如《楚辞》罢，《离骚》虽有方言，倒不难懂，到了扬雄，就特地"古奥"，令人莫名其妙，这就离断气不远矣。词，曲之始，也都文从字顺，并不艰难，到后来，可就实在难读了。现在的白话诗，已有人掇用"选"字，或每句字必一定，写成一长方块，也就是这一类。

先生能发表英文，极好，发表之处，是不必太选择的。至于此地报纸，则刊出颇难，观一切文艺栏，无不死样活气，即可推见。我的投稿，自己已十分小心，而刊出后时亦删去一大段，好像尚未完篇一样，因此连拿笔的兴趣也提不起来了。傅公，一孱头耳，不知道他是在怎么想；那刊物，似乎也不过挨满一年，聊以塞责，则不复有朝气也可知。那挨满之由，或因官方不许，以免多禁之讥，或因老版要出，可以不退定款，均说不定。

M.Artzybashev 的那篇小说，是《Tales of the Revolution》中之一，英文有译本，为 tr.Percy Pinkerton, Secker, London；Huebsch,

N.Y.；1917. 但此书北平未必能得，买来也可不必。大约照德文转译过来，篇名为《Worker Sheviriov》，亚拉藉夫拼作 Aladejev 或 Aladeev，也就可以了。"无抗抵主义者"我想还是译作"托尔斯泰之徒"（Tolstoian？），较为明白易晓。译本出后，给我三四本，不知太多否？直寄之店名，须写 Uchiyama Book-store，不拼中国音。

送 S 君夫妇之书，当照来函办理，但未知其住址为何，希见示，以便直寄。又令弟之号亦请示及，因恐行中有同姓者，倘仅写一姓，或致误投也。

前回的信，不是提起过钱君不复来访吗，新近听到他生了大病，群医束手，终于难以治愈，亦未可知的。

武梁祠画像新拓本，已颇模胡，北平大约每套十元上下可得。又有《孝堂山画像》，亦汉刻，似十幅，内有战斗，刑戮，卤簿……等图，价或只四五元，亦颇可供参考，其一部分，亦在《金石索》中。

此布，即颂

时绥。

豫　顿首　二月二十日（第四）

340224 致曹靖华

汝珍兄：

十五日托书店寄字典等四本至学校，未知已收到否？昨得二十日函，甚慰。一有儿女，在身边则觉其烦，不在又觉寂寞，弟亦如此，真是无法可想。静兄处款之无法探问，兄现想已知，只能暂时搁下。

上海靠笔墨很难生活，近日禁书至百九十余种之多，闻光华书局第一，现代书局次之，最少要算北新，只有四种（《三闲集》，《伪自由书》，《旧时代之死》，一种忘记了），良友图书公司也四种（《竖琴》，《一天的工作》，《母亲》，《一年》）。但书局已因此不敢印书，一是怕出后被禁，二是怕虽不禁而无人要看，所以卖买就停顿起来了。杂志编辑也非常小心，轻易不收稿。

那两本小说稿，当去问一问，我和书局不相识，当托朋友去商量，倘收回时，当照所说改编，然后再觅商店。

上海已略暖，商情不佳，别的谣言倒没有，但北方来信，却常常检查，莫非比南边不安静吗？我们还好，请勿念。

此上，即请

近安。

弟豫　顿首　二月廿四日

340224 致郑振铎

西谛先生：

日前获惠函并《北平笺谱》提单，已于昨日取得三十八部，重行展阅，觉得实也不恶，此番成绩，颇在豫想之上也。账目如已结好，希掷下，以便与内山算账。

本想于这几天为《文学季刊》作一小文，而琐事蝟集，不能静坐。为赌气计，要于日内编印杂感，以破重压，此事不了，心气不平，宜于《文季》之文，不能下笔，故此次实已不能寄稿，希谅察为荷。

新年新事，是查禁书籍百四十余种，书店老版，无不惶惶奔走，继续着拜年一般之忙碌也。

此布即请

道安。

迅　顿首　二月廿四夜

340226 致郑振铎

西谛先生：

二十四日寄奉一函，想已达。《北平笺谱》收到后，已经逐函查检，不料仍有缺页，共六幅，别纸开出附奉。不知可以设法补印否？希费神与纸铺一商，倘可，印工虽较昂亦无碍，因如此，则六部皆得完全也。

此书在内山书店之销场甚好，三日之间，卖去十一部，则二十部之售罄，当无需一星期耳。

第二次印之豫约者，不知已有几人，尚拟举办否？　先生之书籍插画集，现已如何，是否仍行豫约，希见示为幸。

此布，即请

文安。

迅　顿首　二月廿六夜

340227 致增田涉（日本）

明天内山老板的熟人回日本，我托他带小包一个。大约要到达大阪后才能寄出。

包内有《北平笺谱》一函。这是由我提议，但得到郑振铎君大力才始出版的。原版为纸店所有，买纸付印后，集成一部书，似乎也不坏。因为只做了一百部，故没出版前皆已预约完。但出版者三闲书屋尚有存书，故以一部供清玩。

还有，此小包内，书的屁股里还有一个小包。那是打算送给渡君的东西，但其实适合做大人的玩具亦未可知。五十四年前我出世时，每逢出门，就挂那个东西。日本流行的说法叫"避恶魔"，但在中国没有"恶魔"之说，故称"避邪"好些。不加说明的话有点费解，故特为图解如左。

那个圆的，就是捣谷后，把精米和糠分开来的东西。是用竹子做的，中国叫作筛，日本叫什么不知道。一、不用说是太极，二、算盘，三、砚，四、笔与笔架，五、可能是书，六、画卷，七、历书，八、剪子，九、尺，十、似为棋盘，十一、连图解者也伤脑筋，那形状像蝎子，其实一定是天平。

总之，都是为了弄清楚东西的东西。这样看来，可知中国的邪鬼非常害怕明白的东西，喜欢搞模糊化。日本邪鬼的性质如何我不知道，姑且作为一种中国东西送上。

对文坛的压迫越来越重，然而我们仍旧悠闲度日。

迅　上　二月二十七日

增田兄几下

340303 致曹靖华

汝珍兄：

　　日前将兄所要的书四本寄至学校，昨被寄回，上批云"本校并无此人"，我想必是门房胡闹（因为我并未写错姓名），书仍当寄上，但不知以寄至何处为宜，希即将地址及姓名见示。书须挂号，要有印的名字才好也。此布即颂

时绥。

弟豫　顿首　三月三日

340303 致郑振铎

西谛先生：

　　日前奉一函，系拟补印缺页者，未知已到否？

　　《北平笺谱》之在内山书店，销路极好，不到一星期，二十部全已卖完，内山谓倘若再版，他仍可要二三十部。不知中国方面，豫约者已有几人？如已及二十部倘有三十部，则可只给内山二十部，那就不妨开印了。

　　此书再版时，只要将末页改刻，于第一二行上，添"次年△月再

版△△部越△月毕工"十四字，又，选定者之名，亦用木刻就好了。此布即请

文安。

迅　顿首　三月三日

340304 致黎烈文

烈文先生：

"此公"稿二篇呈上，颇有佛气，但《自由谈》本不拘一格，或无妨乎？

"此公"脾气颇不平常，不许我以原稿径寄，其实又有什么关系，而今则需人抄录，既费力，又费时，忙时殊以为苦。不知馆中有人抄写否？倘有，则以抄本付排，而以原稿还我，我又可以还"此公"。此后即不必我抄，但以原稿寄出，稍可省事矣。如何？便中希示及。

此上，即请

道安。

迅　顿首　三月四夜

340304 致萧三

肖山兄：

一月五日的信，早收到。《文学周报》是陆续收到一些的，但此外书报（插画的），一本也没有到。弟前寄杂志二包后，又于寄莫京

木刻家以书籍时，附上杂志数本，前几天又代茅兄寄上他所赠的书一包，未知收到否，此外尚有三本，当于日内寄上。

莲姊处已嘱其常写信。亚兄于年假时来此一趟，住了六七天。它兄到乡下去了，地僻，不能通邮，来信已交其太太看过，但她大约不久也要赴乡下去了，倘兄寄来原文书籍，除英德文者外，我们这里已无人能看，暂时可以不必寄了。

《子夜》，茅兄已送来一本，此书已被禁止了，今年开头就禁书一百四十九种，单是文学的。昨天大烧书，将柔石的《希望》，丁玲的《水》，全都烧掉了，剪报附上。

中国文学史没有好的，但当选购数种寄上。至于作家评传，更是不行，编者并不研究，只将载于报章杂志上的"读后感"之类，连起来成一本书，以博稿费而已，和别国的评传，是不能比的，但亦当购寄，以备参考。

附上它嫂信二张。回答二纸，请 兄译出转寄为感。

专此布达，即颂

时绥。

弟豫 上 三月四夜。

340306 致曹靖华

汝珍兄：

三月三日函已收到。书已寄回，近因书店太忙，稍停数日当再寄。肖山兄信言寄我书报，报有到者，而书则无。日前刚发一信，谓它兄回乡，无人阅读，可不必寄。今始想到可转寄兄，便中给彼信时，望提及，报可仍寄我处，则由我寄上，当比直达较好也。

《春光》杂志，口头上是有稿费的，但不可靠，因书店小，口说不作准。大书店则有人包办，我辈难于被用。

毕氏等传略，倘有暇，仍望译寄。这一回来不及了，因已付印，但将来会有用处的。

上海仍冷如一月前，我们均好。雪夫人于十日前生一男孩，须自养，生活更困难了。

此上即颂

时绥。

弟豫　顿首　三月六夜

340306 致姚克

Y 先生：

二月廿七日函收到；信的号数，其实是连我自己也记不清楚了，我于信件随到随复，不留底子，而亦不宜留，所以此法也不便当，还是废止，一任恩赐没收，不再究诘，胡里胡涂罢。

汉画象模胡的居多，倘是初拓，可比较的清晰，但不易得。我在北平时，曾陆续搜得一大箱，曾拟摘取其关于生活状况者，印以传世，而为时间与财力所限，至今未能，他日倘有机会，还想做一做。汉画象中，有所谓《朱鲔石室画象》者，我看实是晋石，上绘宴会之状，非常生动，与一般汉石不同，但极难得，我有一点而不全，先生倘能遇到，万不可放过也。

关于中国文艺情形，先生能陆续作文发表，最好。我看外国人对于这些事，非常模胡，而所谓"大师""学者"之流，则一味自吹自捧，绝不可靠，青年又少有精通外国文者，有话难开口，弄得漆黑一团。日本人读汉文本来较易，而看他们的著作，也还是胡说居多，到上海半月，便做一本书，什么轮盘赌，私门子之类，说得中国好像全盘都是嫖赌的天国。但现在他们也有些露出〔出〕马脚，读者颇知其不可信了。上月我做了三则短评，发表于本月《改造》上，对于中、日、满，都加以讽刺，而上海文氓，竟又藉此施行谋害，所谓黑暗，真是至今日而无以复加了。

插画要找画家，怕很难，木刻较好的两三个人，都走散了，因为饥饿。在我的记忆中，现在只有一人或者还能试一试，不过他不会木刻，只能笔画，纵不佳，比西洋人所画总可以真确一点。当于日内去觅，与之一谈，再复。

上月此间禁书百四十九种，我的《自选集》在内。我所选的作品，都是十年以前的，那时今之当局，尚未取得政权，而作品中已有对于现在的"反动"，真是奇事也。

上海还冷，恐怕未必逊于北平。我们都好。

此布，即颂

时绥。

弟豫　顿首　三月六夜

340309 致何白涛

白涛先生：

二月廿日的信，是三月九日才收到的，并洋卅元及木刻一幅，谢谢。

我所拟翻印之木刻画，已寄东京去印，因那边印工好而价廉，共六十幅，内有几幅须缩小，只印三百本，是珂罗板，布面装订的，费须三百余元，拟卖一元五角一本，在内山书店出售。成功恐不能快，一出版，当寄上。

中国能有关于木刻的杂志，原是很好，但读者恐不会多，日本之《白与黑》（原版印），每期只印六十本，《版艺术》也不过五百部，尚且卖不完也。

专此布复，并颂

时绥。

迅　上　三月九日

340310 致郑振铎

西谛先生：

五日信并帐目均收到。内山加入，还在发表豫约之先，我想还是作每部九·四七算，连运费等共二〇一·六五元，其一·六五由我之五三·三六四八内减去，我即剩五一·七一四八了，即作为助印《图本丛刊》之类之用。但每月刊刻《十竹斋笺谱》费用，则只要　先生将数目通知，仍当案月另寄。

关于《北平笺谱》再版事，前函已提起，顷想已到。今日与内山商量，他仍愿加入三十部，取得三百元，当于下星期汇上，那么，必要者已有八十部，大可以开印了，所余的二十部，是决不会沉滞的。第二次印对于内山，我想仍作每部九·四七算。

寄法美图书馆的两部，前日寄出，而税关说这不是书籍，是印刷品，每部抽税一元五角，你看可笑不可笑。

缺页倘能早印见寄，甚好。这回付印，似应嘱装订者小心，或者每种多印几张，以备补缺之用，才好。因为买这类高价书的人，大抵要检查，恐怕一有缺页，会来麻烦的。

禁书事未闻解决。《文学》三月号，至今未出。《文季》三期稿，当勉力为之。

此复，即请

道安

迅　顿首　三月十日

340313 致郑振铎

西谛先生：

十日寄一函，想已到。《北平笺谱》之内山书款，已交来三百元，即嘱舍弟由商务印书馆汇奉，取得汇票，今附上，希察收为幸。

老莲之《水浒图》，久闻其名，而未一见。日本所翻刻者，系别一明人作，《世界美术全集续编》中曾印数页，每页二人。但偶忘作者名，稍暇当查出，庶于中国或有访得之望。

《文学》第四期至今未出，盖因检查而迁延，闻此后或不至再误期。书案无后文，似有不死不活之概，盖内幕复杂，非一时所能了也。

《笺谱》再版，约者已有七十部，则事已易举。尾页如嫌另刻费事，我以为亦可就原版将末行锯去（因编者之名，已见于首页），而别刻一木印，记再刻之事，用朱印于第一二行之下，当亦不俗耳。

此布，即请

文安

迅　顿首　三月十三夜

340315 致姚克

姚克先生：

顷接十日函，始知天津报上，谓我已生脑炎，致使吾友惊忧，可谓恶作剧；上海小报，则但云我已遁香港，尚未如斯之甚也。其实我脑既未炎，亦未生他病，顽健仍如往日。假使真患此症，则非死即残废，岂辍笔十年所能了事哉。此谣盖文氓所为，由此亦可见此辈之无聊之至，诸希　释念为幸。插画家正在物色，稍迟仍当奉报也。专此布复，即请

旅安。

豫　顿首　三月十五夜

340315 致母亲

母亲大人膝下，敬禀者，久未得来示为念。近闻天津报上，有登男生脑炎症者，全系谣言，请勿念为要。害马亦好，惟海婴于十日前患伤风发热，即经延医诊治，现已渐愈矣。和荪兄不知已动身

否？至今未见其来访也。专此布达，恭请

金安。

男树　叩上。广平及海婴随叩　三月十五夜。

340316 致天下篇社

日前收到刊物并惠书，谨悉。拙著拟觅一较可凭信者翻译，而此人适回乡省亲，闻需两三星期始能再到上海，大约本月底或下月初当可译出，届时必即邮奉也。恐念，先此奉闻。并颂

时祉。

迅　上〔一九三四年三月十六日〕

340317 致曹靖华

汝珍兄：

蒙寄画片十幅，今日收到。书四本，则于下午又寄往学校去了，写明注册课转，这回想不至于再有错误了罢。

我们一切如常，弟亦甚安好，并无微恙，希释念为要。

此布，即颂

时绥。

弟豫　上。三月十七夜

令夫人及孩子们均此致候。

340317 致森三千代（日本）

拜启　前天拜领了惠赠的《东方之诗》，托你的福，坐着便能旅游种种地方。谢谢你的厚礼。

说到兰花的话，在饭店聚会的情形还历历如在眼前。但是，如今的上海与当年已大不一样了，实在凄凉得可怕。

鲁迅　上　三月十七日

森三千代女士几下

340317 致山本初枝（日本）

拜启　今天下午在内山书店漫谈时，丸林先生的夫人带来了您的赠品。同时，信也收到了。多谢。

《北平笺谱》的木版都在纸店里，所以编辑时一一买纸，托该店印刷，出书是容易的，但习俗在渐渐改变，这种诗笺近期内就会绝迹吧。因此下决心做一下，留下从前的成绩。倘其中还略有可看的东西，则幸甚。增田一世处也已寄送了一函。

上海气候不好，各种疾病流行。孩子也患流行性感冒，经须藤先生诊治，今天才好。正在他闹脾气时，我将你赠送的玩具给了他，大为开心。你送给他脚踏车的事，他还记得。　草草顿首

鲁迅　上　三月十七日

山本夫人几下

　山本先生与正路君均此致候

340318 致增田涉（日本）

拜启，从惠昙村寄来的信，早已见到，今谅你已抵东京，即写上几句。

关于《北平笺谱》的两点说得很对。第一点在付印前曾屡与纸店交涉过。但他们说颜料一过浓就黏在版上，会影响下次印实用信笺，因此听不进去。第二点是我特意这么做的。说实话，自陈衡恪、齐璜（白石）之后，笺画已经衰落，因此二十人合作的梅花笺已感无力，到了猿画等就大大俗化了。从此以后将灭亡了吧，因为旧式文人也渐渐少了。所以，我显示其虎头蛇尾之状，表彰末流的笺画家。

雕工、印工现在也只剩下三四人，大多陷于可怜的生活状态中。这班人一死，这套技术也就完了。

从今年开始，我与郑君二人每月出一点钱，复刻明代的《十竹斋笺谱》，预计一年左右可成。这部书是精神颇纤巧的小东西，但毕竟是明代之物，所以只是使它复活而已。

我一九二四年后的译著，全被禁止（不过《两地书》与《笺谱》除外）。天津报纸记载我患了脑膜炎。但其实我头脑冷静，健康如常。倒是海婴小家伙得了"流行性感冒"，闹了两个星期，现已好了。

迅　拜上　三月十八日

增田兄几下

340322 致蔡柏龄

柏林先生：

请恕我唐突奉书；实因欲寄季志仁先生信，而不知其现在迁居何处，近闻友人言，谓　先生与之相识，当能知其住址。但亦不知此说果确否。今姑冒昧附上一笺，倘先生确知季先生寓所，则希为加封转寄，不胜感荷。

专此布达，顺请

旅安。

鲁迅　启上〔一九三四年〕三月二十二夜

340324 致姚克

姚克先生：

二十一函顷奉到。流行感冒愈后，大须休养，希勿过劳为要。力作数日，卧床数日，其成绩逊于每日所作有节而无病，这是我所经验的。

关于我的大病的谣言，顷始知出于奉天之《盛京时报》，而所根据则为"上海函"，然则仍是此地之文氓所为。此辈心凶笔弱，不能文战，便大施诬陷与中伤，又无效，于是就诅咒，真如三姑六婆，可鄙亦可恶也。

敬隐渔君的法文听说是好的，但他对于翻译却未必诚挚，因为他的目的是在卖钱，重译之后，错误当然更加不少。近布克夫人译《水浒》，闻颇好，但其书名，取"皆兄弟也"之意，便不确，因为山泊中人，是并不将一切人们都作兄弟看的。

小说插图已托人去画，条件悉如来信所言。插画技术，与欧美人较，真如班门弄斧，但情形器物，总可以较为正确。大约再有十天，便可寄上了。

S君信已收到，先生想已看过，那末一段的话，是极对的。然而中国环境，与艺术最不利，青年竟无法看见一幅欧美名画的原作，都在摸暗弄堂，要有杰出的作家，恐怕是很难的。至于有力游历外国的"大师"之流，他却只在为自己个人吹打，岂不可叹。

汉唐画象石刻，我历来收得不少，惜是模胡者多，颇欲择其有关风俗者，印成一本，但尚无暇，无力为此。先生见过玻璃版印之李毅士教授之《长恨歌画意》没有？今似已三版，然其中之人物屋宇器物，实乃广东饭馆为"梅郎"之流耳，何怪西洋人画数千年前之中国人，就已有了辫子，而且身穿马蹄袖袍子乎。绍介古代人物画之事，可见也不可缓。

我们都好。但闻钱君病颇危耳。此复，并请

著安。

豫　顿首　三月廿四日

340326 致郑振铎

西谛先生：

二十一日函并《北平笺谱》缺页五张，均收到。

《十竹斋笺谱》的山水，复刻极佳，想当尚有花卉人物之类，倘然，亦殊可观。古之印本，大约多用矿物性颜料，所以历久不褪色，今若用植物性者，则多遇日光，便日见其淡，殊不足以垂远。但我辈之力，亦未能彻底师古，止得从俗。抑或者北平印笺，亦尚有仍用矿物颜料者乎。

刻工的工钱，是否以前已由先生付出？便中希见告：何月起，每月每人约若干。以便补寄及续寄。

《世界美术集续编》，诚系"别集"之误，《水浒像》记得是在《东洋版画篇》中。匆复，顺请

著安。

迅　上　三月廿六日

340327 致台静农

静农兄：

二十五日得惠书，昨始得《右文说在训诂学上之沿革及其推阐》一本，入夜循览，耄然发蒙，然文字之学，早已一切还给章先生，略无私蓄，所以甚服此书之浩瀚，而竟不能赞一辞，见兼士兄时，乞代达谢意为托。

素兄墓志，当于三四日内写成寄上；我的字而可以刻石，真如天津报之令我生脑炎一样，大出意料之外。木刻无合用者，勉选横而简单者一幅，当直接交与开明，令制版也。我辈均安，可释念。此布，即颂

时绥。

隼　顿首　三月廿七日

340327 致曹靖华

联亚兄：

二十三日信并木刻家传略二篇，顷已收到。字典等已于四五日前

寄出,上面写明注册部收转,想可不至于再弄错了。

良友出之两本小说,其实并无问题,而情形如此者,一则由于文痞借此作威作福,二则由于书店怕事,有事不如无事,所以索性不发卖了。去年书店,不折本的只有二三家。

亚丹兄有版税八十元,兄如能设法转寄,则乞将附笺并汇票一并交去为荷。

上海多雨,所谓"清明时节雨纷纷"也。敝寓均安,希释念。此布,即请

文安。

弟豫　顿首　三月二十七日

附汇票一纸,信一张。

340327 致曹靖华

亚丹先生:

先生译《星花》至本年二月底为止之版税,已由公司交来,今特汇上。希在票背签名盖印(须与票上所写者相同之印,勿用闲章),略停一二日后(因恐其存根尚未寄到),往琉璃厂商务印书馆分馆去取,即可付与现洋。取款须至会计科,先前设在楼上,现想必照旧,向柜头一问便知。有时要问汇款人,则云,本馆员周君建人经手可也。收到后并希示知为幸。

专此布达,即颂

时绥。

弟豫　顿首　三月二十七日

附汇票一纸。

340328 致许寿裳

季市兄：

久未闻消息，想一切康适为念。

《笺谱》已印成，留一部在此，未知何时返禾，尔时希见过为幸。

此布，即颂

曼福。

弟飞　顿首　三月廿八夜

340328 致陈烟桥

雾城先生：

二十一日信并木刻一幅，早收到了，想写回信，而地址一时竟不知放在那里，所以一直拖到现在。

那一幅图，诚然，刻法，明暗，都比《拉》进步，尤其是主体很分明，能令人一看就明白所要表现的是什么。然而就全体而言，我以为却比《拉》更有缺点。一，背景，想来是割稻，但并无穗子之状；二，主题，那两人的面貌太相像，半跪的人的一足是不对的，当防敌来袭或豫备攻击时，跪法应作与，这才易于站起。还有一层，《拉》是"动"的，这幅却有些"静"的了，这是因为那主体缺少紧张的状态的缘故。

我看先生的木刻，黑白对比的力量，已经很能运用的了，一面最好是更仔细的观察实状，实物；还有古今的名画，也有可以采取的地方，都要随时留心，不可放过，日积月累，一定很有益的。

至于手法和构图，我的意见是以为不必问是西洋风或中国风，只要看观者能否看懂，而采用其合宜者。先前售卖的旧法花纸，其实乡下人是并不全懂的，他们之买去贴起来，好像了然于心者，一半是因为习惯：这是花纸，好看的。所以例如阴影，是西法，但倘不扰乱一般观众的目光，可用时我以为也还可以用上去。睡着的人的头上放出一道毫光，内画人物，算是做梦，与西法之嘴里放出一道毫光，内写文字，算是说话，也不妨并用的。

中国的木刻，已经像样起来了，我想，最好是募集作品，精选之后，将入选者请作者各印一百份，订成一本，出一种不定期刊，每本以二十至二十四幅为度，这是于大家很有益处的。但可惜我一知半解，又无法公开通信处，不能动。　此复，即颂

时绥。

迅　上　三月廿八日

340329 致母亲

母亲大人膝下，敬禀者，得来示，知　大人亦患伤风，现已全愈，甚慰。海婴亦已复元，胃口很开了。上海本已和暖，但近几天忽又下雨发风，冷如初冬，仍非生火炉不可。惟寓中均安，可请放心。老三亦好，只是公司中每日须办公八点钟，未免过于劳苦；至于寄信退回，据云系因信面上写号之故，因为公司门房仅知各人之名，此后可写书名，即不至收不到了。专此布达，恭请

金安。

男树　叩　广平及海婴随叩　三月廿九夜

340329 致陶亢德

亢德先生：

　　惠示诵悉。向来本不能文，亦不喜作文，前此一切胡诌，俱因万不得已，今幸逢昭代，赐缄口舌，正可假公济私，辍笔而念经，撰述中无名，刊物上无文，皆夙愿也，没齿无怨。以肖像示青年，却滋笑柄，乞免之，幸甚幸甚。

　　《南腔北调集》恐已印成，售法如何，殊未审，内山书店亦未必定有，倘出版者有所送赠，当奉呈。《论语》久未得见，但请先生勿促其见惠，因倘欲阅读，可自购致也。专此布复，即请
著安。

迅　顿首　三月廿九日

340331 致曹靖华

汝珍兄：

　　二十八日寄上一函寄至学校并洋八十元，未知已到否？顷已收到萧兄寄来之《文学报》约十张，拟寄上，但未知以寄至何处为宜，希示地址。又，挂呈则收信人须有印，并乞以有印之名见告为荷。此上
即请
春安。

弟豫　顿首　三月卅一日

295

340331 致台静农

静农兄：

　　日内当寄书五本。其一本奉览，余四本希便中转交霁野，维钧，天行，沈观为感。

　　此布，即颂
时绥。

隼　上　三月卅一日

340401 致黎烈文

烈文先生：

　　"此公"盖甚雄于文，今日送来短评十篇，今先寄二分之一，余当续寄；但颇善虑，必欲我索回原稿，故希先生于排印后，陆续见还，俾我得以交代为幸。

　　其实，此公文体，与我殊不同，思想亦不一致，而杨公邨人，又疑是拙作，闻在《时事新报》（？）上讲冷话，自以为善嗅，而又不确，此其所以为吧儿狗欤。

　　此布，即请
著安。

迅　顿首　四月一夜

340401 致陶亢德

亢德先生：

日前寄奉芜函后，于晚便得《南腔北调集》印本，次日携往书店，拟托代送，而适有人来投大札，因即乞其持归，想已达览。此书殆皆游词琐语，不足存，而竟以出版者，无非为了彼既禁遏，我偏印行，赌气而已，离著作之道远甚。然由此亦可见"本不能文"云云，实有证据，决非虚憍恃气之谈也。

《论语》顷收到一本，是三十八期，即读一过。倘蒙谅其直言，则我以为内容实非幽默，文多平平，甚者且堕入油滑。闻莎士比亚时，有人失足仆地，或面沾污靧而不自知，见者便觉大可笑。今已不然，倘有笑者，可笑恐反在此人之笑，时移世迁，情知亦改也。然中国之所谓幽默，往往尚不脱《笑林广记》式，真是无可奈何。小品文前途虑亦未必坦荡，然亦只能姑试之耳。

照相仅有去年所摄者，倘为 先生个人所需，而不用于刊物，当奉呈也。

此复，即颂
时绥。

鲁迅 四月一夜。

340403 致姚克

姚克先生：

昨寄上书一本，不知已到否？

小说插画已取来，今日另行挂号寄出，内共五幅，两幅大略相似，请择取其一。作者姓魏，名署在图上。上海已少有木刻家，大抵因生活关系而走散；现在我只能找到魏君，总算用毛笔而带中国画风的，但尚幼稚，器具衣服，亦有误处（如衣皆左衽等），不过还不庸俗，而且比欧洲人所作，错误总可较少。不知可用否，希酌定。

上海常雨，否则阴天。我们都如常，希释念。

《北平素描》，已见过三天，大约这里所能发表的，只能写到如此而止。

此布即请

著安。

豫　顿首　四月三日

340403 致魏猛克

××先生：

画及信早收到，我看画是不必重画了，虽然衣服等等，偶有小误，但也无关大体，所以今天已经寄出了。《嚓》的两幅，我也决不定那一幅好，就都寄了去，由他们去选择罢。

《列女传》翻刻而又翻刻，刻死了；宋本大约好得多，宋本出于顾凯之，原画已无，有正书局印有唐人临本十来幅，名曰《女史箴图》。你倒买一本比比看。（但那图却并非《列女传》，所谓"比"者，比其笔法而已。）

毛笔作画之有趣，我想，在于笔触；而用软笔画得有劲，也算中国画中之一种本领。粗笔写意画有劲易，工细之笔有劲难，所以古有所谓

"铁线描"，是细而有劲的画法，早已无人作了，因为一笔也含胡不得。

中国旧书上的插画，我以为可以采用之处甚多，但倘非常逛旧书店，不易遇到。又，清朝末年有吴友如，是画上海流氓和妓女的好手，前几年印有《友如墨宝》，不知曾见过否？

此复，即颂

时绥。

迅 上 四月三夜

340404 致陶亢德

亢德先生：

惠示收到。照相若由我觅便人带上，恐需时日。今附上一函，一面将照相放在内山书店，社中想有送信人，请嘱其持函往取为幸。

此复，即请

著安。

迅 顿首 四月四夜

340405 致张慧

小青先生：

二月二十五日惠函并稿二本，早经收到，且蒙赠书两本，感谢之至。顷又得三月二十五日函，备悉种种。旅居上海，琐事太多，以致大作至今始陆续读毕。诸作情感诚挚，文字流畅，惟诚如来示所言，在今日已较觉倾于颓唐，不过均系旧作，则亦不足为病。《国风》新译尤明白生动，人皆能解，有出版之价值，惜此地出版界日见凋苓，我又永受迫压，如居地下，无能为力，顷已托书店挂号寄还，至希察收，有负雅意，真是十分抱歉。

木刻为近来新兴之艺术，比之油画，更易着手而便于流传。良友公司所出木刻四种，作者的手腕，是很好的，但我以为学之恐有害，因其作刀法简略，而黑白分明，非基础极好者，不能到此境界，偶一不慎，即流于粗陋也。惟作为参考，则当然无所不可。而开手之际，似以取法于工细平稳者为佳耳。

专此布复，即请

文安。

鲁迅　上　四月五日

340405 致陈烟桥

雾城先生：

三日的信并木刻一幅，今天收到了。这一幅构图很稳妥，浪费的刀也几乎没有。但我觉得烟囱太多了一点，平常的工厂，恐怕没有这许多；又，《汽笛响了》，那是开工的时候，为什么烟通上没有烟呢？又，刻劳动者而头小臂粗，务须十分留心，勿使看者有"畸形"之感，一有，便成为讽刺他只有暴力而无智识了。但这一幅里还不至此，现在不过偶然想起，顺便说说而已。

美术书总是贵的，个人购置，非常困难，所以必须有一机关，公同购阅，前年曾有一个社，藏书三四十本，战后消失，书也大家拿散了。现在则连画社也不能设立，我的书籍，也不得不和自己分开，看起来很不便，但这种情形，一时也没有好法子想。

中国小说上的插画，除你所说的之外，还多得很，不过都是木刻旧书，个人是无力购买的，说也无益。

鼓吹木刻，我想最好是出一种季刊，不得已，则出半年刊或不定期刊，每期严选木刻二十幅，印一百本。其法先收集木刻印本，加以选择，择定之后，从作者借得原版付印。欧美木刻家，是大抵有印刷的小机器的，但我们只能手印，所以为难，只好付给印刷厂，不过这么一来，成本就贵，因为印刷厂以五百本起码，即使只印一百，印费也要作五百本算。

其次是纸，倘用宣纸，每本约三角半，抄更纸（一种厚纸，好像宣纸，而其实是用碎纸再做的）则二角，倘用单张，可减半，但不好看。洋纸也不相宜。如是，则用宣纸者，连印订工每本须五角，一百本为五十元。抄更纸约三十元。

每一幅入选，送作者一本，可出售者八十本，每本定价，只好五角，给寄售处打一个八折，倘全数卖出，可收回工本三十二元，折本约二十元，用抄更纸而仍卖五角，则不折本。

照近几年来的刻本看来，选二十幅是可有的了，这一点印工及纸费，我现在也还能设法，或者来试一试看。至于给 M.K. 木刻会商量，我自然当俟你来信后再说。

不过通信及募集外来投稿，总须有〖有〗一个公开的固定的机关，一面兼带发售，这一点，我还想不出办法。

此复，即颂

时绥。

迅　上　四月五夜。

340405 致内山完造（日本）

拜启

一笔呈上。请将敝人照片交付此持信人。诸多费神，甚感，容后面谢。　草草顿首

鲁迅　四月五日

邬其山仁兄几下

祈代向令夫人殿下问候。

340406 致陈烟桥

雾城先生：

今晨寄上一函，想已到。午后，将我所存的木刻看了一看，觉得可以印行者实也不多。MK 木刻会开展览会时，我曾经去看，收集了几张，而其中不能用者居大半。现就在手头者选择起来，觉得可印者如下：

一工：推

之兑：少女　奏琴　水落后之房屋

　　　以上两人大约是美专学生，近印有《木刻集》

陈葆真：十一月十七日　时代的推轮者

普之：轮辗（七）

张致平：出路

　？：烟袋

　？：荞头店

以上五人，是 MK 会中人。

白涛: 工作　　街头　　小艇　　黑烟
雾城: 窗　　风景　　拉　　汽笛……

以上共只作者九人，作品十八幅。白涛兄好像是回去了，不知你认识他否？如原版亦已带回，则只剩了十四幅，或者索性减去不知作者的两幅，以十二张出一本也可以。

还有陈铁耕，罗清桢两人，也有好作品可以绍介，但都不在上海，只好等第二本了。

有些于发行有碍的图画，只好不登。又，野穗社《木刻画》中曾经发表过的，也不选入。

此布，即颂
时绥。

迅　上　四月六晚

340407 致陶亢德

亢德先生：

大札与《人间世》两本，顷同时拜领，讽诵一过，诚令人有萧然出尘之想，然此时此境，此作者们，而得此作品等，固亦意中事也。语堂先生及先生盛意，嘱勿藏拙，甚感甚感。惟搏战十年，筋力伤惫，因此颇有所悟，决计自今年起，倘非素有关系之刊物，皆不加入，藉得余暇，可袖手倚壁，看大师辈打太极拳，或夭矫如撮空，或团转如摸地，静观自得，虽小品文之危机临于目睫，亦不思动矣。幸谅其懒散为企。此复，即请
著安。

迅　顿首　四月七日

340409 致姚克

姚克先生：

愚人节所发信，顷已收到。中国不但无正确之本国史，亦无世界史，妄人信口开河，青年莫名其妙，知今知古，知外知内，都谈不到。当我年青时，大家以胡须上翘者为洋气，下垂者为国粹，而不知这正是蒙古式，汉唐画像，须皆上翘；今又有一班小英雄，以强水洒洋服，令人改穿袍子马掛而后快，然竟忘此乃满洲服也。此种谬妄，我于短评中已曾屡次道及，然无效，盖此辈本不读者耳。

汉唐画像极拟一选，因为不然，则数年收集之工，亦殊可惜。但上海真是是非蜂起之乡，混迹其间，如在洪炉上面，能躁而不能静，颇欲易地，静养若干时，然竟想不出一个适宜之处，不过无论如何，此事终当了之。

清初学者，是纵论唐宋，搜讨前明遗闻的，文字狱后，乃专事研究错字，争论生日，变了"邻猫生子"的学者，革命以后，本可开展一些了，而还是守着奴才家法，不过这于饭碗，是极有益处的。

此布即请
文安。

豫　顿首　四月九日

340409 致魏猛克

××先生：

七日信收到。古人之"铁线描"，在人物虽不用器械，但到屋宇

304

之类，是利用器械的，我看是一枝界尺，还有一枝半圆的木杆，将这靠住毛笔，紧紧捏住，换了界尺划过去，便既不弯曲，又无粗细了，这种图，谓之"界画"。

学吴友如画的危险，是在只取了他的油滑，他印《画报》，每月大约要画四五十张，都是用药水画在特种的纸张上，直接上石的，不用照相。因为多画，所以后来就油滑了，但可取的是他观察的精细，不过也只以洋场上的事情为限，对于农村就不行。他的沫流是会文堂所出小说插画的画家。至于叶灵凤先生，倒是自以为中国的Beardsley的，但他们两人都在上海混，都染了流氓气，所以见得有相似之处了。

新的艺术，没有一种是无根无蒂，突然发生的，总承受着先前的遗产，有几位青年以为采用便是投降，那是他们将"采用"与"模仿"并为一谈了。中国及日本画入欧洲，被人采取，便发生了"印象派"，有谁说印象派是中国画的俘虏呢？专学欧洲已有定评的新艺术，那倒不过是模仿。"达达派"是装鬼脸，未来派也只是想以"奇"惊人，虽然新，但我们只要看Mayakovsky的失败（他也画过许多画），便是前车之鉴。既是采用，当然要有条件，例如为流行计，特别取了低级趣味之点，那不消说是不对的，这就是采取了坏处。必须令人能懂，而又有益，也还是艺术，才对。《毛哥哥》虽然失败，但人们是看得懂的；陈静生先生的连环图画，我很用心的看，但老实说起来，却很费思索之力，而往往还不能解。我想，能够一目了然的人，恐怕是不多的。

报上能够讨论，很好，不过我并无什么多意见。

我不能画，但学过两年解剖学，画过许多死尸的图，因此略知身体四肢的比例，这回给他加上皮肤，穿上衣服，结果还是死板板的。

脸孔的模样,是从戏剧上看来,而此公的脸相,也实在容易画,况且也没有人能说是像或不像。倘是"人",我就不能画了。

　　此复,即颂

时绥。

迅　上　四月九夜

340411 致增田涉(日本)

　　拜启,四月六日来信拜读。

　　送佐藤先生的《北平笺谱》一函已于三月二十七日用小包寄出,到四月五日尚未收到,实在太慢。但现在谅已到达,可否顺便问一声?如终未到达,当再寄奉。

　　《朝花夕拾》如有出版地方,译出来也好,但其中有关中国风俗和琐事太多,不多加注释恐不易看懂吧?注释一多,读起来又乏味了。

　　所谓"文艺年鉴社",实际并没有,是现代书局的化名。写那篇《鸟瞰》的是杜衡即一名苏汶,现代书局出版的《现代》(文艺月刊)的编辑(另一人是施蛰存),自称超党派,其实是右派。今年压迫加紧以后,则颇成御用文人了。

　　因此,那篇《鸟瞰》把与现代书局出版物有关的人都写得很好,其他的人则多被抹杀。而且还假冒别人写文章来吹捧自己。在日本很难了解这类秘密,就不免把它当作金科玉律了吧。

　　又,你上次来信忠告,非常感谢。我曾坚决要求编者改正,但只在太触目处略作了修订,大抵照样登出,实在伤脑筋。

再，有人说日本的木版彩色印刷比中国的逊色，但依我看，纸质大有关系。中国的纸有"洇散"的性能，印刷时就利用了那种性能。日本的纸不洇散，因此色彩就呆板了。　　草草

洛文　四月十一日

增田兄几下

340412 致陈烟桥

雾城先生：

十日晚信并木刻均收到；这三幅都平平，《逃难》较好。

印行木刻，倘非印一千部，则不能翻印。譬如你的《赋别》，大小为四十八方时，每方时制版费贵者一角二，便宜者八分，即非四元至五元不可，每本二十幅，单是制版费便要一百元左右了。而且不能单图价廉，因为价廉，则版往往不精，有时连线的粗细，也与原本不合。所以只能就用原版去印。入选之画，倘在外埠，便请作者将原版寄来，用小包，四五角即可，则连寄回之费，共不过一元而已。其中如有无法取得原版者，则加入翻板者数幅亦可。

M.K.社倘能主持此事，最好。但我以为须有恒性而极负责的人，虽是小事情，也看作大事情做，才是。例如选纸，付印，付订，都须研究调查过。据我所知，则——

抄更纸每刀约九十张，价壹元二三角（九华堂），倘多买，可打八折，其中有破或污者，选后可剩七十张，一开二，即每张需洋一分。

在木版上印，又只百部，则当用手摇机，在中国纸上印，则当用好墨，以油少者为好。

封面的纸，不妨用便宜之洋纸，但须厚的。

此外还有，都须预先研究确定，然后进行付印。而内容选择，尤应谨严，与其多而不佳，不如少而好；又须顾及流布，风景，静物，美女，亦应加入若干。

工场情形，我也不明白，但我想，放汽时所用之汽，即由锅炉中出来，倘不烧煤，锅炉中水便不会沸。大约烧煤是昼夜不绝的，不过加煤有多少之别而已，所以即使尚未开工，烟通中大概也还有烟的，但这须问一声确实知道的人，才好。

此复，即颂
时绥。

迅　上　四月十二日

340412 致台静农

静农兄：

七日惠函收到。兼士之作，因我是外行，实不敢开口，非不为也，不能耳。令我作刻石之书，真如生脑膜炎，大出意外，笔画尚不能平稳，不知可用否？上海幽默已稍褪色，语堂转而编小品文，名曰《人间世》，顷见第一期，有半农国博《柬天行》云："比得朝鲜美人图一幅，纸墨甚新而布局甚别致，想是俗工按旧时粉本绘成者。"纸墨一新，便是俗工，则生今日而欲雅，难矣，此乾隆纸之所以贵欤？年来诚常有归省之意，但跋涉不易，成否此时殊未能定也。此复，即颂
曼福不尽。

隼　顿首　四月十二夜。

340412 致姚克

姚克先生：

　　顷收到八日来信；一日信亦早到，当即于九日奉复，现想已于恩赐检查之后，寄达左右矣。给杨某信，我不过说了一部分，历来所遇，变化万端，阴险诡随如此辈者甚多，倒也惯而不以为怪，多说又不值得，所以仅略与答复而止，而先生已觉其沈痛，可见向来所遇，尚少此种人，此亦一幸事，但亦不可不小心，大约满口激烈之谈者，其人便须留意。

　　徐何创作问题之争，其中似尚有曲折，不如表面上之简单，而上海文坛之不干不净，却已于此可见。近二年来，一切无耻无良之事，几乎无所不有，"博士""学者"诸尊称，早已成为恶名，此后则"作家"之名，亦将为稍知自爱者所不乐受。近颇自憾未习他业，不能改图，否则虽驱车贩米，亦较作家干净，因驱车贩米，不过车夫与小商人而已，而在"作家"一名之中，则可包含无数恶行也。

　　来信谓好的插画，比一张大油画之力为大，这是极对的。但中国青年画家，却极少有人注意于此。第一，是青年向来有一恶习，即厌恶科学，便作文学家，不能作文，便作美术家，留长头发，放大领结，事情便算了结。较好者则好大喜功，喜看"未来派""立方派"作品，而不肯作正正经经的画，刻苦用功。人面必歪，脸色多绿，然不能作一不歪之人面，所以其实是能作大幅油画，却不能作"末技"之插画的，譬之孩子，就是只能翻筋斗而不能跨正步。其二，则他们的先生应负责任，因为也是古里古怪的居多，并不对他们讲些什么，中国旧式插画与外国现代插画，青年艺术家知道的极少；尤其奇怪的是美术学校中几乎没有藏书。我曾想出一刊物，专一绍介并不高超而实则有益之末技，但经济，文章，读者，皆不易得，故不成。

上海虽春，而日日风雨，亦不暖。向来索居，近则朋友愈少了，真觉得寂寞。不知先生至迟于何日南来，愿得晤谈为幸耳。

此布，即颂

时绥。

豫　顿首　四月十二夜

340413 致母亲

母亲大人膝下，敬禀者，四月七日来信，今已收到，知京寓一切平安，甚喜甚慰。和森及子佩，均未见过，想须由家中出来过上海时，始来相访了。海婴早已复元，医生在给他吃一种丸药，每日二粒，云是补剂，近日胃口极开，而终不见胖，大约如此年龄，终日玩皮，不肯安静，是未必能胖的了。医生又谓在今年夏天，须令常晒太阳，将皮肤晒黑，但此事须在海边或野外，沪寓则殊不便，只得临时再想方法耳。今年此地天气极坏，几乎每日风雨，且颇冷。害马多年想看南镇及禹陵，今年亦因香市时适值天冷且雨，竟不能去，现在夜间亦尚可穿棉袄也。害马安好，男亦安，惟近日胃中略痛，此系老病，服药数天即愈，乞勿远念为要。专此布达，恭请

金安。

男树　叩上。广平海婴随叩。四月十三日。

340414 致黎烈文

烈文先生：

　　顷收到十三日函并原稿六篇，费神甚感。"此公"是先生之同乡，年未"而立"，看文章，虽若世故颇深，实则多从书本或推想而得，于实际上之各种困难，亲历者不多。对于投稿之偶有删改，已曾加以解释，想不至有所误解也。

　　日前又收到一篇，今附上。

　　此布，即请

道安。

迅　顿首　四月十四日

340415 致林语堂

　　顷收到十三日信，谨悉种种。弟向来厚于私而薄于公，前之不欲以照片奉呈，正因并"非私人请托"，而有公诸读者之虑故。近来思想倒退，闻"作家"之名，颇觉头痛。又久不弄笔，实亦不符；而且示众以后，识者骤增，于逛马路，进饭馆之类，殊多不便。《自选集》中像未必竟不能得，但甚愿以私谊吁请勿转灾楮墨，一以利己，一以避贤。此等事本不必絮絮，惟既屡承下问，慨然知感，遂辄略布鄙怀，万乞曲予谅察为幸。此复即请

道安。

迅　上　四月十五日

340416 致陶亢德

亢德先生：

　　有一个相识者持一卷文稿来，要我寻一发表之地，我觉得《人间世》或者相宜，顷已托书店直接寄去。究竟可用与否，自然是说不定的。倘可用，那就没有什么。如不合用，则对于先生，有一件特别的请托，就是从速寄还我，以便交代。费神之处，至感。那文稿名《泥沙杂拾》，作者署"闲斋"。

　　此布，即颂

时绥。

迅　顿首　四月十六日

340417 致罗清桢

清桢先生：

　　日前收到来信，并尊照一张，木刻一幅，感谢之至。这一幅也并无缺点，但因其中之人物姿态，与前回之《劫后余生》相似，所以印行起来，二者必去其一，我想，或者还是留这一幅罢。

　　见寄之二十余幅，早经收到。《或人之家》平稳，《被弃之后》构图是很有力的，但我以为站着的那人不相称，也许没有她，可以更好。《残冬》最佳，只是人物太大一点，倘若站起来，不是和牌坊同高了么。

　　我离开日本，已经二十多年，与现在情形大不相同，恐怕没有什么可以奉告了。又来信谓要我的朋友写书面字，不知何人，希示知，倘为我所熟识，那是可以去托的。

　　专此布复，即颂

时绥。

迅　上　四月十七夜。

340419 致陈烟桥

雾城先生：

　　昨天才寄一函，今日即收到十六日来信，备悉种种。做一件事，无论大小，倘无恒心，是很不好的。而看一切太难，固然能使人无成，但若看得太容易，也能使事情无结果。

　　我曾经看过 MK 社的展览会，新近又见了无名木刻社的《木刻集》（那书上有我的序，不过给我看的画，和现在所印者不同），觉得有一种共通的毛病，就是并非因为有了木刻，所以来开会，出书，倒是因为要开会，出书，所以赶紧大家来刻木刻，所以草率，幼稚的作品，也难免都拿来充数。非有耐心，是克服不了这缺点的。

　　木刻还未大发展，所以我的意见，现在首先是在引起一般读书界的注意，看重，于是得到赏鉴，采用，就是将那条路开拓起来，路开拓了，那活动力也就增大；如果一下子即将它拉到地底下去，只有几个人来称赞阅看，这实在是自杀政策。我的主张杂入静物，风景，各地方的风俗，街头风景，就是为此。现在的文学也一样，有地方色彩的，倒容易成为世界的，即为别国所注意。打出世界上去，即于中国之活动有利。可惜中国的青年艺术家，大抵不以为然。

　　况且，单是题材好，是没有用的，还是要技术；更不好的是内容

313

并不怎样有力，却只有一个可怕的外表，先将普通的读者吓退。例如这回无名木刻社的画集，封面上是一张马克思像，有些人就不敢买了。

前回说过的印本，或者再由我想一想，印一回试试看，可选之作不多，也许只能作为"年刊"，或不定期刊，数目恐怕也不会在三十幅以上。不过罗君自说要出专集，克白的住址我不知道，能否收集，是一个疑问，那么，一本也只有二十余幅了。

此复即颂

时绥。

迅　上　四月十九日

又前信谓先生有几幅已寄他处发表，我想他们未必用，即用，也一定缩小，这回也仍可收入的。

340422 致姚克

姚克先生：

十三日函早收到；近来因发胃病，腹痛而无力，躺了几天，以致迟复，甚歉。中国人总只喜欢一个"名"，只要有新鲜的名目，便取来玩一通，不久连这名目也糟蹋了，便放开，另外又取一个。真如黑色的染缸一样，放下去，没有不乌黑的。譬如"伟人""教授""学者""名人""作家"这些称呼，当初何尝不冠冕，现在却听去好像讽刺了，一切无不如此。

石刻画象印起来，是要加一点说明的，先生肯给我译成英文，更好。但做起来颇不易，青年也未必肯看，聊尽自己的心而已。《朱鲔石室画象》我有两套，凑合起来似乎还不全，倘碑帖店送有数套来，则除先生自己所要的之外，其余的请替我买下，庶几可以凑成全图。这石室，四五年前用泥塞起来了（古怪之至，不知何意），未塞之前，拓了一次，闻张继委员有一套，曾托人转辗去借，而亦不肯借，可笑。此复即请

文安。

豫　顿首　四月二十二夜。

340423 致陈烟桥

雾城先生：

　　廿一函并木刻二幅均收到。这回似乎比较的合理，但我以为烟还太小，不如索性加大，直连顶颠，而连黑边也不留，则恐怕还要有力。不知先生以为怎样。

　　MK 木刻社已有信来，我想慢慢的印一本试试罢。

　　先生的作品，容我再看一回之后，仔细排定，然后再奉函借版。这回我想不必将版收罗完全，然后付印，凡入选之作，即可陆续印存，到得有二十余幅，然后订好发行的。

　　此复即颂

时绥。

迅　上　二十三日

340424 致杨霁云

霁云先生：

　　惠函读悉。所举的三种青年中，第一种当然是令人景仰的；第三种也情有可原，或者也不过暂时休息一下；只有第二种，除说是投机之外，实在无可解释。至于如戴季陶者，还多得很，他的忽而教忠，忽而讲孝，忽而拜忏，忽而上坟，说是因为忏悔旧事，或藉此逃避良心的责备，我以为还是忠厚之谈，他未必责备自己，其毫无特操者，不过用无聊与无耻，以应付环境的变化而已。

　　来问太大，我不能答复。自己就至今未能牺牲小我，怎能大言不惭。但总之，即使未能径上战线，一切稍为大家着想，为将来着想，这大约总不会是错了路的。

　　专此布复，即颂
时绥。

迅　上　四月廿四夜

340424 致何白涛

白涛先生：

　　四月十八日信，顷已收到，并木刻两幅，初学者急于印成一样东西，开手是大抵如此的，但此后似切不可忽略了基本工夫，因为这刻法开展下去，很能走入乱刻的路上去，而粗粗一看，很像有魄力似的。

　　木刻书印成后，当寄上一二十本，其时大约要在五月中旬了。木刻刀当于日内到书店去问，倘有，即嘱其寄上。《文学杂志》上的木刻，先前是我选的，后来我退出，便不过问，近来只登着德国一派的木刻，不知何人所为。我想，恐怕是黄源或傅东华罢。

近来上海谣言很多，我不大出门。但我想印一种中国木刻的选集，看情形定为季刊或不定期刊。每本约二十幅，用原版付印刷局去印，以一百本或百五十本为限，以为鼓吹。先生之作，我想选入的有《街头》《工作》《小艇》《黑烟》四幅，未知可否？倘可，则希将原版用小包寄至书店，印后仍即寄还，或托便人带来亦可，因为还不是急于出版的。

专此布复，即颂

时绥。

迅　上　四月二十四夜

340425 致母亲

母亲大人膝下，敬禀者，四月十六日来示，早经收到。和森兄因沪地生疏，又不便耽搁，未能晤谈，真是可惜。紫佩亦尚未来过，大约在家中多留了几天。今年南方天气太冷，果菜俱迟，新笋干尚未上市，不及托紫佩带回，只能将来由邮局寄送了。男胃病先前虽不常发，但偶而作痛的时候，一年中也或有的，不过这回时日较长，经服药约一礼拜后，已渐痊愈，医言只要再服三日，便可停药矣，请勿念为要。害马亦好。海婴则已颇健壮，身子比去年长得不少，说话亦大进步，但不肯认字，终日大声叱咤，玩耍而已。今年夏天，拟设法令晒太阳，则皮肤可以结实，冬天不致于

容易受寒了。老三亦如常，但每日作事八点钟，未免过于劳苦而已。余容续禀。专此布达，恭请

金安。

男树　叩上　广平及海婴随叩　四月二十五日

340425 致何白涛

白涛先生：

上午方寄一函，想已达。顷至内山书店问木刻刀，只有五把一套者，据云铁质甚好，每套二元。不知可用否？倘若要的，可用小包邮寄，候回示办理。

此致即颂

时绥。

迅　上　四月廿五日

340425 致山本初枝（日本）

拜启　惠函奉阅。日前承赐孩子衣服，谢谢。

正路君已开始画画了吗？这真有趣。但做父母的当然也得练习一下，否则他提问时就尴尬了。我家孩子虽不画画，但要我们讲解画册，也是件很困难的任务。

我以为增田一世其实不停地写出来就好。这位先生有点"笃悠悠"，而且太客气。只要看看现在所谓中国通写的东西，尽管错误穿

凿，但仍满不在乎地出版，他又为何如此谦虚呢？我想如现在就专心致志做起来，一定能够成功。倘按中国俗话说的"慢慢交"，就会误事。

上海一带今年特别冷，因此什么都迟了。但桃花已开。我因胃病，麻烦了须藤先生一周左右，现已痊愈。内人身体健康，孩子有点伤风。然而自己确实是在向什么地方接近，那就是因为在上海以别人的生命来做买卖的人颇多，时时在造危险的计划。但我也很警惕，想来是不要紧的。

鲁迅　四月二十五日

山本夫人几下

340430 致曹聚仁

聚仁先生：

惠函顷奉到。《南腔北调集》于月初托书局付邮，而近日始寄到，作事之慢，令人咋舌。多伤感情调，乃知识分子之常，我亦大有此病，或此生终不能改；杨邨人却无之，此公实是一无赖子，无真情，亦无真相也。

习西医大须记忆，基础科学等，至少四年，然尚不过一毛胚，此后非多年练习不可。我学理论两年后，持听诊器试听人们之胸，健者病者，其声如一，大不如书上所记之了然。今幸放弃，免于杀人，而不幸又成文氓，或不免被杀。倘当崩溃之际，竟尚幸存，当乞红背心扫上海马路耳。

周作人自寿诗，诚有讽世之意，然此种微辞，已为今之青年所不憭，群公相和，则多近于肉麻，于是火上添油，遂成众矢之的，而不作此等攻击文字，此外近日亦无可言。此亦"古已有之"，文人美女，必负亡国之责，近似亦有人觉国之将亡，已在卸责于清流或舆论矣。

　　专此布复，即请

道安。

迅　顿首　四月卅日。

340501 致娄如瑛

如暎［瑛］先生：

　　惠函诵悉。我不习于交际，对人常失之粗卤，方自歉之不暇，何敢"暗骂"。阔人通外，盖视之为主人而非敌人，与买书恐不能比拟。丁玲被捕，生死尚未可知，为社会计，牺牲生命当然并非终极目的，凡牺牲者，皆系为人所杀，或万一幸存，于社会或有恶影响，故宁愿弃其生命耳。我之退出文学社，曾有一信公开于《文学》，希参阅，要之，是在宁可与敌人明打，不欲受同人暗算也。何家槐窃文，其人可耻，于全个文坛无关系，故未尝视为问题。匆复，顺颂

时绥。

鲁迅　上　五月一夜。

340502 致郑振铎

西谛先生：

　　再版《北平笺谱》，不知已在进行否？初版之一部，第二本中尚

320

缺王诏画梅（题云:《寄与陇头人》）一幅,印时希多印此一纸,寄下以便补入为荷。此致即请

著安。

迅　上　五月二夜。

340504 致母亲

母亲大人膝下敬禀者,四月三十日来示,顷已收到。紫佩已来过,托其带上桌布一条,枕头套二个,肥皂一盒,想已早到北平矣。男胃痛现已医好,但还在服药,医生言因吸烟太多之故,现拟逐渐少,至每日只吸十支,惟不知能否做得到耳。害马亦安好。海婴则日见长大,每日要讲故事,脾气已与去年不同,有时亦懂道理,容易教训了。　大人想必还记得李秉中君,他近因公事在上海,见了两回,闻在南京做教练官,境况似比先前为佳矣。余容续禀,敬请

金安。

男树　叩上。海婴及广平同叩。五月四日。

340504 致林语堂

语堂先生:

来示诵悉。我实非热心人,但关于小品文之议论,或亦随时涉猎。窃谓反对之辈,其别有三。一者别有用意,如登龙君,在此可弗

道；二者颇具热心，如《自由谈》上屡用怪名之某君，实即《泥沙杂拾》之作者，虽时有冷语，而殊无恶意；三则　先生之所谓"杭育杭育派"，亦非必意在稿费，因环境之异，而思想感觉，遂彼此不同，微词宵论，已不能解，即如不佞，每遭压迫时，辄更粗犷易怒，顾非身历其境，不易推想，故必参商到底，无可如何。但《动向》中有数篇稿，却似为登龙者所利用，近盖已悟，不复有矣。此复，即请

文安。

迅　顿首　五月四夜

先生自评《人间世》，谓谈花树春光之文太多，此即作者大抵能作文章，而无话可说之故，亦即空虚也，为一部分人所不满者，或因此欤？闻黎烈文先生将辞职，《自由谈》面目，当一变矣。　又及。

340505 致陶亢德

亢德先生：

惠示谨悉。《泥沙杂拾》之作者，实即以种种笔名，在《自由谈》上投稿，为一部分人疑是拙作之人，然文稿则确皆由我转寄。作者自言兴到辄书，然不常见访，故无从嘱托，亦不能嘱托。今手头但有杂感三篇，皆《自由谈》不敢登而退还者，文实无大碍，然亦平平。今姑寄奉，可用则用，太触目处删少许亦不妨，不则仍希掷还为荷。此请

文安。

迅　顿首　五月五夜

340506 致杨霁云

霁云先生：

四日惠函已读悉。关于近日小品文的流行，我倒并不心痛。以革新或留学获得名位，生计已渐充裕者，很容易流入这一路。盖先前原着鬼迷，但因环境所迫，不得不新，一旦得志，即不免老病复发，渐玩古董，始见老庄，则惊其奥博，见《文选》，则惊其典赡，见佛经，则服其广大，见宋人语录，又服其平易超脱，惊服之下，率尔宣扬，这其实还是当初沽名的老手段。有一部分青年是要受点害的，但也原是脾气相近之故，于大局却无大关系，例如《人间世》出版后，究竟不满者居多；而第三期已有随感录，虽多温暾话，然已与编辑者所主张的"闲适"相矛盾。此后恐怕还有变化，倘依然一味超然物外，是不会长久存在的。

我们试看撰稿人名单，中国在事实上确有这许多作者存在，现在都网罗在《人间世》中，藉此看看他们的文章，思想，也未尝无用。只三期便已证明，所谓名家，大抵徒有其名，实则空洞，其作品且不及无名小卒，如《申报》"本埠附刊"或"业余周刊"中之作者。至于周作人之诗，其实是还藏些对于现状的不平的，但太隐晦，已为一般读者所不憭，加以吹擂太过，附和不完，致使大家觉得讨厌了。

我的不收在集子里的文章，大约不多，其中有些是遗漏的，有些是故意删掉的，因为自己觉得无甚可取。《浙江潮》中所用笔名，连自己也忘记了，只记得所作的东西，一篇是《说鈤》（后来译为镭锭），一篇是《斯巴达之魂》（？）；还有《地底旅行》，也为我所译，虽说译，其实乃是改作，笔名是"索子"，或"索士"，但也许没有完。

三十年前，弄文学的人极少，没有朋友，所以有些事情，是只有自己知道的。现在都说我的第一篇小说是《狂人日记》，其实我的最初排了活字的东西，是一篇文言的短篇小说，登在《小说林》（？）上。那时恐怕还是革命之前，题目和笔名，都忘记了，内容是讲私塾里的事情的，后有恽铁樵的批语，还得了几本小说，算是奖品。那时还有一本《月界旅行》，也是我所编译，以三十元出售，改了别人的名字了。又曾译过世界史，每千字五角，至今不知道曾否出版。张资平式的文贩，其实是三十年前就有的，并不是现在的新花样。攻击我的人物如杨邨人者，也一向就有，只因他的文章，随生随灭，所以令人觉得今之叭儿，远不如昔了，但我看也差不多。

娄如瑛君和我，恐怕未必相识，因为我离开故乡已三十多年，他大约不过二十余，不会有相见的机会。日前曾给我一信，想是问了 先生之后所发的，信中有几个问题，即与以答复，以后尚无信来。

"碎割"之说，是一种牢骚，但那时我替人改稿，绍介，校对，却真是起劲，现在是懒得多了，所以写几句回信的工夫倒还有。

此复，即颂

时绥。

鲁迅　五月六夜。

340508 致许寿裳

季市兄：

《嘉业堂书目》早收到。日来连去两次，门牌已改为八九九号，门不肯开，内有中国巡捕，白俄镖师，问以书，则或云售完，或云停售，或云管事者不在，不知是真情，抑系仆役怕烦，信口拒绝也。但要之，无法可得。兄曾经买过刘氏所刻书籍否？倘曾买过，如何得之，便中希示及。

此布，即颂

曼福。

弟令飞　顿首　五月八夜

340510 致台静农

静农兄：

六日函收到。书六本寄出后，忘了写信，其中五本，是请转交霁，常，魏，沈，亚，五人的。此书系我自资付印，但托人买纸等，就被剥削了一通，纸墨恶劣，印得不成样子，真是可叹。

不久又有木刻画集出版，印成后当寄七本，其一是送钧初兄的，特先说明。但因为重量关系，只有六本也说不定，若然，则亚兄的是另寄的了。

北平诸公，真令人齿冷，或则媚上，或则取容，回忆五四时，殊有隔世之感。《人间世》我真不解何苦为此，大约未必能久，倘有被麻醉者，亦不足惜也。

此布即颂

时绥。

豫　顿首　五月十日

340511 致王志之

思远先生：

前得信后，曾写回信，顷得四月八日函，始知未到。后来因为知道要去教书，也就不写了。近来出版界大不景气，稿子少人承收，即印也难索稿费，我又常常卧病，不能走动，所以恐怕很为难。但，北方大约也未必有适当的书店，所以姑且寄来给我看看，怎么样呢？看后放在这里，也许会有碰巧的机遇的。

《文史》收到，其一已转交，里面的作者，杂乱得很，但大约也只能如此。像《文学季刊》上那样的文章，我可以写一篇，但，寄至何处？还有一层，是登出来时，倘用旧名，恐于《文史》无好处，现在是不管内容如何了，雁君之作亦然，这一层须与编辑者说明，他大约未必知道近事。至于别人的作品，却很难，一者因为我交际少，病中更不与人往来了，二则青年作家大抵苦于生活，倘有佳作，只能就近卖稿。

这里也没有什么新出版物，惟新近印了一本剧本，不久当又有木刻集一本出来，那时当一同寄上。

《北平笺谱》我还有剩下的，但有缺页，已函嘱郑君补印，待其寄到后，当补入寄奉。小包收取人当有印章，我想郑女士一定是有的罢，我想在封面上只写她的姓名，较为简截，请先行接洽。

这里出了一种杂志：《春光》，并不怎么好——也不敢好，不准好——销数却还不错，但大约未必久长。其余则什九乌烟瘴气，不过看的人也并不多，可怜之至。

我总常常患病，不大作文，即作也无处用，医生言须卫生，故不大出外，总是躺着的时候多。倘能转地疗养，是很好的，然而又办不到，真是无法也。

专此布复，即颂

时绥。

豫　启上　五月十一夜

340511 致增田涉（日本）

《佩文韵府》《骈字类编》等庞然巨著，书是见过的，却至今从未反复翻阅过。我以为如非中国文学专家，则无须购藏。但为编辑《大辞典》，也许正是适用之书。

如只用《辞源》《通俗编》来应付，我以为太贫乏了。此外，从《子史精华》与《读书记数略》中摘录些认为必要的东西放进去，如何？或从《骈雅训纂》（比《骈字类编》简明）中略为采择些也可以。

《白岳凝烟》尚未见过，但请勿寄。我想内山书店一定会贩来的吧。

洛文　顿首　五月十一日

340515 致杨霁云

霁云先生：

惠示收到，并剪报，甚感。《小说林》中的旧文章，恐怕是很难找到的了。我因为向学科学，所以喜欢科学小说，但年青时自作聪明，不肯直译，回想起来真是悔之已晚。那时又译过一部《北极探险记》，叙事用文言，对话用白话，托蒋观云先生绍介于商务印书馆，不料不但不收，编辑者还将我大骂一通，说是译法荒谬。后来寄来寄去，终于没有人要，而且稿子也不见了，这一部书，好像至今没有人检去出版过。

张资平式和吕不韦式，我看有些不同，张只为利，吕却为名。名和利当然分不开，但吕氏是为名的成分多一点。近来如哈同之印《艺术丛编》和佛经，刘翰怡之刻古书，养遗老，是近于吕不韦式的。而张式气味，却还要恶劣。

汉奸头衔，是早有人送过我的，大约七八年前，爱罗先珂君从中国到德国，说了些中国的黑暗，北洋军阀的黑暗。那时上海报上就有一篇文章，说是他之宣传，受之于我，而我则因为女人是日本人，所以给日本人出力云云。这些手段，千年以前，百年以前，十年以前，都是这一套。叭儿们何尝知道什么是民族主义，又何尝想到民族，只要一吠有骨头吃，便吠影吠声了。其实，假使我真做了汉奸，则它们的主子就要来握手，它们还敢开口吗？

集一部《围剿十年》，加以考证：一、作者的真姓名和变化史；二、其文章的策略和用意……等，大约于后来的读者，也许不无益处。但恐怕也不多，因为自己或同时人，较知底细，所以容易了然，后人则未曾身历其境，即如隔鞋搔痒。譬如小孩子，未曾被火所灼，你若告诉他火灼是怎样的感觉，他到底莫名其妙。我有时也和外国人谈起，在中国不久的，大约不相信天地间会有这等事，他们以为是在听《天方夜谈》。所以应否编印，竟也未能决定。

二则，这类的文章，向来大约很多，有我曾见过的，也有没有见过的，那见过的一部分，后来也随手散弃，不知所在了。大约这种文章，在身受者，最初是会愤懑的，后来经验一多，就不大措意，也更无愤懑或苦痛。我想，这就是非洲黑奴虽日受鞭挞，还能活下去的原因。这些（以前的）人身攻击的文字中，有卢冀野作，有郭沫若的化名之作，先生一定又大吃一惊了罢，但是，人们是往往这样的。

烈文先生不做编辑，为他自己设想，倒干净，《自由谈》是难以办好的。梓生原亦相识，但他来接办，真也爱莫能助。我不投稿已经很久了，有一个常用化名，爱引佛经的，常有人疑心就是我，其实是别一人。

此复即颂

时绥。

迅　上　五月十五日

340515 致曹靖华

汝珍兄：

四月廿五日信早收到。翻译材料既没有，只好作罢了。

到现在为止，陆续收到杂志一份，《文学报》数份，今日已托书店挂号寄奉。报的号数，并不相连，可见途中时常失少的。又近印剧本一种，托农转交，已收到否？印的很坏。

现代书局的稿子，函索数次，他们均置之不理。

木刻集不久可以出版，拟寄赠作者，那时当分两包，请兄分写纸两张（五人与六人）寄下，俾可贴上。作者是 D.I.Mitrokhin, V.A.Favorsky, P.Y.Pavlinov, A.D.Goncharov, M.Pikov, S.M.Mocharov, L.S.Khizhinsky, N.V.Alekseev, S.M.Pozharsky, A.I.Kravchenko, N.I.Piskarev。

我们都好。此布，即颂

时绥。

弟豫　顿首　五月十五日

340516 致母亲

母亲大人膝下敬禀者，紫佩已早到北平，当已经见过矣。昨闻三弟
　　说，笋干已买来，即可寄出。又，三日前曾买《金粉世家》一部
　　十二本，又《美人恩》一部三本，皆张恨水所作，分二包，由世
　　界书局寄上，想已到，但男自己未曾看过，不知内容如何也。上
　　海已颇温暖，寓中一切平安，请勿念为要。专此布达，恭请

金安。

男树　叩上　广平及海婴同叩。五月十六日

340516 致郑振铎

西谛先生：顷得十二日惠函，复印木刻图等一卷，亦同时收到。能有
　　《笺谱补编》，亦大佳，但最好是另有人仿办，倘以一人兼之，
　　未免太烦，且只在一件事中打圈子也。加入王、马两位为编辑
　　及作序，我极赞同，且以为在每书之首叶上，可记明原本之所从
　　来，如《四部丛刊》例，庶几不至掠美。《十竹斋笺谱》刻成印
　　一二批后，以板赠王君，我也赞成的，但此非繁销书，印售若干
　　后，销路恐未必再能怎么盛大，王君又非商人，不善经营，则得

330

之亦何异于骏骨。其实何妨在印售时，即每本增价壹二成，作为原本主人之报酬，买者所费不多，而一面反较有实益也。至于版，则当然仍然赠与耳。《雕版画集》印刷甚好，图则《浣纱》《焚香》最佳，《柳枝》较逊，所惜者纸张不坚，恐难耐久，然亦别无善法。此书无《北平笺谱》之眩目，购者自当较少，但百部或尚可售罄。有图无说，非专心版本者莫名其妙，详细之解说，万不可缺也。

得来函后，始知《桂公塘》为先生作，其先曾读一遍，但以为太为《指南录》所拘束，未能活泼耳，此外亦无他感想。别人批评，亦未留意。《文学》中文，往往得酷评，盖有些人以为此是"老作家"集团所办，故必加以打击。至于谓"民族作家"者，大约是《新垒》中语，其意在一面中伤《文学》，侪之民族主义文学，一面又在讥刺所谓民族主义作家，笑其无好作品。此即所谓"左打左派，右打右派"，《铁报》以来之老拳法，而实可见其无"垒"也。《新光》中作者皆少年，往往粗心浮气，傲然凌人，势所难免，如童子初着皮鞋，必故意放重脚步，令其橐橐作声而后快，然亦无大恶意，可以一笑置之。但另有文氓，恶劣无极，近有一些人，联合谓我之《南腔北调集》乃受日人万金而作，意在卖国，称为汉奸；又有不满于语堂者，竟在报上造谣，谓当福建独立时，曾秘密前去接洽。是直欲置我们于死地，这是我有生以来，未尝见此黑暗的。

烈文系他调，其调开之因，与"林"之论战无涉，盖另有有力者，非其去职不可，而暗中发动者，似为待［侍］桁。此人在官场中，盖已颇能有作为，且极不愿我在《自由谈》投稿。揭发何家槐偷稿事件，即彼与杨邨人所为，而《自由谈》每有有利于何之文章，遂招彼辈不满，后有署名"宇文宙"者之一文，彼辈疑为我作，因愈怒，去黎之志益坚，然宇文实非我，我亦终未知其文中云何也。梓生忠厚，然胆小，看这几天，投稿者似与以前尚无大不同，但我看文氓将必有稿勒令登载，违之，则运命与烈文同。要之，《自由谈》恐怕是总归难办的。

不动笔诚然最好。我在《野草》中，曾记一男一女，持刀对立旷野中，无聊人竞随而往，以为必有事件，慰其无聊，而二人从此毫无动作，以致无聊人仍然无聊，至于老死，题曰《复仇》，亦是此意。但此亦不过愤激之谈，该二人或相爱，或相杀，还是照所欲而行的为是。因为天下究竟非文氓之天下也。匆复，即请道安。

迅　顿首　五月十六夜。

短文当作一篇，于月底寄上。　又及

340516 致陶亢德

亢德先生：

奉上剪报一片，是五月十四的《大美晚报》。"三个怪人"之中，两个明明是畸形，即绍兴之所谓"胎里疾"；"大头汉"则是病人，其病是脑水肿，而乃置之动物园，且谓是"动物中之特别者"，真是十分特别，令人惨然。随手剪寄，不知可入"古香斋"否？此布即请著祺。

迅　启上　五月十六夜。

340518 致陶亢德

亢德先生：

惠示谨悉，蒙设法询嘉业堂书买法，甚感。以敝"指谬"拖为"古香斋"尾巴，自无不可，但署名希改为"中头"，倘嫌太俳，则"準"亦可。《论语》虽先生所编，但究属盛家赘婿商品，故殊不愿与之太有瓜葛也。

专此布复，即请

文安。

迅 上 五月十八日

340518 致何白涛

白涛先生：

九日函收到。展览会以不用我的序言为便，前信已奉陈，而且我亦不善于作此等文字也。

木刻刀已托书店照寄，其寄法闻为现银换取法，即物存邮局，而由邮局通知应付之款，交款，取件，比平常为便。

木刻选集拟陆续付印，先生之版，未知能从速寄下否？又外国木刻选集名《引玉集》者，不久可出，计五十九页，实价一元五角，未知广州有无购取之人，倘能预先示知数目，当寄上也。此布即颂

时绥。

迅 上 五月十八夜。

340518 致陈烟桥

雾城先生：

久未通信，近想安健如常，为念。

MK木刻社已送来原版六块，现即拟逐渐进行。先生之作，想用《窗外》、《风景》、《拉》三种，可否于便中交与书店，于印后送还。最近之二种，则版木太大，不能容也。

白涛兄处已去信，但尚未寄来。铁耕兄之原版，不知在上海否？否则，只能移入下一期印本了。

复制苏联木刻，下月初可成，拟寄奉一本，以挂号寄上，不知仍可由陈南滨先生代收，无失误否？便中乞示知。

此布即颂

时绥。

迅　上　五月十八夜

340519 致李小峰

小峰兄：

再版《伪自由书》印证收条，与《呐喊》等合为一纸，今检出寄上，请改写寄下可也。

此布即请

刻安。

迅　上　五月十九日

340519 致增田涉（日本）

得悉译稿已完成，大为雀跃。但你在如此乏味的原作上耗费大力，对此我实惭愧不堪。出版有希望吗？

拙著《南腔北调集》闯了大祸。有两三种刊物（"法西斯"的？）上写道，那是从日本方面拿到一万元而送给情报处的东西，并赐我一个"日探"尊号。但这种无实的攻击，很快也会消散的吧。

洛文　上　五月十九日

增田兄几下

340522 致徐懋庸

懋庸先生：

别后一切如常，可纾锦注。Montaigne 的姓名，日本人的论文中有时也提起他，但作品却未见译本，好像不大注意似的。

巴罗哈之作实系我所译，所据的是笠井镇夫的日译本，名《バスク牧歌調》，为《海外文学新选》中之第十三编，新潮社出版，但还在一九二四年，现在恐怕未必买得到了。又曾见过一本《革命家ノ手记》，也是此人作，然忘其出版所及的确的书名。

巴罗哈是一个好手，由我看来，本领在伊巴涅支之上，中国是应该绍介的，可惜日本此外并无译本。英译记得有一本《Weed》，法译不知道，但想来是不会没有的。

此复即颂

时绥。

迅　上　五月二十二日

340522 致杨霁云

霁云先生：

惠示谨悉。刘翰怡听说是到北京去了。前见其所刻书目，真是"杂乱无章"，有用书亦不多，但有些书，则非傻公子如此公者，是不会刻的，所以他还不是毫无益处的人物。

未印之拙作，竟有如此之多，殊出意外，但以别种化名，发表于《语丝》，《新青年》，《晨报副刊》而后来删去未印者，恐怕还不少；记得《语丝》第一年的头几期中，有一篇仿徐志摩诗而骂之的文章，也是我作，此后志摩便怒而不再投稿，盖亦为他人所不知。又，在香港有一篇演说：《老调子已经唱完》，因为失去了稿子，也未收入，但报上是登载过的。

至于《鲁迅在广东》中的讲演，则记得很坏，大抵和原意很不同，我也未加以订正，希　先生都不要它。

登了我的第一篇小说之处，恐怕不是《小说月报》，倘恽铁樵未曾办过《小说林》，则批评的老师，也许是包天笑之类。这一个社，曾出过一本《侠女奴》(《天方夜谈》中之一段）及《黄金虫》（A.Poe作），其实是周作人所译，那时他在南京水师学堂做学生，我那一篇也由他寄去的，时候盖在宣统初。现商务印书馆的书，没有《侠女奴》，则这社大半该是小说林社了。

看看明末的野史，觉得现今之围剿法，也并不更厉害，前几月的《汗血月刊》上有一篇文章，大骂明末士大夫之"矫激卑下"，加以亡国之罪，则手段之相像，他们自己也觉得的。自然，辑印起来，可知也未始不可以作后来者的借鉴。但读者不察，往往以为这些是个人的事情，不加注意，或则反谓我"太凶"。我的杂感集中，《华盖集》

及《续编》中文，虽大抵和个人斗争，但实为公仇，决非私怨，而销数独少，足见读者的判断，亦幼稚者居多也。

平生所作事，决不能如来示之誉，但自问数十年来，于自己保存之外，也时时想到中国，想到将来，愿为大家出一点微力，却可以自白的。倘再与叭儿较，则心力更多白费，故《围剿十年》或当于暇日作之。

专此布复，顺颂

时绥。

迅　启上　五月廿二日

再北新似未有叭儿混入，但他们懒散不堪，有版而不印，适有联华要我帮忙，遂移与之，尚非全部也。到内山无定时，如见访，最好于三四日前给我一信，指明日期，时间，我当按时往候，其时间以下午为佳。　又及

340523 致曹靖华

汝珍兄：

十八日函收到。现代存稿，又托茅兄写信去催，故请暂勿去信，且待数日，看其有无回信，再说。倘仍无信，则当通知，其时再由农兄写信可也。

书报挂号，全由书店办理，我并不加忙，但不知于兄是否不便，乞示知。倘无不便，则似乎不如挂号，因为偶或遗失，亦殊可惜也。

沪寓均安好。弟胃病已愈，但此系多年老病，断根则不能矣，只能常常小心而已。此地友人，甚望兄译寄一些短篇及文坛消息应用，

令我转告。

　　此复即颂

时绥。

弟豫　顿首　五月二十三日

340523 致许寿裳

季市兄：

　　顷收到惠函；《祝蔡先生六十五岁论文集》，则昨日已到，其中力作不少，甚资参考。兼士兄有抽印者一篇，此中无有，盖在下册，然则下册必已在陆续排印矣。

　　来函言下月上旬，当离开研究院，所往之处，未知是否已经定局，甚以为念，乞先示知一二也。此布，即颂

曼福。

弟飞　顿首　五月廿三日

340523 致曹靖华

汝珍兄：

　　上午方寄一函，想已达。

　　木刻集已印好了，而称称重量，每包只能容四本，所以寄与作家的书，须分四包了，每包三本（其中之一是送 VOKS 的），请　兄再一费神，另写四张寄下为祷。至于寄书人，则书店会打印章的。

赠兄之一本，当于日内寄农兄（因为一共有赠人的数本），托其转交耳。

专此布达，顺请

文安。

弟豫　顿首　五月廿三日

阖府均吉。

340523 致陈烟桥

雾城先生：

午后方寄一信，而晚间便得来信并木版三块。木刻集本可寄，但因已托了书店，不想再去取回，所以索性不寄了。仍希照前信托友持条于便中前去一取为荷。这回印得颇不坏，可惜的是有几幅大幅，缩小不少了。

白涛兄处我亦有信去催，但未得回信。铁耕兄的作品，恐怕只能待第二集付印时再说了。因为我备下之款项，存着是很靠不住的，能够为了别事花完，所以想办的事，必须早办。现在已去买抄更纸二十帖，从下月初起，就想陆续印起来，待积到二十余幅，便装订发售。此次拟印百二十本，除每幅之作者各得一本外，可有百本出卖，大约每本五角或六角，就可收回本钱矣。

此布，即颂

时绥。

迅　上　五月二十三夜。

340524 致杨霁云

霁云先生：

顷得廿三日函，蒙示曹霑诸事，甚感。《小说史略》尚在北新，闻存书有千余册，一时盖未能再版，他日重印，当改正也。

所举三凶，诚如尊说，惟杨邨人太渺小，其特长在无耻；居心险毒，而手段尚不足以副之，近已为《新上海半月刊》编辑，颇有腾达之意，其实盖难，生成是一小贩，总难脱胎换骨，但多演几出滑稽剧而已。

宋明野史所记诸事，虽不免杂恩怨之私，但大抵亦不过甚，而且往往不足以尽之。五六年前考虑杀法，见日本书记彼国杀基督徒时，火刑之法，与别国不同，乃远远以火焙之，已大叹其苛酷。后见唐人笔记，则云有官杀盗，亦用火缓焙，渴则饮以醋，此又日本人所不及者也。岳飞死后，家族流广州，曾有人上书，谓应就地赐死，则今之人心，似尚非不如古人耳。

倘蒙赐教，乞于下星期一（二十八）午后二点钟惠临书店，当在其地相候，得以面晤，可稍详于笔谈也。

匆复，并候

刻安。

迅 上 五月廿四夜。

340524 致王志之

思远兄：

十九日信收到。关于称呼的抗议，自然也有一理，但时候有些不同，那时是平时，所以较有秩序，现在却是战时了，因此时或有些变动，甚至乱呼朋友为阿伯，叫少爷为小姐，亦往往有之。但此后我可以改正。

那位"古董"，不知是否即吴，若然，则他好像也是太炎先生的学生，和我可以说是同窗，不过我们没有见过面。文章当赶月底寄出。但雁君之作，则一定来不及，因为索文之道，第一在于"催"，而我们不易见面，只靠写信，大抵无甚效力也。

得来信，才知道兄亦与郑君认识，这人是不坏的。《北平笺谱》正在再版，六月间可出，也有我的预约在里面，兄可就近取得一部，我已写信通知他了，一面也请你自己另作一信，与他接洽为要。这书在最初计画时，我们是以为要折本的，不料并不然，现在竟至再版，真是出于意外，但上海的预约者，却只两人而已。

前几天，寄出《春光》三本，剧本一本，由郑女士转交，不知已收到否？《春光》也并不好，只是作者多系友人，故寄上。剧本译的很好，但印得真坏，此系我出资付印，而先被经手印刷人剥削了。今天又以书一包付邮，系直寄，内有旧作二本，兄或已见过，又木刻集一本，则新出，大约中国图版之印工，很少胜于这一本者，然而是从东京印来的，岂不可叹。印了三百本，看来也是折本生意经，此后大约不见得能印书了。

上海的空气真坏，不宜于卫生，但此外也无可住之处，山巅海滨，是极好的，而非富翁无力住，所以虽然要缩短寿命，也还只得在这里混一下了。

此复即颂

时绥。

豫　上　五月廿四日

340524 致郑振铎

西谛先生：

　　新俄木刻集已印成，今日寄奉一本，想可与此信同时到达。此系从东京印来，每本本钱一元二角，并不贵，印工也不坏，但二百五十本恐怕难以卖完，则折本也必矣。

　　《北平笺谱》除内山之卅部外，我曾另定两部，其中之一部，是分与王思远君的，近日得他来信，始知亦与先生相识，则出版后此一部可就近交与，只以卅一部运沪就好了。一面则由我写信通知他，令他自行与先生接洽。

　　再版出时，写书签之两沈，似乎得各送一部，不知然否？

　　《文学季刊》中文，当于月底写寄，但无聊必仍与《选本》相类也。上海盛行小品文，有人疑我在号召攻击，其实不然。但看近来名家的作品，却真也愈看愈觉可厌。此布即请

著安。

迅　顿首　五月廿四日

340524 致姚克

莘农先生：

　　今晚往书店，得见留字，欣幸之至。本星期日（二十七）下午五点钟，希惠临"施高塔路大陆新邨第一弄第九号"，拟略设菲酌，藉作长谈。令弟是日想必休息，万乞同来为幸。

　　大陆新邨去书店不远，一进施高塔路，即见新造楼房数排，是为

"留青小筑"，此"小筑"一完，即新邨第一弄矣。

　　此布并请

文安。

豫　顿首　五月二十四夜。

340525 致陶亢德

亢德先生：

　　顷蒙惠函，谨悉种种，前函亦早收到，甚感。

　　作家之名颇美，昔不自量，曾以为不妨滥竽其列，近来稍稍醒悟，已羞言之。况脑里并无思想，寓中亦无书斋；"夫人及公子"，更与文坛无涉，雅命三种，皆不敢承。倘先生他日另作"伪作家小传"时，当罗列图书，摆起架子，扫门欢迎也。

　　专此布复，即请

著安。

迅　上　五月廿五日

徐讦先生均此不另。

340526 致徐懋庸

懋庸先生：

　　来示谨悉。我因为根据着前五年的经验，对于有几个书店的出版物，是决不投稿的，而光华即是其中之一。

他们善于俟机利用别人，出版刊物，到或一时候，便面目全变，决不为别人略想一想。例如罢，《自由谈半月刊》这名称，是影射和乘机，很不好的，他们既请先生为编辑，不是首先第一步，已经不听编辑者的话了么。则后来可想而知了。

我和先生见面过多次了，至少已经是一个熟人，所以我想进一句忠告：不要去做编辑。先生也许想：已经答应了，不可失信的。但他们是决不讲信用的，讲信用要两面讲，待到他们翻脸不识时，事情就更糟。所以我劝先生坚决的辞掉，不要跳下这泥塘去。

先生想于青年有益，这是极不错的，但我以为还是自己向各处投稿，一面译些有用的书，由可靠的书局出版，于己于人，益处更大。

以上是完全出于诚心的话，请恕其直言。晤谈亦甚愿，但本月没有工夫了，下月初即可。又因失掉了先生的通信住址，乞见示为荷。

专此布复，即请

著安。

迅　启上　五月廿六日

340528 致罗清桢

清桢先生：

顷收到大作第二集一本，佳品甚多，谢谢。

弟拟选中国作家木刻，集成一本，年出一本或两三本，名曰《木刻纪程》，即用原版印一百本，每本二十幅，以便流传，且引起爱艺术者之注意。先生之作，拟用《爹爹还在工厂里》，《韩江舟子》，《夜渡》，《静物》，《五指峰的白云》五种，但须分两期，不在一本内登完，亦无报酬,仅每幅赠书一本。不知可否以原版见借?倘以为可,则希即用小包寄至书店,印讫当即奉还也。

去年所印新俄木刻,近已印成,似尚不坏,前日已由书店寄上一本,想能到在此信之前也。

匆布即请

文安。

迅　上　五月廿八夜。

340528 致王志之

《文史》之文已成,今寄上,塞责而已。

前函谓吴君为太炎先生弟子,今思之殊误,太炎先生之学生乃名承仕,末一字不同也。

前寄画集等三本,想已达。

此布,即颂

时绥。

豫　启　五月二十八夜。

340529 致何白涛

白涛先生:

木刻刀三套,早由书店寄出,想已收到。前日又寄赠《引玉集》一本,印工尚佳,不知能收到否?

现拟印中国木刻一本，前函已经提及，昨纸已购好，可即开手。先生之原版，务希早日寄下，以便印入为祷。

专此布达，即颂

时绥。

迅　上　五月二十九日

340529 致杨霁云

霁云先生：

昨蒙见访，藉得晤谈，甚忻。前惠函谓曹雪芹卒年，可依胡适所得脂砚斋本改为乾隆二十七年。此事是否已见于胡之论文，本拟面询，而遂忘却，尚希拨冗见示为幸。

专此布达，并请

文安。

迅　上　五月二十九日

340529 致母亲

母亲大人膝下，敬禀者，五月十六日来函，早已收到。胃痛大约很与香烟有关，医生说亦如此，但减少颇不容易，拟逐渐试办，且已改吸较好之烟卷矣。至于痛，则早已全愈，停药已有两星期之久了，请勿念。害马及海婴均安好，惟海婴日见长大，自有主意，常出门外与一切人捣乱，不问大小，都去冲突，管束颇觉吃力耳。

十六日函中，并附有太太来信，言可铭之第二子，在上海作事，力不能堪，且多病，拟招至京寓，一面觅事，问男意见如何。可铭之子，三人均在沪，其第三子由老三荐入印刷厂中，第二子亦曾力为设法，但终无结果。男为生活计，只能漂浮于外，毫无恒产，真所谓做一日，算一日，对于自己，且不能知明日之办法，京寓离开已久，更无从知道详情及将来，所以此等事情，可请太太自行酌定，男并无意见，且亦无从有何主张也。以上乞转告为祷。专此布达，恭请

金安。

男树　叩上　广平及海婴同叩　五月廿九日

340530 致伊罗生（美国）

伊先生：昨天收到来信，当即送给 M.D. 看过了，我们都非常高兴，因为正在惦记着的。全书太长，我们以为可以由您看一看，觉得不相宜的，就删去。

删去《水》的末一段，我们都同意的。

《一千八百担》可以不要译了，因为他另有作品，我们想换一篇较短的。又，他的自传，说是"一八……年生"，是错的，请给他改为"一九……年生"，否则，他有一百多岁了，活的太长。

这位作者（吴君），就在清华学校，先生如要见见他，有所询问，是很便当的。要否，俟来信办理。倘要相见，则请来信指明地址，我们当写信给他，前去相访。

专此奉复，并问

好，且问

太太好。

L 启 五月三十日

340531 致郑振铎

西谛先生：

前几日寄上《引玉集》一本，想已达。

拙文附上，真是"拙"极，已经退化，于此可见，倘能厕"散文随笔"之末，则幸甚矣。

专此布达，即请

道安

迅 顿首 五月卅一日

近正在收集中国新作家之木刻，拟以二十幅印成一本，名之曰《木刻纪程》，存案，以觇此后之进步与否。 又及。

340531 致杨霁云

霁云先生：

顷收到卅日信，并《胡适文选》一本，甚感。

徐先生也已有信来，谓决计不干。这很好。否则，上海之所谓作家，鬼蜮多得很，他决非其敌，一定要上当的。但是"作家"之变幻无穷，一面固觉得是文坛之不幸，一面也使真相更分明，凡有狐狸，尾巴终必露出，而且新进者也在多起来，所以不必悲观的。

《鹦哥故事》我没有见过译本，单知道是一部印度古代的文学作品，是集合许多小故事而成的结集。大约其中也讲起中国事，所以那插图有中国的一幅。不过那时中国还没有辫子，而作者却给我们拖起来了，真可笑。他们以为中国人是一向拖辫子的。二月初我曾寄了几部古装人物的画本给他们，倘能收到，于将来的插画或许可以有点影响。

《引玉集》后记有一页倒印了，相隔太远，无法重订，真是可惜。此书如能售完，我还想印一部德国的。　专此布复，即颂时绥。

迅　上　五月卅一日晚。

340531 致增田涉（日本）

增田兄：

《小说史略》第二九七——二九八页的文字，请订正如下：

二九七页

第六行，"一字芹圃，镶蓝旗汉军"改为"字芹溪，一字芹圃，正白旗汉军"。

第十二行，"乾隆二十九年"改为"乾隆二十七年"。

又，"数月而卒"改为"至除夕，卒"。

二九八页

第一行，"——一七六四"改为"一七六三"。

又，"其《石头记》未成，止八十回"改为"其《石头记》尚未就，今所传者，止八十回"。

又，"次年遂有传写本"一句，删去。

又，"（详见胡适……《努力周报》一）"改为"（详见《胡适文选》）"。

又，二九九页第二行，从"以上，作者生平……"至三〇〇页第十行"……才有了百二十回的《红楼梦》"止，共二十一行，全部删去。

洛文　上　五月卅一夜

340601 致李小峰

小峰兄：

《两地书》印证已印好，因系长条，邮寄不便，希嘱店友于便中来寓一取。来时并携《两地书》三本，无印者即可，可在此贴上，而付出之印，则减为千四百九十七枚也。

《桃色的云》，《小约翰》纸板，亦希一并带来，因今年在故乡修坟，故须于端节前，设法集一笔现款，只好藉此设法耳。

迅　上　六月一夜。

340602 致曹聚仁

聚仁先生：

惠函奉到。我不习画，来问未能确答，但以意度之，论理，是该用什么笔都可以的。不过倘用钢笔，则开手就加上一层钢笔之难——刮纸，墨完，等——能令学者更觉吃力，所以大约还是用铅笔——画用的铅笔——为是。

前回说起的书，是继《伪自由书》之后的《准风月谈》，去年年底，早已被人约去，因恐使烈文先生为难，所以不即付印。现在印起来，还是须照旧约的。对于群众，只好以俟将来了。

我之被指为汉奸，今年是第二次。记得十来年前，因爱罗先珂攻击中国缺点，上海报亦曾说是由我授意，而我之叛国，则因女人是日妇云。今之衮衮诸公及其叭儿，盖亦深知中国已将卖绝，故在竭力别求卖国者以便归罪，如《汗血月刊》之以明亡归咎于东林，即其微意也。

然而变迁至速，不必一二年，则谁为汉奸，便可一目了然矣。

此复即请

道安。

迅　顿　首六月二日

340602 致郑振铎

西谛先生：

五月二十八日信，今日午后收到。去年底，先生不是说过，《十竹斋笺谱》文求堂云已售出了么？前日有内山书店店员从东京来，他说他见过，是在的，但文求老头子惜而不卖，他以为还可以得重价。又见文求今年书目，则书名不列在内，他盖藏起来，当作宝贝了。我们的翻刻一出，可使此宝落价。

但我们的同胞，真也刻的慢，其悠悠然之态，固足令人佩服，然一生中也就做不了多少事，无怪古人之要修仙，盖非此则不能多看书也。年内先印两种，极好。旧纸及毛边，最好是不用，盖印行之意，广布者其一，久存者其二，所以纸张须求其耐久。倘办得到，不如用黄罗纹纸，买此种书者必非精穷人，每本贵数毛当不足以馁其气。又闻有染成颜色，成为旧纸之状者，倘染工不贵而所用颜料不至蚀纸使脆，则宣纸似亦可用耳。

另选百二十张以制普及版，也是最要紧的事，这些画，青年作家真应该看看了。看近日作品，于古时衣服什器无论矣，即画现在的事，衣服器具，也错误甚多，好像诸公于裸体模特儿之外，都未留心观察，然而裸体画仍不佳。本月之《东方杂志》（卅一卷十一号）上有常书鸿所作之《裸女》，看去仿佛当胸有特大之乳房一枚，倘是真的人，如此者是不常见的。盖中国艺术家，一向喜欢介绍欧洲十九世纪末之怪画，一怪，即便于胡为，于是畸形怪相，遂弥漫于画苑。而别一派，则以为凡革命艺术，都应该大刀阔斧，乱砍乱劈，凶眼睛，大拳头，不然，即是贵族。我这回之印《引玉集》，大半是在供此派诸公之参考的，其中多少认真，精密，那有仗着"天才"，一挥而就的作品，倘有影响，则幸也。

《引玉集》印三百部，序跋是在上海排好，打了纸板寄去的（但他们竟颠倒了两页），印，纸，装订，连运费在内，共三百二十元（合中国钱），但印中国木刻，恐怕不行。《引玉集》原图，本多小块，所以书不妨小，这回却至少非加大三分之一不可，加大的印价，日前已去函问，得复后当通知。大约每本六十图，则当需二元，百二十图分两本，成本当在四元至三元半，售价至少也得定五元了。

投稿家非投稿不可，而所见又不多，得一小题，便即大做，而且往往反复不已。《桂公塘》事即其一，我以为大可置之不理，此种辩论，废时失业，实不如闲坐也。近来时被攻击，惯而安之，纵令诬我以可死之罪，亦不想置辩，而至今亦终未死，可见与此辈讲理，乃反而上当耳。例如乡下顽童，常以纸上画一乌龟，贴于人之背上，最好是毫不理睬，若认真与他们辩论自己之非乌龟，岂非空费口舌。

小品文本身本无功过，今之被人诟病，实因过事张扬，本不能诗者争作打油诗；凡袁宏道李日华文，则誉为字字佳妙，于是而反感随起。总之，装腔作势，是这回的大病根。其实，文人作文，农人掘锄，本是平平常常，若照相之际，文人偏要装作粗人，玩什么"荷锄带笠图"，农夫则在柳下捧一本书，装作"深柳读书图"之类，就要令人肉麻。现已非晋，或明，而《论语》及《人间世》作者，必欲作飘逸闲放语，此其所以难也。

但章之攻林，则别有故，章编《人言》，而林辞编辑，自办刊物，故深恨之，仍因利益而已，且章颇恶劣，因我在外国发表文章，而以军事裁判暗示当局者，亦此人也。居此已近五年，文坛之堕落，实为前此所未见，好像也不能再堕落了。

本月《文学》已见，内容极充实，有许多是可以藉此明白中国人的思想根柢的。顷读《清代文字狱档》第八本，见有山西秀才欲娶二表妹不得，乃上书于乾隆，请其出力，结果几乎杀头。真像明清之际的佳人才子小说，惜结末大不相同耳。清时，许多中国人似并不悟自己之为奴，一叹。

专此布达，即请

著安。

迅　顿首　六月二日夜。

340602 致何白涛

白涛先生：

　　顷接到五月廿六信。木刻集于廿四日寄上一本，现在想已收到了罢。三四日内，当嘱书店再寄上十六本，分四包，无须用现银换取法，只要看包上所贴之邮票，平分每册邮费，加上每册若干，将来一并付还书店就好了。

　　同时又得铁耕兄信，谓他的旧刻木板，皆存先生处。倘此信到日，尚未回汕，则希回汕时将他的《等父亲回来》（即刻母子二人，一坐一立者）那一块一并寄下。但如来不及，就只好等将来再说。

　　此复，即颂
时绥。

　　　　　　　　　　　　　　迅　上　六月二夜。

340603 致杨霁云

霁云先生：

　　二日函收到。叭儿无穷之虑，在理论上是对的，正如一人开口发声，空气振动，虽渐远渐微，而凡有空气之处，终必振动下去。然而，究竟渐远渐微了。中国的文坛上，人渣本来多。近十年中，有些青年，不乐科学，便学文学；不会作文，便学美术，而又不肯练画，则留长头发，放大领结完事，真是乌烟瘴气。假使中国全是这类人，实在怕不免于糟。但社会里还有别的方面，会从旁给文坛以影响；试看社会现状，已岌岌不可终日，则叭儿们也正是岌岌不可终日的。它们那里

354

有一点自信心，连做狗也不忠实。一有变化，它们就另换一副面目。但此时倒比现在险，它们一定非常激烈了，不过那时一定有人出而战斗，因为它们的故事，大家是明白的。何以明白，就因为得之现在的经验，所以现在的情形，对于将来并非只是损。至于费去了许多牺牲，那是无可免的，但自然愈少愈好，我的一向主张"壕堑战"，就为此。

记得清朝末年，也一样的有叭儿，但本领没有现在的那么好。可是革命者的本领也大起来了，那时的讲革命，简直像儿戏一样。

《新社会半月刊》曾经看过几期，那缺点是"平庸"，令人看了之后，觉得并无所得，当然不能引人注意。来信所述的方针，我以为是可以的，要站出来，也只能如此。但有一种可叹的事，是读者的感觉，往往还是叭儿灵。叭儿明白了，他们还不懂，甚而至于连讥刺，反话，也不懂。现在的青年，似乎所注意的范围，大抵很狭小，这却比文坛上之多叭儿更可虑。然而也顾不得许多，只好照自己所定的做。至于碰壁而或休息，那是当然的，也必要的。

办起来的时候，我可以投稿，不过未必能每期都有。我的名字，也还是改换好，否则，无论文章的内容如何，一定立刻要出事情，于刊物未免不合算。

《引玉集》并不如来函所推想的风行，需要这样的书的，是穷学生居多，但那有二百五十个，况且有些人是我都送过了。至于有钱的青年，他不需要这样的东西。但德国版画集，我还想计划出版，那些都是大幅，所以印起来，书必加大，幅数也多，因此资本必须加几倍，现在所踌躇的就是这一层。

我常常坐在内山书店里，看看中国人的买书，觉得可叹的现象也不少。例如罢，倘有大批的关于日本的书（日本人自己做的）买去了，不久便有《日本研究》之类出版；近来，则常有青年在寻关于法西主义的书。制造家来买书的，想寻些记载着秘诀的小册子，其实那有这样的东西。画家呢，凡是资料，必须加以研究，融化，才可以应用的好书，大抵弃而不顾，他们最喜欢可以生吞活剥的绘画，或图案，或广告画，以及只有一本的什么"大观"。一本书，怎么会"大观"呢，他们是不想的。其甚者，则翻书一通之后，书并不买，而将其中的几张彩色画撕去了。

现在我在收集中国青年作家的木刻，想以二十幅印成一本，名曰《木刻纪程》，留下来，看明年的作品有无进步。这回只印一百本，大约需要者也不过如此而已。

此上，即颂

时绥。

迅　顿首　六月三夜

340606 致陶亢德

亢德先生：

我和日本留学生之流，没有认识的，也不知道对于日本文，谁算较好，所以无从介绍。

但我想，与其个人教授，不如进学校好。这是我年青时候的经验，个人教授不但化费多，教师为博学习者的欢心计，往往迁就，结果是没有好处。学校却按步就班，没有这弊病。

四川路有夜校，今附上章程；这样的学校，大约别处还不少。　此上即颂

时绥。

迅　顿首　六月六日

再：某君之稿，如《论语》要，亦可分用，因他寄来时，原不指
　　定登载之处的。　又及。

340606 致黎烈文

烈文先生：

　　我们想谈谈闲天，本星期六（九日）午后五点半以后，六点以前
之间，请　先生到棋盘街商务印书馆编辑处（即在发行所的楼上）找
周建人，同他惠临敝寓，除谈天外，且吃简单之夜饭。

　　另外还有玄先生一人，再无别个了。

　　专此布达，并请
道安。

迅　顿首　六月六日

340606 致王志之

思远兄：

　　雁先生为《文史》而作的稿子已交来，今寄上，希收转为荷。

　　小说稿两篇已收到，并闻。

　　此布，即颂
时绥

豫　顿首　六月六日

340606 致吴渤

吴渤先生：

　　五月廿五日的信已收到，使我知道了种种，甚感。在这里，有意义的文学书很不容易出版，杂志则最多只能出到三期。别的一面的，出得很多，但购读者却少。

　　那一本《木刻法》，一时也无处出版。

　　新近印了一本木刻，叫作《引玉集》，是东京去印来的，所以印工还不坏。上午已挂号寄上一本，想能和此信同时收到。此外，则我正在准备印一本中国新作家的木刻，想用二十幅，名曰《木刻纪程》，大约秋天出版。

　　我们一切如常。

　　此复，即颂

时绥。

树　上　六月六夜。

　　寄出去的木刻，至今还是毫无消息。　又及

340606 致陈铁耕

铁耕先生：

　　昨收到廿二日函并木刻，欢喜之至。许多事情，真是一言难尽，在这里只好不说了。

　　木刻，好像注意的人多起来了，各处常见用为插画，但很少好的。我为保存历史材料和比较进步与否起见，想出一种不定期刊，或年刊，二十幅，印一百二十本，名曰《木刻纪程》，以作纪念。但正值大家走散的时候，收集很不容易（新近又有一个木刻社被毁了），你的原版，我此刻才知道在白涛兄处，而他人在广州，版则在汕头。他来信说，日内将回去一趟，所以我即写信嘱他将你的那一块《等爸爸回来》寄来，但不知道他能否在未走之前，收到我的信。

《岭南之春》的缺点是牛头似乎太大一点，但可以用的，倘不费事，望将版寄来（这只能用小包寄），不过用在第二本上也难说。十五张连环图画，我是看得懂的，因为我们那里也有这故事，但构图和刻法，却诚如来信所说，有些草率。

我做不出什么作品来，但那木刻集却印好了，印的并不坏，非锌板印者所能比，上午已寄上一本，想能与此信同时寄到的罢。我还想绍介德国版画（连铜刻，石印），但幅数较多，需款不小，所以恐怕一时办不到。

记得去年你曾函告我，要得一部《北平笺谱》。现在是早已印成，而且已经卖完了。但你所要的一部，还留在我的寓里，我也不要收钱。不知照现在的地址收转，确可以收到无误否？因为这部书印得不多，所以我于邮寄时须小心一点。等来信后，当用小包寄上。

此复，即颂
时绥。

树　上　六月六夜。

340607 致徐懋庸

懋庸先生：

六日信顷收到。

本星期六（九日）午后两点钟，希驾临北四川路底（第一路电车终点）内山书店，当在其地相候。

此布即请

刻安。

迅　上　六月七夜。

340607 致山本初枝（日本）

拜启　五月廿日惠函早已收到，因有种种琐事，迟复为歉。

《文学》这一杂志跟我毫无关系，使我成为其编辑的，还是那位井上红梅先生。他在改造社的《文艺》上这么写过，因此《日日新闻》又相信了他的文章了吧。编辑也是大人物，我并不认为不好，但我不是，因此有些尴尬。

君子闲居为不善。孔夫子漫游一生，且带了许多弟子，除二三可疑之点外，大体还可以；但如果闲居下来又当如何？我实在不能保证。尤其是男性这种东西，大抵不可放心，即使久在陆上住，也还是希罕陆上的女性。会不会厌倦，是个问题，但如要我说，还是不要吵闹为好。

上海热起来了，我们家前面又造了新屋，喧闹得没办法。但我还没有考虑搬家。

鲁迅　拜　六月七日

山本夫人几下

340607 致增田涉（日本）

惠函与玉照均收到。我觉得照片上并无特别可怕的面相。盖其比较，须以家庭时期照片与寄宿时期照片来做，而你抵沪时已进入苦恼时期，故在我眼中看来并无那么不同。

《小说史略》的订正寄过两次，未知收到否？近来新发现很多，颇有尚须订正之处，但没有心思继续研究，就姑且那样吧。

上海的景气和漫谈，两者都不景气。我大抵闷在家里多。恐怖甚剧，但无恐怖规则，就使人当作一种意外灾害，反而变得不可怕了。曾经打算夏季带孩子到长崎去洗洗海水浴，又作罢了。那么老样子，仍在上海。

我们都好，只是那位"海婴氏"颇为淘气，总是搅扰我的工作。上月起就把他当作敌人看待了。

《引玉集》的印刷所是东京的洪洋社。

洛文　上　六月七夜

增田兄几下

340608 致陶亢德

亢德先生：

长期的日语学校，我不知道。我的意见，是以为日文只要能看论文就好了，因为他们绍介得快。至于读文艺，却实在有些得不偿失。他们的新语，方言，常见于小说中，而没有完备的字典，只能问日本人，这可就费事了，然而又没有伟大的创作，补偿我们外国读者的

361

劳力。

学日本文要到能够看小说，且非一知半解，所需的时间和力气，我觉得并不亚于学一种欧洲文字，然而欧洲有大作品。先生何不将豫备学日文的力气，学一种西文呢？

用种种笔名的投稿，倘由我再寄时，请 先生看情形分用就是，稿费他是不计较的。 此复即请

著安。

迅 顿首 六月八日

340609 致台静农

对于印图，尚有二小野心。一，拟印德国版画集，此事不难，只要有印费即可。二，即印汉至唐画象，但唯取其可见当时风俗者，如游猎，卤簿，宴饮之类，而著手则大不易。五六年前，所收不可谓少，而颇有拓工不佳者，如《武梁祠画象》，《孝堂山画象》，《朱鲔石室画象》等，虽具有，而不中用；后来出土之拓片，则皆无之，上海又是商场，不可得。 兄不知能代我补收否？即一面收新拓，一面则觅旧拓（如上述之三种），虽重出不妨，可选其较精者付印也。 此复即颂

时绥。

豫 顿首 六月九日

340609 致曹聚仁

聚仁先生：

不敢承印《准风月谈》事，早成过去；后约者乃别一家，现正在时时催稿也。

读经，作文言，磕头，打屁股，正是现在必定兴盛的事，当和其主人一同倒毙。但我们弄笔的人，也只得以笔伐之。望道先生之所拟，亦不可省，至少总可给一下打击。

此布即请

道安。

迅　上　六月九日

340609 致杨霁云

霁云先生：

六日函收到。杂志原稿既然先须检查，则作文便不易，至多，也只能登《自由谈》那样的文章了。政府帮闲们的大作，既然无人要看，他们便只好压迫别人，使别人也一样的奄奄无生气，这就是自己站不起，就拖倒别人的办法。倘用聚仁先生出面编辑，他们大约会更加注意的。

来信所述的忧虑，当然也有其可能，然而也未必一定实现。因为正如来信所说，中国的事，大抵是由于外铄的，所以世界无大变动，中国也不见得单独全局变动，待到能变动时，帝国主义必已凋落，不复有收买的主人了。然而若干叭儿，忽然转向，又挂新招牌以自利，一面遮掩实情，以欺骗世界的事，却未必会没有。这除却与之战斗以外，更无别法。这样的战斗，是要继续得很久的。所以当今急务之一，是在养成勇敢而明白的斗士，我向来即常常注意于这一点，虽然人微言轻，终无效果。

　　专此布复，即颂

时绥。

迅　上　六月九夜

340611 致曹靖华

汝珍兄：

　　八日信并稿收到，先前所寄的地址四张及插画本《城与年》，也早收到了。和书一对照，则拓本中缺一幅，但也不要紧，倘要应用，可以从书上复制出来的。

　　木刻集系由东京印来，中国的印工，还没有这么好。寄给作者们的十二本，已于一星期前寄去了。我从正月起，陆续寄给了他们中国旧木刻书共四包，至今毫无回信，也不知收到了没有。

　　日前寄上《文学报》四份，收到否？该报似中途遗失的颇多。

　　上海已颇热，我们都好的，不过我既不著作，又不翻译，只做些另碎事，真是懒散，以后我想来译点书。

　　此布即颂

时绥。

弟豫　顿首　六月十一日

340612 致杨霁云

霁云先生：

快信收到。《词话》书价，系三十六元。其书共二十一本，内中之绣像一本，实非《词话》中原有，乃出版人从别一种较晚出之版本中，取来附上的。又《胡适文选》已用过，因乘便奉还，谢谢。

二十二日午后二时，倘别无较紧要之事，当在书店奉候也。

此复即颂

时绥。

迅　上　六月十二日

340613 致母亲

母亲大人膝下，敬禀者：来信已经收到。海婴这几天不到外面去闹事了，他又到公园和乡下去。而且日见其长，但不胖，议论极多，在家时简直说个不歇。动物是不能给他玩的，他有时优待，有时则要虐待，寓中养着一匹老鼠，前几天他就用蜡烛将后脚烧坏了。至于学校，则今年拟不给他去，因为四近实无好小学，有些是骗钱的，教员虽然打扮得很时髦，却无学问；有些是教会开的，常要讲教，更为讨厌。海婴虽说是六岁，但须到本年九月底，才是十足五岁，所以不如暂且任他玩着，待到足六岁时再看罢。

上海从今天起，已入了梅雨天，虽然比绍兴好，但究竟也颇潮湿。一面则苍蝇蚊子，都出来了。男胃病已愈，害马亦安好，可请勿念。李秉中君在南京办事，家眷即住在南京，他自己则有时

365

出外，因为他是在陆军里做训育事务的，所以有时要跟着走，上月见过一回，比先前胖得多了。

余容续禀，专此布达，恭请

金安。

男树　叩上。广平及海婴同叩　六月十三日

340618 致台静农

静农兄：

今晚得十三日函，书则昨已收到。如此版本，可不至增加误字，方法殊佳，而代为"普及"，意尤可感，惜印章殊不似耳。倘于难得之佳书，俱以此法行之，其有益于读者，当更大也。

石刻画象，除《君车》残石（有阴）外，翻刻者甚少，故几乎无须鉴别，惟旧拓或需问人。我之目的，（一）武梁祠，孝堂山二种，欲得旧拓，其佳者即不全亦可；（二）嵩山三阙不要；（三）其余石刻，则只要拓本较可观，皆欲收得，虽与已有者重出亦无害，因可比较而取其善者也。但所谓"可观"者，系指拓工而言，石刻清晰，而拓工草率，是为不"可观"，倘石刻原已平漫，则虽图象模胡，固仍在"可观"之列耳。

济南图书馆所藏石，昔在朝时，曾得拓本少许；闻近五六年中，又有新发见而搜集者不少，然我已下野，遂不能得。　兄可否托一机关中人，如在大学或图书馆者，代为发函购置，实为德便。凡有代价，均希陆续就近代付，然后一总归还。

《引玉集》已售出五十本以上，较之《士敏土之图》，远过之矣。我所藏德国版画，有四百余幅，颇欲选取百八十幅，印成三本以绍介于中国，然兹事体大，万一生意清淡，则影响于生计，故尚在彷徨中也。

上海算是已入"梅雨天"，但近惟多风而无雨；前日为端午，家悬蒲艾，盛于往年，敝寓亦悬一束，以示不敢自外生成之意。文坛，则刊物杂出，大都属于"小品"。此为林公语堂所提倡，盖骤见宋人语录，明人小品，所未前闻，遂以为宝，而其作品，则已远不如前矣。如此下去，恐将与老舍半农，归于一丘，其实，则真所谓"是亦不可以已乎"者也。

贱躯如常，脑膜无恙，惟眼花耳。孩子渐大，善于捣乱，看书工夫，多为所败，从上月起，已明白宣言，以敌人视之矣。

近见《新文学运动史》，附有作者之笔名，云我亦名"吴谦"，似未确，又于广平下注云"已故"，亦不确也。专复，即颂

曼福。

隼　顿首　六月十八夜

340618 致杨霁云

霁云先生：

日来自患胃病，眷属亦罹流行感冒，所约文遂止能草草塞责，歉甚。今姑寄呈，能用与否，希酌定。

又，倘能用，而须检查，则草稿殊不欲送去，自又无法托人抄录，敢乞　先生觅人一抄，而以原稿见还为祷。

此布即请

道安。

迅　上　六月十八夜

340619 致曹靖华

汝珍兄：

　　端节前一夕信已收到。《南北集》翻本，静兄已寄我一本，是照相石印的，所以略无错字，纸虽坏，定价却廉，当此买书不易之时，对于读者也是一种功德，而且足见有些文字，是不能用强力遏止的。

　　《引玉集》其实是东京所印，上海印工，价贵而成绩还不能如此之好。至今为止，已售出约八十本，销行也不算坏。此书如在年内卖完，则恰恰不折本。此后想印文学书上之插画一本，已有之材料，即《城与年》，又，《十二个》。兄便中不知能否函问 V.O.K.S.，可以将插画（木刻）见寄，以备应用否？最好是中国已有译本之插画，如《铁流》，《毁灭》，《肥料》之类。

　　我们都好。此布即颂

时绥。

弟豫　上　六月十九日

340620 致郑振铎

西谛先生：

　　再版《北平笺谱》，此地有人要预约两部，但不知尚有余本否？倘有，则希于将来汇运时，加添两部，并在便中以有无见示为荷。　此布，即请

道安。

迅　顿首　六月二十日

340620 致陈烟桥

雾城先生：

木刻集拟付印，而所得的版，还止十七块，因为铁耕和白涛两位的，都还没有寄来。

MK 社原要出一本选集，稿在我这里，不知仍要出版否？其实，集中佳作并不多；致平的《负伤的头》最好，比去年的《出路》，进步多了，我想也印进去，不知你能否找他一问，能否同意。即使那选集仍要出，两边登载也不要紧的，倘以为可，则乞借我原版，如已遗失，则由我去做锌版亦可。

一个美国人告诉我，他从一个德国人听来，我们的绘画（这是北平的作家的出品）及木刻，在巴黎展览，很成功；又从一苏联人听来，这些作品，又在莫斯科展览，评论很好云云。但不知详情；而收集者也不直接给我们一封信，真是奇怪。

专此，即颂

时绥。

迅 上 六月廿夜。

340621 致徐懋庸

懋庸先生：

十九日信收到。《新语林》第二期的文章很难说，日前本在草一篇小文，也是关于清代禁书的，后来因发胃病，孩子又伤风，放下了，到月底不知如何，倘能做成，当奉上。闲斋尚无稿来，但有较长之稿一篇在我这里，叫作《攻徐专著》，《自由谈》不要登。其实，对于　先生，是没有什么恶意的，我想，就在自己所编的刊物上登出来，倒也有趣，明天当挂号寄上，倘不要，还我就好了。

《动向》近来的态度，是老病复发，五六年前，有些刊物，一向就这样。有些小说家写"身边琐事"，而反对这种小说的批评家，却忘记了自己在攻击身边朋友。有人在称快的。但这病很不容易医。

不过，我看先生的文章（如最近在《人间世》上的），大抵是在作防御战。这事受损很不小。我以为应该对于那些批评，完全放开，而自己看书，自己作论，不必和那些批评针锋相对。否则，终日为此事烦劳，能使自己没有进步。批评者的眼界是小的，所以他不能在大处落墨，如果受其影响，那就是自己的眼界也给他们收小了。假使攻击者多，而一一应付，那真能因此白活一世，于自己，于社会，都无益处。

但这也须自己有正当的主见，如语堂先生，我看他的作品，实在好像因反感而在沈沦下去。

《引玉集》的图要采用，那当然是可以的。乔峰的文章，见面时当转达，但他每天的时间，和精力一并都卖给了商务印书馆，我看也未必有多少工夫能写文章。我和闲斋的稿费，托他也不好（他几乎没有精神管理琐事了），还是请先生代收，便中给我，迟些时是不要紧的。

此布，即颂
时绥。

迅　上　六月二十一日

因时间尚早，来得及寄挂号信，故将闲斋（＝区区）稿附上了。

又及。

340621 致郑振铎

西谛先生：

六月十八日函及《十竹斋笺谱》样张，今天都收到。《笺谱》刻的很好，大张的山水及近于写意的花卉，尤佳。此书最好是赶年内出版，而在九或十月中，先出珂罗版印者一种。我想，购买者的经济力，也应顾及，如每月出一种，六种在明年六月以内出全，则大多数人力不能及，所以最好是平均两月出一种，使爱好者有回旋的余地。

对于纸张，我是外行，近来上海有一种"特别宣"，较厚，但我看并不好，矸亦无用，因为它的本质粗。夹贡有时会离开，自不可用。我在上海所见的，除上述二种外，仅有单宣，夹宣（或云即夹贡），玉版宣，煮硾了。杭州有一种"六吉"，较薄，上海未见。我看其实是《北平笺谱》那样的真宣，也已经可以了。明朝那样的棉纸，我没有见过新制的。

前函说的《美术别集》中的《水浒图》，非老莲作，乃别一明人本，而日本翻刻者，老莲之图，我一张也未见过。周子兢也不知其人，未知是否蔡先生的亲戚？倘是，则可以探听其所在。我想，现在大可以就已有者先行出版；《水浒图》及《博古页子》，页数较多，将来得到时，可以单行的。

至于为青年着想的普及版，我以为印明本插画是不够的，因为明人所作的图，惟明事或不误，一到古衣冠，也还是靠不住，武梁祠画象中之商周时故事画，大约也如此。或者，不如（一）选取汉石刻中画象之清晰者，晋唐人物画（如顾凯之《女史箴图》之类），直至明朝之《圣谕像解》（西安有刻本）等，加以说明；（二）再选六朝及唐之土俑，托善画者用线条描下（但此种描手，中国现时难得，则只

371

好用照相），而一一加以说明。青年心粗者多，不加说明，往往连细看一下，想一想也不肯，真是费力。但位高望重如李毅士教授，其作《长恨歌画意》，也不过将梅兰芳放在广东大旅馆中，而道士则穿着八卦衣，如戏文中之诸葛亮，则于青年又何责焉呢？日本人之画中国故事，还不至于此。

六月号之《文学》出后，此地尚无骂声，但另有一种脾气，是专做小题，与并非真正之敌寻衅。此本多年之老脾气，现在复发了，很有些人为此不平，但亦无以慰之，而这些批评家之病亦难治。他们斥小说家写"身边琐事"，而不悟自己在做"身边批评"，较远之大敌，不看见，不提起的。但（！），此地之小品文风潮，也真真可厌，一切期刊，都小品化，既小品矣，而又唠叨，又无思想，乏味之至。语堂学圣叹一流之文，似日见陷没，然颇沾沾自喜，病亦难治也。

骂别人不革命，便是革命者，则自己不做事，而骂别人的事做得不好，自然便是更做事者。若与此辈理论，可以被牵连到白费唇舌，一事无成，也就是白活一世，于己于人，都无益处。我现在得了妙法，是谣言不辩，诬蔑不洗，只管自己做事，而顺便中，则偶刺之。他们横竖就要消灭的，然而刺之者，所以偶使不舒服，亦略有报复之意云尔。

《十竹斋笺谱》刻工之钱，当于月底月初汇上一部分。
专此布复，即请
道安。

隼　上　六月廿一日

寄茅兄函，顷已送去了。　又及

340624 致许寿裳

季茀兄：

廿二日信奉到。师曾画照片，虽未取来，却已照成，约一尺余，不复能改矣。

有周子兢先生名仁，兄识其人否？因我们拟印陈老莲插画集，而《博古叶子》无佳本，蟫隐庐有石印本，然其底本甚劣。郑君振铎言曾见周先生藏有此画原刻，极想设法借照，郑重处理，负责归还。兄如识周先生，能为一商洽否？

此布，即颂

曼福不尽。

弟索士 顿首 六月二十四日

340624 致王志之

思远兄：

廿日信已到；《文史》未到，书是照例比信迟的。《春光》已经迫得停刊了，那一本只可在我这里暂存。

《北平笺谱》尚未印成，大约当在七月内。郑君处早有信去，他便来问住在何处，我回说由他自己直接通知，因为我不喜欢不得本人同意，而随便告诉。现在你既有信去，倘已写明通信处，则书一订好，我想是必来通知的了。但此后通信时，我还当叮嘱他一下。

吴先生处通信，本也甚愿，但须从缓，因为我太"无事忙"，——但并非为了黛玉之类。一者，通信之事已多，每天总须费去若干时间；二者，也时有须做短评之处，而立言甚难，所以做起来颇慢，也很不自在，不再如先前之能一挥而就了。因此，看文章也不能精细，所以你的小说，也只能大略一看，难以静心校读，有所批评了。如此情形，是不大好的，很想改正一点，但目下还没有法。

此复，即颂
时绥。

豫　上　六月二十四日

340624 致楼炜春

炜春先生：

昨收到惠函，并适夷兄笺。先前时闻谣言，多为恶耗，几欲令人相信，今见其亲笔，心始释然。来日方长，无期与否实不关宏恉，但目前则未必能有法想耳。原笺奉还，因恐遗失，故以挂号寄上，希察收为幸。

专此布复，即颂
时绥。

迅　顿首　六月廿四夜。

340625 致徐懋庸

懋庸先生：

某君寄来二稿，其《古诗新改》，似不能用，恐《自由谈》亦不能用，因曾登此种译诗也。今姑扣留，寄上一阅，取半或全收均可。

专此即颂

时绥。

迅　上　六月廿五夜。

340626 致何白涛

白涛先生：

十五日信，在前天收到，木版六块，是今天下午收到的。新作的木板二块中，《马夫》一看虽然生动，但有一个缺点，画面上之马夫，所拉之马在画外，而画中之马，则为别一个看不见之马夫所拉，严酷的批评起来，也是一种"避重就轻"的构图，所以没有用。《上市》却好，挑担者尤能表现他苦于生活的神情，所以用了这一幅了。

耀唐兄的那一幅，正是我所要的。我还在向他要一幅新刻的《岭南之春》，但尚未寄来。

《引玉集》早已寄上十六本，不知已到否？此书尚只卖去一半，稍迟当再寄上八本。

木刻集大约七月中便可付印，共二十四幅。

专此布复，即颂

时绥。

迅　上　六月廿六夜

340626 致郑振铎

西谛先生：

前几天寄上一函，想已到。

今由开明书店汇上洋叁百元，为刻《十竹斋笺谱》之用，附上收条，乞便中一取为荷。

再版之《北平笺谱》，前曾预定二部，后又发信，代人定二部。其中之一部，则曾请就近交与王君，并嘱他自己直接接洽，现不知已有信来否？

已刻成之《十竹斋笺》，暂借纸店印少许，固无大碍，但若太多，则于木刻锋棱有损，至成书时，其中之有一部分便不是"初印"了。所以我想：如制笺，似以书成以后为是。

此版刻成后，至少可印五六百部；别种用珂罗版印者，则只有百部，多少之数，似太悬殊。先前上海之老同文石印，亦极精细，北京不知亦有略能臻此者否？倘有之，则改用石印，似亦无不可，而书之贵贱，只要以纸质分，特制者用宣纸，此外以廉纸印若干，定价极便宜，使学生亦有力购读，颇为一举两得，但若无好石印，则自然只能仍如前议。

上海昨今大热，室内亦九十度以上了。

专此布达，并请

著安。

隼　顿首　六月廿六夜

340627 致增田涉（日本）

六月二十一日信和玉照收到。这次的照片比前一张我觉得更沉稳，想是即将"转地疗养"之故吧。

《小说史》的订正，只有两次。

我的照片也奉上一张。新的没有，所以除了把去年的送上外，别无他法。如对它加上一年多的老态来看，就接近真相了。尽管这种看的方法是颇难的。

上海这两三天，室内已九十三四度，马路上有百度以上吧。作为对这种天气的回答，我在流汗，外加生痱子。

洛文　上　六月二十七日

增田学兄几下

340628 致台静农

静兄：

有寄许先生一函，因不知其住址，乞兄探明，封好转寄。倘兄能自去一趟，尤好，因其中之事，可以面商了。

〔六月二十八日〕

340628 致李霁野

转霁兄：

廿四日信收到。许先生函已写，托静兄转交。兄事亦提及，但北平学界，似乎是"是非蜂起"之乡，倘去津而至平，得乎失乎，我不知其中详情，不能可否，尚希细思为望。

关于素兄文，当于七月十五左右写成寄上。

廿八日

340629 致曹靖华

汝珍兄：

二十四日信已收到。前日得霁兄函，言及兄事，我以为季芾已赴校，因作一函，托静兄转交，于今晨寄出。不料他并未走，于午前来寓，云须一星期之后，才能北上，故即将兄事面托，托静兄转交之一函，可以不必交去了，见时乞告知为荷。

我和他极熟，是幼年同窗，他人是极好的，但欠坚硬，倘为人所包围，往往无法摆脱。我看北平学界，是非蜂起，难办之至，所以最先是劝他不要去；后来盖又受另一些人所劝，终于答应了。对于兄之增加钟点，他是满口答应的，我看这没有问题。

印在书内之插图，与作者自印的一比，真有天渊之别，不能再制玻璃版。以后如要求看插画者之人增多，我想可以用锌版复制，作一廉价本，以应需要，只要是线画，则非木刻亦不妨，但中国倘未有译本，则须每种作一该书之概略，俾读者增加兴趣。此事现拟暂不办，所以兄之书可以且勿寄下。《一周间》之画并不佳，且太大，是不能用的。（插画本《水门汀》，我也有。）

《肥料》之插画本，不知兄有否？极想一看。那一篇是从日文重译的，但看别一文中有引用者，多少及语句颇不同，不知那一边错。这样看来，重译真是一种不大稳当的事情。

《粮食》本已编入《文学》七月号中，被检查员抽掉了。

向现代索稿后，仍无回信，真是可恶之至，日内当再去一信，看如何。他们只要无求于人的时候，是一理也不理的，连对于稿费也如此。

我的英文通信地址，如下，但无打字机，只好请兄照抄送去，他们该是能写的罢——

    Mr. Y. Chow,

    Uchiyama Book-store,

    11 Scott Road,

    Shanghai, China.

这里近来热极了，我寓的室内九十二度。听说屋外的空中百另二度，地面百三十余度云。但我们都好的。　此布，即请

刻安。

弟豫　上　六月二十九日下午

合府均好！

340629 致郑振铎

西谛先生：

二十七日寄奉一函并汇款三百元，不知已收到否？

周子兢先生这人，以问许季茀，说是认识的，他是蔡先生的亲戚，但会不见，今天已面托蔡先生，相见时向其转借了。我想，那么，迟迟早早，总该有回信。

假如肯借的话，挂号寄至北平呢，还是由我在此照相呢？如用后一法，则照片应大多少？凡此均希示及。

前二三星期，在二酉书店见一本《笔花楼新声》，顾仲芳画，陈继儒序，万历丙申刊，颇破烂，已修好，价六十元。过了几天又去，则已卖去了。其图是山水，但我看也并不好。

此布，即请

道安。

隼　顿首　六月二十九日

又《北平笺谱》再版本，前由我豫约者共四部，现又有一人要买，所以再添一部，共五部，其中除一部直接交与北平王君外，余四部乞于内山书箱中附下为荷。　又及

340703 致陈铁耕

铁耕先生：

六月廿一日信及木版一块，都已收到。《引玉集》已有两礼拜多，而尚未到，颇可诧异，但此书是挂号的，想不至于失落也。

《北平笺谱》一部六本，已于昨日托书店作小包寄出，此书共印一百部，店头早已售罄了。今在北平再版，亦一百部，但尚未印成。

连环图画在兴宁竟豫约至七百部之多，实为意想不到之事。这可见木刻的有用，亦可见大家对于图画的需要也。印成后，倘能给我五部，则甚感。　此致即颂

时绥。

迅　上　七月三日

340706 致郑振铎

西谛先生：

二日函收到，致保宗兄笺已交去。

《十竹斋笺谱》我想豫约只能定为八元，非预约则十二元，盖一者中国人之购买力，恐不大；二则孤本为世所重，新翻即为人所轻，定价太贵，深恐购者裹足不至。其实豫约本即最初印，价值原可增大，但中国读者恐未必想到这一著也。

有正书局之《芥子园画谱》三集，定价实也太贵；广告虽云木刻，而有许多却是玻璃板，以木版著色，日本人有此印法，盖有正即托彼国印之，而自谓已研究木刻十余年，真是欺妄。

三根是必显神通的，但至今始显，已算缓慢。此公遍身谋略，凡与接触者，定必麻烦，倘与周旋，本亦不足惧，然别人那有如许闲工夫。嘴亦本来不吃，其呐呐者，即因虽谈话时，亦在运用阴谋之故。在厦大时，即逢迎校长以驱除异己，异己既尽，而此公亦为校长所鄙，遂至广州，我连忙逃走，不知其何以又不安于粤也。现在所发之狗性，盖与在厦大时相同。最好是不与相涉，否则钩心斗角之事，层出不穷，真使人不胜其扰。其实，他是有破坏而无建设的，只要看他的《古史辨》，已将古史"辨"成没有，自己也不再有路可走，只好又用老手段了。

石印既多弊病而价又并不廉，还是作罢的好。但北平的珂罗版价，却也太贵。我前印《士敏土》二百五十本，图版十页，连纸张装订二百二十余元。今商务印书馆虽不再作此生意，但他处当尚有承印者，如书能南运，似不妨在上海印，而且买纸之类，亦较便利。不知暑假中，先生将南来否？

周子兢果系蔡孑民先生之亲戚，前曾托许季茀打听，昨得蔡先生信，谓他可以将书借出，并将其住宅之电话号数开来，谓可自去接洽。我想，倘非立刻照相，借来放着是不好的，还是临用时去取的好。先生以为何如？还是就先买一批黄色罗纹纸，先将它印成存下，以待合订呢？

许季茀做了北平什么女校长了，在找教员。该校气魄远不如燕大之大，是非恐亦多。但不知先生肯去教否？希示及。

上海近十日室内九十余度，真不可耐，什么也不能做，满身痱子，算是成绩而已。

专此布达，并请

著安。

隼　顿首　七月六夜

340707 致王志之

思远兄：

三日信已收到。"通信从缓"和"地址不随便告诉"，是两件事，不知兄何以混为一谈而至于"难受"，我是毫不含有什么言外之意的。

郑君已有信来，言《笺谱》印成后，一部当交王□□（旧名），然则他是已经知道的了。

《国闻周报》已收到。此地书店，必有□阀占据，我辈出版颇难，稍凉当一打听，倘有法想，当再奉告。

此复即颂

时绥。

豫　上　七月七日

340708 致徐懋庸

懋庸先生：

此系闲斋寄来，不知可作《新语林》补白之用否？今姑寄上。

此颂

时绥。

迅 顿首 七月八夜

340709 致徐懋庸

懋庸先生：

八日信收到。我没有做过《非政治化的高尔基》，也许是一直先前，我绍介给什么地方的别人的作品。

《新语林》实在和别的东西太像。商人是总非像别人不可的，试观中华书局必开在商务印书馆左近，即可见。光华老版，决不能独树一帜也。

闲斋仅有歪诗两首，昨已寄上，此外没有。我也没有什么，遍身痱子，无暇想到中国文学也。

胃病无大苦，故患者易于疏忽，但这是极不好的。

此复，即颂

时绥。

隼 上 九日

340712 致母亲

母亲大人膝下，敬禀者，久不得来信了，今日上午，始收到一函，甚
　　慰。但大人牙痛，不知已否全愈，至以为念。牙既作痛，恐怕就
　　要摇动，一摇动，即易于拔去，故男以为俟稍凉似可与一向看惯
　　之牙医生一商量，倘他说可保无痛，则不如拔去，另装全口假
　　牙，不便也不过一二十天，用惯之后，即与真牙无异矣。

说到上海今年之热，真是利害，晴而无雨，已有半月以上，每日虽房
　　内也总有九十一二至九十五六度，半夜以后，亦不过八十七八
　　度，大人睡不着，邻近的小孩，也整夜的叫。但海婴却好的，夜
　　里虽然多醒一两次，而胃口仍开，活泼亦不减，白天仍然满身流
　　汗的忙着玩耍。现于他的饮食衣服，皆加意小心，请释念为要。

害马亦还好；男亦如常，惟生了许多痱子，搽痱子药亦无大效，盖旋
　　好旋生，非秋凉无法可想也。为销夏起见，在喝啤酒；王贤桢小
　　姐的家里又送男杨梅烧一坛，够吃一夏天了。

上海报上，亦说北平大热，今得来函，始知不如报章所传之甚。而此
　　地之炎热，则真是少见，大家都在希望下雨，然直至此刻，天上
　　仍无片云也。

　　专此布复，恭请

金安。

　　　　　　　　男树　叩上。广平及海婴同叩。七月十二日

340712 致陈铁耕

铁耕先生：

七月四日信并木刻三幅，已收到。我看《讲，听》最好，《神父……》这一幅，一般怕不容易懂，为大众起见，是不宜用这样的画法的。书二本尚未到。《北平笺谱》已于一星期前用小包寄出了，但从上海到你的故乡，挂号信件似乎真慢得可以。

《岭南之春》版及白涛兄所寄的一块，均已收到。书已编好，纸亦买好，本来即可付印了，但近来非常之热，终日流汗，没法想，只得待稍凉时再付印。此书共二十四幅，拟印百二十本，除分送作者二十四本外，只有九十六本发卖。

木刻在法、俄听说已展览过，批评不坏，但得不到详细的消息。

连环图画要在这里卖版权，大约很难。刊物上虽时有木刻，然而不过东拉西扯，不化一文钱。要他们出钱，可就没人肯要了。你的《法网》，也至今并未印出。

《引玉集》可以用邮票买的，昨到书店去问，他们说已寄出，书价及邮费均够。

德国版画怕一时不易办，因为原画大，所以也想印得大些（比《引玉集》至少大一倍），于是本钱也就大，而我则因版税常被拖欠，收入反而少了。还有一层，是我太不专一，忽讲木刻，忽讲文学，自己既变成打杂，敌人也因之加多，所以近来颇想自己用点功，少管种种闲事，因此就引不起计画的兴趣。但是，迟迟早早是总要印的，要不然，不是白收集一场了么？

此地热极，九十度以上者已两星期余，连晚上也睡不大安稳了。

此复即颂

时绥

迅　上　七月十二日

340714 致徐懋庸

懋庸先生：

十二日信昨收到。宴 L.Körber，到者如此之少，真出意料之外。中国的事情，她自己看不出，也没有人告诉她，真是无法可想。外国人到中国来的，大抵如此，也不但她。

《非政治化……》系别人所作，由我托人抄过，因为偶有不愿意拿出原稿去的投稿者，所以绍介人很困难。他还有一篇登在《文学季刊》（一）上。

光华老病，是要发的，既是老病，即不能不发。此后编辑人怕还要难。钱如拿不到，十五日请不必急于送来，天气大热，我也不在书店相候了。近日做了一篇无聊文，今寄上，又，建人者一篇，一并寄上。我希望　先生能在十五以前收到，不至于在九十多度的炎热中跑远路。

此复，即颂

时绥。

迅　上　七月十四晨

340714 致伊罗生（美国）

伊罗森先生：

来信收到了。关于小说集选材的问题，我们的意见如下：

Ⅰ.蒋光慈的《短裤党》写得并不好，他是将当时的革命人物歪曲了的；我们以为若要选他的作品，则不如选他的短篇小说，比较好些。至于选什么短篇，请您自己酌定罢。

Ⅱ.龚冰庐的《炭矿夫》，我们也觉得不好；倒是适夷的《盐场》好。这一篇，我们已经介绍给您。

Ⅲ.由一九三〇至今的左翼文学作品，我们也以为应该多介绍些新进作家；如何谷天的《雪地》及沙汀，草明女士，欧阳山，张天翼诸人的作品，我们希望仍旧保留原议。

再者，茅盾以为他的作品已经占据了不少篇幅，所以他提议，将他的《秋收》去掉，只存《春蚕》和《喜剧》。

除此以外，我们对于来信的意见，都赞成。

我们问候姚女士和您的好！

茅盾 鲁迅 七月十四。

再：鲁迅的论文，可用左联开会时的演说，载在《二心集》内。 又及。

340717 致吴渤

吴渤先生：

十一日信收到，在途中不过六天，而一本《引玉集》却要走廿一天，真是奇怪。这书销行还不坏，已卖去一百多本。印费是共三百五十余元，连杂费在内，平均每本一元二角。书的销场，和推销法实是大有关系的，但可靠的书店，往往不善于推销，有推销手段者，大抵连书款（打了折扣的）也不还，所以我终于弄不好。

《城与年》的插画有二十七幅，倘加入集中，此人的作品便居一半，别人的就挤出了，因此留下，拟为续印别种集子之用。现又托友写信到那边去，征求名作的全部插图，倘有效，明年当可又出一种插画集。

木刻书印起来，我看八十元是不够的，当估为百二十元，因为现在纸价贵，而这书又不能用报纸。

《木刻纪程》的材料，已收集齐全，纸亦买好，而近二十天来，每日热至百度左右，不能出去接洽，俟稍凉，就要付印的。

听说我们的木刻，已在巴黎，莫S科展览，批评颇好，但收集者本人，却毫无消息给我，真不知是怎么一回事。

此布，即颂

时绥。

迅　上　七月十七日

340717 致杨霁云

霁云先生：

顷奉到十六晚信。临行时函及《连环》，亦俱早收到。

《浙江潮》实只十期，后不复出。范爱侬辈到日本，比我稍迟，那《题名》大约印在他们未到之前，所以就找不出了。

威男的原名，因手头无书可查，已记不清楚，大约也许是 Jules Verne，他是法国的科学小说家，报上作英，系错误。梁任公的《新小说》中，有《海底旅行》，作者题焦士威奴（？），也是他。但我的译本，似未完，而且几乎是改作，不足存的。

我的零零碎碎的东西，查起来还有这许多，殊出自己的意外，但有些是遗落，有些当是删掉的，因为觉得并无足观。　先生要印成一书，只要有人肯印，有人要看，就行了，我自己却并没有什么异议。

这二十天来，上海每日总在百度左右，于做事颇多阻碍，所以木刻尚未印，也许要俟秋初了。我因有闲，除满身痱子之外，别无损害，诸希释念为幸。

专此布复，顺颂

时绥。

迅　启上　七月十七日

340717 致罗清桢

清桢先生：

七日及十六日示，并木版一块，均已收到。张先生已就痊可，甚慰，可惜的是不能东游了，但这也是没法的事。

做序文实非我所长，题字比较的容易办。张先生不知要写怎样的几个字，希示下为盼。

专此布复，即请

暑安。

迅　上　七月十七夜。

340717 致徐懋庸

懋庸先生：

十六日信收到。光华的真相是一定要来的，去年的拉拉藤（这是绍兴话，先生认识这植物么？），今年决不会变作葡萄的。

两点东西，今译上。短的一幅是诗，但译起来就不成诗，只好算是两句话。

"谈言"上那一篇早见过，十之九是施蛰存做的。但他握有编辑两种杂志之权，几曾反对过封建文化，又何曾有谁不准他反对，又怎么能不准他反对。这种文章，造谣撒谎，不过越加暴露了卑怯的叭儿本相而已。

而且"谈言"自己曾宣言停止讨论大众语，现在又登此文，真也是叭儿血统。

　　祝

安健。

　　　　　　　　　　　　　　　　隼　上　七月十七日

克姑娘原文及拙译附上。　　又及

340721 致徐懋庸

懋庸先生：

顷得某君信，谓前寄我之克女士德文稿一篇，今以投《新语林》，嘱我译出，或即以原文转寄，由　先生另觅人翻译云云。我德文既不好，手头又无一本字典，无法可想，只得以原文转寄，希察收。

又新得闲斋文一篇，似尚可用，一并寄呈。

此布，即颂

时绥。

迅　上　七月二十一日

340723 致内山嘉吉（日本）

拜启，昨天收到和光学园学生诸君的木刻，对其中的静物作品我特别感兴趣。

今天另封寄上少许信笺。这是明末即三百年前的木刻的复制品，没什么用处，只当小玩意儿，请分给各位小艺术家吧。　草草顿首

鲁迅　上　七月二十三日

内山嘉吉兄几下

令夫人请代问候

340723 致山本初枝（日本）

拜启　托大风尾巴的福，两三天来上海已很凉爽了。我们都平安。痱子也去向不明了。

《阵中竖琴》是预订了的，已于一周前寄到。书很漂亮，如果我对和歌很懂的话，也许就更加感到有趣了。这样的军医先生，现在在日本也少了吧。

上月曾很想到日本的长崎等处去，但终因种种事情而作罢。因上

海酷暑，西洋人等很多去了日本，赴日旅行忽然成了"摩登"之举。明年去吧。

男孩子，不知为何大多欺负妈妈。我们的孩子也这样，非但不听妈妈的话，还常常反抗。我跟着一起叱责他，这回他反倒觉得奇怪："为什么爸爸这样支持妈妈呢？"

增田一世暂无音信。内山老板依然很忙，拼命写漫谈，然后寄出去。

鲁迅　拜　七月二十三夜

山本夫人几下

340725 致黎烈文

烈文先生：

《红萝卜须》作者小照，已去复照（因为书是不能交给制版所的，他们喜欢毁坏），月初可晒好，八月五日以前必可送上，想当来得及插入译本罢。

这回《译文》中的译品，最好对于作者及作品，有一点极简略的说明，另纸写下，拟一同附在卷末，就算是公共的《编辑后记》。

专此布达，并请

道安。

隼　顿首　七月廿五日

340727 致何白涛

白涛先生：

七月十九的信，昨天收到了。《引玉集》一时销不出，也不要紧，慢慢的卖就好。

耀唐兄的连环图画，已见过，大致是要算好的，但为供给大众起见，我以为还可以多采用中国画法，而且有些地方还可以画得更紧张，如瞎子遭打之类。

前几天热极，什么也不能做，现已稍凉，中国木刻选要开始付印了，共二十四幅，因经济关系，只能印百二十本，除送赠每幅之作者共二十四本及别处外，只有八十本可以发售，每本价六角或八角，要看印后才可以决定。

专此布复，即颂

时绥。

迅　上　七月二十七日

340727 致唐弢

唐弢先生：

来信问我的几件事情之中，关于书籍的，我无法答复，因为向来没有注意过。社会科学书，我是不看中国译本的。但日文的学习书，过几天可以往内山书店去问来，再通知，这几天因为伤风发热，躺在家里。

日本的翻译界，是很丰富的，他们适宜的人才多，读者也不少，所以著名的作品，几乎都找得到译本，我想，除德国外，肯绍介别国作品的，恐怕要算日本了。但对于苏联的文学理论的绍介，近来却有一个大缺点，即常有删节，甚至于"战争""革命""杀"（无论谁杀谁）这些字，也都成为××，看起来很不舒服。

所以，单靠日本文，是不够的，倘要研究苏俄文学，总要懂俄文才好。但是，我想，你还是划出三四年工夫来（并且不要间断），先学日本文，其间也带学一点俄文，因为，一者，我们先就没有一部较好的华俄字典，查生字只好用日本书；二者他们有专门研究俄文的杂志，可供参考。

自修的方法，我想是不大好，因为没有督促，很容易随便放下，不如进夜校之类的稳当。我的自修，是都失败的，但这也许因为我太懒之故罢，姑且写出以备考。

此复，即颂

时绥。

迅　上　七月廿七日

340727 致徐懋庸

懋庸先生：

对于光华，我是一丝的同情也没有，他们就利用别人的同情和穷迫的。既然销路还好，怎么会没有钱，莫非他们把杂志都白送了人吗？

生活书店办起来，稿费恐怕不至于无着落；但我看望道先生的"决心"，恐怕很要些时光罢。

在大风中睡了一觉，生病了，但大约也就要好起来的。

此复，即颂

时绥。

迅　上　七月廿七日

340727 致罗清桢

清桢先生：

惠示谨悉。前日因在大风中睡了一觉，遂发大热，不能久坐，一时恐难即愈。

先生归期又如此之促，以致不能招待，真是抱歉得很。诸希谅察为幸。

专此布复，并请

暑安。

迅　上　七月廿七日

340727 致韩白罗

白罗先生：

信及《士敏土》两本，均已收到。印得这样，供给不学艺术的大众，也可以了，但因为从书中采取，所以题名和原画略有不同。印本上，原文也写错了几个。此书初出时，我是寄给未名社代卖的，但不知道为什么，好像没有给我陈列。

这回的《引玉集》，目的是在供给学艺术的青年的参考，所以印工不能不精，一精，价钱就贵，本钱就每本一元二角，倘印得多，还可以便宜些，但我没有推销的本领，不过，只要有人翻印，也就好了。现在又在去信讨取大著作上的木刻插图，但有没有不可知，以后有没有力量印也不可知。

《母亲》的插图没有单张的，但从一本完整的书里拆出来，似乎也可惜，因为这书在中国不到三百本。我这里有一本缺页的，已无用处，所以将那十四幅拆下，另封托书店寄上了。至于说明，我无法写，因为我也不能确知每图是针对那几句，今但作二百字介绍，附上，用时请觅人抄一抄。

《新俄画选》已无处买，其实那里面的材料是并不好的。《山民牧唱》尚不知何日出版，因为我译译放放，还未译成。

专此布复，并颂

时绥。

迅　上　七月廿七日

340729 致曹聚仁

聚仁先生：

我对于大众语的问题，一向未曾研究，所以即使下问，也说不出什么来。现在但将得来信后，这才想起的意见，略述于下——

一、有划分新阶段，提倡起来的必要的。对于白话和国语，先不要一味"继承"，只是择取。

二、秀才想造反，一中举人，便打官话了。

三、最要紧的是大众至少能够看。倘不然，即使造出一种"大众语文"来，也还是特殊阶级的独占工具。

四、先建设多元的大众语文，然后看着情形，再谋集中，或竟不集中。

五、现在答不出。

我看这事情复杂，艰难得很。一面要研究，推行罗马字拼音；一面要教育大众，先使他们能够看；一面是这班提倡者先来写作一下。逐渐使大众自能写作，这大众语才真的成了大众语。

但现在真是哗啦哗啦。有些论者，简直是狗才，借大众语以打击白话的，因为他们知道大众语的起来还不在目前，所以要趁机会先将为害显然的白话打倒。至于建立大众语，他们是不来的。

中国语拉丁化；到大众中去学习，采用方言；以至要大众自己来写作，都不错。但迫在目前的明后天，怎么办？我想，也必须有一批人，立刻试作浅显的文章，一面是试验，一面看对于将来的大众语有无好处。并且要支持欧化式的文章，但要区别这种文章，是故意胡闹，还是为了立论的精密，不得不如此。

照现在的情形看来，倘不小心，便要弄到大众语无结果，白话文遭毒打，那么，剩下来的是什么呢？

草此布复，顺请

道安。

迅　上　七月二十九日

340730 致母亲

母亲大人膝下，敬禀者，七月十六日信，早已收到。现在信上笔迹，常常不同，大约俞小姐她们不大来，所以只好随时托人了罢。上海在七八天前，因有大风，凉了几日，此刻又热起来了，但时亦有雨，比先前要算好的。男因在风中睡熟，生了两天小伤风，现已痊愈。害马海婴都好。但海婴因大起来，心思渐野，在外面玩的时候多，只在肚饥之时，才回家里，在家里亦从不静坐，连看看也吃力的。前天给他照了一张相，大约八月初头可晒好，那时当寄上。他又要写信给母亲，令广平照钞，今亦附上，内有几句上海话，已在旁边注明。女工又换了一个，是绍兴人，年纪很大，大约可以做得较为长久；领海婴的一个则照旧，人虽固执，但从不虐待小孩，所以我们是不去回复他的。

专此，恭请

金安。

男树　叩上　七月三十日

340730 致山本初枝（日本）

凉快了两三天，但近又转热。除了再生一次痱子外没办法。杨梅已经完了。

对增田一世的悠然，我很佩服。他下次什么时候来东京，不知道吧？乡间清静，也许心情愉快；但刺激少，也做不出什么事来。不过这位先生是"公子哥儿"出身，没有办法的。

周作人是位颇有福相的教授先生，乃周建人之兄。并非同一人。

送给增田一世的照片，在拍的时候我也许正疲惫着。不是因经济问题，而是身外环境原因。我有生以来，从未见过近来这样的黑暗。网密犬多。奖励人去做恶人，无法忍受。非反抗不可。但我已年过五十，遗憾。

我们的孩子也大淘气。老是要吃的时候来，目的达到后就去玩了。而因为没有弟弟，常说太寂寞、不公平。是个颇伟大的不平家。两三天前给他拍了照，等印好后送你一张，还有我的。

在东京别无要事，只是神田区神保町二之一三号有一家叫"科学社"的书店，据其广告，有俄国版画及美术明信片出售，请便中去看一下。倘有《引玉集》中那样的版画，请代为购买一些。如有美术明信片和绘画的复制品，亦请买一些，但不要风景或建筑物的照片。
草草

鲁迅　上　七月三十日

山本夫人几下

340731 致李小峰

小峰兄：

印花三千，顷已用密斯王名义，挂号寄出。

关于半农，我可以写几句，不过不见得是好话，但也未必是坏话。惟来信云"请于本月内见惠"，而署的日子是"七月三十一日"，那么，就是以今天为限，断断来不及的了。

此颂

时绥。

迅　上　七月卅一晚。

倘那限期是没有这么促的，即希通知。

340731 致陶亢德

亢德先生：

来信谨悉。闲斋久无稿来，但我不知其住址，无从催起，只得待
之而已。

此复，即颂

夏祉。

迅　顿首　七月三十一日

340731 致伊罗生（美国）

伊罗生先生：

您的七月廿四日的信，收到了。对于您这最后的意见，我们可以
赞成。

至于张天翼的小说，或者用《最后列车》，或者用《二十一
个》，——《二十一个》是短短的，——都可以。

天气太热，不多写了。祝

您同姚女士的好！

鲁迅　茅盾　七月卅一日

340803 致徐懋庸

懋庸先生：

顷收到一日信。光华忽用算盘，忽用苦求，也就是忽讲买卖，忽讲友情，只要有利于己的，什么方法都肯用，这正是流氓行为的模范标本。我倒并不"动火"，但劝你也不要"苦闷"了，打算一下，如果以发表为重，就明知吃亏，还是给他；否则，斩钉截铁的走开，无论如何苦求，都不理。单是苦闷，是自己更加吃亏的。

我生胃病，没有好，近又加以肚泻，不知是怎么的。现在如果约定日子，临时说不定能出门与否，所以还是等我好一点，再约面谈罢。

生活的条件，这么苛，那么，是办不来的。

我给曹先生信里所说的"狗才"，还不是傅红蓼，傅红蓼还不过无聊而已。我所指的是"谈言"和《火炬》上的有几篇文章的作者，虽然好像很急进，其实是在替敌人缴械，这无须一年半载，就有事实可以证明。至于《动向》中人，主张大抵和我很接近（只有一篇说小说每篇开头的作法不同，就是新八股的，我以为颇可笑），我何至于如此骂他们呢？

辩解，说明之类，我真是弄得疲乏了，我想给曹先生一封信，不要公开就算。

此复，即颂
时绥。

迅　上　八月三日

340805 致郑振铎

西谛先生：

二日函收到；前一信也早收到了，因闻先生有来沪之说，故未复，而不料至今仍未行。不知究要来否？

《北平笺谱》到时，当照办。

《十竹斋》笺样花卉最好，这种画法，今之名人就无此手腕；山水刻得也好，但因为画稿本纤巧，所以有些出力不讨好了。原书既比前算多一倍，倘环境许可，只好硬着头皮干完。每刻一张即印，寄存我处，亦好，现在我尚有地方可藏，不过将来也难说，然而现在的事，也预算不了这许多。先生说的第一二本，是否即前半本？我想，先卖是不错的，单面印，毛装，算是前一期。后半本为后期，那时再来一次预约。

先生如南来，就印陈老莲画集何如？材料带来，周子兢君处亦待先生去接洽。倘上海无好印刷，可以自己买好纸张，托东京去印的。我这回印木刻，他们于原底子毫无损坏。

静事已闻，但未详。我想，总不外乎献功和抢饭碗，此风已南北如一。段执政时，我以为"学者文人"已露尽了丑态，现在看起来，这估计是错的。昔读宋明末野史，尝时时掷书愤叹，而不料竟亲身遇之也，呜呼！

上海又大热，我们是好的。穆木天被捕，不知何故，或谓与希图反日有关云。

专此布复，即请

道安。

隼　顿首　八月五日

340807 致徐懋庸

懋庸先生：

　　还是没有力气，就胡诌了这一点塞责罢。

　　此布，即颂

时绥。

隼　顿首　八月七日

340807 致增田涉（日本）

　　白天在八十度内外，实在令人羡慕。上海又是九十度以上，鄙人正以痱子为光荣的反抗招牌而奋斗着。

　　《十竹斋笺谱》已完成约五十余幅。其中四幅样张寄呈一览。全部约二百八十幅，何时完工尚不可知，打算半数完成后作为前期预约而发售。

　　在这里，生命是颇危险的。如果不做私人的狗而持有自己爱好的人，较为关心一般文化的人，右也好左也好都看作是反动而遭虐待。一周前，持有相同爱好的北平的两位友人被捕了。不久，怕连翻刻旧画本的人也要完了吧。然而我只要还活着，不管刻多少页，做多久，总要做下去。

　　我与内子均好。阿米巴似已和海婴告别，但海婴这家伙却非常捣蛋，两三日前竟发表了颇为反动的宣言："这种爸爸，什么爸爸！"真伤脑筋。

迅　顿首［八月七日］

增田兄几下

令尊令堂、令夫人、令嫒和宝宝均吉

340809 致唐弢

唐弢先生：

内山书店的关于日文书籍的目录，今寄上。上用箭头的是书店老板所推举的；我以为可缓买或且不买的，就上面不加圈子。

内山书店店员有中国人，无须用日语。

学校我说不出好的来，但我想，放弃发音，却很不好。不如就近找一个学校（不管好坏）或个人，学字母正音及拼法，学完之后，才自修。无论怎样骗钱的学校，教拼音之类，也拖不到两个月的。

此复，即颂

时绥。

名知　顿首　八月九夜。

340812 致母亲

母亲大人膝下，敬禀者，六日的信，已收到。给海婴的信，也读给他听了，他非常高兴。他的照片，想必现在已经寄到，其实他平常是没有照片上那样的老实的。今年我们本想在夏初来看母亲，后来因为男走不开，广平又不愿男独自留在上海，牵牵扯扯，只好中止了。但将来我们总想找机会北上一次。

老三是好的，但他公司里的办公时间太长，所以颇吃力。所得的薪水，
　　好像每月也被八道湾逼去一大半，而上海物价，每月只是贵起
　　来，因此生活也颇窘的。不过这些事他决不肯对别人说，只有他
　　自己知道。男现只每星期六请他吃饭并代付两个孩子的学费，此
　　外什么都不帮，因为横竖他去献给八道湾，何苦来呢？八道湾是
　　永远填不满的。钦文出来了，见过两回，他说以后大约没有事了。
　　余容续禀，恭请
金安。

　　　　　　　　男树　叩上。广平及海婴同叩　八月十二日

340812 致李小峰

小峰兄：

　　关于半农的文章，写了这一点，今呈上。

　　作者的署名，现在很有些人要求我用旧笔名，或者是没有什么大
关系了。但我不明白底细，请　兄酌定。改用唐俟亦可。

　　此布即颂
时绥

　　　　　　　　　　　迅　上　八月十二日

340813 致曹聚仁

聚仁先生：

　　十一日信，十三才收到。昨天我没有去，虽然并非"兄弟素不吃

405

饭",但实在有些怕宴会。办小刊物,我的意见是不要帖大广告,却不妨卖好货色;编辑要独裁,"一个和尚挑水吃,两个和尚抬水吃,三个和尚无水吃",是中国人的老毛病,而这回却有了两种上述的病根,书坊老板代编辑打算盘,道不同,必无是处,将来大约不容易办。但是,我说过做文章,文章当然是做的。

关于大众语问题,我因为素无研究,对个人不妨发表私见,公开则有一点踌躇,因为不豫备公开的,所以信笔乱写,没有顾到各方面,容易引出岔子。我这人又是容易引出岔子的人,后来有一些人会由此改骂鲁迅而忘记了大众语。上海有些这样的"革命"的青年,由此显示其"革命",而一方面又可以取悦于某方。这并不是我的神经过敏,"如鱼饮水,冷暖自知",一箭之来,我是明白来意的。但如 先生一定要发表,那么,两封都发表也可以,但有一句"狗才"云云,我忘了原文了,请代改为"客观上替敌人缴械"的意思,以免无谓的纠葛。

语堂是我的老朋友,我应以朋友待之,当《人间世》还未出世,《论语》已很无聊时,曾经竭了我的诚意,写一封信,劝他放弃这玩意儿,我并不主张他去革命,拚死,只劝他译些英国文学名作,以他的英文程度,不但译本于今有用,在将来恐怕也有用的。他回我的信是说,这些事等他老了再说。这时我才悟到我的意见,在语堂看来是暮气,但我至今还自信是良言,要他于中国有益,要他在中国存留,并非要他消灭。他能更急进,那当然很好,但我看是决不会的,我决不出难题给别人做。不过另外也无话可说了。

看近来的《论语》之类,语堂在牛角尖里,虽愤愤不平,却更钻得滋滋有味,以我的微力,是拉他不出来的。至于陶徐,那是林门的颜曾,不及夫子远甚远甚,但也更无法可想了。

专复即请

道安。

迅　顿首　八月十三日

340814 致郑振铎

西谛先生：

七日函并取书条一张，存根二张，早已收到，惟书尚未到，这是照例要迟一些的。

先生此次南来，希将前回给我代刻的印章携来为祷。

余容面罄，即请

旅安。

隼　顿首　八月十四夜。

340814 致黄源

河清先生：

我想将《果戈理私观》后面译人的名和《后记》里的署名，都改作邓当世。因为检查诸公，虽若"并无成见"，其实是靠不住的，与其以一个署名，引起他们注意，（决定译文社中，必有我在内，）以致挑剔，使办事棘手，不如现在小心点的好。

迅　上　八月十四夜

340820 致楼炜春

炜春先生：

　　适夷兄是那一年生的，今年几岁？因为有一个美国人译了他一篇小说，要附带讲起作者的事情，所以写信来问。先生如知道，希即示知，信寄"北四川路底内山书店转周豫才收"为荷。

　　此布即请

暑安。

迅　上　八月二十日

340821 致母亲

母亲大人膝下敬禀者，十五日来信，前日收到。张恨水们的小说，已托人去买去了，大约不出一礼拜之内，当可由书局直接寄上。

　　海婴的痢疾，长久不发，看来是断根了；不过容易伤风，但也是小毛病，数日即愈。今年大热，孩子大抵生病或生疮，他却只伤风了一回，此外都很好，所以，他是没有什么病的。

　　但他大约总不会胖起来。他每天约七点钟起身，不肯睡午觉，直至夜八点钟，就没有静一静的时候。要吃东西，要买玩具，闹个不休。客来他要陪（其实是来吃东西的），小事也要管，怎么还会胖呢。他只怕男一个人，不过在楼下闹，也仍使男不能安心看书，真是没有法子想。

　　上海近来又热起来，每天总在九十度以上，夜间较凉，可以安睡。男及广平均好，三弟亦好，大约每礼拜可以见一回，并希勿念为要。

专此布复，敬请

金安。

男树　叩上　广平海婴同叩　八月二十一日

340822 致伊罗生（美国）

伊罗生先生：

八月十七日来信收到。您翻译的鲁迅序文，还有您自己做的引言，我们都看过了，很好。您说要我们修改您的引言，那是您太客气了。引言内有您注明问我们对不对那一节，我们只知道事实是不错的，可是那年份是不是一九二三，我们也查不出来，只记得那《New China Youth Magazine》是"中国少共"的机关报。这报当时是恽代英编的，他已经死了。至于楼适夷的生年，我们也不大明白，只知他今年还不过卅岁。蒋光慈死于一九三一年秋（或者一九三二年春），死时大约三十四五岁；他不会比楼适夷年轻，那是一定的。

这本小说集您打算取名为《草鞋脚》，我们也很赞成。鲁迅用墨写的三个中国字，就此附上。

您问茅盾《喜剧》中那山东大兵和西牢这一点，这是茅盾疏忽弄错了，请您把"西牢"改作"监牢"（照《茅盾自选集》的页数算，就是一〇八页第十一行中那"西牢"二字）就行了。茅盾很感谢您指出了这个漏洞。

您说以后打算再译些中国作品，这是我们很喜欢听的消息。我们觉得像这本《草鞋脚》那样的中国小说集，在西方还不曾有过。中国的革命文学青年对于您这有意义的工作，一定是很感谢的。我们同样感谢您费心力把我们的脆弱的作品译出去。革命的青年作家时时刻刻在产生，在更加进步，我们希望一年半载之后您再提起译笔的时候，已经有更新更好的作品出世，使您再也没有闲工夫仍旧找老主顾，而要介绍新人了——我们诚心诚意这么希望着，想来您也是同一希望罢！

　　顺候

您和姚女士的好！

茅盾　鲁迅　八月廿二日

340822 致伊罗生（美国）

伊先生：

　　许多事情，已由 M.D. 答复了，我都同意的。这里只还要补充一点——

　　一、楼适夷的生年已经查来，是一九〇三年，他今年三十一岁，经过拷问，不屈，已判定无期徒刑。蒋的终于查不出。

　　二、我的小说，今年春天已允许施乐君随便翻译，不能答应第二个人了。

　　三、书名写上，但我的字是很坏的。倘大小不对，制版时可放大或缩小。

　　此复，并问

安好。

L.S. 上〔八月廿二日〕

并问

姚女士好。北平的带灰土的空气，呼吸得来吗?

附寄: 序言原稿两篇，M 信一封，书名一张。

340825 致伊罗生（美国）

伊先生:

前几天我们挂号寄上一信，想已收到。

蒋君的生年，现在查出来了，是一九〇一年; 卒年不大明白，大约是一九三〇或三一年。

我此刻已不住在家里，只留下女人和孩子; 但我想，再过几天，我可以回去的。

此布，即请

暑安。

L.S. 启　八月廿五日

姚女士前并此问好。

340831 致母亲

母亲大人膝下，敬禀者，八月廿三及廿八日两信，均已收到。海婴这人，其实平常总是很顽皮的，这回照相，却显得很老实。现在已去添晒，下星期内可寄出，到时请转交。

小说已于前日买好，即托书店寄出，计程瞻庐作的二种，张恨水作的三种，想现在当已早到了。

何小姐确是男的学生，与害马同班，男在家时，她曾来过两三回，所以　母亲觉得面熟。如果到上海来，我们是可以看见的，当向她道谢。

近几天，上海时常下雨，所以颇为凉爽了，不过于旱灾已经无可补救，江浙乡下，确有抢米的事情。上海平安，惟米价已贵至每石十二元六角。男及害马海婴均安好，请勿念。

专此布达，恭请

金安。

男树　叩上　广平及海婴同叩　八月三十一日

340831 致姚克

Y 先生：

二十二日的信，前天收到了。法文批评等件，却至今没有收到，不知道是什么缘故，一两天内，我想写信去问令弟去。

还有前一回的信，也收到的。S 夫人要我找找这里的绘画，毫无结果。因为清醒一点的青年画家，已经被人弄得七零八落，有的是在做苦工，有的是走开了，所以抓不着一点线索。

我在印一本《木刻纪程》，共二十四幅，是中国青年的新作品，大约九月底可以印出，那时当寄上一本。不过这是以能够通行为目的的，所以选入者都是平稳之作，恐怕不能做什么材料。

北平原是帝都，只要有权者一提倡"惰气"，一切就很容易趋于"无聊"的，盖不独报纸为然也。这里也一样。但出版界也真难，别国的检查是删去，这里却是给作者改文章。那些人物，原是做不成作家，这才改行做官的，现在他却来改文章了。你想被改者冤枉不冤枉。所以我现在的办法是倘被改动，就索性不发表。

前一些时，是女游泳家"美人鱼"很给中国热闹了一通；近来热闹完了，代之而兴的是祭孔，但恐怕也不久的。衮衮诸公的脑子，我看实在也想不出什么更好的玩艺来，不过中小学生，跟着他们兜圈子，却令人觉得可怜得很。

张天师作法无效，西湖之水已干，这几天却下雨了，对于田禾，已经太迟，不过天气倒因此凉爽了不少。我们都好的，只是我这几天不在家里，大约须看看情形再回去。

先生所认识的贵同宗，听说做了小官了，在南京助编一种杂志，特此报喜。

专此布达，并请

暑安。

L　上　八月卅一日

S君及其夫人前乞代致候。

340901 致赵家璧

家璧先生：

顷收到来信，并版税单一纸；又承送我《文学丛书》两本，谢谢。以前的九本，我都有的。近一年来，所发表的杂文，也还不少，但不宜于给良友公司印，因为文字都很简短，一被删节，就会使读者不知道说什么，所以只好自己出版。能够公开发行的东西，却还没有，也许在检阅制度之下，是不见得有的了。

来信所说的木刻集，当是《引玉集》，出版之后，因为有一个人要走过公司前面，我便将送先生的一本托他带去交出，直到今天，才知道竟被他没收了，有些人真是靠不住。现当于下星期一托书店挂号寄上，以免错误。

《记丁玲》中，中间既有删节，后面又被截去这许多，原作简直是遭毁了。以后的新书，有几部恐怕也不免如此罢。

专此布复，即请

暑安。

迅　上　九月一日

340904 致王志之

思远兄：

一日信收到，但稿尚未来。前两函也收到的，并小说两本，惟金君终未见访也。丁君确健在，但此后大约未必再有文章，或再有先前那样的文章，因为这是健在的代价。

我因向不交际，与出版界很隔膜，绍介译作，总是碰钉子居多，现在是不敢尝试了。郑君已南来，日内当可见面，那时当与之一谈。

我一切如前，但因小病，正在医治，再有十来天，大约可以全愈，回到家里去了。

此布，即颂

时绥。

豫　顿首　九月四日

340910 致郁达夫

达夫先生：

　　生活书店要出一种半月刊，大抵刊载小品，曾请客数次，当时定名《太白》，并推定编辑委员十一人，先生亦其一。时先生适在青岛，无法寄信，大家即托我见面时转达。今已秋凉，未能觏面，想必已径返杭州，故特驰书奉闻，诸希

照察为幸。专此布达，即请

道安。

迅　顿首　九月十日

密斯王阁下均此请安不另。

340912 致增田涉（日本）

　　九月二日信奉阅。

　　汉学大会，大可参加。曼殊和尚的事，比起研究《左传》《公羊传》等来，一定有趣得多。但看这期《东方学报》，有日本学者用汉文写论文的，殊感惊讶。究竟是打算给谁看的呢？

　　此地的曼殊热最近已稍稍降温，全集印出后，补遗之类没有出现。北新也无生气。

　　上海已渐凉爽。我们都好。

　　向各位问好

洛文　上　九月十二日

增田兄桌前

再及，内山老板因母病已归国。约于二十日左右回上海。

340916 致母亲

母亲大人膝下敬禀者，来信已收到。给老三的信，亦于前日收到，当
　　即转寄了。长连所要的照相，因要寄紫佩书籍，便附在里面，托
　　其转交　大人，想不久即可收到矣。
　　张恨水的小说，定价虽贵，但托熟人去买，可打对折，其实是不
　　贵的。即如此次所寄五种，一看好像要二十元，实则连邮费不过
　　十元而已。
　　何小姐已到上海来，曾当面谢其送母亲东西，但那照相，却因
　　光线不好，所以没有照好，男是原想向她讨一张的，现在竟讨
　　不到。
　　上海久旱，昨夜下了一场大雨，但于秋收恐怕没什么益处了。合
　　寓都平安如常，请勿念。
　　海婴也好的，他要他母亲写了一张信，今附上。他是喜欢夏天的
　　孩子，今年如此之热，别的孩子大抵瘦落，或者生疮了，他却一
　　点也没有什么。天气一冷，却容易伤风。现在每天很忙，专门吵
　　闹，以及管闲事。
　　专此布达，恭请
金安。
　　　　　　　　男树　叩上。广平及海婴随叩。九月十六日

340916 致徐懋庸

アンドレ・ジイド作　竹内道之助译

《ドストイエフスキイ研究》　一円八十钱

　　东京淀桥区户冢町一,四四九,三笠书房出版

アンドレ・ジイド作　　秋田滋译

《ドストエフスキー论》　　一円八十钱

　　东京市品川区上大崎二丁目五四三,芝书店出版

　　以上两种,竹内氏译本内另有ジイド关于ド氏的小文数篇,便于参阅,但译文是谁的的确,则无从知道。此上

懋庸先生

迅　顿首　九月十六日

340920 致徐懋庸

懋庸先生：

　　来信收到。《译文》因为恐怕销路未必好,所以开首的三四期,算是试办,大家白做的,如果看得店里有钱赚了,然后再和他们订定稿费之类,现在还说不上收稿。

　　如果这杂志能立定了,那么,如 Gide 的《D. 论》恐怕还太长,因为现在的主意,是想每本不登,或少登"未完"的东西,全篇至多以万余字为度。每一本,一共也只有五万字。

　　Gide 的作家评论,我看短的也不少,有的是评文,有的则只说他的生活状态（如 Wilde）,看起来也颇有趣,先生何妨先挑短的来

试试呢？

先生去编《新语林》，我原是不赞成的，上海的文场，正如商场，也是你枪我刀的世界，倘不是有流氓手段，除受伤以外，并不会落得什么。但这事情已经过去了，可以不提。不过伤感是不必的，孩子生疮，也是暂时的事。由我想来，一做过编辑，交际是一定多起来的，而无聊的人，也就乘虚而入，此后可以仍旧只与几个老朋友往还，而有些不可靠的新交，便断绝往来，以省无谓的口舌，也可以节省时间，自己看书。至于投稿，则可以做得隐藏一点，或讲中国文学，或讲外国文学，均可。这是专为卖钱而作，算是别一回事，自己的真意，留待他日发表就是了。

专此布复，即请

秋安。

迅　上　九月廿日

340921 致楼炜春

炜春先生：

蒙惠函并适兄笺，得知近状，甚慰。

适兄译成英文之小说，即《盐场》，并非登在杂志上，乃在一本中国小说选集，名《草鞋脚》者之中，其书选现代作品，由我起至新作家止，共为一书，现稿已寄美国，尚未出书，待印出后，当寄阅也，希便中转告。

所要之书九种，现在收得六种。此外一种不久可有，惟卢氏《艺术论》与《艺术社会学》则上海已无有，今日托书店向东京去买，至多三礼拜后可得回音，惟有无殊不可必。现有之六种，是否先生先行至书店来取，抑待余书消息确定后再说，希示及。倘先来取此六种，当交与书店后，再行通知也。

　　此复，即请

秋安。

迅　顿首　九月二十一夜

340923 致山本初枝（日本）

　　拜启　日前《版艺术》收到了。这本我已有，但你送我的还是要珍藏，正如富翁不嫌钱多一样。还有，科学社复制的绘画及美术明信片亦已收到，并无特色的印刷品，以后不再搜集了吧。

　　内山老板偕其夫人已于二三日前回上海，这一次倒是很快。

　　增田一世也寄来一封信，已收到，好像他的论文已在《斯文》杂志上登出，但该杂志上海没有卖，因此无法读到。

迅　拜上　九月二十三日

山本夫人几下

340924 致何白涛

白涛先生：

　　十九日信收到。中国木刻选集因木刻版不易用机器印，故进行甚慢，大约须十月初可以订成，除每一幅入选画即赠一本共二十四本外，可以发卖的只有八十本。

我任北大教授，绝无此事，他们是不会要我去教书的。

《引玉集》款，可俟卖完后再寄。先生所刻之《风景》一幅，曾寄与太白社，他们在第一本上印出，得发表费四元，此款希即在书款中扣除为幸。

用过之木版，当于日内作小包寄还。木刻集一出版，亦当从速寄上。　此布，即颂
时绥。

迅　上　九月廿四夜。

340924 致曹靖华

亚兄：

九月廿一日信收到，甚慰，前一信也收到的。

《文学报》已有十余份在此，日内当挂号寄校。又前日得克氏一信并木刻画十五张信已拆开，缺少与否不可知，其信亦当与《文学报》一同寄上也。

我们如常，请勿念。　兄寓是否仍旧，此后信可直接寄寓否，便中希示及。

专此布达，即请
秋安。

弟豫　顿首　九月廿四日

令夫人均此致候不另。

340925 致黎烈文

烈文先生：

廿二信并稿两篇，顷已收到。

佛朗士小说及护肚带均已购得，今持上。带之大小，不知合式否？倘太大，希示知，当另买较小者，此二枚可留为明年之用。如太小，则上面之带，可以自行放长，尚不合，则可退换，这是与店铺先已说好的。

徐君来译稿一，并原文，今附上，希一阅，最好是一改，以登《译文》。将来看来稿大约要比自译还要苦。

此复，即请

道安。

迅　顿首　九月廿五日

插画法文书有二三本，存他处，日内当去取回奉　览。

又及。

340927 致郑振铎

西谛先生：

廿四日信并纸样及笺样，顷已收到；惟书未到，例必稍迟。开明买纸事，因久无消息，曾托丏尊去问，后得来信，谓雪村赴粤，此外无人知其事云云，落得一个莫名其妙。日前，又托梓生去问其熟人之纸铺，迨寄纸样来，则所谓"罗甸纸"者，乃类乎连史之物，又落得一个莫名其妙。今得实物，大佳，日内当自去探门路一访，倘不得要

421

领，当再托开明，因我颇疑开明亦善于渺无消息者也。

《十竹斋》首册已刻好，我以为可以先卖，不待老莲。但豫约之法颇难，当令买者付钱四元，取书一册，至半年后乃有第二册，而尚止半部。较直截之法，则不如于书印出后，每本卖特价二三月，两块钱一本也。但如此办法，每本销数，必有不同，于善后有碍。如何是好，请 先生决之。

后之三本，还是催促刻工，赶至每五个月刻成一本，如是，则明年年底，可以了结一事了。太久不好。

《水浒牌子》恐不易得，但当留心。《凌烟阁图》曾一见，亦颇佳，且看纸价如何，如能全附在后，不如全印，而于序中志其疑。因上官周之作，亦应绍介，《竹庄画传》尚流行，我辈自不重印，趁机会带出一种，亦大佳也。

专此布复，即请
著安。

迅 顿首 九月廿七日

《译文》只印二千五百，销路未详，但恐怕未必好。 又及。

340927 致母亲

母亲大人膝下敬禀者，来信收到。秉中不肯说明地址，即因恐怕送礼之故，他日相见，当面谢之。海婴照相，系便中寄与紫佩，托其转交，并有一信。今紫佩并无信来言不收到，想必不至于遗失。近见《申报》，往郑州开国语统一会之北平代表，有紫佩名，然则他近日盖不在北平也。海婴近来较为听话，今日为他出世五周年之生日，但作少许小菜，大家吃了一餐，算是庆祝，并不请客也。

专此布达，恭请

金安。

男树　叩上　广平及海婴同叩。九月廿七日

340928 致郑振铎

西谛先生：

昨得惠函，即奉复，想已达。今午得书三本，纸二百二十枚，共一包无误。《凌烟功臣图》曾在上海见过一部，版较大，与寄来者不同，盖小者又系摹本。翻阅一过，觉其技尚在上官竹庄下远甚，疑系取《竹庄画传》中人物，改头换面，以欺日本人者，并沈南苹跋亦属伪造，盖南苹在日本颇有名也。南苹虽专长花卉，但对于人物，当亦不至不能辨别至此。我看连一二幅亦不必附，或仅于总序中一提，但即不提亦可。

午前持"罗甸纸"问纸铺，多不识，谓恐系外国品，然则此物在南方之不多见，亦可知矣。看纸样，帘纹甚密，或者高丽产亦说不定。现已一面以样张之半寄夏丏尊，托其择内行人再向纸铺一访，一面托内山去问日本纸店，有无此物，并取日本纸样张，看可有宜于使用者否。

《九歌图》每页须照两次，制版费必贵。如每页纸价二分，则百页之书，本钱已在三元左右，非卖五元不可了。

现在的问题，是倘有罗甸，自然即用罗甸。倘没有，则用毛太纸，抑用日本纸乎（如果每页不逾二分的话），希给与意见为幸。

专此布达，即请

道安。

迅　上　九月廿八日

340930 致黎烈文

烈文先生：

日译法朗士小说一本及肚围二枚，已于一星期前送往申报馆，托梓生转交。昨晚始知道　先生并不常到馆去，然则函件不知梓生已为设法转致否？殊念。如未收到，希往馆一问为幸。

专此布达，即请

道安。

迅　顿首　九月卅夜。

341001 致罗清桢

清桢先生：

来示敬悉。《木刻纪程》已在装订，大约再有十来天，便可成功，内有先生之作四幅，应得四本，一成当即寄奉。因为经济关系，只印了一百二十本，发售的大约不多了。

学生要印木刻，倘作为一种"校刊"，自无不可，但如算是正式的作品，恐怕太早一点，我是主张青年发表作品，要"胆大心细"的，因为心若不细，便容易走入草率的路。至于题字，只要将格式及大小见示，自当写寄。

日本的两个画家，也许有回信，但恐怕只是普通的应酬信，他们的作家，和批评家分工，不是极熟的朋友，是不会轻发意见的。

此复，即请

秋安。

迅　上　十月一日

341005 致曹靖华

亚兄：

一日信奉到，甚慰。克氏信附奉，弟亦无甚话要说，惟欲知画片有无缺少耳，收到者为大小十五幅，未知信中提及否？本年一月至六月止之《星花》版税已结算，仅十二元，较常年减少五分之四，今呈上汇票一纸，乞在后面署名盖印，往琉璃厂商务印书馆分店账房（在楼上）一取为荷。《文学报》当于十日左右寄上。弟一切如常，内人及孩子亦均安好，希勿念是幸。

专此布达，即请

秋安。

弟豫　顿首　十月五日夜。

附汇票一张；克氏信一张。

341006 致何白涛

白涛先生：

　　《木刻纪程》已印出，即托书店寄奉四本，不知已收到否？此次付印，颇费心力，经费亦巨，而成绩并不好，颇觉懊丧。第二本能否继续，不可知矣。

　　木版亦当于数日内作小包寄还，至希检收。铁耕兄之两块，亦附在内的。

　　专此布达，即颂

时绥。

迅　上　十月六日

341006 致罗清桢

清桢先生：

　　《木刻纪程》已订出，即托书店寄上四本，因所选先生画为四幅，故每幅以一本为报酬。

　　木版亦当于数日内作小包寄还，至希检收。

　　此次印工并不佳，而颇费手续，所费亦巨，故第二本何时可出，颇在不可知之数。先生之版，现仅留《五指山之松》一块在敝处，《在码头上》已见他处发表，似可不必复印，故一并附还耳。

　　专此布达，即颂

时绥。

迅　上　十月六日

341008 致郑振铎

西谛先生：

三日信已收到。日本纸样已去取，但无论如何，价必较中国贵。丏尊尚无信来，黄色罗纹纸事，且稍待后文罢。想周子兢会心急，但只得装作不知。

我前函谓《九歌图》须照两次，系想当然，因为书不能拆开，则前后半页恐须分照也。至于印工，则总不会在五六元。

《十竹斋》第一本，印成大约总在老莲画册之前，则单独先行豫约，似亦无不可。价自当增加，但若每本四元，则全书即要十六元，今定为三元半，豫约满后五元，何如？豫约须有截止期，以第二本刻成发售豫约时（明年二月）为度，不知太长否？或以今年十二月为止亦可。老成人死后，此种刻印本即不可再得，自当留其姓名。中国现行之板权页，仿自日本，实为彼国维新前呈报于诸侯爪牙之余痕，但如《北平笺谱》，颇已变相，也还看得过去。我想这回不如另出新样，于书之最前面加一页，大写书名，更用小字写明借书人及刻工等事，如所谓"牌子"之状，亦殊别致也。

近选了青年作者之木刻二十四页，印成一本，名《木刻纪程》，用力不少，而印订殊不惬意，下午当托书店寄上一本，乞察收。另有二本（其一本内有展览会广告，是还他的），乞转交施乐（E.Snow）先生，他住在军机处八号（8 Chun Chi Ch'u），离学校当不远，也许他也在学校教书的。但第一页上均已写字，希察及。

此布，即请

著安。

迅　顿首　十月八日

341008 致郑振铎

西谛先生：

上午寄一函并《木刻纪程》，不知已达否？顷得丏尊回信，附上备览。

最好是仍由王伯祥先生托来青阁，能得黄色者，如须染色，必大麻烦，至少，由京寄沪，由沪又寄东京，纸张要旅行两回了。

先生函问内山之《北平笺谱》款为若干。查系叁百，晨函似忘记答复，故续以闻。

此布即请

著安。

迅　顿首　十月八日晚

341009 致罗清桢

清桢先生：

有复张慧先生一信，而忘其确实之通信地址，乞费神转寄，不胜感荷。

此布，即请

秋安。

迅　上　十月九日

341009 致张慧

张慧先生：

　　蒙赐函及木刻，甚感。拜观各幅，部分尽有佳处，但以全体而言，却均不免有未能一律者。如《乞丐》，树及狗皆与全图不相称，且又不见道路，以致难云完全。弟非画家，不敢妄说，惟以意度之，木刻当亦与绘画无异，基本仍在素描，且画面必须统一也。

　　专此布复，即颂

时绥。

迅　上　十月九日

341009 致萧军

萧军先生：

　　给我的信是收到的。徐玉诺的名字我很熟，但好像没有见过他，因为他是做诗的，我却不留心诗，所以未必会见面。现在久不见他的作品，不知道那里去了？

　　来信的两个问题的答复——

　　一、不必问现在要什么，只要问自己能做什么。现在需要的是斗争的文学，如果作者是一个斗争者，那么，无论他写什么，写出来的东西一定是斗争的。就是写咖啡馆跳舞场罢，少爷们和革命者的作品，也决不会一样。

　　二、我可以看一看的，但恐怕没工夫和本领来批评。稿可寄"上海、北四川路底、内山书店转、周豫才收"，最好是挂号，以免遗失。

我的那一本《野草》，技术并不算坏，但心情太颓唐了，因为那是我碰了许多钉子之后写出来的。我希望你脱离这种颓唐心情的影响。

专此布复，即颂

时绥。

迅　上　十月九夜。

341010 致杨霁云

霁云先生：

中国新作家的木刻二十四幅，已经印出，名《木刻纪程》；又再版《北平笺谱》亦已到沪，不及初版，我可以换一部初版的给　先生的。但不知寄到府上，还是俟　先生来沪时自取好呢？大约邮寄是有小小损毁之虑的。希示为幸。

此布，即颂

时绥。

迅　上　十月十日

341013 致合众书店

径启者，得　惠函，要将删余之《二心集》改名出版，以售去版权之作者，自无异议。但我要求在第一页上，声明此书经中央图书审查会审定删存；倘登广告，亦须说出是《二心集》之一部分，否则，蒙

混读者的责任，出版者和作者都不能不负，我是要设法自己告白的。此请

合众书店台鉴

鲁迅　十月十三日

341013 致杨霁云

霁云先生：

　　十一日惠函收到。新印的杂感集，尚未校完，也许出版要在　先生来沪之后的。

　　小说《发掘》，见过批评，书未见，但这几天想去买来看一看，近来专门打杂，看书的时间简直没有了，自然，闲逛却不能免。"流火"固然太典雅，但我想，"火流"也太生，不如用什么"大旱""火海"之类，直截了当。近来有了检查会，好的作品，除自印之外，是不能出版的，如果要书店印，就得先送审查，删改一通，弄得不成样子，像一个人被拆去了骨头一样。

　　我平常并不做诗，只在有人要我写字时，胡诌几句塞责，并不存稿。自己记得的也不过那一点，再没有什么了。

　　专此布复，顺颂

时绥。

迅　顿首　十月十三日

341013 致黎烈文

烈文先生：

《译文》第三期收稿期已将届，茅先生又因生病不能多写字， 先生能多译而且速译一点否？并希以拟译或已译之篇名及作者名见示，以便计划插图也。

专此布达，即请
道安。

迅　顿首　十月十三夜。

341014 致曹靖华

亚兄：

十日信已到。三四日前，曾寄《文学新闻》一卷，不知已收到否？兄寓是否仍旧，希便中示及，那么，信就可以不必由学校转了。

《引玉集》不到，真奇，那是挂号寄的，一包内五本，这样看来，就五本都不到了。我当于日内寄给克氏一本。今年正月间，我寄给美术家团体六七部书，由 V. 收，内中有些是清朝初年的木刻，都挂号，还有一封信，是它兄代写的。但至今没有一封回信，莫非都不到么？要是这样，以后寄书可就难了。

克氏我想兄得写一点回信，说明曾经寄过不少中国旧书给美术家，还有，当于日内寄一本《引玉集》，因为他的作品，收到的只有一张，所以最少。至于中国的青年木刻家，已被弄得七零八落，连找也无处找，但我已选印了近一年中所得的作品，名《木刻纪程》，亦当寄给一本。

此信请兄写好，并信封一同寄下（V 地址附上），由我寄去。

又日前得冈氏信并木刻十四张，今将信附上，如要回信，可以附在给克氏的回信里的。

《引玉集》大约冈氏必也没有收到，现在可以补寄（同作一包），因为邮费横竖一样的。但请在给克氏的信中声明。

如来信，请写克氏地址两张（即由其夫人收转的地方）附下，一是帖《引玉集》上，一帖《木刻纪程》上的。

新得的木刻，现在有约四十张，选起来，可有三十余张，恐怕还有寄来的，那么，明年可出二集了。

我们都好，请勿念。

专此布达，即请

秋安。

弟豫　顿首　十月十四日

附冈氏信二纸，V 地址一条。

Ул. Лассаля. д. И 2.

В. О. К. С. для：

341016 致吴渤

吴渤先生：

五日的信，十六日才收到的。《木刻纪程》已出，五六天前曾寄一本，托铁耕先生转交，不知道收到了没有？

中国木刻，已在巴黎展览过，那边的作家团体有一封信给中国作者，但并无批评，不过是鼓励的话。这信现在也没法发表。

《木刻法》的稿子，暂时还难以出版，因为上海的出版界，真是艰难极了。

专此布复，即颂

时绥。

迅　上　十月十六日

341016 致徐懋庸

懋庸先生：

《论心理描写》托黎先生校对了一回，改了一点，现已交来，又由我改了几个字，以避检查者之挑剔，拟编入《译文》第三期，想不至于再有问题。

今将原文寄回，请写一点《后记》，即行寄下，如关于作者履历无可考，那么，只一点译文出于某报某期也可以的。但译者自己的感想，也可以记进去。

专此布达，即颂

时绥。

迅　上　十月十六夜。

341018 致徐懋庸

懋庸先生：

十七日信收到。那篇译文，黎先生改得并不多，大约有八九处，二三处是较为紧要的。

原文所在的刊物的期数，无大关系，既然调查费事，可以不必了。我想，也未必有要对照阅读那么用功的人。

专此布复，并颂

时绥。

迅　上　十月十八日

341019 致黎烈文

烈文先生：

日译的《田舍医生》，今天为止，只查出《农民文学》中有之，寥寥数十页，必是摘本，不足取。此外尚未知，待后来再查。

《纪德集》日译有两种，皆众人分译而成。一种十八本，每本一元六十五钱，一种十二本，每本二元七十五钱，我看是后一种好。先生要总付（共三十円八十钱，每一円约合中国九角）还是每月分付，希示知。书由书店直接送上（现已出七本，此后每月一本），款可由我代付。

纪德的诗，即用前回写来的一行作为《后记》，但《西班牙书简》的《后记》还请写一点，因为否则读者觉得寂寞。说空话，或讲作者在西班牙时事，或抄文学史，或大发议论均可也。成后希直寄黄河清先生。

专此布达，即请

道安。

迅　上　十月十九日

341020 致母亲

母亲大人膝下，敬禀者，十月十三日来示，已经收到，这之前的一封信，也收到的。上海出版的有些小说，内行人去买，价钱就和门市不同，譬如张恨水的小说，在世界书店本店去买是对折或六折，但贩到别处，就要卖十足了。不过书店生意，还是不好，这是因为大家都穷起来，看书的人也少了的缘故。海婴渐大，懂得道理了，所以有些事情已经可以讲通，比先前好办，良心也还好，好客，不小气，只是有时要欺侮人，尤其是他自己的母亲，对男却较为客气。明年本该进学校了，但上海实在无好学校，所以想缓一年再说。有一封他口讲，广平写下来的信，今附呈。上海天气尚温和，男及广平均好，请勿念为要。

专此布达，恭请

金安。

男树　叩上　广平及海婴同叩　十月二十日

341021 致罗清桢

清桢先生：

十日信并木刻均收到，感谢之至。《木刻纪程》及原版已于数日前寄出，想已收到。这回的印刷是失败的，因为版面不平，所以不合于用机器印。可见木刻莫妙于手印，否则，版面必须弄得极平。

去问书店，据云木刻刀已寄出，但恰没有四本组的，数目所以有些出入。

日本的木刻家，经商量之后，实在无人可问。一者，因为他们的木刻，都是超然的，流派和我们的不同（这一点上，有些日本人也不满于他们自己的艺术家的态度），他们无法批判。二则，他们的习惯和我们两样，大抵非常客气，不肯轻易说话，所以要得一个真实的——不是应酬的批评，是办不到的。

先生的印木刻，的确很进步，就是木刻，也很进步，但我看以风景为最佳，而人物不及，倘对于人体的美术解剖学，再加一番研究，那就好了。

木刻用纸，其实是先生这回所用的算很好，如果成书，只要内衬另外的纸，就好看了；贴在厚纸上，亦极相宜。至于我所用的这信纸（淡赤色的，就是用这纸染上颜色，质地是一样的），名"抄更纸"，上海所出，其实是用碎纸捣烂重造，即所谓"还魂纸"，并不好的。近来又有一种"特别宣"，很厚，却好，但广东怕未必有。

专此布复，即颂

时绥。

迅　上　十月廿一日

附上书面题字二纸，请择用为幸。　又及

341021 致叶紫

Y.Z.兄：

我昨天才将翻译交卷，今天看了《夜哨线》。

这一篇，有好的地方，也有不好的地方。这大约是出于你的预计之外的。

大约预计是要写赵得胜，以他为中心，展开他内心的和周围的事件来。然而第一段所写的赵公，并不活跃，从第二段起以下的事件，倒是紧张，生动的。于是倒映上来，更显得第一段的不行。

我看这很容易补救，只要反过来，以写事件为主，而不以赵公为主要角色，就成。那办法，是将第一段中描写及解释赵得胜的文章，再缩短一些，就是减少竭力在写他个人的痕迹，便好。不过所谓"减少"，是减少字数，也就是用几句较简的话，来包括了几行的原文。

此布，即颂

时绥。

L　上　十月廿一日

341021 致孟十还

孟先生：

由耳耶兄寄来《译文》后记，即寄往生活书店去了，但开首处添改了一点——因为曹靖华和我都曾绍介过，所以他在中国，不算陌生人——请谅察为幸。

插图二幅，底子已不大清楚，重做起来就更不清楚了，只好不用，今寄回。《译文》第三期上，就有一做［？］高尔基的漫画，他的像不能常有，第四期只好不用。　先生的那一幅，如底子清楚而又并不急于发表，可否给我（但不忙）看一看。

专此布达，即颂

时绥。

迅　上　十月廿一日

寄信地址：本埠北四川路底、内山书店收转、周豫才收

341022 致曹靖华

亚兄：

今天收到冈氏一信，今寄上，好像是说木刻集已收到了，不知道是不是。但寄他们的一包，和寄克氏们的不是一包。

明天拟托书店寄上书一包，内系文学杂志两本；又《译文》两本，是我们办着玩玩的，销路也不过三千左右。

兄如有工夫，请投稿，大约以短篇为宜，数百至一万字均可，又须作一点《后记》，绍介作者。稿费很少，每千字约三元。

我们都好，请勿念。

专此布达，即请

秋安。

弟豫　上　十月二十二日

附冈氏信一纸

341022 致徐懋庸

懋庸先生：

　　Sheherazade 这字，在我的古旧的人地名字典上查不出，又无神话学字典，无法可想。但我疑心这也许是《天方夜谈》里的人名。

　　此复，即颂

时绥。

迅　上〔十月〕二十二日

341024 致沈振黄

振黄先生：

　　我们很感谢你对于木刻的关心。

　　木刻为大师之流所不屑道，所以作者都是生活不能安定的人，为了衣食，奔走四方，因此所谓铁木艺术社者，并无一定的社员，也没有一定的地址。

　　这一本《木刻纪程》，其实是收集了近二年中所得的木刻印成的，比起历史较久的油画之类来，成绩的确不算坏。但都由通信收集，作者与出版者，没有见过面的居多，所以也无从介绍。主持者是一个不会木刻的人，他只管付印。

　　先生有志于木刻，是极好的事，但访木刻家是无益的，因为就是已有成绩的木刻家，也还在暗中摸索。大概木刻的基础，也还是素描；至于雕刀，版木，内山书店都有寄售，此外也无非多看外国作品，审察其雕法而已。参考中国旧日的木刻，大约也一定有益。

这样的回信，恐怕不能给 先生满意，但为种种事情所限制，也只能如此，希与 谅察为幸。

专此布复，顺颂

时绥。

铁木社 敬启 十月二十四日

341025 致黄源

河清先生：

添进 Becher 的诗去，极好，他是德国最有名的普罗诗人，倘不逃走，一定要坐牢的。译诗想无后记，M 先生说可以代写一点，迟若干日交卷。

我有他的一张铜刻的画像，但颇大，又系原板，须装镜框才可付制板所。放在内山书店，令人持生活书店片子或先生的片子来取，怎样？

黎先生来信谓孟斯根常投稿于《论语》，《译文》可否用一新名，也有见地的。但此事颇难与本人说。今日已托一个他的朋友与之商量，所以他的那一篇，送检查可略迟一点，以俟回信。但若名字改动，虽检后亦无关，那就送去也可以了。此复，即颂

时绥。

迅 上 十月廿五夜。

341025 致冈察洛夫（苏联）

尊敬的冈察洛夫同志：

　　信及木刻十四幅收到，谢谢。读来函知前所寄之《引玉集》未收到，可惜。现二次再寄一本，收后望示知。致克氏函望费神转交。
　　祝
好。

L.S. 十月二十五日

341025 致克拉甫钦珂（苏联）

尊敬的克拉甫钦珂同志：

　　收到你的信及木刻，谢谢。《引玉集》未收到，很可惜。现再寄上一册，寄莫城 V，尊夫人收转。前所寄《引玉集》不知其他作家收到否？在本集内可惜只有先生一幅木刻，因为我们收到的只有那唯一的一幅。现除寄上《引玉集》一册外，并寄上《近一年来中国青年木刻集》一册（即《木刻纪程》）。
　　祝好。

L.S. 上　十月二十五日〔一九三四年〕

341026 致曹靖华

汝珍兄：

　　廿三日信收到。日前又得冈氏一信，即转寄，未知已收到否？其中好像是说《引玉集》已经收到的。前天又得莫城美术批评家 Pavel Ettinger 一函（用英文写），说从他的朋友冈氏处，见《引玉集》，他要绍介，可否也给他一本，并问我可要别的木刻及铜版画石版画。书昨已照寄，回信则今日发出，答道都要。

寄莫城的书，一包五本，冈氏的既收到，那么，克氏的一定也收到了。

但我明天就要将寄克氏的信发出，并《引玉集》一本，即使他已有，也可以转送人的。又送克氏及冈氏之《木刻纪程》各一本，则与送 E 氏之一本共作一包，寄给 E 氏，托其转交，他既是冈氏之友，一定也可以找到克氏。

至于给冈氏之信，则不再发，大约要重写了。写的时候，请提明有《木刻纪程》一本。托 E 氏转交。他们要纸，我也极愿送去，不过未得善法。信上似可说明寄纸之困难，因为税关当作商品，不准入境，前一次至于仍复运回，不知可否由他们向 V 说明，我径寄 V，则那是公共机关，想必不至于碰钉子了。

我们都如常，请勿念。

专此布达，并请

秋安。

弟豫　顿首　十月二十六日

令夫人均此问候不另。

341027 致郑振铎

西谛先生：

十月十六日信早收到。《木刻纪程》是用原木版印的，因为版面不平，被印刷厂大敲竹杠，上当不浅。那两本已蒙转交，甚感。

黄罗纹纸想尚无头绪，那么，印毛边纸的也好，或者印一点染色罗纹的，临时再议。我已将毛边，白宣各一种，寄给东京印局，问他印起来怎么样子，并问如《九歌图》之大的价钱，俟有回信，再行奉告。此书大约一时不易印成，周子兢处只好婉推，但如催得太紧，我想还他也可以。对于这一本，我总有些怀疑它是翻刻，因为连黄子立的名字，有时也有刻得歪斜之处。横竖我们也还找不到《水浒图》，离完全很远，先出确是原刻的一本，也可以的。

《十竹斋》预约日期，牌子放处，如来函所言，均好。预约价目，也就这样罢，全部出版以后，可以定二十元。预约限满，每本也五元。因为这是初印，不算贵。而且全部出版以后，可以在英文报上登一广告，收集西洋人的钱，因为《北平笺谱》，别发书店也到内山这里来贩去了两部。

匆复，即请

道安

迅　顿首　十月二十七日

341027 致许寿裳

季市兄：

　　二十三日嫂夫人携世场来，并得惠函，即同赴篠崎医院诊察，而医云扁桃腺确略大，但不到割去之程度，只要敷药约一周间即可。因即回乡，约一周后再来，寓沪求治。如此情形，实不如能割之直捷爽快。因现在虽则治好，而咽喉之弱可知，必须永远摄卫；且身体之弱，亦与扁桃腺无关，当别行诊察医治也。后来细想，前之所以往篠崎医院者，只因其有专科，今既不割，而但敷药，内科又须另求一医诊视，所费颇多，实不如另觅一兼医咽喉及内科者之便当也。弟亦识此种医生，俟嫂夫人来沪时，当进此说，想兄必亦以为是耳。又世场看书一久，辄眼酸，闻中国医曾云患沙眼，弟以问篠崎医院，托其诊视，则云不然，后当再请另一医一视。或者因近视而不带镜，久看遂疲劳，亦未可知也。舍下如常，可释远念。匆布，即请

道安。

弟飞　顿首　十月二十七日

341030 致母亲

母亲大人膝下，敬禀者，十月二十五日信并照相两张，均已收到，老三的一张，当于星期六交给他，因为他只在星期六夜或星期日才有闲空，会来谈天的。这张相照的很好，看起来，与男前年回家的时候，模样并无什么不同，不胜欣慰。海婴已看过，

他总算第一回认识娘娘了。现在他日夜顽皮，女仆的话简直不听，但男的话却比较的肯听，道理也讲得通了，不小气，不势利，性质还总算好的。现身体亦好，因为将届冬天，所以遵医生的话，在吃鱼肝油了。上海天气尚未大冷，男及害马亦均好，请勿念。和森之女北来，母亲拟令其住在我家，可以热闹一些，男亦以为是好的。专此布复，恭请

金安。

男树　叩上　广平及海婴同叩。十月三十日。

341031 致刘炜明

炜明先生：

昨天我收到了来信。这几年来，短评我还是常做，但时时改换署名，因为有一个时候，邮局只要看见我的名字便将刊物扣留，所以不能用。近来他们方法改变了，名字可用，但压迫书局，须将稿子先送审查，或不准登，或加删改，书局是营业的，只好照办。所以用了我旧名发表的，也不过是无关紧要的文章。

集合了短评，印成一本的，一共有三种，一就是《二心集》，二曰《伪自由书》，三曰《南腔北调集》，出版后不久，都被禁止，印出的书，或卖完，或被没收了。现在只有《伪自由书》还有，不知先生已见过否？倘未见，当寄上。

至于别的两种，我自己也无存书，都早给别人拿去了，别处也无法寻觅。倘没有人暗中再印，大约是难以到手的。但我当随时留心，万一可得，自当寄奉。

风子不是我的化名。

专此布复，即颂

时绥。

迅　上　十月卅一日

341031 致孟十还

孟先生：

卅日信收到。改名事已通知黄先生。

高尔基的《科洛连柯》，中国好像并无译本，因为这被记的科氏，在中国并非名人，只有关于托尔斯泰的，是被译了好几回了。

我的想印行文学家（画家不在内）像，是为三种阅者而设，一，画家，尤其是肖像画家；二，收集文学史材料的人；三，好事之徒。所以想专印绘画，木刻，雕刻的像，照相不收。印工和纸张，自然要较好，我想用珂罗版，托东京有名的印刷局去印。

不过还要缓一下。因为首先要看《译文》能否出下去（这大约到下月便见分晓了），能出下去，然后可以登揩油广告，而且希望《译文》的一部分的读者，也是画像的阅者。倘出起来，我预备十二张一帖，是散页。你的几张画像，等第一帖出来后，再去取罢。

上次的信，我好像忘记回答了一件事。托翁的《安那·卡列尼那》，中国已有人译过了，虽然并不好，但中国出版界是没有人肯再印的。所以还不如译 A.T. 的《彼得第一》，此书也有名，我可没有见过。不知长短怎样？一长，出版也就无法想。

那边好像又出了一个作家 TOLSTOI，名字的第一字母是 V，洋文

447

昌帝君似乎在托府上了。

　　此复，即颂

时绥。

迅　上　十月卅一日

341101 致徐懋庸

懋庸先生：

　　信及译稿均收到。我所有的讲王尔德的文章，是说他在客栈里生病，直到出丧，系另一篇，不能校对。黎先生又正在呻吟于为书店译书，云须于年底赶好，不好去托他校。　先生如并不急于投到别处，等一下怎么样呢?

　　复杜谈先生一信，附上，希转交为感。

　　此布，即颂

时绥。

迅　上　十一月一夜。

341101 致窦隐夫

隐夫先生：

　　来信并《新诗歌》第三期已收到，谢谢；第二期也早收到了。

　　要我论诗，真如要我讲天文一样，苦于不知怎么说才好，实在因为素无研究，空空如也。我只有一个私见，以为剧本虽有放在书卓

448

上的和演在舞台上的两种，但究以后一种为好；诗歌虽有眼看的和嘴唱的两种，也究以后一种为好；可惜中国的新诗大概是前一种。没有节调，没有韵，它唱不来；唱不来，就记不住，记不住，就不能在人们的脑子里将旧诗挤出，占了它的地位。许多人也唱《毛毛雨》，但这是因为黎锦晖唱了的缘故，大家在唱黎锦晖之所唱，并非唱新诗本身，新诗直到现在，还是在交倒楣运。

我以为内容且不说，新诗先要有节调，押大致相近的韵，给大家容易记，又顺口，唱得出来。但白话要押韵而又自然，是颇不容易的，我自己实在不会做，只好发议论。

我不能说穷，但说有钱也不对，别处省一点，捐几块钱在现在还不算难事。不过这几天不行，且等一等罢。

骂我之说，倒没有听人说，那一篇文章是先前看过的，也并不觉得在骂我。上海之文坛消息家，好造谣言，倘使——注意，正中其计，我是向来不睬的。

专此布复，即颂

时绥。

迅 上 十一月一夜

就是我们的同人中，有些人头脑也太简单，友敌不分，微风社骂我为"文妖"，他就恭恭敬敬的记住："鲁迅是文妖"。于是此后看见"文妖"二字，便以为就是骂我，互相报告了。这情形颇可叹。但我是不至于连这一点辨别力都没有的，请万勿介意为要。　又及。

341103 致萧军

刘先生：

　　来信当天收到。先前的信，书本，稿子，也都收到的，并无遗失，我看没有人截去。

　　见面的事，我以为可以从缓，因为布置约会的种种事，颇为麻烦，待到有必要时再说罢。

　　专此布复，即颂

时绥。

　　　　　　　　　　　　　　　　　迅　上　十一月三日

　　令夫人均此致候。

341105 致徐懋庸

懋庸先生：

　　来信收到。我所见的关于 O.W. 的文章，却并不长，莫非后半段吗？稍暇当一查，倘相联的，当译补，再找黎先生校一下。

　　寄杜先生一笺，乞转寄为荷。

　　此上，即颂

时绥。

　　　　　　　　　　　　　　　　　迅　顿首　十一月五日

341105 致萧军

刘先生：

　　四日信收到。我也听说东三省的报上，说我生了脑膜炎，医生叫我十年不要写作。其实如果生了脑膜炎，十中九死，即不死，也大抵成为白痴，虽生犹死了。这信息是从上海去的，完全是上海的所谓"文学家"造出来的谣言。它给我的损失，是远处的朋友忧愁不算外，使我写了几十封更正信。

　　上海有一批"文学家"，阴险得很，非小心不可。

　　你们如在上海日子多，我想我们是有看见的机会的。

　　专复即颂

时绥。

迅　上　十一月五夜。

　　吟女士均此不另。

341107 致李霁野

霁野兄：

　　四日函收到，前一信也收到的。青兄事如此麻烦，殊出意外。

　　碑帖并非急需，想不收了，但兄赴京时，可将尚存之一部分寄给我看一看，作一结束。山东山西寄来之拓片，我好像并未见过。

　　我们一切如常，可释远念。我也做不出什么东西来。新近和几个朋友出了一本月刊，都是翻译，即名《译文》而被删之处也不免。兄不知见过否？

此布，即颂

时绥。

豫　启上　十一月七日

341108 致郑振铎

西谛先生：

四日信收到。《博古牌子》留下照相一份，甚好。但我对于上海情形殊生疏，容易上当，所以上午已托书店寄上，请先生付店一照，较妥。大约将来制版，当与底片之大小无关，只要记下原书尺寸，可以照样放大的。

王君生病，不惟可怜，且亦可惜，好像老实人是容易发疯的。

教书固无聊，卖文亦无聊，上海文人，千奇百怪，批评者谓我刻毒，而许多事实，竟出于我的恶意的推测之外，岂不可叹。近来稍忙，生病了，但三四日就会好的。

匆复，即请

道安。

迅　顿首　十一月八日

341110 致郑振铎

西谛先生：

八日寄奉一函并《博古牌子》一本，想已到。今日得东京洪洋社来信，于玻璃版之估价，是大如《九歌图》全页者，制版及印工每张五分，那么，百张五元，正与北平之价无异。虽然日本钱略廉，但加以寄纸及运送费，也许倒要较贵了。

那么，老莲集索兴在北平印，怎样呢？只好少印而定价贵，不能怎么普遍了。周君处也索兴拖延他一会，等先生来沪后，运了纸去（或北平也有？），立刻开手，怎样？那么，照相费也省下了。

专布，即请

道安

迅　上　十一月十日

341111 致内山完造（日本）

昨晚发烧，不能行动。想系疲劳所致。

拜托你请须藤先生今天下午来为我诊视。

L　上　〔十一月十一日〕

内山先生几下

341112 致萧军、萧红

刘、悄两位先生：

七日信收到。首先是称呼问题。中国的许多话，要推敲起来，不能用的多得很，不过因为用滥了，意义变成含糊，所以也就这么敷衍过去。不错，先生二字，照字面讲，是生在较先的人，但如这么认真，则即使同年的人，叫起来也得先问生日，非常不便了。对于女性的称呼更没有适当的，悄女士在提出抗议，但叫我怎么写呢？悄婶子，悄姊姊，悄妹妹，悄侄女……都并不好，所以我想，还是夫人太太，或女士先生罢。现在也有不用称呼的，因为这是无政府主义者式，所以我不用。

稚气的话，说说并不要紧，稚气能找到真朋友，但也能上人家的当，受害。上海实在不是好地方，固然不必把人们都看成虎狼，但也切不可一下子就推心置腹。

以下是答问——

一、我是赞成大众语的，《太白》二期所录华圉作的《门外文谈》，就是我做的。

二、中国作家的作品，我不大看，因为我不弄批评；我常看的是外国人的小说或论文，但我看书的工夫也很有限。

三、没有，大约此后一时也不会有，因为不许出版。

四、出过一本《南腔北调集》，早被禁止。

五、蓬子转向；丁玲还活着，政府在养她。

六、压迫的，因为他们自己并不统一，所以办法各处不同，上海较宽，有些地方，有谁寄给我信一被查出，发信人就会危险。书是常常被邮局扣去的，外国寄来的杂志，也常常收不到。

七、难说。我想，最好是抄完后暂且不看，搁起来，搁一两月再看。

八、也难说。青年两字，是不能包括一类人的，好的有，坏的也有。但我觉得虽是青年，稚气和不安定的并不多，我所遇见的倒十之七八是少年老成的，城府也深，我大抵不和这种人来往。

九、没有这种感觉。

我的确当过多年先生和教授，但我并没有忘记我是学生出身，所以并不管什么规矩不规矩。至于字，我不断的写了四十多年了，还不该写得好一些么？但其实，和时间比起来，我是要算写得坏的。

　　此复，即请

俪安。

迅　上　十一月十二日

↖这两个字抗议不抗议？

341112 致徐懋庸

懋庸先生：

　　曹先生的住址，记不真切了，大约和先生只差三四号，附笺请代交去为感。

　　此托，即颂

时绥。

迅　上　十二日

341114 致增田涉（日本）

　　十日信奉阅。令爱及令郎的玉照也前些时收到。都长大了，就是说增田二世们在世界上的位置扩大了。

　　《斯文》刊载的大作读了，觉得痛快，日本青年想必也大抵如此吧。但这种文章，其他杂志登不出？毕竟因为是《斯文》的关系。

《文艺春秋》内山书店杂志部有卖，但终未读过。"是杜甫倒不错"，不过没有诗，也和没钱一样，因而伤脑筋。今后大量地作诗吧。

吴组缃，北平清华大学学生。叔文，不知道。总之大概不是女流。中华全国的男士没有那样吵闹的，内情可知。

此地实行出版前的检查制。删削之处，不许加上虚点和圈圈，故常常变成怪文。因此，谁都感到为难，除官僚外。《文学》之类近日内寄上。

家里人大抵都好，只是我伤风，发烧一星期。马上就好了吧。但发烧时自己的身体似有膨胀之感，倒也不是没趣味的事。是西班牙流感。 草草顿首

洛文 上 十一月十四日

增田兄几下

341116 致吕蓬尊

渐斋先生：

蒙惠函指教，甚感。所示第一条，查德译本作"对于警察，我得将一切替你取到自己这里来么？"李译"应付"，是不错的，后有机会，当订正。第二条诚系譬喻，讥刺系双关，一以讽商人请客之奶油，如坏肥皂，一又以讽理发匠所用之肥皂，如坏奶油，除加注外，殊亦无法也。

专此布复，即颂
时绥。

许遐 谨上 十一月十六日

341116 致曹靖华

汝珍兄：

两信均收到。冈信已发。碑文我一定做的，但限期须略宽，当于月底为止，寄上。因为我天天发热，躺了一礼拜了，好像是流行性感冒，间天在看医生，大约再有一礼拜，总可以好了。

女人和孩子却都好的。请勿念。

专此奉复，即请

冬安。

弟豫　拜上　十一月十六日

341117 致萧军、萧红

刘
吟 先生：

十三日的信，早收到了，到今天才答复。其实是我已经病了十来天，一天中能做事的力气很有限，所以许多事情都拖下来，不过现在大约要好起来了，全体都已请医生查过，他说我要死的样子一点也没有，所以也请你们放心，我还没有到自己死掉的时候。

中野重治的作品，除那一本外，中国没有。他也转向了，日本一切左翼作家，现在没有转向的，只剩了两个（藏原与宫本）。我看你们一定会吃惊，以为他们真不如中国左翼的坚硬。不过事情是要比较而论的，他们那边的压迫法，真也有组织，无微不至，他们是德国式的，精密，周到，中国倘一仿用，那就又是一个情形了。

蓬子的变化，我看是只因为他不愿意坐牢，其实他本来是一个浪漫性的人物。凡有智识分子，性质不好的多，尤其是所谓"文学家"，左翼兴盛的时候，以为这是时髦，立刻左倾，待到压迫来了，他受不住，又即刻变化，甚而至于卖朋友（但蓬子未做这事），作为倒过去的见面礼。这大约是各国都有的事。但我看中国较甚，真不是好现象。

以下，答复来问——

一、不必改的。上海邮件多，他们还没有一一留心的工夫。

二、放在那书店里就好，但时候还有十来天，我想还可以临时再接洽别种办法。

三、工作难找，因为我没有和别人交际。

四、我可以预备着的，不成问题。

生长北方的人，住上海真难惯，不但房子像鸽子笼，而且笼子的租价也真贵，真是连吸空气也要钱，古人说，水和空气，大家都有份，这话是不对的。

我的女人在这里，还有一个孩子。我有一本《两地书》，是我们两个人的通信，不知道见过没有？要是没有，我当送给一本。

我的母亲在北京。大蝎虎也在北京，不过喜欢蝎虎的只有我，现在恐怕早给他们赶走了。

专此布复，并请

俪安。

迅　上　十一月十七日

341118 致母亲

母亲大人膝下，敬禀者，来信并小包两个，均于昨日下午收到。这许
多东西，海婴高兴得很，他奇怪道：娘娘怎么会认识我的呢？

老三刚在晚间来寓，即将他的一份交给他了，满载而归，他的孩
子们一定很高兴的。

给海婴的外套，此刻刚刚可穿，内衬绒线衣及背心各一件；冬天
衬衣一多，即太小，但明年春天还可以穿的。他的身材好像比较
的高大，昨天量了一量，足有三尺了，而且是上海旧尺，倘是北
京尺，就有三尺三寸。不知道底细的人，都猜他是七岁。

男因发热，躺了七八天，医生也看不出什么毛病，现在好起来
了。大约是疲劳之故，和在北京与章士钊闹的时候的病一样的。
卖文为活，和别的职业不同，工作的时间总不能每天一定，闲起
来整天玩，一忙就夜里也不能多睡觉，而且就是不写的时候，也
不免在想想，很容易疲劳的。此后也很想少做点事情，不过已有
这样的一个局面，恐怕也不容易收缩，正如既是新台门周家，就
必须撑这样的空场面相同。至于广平海婴，都很好，并请勿念。
上海还不见很冷，火炉也未装，大约至少还可以迟半个月。专此
布达，恭请

金安。

　　　　　　　　男树　叩上　广平海婴随叩　十一月十八日

341119 致金性尧

惟［性］尧先生：

惠函收到。但面谈一节，在时间和环境上，颇不容易，因为敝寓不能招待来客，而在书店约人会晤，则虽不过平常晤谈，也会引人疑是有什么重要事件的，因此我只好竭力少见人，尚希谅察为幸。

专此布复，并颂

时绥。

鲁迅 十一月十九日

341119 致李霁野

霁野兄：

十六日信并拓片一包，今日同时收到。其中有一信封并汇票，想是误夹在内的，今特寄还。

拓片亦无甚可取者，仅在平店未取走之一份中，留下汉画象一份三幅，目录上写价四元。其余当于日内托书店寄还。

《译文》本是几个人办来玩玩的，一方面也在纠正轻视翻译的眼光。但虽是翻译，检查也很麻烦，抽去或删掉，时时有之，要有精采，难矣。近来颇有几位"文学家"做了检查官，正在大发挥其本领，颇可笑也。现已出三本，亦当于日内托书店寄上。

并不做事，而总是忙，年纪又大了，记性也坏起来，十日前生病，躺了一礼拜，天天发热，医生详细检查，而全身无病处发现，现已坐起，热度亦渐低，大约要好起来了。

专此布复，即颂

时绥。

豫　顿首　十一月十九日

341120 致金肇野

肇野先生：

惠函收到。当即到内山书店去问，《引玉集》还有几本，因即托其挂号寄上一本，想日内便可到达。此书定价一元五角，外加邮费（看到后的包上，便知多少），请勿寄我，只要用一角或五分的邮票，寄给书店，说明系《引玉集》的代价就好了。专此布复，即颂

时绥。

何干　启上　十一月廿日

341120 致萧军、萧红

刘吟先生：

十九日信收到。许多事情，一言难尽，我想我们还是在月底谈一谈好，那时我的病该可以好了，说话总能比写信讲得清楚些。但自然，这之间如有工夫，我还要用笔答复的。

现在我要赶紧通知你的，是霞飞路的那些俄国男女，几乎全是白俄，你万不可以跟他们说俄国话，否则怕他们会疑心你是留学生，招出麻烦来。他们之中，以告密为生的人们很不少。

我的孩子足五岁，男的，淘气得可怕。

此致，即请

俪安。

迅　上　二十日

341122 致孟十还

十还先生：

二十一日信收到，并那一篇论文，谢谢。那篇文章，我是今天第一次才知道的。

《五月的夜》迟点不要紧，因为总止能登在第五期上了，第五期是十二月十五日集稿。二万字太长，恐怕要分作两期登。插画没有新的，想就把旧的印上去，聊胜于无，希便中将原书放在书店里就好。

后记还是你自己做罢，不是夸口，自说译得忠实，又有何妨呢？倘还有人说闲话，随他去就是了。　此颂

时绥。

迅　上　二十二日

341124 致金性尧

性尧先生：

来信早收到。在中国做人，一向是很难的，不过现在要算最难，我先前没有经验过。有些"文学家"，今年都做了检查官了，你想，

变得快不快。

《新语林》上的关于照相的一篇文章，是我做的。公汗也是我的一个化名，但文章有时被检查官删去，弄得有头没尾，不成样子了。

此复，即颂

时绥。

迅　上　十一月廿四日

341125 致曹靖华

汝珍兄：

二十二日信收到。我从二十二日起，没有发热，连续三天不发热，流行感冒是算是全好的了，这回足足生了二礼拜病，在我一生中，算是较久的一回。

木刻除 K.G. 两人外，别人都没有信。《引玉集》却将卖完了，现又去再版二百本。

日前挂号寄上《文学报》一包至学校，不知收到否？

我大约从此可以恢复原状了。此外寓中一切都好，请勿念。　此布，即请

学安。

弟豫　上　十一月廿五日

341127 致许寿裳

季市兄：

　　惠函早收到。大约我写得太模糊，或者是兄看错了，我说的是扁桃腺既无须割，沙眼又没有，那么就不必分看专门医，以省经费，只要看一个内科医就够了。

　　今天嫂夫人携世瑒来，我便仍行我的主张，换了一个医生，姓须藤，他是六十多岁的老手，经验丰富，且与我极熟，决不敲竹杠的。经诊断之后，他说关键全在消化系，与扁桃腺无关，而眼内亦无沙眼，只因近视而不戴镜，所以容易疲劳。眼已经两个医生看过，皆云非沙眼，然则先前之诊断，不大可怪耶。

　　从月初起，天天发热，不能久坐，盖疲劳之故，四五天以前，已渐愈矣。上海多琐事，亦殊非好住处也。

　　专此布达，并请
道安。

弟飞　顿首　十一月廿七日

341127 致萧军、萧红

刘
吟 先生：

　　本月三十日（星期五）午后两点钟，你们两位可以到书店里来一趟吗？小说如已抄好，也就带来，我当在那里等候。

　　那书店，坐第一路电车可到。就是坐到终点（靶子场）下车，往回走，三四十步就到了。

此布，即请

俪安。

迅　上　十一月二十七日

341128 致金性尧

维［性］尧先生：

稿子并无什么不通或强硬处，只是孩子对理发匠说的话似乎太近文言，不像孩子，最好是改一改。

另外有几个错字，也无关紧要，现在都改正了。

此复，即颂

时绥。

迅　上　十一月廿八日

341128 致刘炜明

炜明先生：

十五日惠函收到。一个人处在沈闷的时代，是容易喜欢看古书的，作为研究，看看也不要紧，不过深入之后，就容易受其浸润，和现代离开。

我请先生不要寄钱来。一则，因为我琐事多，容易忘记，疏忽；二则，近来虽也化名作文，但并不多，而且印出来时，常被检查官删削，弄得不成样子，不足观了。倘有单行本印出时，当寄上，不值几个钱，无须还我的。

《二心集》我是将版权卖给书店的，被禁之后，书店便又去请检查，结果是被删去三分之二以上，听说他们还要印，改名《拾零集》，不过其中已无可看的东西，是一定的。

现在当局的做事，只有压迫，破坏，他们那里还想到将来。在文学方面，被压迫的那里只我一人，青年作家，吃苦的多得很，但是没有人知道。上海所出刊物，凡有进步性的，也均被删削摧残，大抵办不下去。这种残酷的办法，一面固然出于当局的意志，一面也因检查官的报私仇，因为有些想做"文学家"而不成的人们，现在有许多是做了秘密的检查官了，他们恨不得将他们的敌手一网打尽。

星洲也非言论自由之地，大约报纸上的消息，是不会确于上海的，邮寄费事，还是不必给我罢。

专此布复，即颂

时绥。

鲁迅　十一月二十八夜。

341202 致郑振铎

西谛先生：

装好之《清人杂剧》二集早收到，感谢之至。

《十竹斋笺谱》内山豫约二十部，我要十部，共希留下三十部为感。

底本如能借出，我想，明年一年中，出老莲画集一部，更以全力完成《笺谱》，已有大勋劳于天下矣。

专此布达，即请

撰安。

迅　顿首　十二月二夜。

341202 致增田涉（日本）

十一月二十五日惠函收到。《某氏集》请全权处理。我看别的非放进去不可的一篇也没有。不过只有《藤野先生》希望译出补入。《范爱农》写法不佳，还是割爱为好吧。

两三天前寄上《文学》第二至第五期，第一与第六期近日寄上。因检查甚严，将来还可能难以发展。但像《现代》那样已法西斯化的东西也没有读者，已自灭了。《文学新地》是左联机关杂志，只出了一期。

我仍然每晚稍有发烧。是因为疲劳呢还是西班牙流感，弄不清楚。大概是疲劳吧，如果是，则多玩玩就会好的吧。

洛文　顿首　十二月二夜

增田学兄几下

341204 致孟十还

十还先生：

三日信并译稿，今午收到。稿子我也想最好是一期登完，不过须

467

多配短篇，因为每期的目录，必须有八九种才像样。要我修改，我是没有这能力的，不过有几个错字，我可以改正。

插图也很好，但一翻印，缩小，就糟了。原图自当于用后奉还。

以后的《译文》，不能常是绍介 Gogol；高尔基已有《童话》，第三期得检查老爷批云：意识欠正确。所以从第五期起，拟停登数期。我看先生以后最好是译《我怎样写作》，检查既不至于怎样出毛病，而读者也有益处。大约是先绍介中国读者比较知道一点的人，如拉甫列涅夫，里别进斯基，斐丁，为合。

赠送《译文》的事，当向书店提议。和商人交涉，真是难极了，他们的算盘之紧而凶，真是出人意外。《译文》已出三期，而一切规约，如稿费之类，尚未商妥。我们要以页计，他们要以字数计，即此一端，就纠纷了十多天，尚无结果。所以先生的稿费，还要等一下，但年内是总要弄好的。

果戈理虽然古了，他的文才可真不错。日前得到德译的一部全集，看了一下，才知道《鼻子》有着译错的地方。我想，中国其实也该有一部选集 1.《Dekanka 夜谈》；2.《Mirgorod》；3. 短篇小说及 Arabeske；4. 戏曲；5 及 6，《死灵魂》。不过现在即使有了不等饭吃的译者，却未必有肯出版的书坊。现在是虽是一个平常的小梦，也很难实现。

专此布复，即颂

时绥。

迅　上　十二月四日。

341205 致郑振铎

西谛先生：

日前上一函，说内山豫约《十竹斋笺谱》二十部，现在他又要加添十部，那么，连我的共有四十部了，特此声明。

记得《博古牌子》的裱本，序跋有些乱，第一页则似倒置卷末，这回复印，似应移正。

此布，即请
撰安。

迅　顿首　十二月五日

341205 致孟十还

十还先生：

昨午寄奉一函后，傍晚遇黄源先生，才知道拉甫列涅夫及里别进斯基的《我怎样写作》，早有靖华译稿寄来，所以我前信的话，应该取消。

斐定是仍可以用的，他的《花园》曾译成中文。此外不知还有和中国人较熟者否？但即使全生，我想，倘译一篇这作者的短篇一同登载，也就好。

不知先生以为何如？

专此布达，即颂
时绥。

迅　上　十二月五日

341205 致杨霁云

霁云先生：

　　顷奉到四日信，始知已在上海。七日（星期五）午后二时，希惠临书店，当在其地奉候，并携交　先生所要之《北平笺谱》及《木刻纪程》。

　　欲将删遗的文字付印，倘不至于对不住读者，本人却无异议。如不急急，亦可自校一遍，惟近几日却难，因生病将近一月，尚无力气也。

　　专此布复，即请

文安。

迅　顿首　十二月五夜。

341206 致孟十还

孟先生：

　　五日函奉到。外国的作家，恐怕中国其实等于并没有介绍。每一作家，乱译几本之后，就完结了。屠格涅夫被译得最多，但至今没有人集成一部选集。《战争与和平》我看是不会译完的，我对于郭沫若先生的翻译，不大放心，他太聪明，又大胆。

　　计划的译选集，在我自己，现在只是一个梦而已。近十来年中，设译社，编丛书的事情，做过四五回，先前比现在还要"年富力强"，真是拚命的做，然而结果不但不好，还弄得焦头烂额。现在的一切书店，比以前更不如，他们除想立刻发财外，什么也不想，即使订了合

470

同，也可以翻脸不算的。我曾在神州国光社上过一次大当,《铁流》就是他们先托我去拉,而后来不要了的一种。

《译文》材料的大纲,最好自然是制定,不过事实上很难。没有能制定大纲的元帅,而且也没有许多能够担任分译的译者,所以暂时只能杂一点,取乌合主义,希望由此引出几个我们所不知道的新的译者来——其实志愿也小得很。

稿子是该论页的,但商人的意见,和我们不同,他们觉得与萝卜白菜无异,诗的株儿小,该便宜,塞满全张的文章株儿大,不妨贵一点;标点,洋文,等于缚白菜的草,要除掉的。脑子像石头,总是说不通。算稿费论页,已由我们自己决定了,这回是他们要插画减少,可惜那几张黄纸了,你看可气不可气?

上海也有原是作家出身的老板,但是比纯粹商人更刻薄,更凶。

办一个小杂志,就这么麻烦,我不会忍耐,幸而茅先生还能够和他们"折冲尊俎",所以至今还没有闹开。据他们说,现在《译文》还要折本,每本二分,但我不相信。

此布,即颂

时绥。

迅 上 十二月六日

341206 致萧军、萧红

刘吟先生:

两信均收到。我知道我们见面之后,是会使你们悲哀的,我想,你们单看我的文章,不会料到我已这么衰老。但这是自然的法则,无可如何。其实，我的体子并不算坏，十六七岁就单身在外面混，混了三十年，这费力可就不小；但没有生过大病或卧床数十天，不过精力总觉得不及先前了，一个人过了五十岁，总不免如此。

中国是古国，历史长了，花样也多，情形复杂，做人也特别难，我觉得别的国度里，处世法总还要简单，所以每个人可以有工夫做些事，在中国，则单是为生活，就要化去生命的几乎全部。尤其是那些诬陷的方法，真是出人意外，譬如对于我的许多谣言，其实大部分是所谓"文学家"造的，有什么仇呢，至多不过是文章上的冲突，有些是一向毫无关系，他不过造着好玩，去年他们还称我为"汉奸"，说我替日本政府做侦探。我骂他时，他们又说我器量小。

单是一些无聊事，就会化去许多力气。但，敌人是不足惧的，最可怕的是自己营垒里的蛀虫，许多事都败在他们手里。因此，就有时会使我感到寂寞。但我是还要照先前那样做事的，虽然现在精力不及先前了，也因学问所限，不能慰青年们的渴望，然而我毫无退缩之意。

《两地书》其实并不像所谓"情书"，一者因为我们通信之初，实在并未有什么关于后来的预料的；二则年龄，境遇，都已倾向了沈静方面，所以决不会显出什么热烈。冷静，在两人之间，是有缺点的，但打闹，也有弊病，不过，倘能立刻互相谅解，那也不妨。至于孩子，偶然看看是有趣的，但养起来，整天在一起，却真是麻烦得很。

你们目下不能工作，就是静不下，一个人离开故土，到一处生地方，还不发生关系，就是还没有在这土里下根，很容易有这一种情境。一个作者，离开本国后，即永不会写文章了，是常有的事。我到上海后，即做不出小说来，而上海这地方，真也不能叫人和他亲热。我看你们的现在的这种焦躁的心情，不可使它发展起来，最好是常到外面去走走，看看社会上的情形，以及各种人们的脸。

以下答问——

1. 我的孩子叫海婴，但他大起来，自己要改的，他的爸爸，就连姓都改掉了。阿菩是我的第三个兄弟的女儿。

2. 会是开成的，费了许多力；各种消息，报上都不肯登，所以在中国很少人知道。结果并不算坏，各代表回国后都有报告，使世界上更明瞭了中国的实情。我加入的。

3. 《君山》我这里没有。

4. 《母亲》也没有。这书是被禁止的，但我可以托人去找一找。《没落》我未见过。

5. 《两地书》我想东北是有的，北新书局在寄去。

6. 我其实是不喝酒的；只在疲劳或愤慨的时候，有时喝一点，现在是绝对不喝了，不过会客的时候，是例外。说我怎样爱喝酒，也是"文学家"造的谣。

7. 关于脑膜炎的事，日子已经经过许久了，我看不必去更正了罢。

我们有了孩子以后，景宋几乎和笔绝交了，要她改稿子，她是不敢当的。但倘能出版，则错字和不妥处，我当负责改正。

你说文化团体，都在停滞——无政府状态中……，一点不错。议论是有的，但大抵是唱高调，其实唱高调就是官僚主义。我的确常常感到焦烦，但力所能做的，就做，而又常常有"独战"的悲哀。不料有些朋友们，却斥责我懒，不做事；他们昂头天外，评论之后，不知那里去了。

来信上说到用我这里拿去的钱时，觉得刺痛，这是不必要的。我固然不收一个俄国的卢布，日本的金圆，但因出版界上的资格关系，稿费总比青年作家来得容易，里面并没有青年作家的稿费那样的汗水的——用用毫不要紧。而且这些小事，万不可放在心上，否则，人就容易神经衰弱，陷入忧郁了。

来信又愤怒于他们之迫害我。这是不足为奇的，他们还能做什么别的？我究竟还要说话。你看老百姓一声不响，将汗血贡献出来，自己弄到无衣无食，他们不是还要老百姓的性命吗？

此复，即请

俪安。

迅　上　十二月六日

再：有《桃色的云》及《小约翰》，是我十年前所译，现在再版印出来了，你们两位要看吗？望告诉我。　又及

341206 致母亲

母亲大人膝下，敬禀者，十一月二十六日来信，早经收到。男这回生了二十多天病，算是长的，但现在已经好起来了，胃口渐开，精神也恢复了不少，服药亦停止，可请勿念。害马也好的。海婴很好，因为医生说给他吃鱼肝油（清的），从一月以前起，每餐后就给他吃一点，腥气得很，而他居然也能吃。现在胖了，抱起来，重得像一块石头，我们现在才知道鱼肝油有这样的力量，但麦精鱼肝油及男在北平时所吃的那一种，却似乎没有这么有力。他现在整天的玩，从早上到睡觉，没有休息，但比以前听话。外套稍小，但明年春天还可以穿一回，以后当给与老三的孩子，他们目下还用不着，大的穿起来太小，小的穿又太大。

上海总算是冷了，寓中已装火炉，昨晚生了火，热得睡不着，可

见南边虽说是冷，总还暖和，和北方是比不来的。专此布达，恭请
金安。

男树　叩上。广平海婴随叩　十二月六日

341209 致许寿裳

季市兄：

　　顷奉到十二月五日惠函，备悉种种。世瑒来就医时，正值弟自亦隔日必赴医院，同道而去，于时间及体力，并无特别耗损，务希勿以为意。至于诊金及药费，则因与医生甚熟，例不即付，每月之末，即开账来取，届时自当将世瑒及陶女士之帐目检出寄奉耳。

　　弟因感冒，害及肠胃，又不能悠游，遂至颓惫多日，幸近已向愈，胃口亦渐开，不日当可复原，希勿念为幸。

　　专此布复，并颂
曼福。

弟飞　顿首　十二月九日

341209 致杨霁云

霁云先生：

　　蒙惠书，谨悉。集名还是《集外集》好；稿已看了一遍，改了几处，明日当托书店先行挂号寄还，因为托其面交和寄出，在我是一样的，而可省却先生奔波。惟虑先生旅中未带印章，故稿系寄曹先生

收，希先向曹先生接洽为幸。

那一篇四不像的骈文，是序《淑姿的信》，报章虽云淑姿是我的小姨，实则和他们夫妇皆素昧平生，无话可说，故以骈文含胡之。此书曾有一本，但忘却了放在何处，俟稍休息，当觅出录奉。我为别人译作所做的序，似尚有数篇，如韦丛芜译的《穷人》之类（集中好像未收），倘亦可用，当于觅《淑姿》时一同留心，搜得录奉也。

旧诗本非所长，不得已而作，后辄忘却，今写出能记忆者数章。《集外集》签已写，与诗一样不佳，姑先寄上，太大或太小，制版时可伸缩也。序文我想能于二十日前缴卷。此复，即颂

时绥。

迅　顿首　十二月九日

聚仁先生处乞代致候。

无题

洞庭木落楚天高，眉黛猩红浣战袍。泽畔有人吟不得，秋波渺渺失离骚。

赠人（这与"越女……"那一首是一起的）

秦女端容理玉筝，梁尘踊跃夜风轻。须臾响急冰弦绝，但见奔星劲有声。

二十三年元旦

云封高岫护将军，霆击寒村灭下民。到底不如租界好，打牌声里又新春。

自嘲

运交华盖欲何求，未敢翻身已碰头。破帽遮颜过闹市，漏船载酒泛中流。横眉冷对千夫指，俯首甘为孺子牛。躲进小楼成一统，管它冬夏

与春秋。

341210 致郑振铎

西谛先生：

　　七日信收到，印《笺谱》纸，八开虽较省，而看起来颇逼仄，究竟觉得寒蠢，所以我以为不如用六开之大方，刻、印等等，所费已多，最后之纸张费，省俭不得也。或者初版售罄，或全书印成，续行再版时，再用八开，以示区别，亦可。

　　先出《博古页子》，极好。我想，这回一种已足，索性连《九歌图》都不加入，独立可也。先生似应做一跋，说明底本来源，并于罗遗老印行之伪本，加以指摘，庶几读者知此本之可贵耳。

　　我想特别用染黄之罗纹纸印五部，内加毛太纸衬，订以成书，页数不多，染色或不大难，不知先生能代为费神布置否？但倘麻烦，便可作罢。

　　此复，即请
撰安。

迅　顿首　十二月十日

341210 致萧军、萧红

刘吟先生：

　　八夜信收到。我的病倒是好起来了，胃口已略开，大约可以渐渐恢复。童话两本，已托书店寄上，内附译文两本，大约你们两位也没有看过，顺便带上。《竖琴》上的序文，后来被检查官删掉了，这是初版，所以还有着。你看，他们连这几句话也不准我们说。

如果那边还有官力以外的报，那么，关于"脑膜炎"的话，用"文艺通信"的形式去说明，也是好的。为了这谣言，我记得我曾写过几十封正误信，化掉邮费两块多。

中华书局译世界文学的事，早已过去了，没有实行。其实，他们是本不想实行的，即使开首会译几部，也早已暗中定着某人包办，没有陌生人的份儿。现在蒋死了，说本想托蒋译，假如活着，也不会托他译的，因为一托他，真的译出来，岂不大糟？那时他们到我这里来打听靖华的通信地址，说要托他，我知道他们不过玩把戏，拒绝了。现在呢，所谓"世界文学名著"，简直不提了。

名人，阔人，商人……常常玩这一种把戏，开出一个大题目来，热闹热闹，以见他们之热心。未经世故的青年，不知底细，就常常上他们的当；碰顶子还是小事，有时简直连性命也会送掉，我就知道不少这种卖血的名人的姓名。我自己现在虽然说得好像深通世故，但近年就上了神州国光社的当，他们与我订立合同，托我找十二个人，各译苏联名作一种，出了几本，不要了，有合同也无用，我只好又磕头礼拜，各去回断，靖华住得远，不及回复，已经译成，只好我自己付版税，又设法付印，这就是《铁流》，但这书的印本一大半和纸版，后来又被别一书局骗去了。

那时的会，是在陆上开的，不是船里，出席的大约二三十人，会开完，人是不缺一个的都走出的，但似乎也有人后来给他们弄去了，因为近来的捕，杀，秘密的居多，别人无从知道。爱罗先珂却没有死，听说是在做翻译，但有人寄信去，却又没有回信来。

义军的记载看过了，这样的才可以称为战士，真叫我似的弄笔的人惭愧。我觉得文人的性质，是颇不好的，因为他智识思想，都较为复杂，而且处在可以东倒西歪的地位，所以坚定的人是不多的。现在文坛的无政府情形，当然很不好，而且坏于此的恐怕也还有，但我看这情形是不至于长久的。分裂，高谈，故作激烈等等，四五年前也曾有过这现象，左联起来，将这压下去了，但病根未除，又添了新分子，于是现在老病就复发。但空谈之类，是谈不久，也谈不出什么来的，它终必被事实的镜子照出原形，拖出尾巴而去。倘用文章来斗争，当然更好，但这种刊物不能出版，所以只好慢慢的用事实来克服。

　　其实，左联开始的基础就不大好，因为那时没有现在似的压迫，所以有些人以为一经加入，就可以称为前进，而又并无大危险的，不料压迫来了，就逃走了一批。这还不算坏，有的竟至于反而卖消息去了。人少倒不要紧，只要质地好，而现在连这也做不到。好的也常有，但不是经验少，就是身体不强健（因为生活大抵是苦的），这于战斗是有妨碍的。但是，被压迫的时候，大抵有这现象，我看是不足悲观的。

　　卖性的事，我无所闻，但想起来是能有的；对付女性，南方官大约也比北方残酷，血债多得很。

　　此复，即请

俪安。

　　　　　　　　　　　　　　　　迅　上　十二月十夜。

341211 致金性尧

性尧先生：

　　来信收到。先生所责的各点，都不错的。不过从我这面说，却不能不希望原谅。因为我本来不善于给人改文章，而且我也有我的事情，桌上积着的未看的稿子，未复的信件还多得很。对于先生，我自以为总算尽了我可能的微力。先生只要一想，我一天要复许多信，虽是寥寥几句，积起来，所化的时间和力气，也就可观了。

　　我现在确切的知道了对于先生的函件往还，是彼此都无益处的，所以此后也不想再说什么了。

　　来稿奉还。我近日尚无什么"杂感"出版。

　　专此布复，即颂
时绥。

鲁迅　十二月十一日

341211 致曹聚仁

聚仁先生：

　　八日信收到；早先收到信，本拟即奉复，但门牌号数记不真切了，遂停止。记得前信说心情有些改变，这是一个人常有的事情，长吉诗云，"心事如波涛"，说得很真切。其实有时候虽像改变，却非改变的，起伏而已。

　　天马书店要送检查，随他去送罢，其中似乎也未必有犯忌的地方，虽然检查官的心眼，不能以常理测之。

一月前起每天发热，或云西班牙流行感冒，观其固执不已，颇有西班牙气，或不诬也。但一星期前似终于退去，胃口亦渐开，盖非云已愈不可矣。

专此布复，即请

撰安。

迅　顿首　十二月十一日

致杨先生笺乞转交。

341211 致杨霁云

霁云先生：

《集外集》稿，昨已寄出，不知已收到否？十日来信，顷收到。

钟敬文编的书里的三篇演说，请不要收进去，记的太失真，我自己并未改正，他们乱编进去的，这事我当于自序中说明。《现代新文学……》序，不如不收，书已禁止，序必被删。

《南腔北调》失收的有两篇，一即《选本》，议论平常，或不犯忌，可收入；一为《上海杂感》，先登日本的《朝日新闻》，后译载在《文学新地》上，必被检掉，不如不收；在暨南的讲演，即使检得，恐怕也通不过的。

一九三一年到北平时，讲演了五回，报上所登的讲词，只有一篇是我自己改正过的，今寄上，或者可用；但记录人名须删去，因为这是会连累他们的，中国的事情难料得很。录出后，原报仍希掷还。

匆复，并请

旅安。

迅　顿首　十二月十一日

341212 致赵家璧

家璧先生：

那一本《尼采自传》，今送上。约计字数，不到六万，用中等大的本子，四号字印起来，也不过二百面左右。

假如要印的话，则——

一、译者以为书中紧要字句，每字间当距离较远，但此在欧文则可，施之汉文，是不好看的（也不清楚，难以醒目）。所以我给他改为字旁加黑点。但如用黑体字或宋体字，似亦佳。

二、圈点不如改在字旁，因为四号字而标点各占一格，即令人看去觉得散漫。

三、前面可以插一作者像，此像我有，可以借照。

四、译者说是愿意自己校对，不过我觉得这不大妥，因为他不明白印刷情形，有些意见是未必能照办的。所以不如由我校对，比较的便当。但如　先生愿意结识天下各种古怪之英雄，那我也可以由他自己出马。

专此布达，即请

撰安。

　　　　　　　　　　　　　迅　上　十二月十二日

前些时送上的一套图表，看来《良友》是不能用的了，倘能检出，乞于便中令人放在书店，为感。　又及。

341213 致曹聚仁

聚仁先生：

十一日函奉到。《集外集》那里出版，我毫无成见，群众当然可以；版税也不能要，这本子，我自己是全没有费过力的。惟一的条件，是形式最好和《热风》之类一样。

这本东西，印起来大约不至于犯忌，但内容不佳，卖起来大约也不至于出色。

专此布复，即请

文安。

　　　　　　　　　　　　　　迅　顿首　十二月十三日

附二纸，希转交　杨先生。　又及。

341213 致杨霁云

哭范爱农（一九一三年）

把酒论天下，先生小酒人。大圜犹酩酊，微醉合沈沦。幽谷无穷夜，新宫自在春。旧朋云散尽，余亦等轻尘。

————————————

霁云先生：

《信》序已觅得，今抄奉，并旧诗一首。前回说过的《穷人》序，找不到了，倘将别人的译作的序跋都抄进去，似乎太麻烦，而且我本也不善于作序，还是拉倒罢。此请

旅安。

　　　　　　　　　　　　　　迅　顿首　十二月十三日

前次寄上旧诗数首，不知已收到否？

341213 致山本初枝（日本）

拜启　惠函奉阅。我自上月起，大约三个星期，每晚发烧而休息。现已好转，但到底是流行性感冒呢还是因为疲劳，不明白。因此好久没通信了。

内人和孩子均健康。按须藤先生的指教，给孩子吃鱼肝油，颇胖了点，重了点。

旧的《古东多万》我是有的，但今天找了一下，没找到。我曾把不看的书寄到北京，我想可能那一次寄走了。佐保神的语源，总之中国好像是没有的。中国有花、雪、风、月、雷、电、雨、霜等神的名字，但春神之名我至今不知道。中国有没有春神亦未可知。

在《万叶集》里，从中国传去的语汇非常之多吧？但因此就学汉文，我却怎么也不赞成。《万叶集》时代的诗人冒用汉文也可以吧，但当今日本诗人应该用当今日语，不然就永远也跳不出古人的掌心。我是排斥汉文和贩卖日货的专家，因此关于这一点怎么也跟您的意见不同。最近我们提倡废止汉字论，大受各方的责备。

上海尚未下雪，但不景气还是不景气。然而一部分人似乎依旧很快活。我对面的房子里，每天从早到晚放着像猫被掐住了脖子似的声音的留声机。跟那样的人做邻居，待上一年就得发疯吧。实在伤脑筋。

这回东京又成立了做限定版的团体了。三四年前也曾有过同样的事情，我也入会了，但终于垮台，毫无结果。因此这回就不那么热心了。

迅　拜　十二月十三日

山本夫人几下

341214 致杨霁云

霁云先生：

十三日函收到。来函所开各篇，我并无异议。那么，还记得了两篇：

一、《〈爱罗先珂童话集〉序》（商务版）

二、《红笑》跋（《红笑》是商务版，梅川译，但我的文章，也许曾登《语丝》。）

各种讲演，除《老调子已经唱完》之外，我想，还是都不登罢，因为有许多实在记得太不行了，有时候简直我并没有说或是相反的，改起来非重写一遍不可，当时就因为没有这勇气，只好放下，现在更没有这勇气了。

《监狱，火……》是今年做的，还不能算集外文。

关于检查的事，先生的话是不错的，不过我有时也为出版者打算，即如《南腔北调》，也自己抽去了三篇，然结果也还是似禁非禁。这回曹先生来信，谓群众公司想出版，我回信说我是无所不可的。现在怎么办好呢，我是毫无成见，请你们二位商量一下就好。

那抽下的三篇和《选本》原稿，今都寄上，以备参考，用后仍希掷还。

乾雍禁书，现在每部数十元，但偶然入手，看起来，却并没有什么，可笑甚矣。现正在看《闲渔闲闲录》，是作者因此杀头的，内容却恭顺者居多，大约那时的事情，也如现在一样，因于私仇为多也。

专此布复，即请

旅安。

迅　顿首　十二月十四日

341214 致增田涉（日本）

拜启　八日惠函今天中午到手。答问写入另纸。

小包的散乱，想是敝国邮政检查员的功劳。先生们有时做那样的事。是认真的成绩。

《北平笺谱》初版，确已成为珍本。再版也已卖完。现内山书店还留存一点，此外什么地方都没有了。

《十竹斋笺谱》的四分之一近日印成。另外四分之三预定明年内完工。但如果演出炸弹之类的乱子，则将延期或中止。出版也分四次，我为你定了一部，是一册一册寄上好，还是合在一起寄上好？

对南画家先生的热心，表示佩服。

洛文　上　十二月十四日

341215 致何白涛

白涛先生：

十二月八日信已收到。这几月来，因为琐事多，又生了一个月病，一面又得支持生活，而生活因此又更加杂乱，所以两月前的信，就忘了答复了，但信是收到的，因为我还依稀的记得先生已不在广州。

这回的两张木刻，《收获》较好，我看还是绍介到《文学》去罢，《太白》的读者，恐怕是比较的不大留心艺术的。《相逢》的设想和表现法极有趣，但可惜其中最紧要的两匹主角，并不出色。

先生的作品，我希望再寄一份来，最好是用白色的中国纸印。

关于《引玉集》的账目等事，请直接与内山书店交涉，书款也可直接寄给他们，只要说明系《引玉集》款就好，他们有人懂得汉文的。因为这些卖书的事情，全在归书店办理。《引玉集》已卖得只剩了两本，但我想去添印二百本，这书大约暂时还有人要的。

　　此复，即颂

时绥。

迅　上。十二月十五日。

341216 致杨霁云

霁云先生：

　　十四十五两函，顷同时收到。在北平共讲五次，手头存有记录者只有二篇，都记得很不确，不能用，今姑寄上一阅。还有两回是上车之前讲的，一为《文艺与武力》，其一，则连题目也忘记了。其时官员已深恶我，所以也许报上不再登载讲演大略。

　　帮闲文学实在是一种紧要的研究，那时烦忙，原想回上海后再记一遍的，不料回沪后也一直没有做，现在是情随事迁，做的意思都不起来了，所以那《五讲三嘘集》也许将永远不过一个名目。

　　来函所说的印法，纸张，我都同意；稿子似乎只要新加的给我看一看就好，前回已经看过的一部分，可以不必寄我了。如有版税，给我一半，我也同意，大约我如不取其半，先生也一定不肯干休的。至于我因此费力，却并无其事，不必用心的事情，比较的不会令人疲劳。但近来却又休息了几天，那是因为在一天里写了四五千字，自己真也觉得精神体力，大不如前了，很想到乡下去，连报章都不看，玩它一年半载，然而新近已有国民服役条例，倘捉我去修公路，那就未

487

免比作文更费力了，这真叫作跼天蹐地。

前信提出了一篇《〈爱罗先珂童话集〉序》，后来一想，是不应当收的，因为那童话也几乎全是我的翻译。

东北文风，确在非常恭顺而且献媚，听说报上论文，十之九是以"王道政治"作结的。又曾见官厅给编辑的通知，谓凡有挑剔贫富，说述斗争的文章，皆与"王道"不合，此后无须送检云云，不过官气倒不及我们这里的霸道政治之十足。但有一件事，好像我们这里的智识者们确是明白起来了，这是可以乐观的。对于什么言论自由的通电，不是除胡适之外，没有人来附和或补充么？这真真好极妙极。

专此布复，顺颂

旅安。

迅　顿首　十二月十六日

341216 致母亲

母亲大人膝下，敬禀者。海婴要写信给母亲，由广平写出，今寄上。话是他嘴里讲的，夹着一点上海话，已由男在字旁译注，可以懂了。他现在胖得圆圆的，比先前听话，这几天最得意的有三件事，一，是亦能陪客（其实是来捣乱），二是自来水龙头要修的时候，他认识工人的住处，能去叫来，三是刻了一块印章。在信后面说的就是。但字却不大愿意认，说是每天认字，也不确的。母亲寄给我们的照相，现已配好镜框，挂在房中，和三年前见面的时候，并不两样，而且样子很自然，要算照得最好的了。男病

已愈，胃口亦渐开；广平亦好，请勿念为要。专此布达，恭请
金安。

男树　叩上　广平海婴随叩　十二月十六日

341217 致萧军、萧红

^刘_吟 先生：

本月十九日（星期三）下午六时，我们请
你们俩到梁园豫菜馆吃饭，另外还有几个朋友，都可以随便谈天的。
梁园地址，是广西路三三二号。广西路是二马路与三马路之间的一条
横街，若从二马路弯进去，比较的近。

专此布达，并请
俪安。

^豫_广 同具　十二月十七日

341218 致杨霁云

霁云先生：

十七日信收到。那两篇讲演，我决计不要它，因为离实际太远。
大约记者不甚懂我的话，而且意见也不同，所以我以为要紧的，他却
不记或者当作笑话。《革命文学……》则有几句简直和我的话相反，
更其要不得了。这两个题目，确是紧要，我还想改作一遍。

《关于红的笑》我手头有，今寄奉，似乎不必重抄，只要用印本

489

付排就好了，这种口角文字，犯不上为它费工夫。但这次重看了一遍，觉得这位鹤西先生，真也太不光明磊落。

叭儿之类，是不足惧的，最可怕的确是口是心非的所谓"战友"，因为防不胜防。例如绍伯之流，我至今还不明白他是什么意思。为了防后方，我就得横站，不能正对敌人，而且瞻前顾后，格外费力。身体不好，倒是年龄关系，和他们不相干，不过我有时确也愤慨，觉得枉费许多气力，用在正经事上，成绩可以好得多。

中国乡村和小城市，现在恐无可去之处，我还是喜欢北京，单是那一个图书馆，就可以给我许多便利。但这也只是一个梦想，安分守己如冯友兰，且要被逮，可以推知其它了。所以暂时大约也不能移动。

先生前信说回家要略迟；我的序拟于二十四为止寄出，想来是来得及的罢。

专此布达，即请

旅安。

迅　上　十二月十八日

341218 致李桦

李桦先生：

我所知道的通信地址似乎太简略，不知道此信可能寄到。

今天得到来信并画集三本，寄给我这许多作品，真是非常感谢。看展览会目录，才晓得广州曾有这样的画展，但我们却并未知道。论理，以中国之大，是该有一种（至少）正正堂堂的美术杂志，一面绍介外国作品，一面，绍介国内艺术的发展的，但我们没有，以美术为名的期刊，大抵所载的都是低级趣味之物，这真是无从说起。

铜刻和石刻，工具极关紧要，在中国不能得，成果不能如意，是无足怪的。社会上一般，还不知道 Etching 和 Lithography 之名，至于Monotype，则恐怕先前未曾有人提起过。但先生的木刻的成绩，我以为极好，最好的要推《春郊小景》，足够与日本现代有名的木刻家争先；《即景》是用德国风的试验，也有佳作，如《蝗灾》，《失业者》，《手工业者》；《木刻集》中好几幅又是新路的探检，我觉得《父子》，《北国风景》，《休息的工人》，《小鸟的运命》，都是很好的。不知道可否由我寄几幅到杂志社去，要他们登载？自然，一经复制，好处是失掉不少的，不过总比没有好；而且我相信自己决不至于绍介到油滑无聊的刊物去。

北京和天津的木刻情形，我不明白，偶然看见几幅，都颇幼稚，好像连素描的基础工夫也没有练习似的。上海也差不多，而且没有团体（也很难有团体），散漫得很，往往刻了一通，不久就不知道那里去了。我所知道的木刻家中，有罗清桢君，还是孳孳不倦，他是汕头松口中学的教员（也许就是汕头人），不知道加入了没有？

木刻确已得到客观的支持，但这时候，就要严防它的堕落和衰退，尤其是蛀虫，它能使木刻的趣味降低，如新剧之变为开玩笑的"文明戏"一样。我深希望先生们的团体，成为支柱和发展版画之中心。至于我，创作是不会的，但绍介翻印之类，只要能力所及，也还要干下去。

专此布达，即颂
时绥。

迅　上　十二月十八夜。

491

341218 致金肇野

肇野先生：

　　十三日信并邮票一元六角五分，已收到并专刊，亦到。《引玉集》又寄一本，大约是书店粗心，没有细看来信的缘故，现已和他们说清楚了。《木刻纪程》我自己还有，日内当寄奉一本，不必付钱;《张慧木刻集》,《无名社之木刻集》他们都曾给我，我可以转赠；至于别的那些，则怕难以到手，但便中当托朋友去问一问，因为我自己是很生疏于上海的书局的。但我得警告先生：要技艺进步，看本国人的作品是不行的，因为他们自己还很有缺点；必须看外国名家之作。

　　良友公司出有麦绥莱勒木刻四种，不知见过没有？但只可以看看，学不得的。

　　擅长木刻的，广东较多，我以为最好的是李桦和罗清桢；张慧颇倾向唯美，我防其会入颓废一流。刘岘（他好像是河南人）近来粗制滥造，没有进步；新波作则不多见。至于全展会要我代询他们，我实无从问起，因为这里弄木刻的人，没有连络，要找的时候是找不到的。

　　先生寄给我的四幅，我不会说谎，据实说，只能算一种练习。其实，木刻的根柢也仍是素描，所以倘若线条和明暗没有十分把握，木刻也刻不好。这四幅中，形象的印象，颇为模胡，就因为这缘故。我看有时候是刻者有意的躲避烦难的，最显著的是 Gorky 的眼睛（他的显得眼睛小，是因为眉棱高）。　专此布复，即颂
时绥。

迅　上　十二月十八夜。

341219 致杨霁云

霁云先生：

十八日信并稿，今晨收到；顷已看过，先行另封挂号寄还。序文在这几天就可写出，写后即寄。

一切讲稿，就只删《帮闲文学……》及《革命文学……》两篇。《老调子……》原是自己改过的；曹先生记的那一篇也很好，不必作为附录了。

诗虽无年月，但自己约略还记得一点先后，现在略加改动，希照此次序排列为荷。

此复，即颂

旅安。

迅　顿首　十九午后

再:《准风月谈》已出版，上午托书店寄上，想已收到。

又及。

341220 致杨霁云

霁云先生：

昨得来信后，匆匆奉复，忘了一事未答，即悼柔石诗，我以为不必收入了，因为这篇文章已在《南腔北调集》中，不能再算"集外"，《哭范爱农》诗虽曾在《朝花夕拾》中说过，但非全篇，故当又作别论。

来信于我的诗，奖誉太过。其实我于旧诗素未研究，胡说八道而已。我以为一切好诗，到唐已被做完，此后倘非能翻出如来掌心之

"齐天太圣"，大可不必动手，然而言行不能一致，有时也诌几句，自省殊亦可笑。玉谿生清词丽句，何敢比肩，而用典太多，则为我所不满，林公庚白之论，亦非知言；惟《晨报》上之一切讥嘲，则正与彼辈伎俩相合耳。

　　此布，即请

旅安。

迅　上　二十日

341220 致萧军、萧红

刘
吟先生：

　　代表海婴，谢谢你们送的小木棒，这我也是第一次看见。但他对于我，确是一个小棒喝团员。他去年还问："爸爸可以吃么？"我的答复是："吃也可以吃，不过还是不吃罢。"今年就不再问，大约决定不吃了。

　　田的直接通信处，我不知道。但如外面的信封上，写"本埠河南路三〇三号、中华日报馆、《戏》周刊编辑部收"，里面再用一个信封，写"陈瑜先生启"，他该可以收到的。不过我想，他即使收到，也未必有回信，剧本稿子是否还在，也是一个问题。试写一信，去问问他也可以，但恐怕百分之九十九是没有结果的。此公是有名的模模糊糊。

　　小说稿我当看一看，看后再答复。吟太太的稿子，生活书店愿意出版，送给官僚检查去了，倘通过，就可发排。

　　专此布达，并颂

俪安。

迅　上　十二月二十日

494

341223 致杨霁云

霁云先生:

　　二十一二两信,顷同时收到。作诗的年代,大约还约略记得,所以添上年份,并号数,寄还,其中也许有些错误,但也无关紧要。

　　别一篇《帮忙文学……》,并不如记者所自言之可靠,到后半,简直连我自己也不懂了,因此删去,只留较好的上半篇,可以收入集里,有这一点,已足说明题目了。

　　先生的序,我看是好的,我改了一个错字。但结末处似乎太激烈些,最好是改得隐藏一点,因为我觉得以文字结怨于小人,是不值得的。至于我,其实乃是箭在弦上,不得不发。不知先生以为何如?

　　专此布复,即请

旅安。

迅　上　十二月二十三日

341223 致王志之

思远兄:

　　十一日信今天才到,殊奇。《文史》及小说却早到,小说我只能放在通信的书店里寄售,因为我和别店并无往来,即使拿去托售,他们收下了,我也无此本领向他们收回书款,我自己印的书就从未有不折本的。

　　我和文学社并无深交,不过一年中或投一两回稿,偶然通信的也只有一个人。所嘱退还稿子的事,当去问一问,但他们听不听也难说。

少贴邮票，真对不起转信的人，近年来精神差了，而一发信就是五六封，所以时时有误。

因为发信多，所以也因此时时弄出麻烦，这几天，因一个有着我的信的人惹了事，我又多天只好坐在家里了。

此复，即颂

时绥。

豫　上　十二月二十三夜。

341225 致赵家璧

家璧先生：

惠函并图表，顷俱收到。《尼采自传》，良友公司可以接收，好极。但我看最好是能够给他独立出版，因为此公似乎颇有点尼采气，不喜欢混入任何"丛"中，销路多少，倒在所不问。但如良友公司一定要归入丛书，则我当于见面时与之商洽，不过回信迟早不定。

《新文学大系》的条件，大体并无异议，惟久病新愈，医生禁止劳作，开年忽然连日看起作品来，能否持久也很难定；又序文能否做至二万字，也难预知，因为我不会做长文章，意思完了而将文字拉长，更是无聊之至。所以倘使交稿期在不得已时，可以延长，而序文不限字数，可以照字计算稿费，那么，我是可以接受的。

专复，即请

撰安。

迅　上　十二月廿五日

341225 致何白涛

白涛先生:

前回收到一函并木刻两幅,记得即复一信,现在想已收到了罢。今天又得十六日函并木刻,备悉一切。我看《暴风雨》是稳当的;《田间十月》别的都好,只是那主要的打稻人太近于静止状态,且有些图案化(虽然西洋古代木版中,往往有这画法),却令人觉得美中不足。我希望以后能寄给我每种两张,最好是用白纸印。

近来因为生病,又为生活计,须译著卖钱,许多事情都顾不转了。北平要开全国木刻展览会,我已寄了你的几张木刻去,但不多。

此复;即颂

时绥。

迅 上 十二月二十五日

341225 致赵家璧

家璧先生:

早上寄奉一函,想已达览。我曾为《文学》明年第一号作随笔一篇,约六千字,所讲是明末故事,引些古书,其中感慨之词,自不能免。今晚才知道被检查官删去四分之三,只存开首一千余字。由此看来,我即使讲盘古开天辟地神话,也必不能满他们之意,而我也确不能作使他们满意的文章。

我因此想到《中国新文学大系》。当送检所选小说时,因为不知何人所选,大约是决无问题的,但在送序论去时,便可发生问题。

五四时代比明末近，我又不能做四平八稳，"今天天气，哈哈哈"到一万多字的文章，而且真也和群官的意见不能相同，那时想来就必要发生纠葛。我是不善于照他们的意见，改正文章，或另作一篇的，这时如另请他人，则小说系我所选，别人的意见，决不相同，一定要弄得无可措手。非书店白折费用，即我白费工夫，两者之一中，必伤其一。所以我决计不干这事了，索性开初就由一个不被他们所憎恶者出手，实在稳妥得多。检查官们虽宣言不论作者，只看内容，但这种心口如一的君子，恐不常有，即有，亦必不在检查官之中，他们要开一点玩笑是极容易的，我不想来中他们的诡计，我仍然要用硬功对付他们。

这并非我三翻四覆，看实情实在也并不是杞忧，这是要请你谅察的。我还想，还有几个编辑者，恐怕那序文的通过也在可虑之列。

专此布达，即请

撰安。

迅　上　十二月廿五夜。

341226 致黎烈文

烈文先生：

惠函收到。《准风月谈》已回来，昨即换外套一件，仍复送出，但仍挂号，现想已收到矣。此书在分寄外埠后，始在内山发售，未贴广告，而已售去三十余本，则风月谈之为人所乐闻也可知。

《译文》比较的少论文，第六期上，请先生译爱伦堡之作一篇，可否？纪得左转，已为文官所闻，所以论纪德或恐不妥，最好是如

《论超现实主义》之类。

　　专此布达，即请

冬安。

迅　顿首　十二月二十六夜。

341226 致萧军、萧红

刘
吟 先生：

　　廿四日信收到，二十日信也收到的。我没有生病，只因为这几天忙一点，所以没有就写回信。

　　周女士她们所弄的戏剧组，我并不知道底细，但我看是没什么的，不打紧。不过此后所遇的人们多起来，彼此都难以明白真相，说话不如小心些，最好是多听人们说，自己少说话，要说，就多说些闲谈。

　　《准风月谈》尚未公开发卖，也不再公开，但他必要成为禁书。所谓上海的文学家们，也很有些可怕的，他们会因一点小利，要别人的性命。但自然是无聊的，并不可怕的居多，但却讨厌得很，恰如虱子跳蚤一样，常常会暗中咬你几个疙瘩，虽然不算大事，你总得搔一下了。这种人物，还是不和他们认识好。我最讨厌江南才子，扭扭捏捏，没有人气，不像人样，现在虽然大抵改穿洋服了，内容也并不两样。其实上海本地人倒并不坏的，只是各处坏种，多跑到上海来作恶，所以上海便成为下流之地了。

　　《母亲》久被禁止，这一部是托书坊里的伙计寻来的，不知道他是怎么一个线索。日前做了一篇随笔到文学社去卖钱，七千字，检查官给我删掉了四分之三，只剩一个脑袋，不值钱了。吟太太的小说，我想不

499

至于此，如果删掉几段，那么，就任它删掉几段，第一步是只要印出来。

这几天真有点闷气。检查官吏们公开的说，他们只看内容，不问作者是谁，即不和个人为难的意思。有些出版家知道了这话，以为"公平"真是出现了，就要我用旧名字做文章，推也推不掉。其实他们是阴谋，遇见我的文章，就删削一通，使你不成样子，印出去时，读者不知底细，以为我发了昏了。如果只是些无关痛痒的话，那是通得过的，不过，这有什么意思呢？

今年不再写信了，等着搬后的新地址。

专此布复，即颂

俪安。

豫　上　十二月二十六夜

341226 致许寿裳

季市兄：

医药费帐已送来。世场兄共七元五角，此款可于便中交紫佩，因弟在托其装修旧书也，并请嘱其倘有余款，不必送往寓中，应暂存其处，为他日续修破书之用。陶小姐为十六元，帐单乞转寄，还款不必急急，因弟并无急需也。

弟前患病，现已复原；妇孺亦安，可抒锦注耳。

匆此布达，即请

文安。

弟飞　顿首　十二月二十六夜

341227 致郑振铎

西谛先生：

廿四信顷收到。《博古页子》能全用黄罗纹纸，好极，因毛边脆弱，总令人耿耿于心也。但北平工价之廉，真出人意外。

《十竹笺谱》牌子等，另拟一纸呈上，乞酌夺。生活的广告，未见。《北平笺谱》在店头只内山有五六部，已涨价为廿五元，昨见生活代人以二十元买去，吾国多疑之君子，早不豫约，可叹。鉴于前车，以后豫约或可较为踊跃欤？

顷见明遗民《茗斋集》（彭孙贻），也提起老莲《水浒图》，然则此书在清初颇通行，今竟无一本，不知何也。

匆复，即请

著安。

迅　顿首　十二月廿七日

牌子

○○○经理其事者为北平荣宝斋

本翻印画工○○○刻工○○○印工

二月鲁迅西谛假通县王孝慈先生藏

民国二十三年（或一九三四年）十

封面

明海阳　胡日从编

鲁迅、西谛编：版画丛刊

第一种

十竹斋笺谱

501

341227 致孟十还

十还先生：

惠函收到。《译文》稿费，每月有一定，而每期页数，有多有少，所以虽然按页计算，而每月不同（页数少的时候稿费较多，多则反是），并且生出小数，弄得零零碎碎了。

《五月夜》昨天曾面询黄先生，他还不能决定，因为须看别人来稿，长短如何。但我看未必这次来稿，恰巧都是短的居多，而《译文》目录，至少总得有十种左右，所以十之九是要分成两期的。

专复，并颂

时绥。

迅　上　十二月廿七夜。

341228 致曹靖华

汝珍兄：

二十五日信今天收到。我们都好的。我已经几乎复元，写几千字，也并不觉得劳倦；不过太忙一点，要作点杂文帮帮朋友的忙，但检查时常被删掉；近几月又要帮《译文》；而且每天至少得写四五封信，真是连看书的工夫也没有了。

《译文》开初的三期，全由我们三个人（我、雁、黎）包办的，译时也颇用心，一星期前才和书店议定稿费，每页约一元二角，但一有稿费，投稿就多起来，不登即被骂为不公；要登，则须各取原文校对，好的尚可，不好，则校对工夫白化，我们几个人全变了校对人，

502

自己倒不能译东西了。这种情形，是难以持久的，所以总得改变办法，可惜现在还想不出好法子。

兄投给《文学》的稿子，是在的，上司对《文学》似乎特别凶，所以他们踌躇着。这回《译文》上想要用一篇试试看。至于书，兄尽可编起来，将来我到良友这些地方去问问看。至于说内容稳当，那在中国是不能说这道理的，他们并不管内容怎么样。数年前，我曾将一部稿子卖给书店，印后不久，即不能发卖。这回送去审查，删去了四分之三，通过了。但那审定了的一本，到杭州去卖，又都给拿走了，书店向他们说明已经中央审定，他们的答话是：这是浙江特别禁止的。

木刻第一集全卖完了，又去印再版二百部，尚未印成。二集尚未计划，因为所得只有三个人的作品，而冈氏的又系短篇小说插画，零零碎碎，所以想再迟一下。

日前又寄上《文学报》一束，《译文》（四）及我的小书各一册，不知收到否？兄只要看我的后记，便知道上海文坛情形，多么讨厌，虽然不过是些蚤虱之流，但给叮了总得搔搔，这就够费工夫了。

专此奉复，即请

冬安。

弟豫　启上　十二月二十八日

341228 致张慧

张慧先生：

顷收到十八日信并木刻三幅，甚感谢；上月廿八日的信，也收到的。先生知道我并非美术批评家，所以要我一一指出好坏来，我实在没有这本领。闻广州新近有一个木刻家团体，大家互相切磋，先生何不和他们研究研究呢？

　　就大体而论，中国的木刻家，大抵有二个共通的缺点：一，人物总刻不好，常常错；二，是避重就轻，如先生所作的《船夫》，我就见了类似的作法好几张，因为只见人，不见船，构图比较的容易，而单刻一点屋顶，屋脊，其实是也有这倾向的。先生先前的作品上，还有颓废色采，和所作的诗一致，但这回却没有。　此复，即颂

时绥。

迅　上　十二月二十八日

341228 致王志之

思远兄：

　　日前刚上一函，想已到。顷又得二十四信，具悉一切。小说放在一家书店里，但销去不多，大约上海读者，还是看名字的，作者姓名陌生，他们即不大买了。兄离上海远，大约不知道此地书店情形，他们都有壁垒，开明苛酷，我一向不与往来，北新则一榻胡涂，我给他们信，他们早已连回信也不给了，我又蛰居，无可如何。介绍稿子，亦复如此，一样的是渺无消息，莫名其妙，我夹在中间，真是吃苦不少，自去年以来，均已陆续闹开，所以在这一方面，我是一筹莫展的。

　　《译文》我担任投稿每期数千字，但别人的稿子，我希望直接寄去，因为我既事烦，照顾不转，而编辑好像不大愿意间接绍介，所以我所绍介者，一向是碰钉子居多。和龚君通信，我希望从缓，我并无株连门生之心，但一通信而为老师所知，我即有从中作祟之嫌疑，而且又大

有人会因此兴风作浪，非常麻烦。为耳根清静计，我一向是极谨慎的。

　　此复，即颂

时绥。

豫　上　十二月廿八日

341229 致杨霁云

霁云先生：

　　顷得惠函，知先生尚未回乡。致秉中函可以不必要，因此种信札，他处恐尚有公开者，实则我作札甚多，或直言，或应酬，并不一律，登不胜登，现在不如姑且都不收入耳。诗是一九三一年作可以收入，但题目应作《送 O.E. 君携兰归国》；又"独记"应改"独托"，排印误也。日前又寻得序文一篇，今录呈；又旧诗一首，是一九三三年作，亦可存。此复，即请

旅安。

迅　顿首　十二月二十九日

　　题三义塔

　　　　三义塔者，中国上海闸北三义里遗鸠埋骨

　　　　之塔也，在日本，农人共建之。

奔霆飞熛歼人子，败井颓垣剩饿鸠。偶值大心离火宅，终遗高塔念瀛洲。精禽梦觉仍衔石，斗士诚坚共抗流。度尽劫波兄弟在，相逢一笑泯恩仇。

341229 致增田涉（日本）

十二月二十日惠函到手。你寄给吴君的信中有意思费解之处。我略为改动一下，那样意思也许通顺些，但仍然是日本式文字。实在说来，中国的白话文至今还不具有一定之形，外国人写起来是非常困难的。

《十竹斋笺谱》第一册随后开始印刷，明年一二月预计可完成。出来后当即奉上。现以样张一枚呈览。实物的纸张略大，当然要比样张漂亮。

上海尚暖和。我时常为杂志等写东西，但被检查官删削得乱七八糟。在中国，与日本不一样，是检查后才付印的。我想明年起和这些检查官们一战吧。

洛文 上 十二月二十九日

增田学兄足下

341231 致刘炜明

炜明先生：

十二日的信，早收到了；《星洲日报》也收到了一期，内容也并不比上海的报章减色，谢谢。《二心集》总算找到了一本，是杭州的书店卖剩在那里的，下午已托书店和我新印的一本短评，一同挂号寄上，但不知能收到否。此种书籍，请先生万不要寄书款来，因为我从书店拿来，以作者的缘故，是并不化钱的。

中国的事情，说起来真是一言难尽。从明年起，我想不再在期刊上投稿了。上半年曾在《自由谈》（《申报》）上作文，后来编辑换掉了，便不再投稿；改寄《动向》（《中华日报》），而这副刊明年一月一日起就停刊。大约凡是主张改革的文章，现在几乎不能发表，甚至于还带累刊物。所以在日报上，我已经没有发表的地方。至于期刊，我给写稿的是《文学》，《太白》，《读书生活》，《漫画生活》等，有时用真名，有时用公汗，但这些刊物，就是常受压迫的刊物，能出到几期，很说不定的。出版的那几本，也大抵被删削得不成样子。

今年设立的书报检查处，很有些"文学家"在那里面做官，他们虽然不会做文章，却会禁文章，真禁得什么话也不能说。现在我如果用真名，那是不要紧的，他们只将文章大删一通，删得连骨子也没有；我新近给明年的《文学》写了一篇随笔，约七八千字，但给他们只删剩了一千余字，不能用了。而且办事也不一律，就如那一本《拾零集》，是中央删剩，准许发卖的，但运到杭州去，却仍被没收，他们的理由是：这里特别禁止。

黑暗之极，无理可说，我自有生以来，第一次遇见。但我是还要反抗的。从明年起，我想用点功，索性来做整本的书，压迫禁止，当然仍不能免，但总可以不给他们删削了。

专此布复，并颂

时绥。

迅　上　十二月三十一夜。

鲁迅著作分类全编

乙编三卷

[下]

书信全编

鲁迅 著

陈漱渝 王锡荣 肖振鸣 编

SPM 南方出版传媒·广东人民出版社

·广州·

目　录

一九三五年

一九三六年

附录一

附录二

一九三五年

350104 致李桦

李桦先生：

　　去年十二月廿三四日信，顷已收到。上次的信，我自信并非过誉，那一本木刻，的确很好，但后来的作风有些改变了。我还希望先生时时产生这样的作品，以这东方的美的力量，侵入文人的书斋去。

　　《现代版画》一本，去年已收到。选择内容且作别论，纸的光滑，墨的多油，就毁损作品的好处不少，创作木刻虽是版画，仍须作者自印，佳处这才全备，一经机器的处理，和原作会大不同的，况且中国的印刷术，又这样的不进步。

　　《现代版画》托内山书店代卖，已经说过，是可以的，此后信件，只要直接和他们往来就好。至于开展览会事，却没有法子想，因为我自己连走动也不容易，交际又少，简直无人可托，官厅又神经过敏，什么都只知道堵塞和毁灭，还有自称“艺术家”在帮他们的忙，我除还可以写几封信之外，什么也做不来。

　　木刻运动，当然应有一个大组织，但组织一大，猜疑也就来了，所以我想，这组织如果办起来，必须以毫无色采的人为中心。

色刷木刻在中国尚无人试过。至于上海，现在已无木刻家团体了。开初是在四年前，请一个日本教师讲了两星期木刻法，我做翻译，听讲的有二十余人，算是一个小团体，后来有的被捕，有的回家，散掉了。此后还有一点，但终于被压迫而迸散。实际上，在上海的喜欢木刻的青年中，确也是急进的居多，所以在这里，说起"木刻"，有时即等于"革命"或"反动"，立刻招人疑忌。现在零星的个人，还在刻木刻的是有的，不过很难进步。那原因，一则无人切磋，二则大抵苦于不懂外国文，不能看参考书，只能自己暗中摸索。

专此布复，即颂

年禧

迅　上　一月四日

350104 致萧军、萧红

刘吟先生：

二日的信，四日收到了，知道已经搬了房子，好极好极，但搬来搬去，不出拉都路，正如我总在北四川路兜圈子一样。有大草地可看，在上海要算新年幸福，我生在乡下，住了北京，看惯广大的土地了，初到上海，真如被装进鸽子笼一样，两三年才习惯。新年三天，译了六千字童话，想不用难字，话也比较的容易懂，不料竟比做古文还难，每天弄到半夜，睡了还做乱梦，那里还会记得妈妈，跑到北平去呢？

删改文章的事，是必须给它发表开去的，但也犯不上制成锌板。

他们的丑史多得很，他们那里有一点羞。怕羞，也不去干这样的勾当了，他们自己也并不当人看。

吟太太究竟是太太，观察没有咱们爷们的精确仔细。少说话或多说闲谈，怎么会是耗子躲猫的方法呢？我就没有见过猫整天的在咪咪的叫的，除了春天的或一时期之外。猫比老鼠还要沈默。春天又作别论，因为它们另有目的。平日，它总是静静的听着声音，伺机搏击，这是猛兽的方法。自然，它决不和耗子讲闲话的，但耗子也不和猫讲闲话。

你所遇见的人，是不会说我怎样坏的，敌对或侮蔑的意思，我相信也没有。不过"太不留情面"的批评是绝对的不足为训的。如果已经开始笔战了，为什么要留情面？留情面是中国文人最大的毛病。他以为自己笔下留情，将来失败了，敌人也会留情面。殊不知那时他是决不留情面的。做几句不痛不痒的文章，还是不做好。

而且现在的批评家，对于"骂"字也用得非常之模胡。由我说起来，倘说良家女子是婊子，这是"骂"，说婊子是婊子，就不是骂。我指明了有些人的本相，或是婊子，或是叭儿，它们却真的是婊子或叭儿，所以也决不是"骂"。但论者却一概谓之"骂"，岂不哀哉。

至于检查官现在这副本领，是毫不足怪的，他们也只有这种本领。但想到所谓文学家者，原是应该自己会做文章的，他们却只会禁别人的文章，真不免好笑。但现在正是这样的时候，不是救国的非英雄，而卖国的倒是英雄吗？

考察上海一下，是很好的事，但我举不出相宜的同伴，恐怕还是自己看看好罢，大约通过一两回，是没有什么的。不过工人区域里却不宜去，那里狗多，有点情形不同的人走过，恐怕它就会注意。

近来文字的压迫更严，短文也几乎无处发表了。看看去年所作的东西，又有了短评和杂论各一本，想在今年内印它出来，而新的文章，就不再做，这几年真也够吃力了。近几时我想看看古书，再来做点什么书，把那些坏种的祖坟刨一下。

过了一年，孩子大了一岁，但我也大了一岁，这么下去，恐怕我就要打不过他，革命也就要临头了。这真是叫作怎么好。

专此布达，并请

俪安

迅　上　广附笔问候　一月四日

350104 致叶紫

芷兄：

除夕信新年四日收到。书籍印出时，交那个书店代售一部分，没有问题，但总代售他是不肯的，其实他也没法推销出去，我想，不如和中国书坊小伙计商量，便中当代问。序当作一篇。铁耕回家去了，我可以写信去说，不过他在汕头的乡下，信札往来，很迟缓，图又须刻起来，能否来得及也说不定。

〔一月四日〕

350104 致赵家璧、郑伯奇

家璧
君平　先生：

先想看一看《新青年》及《新潮》，倘能借得，乞派人送至书店为感。

　专此布达，即请

著安。

迅　上　一月四日

350104 致母亲

母亲大人膝下敬禀者，去年十二月二十日的信，早经收到。现在是
　　总算过了年三天了，上海情形，一切如常，只倒了几家老店；阴
　　历年关，恐怕是更不容易过的。男已复原，可请勿念。散那吐瑾
　　未吃，因此药现已不甚通行，现在所吃的是麦精鱼肝油之一种，
　　亦尚有效。至于海婴所吃，系纯鱼肝油，颇腥气，但他却毫不
　　要紧。
去年年底，给他照了一个相，不久即可去取，倘照得好，不必重
　　照，则当寄上。元旦又称了一称，连衣服共重四十一磅，合中国
　　十六两称三十斤十二两，也不算轻了。他现在颇听话，每天也有
　　时教他认几个字，但脾气颇大，受软不受硬，所以骂是不大有用
　　的。我们也不大去骂他，不过缠绕起来的时候，却真使人烦厌。
上海天气仍不甚冷，今天已是阴历十二月初一了，有雨，而未下
　　雪。今年一月，老三那里只放了两天假，昨天就又须办公了。害
　　马亦好，并请放心。

　专此布达，恭请

金安。

男树　叩上　广平海婴同叩。一月四日

350104 致山本初枝（日本）

恭贺新禧。

上海也到了今天一月四日，情形与去年无甚差别。从内山老板那里得到松竹梅一盆，现正开花，给会客间增添热闹。内山老板说假期中去南京旅游，但终于未去旅游而只去了南京路。那是去看《克来阿派忒拉》。我也去了，但不是像广告上说的那么优秀的电影。

我已速愈，食欲也照常了。可是对出版的压迫实在厉害，而且没有什么定规，全凭检查官的尊意乱来，无法忍受。靠笔在中国生活颇不容易。想从今年起停止写短评之事而学习点什么。但这个学习不用说也还是进些骂人的货。

孩子比较大了，病也少了，但另方面则非常吵闹。因孤单无侣，便常来大人处搞。我学习也受到了妨碍。

迅　上　一月四日

山本夫人几下

350106 致黄源

河清先生：

顷收到五日来信。先贺贺你得了孩子，但这是要使人忙起来的。

拉甫列涅夫的照片，那一本破烂书里（一九二页上）就有，当如来示，放在书店里。

那一篇文章，谷曾来信说过，我未复。今天看见，我就请他不要拿出去，待将来再说。至于在《文学》上，我想还不如仍是第二号登

《杂谈》，第三号再登《之余》，或《之余》之删余。登出之后，我就想将去年一年的杂文汇印，不必再寄到北平去了。

去年曾为生生美术公司做一短文，绝无政治意味或讽刺之类的，现在才知道确被抽去。那么，对于我们出版的事，就有比沈先生所说的更大的问题。即：他们还是对人，或有时如此，有时不如此，译文社中是什么人，他们是知道的，我们办起事来，纵使如何小心，他们一不高兴时，就可不说理由，只须一举手之劳，致出版事业的死命。那时我们便完全失败，倘委曲求全，则成为他们的俘虏了，所以这事还须将来再谈一谈。

刚才看见《文学》，插图上题作雨果的，其实是育珂摩耳，至于题作育珂的少年像，本该是雨果了，但他少年时代的像，我没有见过，所以决不定。这一点错误，我看是该在下期订正的。此上，即颂撰安。

迅　顿首　六夜。

350106 致曹靖华

汝珍兄：

去年除夕的信，今天收到了。和《译文》同寄的，就是郑君所说的那本书，我希望它们能够寄到。其中都是些短评，去年下半年在《申报》上发表的。末了有一篇后记，大略可见此地的黑暗。

上海出版界的情形，似与北平不同，北平印出的文章，有许多在这里是决不准用的；而且还有对书局的问题（就是个人对书局的感情），对人的问题，并不专在作品有无色采。我新近给一种期刊作了一点短文，是讲旧戏里的打脸的，毫无别种意思，但也被禁止了。他们的嘴就是法律，无理可说。所以凡是较进步的期刊，较有骨气的编辑，都非常困苦。今年恐怕要更坏，一切刊物，除胡说八道的官办东西和帮闲凑趣的"文学"杂志而外，较好的都要压迫得奄奄无生气的。

《创作经验》望抄毕即寄来，以便看机会介绍。

此地尚未下雪，而百业凋敝不堪，阴历年关，必有许多大铺倒闭的。弟病则已愈，似并无倒闭之意；上月给孩子吃鱼肝油，胖起来了；女人亦安好，可释远念。它嫂平安，惟它兄仆仆道途，不知身体如何耳。此布，即请

冬安。

弟豫　顿首　一月六夜。

350108 致郑振铎

西谛先生：

四夜信收到。记得去年年底，生活书店曾将排好之校样一张送给我，问有无误字，即日为之改正二处，寄还了他。此即《十竹斋》广告，计算起来，该是来得及印上的，而竟无有，真不知何故。和商人交涉，常有此等事，有时是因为模模胡胡，有时却别有用意，而其意殊不可测（《译文》在同一书店所出的别种刊物上去登广告，亦常被抽去），只得听之，而另行延长预约期间，或卖特价耳。

在同一版上，涂以各种颜色，我想是两种颜色接合之处，总不免有些混合的，因为两面俱湿，必至于交沁。倘若界限分明，那就恐怕还是印好几回，不过板却不妨只有一块，只是用笔分涂几回罢了。我

有一张贵州的花纸（新年卖给人玩的），看它的设色法，乃是用纸版数块，各将应有某色之处镂空，压在纸上，再用某色在空处乱搽，数次而毕。又曾见 E.Mun-ch 之两色木版，乃此版本可以挖成两块，分别涂色之后，拼起来再印的。大约所谓采色版画之印法，恐怕还不止这几种。

营植排挤，本是三根惟一之特长，我曾领教过两回，令人如穿湿布衫，虽不至于气绝，却浑身不舒服，所以避之惟恐不速。但他先前的历史，是排尽异己之后，特长无可施之处，即又以施之他们之同人，所以当他统一之时，亦即倒败之始。但现在既为月光所照，则情形又当不同，大约当更绵长，更恶辣，而三根究非其族类，事成后也非藏则烹的。此公在厦门趋奉校长，颜膝可怜，迫异己去后，而校长又薄其为人，终于下安于位，殊可笑也。现在尚有若干明白学生，固然尚可小住，但与月孽争，学生是一定失败的，他们孜孜不倦，无所不为，我亦曾在北京领教过，觉得他们之凶悍阴险，远在三根先生之上。和此辈相处一两年，即能幸存，也还是有损无益的，因为所见所闻，决不会有有益身心之事，犹之专读《论语》或《人间世》一两年，而欲不变为废料，亦殊不可得也。但萌退志是可以不必的，我亦尚在看看人间世，不过总有一天，是终于要"一走了之"的，现在是这样的世界。

偶看明末野史，觉现在的士大夫和那时之相像，真令人不得不惊。年底做了一篇关于明末的随笔，去登《文学》（第一期），并无放肆之处，然而竟被删去了五分之四，只剩了一个头，我要求将这头在第二期登出，聊以示众而已。上海情形，发狂正不下于北平。青年好游戏，请游戏罢。其实中国何尝有真正的党徒，随风转舵，二十余年矣，可曾见有人为他的首领拚命？将来的狂热的扮别的伟人者，什九正是现在的扮 Herr Hitler 的人。穆公木天也反正了，他与另三人作一献上之报告，毁左翼惟恐不至，和先前之激昂慷慨，判若两人，但我深怕他有一天又会激烈起来，判我辈之印古董以重罪也。（穆公们之献文，是登在秘密刊物里的，不知怎的为日本人所得，译载在《支那研究资料》上了，遂使我们局外人亦得欣赏。他说：某翼中有两个太上皇，亦即傀儡，乃我与仲方。其实这种意见，他大约蓄之已久，不过不到时候，没有说出来。然则尚未显出原形之所谓"朋友"也者，岂不可怕？）

S君是明白的。有几个外国人之爱中国，远胜于有些同胞自己，这真足叫人伤心。我们自己也还有好青年，但不知在此世界，究竟可以剩下几个？我正在译童话，拟付《译文》，亦尚存希望于将来耳，呜呼！

专此布达，即请

著安。

迅　顿首　一月八夜。

350109 致郑振铎

西谛先生：

昨复一函，想已达。顷得六日信，备悉种种。长于营植排挤者，必大嫉妒，如果不是他们的一伙，则虽闭门不问外事，也还是要遭嫉视的。阮大铖还会作《燕子笺》，而此辈则并无此种伎俩，退化之状，彰彰明矣。

先生如离开北平，亦大可惜，因北平究为文化旧都，继古开今之事，尚大有可为者在也。许君处已去函问，得复后，当即转达。许君人甚诚实，而缺机变，我看他现在所付以重任之人物，亦即将来翻脸不相识之敌人。大约将来非被彼辈所侵入，则亦当被排去，不过现在尚非其时耳。

南方当然不会不黑暗，但状态颇与北方不同。我不明教育界情形，至于文坛，则龌龊琐鄙，真足令人失笑。有救人之英雄，亦有杀人之英雄，世上通例，但有作文之文学家，而又有禁人作文之"文学家"，则似中国所独有也。脸皮之厚，世上无两，尚足与之理论乎。

顷见《文学季刊》，以为先生所揭士大夫与商人之争，真是洞见隐密，记得元人曲中，刺商人之貌为风雅之作，似尚多也，皆士人败后之扯淡耳。

专此布达，即请
著安。

迅　顿首　一月九夜

350109 致许寿裳

季市兄：

去年寄奉一函并医院帐目，想早达览。近闻郑君振铎，颇有不欲久居燕大之意，此君热心好学，世所闻知，倘其赋闲，至为可惜。因思今年秋起，学院中不知可请其教授文学否？既无色采，又不诡随，在诸生间，当无反对者。以是不揣冒昧，贡其愚忱，倘其有当，尚希采择，将来或直接接洽，或由弟居中绍介，均无不可。如何之处，且

希示复也。专此布达，并请

教安。

弟飞　顿首　一月九夜。

350109 致叶紫

芷兄：

四日信收到。不明底细的书店，我不想和他们发生关系了，开首说得好好的，后来会出意外的麻烦。譬如《二心集》，我就不主张去检查，然而稿一付去，权在书店，无法阻止。

所以请你回复那书店：我不同意。

那集子里，有几篇到现在也还可存留，我自己要设法印它出来，才可以不至于每页字数排得很少，填厚书本，而定价一元。

此复，并颂

年禧。

豫　上　一月九夜。

350115 致曹靖华

汝珍兄：

十一日信昨收到；小包收据，今日亦已送来，明日当可取得，谢谢。

农兄病已愈，甚可喜，此后当可健康矣。霁兄来信，亦略言及。

此地文艺界前年至去年上半之情形，弟在后记中已言其大略。近更不行了，新书无可观者。拉甫列涅夫之一篇，已排入《译文》第五本中，被检查者抽去，此一本中，共被抽去四篇之多（删去一点者不算），稿遂不够，只得我们赶译补足。此为他们虐待异己法之一。使之疲于奔命，一也；使内无佳作，二也；使出版延期，因失读者信用，三也……这真是出版界之大厄，我看是世界上所没有的。

但兄之译稿，仍可寄来，有便当随时探问，因为检查官对于出版者有私人之爱憎，所以此店不能出，彼店或能出的。或者索性加入更紧要之作，让我们来设法自行出版，因为现在官许之印本，必经检查，抽去紧要处，恰如无骨之人，毫无生气了。

这回《译文》中有一篇是讲德国一个小学堂，不肯挂希氏照相的，不准登；有一篇是十九世纪初之法人所作，内有说西班牙之多盗，是政府之故的，被删掉了。今之德国和昔之西班牙都不准提，还有什么可说呢？

近两年来，弟作短文不少。去年的有六十篇，想在今年印出，而今年则不做了。一固由于无处可登，即登，亦不能畅所欲言，最奇的是竟有同人而匿名加以攻击者。子弹从背后来，真是令人悲愤，我想玩他一年了。

此地至昨天始较冷，但室内亦尚有五十余度。寓中大小均安，请释念。此布，即请

冬安。

弟豫　顿首　一月十五夜。

350115 致赵家璧

家璧先生：

十二日信收到。

说起来我真有些荒唐，那感想的事，我竟忘记了，现在写了一点寄上。其实，我还没有看了几本作品，这感想也只好说得少些。

《尼采自传》的事，看见译者时，当问一声，但答复是迟的，因为我不知道他的住址，非等他来找不可。

此布，即请

撰安。

迅　上　一月十五夜

350116 致母亲

母亲大人膝下，敬禀者，日前寄上海婴照片一张，想已收到。小包一个，今天收到了。酱鸭酱肉，略起白花，蒸过之后，味仍不坏，只有鸡腰是全不能吃了。其余的东西，都好的。下午已分了一份给老三去。但其中的一种粉，无人认识，亦不知吃法，下次信中，乞示知。

上海一向很暖，昨天发风，才冷了起来，但房中亦尚有五十余度。寓内大小俱安，请勿念为要。

海婴有几句话，写在另一张纸上，今附呈。

专此布达，恭请

金安。

男树　叩上　广平及海婴同叩　一月十六日

350117 致孟十还

十还先生：

　　十四夜信收到。拉甫列涅夫的文章尚蒙钦删，则法捷耶夫一定是通不过的。官威莫测，此后的如何选材，亦殊难言。我想，最稳当是译较古之作，如 Korolenko，Uspensky 等。卢氏之名，就不妥，能否通过，恐怕也很难说的。

　　所识的朋友中，无可以找到原本《三人》者，其实是因为我在上海，所识的人就不多也。

　　专复，即颂

时绥。

迅　上　一月十七日

350117 致曹聚仁

聚仁先生：

　　十七日信当日到。官威莫测，即使无论如何圆通，也难办的，因为中国的事，此退一步，而彼不进者极少，大抵反进两步，非力批其颊，彼决不止步也。我说中国人非中庸者，亦因见此等事太多之故。

　　《蹇安五记》见赠，谢谢。但纸用仿中国纸，为精印本之一小缺点。我亦非中庸者，时而为极端国粹派，以为印古色古香书，必须用古式纸，以机器制造者斥之，犹之泡中国绿茶之不可用咖啡杯也。

此复，即请

撰安。

迅　顿首　一月十七晚。

致徐先生一笺，乞便中转交为感。　又及。

350117 致徐懋庸

懋庸先生：

今天得信，才知道先生尚在上海，先前我以为是到乡下去了。暂时"消沈"一下，也好的，算是休息休息，有了力气，自然会不"消沈"的，疲劳了还是做，必至于乏力而后已，我憎恶那些拿了鞭子，专门鞭扑别人的人们。

笔记恐怕也不见得稳当，因为无论做什么东西，气息总不会改的。见闻也有，但想起来也大抵无聊的居多，自以为可写的，又一定通不过，一时真也决不下，看将来再说罢。

《春牛图》我没有，也不知道何处可买，现今在禁用阴历，恐怕未必，有买处罢。

此复，即颂

冬安。

迅　顿首　一月十七夜

350117 致山本初枝（日本）

拜启，惠函收到。

我是散文式的人，因此中国任何诗人的诗都不喜欢。只是年轻时唐朝李贺的诗比较喜欢。不过其诗难懂，正因为难懂才佩服的。现在连对那位李君也不钦佩了。

在中国诗中，病雁几乎没有，病鹤倒很多。《清六家诗钞》中一定也有的吧。鹤是人饲养的，因此病了便知道；而雁则野生，病了人也不知道。

棠棣花是中国传去的名词。《诗经》中即已出现。那是怎样的花？说法很多。普通所谓棠棣花，现在叫作"郁李"，日本名字不详，总之是像李一样的东西。开花期与花的形状也跟李一样，花为白色，只是略小而已。果实犹如小樱桃，孩子吃的，但一般不认为是水果。然而说棠棣花就是山吹的人也有的。

上海已冷，室外约三十度。

内山老板仍然在拚命写漫谈，已成三十篇。

我们均平安。 草草顿首

鲁迅 一月十七夜

山本夫人几下

350118 致王志之

思远兄：

十二日信收到。所说的稿子，我看是做不来的，这些条件，就等于不许跑，却要走的快。现在上海出版界所要求的，也是这一种文章，我长久不作了。茅先生函已转寄，但恐无结果。其实，投稿难，到了拉稿，则拉稿亦难，两者都很苦，我就是立誓不做编辑者之一人。当投稿时，要看编辑者的脸色，但一做编辑，又就要看投稿者，书坊老版，读者的脸色了。脸色世界。

我的稿子，已函托生活书店，请其从速寄还，此外亦更无办法。《准风月谈》日内即寄上。

此复，即颂

时绥。

豫　上　一月十八日

350118 致唐诃

唐诃先生：

收到十一日来信，没有回信地址，先前的我忘记了，现在就用信箱，大约也可收到罢，我希望能够如此。

关于木展的刊物，也都收到，如此盛大，是出于意外的，但在这时候，正须小心，要防一哄而散，要防变相和堕落。

那一本专刊，我或者写几句罢，不过也没有什么新意思。来信说印画用原版，我印《木刻纪程》时也如此的，不料竟大失败，因为原版多不平，所以用机器印，就有印出或印不出处，必须看木版稍低之处，用纸在机器上贴高，费时费力，而结果还是不好。所以倘用原版，只以手印为限，北平人工不贵，索性用手印，或手摇机印，何如？此一点，须于开印前和印刷局商量好，否则，会印得不成样子的。

德国木刻，似乎此刻也无须去搜集，他们的新作品，曾在上海展览过，我看是颇消沈的。德国版画，我早有二百余张，其中名作家之作亦不少，曾想选出其中之木刻六十幅，仿《引玉集》式付印，而原作皆大幅（大抵横约28cm.直40cm.），缩小可惜，印得大一点，则成本太贵，印不起，所以一直搁到现在的。但我想，也只得缩小，所以今年也许印出来。

《月谈》，《纪程》，都可寄上，我只在等寄书的切实地址。又，周涛先生，想必认得罢，同样的书两本，我想奉托转交。

此复，即颂

时绥。

迅 上 一月十八日

350118 致段干青

干青先生：

前天收到《木刻集》两本，今天得到来信了，谢谢。照现在的环境，木运的情况是一定如此的，所以我以为第一着是先使它能够存在，内容不妨避忌一点，而用了不关大紧要题材先将技术磨练起来。所以我是主张也刻风景和极平常的社会现象的。

据来信所说的他们的话，只是诧异，还不是了解或接收。假如使他们挑选要那一张，我恐怕挑出来的大概并不是刻着他们的图画。中国现在的工农们，其实是像孩子一样，喜新好异的，他们之所以见得顽固者，是在疑心，或实在感到"新的"有害于他们的时候。当他们在过年时所选取的花纸种类，是很可以供参考的。各种新鲜花样，如飞机潜艇，奇花异草，也是被欢迎的东西，木刻的题材，我看还该取得广大。但自然，这只是目前的话。

《木刻集》看过了，据我个人的意见，《喜峰口》，《田间归来》，《送饭》，《手》，《两头牛》这五幅，是好的；《豢养》和《手工业的典型》，比较的好。而当刻群像的时候，却失败的居多。现在的青年艺术家，不愿意刻风景，但结果大概还是风景刻得较好。什么缘故呢？我看还是因为和风景熟习的缘故。至于人物，则一者因为基本练习不够（如素描及人体解剖之类），因此往往不像真或不生动，二者还是为了和他们的生活离开，不明底细。试看凡有木刻的人物，即使是群像，也都是极简单的，就为此。要救这缺点，我看一是要练习素描，二是要随时观察一切。

专此布复，即颂

时绥

迅　上　一月十八夜。

350118 致赖少麒

少其先生：

寄给我的《诗与版画》，早收到了，感谢之至，但因为病与忙，没有即写回信，这是很抱歉的。

那一本里的诗的情调，和版画是一致的，但版画又较倾于印象方面。我在那里面看见了各种的技法：《病与债》是一种，《债权》是一种，《大白诗》是一种。但我以为这些方法，也只能随时随地，偶一为之，难以多作。例如《债权》者，是奔放，生动的，但到《光明来临了》那一幅，便是绝顶（也就是绝境），不能发展了。所以据我看起来，大约还是《送行》,《自我写照》（我以为这比《病与债》更紧凑）,《开公路》,《苦旱与兵灾》这一种技法，有着发展的前途。

小品，如《比美》之类，虽然不过是小品，但我觉得幅幅都刻得好，很可爱的。用版画装饰书籍，将来也一定成为必要，我希望仍旧不要放弃。

有寄张影先生的一封信，但不知道他的地址，今附上，先生一定是认识他的，请转交为荷。

专此布达，即颂

时绥。

鲁迅　一月十八夜

350118 致张影

张影先生：

早已收到寄给我的版画集，但为了病与忙，未能即复，歉甚。其中的作品，我以为《收获》,《农村一角》,《归》,《夕阳》，这四幅，是好的。人物失败的多，但《饥饿》,《运石》二种，却比较的好。人物不及风景，是近来一切青年艺术学徒的普遍情状，还有一层，是刻动的往往不及静的，先生亦复如此。所以虽是以"奔波"为题目，而人物还是不见奔忙之状。但在学习的途中，这些是并不要紧的，只要不放手，我知道一定进步起来。

专此布复，即颂

时绥。

鲁迅　一月十八夜

350119 致赵家璧

家璧先生：

奉还《新潮》五本。其中有小说四篇，即——

一、汪敬熙：《一个勤学的学生》（二号）

二、杨振声：《渔家》（三号）

三、罗家伦：《是爱情还是苦痛》（三号）

四、俞平伯：《花匠》（四号）

乞托公司中人一抄，并仍将抄本寄下为盼。

又《新潮》后五本及《新青年》，如在手头，希派人送下。一九二六年为止之《现代评论》，并希设法借来一阅为感。

此布，即请

撰安。

迅　上　一月十九日

350121 致赵家璧

家璧先生：

《尼采自传》的译者，昨天已经看见过，他说，他的译本，是可以放在丛书里面的。

　　特此奉告，并请

撰安。

　　　　　　　　　　　　迅　上　一月二十一日

350121 致萧军、萧红

刘
吟
先生：

　　自己吃东西不小心，又生了几天病，现在又好了。两篇稿子早收到，写得很好，白字错字也很少，我今天开始出外走走，想绍介到《文学》去，还有一篇，就拿到良友公司去试试罢。

　　前几天的病，也许是赶译童话的缘故，十天里译了四万多字，以现在的体力，好像不能支持了。但童话却已译成，这是流浪儿出身的Panterejev做的，很有趣，假如能够通过，就用在《译文》第二卷第壹号（三月出版）上，否则，我自己印行。

　　现在搬了房子，又认识了几个人（叶这人是很好的），生活比较的可以不无聊了罢。

　　专此布达，即颂

时绥

　　　　　　迅　上　广也说问问您们俩的好。〔一月廿一日〕

　　"小伙计"比先前胖一点了，但也闹得真可以。

350123 致黄源

河清先生：

《译文》第六期稿，不知现已如何？沈先生送来论文《莱蒙托夫》一篇，约二千字，但不知能通过否？倘能用，则可加莱氏画像一幅，莱氏作线画一幅（决斗之状），此二幅皆在德文本《俄国文学画苑》中，此书我处不见，大约还在书店里。

《奇闻二则》亦已译讫，稿并原本（制图用）都放在内山店，派人来取，如何？俟回信照办。

专此，即请

撰安。

迅　顿首　一月廿三日

350124 致金肇野

肇野先生：

廿日信收到，报未到。个人作品，不加选择，即出专集，我是没有来信所说那么乐观的。南方也有几种，前信不过随便说说，并非要替他们寻代售处。

《朝花》的书价，可以不必寄来，因为我的朋友也没有向我要，我看是不要的了，所以我也不要。但那五本收集已颇麻烦，因为已经绝版，所以此后的两部，大约不见得会有的了。

此复，即颂

时绥。

豫　上　一月廿四日

350125 致增田涉（日本）

十八日惠函到手。《十竹斋笺谱》第一册二月底当能出版。预约价每册四元五角。余下三册预定于今年年内完成，但如有遇到动乱的事，则延期或休刊。

写字之事，倘不以拙劣为问题，就不怕出丑了。请将八十岁老先生的雅号、纸张大小（宽与长，横写还是直写）见告就写。

《四部丛刊》早已完成，并未中断。《续编》第一年部分已于去年十二月完成。《二十四史》稍为缓慢，但也每年在出版。四分之三既已寄送，必是书款已全部付清。为何其余四分之一没寄，原因实在不明白。请将预约者姓名及住址示知，以便向那书馆查询。

《文学》是我托书店寄的。如由我寄，就怕有时懒惰而迟误，故托了书店。二月号上将刊登我的《病后杂谈》，那只是原文的五分之一，其余五分之四都是被检查官删掉的。也就是拙文的头。

检查官中颇有些摩登女郎。彼女们（这是明治时代的写法）对我的文章不懂而下手，因此被害者的心情太坏了。高明的勇士一刀刺中要害而杀敌，然彼女们手持小刀对着背部或屁股的皮肤乱戳，流着血，样子也难看，但被刺者怎么也不倒下。虽不倒下，但毕竟因心情坏而不知所措。

木实君那样喜欢小姐画像吗？这种小姐挺无聊的。近日将和我写的字一起寄上令人难受、花里胡哨的画像。

上海不冷，但又流行流感了。

答问——

活咳。活该之误，意为"当然"，其中又含有"自作自受"、"不足惜"之意。天津话。

蹩扭＝纠葛、意见不合、合不来。天津话。

老闆＝老板＝商店主人，但对户主也可这么叫。上海话。

瘪。最难译。最初的意思是形容压扁的气球泄气四分之三的样子时，使用此字。引申为形容精神萎靡或人不愉快时的样子、饥饿的肚子等。上海话。又有"小瘪三"一词，这指因无能而将沦落为乞丐的人。但若为乞丐，就得正式称乞丐，而从小瘪三的类型中划出。

洛文　上　一月二十五夜

增田学兄被炉几下

350126 致曹靖华

汝珍兄：

二十二日信，顷已收到。红枣早取来，煮粥，做糕，已经吃得不少了，还分给舍弟。南边也有红枣买，不知是从那里运来的，但肉很薄，没有兄寄给我的好。

这里的朋友的行为，我真不知道是什么意思，出过一种刊物，将去年为止的我们的事情，听说批评得不值一钱，但又秘密起来，不寄给我看，而且不给看的还不止我一个，我恐怕三兄那里也未必会寄去。所以我现在避开一点，且看看究竟是怎么一回事再说。

检查也糟到极顶，我自去年底以来，被删削，被不准登，甚至于被扣住原稿，接连的遇到。听说，检查的人，有些是高跟鞋，电烫发的小姐，则我辈之倒运可想矣。兄原稿未取来，但可以取来，因为杂志是用排印了的稿子送检的。我的原稿之被扣，系在一种画报上，故和一般之杂志稍不同。译本抄成后，仍希寄来，当随时设法。我的那一本，是几个书店小伙计私印的，现一千本已将卖完，不会折本。这样的还有一本，并杂文（稍长的）一本，想在今年内印它出来。至于新作，现在可是难了，较好的简直无处发表，但若做得吞吞吐吐，自己又觉无聊。这样下去，著作界是可以被摧残到什么也没有的。

木刻除了冈氏、克氏两个人的之外，什么也没有。寄《引玉集》是去年秋天，此后并不得一封回信；去年正月，我曾寄中国古书三包，内多图画，并一信（它兄写的）与V，请他公之那边的木刻家，也至今并无一句回信，我疑心V是有点官派的。

捷克的一种德文报上，有《引玉集》绍介，里面说，去世的是Aleksejev。他还有《城与年》二十余幅在我这里未印，今年想并克氏、冈氏的都印它出来。但如有那小说的一篇大略，约二千字，就更好，兄不知能为一作否？冈氏的是伊凡诺夫短篇的插图，我只知道有二幅是《孩子》，兄译过的，此外如将题目描上，兄也许有的曾经读过。

《木刻纪程》如果找不到，那只好拉倒了。

这里天气并不算冷，只有时结一点薄冰。我们都好的，但我总觉得力气不如从前了，记性也坏起来，很想玩他一年半载，不过大抵是不能够的，现除为《译文》寄稿外，又给一个书局在选一本别人的短篇小说，以三月半交卷，这只是为了吃饭问题而已。因为查作品，看了《豫报副刊》，在里面发见了兄的著作，兄自己恐怕倒已忘记了罢。

农已回平 甚可喜，但不知他饭碗尚存否？这也是紧要的。

专此布达，即请

冬安。

弟豫 顿首 一月廿六日

嫂夫人前均此问候不另。

350127 致孟十还

十还先生：

　　来函奉到。三十日定当趋前领教。致黎茅二位柬，已分别转寄了。

　　专此奉复，即颂

时绥。

迅　上　一月二十七日

350127 致黎烈文

烈文先生：

　　廿五日信奉到。Führer即指导者，领导者，引伸而为头领及长官。加于希公之上者，似以译领导者为较合适也。

　　《译文》中之译稿，实是一个问题，不经校阅，往往出毛病，但去索取原文，却又有不信译者之嫌，真是难办。插图如与文字不妨无关，目前还容易办，倘必相关，就成问题。但《译文》中插图的模胡，是书店和印局应负责任的，我看这是印得急促和胡乱的缘故，要是认真的印，即使更精细的图画，也决不至于如此。

　　孟十还请客，我看这是因为他本月收入较多，谷非诸公敲竹杠的。对于先生之请柬，他托我代转并坚邀，今附上。大约坐中都是熟人，我只得去一下，并望先生亦惠临也。

　　专布，即请

撰安。

迅　顿首　一月二十七日

350129 致杨霁云

霁云先生:

　　顷收到二十七日惠函;承寄《发掘》一本,亦早收到,在忙懒中,致未早复,甚歉,见著者时,尚希转达谢忱为幸。

　　《集外集》既送审查,被删本意中事,但开封事亦犯忌却不可解,大约他们决计要包庇中外古今一切黑暗了。而古诗竟没有一首删去,却亦不可解,其实有几首是颇为"不妥"的。至于引言被删,则易了然,盖他们不许有人为我作序或我为人作序而已。颠倒书名,则以显其权威,此亦叭儿脾气,并不足异。

　　尤奇的是今年我有两篇小文,一论脸谱并非象征,一记娘姨吵架,与国政世变,毫不相关,但皆不准登载。又为《文学》作一文,计七千字,谈明末事,竟被删去五分之四(此文当在二月号刊出);我乃续作一文,谈清朝之禁汉人著作,这回他们自己不删了,只令生活书局中人动手删削,但所存较多(大约三月号可刊出)。这一点责任,也不肯负,可谓全无骨气,实不及叭儿之尚能露脸狂吠也。三月以后,拟编去年一年中杂文,自行付印,而将《集外集》之被删者附之,并作后记,略开玩笑,点缀昇平耳。

　　上海天气已冷,我亦时有小病,此年纪关系,亦无奈何,但小病而已,无大害也,医言心肺脑俱强,此差足以慰　锦注者也。

　　专此布复,即请

文安

迅　顿首　一月廿九夜

350129 致曹聚仁

聚仁先生：

　　廿六信今天才收到。《笔端》早收到，且已读完，我以为内容很充实，是好的。大约各人所知，彼此不同，所以在作者以为平常的东西，也还是有益于别的读者。

　　《集外集》之被捣乱，原是意中事。那十篇原非妙文，可有可无，但一经被删，却大有偏要发表之意了，我当于今年印出来给他们看。"鲁迅著"三字，请用普通铅字排。

　　《芒种》开始，来不及投稿了，因为又在伤风咳嗽，消化不良。我的一个坏脾气是有病不等医好，便即起床，近来又为了吃饭问题，在选一部小说，日日读名作及非名作，忙而苦痛，此事不了，实不能顾及别的了。并希转达徐先生为托。

　　专此布复，即请

撰安。

迅　顿首　一月廿九日

350129 致萧军、萧红

萧、吟两兄：

　　二十及二十四日信都收到了。运动原是很好的，但这是我在少年时候的事，现在怕难了。我是南边人，但我不会弄船，却能骑马，先前是每天总要跑它一两点钟的。然而自从升为"先生"以来，就再没有工夫干这些事，二十年前曾经试了一试，不过架式还在，不至于掉下去，或拔住马鬃而已。现在如果试起来，大约会跌死也难说了。

而且自从弄笔以来，有一种坏习气，就是一样事情开手，不做完就不舒服，也不能同时做两件事，所以每作一文，不写完就不放手，倘若一天弄不完，则必须做到没有力气了，才可以放下，但躺着也还要想到。生活就因此没有规则，而一有规则，即于译作有害，这是很难两全的。还有二层，一是琐事太多，忽而管家务，忽而陪同乡，忽而印书，忽而讨版税；二是著作太杂，忽而做序文，忽而作评论，忽而译外国文。脑子就永是乱七八糟，我恐怕不放笔，就无药可救。

所谓"还有一篇"，是指萧兄的一篇，但后来方法变换了，先都交给《文学》，看他们要那一篇，然后再将退回的向别处设法。但至今尚无回信。吟太太的小说送检查处后，亦尚无回信，我看这是和原稿的不容易看相关的，因为用复写纸写，看起来较为费力，他们便搁下了。

您们所要的书，我都没有。《零露集》如果可以寄来，我是想看一看的。

《滑稽故事》容易办，大约会有书店肯印。至于《前夜》，那是没法想的，《熔铁炉》中国并无译本，好像别国也无译本，我曾见良士果短篇的日译本，此人的文章似乎不大容易译。您的朋友要译，我想不如鼓励他译，一面却要老实告诉他能出版否很难预定，不可用"空城计"。因为一个人遇了几回空城计后，就会灰心，或者从此怀疑朋友的。

我不想用鞭子去打吟太太，文章是打不出来的，从前的塾师，学生背不出书就打手心，但愈打愈背不出，我以为还是不要催促好。如果胖得象蝈蝈了，那就会有蝈蝈样的文章。

　　此复，即请

俪安。

豫　上　一月廿九夜。

350203 致黄源

河清先生：

　　一夜信今日收到。那本散文诗能有一部分用好纸印，就可以对付译者了，经手别人的稿子，真是不容易。

　　当靖的那一篇拉甫列涅夫文抽去时，我曾通知他，并托他为《译文》译些短篇。那回信说，拉氏那样的不关紧要的文章尚且登不出，也没有东西可译了。他大约不高兴译旧作品，而且也没有原本，听说他本来很多，都存在河南的家里，后来不知道为了一种什么谣言，他家里人就都烧掉，烧得一本不剩了；还有一部分是放在静农家的，去年都被没收。在那边买书，似乎也很不容易，我代人买一本木刻法，已经一年多了，终于还没有买到。

　　杜衡之类，总要说那些话的，倘不说，就不成其为杜衡了。我们即使一动不动，他也要攻击的，一动，自然更攻击。最好是选取他曾经译过的作品，再译它一回，只可惜没有这种闲工夫。还是让他去说去罢。

　　译文社出起书来，我想译果戈理的选集，当与孟十还君商量一下，大家动手。有许多是有人译过的，但只好不管。

　　今天爆竹声好像比去年多，可见复古之盛。十多年前，我看见人家过旧历年，是反对的，现在却心平气和，觉得倒还热闹，还买了一批花炮，明夜要放了。

专此布复，并请

春安。

迅　上　二月三夜

350204 致孟十还

十还先生：

上月吃饭的时候，耳耶兄对我说，他的朋友译了一篇果戈理的《旧式的田主》来，想投《译文》或《文学》，现已托先生去校正去了。

这篇文章，描写得很好，但也不容易译，单据日本译本，恐怕是很难译得好的，至少，会显得拖沓。我希望先生多费些力，大大的给他校改一下。

因为译文社今年想出单行本，黄先生正在准备和生活书店去开交涉，假如成功的话，那么，我想约先生一同来译果戈理的选集，今年先出《Dekanka 夜谈》和《Mirgorod》，每种一本，或分成两本，俟将来再说；每人各译一本或全都合译，也俟将来再说。《旧式地主》在《Mirgorod》下卷中，改好之后，将来就可以收进去，不必另译了。

Korolenko 的小说，我觉得做得很好，在现在的中国，大约也不至于犯忌，但中国除了周作人译的《玛加尔之梦》及一二小品外，竟没有人翻译。不知 先生有他的原本没有？倘有，我看是也可以绍介的。

专此布达，并贺

年（旧的）禧。

迅　上　二月四日＝正月元旦。

350204 致杨霁云

霁云先生：

顷收到二月二日大札。《集外集》止抽去十篇，诚为"天恩高厚"，但旧诗如此明白，却一首也不删，则终不免"呆鸟"之讥。阮大铖虽奸佞，还能作《燕子笺》之类，而今之叭儿及其主人，则连小才也没有，"一代不如一代"，盖不独人类为然也。

文字请此辈去检查，本是犯不上的事情，但商店为营业起见，也不能深责，只好一面听其检查，不如意，则自行重印耳。《启事》及《来信》，自己可以检得，但《革命文学……》改正稿，希于便中寄下。近又在《新潮》上发见通信一则，此外当还有，拟索性在印杂文时补入。

被删去五分之四的，即《病后杂谈》，文学社因为只存一头，遂不登，但我是不以悬头为耻的，即去要求登载，现已在二月号《文学》上登出来了。后来又做了一篇，系讲清初删禁中国人文章的事情，其手段大抵和现在相同。这回审查诸公，却自己不删削了，加了许多记号，要作者或编辑改定，我即删了一点，仍不满足，不说抽去，也不说可登，吞吞吐吐，可笑之至。终于由徐伯䜣［昕］手执铅笔，照官意改正，总算通过了，大约三月号之《文学》上可以登出来。

禁止，则禁止耳，但此辈竟连这一点骨气也没有，事实上还是删改，而自己竟不肯负删改的责任，要算是作者或编辑改的。俟此文发表及《集外集》出版后，资料已足，我就可以作杂文后记了。

今年上海爆竹声特别旺盛，足见复古之一斑。舍间是向不过年的，不问新旧，但今年却亦借口新年，烹酒煮肉，且买花炮，夜则放之，盖终年被迫被困，苦得够了，人亦何苦不暂时吃一通乎。况且新生活自有有力之政府主持，我辈小百姓，大可不必凑趣，自寻枯槁之道也，想先生当亦以为然的。专此布复，并颂

齐禧。

迅　启上　二月四夜

350204 致李桦

李桦先生：

先生十二月九日的信和两本木刻集，是早经收到了的，但因为接连的生病，没有能够早日奉复，真是抱歉得很。我看先生的作品，总觉得《春郊小景集》和《罗浮集》最好，恐怕是为宋元以来的文人的山水画所涵养的结果罢。我以为宋末以后，除了山水，实在没有什么绘画，山水画的发达也到了绝顶，后人无以胜之，即使用了别的手法和工具，虽然可以见得新颖，却难于更加伟大，因为一方面也被题材所限制了。彩色木刻也是好的，但在中国，大约难以发达，因为没有鉴赏者。

来信说技巧修养是最大的问题，这是不错的，现在的许多青年艺术家，往往忽略了这一点。所以他的作品，表现不出所要表现的内

容来。正如作文的人，因为不能修辞，于是也就不能达意。但是，如果内容的充实，不与技巧并进，是很容易陷入徒然玩弄技巧的深坑里去的。

这就到了先生所说的关于题材的问题。现在有许多人，以为应该表现国民的艰苦，国民的战斗，这自然并不错的，但如自己并不在这样的旋涡中，实在无法表现，假使以意为之，那就决不能真切，深刻，也就不成为艺术。所以我的意见，以为一个艺术家，只要表现他所经验的就好了，当然，书斋外面是应该走出去的，倘不在什么旋涡中，那么，只表现些所见的平常的社会状态也好。日本的浮世绘，何尝有什么大题目，但它的艺术价值却在的。如果社会状态不同了，那自然也就不固定在一点上。

至于怎样的是中国精神，我实在不知道。就绘画而论，六朝以来，就大受印度美术的影响，无所谓国画了；元人的水墨山水，或者可以说是国粹，但这是不必复兴，而且即使复兴起来，也不会发展的。所以我的意思，是以为倘参酌汉代的石刻画像，明清的书籍插画，并且留心民间所赏玩的所谓"年画"，和欧洲的新法融合起来，许能够创出一种更好的版画。

专此布复，并颂

时绥。

迅　上　二月四夜。

350206 致增田涉（日本）

一月卅日之信拜读。木实女士的杰作绝非"一笑的东西"。已脱离从头上拉出四根棒以当手脚的境界，而成了颇为写实的东西。脸的画法也端正了。中国美人画已经去找了，我的字写好后一并寄上。

但这里的海婴男士，却是个怎么也不肯学习的懒汉，不读书，总是模仿士兵。我以为让他看看残酷的战争影片，可以吓他一下，多少会安静下来，不料一周前带他看了以后，闹得更起劲了。无语。希特勒党徒多多，盖亦不足为怪矣。

白话信读了。多处是日本式句子，但大抵能懂。只有两三句费解。实际上中国的白话文尚未成形，外国人当然不容易写的。

对吴君其人我不大熟悉，但从回信中所发议论来看，我以为是颇不足道之人。第一，我不赞成"幽默是城市的"之说，中国农民之间使用幽默的时候比城市的小市民还多。第二，把日本的切腹、身投看成幽默，是何道理？严肃地观察或描写事物，当然是非常好的。但将眼光放在狭窄的范围内就不好了。第三，说俄国文学无幽默，与事实相反。即使现在也有幽默作家。吴君好像很自满，如果那样，就止是一个小资作家了。依我看，同他通信也没好结果。

但最近，该君的故乡（安徽）红军进入了，他的家人据说逃到上海来了。

《台湾文艺》我觉得乏味。郭君说了什么吧？这位先生是尽全力保护自己光荣的旧旗的豪杰。

昨日立春，初次下雪，但随即融化。我为糊口，应某书店之托编选别人的小说，三月中旬可成。去年年底出版了一本短评，已别封寄上一册。今年还持有两册的材料（皆去年写的），因此至少还出版两本吧。

洛文　上　二月六夜

增田兄被炉几下

350207 致曹靖华

汝珍兄：

二月一日信收到。那一种刊物，原是我们自己出版的，名《文学生活》，原是每人各赠一本，但这回印出来，却或赠或不赠，店里自然没有买，我也没有得到。我看以后是不印的了，因为有人以文字抗议那批评，倘续出，即非登此抗议不可，惟一的方法是不再出版——到处是用手段。

《准风月谈》一定是翻印的，只要错字少，于流通上倒也好；《南腔北调集》也有翻板。但这书我不想看，可不必寄来。今年我还想印杂文两本，都是去年做的，今年大约不能写的这么多了，就是极平常的文章，也常被抽去或删削，不痛快得很。又有暗箭，更是不痛快得很。

《城与年》的概略，是说明内容（书中事迹）的，拟用在木刻之前，使读者对于木刻插画更加了解。木刻画想在四五月间付印，在五月以前写好，就好了。

农兄如位置还在，为什么不回去教书呢？我想去年的事情，至今总算告一段落，此后大约不再会有什么问题的了（我虽然不明详情）。如果另找事情，即又换一新环境，又遇一批新的抢饭碗的人，不是更麻烦吗？碑帖单子已将留下的圈出，共十种，今将原单寄回。又霁兄也曾寄来拓片一次，留下一种，即"汉画象残石"四幅，价四元，这单子上没有。

这里的出版，一榻胡涂，有些"文学家"做了检查官，简直是胡闹。去年年底，有一个朋友收集我的旧文字，在印出的集子里所遗漏或删去的，钞了一本，名《集外集》，送去审查。结果有十篇不准印。

最奇怪的是其中几篇系十年前的通信，那时不但并无现在之"国民政府"，而且文字和政治也毫不相关。但有几首颇激烈的旧诗，他们却并不删去。

现在连译文也常被抽去或删削；连插画也常被抽去；连现在的希忒拉，十九世纪的西班牙政府也骂不得，否则——删去。

从去年以来，所谓"第三种人"的，竟露出了本相，他们帮着它的主人来压迫我们了，然而我们中的有几个人，却道是因为我攻击他们太厉害了，以至逼得他们如此。去年春天，有人在《大晚报》上作文，说我的短评是买办意识，后来知道这文章其实是朋友做的，经许多人的质问，他答说已寄信给我解释，但这信我至今没有收到。到秋天，有人把我的一封信，在《社会月报》上发表了，同报上又登有杨邨人的文章，于是又有一个朋友（即田君，兄见过的），化名绍伯，说我已与杨邨人合作，是调和派。被人诘问，他说这文章不是他做的。但经我公开的诘责时，他只得承认是自己所作。不过他说：这篇文章，是故意冤枉我的，为的是想我愤怒起来，去攻击杨邨人，不料竟回转来攻击他，真出于意料之外云云。这种战法，我真是想不到。他从背后打我一鞭，是要我生气，去打别人一鞭，现在我竟夺住了他的鞭子，他就"出于意料之外"了。从去年下半年来，我总觉有几个人倒和"第三种人"一气，恶意的在拿我做玩具。

我终于莫名其妙，所以从今年起，我决计避开一点，我实在忍耐不住了。此外古怪事情还多。现在我在选一部别人的小说，这是应一个书店之托，解决吃饭问题的，三月间可完工。至于绍介文学和美术，我仍照旧的做。

但短评，恐怕不见得做了，虽然我明知道这是要紧的，我如不写，也未必另有人写。但怕不能了。一者，检查严，不容易登出；二则我实在憎恶那暗地里中伤我的人，我不如休息休息，看看他们的非买办的战斗。

我们大家都好的。

专此布复，即请

春安。

弟豫　上　二月七日

350207 致孟十还

十还先生：

五日信收到。Korolenko 的较短的小说，我不知上海有得买否，到白俄书店一找，何如。关于他的文章，我见过 Gorky 所做的有两篇，一是《珂罗连珂时代》，一好像是印象记，谷译的不知是那一篇，如果是另一篇，那么先生也还可以译下去的。

普式庚小说，当不至于见官碰钉子。那一篇《结婚》，十年前有李秉之译本，登在《京报副刊》上，虽然我不知道他译得怎样，后来曾否收在什么集子里，以及现在的《文学》编辑者是怎样的意见。但要稳当，还是不译好。不如再拉出几个中国不熟识的作者来。在法租界的白俄书店，不知可能掘出一点可用的东西来不能？

此复，并叩

年禧。

迅　拜　夏历元月四夜〔二月七日〕

350207 致徐懋庸

懋庸先生：

偶在报摊上看见今年历本，内有春牛图，且有说明，虽然画法摩登一点，但《芒种》上似乎也好用的，且也连说明登上。

又偶得十年前之《京报副刊》，见林先生所选廿种书目，和现在有些不同了。

右二种俱附上。此颂

年禧。

迅 顿首 夏历元月四日〔二月七日〕

350209 致萧军、萧红

刘军
悄吟 先生：

来信早收到；小说稿已看过了，都做得好的——不是客气话——充满着热情，和只玩些技巧的所谓"作家"的作品大两样。今天已将悄吟太太和那一篇寄给《太白》。余两篇让我想一想，择一个相宜的地方，文学社暂不能寄了，因为先前的两篇，我就寄给他们的，现在还没有回信。

至于你要给《火炬》的那篇，我看不必寄去，一定登不出来的，不如暂留在我处，看有无什么机会发表；不过即使发表，我恐怕中国人也很难看见的。虽然隔一道关，但情形也未必会两样。前几天大家过年，报纸停刊，从袁世凯那时起，卖国就在这时候，这方法留传至今，我看是关内也在爆竹声中葬送了。你记得去年各报上登过一篇《敌乎，友乎？》的文章吗？做的是徐树铮的儿子，现代阔人的代言人，他竟连日本是友是敌都怀疑起来了，怀疑的结果，才决定是"友"。将来恐怕还会有一篇"友乎，主乎？"要登出来。今年就要将"一二八""九一八"的纪念取消，报上登载的减少学校假期，就是这件事，不过他们说话改头换面，使大家不觉得。"友"之敌，就是自己之敌，要代"友"讨伐的，所以我看此后的中国报，将不准对日本说一句什么话。

中国向来的历史上，凡一朝要完的时候，总是自己动手，先前本国的较好的人，物，都打扫干净，给新主子可以不费力量的进来。现在也毫不两样，本国的狗，比洋狗更清楚中国的情形，手段更加巧妙。

来信说近来觉得落寞，这心情是能有的，原因就在在上海还是一个陌生人，没有生下根去。但这样的社会里，怎么生根呢，除非和他们一同腐败；如果和较好的朋友在一起，那么，他们也正是落寞的人，被缚住了手脚的。文界的腐败，和武界也并不两样，你如果较清楚上海以至北京的情形，就知道有一群蛆虫，在怎样挂着好看的招牌，在帮助权力者暗杀青年的心，使中国完结得无声无臭。

我也时时感到寂寞，常常想改掉文学买卖，不做了，并且离开上海。不过这是暂时的愤慨，结果大约还是这样的干下去，到真的干不来了的时候。

海婴是好的，但捣乱得可以，现在是专门在打仗，可见世界是一时不会平和的。请客大约尚无把握，因为要请，就要吃得好，否则，不如不请，这是我和悄吟太太主张不同的地方。但是，什么时候来请罢。

此请

俪安。

豫　上　二月九日

再：那两篇小说的署名，要改一下，因为在俄有一个萧三，在文学上很活动，现在即使多一个"郎"字，狗们也即刻以为就是他的。改什么呢？等来信照办。

又及

350209 致赵家璧

家璧先生：

八日信收到。《新青年》等尚未收到，书店中人又忘记了也说不定的，明天当去问一问。

《弥洒》收到；《东方创作集》已转交。

照片不必寄还，先生留下罢。

前回托抄的几篇小说，如已抄好，希即寄下。如未抄，则请一催，但汪敬熙的《一个勤学的学生》不必抄了，因为我已经买得他的小说集，撕下来了。

专此布复，即请

撰安

迅　上　二月九日

350209 致孟十还

十还先生：

二月七夜信已收到。我想先生且不要厌弃《人间世》之类的稿费，因为稿费还是从各方面取得的好，卖稿集中于一个书店，于一个作者是很不利的，后来它就能支配你的生活。况且译各种选集，现在还只是我们几个人的一方面的空想，未曾和书店接洽过；书店，是无论那一个，手段都是辣的。我想，不如待合同订定后，再作计较罢。而且我还得声明，中国之所谓合同，其实也无甚用处。

我说的《D. 夜谈》，就是《D 附近农庄的夜晚》。那第（三），（四）有李秉之译本，第（二），（四）有韩侍桁译本，但我们可以不管它，不过也不妨买来参考一下。李是从俄文译的，在《俄罗斯名著二集》（亚东书局版，价一元）内；韩大约从英文或日文转译（商务馆版，价未详），不看他也不要紧。听说又有《泰赖·波尔巴》，顾民元等译（南京书店出版，七角五分），我未见过。

科洛连柯和萨尔蒂珂夫短篇小说都能买到，那是好极了。我觉得萨尔蒂珂夫的作品于中国也很相宜，但译出的却很少很少，买得原本后，《译文》上至少还可以绍介他一两回。

《射击》译成后，请直接送给黄先生。

专此布复，即颂

时绥。

迅　上　二月九日

350210 致杨霁云

霁云先生：

七日信下午收到，并《帮闲文学……》稿，谢谢。《南北集》恰亦于七日托书店寄上一册，现在想是已到了罢。

《文学》既登拙作题头，下一期登出续篇来，前言不搭后语，煞是有趣，倘将来再将原稿印出，也许更有可观。去年所作杂文，除登《自由谈》者之外，竟有二百余页之多，编成一本时，颇欲定名为《狗儿年杂文》，但恐于邮寄有碍耳。

《大义觉迷录》虽巧妙，但究有痕迹，后来好像连这本书也禁止了。现行文学暗杀政策，几无迹象可寻，实是今胜于古，惜叭儿多不称职，致大闹笑话耳。

明末剥皮法，出《安龙逸史》，今录出附上。

专此布复，并贺

旧禧。

    迅　顿首　夏历元月七日〔二月十日〕灯下。

再：先生所作《集外集》引言，如有稿，乞录寄，因印《集外集外集》（此非真名，真名未定）时拟补入也。　又及

《安龙逸史》　屈大均撰

（孙）可望得（张）应科报，即令应科杀（李）如月，剥皮示众。俄缚如月至朝门，有负石灰一筐，稻草一捆，置于其前。如月问，"如何用此？"其人曰，"是揎你的草！"如月叱曰，"瞎奴！此株株是文章，节节是忠肠也！"既而应科立右角门阶，捧可望令旨，喝如月跪。如月叱曰，"我是朝廷命官，岂跪贼令！？"乃步

045

至中门，向阙再拜，大哭曰，"太祖高皇帝，我皇明从此无谏臣矣！奸贼孙可望，汝死期不远。我死立千古之芳名，汝死遗万年之贼号，孰得孰失？"应科促令仆地，剖脊，及臀，如月大呼曰，"死得快活，浑身清凉！"又呼可望名，大骂不绝。及断至手足，转前胸，犹微声恨骂；至颈绝而死。随以灰渍之，纫以线，后乃入草，移北城门通衢阁上，悬之。……

右见卷下。

此因山东道御史东莞李如月劾孙可望擅杀勋将（即陈邦传，亦剥皮），无人臣礼，故可望亦剥其皮也。可望后降清，盖亦替"天朝"扫除端人正士，使更易于长驱而入者。

350210 致曹靖华

汝珍兄：

七日寄上一函，想已到。

顷得冈氏一信，今附上，希译示。

同时又收到《Первый Всесоюзный Съезд Советских Писателей》一册，颇厚，大约是讲去年作家大会的。兄要看否？如要，得复后当即寄上。

我们都好，请勿念。

此布，即请

春安。

弟豫 上 一〔二〕月十日

350212 致萧军

刘先生：

十，十一两信俱收到。印书的事，我现在不能答复，因为还没有探听，计划过。

地图在内山书店没有寄卖，因为这是海关禁止入口，一看见就没收的。

此复，即颂

时绥。

豫 上 二，二〔一〕二

350214 致吴渤

吴渤先生：

惠函奉到。现在的读书界，确是比较的退步，但出版界也不大能出好书。上海有官立的书报审查处，凡较好的作品，一定不准出版，所以出版界都是死气沈沈。

杂志上也很难说话，现惟《太白》，《读书生活》，《新生》三种，尚可观，而被压迫也最甚。至于《人间世》之类，则本是麻醉品，其流行亦意中事，与中国人之好吸雅片相同也。

我的近作三本，已托书店挂号寄上。至于先生所要的两本，当托友人去打听，倘有，当邮寄。

此复，即颂

时绥

迅 上 二月十四日

350214 致金肇野

肇野先生：

来信收到，但已蒙官恩检查，这是北京来信所常见的。唐君终于没有见，他是来约我的，但我不能抽工夫一谈，只骗下他汾酒二瓶而已。

木刻用原版，只能作者自己手印，倘用机器，是不行的，因为作者大抵事前没有想到这一层，版面未必弄得很平，我印《木刻纪程》时，即因此大失败，除被印刷局面责外，还付不少的钱也。

文章我实在不能做了。一者没有工夫，二者材料不够。近来东谈西说，而其实都无深研究，发议论是不对的。我的能力，只可以翻印几张版画以供青年的参考。

罗、李二人，其技术在中国是很好的。抄名作之缺点，是因为多产，急于成集，而最大原因则在自己未能有一定的内容。但我看别人的作品，割取名作之一角者也不少。和德国交换，我以为无意义，他们的要交换，是别有用意的，但如果明白这用意，则换一点来看看也好。此复，即颂

时绥。

豫　上　二月十四日

350218 致曹靖华

汝珍兄：

十三日信收到。《文学生活》是并不发售的，所以很难看见，但

有时会寄来。现在这一期，却不给我，沈兄也没有，这办法颇特别。我们所知道的一点，是从别人嘴里先听到，后来设法借来看的。

静兄因讲师之不同，而不再往教，我看未免太迂。半年的准备，算得什么，一下子就吃完了，而要找一饭碗，却怕未必有这么快。现在的学校，大抵教员一有事，便把别人补上，今静兄离开了半年，却还给留下四点钟，不可谓非中国少见的好学校，恐怕在那里教书，还比别处容易吧。

中国已经快要大家"无业"，而不是"失业"，因为根本就没有什么所谓"业"了。上海去〔今〕年的出版界，景象比去年坏。学生是去年大学生减少，今年中学生减少了。

郑君现在上海，闻不久又回北平，他对于版税，是有些模模胡胡的，不过不给回信，却更不好。我曾见了他，但因为交情还没有可以说给他这些事的程度，所以没有提及。

P.Ettinger 并没有描错，看这姓，他大约原是德国人。我曾重寄冈氏《引玉集》一本，托 E. 转的。至 H. 氏，则向来毫不知道，不知道为什么冈氏说我可以先写一封信给他。我也没有什么东西托他转。

因为有便人，我已带去宣纸三百大张了，托 E. 氏分赠。我想托兄写一回信，将来当将信稿拟好寄上。兄写好后，仍寄来，由上海发出。

今天寄上《作家会纪事》一本，《译文》二本，《文学报》数张，是由学校转的。

专此布达，即请

秋〔？〕安。

弟豫 上 二月十八日

350218 致孟十还

十还先生：

十四信读悉。《艺术》我有几本旧的，没有倍林斯基像，先生所见的大约是新的了。如果可以，我极愿意看一看，只要便中放在书店里就好。

郑君我是认识的，昨天提起，他说已由黄先生和先生接洽过，翻译纳克拉梭夫的诗云云，我看这一定是真的，所以不再说下去。但生活书店来担当这么大的杂志，我们印果戈理选集的计划，恐怕一时不能实行了。我是要给这杂志译《死魂灵》。

专此布复，即请

春安。

豫　上　二月十八日

350224 致孟十还

十还先生：

前天收到来信并《艺术》两本。倍林斯基刻像，是很早的作品，我已在《艺苑朝华》内翻印过了，虽然这是五六年前的事，已为人们所忘却。库尔培的像极好，惜无可用之处，中国至今竟没有一种较好的美术杂志，真要羞死人。

这两本书，现已又放在内山书店里，请于便中拿了附上之一笺，取回。包内又有《文学报》数张，是送给先生的。

译诗，真是出力不讨好的事，我的主张是以为可以从缓的，但郑君似不如此想。那么，为稿费起见，姑且译一点罢。

良友图书公司（北四川路八五一号，上海银行附近）出了一种月刊:《新小说》。昨天看见那编辑者郑君平先生，说想托先生译点短篇，我看先生可以去访他一回，接洽接洽。公司的办公时间是上午九点起至下午五点，星期日上午休息。去一次自然未必恰能遇见，那么只好再去了。

专此布达，并颂

时绥。

迅　上　二月二十四日

350224 致杨霁云

霁云先生：

二十二日信收到；十二日信并序稿，也早收到了。近因经济上的关系，在给一个书坊选一本短篇小说——别人的，时日迫促，以致终日匆匆，未能奉复，甚歉。《集外集》中重出之文，已即致函曹先生，托其删去，但未知尚来得及否。

我前次所举尹嘉铨的应禁书目，是钞《清代文字狱档》中之奏折的，大约后来又陆续的查出他种，所以自当以见于《禁毁书目》中者为完全。尹氏之拚命著书，其实不过想做一个道学家——至多是一个贤人，而皇帝竟与他如此过不去，真也出乎意外。大约杀犬警猴，固是大原因之一，而尹之以道学家自命，因而开罪于许多同僚，并且连对主子也多说话，致招厌恶，总也不无关系的。

中山革命一世，虽只往来于外国或中国之通商口岸，足不履危地，但究竟是革命一世，至死无大变化，在中国总还算是好人。假使活在此刻，大约必如来函所言，其实在那时，就已经给陈炯明的大炮击过了。

"第九"不必读粤音，只要明白出典，盖指"八仙"之名次而言，一到第九，就不在班列之内了。

专此布复，即请

撰安。

迅　顿首　二月廿四夜。

350226 致赵家璧

家璧先生：

送上选稿的三分之二——上，中两本，其余的一部分，当于月底续交。序文也不会迟至三月十五日。

目录当于月底和余稿一同交出。

奉还《弥洒》三本；又《新潮》等一包，乞转交，但他现在大约也未必需要，那就只好暂时躺在公司里了。

专此布达，即请

撰安。

迅　启　二月二十六日。

350226 致叶紫

Z兄：

信早收到。小说稿送去后，昨天交回来了。我看也并没有什么改动之处。那插画，有几张刻的很好。但，印起来，就像稿上贴着的一样高低么？那可太低了，我看每张还可以移上半寸。

我因为给书店选一本小说，而且约定了交卷的日期，所以近来只赶办着这事，弄得头昏眼花，没有工夫。等这事弄完后（下月初），我们再谈罢。小说大约急于付印，所以放在书店里，附上一条，请拿了去取为幸。

专此，即请

刻安

↖（比"时"范围较小，大有革新之意。）

豫　上　二月廿六夜

350227 致增田涉（日本）

信两封先后拜读。近来，为编选别人的小说而忙煞，铁研翁的字还未写，以后寄到东京去吧。但送给木实君的美人画，昨已托老板寄出。时装古装两者都有，但古装奇异，古时也不穿这样的衣服吧。

对珠花的订正，很感谢。我对戏曲不大了解，或许《牡丹亭》原本中称《玩真》，后人实际演唱时稍为改动，题为《叫画》。也许是纪昀君的失误。我觉得这是题目，不应把——取消。但我也不坚持。

"雅仙纸"之名未曾听说。也许是专为日本制造之物（名）吧。中国有"画心纸"或"宣纸"（因在宣化府制造的）。《北平笺谱》所用者即此。这次也将用此。

三月号《文学》上又将登出我的一篇东西。照例被大加删削，但不如二月号那么厉害。我打算到夏天将被删文字统统补进去出一本什么集子。

上海暖和起来了，从去年至今雪一次也没下过。怪事。贱躯如常，谈不上健壮，但也无要死的症状。

海婴的顽皮颇有进步。最近看了电影，就想上非洲去，旅费也已积蓄了两角来钱。

洛文　拜　二月二十七日

增田兄几下

350228 致赵家璧

家璧先生：

小说的末一本，也已校完了，今呈上，并且录一份。

其中，黎锦明和台静农两位的作品，是有被抽去的可能的，所以各人多选了一篇。如果竟不被抽去，那么，将来就将目录上有 × 记号的自己除掉，每人各留四篇。

向培良的《我离开十字街头》，是他那时的代表作，应该选入。但这一篇是单行本（光华书局出版），不知会不会发生版权问题。所以现在不订在一起，请先生酌定，因为我对于出版法之类，实在不了然。

假使出版上无问题，检阅也通过了，那就除去有 × 记号的《野花》，还是剩四篇。但那篇会被抽去也难说。

此外大约都没有危险。不过中国的事情很难说，如果还有通不过的，而字数上发生了问题，那就只好另选次等的来补充了。其实是现在就有了充填字数的作品在里面。

此上，即请

撰安。

迅　启　二月二十八日

350301 致母亲

母亲大人膝下，敬禀者，来信收到。

俞二小姐如果能够送来，那是最好不过的了，总比别的便人可靠。但火车必须坐卧车；动身后打一电报，我们可以到车站去接。以上二事，当另函托紫佩兄办理。

寓中均安，男亦安好，不过稍稍忙些。海婴也很好，大家都说他大得快；今天又给他种了一回牛痘，是第二回了。

专此布复，恭请

金安。

男树　叩上　广平及海婴随叩　三月一日

350301 致母亲

母亲大人膝下，敬禀者：上午刚寄出一函，午后即得二月二十五日来
示，备悉一切。男的意思，以为女仆还是不带，因为南北习惯不
同，彼此话也听不懂，不见得有什么用处，而且闲暇的时候，和
这里的用人闲谈，一知半解，说不定倒会引出麻烦的事情来的。
余已详前函，兹不赘。

专此布复，恭请

金安。

男树　叩上　三月一日下午。

350301 致萧军、萧红

刘军
悄吟　兄：

一日信收到。我的选小说，昨夜交卷了，还欠一篇序，期限
还宽，已约叶定一个日期，我们可以谈谈。他定出后，会来通知你
们的。

悄吟太太的一个短篇，我寄给《太白》去了，回信说就可以登
出来。那篇《搭客》，其实比《职业》做得好（活泼而不单调），上月
送到《东方杂志》，还是托熟人拿去的，不久却就给我一封官式的信，
今附上，可以看看大书店的派势。现在是连金人的译文，都寄到良友
公司的小说报去了，尚无回信。

到各种杂志社去跑跑，我看是很好的，惯了就不怕了。一者可以
认识些人；二者可以知道点上海之所谓文坛的情形，总比寂寞好。

那篇在检查的稿子，催怕不行。官们对于文学社的感情坏，这是故意留难的。在那里面的都是坏种或低能儿，他们除任意摧残外，一无所能，其实文章也看不懂。

说起"某翁"的称呼来，这是很奇怪的。这称呼开始于《十日谈》及《人言》，这是时时攻击我的刊物，他们特地这样叫，以表示轻蔑之意，犹言"老了，不中用了"的意思；但不知怎的却影响到我的熟人的笔上去了。现在是很有些人，信上都这么写的。

《文学新闻》我想也用不着看它，不必寄来了。

专此布复，即请

俪安。

豫　上。　三月一日

孩子很淘气，昨天给他种了痘，是生后第二回。

350303 致孟十还

十还先生：

《红鼻霜》固然不对，《严寒，冻红鼻子》太软弱，近于说明，而非翻译。

其实还是《严寒，红鼻子》好，如果看不懂，那是因为下三字太简单了，假如伸长而为《严寒，通红的鼻子》，恐怕比较容易懂。

此外真也想不出什么好的来。

专此布复，即颂

时绥。

豫　上　三月三夜。

350306 致赵家璧

家璧先生：

　　序文总算弄好了，连抄带做，大约已经达到一万字；但"江山好改，本性难移"，无论怎么小心，总不免发一点"不妥"的议论。如果有什么麻烦，请　先生随宜改定，不必和我商量了，此事前已面陈，兹不多赘。

　　序文的送检，我想还是等选本有了结果之后，以免他们去对照，虽然他们也未必这么精细，忠实，但也还是预防一点的好罢。

　　"不妥"的印，问文学社，云并无其事。是小报上造出来的。

　　专此布达，即请

撰安。

迅　上　三月六夜。

350309 致赵家璧

家璧先生：

　　六日信收到。梵澄的来，很不一定，所以那《尼采自传》，至今还搁在我寓里。我本来可以代他校一下，但这几天绝无工夫，须得十五以后才可以有一点余暇。假如在这之前，他终于没有来，那么，当代校一遍送上，只得请印刷所略等一下。但即使他今天就来，我相信也不会比我从十五以后校起来更快。

　　尼采像是真的，当同校稿一起送上。

专复，即请

撰安。

迅　上　三月九日

350309 致孟十还

十还先生：

　　他就是伯奇，但所编的，恐怕是"平"常的，所以给他材料，在新俄一定不容易找，也许能在二十年的杂志或文集中遇之。

　　《世界文库》的详情，我不知道，稿子系寄北平乎，抑在上海有代理乎，都莫名其妙。郑已北上了，先生的事，我当写信去问一声，但第二期恐怕赶不上。涅氏的长诗，在我个人是不赞成的，现在的译诗，真是出力不讨好，尚无善法。译诗，看的人恐怕也不多，效果有限。

　　我的那一份露《文学报》，真不知是怎样的，并非购买而自来，也不知何人所寄。有时老不见，有时是相同的两三份，现在又久不收到了，所以是靠不住的。

　　译《密尔戈洛特》，我以为很好，其中的《2伊凡吵架》和《泰拉司蒲理巴》，有韩侍桁译本（从英或日？），商务印书馆出版。此公的译笔并不高明，弄来参考参考也好，不参考它也好。

　　近几天重译了果戈理的《死魂灵》两章（还没有完），也是应《世界文库》之约，因为重译，当然不会好。昨天看见辛垦书店的《郭果尔短篇小说集》内，有其第二章，是从英文重译的，可是一榻胡涂。

此复，即颂

时绥。

豫　上　三月九日

350309 致郑振铎

西谛先生：

前日见黄先生，知已赴平了。

近日正在译《死魂灵》，拟于第一期登一，二两章，约二万字，十五日前可毕，此后则每期一章，约一万二三千字，全书不过十五六万字，分十一章，到十期即完结了。

孟君的译笔很好，先生已经知道的，他想每期译点东西（第一期涅氏诗已译就），我的译文不能达豫定之数，大约字数不虞拥挤，但不知此外有无不便，希酌示。如以为可，则指与何种书，或短篇抑中篇小说，并希示知为幸。

专此布达，即请

撰安。

迅　顿首　三月九日

350309 致李桦

李桦先生：

今天收到《现代木刻》第四集，内容以至装订，无不优美，欣赏之后，真是感谢得很。

内山书店愿意代售《现代木刻》，他说，从第二至第四集，每集可寄来二十本。但因系手印，不知尚存此数否？倘不足，则较少亦可。

如何之处，希示知。我想：这第四集，也可以发几本到日本去；并寄给俄国木刻家及批评家。

专此布达，并颂

春绥。

迅　上　三月九日。

但关于风俗，外省人有隔膜处，如"新娘茶"之习惯，即为浙江所无也。

350312 致费慎祥

慎祥兄：

新出的一本，在书店的已售完，来问者尚多，未知再版何时可出？又，上月奉托之《引玉集》序，似乎排得太慢，可否去一催，希即见示为荷。

此上，即颂

时绥

迅　三月十二日

350313 致陈烟桥

烟桥先生:

　　三月七日信并木刻四幅,都收到了。前一回的信,大约也收到了的,但忘却了答复。近半年来,因为生了一场病,体力颇减,而各种碎事,仍不能不做,加以担任译书等等,每天真像做苦工一样,很不快活,弄得常常忘却,或者疏失了。这样下去,大约是不能支持的。

　　木刻的事,也久已无暇顾及,所以说不出批评,但粗粗的说,我看《黄浦江》是好的。全国木刻会在北平,天津都已开过,南京不知道,上海未开。那时有几天的平,津报上,登些批评,但看起来都不切实,不必注意。有许多不过是以"木刻"为题的八股。去年曾以《木刻纪程》一本寄给苏联的美术批评家 Paul Ettinger(看这姓,好像他原是德国人),请他批评,年底得到回信,说构图虽多简单,技术也未纯熟,但有几个是大有希望的,即:清桢,白涛,雾城(他特别指出《窗》及《风景》),致平(特别指定《负伤的头》)云云。近来我又集得一些那边的新木刻,但还不够六十幅,一够,就又印一本。此颂
时绥。

　　　　　　　　　　　　　　　　迅　上。　三月十三夜。
　　再:《木刻纪程》不易卖去,随它就是,不必急急的。　又及

350313 致萧军、萧红

刘军 兄：
悄吟

十日信十三才收到，不知道怎的这么慢。你所发见的两点，我看是对的；至于说我的话可对呢，我决不定。使我自己说起来，我大约是"姑息"的一方面，但我知道若在战斗的时候，非常有害，所以应该改正。不过这和"判断力"大有关系，力强，所做便不错，力一弱，即容易陷于怀疑，什么也不能做了。"父爱"也一样的，倘不加判断，一味从严，也可以冤死了好子弟。

所谓"野气"，大约即是指和上海一般人的言动不同之点，黄大约看惯了上海的"作家"，所以觉得你有些特别。其实，中国的人们，不但南北，每省也有些不同的；你大约还看不出江苏和浙江人的不同来，但江浙人自己能看出，我还能看出浙西人和浙东人的不同。普通大抵以和自己不同的人为古怪，这成见，必须跑过许多路，见过许多人，才能够消除。由我看来，大约北人爽直，而失之粗，南人文雅，而失之伪。粗自然比伪好。但习惯成自然，南边人总以像自己家乡那样的曲曲折折为合乎道理。你还没有见过所谓大家子弟，那真是要讨厌死人的。

这"野气"要不要故意改它呢？我看不要故意改。但如上海住得久了，受环境的影响，是略略会有些变化的，除非不和社会接触。但是，装假固然不好，处处坦白，也不成，这要看是什么时候。和朋友谈心，不必留心，但和敌人对面，却必须刻刻防备。我们和朋友在一起，可以脱掉衣服，但上阵要穿甲。您记得《三国志演义》上的许褚赤膊上阵么？中了好几箭。金圣叹批道：谁叫你赤膊？

所谓文坛，其实也如此（因为文人也是中国人，不见得就和商

063

人之类两样），鬼魅多得很，不过这些人，你还没有遇见。如果遇见，是要提防，不能赤膊的。好在现在已经认识几个人了，以后关于不知道其底细的人，可以问问叶他们，比较的便当。

《八月》我还没有看，要到二十边，一定有工夫来看了。近来还是为了许多琐事，加以小说选好，又弄翻译。《死魂灵》很难译，我轻率的答应了下来，每天译不多，又非如期交卷不可，真好像做苦工，日子不好过，幸而明天可完了，只有二万字，却足足化了十二天。

虽是江南，雪水也应该融流的，但不知怎的，去年竟没有下雪，这也并不是常有的事。许是去年阴历年底就想来的，因寓中走不开而止。现在孩子更捣乱了，本月内母亲又要到上海，一个担子，挑的是一老一小，怎么办呢？

金人的译文看过了，文笔很不差，一篇寄给了良友，一篇想交给《译文》。

专此布复，并请

俪安。

豫　上　三月十三夜。

350315 致罗清桢

清桢先生：

顷得到九日信，谨悉。今年以来，市面经济衰落，我也在因生计而做苦工，木刻已不能顾及了，这样下去，真不知如何是好。

北平及天津的木刻展览会，是热闹的，上海不知何日可开，大约未必开得成。至于与德国交换，那是能见于事实的，他们的老手，大抵被压迫了，新的官许的作家，也未必高明，而且其中也还有别的用意，如关于外交之类，现在的时势，是艺术也常为别人所利用的。

木刻实在非手印不可，但很劳。靖华和我甚熟，不过他并不研究艺术，给他也无用，我想，我可以代寄别的人。前曾以《木刻纪程》寄一个俄国的美术批评家 P.Ettinger，他回信来说，先生的作品，是前途大有希望的，此外，他以为有希望的人，是一工，白涛，雾城，张致平（但指定那一幅《负伤的头》）。

专此布复，即颂

时绥。

迅 上 三月十五日

350315 致赵家璧

家璧先生：

《尼采自传》的翻译者至今不来，又失其通信地址，只得为之代校，顷已校毕，将原稿及排印稿各一份，一并奉还。

又书一本，内有尼采像（系铜刻版），可用于《自传》上，照出后该书希即掷还。

专此布达，即请

撰安。

迅 上 三月十五夜

350316 致黄源

河清先生：

十三日信早收到。《表》能够通过，那总算是好的，但对于这译本，我不想怎么装饰它了，至多，就用《译文》上的原版，另印一点桃林纸的单行本，就好。我倒仍然想把先前说过的那几部，印若干本豪华本，在不景气中来热闹一下。目前日本钱是很便宜了，但我自己却经济状况不高明，工夫也没有。

先前，西谛要我译东西，没有细想，把《死魂灵》说定了，不料译起来却很难，化了十多天工夫，才把第一二章译完，不过二万字，却弄得一身大汗，恐怕也还是出力不讨好。此后每月一章，非吃大半年苦不可，我看每一章一万余字，总得化十天工夫。

文人画像，书店是不会承印的，不全大约只是一句推托的话。倘若全套，化本钱更多，他们肯印么？那时又有那时的理由：不印。作家和出版家的意见不会相合，他们的理想是"又要马儿好，又要马儿不吃草"，但经作家的作梗，那让步也不过"少吃草"而已。

所以我以为印行画像的最可靠的办法，也只有自己印，缩小它，聊胜于无。不过今年的书业也似乎真的不景气，我的版税，被拖欠得很利害。一方面，看看广告，就知道大小书店，都在竭力设法，用大部书或小本书的豫约法，吸收读者的现钱，但距吸干的时候，恐怕也不远了。但好装订的书，我总还想印它几本。

《文学》的"论坛"，写了两篇，都是死样活气的东西，想不至于犯忌。明天当挂号寄上。同时寄上《死魂灵》译稿一份，乞转交。又左勤克小说一篇，译者（他在哈尔滨）极希望登《译文》，我想好在字数不多，就给他登上去罢。也可以鼓励出几个新的译者来。

《死灵魂》的插画，要写信问孟十还君去，他如有，我想请他直接送至文学社，照出后还给他。

专此布复，即颂

时绥。

迅　上　三月十六夜

350317 致萧红

悄吟太太：

来信并稿两篇，已收到。

前天，孩子的脚给沸水烫伤了，因为虽有人，而不去照管他。伤了半只脚，看来要有半个月才会好。等他能走路，我们再来看您罢。

专此布复，并请

双安。

豫　上　三月十七日

350317 致黄源

河清先生：

上午寄上一函，想已达。今寄上"论坛"两篇，译稿一篇，希察收。

其《死魂灵》译稿，原拟同寄，但下午又闻《世界文库》是否照原定计画印行，尚在不可知之数，故暂且不寄，也乐得省去一点邮票也。

专此布达，并颂

春祺。

迅　上　三月十七夜

350317 致孟十还

十还先生：

我在给《世界文库》译果戈理的《死魂灵》，不知先生有这书的插画本否？倘有，乞借给我一用，照出后即奉还，如能将图下的题句译示，尤感。

此书如有，希直交文学社黄先生。

专此布达，即颂

时绥。

迅　上　三月十七日

350319 致萧军

萧军兄：

十八日信收到。那一篇译稿，是很流畅的，不过这故事先就是流畅的故事，不及上一回的那篇沈闷。那一篇我已经寄给《译文》了。

这回孩子给沸水烫伤，其实倒是太阔气了的缘故，并非没有人管，是有人而不管他。寓里原有一个管领他的老妈子，她这几天因为要去求神拜佛，访友探亲，便找了一个替工。那天是她们俩都在的，不过她以为有替工在，替工以为有她在，就两个都不管，任凭孩子奔进厨房去捣乱，弄伤了脚。孩子也太淘气，一不留意，他就乱钻，跑得很快，人家有时也实在追不上。痛一下子也好，我实在看得麻烦极了，痛的经验是应该有一点的，但我立刻给敷了药，恐怕也不怎么痛，现在肿已退，再有十天总可以走得路，只要好后没有疤痕，我的责任算是尽了。

这孩子也不受委屈，虽然还没有发明"屁股温冰法"（上海也无冰可温），但不肯吃饭之类的消极抵抗法，却已经有了的。这时我也往往只好对他说几句好话，以息事宁人。我对别人就从来没有这样屈服过。如果我对父母能够这样，那就是一个孝子，可上"二十五孝"的了。

《准风月谈》已经卖完了，再版三四天内可以印好;《集外集》我还没有见过，大约还未出版罢，等我都有了，当通知你，并《南腔北调集》一并交付。先前还有一本《伪自由书》，您可有吗？

这几天在给《译文》译东西，不久，我的母亲大约要来了，会令我连静静的写字的地方也没有。中国的家族制度，真是麻烦，就是一个人关系太多，许多时间都不是自己的。

因为静不下，就更不能写东西，至多，只好译一点什么，我的今年，大约也要成为"翻译年"的了。

专此布复，即请

俪安。

豫　上　三月十九夜

350320 致孟十还

十还先生：

　　十九日信收到，费神谢谢。当我寄出了信之后，就听到《世界文库》又有什么改变，不过信已寄出了，不知会不会白忙一通。郑君已有回信，今附上，这两个人的原文，恐怕在东方未必容易找，而且现在又不知《文库》怎样，且待下回分解罢。郑寄信时，好像并没有知道生活书店的新花样。

　　卢卡且的德文著作不少，他大约是德国人。

　　此复，即颂

时绥。

迅　上　三月廿日

350322 致徐懋庸

懋庸先生：

　　二十日信收到。《表》的原本，的确做得好的，但那肾脏病的警察的最初的举动，我究竟莫名其妙，真想他逃呢？还是不？还有，是误把盆塞子当表，放在嘴里这一点，也有些不自然。此外都不差。

　　至于那些流浪儿，实在都不坏——连毕塔珂夫。我觉得外国孩子，实在比中国的纯朴，简单，中国的总有些破落户子弟气味。

　　"不够格"我记得是北方的通行话，但南方人不懂，"弗入调"则北边人不懂的，在南边，恐怕也只有绍兴人深知其意，否则，是可以用的。

序文我可以做，不过倘是公开发卖的书，只能做得死样活气，阴阳搭戤，而仍要被抽去也说不定。做起来，还是给我看一看稿子，较为切实，只要便中放在书店里就好了。

　　此复，即颂

春绥。

迅　上　三月二十二日

350322 致罗清桢

清桢先生：

　　日前得来信后，即寄一信，想已到。

　　张慧先生要我回信，而我忘了他的详细地址，只好托　先生转寄，今附上，请开了信面，并且付邮为感。

　　专此布达，并颂

时绥。

迅　上　三月二十二日

350322 致张慧

张慧先生：

　　委写书面，已写好，请择用其一，如果署名，恐怕反而不好，所以不署了。如先生一定要用，则附上一印，可以剪下，贴在相宜的地方。

因为忘却了通信地址，所以只能托 罗先生转寄。

专达，即颂

时绥。

迅 上 三月二十二日

350323 致曹靖华

汝珍兄：

十九日来信收到。我们都好的，但想起来，的确久不寄信了，惟一的原因是忙。从一月起，给一个书坊选一本小说，连序于二月十五交卷，接着是译《死灵》，到上月底，译了两章，这书很难译，弄得一身大汗，恐怕还是出力不讨好。这是为生计，然而钱却至今一个也不到手，不过我还有准备，不要紧的，请勿念。其次，是孩子大了起来，会闹了；别的琐事又多，会客，看稿子，绍介稿子，还得做些短文，真弄得一点闲工夫也没有，要到半夜里，才可以叹一口气，睡觉。但同人里，仍然有些婆婆妈妈，有些青年则写信骂我，说我毫不肯费神帮别人的忙。其实是照现在的情形，大约体力也就不能持久的了，况且还要用鞭子抽我不止，惟一的结果，只有倒毙。很想离开上海，但无处可去。

寄 E 的信，还来不及起稿子，过几天罢。莆的信我没有收到，当直接通知他。插画本《死灵》，如不费事，望借我看一看。

今天托书店寄出杂志一包，是寄学校的。还有几本，日后再寄。

专此布复，并颂

春绥。

弟豫 上 三月二十三日

350323 致许寿裳

季市兄：

从曹君来信，知兄患肺膜炎入院，后已痊愈，顷又知兄曾于二星期前赐函，但此函竟未收到，必已失落矣。

弟等均如常，但敷衍孩子，译作，看稿，忙而无聊，在自己这方面，几于毫无生趣耳。

蔡先生又在忙笔会；语堂为提倡语录体，在此几成众矢之的，然此公亦诚太浅陋也。

专此布达，并颂
春绥。

弟飞　顿首　三月二十三日

350323 致增田涉（日本）

从东京寄来的信已收到。

今天我写的两幅字托内山老板寄上。铁研翁的一幅，因最先写，反而拙劣。那包中有贯休画的罗汉像一册，是大为缩小后的东西。只因觉得有趣才送上，别无他意。此外又寄奉《文学季刊》（第四期）一册，《芒种》和《漫画生活》各二册。《芒种》是反对林语堂的，《漫画生活》则是大受压迫的杂志。上海除了色情漫画之外的这类东西，作为样本。

洛文　拜上　三月二十三日

增田学兄几（？）下

350325 致萧军

刘军兄：

二十三日信收到。漫画上面，我看是可以不必再添什么，因为单看计划，就已经够复杂，够吃力了，如果再加别的，也许会担不动。

孩子的烫伤已好，可以走了，不过痂皮还没有脱，所以不许他多走。我的母亲本说下月初要来，但近得来信又说生病，医生云倘如旅行，因为年纪大了，他不保险。这其实是医生的官话，即使年纪青，谁能保险呢？但因此不立刻来也难说。我只能束手等待着。

平林タイ子作品的译本，我不知道有别的。《二心集》很少了，自己还有一两本，当于将来和别的书一同交上，但也许又会寄失的罢？

《八月》在下月五日以前，准可看完，只能随手改几个误字，大段的删改，却不能了，因为要下手，必须看两遍，而我实在没有了这工夫。序文当于看完后写一点。

专复，即问

俪祉。

　　　　　　　　　　　　豫　上　三月二十五日

吟太太怎么样，仍然要困早觉么？

这一张信刚要寄出，就收到搬房子的通知，只好搁下。现在《八月》已看完，序也做好，且放在这里，待得来信后再说。今晚又看了一看《涓涓》，虽然不知道结末怎样，但我以为是可以做他完的，不过仍不能公开发卖。那第三章《父亲》，有些地方写得太露骨，头绪也太纷繁，要修改一下才好。

此后的笔名，须用两个，一个用于《八月》之类的，一个用于卖稿换钱的，否则，《八月》印出后，倘为叭儿狗所知，则别的稿子即使并没有什么，也会被他们抽去，不能发表。

还有，现用的"三郎"的笔名，我以为也得换一个才好，虽然您是那么的爱用他。因为上海原有一个李三郎，别人会以为是他所做，而且他也来打麻烦，要文学社登他的信，说明那一篇小说非他所作。声明不要紧，令人以为是他所作却不上算，所以必得将这姓李的撇清，要撇清，除了改一个笔名之外无好办法。

良友收了一篇《搭客》，编辑说要改一个题目，我想这无大关系，代为答应了。《樱花》寄给了文学社（良友退回后），结果未知。

三月三十一夜。

金人的稿子已看过，译笔是好的，至于有无误译，我不知道，但看来不至于。这种滑稽短篇，只可以偶然投稿一两回，倘接续的投，却不大相宜。我看不如索性选译他四五十篇，十万字左右，出一本单行本。这种作品，大约审查时不会有问题，书店也乐于出版的，译文社恐怕就肯接受。

至于他说我的小说有些近于左，那是不确的，我的作品比较的严肃，不及他的快活。

《退伍》的作者 Novikov-Priboi 是现在极有名的作家，他原是水兵，参加日俄之战，曾做了俘虏，关在日本多时——这时我正在东京留学。新近做了两大本小说，叫作《对马》（Tsusima，岛名），就是以那时战争为材料的，也因此得名。日本早译出了，名《日本海海战》，但因为删节之处太多（大约是说日本吃败仗之处罢），所以我没有买来看。他的作品，绍介到中国来的还很少，《退伍》也并不坏，我想送到《译文》去。

————————

这一包里，除稿，序，信（吟太太的朋友的）之外，还有你所要的书，但《集外集》还没有，好像仍未出版。

四月四日

这几天很懒，不想作文，也不想译，不知是怎么的？又及。

350326 致黄源

河清先生：

小说译稿已取回，希便中莅寓一取，但亦不必特别苦心孤诣，设法回避吃饭也。

专此布达，即颂

时绥。

迅 上 三月廿六日

350326 致黄源

河清先生：

下午方上一函，即得郑伯奇君来函，谓巴罗哈小说，已经排好，且曾在第二期《新小说》上预告，乞《译文》勿登云云。排好未必确，预告想是真的，《译文》只好停止发表，便中希携还原稿为荷。

本星期五（廿九日）下午不在寓，傍晚始归，并闻。

专此布达，即颂

春祺。

迅　上　三月二十六晚

350328 致郑振铎

西谛先生：

得北归消息后，即奉一函，寄海甸，想已达。兹寄上印画等款项百五十元，请便中一取，并转付。画印成后，乞每种各寄下一幅，当排定次序，并序文纸板，寄上，仍乞费神付装订也。

《世界文库》新办法，书店方面仍无消息来。

专此布达，并颂

著安。

迅　顿首　三月二十八日

350329 致曹聚仁

聚仁先生：

廿七信奉到。《丰收》序肯与转载，甚感，因作者正苦于无人知道，因而没有消路也。

《芒种》文极愿做，但现在正无事忙，所以临时能否交卷，殊不可必。在此刻，却正想能于下月五日以前寄出一篇。

胡考先生的画，除这回的《西厢》外，我还见过两种，即《尤三姐》，及《芒种》之所载。神情生动，线条也很精炼，但因用器械，所以往往也显着不自由，就是线有时不听意的指使。《西厢》画得很好，可以发表，因为这和《尤三姐》，是正合于他的笔法的题材。不过我想他如用这画法于攻打偶像，使之漫画化，就更有意义而且路也更开阔。不知先生以为何如？

原稿当于还徐先生文稿时，一并奉还。

专此布复，即请

道安。

迅　上　三月廿九夜

致徐先生一笺，乞转交。

350329 致徐懋庸

懋庸先生：

廿七日函收到。今天才看完一本小说，做了一篇序。方开封看先生文稿，别事猬集，就又放下。我极愿从速交卷，那么，大约未必能看原稿后再做，只好对空策了，如说杂文之了不得之类。所拟的几个名目，我看都不好，欠明白显豁。

撰稿的地方，我不想扩张开去了，因为时间体力，都不容许，加工要生病，否则，不过约定不算，多说谎话而已。

专此布复，并请

著安。

迅　顿首　三月廿九夜。

350330 致郑振铎

西谛先生：

　　二十七日信顷已收到。《死魂灵》的续译，且俟《世界文库》新办法发表后再定罢。至于《古小说钩沉》，我想可以不必排印，因为一则放弃已久，重行整理，又须费一番新工夫；二则此种书籍，大约未必有多少人看，不如暂且放下，待将来有闲工夫时再说。

　　书店股东若是商人，其弊在胡涂，若是智识者，又苦于太精明，这两者都于进行有损。我看开明书店即太精明的标本，也许可以保守，但很难有大发展；生活书店目下还不至此，不过将来是难说的，这时候，他们的译作者，就止好用雇员。至于不登广告，大约是爱惜纸张之故，纸张现在确也值钱，但他们没有悟到白纸买卖，乃是纸店，倘是书店，有时是只能牺牲点纸张的。

　　商务的《小说月报》事，我看不过一种谣言（现在又无所闻了），达夫是未必肯干的，而且他和四角号码王公，也一定合不来。至于施杜二公，或者有此野心，但二公大名，却很难号召读者；廉卖自然是一种好竞争法，然究竟和内容相关，一折八扣书，乃另是一批读者也。假如此事实现的话，我想，《文学》还大有斗争的可能，但必须书店方店［面］也有这决心，如果书店仍然掣肘，那是要失败的。

　　《笺谱》附条添了几句，今寄回。闻先生仍可在北平教书，不知确否？倘确，则好极。今年似不如以全力完成《十竹斋笺谱》，然后再图其他。《北平笺谱》如此迅速的成为"新董"，真为始料所不及。今在中国之售卖品，大约只有内山的五部而已——但不久也就要售去的。

　　二十八日寄奉一函，并附商务汇款百五十元，信封上据前函所示，写了"北总布胡同一号"，今看此次信面所写，乃是"小羊宜宾胡同"，不知系改了地方，还是异名同地？前信倘能收到，则更好，否则大约会退回来（因系挂号），不过印费又迟延了。专此布复，并请

著安。

迅　顿首　三月三十日。

350331 致母亲

母亲大人膝下，敬禀者，廿三的信，早收到了。小包一个，亦于前日收到，当即分出一半，送与老三。其中的干菜，非常好吃，孩子们都很爱吃，因为他们是从来没有吃过这样干菜的。

大人的胃病，近来不知如何，万乞千万小心调养为要。寓中均好，惟男较忙，前给海婴种了四粒痘，都没有灌浆，医生云，可以不管，至十多岁再种了。

专此布达，恭请

金安。

男树　叩上　广平海婴同叩　三月三十一日

350401 致徐懋庸

懋庸先生：

所谓序文，算是做好了，今寄上，原稿也不及细看，但我看是没

有关系的，横竖不过借此骂骂林希隽。原稿放在书店里，附上一笺，乞持以往取，认笺不认人，谁都可以去的，不必一定亲自出马也。

那包里面，有画稿一小本，请转交曹先生。

此致，即请

道安。

迅　顿首　四月一日

350402 致许寿裳

季市兄：

顷奉到三月三十日手示，知两星期前并无信，盖曹君误听耳。三月一日函及月底一信，均已收到无误，似尔时忙于译书，遂未奉复。近亦仍忙，颇苦于写多而读少，长此以往，必将空疏。但果戈尔小说，则因出版者并未催促，遂又中止，正未知何时得完也。

专此布复，敬颂

春绥。

弟飞　顿首　四月二日

350402 致萧军

刘军兄：

二日信收到。内云"同一条路，只是门牌改了号数"，这回是没有什么"里"的么？那么，莫非屋子是临街的？

还有较详的信，怕寄失，所以先问一问，望即回信。

豫 上 四月二夜

《八月》已看过，序已作好。

350402 致黄源

河清先生：

上月三十日信收到。沈先生已见过，但看他情形，真也恐怕没有工夫，不能大逼，只可小逼，然而小逼是大抵没有效的。稍迟，看情形再想法子罢。如有可收在插画本里的字数不多的书，或者还可以。

插画本大如《奔流》，我看是够了，再大，未免近于浪费。但往日本印图或者也须中止，因为不便之点甚多，俟便中面谈。

《表》先付印，未始不可，但我对于那查不出的两个字，总不舒服，不过也无法可想。现在当先把本文再看一回，那一本德译本，望嘱信差或便中交下为荷。

果戈理我实在有些怕他，年前恐怕未必有结果。左勤克的小篇，金人想译他一本，都是滑稽故事，检查是不会有问题的，销路大约也未必坏，就约他译来，收在丛书内，何如？

此复，即请
著安。

迅 上 四月二夜。

350404 致萧军

刘兄：

　　三日信收到。稿、序、并另有信，都作一包，放在书店里，附上一笺，乞拿以去取，但星期日上午，他们是休息的。

　　　　　　　　　　　　　　　　豫　上　四月四夜。

350404 致李桦

李桦先生：

　　三月十七及廿八两函，均先后收到。《现代木刻》六集亦已拜领，谢谢。寄内山书店者尚未到，今日往问代售办法，据云售出后以七折计；并且已嘱其直接通信了。

　　作绍介文字，颇不易为，一者因为我虽爱版画，却究竟无根本智识，不过一个"素人"，在信中发表个人意见不要紧，倘一公开，深恐贻误大局；二则中国无宜于发表此项文字之杂志，上海虽有挂艺术招牌者，实则不清不白，倘去发表，反于艺术有伤。其实，以中国之大，当有美术杂志固不俟言，即版画亦应有专门杂志，然而这是决不能实现的。现在京沪木刻运动，仍然销沈，而且颇散漫，几有人自为政之概，然亦无人能够使之集中，成一坚实的团体，大势如此，无可如何。我实亦无好方法，但以为只要有人做，总比无人做的好，即使只凭热情，自亦当有成效。德国的 Action,Brücke 各派，虽并不久续，但对于后来的影响是大的。我们也只能这么做下去。

　　日本的黑白社，比先前沈寂了，他们早就退入风景及静物中，连古时候的"浮世绘"的精神，亦已消失。目下出版的，只有玩具集，范围更加缩小了，他们对于中国木刻，恐怕不能有所补益。外国中的欧美人，我无相识者，只有苏联之一美术批评家，曾经通信，他也很留心中国美术，研究会似可寄一点作品给他看看，地址附上，通信的文字，用英文或德文都可以的。

中国古时候的木刻，对于现在也许有可采用之点，所以我们有几个人，正在企图翻印（玻璃板）明清书籍中之插画，今年想出它一两种。有一种陈老莲的人物，已在制版了。

专此布复，并颂

春绥。

迅　上　四月四夜。

350408 致曹靖华

汝珍兄：

三月卅日信收到，插画十一幅也收到了，此画似只到第四章为止，约居全书的三分之一，所差大约是还很多的。

《星花》版税，从去年七月至今年一月止，共二十五元，今附上汇票一纸，希赴瑠璃厂商务印书馆分店一取，并祈带了印章去，因为他们的新办法，要签名盖印也说不定的。今年上海银根紧，二月应付的版税，到现在才交来。

我们都好的，但弟仍无力气，而又不能休息，对付各种无聊之事，尤属讨厌，连自己也整天觉得无味了，现在正在想把生活整顿一下。

专此布达，即请

春安。

弟豫　上　四月八夜。

350409 致黄源

河清先生：

插画本丛书的版心，我看每行还可以添两个字，那么，略成长方，比较的好看（《两地书》如此），照《奔流》式，过于狭长，和插画不能调和，因为插画是长方的居多。

此书请暂缓发排，索性等我全部看一遍后付印罢，我当于十五日以前看完。

专此，即请

撰安。

迅　上　四月九日

350409 致山本初枝（日本）

拜启　四月一日惠函已拜读。日前承赐珍品多种，谢谢。因为忙而懒，有平糖都吃完了，却连一句感谢的话都没说过，实在要请原谅。

上海变成讨厌的地方了。去年没有下过雪，今年一直没转暖。龙华的桃花虽已开，但那里被警备司令部占据了，大煞风景，因此去玩的人也少了。如果在上野建监狱，即使再热衷于赏樱花的人也敬谢不去了吧？

收到过到东京后的增田一世的来信。《中国文学》月报第二号上登出他讲演的预告，因而知道他大为活跃。但文章卖不出去则委实为难。在中国也同样。现在好像任何地方都不是文章的时代。上海的几个所谓"文学家"，出卖了灵魂，每月也只能拿到六十美元。似乎是萝卜或沙丁鱼的价钱。

我仍在写作，但不能印出的居多。无聊的东西倒允许出版，但自己都觉得讨厌，因此，今年大抵做做翻译。

鲁迅　上　四月九日

山本夫人几下

350409 致增田涉（日本）

三月卅日惠函收到。前几天曾寄上《小品文与漫画》一册，其中有吴组缃君的短文，我觉得这次态度是好的。

《文学季刊》第四期曾寄惠昙村一事我已忘记，就请送什么人吧。其中郑君的论文，有关元代商人与士大夫在妓院竞争的记载，很有意思。

中国、日本，加上西洋鬼子的学者，对《四库全书》这般珍视，我实在难以理解。这回所记述的真的是一鳞半爪，如再详细研究，不妥之处还可发现很多吧。取舍也不公平，清初反满派的文集之被排斥乃因满洲朝之故，尚有可说；但明末的公安、竟陵两派的作品也大被排斥，而这两派作者在那时的文学上是有重大关系的。

《文学》三月号刊出的拙文也大遭删削。也就是说，现在国民党的做法与满洲朝没什么两样，或许满洲人也是由那时的汉人教给这种方法的。去年六月以来，对出版物的压迫步步加紧，出版社也大感困难。对新的青年作家的创作，压迫特别厉害，常常有关之处全部删除，只留下空壳。如果对此种情形没有详细了解而在日本研究"中国文学"，那就免不了极大的隔膜了吧。也就是说，我们都是戴着锁链在跳舞。

然而我最近收集去年的杂文，打算把被删削的、被禁止的东西全部补入而出版。

《十竹斋笺谱》第一册日内将出版，只印了两百部，等北平送来后当立即寄上。后面三册将如何，现尚不得而知。《北平笺谱》已成珍本。作为卖品，据说只在内山老板处还有五部。

那么，此后打算用珂罗版复制的东西，是陈老莲的《博古牌子》（用于酒令的）和明刻宋人的《耕织图》。

洛文　上　　四月九日

增田同学兄几下

350410 致曹聚仁

聚仁先生：

三日八日的信，都已收到;《芒种》三期也读过了，我觉得这回比第二期活泼些。广收外稿，可以打破单调，是很好的，但看稿却是苦事，有些也许要动笔校改一点，那么，仍得有许多工夫化费在那上面，于编者是有损的。

那一篇文章，因为不能一直写下去，又难以逞心而谈，真弄得虎头蛇尾，开初原想大发议论，但几天以后，竟急急的结束了。那些维持现状的先生们，貌似平和，实乃进步的大害。最可笑的是他们对于已经错定的，无可如何，毫无改革之意，只在防患未然，不许"新错"，而又保护"旧错"，这岂不可笑。

老先生们保存现状，连在黑屋子开一个窗也不肯，还有种种不可开的理由，但倘有人要来连屋顶也掀掉它，他这才魂飞魄散，设法调解，折中之后，许开一个窗，但总在觇机想把它塞起来。

《集外集》二校还没有到，但我想可以不必等我看过，这才打纸板了，还是快点印出的好，否则，邮件往来，又是许多日子。我在再版《引玉集》，因为重排序文，往往来来，从去年底到现在，才算办妥，足足四个月。一个人活五六十岁，在中国实在做不出什么事来（但，英雄除外），古人之想成仙，或者也是不得已的。

《集外集》付装订时，可否给我留十本不切边的。我是十年前的毛边党，至今脾气还没有改。但如麻烦，那就算了，而且装订作也未必肯听，他们是反对毛边的。

陈先生的漫画，望寄给我。他日印杂感集时，也许可以把它印出来，所流转的四个编辑室，并希见示为幸。

专此布复，并请

著安。

迅　上　四月十日

350410 致郑振铎

西谛先生：

六日信及《十竹斋笺谱》一本，均已收到。我虽未见过原本，但看翻刻，成绩的确不坏；清朝已少有此种套板佳书，将来怕也未必再有此刻工和印手。我想今年除印行《博古牌子》外，不如以全力完成此书，至少也要出他三本，如果完成，亦一好书也。不知先生以为何如？

书中照目录缺四种，但是否真缺，亦一问题，因为此书目录和内容，大约也不一定相合的。例如第二项"华石"第一种上，题云"胡曰从临高三益先生笔意十种"，但只八幅，目录亦云"八种"，可见此谱成书时，已有缺少的了。

《死魂》译稿，当于日内交出。此复，即请

著安。

迅　上　四月十日

350412 致萧军

刘军兄：

七日信早到；我们常想来看你们，孩子的脚也好了，但结果总是我打发了许多琐事之后，就没有力气，一天一天的拖，到后来，又不过是写信。

《二心集》中的那一篇，是针对那时的弊病而发的，但这些老病，现在并没有好，而且我有时还觉得加重了。现在是连说这些话的意思，我也没有了，真是倒退得可以。

我的原稿的境遇，许知道了似乎有点悲哀；我是满足的，居然还可以包油条，可见还有一些用处。我自己是在擦桌子的，因为我用的是中国纸，比洋纸能吸水。

金人译的左士陈阔的小短篇，打听了几处，似乎不大欢迎，那么，我前一信说的可以出一本书，怕是不成的了，望通知他。这回我想把那一篇 Novikov–Priboi 的短篇寄到《译文》去。

《搭客》及《樱花》上，都有署名的。《搭客》不知如何；《樱花》已送检查，且经通过，不便改了，以后的投稿再用新名罢。听说《樱花》后面，也许附几句对于李的答复。

一个作者，"自卑"固然不好，"自负"也不好的，容易停滞。我想，顶好是不要自馁，总是干；但也不可自满，仍旧总是用功。要不然，输出多而输入少，后来要空虚的。

《八月》上我主张删去的，是说明而非描写的地方，作者的说明，以少为是，尤其是狗的心思之类。怎么能知道呢。

前信说张君要和您谈谈，我想是很好的，他是研究文学批评的人，我和他很熟识。

此复，即请

俪安。

豫　上　四月十二夜

350419 致唐弢

唐弢先生：

初学外国语，教师的中国话或中国文不高明，于学生是很吃亏的。学生如果要像小孩一样，自然而然的学起来，那当然不要紧，但倘是要知道外国的那一句，就是中国的那一句，则教师愈会比较，就愈有益处。否则，发音即使准确，所得的每每不过一点皮毛。

日本的语文是不合一的，学了语，看不懂文。但实际上，现在的出版物，用"文"写的几乎已经没有了，所以除了要研究日本古文学以外，只学语就够。

言语上阶级色采，更重于日本的，世界上大约未必有了。但那些最大敬语，普通也用不著，因为我们决不会去和日本贵族交际；不过对于女性，话却还是说得客气一点的。至于书籍，则用的语法都简单，很少有"御座リマス"之类。

清朝的史书，我没有留心，说不出什么好。大约萧一山的那一种，是说了一个大略的。还有夏曾佑做过一部历史教科书，我年青时看过，觉得还好，现在改名《中国古代史》了，两种皆商务印书馆版。《清代文字狱档》系北平故宫博物院分册出版，每册五角，已出八册，但不知上海可有代售处。

肯印杂感一类文字的书，现在只有两处。一是芒种社，但他们是一个钱也没有的。一是生活书店，前天恰巧遇见傅东华先生，和他谈起，他说给他看一看。所以先生的稿子，请直接寄给他罢（环龙路新明邨六号文学社）。

专此布复，即颂

时绥。

迅　上　四月十九日

350419 致赵家璧

家璧先生：

昨天收到何谷天君的一封信，说他有一部八九万字的集子，想找地方出版。他的笔墨，先生大概是知道的，至于姓名，大约总得换一个。内容因多系已经发表过，所以当不至于犯讳。不知能有印在良友文学丛书内的希望否？我很［？］先生给我一个回信，或者看了原稿再说也好。

专此布达，并请

撰安。

迅 上 四月十九日

350421 致孟十还

十还先生：

十九信奉到。译稿请直接寄黄先生，久已专由他编辑了。《译文》被删之多和错字之多，真是无法可想。至于翻译的毛病，恐怕别人是不容易看出来，除非他对了原文，仔细的推究，但我实在没有这本领。

郑君的通信处，是：北平、东城、小羊宜宾胡同，一号。

《表》将编为电影，曾在一种日报（忘其名）上见过，且云将其做得适合中国国情。倘取其情节，而改成中国事，则我想：糟不可言！我极愿意这不成为事实。

专此布复，并颂

时绥。

迅 上 四月二十一日

350422 致何白涛

白涛先生：

　　先后两信均收到。先生谓欲以发表酬资偿书款，那当然无所不可的。

　　但画稿亦不宜乱投，此后当看机会，绍介于相宜之处，希勿念为幸。

　　匆此布复，并颂
时绥。

迅　上　四月廿二日

350423 致曹靖华

汝珍兄：

　　十一日信早收到。《文学百科全书》一本，也接着收到了，其中的 GOGOL 像，曾经撕下过，但未缺少，不知原系如此，抑途中有人胡闹？此书好极，要用文学家画像，是极为便当的。现想找 Afinogenov 像，不知第一本上有否？倘有，仍希寄下一用。

　　前日托书店寄上期刊两包，但邮局中好像有着认识我的笔迹的人，凡是我开信面的，他就常常特别拆开来看，这两包也许又被他拆得一塌胡涂了。这种东西，也不必一定负有任务，不过凡有可以欺凌的，他总想欺凌一下；也带些能够发见什么，可以献功得利的野心。但我的信件，却至今还不能对于他有什么益处。

　　现在的医白喉，只要打针就好，不知怎么要化这许多日子？上海也总是常有流行病，我自去年生了西班牙感冒以来，身体即大不如前；近来天气不好，又有感冒流行，我的寓里，不病的只有许一个人了，但今天也说没有力气。不过这回的病，没有去年底那么麻烦，再过一礼拜，大约就可以全好了。

专此布达，并颂

春祺

弟豫　上　四月二十三日

350423 致萧军、萧红

刘军
悄吟　兄：

十六日信早收到。今年北四川路是流行感冒特别的多，从上星期以来，寓中不病的只有许一个人了，但她今天说没有气力；我最先病，但也最先好，今天是同平常一样了。

帮朋友的忙，帮到后来，只忙了自己，这是常常要遇到的。您的朋友既入大学，必是智识分子，那他一定有道理，如"情面说"之类。我的经验，是人来要我帮忙时，他用"互助论"，一到不用，或要攻击我了，就用"进化论的生存竞争说"；取去我的衣服，倘向他索还，他就说我是"个人主义"，自私自利，吝啬得很。前后一对照，真令人要笑起来，但他却一本正经，说得一点也不自愧。

我看中国有许多智识分子，嘴里用各种学说和道理，来粉饰自己的行为，其实却只顾自己一个的便利和舒服，凡有被他遇见的，都用作生活的材料，一路吃过去，像白蚁一样，而遗留下来的，却只是一条排泄的粪。社会上这样的东西一多，社会是要糟的。

我的文章，也许是《二心集》中比较锋利，因为后来又有了新经验，不高兴做了。敌人不足惧，最令人寒心而且灰心的，是友军中的从背后来的暗箭；受伤之后，同一营垒中的快意的笑脸。因此，倘受了伤，就得躲入深林，自己舐干，扎好，给谁也不知道。我以为这境遇，是可怕的。我倒没有什么灰心，大抵休息一会，就仍然站起来，然而好像终竟也有影响，不但显于文章上，连自己也觉得近来还是"冷"的时候多了。

《樱花》闻已蒙检查老爷通过，署名不能改了。前天看见《太白》广告，有两篇一同发表，不知道去拿了稿费没有？

《集外集》好像还没有出。

匆复并颂

俪祉。

豫　上。〔四月二十三日〕

近来北四川路邮局有了一个认识我的笔迹的人，凡有寄出书籍，倘是我写封面的，他就特别拆开来看，弄得一塌胡涂，但对于信札，好像还不这样。呜呼，人面的狗，何其多乎！？　又及。

350425 致黄源

河清先生：

日前寄上徐懋庸译稿一篇，想已到。

今寄上沈先生译稿一篇。又学昭女士译稿一篇，是她自己从正在排印的《新文学》中，由印刷所里去抽回来的，所以已经检查，而且查得很宽，只抽去"昏蛋的"三字而已。用于《译文》，不知须重新送检否？

后记须由编者重做一段，放在她的泛论之前，但我无关于 A.Afinogenov 的材料，也许英文本《国际文学》中曾有的。

Bryusov 的照相或画像，我这里有。俄文本《文学百科全书》中想必有更好的像，昨已函靖华去借，或者来得及。

《巴黎的烦恼》，不知书店何以还未送来，乞便中一催。又，巴罗哈小说译稿，如尚在，并乞便中掷还。此布即请

著安。

迅　上　四月廿五日

350425 致萧军

刘军兄：

太白社寄来稿费单一张，印已代盖，请填上空白之处并签名，前去一取为要。

取款之处，是会计科，那么，是要到福州路复兴里生活书店去的了。

还有一篇署萧军的，已登出，而没有单子寄来，大约是您直接寄去的罢？

此布即颂

春绥。

豫　上　四月廿五日

350428 致萧军

刘军兄：

廿六日信收到。许总算没有生病。孩子还有点咳，脚是全好了，不过皮色有点不同，但这没有关系。我已可以说是全好，正在为日本杂志做一篇文章，骂孔子的，因为他们正在尊孔，但不知能登出否？月内此外还欠两篇文债，我看是来不及还清的了，有范围，有定期的文章，做起来真令人叫苦，兴味也没有，做也做不好。

文学社寄来稿费单一张，今仍代印寄上，印书的钱，大约可以不必另外张罗了罢。

那个杂志的文章，难做得很，我先前也曾从公意做过文章，但同道中人，却用假名夹杂着真名，印出公开信来骂我，他们还造一个郭冰若的名，令人疑是郭沫若的排错者。我提出质问，但结果是模模胡胡，不得要领，我真好像见鬼，怕了。后来又遇到相像的事两回，我的心至今还没有热。现在也有人在必要时，说我"好起来了"，但这是谣言，我倒坏了些了。

再谈。此请
双安。

豫　上　四月廿八夜。

一时不见得搬家罢？

350429 致曹靖华

汝珍兄：

四月廿六信收到。沪报载是日北平大风，近不知如何，寓中安否，为念。

碑帖两包已收到，因久未得农信，且未知住址是否仍旧，故未作复，兄如见面，乞转告。且拓片似亦不复有佳者，此后可以不必收集了。至于已寄来之两包，当于稍暇时一看，要的留下，余则寄兄处，托转交。

《百科全书》由上海转，甚好，转寄是没有什么不便的。但那边寄书，包纸和线往往不坚牢，我收到时，有些几乎已经全散，而并非邮局所为，这是很容易不能送达的。有一回，邮局来信说有一堆散书，失掉地址，叫我开出书名去领，我不知何书，只好算了。

弟病已愈，请勿念。此布，即请
文安。

> 弟豫　上　四月廿九日

350430 致母亲

母亲大人膝下敬禀者，四月廿四日来示，已经收到，第二次所寄小包，也早收到了。上海报载廿六日起，北平大风，未知寓中如何，甚以为念。大人胃病初愈，尚无力气，尚希加意静养为要。上海天气亦不甚顺，近来已晴，想可向暖。寓中均安，海婴亦好，可请释念。男身体尚好，但因琐事不少，故不免稍忙，时

亦觉得无力耳，但有些文章，为朋友及生计关系，亦不能不做也。专此布达，恭请

金安。

男树　叩上　广平及海婴同叩　四月三十日

350430 致增田涉（日本）

十三、二十六日来信均奉阅；明信片与美术明信片也收到。贯休和尚的罗汉，我认为石拓的倒是好的，亲笔画的怎么说，有点太怪异，到极乐世界去时如老遇到这种面孔的人们，开始也许稀奇，但不久就会难受了。

石恪君的画，我觉得不错。

《小说史略》有出版的机会，总算令人满意。那么，对你的尽力非常感谢。"合译"没有意思，还是单用你的名字好。序文以后写吧。

照片是前年的，最新版。现在一并寄上。

我的字值五日元，真太滑稽。其实，我对那字的持有者花了裱装费，也不胜抱歉。但已经拿到铁研先生的了，就算告一段落，并且作为永久借用了事。再有，即使"如得《选集》的版税"，也请什么也别送我。否则，东西一多，搬家就太麻烦了。

因检查很麻烦，《文学季刊》只好多用译作，因而也就没有了活气。近来上海的出版物大抵如此。

在上海文坛失败了的所谓作家，颇有往日本跑的。在这里称为"浴浴"或"镀金"。最近，上海报纸登了和秋田雨雀先生合照的

三四个人的照片，这也是复活运动之一。

洛文 上 四月卅日

增田兄几下

我原以为你上京后，会东奔西跑，难以凭几。但得来信，才知你还待在屋里。于是就把"几"字旁的问号删除了。

350503 致罗清桢

清桢先生：

三月二十一，四月六，二十二日三函，均经先后收到。木刻四本亦已由书店交来，谢谢！送 Ettinger 的，当于便中寄去，至于高氏，则因一向并无信札往还，只好不寄了。寄售之书，一元二角似略贵，已与书店商定，改为每本一元了。

蒙允为拙作刻图，甚感，但近年所作，都是翻译及评论，小说久已没有了。诗也是向不留意，侯先生赐示大作，实在是"问道于盲"而已。

张慧先生常有信来，而我失其通信地址，常烦转寄，殊不安，便中乞以地址见示为感。

匆布，即颂

时绥。

迅 上 五月三日

350505 致黄源

河清先生：

今寄上《文学》"论坛"一则，《文学百题》考卷两篇，乞转交；又《饿》一篇，似乎做得还不算坏，不知可用于《文学》随笔栏里否？并乞一问，倘不能用，则希掷还。

《世界文库》好像真的要出版了。从孟先生那里借来的G集插画，有《死魂灵》的第一二章者否？倘有，希交去，制版后并祈代录题语。并且嘱书店全部照出，以便将书还给人家。但如《文库》不欢迎插图，那不插就是了。

此布，并请

撰安。

迅　上　五月五日

350509 致萧军

刘军兄：

七日信收到。我这一月以来，手头很窘，因为只有一点零星收入，数目较多的稿费，不是不付，就是支票，所以要到二十五日，才有到期可取的稿费。不知您能等到这时候否？但这之前，会有意外的付我的稿费，也料不定。那时当再通知。

专此布复，并请

俪安。

豫　上　五月九日

101

350509 致赵家璧

家璧先生：

百五十元期票一纸，昨已收到，甚感。

《尼采自传》译者，久无消息，只能听其自来；周文稿子出版的迟早，我看是没有关系的罢。

专此布复，即请

撰安。

迅　启上　五月九日

350510 致赵家璧

家璧先生：

上午收到九日信并《尼采自传》两本。

小说稿除原可不登者全数删去外，又删去了五篇，大约再也不会溢出预算页数之外的了。

目录仍寄上。

专此布复，即请

著安。

迅　上　五月十夜。

350510 致萧剑青

剑青先生：

　　来函诵悉。附寄的画稿，亦已看过，我以为此稿太明了，以能抽出为妙。未审尊意以为如何？

　　专此布复，即颂

时绥。

鲁迅　五月十日

350514 致曹靖华

汝珍兄：

　　三日信并译稿一篇，收到了好几天了，因为琐事多，似乎以前竟未回信，甚歉。昨托书店寄上碑帖一包，不知已到否？如到，请并现在附上之信转交。又寄学校杂志一包，是同时寄出的，想亦不致失落。

　　北平大风事，沪报所记似比事实夸张，所以当时颇担心，及得来信，乃始释然。上海亦至今时冷时暖，伤风者甚多，惟寓中俱安，可请勿念。闻它兄大病，且甚确，恐怕很难医好的了；闻它嫂却尚健。

　　现在的生活，真像拉车一样，卖文为活，亦大不易，连印翻译杂志，也常被检禁，且招谣言；嫉妒者又乘机攻击，因此非常难办。但他们也弄不好，因为译作根本就没有人要看，不过我们却多些麻烦了。

　　闻现代书局大有关门之势，兄稿已辗转托人去索回，但尚无回信。

　　小说译稿，日内当交给译文社。

　　专此布达，即请

时安。

弟豫　顿首　五月十四夜。

350514 致台静农

青兄：

　　二日函收到了；上月之函，却未收到。至于拓片两包，是都收到的，"君车"画象确系赝品，似用砖翻刻，连簠斋印也是假的。原刻之拓片，还要有神彩，而且必连碑阴，乃为全份。又包中之《曹望憘造象》，大约也是翻刻的，其与原刻不同之处，见《校碑随笔》。

　　从这两包中，各选数种，目另列，其余的已于昨日寄回了。收集画象事，拟暂作一结束，因年来精神体力，大不如前，且终日劳劳，亦无整理付印之望，所以拟姑置之；今乃知老境催人，其可怕如此。因为我自去冬罹西班牙性感冒之后，消化系受伤，从此几乎每月必有小病一场了。但似未必寿终在即，可请放心耳。

　　专此布复，并颂

时绥。

豫　顿首　五月十四夜。

第一包拓片留四种（内无目录及定价，姑随手举之，乞查付）——

　　一、骑马人画象（有树木）一张

　　二、大定四年造象一份二张

三、汉残画象一份四张

四、一人及一蛇画象一张

第二包拓片留两种——

一、汉鹿一份两张（五元五）

二、宜州画象（？）一份三张（一元五）

以上，共留六种。

350517 致胡风

十五日信收到了。前天遇见玄先生，谈到你要译《草叶》的事，他说，为什么选这个呢？不如从英德文学里，选一部长的，只要有英日文对照看就好。我后来一想，《草叶》不但字数有限，而且诗这东西，译起来很容易出力不讨好，虽《草叶》并无韵。但刚才看了一下目录，英德文学里实无相宜的东西：德作品都短，英作品多无聊（我和英国人是不对的）。我看波兰的《火与剑》或《农民》，倒可以译的，后者有日译本，前者不知有无，英译本都有。看见郑时，当和他一谈，你以为怎样？

那消息是万分的确的，真是可惜得很。从此引伸开来，也许还有事，也许竟没有。

萧有信来，又催信了，可见"正确"的信，至今没有发。

这几天因为赶译《死魂灵》，弄得昏头昏脑，我以前太小看了ゴ一コリ了，以为容易译的，不料很难，他的讽刺是千锤百炼的。其中虽无摩登名词（那时连电灯也没有），却有十八世纪的菜单，十八世纪的打牌，真是十分棘手。上田进的译本并不坏，但常有和德译本不同之处，细想起来，好像他错的居多，翻译真也不易。

看《申报》上所登的广告，批评家侍桁先生在论从日文重译之不可靠了，这是真的。但我曾经为他校对过从日本文译出的东西，错处也不少，可见直接译亦往往不可靠了。

豫　上　五月十七夜

你有工夫约我一个日子谈谈闲天么？但最好是在二十三日之后。

350520 致萧军

刘军兄：

今天有点收入，你所要之款，已放在书店里，希持附上之条，前去一取。

因为赶译小说忙，不能多写了，只通知两件事：

一、那一本《八月的乡村》印出后，内山书店是不能寄售的，因为否则他要吃苦。

二、金人译稿，已在本月《译文》上登出了，那稿费，当与下月的《文学》上所登的悄吟太太的稿费同交。那稿是我寄去的，想不至于被抽去，倘登出后，乞自去一取为荷。

匆布，即颂

俪祉。

豫　上　五月二十夜。

350522 致邵文熔

铭之吾兄足下：

顷奉到二十日函，知特以干菜笋干见惠，甚感甚感。

中国普通所谓肝胃病，实即胃肠病。药房所售之现成药，种类颇多，弟向来所偶服者为"黑儿补"，然实不佳，盖胃病性质，亦有种种，颇难以成药疗之也。鄙意不如首慎饮食，即勿多食不消化物，一面觅一可靠之西医，令开一方，病不过初起，一二月当能全愈。但不知杭州有可信之医生否，此不在于有名而在于诚实也。在沪则弟识一二人，倘有意来沪一诊，当绍介也。且可确保其不敲竹杠，亦不以江湖诀欺人。

弟一切如常，惟琐事太多，颇以为苦，借笔墨为生活，亦非乐事，然亦别无可为。书无新出者，惟有《集外集》一本，乃友人所编，系搜集一切未曾收入总集及自所刊落之作，合为一编，原系糟粕，而又经官审阅，故稍有精采者，悉被删去，遂更无足观，日内当托书坊寄奉一册，以博一粲耳。对于《太白》，时亦投稿，但署名时时不同，新出之第五期内，有"掂斤簸两"三则，及《论人言可畏》一篇，实皆拙作也。

专此布复，并请

道安

弟树　顿首　廿四年五月二十二日

350522 致曹靖华

汝珍兄：

十八信收到。它事极确，上月弟曾得确信，然何能为。这在文化上的损失，真是无可比喻。许君已南来，详情或当托其面谈。

许君人甚老实，但他对于人之贤不肖，却不甚了然。李某卑鄙势利，弟深知之，不知何以授以重柄，但他对上司是别一种面目，亦不可知，故易为所欺也。许曾访我一次，未言钟点当有更动事，大约四五日后还当见面，当更嘱之。

弟一切如常，惟琐事太多，颇以为苦，所遇所闻，多非乐事，故心绪亦颇不舒服。上海之所谓"文人"，有些真是坏到出于意料之外，即人面狗心，恐亦不至于此，而居然摇笔作文，大发议论，不以为耻，社会上亦往往视为平常，真大怪事也。

三弟来信一纸，附上，希转交。

专此布达，即请

道安。

弟豫　上　五月二十二夜。

350522 致黄源

河清先生：

前回说，想校正《俄罗斯童话》，再一想，觉得可以不必了，不如就这样的请官检阅。倘不准，而将自行出版，再校正也好。所以那未印的原稿，请嘱社中送信人送到书店来，以便编入，并带下《世界文库》样本一本为荷。

孟十还先生的通信地址遗失了，附上一笺，乞加封转寄。

专此布达，即请

撰安。

迅　上　五月二十二夜。

《死魂灵》第四章，今天总算译完了，也到了第一部全部的四分之一，但如果专译这样的东西，大约真是要"死"的。

350522 致孟十还

十还先生：

十九夜信收到。译克雷洛夫之难，大约连郑公自己也不知道的，此公著作，别国似很少译本，我只见过日译三四篇。

《死魂灵》的插图，《世界文库》第一本已用 Taburin 作，不能改了，但此公只画到第六章为止，新近友人寄给我一套别人的插图，共十二幅，亦只画到第六章为止，不知何故。那一本插图多的，我想看一看，但不急，只要便中带给我，或放在文学社，托其转送就好了。

听说还有一种插图的大本，也有一二百幅，还是革命前出版，现在恐怕得不到了。

欢迎插图是一向如此的，记得十九世纪末，绘图的《聊斋志异》出版，许多人都买来看，非常高兴的。而且有些孩子，还因为图画，才去看文章，所以我以为插图不但有趣，且亦有益；不过出版家因为成本贵，不大赞成，所以近来很少插画本。历史演义（会文堂出版的）颇注意于此，帮他销路不少，然而我们的"新文学家"不留心。此复，

即颂

时绥。

迅　上　五月廿二夜

通信处的底子失掉了，便中希再见示。

350524 致陈烟桥

烟桥先生：

五月十日信早收到。前回的一封信也收到的。近来因为常常生病，又忙于翻译卖钱之类，弄得头昏眼花，未能即行回信，甚歉。

最近的一幅木刻，我看并不好。从构图上说起来，两面的屋边，是对称的；中间一株大树，布满了空间，本来颇有意思，但我记得英国（？）的一个木刻家，曾有过这样的构图的了。

选选作品，本来并不费事，但我查了一下，先生的作品不到十张。大约一则因为搬来搬去，有些弄得找不到；二则因为绍介出去，他们既不用，又不还我，所以弄得不见了。如果能够另印一份寄给我，我是可以选的，但选起来大约是严的，因为我看新近印出的几种专集，实在收得太随便。

我想把先生的《风景》即好像写意画那样的一张，《黄浦江》二幅绍介到《文学》去，望即印给我各一张，寄下；作者用什么署名，也一并示知为荷。

专此布复，即颂

时绥。

迅　上　五月二十四日

350524 致杨霁云

霁云先生：

十六日信早奉到。《集外集》也收到了，十本以外，又索得了八本，已够了。印工之类，在现在的出版界，总是如此的，我看将来还要低落下去。

纸张也已收到，如此拙字，写到宣纸上，真也自觉可笑，但先生既要我写，我是可以写的，但须拖延时日耳，因为须等一相宜的时候也。

纸内有两长条，是否对联？乞示知。若然，则一定写得极坏，因为我没有写过大字，所以字愈大，就愈坏。

专此布复，即请
文安。

迅　上　五月廿四日

350524 致郑伯奇

伯奇先生：

下午得赵先生信，云将往北平，有事可与先生接洽；并有《小说二集序》排印稿二份。

这序里的错字可真不算少，今赶紧校出寄上，务希嘱其照改为托。否则，颇觉得太潦草也。

专此布达，即请

撰安。

迅　上　五月廿四夜

附校稿二份。

350525 致赵家璧

家璧先生：

惠函收到。版税单想系指春季结算的那一项，那么，不但收到，而且用掉了。中央怕《竖琴》前记，真是胆小如鼷，其实并无害，因此在别一面，也没有怎样的益，有无都无关紧要，只是以装门面而已。现在剪去以免重印重装，我同意于公司的办法，并无异议也。

专此布复，顺颂

文安。

鲁迅　上　五月廿五日

350525 致黄源

河清先生：

《世界文库》已见过，《死魂灵》中错字不少，有几处自己还知道那一个字错，有些是连自己也不记得了。将来印起来，又要费一番查原本的工夫。

于是想，生活书店不知道能将排过之原稿还我否？那么，将来可以省力不少。所以想请　先生到校对先生那里去运动一下，每期把它取回来。大约书店是用不着这稿子的了。

　　专此布达，即请

撰安。

迅　上　五月廿五日

350528 致黄源

河清先生：

　　廿七日信并校稿，顷已收到。《表》至夜间可以校了，明天当托书店挂号寄上，可以快一点，因为挂号与寄存，都是一个"托"，一样的。错字还多，且有改动处，我想，如果能够将四校再给我看一遍，最好。"校对"实是一个问题，普通是只要校者自己觉得看得懂，就不看原稿的，所以有时候，译者想了许多工夫，这才决定了的字，会错得大差其远，使那时的苦心经营，反而成为多事。所以，我以为凡有稿子，最好是译作者自己看一遍。但这自然指书籍而言，期刊则事实上办不到。

　　《表》的第一页和书面，过几天再商量。

　　《译文》的稿子确是一个问题，我先前也早虑及此。有些人担任了长篇翻译，固然有影响，但那最大原因，还在找材料的难，找来找去，找到一篇，只能供一回之用，而能否登出，还是一个问题。我新近看了一本日译的キールランド（北欧）小说集，也没有一篇合用的。至今也还在常常留心寻找。不过六月份这一本上，恐怕总来不及了，只能将所有的凑一下。

　　而且第三卷第一号，出版期也快了，以二卷为例，当然必须增

113

大。这怎么办呢？我想，可以向黎先生豫先声明，敲一个竹杠，请他译《动物志》，有图有说，必为读者所乐观。印的时候，把插图做得大一点，不久就可以出单行本。

七月份的《文学》，我大约仍然只能做二则"论坛"，至于散文，实在为难。一，固然由于忽译忽作，有些不顺手；二，也因为议论不容易发，如果顾忌太多，做起来就变成"洋八股"了。而且我想，第一期有一篇我的散文，也不足以资号召。

谣言，是他们的惯技，与其说对于个人，我看倒在对于书店和刊物。但个人被当作用具，也讨厌的。前曾与沈先生谈起，以为当略略对付，也许沈先生已对先生说过了。至于到敝寓来，我以为大可不必"谨慎"，因为这是于我毫无关系的，我不管谣言。

一面在译《死魂灵》，一面也在要译果戈理的短篇小说，但如又先登《译文》，则出起集子来时似乎较为无聊；否则，《译文》上的要另找，就是每月要兼顾三面了。想了几次，终于想不好。

专此布复，即请

撰安。

迅　上　五月廿八日

再:《译文》书面上的木刻，也要列入目录。

350530 致曹靖华

汝珍兄：

二十六日信收到。知病五日即愈，甚慰。

许君已见过，他说并无减少钟点之事，不过有一种功课，下半年没有，所以要换别的功课的。

他又高兴的说，因为种种节省，已还掉旧债二万。我想，如果还清，那他就要被请出了；他先前做女师校长时，也是造好了热水管之类之后，乃被逐出的。至于李某，卑鄙无聊，但他一定要过瘾，这是学校和学生的大晦气；以前他是改组派，但像风旗似的转得真快。

先前所作碑文，想钞入自己的文稿中，其中有"××曹××先生名××"一句，请兄补上缺字寄下，又碑名云何，亦希见示。不知此碑现已建立否？

弟如常，寓中亦均好，并闻。

专此布达，并颂

时绥。

弟豫　上　五月卅日夜

再：木刻付印尚无期，《城与年》之解说，不必急急也。

又及。

350530 致黄源

河清先生：

今天为《译文》看了几篇小说，也有好的，但译出来要防不能用；至于无聊的，则译起来自己先觉得无聊。

现在选定了一篇，在有聊与无聊之间，事情是"洋主仆恋爱"，但并不如国货之肉麻，作者是 Rumania 的 M.Sadoveanu，似乎也还新鲜。

明天当动手来译，约有一万字左右，在六月五日以前，必可寄出，先此奉闻。

并请

撰安。

迅 上 五月卅日

350602 致黄源

河清先生：

大约两月之前，曾交上一篇从英文译出的随笔，说是不得已时，或者可以补白的。但现在这译者写信来索还了，所以希即检出寄下，给我可以赶紧还他去。

专此布达，即请

撰安。

迅 上 六月二日

350602 致萧军

刘军兄：

前信早收到。文学社陆续寄来了两篇稿费的单子，今寄上。

金人的稿子，由我寄出了两篇，都不见登出；在手头的还有三篇。《搭客》已登，大约稿费单也快送来了，那时当和金人的译稿一同放在书店里。但那寄出了的两篇，要收回不？望便中通知我。

此布，即请

俪安。

豫　上　六月二夜。

350603 致黄源

河清先生：

译稿（并后记）已于上午挂号寄上，因为匆匆，也许有错处，但管不得这许多了。下一期我大约可以请假；到第六期，我想译一篇保加利亚的 Ivan Vazov 的。

同封中有一篇陈翔鹤的小说稿，他是沈钟社中人，是另一人托我绍介的。但回后得《文学》六号，看见广告，则对于投稿已定有颇可怕之办法，因此赶写这信，想特别通融一下，如果不用，请先生设法给我取还见寄为感。

专布，即颂

撰安。

迅　上　六月三日

再：附上书签两条，乞转交傅先生。　又及

350603 致孟十还

十还先生：

一日信收到。《果集》并不要急看，随便什么时候带给我都好。关于他的书籍，俄文的我一本也没有。

文学社的不先征同意而登广告的办法，我看是很不好的；对于我也这样。这样逼出来的成绩，总不见得佳，而且作者要起反感。

　　先生所说的分段写的办法，我看太细，中国的读者大约未必觉得有意思。个人的意见，以为不如给它一个粗枝大叶的轮廓，如《译文》所登的关于普式庚和莱尔孟妥夫一样，做起来较不繁琐，读者也反而容易领会大概。

　　此复，即颂

时绥。

迅　上　六月三日

350607 致萧军

刘军兄：

　　二，五两日的信，都收到了。但大约只能草草作复。不知怎的，总是忙，因为有几种刊物，是不能不给以支持的，但有检查，所以要做得含蓄，又要不十分无聊，这正如带了镣铐的进军，你想，怎能弄得好，又怎能不出一身大汗，又怎能不仍然出力不讨好。

　　《文学》上所登的广告，关于我的几点，是未经我的同意的，这不过是一种"商略"，但我不赞成这样的办法。启事也已看过，这好像"官样"，乃由于含胡。例如以《文学》的投稿之多，是应该有多人阅看，退还的，但店中不肯多用人，这一层编辑者不好明说，而实则管不过来；近来又有新命令，是不妥之稿，一律没收，但出版者又不肯多化钱，都排印了送检，所以此后的稿子，必有一部份被扣留，不能退还，但这是又不准明说的。以上两种，就足使编辑者只得吞吞吐吐，打一下官话了。但在不知内情的读者和投稿者，是要发生反感的，可又不能说明内情，这是编辑者的失败，也足见新近压迫法之日见巧妙。我看这种事情，还要层出不穷。

金人的译稿给天马去印，我当然赞成的，也许前信已经说过，《罪与罚》大约未必能登出来；至于翻译界的情形，我不能写了，实在没有工夫。

万古蟾这人，我不认识，你应否和他会会，我无意见。

叶的稿子，交出去了，因为我无暇，由编者去改。他前信说不必大改，因为官们未必记得，是不对的，这是"轻敌"，最容易失败。《丰收》才去算过不久，现在卖得很少。

那边的文学团体复活，是极好的，不过我恐怕不能出什么力，因为在这里的事情，已经足够了。而且体力也一天一天的不济。

《新小说》的稿费单，尚未送来。

这几天刚把《译文》的稿子弄完，在做《文学》上的"论坛"了，从明天起，就译《死魂灵》，虽每期不过三万字左右，却非化两礼拜时光不可。现在很有些读者，在公开的攻击刊物多登"已成作家"的东西，而我却要这样拚命，连玩一下的功夫也没有，来支持几种刊物。想到这里，真有些灰心。倘有别事可做，真想改行了，不受骂，又能玩，岂不好吗？

寓中都好。孩子也好了，但他大了起来，越加捣乱，出去，就惹祸，我已经受了三家邻居的警告，——但自然，这邻居也是擅长警告的邻居。但在家里，却又闹得我静不下，我希望他快过二十岁，同爱人一起跑掉，那就好了。

此布，即请

俪安。

豫　上　六月七日

350610 致黄源

河清先生：

今寄上《文学》"论坛"二篇，散文（？）稿一篇，乞转交傅先生。

数日前寄上一函，系索回前给《译文》之散文（别人译的）译稿，至今未得回音，务希费神一查，即予寄回，以便了此一件，为感。

此布，即请

撰安。

迅　上　六月十日

350610 致增田涉（日本）

三日惠函奉阅。《中国小说史》序文呈上，由于忙和懒，写得杂乱，祈大加斧正，使成名文，面目一新。结尾部分，请将社长名字写进去。

近来不知是由于压迫加剧，生活困难，还是年岁增长，体力衰退之故，总觉得比过去大为忙碌，无趣。四五年前的悠闲生活，如在梦中。这种心情，在序文中也有所流露。

《译者的话》很下工夫并得到赞扬，因此不必再加改动，只有三处误植，已订正。

《孔夫子》也被夸奖，而且还有赞同的文章，闻之大为安慰。《文学月报》还是不登载为好吧，为了该月报的安全。但读它近来几期，觉得也没有什么泼辣之气。

《中国小说史》的奢华的装帧，是我有生以来，著作穿漂亮衣服的第一次吧。我喜欢奢华书。不知是否因是小资之故。

郑振铎君是中国教授类中努力学习和工作的人，但今年被燕京大学撵出来了，原因不明。连多出版纯学术著作，近来似乎也不好了。因为不出版著作的教授们生气了。他正搜古今中外（文学上的）古典，出版《世界文库》，每月一册。日内拟将一年的寄到惠昌村，其中有《金瓶梅词话》（连载），但所谓"猥亵"之处已被删削。据说否则不准出版。

上海禁止女人赤足。道学先生好像看见女人的光脚也会兴奋起来，如此敏感，诚可佩服。

《十竹斋》第一册不久前出版了，当时拟即寄奉，因你来的某个信封上写着什么旅馆名字，就"彷徨"起来了。这次随即托老板寄到东京。后面三册，预计明春可成，但不知结果如何。

　　　　　　　　　　　　　洛文　上　六月十日

增田兄几下

350611 致曹靖华

汝珍兄：

端节信收到。三兄有信来，今附上。它兄的事，是已经结束了，此时还有何话可说。

我的杂文集，今年总想印出来，但要自己印也说不定。这里的书店，总想印我的作品，却又怕印。他们总想我写平平稳稳，既能卖钱，又不担心的东西。天下那里有这样的文章呢？

想请兄于稍暇时给我写一封答 Paul Ettinger 的信，稿子附上，写后寄下。信面我自己可以写的。

专布，即颂

时绥。

弟豫　上　六月十一日

350615 致萧军

刘军兄：

良友公司的稿费单，写信去催了才寄来，今寄上，但有期限，在本月廿一，不能立刻取。

又寄《新小说》（四）一本来，现亦另封挂号寄上，还有一本是他们给我的，我已看过，不要了，顺便一同寄去，你可以送朋友的。

我们都还好，我在译《死魂灵》，要二十以外才完。

这封信收到之后，望给我一个回信。

此布，即请

双安。

豫　上　六月十五日

350616 致李霁野

霁野兄：

上月廿八日信早到。前所寄学生译文一篇，已去问过，据云已经排好，俟看机会编入，那么，就算是大半要用，不能寄还的了。

《译文》是我寄的，到期当停止。

前为素园题墓碣数十字，其碣想未立。那碣文，不知兄处有否？倘有，希录寄，因拟编入杂文集中。不刻之石而印之纸，或差胜于冥漠欤？

平津又必有一番新气象。我如常，但速老耳，有几种译作不能不做，亦一苦事。

此复，即颂

时绥。

豫　顿首　六月十六日

350616 致李桦

李桦先生：

五月廿四日信早收到；每次给我的《现代版画》，也都收到的。但这几年来，非病即忙，连回信也到今天才写，真是抱歉之至。

所说的北国的朋友对于木刻的意见和选刊的作品，我偶然也从日报副刊上看见过，但意见并不尽同。所说的《现代版画》的内容小资产阶级的气分太重，固然不错，但这是意识如此，所以有此气分，并非因此而有"意识堕落之危险"，不过非革命的而已。但要消除此气分，必先改变这意识，这须由经验，观察，思索而来，非空言所能转变，如果硬装前进，其实比直抒他所固有的情绪还要坏。因为前者我们还可以看见社会中一部分人的心情的反映，后者便成为虚伪了。

木刻是一种作某用的工具，是不错的，但万不要忘记它是艺术。它之所以是工具，就因为它是艺术的缘故。斧是木匠的工具，但也要它锋利，如果不锋利，则斧形虽存，即非工具，但有人仍称之为斧，看作工具，那是因为他自己并非木匠，不知作工之故。五六年前，在文学上曾有此类争论，现在却移到木刻上去了。

由上说推开来，我以为木刻是要手印本的。木刻的美，半在纸质和印法，这是一种，是母胎；由此制成锌版，或者简直直接镀铜，用于多数印刷，这又是一种，是苗裔。但后者的艺术价值，总和前者不同。所以无论那里，油画的名作，虽有缩印的铜板，原画却仍是美术馆里的宝贝。自然，中国也许有再也没有手印的余裕的时候，不过这还不是目前，待那时再说。

不过就是锌板，也与印刷术有关，我看中国的制版术和印刷术，时常把原画变相到可悲的状态，时常使我连看也不敢看了。

"连环木刻"也并不一定能负普及的使命，现在所出的几种，大众是看不懂的。现在的木刻运动，因为观者有许多层——有智识者，有文盲——也须分许多种，首先决定这回的对象，是那一种人，然后来动手，这才有效。这与一幅或多幅无关。

《现代木刻》的缺点，我以为选得欠精，但这或者和出得太多有关系。还有，是题材的范围太狭。譬如静物，现在有些作家也反对的，但其实是那"物"就大可以变革。枪刀锄斧，都可以作静物刻，草根树皮，也可以作静物刻，则神采就和古之静物，大不相同了。

其次，是关于外国木刻的事。这时候已经过去了，但即使来得及，也还是不行。因为我的住所不安定，书籍绘画，都放在别处，不能要取就取的。但存着可惜，我正在计画像《引玉集》似的翻印一下。前两月，曾将K.Kollwitz的板画（铜和石）二十余幅，寄到北平去复印，但将来的结果，不知如何。

我爱版画，但自己不是行家，所以对于理论，没有全盘的话好说。至于零星的意见，则大略如上。中国自然最需要刻人物或故事，但我看木刻成绩，这一门却最坏，这就因为蔑视技术，缺少基础工夫之故，这样下去，木刻的发展倒要受害的。

还有一层，《现代版画》中时有利用彩色纸的作品，我以为这是可暂而〖而〗不可常的，一常，要流于纤巧，因为木刻究以黑白为正宗。

专此布复，即颂

时绥。

迅　顿首　六月十六日

350617 致陈此生

此生先生：

惠书顷已由书店转到。蒙诸位不弃，叫我赴桂林教书，可游名区，又得厚币，不胜感荷。但我不登讲坛，已历七年，其间一味悠悠忽忽，学问毫无增加，体力却日见衰退。倘再误人子弟，纵令听讲者曲与原谅，自己实不胜汗颜，所以对于远来厚意，只能诚恳的致谢了。

桂林荸荠，亦早闻雷名，惜无福身临其境，一尝佳味，不得已，也只好以上海小马蹄（此地称荸荠如此）代之耳。

专此布复，并请

教安。

名心印〔六月十七日〕

350619 致孟十还

十还先生：

十四日信收到；《果戈理集》也收到了。此书似系集合各种本子而成，所以插画作者很有几个，而《狂人日记》的图，则出于照相的。所有的图，大约原本还要大，这里都已缩小。

《死灵魂》在《世界文库》里，我以为插图只要少点好了，这种印刷之粗，就是有图，也不见得好看。

李长之不相识，只看过他的几篇文章，我觉得他还应一面潜心研究一下；胆子大和胡说乱骂，是相似而实非的。

看那《批判》的序文，都是空话，这篇文章也许不能启发我罢。

专复，即颂

时绥。

迅 上 六月十九日

350622 致增田涉（日本）

拜启 十五日之惠函昨日拜读。对于"校正之为之生存"，实感抱歉。处理此种古文，中国之工人也会为难。铅活字无者亦多。

至于《选集》，我以为不必送我任何东西。因我什么力也没出过。如果不送点什么，书店方面过意不去的话，那就送几册该《选集》好了。版画既不能展览，连储藏的地方也难找，反而成为"一累"。书的话可分送朋友，心情得以轻松。

岩波书店寄来的《选集》二册，前日已收到。

谢谢对我妻儿的致意。孩子愈来愈淘气，真烦。 草草

洛文　上　六月二十二日

增田兄几下

350624 致曹靖华

汝珍兄：

　　十四日信早到，近因忙于译书，所以今日才复。

　　它兄文稿，很有几个人要把它集起来，但我们尚未商量。现代有他的两部，须赎回，因为是预支过板税的，此事我在单独进行。

　　中国事其实早在意中，热心人或杀或囚，早替他们收拾了，和宋明之末极像。但我以为哭是无益的，只好仍是有一分力，尽一分力，不必一时特别愤激，事后却又悠悠然。我看中国青年，大都有愤激一时的缺点，其实现在秉政的，就都是昔日所谓革命的青年也。

　　此地出板仍极困难，连译文也费事，中国是对内特别凶恶的。

　　E.君信非由 VOKS 转。他的信头有地址，今抄在此纸后面。记得他有一个地址，还多几字，但现不在手头。兄看现在之地址如果不像会寄不到，就请代发，否则不如将信寄来，由我自发。

　　寄辰兄一笺并稿费单，乞便中转交。我们都好，勿念。

　　此祝

平安

豫　上　六月廿四日

350624 致台静农

辰兄:

一日信早到。买拓片余款,不必送到平寓,可仍存兄处,但有文学社稿费八元,想乞兄转交段干青君,款即由拓片余款中划出。段君住址,我不知道,可函询后孙公园医学院唐诃君,倘他亦不知,就只好作罢了。

"日月画象"确在我这里,忘记加圈了,帖店的话不错。

北方情形如此,兄事想更无头绪,但国事我看是即以叩头暂结的。此后类此之事,则将层出不穷。敝寓如常,可释远念,令人心悲之事自然也不少,但也悲不了许多。

我尚可支持,不过忙一点,至于体力之衰,则年龄为之,无可如何,也只好照常办事。

此布,即颂

时绥。

豫　上　六月廿四日

350627 致萧军

刘军兄:

廿三信收到。昨天看见《新小说》的编辑者,他说,金人的译稿,已送去审查了。我想,这是不见得有问题的。悄太太的稿子,当于日内寄去。但那第三期,因为第一篇是我译的,不许登广告。

译文社的事,久不过问了。金人译稿的事,当于便中提及。

《死魂灵》第三次稿，前天才交的，近来没有气力多译。身体还是不行，日见衰弱，医生要我不看书写字，并停止抽烟；有几个〔个〕朋友劝我到乡下去，但为了种种缘故，一时也做不到。

近来警告倒没有了，这是因为我们自己戒了严，但真也吃力。

黑面包可以不必买给我们了。近地就要开一个白俄点心铺，倘要吃，容易买到了。

此复，即请

俪安。

豫　上　六月二十七日

刚要发信，就收到廿五来信了。出刊物而终于不出的事情，我是看惯的了，并不为奇。所以我的决心是如果有力，自己来做一点，虽然一点，究竟是一点。这是很坏的现象，但在目前，我以为总比说空话而一点不做好。

中国人先在自己把好人杀完，秋即其一。萧参是他用过的笔名，此外还很多。他有一本《高尔基短篇小说集》，在生活书店出版，后来被禁止了。另外还有，不过笔名不同。他又译过革拉特珂夫的小说《新土地》，稿子后来在商务印书馆被烧掉，真可惜。中文俄文都好，像他那样的，我看中国现在少有。

你说做小说的方法，那是可以的。刚才看《大连丸》，做得好的，但怕登不出去，《新生》因为"有碍邦交"被禁止了。我看你可以留起各种稿子，将来按时代——在家——入伍——出走——编一本集子，是很有意义的。

我并未为自己所写人物感动过。各种事情刺戟我，早经麻木了，时时像一块木头，虽然有时会发火，但我自己也并不觉痛。

豫　又及　六，二七，下午

350627 致山本初枝（日本）

拜启　惠函奉到。

令夫君的健康是值得高兴的。但我想如做手术，会恢复得更快吧。

增田一世译的《选集》已寄来二册。译得非常好。

藤野先生是大约三十年前仙台医学专门学校的解剖学教授，是真名实姓。该校现已成为大学，三四年前曾托友人去打听过，他已不在那里了。是否还在世也是问题。如仍健在，已七十岁左右了。

董康氏在日本讲演的事，在报上也能看到。他十年前是司法部长，现在上海当律师。因印制奢华书（复刻古本）而名气颇高。在中国算不得学者。

老板因母亲病危归国，但听说病已痊愈，估计即将返回上海。

上海已进入梅雨期，天气恶劣难受。我们仍属健康，只是我年年瘦下去。年纪大了，生活越来越紧张，是没办法的事。朋友中劝我休息一两年以养生的人很多，但做不到。反正还不至于死吧，因此姑且放宽着心。此前来信中谈及天国之事。老实说我是讨厌天国的。中国的善人们我也大抵都厌恶，如果将来同这样的人朝夕相处，就实在伤脑筋了。

增田一世所译我的《中国小说史略》，也已发排。由"赛棱社"出版，好像打算出颇为奢华之本。我写的书这样盛装问世，是迄今第一回。

鲁迅　上　六月二十七日

山本夫人几下

350628 致胡风

来信收到。《铁流》之令人觉得有点空，我看是因为作者那时并未在场的缘故，虽然后来调查了一通，究竟和亲历不同，记得有人称之为"诗"，其故可想。左勤克那样的创作法（见《译文》），是只能创作他那样的创作的。曹的译笔固然力薄，但大约不至就根本的使它变成欠切实。看看德译本，虽然句子较为精练，大体上也还是差不多。

译果戈理，颇以为苦，每译两章，好像生一场病。德译本很清楚，有趣，但变成中文，而且还省去一点形容词，却仍旧累坠，无聊，连自己也要摇头，不愿再看。翻译也非易事。上田进的译本，现在才知道错误不少，而且往往将一句译成几句，近于解释，这办法，不错尚可，一错，可令人看得生气了。我这回的译本，虽然也蹩脚，却可以比日译本好一点。但德文译者大约是犹太人，凡骂犹太人的地方，他总译得隐藏一点，可笑。

《静静的顿河》我看该是好的，虽然还未做完。日译本已有外村的，现上田的也要出版了。

检易嘉的一包稿子，有译出的高尔基《四十年》的四五页，这真令人看得悲哀。

猛克来信，有关于韩侍桁的，今剪出附上。韩不但会打破人的饭碗，也许会更做出更大的事业来的罢。但我觉得我们的有些人，阵线其实倒和他及第三种人一致的，虽然并无连络，而精神实相通。猛又来逼我关于文学遗产的意见，我答以可就近看日本文的译作，比请教"前辈"好得多。其实在《文学》上，这问题还是附带的，现在丢开了当面的紧要的敌人，却专一要讨论枪的亮不亮（此说如果发表，一

131

定又有人来辩文学遗产和枪之不同的），我觉得实在可以说是打岔。我觉得现在以袭击敌人为第一火，但此说似颇孤立。大约只要有几个人倒掉，文坛也统一了。

叶君曾以私事约我谈过几次，这回是以公事约我谈话了，已连来两信，尚未复，因为我实在有些不愿意出门。我本是常常出门的，不过近来知道了我们的元帅深居简出，只令别人出外奔跑，所以我也不如只在家里坐了。记得托尔斯泰的什么小说说过，小兵打仗，是不想到危险的，但一看见大将面前防弹的铁板，却就也想到了自己，心跳得不敢上前了。但如元帅以为生命价值，彼此不同，那我也无话可说，只好被打军棍。

消化不良，人总在瘦下去，医生要我不看书，不写字，不吸烟——三不主义，如何办得到呢？

《新文学大系》中的《小说二集》出版了，便中当奉送一本。

此布，即请

夏安

豫　上　六月二十八日

此信是自己拆过的。　又及

350629 致赖少麒

少麒先生：

五月二八日的信早收到。文稿，并木刻七幅，后来也收到了。

太伟大的变动，我们会无力表现的，不过这也无须悲观，我们即使不能表现他的全盘，我们可以表现它的一角，巨大的建筑，总是一木一石叠起来的，我们何妨做做这一木一石呢？我时常做些另碎事，就是为此。

"连环图画"确能于大众有益，但首先要看是怎样的图画。也就是先要看定这画是给那一种人看的，而构图，刻法，因而不同。现在的木刻，还是对于智识者而作的居多，所以倘用这刻法于"连环图画"，一般的民众还是看不懂。

看画也要训练。十九世纪末的那些画派，不必说了。就是极平常的动植物图，我曾经给向来没有见过图画的村人看，他们也不懂。立体的东西变成平面，他们就万想不到会有这等事。所以我主张刻连环图画，要多采用旧画法。

文章应该怎样做，我说不出来，因为自己的作文，是由于多看和练习，此外并无心得或方法的。

那篇《刨烟工人》，写得也并不坏，只是太悲哀点，然而这是实际所有，也没法子。这几天我想转寄给良友公司的《新小说》，看能否登出，因为近来上海的官府检查，真是严厉之极。还有《失恋》及《阿Q正传》各一幅，是寄给《文学》去了，倘检查官不认识墨水瓶上的是我的脸，那该是可以登出的。

专此布复，并颂

时绥。

迅　上　六月二十九日。

再：附上给唐英伟先生的信，因为把他的通信地址遗失了，乞转寄为感。　又及

350629 致唐英伟

英伟先生：

六月一日信早收到，《青空集》也收到了。"先生"是现在的通称，和古代的"师"字不同，我看是不成问题的。

现在只要有人做一点事，总就另有人拿了大道理来非难的，例如问"木刻的最后的目的与价值"就是。这问题之不能答复，和不能答复"人的最后目的和价值"一样。但我想：人是进化的长索子上的一个环，木刻和其他的艺术也一样，它在这长路上尽着环子的任务，助成奋斗，向上，美化的诸种行动。至于木刻，人生，宇宙的最后究竟怎样呢，现在还没有人能够答复。也许永久，也许灭亡。但我们不能因为"也许灭亡"就不做，正如我们知道人的本身一定要死，却还要吃饭也。

但我看《青空集》的刻法，是需要懂一点木刻的人，看起来才有意思的，对于美术没有训练的人，他不会懂。先生既习中国画，不知中国旧木刻，为大众所看惯的刻法中，有可以采取的没有？

P.Ettinger 那里，我近已给他一封信，送纸的事，可以不必提了。

专此布复，即颂

时绥。

迅　上　六月廿九日

350703 致曹靖华

汝珍兄：

廿八日信顷已收到。给E的信已经寄出了，上面既有邮支局号数，大约是不至于失落的。他在信头，好像把地名改译了一点，novo当是novaya，10—92即10кв.92。

今天托书店寄上了杂志数本，直寄寓中。又有《小说二集》两本，请便中分交霁（他大约就要来平了罢）、农二兄，那里面选有他们的作品。

我们都好，勿念。不过我自己忙一点，也一天一天的瘦下去，有朋友劝我玩一年，但实际上是做不到的。

专此布达，即请

夏安。

豫　上　七月三日

350704 致孟十还

十还先生：

三日信收到。李长之做的《批判》，早收到了。他好像并不专登《益世报》，近来在《国闻周报》里，也看到了一段。

《果戈理怎样工作》我看过日译本，倘能译到中国来，对于文学研究者及作者，是大有益处的，不过从日文翻译，大约未必译得好。现在先生既然得到原文，我的希望是给他们彻底的修改一下，虽然牺牲太大，然而功德无量，读者也许不觉得，但上帝一定加以保佑。

孟、张两位的译稿，可以不必寄给我看了，因为我始终是主张彻底修改的。

日本文很累坠，和中国文差远，大约和俄文也差远，所以从日本重译欧洲著作，其实是不大相宜的，至多，在怀疑时，可以参考一下。

《译文》登《马车》，极好。萧某的译本，我也有一本，他的根据是英文，但看《死魂灵》第二章，即很有许多地方和德译本不同，而他所译的好像都比较的不好，大约他于英文也并不十分通达的。

专此布复，并颂

时绥。

迅　上　七月四日

350711 致楼炜春

炜春先生：

六月二十四日信早到，因病未能即复为歉。

《自选集》出普及本事，我是可以同意的。附上印证壹千，希察收为荷。

专此布复，即请

暑安。

鲁迅　上　七月十一日

350712 致赵家璧

家璧先生：

前蒙允兑换《小说一集》之顶上未加颜色者，今特送上，希察收换给为感。

专布，即请

撰安。

鲁迅　上　七月十二夜。

350713 致赵家璧

家璧先生：

晚得惠函，并《小说二集》一本，甚感。

我并没有《弥洒》，选小说时所用的几本，还是先生替我借来的。我想，也许是那里的图书馆的藏本。我用后，便即送还了，但我记得一二两卷也并不全。

专此布复，即请

撰安。

迅　上　七月十三夜。

350716 致赖少麒

少麒先生：

来函并稿都收到。稿当去探听一下，但出版怕不易，因为现在上海的书店，只在消沈下去。

前回将木刻两幅，绍介给文学社，已在七月份《文学》上登出（他们误印作少麟，真是可气），送来发表费八元，今托友从商务印书馆汇上，请在汇单背后签名盖印，向分馆一取。倘他们问汇钱人，可答以"上海本馆编辑部周建人"，但我想是未必问的。

通信用原名在此地尚无妨，或改"何干"亦可。

专此布达，即颂

时绥。

迅　上　七月十六日

附汇单一张

350716 致黄源

河清先生：

天热，坐不住，草草的做了两篇，今寄上，聊以塞责而已。

但如此无聊的东西，大约不至于被抽去。

另有木刻四幅，放在书店，当交由生活店员送上，其中的一本其藻木刻集，用后即送先生，不必寄还了。

此布，即颂

著安。

迅　顿首　十六日

350716 致萧军

刘军兄：

十二日信并以前的一信，书，都收到的。关于出纪念册的事，先前已有几个人提议过了，我不同意，也不愿意说明理由；不过如有一团［？］要出，那自然是另一回事，只是我个人不加入。

对于书，并无什么意见。

月初因为见了几回一个老朋友，又出席于他女儿的结婚，把译作搁起起［来］了，后来须赶译，所以弄得没有工夫。今年也热，我们也都生痱子。我的房里不能装电扇，即能装也无用，因为会把纸张吹动，弄得不能写字，所以我译书的时候，如果有风，还得关起窗户来 这怎能不生痱子。对于痱子的药水，有Watson's Lotion for Prickly Heat，颇灵，大马路屈臣氏大药房出售，我们近地是二元四角钱一瓶，我们三人大约一年用两瓶就够，你身体大，我怕搽一次就要1/4瓶，那可不得了了。

那书的装饰还不算坏，不过几条黑条乱一点。團写作团，难识，但再版时也无须改，看下去会知道的。

近来真太没闲空了，《死魂灵》还只翻译了一章，今天放下，在做《文学》上的"论坛"，刚做完。其实《文学》和我并无关系，不过因为有些人要它灭亡，所以偏去支持一下，其实这也是自讨苦吃。《文坛三户》也是我做的，似乎很有些作家看了不高兴，但我觉得我说的是真话。这回做的是比较的无聊了，不会种下祸根。

贺贺你们的同居三年纪念。我们是相识十多年，同居七八年了，但何年何月何日是开始同居的呢，我可已经忘记了，只记得确是已经同居了而已。

许谢谢你送给她的小说，她正在看，说是好的。切光的都送了人，省得他们裁，我们自己是在裁着看。我喜欢毛边书，宁可裁，光边书像没有头发的人——和尚或尼姑。

此布，即请

俪安。

豫　上　七月十六日

附笺乞便中交芷，不急。　　　又及

350716 致徐懋庸

乞转

徐先生：

星期五（十九）上午十时，当在店相候。

豫　顿首　七月十六夜

350716 致曹靖华

汝珍兄：

八日信早到，近因略忙，故迟复。

《文学百科全书》第八本已寄来，日内当寄上。

暨大情形复杂，新校长究竟是否到校，尚未可知，倘到校，那么，西谛是也去的。我曾劝他勿往，他不取用此言。今日已托人将农事托他，倘能出力，我看他是一定出力的。此次之请教员，其办法异乎寻常，系当由教育部认可，但既由校长推荐，部中大约总是认可的，倘得复信，当续闻。

上海连日大热，室内亦九十四五度，我们都好，不过大家满身痱子而已。并希勿念。

专此布达，即请

暑安。

弟豫　顿首　七月十六夜。

350717 致母亲

母亲大人膝下敬禀者，七月六日及十日（紫佩代写）两信，均已收到。

北平匪警，阅上海报，知有一弹落京畿道，此地离我家不远，幸未爆炸，否则虽决不至于波及，然必闻其声矣。次日即平，大人亦未受惊，闻之甚慰。

上海刚刚出梅，即连日大热，今日正午，室中竟至九十五度，街上当在百度以上，寓中均安，但大家都生痱子而已，请勿念。

男仍安好，但因颇忙，故亦难得工夫休息，此乃靠笔墨为生者必然之情形，亦无法可想。害马则自从到上海以来，未曾生过病，可谓能干也。

海婴亦健，他每到夏天，大抵壮健的，虽然终日遍身流汗，仍然嬉戏不停。现每日上午，令裸体晒太阳约一点钟，余则任其自由玩耍。近来想买脚踏车，未曾买给；不肯认字，今秋或当令入学校，亦未可知，至九月底即满六岁，在家颇吵闹也。

老三亦好，并希勿念。十日信也已给他看过了。

141

专此布达，恭请

金安。

男树　叩上　广平海婴同叩　七月十七日

350717 致李霁野

霁野兄：

十四日信收到；其中并无履历，信又未经检查，我想大约是没有封入罢。许先生曾于十日以前见过，而且正在请英文教员，因不相干，未曾打听。现在却不知道他是回乡，抑已北上了。倘是回乡，那么，他出来时大约十之九会来访我的，那时当为介绍。不过我不知道他所请的英文教员，已经定局与否。

教育界正如文学界，漆黑一团，无赖当路，但上海怕比平津更甚。到英国去看看，也是好的，不过回来的时候，中国情形，必不比现在好。

此复，即颂

时绥。

豫　顿首　七月十七日

350717 致增田涉（日本）

拜启

近来因杂务多，回信耽搁至今。

平冢运一氏我知道的。其作品如是复制品和小件的话，我也有一点。

《十竹斋笺谱》的翻刻正在进行中，第二册完成了二十多幅。初版似已无甚留存，我处还有。平冢氏的一份由我寄送。

但我想明年全部出齐后送。因为零零星星寄，在出版经营上不方便，使合作者也厌烦。黄元工房的一册是特殊情况，准备出齐后取回，在北平装订好再寄上。

在日本的介绍，待出齐后再拜托。

上海大热，昨天室内也有九十五度了。流着汗译《死魂灵》。痱子发痒，脑子发呆。

本月的《经济往来》看过没有？其中载有长与善郎的文章《与××会见的晚上》。对我颇为不满，不过老式的人道主义者的特色确实鲜明地发挥了。只是，特地购读的必要是没有的。

洛文　拜上　七月十七日

增田学兄几下

350722 致台静农

青兄：

十六日函并拓片一张，顷收到。

山根阴险，早经领教，其实只知树势，祸学界耳。厦门亦非好地方，即成，亦未必能久居也。

向暨大曾一问，亦不成，上海学校，亦不复有干净土；尚当向他处一打听也。

上海已大热，贱躯尚安，可释远念。

此布，即颂

时绥。

豫　顿首　七月二十二日

350722 致曹靖华

汝珍兄：

前三四天托书店寄上书籍两包，内有《文学百科全书》一本，不知已收到否？

今天得郑君答复，谓学校内情形复杂，农兄事至少在这半年内，无可设法云云。大约掣肘者多，诸事不能放手做去，郑虽为文学院长，恐亦无好效果的。

上海已大热十多天。弟等均安，请释念。

致农兄一笺，乞便中转交。

此布，即请

暑安。

弟豫　顿首　七月廿二日

350722 致李霁野

霁野兄：

十五信收到已数日，前日遇许先生，则云英文教员已聘定，亦无另外钟点，所以杨先生事，遂无从谈起。

日前为静兄向暨南大学有所图，亦不成，中国步步荆棘。

刘文贞君译稿已登出，现已暑假，不知译者是否仍在校，稿费应寄何处，希即示知。

此布，即颂

时绥。

豫　顿首　七月廿二日

350724 致赖少麒

少麒先生：

十三日信早到，《失业》二十本，昨也收到了。

木刻发表费已寄上，有通知书一张，今补奉。不过即使未曾寄出，代买书籍，在我现在的情况下，也不方便的。

日本在出玩具集，看起来也无甚特别之处，有许多且与中国的大同小异。中国如果出起全国的玩具集来，恐怕要出色得多，不过我们自己大约一时未必会有这计划，所以先在日本出版界介绍一点，也是好事情。

此复，即请

暑祺。

干　上　七月廿四日

350727 致萧军

萧兄：

十九日信早收到，又迟复了。我此刻才译完了本月应该交稿的《死魂灵》，弄得满身痱子，但第一部已经去了三分之二了。有些事情，逼逼也好，否则，我也许未必去翻译它的。每天上午，勒令孩子裸体晒太阳半点钟，现在他痱子最少，你想这怪不怪。

胡有信来，对于那本小说，非常满意。我的一批，除掉自己的一本外，都分完了，所以想你再给我五六本，可以包好，便中仍放在书店，现在还不要紧。至于叶的政策，什么分送给傅之流，我看是不必的，他们做编辑，教授的，要看，应该自己买，否则，就是送他，他也不看。

你的朋友南来了，非常之好，不过我们等几天再见罢，因为现在天气热，而且我也真的忙一点。现在真不像在做人，好像是机器。

近来关于我的谣言很多。日本报载我因为要离开中国，张罗旅费，拚命翻译，已生大病;《社会新闻》说我已往日本，做"顺民"去了。

匆此，即请

俪安。

豫　上　七月廿七日

350727 致李长之

长之先生：

惠函敬悉。但我并不同意于先生的谦虚的提议，因为我对于自己的传记以及批评之类，不大热心，而且回忆和商量起来，也觉得乏味。文章，是总不免有错误或偏见的，即使叫我自己做起对自己的批评来，大约也不免有错误，何况经历全不相同的别人。但我以为这其实还比小心翼翼，再三改得稳当了的好。

我近来不过生了一点痱子，不能算病，如果报上说是生了别的病，那是新闻记者的创作了，这种创作，报上是常有的。蒙念并闻。

此复，即请

撰安。

鲁迅　上　七月二十七日

350729 致萧军

刘兄：

信和书六本，当天收到了。错字二十几个，还不算多，现在的出版物，普通每一页至少有一个。俄国已寄去一本，还想托人再寄几本去，不便当的是这回不能托书店，因为万一发现，会累得店主人打屁股，所以只好小心些。

《死魂灵》共两部，每部约二十万字，第二部本系残稿，所以译不译还未定，倘只译第一部，那么，九月底就完毕了。不过添油的人，我觉得实在少，连孩子来捣乱，也很少有人来领去，给我安静一下，所以我近来的译作，是几乎没有一篇不在焦躁中写成的，这情形大约一时也不能改善。

对于谣言，我是不会懊恼的，如果懊恼，每月就得懊恼几回，也未必活到现在了。大约这种境遇，是可以练习惯的，后来就毫不要紧。倘有谣言，自己就懊恼，那就中了造谣者的计了。

痱子药水的确不大灵，但如不用药，也许痱子还要利害些。

我们近地开了一个白俄饭店，黑面包，列巴圈，全有了。但东西卖的贵，冰淇淋一杯要大洋三毛，我看它是开不长久的。

这封信是专门报告书已收到的。

此布，即祝

俪祉。

豫　上　七月廿九夜。

350729 致曹聚仁

聚仁先生：

来示收到。北新书局发行起来，恐怕也是模模胡胡。我当投稿，但现在文章难做，即使讲《死魂灵》，也未必稳当，《文学百题》中做了一篇讲讽刺的，也被扣留了。

现在的时候，心绪不能不坏，好心绪都在别人心里了，明季大臣，跑在安南还打牌喝酒呢。

此布，即请

撰安。

迅　上　七月廿九日

再：致徐先生一笺，乞便中转交。

350729 致徐懋庸

茂荣先生：

木刻查了一遍，没有相宜的。要紧的一层，是刻者近来不知如何，无从查考，所以还是不用的好。

モンタニの译本，便中当为一查。此书他们先前已曾有过一种译本，但大约不如这回的好。

此复，即请

撰安。

迅　上　七月廿九日

350730 致叶紫

芷兄：

来信收到。郑公正在带兵办学，不能遇见；小说销去不多，算帐也无用。还是第三条稳当，已放十五元在书店，请持附上之笺，前去一取为盼。

此复，即颂

饿安。

豫　上　七月卅日

350730 致黄源

河清先生：

　　信等均收到。《表》除如来信所说，边上太窄外，封面上的字，还可以靠边一点，即推进约半寸，"表"字也太小，但这是写的，现在也无从说起。此外并无意见。总之，在中国要印一本像样的书，是没有法子办的，我想，或者将来向生活书店借得纸版，自己去印他百来本。

　　日译ド集书简集后，无グリ文，只有ジイド讲演一篇。

　　果戈理的短篇小说本不多，而且较短的只有《马车》，此外都长，我实无暇译了。何妨就将《马车》移入三卷一期，而将论文推上一篇呢？

　　Pavlenko 作的关于莱芒托夫的小说，急于换几个钱，不知可入三卷一期否？此篇约三万字，插图四幅。

　　此外亦无甚意见。但书面上的木刻，方块太多了，应换一次圆的之类。《文学》用过一张仙人掌的圆图，大约是 New Woodcuts 里面的罢，做得大一点，还可用。附上俄、意木刻各两种，请制图，制毕并原本交下，当译画题。目录上的长图，尚未得相当者，容再找。此复，即请

撰安。

迅　上　七月卅日

350801 致增田涉（日本）

[七]月二十二日惠函早已拜读。想来现在已盘坐在黄元工房了吧，因而此信径寄惠昙村。

寄我的《中国小说史》尚未收到，但内山书店则来了五册。买了一册来读，引文中有原文，有注释，而且用了两种字体，因此校对想必是困难的。很感谢。那一册现已送给山本太太，否则"彼女"定得破费五元，那就对不起了。今天到书店一看，书已只剩一册。都是和我相熟的人买去的。其实是老板要他们买的，似乎大做宣传。

正宗氏的短文读过了，同感。此前乌丸求女的文章也发了，朋友将它剪下送我，我寄给你。但其中引用长与氏写的"想爬进棺材去"云云等，其实是我说的话的一部分。那时我谈到中国常有将极好的材料胡乱糟蹋之事。作为一个例子，我说过"如把黑檀或阴沉木（类似日本的埋木，仙台有）做成棺材，陈列在上海大马路的玻璃橱窗里，用蜡擦得发亮，造得十分美观，我经过一看，实在惊奇于那种巧妙的做法，就想爬进去了"这样的话。然而那时长与氏不知道正同别人谈着话呢，还是想着别的事情呢，只用了我末尾的话，就断定"阴暗、阴暗"。如果突然就讲那种话，那实在太愚蠢，就不是仅仅"阴险、阴暗"的问题了。总之，我和长与氏的会见，彼此都不愉快。

《十竹斋笺谱》第二册，完成了一半左右。由于不景气，工人也有空，此书的进行比较快。照这样干下去，明春当能全部完工。平冢氏处到时一定寄去。此外，陈老莲的《酒牌》在用珂罗版复制。对我们的这种工作，攻击的人也不少，说是何以不去革命而死，却在做这种事情。但我们装作不知，还在干珂罗版之类。

为《世界文库》每月翻译着果戈理的《死魂灵》。一次虽只三万字，但因难译，几乎要花三周时间。痱子满身，七月份稿子直到昨天才刚刚完成。

《文学》（一月号）"论坛"栏的《文坛三户》是拙作。还写了一篇《从帮闲到扯淡》，不许发表。"扯淡"一词较为难译。就是没有该说之事而又强说，没有帮闲之才而又做帮闲之事之类。

洛文　上　八月一夜

增田兄几下

350803 致曹靖华

汝珍兄：

　　昨托书店寄上杂志一包，想已到。

　　闻胡博士为青兄绍介到厦门去，尚无回音，但我想，即使有成，这地方其实是很没有意思的。前闻桂林师范在请教员，曾托友去打听，今得其来信，剪下一段附上，希即转交青兄，如何之处，并即见复，以便再定办法。据我想，那地方恐怕比厦门好一点，即使是暂时做职员。

　　致霁兄一笺，希转寄，因为我失掉了他的通信地址了。

　　专此布达，即颂

暑祺。

弟豫　上　八月三日

350803 致李霁野

霁兄：

七月廿八日信收到。刘君稿费，当托商务印书馆汇去，译者到分馆去取，大约亦无不便。

赴英的事，还有人在作怪吗？这真是讨厌透了。杨君事，前以问许君，他说教员已聘定，复得干干净净。近闻所聘之教员，又未必北上，但我看也难以再说，因为贵同宗之教务长，我看实在是坏货一枚，今夏在沪遇见，胖而昏狡，不足与谈。前天见西谛，谈及此事，他说知道杨君，把履历带走了，不过怎么办法，他却一句也不说。

我如常，仍译作，但近来此地叭儿之类真多。

此致，即颂

暑祺。

豫　上　八月三日

350809 致黄源

河清先生：

五日信并《世界文库》一本，早收到。

伐×夫的小说，恐怕来不及译了，因为现在的杂务，看来此后有增无减，而且都是不能脱卸的。《文学》"论坛"以外的东西，也无从动笔，即使做起来，不过《题未定草》之类，真也无聊得很。

莱芒小说，目的是在速得一点稿费，所以最好是编入三卷一期，至于出单行本与否，倒不要紧。但如把三卷一期的内容闹坏，却也不

153

好，所以不如待到日子临近，看稿子的多少再说罢。

俄罗童话要用我的旧笔名，自然可以的，因为我的改名，是为出版起见，和自己无关。出版者以用何名为便，都可以。附上小引，倘以为可用，乞印入。广告稍暇再作。

萧的小说，先前只有一篇在这里，早寄给郑君平了。近来他绝无稿子寄来。

插画先寄回两幅备用。意大利的两幅，因内山无伊日字典，没法想，当托人去查，后再寄。

此复，即请

撰安。

迅　上　八月九夜。

350811 致曹靖华

汝珍兄：

七日信收到。给西谛信当与此信同时发出。

致青一笺，乞转交。

前给 E. 信，请他写德文，他竟写了俄文来了，大约他误以为回信是我自己写的。今寄上，乞兄译示为感。

上海已较凉，我们都好的。

专此布达，即请

暑安。

弟豫　上　八月十一日

350811 致台静农

青兄：

七日函收到。厦门不但地方不佳，经费也未必有，但既已答应，亦无法，姑且去试试罢。容容尚可，倘仍饿肚子，亦冤也。

南阳画像，也许见过若干，但很难说，因为购于店头，多不明出处也，倘能得一全份，极望。《汉圹专集》未见过，乞寄一本。

今年无新出书，至于去年所出之几本，沈君未知已有否？无则当寄。希示地址及其字，因为《引玉集》上，我以为可以写几个字在上面。

此复，即颂

时绥。

豫　上　八月十一日

350815 致黄源

河清先生：

"论坛"诌了两篇，今寄上。如有不妥之处，请编辑先生改削。

《五论……》是一点战斗的秘诀，现在借《文学》来传授给杜衡之流，如果他们的本领仍旧没有长进，那么，真是从头顶到脚跟，全盘毫无出息了。

《表》已收到十本，似乎比样本好看一点。

专此布达，即请

著安。

迅　上　八月十五日

西谛不许我交卸《死魂灵》第二部。　　　又及

350816 致黄源

河清先生：

十五日信收到。"论坛"稿已于昨日挂号寄出。

向现代付钱办法，极好。还有两部，是靖华的翻译小说，希取出，此两部并未预支稿费，只要给一收回稿子的收条，就好了。

取回之稿，一时还未能付印。

全集事此刻恐怕动不得，或者反而不利。

《译文》第三卷目录上头之木刻，已寻得数条，当将书本放在内山，于生活书店有人前往时，托其带上。

《童话》广告附呈。

此复，即请

撰安。

迅　上　八月十六日

350816 致萧军

张兄：

十一日信并稿收到后，晚上刚遇到文学社中人，便把那一篇交了他，并来不及看。另一篇于次日交胡；又金人译稿一包，托其由芷转交，想不日可以转到。顷查纸堆，又发现了一篇，今特寄上；又《译

文》上登过的一篇，我想也该抄出，编入一本之内的。

小说再给我十本也好，但不急。前回的一批，已有五本分到外国去了，我猜他们也许要翻译的。

我痱子已略退。孩子已不肯晒太阳，因为麻烦，而且捣乱之至，月底决把他送进幼稚园去，关他半天。《死灵魂》译了一半，这几天又放下，在做别的事情了。打杂为业，实在不大好。

此布，即请

俪安。

豫　上　八月十六夜。

350817 致徐诗荃

诗荃兄：

前几天遇见郑振铎先生，他说《世界文库》愿登《苏鲁支如是说》。兄如有意投稿，请直接与之接洽。他寓地丰路地丰里六号。倘寄信，福州路三八四号生活书店转亦可。

专此布达，并颂

时绥。

迅　顿首　八月十七日

350818 致赖少麒

少麒先生：

十一日信收到。我没有收到插图，所以并没有送到商务馆去。书

157

店里好像也没有。究竟是怎么一回事，还是请　先生先写信问一问您的朋友罢。

　　专复，即请

时绥。

干　上　八月十八日

350819 致曹靖华

汝珍兄：

　　十五日信收到，并译信，谢谢。不料他仍收不到中国纸，可惜，那就更无善法可寄了。

　　横肉可厌之至，前回许宅婚礼时，我在和一个人讲中国的 Facisti，他就来更正道，有些是谣言。我因正色告诉他：我不过说的是听来的话，我非此道中人，当然不知道是真是假。他也很不快活。但此人之倾向，可见了。

　　寄给冶秋一笺并稿（是为素元出纪念册用的），乞转交。兄也许要觉得奇怪，稿子为什要当信寄。但否则，邮局会要打开来看，查查稿中夹信否，待到看过，已打开，不能寄了。

　　闻青将赴厦，如他过沪时要来看我，则可持附上之笺往书店，才可以找到。否则找我不着。因为我近来更小心，他们也替我小心，空手去找，大抵不睬了。但如不用，则望即毁去。

　　专此布达，即请

暑安。

豫　顿首　八月十九日

350823 致楼炜春

炜春先生：

廿二日信收到；前一信也收到的，因为别的琐事，把回信压下了，抱歉得很。

译文社的事很难说，因为现在是"今朝不知明朝"事，假如小说译成的时候，译文社仍在进行，也没有外界所加的特别困难，那当然可以出版的。

此复，即请

暑安

迅　顿首　八月廿三日

附还明信片一张。

350824 致胡风

廿二日信收到。我家姑奶奶的生病，今天才知道的，真出乎意料之外。

《书简集》卖完了，还要来的，那时当托他留下一本。

那客人好像不大明白情形，这办不到，并非不办，是没法子想。信寄去了，很稳当的便人，必到无疑，至于何以没有回信，这边实在无从知道，也无能为力，而且他的朋友在那边是否肯证明，也是一个问题。

叶君他们，究竟是做了事的，这一点就好。至于我们的元帅的"悭吝"说，却有些可笑，他似乎误解这局面为我的私产了。前天遇

159

见徐君，说第一期还差十余元……。我说，我一个钱也没有。其实，这是容易办的，不过我想应该大家出一点，也就是大家都负点责任。从我自己这面看起来，我先前实在有些"浪费"，固然，收入也多，但天天写许多字，却也苦。

田、华两公之自由，该是确的。电影杂志上，已有他们对于郑正秋的挽联等（铜板真迹），但我希望他们此后少说话，不要像杨邨人。

此复，即请

暑安。

豫　上　八月廿四日

350824 致萧军

刘先生：

廿二信并书一包，均收到。又曾寄《新小说》一本，内有金人译文一篇，不知收到否？寄给《文学》的稿子，来信说要登，但九月来不及，须待十月，只得听之。良友也有信来，今附上。悄吟太太的稿子退回来了，他说"稍弱"，也评的并不算错，便中拟交胡，拿到《妇女生活》去看看，倘登不出，就只好搁起来了。

《死魂灵》作者的本领，确不差，不过究竟是旧作者，他常常要发一大套议论，而这些议论，可真是难译，把我窘的汗流浃背。这回所据的是德译本，而我的德文程度又差，错误一定不免，不过比起英译本的删节，日译本的错误更多来，也许好一点。至于《奥罗夫妇》的译者，还是一位名人，但他大约太用力于交际了，翻译就不大高明。

160

我看用我去比外国的谁，是很难的，因为彼此的环境先不相同。契诃夫的想发财，是那时俄国的资本主义已发展了，而这时候，我正在封建社会里做少爷。看不起钱，也是那时的所谓"读书人家子弟"的通性。我的祖父是做官的，到父亲才穷下来，所以我其实是"破落户子弟"，不过我很感谢我父亲的穷下来（他不会赚钱），使我因此明白了许多事情。因为我自己是这样的出身，明白底细，所以别的破落户子弟的装腔作势，和暴发户子弟之自鸣风雅，给我一解剖，他们便弄得一败涂地，我好像一个"战士"了。使我自己说，我大约也还是一个破落户，不过思想较新，也时常想到别人和将来，因此也比较的不十分自私自利而已。至于高尔基，那是伟大的，我看无人可比。

前一辈看后一辈，大抵要失望的，自然只好用"笑"对付。我的母亲是很爱我的，但同在一处，有些地方她也看不惯。意见不一样，没有好法子想。

又热起来，痱子也新生了，但没有先前厉害。孩子的幼稚园中，一共只有十多个人，所以还不十分混杂，其实也不过每天去关他四个钟头，好给我清净一下。不过我在担心，怕将来会知道他是谁的孩子。他现在还不知我的名字，一知道，是也许说出去的。

此复，即请

俪安。

豫　上　八月廿四日

350826 致唐弢

唐弢先生：

廿五日函奉到；以前并没有收到信，大约是遗失了。

审查诸公的删掉关于我的文章，为时已久，他们是想把我的名字从中国驱除，不过这也是一种颇费事的工作。

有书出版，最好是两面订立合同，再由作者付给印证，帖在每本书上。但在中国，两样都无用，因为书店破约，作者也无力使其实行，而运往外省的书不帖印花，作者也无从知道，知道了也无法，不能打官司。我和天马的交涉，是不立合同，只付印证。

豫支版税，普通是每千字一元；广告方面，完全由书店负责。

专此布复，顺颂

时绥。

迅　上　八月廿六日

350831 致徐懋庸

乞转徐先生

这篇批评，竭力将对于社会的意义抹杀，是歪曲的。但这是《小公园》一贯的宗旨。

350831 致母亲

母亲大人膝下，敬禀者，八月十日来示，早已收到，写给海婴的信，
　　也收到了。

　　上海天气已渐凉，夜间可盖夹被，男痱子已愈，而仍颇忙，但身
　　体尚好；害马亦好，均可请释念。海婴亦好，但变成瘦长了。从
　　二十日起，已将他送进幼稚园去，地址很近，每日关他半天，使
　　家中可以清静一点而已。直到现在，他每天都很愿意去，还未赖
　　学也。

　　专此布达，恭请

金安。

　　　　　　　男树　叩上　广平及海婴同叩　八月卅一日

350901 致萧军

张兄：

　　八月卅日信收到。同日收到金人稿费单一纸，今代印附上。又收
到良友公司通知信，说《新小说》停刊了，刚刚"革新"，而且前几
天编辑给我信，也毫无此种消息，而忽然"停刊"，真有点奇怪。郑
君平也辞歇了，你的那篇《军中》，便无着落。不知留有原稿否？但
我尚当写信去问一问别人。

　　胡怀琛的文章，都是些可说可不说的话，此人是专做此类文章
的。《死灵魂》的原作，一定比译文好，就是德文译，也比中译好，
有些形容辞之类，我还安排不好，只好略去，不过比两种日本译本却

163

较好，错误也较少。瞿若不死，译这种书是极相宜的，即此一端，即足判杀人者为罪大恶极。

孟的性情，我看有点儿神经过敏，但我决计将金人的信寄给他，这是于他有益的。大家都没有恶意，我想，他该能看得出来。

卢森堡的东西，我一点也没有。

"土匪气"很好，何必克服它，但乱撞是不行的。跑跑也好，不过上海恐怕未必宜于练跑；满洲人住江南二百年，便连马也不会骑了，整天坐茶馆。我不爱江南。秀气是秀气的，但小气。听到苏州话，就令人肉麻。此种言语，将来必须下令禁止。

孩子有时是可爱的，但我怕他们，因为不能和他们为敌，一被缠，即无法可想，例如郭林卡即是也。我对付自己的孩子，也十分吃力，总算已经送进幼稚园去了，每天清静半天。今年晒太阳不十分认真，并不很黑，身子长了些，却比春天瘦了，我看这是必然的，从早晨起来闹到晚上睡觉，中间不肯睡中觉，当然不会胖。

痱子又好了。

天马书店我曾经和他们有过交涉；开首还好，后来利害起来，而且不可靠了，书籍由他出版，他总不会放松的。

因为打杂，总不得清闲。《死魂灵》于前天才交卷，再一月，第一卷完了。第二卷是残稿，无甚趣味。

我们如略有暇，当于或一星期日去看你们。

此布，即颂

俪祉。

豫　上　九月一夜。

350901 致赵家璧

家璧先生：

今日下午，知《新小说》已决停刊，且闻郑君平先生亦既〔？〕离开公司。我曾代寄萧军作《军中》一篇，且已听得编入"革新"后一期中，今既停止，当然无用，可否请先生代为一查，抽出寄下，使我对于作者，可以有一交代，不胜感幸。

专此布达，并请

撰安。

鲁迅 上 九月一夜。

350906 致姚克

莘农先生：

王先生明天一定能走吗？

昨天忽然想到，曾经有人送过我一部画集，虽然缩得太小，选择未精，牛屎式的山水太多，看起来不很令人愉快，但带到外国去随便给人看看，或者尚无不可，因为他们横竖不很了然者居多。现在从书箱中挖出，决计送给王先生，乞转交为荷。

专此布达，即请

文安

名心印 九月六日

350906 致黄源

河清先生：

《译文》稿刚写好，因为适有便人，即带上，后记俟一两天内函寄。

《浪漫古典》里有陀斯……像，系木刻，这回或可用，亦一并送上。刻者 V.A.Favorsky，《引玉集》有他的作品，译作 V. 法复尔斯基。

萧军稿一篇，是从良友收回来的，已付排，因倒灶而止。做得不坏，《文学》要否，亦并寄备考。

匆上，即请

撰安。

迅　启　九月六日

350908 致徐懋庸

徐先生：

八月卅一，九月五日信，都先后收到。别一本当于日内寄去，但我以为托他校订的话，是可以不说的，横竖是空话。我也没有什么话好说，我无从对比，但就译文看来，是好的，总能使读者有所得。即有错误也不要紧，我看一切翻译，错误是百分之九十九总在所不免的，可以不管。

Montaigne 的随笔好像还只出了两本，书店里到过一回，第二批尚未到，今天当去嘱照来信办理。译者所用的日本文也颇难懂。

《时事新报》一向未看。但无论如何，投稿，恐怕来不及了，而且吞吞吐吐的文章，真也不容易做。

　　此复，即请

秋安。

豫　上　九月八日

350908 致黄源

河清先生：

　　后记及订正，今寄上。

　　陈节译的各种，如页数已够，我看不必排进去了，因为已经并不急于要钱。乞即使书店跑路的带下为托。

　　专此布达，即请

撰安。

迅　上　九月八日

350908 致孟十还

十还先生：

　　一日的来信，早收到，因为较忙，亦即并不"健康和快乐"，所以竟把回信拖到现在。

　　李某的所缺的几段文章，没有在别处见过，先生也不必找它了，因为已经见过不少，可以推想得到，而且看那"严禁转载"的告白，是一定就要出单行本的。

我想，先生最好先把《密尔格拉特》赶紧译完，即出版。假如定果戈理的选集为六本，则明年一年内应出完，因为每个外国大作家，在中国只能走运两三年，一久，就又被厌弃了，所以必须在还未走气时出版。第一本《Dekanka》，第三四本"小说，剧曲"；第五六本《死魂灵》，此两本明年春天可出。《死魂灵》第二部很少，所以我想最好是把《果戈理研究》合在一起，作为一厚本，即选集的结束。×××的译稿，如错，我以为只好彻底的修改，本人高兴与否，可以不管，因为译书是为了读者，其次是作者，只要于读者有益，于作者还对得起，此外是都可以不管的。

　　这回译《死魂灵》，将两种日译，和德译对比了一下，发现日译本错误很多，虽是自诩为"决定版"的，也多错误。大约日本的译者也因为经济关系，所以只得草率，无暇仔细的推敲。倘无原文可对，只得罢了，现既有，自然必须对比，改正的。

　　专此布复，即请

秋安。

豫　上　九月八日

350908 致徐懋庸

徐先生：

　　午后寄出一信后，往书店定书，他们查账，则已早有一部（二本？）送交新生活书店的陈先生收了，只名字不同，疑是名和字之分，而其实却是一人。所以当时并未定实，希查复后，再定。

　　附上稿费收据三张，为印刷之用，乞便中往店一取为感。

　　此布即颂

时绥。

豫　上　九月八日

350909 致李桦

李桦先生：

一日信并大作木刻集一本，又《现代版画》第十一集一本，已先后收到，谢谢。

在这休夏的两个月以后，统观作品，似乎与以前并无大异，而反有应该顾虑之现象，一是倾向小品，而不及日本作家所作之沈着与安定，这只要与谷中氏一枚一比较，便知，而在《白卜黑》上，尤显而易见；二，是 Grotesque 也忽然发展了。

先生之作，一面未脱十九世纪末德国桥梁派影响，一面则欲发扬东方技巧，这两者尚未能调和，如《老渔夫》中坐在船头的，其实仍不是东方人物。但以全局而论，则是东方的，不过又是明人色采甚重；我以为明木刻大有发扬，但大抵趋于超世间的，否则即有纤巧之憾。惟汉人石刻，气魄深沈雄大，唐人线画，流动如生，倘取入木刻，或可另辟一境界也。

上海刊物上，时时有木刻插图，其实刻者甚少，不过数人，而且亦不见进步，仍然与社会离开，现虽流行，前途是未可乐观的。目前应用之处，书斋装饰无望，只有书籍插图，但插图必是人物，而人物又是许多木刻家较不擅长者，故终不能侵入出版物中。

专此布复，顺请
秋安。

弟干　顿首　九月九日

350910 致萧军

刘兄：

有一个书店，名文化生活社，是几个写文章的人经营的，他们要出创作集一串，计十二本。愿意其中有你的一本，约五万字，可否编好给他们出版，自然是已经发表过的短篇。倘可，希于十五日以前，先将书名定好，通知我。他们可以去登广告。

这十二本中，闻系何谷天，沈从文，巴金等之作，编辑大约就是巴金。我是译文社的黄先生来托我的。我以为这出版社并不坏。此布并请

俪安。

豫　上　九月十夜。

350911 致郑振铎

西谛先生：

前嘱徐君持稿自行接洽，原以避从中的纠纷，不料仍有信来要求，今姑转上。

关于集印遗文事，前曾与沈先生商定，先印译文。现集稿大旨就绪，约已有六十至六十五万字，拟分二册，上册论文，除一二短篇外，均未发表过；下册则为诗，剧，小说之类，大多数已曾发表。草目附呈。

关于付印，最好是由我直接接洽，因为如此，则指挥格式及校对往返，便利得多。看原稿一遍，大约尚须时日，俟编定后，当约先生

同去付稿，并商定校对办法，好否？又书系横行，恐怕排字费也得重行商定。

密斯杨之意，又与我们有些不同。她以为写作要紧，翻译倒在其次。但他的写作，编集较难，而且单是翻译，字数已有这许多，再加一本，既拖时日，又加经费，实不易办。我想仍不如先将翻译出版，一面渐渐收集作品，俟译集售去若干，经济可以周转，再图其它可耳。

专此布达，即请

著安。

迅　上　九月十一日

350911 致增田涉（日本）

你提的问题，大体都已解释。只有"河间妇"暂予保留，我觉得不久就会有线索的。

《小说史略》还有再版的希望吗？真不可思议。

本月的《作品》刊登龟井胜一郎氏的《××断想》。是写关于《选集》中的思想。

木实君的病怎样了？

昨天奉上新版《小说史略》一册。又《小说旧闻钞》一册，是稍加增补的。

洛文　拜上　九月十一日

增田学兄几下

350912 致黄源

河清先生：

十一日信收到。十五我没有事，可以到的；还有两个，临时再看。

锌版已经送来了。

专此布复，即请

撰安。

迅　上〔九月〕十二日

350912 致胡风

十一日信收到。三郎的事情，我几乎可以无须思索，说出我的意见来，是：现在不必进去。最初的事，说起来话长了，不论它；就是近几年，我觉得还是在外围的人们里，出几个新作家，有一些新鲜的成绩，一到里面去，即酱在无聊的纠纷中，无声无息。以我自己而论，总觉得缚了一条铁索，有一个工头在背后用鞭子打我，无论我怎样起劲的做，也是打，而我回头去问自己的错处时，他却拱手客气的说，我做得好极了，他和我感情好极了，今天天气哈哈哈……。真常常令我手足无措，我不敢对别人说关于我们的话，对于外国人，我避而不谈，不得已时，就撒谎。你看这是怎样的苦境？

我的这意见，从元帅看来，一定是罪状（但他和我的感情一定仍旧很好的），但我确信我是对的。将来通盘筹算起来，一定还是我的计画成绩好。现在元帅和"忏悔者"们的联络加紧（所以他们的话，在我们里面有大作用），进攻的阵线正在展开，真不知何时才见晴朗。

倘使削弱外围的力量，那是真可以什么也没有的。

龟井的文章，立意的大部分是在给他们国内的人看的，当然不免有"借酒浇愁"的气味。其实，我的有些主张，是由许多青年的血换来的，他一看就看出来了，在我们里面却似乎无人注意，这真不能不"感慨系之"。李"天才"正在和我通信，说他并非"那一伙"，投稿是被拉，我也回答过他几句，但归根结蒂，我们恐怕总是弄不好的，目前也不过"今天天气哈哈哈——"而已。

我到过前清的皇宫，却未见过现任的皇宫，现在又没有了拜见之荣，残念残念。但其カワリノ河清要请客了，那时谈罢。我们大约一定要做第二，第三……试试也好。《木屑》已算账，得钱十六元余，当于那时面交，残本只有三本了，望带二三十本来，我可以再交去发售。

今天要给《文学》做"论坛"，明知不配做第二，第三，却仍得替状元捧场，一面又要顾及第三种人，不能示弱，此所谓"哑子吃黄连"——有苦说不出也。专此布达，即请

"皇"安。

豫　上　九月十二日

350912 致李长之

长之先生：

来信收到。我所印的画集计四种：

一、《士敏土之图》　德国梅斐尔德（Garl Meffert）木刻

一九三〇

二、《引玉集》 苏联作家木刻　　　　　　　一九三四

三、《木刻纪程》 中国新作家的作品　　　　同上

四、《珂勒惠支（Käthe Kollwitz）版画选集》　一九三五

末一种尚未装订好。

所译的书，译后了事，不去管它了，所以也知不大清楚。现在只能就知道的答复：

一、《蕗谷虹儿画选》 是柔石他们印的，他后来把存书和版都交给了光华书局，现在这书局也盘给了别人，书更无可究诘。

二、《十月》 神州国光社印过，但似已被禁止。

三、《药用植物》 也许商务印书馆印了小本子，未详。

四、《毁灭》 大江书店印过，被禁止。现惟内山书店尚有数十本（？）。

我离北平久，不知道情形了，看过《大公报》，但近来《小公园》不见了，大约又已改组，有些不死不活，所以也不看了。《益世报》久未见，只是朋友有时寄一点剪下的文章来，却未见有梁实秋教授的；但我并不反对梁教授这人，也并不反对兼登他的文章的刊物。上月见过张露薇先生的文章，却忍不住要说几句话，就在《芒种》上投了一篇稿，却还未见登出，被抽去了也说不定的。

因为忙于自己的译书和偷懒，久未看上海的杂志，只听见人说先生也是"第三种人"里的一个。上海习惯，凡在或一类刊物上投稿，是要被看作一伙的。不过这也无关紧要，后来大家会由作品和事实上明白起来。

专此布复，并请

撰安。

　　　　　　　　　　　　　　　　　鲁迅　九月十二日

350916 致黄源

河清先生：

合同已于上午挂号寄出。顷见《申报》，则《译文》三卷一期目录，已经登出，上云"要目"，则刊物出来后，比"要目"少了不少，倒是很不好的。

因此我想，如来得及，则《第十三篇关于 L. 的小说》，可以登在最后，因为此稿已经可以无须稿费，与别的译者无伤，所费的只是纸张，倘使书店不说话，就只于读者有益了。

但后记里，应加上一点编者的话，放在译者的话之后，说是这小说的描写，只取了 L 的颓废方面，但 L 又自有其光明之方面，可参看《译文》一卷六期谢芬译的勃拉果夷作《莱蒙托夫》云云。

匆布，即请

雨安。

迅　上　九月十六日

350916 致萧军

刘兄：

十一日信收到。小说集事已通知那边，算是定了局。

这集子的内容，我想可以有五篇，除你所举的三篇外，《羊》在五月初登出，发表后，即可收入；又《军中》稿已取回，交了文学社，现在嘱他们不必发表了，编在里面，算是有未经发表者一篇，较为好看。

其实你只要将那三篇给我就可以了，如能有一点自序，更好。

本月琐事太多，翻译要今天才动手，一时怕不能来看你们了。

此布，即请

俪安。

豫　上　九月十六日

350919 致曹靖华

汝珍兄：

久未得来信，想起居俱佳。

七月份应结算之良友公司版税，至昨天才得取来，兄应得二十五元，今汇上，请便中赴分馆一取。

半年之中，据云卖去五百本，其实是也许更多的，但他们只随便给作者一点，营业一坏，品格也随之而低。九月在卖半价，明年倘收版税，也要折半了。

我们都好的，请勿念。

专此布达，即请

文安。

弟豫　上　九月十九日

350919 致王志之

思远兄：

来函收到。小说稿已转寄。

小说卖去三十六本，中秋结算，款已取来，今汇上，希签名盖印，往分馆一取。倘问汇款人，与信面上者相同，但大约未必问。

年来因体弱多病，忙于打杂，早想休息一下，不料今年仍不能，但仍想于明年休息，先来逐渐减少事情，所以《文史》等刊物，实在不能投稿了。

草此布复，即颂

时绥。

豫　顿首　九月十九日

350919 致萧军

刘兄：

一八晨信并小说稿均收到。我这里还有一篇《初秋的风》，我看是你做的似的。倘是，当编入，等回信。

我还好，又在译《死魂灵》，但到月底，上卷完了。

《译文》因和出版所的纠纷而延期，真令人生气！

久未得悄吟太太消息，她久不写什么了吧？

匆此，即请

双安。

豫　顿首　九月十九日

350920 致台静农

伯简兄：

十一日信收到，知所遇与我当时无异，十余年来无进步，还是好的，我怕是至少是办事更颓唐，房子更破旧了。

书两种，已分别寄出。图书目录非卖品，但系旧版，据云须十月才有新本。《新文学大系》则令书店直接寄送，款将来再算，因为现在汇寄，寄者收者，两皆不便也。

校嵇康集亦收到。此书佳处，在旧钞；旧校却劣，往往据刻本抹杀旧钞，而不知刻本实误。戴君今校，亦常为旧校所蔽，弃原钞佳字不录，然则我的校本，固仍当校印耳。

专此布达，并颂
时绥。

树　顿首　九月二十日

350920 致蔡斐君

斐君先生：

八月十一日信，顷已收到；前一回也收到的，因为我对于诗是外行，所以未能即复，后来就被别的杂事岔开，压下了。

现在也还是一样：我对于诗一向未曾研究过，实在不能说些什么。我以为随便乱谈，是很不好的。但这回所说的两个问题，我以为先生的主张，和我的意见并不两样，这些意见，也曾另另碎碎的发表过。其实，口号是口号，诗是诗，如果用进去还是好诗，用亦可，倘是坏诗，即和用不用都无关。譬如文学与宣传，原不过说：凡有文学，都是宣传，因为其中总不免传布着什么，但后来却有人解为文学必须故意做成宣传文字的样子了。诗必用口号，其误正等。

诗须有形式，要易记，易懂，易唱，动听，但格式不要太严。要有韵，但不必依旧诗韵，只要顺口就好。

至于诗稿篇，却实在无法售去，这也就是第三个问题，无法解决。自己出版，本以为可以避开编辑和书店的束缚的了，但我试过好几回，无不失败。因为登广告还须付出钱去，而托人代售却收不回钱来，所以非有一宗大款子，准备化完，是没有法子的。

专此布复，并颂

时绥。

迅　上　九月二十日。

350920 致吴渤

吴先生：

来信收到。

我这里只有《毁灭》，现和先生所需之款，包作一包，放在书店里。附上一笺，请持此笺前往一取为幸。

专此布复，即颂

时绥。

迅　上　九月二十日

350923 致叶紫

芷兄:

得来信,知道你生过病,并且失去了一个孩子,真叫我无话可以安慰。家里骤然寂寞,家里的人自然是要哭的,赔还孙子以后,大约就可以好一点。

一礼拜前看见郑,他说小说登出来了,稿费怎么办?我说立刻把单子寄给我。但至今他还不寄来。今天写信催去了;一寄到,即转上。

专复,即请

双安。

豫　上　九月二十三日

350924 致黄源

河清先生:

前天沈先生来,说郑先生前去提议,可调解《译文》事:一,合同由先生签名;但,二,原稿须我看一遍,签名于上。当经我们商定接收;惟看稿由我们三人轮流办理,总之每期必有一人对稿子负责,这是我们自己之间的事,与书店无关。只因未有定局,所以没有写信通知。

今天上午沈先生和黎先生同来,拿的是胡先生的信,说此事邹先生不能同意,情愿停刊。那么,这事情结束了。

他们那边人马也真多,忽而这人,忽而那人。回想起来:第一回,我对于合同已经签字了,他们忽而出了一大批人马,翻了局面;第二回,郑先生的提议,我们接收了,又忽而化为胡先生来取消。一下子

180

对我们开了两回玩笑，大家白跑。

但当时我曾提出意见，说《译文》如果停刊，可将已排的各篇汇齐，出一"终刊号"。这一点，胡先生的信里说书店方面是同意的，所以已由我们拟了一个"前记"，托沈先生送去，稿子附上，此一点请先生预备一下，他们如付印，就这样的付印，一面并将原稿收好，以免散失，因为事情三翻四复，再拉倒也说不定的。

先前我还说过，倘书店不付印，我们当将纸板赎回，自己来印，但后来一想，这一来，交涉就又多了，所以现又追着告诉沈先生，不印就不印，不再想赎回纸板。

我想，《译文》如停刊，就干干净净的停刊，不必再有留恋，如自己来印终刊号之类，这一点力量，还是用到丛书上去罢。

专此布复，即请

撰安。

迅　上　九月二十四下午

351002 致萧军

刘兄：

《羊》已登出，稿费单今日寄到，现转上。

《译文》出了岔子；但我仍忙；前天起，伏案太久，颈子痛了。

匆匆，再谈。

即请

俪安。

豫　上　十月二夜。

351003 致唐诃

唐诃先生：

两信都已收到。我大约并没有先生们所豫想的悠游自在，所以复信的迟延，是往往不免的，因此竟使先生们"老大的失望"，真是抱歉得很。但我并没有什么"苦衷"，请先生不必加以原谅，而且我还得声明：我并不是"对青年热心指导的人"，以后庶不至于误解。

来信所要求的两件事——

一、西欧名作不在身边，无法交出。

二、款子敬遵来谕，认捐二十元。但我无人送上，邮汇又不便，所以封入信封中，放在书店里。附上一笺，请持此笺费神前去一取，一定照交。

信封中另有八元，是段干青先生的木刻，在《文学》上登载后的发表费，先前设法打听他的住址，终不得，以致无法交出。现想先生当可转辗查明，所以冒昧附上，乞设法转交为荷。

那么，我的信，这也是"最终一次"了。

祝

安好。

何　干　十月三日

351004 致萧军

刘兄：

一日的信收到两天了。对于《译文》停刊事，你好像很被激动，

182

我倒不大如此，平生这样的事情遇见的多，麻木了，何况这还是小事情。但是，要战斗下去吗？当然，要战斗下去！无论它对面是什么。

黄先生当然以不出国为是，不过我不好劝阻他。一者，我不明白他一生的详细情形，二者，他也许自有更远大的志向，三者，我看他有点神经质，接连的紧张，是会生病的——他近来较瘦了——休息几天，和太太会会也好。

丛书和月刊，也当然，要出下去。丛书的出版处，已经接洽好了，月刊我主张找别处出版，所以还没有头绪。倘二者一处出版，则资本少的书店，会因此不能活动，两败俱伤。德国腓立大帝的"密集突击"，那时是会打胜仗的，不过用于现在，却不相宜，所以我所采取的战术，是：散兵战，堑壕战，持久战——不过我是步兵，和你炮兵的法子也许不见得一致。

《死魂灵》已于上月底交去第十一章译稿，第一部完了，此书我不想在《世界文库》上中止，这是对于读者的道德，但自然，一面也受人愚弄。不过世事要看总账，到得总结的时候，究竟还是他愚弄我呢，还是愚弄了自己呢，却不一定得很。至于第二部（原稿就是不完的）是否仍给他们登下去，我此时还没有决定。

现在正在赶译这书的附录和序文，连脖子也硬的不大能动了，大约二十前后可完，一面已在排印本文，到下月初，即可以出版。这恐怕就是丛书的第一本。

至于我的先前受人愚弄呢，那自然；但也不是第一次了，不过在他们还未露出原形，他们做事好像还于中国有益的时候，我是出力的。这是我历来做事的主意，根柢即在总账问题。即使第一次受骗了，第二次也有被骗的可能，我还是做，因为被人偷过一次，也不能疑心世界上全是偷儿，只好仍旧打杂。但自然，得了真赃实据之后，又是一回事了。

那天晚上，他们开了一个会，也来找我，是对付黄先生的，这时我才看出了资本家及其帮闲们的原形，那专横，卑劣和小气，竟大出于我的意料之外，我自己想，虽然许多人都说我多疑，冷酷，然而我的推测人，实在太倾于好的方面了，他们自己表现出来时，还要坏得远。

以下答家常话：

孩子到幼稚园去，还愿意，但我怕他说江苏话，江苏话少用N音结末，譬如"三"，他们说 See，"南"，他们说 Nee，我实在不爱听。他一去开，就接连的要去；礼拜天休息一天，第二天就想逃学——我看他也不像肯用功的人。

我们都好的，我比较的太少闲工夫，因此就有时发牢骚，至于生活书店事件，那倒没有什么，他们是不足道的，我们只要干自己的就好。

昨天到巴黎大戏院去看了《黄金湖》，很好，你们看了没有？下回是罗曼谛克的《暴帝情鸳》，恐怕也不坏，我与其看美国式的发财结婚影片，宁可看《天方夜谈》一流的怪片子。

专此布复，并颂

俪安。

豫　上　十月四日

351004 致谢六逸

六逸先生：

赐函收到。《立报》见过，以为很好。但自己因为先前在日报上投稿，弄出许多无聊事，所以从去年起，就不再弄笔了。乞谅为幸。

专此布复，即请

撰安。

鲁迅　十月四日

351009 致黎烈文

烈文先生：

复示已收到，谢谢！

昨天见黄先生，云十日东渡，但今天听人说，又云去否未定，究竟不知如何。

《译文》由文化生活社出，恐财力不够；开明当然不肯包销，无前例也，其实还是看来未必赚钱之故，倘能赚钱，是可以破例的。夫盘古开辟天地时，何尝有开明书店，但竟毅然破例开张者，盖缘可以赚钱——或作"绍介文化"——耳。

终刊号未出，似故意迟迟，在此休息期中，有人在别处打听出版事，但亦尚无实信。

专此布达，即请

道安。

迅　顿首　十月九日

351012 致孟十还

十还先生：

三日信早收到，因为忙于翻译，把回答压下了，对不起之至！

《译文》之遭殃，真出于意料之外，先生想亦听到了那原因。人竟有这么狭小的，那简直无话可说。复活当慢慢设法，急不成。

现在先用力于丛书，《死魂灵》第一部及附录，已译完付排了，此刻在译序文，因为不大看德文的论文，所以现在译的很苦。

这一本于十一月初可出；十二月底出《密尔格拉特》，明年二月出《死魂灵》附《G 怎样写作》，以后每两月出一本，到秋初完成。我们不会用阴谋，只能傻干，先从 G 选集来试试，看那一面强罢。

出《译文》和出丛书的，我以为还是两个书店好，因为免得一有事就要牵连。

专此布复，即颂

时绥

豫　上　十月十二日

351014 致徐懋庸

请转

徐先生：

来信收到，星期四（十七日）下午两点，当在书店奉候。

此复，即颂

时绥。

豫　顿首　十月十四日

351017 致郑振铎

西谛先生：

《死魂灵》第六次稿，已校讫，与此函同送生活书店。但前一次稿，距送上时已五十余天，且已校讫，印出，而不付译费，不知何故。我自然不待此款举火，不过书店方面，是似乎应该不盘算人的缓急的。

幸译本已告一段落，可以休息了，此后预告，请除我名。又闻书店于《世界文库》的译文，间有仍出单行本之举，我的《死魂灵》已决定编入《译文社丛书》，不要别人汇印了。生活书店方面或亦并无汇印之意，但恐或歧出，故特声明耳。

专此布达，顺请

教安。

鲁迅　顿首　十月十七夜。

351017 致伊罗生（美国）

伊罗生先生：

谨奉答九月十五日惠函，关于翻译我的小说《风波》，您要给我的报酬，我是不取的。这事，我没有花多少工夫。我希望，此款由您随意处理。

谢谢。

鲁迅　一九三五年十月十七日，中国上海

351018 致母亲

母亲大人膝下敬禀者，十月十一日来信，早已收到，藉知　大人一切
　　安好，甚慰。上海寓中亦均安好，但因忙于翻译，且亦并无要
　　事，所以不常寄信。

　　海婴亦好，他只是长起来，却不胖。已上幼稚园，但有时也要赖
　　学，有时却急于要去；爱穿洋服，与男之衣服随便者不同。今天，
　　下门牙活动，要换牙齿了。

　　上海晴天尚暖，阴天则夹袄已觉不够，市面景象，年不如年，和
　　男初到时大两样了。

　　专此布复，恭叩

金安。

　　　　　　　男树　叩　广平及海婴随叩　十月十八日

351020 致孟十还

十还先生：

　　十七夜信收到。《译文》自然以复活为要，但我想最好是另觅一
家出版所，因为倘与丛书一家出版，能将他们经济活动力减少，怕弄
到两败俱伤，所以还不如缓缓计议。现在第一着是先出一两本丛书。

　　《死魂灵》第一部，连附录也已译完，昨天止又译了一篇德译本
原有的序，是 N.Kotrialevsky 做的，一万五千字，也说了一点果氏作
品的大略。至于第一本上的总序，还是请先生译阿苏庚的——假如不
至于有被禁之险的话。这种序文，似乎不必一定要国货，况且我对于

G 的理解力，不会比别的任何人高。

当在译 K 氏序时，又看见了《译文》终刊号上耿济之先生的后记，他说 G 氏一生，是在恭维官场；但 K 氏说却不同，他以为 G 有一种偏见，以为位置高的，道德也高，所以对于大官，攻击特少。我相信 K 氏说，例如前清时，一般人总以为进士翰林，大抵是好人，其中并无故意的拍马之意。况且那时的环境，攻击大官的作品，也更难以发表。试看 G 氏临死时的模样，岂是谄媚的人所能做得出来的。我因此颇慨叹中国人之评论人，大抵特别严酷，应该多译点别国人做的评传，给大家看看。

承示洋泾浜的法国语，甚感，倘校样时来得及，当改正——现在他们还未将末校给我看。Ss，德译如此，那么，这是译俄字母的"C"的了。我所有的一本英译，非常之坏，删节极多，例如《戈贝金大尉的故事》，删得一个字也不剩。因此这故事里的一种肴馔的名目，也译不出，德文叫 Finserb，但我的德文字典里没有。

关于 Lermontov 的小说的原文，在我这里，当设法寄上，此书插画极好，《译文》里都制坏了，将来拟好好的印一本，以作译者记念。

专此布复，即颂

时绥。

豫　上　十月二十日

351020 致姚克

莘农先生：

王君已有信来，嘱转告：已于三日到埠，五日可上车。那么，他现在已经到达了。他又嘱我托先生转告两处：一，雪氏夫妇，说他旅行顺利；二，S女士，说她交给他的一个箱子，船上并没有人来取，现在他只好一直带着走了。

近又得那边来信，说二个月前，已有信直接寄与王君，欢迎他去。但此信似未收到。不过到后，入校之类之不成问题，由此可知。

先生所译萧氏剧本及序文，乞从速付下，以便转交付印。

专此布复，即颂

时绥。

豫　顿首　十月二十日

351020 致萧军、萧红

刘　军　兄
悄吟太太　尊前

十九日晨信收到。"麦"字是没有草头的。

《译文》还想继续出，但不能急。《死魂灵》的序文昨天刚译完，有一万五千字，第一部全完了。下月起，译第二部。

现在在开始还信债，信写完，须两三天，此后也还有别的事，天下之事，是做不完的。但我们确也太久不见了，在最近期内，最好是本月内，我们当设法谈谈。

《生死场》的名目很好。那篇稿子，我并没有看完，因为复写纸写的，看起来不容易。但如要我做序，只要排印的末校寄给我看就好，我也许还可以顺便改正几个错字。

此复，即请

俪安。

豫　上　十月二十日

351022 致曹靖华

汝珍兄：

十八日信收到。致徐先生笺已即转寄。兄的女儿的病已愈否？

我的胃病，还是二十岁以前生起的，时发时愈，本不要紧。后见 S 女士，她以欧洲人的眼光看我，以为体弱而事多，怕不久就要死了，各处设法，要我去养病一年。我其实并不同意，现在是推宕着。因为：一，这病不必养；二，回来以后，更难动弹。所以我现在的主意，是不去的份儿多。

《译文》合同，一年已满，编辑便提出增加经费及页数，书店问我，我说不知，他们便大攻击编辑（因为我是签字代表，但其实编辑也不妨单独提出要求），我赶紧弥缝，将增加经费之说取消，但每期增添十页，亦不增加译费。我已签字了，他们却又提出撤换编辑。这是未曾有过的恶例，我不承认，这刊物便只得中止了。

其中也还有中国照例的弄玄虚之类，总之，书店似有了他们自己的"文化统制"案，所以不听他们指挥的，便站不住了。也有谣言，说这是出于郑振铎胡愈之两位的谋略，但不知真否？我们想觅一书店续出，但尚无头绪。

我们都好的，请释念。《译文社丛书》亦被生活书店驱逐，但却觅得别家出版，十一月可出我译的 Gogol 作《死魂灵》第一卷。

专此布复，即请

秋安

弟豫　顿首　十月二十二日

351022 致徐懋庸

请转

徐先生：

信并剪报都收到。又给杂事岔开，星期四以前交不出稿子了。只得以后再说。

靖华寄来一笺，今附上。

专此布达，即颂

时绥。

豫　上　十月廿二日

351025 致增田涉（日本）

拜启：十月一日惠函早已到手，因俗事纷繁，遂使回信拖延至今，实在抱歉。

却说所询二点——

中国的所谓"分数在六十分以上"，如译成日语就是"丙等"，我想最容易理解吧。仍是指分数的事。

"尾闾"一事颇为暧昧。在解剖学上有叫"尾骶骨"的骨，因此，所谓"尾闾"——

　　还有，三四天前收到十四日信及日元十二元。当即预订了《中国新文学大系》，书价与邮费共七元七角，恰为日元十元。还有二元留在我处，如有其他需要的东西，可买了寄上，随时可以。那部书至今已出六册，不知寄到了没有？其实我不以为是好书。

　　《文学》十月号对《译文》的介绍批评是别人写的，"论坛"两篇则是拙作。但这次因《译文》休刊而对编者不满，从十一月起就不写稿了。

　　府上均健康，闻之甚高兴，木实君的百日咳谅也已愈。我这里也均健康。孩子从上月起送进幼稚园，已学到铜板是可以买零食的知识了。 草草

迅　拜上　十月廿五日

增田兄几下

351029 致萧军

刘兄：

　　廿八日信收到。那一天，是我的预料失败了，我以为一两点钟，你们大约总不会到公园那些地方去的，却想不到有世界语会。于是我们只好走了一通，回到北四川路，请少爷看电影。他现仍在幼稚园，认识了几个字，说"婴"字下面有"女"字，要换过了。

　　我们一定要再见一见。我昨夜起，重伤风，等好一点，就发信约一个时间和地点，这时候总在下月初。

《译文》终刊号的前记是我和茅合撰的。第一张木刻是李卜克内希遇害的纪念，本要用在正月号的，没有敢用，这次才登出来。封面的木刻，是郝氏作，中国人，题目是《病》，一个女人在哭男人，是书店擅自加上去的，不知什么意思，可恶得很。

中国作家的新作，实在稀薄得很，多看并没有好处，其病根：一是对事物太不注意，二是还因为没有好遗产。对于后一层，可见翻译之不可缓。

《小彼得》恐怕找不到了。

耿济之的那篇后记写的很糟，您被他所误了。G决非革命家，那是的确的，不过一想到那时代，就知道并不足奇，而且那时的检查制度又多么严厉，不能说什么（他略略涉及君权，便被禁止，这一篇，我译附在《死魂灵》后面，现在看起来，是毫没有什么的）。至于耿说他诌媚政府，却纯据中国思想立论，外国的批评家都不这样说，中国的论客，论事论人，向来是极苛酷的。但G确不讥刺大官，这是一者那时禁令严，二则人们都有一种迷信，以为高位者一定道德学问也好。我记得我幼小时候，社会上还大抵相信进士翰林状元宰相一定是好人，其实也并不是因为去诌媚。

G是老实的，所以他会发狂。你看我们这里的聪明人罢，都吃得笑迷迷，白胖胖，今天买标金，明天讲孔子……

第二部《死魂灵》并不多，慢慢的译，想在明年二三月出版；后附孟十还译的《G怎样写作》一篇，是很好的一部研究。现正在校对第一部，下月十日以前当可印成，自然要给你留下一部。

专此布复，即请

俪安。

豫　上　十月二十九日

351029 致徐懋庸

徐先生：

廿七日信收到。但前一信却没有得着。这几天伤风，又忙于校对，关于果戈理，不能写什么了。

唱歌一案，以我交际之少，且已听到几个人说过，足见流播是颇广的。声明固然不行，也无此必要，假使有多疑者，因此发生纠纷，只得听之，因为性好纠纷者，纵使声明，他亦不信也。"由它去罢"，是第一好办法。

其实，也有有益于书店的流言，即如此次《译文》停刊，很有些人，以为是要求加钱不遂之故。

专复，即颂

刻安。

迅　顿首　十月廿九日

351029 致曹聚仁

聚仁先生：

昨天看见《芒种》，报上都无广告，××似亦有不死不活之概。

因为先生信上提过《社会日报》，就定来看看，真是五花八门，文言白话悉具，但有些地方，却比"大报"活泼，也有些是"大报"所不能言。例如昨天的"谣言不可信，大批要人来"，就写得有声有色。近人印古书，选新文章，却不注意选报，如果择要剪取，汇成巨册，若干年后，即不下于《三朝北盟汇编》矣。

今天却看先生之作，以大家之注意于胡蝶之结婚为不然，其实这是不可省的，倘无胡蝶之类在表面飞舞，小报也办不下去。（下略）

专此布达，并请

刻安。

鲁迅　顿首　十月廿九日

351101 致孔另境

若君先生：

奉到手示，刚刚都是我没法相帮的事，因为我的写信，一向不留稿子，而且别人给我的信，我也一封都不存留的，这是鉴于六七年前的前车，我想这理由先生自然知道。

专此奉复，并颂

时绥。

迅　上　十一月一日

351104 致郑振铎

西谛先生：

拟印之稿件已编好，第一部纯为关于文学之论文，约三十余万字，可先付排。

简单的办法，我想先生可指定一时间和地点（如书店或印刷所），在那里等候，我当挟稿届时前往，一同付与印刷者，并接洽校对的办法。

但指定之信发出时，希比指定之日期早三四天，以免我接到来信时，已在所约的日期之后也。

专此布达，即请

撰安。

迅　顿首　十一月四日

351104 致萧军、萧红

刘　兄：
悄吟太太：

我想在礼拜三（十一月六日）下午五点钟，在书店等候，您们俩先去逛公园之后，然后到店里来，同到我的寓里吃夜饭。

专此，即祝

俪祉。

豫　上　十一月四日

351105 致王冶秋

野秋兄：

十月二十八日信收到；前一信并《唐代文学史》，也收到的。关于近代文学史的材料，我无可帮助，因为平时既不收集，偶有的一点，也为了搬来搬去，全都弄掉了。《导报》尚有，当寄上；阿英的那一本尚未出，出后当寄上，我想大约在年底罢。

讲文学的著作，如果是所谓"史"的，当然该以时代来区分，"什么是文学"之类，那是文学概论的范围，万不能牵进去，如果连这些也讲，那么，连文法也可以讲进去了。史总须以时代为经，一般的文学史，则大抵以文章的形式为纬，不过外国的文学者，作品比较的专，小说家多做小说，戏剧家多做戏剧，不像中国的所谓作家，什么都做一点，所以他们做起文学史来，不至于将一个作者切开。中国的这现象，是过渡时代的现象，我想，做起文学史来，只能看这作者的作品重在那一面，便将他归入那一类，例如小说家也做诗，则以小说为主，而将他的诗不过附带的提及。

我今年不过出了几本翻译，当寄上，但望即告我收信人的姓名，以用那几个字为宜，因为寄书要挂号，收信人须用印章的。又南阳石刻拓费，拟寄上三十元，由兄转交，不知可否，并望即见复。专此布复，即颂

时绥。

迅　上　十一月五日

回信可仍寄书店转交，不致失落的。　又及。

351106 致孟十还

十还先生：

四夜信收到。那本画集决计把它买来，今托友送上大洋二十五元，乞先生前去买下为托。将来也许可以绍介给中国读者的。

顺便奉送卢那察尔斯基的《解放了的 D.Q.》美术版一本，据说那边已经绝版，我另有一本。但这一本订线已脱，须修一修耳。

又中译本一册，印得很坏，我上印刷所的当的。不过译文出于瞿君之手，想必还好。

专此布复，即颂

时绥。

迅　顿首　十一月六日

351109 致赵家璧

家璧先生：

得来信并蒙赠书一本，谢谢。

《死魂灵》第一部，平装者已订成，布面装订者，尚须迟数天，一俟订好，当奉呈。长序亦译自德文本，并不精彩，倒是附录颇有趣。

来信说要印花二千。不知是一共二千，还是每种二千？希示遵办。

专此布达，即请

撰安。

迅　顿首　十一月九日

351111 致马子华

子华先生：

来信收到。十来年前，我的确给人看过作品，但现在是体力和时间，都不许可了，所以实在无法实现何先生的希望，真是抱歉得很。

　　专此布复，并颂

时绥。

鲁迅　十一月十一日

351114 致章锡琛

雪村先生：

　　韦丛芜君版税，因还未名社旧款，由我收取已久，现因此项欠款，大致已清，所以拟不续收，此后务乞寄与韦君直接收下为祷。

　　专此布达，即请

道安。

鲁迅　上　十一月十四日

351115 致母亲

母亲大人膝下，敬禀者，十一月十一日来信，顷已收到，前回的一
　　封，也早收到了。牙痛近来不知如何？倘常痛，恐怕只好拔去，
　　不过假牙无法可装，却很不便，只能专吃很软的食物了。
　　海婴很好，每天上幼稚园去，不大赖学了。他比夏天胖了一点，
　　虽然还要算瘦，却很长，刚满六岁，别人都猜他是八九岁，他是
　　细长的手和脚，像他母亲的。今年总在吃鱼肝油，没有间断过。
　　他什么事情都想模仿我，用我来做比，只有衣服不肯学我的随

便，爱漂亮，要穿洋服了。

近来此地颇多谣言，纷纷迁避，其实大抵是无根之谈，所以我们仍旧不动，也极平安，务请勿念。也常有关于北平和天津的谣言，关切的朋友，至于半夜敲门来通报，到第二天一打听，才知道也是误传的。

害马及男都好的，亦请勿念。

专此布复，敬请

金安。

男树　叩上　广平及海婴同叩　十一月十五日

351115 致萧军

刘兄：

校稿昨天看完，胡刚刚来，便交与他了。

校稿除改正了几个错字之外，又改正了一点格式，例如每行的第一格，就是一个圈或一个点，很不好看，现在都已改正。

夜里写了一点序文，今寄上。

这几天四近谣言很多，虽然未必真，可也令人不十分静得下。居民搬的很多。

专此布达，即请

俪安。

豫　上　十五日上午

《死灵魂》纸面的已出，布面的还得等几天。　又及。

351115 致台静农

伯简兄：

十一日信并《南阳画象访拓记》一本，顷同时收到。关于石刻事，王冶秋兄亦已有信来，日内拟即汇三十元去，托其雇工椎拓，但北方已冷，将结冰，今年不能动手亦未可料。印行汉画，读者不多，欲不赔本，恐难。南阳石刻，关百益有选印本（中华书局出版），亦多凡品，若随得随印，则零星者多，未必为读者所必需，且亦实无大益。而需巨款则又一问题。

我陆续曾收得汉石画象一箧，初拟全印，不问完或残，使其如图目，分类为：一，摩厓；二，阙，门；三，石室，堂；四，残杂（此类最多）。材料不完，印工亦浩大，遂止；后又欲选其有关于神话及当时生活状态，而刻划又较明晰者，为选集，但亦未实行。南阳画象如印行，似只可用选印法。

瞿木夫之《武梁祠画象考》，有刘翰怡刻本，价钜而难得，然实不佳。瞿氏之文，其弊在欲夸博，滥引古书，使其文浩浩洋洋，而无裁择，结果为不得要领。

近来谣言大炽，四近居人，大抵迁徙，景物颇已寂寥，上海人已是惊弓之鸟，固不可诋为"庸人自扰"。但谣言则其实大抵无根，所以我没有动，观仓皇奔走之状，黯然而已。

专此布复，并颂

时绥。

树　顿首　十一月十五午

351116 致萧军、萧红

刘军兄及其悄吟太太:

十六日信当天收到，真快。没有了家，暂且漂流一下罢，将来不要忘记。二十四年前，太大度了，受了所谓"文明"这两个字的骗。到将来，也会有人道主义者来反对报复的罢，我憎恶他们。

校出了几个错字，为什么这么吃惊？我曾经做过杂志的校对，经验也比较的多，能校是当然的，但因为看得太快，也许还有错字。

印刷所也太会恼怒，其实，圈点不该在顶上，是他们应该知道，自动的改正的。他们必须遇见厉害的商人，这才和和气气。我自己印书，没有一回不吃他们的亏。

那序文上，有一句"叙事写景，胜于描写人物"，也并不是好话，也可以解作描写人物并不怎么好。因为做序文，也要顾及销路，所以只得说的弯曲一点。至于老王婆，我却不觉得怎么鬼气，这样的人物，南方的乡下也常有的。安特列夫的小说，还要写得怕人，我那《药》的末一段，就有些他的影响，比王婆鬼气。

我不大希罕亲笔签名制版之类，觉得这有些孩子气，不过悄吟太太既然热心于此，就写了附上，写得太大，制版时可以缩小的。这位太太，到上海以后，好像体格高了一点，两条辫子也长了一点了，然而孩子气不改，真是无可奈何。

这几天四近逃得一榻胡涂。铺子没有生意，也大有关门之势。孩子的幼稚园里，原有十五人，现在连先生的小妹子一共只剩了三个了，要关门大吉也说不定。他喜欢朋友，现在很感得寂寞。你们俩他是欢迎的，他欢迎客人，也喜欢留吃饭。有空望随便来玩，不过速成的小菜，会比那一天的粗拙一点。

专此布达，即请

俪安。

豫　上。十一月十六夜。

351118 致王冶秋

野秋兄：

十一月八日信并拓片十张，又十四日信并小说稿两篇，均收到。指点做法，非我所能，我一向的写东西，却如厨子做菜，做是做的，可是说不出什么手法之类。至于投寄别处，姑且试试看，但大约毫无把握，一者因为上海刊物已不多，且大抵有些一派专卖，我却不去交际，和谁也不一气的。二则，每一书店，都有"文化统制"，所以对于不是一气的人，非常讨厌。

前几天，已托书店寄上书数本，不知已收到否？《中国新文学大系》，今天去定一部，即由公司陆续寄上。

又汇票一纸三十元，希向商务印书馆分馆一取，后面要签名盖印（印必与所写的名字相同），倘问寄款人，则写在信面者是也。此款乞代拓南阳石刻，且须由拓工拓，因为外行人总不及拓工的。至于用纸，只须用中国连史就好（万不要用洋纸），寄来的十幅中，只有一幅是洋纸，另外都就是中国连史纸，今附上标本。（但不看惯，恐也难辨）

专此布复，即颂

时绥。

豫　上。十一月十八日

351118 致赵家璧

家璧先生：

　　兹送上印证四千，《死魂灵》一本，希察入。又小书两本，不足道也，但顺便送上，并乞哂存为幸。

　　专此布达，并请

撰安。

鲁迅　十一月十八日

351118 致曹靖华

汝珍兄：

　　日前收到一些刊物，即托书店转寄，大约有四包，不知已收到否？

　　今天得了 E 君一封信，今寄上，请兄译示为荷。

　　前一些时这里颇多谣言，现在安静了。我们一动也没有动，不过四邻搬掉的多，冷静而已。今天又已在渐渐的搬回来。

　　寓中大小均安，请释念。

　　专此布达，即请

近安。

弟豫　上　十一月十八日

351118 致徐懋庸

乞转

徐先生：

信收到。另一笺已转寄。但我的投稿，恐怕不大可靠，近来笔债真欠得太多了。

《死魂灵》当然要送，日内托书店并送曹先生的一本一同寄去，请先向曹先生提明一声。

专复，即祝

撰安。

豫　上　十一月十八日

351120 致聂绀弩

耳耶兄：

十八日信收到。《死魂灵》昨已托书店送上，他们顺路的时候就要送到报馆里去的。

《漫画与生活》单就缺点讲，有二：一，文章比较的单调；二，图画有不能一目了然者。至于献辞，大约是《小品文和漫画》上取来的，兄无嫌疑。

我的文章，却是问题，因为欠账太多了，也许弄到简直不还。这刊物，我一定做一点，不过不能限期。如果下期就等着，那可是——糟了。

专此布达，顺颂

时绥。

迅　上　十一月廿日

351123 致邱遇

邱先生：

　　《野草》的题词，系书店删去，是无意的漏落，他们常是这么模模胡胡的——，还是因为触了当局的讳忌，有意删掉的，我可不知道。《不周山》系自己所删，第二板上就没有了，后来编入《故事新编》里，改名《补天》。

　　《故事新编》还只是一些草稿，现在文化生活出版社要给我付印，正在整理，大约明年正二月间，可印成的罢。

　　《集外集》中一篇文章的重出，我看只是编者未及细查之故。

　　专此布复，并颂

时绥。

迅　上　十一月二十三日

351125 致叶紫

芷兄：

　　来信收到。我现在实在太苦于打杂，没有会谈和看文章的工夫了，许也没有看文章的力量，所以这两层只好姑且搁起。

　　你还是休息一下好。先前那样十步九回头的作文法，是很不对的，这就是在不断的不相信自己——结果一定做不成。以后应该立定格局之后，一直写下去，不管修辞，也不要回头看。等到成后，搁它几天，然后再来复看，删去若干，改换几字。在创作的途中，一面练字，真要把感兴打断的。我翻译时，倘想不到适当的字，就把这字空起来，仍旧译下去，这字待稍暇时再想。否则，能够因为一个字，停到大半天。

《选集》我也没有了；别的两本，已放在书店里，附上一条，希持此去一取为托。

专此布复，并颂

时绥。

豫 上 十一月二十五夜

351126 致母亲

母亲大人膝下，敬禀者，十一月十五日信，已早到，果脯等一大包，也收到了。已将一部份分给三弟。

上海近来已较平静，寓中都好的。海婴仍上幼稚园，但原有十五个同学，现在已只剩了七个了。他已认得一百多个字，就想写信，附上一笺，其中有几个歪歪斜斜的字，就是他写的。

今天晚报上又载着天津不平静，想北平不至于受影响。至于物价飞涨，那是南北一样，上海的物价，比半月前就贵了三成了。

专此布达，恭请

金安。

男树 叩上 广平海婴同叩 十一月二十六日

351203 致徐懋庸

乞转

徐先生：

信早收到。我看《小鬼》译的很好，可以流利的看下去。

关于小品文的，写了一点，今寄上；署名用旅隼，何干之类，随便。关于翻译，前已说过不少，现在也别无新意，不做了。

关于别的杂题的，如有，当随时寄上。

专布，即颂

时绥。

隼　顿首　十二月三日

351203 致孟十还

十还先生：

今天看见吴先生，知道《密尔格勒》已译完，要付印了。

我们也决计即将《死灵魂图》付印，所以，如果先生现在有些时间的话，乞将那书的序文和题句一译。题句只要随便译，不必查译本，将来我会照译本改成一律的，因为我记得在什么地方，容易查。

目前在做几个短篇，那第二部，要明年正月才能开手了。

专此布达，即颂

时绥。

迅　上　十二月三夜。

351203 致台静农

伯简兄：

十一月二十三日函已收到。拓汉画款，先已寄去卅，但今思之，北方已结冰，难施墨，恐须明春矣。关百益本实未佳，价亦太贵，倘严选而精印，于读者当更有益。顾北事正亦未可知，我疑必骨奴而肤主，留所谓面子，其状与战区同。珍籍南迁，似未确，书籍价不及钟鼎，迁之何为。校长亦未纷来，二代表则有之，即白与许，曾见许君，但未问其结果，料必不得要领而已。

上海亦曾大迁避，或谓将被征，或谓将征彼，纷纷奔窜，汽车价曾至十倍，今已稍定，而邻人十去其六七，入夜阒寂，如居乡村，盖亦"闲适"之一境，惜又不似"人间世"耳。

《死魂灵》出单行本时，《世界文库》上亦正登毕，但不更为译第二部，因《译文》之夭，郑君有下石之嫌疑也。此祝
康吉。

树　上　十二月三夜

351203 致增田涉（日本）

十一月二十二夜来信奉阅。新文学什么史找到了一本，午后已托老板寄上。尚余一元左右，以后再买点什么吧。

"对日本的中国文学研究者的期望"，这个从未想过。现在假设来考虑，大抵是无聊的事，不值一谈。因此不写了。

上海已转寒。自己是衰老了呢，还是真的工作多呢，总之感到

忙。目前正以神话等作题材写短篇小说，但成绩也怕是〇吧。

迅　拜上　十二月三夜

增田学兄几下

351203 致山本初枝（日本）

拜启　久疏问候。今天收到你送给孩子的有平糖，多谢。

上海已转寒。近来附近一带十分热闹了，却又出现谣言，许多人搬走了，又颇见冷清了。内山老板的店里也似乎比较空闲。一到夜里尤其静寂，感觉就像在乡间一样。要恢复原来样子，又恐怕得半年光景吧。

老板的《活中国的姿态》虽已出版，但仅看到样本。

增田一世曾自东京寄来一信，现已回家了吧。

我仍很忙，因为不得不写。但没有可写的东西，因而苦恼。想写的，则不能发表。近来大抵是先什么都不想，在桌前一坐，把笔塞在手里，这样一来，莫名其妙的东西就自然地出来了，也就是说写出了所谓的文章。人也有时候可以变成机器的。但成了机器就颇无聊，没法子就去看电影。但好的电影也没有。上个月看杰克·伦敦的《野性的呼声》，实在吃了一惊。已经与其小说迥然不同。今后，对从名著改拍的电影也感到害怕了。

孩子在换门牙。从秋天起，送进了幼稚园，学到了铜板是非常重要之物的宝贵知识。因为看到了同学买各种东西吃。但由于这次的谣言，搬家者很多，现在同学已只剩六人。这个幼稚园维持到几时也不知道。

鲁迅　拜呈　十二月三夜

山本夫人几下

351204 致母亲

母亲大人膝下敬禀者，收到小包后，即复一信，想已到。十六日来示，今已收到矣。

大人牙已拔去，又并不痛，甚好，其实时时要痛，原不如拔去为佳，惟此后食物，务乞多吃柔软之物，以免胃不消化为要。后园之树，想起来亦无甚可种，因为地土原系炉灰所填，所以不合于种树。白杨易于种植，尚且不能保存，似乎可以不必补种了。

海婴仍然每日往幼稚园，尚听话。新的下门牙两枚，已经出来，昨已往牙医处将旧牙拔去。

上海已颇冷，寓中于昨已生火炉。男及害马均安好，务请勿念。

专此布达，恭请

金安。

男树　叩上。广平及海婴同叩。十二月四日

351204 致刘暮霞

卢氏《艺术论》的原本的出版所，我忘记了，禁否也不知道，因为这些事情，是不一定的，即使未禁，也可以没收。大江书店后来盘给开明书店了，这一部书纵使还有余剩，他们也不敢发卖，所以没有法子想。

《科学的艺术论丛书》，我手头倒还有第3及13两本，自己并无用处，现在包着放在内山书店里，先生如要的话，乞拿了附上之一笺，去取；包内还有《艺术研究》一本，是出了一本就停版的月刊，现在恐怕也已经成了古董，都可以送给先生。这书店在北四川路底，离第一路电车的终点不过二三十步。

《烟袋》及《四十一》的印本，早在北平被官们收去，但好像未禁，书可难以找到了。去年曾由译者自己改编，寄给现代书局，他们就搁起来，后来我去索取了许多回，都不还，此刻是一定都被封在店里了。其实中国作者的被害，也不但从这一方面，市侩和编辑的虐待，也大有力量的。

假如有人肯印的话，这两种也还想设法再版，不过看目前的状态，怕很难。

专此布复，并颂

时绥。

鲁迅　十二月四日

351204 致王冶秋

野秋兄：

昨得十一月廿八日函；前一函并令郎照相，亦早收到，看起来简直是一个北方小孩，盖服装之故。其实各种举动，皆环境之故，我的小孩，一向关在家里，态度颇特别，而口吻遂像成人，今年送入幼稚园，则什么都和普通孩子一样了，尤其是想在街头买东西吃。

《新文学大系》是我送的，不要还钱，因为几张"国币"，在我尚无影响，你若拿出，则冤矣。此书约编辑十人，每人编辑费三百，序文每［千］字十元，化钱不可谓不多，但其中有几本颇草草，序文亦无可观也。

《杂文》上海闻禁售，第二本恐不可得，但当留心觅之。

对于《题未定草》，所论极是，世上实有被打嘴巴而反高兴的人，所以无法可想。我这里也偶有人寄骂我的文章来，久不答，他便焦急的问人道：他为什么还不回骂呢？盖"名利双收"之法，颇有多种。不过虽有弊，却亦有利，此类英雄，被骂之后，于他有益，但于读者也有益＝于他又有损，因为气焰究竟要衰一点，而有些读者，也因此看见那狐狸尾巴也。

张英雄新近给我一信，又有《文学导报》征稿之印刷品寄来，编辑者即此英雄，但这回大约没有工夫回答了。

《果戈理选集》，想于明年出全，我所担任的还有一本半，而一个字也没有，因为忙于打杂；现在在做以神话为题材的短篇小说，须年底才完。《陀氏学校》的德文本，我没有了，在希公统治之下，出版者似已搬到捷克去，要买也不容易，所以总不见得翻译。另外也还有几本童话在手头，别人做的，很好，但中国即译出也不能发卖。当初在《译文》投稿时，要有意义，又要能公开，所以单是选材料，就每月要想几天。

《译文》至今还找不到出版的人，自己们又无资本，所以还搁着。已出的一年，兄有否？如无，当寄上，因为我有两部，即不送人，后来也总是几文一斤，称给打鼓担的。

至于讲五四运动的那一篇文章，找不出。以前似忘记了答复，今补告。

专此布达，并颂

时祉。

树　上　十二月四夜。

351204 致徐讦

××先生：

惠函收到。……

武松打虎之类的目连戏，曾查刊本《目连救母记》，完全不同。这种戏文，好像只有绍兴有，是用目连巡行为线索，来描写世故人情，用语极奇警，翻成普通话，就减色。似乎没有底本，除了夏天到戏台下自己去速记之外，没有别的方法。我想：只要连看几台，也就记下来了，倒并不难的。

现在听说其中的《小尼姑下山》《张蛮打爹》两段，已被绍兴的正人君子禁止，将来一定和童话及民谣携手灭亡的。我想在夏天回去抄录，已有多年，但因蒙恩通缉在案，未敢妄动，别的也没有适当的人可托；倘若另有好事之徒，那就好了。专复，并请

撰安。

迅　十二月四夜

351207 致曹靖华

汝珍兄：

十一月二十一日信早收到。此间已较安静，但关于北方的消息则多，时弛时紧，但我看大约不久会告一段落。

寄E君信，附上一稿，乞兄译后寄下。《文学百科全书》第7本已寄到，日内当寄奉。

上海已冷。市面甚萧条，书籍销路减少，出版者也更加凶起来，

卖文者几乎不能生活。我目下还可敷衍，不过不久恐怕总要受到影响。

　　但寓中均平安。自己身体也好，不过忙于打杂，殊觉苦恼而已。

　　专此布达，即请

冬安。

弟树　上　十二月七日

351207 致章锡琛

雪村先生：

　　惠书所说的里书和总目，其实正是本文的题目和分目。至于全书的小引（有无未定），总目和里书，还在我这里，须俟本文排完后交出，那时另用罗马字记页数，与本文不连。

　　所以现在就请将原稿的第一页，补排为1（2空白），目录补排为3。文章是5起，已在校样上改正了。

　　专此布复，并请

道安。

树　顿首　十二月七日

351207 致巴惠尔·艾丁格尔（德国）

P.E. 先生：

　　十一月一日的信，我已收到。我所寄的中国纸，得了这样的一个结果，真是出于意料之外，因为我是将你的姓名和住址，明白的告诉

216

了被委托者的。里面还有 K.Meffert 刻的《Zement》的图画，也不知道怎么样了。那么，纸已不能寄，因为我再找不出更好的方法了。

看来信，好像你已经寄给我木刻。但我也没有收到。

这一次，我从邮局挂号寄出一包，内仍是《Zement》一本，《Die Jagdnachdem Zaren》一本，又有几种信笺，是旧时代的智识者们用的；现在也还有人用。那制法，是画的是一个人，刻的和印的都是别一个人，和欧洲古时候的木刻的制法一样。我希望这一回你能收到。至于现在的新的木刻，我觉得今年并没有发展。

Pushkin 的著作，中国有译本，却没有插画的。

你来信以为我懂俄文，是误解的，我的前一回的信，是托朋友代写的，这一回也一样。我自己并不懂。但你给我信时，用俄文也不要紧，我仍可托朋友代看，代写，不过回信迟一点而已。

〔十二月七日〕

351212 致徐懋庸

乞转

徐先生：

萧君有一封信，早已交出去了，我想先生大约可以辗转看到。

还是由先生约我一个日期好，但不要上午或傍晚，也不要在礼拜天。

专布，即颂

时绥

豫　顿首　十二月十二日

351212 致杨霁云

霁云先生：

久疏问候，想动定一切佳胜？

前嘱作书，顷始写就，拙劣如故，视之汗颜，但亦只能姑且寄奉，所谓塞责焉耳。埋之箱底，以施蟫鱼，是所愿也。专此布达，并请

道安。

迅　顿首　十二月十二日

351214 致周剑英

剑英先生：

惠函收到。《伪自由书》中的文章，诚如来信所说，大抵发表过的，而出版后忽被禁止，殊可笑。今已托书店寄上一册，后又出有《准风月谈》一本，顺便一并寄赠。二者皆手头所有，并非买来，万勿以代价寄下为要。

我的意见，都陆续写出，更无秘策在胸，所以"人生计划"，实无从开列。总而言之，我的意思甚浅显：随时为大家想想，谋点利益就好。

我的通信处是：上海、北四川路底、内山书店转。

专此布复，即颂

时绥。

鲁迅　十二月十四日

351219 致杨霁云

霁云先生：

惠示诵悉。腹疾已愈否？为念。

集中国文字狱史料，此举极紧要，大约起源古矣。清朝之狱，往往亦始于汉人之告密，此事又将于不远之日见之。

近来因译《死魂灵》，并写短文打杂，什么事也无片段。翻译已止，但文集尚未编，出版恐不能望之书局，因为他们要不危险而又能赚钱者，我的东西，是不合格的。

国事至此，始云"保障正当舆论"，"正当"二字，加得真真聪明，但即使真给保障，这代价可谓大极了。

关于我的记载，虽未见，但记得有人提起过，常州报上，一定是从沪报转载的，请不必觅寄。此种技俩，为中国所独有，殊可耻。但因可耻之事，世间不以为奇，故诬蔑遂亦失效，充其极致，不过欲人以我为小人，然而今之巍巍者，正非君子也。倘遇真小人，他们将磕头之不暇矣。

上海已见冰。贱躯如常，可告慰也。

专此布达，并颂

文安。

迅　顿首　十二月十九日

219

351219 致曹靖华

汝珍兄：

十五日信已到，并代译的信，谢谢！

上海一切如故，出版界上，仍然狐鼠成群，此辈决不会改悔。近来始有"保护正当舆论"之说，"正当"二字，加的真真聪明，但即使真加保护，这代价也可谓大极。不过这也是空言，畏强者，未有不欺弱的。

谛君之事，报载未始无因，《译文》之停刊，颇有人疑他从中作怪，而生活书店貌作左倾，一面压迫我辈，故我退开。但《死魂灵》第一部，实已登毕。

青年之遭惨遇，我已目睹数次，真是无话可说，那结果，是反使有一些人可以邀功，一面又向外夸称"民气"。当局是向来媚于权贵的。高教此后当到处扫地，上海早不成样子。我们只好混几天再看。

书的销路，也大跌了，北新已说我欠账，但是他们玩的花样，亦未可知。于我的生活，此刻尚可无影响，俟明年再看。寓中均安，可请勿念。史兄病故后，史嫂由其母家接去，云当旅行。三月无消息。兄如与三兄通信，乞便中一问，究竟已到那边否。

专此布达，即请

冬安。

弟豫　上　十二月十九日

351221 致赵家璧

家璧先生：

　　数日前寄奉一函，想已达。近来常有关于我的谣言，谓要挤出何人，打倒何人，研究语气，颇知谣言之所从出，所以在文坛之闻人绅士所聚会之阵营中，拟不再投稿，以省闲气，前回说过的那一个短篇，也不寄奉了。

　　专此布达，即请

著安。

鲁迅　十二月二十一日

351221 致母亲

　　母亲大人膝下，敬禀者，十七日手谕，已经收到，备悉一切。上海近来尚称平静，不过市面日见萧条，店铺常常倒闭，和先前也大不相同了。寓中一切平安，请勿念。海婴也很好，比夏天胖了一些，现仍每天往幼稚园，已认得一百多字，虽更加懂事，但也刁钻古怪起来了。男的朋友，常常送他玩具，比起我们的孩子时代来，真是阔气得多，但因此他也不大爱惜，常将玩具拆破了。

　　一礼拜前，给他照了一张相，两三天内可以去取。取来之后，当寄奉。

　　由前一信，知和森哥也在北京，想必仍住在我家附近，见时请为男道候。他的孩子，想起来已有十多岁了，男拟送他两本童话，当同海婴的照片，一并寄回，收到后请转交。老三因闸北多谣言，搬了房子，离男寓很远，但每礼拜总大约可以见一次。他近来身体似尚好，不过极忙，而且窘，好像八道湾方面，逼钱颇凶也。

专此布达，恭请

金安。

男树　叩上　广平海婴同叩　十二月二十一日

351221 致台静农

伯简兄：

十六日信已到。过沪乞惠临，厦门似无出产品，故无所需也。北平学生游行，所遭与前数次无异，闻之惨然，此照例之饰终大典耳。上海学生，则长跪于府前，此真教育之效，可羞甚于陨亡。

南阳杨君，已寄拓本六十五幅来，纸墨俱佳，大约此后尚有续寄。将来如有暇豫，当并旧藏选印也。

贱躯无恙，可释远念。

专此布复，并颂

时绥。

豫　顿首　十二月廿一夜

351221 致王冶秋

冶秋兄：

九日信早到。《译文》已托书店寄出；关于拉丁化书，则由别一书店寄上三种（别一种是我的议论，他们辑印的），或已先到。此种拉丁化，盖以山东话为根本，所以我们看起来，颇有难懂之处，但究而言之，远胜于罗马字拼法无疑。

今日已收到杨君寄来之南阳画象拓片一包，计六十五张，此后当尚有续寄，款如不足，望告知，当续汇也。这些也还是古之阔人的冢墓中物，有神话，有变戏法的，有音乐队，也有车马行列，恐非"土财主"所能办，其比别的汉画稍粗者，因无石壁画象故也。石室之中，本该有瓦器铜镜之类，大约早被人检去了。

饭碗消息如何？×文我曾见过，似颇明白，而不料如此之坏。至于××××××××××大人，则前曾相识，固一圆滑无比者也。

小说商务不收，改送中华，尚无回信。

此复，即颂

时绥。

树　上　十二月廿一夜。

351222 致叶紫

芷兄：

来信收到。对于小说，他们只管攻击去，这也是一种广告。总而言之，它们只会作狗叫，谁也做不出一点这样的小说来：这就够是它们的死症了。

附书两本，也收到。为《漫画和生活》，我是准备做一点的，不过幽默文章，一时写不出，近来又为了杂文，没有想一想的工夫，只好等阳历明年了。至于吴先生要我给《殖民地问题》一个批评，那可真像要我批评诸葛武侯八卦阵一样，无从动笔。

《星》在我这里，改正之类，近来实在办不到了。

专此布复，即请

刻安。

豫　上　十二月廿二夜

狗报上关于你的名字之类，何以如此清楚，奇怪！

351223 致李小峰

小峰兄：

惠示诵悉。《集外集拾遗》抄出大半，尚有数篇在觅期刊，编好须在明年了。

北新以社会情形和内部关系之故，自当渐不如前，但此非我个人之力所能如何，而况我亦年渐衰迈，体力已不如前哉？区区一二本书，恐无甚效，而北新又须选择，我的作品又很不平稳，如何是好。

附笺并稿一件，乞转交赵先生。

迅　顿首　十二月二十三日

351223 致赵景深

景深先生：

示敬悉。附呈一短文，系自己译出，似尚非无关系文字，可用否

乞　裁酌。

倘若录用，希在第二期再登，因为我畏与天下文坛闻人，一同在第一期上耀武扬威也。

专此布复，即请

撰安。

迅　顿首　十二月二十三日

351223 致沈雁冰

明甫先生：

顷已接到密斯杨由那边（法国寄出）的来信，内云："曾发两信，收到否？也许此信比那两封可快一些。"的确，那两封还未到。

此外是关于取物件的事。身体是好的，但云有些胃痛。

信上并无通信地址，大约在第一封上。

末了云：

"我曾有一信寄给联华影片公司转给陆小姐的，要陆小姐到联华去拿。敝亲胡子馨在那里做事。"便中乞转告，但似乎也无头无绪，不知道怎么拿。

转此布达，即请

著安。

树　上　十二月廿三夜

351224 致谢六逸

六逸先生：

惠示诵悉。看近来稍稍直说的报章，天窗满纸，华北虽然脱体，华南却仍旧箝口可知，与其吞吞吐吐以冀发表而仍不达意，还不如一字不说之痛快也。

专此布复，并请

撰安

鲁迅　顿首　十二月廿四日

351228 致叶紫

芷兄：

来信收到。账已算来，附上账单，拿这到书店，便可取款。

专此布达，即颂

刻安。

豫　上　十二月二十八夜。

351229 致王冶秋

冶秋兄：

廿四晚信收到。看杨君寄来的拓片，都是我之所谓连史纸，并非洋纸，那么，大约是河南人称连史为"磅纸"的了。"磅"字有洋气，不知道何以要用这一个字。

《表》的译文，因匆匆写完，可改之处甚多。"挫折"是可改为"萎"的，我们那里叫"瘟"，一音之转。但"原谅"和"饶"却不同，比较的比"饶"还要平等一点。

最难的是所谓"不够格"，我想了好久，终于想不出适译。这并不是"不成器"或"不成材料"，只是"有所欠缺"的意思，犹言从智识到品行，都不及普通人——但教育起来，是可以好的。

那两篇小说，又从中华回来了，别处无路，只能搁一搁。

专此布复，即颂

时绥。

豫　上　十二月廿九日

一九三六年

360105 致曹靖华

汝珍兄：

一月一日信收到。《城与年》说明，早收到了，但同时所寄的信一封，却没有，恐已失落。黄米已收到，谢谢；陈君函约于八日上午再访我，拟与一谈。

北方学校事，此地毫无所知，总之不会平静，其实无论迁到那里，也决不会平安。我看外交不久就要没有问题，于是同心协力，整顿学风，学生又要吃苦了。此外，则后来之事，殊不可知，只能临时再定办法。

新月博士常发谬论，都和官僚一鼻孔出气，南方已无人信之。

《译文》恐怕不能复刊。倘是少年读物，我看是可以设法出版的，译成之后，望寄下。

上海今年过年，很静，大不如去年，内地穷了，洋人无血可吸，似乎也不甚兴高采烈。我们如常，勿念。我仍打杂，合计每年译作，近三四年几乎倍于先前，而有些英雄反说我不写文章，真令人觉得奇怪。

它嫂已有信来，到了那边了。我们正在为它兄印一译述文字的集子，第一本约三十万字，正在校对，夏初可成。前（去年）寄《文学百科辞典》两本，不知已到否？

专此布复，即请

春安。

弟豫 上 一月五夜。

360105 致胡风

有一件很麻烦的事情拜托你。即关于茅的下列诸事，给以答案：

一、其地位，

二、其作风，作风（Style）和形式（Form）与别的作家之区别。

三、影响——对于青年作家之影响，布尔乔亚作家对于他的态度。

这些只要材料的记述，不必做成论文，也不必修饰文字；这大约是做英译本《子夜》的序文用的，他们要我写，我一向不留心此道，如何能成，又不好推托，所以只好转托你写，务乞拨冗一做，自然最好是长一点，而且快一点。

如须买集材料，望暂一垫，俟后赔偿损失。专此布达，即颂

春祺。

隼 上 一月五夜

附上"补白"两则，可用否？乞酌。 又及

360107 致徐懋庸

请转

徐先生： 元旦信早收到。《海燕》未闻消息，不知如何了。

文章写了一点，今寄上，并无好意思，或者不如登在《每周文学》上，《现实文艺》还是不登这篇罢。

年底编旧杂文，重读野容，田汉的两篇化名文章，真有些"百感交集"。

来信中所说的那位友人，虽是好意，但误解的。我并非拳师，自己留下秘诀，一想到，总是说出来，有什么"不肯"；至于"少写文章"，也并不确，我近三年的译作，比以前要多一倍以上，丝毫没有懒下去。所以他的苦闷，是由幻想而来的，不是好事情。

此复，即请

春安

豫　上　一月七日

360108 致黄源

河清先生：

来信并戈君赠书，已收到。

神经痛已渐好，再有两天，大约就可以全好了。

《死魂灵》校正交出后，已将稿子弃去，所以现在无可再抄，只得拉倒。

专此布复，即请

著祺

迅　上　一月八日

360108 致沈雁冰

明甫先生：

　　七日信已收到。我病已渐好，大约再有两三天，就可以全好了。那一天，面色恐怕真也特别青苍，因为单是神经痛还不妨，只要静坐就好，而我外加了咳嗽，以致颇痛苦，但今天已经咳嗽很少了。当初我以为 S 与姚是很熟，那天才知道不然，但不约他也好，我看他年纪青，又爱谈论，交际也广泛的。

　　《社会日报》第三版，粗粗一看，好像有许多杂牌人马投稿，对于某一个人，毁誉并不一致，而其实则有统系。我已连看了两个月，未曾发见过对于周扬之流的一句坏话，大约总有"社会关系"的。至于攻击《文学》及其关系人，则是向来一贯的政策，甚至于想利用了《译文》的停刊来中伤，不过我们的傅公东华，可真也不挣气。

　　近几期的 China Today 上，又在登《阿 Q 正传》了，是一个在那边做教员的中国人新译的，我想永远是炒阿 Q 的冷饭，也颇无聊，不如选些未曾绍介过的作者的新作品，由那边译载。此事希便中与 S 一商量，倘她以为可以，并将寄书去的地址开下，我可以托书店直接寄去，——但那时候并望你选一些。

　　此布，即请

撰安。

树　顿首　一月八日

231

360108 致母亲

母亲大人膝下，敬禀者，一月四日来信，前日收到了。孩子的照相，
还是去年十二月廿三寄出的，竟还未到，可谓迟慢。不知现在已
到否，殊念。

酱鸡及卤瓜等一大箱，今日收到，当分一份出来，明日送与老
三去。

海婴是够活泼的了，他在家里每天总要闹一两场祸，阴历年底，
幼稚园要放两礼拜假，家里的人都在发愁。但有时是肯听话，也
讲道理的，所以近一年来，不但不挨打，也不大挨骂了。他只怕
男一个人，但又说，男打起来，声音虽然响，却不痛的。

上海只下过极小的雪，并不比去年冷，寓里却已经生了火炉了。
海婴胖了许多，比去年夏天又长了一寸光景。男及害马亦均好，
请勿念。

紫佩生日，当由男从上海送礼去，家里可以不必管了。

专此布达，恭请

金安。

男树　叩上　广平及海婴同叩　一月八日

360114 致萧军

刘军兄：

曹有信来，今转上。

你的旧诗比新诗好，但有些地方有名士气。

232

我在编集去年的杂感，想出版。

我们想在旧历年内，邀些人吃一回饭。一俟计画布置妥帖，当通知也。

专此布达，并贺

年禧。

豫　上　一月十四日

太太均此请安。

360117 致沈雁冰

明甫先生：

十六日信顷收到。我的病已经好了。

关于材料，已与谷说妥，本月底可以写起。

闻最近《读书生活》上有立波大作，言苏汶先生与语堂先生皆态度甚好云。《时事新报》一月一日之《青光》上，有何家槐作，亦大拉拢语堂。似这边有一部分人，颇有一种新的梦想。

校印之书，至今还不到二百面，然则全部排毕，当需半年，便中乞与雪先生一商，过年后倘能稍快，最好。

从下星期一起，敝少爷之幼稚园放假两星期，全家已在发愁矣。

专此布达，并颂

年禧。

树　上　一月十七夜

近得转寄来之南京中央狱一邮片，甚怪，似有人谓我已转变，并劝此人（署名寿昌）转变，此人因要我明说，我究竟有何"新花样"。

360118 致王冶秋

冶秋兄：

十三日信收到。副刊有限制，又须有意义，这戏法极不容易变，我怕不能投稿。近几年来，在这里也玩着带了锁链的跳舞，连自己也觉得无聊，今年虽已大有"保护正当舆论"之意，但我倒想不写批评了，或者休息，或者写别的东西。

农在沪见过，那时北行与否尚未定，现在才知道他家眷尚未南行。他暂时静静也好，但也未必就这样过下去，因为现在的时候，就并不是能这样过下去的时候。

《故事新编》今天才校完，印成总得在"夏历"明年了。成后当寄上。内容颇有些油滑，并不佳。

此复，即颂

年禧。

树　上　一月十八日

360121 致曹靖华

汝珍兄：

十四日信已到。和《城与年》同时所发之信，后来也收到了。小说两种，已并我译之《死魂灵》，于前日一并寄上，不知收到否？小说写得不坏，而售卖不易，但出版以后，千部已将售尽，也算快的。

木刻那边并无新的寄来，寄纸去则被没收，且因经济关系，只能暂停印行。从去年冬起，数人集资为它兄印译著，第一本约三十万字

234

（皆论文），由我任编校，拟于三月初排完，故也颇忙。此本如发卖顺利，则印第二本，算是完毕。

此地已安静，大家准备过年，究竟还是爱阴历。我们因不赊帐，所以倒不窘急，只须买一批食物，因须至四日才开市也。报章在阳历正月已停过四天，现又要停四天，只要有得停，就谁都愿意。

我们都好的，可释念。三兄力劝我游历，但我未允，因此后甚觉为难，而家眷（母）生计，亦不能不管也。

专此布达，并颂

年禧。

弟豫　顿首　一月廿一夜。

360121 致母亲

母亲大人膝下，敬禀者，一月十三日信，早收到。海婴已放假，在家里玩，这一两天，还不算大闹。但他考了一个第一，好像小孩子也要摆阔，竟说来说去，附上一笺，上半是他自己写的，也说着这件事，今附上。他大约已认识了二百字，曾对男说，你如果字写不出来了，只要问我就是。

丈量家屋的事，大约不过要一些钱而已，已函托紫佩了。

上海这几天颇冷，大有过年景象，这里也还是阴历十二月底像过年。寓中只买一点食物，大家吃吃。男及害马与海婴均好，请勿念。善先很会写了，但男所记得的，却还是一个小孩子。他的回信，稍暇再写。专此布达，恭请

金安。

男树　叩上　一月二十一日

360122 致孟十还

十还先生：

来信收到。《死魂灵》译本和图解不同之处，只将"邮政局长"改正，这是我译错的，其余二处，德译如此，仍照旧，只在图序上略说明。

《魏》上的两个名字，德译作 Seminarist（研究生或师范生）和 Schüler（学生［非大学生］），日译作神学生（Bogosrov 的时候，则译作"神学科生"）和寄宿生。我们无从知道那时的神学校的组织，所以也无从断定究竟怎样译才对。

不过据德译及先生所示辞书的解释推想起来，神学校的学生大约都是公费的，而 Bursak 是低年级（所以德译但笼统谓之生徒），Seminarist 却是高等班，已能自己研究，也许还教教低年级生。不过这只是我的推想，不能用作注解。

我想：译名也只好如德文的含糊，译作"学生"和"研究生"罢（但读者也能知道研究生比学生高级）。此颂
年禧。

豫　顿首　一月廿二夜。

360122 致胡风

又要过年了，日报又休息，邮局大约也要休息，这封信恐怕未必一两天就到，但是，事情紧急，写了寄出罢。

虽说"事情紧急"，然而也是夸大之辞。第一是催你快点给我前

几天请愿的材料之类集一下，愈快愈好；第二，是劝你以后不要在大街上赛跑；第三是通知你：据南京盛传，我已经转变了。

第四，是前天得周文信，他对于删文事件，似乎气得要命，大有破釜沉舟，干它一下之概。我对于他的办法，大有异议。他说信最好由良友之汪转寄，而汪公何名，我亦不知，如何能转。所以我想最好于明年小饭店开张时，由你为磨心，定一地点和日期，通知我们，大家谈一谈，似乎比简单的写信好。此事已曾面托悄吟太太转告，但现在闲坐无事，所以再写一遍。也因心血来潮，觉得周文反会中计之故也。专此布达，并请

俪安。

树　顿首　夏历　十二月二十八日〔一月二十二日〕

360201 致宋琳

紫佩兄：

日前得家信，始知今年为　兄五十大寿，殊出意外，初以为当与我相差十多年也。极欲略备微物，聊申祝意，而南北道远，邮寄不便，且亦未必恰恰合用。今由商务印书馆汇奉十元，乞　兄取出，临时随意自办酒果，以助庆祝之热闹。我以环境，未能北归，遥念旧游之地与多年之友，时觉怅怅。藉此稍达鄙忱，亦万不得已之举，务乞勿却为幸。

专此布达，并颂

春禧

树　顿首　二月一日

360201 致母亲

母亲大人膝下，敬禀者，一月二十七日来信，昨已收到。关于房屋，
已函托紫佩了，但至今未有回信，不知何故。昨天寄去十元，算
是做他五十岁的寿礼，男出外的时候多，事情都不大清楚了，先
前还以为紫佩不过四十上下呢。就是善先，在心目中总只记得他
是一个十一二岁的小孩子，像七年前男回家时所见的样子，然而
已经十八岁了，这真无怪男的头发要花白了。一切朋友和同学，
孩子都已二十岁上下，海婴每一看见，知道他是男的朋友的儿
子，便奇怪的问道：他为什么会这样大呢？

今天寄出书三本，是送与善先的，收到后请转交。但不知邮寄书
籍，是由邮差送到，还是须自己去取，有无不便之处，请便中示
知。倘有不便，当另设法。

上海并不甚冷，只下过一回微雪，当夜消化了，现已正月底，大
约不会再下。男及害马均好，海婴亦好，整日在家里闯祸，不是
嚷吵，就是敲破东西，幸而再一礼拜，幼稚园也要开学了，要不
然，真是不得了。

专此布达，恭请

金安。

男树　叩上　广平海婴同叩　二月一日

360201 致黎烈文

烈文先生：

昨晨方寄一函，午后即得惠书并《企鹅岛》一本，谢谢。法朗

士之作，精博锋利，而中国人向不注意，服尔德的作品，译出的也很少，大约对于讽刺文学，中国人是其实不大欢迎的。

《故事新编》真是"塞责"的东西，除《铸剑》外，都不免油滑，然而有些文人学士，却又不免头痛，此真所谓"有一利必有一弊"，而又"有一弊必有一利"也。

《岩波文库》查已发信去买，但来回总需三礼拜，所以寄到的时候，还当在二十边耳。

专此布复，并颂

春禧。

迅　顿首　二月一日

360201 致曹靖华

汝珍兄：

一月廿八信并汇款，昨日收到。现在写了一张收条附上，不知合用否？

译稿也收到了。这一类读物，我看是有地方发表的，但有些地方，还得改的隐晦一点，这可由弟动笔，希　兄鉴原。插图以有为是，但俟付印时再说，现在不急。当付印时，也许讲义已印完，或永远不印了。

《死魂灵》是文化生活出版社印的，他们大约在北平还没有接洽好代卖处，所以不寄，普通的代卖处，大抵是卖了不付钱的，我自己印的书，收回本钱都不过十分之二三，有几部还连纸板都被骗去了。

我现在在印 Agin 画的《死魂灵图》，计一百幅，兄前次寄给我的十二幅附在后面，据 Agin 图的序文说，这十二幅是完全的。

现状真无话可说。南北一样。

我们都好的。今天寄上杂志四本，内附我的《故事新编》一本，小玩意而已。

专此布复，并颂

春禧。

弟豫　顿首　二月一日

再：刚才收到一包木刻，并一信，今将信亦附上，希译示为荷。

一日下午。

360202 致沈雁冰

明甫先生：

找人枪替的材料，已经取得，今寄上；但给 S 女士时，似应声明一下：这并不是我写的。

专此布达，并颂

春禧

树　顿首　二月二夜。

360202 致姚克

莘农先生：

不知先生回家度岁否？因为王君有信来，倘先生在沪，当寄上。

俟示。

此布，并颂

春禧。

迅　顿首　二月二夜

360203 致沈雁冰

明甫先生：

午后方寄一信，内系材料，挂号托黎先生转交；回至书店，即见二日函。

参观之宾，我无可开，有几个弄木刻的青年，都是莫名其行踪之妙，请帖也难以送达——由它去罢。

那一本印得很漂亮的木刻目录，看了一下，译文颇难懂。而且汉英对照，英文横而右行，汉文直而左行，亦殊觉得颇"缠夹"也。

专此布复，即颂

著安。

迅　上　二月三日

少奶奶皮包已取去。

360203 致增田涉（日本）

拜启　一月廿八日惠函奉阅。我们都很健康，但有忙碌的人，也有吵闹的人，总之是乱七八糟。

《新文学大系》的事去年问过了，书店说从一册至九册已寄出，未知确否？盼复。如不确，当再去问。第十册尚未出版。

叶的小说，所谓"身边琐事"那样的东西许多，因此我不喜欢。

《故事新编》是根据传说等改写的东西，不足道的东西。明天托老板寄上。

《陀的事》本来是受三笠书房之托，说要作广告之用才写的，书房又把它转给了改造社。写之前我曾托他们修改得易懂些，一直说好的好的，但原稿一拿去，就原封不动地登出了。这样的事已不止一次。那我想今后还是不写为好。

与名人的会见也以停止为好。野口先生的文章没将我讲的全部写下，所写部分也为了发表吧，没照原样写。长与先生的文章则更加那个了。我觉得日本作者与中国作者之间的意见，暂时还难于沟通吧。首先处境和生活都不相同。

森山先生的文章读过。林先生的文章终未读到，到杂志部去找，似已卖完。敝国的田汉君，我觉得颇像这位先生。田君被捕已放赦，近来正大力为南京政府（当然，同时也为艺术）而活动。尽管如此，却还只是说正义啦真理啦任何时候都附在他田君身上，因此就觉得有点那个了。

《十竹斋笺谱》的进行实在太慢。第二册还没出版。

迅　拜上　二月三日

增田兄几下

360204 致巴金

巴金先生：

　　校样已看讫，今寄上；其中改动之处还不少，改正后请再给我看一看。

　　里封面恐怕要排过。中间一幅小图，要制锌板；三个大字要刻起来；范围要扩大（如另作之样子那样），和里面的图画的大小相称。如果里封面和序文，都是另印，不制橡皮版的，那么，我想最好是等图印好了再弄里封面，因为这时候才知道里面的图到底有多少大。

　　专此布达，并请

撰安。

鲁迅　上　二月四日

360207 致黄源

河清先生：

　　《译文》事此后未有所闻，想尚无头绪。昨见《出版界》有伍蠡甫先生文半篇，始知伍先生也是此道中人，而卑视纪德，真是彻底之至，《译文》中之旧投稿者，非其伦比者居多。然黎明书局所印，却又多非《译文》可比之书，彼此同器，真太不伦不类，倘每期登载彼局书籍广告，更足令人吃惊。因思《译文》与其污辱而复生，不如先前的光明而死。个人的意见，觉得此路是不通的，未知先生以为何如？

　　专此布达，并颂

春禧

迅　上　二月七夜。

360209 致姚克

莘农先生：

前日挂号寄奉王君信，想已达。

日本在上海演奏者，系西洋音乐，其指挥姓近卫，为禁中侍卫之意，又原是公爵，故误传为宫中古乐，其实非也。

专此布达，并颂

春禧。

迅　顿首　二月九日

360210 致曹靖华

汝珍兄：

四日信收到。农陈二兄尚未见过，想还在途中。

那一封信，我看不必回复了，因为并无回话要说。

《译文》有复刊的希望。《远方》也大有发表的可能，所以插画希即寄来，或寄书来，由此处照出，再即奉还亦可。最好能在本月底或下月初能够收到书或照片。

翻印的一批人，现在已给我生活上的影响；这里又有一批人，是印"选本"的，选三四回，便将我的创作都选在他那边出售了。不过现在影响还小，再下去，就得另想生活法。

回忆《坟》的第一篇，是一九〇七年作，到今年足足三十年了，除翻译不算外，写作共有二百万字，颇想集成一部（约十本），印它几百部，以作记念，且于欲得原版的人，也有便当之处。不过此事经费浩大，大约不过空想而已。

我们都好的，可释念。

专此布复，并颂

春禧。

弟豫　上　二月十日

360210 致黄苹荪

苹荪先生：

三蒙惠书，谨悉种种。但仆为六七年前以自由大同盟关系，由浙江党部率先呈请通缉之人，"会稽乃报仇雪耻之乡"，身为越人，未忘斯义，肯在此辈治下，腾其口说哉。奉报先生殷殷之谊，当俟异日耳。

专此布复，即请

撰安

鲁迅　顿首　二月十日

360214 致沈雁冰

明甫先生：

十二日信顷收到。所说各节，当分别转问。

关于版画的文章，本想看一看再作，现在如此局促，只好对空策了。发表之处，在二十七以前出版的期刊（二十日），我只知道《海燕》，而是否来得及登载，殊不可知，因为也许现在已经排好。至于日报，那自然来得及，只要不是官办报，我以为那里都可以的。文稿当于二十左右送上，一任先生发落。

现在就觉得"春天来了"，未免太早一点——虽然日子也确已长起来。恐怕还是疲劳的缘故罢。

从此以后，是排日＝造反了。我看作家协会一定小产，不会像左联，虽镇压，却还有些人剩在地底下的。惟不知想由此走到地面上，而且入于交际社会的作家，如何办法耳。

白戈好像回来了。此复，即请

著安。

树　上　二月十四日

苏联版画目录及说明的译文，简直译得岂有此理，很难解。例如 Monotype，是先用笔墨画在版上，再用纸印，所以虽是版画，却只有一张的画。那译者在目录上译作"摩诺"，在说明里译作"单型学"。

360215 致母亲

母亲大人膝下，敬禀者，有答善先的一封信附上，请便中转交。上海这几天暖起来了，我们都很好，男仍忙，但身体却好，可请勿念。

海婴已上学，不过近地的幼稚园，因为学生少，似乎未免模模糊糊，不大认真。秋天也许要另换地方的。

紫佩生日，送了十元礼，他写信来客气了一通。

余容后禀，专此，恭请

金安。

男树　叩上　广平海婴同叩　二月十五日

360215 致阮善先

善先侄：收到第二封来信了，要写几句回信。

《自命不凡》写得锋芒太露，在学校里，是要碰钉子的，况且现在是在开倒车的时候，自然更要被排斥了。

茅盾是《译文》的发起人之一，停刊并不是他弄的鬼，这是北平小报所造的谣言，也许倒是弄鬼的人所造的，你不要相信它。《译文》下月要复刊了，但出版处已经换了一个，茅盾也还是译述人。

小报善造谣言，况且北平离上海远，当然更不会有真相。例如这回寄给我的一方小报，还拿杨邨人的话当圣旨，其实杨在上海，是早不能用真姓名发表文章的了，因为大抵知道他为人三翻四覆，不要看他的文章。

自己一面点电灯，坐火车，吃西餐，一面却骂科学，讲国粹，确是所谓"士大夫"的坏处。印度的甘地是反英的，他不但不用英国货，连生起病来，也不用英国药，这才是"言行一致"。但中国的读书人，却往往只讲空话，以自示其不凡了。

迅　二月十五日

360215 致萧军

刘军兄:

那三十本小说，两种都卖完了，希再给他们各数十本。

又，各给我五本，此事已托张兄面告，今再提一提而已。

迅　上　十五日

360215 致蔡元培

孑民先生左右: 久疏谒候，惟

起居康泰为颂。日友山本君早在东京立改造社，编刊杂志，印行图
　　籍，致力文术，繇历多年。因曾译印拙作小说，故与相识。顷者来
　　华，遨游吴会，并渴欲一聆

雅言，藉慰夙愿。以此不揣冒昧，輒为介绍，倘蒙垂青，俾闻謦欬，
　　实为大幸也。专此布达，敬请

道安。

后学周树人　敬上　二月十五日

360217 致郑野夫

野夫先生:

顷收到来信并《铁马版画》一本，谢谢!《卖盐》也早收到，因
为杂事多，一搁下，便忘记奉复了，非常抱歉。近一年多，在做别的

琐事，木刻久未留心，连搜集了几十幅木刻，也还未能绍介。不过也时时看见，觉得木刻之在中国，虽然已颇流行，却不见进步，有些作品，其实是不该印出来的，而个人的专集，尤常有充数之作。所以我想，倘有一个团体，大范围的组织起来，严选作品，出一期刊，实为必要而且有益。我希望铁马社能够做这工作。

二十日起，上海要开苏联版画展览会，其中木刻不少（会址现在还不知道，那时会有广告的），于中国木刻家大有益处，我希望先生和朋友们去看看。　专此布复，即颂

春禧

迅　上　二月十七日

360217 致徐懋庸

请转

徐先生：

来信收到。近来在做一点零碎事，并等候一个朋友，预先约好了怕临时会爽约，且过一个礼拜再看罢。

《铸剑》的出典，现在完全忘记了，只记得原文大约二三百字，我是只给铺排，没有改动的。也许是见于唐宋类书或地理志上（那里的“三王冢”条下），不过简直没法查。

先生的对于《故事新编》的批评，我极愿意看。邱先生的批评，见过了，他是曲解之后，做了搭题，比太阳社时代毫无长进。

专此奉复，并颂

春禧。

迅　上　十七夜。

360217 致孟十还

十还先生：

从三郎太太口头，知道您颇喜欢精印本《引玉集》，大有"爱不忍释"之概。尝闻"红粉赠佳人，宝剑赠壮士"，那么，好书当然该赠书呆子。寓里尚有一本，现在特以奉赠，作为"孟氏藏书"，待到五十世纪，定与拙译《死魂灵》，都成为希世之宝也。

专此布达，并颂

春禧。

迅　上　二月十七日

360218 致沈雁冰

明甫先生：

新八股已经做好，奉呈。那一段"附记"，专为中国读者而说，翻译起来是应该删去的。

稿件已分别托出。但胡风问：这文章是写给什么人看的？——中国人呢，外国人？我想：这一点于做法有关系，但因为没有确知在那里发表，所以未曾确答他。

专此布达，并颂

著安。

树　上　二月十八日

360219 致夏传经

传经先生：

蒙惠函谨悉。《竖琴》的前记，是被官办的检查处删去的，去年上海有这么一个机关，专司秘密压迫言论，出版之书，无不遭其暗中残杀，直到杜重远的《新生》事件，被日本所指摘，这才暗暗撤消。《野草》的序文，想亦如此，我曾向书店说过几次，终于不补。

《高尔基文集》非我所译，系书店乱登广告，此书不久当有好译本出版，颇可观。《艺术论》等久不印，无从购买。我所译著的书，别纸录上，凡编译的，惟《引玉集》,《小约翰》,《死魂灵》三种尚佳，别的皆较旧，失了时效，或不足观，其实是不必看的。

关于研究文学的事，真是头绪纷繁，无从说起；外国文却非精通不可，至少一国，英法德日都可，俄更好。这并不难，青年记性好，日记生字数个，常常看书，不要间断，积四五年，一定能到看书的程度的。

经历一多，便能从前因而知后果，我的预测时时有验，只不过由此一端，但近来文网日益，虽有所感，也不能和读者相见了。

匆此奉复，并颂

春禧

　　　　　　　　　　　　迅　上　二月十九夜。

251

作　坟　两地书（信札）以上北新　南腔北调集　准风月谈以上内山

故事新编昆明路德安里二十号文化生活出版社

编　小说旧闻钞　唐宋传奇集以上联华　引玉集（苏联木刻）内山

译　壁下译丛　思想·山水·人物　近世美术史潮论
（已旧）　　　　（同上）　　　　　　　（太专）

一个青年的梦　工人绥惠略夫以上北新　桃色的云
（绝版）　　　　（同上）　　　　　　　（尚可）

小约翰以上生活　俄罗斯的童话　死魂灵以上文化　十月神州国光社
（好）　　　　　（尚可）　　　（好）　　　　（尚可）

爱罗先珂童话集商务印书馆
（好）

卢氏艺术论　新兴艺术的诸问题　普氏艺术论　文艺与批评　文艺政策以上皆被禁止或绝版，无从购买。

360219 致陈光尧

光尧先生：

　　两蒙惠书，谨悉一切。先生辛勤之业，闻知已久，夙所钦佩。惟于简字一道，未尝留心，故虽惊于浩汗，而莫赞一辞，非不愿，实不能也。敢布下怀，诸希

谅察为幸。

　　专此奉复，顺请

撰安。

　　　　　　　　　　　　　　　　鲁迅　上　二月十九日

360221 致曹聚仁

聚仁先生：

奉惠函后，记得昨曾答复一信，顷又得十九日手书，蒙以详情见告。我看这不过是一点小事情，一过也就罢了。

我不会误会先生。自己年纪大了，但也曾年青过，所以明白青年的不顾前后，激烈的热情，也了解中年的怀着同情，却又不能不有所顾虑的苦心孤诣。现在的许多论客，多说我会发脾气，其实我觉得自己倒是从来没有因为一点小事情，就成友或成仇的人。我还不少几十年的老朋友，要点就在彼此略小节而取其大。

《海燕》虽然是文艺刊物，但我看前途的荆棘是很多的，大原因并不在内容，而在作者。说内容没有什么，就可以平安，那是不能求之于现在的中国的事。其实，捕房的特别注意这刊物，是大有可笑的理由的。

专此奉复，并颂

著安

　　　　　　　　　迅　上　二月二十一日

别一笺乞转交。

360221 致徐懋庸

徐先生：

十九日信收到。那一回发信后，也看见先生的文章了，我并不赞成。我以为那弊病也在视小说为非斥人则自况的老看法。小说也如绘画一样，有模特儿，我从来不用某一整个，但一肢一节，总不免和某一个相似，倘使无一和活人相似处，即非具象化了的作品，而邱先生却用抽象的封皮，把《出关》封闭了。关于这些事，说起来话长，我将来也许写出一点意见。

那《出关》，其实是我对于老子思想的批评，结末的关尹喜的几句话，是作者的本意，这种"大而无当"的思想家，是不中用的，我对于他并无同情，描写上也加以漫画化，将他送出去。现在反使"热情的青年"看得寂寞，这是我的失败。但《大公报》的一点介绍，他是看出了作者的用意的。

我当于二十八日（星期五）午后二时，等在书店里。

专此布复，即颂

时绥。

迅 上 二月二十一日

360222 致黄源

河清先生：

靖华稿已看毕，昨午托胡风转交。下午即收到原本，内有插图十七幅，因原本即须寄还，晚间吴朗西适见访，因即托其制版，约下星期一将样张交下，而版则仍放在他那里，直接交与先生。

所以那译稿不如迟几天付印，以便将插图同时排入，免得周折，因为有几幅是并非单张，而像《表》的插画一样，要排在文章里的。

专此布达，即颂

著安

迅 上 二月廿二日

360223 致萧军

刘兄：

　　义军的事情，急于应用，等通信恐怕来不及，所以请你把过去
二三年中的经过（用回忆记的形式就好），撮要述给他们，愈快愈好，
可先写给一二千字，余续写。

　　见胡风时，望转告：那一篇文章，是写给外国人看的，只记事，
不发议论，二三千字就够，但要快。

迅　上　二月二十三日

360224 致夏传经

传经先生：

　　日前匆复一函，想已达。顷偶翻书箱，见有三种存书，为先生所
缺，因系自著，毫无用处，不过以饱蟫蠹，又《竖琴》近出第四版，
以文网稍疏，书店已将序文补入，送来一册，自亦无用，已于上午托
书店寄上，谨以奉赠。此在我皆无用之物，毫无所损，务乞勿将书款
寄下，至祷至祷。

　　专此布达，并颂
时绥。

迅　上　二月二十四日

360229 致曹靖华

汝珍兄：

二十五日信收到。报及书早到，书已制版，今日并各种杂志共二包，已托书店寄上。

《海燕》已以重罪被禁止，续出与否不一定。一到此境，假好人露真相，代售处赖钱，真是百感交集。同被禁止者有二十余种之多，略有生气的刊物，几乎灭尽了；德政岂但北方而已哉！

文人学士之种种会，亦无生气，要名声，又怕迫压，那能做出事来。我不加入任何一种，似有人说我破坏统一，亦随其便。

《远方》已交与《译文》，稍触目处皆改掉，想可无事，但当此施行德政之秋，也很难说，只得听之。我在译《死魂灵》第二部，很难，但比第一部无趣。

陈、静二兄皆已见过，陈有小说十本，嘱寄兄寓，日内当寄上，请暂存，他归后去取也。

专此布达，即请
春安。

弟豫　顿首　二月廿九日

360229 致杨霁云

霁云先生：

顷接来函并文稿，甚欣甚慰。《海燕》系我们几个人自办，但现已以"共"字罪被禁，续刊与否未可知，大稿且存敝寓，以俟将来。

此次所禁者计二十余种，稍有生气之刊物，一网打尽矣。

靖节先生不但有妾，而且有奴，奴在当时，实生财之具，纵使陶公不事生产，但有人送酒，亦尚非孤寂人也。

上月印《故事新编》一本，游戏之作居多，已托书店寄上一本，以博一粲耳。

专此布复，并颂

时绥。

迅　顿首　二月二十九日

360304 致楼炜春

炜春先生：

来示敬悉。《门外文谈》系几个青年得了我的同意之后，编印起来的，版税大约是以作印行关于新文字的刊物之用，应由他们收取，与我已无关系。

所以天马对于我的负债，其实只有《选集》的二百元，不过我与书店，不喜欢有股东关系，现在既由　兄及友人复业，我可负责的说，非书局将来宽裕自动的付还，我决不催索，那么，目前也可以不算在债务里面了。天马在中途似颇有不可信之处，现既从新改组，我是决不来作梗的。

专此布复，即颂

时绥。

迅　顿首　三月四夜。

360307 致沈雁冰

明甫先生：

五日信收到。前一信也收到了。

礼拜一日，因为到一个冷房子里去找书，不小心，中寒而大气喘，几乎卒倒，由注射治愈，至今还不能下楼梯。

S那里现在不能去，因为不能走动。倘非谈不可，那么，她到寓里来，怎样？

专此布复，即请

撰安。

树　顿首　三月七日

360309 致黄源

河清先生：

昨晚寄出《复刊词》稿等三种，不知已到否？

《死灵魂》原稿如可收回，乞每期掷还，因为将来用此来印全本，比从《译文》上拆出简便，而且不必虑第一次排字之或有错误也。

专此布达，并请

撰安。

迅　上　三月九日

360311 致杨晋豪

晋豪先生：

惠示收到。

关于少年读物，诚然是一个大问题；偶然看到一点印出来的东西，内容和文章，都没有生气，受了这样的教育，少年的前途可想。

不过改进需要专家，一切几乎都得从新来一下。我向来没有研究儿童文学，曾有一两本童话，那是为了插画，买来玩玩的，《表》即其一。现在材料就不易收，希公治下，这一类大约都已化为灰烬。而在我们这边，有意义的东西，也无法发表。

所以真是无能为力。这不是客气，而恰如我说自己不会打拳或做蛋糕一样，是事实。相识的人里面，也没有留心此道的人。

病还没有好。我不很生病，但一生病，是不大容易好的；不过这回大约也不至于死。

专此布复，并颂

时绥。

鲁迅　三月十一日

360311 致夏传经

传经先生：

六日信顷奉到；由内山书店转来的信及《梅花梦传奇》两本，亦早收到，谢谢！惟北新的信未见，他们是不肯给我转信的，虽是电报，也会搁置不管，我也不想去问，只得算了。

如《朝霞文艺》之流，大约到处皆有，如此时候，当然有此种文人，我一向不加注意。承剪集寄示，好意至感，但我以为此后不妨置之，因费时光及邮费于此等文字，太不值得也。

专此布复，即颂

时绥。

鲁迅　三月十一夜。

360311 致孟十还

十还先生：

《城与年》插画的木刻，我有一套作者手印本，比书里的好得多。作者去年死掉了，所以我想印他出来，给做一个记念。

请靖华写了一篇概要。但我想，倘每图之下各加题句，则于读者更便利。自己摘了一点，有些竟弄不清楚，似乎概要里并没有。

因此，不得已，将概要并原本送上，乞为补摘，并检定已摘者是否有误。倘蒙见教，则天恩高厚，存殁均感也。　此布并颂

时绥。

迅　顿首　三月十一日

360312 致史济行

涵之先生：

序文做了一点，今录上，能用与否，请酌定。

抄录的时候，偶然写了横行，并非我主张非用横行排不可的意思。诗怎样排，序文也怎样排，就好了。

专此布达，并颂

时绥

迅 上 三月十二日

360317 致唐弢

唐弢先生：

惠示收到。半月以前，因为对于天气的激变不留心，生了一场病，至今还没有恢复。

学外国文，断断续续，是学不好的。写《自由谈》上那样的短文，有限制，有束缚，对于作者，其实也并无好处，最好□还是写长文章。

天马书店好像停顿了几个月，现在听说又将营业，《推背集》当可出版了。至于文化生活出版社那一面，收作品的只有《文学丛刊》，是否也要和文学关系间接的文章，我可不知道，昨已托人去问，一得回信，当再通知。

我的住址还想不公开，这也并非不信任人，因为随时会客的例一开，那就时间不能自己支配，连看看书的工夫也不成片段了。而且目前已和先前不同，体力也不容许我谈天。

专此布复，即颂

时绥。

迅 上 三月十七日

360318 致欧阳山、草明

谢谢你们的来信。

其实我的生活，也不算辛苦。数十年来，不肯给手和眼睛闲空，是真的，但早已成了习惯，不觉得什么了。

这回因为天气骤冷，而自己不小心，受了烈寒，以致气管痉挛，突然剧烈的气喘，幸而医生恰在身边，立刻注射，平复下去了，大约躺了三天，此后逐渐恢复，现在好了不少，每天可以写几百字了，药也已经停止。

中国要做的事很多，而我做得有限，真是不值得说的。不过中国正需要肯做苦工的人，而这种工人很少，我又年纪渐老，体力不济起来，却是一件憾事。这以前，我是不会受大寒或大热的影响的。不料现在不行了，此后会不会复发，也是一个疑问。然而气喘并非死症，发也不妨，只要送给它半个月的时间就够了。

我的娱乐只有看电影，而可惜很少有好的。此外看看“第三种人”之流，一个个的拖出尾巴来，也是一种大娱乐；其实我在作家之中，一直没有失败，要算是很幸福的，没有可说的了，气喘一下，其实也不要紧。

但是，现在是想每天的劳作，有一个限制，不过能否实行，还是说不定，因为作文不比手艺，可以随时开手，随时放下的。

今天译了二千字，这信是夜里写的，你看，不是已经恢复了吗？请放心罢。

专此布复，并颂

〔三月十八日〕

360320 致母亲

母亲大人膝下敬禀者，多日不写信了，想身体康健，为念。

上海天气，仍甚寒冷，须穿棉衣。上月底男因出外受寒，突患气喘，至于不能支持，幸医生已到，急注射一针，始渐平复，后卧床三日，始能起身，现已可称复元，但稍无力，可请勿念。至于气喘之病，一向未有，此是第一次，将来是否不至于复发，现在尚不可知也，大约小心寒暖，则可以无虑耳。

害马伤风了几天，现已愈。海婴则甚好，胖了起来。但幼稚园中教师，则懒惰而不甚会教，远逊去年矣。

和森兄有信来，云回信可付善先，令他转寄，今附上，请便中交给他。

专此布达，恭请

金安。

> 男树　叩上　广平海婴随叩　三月二十日

360320 致陈光尧

光尧先生：

蒙惠书并际大著，浩如河汉，拜服之至。倘有刊行者，则名利兼获，当诚如大札所云。但际此时会，具此卓见之书店，殊不可得，况以仆之寡陋，终年杜门，更不能有绍介之幸也。其实气魄较大，今固无逾于商务印书馆者耳。　专此布复，即请

撰安。

> 鲁迅　顿首　三月二十日

360320 致内山完造（日本）

老板：

《社会日报》载：“文求堂出版的《聊斋志异列传》已到内山书店。”确否？倘确，请买一册。

L 拜 三月廿日

360321 致曹白

曹白先生：

顷收到你的信并木刻一幅，以技术而论，自然是还没有成熟的。

但我要保存这一幅画，一者是因为是遭过艰难的青年的作品，二是因为留着党老爷的蹄痕，三，则由此也纪念一点现在的黑暗和挣扎。

倘有机会，也想发表出来给他们看看。

专此布复，并颂

时绥。

鲁迅 三月二十一日

360321 致许粤华

粤华先生：

顷收到来信并《世界文学全集》一本。我并非要研究霍氏作品，不过为了解释几幅绘画，必须看一看《织工》，所以有这一本已经敷用，不要原文全集，也不要别种译本了。

英译《昆虫记》并非急需，不必特地搜寻，只要便中看见时买下就好。德译本未曾见过，大约也是全部十本，如每本不过三四元，请代购得寄下，并随时留心缺本，有则购寄为荷。

专此布复，并颂
时绥。

鲁迅　三月二十一日

360322 致孟十还

十还先生：

惠函早收到。因为病后，而琐事仍多，致将回答拖延了。目录的顶端放小像，自无不可，但我希望将我的删去，因为官老爷是禁止我的肖像的，用了上去，于事实无补，而于销行反有害。

关于插图，我不与闻了，力气来不及。

文章，可以写一点，月底月初寄出，但为公开起见，总只能写不冷不热的东西，另外没有好法子。

《海燕》曾有给黎明出版的话，原因颇复杂，信不能详，不过现在大约已经作罢。

《城与年》倒并不急。但看一遍未免太麻烦，我想只要插图的几页看一下，也就够了；自然，那"略说"须全看。因为这不过为了图上的题字而已。

木刻展览会上的所谓《野人》，Goncharov 曾把原画寄给我过，他自己把题目写在纸背后，一张是《Поле》，一张是《ЖизньСмокотинина》。这不是《旷野》和《Smokotinin 的生活》吗？也许《野人》是许多短篇小说的总名？

　　此布，即颂

时绥。

　　　　　　　　　　　　　　　迅　上　三月二十二日

360323 致唐英伟

英伟先生：

　　十三日信并藏书票十张，顷已收到，谢谢。我的通信处，一向没有变更，去年的退回，不知道是怎么一回事。我想，也许是恰恰遇到新店员，尚未知道详情，就胡里胡涂的拒绝了。

　　中国的木刻，我看正临危机，这名目是普及了，却不明白详细，也没有范本和参考书，只好以意为之，所以很难进步。此后除多多绍介别国木刻外，真必须有一种全国木刻的杂志才好；但自全国木刻展览后，似乎作者都已松懈，有的是专印自己的专集，并不选择。

　　所以《木刻界》的出版，是极有意义的。不过我还是不写文章好。因为官老爷痛恨我的一切，只看名字，不管内容，登载我的文字，我既为了顾全出版物的推行，句句小心，而结果仍于推销有碍，真是不值得。

　　专此布复，即请

教安。

　　　　　　　　　　　　　　　迅　顿首　三月二十三日

360324 致曹靖华

汝珍兄：

记得四五个星期之前，曾经收到来信，这信已经失去了，忘了那一天发的。只记得其中嘱我缓寄书，但书已于早一两天寄出。不知现在收到了没有。

《译文》已复刊，《远方》全部登在第一本特大号里，得发表费百二十元，今由商务馆汇出，附上汇单一纸，请往瑠璃厂分馆一取为荷。将来还可以由原出版者另印单行本发售，但后来的版税，是比较的不可靠的。

上海真是流氓世界，我的收入，几乎被不知道什么人的选本和翻板剥削完了。然而什么法子也没有。不过目前于生活还不受影响，将来也许要弄到随时卖稿吃饭。

月初的确生了一场急病，是突然剧烈的气喘，幸而自己早有一点不好的感觉，请了医生，所以这时恰好已到，便即注射，平静下去了。躺了三天，渐能起坐，现在总算已经复元，但还不能多走路。

寓中的女人孩子，是都康健的。

兄阖府如何，甚念。此信到后，望给我一封信。

专此布达，即请

春安。

弟豫　顿首　三月廿四日

附汇单壹张。

360326 致曹白

曹白先生：

二十三日的信并木刻一幅都收到。中国的木刻展览会开过了，但此后即寂然无闻，好像为开会而木刻似的。其实是应该由此产生一个团体，每月或每季征集作品，精选之后，出一期刊，这才可以使大家互相观摩，得到进步。

我的生活其实决不算苦。脸色不好，是因为二十岁时生了胃病，那时没有钱医治，拖成慢性，后来就无法可想了。

苏联的版画确是大观，但其中还未完全，有几个有名作家，都没有作品。新近听说有书店承印出品，倘使印刷不坏，是于中国有益的。

您所要的两种书，听说书店已将纸板送给官老爷，烧掉了，所以已没得买。即有，恐怕也贵，犯不上拿做苦工得来的钱去买它。我这里还有，可以奉送，书放在书店里，附上一条，便中持条去取，他们会付给的（但星期日只午后一至六点营业）。包中又有小说一本，是新出的。又《引玉集》一本，亦苏联版画，其中数幅，亦在这回展览。此书由日本印来，印工尚佳，看来信语气，似未见过，一并奉送（倘已有，可转送人，不要还我了）。再版卖完后，不印三版了。现在正在计画另印一本木刻，也是苏联的，约六十幅，叫作《拈花集》。

人生现在实在苦痛，但我们总要战取光明，即使自己遇不到，也可以留给后来的。我们这样的活下去罢。

但是您似乎感情太胜。所以我应该特地声明，我目前经济并不困难，送几本书，是毫无影响的，万不要以为我有了什么损失了。

专此布复，即颂

时绥。

迅　上　三月廿六夜。

360328 致增田涉（日本）

二十一日惠函到手。由惠昙村发出的信也早收到。我以为你即去东京，故未回信。

《故事新编》中的《铸剑》，确是写得较为认真，但是出处忘记了。因为是取材于小时读过的书。我想也许是在《吴越春秋》或《越绝书》里面吧。日本的《中国童话集》之类中也有，我记得也是看见过的。

日本怎么搞的，最近好像非常喜欢"全集"这个词儿。

《铸剑》里，我觉得没有什么难懂的地方。但要注意的，即其中的歌都没有唱出明朗的意思。因为是奇怪的人和头颅唱的歌，我们这种普通人难以理解是当然的。第三首歌确实是伟丽雄壮的，但"堂哉皇哉兮嗳嗳唷"中的"嗳嗳唷"，是用猥亵小调的声音。

我也高兴地期待着五月上旬或中旬。上海也和五六年前的上海大不一样了，不过聊当"心情转换"之药也未尝不可。我早已不住在以前的公寓。这个问一下内山老板，便知现在的住址。

本月初，因未注意疲劳和寒冷，结果患了急病，一时躺倒了，但最近大体已恢复。仍旧，做着翻译等活。

郑振铎君因活动过多，对《十竹斋笺谱》催促不力，但现在第二册总算刻好，即将付印。不到明年，全部（四册）一定出不来。

迅　拜　三月二十八日

增田兄几下

360330 致姚克

莘农先生：

　　蒙见访的那天，即得惠函，因为琐务，未即奉答为歉。

　　那本书的目录很好，但每篇各摘少许，是美国书的通病。翻译起来，还是全照原样，不加增补的好；否则，问题便多起来。不过出版处恐不易得。

　　答 E 君信，附上信稿并来信，乞便中一译，掷下，至感至感。

　　《毁灭》已由书店取来，当俟便呈上。

　　专此布达，并请

著安。

迅　顿首　三月卅日

360330 致巴惠尔·艾丁格尔（德国）

P.Ettinger 先生：

　　二月十一的信，并木刻三种，我早收到了，谢谢！

　　后来又收到同月十五的信。 Kiang Kang–Hu's《Chinese Studies》一本，已经由 Uchiyama Bookstore 挂号寄上。这价钱很便宜，我送给你，不要交换了。不过你再有要看的书，尽可托我来买，贵的时候，我会要你用别的东西交换的。

　　而且我觉得 Kiang 的书，实在不应该卖钱。他现在在上海讲学；他的著作，只可以给不明白中国实情的美国人看，或者使德国的批评家欢喜，我们是不注意它的。有一部 Osvald Sirén 的《A History of

Early Chinese Painting》，虽然很贵（约美金 40），然而我以为是很好的书，非 Kiang 的著作可比。

中国的青年木刻家并无进步，正如你所看见，但也因为没有指导的人。二月中，上海开了一回苏联版画展览会，其中的作品，有一家书店在复制，出版以后，我想是对于中国的青年会有益处的。

〔三月三十日〕

360401 致母亲

母亲大人膝下敬禀者，三月二十六日来示，顷已收到。男总算已经复元，至于能否不再复发，此刻却难预料。现已做了丝棉袍一件，且每日喝一种茶，是广东出品，云可医咳，似颇有效，近来咳嗽确是很少了。惟写字作文，仍未能减少，因为以此为活，总不免有许多相关的事情。

海婴学校仍未换，因为邻近也没有较好的学校。但他身体很好，很长，在同学中，要高出一个头。也比先前听话，懂得道理了。先前有男的朋友送他一辆三轮脚踏车，早已骑破，现在正在闹着要买两轮的，大约春假一到，又非报效他十多块钱不可了。害马亦好，可请勿念。

专此布达，恭请

金安。

男树　叩上　广平及海婴同叩　四月一日

271

360401 致曹靖华

汝珍兄：

　　顷收到三月廿八日信，知一切安好，甚慰。《译文》现在总算复刊了，舆论仍然不坏，似已销到五千。近来有一些青年，很有实实在在的译作，不求虚名的倾向了，比先前的好用手段，进步得多；而读者的眼睛，也明亮起来，这是一个较好的现象。

　　谛君曾经"不可一世"，但他的阵图，近来崩溃了，许多青年作家，都不满意于他的权术，远而避之。他现在正在从新摆阵图，不知结果怎样。

　　《远方》的插画，一个是因为求安全起见，故意删去的，印单行本时也许补入。但看飞机的一个，不知道为什么不登，便中当打听一下。

　　兄给现代书局的两种稿子，前几天拿回来了，我想找一找出板的机会。假如有书店出版，则除掉换一篇（这是兄先前函知我的）外，再换一个书名，例如有一本便改易先后，称为"不平常的故事"。否则，就自己设法来印，合成一本。到那时当再函商。

　　《文学导报》已收到。其中有几个人我知道，是很无聊而胡涂的。但他们也如这里的 Sobaka 一样，拿高尔基做幌子，高也真倒运。至于"第三种人"，这里早没有人相信它们了，并非为了我们的打击，是年深月久之后，自己露出了尾巴，连施蛰存、戴望舒之流办刊物，也怕它们投稿。而《导报》还引为知己，真是抱着贼秃叫菩萨。

　　《导报》里有一个张露薇，看他口气，是高尔基的朋友，也是托尔斯泰纪念的文集刊行会的在中国的负责人。

　　那篇剧本，当打听一下，能否出版。原本如不难寻出，乞寄下。

文学方面，在实力上，Sobaka们是失败了。但我看它们是不久就要用别种力量来打击我们的。

杂志又收到了一些，日内寄上。《六月流火》看的人既多，当再寄上一点。

专此布达，即请

春安。

弟豫　顿首　四月一日。

再：弟现已可算是复元了，请勿念。

360401 致曹白

曹白先生：

三月卅日信并木刻，均收到二十八日的也收到。5·4的装饰画，可以过得去。要从我这里得到正确的批评是难的，因为我自己是外行。但据我看来，现在中国的木刻家，最不擅长的是木刻人物，其病根就在缺少基础工夫。因为木刻究竟是绘画，所以先要学好素描；此外，远近法的紧要不必说了，还有要紧的是明暗法。木刻只有白黑二色，光线一错，就一榻胡涂。现在常有学麦绥莱尔的，但你看，麦的明暗，是多么清楚。

从此进向文学和木刻，从我自己是作文的人说来，当然是很好的。假如我有所知道，问起来可以回答，也并不讨厌。不过我先得声明一下，有时是会长久没有回信的，这是因为被约期的投稿逼得太忙了，或是生了病，没力气写字了的时候。

《死魂灵百图》本月中旬可以出版（也许已经出版了，我不大清楚），但另有一种用纸较好的，却要出的较迟，这不过纸白而厚，版和印法却都一样。您可以不要急急的去买它，因为那时我有数十本入手，当分赠一本。不过这是极旧的木刻，即画家画了稿子，另一木刻者用疏密的线条，表出那原画来，并非所谓"创作木刻"，在现在，是没有可学之处的。

权力者的砍杀我，确是费尽心力，而且它们有叭儿狗，所以比北洋军阀更周密，更厉害。不过好像效力也并不大；一大批叭儿狗，现在已经自己露出了尾巴，沈下去了。

为了一张文学家的肖像，得了这样的罪，是大黑暗，也是大笑话，我想作一点短文，到外国去发表。所以希望你告诉我被捕的原因，年月，审判的情形，定罪的长短（二年四月？），但只要一点大略就够。

专此布复，即颂

时绥。

迅 上 四月一日

360402 致杜和銮、陈佩骥

和銮
佩骥 先生：

收到来信并《鸿爪》一本，谢谢。

我来投稿，我看是不好的。官场有不测之威，一样的事情，忽而不要紧，忽而犯大罪。实在不值得为了一篇文字，也许贻害文社和刊物。假使是大文章，发表出来就天翻地覆，那是牺牲一下也可以的，不过我那会写这样的文字。

以我为师，我是不敢当的，因为我没有东西可以指授，而且约为师弟的风气，我也不赞成。

我们的关系，我想，只要大家都算在文学界上做点事的也就够了。

专此布复，即颂

时绥。

鲁迅　四月二日

360402 致赵家璧

家璧先生：

顷得大函并惠书两本，谢谢。

苏联画展，曾去一览，大略尚能记忆，水彩画最平常，酌印数幅已足够。但铜刻，石刻，胶刻（Lino-cut），Monotype 各种，中国绍介尚少，似应加印若干幅，而 Monotype 至少做一幅三色版。大幅之胶刻极佳，尤不可不印。

至于木刻，最好是多与留存，因为小幅者多，倘书本较大，每页至少可容两幅也。

我可以不写序文了，《申报》上曾载一文，即可转载，此外亦无新意可说。展览会目录上有一篇说明，不著撰人，简而得要，惜郭曼教授译文颇费解，我以为先生可由英文另译，置之卷头，作品排列次序，即可以此文为据。

阅览木刻，书店中人多地窄，殊不便。下星期当赴公司面谈，大约总在下午二点钟左右，日期未能定，届时当先用电话一问耳。

专此奉复，即请

撰安。

鲁迅　四月二日

360402 致颜黎民

颜黎民君：

三月廿七日的信，我收到了，虽然也转了几转，但总算很快。

我看你的爹爹，人是好的，不过记性差一点。他自己小的时候，一定也是不喜欢关在黑屋子里的，不过后来忘记那时的苦痛了，却来关自己的孩子。但以后该不再关你了罢；随他去罢。我希望你们有记性，将来上了年纪，不要再随便打孩子。不过孩子也会有错处的，要好好的对他说。

你的六叔更其好，一年没有信息，使我心里有些不安。但是他太性急了一些，拿我的那些书给不到二十岁的青年看，是不相宜的，要上三十岁，才很容易看懂。不过既然看了，我也不必再说什么。你们所要的两本书，我已找出，明天当托书店挂号寄上，并一本《表》，一本杂志。杂志的内容，其实也并没有什么可怕，但官的胆子总是小，做事总是凶的，所以就出不下去了。

还有一本《引玉集》，是木刻画，只因为是我印的，所以顺便寄上，可以大家看看玩玩。如果给我信，由这书末页上所写的书店转，较为妥当。

一张照相，就夹在《引玉集》的纸套里。这大约还是四五年前照着的，新的没有，因为我不大爱看自己的脸，所以不常照。现在你看，不是也好像要虐待孩子似的相貌吗？还是不要挂，收在抽屉里罢。

问我看什么书好，可使我有点为难。现在印给孩子们看的书很多，但因为我不研究儿童文学，所以没有留心；据看见过的说起来，看了无害的就算好，有些却简直是讲昏话。以后我想留心一点，如果看见好的，当再通知。但我的意思，是以为你们不要专门看文学，关于科学的书（自然是写得有趣而容易懂的）以及游记之类，也应该看看的。

新近有《译文》已经复刊，其中虽不是儿童篇篇可看，但第一本里的特载《远方》，是很好的。价钱也不贵，半年六本，一元二角，这在北平该容易买到。

还有一件小事情我告诉你:《鱼的悲哀》不是我做的，也许是我译的罢，你的先生没有分清楚。但这不关紧要，也随他去。

我很赞成你们再在北平聚两年；我也住过十七年，很喜欢北平。现在是走开了十年了，也想去看看，不过办不到，原因，我想，你们是明白的。

好了，再谈，祝
你们进步。

鲁迅　四月二夜。

360403 致费慎祥

慎祥兄:

昨天的《申报》上有个出让《四部丛刊》的广告，今附上，请　兄去看一看。如合于下列四种条件，希即通知，同去商量购买。

一、完全；　二、白纸印的；

三、很新；　　四、价（连箱）在四百元以下。

如有一条不合，便作罢论。

专此布达，即颂

时绥。

迅　上　四月三日

360405 致许寿裳

季市兄：

顷奉到惠函并译诗，诵悉。我不解原文，所以殊不能有所贡献，但将可商之处，注出奉上，稍稍改正，即可用，此外亦未有善法也。

兄有书一包在此，应邮寄北平否？乞示遵办。

我在上月初骤病，气喘几不能支，注射而止，卧床数日始起，近虽已似复原，但因译著事烦，终颇困顿，倘能优游半载，当稍健，然亦安可得哉。专此布复，并请

道安。

树　顿首　四月五日

360405 致王冶秋

冶秋兄：

三月三十日信已收到；先前的两封，也收到的。开初未复，是因为忙。我在这里，有些英雄责我不做事，而我实日日译作不息，几乎

无生人之乐，但还要受许多闲气，有时真令人愤怒，想什么也不做，因为不做事，责备也就没有了。到三月初，为了疲乏和受寒，骤然气喘，我以为要死了，倒也坦然，但终经医师注射，逐渐安静，卧床多日，渐渐起来，而一面又得渐渐的译作；现在可说已经大略全愈，但做一点事，就觉得困乏，此病能否不再发，也说不定的。

我们×××里，我觉得实做的少，监督的太多，个个想做"工头"，所以苦工就更加吃苦。现此翼已经解散，别组什么协会之类，我是决不进去了。但一向做下来的事，自然还是要做的。

那位研究生物学的学生的事情，问是问过了，此地无法可想。商务馆虽然也卖标本，但它是贩来的。有人承办，忽而要一只鸭，忽而要一只猫头鹰，很难，而没有钱赚，此人正在叫苦连天。

序跋你如果集起来，我看是有地方出版的；不过有许多篇，只有我有底子，如外国文写的，及给人写了而那书终未出版的之类，将来当代添上。至于那篇四六文，是《淑姿的信》的序，初版已卖完，闻已改由联华书店出版，但我未见过新版，你倘无此书，我也可以代补的。

《文学大系》序的不能翻印是对另印而言，如在《序跋集》里，我看是不成问题的。他们和我订约时，有不另印的话，但当付稿费时，他们就先不守约。

盛成先生的法文，听说也是不甚可解的。

我的文章，未有阅历的人实在不见得看得懂，而中国的读书人，又是不注意世事的居多，所以真是无法可想。看看近来的各种刊物，昏话之多，每与十年前相同，但读者的眼光，却究竟有进步，昏话刊物，很难久长。还可以骗人的是说英雄话。

我新近出了一本《故事新编》，想尚未见，便中当寄上。

此复，即颂

时绥。

树　上　四月五夜

360406 致曹白

曹白先生：

　　信和"略记"，今天收到了。我并不觉得你没有希望，但能从文字上看出来的，是所知道的世故，比年龄相同的一般的青年多，因而很小心；感情的高涨和收缩，也比平常的人迅速：这是受过迫害的人，大抵如此的，环境倘有改变，这种情形也就改变，不能专求全于个体的。

　　这回我要从"略记"里摘录一点；倘有相宜之处，还想发表原文的全篇，但看起文章来，是可以推究何人所作的，这不知道于你有无妨害？可不可以就用你现在所用的笔名？这两层急等你的回信。

　　我所摘录的，是把年月，地名，都删去了，但细心的人（知道那一案件的），还可以推考出所记的是那一件公案的。

　　专此布达，即颂

时绥。

迅　上　四月六夜。

360408 致赵家璧

家璧先生：

　　印《引玉集》的社名和地址，录奉——

　　　　日本东京

　　　　　　牛込区市ケ谷台町一〇、

　　　　　　　　洪洋社、

　　就是印《引玉集》那样的大小，二百页左右，成本总要将近四元，所以，"价廉物美"，在实际上是办不到的，除非出版者是慈善家，或者是一个呆子。

　　回寓后看到了最近的《美术生活》，内有这回展览的木刻四幅，觉得也还不坏，颇细的线，并不模胡，如果用这种版印，我想，每本是可以不到二元的。

　　我的意思，是以为不如先生拿这《美术生活》去和那秘书商量一下，说明中国的最好的印刷，只能如此，而定价却可较廉，否则，学生们就买不起了。于是取一最后的决定，这似乎比较的妥当。

　　如果印起来，我看是连作者的姓名和题目，有些都得改译的。例如《熊之生长》不像儿童书，却像科学书；"郭尔基"在中国久已姓"高"，不必另姓之类。但这可到那时再说。

　　有致阿英先生一笺，因不知住址，乞转寄为荷。

　　专此布达，并请

撰安。

　　　　　　　　　　　　　　　　鲁迅　四月八日

360411 致沈雁冰

明甫先生：

稿已写好，今寄上。

写了下去，太长了。乞转告 S，在中国这报上，恐怕难以完全发表，可用第一段。至于全篇，请她看有无可用之处，完全听她自由处置，倘无用，就拉倒。但翻译后，我希望便中还我的原稿。

托其为我们的《版画集》写的序，想尚未寄来，请代催一下。

专此布达，即请

道安。

树　上　四月十一日

360412 致赵家璧

家璧先生：

日前奉上一函，言印刷版画事，想已达。

现在想奉托先生一件事，良友公司想必自有摄影室，可否即摄版画中之 No87,《Dneprostroy at Night》, by A.Kravchenko 寄下，大六寸，价乞示及，当偿还，因须用于一篇文章中，作为插画，所以来不及等候画集的出版了。

此事未知可否，希先见示为幸。

专此布达，即请

撰安。

鲁迅　四月十二日

360413 致楼炜春

炜春先生：

顷收到十一日信，备悉一切。至于前一函并译稿，则早已收到，所以未能即复者，即因如建兄来信所说，《中学生》上，已在登载此书译本，而译者又即《译文丛书》编者之故。因此倘不先行接洽，即不能有切实之答复也。

前天始与另一译者黄君会商，他以为适兄译书不易，慨然愿停止翻译，在《中学生》续登适兄译本，对于开明书店，则由他前往交涉，现在尚无回信，我看大约是可以的。

假使此事万一不成，则此种大部书籍，不但卖稿很难，就是只希印行，也难找到如此书店，只好到大书店商务印书馆去试一试，此外，也没有适当之处了。

专此布复，即请

日安。

豫　顿首　四月十三日

360414 致唐弢

唐弢先生：

惠示具悉。"维止"事我不知确实的出处。只记得幼小时闻长辈说，雍正朝《东华录》本名《维止录》，取"维民所止"之意，而实则割了雍正的头，后因将兴大狱，乃急改名《东华录》云云。与来札所举之事颇相似，但恐亦齐东野语耳。

《清朝文字狱档》本有其书，去年因嫌书籍累坠，择未必常用者装箱存他处，箱乱而路远，所以不能奉借了。

专此布复，即颂

时绥。

鲁迅　上　四月十四夜。

360415 致颜黎民

颜黎民君：

昨天收到十日来信，知道那些书已经收到，我也放了心。你说专爱看我的书，那也许是我常论时事的缘故。不过只看一个人的著作，结果是不大好的：你就得不到多方面的优点。必须如蜜蜂一样，采过许多花，这才能酿出蜜来，倘若叮在一处，所得就非常有限，枯燥了。

专看文学书，也不好的。先前的文学青年，往往厌恶数学，理化，史地，生物学，以为这些都无足重轻，后来变成连常识也没有，研究文学固然不明白，自己做起文章来也胡涂，所以我希望你们不要放开科学，一味钻在文学里。譬如说罢，古人看见月缺花残，黯然泪下，是可恕的，他那时自然科学还不发达，当然不明白这是自然现象。但如果现在的人还要下泪，那他就是胡涂虫。不过我向来没有留心儿童读物，所以现在说不出那些书合适，开明书店出版的通俗科学书里，也许有几种，让调查一下再说罢。

其次是可以看看世界旅行记，藉此就知道各处的人情风俗和物产。我不知道你们看不看电影；我是看的，但不看什么"获美""得宝"之类，是看关于菲洲和南北极之类的片子，因为我想自己将来未必到菲洲或南北极去，只好在影片上得到一点见识了。

说起桃花来，我在上海也看见了。我不知道你到过上海没有？北京的房屋是平铺的，院子大，上海的房屋却是直叠的，连泥土也不容易看见。我的门外却有四尺见方的一块泥土，去年种了一株桃花，不料今年竟也开起来，虽然少得很，但总算已经看过了罢。至于看桃花的名所，是龙华，也有屠场，我有好几个青年朋友就死在那里面，所以我是不去的。

我的信如果要发表，且有发表的地方，我可以同意。我们不是没有说什么不能告人的话么？如果有，既然说了，就不怕发表。

临了，我要通知你一件你疏忽了的地方。你把自己的名字涂改了，会写错自己名字的人，是很少的，所以这是告诉了我所署的是假名。还有，我看你是看了《妇女生活》里的一篇《关于小孩子》的，是不是？

就这样的结束罢。祝

你们好。

鲁迅　四月十五夜。

360417 致赵家璧

家璧先生：

顷收到来信并照片，感谢之至。

所做的铜锌板，成绩并不坏。不过印起来，总还要比样张差一点，而且和印工的手段，大有关系：这一点是必须注意的。

照《引玉集》大小，原画很大的就不免缩得太小，但要售价廉，另外也别无善法。《引玉集》的缺点，是纸张太厚，而钉用铁丝，我希望这回不用这钉法。

专此布复，并请

撰安。

鲁迅　四月十七日

再：Mitrokhin 的木刻，我想再增加一张，就是 No.135 的《Children's Garden》。那 No.136 的《Flowerbeds》不要，这两幅其实是不相连的。

360417 致罗清桢

清桢先生：

顷得惠函并木刻种种，感谢之至。

E. 君并无信来，是不能寄到，或没有评论，均不可知。至于交换木刻，则因为我和那边的木刻家，均无直接交际，忽有此举，似稍嫌唐突，故亦无报命，尚希　鉴原为幸。

专此布复，并颂

时绥。

鲁迅　四月十七日

360420 致姚克

莘农先生：

十八夜信顷收到。《译文》复刊，又出别的，似乎又给有些人不舒服了，听说《时事新报》已有宣布我的罪状的文章，但我没有见。

写英文的必要，决不下于写汉文，我想世界上洋热昏一定很多，淋一桶冷水，给清楚一点，对于华洋两面，都有益处的。

电影界的情形，我不明白，但从书报检查员推测起来，那些官儿，也一定是笑剧中的脚色。

两日本人名的英拼法，如下

儿岛献吉郎 = KOJIMA KENKICHIRO.（RO 是长音，不知道是否上加一划？）

高桑驹吉 =TAKAKUWA KOMAKICHI.

专此布复，并请

著安。

迅　顿首　四月二十日

360423 致曹靖华

汝珍兄：

插图本《41》，早已收到。能出版时，当插入。

三兄有信来，今转上。霁野回国了，昨天见过。但他说也许要回乡一看。

这里在弄作家协会，先前的友和敌，都站在同一阵图里了，内幕如何，不得而知，指挥的或云是茅与郑，其积极，乃为救《文学》也。我鉴于往日之给我的伤，拟不加入，但此必将又成一大罪状，听之而已。

近十年来，为文艺的事，实已用去不少精力，而结果是受伤。认真一点，略有信用，就大家来打击。去年田汉作文说我是调和派，我作文诘问，他函答道，因为我名誉好，乱说也无害的。后来他变成这样，我们的"战友"之一却为他辩护道，他有大计画，此刻不能定论。我真觉得不是巧人，在中国是很难存活的。

我们都好，我已复元了，但仍然忙。昨寄书两包，内有《作家》一本，新近出版。

今年各种刊物上，多刊高尔基像，此老今年忽然成为一切好好歹歹的东西的掩护旗子了。

《文学导报》颇空虚，但这么大，看起来伸着颈子真吃力。

我设法印成了一本《死魂灵百图》，Agin 画，兄所给的十二幅，也附在后面，有厚纸的一种，还未装成，成后当寄上。

专此布达，即请

近安。

弟豫　上　四月廿三夜。

360424 致何家槐

家槐先生：

前日收到来信并缘起，意见都非常之好。

我曾经加入过集团，虽然现在竟不知道这集团是否还在，也不能看见最末的《文学生活》。但自觉于公事并无益处。这回范围更大，事业也更大，实在更非我的能力所及。签名并不难，但挂名却无聊之至，所以我决定不加入。

专此布复，并颂

时绥。

〔四月二十四日〕

360424 致段干青

干青先生：

　　顷收到廿日信。木刻二集早收到，谢谢！

　　木刻由普遍而入于消沈，这是因为没有技法上的指导者的缘故，于是无法上达，即使有很好的题材，也不能表现出来了。

　　我自己不会刻，不过绍介过一点外国作品，近来又因为杂务和生病，连绍介的事也放下了，但不久还想翻印一点。至于理论和技法，我其实是外行的。

　　专此布复，即颂

时绥。

鲁迅　四月廿四日

360424 致吴朗西

朗西先生：

　　昨日内山谈起，《死魂灵百图》初出时，他就面托送书的人，要二十部，至今没有送给他云云。我想这一定是那人忘记了。便中送给他罢。

专布，即颂

时绥。

迅　上　四月廿四夜。

360502 致徐懋庸

懋庸先生：

来信收到。关于我的信件而发生的问题，答复于下——

一、集团要解散，我是听到了的，此后即无下文，亦无通知，似乎守着秘密。这也有必要。但这是同人所决定，还是别人参加了意见呢，倘是前者，是解散，若是后者，那是溃散。这并不很小的关系，我确是一无所闻。

二、我所指的刊物，是已经油印了的。最末的一本，曾在别处见过实物，此后确是不出了。这事还早，是否已在先生负责之后，我没有查考。

至于"是非"，"谣言"，"一般的传说"，我不想来推究或解释，"文祸"已够麻烦，"语祸"或"谣祸"更是防不胜防，而且也洗不胜洗，即使到了"对嘴"，还是弄不清楚的。不过所谓"那一批人"，我却连自己也不知道是"那一批"。

好在现在旧团体已不存在，新的呢，我没有加入，不再会因我而引起一点纠纷。我希望这已是我最后的一封信，旧公事全都从此结束了。

专此布达，并颂

时绥。

鲁迅　五月二日

360503 致曹靖华

汝珍兄：

廿七日信已到。此间莲姊家已散，化为傅、郑所主持的大家族，实则藉此支持《文学》而已，毛姑似亦在内。旧人颇有往者，对我大肆攻击，以为意在破坏。但他们形势亦不佳。

《作家》,《译文》,《文丛》,是和《文学》不洽的，现在亦不合作，故颇为傅郑所嫉妒，令喽罗加以破坏统一之罪名。但谁甘为此辈自私者所统一呢，要弄得一团糟的。近日大约又会有别的团体出现。我以为这是好的，令读者可以比较比较，情形就变化了。

从七月起，《文学》换王统照编辑，大约只是傀儡，而另有牵线人。今晚请客，闻到者只十八人，连主人之类在内，然则掌柜虽换，生意恐怕仍无起色。

陈君款未还，但我并不需用，现在那一面却在找他了，到现在才找他，真是太迟。而且他们还把前信失去，再要一封，我只得以没法办理回复。

《41》印起来，款子有法想，不必寄。

大会要几句话，俟见毛兄时一商再说。

我们也准备垂帘听政，不过不是莲小姐，而是别个了。南方人没有北方的直爽，办事较难，但想试试看。

印《城市与年》的木刻时，想每幅图画之下，也题一两句，以便读者，题字大抵可以从兄的解释中找到，但开首有几幅找不到，大约即是"令读者摸不着头脑的事"。今将插画所在之页数开上，请兄加一点说明，每图一两句足够了——

（1）11页 （2）19页对面 （3）35页

（4）73页　（5）341页

　　以上，共五图。

　　上海今年很奇，至今还是冷。我已复元，女人和孩子也都好的，可请释念。

　　现正在印 Gogol 的《死魂灵图》，兄寄给我的十二幅，已附入。它兄的译文，上本已校毕，可付印了，有七百页。下本拟即付排。

　　专此布达，并请

春安。

弟豫　上　五月三夜

360504 致曹白

曹白先生：

　　来信收到。关于力群的消息，使我很高兴。他的木刻，是很生动的，但关于形体，时有失败处，这是对于人体的研究，还欠工夫的缘故。

　　《死魂灵图》，你买的太性急了，还有一种白纸的，印的较好，正在装订，我要送你一本。至于其中的三张，原是密线，用橡皮版一做，就加粗，中国又无印刷好手，于是弄到这地步。至于刻法，现在却只能做做参考，学不来了。此书已卖去五百本，倘全数售出，收回本钱，要印托尔斯泰的《安那·卡莱尼娜》（《Anna Karenina》）的插画也说不定，不过那并非木刻。

　　你的那一篇文章，尚找不着适当的发表之处。我只抄了一段，连一封信（略有删去及改易），收在《写在深夜里》的里面。这原是为

《The Voice of China》（你能看英文吗？便中通知我）而作的，译文当发表在五月十五这一本上，出后当送你。原文给了《夜莺》，听说不久出版，我看是要被这篇文章送终的，但他们说：这样也不要紧。

说起我自己来，真是无聊之至，公事、私事、闲气，层出不穷。刊物来要稿，一面要顾及被禁，一面又要不十分无谓，真变成一种苦恼，我称之为"上了镣铐的跳舞"。但《作家》已被停止邮寄了，《死魂灵》第二部，只存残稿五章，已大不及第一部，本来是没有也可以的，但我决计把它译出，第二章登《译文》第三本，以后分五期登完，大约不到十万字。作者想在这一部里描写地主们改心向善，然而他所写的理想人物，毫无生气，倒仍旧是几个丑角出色，他临死之前，将全稿烧掉，是有自知之明的。

专此布复，并颂

时绥。

迅　上　五月四日

360504 致王冶秋

冶秋兄：

五月一日函收到。此集我至少还可以补上五六篇，其中有几篇是没有刊出过的；但我以为译序及《奔流》后记，可以删去（《展览会小引》，《祝〈涛声〉》，《"论语一年"》等，也不要）。稿挂号寄书店，不至失落；印行处我当探问，想必有人肯印的，但也许会要求删去若干篇，因为他们都胆子小。

我没有近照，最近的就是四五年前的，印来印去的那一张。序文当写一点。

四月十一日的信，早收到了。年年想休息一下，而公事，私事，闲气之类，有增无减，不遑安息，不遑看书，弄得信也没工夫写。病总算是好了，但总是没气力，或者气力不够应付杂事；记性也坏起来。英雄们却不绝的来打击。近日这里在开作家协会，喊国防文学，我鉴于前车，没有加入，而英雄们即认此为破坏国家大计，甚至在集会上宣布我的罪状。我其实也真的可以什么也不做了，不做倒无罪。然而中国究竟也不是他们的，我也要住住，所以近来已作二文反击，他们是空壳，大约不久就要消声匿迹的：这一流人，先前已经出了不少。

你所说的药方，是医气管炎的，我的气喘原因并不是炎，而是神经性的痉挛。要复发否，现在不可知。大约能休息和换地方，就可以好得多，不过我想来想去，没有地方可去。

这里还很冷，真奇。霁已回国，见过面，但现在不知道他是回乡，还是赴津了。

专此布复，并颂

时绥。

树　　上　　五月四夜。

360504 致吴朗西

朗西先生：

《珂勒惠支版画选集》序二篇之后，拟用自笔署名，今寄上字稿，乞费神代制锌版，制成后版留尊处，寄下印本，当于校时粘入，由先生并版交与印刷局也。

专此布达，并颂

春祺。

鲁迅　上　五月四夜。

360505 致黄源

河清先生：

沈先生寄来一稿，嘱转交。今并原信之一部分，连稿寄上。我疑是长篇中之一节，但未能确定。

陈小姐通信地址，已函问沈先生，得回信后当再通知。

专布，即请

日安。

迅　上　五月五日

360507 致母亲

母亲大人膝下，敬禀者，五月二日来示，昨已收到。丈量的事，既经办妥，总算了了一件事。

海婴很好，每日上学，不大赖学了，但新添了一样花头，是礼拜天要看电影；冬天胖了一下，近来又瘦长起来了。大约孩子是春天长起来，长的时候，就要瘦的。

男早已复原，不过仍是忙；害马亦好，可请勿念。上海虽无须火炉，但仍是冷，夜里可穿棉袄，这是今年特别的。

专此布复，恭请

金安。

男树　叩上　广平海婴同叩。五月七日

360507 致段干青

干青先生：

惠示收到。艾君小说稿，亦别封寄至。但我近来力衰事烦，对于各种作品，实无法阅读作序，有拂来谕，尚希鉴原为幸。

上月印《死魂灵百图》一本，另托书店邮奉，乞哂存。艾君小说稿，亦附在内，并请转交，为感。

专此布达，并颂

时绥。

鲁迅　五月七日

360507 致台静农

伯简兄：

二日信收到。此信或可到在月半之前。我病已好，但依然事烦，因此疲劳而近于病，实亦不能谓之病也。霁野已见过，现回里抑北上，则未详。"第三种人"已无面目见人，则驱戴望舒为出面腔，冀在文艺上复活，远之为是。《文学》编辑，张天翼已知难而逃，现定为王统照，其实亦系傅郑辈暗中布置，操纵于后，此两公固未尝冲突

也。《死魂灵百图》有白纸绸面本，正在装订，成后当奉赠。北归在即，过沪想能晤谈，企此为慰耳。专此布复，并颂

日祉。

树　顿首　五月七日

360508 致曹白

曹白先生：

五日信收到。研究文学，不懂一种外国文，是非常不便的。日文虽名词与中国大略相同，但要深通无误，仍非三四年不可，而且他们自己无大作家，近来绍介也少了，犯不着。英国亦少大作家，而且他们颇顽固，不大肯翻译别国的作品；美国较多，但书价贵。我以为你既然学过法文，不如仍学法文。因为：一，温习起来，究竟比完全初学便当；二，他们近来颇翻译别国的好作品；三，他们现在就有大作家，如罗兰，纪德，作品于读者有益。

但学外国文须每日不放下，记生字和文法是不够的，要硬看。比如一本书，拿来硬看，一面翻生字，记文法；到看完，自然不大懂，便放下，再看别的。数月或半年之后，再看前一本，一定比第一次懂得多。这是小儿学语一样的方法。

《死魂灵百图》白纸印本已订好，包着放在书店里，请持附笺去取为荷。

专此布达，即颂

时绥。

迅　上　五月八日

360508 致李霁野

霁野兄：

五月五日信并汇款，均收到无误。

我是不写自传也不热心于别人给我作传的，因为一生太平凡，倘使这样的也可做传，那么，中国一下子可以有四万万部传记，真将塞破图书馆。我有许多小小的想头和言语，时时随风而逝，固然似乎可惜，但其实，亦不过小事情而已。

新近印成一部《死魂灵百图》，已托书店寄上，想不日可到。翻印此种书，在中国虽创举，惜印工殊不佳也。

专此布复，即颂

时绥。

迅　上　五月八日

360508 致内山完造（日本）

老板：

给曹先生的书请转交。

L　拜　五月八日

360509 致吴朗西

朗西先生：

　　昨天内山说要批发精装《死魂灵百图》五本，希便中送给他为荷。

　　专此布达，即请

日安。

鲁迅　五月九日

360512 致吴朗西

朗西先生：

　　校稿及惠示均收到。

　　插画题字比较的急需，先行寄上，请令排工再改一次，寄下再校为感。

　　专此布达，即请

日安。

鲁迅　上　五月十二日

360514 致曹靖华

汝珍兄：

　　两三日前托书店寄上《死魂灵百图》一本，不知已到否？兄所给的十二幅，亦附在后。印工还不太坏，但和原本一比，却差远了。

四月结账,《星花》得版税二十六元,今附上汇单,乞便中往商务分馆一取为幸。

有人寄提议汇印我的作品的文章到作家社来,谓回信可和兄说。一切书店,纵使口甜如蜜,但无不惟利是图。此事我本想自办,但目前又在不决,大约是未必印的,那篇文章也不发表,请转告。

又有一大批英雄在宣布我破坏统一战线的罪状,自问历年颇不偷懒,而每逢一有大题目,就常有人要趁这机会把我扼死,真不知何故,大约的确做人太坏了。近来时常想歇歇。专此布达,并请
日安。

弟豫　顿首　五月十四日

360515 致曹靖华

汝珍兄:

昨寄一信并《星花》版税,想已到。今得到十一日来函并插画题句,每条拟只删存一两句,至于印法,则出一单行本子,仍用珂罗版,付印期约在六月,是先排好文字,打了纸版,和图画都寄到东京去。

《文学》之求复活,是在依靠一大题目;我因不加入文艺家协会(傅东华是主要的发起人),正在受一批人的攻击,说是破坏联合战线,但这类英雄,大抵是一现之后,马上不见了的。《文丛》二期已出,三期则集稿颇难;《作家》编者,也平和了起来,大抵在野时往往激烈,一得地位,便不免力欲保持,所以前途也难乐观。不过究竟还有战斗者在,所以此后即使已出版者灰色,也总有新的期刊起

来的。

它兄集上卷已排完，皆译论，有七百页，日内即去印，大约七八月间可成；下卷刚付印，皆诗，剧，小说译本，几乎都发表过的，则无论如何，必须在本年内出版。这么一来，他的译文，总算有一结束了。

我的选集，实系出于它兄之手，序也是他作，因为那时他寓沪缺钱用，弄出来卖几个钱的。《作家》第一期中的一篇，原是他的集子上卷里的东西，因为集未出版，所以先印一下。这样子，我想，兄的疑团可以冰释了。

纪念事昨函已提及，我以为还不如我自己慢慢的来集印，因为一经书店的手，便惟利是图，弄得一榻胡涂了，虽然印出可以快一点。

上海还是冷。我琐事仍多，正在想设法摆脱一点。有些手执皮鞭，乱打苦工的背脊，自以为在革命的大人物，我深恶之，他其[实]是取了工头的立场而已。

日前无力，今日看医生，云是胃病，大约服药七八天，就要好起来了。妇孺均安，并希释念。

专此布复，即请

日安。

弟豫　顿首　五月十五日

360518 致吴朗西

朗西先生：

今送上六尺云化宣纸一百零五张，暂存社内，俟序文校毕后应用。

印时要多印五张，以便换去印得不好的页子的。

专此布达，即请

日安。

迅　上　五月十八日

360518 致吴朗西

朗西先生：

校样收到。未见纸板，不知已打否？如未打，有三处要改正，改后再打。如已打好，那就算了。希将纸板交下。

宣纸于今日托纸铺送上。但校样大约还得改几回。

专此布达，即请

日安。

鲁迅　上　五月十八日

360522 致唐弢

唐弢先生：

来信收到。编刊物决不会"绝对的自由"，而且人也决不会"不属于任何一面"，一做事，要看出来的。如果真的不属于任何一面，那么，他是一个怪人，或是一个滑人，刊物一定办不好。

我看，对于这样的一个要求条件，还是不编干净罢。

病中，不能多写，乞恕为幸。

　　此请

日安。

鲁迅　五月廿二日

360523 致赵家璧

家璧先生：

　　顷得惠函，并书报，谢谢。

　　发热已近十日，不能外出；今日医生始调查热型，那么，可见连什么病也还未能断定。何时能好，此刻更无从说起了。

　　《版画》如不久印成，那么，在做序之前，只好送给书店，再转给我看一看。假使那时我还能写字，序也还是做的。

　　专此布复，即请

撰安。

鲁迅　五月廿三日

360523 致曹靖华

汝珍兄：

　　二十日信收到，并稿子。《百图》纸面印了一千，绸面五百，大约年内总可售完，虽不赚钱，但可不至于赔本。

　　所说消息，全是谣言，此间倒无所闻，大约是北方造的，但不久一定要传过来的。

作家协会已改名为文艺家协会，其中热心者不多，大抵多数是敷衍，有些却想借此自利，或害人。我看是就要消沈，或变化的。新作家的刊物，一出锋头，就显病态，例如《作家》，已在开始排斥首先一同进军者，而自立于安全地位，真令人痛心，我看这种自私心太重的青年，将来也得整顿一下才好。

能给肖兄知道固好，但头绪纷繁，从何说起呢？这是连听听也头痛的。

上海的所谓"文学家"，真是不成样子，只会玩小花样，不知其他。我真想做一篇文章，至少五六万字，把历来所受的闷气，都说出来，这其实也是留给将来的一点遗产。

如见陈君，乞转告：我只得到他的一封信；款不需用，不要放在心上。

这回又躺了近十天了，发热，医生还没有查出发热的原因，但我看总不是重病。不过这回医好以后，我可真要玩玩了。

专此布达，即请

日安。

弟豫　顿首　五月二十三日

360525 致时玳

时玳先生：

十五的信，二十五收到了，足足转了十天。作家协会已改名文艺家协会，发起人有种种。我看他们倒并不见得有很大的私人的企图，不过或则想由此出点名，或者想由此洗一个澡，或则竟不过敷衍面子，因为倘有人用大招牌来请做发起人，而竟拒绝，是会得到很大的罪名的，即如我即其一例。住在上海的人大抵聪明，就签上一个姓名，横竖他签了也什么不做，像不签一样。

我看你也还是加入的好，一个未经世故的青年，真可以被逼得发疯的。加入以后，倒未必有什么大麻烦，无非帮帮所谓指导者攻击某人，抬高某人，或者做点较费力的工作，以及听些谣言。国防文学的作品是不会有的，只不过攻打何人何派反对国防文学，罪大恶极。这样纠缠下去，一直弄到自己无聊，读者无聊，于是在无声无臭中完结。假使中途来了压迫，那么，指导的英雄一定首先销声匿迹，或者声明脱离，和小会员更不相干了。

冷箭是上海"作家"的特产，我有一大把拔在这里，现在在生病，俟愈后，要把它发表出来，给大家看看。即如最近，"作家协会"发起人之一在他所编的刊物上说我是"理想的奴才"，而别一发起人却在劝我入会：他们以为我不知道那一枚冷箭是谁射的。你可以和大家接触接触，就会明白的更多。

这爱放冷箭的病根，是在他们误以为做成一个作家，专靠计策，不靠作品的。所以一有一件大事，就想借此连络谁，打倒谁，把自己抬上去。殊不知这并无大效，因此在上海，竟很少能够支持三四年的作家。例如《作家》月刊，原是一个商办的东西，并非文学团体的机关志，它的盛衰，是和"国防文学"并无关系的，而他们竟看得如此之重，即可见其毫无眼光，也没有自信力。

《作家》既非机关志，即无所谓"分裂"，但我却有一点不满，因为他们只从营业上着想，竟不听我的抗议，一定要把我的作品放在第一篇。

我对于初接近我的青年，是不想到他"好""不好"的。如果已经"当做不好的人看待"，不是无须接近了吗？曹先生到我写信的这时候为止，好好的活着（但我真不知道有些人为什么喜欢造这种谣言），您放心罢。

专此布复，即请

日安。

鲁迅　五月二十五日

360528 致吴朗西

朗西先生：

《版画》序校稿，已另封挂号寄上，请饬印刷局于照改后，打清样两份寄下，当将此清样贴在宣纸上，再行寄奉，然后照印也。

专此布达，即请

日安。

鲁迅　五月二十八日

360529 致费慎祥

慎祥兄：

昨天来寓时，刚在发热，不能多说。现在想，校对还是由我自己办。每篇的题目，恐怕还是用长体字好看，都改用长体字罢。

不过进行未免要慢，因为我的病这回未必好得快。

此布，即请

日安

迅　上　五月二十九日

360603 致唐弢

唐弢先生：

　　来信收到，刊物不编甚好，省却许多麻烦。

　　我病加重，连字也不会写了，但也许就会好起来。

　　偶见书评一则，剪下附呈。专此布达

　　即请

日安！

鲁迅　六月三日

360612 致曹白

曹白先生：

　　今天得到来信，承

先生记挂　周先生的病，并因此感受"心的痛楚"，我们万分谢谢　您的好意！现在可以告慰的，就是周先生足足睡了一个月，先很沈重，现在似乎向好的一面了，虽然还不晓得要调理多少时候才能完全复原。照现在情形，他绝对须要静养，所以一切接见都被医生禁止了，先生想"看看他"的盛意，我转达罢！

　　祝好！

景宋　六月十二日

307

360619 致邵文熔

铭之吾兄左右: 前日得十六日惠书, 次日干菜笋干鱼干并至, 厚情盛
 意, 应接不遑, 切谢切谢。弟自三月初罹病后, 本未复原, 上月中
 旬又因不慎招凉, 终至大病, 卧不能兴者匝月, 其间数日, 颇虞
 淹忽, 直至约十日前始脱险境, 今则已能暂时危坐, 作百余字矣。
 年事已长, 筋力日衰, 动辄致疾, 真是无可奈何耳。　　吾兄胃
 病, 鄙意以为大应小心, 时加医治, 因胃若不佳, 遇病易致衰弱。
 弟此次之突成重症, 即因旧生胃病, 体力易竭之故也。专此布复,
 并请

道安

弟树　顿首　六月十九日

360625 致曹白

曹白先生:

　　惠函收到。　　先生们的热心, 我们是很知道的。不过要写明周
先生的病状, 可实在不容易。因为这和他一生的生活, 境遇, 工作,
挣扎相关, 三言两语, 实难了结。

　　所以我只好报告一点最近的情形:

　　大约十天以前, 去用 X 光照了一个肺部的相, 才知道他从青年
至现在, 至少生过两次危险的肺病, 一次肋膜炎。两肺都有病, 普通
的人, 早已应该死掉, 而他竟没有死。医生都非常惊异, 以为大约
是: 非常善于处置他的毛病, 或身体别的部分非常坚实的原故。这是

一个特别现象。一个美国医生，至于指他为平生所见第一个善于抵抗疾病的典型的中国人。可见据现在的病状以判断将来，已经办不到。因为他现在就经过几次必死之病状而并没有死。

现在看他的病的是须藤医师，是他的老朋友，就年龄与资格而论，也是他的先辈，每天来寓给他注射，意思是在将正在活动的病灶包围，使其不能发展。据说这目的不久就可达到，那时候，热就全退了。至于转地疗养，就是须藤先生主张的，但在国内，还是国外，却尚未谈到，因为这还不是目前的事。

但大约　先生急于知道的，是周先生究竟怎么样罢？这是未来之事，谁也难于豫言。据医师说，这回修缮以后，倘小心卫生，1 不要伤风；2 不要腹泻，那就也可以像先前一样拖下去，如果拖得巧妙，再活一二十年也可以的。

先生，就周先生的病状而论，我以为这不能不算是一个好消息。

专此布复，并候

健康！

景宋　上　六月廿五日

360706 致母亲

母亲大人膝下敬禀者，不寄信件，已将两月了，其间曾托老三代陈大略，闻早已达览。男自五月十六日起，突然发热，加以气喘，从此日见沈重，至月底，颇近危险，幸一二日后，即见转机，而发热终不退。到七月初，乃用透物电光照视肺部，始知男盖从少年时即有肺病，至少曾发病两次，又曾生重症肋膜炎一次，现肋膜变厚，至于不通电光，但当时竟并不医治，且不自知其重病而自然全愈者，盖身体底子极好之故也。现今年老，体力已衰，故旧病一发，遂竟缠绵至此。近日病状，几乎退尽，胃口早已复元，脸色亦早恢复，惟每日仍发微热，但不高，则凡生肺病的人，无不如此，医生每日来注射，据云数日后即可不发，而且再过两星期，也可以停止吃药了。所以病已向愈，万请勿念为要。

海婴已以第一名在幼稚园毕业，其实亦不过"山中无好汉猢狲称霸王"而已。

专此布达，恭请

金安。

男树　叩上　广平海婴同叩　七月六日

360706 致曹靖华

汝珍兄：

昨看见七月一日给景宋信。因为医生已许可我每天写点字了，所以我自己来答。

每天尚发微热，仍打针，大约尚需六七天，针打完，热亦当止。我生的其实是肺病，而且是可怕的肺结核，此系在六月初用 X 光照后查出。此病盖起于少年时，但我身体好，所以竟抵抗至今，不但不死，而且不躺倒一回。现在年老力衰了，就麻烦到这样子。不过这回总算又好起来了，可释远念。此后只要注意不伤风，不过劳，就不至于复发。肺结核对于青年是险症，但对于老人却是并不致命的。

本月二十左右，想离开上海三个月，九月再来。去的地方大概是日本，但未定实。至于到西湖去云云，那纯粹是谣言。

　　专此布复，即请

暑安。

弟豫　顿首　七月六日

360707 致赵家璧

家璧先生：

　　六日信及《板画集》十八本，今天同时收到，谢谢。在中国现在的出版界情形之下，我以为印刷，装订，都要算优秀的。但书面的金碧辉煌，总不脱"良友式"。不过这也不坏。至于定价，却算低廉，但尚非艺术学徒购买力之所能企及，如果能够多销，那是我的推断错误的。

　　本来，有关本业的东西，是无论怎样节衣缩食也应该购买的，试看绿林强盗，怎样不惜钱财以买盒子炮，就可知道。然而文艺界中人，却好像并无此种风气，所以出书真难。

　　《竖琴》和《一天的工作》，可以如　　来信所示，合为一本。新的书名很好。序文也可以合为一篇。

　　靖华译过两部短篇，一名《烟袋》，一名《四十一》，前者好像是禁过的，后者未禁，我想：其实也可以将《烟袋》改名，两者合成一本，不知良友愿印否？倘愿，俟我病好后，当代接洽，并为编订也。

　　专此布复，即请

撰安

鲁迅　七月七日

360707 致曹白

曹白先生：

　　良友公司的《苏联版画集》转载了周先生一篇序，因此送给他一批书。周先生说要送　先生一本。这书放在照例的书店，今附上一笺，请便中持笺往取为荷！

　　专此布达，即请

时安。

景宋　上。七月七日

360711 致吴朗西

朗西先生：

　　《版画集》已整好一大部分，拟先从速付装订发行，此事前曾面托，便中希莅寓一谈为祷。

　　专此布达，即请

暑安。

迅　上　七月十一日

360711 致王冶秋

冶秋兄：

　　事情真有凑巧的，当你的《序跋集》稿寄到时，我已经连文章也无力看了，字更不会写。静兄由厦过沪，曾托其便中转达，不知提起过否？

其间几乎要死，但终于好起来，以后大约可无危险。

医生说要转地疗养。你的六月十九日信早到。青岛本好，但地方小，容易为人认识，不相宜；烟台则每日气候变化太多，也不好。现在在想到日本去，但能否上陆，也未可必，故总而言之：还没有定。

现在略不小心，就发热，还不能离开医生，所以恐怕总要到本月底才可以旅行，于九月底或十月中回沪。地点我想最好是长崎，因为总算国外，而知道我的人少，可以安静些。离东京近，就不好。剩下的问题就是能否上陆。那时再看罢。

现在还未能走动，你的稿子，只好等秋末再说了。

专此布达，即颂

时绥。

树　上　七月十一日

令夫人均此致候　令郎均吉。

360715 致赵家璧

家璧先生：

惠函收到。所谓汇印旧作，当初拟议，不过想逐渐合订数百或者千部，以作纪念。并非彻底改换，现在则并此数百或千部，印不印亦不可知，所以实无从谈起。至于要我做文学奖金的评判员，那是我无论如何决不来做的。

专此布复，敬请

撰安

鲁迅　七月十五日

360715 致曹白

曹白先生：

七月八日信收到。

注射于十二日完结，据医生说：结果颇好。

但如果疲劳一点，却仍旧发热，这是病弱之后，我自己不善于静养的原故，大约总会渐渐地好起来的。

专此布复，并颂

时绥

鲁迅　七月十五日

360717 致许寿裳

季市兄：

三日惠示早到。弟病虽似向愈，而热尚时起时伏，所以一时未能旅行。现仍注射，当继续八日或十五日，至迩时始可定行止，故何时行与何处去，目下初未计及也。

顷得曹君信，谓兄南旋，亦未见李公，所以下半年是否仍有书教，毫无所知，嘱弟一探听。如可见告，乞即函知，以便转达，免其悬悬耳。

日前寄上版画集一本，内容尚佳，想已达。

专此布达，即请

道安。

弟树　顿首　七月十七日

360717 致杨之华

尹兄：

六月十六日信收到。以前的几封信，也收到的，但因杂事多，而所遇事情，无不倭支葛搭，所谓小英雄们，其实又大抵婆婆妈妈，令人心绪很恶劣，连写信讲讲的勇气也没有了。今年文坛上起了一种变化，但是，招牌而已，货色依旧。

今年生了两场大病。第一场不过半个月就医好了，第二场到今天十足两个月，还在发热，据医生说，月底可以退尽。其间有一时期，真是几乎要死掉了，然而终于不死，殊为可惜。当病发时，新英雄们正要用伟大的旗子，杀我祭旗，然而没有办妥，愈令我看穿了许多人的本相。本月底或下月初起，我想离开上海两三个月，作转地疗养，在这里，真要逼死人。

大家都好的。茅先生很忙。海婴刁钻了起来，知道了铜板可以买东西，街头可以买零食，这是进了幼稚园以后的成绩。

两个星期以前，有一个条子叫我到一个旅馆里去取东西，托书店伙计取来时，是两本木刻书，两件石器，并无别的了。这人大约就是那美国人。这些东西，都被我吞没，谢谢！但M木刻书的定价，可谓贵矣。

秋的遗文，后经再商，终于决定先印翻译。早由我编好，第一本论文，约三十余万字，已排好付印，不久可出。第二本为戏曲小说等，约二十五万字，则被排字者拖延，半年未排到一半。其中以高尔基作品为多。译者早已死掉了，编者也几乎死掉了，作者也已经死掉了，而区区一本书，在中国竟半年不能出版，真令人发恨（但论者一定倒说我发脾气）。不过，无论如何，这两本，今年内是一定要印它出来的。

约一礼拜前，代发一函，内附照相三（？）张，不知已收到否？

我不要德文杂志及小说，因为没力气看，这回一病之后，精力恐怕要大不如前了。多写字也要发热，故信止于此。

俟后再谈。

迅　上。七月十七日

密斯陆好像失业了，不知其详。谢君书店已倒灶。茅先生家及老三家都如常。密斯许也好的，但因我病，故较忙。

360719 致沈西苓

西苓先生：

惠示谨悉。我今年接连生病，自己能起坐写字，还是最近的事。

左联初成立时，洪深先生曾谓要将《阿Q正传》编为电影，但事隔多年，约束当然不算数了。我现在的意思，以为××××××乃是天下第一等蠢物，一经他们××，作品一定遭殃，还不如远而避之的好。况且《阿Q正传》的本意，我留心各种评论，觉得能了解者不多，搬上银幕以后，大约也未免隔膜，供人一笑，颇亦无聊，不如不作也。

专此即复，即请

暑安。

鲁迅　七月十九日

360722 致孔另境

若君先生：

霁野寄信来，信封上写"北平西温泉疗养院寄"，照此写去，不知是否可以寄到？又静农芜湖住址， 先生如知道，并希示知。

专此布达，并请

暑安。

迅　上　七月二十二日

360723 致雅罗斯拉夫·普实克（捷克）

J. Průšek 先生：

前两天，收到来信，说要将我的《呐喊》，尤其是《阿Q正传》，译成捷克文出版，征求我的意见。这事情，在我，是很以为荣幸的。自然，您可以随意翻译，我都承认，许可。

至于报酬，无论那一国翻译我的作品，我是都不取的，历来如此。但对于捷克，我却有一种希望，就是：当作报酬，给我几幅捷克古今文学家的画像的复制品，或者版画（Graphik），因为这绍介到中国的时候，可以同时知道两个人：文学家和美术家。倘若这种画片难得，就给我一本捷克文的有名文学作品，要插画很多的本子，我可以作为纪念。我至今为止，还没有见过捷克文的书。

现在，同封寄上我的照相一张，这还是四年前照的，然而要算最新的，因为此后我一个人没有照过相。又，我的《在中国文学上的位置》一篇，这是一个朋友写的，和我自己的意思并不相同；您可以自由取用，删去或改正。还有短序一篇，是特地照中国旧式——直写的；但字太大了，我想，这是可以缩小的罢。

去年印了一本《故事新编》，是用神话和传说做材料的，并不是好作品。现在别封寄呈，以博一笑。

专此布复，即请

暑安。

再者：

此后倘赐信，可寄下列地址：

Mr. Y. Chou,

C/O Uchiyama Bookstore,

11 Scott Road,

Shanghai, China.

但，我因为今年生了大病，新近才略好，所以从八月初起，要离开上海，转地疗养两个月，十月里再回来。在这期间内，即使有信，我也是看不到的了。

鲁迅　七月二十三日

360726 致内山完造（日本）

老版：

《坏孩子》的纸型请交费君。

L　拜　七月廿六日

360802 致沈雁冰

明甫先生：

昨孔先生来，付我来函并木刻，当将木刻选定，托仍带回。作者还是常见的那几个，此外或则碍难发表，或则实在太难看（尚未成为"画"），只得"割爱"了。

北平故宫博物馆的珂罗版印刷，器械药品均佳，而工作似不很认真，即如此次所印，有同一画片，而百枚中浓淡不一者，可见也随随便便，但比上海的出品却好。此书在书店卖廉价一星期（二元五角，七月底止），约销去十本，中国人买者三本而已。同胞往往看一看就不要。

注射已在一星期前告一段落，肺病的进行，似已被阻止；但偶仍发热，则由于肋膜，不足为意也。医师已许我随意离开上海。但所往之处，则尚未定。先曾决赴日本，昨忽想及，独往大家不放心，如携家族同去，则一履彼国，我即化为翻译，比在上海还要烦忙，如何休养？因此赴日之意，又复动摇，惟另觅一能日语者同往，我始可超然事外，故究竟如何，尚在考虑中也。

专此布复，即请

暑安。

树　　顿首　八月二日

360802 致曹白

曹白先生：

七月二十七日信早收到。我的病已告一段落，医生已说可以随便离开上海，在一星期内，我想离开，但所向之处，却尚未定。

谢谢你刻的封面，构图是好的，但有一个缺点，是短刀的柄太短了。汉字我想也可以和木刻相配，不过要大大的练习。

郝先生的三幅木刻，我以为《采叶》最好；我也见他投给《中国的一日》，要印出来的。《三个……》初看很好，但有一避重就轻之处，是三个人的脸面都不明白。

我并不是对于您特别"馈赠"，凡是为中国大众工作的，倘我力所及，我总希望（并非为了个人）能够略有帮助。这是我常常自己印书的原因。因为书局印的，都偷工减料，不能作为学习的范本。最可恶的是一本《庶联的版画》，它把我的一篇文章，改换题目，作为序文，而内容和印刷之糟，是只足表示"我们这里竟有人将苏联的艺术糟蹋到这么一个程度"。

病前开印《珂勒惠支版画选集》，到上月中旬才订成，自己一家人衬纸并检查缺页等，费力颇不少。但中国大约不大有人买，要买的无钱，有钱的不要。我愿意送您一本，附上一笺，请持此向书店去取（内附《士敏土图》一本，是上海战前所印，现已绝版了）。印得还好，刀法也还看得出，但要印到这样，成本必贵，使爱好者无力购买，这真是不能两全。但假使购买者有数千，就可用别一种板印，便宜了。

总之，就要走，十月里再谈罢。此颂

时绥。

迅　上　八月二日

360806 致时玳

时玳先生：

五日信收到。近三月来，我的确病的不轻，几乎死掉，后有转机，始渐愈，到三星期前，才能写一点字，但写得多，至今还要发热的。前一信我不记得见了没有，也许正在病中，别人没有给我看，也许那时衰弱得很，见过就忘记了。

《文艺工作者宣言》不过是发表意见，并无组织或团体，宣言登出，事情就完，此后是各人自己的实践。有人赞成，自然很以为幸，不过并不用联络手段，有什么招揽扩大的野心，有人反对，那当然也是他们的自由，不问它怎么一回事。

《作家》收稿，是否必须名人绍介，我不知道；我在《作家》，也只是一个投稿者，更无所谓闹翻不闹翻。

我不久停止服药时，须同时减少看书写字，所以对于写作问题，是没法答复的。

临末，恕我直言：我觉得你所从朋友和报上得来的，多是些无关大体的无聊事，这是堕落文人的搬弄是非，只能令人变小，如果旅沪四五年，满脑不过装了这样的新闻，便只能成为像他们一样的人物，甚不值得。所以我希望你少管那些鬼鬼祟祟的文坛消息，多看译出的理论和作品。

匆复，并颂

时绥

迅 八月六日

360807 致曹白

曹白先生：

三日信早收到。我还没有走，地点和日期仍未定，定了也不告诉人，因为每人至少总有一个好朋友，什么都对他说，那么，给一个人知道，数天后就有几十人知道，在我目前的景况上，颇不方便。

信件也不转寄。一者那时当停止服药，所以也得更减少看和写；二者所住的地方，总不是热闹处所，邮件一多，容易引人注意。

木刻开会，可惜我不能参观了。我对于现在中国木刻界的现状，颇不能乐观。李桦诸君，是能刻的，但自己们形成了一种型，陷在那里面。罗清桢细致，也颇自负，但我看他的构图有时出于拚凑，人物也很少生动的。郝君给我刻像，谢谢，他没有这些弊病，但他从展览会的作品上，我以为最好是不受影响。

迅 上 八月七日

版画的事情，说起来话长，最要紧的是绍介作品，你看珂勒惠支，多么大的气魄。我以为开这种作品的展览会，比开本国作品的展览会要紧。

360807 致赵家璧

家璧先生：

五日信收到。靖华译的小说两本，今寄上。良友如印，我有一点意见以备参考：

即可名为《苏联作家七人集》。

上卷为《烟斗》（此原名《烟袋》，已被禁，其实这是北方话，南方并不如此说，现在正可将题目及文中的名词改过），删去最末一篇《玛丽亚》（这是译者的意思，本有别一篇换入，但今天找了通，找不到，只好作罢），作者六人。照相可合为二面，每面三人，品字式。

下卷即《41》。照相一个。

大约如此办法，译者该没有什么反对的。

我的病又好一点，医师嘱我夏间最好离开上海，所以我不久要走也说不定。

《二十人集》十本已收到，谢谢！

专此布复，并请

著安。

鲁迅　八月七日

360813 致沈雁冰

明甫先生：

十二晨信收到。纪念文不做了，一者生病，二者没有准备，我是从校何苦的翻译，才看高的作品的。

"文学"字照茄门拚法，是可以这样的。

说到贱体，真也麻烦，肺部大约告一段落了，而肋膜炎余孽，还在作怪，要再注射一星期看。大约这里的环境，本非有利于病，而不能完全不闻不问，也是使病缠绵之道。我看住在上海，总是不好的。

《述林》下卷校样，七天一来，十天一来，现在一算，未排的也不过百五十面上下了。前天寄函雪村，托其催促，于二十日止排成。至今无答说不可之函，大约是做得到的了。那么，下卷也可以在我离沪之前，寄去付印。

专此布复，即请

暑安。

树　顿首　八月十三日

360816 致沈雁冰

明甫先生：

十四夜信顷收到。肋膜炎大约不足虑；肺则于十三四两日中，使我吐血数十口。肺病而有吐血，本是份内事，但密斯许之流看不惯，遂似问题较别的一切为大矣。血已于昨日完全制止，据医生言，似并非病灶活动，大约先前之细胞被毁坏而成空洞处，有小血管孤立（病菌是不损血管的，所以它能独存，在空洞中如桥梁然），今因某种原因（高声或剧动）折断，因而出血耳。现但禁止说话五日，十九日满期。

转地实为必要，至少，换换空气，也是好的。但近因肋膜及咯血等打岔，竟未想及。杨君夫妇之能以装手势贯彻一切者，因两人皆于日语不便当之故也。换了我，就难免于手势危急中开口。现已交秋，或者只我独去旅行一下，亦未可知。但成绩恐亦未必佳，因为无思无虑之修养法，我实不知道也。

倘在中国，实很难想出适当之处。莫干山近便，但我以为逼促一点，不如海岸之开旷。

专此布复，即请
暑安。

树　上　八月十六日

360818 致王正朔

正朔先生足下：

顷奉到八月十四日惠函，谨悉一切。其拓片一包，共六十七张，亦已于同日收到无误。桥基石刻，亦切望于水消后拓出，迟固无妨也。

　　知关锦念，特此奉闻，并颂

时绥不尽

周玉材　顿首　八月十八日

360818 致蔡斐君

斐君先生：

　　惠函早到。以我之年龄与生计而论，其实早无力为人阅看创作或校对翻译。何况今年两次大病，不死者幸耳，至今作千余字，即觉不支，所以赐寄大稿，真是无法可想，积存敝寓，于心又不安，尤惧遗失。今日已汇为一卷，托书店挂号寄上，乞察收，此后尤希直接寄编辑或出版者，以省转折。因为寓中人少，各无暇晷，每遇收发稿件，奔走邮局，殊以为苦也。事非得已，伏乞谅鉴为幸。

　　专此布达，并请

暑安。

鲁迅　八月十八日

360820 致唐弢

唐弢先生：

　　十八日函收到；前两函也收到的。《珂勒惠支画集》印造不多，存寓定为分送者，早已净尽，无以报命，至歉，容他日设法耳。

我的号，可用周豫才，多人如此写法，但邮局当亦知道，不过比鲁迅稍不触目而已。至于别种笔名，恐书店不详知，易将信失落，似不妥。

专此布复，并请

暑安。

鲁迅　上　八月二十日

360820 致赵家璧

家璧先生：

十八日信收到。对于曹译小说的两条，我以为是都不成问题的，现在即可由我负责决定：一、暂抽去《烟袋》；二、立一新名。

因为他在旅行，我不知道其住址，一时无从探问，待到去信转辗递到，他寄回信来，我又不在上海了：这样就可以拖半年。所以还是由我决定了好。我想他不至于因此见怪的。

但我想：新名可以用漂亮点的，《两个朋友》，《犯人》之类，实在太平凡。

我想在月底走，十月初回来。

专此布达，并颂

著安。

迅　上　八月廿日

360825 致母亲

母亲大人膝下敬禀者，来信收到，给老三的孩子的信，亦早已转交。

男病比先前已好得多，但有时总还有微热，一时离不开医生，所以虽想转地疗养一两月，现在也还不能去。到下月初，也许可以走了。

海婴安好，瘦长了，生一点疮。仍在大陆小学，进一年级，已开学。学校办得并不好，贪图近便，关关而已。照相当俟秋凉，成后寄上。

何小姐我看是并不会照相的，不过在练习，照不好的，就是晒出来，也一定不高明。

马理早到上海，老三寓中有外姓同住（上海居民，一家能独赁一宅的不多），不大便当，就在男寓中住了几天，现在搬到她朋友家里去了（姓陶的，也许是先生），不久还要来住几天也说不定。但这事不可给八道湾知道，否则，又有大罪的。

害马上月生胃病，看了一回医生，吃四天药，好了。

专此布达，恭请

金安。

男树　叩上　广平海婴同叩　八月廿五日

360825 致欧阳山

山兄：

信早到，因稍忙，故迟复。《画集》早托胡兄带去，或已到。

"安全周"有许多人说不可靠，但我未曾失败过，所以存疑，现在看来，究竟是不可靠的。妊身之后，肺病能发热；身体不好，胃口不开也能发热，无从悬揣。Hili 我不懂，也查不出，Infection 则系"传染"，"传染病"，或"流行病"，但决非肺病。不过不可存疑，我以为还不如再找一个医生检查一下，用别的法子，如分析小便之类，倘系肺不好，则应即将胎儿取下，即使不过胃弱，也该治一下子。

诊我的医生，大约第一次诊察费二元或三元以后一年内不要，药费每天不过五角，在洋医中，算是便宜的，也肯说明（有翻译者在），不像白色医生的说一句话之后就不开口。我写一张信附上，倘要去看，可用的。

小说座谈会很好，我也已看见过广告。有人不参加，当然听其自由，但我不懂"恐怕引起误会"的话。怕谁"误会"呢？这样做人，真是可怜得很。

但我也真不懂徐懋庸为什么竟如此昏蛋，忽以文坛皇帝自居，明知我病到不能读，写，却骂上门来，大有抄家之意。我这回的信是箭在弦上，不得不发，但一发表，一批徐派就在小报上哄哄的闹起来，煞是好看，拟收集材料，待一年半载后，再作一文，此辈的嘴脸就更加清楚而有趣了。

我比先前好，但热度仍未安定，所以至今说不定何日可以旅行。

专此布复，即颂

时绥。

迅 上。八月二十五日。

草明太太均此致候。 广附笔问候。

密勒路可坐第一路电车，在文路（上海银行分行处）下车，向文路直走，至虹口小菜场，一问，不远了。 又及

360826 致康小行

小行先生：

来信收到。

《珂氏版面》印本无多，出版后即为预约及当地人士购去，现已无余，且不再版，故 来函所询之书未能奉寄，不胜抱歉！此复，敬候

时绥

树 上 八月廿六

360827 致曹靖华

汝珍兄：

廿一日信昨收到，小包亦于昨午后取得；惟木耳至今未到，大约因交通不便，尚在山中或途中耳。红枣极佳，为南中所无法购得，羊肚亦作汤吃过，甚鲜。猴头闻所未闻，诚为珍品，拟俟有客时食之。但我想，如经植物学家及农学家研究，也许有法培养。

女院事已定，甚好，但如此屡换课目，亦令人麻烦，我疑其中必有原因，夏间见许君两次，却一句未说，岂李作怪欤？

致黄源信已转寄。印书事未知，大约因我生病，故不以告。昨晚打听，始知其实亦尚无一定办法。倘印行时，兄之译品，可以给他们印。《粮食》我这里有印本。倘决定出版时，当通知。

陈君款早收到。

出版界确略松，但大约不久又要收紧的。而且放松更有另外的原

329

因，言之痛心，且亦不便;《作家》八月号上，有弟一文，当于日内寄上，其中有极少一点文界之黑暗面可见。我以为文界败象，必须扫荡，但扫荡一有效验，压迫也就随之而至了。

良友公司愿如《二十人集》例，合印兄译之两本短篇小说，但欲立一新名，并删去《烟袋》。我想，与其收着，不如流传，所以已擅自答应他们，开始排字。此事意在牺牲一篇，而使别的多数能够通行，损小而益多，想兄当不责其专断。书名我拟为《七人集》，他们不愿，故尚未定。版税为百分之十五，出版后每年算两次。

它兄集上卷已在装订，不久可成，曾见样本，颇好，倘其生存，见之当亦高兴，而今竟已归土，哀哉。至于第二本，说起来真是气死人;原与印刷局约定六月底排成，我在病中，亦由密斯许校对，未曾给与影响，而他们拖至现在，还差一百余页，催促亦置之不理。说过话不算数，是中国人的大毛病，一切计画，都被捣乱，无可预算了。

《城与年》尚未付印。我的病也时好时坏。十天前吐血数十口，次日即用注射制止，医诊断为于肺无害，实际上确也不觉什么。此后已退热一星期，当将注射，及退热，止咳药同时停止，而热即复发，昨已查出，此热由肋膜而来（我肋膜间积水，已抽去过三次，而积不已），所以不甚关紧要，但麻烦而已。至于吐血，不过断一小血管，所以并非肺病加重之兆，因重症而不吐血者，亦常有也。

但因此不能离开医生，去转地疗养，换换空气，却亦令人闷闷，日内拟再与医生一商，看如何办理。

专此布复，并请

暑安。

弟豫　顿首　八月廿七日

360828 致黎烈文

烈文先生：

　　昨在《立此存照》上所写笔名，究嫌太熟，倘还来得及，乞改为"晓角"是荷。

　　专此布达，并请

著安。

迅　顿首　八月廿八晨

360828 致杨霁云

霁云先生：

　　二十四日函收到。我这次所生的，的确是肺病，而且是大家所畏惧的肺结核，我们结交至少已经有二十多年了，其间发过四五回，但我不大喜欢嚷病，也颇漠视生命，淡然处之，所以也几乎没有人知道。这一回，是为了年龄关系，没有先前那样的容易制止和恢复了，又加以肋膜病，遂至缠绵了三个多月，还不能停止服药。但也许就可停止了罢。

　　是的，文字工作，和这病最不相宜，我今年自知体弱，也写得很少，想摆脱一切，休息若干时，专此翻译糊口。不料还是发病，而且正因为不入协会，群仙就大布围剿阵，徐懋庸也明知我不久之前，病得要死，却雄赳赳首先打上门来也。

　　他的变化，倒不足奇。前些时，是他自己大碰钉子的时候，所以觉得我的"人格好"，现在却已是文艺家协会理事，《文学界》编辑，还有"实际解决"之力，不但自己手里捏着钉子，而且也许是别人的棺材钉了，居移气，养移体，现在之觉得我"不对"，"可笑"，"助长恶劣的倾向"，"若偶像然"，原是不足为异的。

其实，写这信的虽是他一个，却代表着某一群，试一细读，看那口气，即可了然。因此我以为更有公开答复之必要。倘只我们彼此个人间事，无关大局，则何必在刊物上喋喋哉。先生虑此事"徒费精力"，实不尽然，投一光辉，可使伏在大纛荫下的群魔嘴脸毕现，试看近日上海小报之类，此种效验，已极昭然，他们到底将在大家的眼前露出本相。

《版画集》在病中印成，照顾殊不能周到，印数又少，不久便尽，书店也不存一本了，无以奉寄，甚歉。

专此布复，并请

暑安。

鲁迅　八月廿八日。

再：现医师不许我见客和多谈，倘略愈，则拟转地疗养数星期，所以在十月以前，大约不能相晤：此可惜事也。

360828 致须藤五百三（日本）

须藤先生几下：

热退了不少。昨天五度九分之前在写信，不曾睡觉。

腹部有时发胀，隐隐作痛，瓦斯多。（未服阿司匹灵前便是如此。）

咳嗽减少，食欲不变，睡眠好。　草草顿首

鲁迅　八月廿八日

360831 致沈雁冰

明甫先生：

我肺部已无大患，而肋膜还扯麻烦，未能停药；天气已经秋凉，山上海滨，反易伤风，今年的"转地疗养"恐怕"转"不成了。

因此想到《述林》，那第二本，交稿时约六月底排成。在我病中，亦仍由密斯许赶校，毫不耽搁，而至今已八月底，约还差百余页。前曾函托章先生，请催排字局，必于八月二十边排完，而并无回信置可否，也看不出排稿加紧，或隔一星期来一次，或隔十多天来一次，有时新稿，而再三校居多，或只清样。这真不大像在做生意。所以想请先生于便中或专函向能拿主意的人（章？徐？）一催，从速结束，我也算了却一事，比较的觉得轻松也。

那第一本的装钉样子已送来，重磅纸；皮脊太"古典的"一点，平装是天鹅绒面，殊漂亮也。专此布达，即请

著安。

树　上　八月卅一日

360903 致母亲

母亲大人膝下，敬禀者，八月三十日信收到。男确是吐了几十口血，但不过是痰中带血，不到一天，就由医生用药止住了。男所生的病，报上虽说是神经衰弱，其实不是，而是肺病，且已经生了二三十年，被八道湾赶出后的一回，和章士钊闹后的一回，躺倒过的，就都是这病，但那时年富力强，不久医好了。男自己也不喜欢多讲，

令人担心，所以很少人知道。初到上海后，也发过一回，今年是第四回，大约因为年纪大了之故罢，一直医了三个月，还没有能够停药，因此也未能离开医生，所以今年不能到别处去休养了。肺病是不会断根的病，全愈是不能的，但四十以上人，却无性命危险，况且一发即医，不要紧的，请放心为要。

马理已考过，取否尚未可知。她还是孩子脾气，看得上海很新鲜。但据男看来，她的先生（北平教过的）和朋友都颇滑，恐怕未必能给她帮助，到紧要时，都托故溜开了。

害马胃已医好。海婴亦好，仍上大陆小学。

专此布复，恭请

金安。

男树　叩上　广平海婴同叩　九月三夜。

360903 致沈雁冰

明甫先生：

昨收到一日信，才明白了印刷之所以牛步化的原因，现经加鞭，且观后效耳。振铎常打如意算盘，结果似乎不如意的居多，但这回究竟打得印出了十分之八九，成绩还不算坏。我想，到九月底，总该可以结束了。最失败的是许钦文，他募款建陶元庆纪念堂，后来收款寥寥，自己欠一批债，而杭州之律师及记者等，以他为富翁，必令涉入命案，几乎寿终牢寝，现在出来了，却专为付利子而工作着。

美成铅字，其实并不好，不但无新五号，就是五号，也有大小，不一律的。初校送来，却颇干净，错误似不多，但我们是对原稿的，因此发见印刷局的校员，可怕之至，他于觉得错误处，大抵以意改令通顺，并不查对原稿，所以有时简直有天渊之别。大抵一切校员，无不如此，所以倘是紧要的书，真令人寒心。《述林》有一半无原稿，那就没法了。此请

著安。

树　上　九月三日

360905 致赵家璧

家璧先生：

顷接靖华信，已同意于我与先生所定之印他译作办法。并补寄译稿四篇（共不到一万字），希望加入。稿系涅维洛夫的三篇，左琴科的一篇，《烟袋》内原有他们之作，只要挨次加入便好。但不知已否付排，尚来得及否？希即见示，以便办理。

他函中要我做一点小引，如出版者不反对，我是只得做一点的，此一层亦希示及；但倘做起来，也当在全书排成之后了。

专此布达，并请

著安。

鲁迅　九月五日

360906 致鹿地亘（日本）

鹿地先生：

关于拙作的选择，同意你的主张。说实话，自己对此问题没考

虑过。

不过，《珂勒惠支画集序目》一篇没有也可以。记得在日本已有更详细的介绍了。但如已译好，收进去也可以。其中引用的永田氏的原文，登在《新兴艺术》上，现将该杂志一并寄上。

版画的解释是否也要翻译？这也要译的话，请将说明之二《穷苦》一条下的"父亲抱一个孩子"的"父亲"改为"祖母"。如看别的复制画，怎么也像是女性。Diel 的说明中也说是祖母。

我觉得加进其他随笔的做法好。但此事请与张君商谈。我也拜托过此君一回。

鲁迅　九月六日

360907 致曹靖华

汝珍兄：

八月卅一日信收到，小说四篇，次日也到了，当即写信去问书局，商量加入，尚无回信，不知来得及否。至于《安得伦》，则我以为即使来得及，也不如暂单行，以便读者购买。而且大书局是怕这本书的，最初印出时，书店的玻璃窗内就不肯给我们陈列，他们怕的是图画和"不走正路"四个字。

病重之说，一定是由吐血而来的，但北平报纸，也真肯记载我的琐事。上海的大报，是不肯载我的姓名的，总得是胡适林语堂之类。至于病状，则已几乎全无，但还不能完全停药，因此也离不开医生，加以已渐秋凉，山中海边，反易伤风，所以今年是不能转地了。

猴头已吃过一次，味确很好，但与一般蘑菇类颇不同。南边人简直不知道这名字。说到食的珍品，是"燕窝鱼翅"，其实这两种本身并无味，全靠配料，如鸡汤，笋，冰糖……的。

它兄译集的下本，正在排校，本月底必可完，去付印，年内总能出齐了。一下子就是一年，中国人做事，什么都慢，即使活到一百岁，也做不成多少事。

关于《卡巴耶夫》的几篇文章上的署名，是编辑者写的，不知道他为什么想了这么一个笔名。上月他们分两次送了稿费来，共十五元，今汇上，请便中一取。此杂志停刊了，数期停刊的杂志，上海是常有的，其原因除压迫外，也有书店太贪，或编辑们闹架。这里的文坛不大好；日前寄上《作家》一本，有弟一文，写着一点大概，现在他们正面不笔战，却在小报上玩花样——老手段。

有答 E 的一封信，想请兄译出，今寄上汉文稿，乞便中一译，无关紧要，不必急急的。

专此布达，并请

暑安。

弟豫　上　九月七日

360907 致巴惠尔·艾丁格尔（德国）

Paul Ettinger 先生：

我已经收到你 Aug 十三的信，你通知我收到 Sirén 的书的那一封信，也早收到的。但我从五月起，接连的生病，没有力气，所以未曾去找朋友，托他替我写一封回信。

现在我又收到一本《波兰美术》，谢谢你。但不知他们为什么不在图画下面写出这图的名目。我有一本《波兰美术史》，图上也没有名目，看起来有时很气闷。我想，你看那没有说明的中国画时，恐怕往往也这样的。

我极希望你有关于中国印的《Sovietic Graphics》的批评，倘印出，可否寄我一份，我想找人译出来，给中国的青年看。不过这一本书的材料，是全从今年在上海所开的"苏联版画展览会"里取来的。在这会里，我找 Deineka 的版画，竟一幅也没有。我很想将从最初到现在的苏联木刻家们的代表作集成一册，介绍给中国，但没有这力量。

Лусин.

〔九月七日〕

360908 致叶紫

芷兄：

七日信收到；记得以前诸函，也都收到的。所以未写回信者，既非我病又重，也并无"其他的原故"。不过说来说去，还是为了我的病依然时好时坏，就是好的时候，写字也有限制，只得用以写点关于生计或较为紧要的东西；密斯许又自己生病，孩子生病，近来又有客寓在家里，所以无关紧要的回信，只好不写了。

我身体弱，而琐事多，向来每日平均写回信三四封，也仍然未能处处周到。一病之后，更加照顾不到，而因此又须解释所以未写回信之故，自己真觉得有点苦痛。我现在特地声明：我的病确不是装出来的，所以不但叫我出外，令我算账，不能照办，就是无关紧要的回信，也不写了。此一节请谅察为幸。

专此布复，并颂

时绥。

鲁迅　九月八日

360909 致赵家璧

家璧先生：

顷得七日信；所给我的《新传统》一本，亦收到，谢谢！

译稿四篇，今送上。末校我想只要我替他看一看就好，因为学校已开课，他所教的是新项目，一定忙于预备。

书名我们一个也没有。不知篇名有比较的漂亮者否？请先生拟定示知。

普及本木刻，亦收到。随便看看固可，倘中国木刻者以此为范本，是要上当的。

专此布达，并请

著安。

鲁迅　九九。

360914 致吴朗西

朗西先生：

顷面托排印之说明，已抄好底稿，今寄奉，乞便中付与印刷局为荷。校好之后，除打纸板外，并乞令在较厚的白纸（光道林）上精印

五六张。专此布达，并颂

时绥。

迅　上　九月十四夜

360914 致沈雁冰

明甫先生：

先前有称端木蕻良的，寄给我一篇稿子，而我失其住址，无法回复。今天见《文学》八月号，有《鹭鸶湖的忧郁》一篇，亦同名者所作。因思文学社内，或存有他的通信处，可否乞先生便中一查，见示。

又萧三之通信处，如有，亦希示知，其寓所或其信箱均可。

专此布达，并请

撰安。

树　顿首　九月十四夜。

360915 致王冶秋

冶秋兄：

八月廿六日的信早收到，而且给我美丽的画片，非常感谢。记得两个月以前罢，曾经很简单的写了几句寄上，现看来信，好像并未收到。

我至今没有离开上海，非为别的，只因为病状时好时坏，不能离开医生。现在还是常常发热，不知道何时可以见好，或者不救。北方我很爱住，但冬天气候干燥寒冷，于肺不宜，所以不能去。此外，也想不出相宜的地方，出国有种种困难，国内呢，处处荆天棘地。

上海不但天气不佳，文气也不像样。我的那篇文章中，所举的还不过很少的一点。这里的有一种文学家，其实就是天津之所谓青皮，他们就专用造谣，恫吓，播弄手段张网，以罗致不知底细的文学青年，给自己造地位；作品呢，却并没有。真是惟以嗡嗡营营为能事。如徐懋庸，他横暴到忘其所以，竟用"实际解决"来恐吓我了，则对于别的青年，可想而知。他们自有一伙，狼狈为奸，把持着文学界，弄得乌烟瘴气。我病倘稍愈，还要给以暴露的，那么，中国文艺的前途庶几有救。现在他们在利用"小报"给我损害，可见其没出息。

珂勒惠支的画集只印了一百本，病中装成，不久，便取尽，卖完了，所以目前无法寄奉。近日文化生活出版社方谋用铜版复制，年内当可出书，那时当寄上。

静农在夏间过沪回家，从此便无消息，兄知其近况否？

专此布复，即颂

时绥。

树　上　九月十五日

令夫人令郎均吉。

360915 致增田涉（日本）

增田兄：

九日信拜领。关于《大地》的事，近日内让胡风看。胡仲持的译文或许不准确。如果那样，对作者实为不好。

我依旧发热而由须藤先生注射……病情如何，实不可知，但身体比以前胖了起来。

对徐懋庸辈的文章（没气力而花了四天工夫），是因为没有办法才写的。上海有这么一伙人，一遇什么便立刻利用它来为自己打算，故略为打击一下。

洛文　拜上　九月十五日

360918 致许杰

许杰先生：

来信收到。径三兄的纪念文，我是应该做的，我们并非泛泛之交。只因为久病，怕写不出什么来，但无论如何，我一定写一点，于十月底以前寄上。

我并没有预备到日本去休养；但日本报上，忽然说我要去了，不知何意。中国报上如亦登载，那一定从日本报上抄来的。

专此布复，即请
撰安。

鲁迅　九一八

360921 致唐诃

唐诃先生：

得到九月十六日信，并给我仅存的序文，感谢之至。但展览会收场如此，真令人怅然。

那几个植物名，第一个一定是（Kōzo）之误，中国名"楮"，也做制纸的原料，第三个是"雁皮"，中国名不知，也许没有。只有D'miko不可解，也不像日本话。但日本制纸植物，普通确是三种，其一是"三桠"（Mitsumata），我想大约德文拼错的。

K氏画集早分，卖完了；听说有人要用铜版翻印，但尚未出。我还在时时发热，但这年纪的肺病，是不会致命的，可是也不会好；这事您知道得很明白，用不着我说。

专此布复，即请

秋安。

干　顿首　九月二十一日

360921 致黎烈文

烈文先生：昨所说的那一篇，已抄讫，今寄上。上午又作了一则《立
　　此存照》，一同附奉，希能见于第三期。但太长；同是"存照"，
　　而相度其长短，或补白，或不补白，何如？
专此布达，并颂
撰安。

迅　顿首　九月二十一日

360922 致母亲

母亲大人膝下，敬禀者，九月八日来信，早已收到。男近日情形，比

先前又好一点，脸上的样子，已经恢复了病前的状态了，但有时还要发低热，所以仍在注射。大约再过一星期，就停下来看一看。海婴仍在原地方读书，夏天头上生了几个小疮，现在好了，前天玻璃割破了手，鲜血淋漓，今天又好了。他同玛利很要好，因为他一向是喜欢客人，爱热闹的，平常也时时口出怨言，说没有兄弟姊妹，只生他一个，冷静得很。见了玛利，他很高兴，但被他粘缠起来的时候，我看实在也讨厌之至。

北京今年这样热，真是意料不到的事。上海还不算大热，现在凉了，而太阳出时，仍可穿单衣。害马甚好，请勿念。

专此布达，恭请

金安。

男树　叩上　广平暨海婴同叩　九月二十二日

360922 致费慎祥

慎祥兄：

重排的《花边文学》，想必有一本清样，望便中带来。因为我想在较有力气时，标注这回付印的《杂文初集》，要看看格式。

那一个盘光华书局的人，在将《铁流》的纸板向人出卖，要五十块钱。

专此布达，即颂

时绥。

迅　上　廿二日

360922 致增田涉（日本）

代景宋回答。他已十多年与"书录"没有关系，故对你的询问，什么也答不出。自失去固定住处以来，大量的书难以携持。因而时有散失，现在连自己的著译也没几本了。目前说得出的只有：

一，《死魂灵》（第一部）一九三五年十一月初版

二，同上　　一百图　　一九三六年四月版

对于欧美所译者，迄今谁也未注意。大致情况连作者也不告知，更何况送书耶！

鲁迅　上　九月二十二日

增田兄几下

360925 致许寿裳

季市兄：

得《新苗》，见兄所为文，甚以为佳，所未敢苟同者，惟在欲以佛法救中国耳。

从中更得读太炎先生狱中诗，卅年前事，如在眼前。因思王静安没后，尚有人印其手迹，今太炎先生诸诗及"速死"等，实为贵重文献，似应乘收藏者多在北平之便，汇印成册，以示天下，以遗将来。故宫博物馆印刷局，以玻璃板印盈尺大幅，每百枚五元，然则五十幅一本，百本印价，不过二百五十元，再加纸费，总不至超出五百，向种种关系者募捐，当亦易集也。此事由兄发起为之，不知以为何如？

与革命历史有关之文字不多，则书简文稿册页，亦可收入，曾记有为兄作《汉郊祀歌》之篆书，以为绝妙也。倘进行，乞勿言由我提议，因旧日同学，多已崇贵，而我为流人，音问久绝，殊不欲因此溷诸公之意耳。

贱恙时作时止，毕竟如何，殊不可测，只得听之。

专此布达，并请

道安。

弟飞　顿首　九月二十五日

360926 致吴朗西

朗西先生：

十五日寄奉一函，内有付排之稿，不知收到否？如已交印刷局，则请一催，因此系急用，而且每条须看排出之样式后，再各添一行，较费周折也。

专此布达，并请

秋安。

迅　上　九月二十六日

360926 致沈雁冰

明甫先生：

廿五日信廿六到。美成"排竣"之说甚巧，至于校，则尚剩序目。

先前校稿，他们办法亦与上卷不同，至二校，必打清样来，以示无需三校之意。我亦遵命，但曾提出一页，要三校，而至今不至也。

《中国的一日》至今无有，有时非常宽缓，是生活书店所不甚少有的事，以前亦往往遇之。此店貌似旺盛，而办事或失之太散漫，或失之太聪明，其实是很不健康的。

《述林》初拟计款分书，但如抽去三分之一交 C.T.，则内山老板经售者只三百余本，迹近令他做难事而又克扣其好处，故付与 C.T. 者，只能是赠送本也。

专此布复，并请

秋安。

树　顿首　九月廿六夜。

360928 致吴渤

吴渤先生：

来信收到。

今年九个月中，我足足大病了六个月，至今还在天天发热，不能随便走动，随便做事。所以关于木刻展览会的事情，就也无从谈起了，真是抱歉之至。

专此奉答，并颂

时绥。

鲁迅　九月廿八

360928 致黎烈文

烈文先生：

近想甚忙。我仍间或发热，但报总不能不看，一看，则昏话之多，令人发指。例如此次《儿童专刊》上一文，竟主张中国人杀日本人，应加倍治罪，此虽日本人尚未敢作此种主张，此作者真畜类也。草一《存照》，寄奉，倘能用，幸甚。

专此布达，并请

撰安。

迅　顿首　九月廿八日

360928 致雅罗斯拉夫·普实克（捷克）

J.Prusěk 先生：

八月二十七日的信，我早收到了；谢谢您对于我的健康的关心。

我同意于将我的作品译成捷克文，这事情，已经是给我的很大的光荣，所以我不要报酬，虽然外国作家是收受的，但我并不愿意同他们一样。先前，我的作品曾经译成法、英、俄、日本文，我都不收报酬，现在也不应该对于捷克特别收受。况且，将来要给我书籍或图画，我的所得已经够多了。

我极希望您的关于中国旧小说的著作，早日完成，给我能够拜读。我看见过 Giles 和 Brucke 的《中国文学史》，但他们对于小说，都不十分详细。我以为您的著作，实在是很必要的。

郑振铎先生是我的很熟识的人，去年时时见面，后来他做了暨南大学的文学院长，大约是很忙，就不容易看见了，但我当设法传达您的意思。

我前一次的信，说要暂时转地疗养，但后来因为离不开医师，所以也没有离开上海，一直到现在。现在是暑气已退，用不着转地，要等明年了。

专此布复，并颂

秋安。

鲁迅　上　九月二十八日

360929 致郑振铎

西谛先生：

二十八日信收到。《述林》已在关上候查，但官场办事雍容，恐怕总得一星期才会通过罢。所印只五百部，如捐款者按人一律两部，则还不如不募之合适，大约有些也只能一部，然亦不过收回成本而已。我处无人可差，所以有几位之书，也只能总送尊寓，乞于便中分交。

《博古页子》早收到，初以为成书矣，今日始知是样本，我无话可写，不作序矣。《十竹斋笺谱》（二）近况如何？此书如能早日刻成，乃幸。

近得 J.Průšek 信，谓认识先生，见时乞代问候云云，特转达。

专此布复，并请

教安。

鲁迅　九月二十九日

360929 致黄源

河清先生：

　　有几篇稿子，想交与孟十还先生，还有一些话。可否请先生莅寓一谈，再为转达，至幸。

　　专此布达，即请

著安

迅　上　九月廿九日

360929 致曹白

曹白先生：

　　廿七夜信并稿两篇均收到。我一直没有离开上海，其实是为了不能离开医生，现在每天还发热，但医生确说已可以散步，可惜我也无处可走，到处是伤心惨目，走起来并不使我愉快。

　　论文并无错处，可以发表的，我只改正了几个误字。至于《夜谈》，却不佳，叙述是琐细事，而文笔并不漂亮（虽然偶有警句），材料也平常，吃蛆之类的无赖手段，在中国并不少有，不算奇异的。况且这种恶劣人物，很难写，正如鼻涕狗粪，不能刻成好木刻一样。

　　但原稿上时有极关紧要的误字，这我看是因为你神经太疲劳了的缘故。例如论文的 5 页后半页，《夜谈》的 4 页末行，我看都有大错，我加了问号在那里。

　　两篇都放在书店里，附上一笺，希便中持以一取为荷。此复，

即颂

秋安

迅　上　九月二十九日

361002 致郑振铎

西谛先生：

今送上《海上述林》上卷，系：

C.T.　革脊五本、绒面五本、

耿　　革脊一本、绒面一本、

傅　　革脊一本、

吴　　革脊一本、

共十四本。傅吴两位之书，仍希转交，因我无人可托，不能一一分送也。此布，即请

撰安。

迅　顿首〔十月二日〕

361002 致章锡琛

雪村先生：

今送上《海上述林》上卷共七本，乞分赠：

章、叶、徐、宋、夏、

以上五位，皮脊订本各一本，

王、丁、

以上二位，绒面订本各一本。

下卷已将付印，成后续呈。专此，即请

秋安。

树人　顿首〔十月二日〕

361005 致沈雁冰

明甫先生：

四日信收到。

"顾问"之列，我不愿加入，因为先前为了这一类职衔，吃苦不少，而且甚至于由此发生事端，所以现在要回避了。

在十四日之前，当投稿一篇，虽然题目未能十分确定。

萧红一去之后，并未给我一信，通知地址；近闻已将回沪，然亦不知其详，所以来意不能转达也。

昨看《冰天雪地》，还好。　　专此布复，即请

著安。

树　上　十月五日

361005 致增田涉（日本）

增田兄：

九月三十日信收到。

《小说旧闻钞》序文末段的意思，正如你所解释的。即：（一）罗是元朝人，（二）确有其人，而不是某作者的化名。

《中国印度短篇小说集》出版社已送来一册。 草草顿首

洛文　十月五日

361006 致汤咏兰

咏兰先生：

来信收到。

肺病又兼伤风，真是不大好，但我希望伤风是不久就可以医好的。

有钱五十元，放在书店里。今附上一笺，请持此笺，前去一取为荷。

专此布复，即颂

时绥。

豫　上　十月六日

361006 致曹白

曹白先生：

一日信早收到。

作文要誊清，是因为不常写的缘故：手生。我也这样，翻译多天之后，写评论便涩滞；写过几篇之后，再来翻译，却又觉得不大顺手

了。总之：打杂实在不是好事情，但在现在的环境中，也别无善法。

种种骚扰，我是过惯了的，一二八时，还陷在火线里。至于搬家，却早在想，因为这里实在是住厌了。但条件很难，一要租界，二要价廉，三要清静，如此天堂，恐怕不容易找到，而且我又没有力气，动弹不得，所以也许到底不过是想想而已。

我要送你一本书（这是我们的亡友的纪念），照例是附上一笺，向书店去取。还只上卷；下卷（都是剧本和小说）即将付印，看来年底总可以出版的。开首的《写实主义文学论》，虽学说已旧，却都是重要文献，可供参考，可惜的是插画的说明印错了，我当于下卷中附白订正。

《现实》和《高尔基论文集》，都被一书店（那时是在"第三种人"手里的）扣留了几年，到今年才设法赎出来的，你看上海的鬼蜮，多么可怕。

专此布达，即请

刻安。

豫　顿首　十月六日

361009 致费明君

明君先生：

《珂氏选集》早已无余……歉甚。但近日文化生活出版社已在缩印……不至于不佳，大约年内总可出版，请先生自与接洽为幸。该社地址，是福州路四三六号。　专此布复，并颂秋安。

鲁迅　十月九日

361009 致黄源

河清先生：

　　寄上广告草稿，不知本月的《译文》上，还赶得及登出否？在《作家》上，却下月也不妨。

　　专此布达，并请

撰安。

　　　　　　　　　　　　　　　　迅　上　十月九日

361010 致黎烈文

烈文先生：

　　昨寄揩油广告一种，想已达；尚有一种，仍希揩油，但第三种，可望暂时没有了。

　　午后至上海大戏院观《复仇遇艳》（Dubrovsky by Pushkin），以为甚佳，不可不看也。

　　特此鼓动，并颂

撰安。

　　　　　　　　　　　　　　　　迅　上　十月十夜。

361010 致黄源

河清先生：

　　续呈广告一纸，希赐揩油登载为感。

今日往上海大戏院观普式庚之 Dubrovsky（华名《复仇遇艳》，闻系检查官所改），觉得很好，快去看一看罢。

专此布达，即请

撰安。

迅　上　十夜。

361011 致增田涉（日本）

增田兄：

阿庚＝A.Agin，俄国人，十九世纪中叶之人，画家；雕版者是培尔那尔特斯基（E. Bernardsky），亦同时代的俄国人。

梭可罗夫＝P. Sokolov，亦俄国人，与 Agin 同时代。

班台莱耶夫＝L.Panteleev。

竖琴＝Lira，作者＝理定（V. Lidin），出版年份＝1932，出版所＝良友图书公司。在 1936 年和《一天的工作》合装成《苏联作家二十人集》，出版处同前。

坏孩子及其他，出版年 1936，出版处＝联华书店。

洛文　拜　十月十一日

361012 致宋琳

紫佩兄：

先后惠示，均读悉。《农书》系友托购，而我实有一部在北平，今既如此难得，拟以所藏者与之，而藏在何处，已记不真切。所以请兄于便中往舍间一查，客厅中有大玻璃书柜二，上部分三层，其上二层皆中国书，《农书》或在其内；此书外观，系薄薄的八本（大本）或十本，湖色绸包角，白纸印，一望可辨大略，取疑似者，抽出阅之，或可得也。倘在，而书面已陈旧，则请兄饬人换较好之书面，作一布套寄下。如无，则只可等书坊觅得矣。

沪寓左近，日前大有搬家，谣传将有战事，而中国无兵在此，与谁战乎，故现已安静，舍间未动，均平安。惟常有小纠葛，亦殊讨厌，颇拟搬往法租界，择僻静处养病，而屋尚未觅定。贱恙渐向愈，可释远念耳。

惠寄书籍，早收到，惟得如此贵价之本，心殊不安也。

专此布复，即颂

时绥。

树人　顿首　十月十二日

361012 致赵家璧

家璧先生：

靖华所译小说，曾记先生前函，谓须乘暑中排完，但今中秋已过，尚无校稿见示。不知公司是否确已付排，或是否确欲出版，希便中示及为荷。

此布，并请

撰安。

迅　上　十月十二日

361014 致增田涉（日本）

《俄罗斯的童话》，一九三五年出版。

《十月》，中篇小说，原著者雅各武莱夫（A.Yakovlev），出版处神州国光社。出版年因手头无书不详，大概是一九三〇年左右。

西崽这名词是有的。

西＝西洋人的略称；崽＝仔＝小孩＝boy。

因此，西崽＝西洋人使唤的 boy（专指中国人）。

洛文　上　十月十四日

增田兄几下

361015 致曹白

曹白先生：

我并不觉得你浅薄和无学。这要看地位和年龄。并非青年，或虽青年而以指导者自居，却所知甚少，这才谓之浅薄或无学。若是还在学习途中的青年，是不当受这苛论的。我说句老实话罢：我所遇见的随便谈谈的青年，我很少失望过，但哗啦哗啦大写口号理论的作家，我却觉得他大抵是呆鸟。

《现实》中的论文，有些已较旧，有些是公谟学院中的人员所作，因此不免有学者架子，原是属于"难懂"这一类的。但译这类文章，能如史铁儿之清楚者，中国尚无第二人，单是为此，就觉得他死得可惜。你只懂十之六，我想，不看惯也是一个大原因。不过这原是一点文献，并非入门书，所以看后还觉得不甚有把握，也并不足怪。

《述林》是纪念的意义居多，所以竭力保存原样，译名不加统一，原文也不注了，有些错处，我也并不改正——让将来中国的公谟学院来办罢。上卷插图之误，改起来不好看，下卷有正误的。

　　有喜欢的书，而无钱买，是很不舒服的，我幼小时常有此苦，虽然那时的书，每部也不过四五百文。你的朋友既爱此书，可说是《述林》的知己，还是送他罢，仍附上一条，乞便中往一取。

　　病还不肯离开我，所以信写得这样了，只好收束。

　　专此布复，并颂

时绥。

　　　　　　　　　　　　　　迅　上　十月十五夜。

361015 致台静农

伯简兄：九月三十日信早到，或恙或忙，遂稽答复。夏间本拟避暑，而病不脱体，未能离开医生，遂亦不能离开上海，荏苒已至晚秋，倘一止药，仍忽发热，盖胃强则肺病已愈，今胃亦弱，故致纠缠，然纠缠而已，于性命当无伤也。近仍在就医，要而论之，终较夏间差胜矣。我鉴于世故，本拟少管闲事，专事翻译，藉以糊口，故本年作文殊不多，继婴大病，槁卧数月，而以前以畏祸隐去之小丑，竟乘风潮，相率出现，乘我危难，大肆攻击，于是倚枕，稍稍报以数鞭，此辈虽猥劣，然实于人心有害，兄殆未见上海文风，近数年来，竟不复尚有人气也。今年由数人集资印亡友遗著，以为纪念，已成上卷，日内当托书店寄上，至希察收，其下卷已校毕，年内当可装成耳。专此布达，并颂时绥。

树　顿首　十月十五夜。

361017 致曹靖华

汝珍兄：

十月十二日信收到，甚喜。译致 E 君函及木耳，早收到了，我竟未通知，可谓健忘，近来记性，竟大不如前，作文也常感枯涩，真令人气恼。

它兄译作，下卷亦已校完，准备付印，此卷皆曾经印过的作品，为诗，戏曲，小说等，预计本年必可印成，作一结束。此次所印，本系纪念本，俟卖去大半后，便拟将纸版付与别的书店，用报纸印普及本，而删去上卷字样；因为下卷中物，有些系卖了稿子，不能印普及本的。这样，或者就以上卷算是《述林》全部，而事实，也惟上卷较为重要，下卷就较"杂"了。

农往青岛，我方以为也许较好，而不料又受人气，中国虽大，真是无处走。

闸北似曾吃紧，迁居者二三万人，我未受影响，其实情形也并不如传说或报章之甚，故寓中一切如常。我本想搬一空气较好之地，冀于病体有益，而近来离闸北稍远之处，房价皆大涨，倒反而只好停止了。但我看这种紧张情形，此后必时时要有，为宁静计，实不如迁居，拟于谣言较少时再找房子耳。

我病医疗多日，打针与服药并行，十日前均停止，以观结果，而不料竟又发热，盖有在肺尖之结核一处，尚在活动也。日内当又开手疗治之。此病虽纠缠，但在我之年龄，已不危险，终当有痊可之一日，请勿念为要。

兄之小说集，已在排印，二十以前可校了，但书名尚未得佳者。

此地文坛，依然乌烟瘴气，想乘这次风潮，成名立业者多，故清涤甚难。《文学》由王统照编后，销数大减，近已跌至五千，此后如何，殊不可测。《作家》约八千，《译文》六千，新近出一《中流》(已寄上三本)，并无背景，亦六千。《光明》系自以为"国防文学"家所为，据云八千，恐不确;《文学界》亦他们一伙，则不到三千也。

余后谈，此布，即请

刻安。

弟豫 上 十月十七日

361018 致内山完造（日本）

老版几下：

很意外的，半夜又气喘起来。因此，十点钟的约会去不成了，很抱歉。

拜托你，给须藤先生挂个电话，请他速来看一下。 草草顿首

L 拜 十月十八日

附录一

致叶绍钧

聊印数书，以贻同气，所谓相濡以沫，殊可哀也。

致高植

我很抱歉，因为我不见访客已经好几年了。这也并非为了别的，只是那时见访的人多，分不出时间招待，又不好或见或不见，所以只得躲起来，现在还守着这老法子，希谅察为幸。

致刘岘

一

河南门神一类的东西，先前我的家乡——绍兴——也有，也帖在厨门上墙壁上，现在都变了样了，大抵是石印的，要为大众所懂得，爱看的木刻，我以为应该尽量采用其方法。不过旧的和此后的新作品，有一点不同，旧的是先知道故事，后看画，新的却要看了画而知道——故事，所以结构就更难。

木刻我不能一一批评。《黄河水灾图》第二幅最好；第一幅未能表出"嚎叫"来。《没有照会那里行》倒是好的，很有力，不过天空和岸上的刀法太乱一点。阿Q的像，在我的心目中流氓气还要少一点，在我们那里有这么凶相的人物，就可以吃闲饭，不必给人家做工了，赵太爷可如此。

《呐喊》之图首页第一张，如来信所说，当然可以，不过那是"象征"了，智识分子是看不懂的，尺寸不也太大吗？

二

《The Woodcut of Today》我曾有过一本，后因制版被毁坏，再去购买，却已经绝版了。Daglish 的作品，我是以英国的《Bookman》的新书介绍栏所引的东西，加以复制的，没见过他整本的作品。Meffert 除《士敏土》外，我还有七幅连续画，名《你的姊妹》，前年展览过。他的刻法，据 Kollwitz 所批评，说是很有才气，但恐为才气所害，这意思大约是说他太任意，离开了写实，我看这话是很对的。不过气魄究竟大，所以那七幅，将来我还想翻印，等我卖出了一部分木刻集——计六十幅，名《引玉集》，已去印——之后。

来信所举的日本木刻家，我未闻有专集出版。他们的风气，都是拚命离社会，作隐士气息，作品上，内容是无可学的，只可以采取一点技法，内山书店杂志部有时有《白卜黑》（手印的）及《版艺术》

（机器印的）出售，每本五角，只消一看，日本木刻界的潮流，就大略可见了。

三

《孔乙己》的图，我看是好的，尤其是许多颜面的表情，刻得不坏，和本文略有出入，也不成问题，不过这孔乙己是北方的孔乙己，例如骡车，我们那里就没有，但这也只能如此，而且使我知道假如孔乙己生在北方，也该是这样的一个环境。

四

欧洲木刻，在十九世纪中叶，原是画者一人，刻者又是一人，自画自刻，仅是近来的事。现在来刻别人的画，自然无所不可。但须有一目的：或为了使其画流的更广；或于原画之外，加以雕刀之特长。

五

バルバン和ハスマツケール的作品，我也仅在《世界美术全集》中见过，据说明，则此二人之有名，乃因能以浓淡，表现出原画的色彩来（他们大抵是翻刻别人的作品的）；而且含有原画上所无之一种特色，即木刻的特色。当铜版术尚未盛行之时，这种木刻家是也能出名的。但他们都不是创作的木刻家。

六

《引玉集》随信寄去，一册赠给先生，一册请转交 M.K. 木刻研究会。

七

《解放的 DQ》一图，印刷被人所误，印的一塌胡涂，不能看了。

致钱杏邨

一

此书原本还要阔大一点，是毛边的，已经旧主人切小。

二

至于书面篆字，实非太炎先生作，而是陈师曾所书，他名衡恪，义宁人，陈三立先生之子，后以画名，今已去世了。

致尤炳圻

日本国民性，的确很好，但最大的天惠，是未受蒙古之侵入；我们生于大陆，早营农业，遂历受游牧民族之害，历史上满是血痕，却竟支撑以至今日，其实是伟大的。但我们还要揭发自己的缺点，这是意在复兴，在改善……内山氏的书，是别一种目的，他所举种种，在未曾揭出之前，我们自己是不觉得的，所以有趣，但倘以此自足，却有害。

致刘岘鄂

木刻究竟是刻的绘画，所以基础仍在素描及远近，明暗法，这基础不打定，木刻也不会成功。

致曹聚仁

倘能暂时居乡，本为夙愿；但他乡不熟悉，故乡又不能归去。自前数年"卢布说"流行以来，连亲友竟亦有相信者，开口借钱，少则数百，时或五千；倘暂归，彼辈必以为将买肥田，建大厦，荤卢荣归矣。万一被绑票，索价必大，而又无法可赎，则将撕票也必矣，岂不冤哉。

致端木蕻良

一

一般的"时式"的批评家也许会说结束太消沉了也说不定，我则以为缺点在开初好像故意使人坠入雾中，作者的解说也嫌多，又不常用的词也太多，但到后来这些毛病统统没了。

二

但肺病对于青年是险症；一到四十岁以上，它却不能怎样发展，因为身体组织老了，对于病菌的生活也不利的……五十岁以上的人，只要小心一点，带着肺病活十来年，并非难事，那时即使并非肺病，也得死掉了，所以不成问题的……

附录二

对增田涉提问的书面回答

题注：

1932 年至 1935 年间，增田涉在翻译鲁迅《中国小说史略》和编译日文版《世界幽默全集·中国篇》《鲁迅选集》等书及翻译鲁迅杂文《小品文的危机》等的过程中，经常就他读不懂的有关中文中的问题写信请教鲁迅，先后提出成百上千个问题。对增田所询问题（其中还有增田译本出版后增田代松枝茂夫请教的问题等），鲁迅都在百忙之中不厌其烦地一一认真作了解答（极偶尔也有因漏看而漏答的，也偶有增田未问而鲁迅主动解释的，还偶有鲁迅最初没有回答而后来他经过认真查证后在信里回答的等）。鲁迅大多是在增田提问的原件上直接批复，也有专门另纸书写的。增田是懂得感恩的，他将鲁迅这些答问件非常珍惜地保存了几十年，基本完整无失。

增田逝世后，这些答问件经伊藤漱平、中岛利郎整理，共拍了百余张照片（有的是一张纸双面写的）。但鲁迅写这些答件时的具体日期现很多已难以判断，因此，日本的整理者只能按内容分为"关于

《中国小说史略》”“关于《世界幽默全集·中国篇》”“关于《鲁迅选集》及《小品文的危机》”三部分编排，大体上按所提问题在中文原作中出现的先后顺序排列（其中所标《中国小说史略》的阿拉伯数字页码为增田提问时所注，为1931年上海北新书局出版的修订本的页码；其他还有一些增田提问时所注的阿拉伯数字，也是原作的页码及行数）。不过增田提问有时也不按原作文字出现的先后顺序，则整理者也只好仍照增田提问的原件编排。伊藤、中岛整理的这些鲁迅的答问件，1986年由日本汲古书院出版，书名为《鲁迅增田涉师弟答问集》。此次我们予以重译，所标中文数码依日本原书的照相版页的顺序（有的因原件文字相连无法分开，则标以联号）。

增田的提问和鲁迅的回答中常有一些记号、示意图表之类，有时鲁迅将增田的提问或意见划掉以表示否认等，为便于读者理解，这里都尽力化为了文字（即作了特殊的“翻译”）。鲁迅在解答时还根据需要作过一些画，非常生动也非常珍贵，这里均影印插入；也保存了增田提问时作的画，注明“增田画”。

关于《中国小说史略》

一

30页3行

司天之九部及帝王之圉时

问：“天之九部”是否指九天的各部？

答：是。

问："囿时"＝园囿。"畤"字照旧，还是改作"畤"？"畤"是小丘之意吗？

答：照旧写作"畤"，在其下加注"'畤'之误（？）"，如何？

"畤"系祭神之处的一定区域（场所）。然而此处由于是上帝（即神）之"畤"，故只可释为宴飨诸神的地方。

32页3、4行

天子赐奔戎畋马十驷，归之太牢……

问："归"是归附＝赠品（副奖）之意吗？

答：归顺之意。

问："归之太牢"的"之"是指"奔戎"吗？

答：是。

问："太牢"是牛？还是牛、猪、羊？

答：是牛，不是牛、猪、羊。

33页最末行

"……羿焉弹日？乌焉解羽？"

问：乌＝金乌。"解"是金乌为羿射后，羽毛融化即割截之意吗？

答：不是割截。

神话中有一座飞鸟来解（脱落）羽的山。当然未必是"乌"，也未必为羿所射。但此处好像用了"乌"（金乌＝日之精）为羿射后，羽毛脱落的样子。恐由上句联想而来的吧？

35页倒数2行

又善射钩……

问："射钩"是射箭还是占卜命中？

答：不是射箭。

钩＝阄。把某件小东西藏入箱子什么的，让人猜（＝射），谓之"射钩"。射者不直接说出其物之名，只讲一句谜语一样的话。例如，当说出"时时居家中，满腹有经纶"后，打开箱子一看，倘若其中那东西是蜘蛛，便算猜中。"善射钩"就是精于此技能猜中的意思。

36页5行

今人正朝作两桃人立门旁……

问："正朝"是什么意思？

答：一月一日，元旦。

二

一、残丛。

《新论》有各种刊本，也有颠倒为"丛残"的吧。《小说史略》是从某部类书引用来的，还是照旧为好。

残＝不全＝断片；丛＝细的或杂的东西。

合＝聚合或会合。

二、此恒遣六部使者。

六部使者是阴界的使者。文中的"此"，即指阴界，在佛经里也许是出典于佛教与道教的混血儿小乘经典，但因未读过，不能确说。

迥国行脚的和尚，在中国不称六部。

三、刘向所序六十七篇中，已有《世说》。

序＝编辑，排序。

可译为"劉向の序したる所の六十七篇の中に既に世說あり"吧。

四、松下劲风。

那时所用的《世说新语》，手头没有，不能说清楚，请照原样。日本编的大字典可能是从《辞源》摘录的，而《辞源》很不可靠。

此外，杂烩。是混杂种种材料炒的，不是连锅拿出上菜。而且与煮不同，炒是在锅里放少量猪油烧热后再加材料，用 迅速搅动二三十次后盛在盘里。

三

A．临川人汤显祖作传奇四种，均以梦为题材。所以一般称为《玉茗堂四梦》。《邯郸梦》其实原是《邯郸记》，后人把它改作《……梦》了。

B．"登太常第"，即"进士及第"。直译的话是"太常（礼部）に試驗を受けて第に登ぽた"。特意写作"太常"，是因为唐朝初期尚无礼部考试。或可译作"进士及第"较易理解。

C．"国忠奉氂缨盘水……"，这是文中有误。不知系陈鸿君原有之误呢，还是后人传抄之误。其实应该是"国忠氂缨奉奉盘水加剑……"。据云大臣成了罪人后，用牛毛做的缨 —代替丝做的缨，盘中盛水，盘上摆剑，捧着这些东西走到皇帝面前，说"请杀了我吧"。剑是杀自己的道具，盘中的水是皇帝在杀了自己后洗御手之用。是想得颇周到的礼仪。那是汉朝的礼制，但恐并未真正实行。出典在《汉书·晁错传》的注里有。

四

106 页

……禹授之童律，不能制；授之乌木由，不能制；授之庚辰，能制。鸱脾桓胡木魅水灵山祆石怪奔号聚绕，以数千载，庚辰以战（一作载）逐去，颈……。庚辰之后皆图此形者，免淮涛风雨之难。

问："之"是命之意吗？

答：之 = 征服无支祁之事。

问："鸱脾桓胡木魅水灵山祆石怪"，这些怪物是禹手下的喽啰吗？

答：是！

问："载"是年之意吗？

答：也有版本写作"计"的。或可在此字下注"一作计"，译作"约有数千"较好吧。

问："庚辰之后"什么意思？

答：即庚辰之日。原文应作"庚辰之日"。"后"字殆作者故意误用。

这是伪古文，因此故弄玄虚。

五

110页

杜甫《少年行》有云，"黄衫年少宜来数，不见堂前东逝波"，谓此也。

问："东逝"或"东逝波"是成语吗？"东"是在什么意义上用的？是"水东流"的"东"吗？

答：在中国，大抵说水向东流。姑且当作成语吧。

问："黄衫年少云云"杜甫之句相当于"谓此也"，这一说法有什么根据吗？抑或是先生自己的发明？

答：宋人已这样认为，并非我之发明。

问：是假定杜甫读过蒋防的《霍小玉传》吗？还是当时那一事情话柄流传，杜甫因此写出"黄衫年少云云"？

答：杜甫可能当时耳闻其事，未见蒋防文章。此也系宋人之推测。

六

（1）114页　《元无有》

桑绠，不能确说。除译作用桑皮制的绳子外，没有他法。

（2）113页　以贤良方正对策第一

被地方长官认为"贤良方正"的人，送到京都，在考试时答策问，作为第一名及第。（被举为贤良方正者也有落第的。）

（3）115页　分仙术感应二门

分为仙术与感应两类。

（4）116页　清《四库提要》子部小说类

即清《四库全书提要》中的子部小说类。那《提要》中分经、史、子、集四部（所谓"四库"），每部之中又有各类。

（5）117页　邵公

周武王时人，周公的弟弟。

（6）a．季札

春秋时吴国的太子，以道德高尚著称。

b．三官书

系道士信口开河，故不能确说。许是三官所发的书（命令）吧。

c．九宫也是天界宫殿名，其中似有九座小宫殿。

（7）118页

a．五印＝据说唐时印度分为五部分，故称五印。

"尝至中天寺……辄膜拜焉"，是金刚三昧的话。

b．寺中多画……，麻屑及匙、筯。不是玄奘的像。

c．盖西域所无者，即麻屑及匙、筯。

d．斋日，即印度和尚的斋日。（在寺内每月定某日为斋日，那天给所有和尚供食。但何日就不知道了）

122 页

铉字鼎臣，……官至直学士院给事中散骑常侍。铉在唐时，已作志怪。……比修《广记》，常希收采而不敢自专……

问："直学士院给事中"和"散骑常侍"两者是并列的吗？

答：不！

在学士院任（＝直）"给事中"，且又成为"散骑常侍"。

问："常"是平常还是尝？

答：常＝尝＝曾经。

以前有将两者通用的，但其实用错了。

124 页

《江淮异人录》所引文

成幼文为洪州录事参军，……傅于头上，捽其发摩之，皆化为水……

问："皆"，指血还是指头？

答：整个头全部化作了水。真是神奇之药。

126 页

洪迈《夷坚志》之处

奇特之事，本缘希有见珍，而作者自序，"乃甚以繁夥自憙，毫期急于成书，或以五十日作十卷，妄人因稍易旧说以投之，至有盈数卷者，亦不暇删润，径以入录"（陈振孙《直斋书录解题》十一云）。

问：以上作者自序是"乃……录"吗？还是"乃……自憙"，其后系陈某之言？

答："耄期"云云以下，皆陈振孙之言。奇特之事，一向稀有，以为珍贵，然而据作者自序，以其甚多而洋洋自得。(据陈氏书录)一到耄期……

126 页

惟所作小序三十一篇，什九"各出新意，不相复重"。

问："各出新意，不相复重"为《宋史》本传之语吗？

答：出自宋人随笔（赵令時《侯鲭录》）。

127 页

《绿珠传》引文

……赵王伦乱常，……秀自是谮伦族之……

问："族"是杀尽全族吗？所谓全族，一般指父母、本人、子孙，还是包括祖父、兄弟？

答：常 = 纲常。

有"三族"与"九族"之分，晋朝大抵只株连三族。

三族，一为父母、伯叔，二为自身及兄弟，三为子女。也即祖父母的子孙（= 父母伯叔）、父母的子孙（自己及兄弟）、自己的子女，即构成"全族"。

九

129 页

《赵飞燕列传》文中

"兰汤滟滟，昭仪坐其中，若三尺寒泉浸明玉。"

问："三尺寒泉"即兰汤？"明玉"即昭仪？

答：是，是比喻。

130 页

《大业拾遗记》之处

宇文化及将谋乱，因请放官奴分直上下，诏许之，"是有焚草之变"

问："分直上下"什么意思？

答：解放官奴，分配他们内外（＝上下）值班（＝直）。（即把奴隶当作门卫）

问："是"即于是？"焚草之变"什么意思？

答：（译者按，鲁迅后来在信中回答了）

130 页

同上引文

……长安贡御车女袁宝儿，……昔传飞燕可掌上舞，朕常谓儒生饰于文字，……学画鸦黄半未成

问："御车女"是指作为御车女，还是做过御车女？

答：想尽可能作御车女进贡的袁宝儿。实为臣下谦辞，是当作玩物进贡的。

问："常"是平常还是尝？

答：曾经的意思。

十

……学画鸦黄半未成

（增田画）

问："鸦黄"是额黄的意思吗？

答：是。

131 页

……帝昏涵滋深，往往为妖祟所惑，……吴公宅鸡台，……倚临春阁试东郭魏紫毫笔书小砑红绡作答江令"璧月"句，……韩擒虎跃青骢驹拥万甲直来冲入……后主问帝，"萧妃何如此人？"

问："吴公宅"是地名吗？"鸡台"是地名吗？

答：

问："小砑红绡"，"小"是形状小的意思吗？

答：是。

问："江令"是"江"地长官之意吗？

答：是。"江"指江总，是帮闲的文臣。

问："万甲"是万兵的意思吗？

答：是。

问："萧妃"是炀帝之妃吗？

答：是。

十一

134 页

《唐太宗入冥记》引文

"……判官懆恶，不敢道名字。"帝曰，"卿近前来。"轻道，"姓崔，名子玉。"

问："不敢道名字"的是判官？

答：不是。是不敢道判官的名字。

问："姓崔，名子玉"，是"卿"的姓名吗？

答：不是。是判官的姓名。

（唐太宗向那人打听判官姓名，那人说）"判官凶狠异常，不敢道其姓名"（说了判官要发怒之意），唐太宗说："那么，你靠近我悄悄说！"于是那人轻声说道："姓崔，名子玉。"

135 页

《梁公九谏》之引文

第六谏

则天睡至三更，又得一梦，梦与大罗天女对手着棋，局中有子，旋被打将……

问："局中有子"是局中有"意外的"子吗？

答：不是。

在局中有子，但马上要被对方吃掉。

旋 = 立即。将 = 败退。

136 页

《梦粱录》记载：

小说名银字儿，如烟粉、灵怪、传奇、公案、朴刀、杆棒、发迹、变态之事……

答：烟粉 = 娼妓、艺妓。朴刀、杆棒即舞刀弄棍 = 武术。

问："发迹变态"是发迹性变态乎？

答：否。乃发迹和变态之意。

发迹是穷人突然变为富翁之类，变态是世态炎凉无常之类吧。

十二

140 页

《五代史平话》之引文

黄巢兄弟四人过了这座高岭，望见那侯家庄。好座庄舍！

问："庄舍"是农家还是别墅？

答：侯家庄系村名，"庄舍"实指全村之屋舍。

144 页

《西山一窟鬼》之引文

……又是咋嗻大官府第出身

问："咋嗻"是特伟大吗？为何有此种意思？无字面意思的俗语吗？

答：是俗语，故其语源说不出。

148 页第 2 行

《错斩崔宁》《冯玉梅团圆》两种，亦见《京本通俗小说》中，本说话之一科，传自专家。

问："传自专家"是因专家而流传吗？

答：对。专家 = 说话人。

151 页

《取经记》之引文中

孩儿化成一枝乳枣

问：一根乳枣之枝？指乳枣的树枝？

答：乳枣就只是枣。枣树之一枝，其枝上有枣实。

十三

155 页末行

鳌山高耸翠

问："山"是群的意思吗？"耸翠"是成语、仅仅是耸的意思吗？

答：鳌山高耸翠。在竹做的骨架上粘纸做灯。其形似山，山下做鳌鱼等，以喻海，故名其灯为"鳌山"。

鳌山高耸苍翠。山乃绿色，故以"翠"表示。其实不过是"碧绿的鳌山高高耸立"之意，是修辞上这样说罢了。

十四

135 页

《梁公九谏》之引文

则天睡至三更，又得一梦，梦与大罗天女对手着棋，局中有子，旋被打将，频输天女，忽然惊觉。来日受朝，问诸大臣，其梦如何？狄相奏曰："臣圆此梦，于国不祥。陛下梦与大罗天女对手着棋，局中有子，旋被打将，频输天女：盖谓局中有子，不得其位，旋被打将，

382

失其所主。今太子庐陵王编贬房州千里，是谓局中有子，不得其位，遂感此梦……"

问："棋"的下法？"局中有子，旋被打将"什么意思？"盖谓局中有子，不得其位，旋被打将，失其所主"什么意思？

因对"棋"的下法不懂，又对"子"的概念不明白，怎么也不理解上文，敬请指教！

答：（译者按，鲁迅未答，猜测增田此页当时未寄）

十五

A. 155 页

那教坊大使袁陶曾作词，名做《撒金钱》

问："教坊大使"是官名？是女乐士（或官妓？）的取缔人？

答：是官名。教坊是官妓所居处，"教坊大使"即掌管那教坊的人，是很不讨人喜欢的官吏。

B. 157 页

宋之说话人，……而不闻有著作；元代扰攘，文化沦丧，更无论矣。

问：是"文化沦丧"更无论呢，还是"不闻有著作"更无论？我想，大概是前者，但从"更"字上穿凿思考，后者似也可通。

答：不是"文化沦丧"更无论，而是"不闻有著作"更无论。

元代大乱，一切文化沦丧殆尽。"说话"之不振自不待言。

C. 158 页

《全相三国志平话》之引文

却说黄昏火发，次日斋时方出

问："斋时"即齐时，是等待时间之意吗？还是"早晨"的意思？为何"斋"含有早晨之意？

答：斋时，是早晨吧。和尚之进餐专称为斋。而且因从前的和尚"过午不食"，大抵早晨吃，所以"斋时"指早晨，且成为通用语。不过现已不用。

十六

D. 160 页

在瓦舍，"说三分"为说话之一专科，与"讲五代史"并列。（《东京梦华录》）

问："瓦舍"可以理解为街名吗？

答：宋朝都市是可怜的。草屋为多。瓦屋寥寥无几，且大多在繁华地区。因此，"瓦舍"具有"繁华街市"之意，并成为地名，恰如银座。

问："说三分"就是"说三国志"吗？"三分"是指曹、孙、刘三分天下吗？

答：对极了。

问："讲五代史"是否应作"说五代史"？第 136 页有引《东京梦华录》"曰小说，……曰说三分，曰说《五代史》"？

答：应作"说"，殆误植。

E. 163 页

《三国志演义》第一百回之引文中

……将军深明《春秋》，岂不知庾公之斯追子濯孺子者乎？

问："庾公之斯"是一个人名吗？"子濯孺子"是一个人名吗？

答：都是人名。

F. 169 页

《平妖传》杜七圣处之引文

① 揭起卧单看时，又接不上

问："卧单"是布制寝具吗？"单"是什么意思？

答：只是大包袱布的意思。"卧"指像被子大小，只形容其大。"单"是未经"缝合"的包袱布。

② 喝声"疾！"可霎作怪

问："可霎"是"一瞬间""忽然"呢，还是只是无意义的感叹词？

答："可霎"如直译：但（可）像死那样（霎＝杀＝死）。如意译：喝一声"疾（快）"后确实发生了怪（或妙）的事……

十七

173 页

引洪迈《夷坚乙志（六）》，所云蔡居厚冥谴之事中

……未几，其所亲王生亡而复醒……

问："所亲王生"是亲属王生之意吗？

答："所亲"乃亲密者、知交者之意，或许是门客吧。

176 页

所削者盖即"灯花婆婆等事"(《水浒传全书》发凡)

问:《水浒传全书》是《水浒全书》(《忠义水浒全书》)的误植吧?

答:"传"字非误植。是"全部《水浒传》=未加删节的《水浒传》"之意。

177 页

《水浒传》写林冲在大雪中离开危屋的引文

花枪

问:"花枪"是一种农具——军草料场用的吗?"枪"这种农具(割草用)在《管子》中能见到。

答:是武器(长矛)。从前,这东西负持着而行走吧。

可以挂葫芦。

178 页

同文句,写林冲的引文

a. ……炭,拿几块来生在地炉里

问:"地炉里"三字是一个名词,还是"地炉"二字是一个名词?

答:"地炉"二字是一个名词。

地炉里=地炉之中。所谓地炉,即掘地面稍微成凹形以烧木炭。

十八

b. ……把草厅门拽上,出到大门首,把两扇草场门反拽上,……

问：如图这样理解"拽上""反拽上"可以吗？或者，内外关系正好相反？

答：正好相反。

中国的大门（玄关之门）都向内开。

所谓反拽，只是主人外出将门关上的意思。因为一般大多人在屋内关门。Normal

180页

林冲

"古时有个书生，做了一首词"的地方

问："国家祥瑞"是下雪了就有丰收之意吗？

答：是。

问："高卧有幽人，吟咏多诗草"，是抨击高卧幽人吗？

答：是。

问：或者，"高卧有幽人"是说这首词的作者本人吗？

答：不是。

182页

……田虎王庆在百回本与百十七回本名同而文迥别，……

问："百十七回本"系百十五回本之误植吧？

答：记不清楚，大概是吧。

185页

《后水浒》的地方

……故至清，则世异情迁，遂复有以为"虽始行不端，而能翻然悔悟，……而其功诚不可泯"者，……

问：引号内系赏心居士的序文吗？

答：是。

问：小生以为这是清代一部分人的议论，但被概括了的话。

答：不对。

十九

193 页的开始

a. 玄帝收魔以治阴，"上赐玄帝……"

问：命玄帝降魔的是前页的元始，且元始 = "上"（上帝）吗？

答：元始不是"上"。"上"是玉帝 = 天帝。命令虽由元始给的，但御赐必须由天帝发出吧。

b. ……初谓隋炀帝时，……上谒玉帝，封荡魔天尊，令收天将；于是复生……入武当山成道。

问：以上即叙述玄帝本身及成道之事，是成道之后成为玄帝的吗？

答：是。

c. 最后一行

……玄天助国却敌故事……

问：却 = 退？

答：是。

二十

d. 193 页中间

如来三清并来点化，……

问："三清"什么意思？

192 页最后行

元始说法于玉清

问：玉清、上清、太清即三清，这些都是仙人居住的府第，我这样理解；但"如来三清并来点化"的"三清"，是三清的头领呢，还是有此种封号的特殊仙人呢？

答：玉清真人、上清真人、太清真人，这就叫三清。这些三清居住的地方叫玉清宫……等，在叫玉清……等的天界。

然而，这个三清只是老子一人的化身——根据这一复杂的化学，所谓"如来三清"其实就是"如来老子"。

问：仙界情况不甚明了，真想早点成仙去看看！

答：同感，同感！

二十一

196 页

最初之行之下

……忽然真君与菩萨在云端云云……

问："真君"系老君之误植吧？

389

答：不。真君即天尊元始吧。

196 页

始两手相合，归落伽山云

问：是"回落伽山"（自动），还是"使其回落伽山"（他动）？

答：落伽山系观音菩萨居住地，其实是被观音带回其住处。

问：孙悟空的金箍棒是否如图所示？

答：不对！

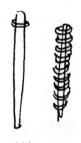

孙悟空氏的金箍棒，我也还没有拜见的荣幸。想来大约是普通形状的棍棒，为使其坚固，两端镶上了铁环罢。然而孙是大金主，因此用黄金代替了铁。

（增田画）

这就是所谓"金箍"吧。

二十二

203 页

《小圣施威降大圣》之引文中

掣出那绣花针儿，幌一幌，碗来粗细……

问："幌一幌"是一种动作吗？

答：是。

问："幌"字是什么意思？

答：幌＝布幔或布制招牌。那类东西大多会晃荡飘动，因此转而为"摇动"或"挥动"之意。

204 页第 2 行

……后一事则取杂剧《西游记》及《华光传》中之铁扇公主以配《西游志传》中仅见其名之牛魔王……

问："志"系"记"之误植吧？

答：是。

206 页的开始

火焰山遥八百程，……火煎五漏丹难熟，火燎三关道不清。

问：上面的"五漏"与"三关"作何解释？又，上面这两句，可认为是与三调芭蕉扇或火焰山几乎无关之句，那岂非"有诗不为证"么？呵呵。因为此诗（从"火焰山遥八百程"至"水火相联性自平"）难译，学生想在书中全部删去，如何？（不过，倘若前记二句弄明白了，就再考虑。）

答：与火焰山有关的。也就是"火"（＝人欲）旺妨碍成道之意。火煎五漏，丹（＝道）就难以熟成；火燎三关，路就看不清楚。

"五漏"与"三关"均系人身上的某一部位，不过哪一部位，我也不清楚。"五漏"指鼻孔（两个）、口、肛门、阴部吧。确实，都是不雅之处。

二十三

208 页 2 行

"心生种种魔生，心灭种种魔灭……"

问："种种"即 many？

答：不。

问:"种种"即 viel?

答:是。

问:是不是心如动,种种魔便生,心如灭,种种魔便灭之意?

答:是。即"心动魔生"之说。与"境由心造"之说同。

209 页 3、4 行

其封神事则隐据《六韬》(《旧唐书礼仪志引》)《阴谋》(《太平御览引》)……

问:"引"字不是在书名号里的吧?或者"引"是序文的意思吧?

答:是误植。

210 页

然"摩罗"梵语,周代未翻,《世侔篇》之魔字又或作磨,当是误字……

问:翻译"魔字又或作磨,当是误字"句,为参考加注:"《译经论》曰:'魔古从石作磨……梁武帝改从鬼(《正字通》)。'《正字通》多附会之说,不甚可靠,附作参考。"

以上注释,您以为是蛇足吗?《译经论》此书,坊间有吗?

答:在周朝尚无以"磨"作 mara 的译语。

二十四

211 页

"截教之通天教主设万仙阵,阐教群仙合破之"之引文中

"这圣母披发大战,……遇着燃灯道人,……正中顶门。可怜!

正是：封神正位为星首，北阙香烟万载存。"

问："为星首"是谁？封神正位时，成为"星首"的是"燃灯道人"？还是"这圣母"？"星首"是"星官之首"吗？"北阙"即是燃灯道人的宫殿？还是圣母的宫殿？

答：《封神传》中的诗，大抵皆为歪诗。

圣母被杀了。被杀后封神榜上列出名字成为神。因此，封神时列于正位的部门，成为正位星官的第一名，神庙（＝北阙，圣母也祀于其中）的香火万古留存。

214 页

《西洋记演义》

自序云："今者东事倥偬，何如西戎即序，不得比西戎即序，何可令□□二公见"

问："东事"就是倭寇之事吗？

答：是。

问："即序"云云，是指王郑二公及时恢复西戎秩序（即平定），而如今相反，却难以平定倭寇之意吗？

答：嗯，略有这个意思。

如今东事烦忙，若与西戎即序（立即恢复秩序＝平定。这是指《西洋记》中所写之事）相比将如何？若不能相比，则实在不能让王郑二公看见（＝面对□□觉得羞愧）。

问：在《春在堂随笔》（《旧闻抄》）里，"即序"写作"即叙"，这个"叙"是叙述之意吗？（快点叙述西戎之事，不快点叙述的话对不起二公。）

答：叙 = 序 = 恢复秩序。

二十五

216 页

"五鬼闹判"引文中的最后

判官……只得站起来唱声道："哇，……我有私……"

问："哇"是"闭嘴"之意吗？

答：是。

问：若说得快一点，愚以为就变成"讲"的意思了。

答：不对。"哇"只是发音而已。

问："我有私"是"纵然我有私"之意吗？

答：对。"我的笔无私"。

"铁笔无私。你这蜘蛛须儿扎的笔，牙齿缝里都是私（丝），敢说得个不容私？"

问："蜘蛛须儿"是指判官脸上现生的胡须吗？

答：若是铁笔，当然无私。但汝这蜘蛛丝（与私同音）制成之笔，连牙齿缝里都是丝（= 私），敢说无私吗？

问："牙齿缝里"是指判官嘴里吗？"牙齿"可理解为"笔"吗？

答：因"私"与"丝"同音，是语言游戏。先假定其笔是由蜘蛛丝制成的，而蜘蛛口中净是丝（私），因此从判官嘴里说出来的也都是私（丝）。

问："扎"是"拔"吗？

答：不。

问："扎"是"紥"吗？

答：是。

最后一行

把始皇消息问他，倒是个着脚信

问："着脚信"是用脚走着去听到的消息，即直接消息吗？

答：不是。

问：是最确切的消息吗？

答：对。最确切的消息。

着脚＝脚踏实地＝确实。

上面一句稍前之文

……倒是我绿珠楼上强遥丈夫

问："强遥"是什么意思？

答："强遥"难以解释。

"名义上"或"有名无实"之意吧？

问：绿珠楼上，虞美人（悟空）和项羽分手后，与别的美人宴庆？还是与项羽共宴？因手头没有原著，无法查阅，祈赐教。

答：与别的美人宴庆，不是与项羽共宴。

二十六

《金瓶梅》梗概文字之处

武松来报仇，寻之不获，误杀李外傅，……通金莲婢春梅，复私李瓶儿……

问：李外傅与李瓶儿是兄妹什么的呢，还是不相干的人？

答：李外傅与李瓶儿没有关系，只是被当作西门庆而误杀。

223 页

《金瓶梅》中的引文

妇人道：你看他还打张鸡儿哩。瞒着我黄猫黑尾，你干的好茧儿。……

问："妇人道"的是什么意思？

答：还＝尚，打＝做；"打张鸡儿"，鸡看东西时傻乎乎的眼神＝故意装出一副傻样＝滑稽。

问："黄猫黑尾"什么意思？

答：不一样的意思。在我看不到的地方干一些不同的事。

问："好茧儿"什么意思？

答：干＝做。"好茧儿"，拉到秘密的地方做什么事。

……来旺媳妇子的一只臭蹄子，……甚么罕稀物件，也不当家化化的……"那秋菊拾着鞋儿说道"娘这个鞋，……"

问："来旺媳妇子"是来旺这个男人的 wife？

答：是。

问："不当家化化的"是什么意思？"家"是"家伙"吗？"化化"是口吃语吗？

答：不当家化化＝熟语，"罪孽"的意思。

什么宝贝啊，做这样罪过的事。（因为过于珍重了）那个淫妇死

后一定会堕入阿鼻地狱的！（因为她的东西被过于珍重了）

问："娘"，使女称女主人为"娘"吗？

答：是，mǔtter之意。

二十七

225页

……只见两个唱的，……向前插烛也似磕了四个头。

问："插烛"是蜡烛吗？

答：是。

问："磕了四个头"什么意思？是像我所画的那样吗？

答：插蜡烛的话，必须直插。在这里，只是笔直（＝毕恭毕敬）拜了四拜之意。

（增田画）

227页

万历时又有名《玉娇李》者，……袁宏道曾闻大略，云"……武大后世化为淫夫，上烝下报……"

问：《左传》云"卫宣公烝于夷姜"，夷姜系卫公庶母。《左传》云"文公报郑子之妃"，郑子之妃相当于文公什么人呢？

答：手头无书可查。

问：这里，我想可理解为"上烝"即上淫，"下报"即下淫。《辞源》解释"报"："下淫上曰报"，与"烝"同义。您以为如何？

答：不对吧。

晚辈与长辈通奸谓"烝"，长辈与晚辈通奸谓"报"。

"卫宣公烝于夷姜"，若以宣公为中心，谓"烝"；以夷姜为中心，则为"报"。

二十八

229 页

《续金瓶梅》主意殊单简，……一日施食，以轮回大簿指点众鬼……

问："施食"何意？

（此处鲁迅未答）

问：把轮回大簿让众鬼看？

答：是。

问：用轮回大簿调查众鬼？

答：不是。

至潘金莲则转生为……名金桂，夫曰刘瘸子，其前生实为陈敬济，以夙业故，体貌不全，金佳怨愤，因招妖蛊，又缘受惊云云

问：谁招妖蛊？妖蛊不招自来吗？

答：金桂怨愤，妖蛊乘虚而入，不招自来，故云"因招妖蛊"。

231 页

一名《三世报》，殆包举将来拟续之事；或并以武大被酖，亦为夙业，合数之得三世也。

问：武大被毒死与"三世"有何关系？

398

答：这个"世"非父子之"世"。而是一人之轮回。

武大前身（＝一世）——武大（＝二世）——武大后身（＝三世）。

二十九

235 页

"谢家玉树"

问："玉树"，《辞源》有引《晋书·谢玄传》："晋谢安问诸子侄，子弟何与人事，正欲使其佳，玄答曰：譬如芝兰玉树，欲其生于庭阶耳。"

"何与人事"是什么意思？

是"倘若人世间诸事能随心所欲的话"（读若"为何给我人事"）之意？还是"服事于人"之意？或"在人事方面"之意？还请写下上面全文的大意。

答：何与人事＝与人之事有何相干？人之事，即自己之事的意思。

晋谢安问自己的子侄们："子侄与长辈有何关系？而且还盼望获得佳位？"玄答道："这就像想把芝兰玉树这样的好树栽在自己的庭园里一样。"

可谓拙译！

三十

241 页

1—2 行

一夕暴风雨拔去玉芙蓉，乃绝。

问："乃绝"是绝交，还是死绝？

答：绝交。绝对不来。

237 页

最后之行

因与绛雪易装为青衣

问："与"是"一起"？还是"与……易"（一个人与……改换）？

答：两人一起。

236 页

山黛之诗

夕阳凭吊素心稀，遁入梨花无是非，……瘦来只许雪添肥

问："凭吊"是伤心吗？

答：是。

问：只许雪增添其肥吗？

答：是。

因为是白燕，就好像只是用雪加上去似的。

可谓劣诗！

三十一

另外

问：a."特进光禄大夫、柱国、少师、少傅、少保、礼部尚书"，
"柱国"一直关联到"少保"吗？

答：不。

问：此官名句读时，可否如上标点？

答：可。

问：b.生员与监生有何区别？都是秀才，且受乡试的学生吗？作为学生，他们入学吗？我知道生员是秀才，但生员在"入学生员"意义上说，是进什么学校的吗？——为秀才乡试，设立特别学校，在那里收容？

答：生员，考试及第成为秀才者。监生，优秀童子入"国子监"（过去叫太学）读书者，到了一定年限就有与秀才同等的资格（但在清朝，如果出钱也可买监生称号。）

问：c."二氏之学"也可以叫小说学吗？还是指佛、道，抑或黄、老？

答：二氏之学＝佛、道。非指黄、老。

问：《续金瓶梅》中将金莲写作河间妇。"河间"是地名还是人名？

答：河间是地名。这里是"谋杀亲夫之妇人"之意。因河间出了个以杀害丈夫闻名的女人，故有此词。

三十二

244 页末至 225 页初

犹龙名梦龙，长洲人，故绿天馆主人称之曰茂苑野史

问：为何将"长洲"叫"茂苑"？

答：茂苑系长洲别名，就像日本京都称"洛"一样。

247 页倒数第 2 行

终不然，看著那癞子守活孤孀不成？

问："终不然"是"于是就"之意吧；要是把"终不然"换成其他文字，怎样的文字才合适呢？换用"难道"，去掉"不成"二字，可以吗？

答："终"仅强调语气。全句难译。

"既不能嫁往别处，又不能毁弃婚约。非要守着那癞病患者（含不能行动之意），强忍做活孤孀（有丈夫的寡妇）不行（＝不成）吗？！！！"

248 页引文之最后

任他絮聒个不耐烦，方才罢休……

问："他"＝浑家？

答：对。

问："方才罢休"是浑家自己吗？

答：对。任其饶舌，待其一个人自觉无趣时就会罢休。

250 页

却不道是大市里卖平天冠兼挑虎刺

问："大市里卖平天冠"一语，因《通俗编》引宋·廖融故事中有详述，故明其义。"虎刺"是一种有刺的草吗？或者，"挑虎刺"是"草市"时在店铺门口吊草的风俗，因有刺谁也无法靠近的意思吗？请详细赐教。

答：老虎在某处草丛中被刺，把那刺从肉中拔出。"挑虎刺"就是为老虎把那刺挑出来。

卖王冠的生意与挑虎刺的生意，当然无人问津。

257 页

蒲松龄之传

始成岁贡生

问："乡试不及第的生员（秀才），长年向政府纳粮者，或确有学问德行者，不经考试由推荐而获学位的人叫贡生。贡生有数种。每年按额向政府（太学）献米而受推荐，原则上谓岁贡生。但后来每年只根据所需人数推举的贡生才为岁贡生。"对"岁贡生"欲加上上面的注释，但对"岁"字的说明不过是猜测，后面部分这样写对吗？敬请订正。

"岁贡生"是作"岁贡"之"生"吗？或者，是"岁岁"之"贡生"吗？

答：乡试不及第的生员（秀才），根据其德行、学问，每年（＝岁）由地方长官向中央推荐（＝贡），谓"岁贡生"。

但清朝仍经由考试，而且即便成了岁贡生也仍在原地考，不去北京。即不过是一个空头衔而已。

"岁贡生"不是作"岁贡"之"生"，是"岁岁"之"贡生"。

259 页

狐娘子

问：狐娘子＝狐夫人（已婚）？还是狐小姐（未婚）？

答：是狐夫人。

260 页

逾年

问：逾年＝过了数年？可说翌（＝明）年吗？"经过数年"或"翌年"都可说吗？

答：过了一年。

260 页最末行

约与共尽

问：几乎、一起、皆、尽之意吗？

答：约定与"他"一起饮完。

268 页 11 行

立槁

问："立槁"是立刻死去？还是成语？

答：有"立刻死"和"站着死"两种意思，此处我想可译作"呆呆地坐了数日就那样死去了"。

三十五

问：什么是"八股"，请通俗易懂地为我解释。

"成化二十三年会试乐天者保天下文起讲先提三句即讲乐天四股过接四句复讲保天下四股复收四句作大结

弘治九年会试责难于君谓之恭文亦然每股中一反一正一虚一实一浅一深其两对题两扇立格则每扇之中各有四股次第之法亦复如之"（《日知录》）

因"八股"未入吾脑，上文虽有解消，仍然莫名其妙得不行。

答：关于《乐天者保天下》试题的答法

先写三句，这叫"起讲"。然后四股（＝节）写"乐天"。再写四句过渡至下文。接着就"保天下"写四股。尔后写四句作结。（四股加四股为八股。）

也就是，八股的构造为起讲三句 —— 有关题目前半部分的四股（即一扇）—— 桥（＝过渡）四句 —— 题目后半部分的四股（又一扇）—— 结尾四句。（一股写法，由反及正，或由虚至实，或由浅入深，皆可。）

277 页 11 行

饺饼

问：饺饼＝一种糖吗？

答：是点心。用面粉做皮子，内有馅子。饼大抵呈圆形，饺像形状。

278 页 8 行

吉服

问：吉服＝吉庆衣服？还是通常的衣服（接客时穿的）？

答：吉服是礼服。非丧事时，均穿吉服与客人相会。是通常衣服，不能说是特别吉庆的衣服。

259 页

为瓜蔓之令，客值瓜色

问：何为"瓜色"？

答：即青色。

"瓜蔓之令"是一种酒令，由掷（骰子）决定胜负。仅一面红色，其余五面均为黑色（或青色）即"瓜色"。无红色即输，须罚喝酒。

因为在全席传递进行，恰如瓜藤蔓延的酒令。

三十六

扶乩

问：这个以前曾听说过，大致有些了解。在这沙盘上画上面奇怪图形时，将它用普通文字或语言加以解释，使普通人理解。这解释者是谁？A、B两人之外，还有人（指导者？）吗？另外，由A氏或B氏判读吗？

（增田画）

答：A、B两氏中，一人为骗子，另一人傻瓜也行。

写是那骗子的戏法，读也是那骗子。然后另一人写，照所读的写下来。

问：《小说史略》最初以庐隐笔名，刊于十二年六月至九月的《晨报副镌》吗？（这是全文吗？）那么，在学校作讲义是十一年吗？再有，北京的北新所出版的分册本是上下两册吗？（因在《译者的话》中需要写到这些，请教示。）

答："庐隐"这个笔名我没用过。

《小说史略》在《晨报副镌》没发表过。

在北京大学作讲义是民国八九年的事，每周印二三页发给听讲者。十二年修订上半部由北新书局出版（上册），十三年下册也出版了。再版时（十四年吧）成合订本。

三十七

234 页

"弗告轩"三字

……却将告字读了去声，不知弗告二字，盖取《诗经》上"弗谖弗告"之义，这"告"字当读与"谷"字同音。

问：也就是说，"告"应读コク，发音为コウ吗？

答：对。

275 页

马二先生的"举业论"之处

孔子生在春秋时候，那时用"言扬行举"做官……

问："言扬行举"是马二先生所创造的成语吗？

答：一般的话语，不是独创，也非成语。就是言辞好或品行好的话被推举而做官的意思。

三十八

287 页 9 行

一年大二年小的，……又打着那起混帐行子们……

问：意思是今年大去年小，一年比一年大？

答：第一年大了，第二年反而小了。"年龄大了，反而越来越像小孩。＝年龄增长了，反而越来越不懂道理"的意思。

问："那起"是"那些家伙"之意吗？或者，"起"是为了"混帐行子们"？或是由于"混帐行子们"？

答：打＝招来。那起，那一派。混帐行子，坏蛋。

288 页 10 行

两句话

问："两句话"是少量的话的意思吗？

答：是。

290 页最末行

临散时忽然谈及一事，最是千古佳谈……

问：与何人分别？与清客（＝幕友）分别吗？

答：那时贾政正与幕友们谈论（昨日）寻秋之趣事。说"临散时……"（指昨日为寻秋而聚集的人们之事）

291 页 4 行

有一姓林行四者

问：行四＝排行第四？"排行第几"是兄弟姐妹（子女全部）一起计算呢，还是兄弟归兄弟，姊妹归姊妹计算？例如"林四娘"，是林父女儿中的第四个呢，还是林父子女中的第四个？

答：女子排行既有与兄弟一起计算的，也有女子单独计算的。但以后者为多。

林四娘只能解释为第四个姑娘。

三十九

291 页最末行

鼓担

问："鼓担"是担着旧货，打鼓呼卖吗？还是只限于书？或是旧货不限于书?

答：单买入的事也做。旧货、破烂，什么都收购。而且，顺便还卖。并不限于书。

293 页 2 行

云《归大荒》

问：唱着《归大荒》之歌吗？

答：对。

293 页 4 行

休笑世人痴

问："不要笑世人之痴愚"之意吗？

答：是。

问：还是"世人啊别笑他们痴愚（ =《红楼梦》里出场人物的痴愚）"之意？

答：不是。

296 页 6 行

以"石头"为指金陵

问：是"石之头"与"金之陵"相似之意吗？

答："石头"只是"石"之意。金陵 = 南京之别名，因昔日曾有"石头城"之称，故"石头"即指南京。

四十

296 页 6 行末 — 7 行

以"贾"为斥伪朝

问:"斥",指责。程度较轻。

答:对。

问:"斥",排斥。程度较重。

答:不对。

贾与"假"发音相同。假 = 伪。

297 页 2 行

王国维(《静庵文集》)且诘难此类,以为"所谓'亲见亲闻'者,亦可自旁观者之口言之,未必躬为剧中之人物"也。

问:躬 = 读者 = "亲见亲见"者?

答:不对。躬 =《红楼梦》作者自身。

问:此文作者对王国维所说是认可呢,还是肯定?(赞成王说?)

答:否定王说。

四十一

299 页

《年表》摘录之处

一七一九,康熙五十八年(?),曹雪芹生于南京。

问:因为这是假设,所以加上个"?",当否?又,如果不加"?","一七三二,雍正十年,凤姐谈南巡事,宝玉十三岁。依这里所假定的推算，雪芹也是十三岁。"这怎么理解呢？突然这里冒出"假定"，读者会吃惊的。还会回到开头去重读，找假定的所在的。

答：俞平伯的年表全部都是"假定"，因此，如在第 2 行"俞平伯有"之下补上"假定之"三字较好吧。

300 页倒数 2 行

俞平伯从戚蓼生所序之八十回本……

问："所序"是写序吗？

答：对。

问：是排秩序吗？

问：不对。

汉军

问：汉军＝汉人，被置于满洲朝军籍中的人。这种汉军即使不是真正的军人（即成为官吏之类），只要有军籍就算汉军吗？清朝的汉人官吏是否全部都是汉军（如纪昀等）？

答：所谓汉军是汉人马上归化满洲朝廷者、投降者、被俘而释放者、罪人流放而置于满洲军中者。满洲人未入中国前全部为战士，故汉军也是军人。但入中国后就并非如此了。清朝的汉人官吏不限于汉军。纪昀不是汉军。

四十二

303 页 2 行

以名诸生贡于成均……

问：成均，原系古代大学名，清朝（？）为录取贡生的考试场所。如上解释"成均"可以吗？又，是接收贡生的学校吗？（有这样的学校吗？）

答："成均"是接收贡生的学校。有这样的学校，但实际上并未实行。

秀才举为贡生后，可去成均（以前的太学，后来的国子监）读书。但其实只是空头衔。由于取贡生的考试在地方进行，不在"成均"，故"成均"为秀才升学处，不是试场。

304 页 3 行

以"奋武揆文，天下无双正士；熔经铸史，人间第一奇书"二十字编卷

问：以上面二十字所表示的意义、内容编卷呢，还是以二十字的每个字做编目的题名？

答：作者打算分二十册出版此书，将这二十字代作数目字，每册封面各写一字。例如，通常写作"野叟曝言　一"即可，但是这个"一"他却偏偏写作"野叟曝言　奋"。而且，另方面这二十个字又是该书内容的自吹自擂。

314 页 6 行

壬遁　象纬

问："壬遁"和"象纬"是什么意思？

答："壬遁"是以"六壬"之术卜知未来（吉凶）的方法。

"象纬"是以星象及《纬书》（汉代人造的伪书）卜知未来大事的学问。

四十三

309 页最末行

骞然

问：想请教"骞"的读音，用罗马字。在日本读ケキ、クワク等，但……

答：HUWA！

把木板上浆毕晒干的布迅速撕下时发出的声音。肉店老板技巧地把肉从骨头切开时，也用此字形容。

319 页 3 行

双陆马弔

问："弔"不应写作"吊"吗？（或是谐音，故两种写法均可？）

答："弔"是古字，"吊"是后起字，两字系同一个字。

此外

北美合众国大统领麦坚尼，于西历一千九百〇一年九月十四日，被枣高士刺毙于纽育博览会。捕缚之后，受裁判。枣高士警言："行刺之由，乃听无政府党钜魁郭耳缦女杰之演说，有所感愤，决意杀大统领者也。"

问：上文人名，请用罗马字教我。这些如在图书馆查书就明白，但马上因您而明白则省事也。——若麻烦，就罢了。

答：麦坚尼 = Willian Mckinley

枣高士 = Leon Czolgosz

郭耳缦 = Emma Goldman（？）

四十四

309 页 7 行

是为鑫妖之"穷神尽化"云……

问："云"是"说……"还是"……云云"？（"云"系原文的文字，还是著述添加的字？）

答："云"是我加的字，"说……""听说……"之意。

311 页 1 行

甘鼎亦弃官去，言将度廋岭云

问："云"是"云云"还是"说……"？

答：云云。那书中说……。"廋"应作"庾"。

四十五

312 页 9 行

姑勿论六朝俪语，即较之张鹫之作，虽无其俳谐，而亦逊生动也。

问："有诙谐的是《燕山外史》，多生动的是《游仙窟》"之意吗？

答：《燕山外史》在诙谐与生动两方面均不及《游仙窟》。

六朝俪语（与之比较）且不说（含有当然及不上之意），即便与张鹫的作品相比，也没有那样诙谐，而且其生动性也居劣。

313 页 6 行

侍女花

问："侍女花"是什么？日本翻刻的《燕山外史》中为"待女花"，注为"兰花"，您以为如何？

答："侍"系误植。

大概是从女子来种香气就更好的传说而来的花名吧。等待女子之花。看来，兰花也是颇不正经的花。

另外

问：胭脂作为古代化妆品，A、是涂于脸颊的东西吗？ B、是涂于嘴唇的东西吗？抑或 A、B 皆涂？请问问尊夫人。

答：大概 A、B 两处皆涂吧。从古画中可知。

"尊夫人"的胭脂学程度颇靠不住，故未问。

（增田画）

四十六

323 页 1 行

面庞黄瘦

问："庞"为何意？是"脸瘦而隆起"之意吗？还是"面庞"只是面之意？

答：庞是庞大＝隆起。是颧骨的部分，因此指脸颊，但一般意为全"脸"。此处也是脸的意思。

326 页 4 行

……就书中"贾雨村言"例之……

问：贾雨村是书中的人名吗？若是人名，不用加人名线（旁线）吗？

答："贾雨村言"与"假语村言"同音，成了"假造故事、俗言"的意思，故旁线可加可不加。

326 页倒数 2 行

丛桂

问："丛桂"在别的书中也见过，"丛"是桂林之意吗？还是称木犀为丛桂，以与单独的桂相区别吗？

答：桂之多数，一株以上的桂树。但不是桂林那样的大。

327 页倒数 5 行

骆马杨枝

问：以杨柳枝作鞭子，是被认为什么风流之事吗？（是谁的诗中有过的话吗？）

答：骆马为黑鬣白马。

据说唐代贵少爷有骑白马、折道旁柳枝作鞭的风流事。

都去也＝均已过去了！

四十七

334 页倒数 5 行

耐想拿件湿布衫拨来别人着仔，耐末脱体哉

问:"仔"与"了"同义吗?

答:这是苏州话。

"着仔"是"使……穿上"的意思。

问:原书"未"系"末"之误吧?

答:是。耐末 = 至于你。

问:把湿衬衫给别人?

答:把麻烦事推给别人。

你打算(想)拿"湿布衫"给别人穿,自己爽快啊!

"湿布衫"其实与"湿的布衫"稍稍不同,意思是"很难干的布衫"。

问:这句话的意思是"把不愉快的事推给别人,自己一身轻",但如果稍微具体地来讲,是怎样的事呢?

答:例如,某男爱上一女,后又厌嫌了,但此女怎么也不愿离去,像五月苍蝇一样。此时,他设法让别的男子接近此女,让女的粘上那个男的。成功的话,自己就爽快了。

或者,某人经营某种生意,稍受损失,问题不大,总之,不想干了。于是巧妙地欺骗某个傻瓜,把生意让给他。爽快了。

334 页倒数 3 行

等我说完仔了哩

问:"仔了哩"三个字是连读作为语尾(啊)?还是"说完仔了"为一句话,仅"哩"一个字是语尾?

答:"等我说完了吧"的意思。仔了 = 完了,哩 = 吧。

四十八

（增田画）

335 页倒数 5 行

斗门噎住

问：斗门是这儿吗？

答：雅片的"烟管"。这里叫"烟斗"，装雅片，点火。装在斗门里的雅片也须开一小孔。烟灰崩落斗门就被阻塞。所谓"噎住"即塞住了。

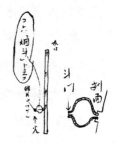

336 页倒数 4 行

至描写他人之征逐，……

问："他人"是"他们"还是"别人"？大约是前者吧？

答："他人"指"上海名流"以外的人们。

327 页倒数 4 行

秃头回道……

问："秃头"是绰号吗？

答：是。"秃头"即日语的はげ。

问：是男？是女？

答：是男，男仆。

四十九

339 页倒数 3 行

马从善序云出文康手，盖定稿于道光中。文康，费莫氏，字铁仙，满州镶红旗人，大学士勒保次孙也，"以资为理藩院郎中……"

问：马从善序文仅"出文康手，盖定稿于道光中"两句吗？

答：不是。

问：或者，至下面的"孙也"是马氏之语吗？

答：不是。

问：仅"出文康手"一句是"马从善序云"，"盖"云云乃著者之意吗？

答：是。

342 页 3 行

碌碡……关眼儿

问：这是碌碡吗？

答：是。压平地面之物。

问：这是碌碡吗？

答：不。这是磨。

问：关眼儿是插入轴心的孔吗？

答：是。

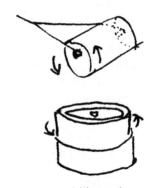

（增田画）

五十

346 页最末行

榻扇

问："榻扇"是什么？

答：用文言讲，即"门"或"户"。

南方的门或户（其实门有两扇，户为一扇，但现在两者混用）以两扇为多，用木板制成，没有格子。形状大抵如你画的。北方以一扇为多，有格子，如下图。

中间一扇即"槅扇"，上半部分格子，下半部分木板。外面又可挂竹帘（冬天的门帘）。

问：槅扇外是室吗？

答：不，这儿是庭院或过道。

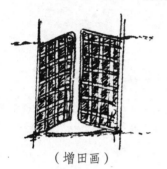

（增田画）

问：槅扇内是室吗？

答：是。

问：门上格子内是空的或薄板吗？

答：不，空间糊上纸。

问：这在日本叫"格子户"，大概与此相似吧？

答：对。

（增田画）

347 页 3 行

穿着簇青的夜行衣靠

问：衣靠 = 衣装？还是误植？

答：不是误植。但含义与"衣装"同。

为何用"靠"？因系"侠客"用语，我们凡人难以理解。

五十一

356 页 1 行

后以"铺底"售之商人

问：铺底 = 店的基础 = 店的权利 = 店的一切支配权、经营权？

答："铺底"实际就是店的剩货。所谓"售"是把屋（一般不是自己的，是租赁的）里卖剩的一切东西出让给别人。至于商店招牌，有时出让，有时不出让。与日本的"老店"似稍有不同。

360 页最末行

最讲究养心之学

问："养心之学"是什么样的学问？

答：不管遇到什么事，心不为所动的功夫。即道学。

359 页最初行

送他一个外号，叫他做"琉璃蛋"

问：琉璃蛋 = 玻璃球？

答：是玻璃球。滑溜溜的，无法把握，喻不得要领的狡猾的东西。

问：因能够透视，所以叫玻璃王吗？

答：不是。

五十二

369 页 7 行

户部员外补阙一千年

问：阙 = 缺？

答：对。

问：户部 = 财政部？

答：对。

问：员外 = 徒有其名不就职的官名？

答：对。

问：也就是说，户部之员外一千年补阙（就官）也是不可能的事。总之，是对无官的自嘲自尊的俏皮话？

答：户部员外或许一千年也不补阙。总之，是虽然有官等于无官的自嘲自尊的俏皮话。

户部员外系官名。户部官的职位是定员的，因此，一旦空缺（死亡、晋升等），"员外"们就按顺序就其空职，此所谓"补缺"。"补缺一千年"="补缺需要一千年（必须等）"的意思，何时就实职不知道。

369 页 9 行

秋叶式的洞门

问："秋叶式"是何种样子？

答：似芭蕉叶状，怪形状。我想，此种形状由芭蕉而来。

370 页 1 行

淡墨罗巾灯畔字，小风铃佩梦中人

问：是用罗巾制成灯？

答：不是。

问：罗巾上写的字是淡墨？

答：是。

问：小风铃是小的风铃？

答：是。

问：或是替小风佩铃？

（增田画）

答：不是。

用淡墨在罗巾上写（字）的，是灯畔（写）之字。

微风吹拂，佩铃发出叮叮声，这是连做梦也见到的人（＝一直记着的人）。

五十三

370 页最末行

一路蹑手蹑脚的进来

问："蹑手蹑脚"是慢慢、徐徐之意吗？

答：不是。

问：有的辞书解释为"迈小步急走貌"，似不妥，至少不合书中情景。

答：对。

是轻手轻脚不发出任何声响，即悄悄进来，不让主人知道。此处含有恶作剧成分。

另外

道班 ＝ 道台

问："道台"是官名吗？

答：是。

问：或，"道台"是来自民间的尊称吗？

答：不是。

问：民间叫"道台"，但其实政府并无此种官名？

答：不是。有此种官名，叫作"道"。

A 大老爷（父），A 大少爷（子）

问："大少爷"限于长子吗？

答：是。

问：次子、三子也叫"A 大少爷"吗？

答：不是。

问：次子叫"A 二少爷"，三子叫"A 三少爷"吗？

答：对，是这么叫。

五十四—五十八

1.《小说史略》原著 46 页 8 行（译本 60 页 3 行）

又云，"唐张柬之书《洞冥记》后云，《汉武故事》，王俭造也"。

问：此句译作"唐朝张柬之在《洞冥记》后面写道……"？

答：然。

问：或译作"唐朝张柬之的书，在《洞冥记》之后云……"？

答：否。

问："书"作名词解释吗？

答：否。

问："书"作动词解释吗？

答：然。

2.《小说史略》原著 53 页 3 行（译本 70 页 14 行）

问：《外戚传》的注中写了《史记》，但一位友人来信说："《史记》中，外戚归'世家'，查《外戚世家》，不见那段文字。班固的《汉书》中有《外戚传》，可也没有这段文字。此处所谓《外戚传》是否指刘歆的《汉书》？"学生也认为是指刘歆的《汉书》，您以为如何？

答：原书无注，译本注《史记》。这篇《外戚传》除了推测出于《史记》外，别无他法。古人著作中常常有书名写错的，把《外戚世家》写成了《外戚传》，并不奇怪。今日之《史记》已非汉、晋人所见的完整的《史记》。脱简甚多，因此，该文恐已佚失。总之，因是小说，作此推测之外没有办法。

但决不是刘歆的《汉书》。因《西京杂记》传为刘歆所作，这一条中记有"家君"（歆之父刘向）的言语，决无引用儿子著作的道理。班固更晚于刘歆，当然不会是《汉书》。

3. 原著 62 页 1 行（译本 83 页 5 行）

刘敬叔字敬叔……

问：有人问，"字敬叔"三字是否衍文？提问者认为名与字相同，令人怀疑。但我回答："名与字同是常见的事，不是衍文。"这样回答如何？

答：然。名与字相同，不是衍文。

4. 原著 79 页 10 行（译本 106 页 11 行）

……下至缪惑，亦资一笑。

问：这"缪惑"是指《世说新语》的《纰漏》《惑溺》篇吗？（或是根据有"缪"字篇名的传本？）

答：指《世说新语》的《纰漏》《惑溺》篇。纰 = 缪。

问：译本中，"缪惑"两字加书名号有错吗？或应作《缪·惑》？还是只写作"缪惑"？

答：只写缪惑即可。

5. 原著 80 页 6 行（译本 107 页）

"三语掾"的解释

问："三语掾"有两种解读法："应该不同"，或"不一样吗"。也就是可解释为"不同"或"同"两义，即"以为异则异，以为同则同"。因为对此仅用三字作答，王衍先生赞叹不已。——有人作以上解释，征求我的意见。学生说：不必取两义，取一义即可。先生以为如何？

答："将无同"系晋代俗语，今已费解，故解释多歧。我想，既非包含两义之不得要领之语，也非"不同"之类的简单答复。如这样翻译，也许更接近原意，即"开始就不同"，或"本来就不同"。由于本来就不同，所以问"同异"者是蠢人，作"同异"比较者亦属多事。王衍先生也许是上当而赞许吧？

此个"三语"已与意义无关，即是因三字成了官员之事。古文中，千言 = 千字，故三语 = 三字。

6. 原著 227 页 9 行（译本 306 页之注）

潘金莲亦作河间妇

问：称"河间妇"为"谋杀丈夫的毒妇"有点怪；"因今世毒杀丈夫的报应，来世成为杀夫毒妇"，也不合理。这能不能解释为"成为性无能者之妻"？——有人提出这样的疑问。其理由是"河间为'宦官的名产地'，自古有闻。《后汉书》、新旧《唐书》、《宋史》等宦官传中，'河间'两字屡见，《明史》宦官传中，王振、蒋琮等系河间府出身，《清稗类钞》奄寺类中记有'阉宦类多河间人'。但据《宋史》宦官传，宦官以开封人最多。故河间府成为宦官供应地大约在元、明，即定都北平后的现象……"这一解释如何？过于穿凿附会了吧？

答：既有点道理，也过于穿凿。

确实河间多出宦官，但阉宦是人为的，且不结婚。把成为"性无能者之妻"的女人称作"河间妇"之例也不多见。

记得曾见过河间出有名毒妇的记载，但书名一时想不起来。暂且保留，待我一查。

另外

原著226页末至227页初关于"红铅""秋石""，《野获编》卷二十一云："茗邵陶则用红铅，取童女初行月事，炼之如辰砂以进。茗顾盛则用秋石，取童男小遗去头尾，炼之如解盐以进……"

问："头尾"是什么意思？

答：头＝开头，尾＝结尾。就是小便的最初一部分不要，最后一部分也不要。

问："解盐"是什么意思？

答：解盐，山西省解州出产之盐，不是石盐那样的块状，也不是末盐那样的粉状。而像雪花那样，与日本盐相似。从海水中取出的，均此种形状，但解盐系从土中炼取。

关于《世界幽默全集·中国篇》

五十九

《阿Q正传》

"过了二十年又是一个……"阿Q在百忙中，"无师自通"的说出半句从来不说的话。

问：请赐教这后半句的意思。"一个"指什么？

答：一个年轻人。中国社会上，还是相信佛教轮回说，因此即使被杀，还会转世再生，二十年之后又是一个年轻人。（不过，此事我不能保证。）

《徐文长故事》

怪不见

问：怪不见 = 怪不得？

答：是。

娘舅

问："娘舅"是母亲的兄弟呢？还是外祖父的兄弟？还是其他的关系？

答：娘舅 = 母亲的兄弟。

向卫门控告徐文长间人骨肉

问："间人骨肉"（《咬耳胜讼章》）是分开人的骨肉？

答：离间别人骨肉 = 煽动而使父子兄弟不和。

六十

a. 诗人的何马，想到大世界去听滴笃班去，心里在作打算……

问："滴笃班"是什么意思？

答："滴笃班"又名"三角班"，由二三人组成的戏剧。唱俚词。一句唱毕，以鼓和拍板（由两块木板制成）连续击出"滴"（Dic）"笃"（Tac）声响，故叫"滴笃班"。是极简单、原始的戏剧。

b. ……他的名片右角上，有"末世诗人"的四个小字，左角边有《地狱》《新生》《伊利亚拉》的著者的一行履历写在那里……

问："伊利亚拉"，从发音揣摩是《伊利亚特》吧？

答：故意把 Iliad 写错杜撰的书名，其实不存在那样的书。

c. 走下了扶梯，到扶梯跟前二层楼的亭子间门口，他就立住了……

问：什么叫"亭子间"？

答：从正式房间上楼梯的转角处那个房间叫亭子间（小间屋之意，房租便宜）。

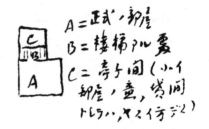

可译作"二階の裏部屋"吧？

d. "老何，你还是在房里坐着做首把诗罢！回头不要把我们这一个无钱饮食宿泊处都弄糟。"

问："回头"是"可是与此相反"之意吗？

答："回头"是"请当心"的意思，难以直译。此句如意译，为："我々のこの無錢飲食宿泊所を臺なしにして仕舞はない様に"

e. ……前几天他又看见了鲍司惠而著的那本《约翰生大传》……

问："鲍司惠而"译为パヲッツフイル？

答：Boswell。

问："约翰生"译为ヨハネス？

答：不对，Johnson。

f. 楼底下是房主人一位四十来岁的风骚太太的睡房……

问："风骚太太"是"风流夫人"吗?

答:与"风流"稍有区别。可译作"エロチク"吧?

g. 油炸馄饨

问："馄饨"是肉馒头，还是烧卖?

答:二者都不是。用薄薄的面粉皮子包肉做

成，放入油中炸的东西。

h. 马得烈把口角边的鼠须和眉毛同时动了一动，勉强装着微笑，对立在他眼底下的房东太太说："好家伙，你还在这里念我们大人的这首献诗? 大人正想出去和你走走，得点新的烟世披里纯哩!"

问："好家伙"，含有"啊，夫人（这畜生）"之意吗?

答:直译是"好东西""好孩子"的意思。但其实不过是感叹词，与日文"こ奴は"相似。

"烟世披利纯"即インスプレーシヨン。

i. 大人　先生

问："大人"与"先生"何者更为尊敬之语?

答:"大人"更为尊敬。"大人"相当于日本的"阁下"，大多用于对官吏的称呼。

j. 中南小票

问：是中南银行的一圆纸币吗？

答：是的。

六十二

k. 一边亭铜亭铜的跑上扶梯去，一边他嘴里还在叫："迈而西，马弹姆！迈而西，马弹姆！"

问：叫的是西洋歌的发音还是中国歌？若是中国歌，是什么歌？是什么意思？

答：メルシー、マダム（＝法语。谢谢，夫人）

m. 他嘴里的几句"迈而西，马弹姆！"还没有叫完，刚跳上扶梯的顶边，就白弹的一响，诗人何马却四脚翻朝了天，叫了一声"妈吓，救命，痛煞了！"

问："妈吓"是"这畜生"之意吗？

答：若直译，即"妈妈呀"，但像你这样译也可以吧。

n. 楼底下房东太太床前的摆钟却堂堂的敲了两下。

问："摆钟"是钟吧？

答：是的。

六十三

o. 诗人回过头来，向马得烈的还捏着两张钞票支在床沿上的右手看了一眼，就按捺不住的轻轻对马得烈说……

问："按捺不住"是不停地抚摸坏眼镜呢，还是形容轻轻地对马得烈说？

答：无法忍耐地（自己的想法要说出来，已经无法忍耐）。

p."有了，有了，老马！我想出来了。就把框子边上留着的玻璃片拆拆干净，光把没有镜片的框子带上出去，岂不好么？"

马得烈听了，也喜欢得什么似的，一边从床沿上站跳起来，一边连声说……

问："光"是什么意思？

答：仅仅。

问："也喜欢得什么似的"怎么翻译？

答："言へ様のない様によろこんで"，其实只是"非常喜欢"之意。

六十四

q. 搁起了腿

问：是两腿交叉，还是并放？

答：两腿交叉。

（增田画）

R. 我们这一位性急的诗人，放出勇气，急急促促的运行了他那两只开步开不大的短脚，合着韵律的急迫原则地摇动他两只捏紧拳头的手，同猫跳似的跑出去又跑回来跑出去又跑回来的……

问："原则地"是"规则地"之意吗？

答：是的。"原"殆误植。

r. "老马，我们诗人应该要有觉悟才好。我想，今后诗人的觉悟，是在坐黄包车！"马得烈很表同情似的答应了一个"乌衣"之后……

问："乌衣"与"喂喂"同义吗？

答：法语，＝yes。这位诗人是法国留学生，故常用法语。

六十五

s. 车夫们也三五争先的抢了拢来三角角子两角洋钿的在乱叫。

问："拢"是什么意思？

答："拢"即聚集。"抢了拢来"，跑来。

问："角子""洋钿"是什么意思？

答："角子""洋钿"都只是银币的意思。

t. 臭豆腐

问：是油炸豆腐吗？

答：稍有臭味的豆腐，类似西洋的干酪。

u. "喂！嗳嗳，……大人，郎不噜苏，怕不是法国人罢！"

诗人听了这一句话，更是得意了，他以为老马在暗地里造出机会来使他可以在房东太太面前表示他的博学，……说：

"老马，怎么你又忘了，郎不噜苏怎么会不是法国人呢？他非但是法国人，他并且还是福禄对儿的结拜兄弟哩！"

问："郎不噜苏""福禄对儿"是什么人？

答："郎不噜苏"即 Lombroso（意大利学者）。

"福禄对儿"即 Voltaire。

可直译为："ロンブロゾーは何して佛蘭西人でないことが出来るか？ 他は佛蘭西人であるのみならず、他は且つヴォルテルの義兄弟だい！"

问："结拜兄弟"是怎么回事？

答："结拜兄弟"指无任何血缘关系的人，因情投意合，起誓结拜为兄弟。如《三国志演义》中的刘、关、张三人。日本叫"义兄弟"吧？

六十六

v. 他觉得"末世诗人"这块招牌未免太旧了，大有更一更新的必要，况且机会凑巧，也可以以革命诗人的资格去做诗官。

问："诗官"是"诗的官吏"吗？

答："诗官"系作者杜撰的名词。"靠诗做官"的意思。稍为难译，与"诗的官吏"还不同。或许只译作"官吏"更易理解。

w. 诗人一见到笑迷迷地迎出来的中年老板，马上就急得什么似的问他说……

问："急得什么似的"是什么意思？

答：慌张得无法形容＝异常慌张。

x. "是不是？假如你们店里在这四日之内，也要死人的话，那岂不耽误了我的名片的日期了么？"

　　问："是不是"是"怎么样"还是"不是吗"？

　　答："不是吗"之意。也可作"是吧"。

　　y. 她看了他一副痴不像痴傻不像傻的样子……

　　问：是愚蠢之意吗？

　　答：是的。若直译＝馬鹿らしくもない、阿房らしくもない。
其实就是痴愚。

六十七

　　z. 一盘很红很热很美观的蕃茄在那里。

　　问：西红柿吗？

　　答：是的。

　　a′. 诗人喝了几杯三鞭壮阳酒。

　　问：中国酒还是西洋酒？若西洋酒，原名是什么？

　　答：中国酒。"鞭"＝男性生殖器（限用动物）。"三鞭"＝三种动
物的生殖器（大约海狗之类吧）。

　　b′. 何诗人，你今晚上可以和我上大华去看跳舞么？你若可以为
我抛去一两个钟头的话……

　　问："抛去"是什么意思？

　　答：抛去＝扔掉＝糟蹋＝浪费。

　　问：为自己分出一两个钟头之意吗？

答：是的。

问：那么此处的"话"是什么意思呢？

答：表示如果。

c′. 亨亨的念出了一首即席的诗来：

"嗳嗳，坐一只黑泼麻皮儿……"

问："黑泼"是什么意思？"麻皮儿"是 mobile（汽车）吗？还是"黑泼麻皮儿"= Hup mobile 的音译？

答："麻皮儿"是汽车。"黑泼麻皮儿"= Hup mobile 的音译。

六十八

a. "……哈哈哈。"梁副官虽然是好人，笑起来可像坏鹅。

问："坏鹅"是坏的鹅？难听的鹅叫声？

答：不明白。想来也许是"愚蠢、心肠坏"之意吧。在中国，鹅被当作笨蛋。

b. "你愁什么，"梁副官舐舐手指，翻着帐簿。

"事情问姨爹要，要不到就住在这里吃，慢慢地来，哈哈哈。"

问："要"字怎么译？

答：译为"貰う"。事情 = 工作。可译为："仕事（就職口）は姨爹に（探して）くれて貰う。くれなければここに住み込んで食う，ゆくりと。"

c. 他便想挣口气

问："想挣气"是什么意思？

答：想奋发。

他想奋发。直译为"一息（いき）を努力する"，即奋发图强。

d. 他听着隔壁梁副官格达格达地在打算盘，打着打着梁副官用了九成鼻音喊人。

问："打着打着"是"边打算盘边……"即"一边吧嗒吧嗒打算盘，一边……"的意思吗？

答：稍有区别。是"打着打着然后（打了相当长的时间之后）"的意思。

六十九

e. 上士以前当学兵，现在晚上没事就看些书。

问："学兵"是什么？

答：学兵＝国民党"北伐"前及"北伐"中，不满于北洋军阀的革命学生很多去了广东。这些学生编为兵队训练，其实就是士兵，却别称"学兵"。"学生上升为兵"之意。他们在北伐时死了很多。

f. 睡觉行头

问：寝具吗？

答：寝具的俏皮说法＝睡觉用具。

g. 拼死命找人说话

问：拼命寻找工作之意吗？

答：拼命求人讲话 = 托人寻找工作。

h. 赵科员定了几份白话文的杂志。

问：成为定期读者吗？

答：对。

七十

i. 吃稀饭的时候他问薛收发："你的政策以为咸鸭蛋的趋势好，还是皮蛋的趋势好？"

问："吃稀饭的时候"是早饭时吗？

答：喝粥时 = 早饭时。

问："趋势"是什么意思？

答：倾向、趋向之意。但此处似作"做法"用。

问："皮蛋"是什么？

答：变黑的盐醃蛋。

盐醃蛋的一种，日本没有。除按原文照写外，没有别的办法。

j. 炳生先生还是一刻也不休息地埋头抄麻衣什么，而且用恭楷。

问："恭楷"是恭敬的楷书吗？

答：是的。

k."两个理想……"又自己商量着："一个趋势使他们不重心，一个趋势是自己同处长科长感情好起来。这样才能算是青年范围的政策。"

问："不重心"是"使其安心"？"不使其愤愤不平"？

答：不使其担心。

七十一

1. 第二天有个大信封的东西到梁副官手里：叫他"毋庸"到处里办公了，叫他"另候任用"。

问：是"解雇"还是"休职"？

答：休职。

m. 炳生先生心脏一跳。他记得相书上说二十几岁的人是走额头运。他对镜子照照额头：额头很丰满。

问："走额头运"系麻衣相法秘传，其内容凡人难以理解。不过，至少请日本式地将这四个字解读一遍！是"奔走额头之运"吗？读后不明何意，嗟呼！

答："走额头运"是指与额头形状相应的境遇。额头丰满的话运气就好。

据相法云，人的命运与脸的样子有关。按年龄相应由脸之上方向下方行。如二十岁与额之运相当（即额形好此时的命运也好，额形坏命运也坏），三四十岁则是鼻部位之运，五六十岁为口部位之运，七八十岁为颚部位之运，九十、一百岁为……？

七十二

a."江斌，褥单要铺平哪，你真是！……还要放下些……"（《皮

439

带》之 26 - 9）

问："你真是" 是 "你真正地" 吗？

答："你是真正地（愚笨）" 之意。

问："还要放下些" 是再放松一点吗？

答：再往下放一点。

b. ……谈来谈去谈到娘儿们，因此连带地把脱裤的事也谈到些……（《皮带》之 27 - 6）

问："娘儿们" 是女人的意思吗？

答："女人" 之意，但含有轻蔑之意。

问："脱裤的事" 是 "猥亵之话" 吗？

答：只是 "脱裤" 之意，但指性交吧。

c. 少尉准尉虽然只是起码官儿，可总是官儿，不是士兵。（《皮带》之 29 - 5）

问："起码" 是最初、最低之意吗？

答：是的。

d. 娘老子（《皮带》之 29 - 13）

问：双亲、父母之意吗？

答：是的。

e. 用了九成鼻音喊人。（《皮带》之 31 - 2）

"江斌，江便！"（《皮带》之 31 - 3）

问："九成鼻音" 什么意思？

答："九成鼻音"即百分之九十的鼻音。发声大多从鼻孔发出。

问："江斌"读"キヤンピン"？"江便""读キヤンピイーン"？

"江"的发音是"チヤング"，还是"キヤン"？

答：在中国，读作"チアン"

f."申饬"（《皮带》之37－9）

问：译作"宣告戒饬""行否？

答：仅"戒饬"之意。不过，这样译也行。

g."勤务兵就……"她摇摇头"十块五毛钱一个月，伙食吃自己的，忙又忙得个要死，外开一个也没有……"（《皮带》之39－9、10）

问："外开一个也没有"是别的职业一个空缺也没有的意思吗？

答：意外的收入一分钱也没有。

七十三

h."狗婆养的，此刻不是又想到了！"（《皮带》之40－9）

问："狗婆养的"是骂人话"这畜生"吗？

答：骂人话。直译＝雌狗的儿子。

i."他们哪里替我诚心找事，诚心找还找不成么，一个中将处长？……我的事情，他们只说说风……风……风什么话的。"

炳生先生记得"下江人"对这些话有个专门名词，叫风什么话，但中间那个字怎么也想不起。（《皮带》之40－11～41－1）

问："下江人"是长江下游地方人吗？

答：是的。

问：风什么话＝风□？话＝街谈巷议？

答：风凉话（说凉快的事）。讲些毫无关系的话。

j. 经过职务："曾任传令中士，须至履历者。"（《皮带》之43－3）

问："须至履历者"是"可作为履历"之意吗？

答："履历如右"之意。

k."五哥你说咸板鸭好还是烧鸭子好？"（《皮带》之43－11）

问："咸板鸭"和"烧鸭子"，是"盐渍过的干的鸭子"和"烧
家鸭"？

答：是的。

l. 中尉收发（《皮带》之44－7）

问："收发"？

答：即日语"受附"。

m."恭喜邓先生，请你盖个私章。"掀开一本簿子。（《皮带》之
46－10）

问："盖个私章"，是"请按印"，还是"请签名"？

答：请按印。私章，个人的印章，不是官署的印章。

n. 右令少尉司书邓炳生准此。（《皮带》之47－1）

问："右，封少尉司书，对邓炳生准此"之意吗？

答：右，命令少尉司书邓炳生，照此（右）办理！

问："令"连结以下全句还是只连结少尉司书？

答：连结全句。

七十四

o."这是处里的公事，你没看见么。还要呈请部里正式委。"（《皮带》之 47 - 4）

问："你没看见么"是"没有必要跟你说"（不是你知道的事）之意么？

答：你看不见吗（你不知道吗）之意。

问："委"是委任吗？

答：是的。

p. 办公厅（《皮带》之 47 - 8）

问：事务所？事务室？

答：事务室。

q. 给士兵瞧不起的长官，做人是很难的……（《皮带》之 48 - 2）

问："做人是很难的"什么意思？

答：做人啊，难。（被士兵轻蔑的长官，工作难干）（因命令等没人听）

r."我说本处里的勤务老爷。"（《皮带》之 48 - 5）

问："勤务老爷"是勤务兵的军队用语吗？

答："勤务"之后带个"老爷"，为轻蔑口气。

s. 性的事件必须要谈的以外，就是电影哪家好……（《皮带》之48－49）

问："必须要谈的以外"，是"不用说""此外"之意?

答：性的事必谈，此外……

t. 撤了差（《皮带》之49－2）

问：怠职之意吗?

答：被停职。

u. 上校

问："校""是军队编制中，将官与尉官间的军衔么?

答：是的。

v. 起居是有江斌伺候。照规矩炳生先生可以跟另一个尉官合用一个勤务兵，可是他没用，每月就能拿半个勤务兵的钱：五块两毛五。江斌服侍，每月给江斌两块大洋。所以炳生先生每月的收入一起有四十五块两毛五了：那三块两毛五是额外收入……（《皮带》之51－5~8）

问："可是他没用"，"他"指谁? "每月就能拿半个勤务兵的钱"，这句话的主语（subject）是什么? 谁拿?

答：谁＝炳生。

当然的，炳生先生可与另一尉官合雇一个勤务兵。但他没雇，就把那雇金的一半装入了自己的口袋。

七十五

　　w.“江斌，江便。……喊你怎么总不来，嗯？……有的事情做惯了的，还是要嘱咐，真是……”（《皮带》之 51－11~12）

　　问：“嗯”译作“オイ”？

　　答：译作“エ？”

　　问：“有的事情做惯了的”是什么意思？

　　答：有些事早该做惯了，可是还非得要叮嘱不可。

　　x.“她来了之后，你的家庭范围还重心不重心？”（《皮带》之 53－2）

　　问：“重心”是安定之意吗？

　　答：困难之意。

　　y.“那真是能者多劳。”（《皮带》之 53－5）

　　问：伟人担忧多之意吗？

　　答：能人苦劳多之意。

　　z.接着满不在乎地笑了，不过笑得很紧张。（《皮带》之 56－4）

　　问：“满不在乎”是“满不在意的”意思吗？

　　答：什么事也没有似的。

　　问：又，“处”在《皮带》中主要作为地址，“处长姨爹”的“处长”等的“处”如何译成适当日文，想请赐教。

　　答：译成“局”如何？

七十六

a. 姓是姓……姓牛！因为姓得不大那个，很少被人提起。

……

"干么尽背履历？"（《稀松的恋爱故事》86 – 3~5）

问："姓是姓……姓牛"是"姓是叫姓……，即……称姓为牛"吗？

答：这句话直译的话＝"苗字は、苗字としては……牛ですが！その苗字は大したものでもないから、そう人の口にのぼらない。"

（因为"牛"不是有趣的姓吧，或者又不是伟人亲属之故吧。）

问："背履历"什么意思？与普通地讲述履历的方式相背的意思吗？这是成语吗？

答："尽"是"只是"的意思，"背"是"默诵"的意思。

为什么老是喋喋不休地讲履历啊？

b. 三挖子是专门伺候他的一个不大不小的孩子。（《稀松的恋爱故事》86 – 3~5）

问："三挖子"是随便杜撰的名字吧？什么意思？

答：随便杜撰的名字。

c. "唔，是不是去打茶围？"（《稀松的恋爱故事》87 – 5）

问："打茶围"是一起喝茶之意吗？

答：去妓馆喝茶。

d. "你干么不就'下水'？"（《稀松的恋爱故事》87 – 9）

问:"下水"指猥亵行为吧? 明确的含义不明。

答:投宿。(专用于买娼时)

e."仙女牌的呢? ……那么瓦嫩踢奴牌的呢? ……"(《稀松的恋爱故事》89－12)

问:"瓦嫩踢奴"可否读作ヴアレンチヌ?

答:可以。

f. 男的瞪着眼瞧她, 似乎想从她头发里找出不□癫儿式的半个世界来。(《稀松的恋爱故事》90－7)

问:"不□癫儿"什么意思? 请告诉"不□癫儿"的发音及脱落的字。

答:

七十七

g."听说现在耗痢窝的电影明星还作兴大嘴哩。"(《稀松的恋爱故事》90－10)

问:"耗痢窝"读为 American 好吧?

答:是美国。似乎故意用那样的坏字眼。

h. 电灯下垂着的绿色流苏。白绸子桌布。汽炉。Vis-a-vis。(《稀松的恋爱故事》91－5)

问:"Vis-à-vis", 中文如何写?

答:中文无。要写的话, 可作"面对面"。

i. 那个赞许地笑着：猪股癫糖使他的牙齿成了干鸭肫的颜色。（《稀松的恋爱故事》91－2）

问："干鸭肫"是家鸭之胃吧？

答：是的。是家鸭之胃弄干了的。

j. 猪头肉（《稀松的恋爱故事》97－6）

问：猪头部的肉吗？

答：是的。

k."诗人怕我割他靴子。"（《稀松的恋爱故事》98－4）

问：我想是"夺他的情人"之意，对吗？

答：是的。不过专门在说妓女的时候使用。

l."你真像 Grara Bow，是真的，越看越像。"

"那够多难看！"

"怎么，你说难看？……"（《稀松的恋爱故事》101－7~8）

问："那够多难看"怎么翻译？

答："Grara"似应作"Crara"？

日译为："あ奴はどんなに見醜くいたろう！"

问："怎么，你说难看？"是"她并不那么漂亮"，还是"她会那么漂亮吗"？

答：日译为："何んだ、汝は醜くいと云ふのか？"

七十八

m. 直到各人回去，他们没做什么减"灵"的事。

这晚罗缪写了一个钟头日记。

这晚朱列照了一个钟头镜子（《稀松的恋爱故事》101 – 10~12）

问："钟头"何意？"钟头日记"何意？"钟头镜子"何意？"钟"是置于枕边的闹钟吗？从发音看，"钟"是"床"的谐音吧？

答："一个钟头"即一个小时。一小时记日记。一小时左右用镜子看自己的脸。

n. "你瞧这风景够多好！"女的看着些画片……

"这像牯岭那个什么，"他说。

"牯岭我没到过。"（《稀松的恋爱故事》102– 1~4）

问："牯岭"是何处的山？

答：在江西的庐山的异名，避暑胜地。

o. "烫手！"她那被粘着的嘴叫。（《稀松的恋爱故事》103 – 8）

问："烫手"似俗语，不懂意思，可否意译为"不得了""住手吧"？

答：译为"手に燒どするぞ"。似有"住手吧"之意。

p. "瞧瞧她的日记，"罗缪拿给我们看。"别瞧她不起，她简直是个女作家。只是文句里多几个'了'字。"

"我真是如何的傻呵！我知道我错了！他一百三十四号信上告诉我了！我真是如何的傻呵！"（《稀松的恋爱故事》105 – 1~2）

问：“他一百三十四号信上告诉我了”与前两句的“我真是如何的傻呵”相连接呢？还是与后一句相连接“我真是如何的傻呵”？

答：与二者都相连接，其实前句＝后句，有一句就够了。

七十九

q. 上馆子二百余次（详见他俩的日记）（《稀松的恋爱故事》106－5）

问：“馆子”是旅馆的意思吗？去饭馆不也叫“上馆子”吗？“上馆子”是投宿？还有更特殊的（男女二人同衾）意思吗？

答：馆子＝饭馆（此外没有特别意思）。

r. “我们的窗档子用淡绿色印度绸的，好不好？”（《稀松的恋爱故事》107－2）

问：“窗档子”是棂子吗？窗的格子？

答：按说当是指窗格子。但此处作窗幕布用。恐系作者之误。

（增田画）

s. 千把块钱。

问：一千美元？

答：一千美元左右。

些涂退光漆的木器。

问：“退光漆”，有专门的西洋语吗？

答：是中国话。闪闪发光的漆。

t. "缪，钢琴送来之后放到哪间房里，你说？……Betty，你看见罗缪最近的诗没有？我想给他画张油画像。对不起。今天没给韩太太预备好酒。老柏你瞧……"

朱列指着一位客的怪脸，把三条指头放在嘴上笑。吃饭了。坐在罗缪的上手。

他拉拉罗缪的袖子：

"诗人，我怕我十辈子也找不着个把爱人。"

问："没给韩太太预备好酒"中，"给"是"为"的意思吗？是"打搅了"的意思吗？

答：是"为"。不是"打搅了"，是未准备。"好酒"是好的酒。

问："一位客的怪脸"，是指韩太太吗？

答：是吧。

问："吃饭"，谁？（全部？）（吃饭二字无主语，颇费解）

答：大家吃饭。

问："我十辈子"是"我等十人"即"大多数人"的意思吗？

答：十辈子＝十生，其实只是"一生"的诙谐说法。

八十

a. "朱——列唷！"谁在后面大叫。

赶紧回头——

唔，卖猪头肉的。

"朱列，猪头肉，"他念着"猪头，朱列，朱……猪头肉，肉，列，朱，猪……"

问：最后的话单纯表现"他"意识的混乱，"朱列"与"猪头肉"

没有特殊的（习惯上的）关系吗？或者，"朱列"特别含有猪头肉红、新鲜等言外之意吗？

答："朱"与"猪"同音，"列"与"肉"发音相近。因此"猪肉"听起来像"朱列"。

八十一

b."好极了，比瘟西，还好。"

"干什么拿我比瘟西，我们派数不同：我们是后期印象派。"

问："瘟西"是谁？我一点头绪也找不到。

答：文艺复兴时期画家 Leonardo da Vinci。

张天翼常常这样乱写西洋人名，其实这是坏习气。

c."那够多难看！"

问：可否译作"那は（こりや）非常に見にくいではないか！"

答：可以。

八十二—八十四

《今古奇观·乔太守乱点鸳鸯谱》

○那裴九老，因是老年得子，爱惜如珍宝一般，恨不能风吹得大，早些儿与他毕了姻事……

问："恨不能风吹得大"是"想甚至风大可促使成长……但那是不可能的"？

答：恨不能风一吹就立即长大很快结婚 = 对不能极迅速生长结婚

而感到遗憾。

○玉郎从小聘定善丹青徐雅的女儿……

问："善丹青"是"出色的画家"？还是读作"聘定善，丹青"？

答：擅长丹青（画）的好手徐雅。

○因冒风之后，出汗虚了，变为寒症。

问："出汗虚了"是"汗出光了"？还是"盗汗"？

答：不是盗汗。

出了许多汗，变得衰弱（虚）了。（大约是药物使其出汗的吧）

○万一有些山高水低，有甚把臂……

问："把臂"什么意思？

答：有何把握＝也许有危险。

○第二件是耳上的环儿，此乃女子平常时所戴，最轻巧也少不得戴对丁香儿。

问：耳环装饰的是丁香的果实吗？

答：不是。

问：用丁香子作耳环吗？

答：不是。

问：是作为普通金银耳环的附属装饰品吗？还是仅仅形容耳环之大小？

答：不是。

大概是钉子形耳环吧（大多银制）。

所谓丁香就是这个。

"最轻巧也少不得戴对丁香儿",译为"一番簡便なことにするも一對丁香児を掛けなければならん。"

轻＝简，巧＝便。

○专候迎亲人来，到了黄昏时候，只听得鼓乐喧天，迎亲轿子，已到门首，……孙寡妇将酒饭犒赏了来人，想念起诗赋，诸亲人上轿……

问："想念起诗赋，诸亲人上轿"，是"因念起诗赋，就想诸亲人上轿"之意吗？诗赋是谁念的？怎样的诗赋？去新郎处时拦门之诗赋吗？

答：新娘上轿时，有人吟诗（或文），催其上轿。诗或文有旧作，也有新制。吟者或文人（大抵托新娘的亲友）或道士（雇用）。

"诸亲人上轿"中的"亲"系"新"之误。新人＝新娘。

○孙寡妇又叮嘱张六嫂（媒婆）道："与你说过，三朝就要送回的……"

问：新婚三朝，新人有时有回娘家的风俗吗？

答：是的。婚后第三日，新人大多回娘家。

○且说迎亲的，一路笙箫聒耳，红烛辉煌，到了刘家门首，宾相进来说道……

问："迎亲的"是雇来的工人？还是亲戚？

答：是雇来的工人，不是亲戚。

问："宾相"令人想起结婚式上导师之类的人（西洋的话是牧

师？），他们是僧侣或道士类人物或其他特定职业者？还是普通的亲戚或知交临时担当者？

答：不是特定职业者，是亲戚、知交临时担当。

宾相，带着新郎去迎新娘的人，大多是新郎的亲戚或友人。（必须是年轻人）

○只见头儿歪在半边，昏迷去了，……当下老夫妻，手忙脚乱，掐住人中，即教取过热汤，灌了几口……

问："掐住人中"是强行把人们留住的意思吗？

答："人中"是这里。

中国人认为人昏厥时，如用指甲掐其"人中"，他就有望不死。

○这事便有几分了

问："几分"什么意思？

答：此句译为"そのことは幾分（の望み）がある様になる"。

○木饿

问：麻木性饥饿？

答：不明白，有错字。我想只是"饥饿"之意。

○"与你一头睡了"

问："一头"是"一起"或"向着同一方向头并着头"的意思吗？

答：说法是后者，但意思是前者。

〇"还像得他意……"

问：使其称心如意？

答：对。

〇"须与他干休不得……"

问："干休"犹关系吧？

答：与他只是不能罢休＝与他无法和平相处。

〇皮箱内取出道袍、鞋袜……

问："皮箱"是箱子吗？

答：对。

问："道袍"是外套那样的东西吗？

答："道袍"即道士的衣服，但此处只是长衫之意。

问："鞋袜"是日本的丫巴鞋吗？

答：鞋＝鞋子，袜＝袜子。

〇"可恨张六嫂这老虔婆……"

问："老虔婆"，这里是作恶骂用吗？

答：恶婆。（是恶骂）

八十五

〇骂道："老忘八，依你说起来，我的儿应该与这杀才骗的。"一头撞个满怀……

问："一头撞个满怀"是砰的一声全身相撞吗？"个满怀"是自

己呢，还是对方呢？

　　答：骂人的家伙用头向被骂的家伙怀中（胸口）撞去。

　　○"老忘八，羞也不羞，待我送个鬼脸儿与你带了见人"。

　　问："待我送个鬼脸儿与你带了见人"怎么译？"鬼脸儿"是你的，还是第三者的？

　　答：译为："耄れ、はづかしくないか？我が仮面一つ上げましよう、人様と遇ふとき、つけなされ！"

　　○正值乔太守早堂放告……

　　问："早堂放告"是宣布早上的勤务吗？

　　答：不是。早晨在公堂受理诉状。

　　○"……谁想他纵女卖奸……"

　　问："纵"是允许、放置的意思吗？

　　答：纵＝故意放任。让（＝纵）自己女儿卖淫。

　　○"我看孩儿病体，凶多吉少，若娶来家，冲得好时……"

　　"况且有病的人，正要得喜事来冲他，病也易好……"

　　"故将儿子妆去冲喜……"

　　问："冲"是什么意思？

　　答：中国的迷信：家中或他人若有不吉事时，就迎娶新娘。以为喜事能冲破厄运。冲＝冲突＝冲破。故男子重病时若迎娶新娘，其病可愈云。又，以为若参加别人结婚式，亦有此种效果。

〇本该打一顿板子……

问：用板打罪人吗？

答：是。大的是打屁股的板子。小的是打头或手掌的，私塾的老师所用。

〇乔太守援笔判道："弟代姊嫁，姑伴嫂眠，爱子爱女，情在理中；一雌一雄，变出意外。移干柴近烈火，无怪其然；以美玉配明珠，适逢其偶。孙氏子因姊而得妇，搂处子不用逾墙；刘氏女因嫂而得夫，怀吉士初非衔玉。相悦为婚，礼以义起。所厚者薄，事可权宜。令徐雅便婿裴九之儿，许裴政改娶孙郎之配。夺人妇，人亦夺其妇，两家恩怨，总息风波；独乐乐，不若与人乐，三对夫妻，各谐鱼水。人虽兑换，十六两原只一斤；亲是交门，五百年决非错配。以爱及爱，伊父母自作冰人；非亲是亲，我官府权为月老。已经明断，各赴良期。"

问："搂"是抱的意思吗？

答：是。

问："吉士"是什么意思？

答：好男子。

问："乐乐"是"乐所乐"之意么？

答：是。

问："亲是交门，五百年决非错配"是谚语吗？

答：不是。

问："亲是交门，五百年决非错配"标点对吗？还是问："亲是交门五百年。决非错配"？

答：前者对，后者错。

问："亲是交门，五百年决非错配"什么意思？

答：亲是交门，五百年决非错配＝这门亲事是互相成为亲戚，五百年前就定下了，决不是错误的婚配（谚语有"夫妻是五百年前之缘（因果），故能成"，所以判词才这么说的）。

问："以爱及爱"是伊父母的形容词吗？

答：不是。

问："伊父母"是你们父母的意思吗？

答：不是。

问："伊父母"是父母老爷（地方长官）的简称吗？

答：不是。是他们的双亲的意思。

以爱及爱，伊父母自作冰人＝从爱子（或女）的婚姻变成了爱女（或子）的婚姻，他们的双亲自己当了媒人。

问："非亲是亲"什么意思？

答：非亲是亲，我官府权为月老＝本不能成为亲戚而变成了亲戚，我这个官员就充当媒人吧。

问："良期"，是指结婚式吗？

答：好时辰＝举行结婚式时。

问：以上标点符号照广益书局原书，没错吧？

答：

八十八

○取出花红六段，教三对夫妻披挂起来

问："花红"是什么？

答：若直译，即"簪与红绸"，但此处仅作"红绸"之用。

《今古奇观·转运汉巧遇洞庭红》

○苏州阊门外有一人

问："阊门"是普通名词，还是特定名词、个有名词？

答：不是普通名词，是特有名词。

○先将礼物求了名人诗画，免不得是沈石田、文衡山、祝枝山搨了几笔，便直数两银子……

问：这个"免不得"，一直关联到句末"数两银子"吗？

答：对。免不了（要买）沈……等人涂几笔就值几两银子（的东西）。

○妆晃子弟

问：摩登小子？洋气十足高领族？

答：不明，恐系后者吧。

○北京微汴却在七八月，更加日前雨湿之气，斗着扇上胶墨之性，弄做了个"合而言之"揭不开了……

问："微汴"指梅雨还是仅指湿哒哒的天气？

答："微汴"指因梅雨而湿哒哒的天气。

问："合而言之"是什么意思？

答："总括起来说"＝只是"粘哒哒"的诙谐说法。

八十九

〇但只是嘴头子诌得来，会说会笑，朋友皆喜欢他有趣，游耍去处，少他不得，也只好趁日不能勾做家，况且他自大模大样过来的，帮闲行里又不十分得人有他做队的，要荐他坐馆教学，又有诚实人家嫌他是个杂班令，高不凑低不就，打从帮闲的处馆的两项人，见了他也就做鬼脸……

问：趁日＝每日？

答：不。趁日＝追逐日子＝每日游手好闲。

问："做家"是"维持生计赴食"？

答：对（不要"赴食"二字）。

问："大模大样过来的"是"奢华生活过来的"意思吗？

答：傲慢态度过来的。

问：商务版作"不十分人得有队有他的"，广益版作"不十分得人有他做队的"，何者正确？

答：商务版误。

问："不十分得人有他做队的"是"不太合群"或"几乎不合群"之意吗？

答："人"字后应加句号。不十分得人＝那人不被人喜欢。有他做队的＝有他的同类。

问："坐馆教学"是家庭教师吗？

答："要荐他坐馆教学"就是想推荐他当私塾教师。

问：“杂班令”是什么？

答：杂班令＝没有一定职业的人。

问：“杂班令”是游艺人吗？

答：什么事都做的人＝什么都靠不住的人。

问："打从"是"从……而言"、"从……方面看"的意思吗？

答："打从"即"从"。

全句译为："大鼓持と家庭教師の二種類の人間からは彼を見る
と真に変挺古な顔をする。"

○恰遇一个瞽目先生，敲着"报君知"
走将来

问："报君知"是何种鸣器？

答：即铜锣。金属制。

○看见中间有个烂点头的拣了出来

问："烂点头的"是出现烂点的东西吗？

答：对。

○裹肚

问："裹肚"是钱兜带还是腰带？

答：腰带。

九十

○只见那个人接上手，掂了一掂道"好东西呀"扑地就拍开……

问："扑地"是"立即"？形容迅速的动作？

答：是。即"蓦地"。

问："扑地"是"噗通"？形容声音？

答：不是。

○俺家头都要买去进可汗哩

问："俺家头"是俺的头目、俺的主人之意吗？

答：我想只是"俺"的意思。

○众人吃惊道："好大龟壳，你拖来何干！"他道："也是罕见的，带了他去。"众人笑道："好货不置一件，要此何用。"有的道："也有用处，有甚么天大的疑心，是灼他一卦，只没有这样大龟药。"

问：灼烧龟甲，以其坼裂卜吉凶时，需要龟药这东西吗？以什么方法使用龟药？

答：龟药未听说过。想来恐怕是灼龟甲时所用的艾吧。

○祖母绿

问：绿玉（Emerald）的一种吗？

答：是。

<h1 style="text-align:center">九十一</h1>

《今古奇观·转运汉巧遇洞庭红》之下半部

○众人都笑指道："敝友文兄的宝。"中有一人衬道："又是滞货。"

问："衬"是多管闲事吗？

答：不是。

问：“衬”是插嘴？

答：是。

○文若虚也心中镬铎，忖道……

问：“镬铎”是哆哆嗦嗦？忐忑不安？

答：忐忑不安＝突兀＝觉得不可思议。

○遂叫店小二拿出文房四宝来，主人家将一张供单绵料纸，折了
一折

问：“供单绵料纸”是什么？

答：写契约用的纸（有韧性，类似日本用三桠制成的纸）。

○立合同议单张乘运等，……各无翻悔，有翻悔，罚契上加一，
合同为照

问：“加一”是加倍的意思吗？

答：不是。增加一成。

九十二

○况且文客官是单身，知何好将下船去，又要泛海回还，有许多
不便处。

问：A.“将下船去”是装船回去吗？——包含装货物的意思。

答：是装船回去。不包含装货物的意思。

问：B.“将下船去”是出船而回吗？——与货物无关。

答：不是出船而回。与货物无关

"如何好将下船去"＝怎么能够带着到船上去啊

○说得文若虚与张大跌足道："果然是客纲客纪，句句有理。"

问："客纲客纪"什么意思？

答：意为客人的帮手，即实在帮了客人的意思。

"跌足道"，（由于钦佩）用脚蹬着地面说。

○"这是天大的福气，撞将来的，知何强得？"

问："天大的福气是撞将来的"呢，还是"这是天大的福气，想是撞将来的，如何强求得"？

"撞将来的"一句是承前呢，还是启后？

答：这是天大的好运气，这（＝好运）是自己飞来的，怎么能人为地（制造）出来呢？

○文若虚道："好却好，只是小弟是个孤身，毕竟还要寻几房使唤的人，才住得。"

主人道："这个不难，都在小店身上。"文若虚满心欢喜。

问：什么东西在"小店身上"？是照料对方的好意吗？或者是"使唤的人"吗？

答：指寻找仆人的事。

九十三

○西洋布

问：是西洋织物还是专指"天竺"或什么地方的织物？

答：西洋的木绵织物。

〇解开来只见一团线，囊着寸许大一颗夜明珠

问："看见一个编织的囊里放着一颗寸许大的夜明珠"吗？

是这样的囊中放着夜明珠吗？

（增田画）

答：文章有不明之处。照原文理解的话，"一团线包着一颗夜明珠"，但似乎有点奇怪。还是只能译成"线编的囊里放入珠"吧。

〇咱国

问："咱国"即自国吗？

答：自己的国家＝我的国家。

〇道袍

问：这衣服怎么也解释不清。

是古代外出时，与如今上海街头所见长外衣（不也叫"袍"吗？）那样的普通服装吗？

答：是。

问："道"是道途呢，还是道教？

答：不是道途，是道教。

但这里的意思仅指"长衫"，与道教无关。

〇摸出细珠十数串，各送一串

问：为了把珍珠连起来，在珠上钻小孔，从中间穿过吗？

答：是的。

问：或者，仅仅纵向排列（不钻小孔）？

答：不是。

（增田画）

九十四

〇就在那里取了家小，立起家老，数年间，才到苏州走一遭。

问：读作"立起家老，数年间"，还是"立起家老数年间"？若是前者，"家老"是什么意思？

答：是前者。意为在那里娶妻，安置一个家政管理者（老年妇女，我想其职责还包括监督妻子），两三年后，到苏州走一趟。

〇料也没得与你，只是与你要

问："料也"是必然、一定的意思吗？

答：想来，恐怕。料也＝恐らく……だろう

〇船上人把船后抛了铁锚，将桩橛泥犁上岸去钉停当了。

问："桩橛泥犁"是掘泥犁吗？

答："桩橛"是木制的。

"泥犁"是掘泥之犁的意思，但不用于船上，是这样的东西吧。切入泥中。

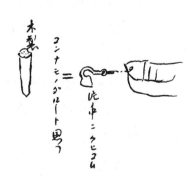

○偏要发个狼

问：愤慨之意吗？

答：无愤慨，稍有自辩之意。

"狼"系"狠"之误。发狠＝下定决心。

○正是：运退黄金失色，时来顽铁生辉。莫与痴人说梦，思量海外寻龟。

问："痴人"是嘲讽听者？"思量"指谁？说者还是听者？

答：说者对听者讲：运退的话黄金也要失色，时来的话顽铁也会放光，请休讲痴人想在海外寻龟之梦话吧！

九十五

《儒林外史》（马二先生食游记和炼金术之无聊事）

叙西湖之景：

……真不数"三十六家花酒店，七十二座管弦楼！"

问：西湖真有这么多酒店、管弦楼吗？不过是形容吧？

答：形容而已，犹如"白发三千丈"。"不数"系反语，其实等于"可说"。花酒店＝雇用女店员的酒店。管弦楼＝听音乐的场所＝艺妓云集边唱边演之地。（类似日本的"寄席"？）

……年纪小的都穿些红绸单裙子，也有模样生的好些的。

问："模样生的好些的"是有些漂亮的意思吗？指服饰、姿态还是面容？

答：面容。

糟鸭

问："糟鸭"是把鸭子乱糟糟切碎后煮的吗？

答：糟 = 做酒时从米中榨取米酒后剩下的东西（不知日本叫什么）。"糟鸭"其实就是酒渍的家鸭。

那船上女客在那里换衣裳，一个脱去元色外套，换了一件水田披风，一个脱去天青外套，换了一件玉色绣的八团衣服……

问："元色"即黑色吗？

答：是的。元 = 玄。

问："水田披风"什么意思？

答：披风 = 外套（无袖）。水田 = 如图状花纹。

问："玉色绣的八团衣服"是"绣成玉色的八个球"吗？

答：是用玉色在衣服上绣八团花纹。如图。

棺材厝基

问：是指停放棺材的场所吗？

答：是。

问：是未埋葬前临时停放棺材的地方吗？为什么要这么做？

答：欲寻风水好的地方埋葬，一时难觅，就暂时停放某地。与"假葬"同（？）。在实在找不到的时候，也有把棺材四周用砖围起来的。

问：另外，棺材是指棺未制成前的木料吗？

答：棺材即棺。

靴桶

问：靴桶＝固定靴的布袋？

答：放靴的圆桶。

水磨的砖

问："磨成水平的砖"呢，还是"用水磨过的砖"？

答：用水磨过的砖＝磨得非常光滑的砖。

马二先生步了进去，看见窗棂关着。马二先生在门外望里张了一张，见中间放着一张桌子，摆着一座香炉，众人围着，像是请仙的意思。马二先生想道："这是他们请仙判断功名大事，我也进去问一问。"站了一会，望见

一个人（A）磕头起来，旁边人（B）道："请了一个才女来了。"马二先生听了暗笑。又一会，一个（C）问道："可是李清照？"又一个（D）问道："可是苏若兰？"又一个（E）拍手道："原来是朱淑贞！"

问：这场合，在请仙时，作为一个仲介者的那个巫人（术者）在吗？ A是请仙的当事者呢，还是成为仲介人的巫术者？

答：仲介者是两人。是术者，不是巫。

假想是仙人的手，在沙盘上写字。

问：是瞧热闹（起哄）的人吗？

答：A、B、C、D四人都是参观者，但系信徒，不是起哄者。

九十七

一间一间的房子，都有两进。

问："两进"什么意思？请图解。

答：

恰好乡里人捧着许多烫面薄饼来卖

问："烫面薄饼"是烫面和薄饼吗？

答："烫面"不明，是面条吧。"薄饼"＝面粉用水搅拌，做成圆而又薄，干锅里放少许油，烘熟之物。

……上写冰盘大的二十八个大字……

问："冰盘"是什么？

答：冰盘＝最大的皿（直径约一尺五寸）。

马二先生看过《纲鉴》，知道"南渡"是宋高宗的事……

问：《纲鉴》是原书名还是省略的书名？谁的著作？

答：《纲鉴》似系省略书名。明朝有《纲鉴正史约》（顾锡畴编纂），还有《纲鉴易知录》（吴秉权等辑），皆为鄙陋之书。但我想大概当指后者，因后者比较流行。

……不瞒老先生说，我们都是买卖人，丢着生意，同他做这虚头事。他而今直脚去了，累我们讨饭回乡……

问："直脚去了"是死亡的意思吗？

答：是的。

九十八

……候着他装殓，算还庙里房钱，叫脚子抬到清坡门外厝着。马二先生备个牲醴纸钱，送到厝所，看着用砖砌好了。

问："看着用砖砌好"是把厝所的棺材用砖砌起来使其坚固吗？

答：因近期内无法埋葬，故用砖四周砌好。

《高老夫子》

……也许不过是防微杜渐的意思。

问："防微杜渐"是急速暴露（露骨）吗？

答：微小东西也许变成庞然大物，渐渐进展的也可带来严重后果。因此须"防微杜渐"。

……膝关节和腿节关接二连三地屈圻

问："接二连三地"是接续地先是膝关节、接着腿关节之意吗？

答：连续地弯曲两三次。

九十九

变戏法

问："变戏法"什么意思？

答："变"即做、干，"戏法"即魔术。

都骂他急筋鬼。

问："急筋鬼"什么意思？

答：急筋鬼不明。

或许是"过于急躁的家伙"吧。

问：墙上写着"物归原处"的大字，是写在墙上挂的单纯装饰性的匾额上呢，还是并非匾额而直接写在墙上？还有，这也是为了提防小偷吗？还有，墙上写"物归原处"等，是特殊的场合呢，还是例行的常套？

答：恐系随意涂写。也有写在纸上贴上去的。

不是为了提防小偷。就是"用毕请放回原处"的意思。当然，也含有"不许拿走"之意。

关于《鲁迅选集》及《小品文的危机》

一〇〇

a."阿呀，这是什么话呵！八一嫂，我自己看来倒还是一个人，会说出这样昏诞胡涂话么？……"（《风波》86 页）

问："我自己看来倒还是一个人"，是"自己是一个人，敌人（即吵架的对手）很多"的意思吗？

答：不是。

问："会说出这样昏诞胡涂话么"，是谁会说？八一嫂会说？

答：不是。

依我自己看，我是一个人啊，竟会说出这样蠢话么？（即八一嫂说的那些，并非自己所说，为什么呢，因那种话（即赞成剪头发）不像人话，而自己却是人。）

b. ……在菜汤的热气里……早先看中了的一个菜心去。(《肥皂》78）

问："菜汤""菜心"是什么？

菜汤＝蔬菜（白菜）的汤。菜心＝菜（＝植物）之心？菜就是一般副食品的意思吗？

答："菜心"是菜之心。菜不是一般副食品的意思。

白菜汤，在中国（南方）几乎是主菜，盛在大碗里，放于桌子中央，这时菜叶切成约一寸长短，而菜心仍是菜心，一望就知，因其味道好，小孩抢着吃。

c. 冰糖葫芦（《我的失恋》）

问："冰糖葫芦"是冰淇淋么？

答：不是。将果物（山楂、葡萄等）插在竹棒上，外面裹上糖衣的东西。

—○—

《魏晋风度》文中

嵇康，就问他："何所闻而来，何所见而去？"

钟会答道："闻所闻而来，见所见而去。"

问:"闻所闻而来,见所见而去"是"听到人家说您的传闻而来,看到实际而去"。实际=实在="果然!与传说一样那"?

答:"听到了什么事情而来(看)呢?看到了什么事情而回去呢?"

"听到了听到的东西而来,看到了看到的东西而回去!"

实际是"听到传闻而来,看到实际而去"的意思。其中毫无"实际和传闻符合吗?不符合吗?"之意。是个不得要领的回答。

一〇二

《小说史略》已经全部出了第一校。第二校约做到一半。现应《文学月报》之约翻译《小品文的危机》,有如下问题紧急求教。(您在百忙中,但请尽快,七月十二三日前须交稿)

佐藤君给先生寄了版画,他说是挑了自己手头所有的。最近校对《小说史》大忙,还没出过门。抱歉。

客栈里有一间长包的房子,……烟榻……

问:"长包的房子"是什么意思?

答:"长包"指不是每个月决定租金多少,而是一年交付若干房租。因长期居住,故房租比较便宜。

"客栈"可译作"下宿"。

问:"烟榻"是雅片?

答:不是。

问:"烟榻"是雅片之榻?

答:不是。(译者按,鲁迅可能写错了,应作"是")

瘾足心闲，摩挲鉴赏。

问："瘾足"是鸦片病吗？

答：是。

问："摩挲"是什么意思？

答：仔细抚摸，反复抚摸。

一〇三

正是一榻胡涂的泥塘里的……

问："一榻胡涂"，常见此词，意思却不明白。

答：乱七八糟或无法形容。其实只是"严重"的意思。泥塘＝泥泞的水坑。

想在战地或灾区里的人们来鉴赏罢——

问："想在"？

答：戰地或は災區の中に在る人々が来て鑑賞すると思ふ（希望する）なら——

遍满小报的摊子上……

问："小报"什么意思？

答：小报＝刊载社会事件和无聊文章、滑稽等的报纸。有日刊，也有周刊。这种东西日本似乎没有。一般每回一小张，故叫"小报"。

问："摊子"什么意思？

答：摊子＝在宽的人行道上铺纸卖东西，比日本的"露店"小，日本庙会时也有。

已经不能在弄堂里拉扯她的生意

问："弄堂"？

答：即日语的"横町"。

问："拉扯"？

答：即日语"引っぱる"。

生意＝买卖（此处意为"卖方"）。

六月二十九日

周先生几下

增田涉

极忙中所写，乞宽恕乱笔！